TO: DIRECTOR, FBI
(ATTENTION FBI L

FROM: SAC, ATLANTA (7-

SUBJECT: UNSUB;
EARL LEE TERRELL
KIDNAPPING
OO: ATLANTA

Enclosed for the
Section are three originals
from the Atlanta, Georgia,

For the informat
month period, ten black ch
in the Atlanta, Georgia, a
homicide and four of them
tapes were recorded by the
Section and contained the
the murders and also claim
Signal Analysis Section of
to analyze the enclosed or

any other information that
Department in identifying
for assistance in determin

The questioned ca
the evening watch, positio
8/21/80, the morning watch
tape dated 9/12/80, positi

(3 - Bureau
 (1 - package copy)
2 - Atlanta

ATORY, SIGNAL ANALYSIS SECTION)

(P) (SQ. 7)

90922063-E-0?

Laboratory, Signal Analysis
two copies of tapes received
ce Department.

of the laboratory, over a 12
en have been reported missing
Of that number six have been
still missing. The enclosed
anta Police Department Communication
es of anonymous callers reporting
responsibility for same. The
FBI Laboratory is requested
al tapes
and
assist the Atlanta Police
spect. The copies are submitted
e correct calls. 7-18251-X3

on the tapes dated 7/6/80, is
ber 5, on the tape dated
sition number 3, and on the
mber 10, 0154 hours.

7-18146-3
10-7

SEP 22 1980

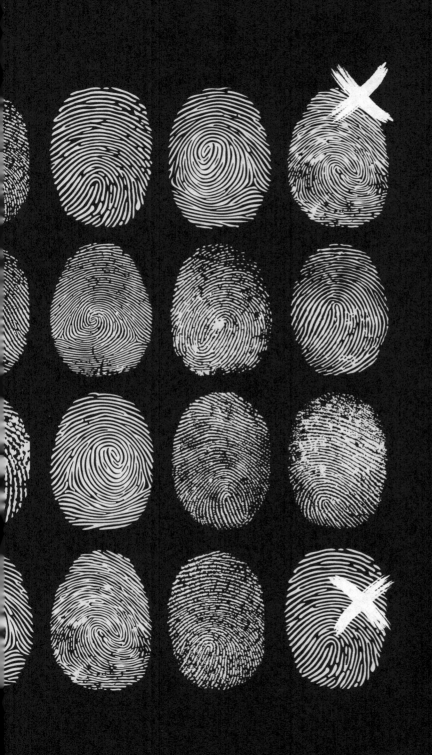

CRIME SCENE
FICTION

THOSE BONES ARE NOT MY CHILD
Copyright © 1999 by the Estate of Toni Cade Bambara
Todos os direitos reservados

Imagens © Adobe Stock, © Freepik

Tradução para a língua portuguesa
© Rogerio W. Galindo e Rosiane Correia de Freitas, 2024

Diretor Editorial
Christiano Menezes

Diretor Comercial
Chico de Assis

Diretor de Novos Negócios
Marcel Souto Maior

Diretor de MKT e Operações
Mike Ribera

Diretora de Estratégia Editorial
Raquel Moritz

Gerente Comercial
Fernando Madeira

Gerente de Marca
Arthur Moraes

Editor Assistente
Lucio Medeiros

Capa e Projeto Gráfico
Retina 78

Coordenador de Arte
Eldon Oliveira

Coordenador de Diagramação
Sergio Chaves

Preparação
José Francisco Botelho
Iriz Medeiros

Revisão
Maximo Ribera
Retina Conteúdo

Finalização
Roberto Geronimo

Impressão e Acabamento
Braspor

DADOS INTERNACIONAIS DE CATALOGAÇÃO NA PUBLICAÇÃO (CIP)
Jéssica de Oliveira Molinari - CRB-8/9852

Bambara, Toni Cade
  Crianças de Atlanta / Toni Cade Bambara; tradução de Rogerio W. Galindo, Rosiane Correia de Freitas. — Rio de Janeiro : DarkSide Books, 2024.
  704 p.

  ISBN: 978-65-5598-430-5
  Título original: Those Bones Are Not My Child

  1. Ficção norte-americana
  I. Título II. Galindo, Rogerio W. III. Freitas, Rosiane Correia de

24-0336   CDD 813

Índice para catálogo sistemático:
1. Ficção norte-americana

[2024]
Todos os direitos desta edição reservados à
DarkSide® *Entretenimento LTDA.*
Rua General Roca, 935/504 — Tijuca
20521-071 — Rio de Janeiro — RJ — Brasil
www.darksidebooks.com

TONI CADE BAMBARA

CRIANÇAS DE ATLANTA

TRADUÇÃO
ROGERIO W. GALINDO e
ROSIANE CORREIA DE FREITAS

DARKSIDE

TODAY GIVE AN HOUR FOR THE
ATLANTA
MISSING
AND
MURDERED CHILDREN

SAVE OUR CHILDREN

SUPPORT OUR CITY
GIVE AN HOUR FOR THIS WITNESS
WE'LL SEE YOU THERE ! !

Somos a luz
Que nos roubam
Sempre que um de nós
Se perde

SUMÁRIO

Prólogo 12

Parte I: **A primeira luz e a forma das coisas** 33

Parte II: **Conexões, dinheiro & críticas** 107

Parte III: **A chave está na bota** 203

Parte IV: **O estado da arte** 323

Parte V: **Folhas de veneno** 401

Parte VI: **Abelhas e prímulas** 513

Parte VII: **Ossos no telhado** 591

Epílogo 688

Agradecimentos 695

Sobre a Autora 703

ATLANTA CHILD MURDERS

PART #_____

PRÓLOGO

TONI CADE BAMBARA
CRIANÇAS DE ATLANTA

Segunda, 16 de novembro de 1981

Você está no alpendre, varrendo o mesmo lugar, ouvindo o mesmo som — palha seca contra folha seca nos vãos sujos entre as lajotas de cimento. Sem telefone, sem som de passos, sem mudanças bem-vindas. São 15h15. Seus ouvidos se concentram nos sons ao fim da quadra, procurando, em meio à tagarelice das crianças, a única voz que pode deixá-la tranquila. Os olhos doem com o esforço de perscrutar por cima das moitas e pelas frestas entre os prédios, tentando atravessar todas as coisas que se interpõem entre você e o ponto de partida de seu filho — o ginásio.

As crianças pequenas a quem você pediu que não cruzassem o seu jardim estão fazendo isso. Não andam mais de forma barulhenta, com pernas e braços balançando, como faziam na primeira e na segunda séries. Mas também não andam aglomeradas e assustadas, como no ano passado. Você precisou cortar os galhos de corniso. Eles rangiam e balançavam, criando sombras assustadoras na calçada, fazendo as crianças correrem aos gritos pela entrada da garagem. Também não dava para deixar as folhas em sacos de lixo. Até para você, em cima dos canteiros de flores, eles pareciam sacos com cadáveres.

Alguns meses atrás, todo mundo andava com uma postura cautelosa, tensa, os ombros muito erguidos, para proteger os ouvidos de novas notícias de assassinato. Contudo, agora, adultos andam tão livres e despreocupados quanto as crianças que descem pela calçada, arrastando os sapatos, depois se aglomerando na calçada abaixo.

O terror acabou, dizem as autoridades. O horror passou, repetem todo dia. Desde a prisão em junho, não houve novos casos de sequestro e assassinato. Você tem boas razões para saber que o refrão oficial é uma mentira. Porém continua a varrer a entrada vivamente até a cerca, como se ao limpar as folhas pudesse tirar da mente tudo que sabe. Você realmente queria saber menos. Quer acreditar. São 15h23 no relógio que você ganhou de Dia das Mães. E a sua filha ainda não apareceu.

Você apoia a vassoura na cerca e fica na ponta dos pés. Meninos grandes, secundaristas, estão do outro lado da avenida, lutando uns com os outros em complicados mata-leões. Você grita, tentando não parecer maluca. Talvez eles saibam de alguma coisa. Um ônibus passa, silenciando-o e envolvendo os meninos numa fumaça cinzenta gordurosa. Quando o fumo finalmente se dispersa, eles já se foram. A cerca serve de apoio enquanto você brinca de mágica com o tráfego, barganhando com Deus: se um dos próximos quatro carros que passar tiver um adesivo AJUDE A MANTER NOSSAS CRIANÇAS SEGURAS, você vai se convencer de que tudo está bem, vai se acalmar, empilhar as folhas, queimá-las em holocausto e preparar o jantar. Dois carros passam, um caminhão dos correios, um trailer de outro estado, depois uma caminhonete diesel ruge. Você sente a vibração pelos pés. As janelas da varanda tremem, assim como seus dentes. Um caminhão de dedetização para e estaciona em fila dupla em frente à lavanderia. O conhecido adesivo está colado do lado da porta, a palavra "crianças" abaixo da palavra "praga". Seu couro cabeludo formiga, gelado. Uma pontada de pânico o leva da varanda direto para a porta de entrada.

Você liga para a escola. A mulher que atende diz que não tem ninguém no prédio. Seu desejo é gritar, mostrar a falta de lógica disso e bater o telefone. No entanto, por ser adulta, implora, suplica que ela vá conferir, é uma emergência. Pela forma como a funcionária chupa os dentes e coloca o telefone na mesa, dá para ver que a conhecem na secretaria. Já esteve lá muitas vezes por causa de incidentes que eles chamaram de "disciplina" e você chamou de "surra". Como se as coisas não estivessem tensas o suficiente em Atlanta, os professores estavam mandando "problemas de rebeldia" para serem tratados pelo professor de educação física. De moletom, ele se empertigava de pernas abertas, cruzando os braços sobre o imenso peitoral, e então perguntava, se não foi o seu filho que recebeu o castigo, então qual é seu problema?

Exatamente o que o diretor quis saber quando os pais interromperam a reunião da APP, exigindo medidas de segurança na escola. Nunca havia livros didáticos suficientes para todo mundo; os alunos precisavam ficar na escola depois do horário para pegá-los emprestados dos colegas, com isso acabavam perdendo o ônibus e, quando chegavam em casa, a família estava histérica. Os homens votaram pela formação de patrulhas de segurança. O diretor disparou: "Não vamos ter justiceiros na minha escola!".

A cidade sitiada. Helicópteros armados nos céus. Alto-falantes dizendo para as pessoas ficarem em casa. O toque de recolher adiantado para antes da meia-noite. Lojas de armas estendendo o horário de vendas até depois da meia-noite. Lojas de material de construção lutando para atender à demanda por barras para portas, travas, alarmes, canos de chumbo, além de venderem, às escondidas, tacos e balas de chumbinho. Atlanta virou um ímã para todo tipo de caçador de recompensa, maluco, detetive amador, adivinho, benfeitor, provocador de direita, aventureiro de esquerda, cineasta pornô, supercana atirador, analista maluco, bandido paramilitar, vigarista e bobo de aluguel. Estava tudo bem, desde que não pusessem patrulhas no território do diretor. "Sapatão", você ouviu o professor de educação física dizer quando liderou a debandada da reunião da APP. Como se conduz uma discussão educada sobre assassinato?

A mulher voltou para o telefone e está dizendo que não tem mais ninguém no prédio. Você repete seu nome, diz de novo porque está ligando de casa; depois de mencionar o horário, insiste que está ligando de casa e acrescenta que a vizinha do outro lado da rua está com um vestido listrado e está guardando as roupas de verão. Depois desliga e se pergunta — você está criando um álibi caso algo esteja errado? São 15h28 e, se fosse interrogada, se declararia culpada de algo. São 15h29 e é preciso se controlar.

Desde o começo os principais suspeitos no Caso das Crianças Desaparecidas e Assassinadas de Atlanta foram os pais. Presumidamente culpados pois, segundo a lógica da polícia no verão de 1979, sete ou oito mortes não eram "uma epidemia de assassinatos", como afirmavam os pais, organizadores do Comitê para Parar o Assassinato de Crianças; porque, como as autoridades seguiram argumentando depois do protesto do PARE um ano mais tarde, oito ou nove casos era um número normal numa cidade do tamanho de Atlanta; e porque, como os burocratas repetidas vezes insistiam, mesmo enquanto o número de corpos aumentava de um para doze, em geral os suspeitos em mortes de menores eram os próprios pais.

Pais monstruosos, jovens arruaceiros e o assassino bondoso se tornaram a versão da polícia/mídia para os acontecimentos. Nos jornais, a campanha do PARE — para fazer uma investigação independente, para lançar um movimento nacional pelo direito das crianças, para criar uma comissão de pessoas pretas para apurar crimes de ódio — saía, invariavelmente, na mesma página de matérias sobre pais negligentes, guerra de gangues e crimes de tráfico de drogas cometidos por menores, em geral nas cidades em torno de Atlanta. E, frequentemente, fotos das mães enlutadas de Atlanta apareciam acima de notícias que apresentavam o "assassino gentil" — um homem ou mulher que lavava as vítimas, pondo-lhes roupas limpas e, certa vez, chegando a pôr uma pedra sob a cabeça de um menino assassinado "como um travesseiro", um repórter relatou. Como um travesseiro.

Outro padrão que você notou, tendo mantido um diário por quase dois anos e seu corredor cheio de caixas com recortes de notícias, boletins, panfletos, folhetos e programas de memoriais: sempre que os membros do PARE eram convidados a falar país afora, as autoridades convocavam os pais para outro teste no polígrafo. Depois um vazamento conveniente para a imprensa: "Os pais não estão acima de qualquer suspeita". Um nome vazou: um dos pais mais críticos à investigação, que falava francamente sobre a falta de profissionais treinados na Força-Tarefa. Em 1981, com milhares se preparando para embarcar em ônibus para a manifestação do PARE de 25 de maio em Washington, D.C., um agente do FBI disse a uma associação em Macon, na Geórgia, que vários dos casos já haviam sido solucionados, que os pais assassinaram seus filhos porque "eles eram um estorvo".

O pai de Yusuf Bell foi tratado como suspeito por mais de um ano; sua esposa, Camille Bell, a mãe do menino assassinado, cofundadora e principal motor do PARE, era uma das principais críticas à resposta dada pelas autoridades às mortes. Um amigo da família de LaTonya Wilson, uma das crianças assassinadas, também foi incluído entre os suspeitos principais; foi o corpo de LaTonya que o grupo de cidadãos leigos encontrou na primeira busca, criando uma situação embaraçosa para os investigadores profissionais, os quais haviam garantido que não estavam fazendo corpo mole, que estavam realizando buscas exaustivas e vasculhando "cada centímetro" à procura das crianças desaparecidas. A mãe de Anthony Bernard Carter foi presa, solta, seguida pelas ruas, interrogada, atormentada por meses e visitada a todas as horas da noite, até que se viu forçada a mudar de endereço. A mídia continuava insistindo no fato de que ela era uma mulher preta, pobre, que tinha apenas um filho, "apenas um", como se isso fosse razão para suspeitar dela, quem sabe até para processá-la.

O sol flui pela janela do vestíbulo na sua casa. A pele do seu rosto está quente. A casa cheira a papelão cozido. Uma aba de uma das caixas se soltou e está criando uma sombra corrugada na sua perna. Você não consegue continuar em pé do lado do telefone, vendo o ponteiro dos minutos avançar. É preciso se mexer. E é isso está tentando fazer. Tentando não pensar no processo por difamação que o PARE, lamentavelmente, retirou contra a polícia, o FBI e a imprensa. Tentando não pensar na manifestação em Washington — todos os discursos, as conversas estimulantes, quiosques, pôsteres, bótons, fitas verdes, camisetas, bonés, as avaliações psicológicas, as oportunidades perdidas de organizar uma Comissão Nacional Preta para pedir o fim dos ataques aleatórios, calculados e sistêmicos contra pessoas pretas em todo o país. Tentando não lembrar a rapidez da prisão, quando as autoridades apanharam um homem assim que as pessoas, no retorno da manifestação, começaram a exigir respostas. E o memorando dos policiais descrevendo castrações? E o assistente do agente funerário que relatou, no inverno de 1980, a presença de marcas de agulha hipodérmica na genitália de várias vítimas? E a ligação anônima, cheia de injúrias raciais, que previu com precisão onde o próximo corpo seria desovado? Enquanto a cidade fervilhava com acusações de crime de ódio e de tentativa oficial de encobrir os crimes, as autoridades prenderam um homem que não tinha qualquer semelhança com as descrições feitas pela Força-Tarefa, com os retratos falados espetados no painel de cortiça no quartel-general. Um sujeito que não se parecia nem um pouco com as descrições nos relatórios dos investigadores independentes do PARE, nem nos relatórios dos assistentes sociais que realizaram investigações longe dos holofotes. Um homem que não tinha semelhança nenhuma com os homens apontados por testemunhas de homicídios e mantidos fora da lista da Força-Tarefa apesar de conexões de raça, classe, conhecimento, relações familiares e último local em que foram vistos pela rota do assassino. Um homem, acusado de matar dois homens adultos. Os argumentos da acusação eram muito frágeis — fibras de carpete e pelos de cachorro, persistentes o bastante para resistir ao vento, à chuva e aos rios. Pelos e fibras fortes o bastante para grudar na casaca do acusado todas as acusações que a lei permitisse e o público tolerasse. O encerramento de uma investigação que custara 7, 8 ou, segundo alguns, 9 milhões de dólares.

Mais que qualquer outra coisa, você se esforça por manter a mente longe dos assassinatos cometidos desde a prisão em junho, casos que têm os mesmos seis padrões encontrados pelos investigadores da comunidade: assassinato ao estilo da Ku Klux Klan, morte com elementos ritualísticos, crime aparentemente inspirado em pornografia infantil, vingança relacionada a drogas, treinamento de mercenários e combinações sobrepostas. A mesa no vestíbulo está cheia de relatórios que será preciso conferir antes de escrever o próximo boletim. Já não aguenta pensar em nenhuma das tarefas que estão no calendário sob a pilha. Toda a sua energia é necessária para pensar para quem ligar, o que fazer. Onde diabos está sua filha?

Eu mandei o menino até a loja, Deus me perdoe. Devia ter ido atrás dele logo em seguida, mas você sabe, crianças se enrolam. Os policiais sempre diziam, "os rastros dele sumiram". Isso é lá o tipo de coisa que se diga sobre uma criança?

Você larga a sacola no chão, pega a chave e a bolsa e amarra os tênis.

Eu não devia ter colocado a minha filha de castigo, talvez ela não tivesse fugido. Não que acredite no que dizem lá no Departamento de Pessoas Desaparecidas. Aquela menina não fugiu. Pegaram ela.

Você procura dinheiro na bolsa para o táxi, mas desiste da ideia. Um táxi não pode saltar sobre a vala atrás da peixaria, nem pegar o atalho pelo estacionamento da lavanderia.

A principal lição que aprendi naquelas sessões com os investigadores da Força-Tarefa, e nenhum deles era da Homicídios ou qualquer coisa assim na época, foi ficar de boca fechada. Diziam que falar com a imprensa dificultava o trabalho. O que queriam dizer é que ficavam mal na fita. E aquelas detetives de pele preta no Pessoas Desaparecidas faziam a mesma crítica, só que chamavam a gente de "mulherada histérica". Os policiais e os pais, incluindo meu marido, éramos todas mulheres histéricas. O que queriam dizer é que todos estávamos loucos.

Você desce a calçada, indo cada vez mais rápido.

O pessoal da Força-Tarefa não falava comigo porque meu menino não estava na lista, então eu ficava perguntando o que tinha que fazer para o incluírem na lista. Ele é de Atlanta, estava desaparecido, depois encontraram o menino debaixo da ponte com o pescoço quebrado. Então por que não podia estar na lista? Talvez alguém que está atrás da recompensa faça alguma coisa. Eles me deixaram tão atordoada que cheguei a pedir desculpa por fazê-los deixarem o caso "de verdade" para me ouvir. Dá para imaginar?

Você está correndo pelas ruas do sudoeste de Atlanta como uma doida.

Acabou porque prenderam um cara? A única coisa que terminou foi a lista que estavam fazendo. Acabado — o que diabos quer dizer isso? —, vá para casa e esqueça? Eles podem esquecer. A cidade inteira pode esquecer. Mas sou o pai do menino, como é que vou esquecer?

Talvez você *seja* uma doida, no entanto prefere a loucura à amnésia.

Há menos de cinco meses, não estaria correndo sozinha. Antes de Wayne Williams cruzar de carro a Jackson Parkway Bridge e virar suspeito, a vizinhança inteira se mobilizava no instante em que você pisava a calçada. Mas Williams atravessou a ponte. E um policial de tocaia achou que tinha escutado alguma coisa caindo no Chattahoochee, segundo disse dias depois, um som que imaginou ser de um corpo sendo desovado no rio. Embora fosse treinado para realizar manobras de salvamento, ele não mergulhou para tentar um resgate. Apesar de estar equipado com um walkie-talkie, ele não pediu equipamento para dragar o rio. A única coisa que a polícia fez naquele início de manhã foi parar o carro de Williams e fazer algumas perguntas. Passados mais uns dias, um pescador local viu um corpo no rio, e as autoridades visitaram a casa onde morava a família de Williams, reviraram-na e levaram Williams para interrogatório. Então a imprensa começou a chamar Williams de "esquisitão" e "convencido", mas, antes que tudo isso acontecesse, a vizinhança inteira na Simpson Road teria correspondido à aflição que você sentia.

O alfaiate, ao ouvir você correndo na calçada, teria pegado o telefone para espalhar o alerta quadra por quadra. Mãe Enid, cartomante e conselheira, teria batido o olho em você debaixo da placa de neon e largado as cartas para conseguir um carro. Os cabeças-duras da esquina, que tiveram seus dias de heróis ao formar comboios para levar e trazer as crianças da escola, entrariam em ação assim que você virasse a rua. O irmão Chad, que entregou a escola de caratê para os esquadrões de autodefesa, teria entrado no bar ao lado no momento em que você passasse correndo pela janela dele. Todo mundo largaria tudo para procurar uma criança desaparecida, pois, quando a caxumba é substituída por assassinato, o alarme deixa de ser assunto privado.

No entanto é novembro, não primavera. Os cartazes da Linha de Emergência sumiram das cabines telefônicas na esquina da Ashby, removidos dos coletivos, dos ônibus escolares, das estações do metrô e das escolas. O julgamento de Williams ainda não começou, e os cartazes de recompensa foram retirados, os destacamentos extras já não circulam pelas vizinhanças, os policiais rodoviários voltaram para o trabalho nas rodovias, a Força-Tarefa foi reduzida de 170 pessoas para seis, os repórteres de fora da cidade voltaram para casa. Não há nenhum cartaz da rede de Alerta Comunitário na avenida. Adesivos foram tirados das janelas. "Deixe a comunidade se curar", diz o adesivo sob o vidro no pátio da igreja onde você faz a curva.

São 15h40 no relógio da casinha dos taxistas. Você acena com os braços quando passa pela primeira janela. Um taxista das antigas toca a aba do chapéu e continua falando. Seus colegas, descansando em cadeiras estropiadas de vinil verde e tubos de alumínio, cumprimentam com garrafas de Coca-Cola. Você segue em frente, esperando que eles percebam e saiam. Contudo eles são taxistas, e por isso têm boas razões para ignorar qualquer gesto que pareça indicar "crise". Motoristas de táxi, como tantos sob o véu da suspeita, agora apoiam o esforço oficial para encerrar tudo.

Na primavera passada, por meio de Roy Innis, uma testemunha fez um depoimento autoincriminatório que implicava um namorado taxista. Membro de um culto envolvido em sexo, drogas e assassinato ritualístico, ele se gabou para a mulher, dizendo estar envolvido na série de assassinatos de crianças. A testemunha, Shirley McGill, tinha traficado drogas para a seita; testemunhou a tortura de jovens e adultos, gente que havia tentado desertar ou trapacear e que acabou amarrada e amordaçada.

Quando um colega de trabalho foi morto, ela fugiu para a Flórida. Seu ex-namorado, o mercenário, lhe telefonou no inverno de 1980-1981, e alardeou que, naquela primavera, a conjuração dedicada a raptos e assassinatos mudaria suas táticas. Na primavera, quando a Força-Tarefa começou a colocar adultos na lista de Crianças Desaparecidas e Assassinadas, relatando que o padrão de mortes estava mudando, ela viu nisso uma confirmação da história do taxista e procurou a proteção do grupo de Roy Innis. Os taxistas entraram para o rol de personagens suspeitos — veteranos do Vietnã, especialistas em caratê, donos de cachorros, donos de vans com carpete, qualquer um capaz de persuadir uma criança ou fazer com que ela obedeça — e lá permaneceram, mesmo depois que a Força-Tarefa emitiu um boletim encerrando o alerta: testemunha não confiável, informação não relacionada ao caso, o taxista não é um suspeito.

Vários dos investigadores comunitários, impressionados pelas descrições de drogas-sexo-assassinato-seita de McGill, e pela natureza autoincriminatória de sua história, não tiveram tanta pressa em descartá-la como exibicionista histérica. A testemunha estava disposta, segundo disse, a ser interrogada sob hipnose. Alegava poder localizar os lugares usados pelo culto para vários sequestros e assassinatos, tanto de crianças quanto de adultos, alguns dos quais estavam na lista da Força-Tarefa, outros apenas na lista de vítimas composta pelos investigadores independentes. Novas discussões com McGill forneceram outra razão para se acreditar no que ela dizia. Pois seu relato sobre ameaças e torturas esclarecia vários registros misteriosos nos relatórios do legista: "morte por asfixia, método preciso desconhecido". O método, detalhado na versão de McGill, era uma sacola plástica enfiada na garganta da vítima, e depois retirada.

Caravanas de independentes começaram a varrer os arrabaldes da cidade. O escritor James Baldwin, que visitava Atlanta com frequência e conduziu sua própria investigação, se juntou às buscas, assim como a professora de Emory, Sondra O'Neale, uma especialista em cultos que analisava o caso dessa perspectiva. Em setembro de 1981, um grupo descobriu um local cerimonial cheio de carcaças de animais e marcado por uma pilha de pedras manchadas de sangue arrumadas no formato de um altar. Uma cruz chamuscada de três metros e meio foi encontrada ali perto. Até então, apenas uma revista de fora manifestara interesse na história do culto. As autoridades de Atlanta já haviam declarado que a teoria em geral, e a versão de McGill em particular, não tinham base concreta.

Falta apenas uma quadra para a escola, e você diz a si mesma para atravessar o terreno com os espinheiros. Sabe que está na única trilha mais ou menos livre, mas sente as urtigas e sarças roçarem suas roupas. À frente um vira-lata esquelético fuça um monte de lixo. O cachorro olha na sua direção, mostra os dentes. Com os pelos eriçados, pula para o lado e bloqueia sua passagem. A pele abaixo das costelas estufa algumas vezes, porém não é possível ouvir os latidos, tal é a força da sua respiração. O cachorro coloca a pata sobre uma boneca-bebê que está de cabeça virada para o lixo. A caixa que faz o *mã-mã* da boneca irrompe da pele de gaze e algodão. Você rosna para o cachorro, eis o seu grau atual de maluquice. Ele move o traseiro para abrir caminho. A boneca solta um *mã-mã* tremido que a pega detrás dos joelhos. Em seguida se atira no emaranhado de ervas daninhas e videiras renegadas se erguendo de aglomerados de trepadeiras e capim. Agora que passou o cão está latindo em sua direção. Orelhas em pé, espera o ataque. No entanto o vira-lata retoma o ataque ao lixo e você se concentra nas armadilhas que as trepadeiras prepararam para seus pés.

É a primeira vez que entra num matagal desde os fins de semana no inverno com as equipes civis de busca. Cachecol, botas, jeans grosso, lanterna e sempre um pedaço de pau grosso para revirar coisas e tirar objetos afiados do caminho. Você se reunia ao entardecer com estranhos, pois isso era melhor do que sentar com uma caneca de café na frente da TV. Alguém sempre trazia uma ou duas garrafas térmicas extras. Vários restaurantes chineses doaram almoço. Centenas de outras pessoas foram atraídas para a tarefa — pastores, estudantes, secretárias, estofadores, pedreiros, carpinteiros, advogados —, todo mundo aparecia, se envolvia, tentava responder ao chamado, à crise. Em janeiro, as equipes de busca civis já somavam milhares. Havia também um grupo de voluntários brancos naquelas buscas de fim de semana, homens de colete à prova de balas que os investigadores comunitários monitoravam. Eles carregavam rifles, levavam sacolas com equipamentos barulhentos, resistiam aos comandos dos líderes das equipes de busca e se comunicavam uns com os outros por walkie-talkies. Os outros participantes da busca aprenderam a ignorá-los, se espalhando como orientado, deixando os cães de busca tomarem a dianteira. Gente com frio andando pelo matagal desconhecido. O solo congelado rachando sob os pés. Árvores cobertas de gelo. Cada sombra em um buraco uma possibilidade assustadora.

Você bate o dedo do pé num vidro marrom. Com a ponta emborrachada do tênis, move uma garrafa suja de cerveja. A lama seca e as folhas que serviam de berço para ela se quebram fazendo a garrafa rolar. Minhocas se escondem no barro. Você calcula há quanto tempo a garrafa está jogada ali. A cobertura do chão é outonal; abaixo da garrafa está uma embalagem de picolé apagada pela chuva. *Desde o verão*, pensa, seguindo em frente, curvada, olhos analisando o chão. Então descobre que não toma mais cuidado com latas afiadas. Quando se dá conta, não consegue mais se orientar.

"Restos mortais", era o nome que davam às descobertas, a fita amarela cercando o perímetro da cena. "Restos mortais" podiam significar um saco para cadáveres, pó para embalsamento salpicado num forro de plástico, ou ainda que havia um cadáver numa caixa de cetim rosa. Sempre significava, primeiro, famílias reunidas em torno de uma mesa de aço inox. Uma mulher segurando a bolsa, os nós dos dedos sangrando. Um homem examinando os instrumentos cirúrgicos numa bacia retangular. Homens brancos com jalecos brancos, os buracos dos botões selados com goma, em pé longe das famílias, envelopes pardos embaixo do braço. Parentes do lado de fora da sala do legista grudados na janela das portas duplas da sala. Um dos convocados avançando para deslizar a mão sob o lençol de borracha. Uma orelha furada, um dente molar ausente, cartilagem irregular no joelho esquerdo — a mão que procura a única coisa que se move na sala. Um murmúrio vindo dos jalecos brancos. Todas as famílias, menos uma, são dispensadas. Uma etiqueta é afixada ao dedo do pé que está para fora do lençol. Uma mãe se afasta. *Estes ossos não são o meu filho*. Entretanto a etiqueta apresenta o nome ouvido pairando sobre os telhados nas noites de futebol no verão.

Sua filha tem uma verruga no ombro direito, se lembra. Você tem uma verruga na sola do pé esquerdo. Há várias cicatrizes cruzando as costas de suas mãos agora. Você passa rasgando pelas teias de aranha tecidas entre as árvores. O terreno baldio fica logo atrás da escola, mas, não importa em que direção olhe, não consegue ver as antenas no telhado da escola.

A mãe, de volta em casa, insiste que houve um erro. E segura o braço para falar a seu pastor a respeito da cicatriz. A mídia invade a casa, montando câmeras, conectando cabos. Um fotômetro é enfiado na cara dela. Perguntam o que vai vestir no funeral. Um representante da prefeitura abre caminho entre os muitos vizinhos para dizer que o erário pagará o enterro. A mãe está mostrando o braço. A filha tinha uma queimadura de ferro. O corpo no centro da cidade não. O pastor dá tapinhas nas costas dela. Os parentes a calam. Os vizinhos depositam pratos cobertos e envelopes de dinheiro na mesa. Todo mundo que manteve a fé durante aquela provação queria fazer uma demonstração de respeito e ir embora. É o filho de alguém no necrotério, então aceite aqueles ossos, mãe. Decida uma data para o funeral, mãe. Não crie confusão, mãe. Você não está raciocinando bem, mãe. Vamos encerrar essa história, mãe. Deixe a comunidade voltar a dormir.

De início, o que está ouvindo são os tambores de um ritual funerário, jovens colegas de escola em uniformes novos e luvas brancas carregando o caixão que desce os degraus da igreja. Depois o que ouve é o ensaio da banda e você segue o som até a calçada. Vê à frente, à esquerda, a sombra do mastro da bandeira da escola. Apoiada no corrimão do centro comunitário, tira as pedrinhas e a terra dos sapatos. Falta fôlego, assim como também lhe faltam condições. Sua filha passou um ano sem sair nem para uma caminhada, mesmo com você armada com uma faca, um bastão ou um taco. Vozes vêm da esquina. Você segue em frente, mancando por causa de uma bolha que vai aumentando e por pedacinhos de galhos que não conseguiu alcançar.

Uma viatura estacionada no gramado da escola tem todas as portas abertas, como asas. Uma trilha de sangue perto do mastro leva a uma bolsa de livros atirada em cima do meio-fio. Na rua do bueiro, há um grupo de alunos da oitava série, de pé ao redor de uma figura que se apoia sobre um dos joelhos. É a sua filha. Ela está com a mão no peito e está ensanguentada. Você empurra as crianças e está prestes a gritar.

"Mãe!"

Ela está abraçando um gato. O bicho geme tentando se soltar. Há uma tala na perna dele. Ele morde o esparadrapo.

"Esqueceu?", sua filha se levanta, dá o gato para um menino de moletom azul e ergue o queixo na sua direção como se você tivesse feito algo estúpido.

Você está tentando ouvir sua filha, passando os olhos por ela, procurando ferimentos abertos. Porém todo mundo fala ao mesmo tempo. Atrás dela há dois integrantes da gangue Bloods batendo num homem de meia-idade sobre o capô de um carro. A polícia consegue afastar um deles, porém o outro continua dizendo, "Cara, aqui não são as 500 Milhas de Indianápolis". Atropelamento e fuga, sua filha explica. Bêbado, completa o menino com o gato. O policial está lhe explicando que os dois homens obrigaram o motorista a voltar ao local do atropelamento. A vítima foi o gato, diz uma das garotas. Uma senhora idosa com um avental florido passa e observa você de cima a baixo. Uma tesoura e um rolo de esparadrapo dão ao bolso do avental um inchaço disforme.

"Mãe." Sua filha, usando aquele tom de menina crescida, segura seus ombros para chamar a atenção. "Este é o único dia livre na piscina. A gente tinha combinado que você ia me encontrar lá, pra gente assinar o documento. Esqueceu?"

A mulher de avental esbarra no seu ombro. "Que mãe, hein?", ela diz pelo canto da boca. "Deixar a filha esperando na esquina." Ela chupa os dentes. "Isso é Atlanta, querida, perdeu o juízo?"

Sua filha a arrasta para longe dali e apanha a sacola de livros. Você entra atrás dela no centro comunitário. Ela despeja uma enxurrada de palavras, usando o pescoço. Você se abaixa e assina a permissão. O cheiro de cloro a faz olhar para a área da piscina depois dos azulejos. Sua filha ainda está revirando o pescoço e reclamando da própria mãe. Você tem gravetos nos cabelos, está com a roupa toda desarrumada, e que diabos são esses tênis velhos e cafonas? Ela para na porta do vestiário e limpa seus arranhões com uma gaze. Aos 7 anos, ela a teria deserdado, mas aos 12 se comporta como sua mãe. Depois dá um passo para trás, a analisa, tira mais um sarrinho. Você deixa. Até ajuda. Faz um sapateado como se fosse uma boneca de pano desengonçada. Ela põe as mãos nos quadris e atravessa a porta. Você ouve a risada dela ecoando pelo metal e o azulejo muito depois de você ter arrastado os pés junto à piscina para chegar à arquibancada.

Você está acabada, e ela está rindo. Por ter 12 anos, tem direito. Há tempos que é difícil rir de verdade, tanto tempo que você mal consegue calcular. Embora na sua casa não tenha havido pesadelos horríveis, nem xixi na cama, emergências asmáticas, ataques de ansiedade, depressão, reclusão, crise de raiva ou choro, notas escolares despencando ou qualquer outro sintoma que os especialistas em higiene mental descreviam repetidamente no rádio, TV, jornais ou nas revistas em quadrinhos distribuídas na escola que falavam de segurança, e nas palestras depois de filmes relacionados à segurança de crianças apresentados nos centros comunitários, filmes que mostravam atores pretos como o bicho-papão, houve, mesmo assim, uma queda indubitável nas palhaçadas que antes agitavam a casa e a jogavam no chão, sem fôlego, indefesa, enxugando os olhos lacrimejantes e falando em falsetes absurdos.

Então você ri um pouco também, tira as folhas das suas roupas e acena com a cabeça, cumprimentando os adultos nos assentos superiores da arquibancada. Inclinando-se para a frente, com os pulsos soltos entre os joelhos, eles observam os mais novos espalhando água na parte rasa e os pré-adolescentes nadando no lado mais fundo da piscina, dividido por um cordão de boias azuis e brancas.

Após se acomodar e revirar a bolsa de livros da filha, procurando uma maçã ou um palito de cenoura perdido, o que encontra é um dos diários escritos por você própria. De novo, sua filha confundiu o diário com o caderno de matemática dela: têm a mesma cor. Quando sua menina entra na área da piscina, enfiando o cabelo dentro da touca, você levanta o diário e sorri. Ela revira os olhos e se prepara para mergulhar onde o número na parede indica um metro e oitenta. Você não tem certeza de que quer ver isso e abre o caderno com espiral cor de vinho, imaginando como sua filha se saiu na aula de quinto período de matemática com suas anotações sobre os Desaparecidos e Assassinados.

Você começou aquele primeiro diário em setembro de 1979 sem nada específico em mente, só pelo hábito de escrever diários. Porém registrou que, no verão, o carteiro bateu na porta dos fundos para lhe perguntar se tinha ouvido os relatos de sequestros ocorridos em McDaniel-Glenn. Você não trabalhava na Model Cities lá? Semanas depois, Mãe Enid, cartomante e conselheira, a parou perto da máquina de venda de jornais para contar de uma vidente, uma mulher branca em Waco, no Texas, que estava "vendo" um veterano do Vietnã em Atlanta reviver o estouro de granadas arremessadas por crianças vietnamitas, um veterano branco que estava agora enfurecido matando crianças pretas e colocando seus corpos perto de fontes de água. E você viu nos jornais o caso dos dois meninos pretos mortos encontrados na estrada do Lago Niskey?

Você registrou um terceiro evento que aconteceu no fim de agosto. A tia de um de seus alunos mandou uma cópia de um memorando interno que passou pela mesa dela no Departamento de Pessoas Desaparecidas, Divisão Juvenil. O memorando descrevia uma onda de desaparecimentos, tentativas de sequestro, acidentes em que havia suspeita de fraude e vários assassinatos confirmados num raio de vinte quadras dentro da comunidade preta. A autora do memorando, uma policial, sugeriu ao superior que os casos pareciam estar relacionados e não deviam ser considerados fugas comuns. A resposta ao memorando, se é que houve alguma, não foi incluída. Todavia um post-it amarelo chamou sua atenção para um artigo de revista anexado que celebrava 1979 como O Ano da Criança das Nações Unidas. "Que comemoração", concluía o bilhete.

Boatos e reflexões relacionados a homens, mulheres e crianças que estavam misteriosamente sumindo da comunidade estão espalhados pela primeira metade do diário em meio a anotações sobre livros, filmes, empregos, reuniões e sonhos. Porém, por volta da primavera de 1980, as anotações relativas ao caso passaram a predominar. Mães de diversas crianças mortas se conheceram num encontro comunitário e compararam os casos. Semanas depois, um grupo formado por elas fez uma manifestação pacífica. Organizadas como o Comitê para Parar o Assassinato de Crianças, elas acampavam em frente a redações e delegacias, exigindo uma investigação especial da "epidemia de assassinatos de crianças". Na entrevista coletiva, acusaram a polícia de enrolar as investigações, porque as vítimas eram pretas; porque as vítimas eram pobres; e porque a cidade, o terceiro centro de convenções mais movimentado do país, estava tentando proteger sua imagem e esconder uma crise que poderia ameaçar o negócio das convenções.

"Sabe o que me disseram?", uma mãe perguntou, pedindo a palavra numa reunião comunitária. "Que era meu dever cívico cooperar, pois essa notícia podia causar um pandemônio. Em outras palavras, que eu devia calar a boca." Em julho de 1980, a prefeitura respondeu às táticas de ação direta do PARE criando a Força-Tarefa de Emergência da Área Metropolitana de Atlanta para Investigar as Crianças Desaparecidas e Assassinadas. A equipe não era composta por detetives de homicídios, e sim por especialistas em relações públicas.

A segunda metade do diário começa com atas das reuniões da vizinhança e comentários sobre os textos minúsculos que apareciam nas últimas páginas dos jornais. Cada vez mais, os desaparecidos começam a tomar o lugar de tudo que você normalmente registrava nos seus diários. Mesmo os sonhos são sobre mulheres encontradas mortas em estandes de tiro, homens encontrados com o rosto em bueiros, crianças escondidas sob o piso em prédios abandonados.

Grampeadas às páginas da esquerda, há fotocópias de boletins relacionados ao caso que a Força-Tarefa publicava sob demanda, e as cópias estavam cobertas de anotações, com círculos assinalando erros factuais e rasuras destacando e corrigindo discrepâncias quanto a nomes, idades e datas de desaparecimento das crianças. Na margem, você questiona: "Ninguém revisa isso antes de enviar?". Do lado direito, grampeou fichas distribuídas pelos trabalhadores comunitários que examinaram os depoimentos policiais, compareceram ao escritório do PARE e que estavam seguindo os passos dos três detetives voluntários do PARE. Os três ex-detetives de homicídios do Departamento de Polícia de Atlanta trabalharam para o famoso chefe de polícia demitido quando Maynard Jackson se tornou prefeito e deu início, como costumam dizer, à Segunda Reconstrução. Um dos detetives voluntários, Chet Dettlinger, conseguiria o primeiro avanço realmente promissor do caso ao desenhar a rota do assassino ou assassinos e mapear as conexões entre uma dezena de vítimas ou mais. No entanto ele não recebeu qualquer recompensa pelo esforço. Após um tempo, a polícia de Atlanta acabou convocando o próprio Dettlinger para um interrogatório. Os trabalhadores comunitários continuaram até o fim suspeitando do interesse dele no caso.

O último trecho do diário, escrito em outubro de 1980, fora escrito às pressas, porém era longo. Uma convenção internacional de supremacistas brancos aconteceu no distrito de Cobb, ali perto, tendo como anfitrião o racista confesso e terrorista condenado J. B. Stoner. Menos de catorze horas depois do fim da convenção, a creche de Gate City-Bowen explodiu; quatro crianças e uma professora morreram. Aquela explosão, na segunda-feira, 13 de outubro de 1980, atraiu a atenção da cidade, do país e finalmente do mundo para o caso das Crianças Desaparecidas e Assassinadas — a ponta de um iceberg que envolvia muitos homens, mulheres e outras crianças. Enquanto a Força-Tarefa chamava um especialista forense para produzir um perfil das vítimas, o mundo inteiro, especialmente os investigadores independentes, se concentrava nos assassinos. Especulava-se em todo lugar sobre sua identidade e seus motivos:

- Policiais brancos tomando liberdades de novo em vizinhanças pretas?
- A Ku Klux Klan ou outros bandidos nazistas novamente no ataque?
- Cientistas diabólicos fazendo experiências com pessoas do Terceiro Mundo de novo?
- Cultos satânicos fazendo sacrifícios humanos?
- Um veterano do Vietnã incapaz de fazer a transição?
- Alienígenas realizando cirurgias exploratórias?
- Brancos vingando Dewey Baugus, um jovem branco espancado até a morte na primavera de 1979, supostamente por jovens pretos?
- Pais de uma criança estuprada fazendo "justiça"?
- Cineastas pornô fazendo filmes B para entretenimento?
- Um grupo de molestadores de crianças eliminando pistas?
- Novos traficantes matando os jovens (e desavisados) entregadores dos antigos traficantes, numa disputa por território?
- Brancos pobres inconformados, tentando derrubar o prefeito preto?
- Supremacistas interioranos dando o aviso definitivo para os pretos fugidos?
- Brancos mercenários usando alvos pretos para treinar esquadrões da morte para trabalhos no exterior e futuras guerras domésticas?

Reflexos verdes da piscina se movem pelas páginas no seu colo. Enjoada, acaba fechando os olhos. Num minuto, o estômago sossega. Entretanto sua mente não desiste. Ela volta à pesada pasta de três aros em uma das caixas de papelão em casa. A pasta contém os outros diários, separados por envelopes pardos cheios de recortes de cartas, páginas arrancadas de revistas e periódicos acadêmicos de ciências sociais, reportagens, quadrinhos sobre segurança, circulares da polícia, *The Caped Crusader* e outros periódicos da Ku Klux Klan, e vários folhetos e boletins emitidos no outono de 1980 e inverno de 1980-1981 que, desde o Natal de 1980, já mostravam que você ia precisar de mais caixas para guardar o material que vinha do mundo todo.

Repórteres de toda parte tentavam dar sentido ao que estava acontecendo em Atlanta. A Atlanta de *E o Vento Levou*. A Nova Cidade Internacional de Atlanta. Atlanta, a Meca preta do Sul. A cidade da Segunda Reconstrução. Lar de um punhado de empresas da Fortune 500. Sede escolhida para a Feira Mundial de 2000. Candidata a receber a Universidade Mundial. Prevista para se tornar um dos Dez Maiores centros financeiros do planeta. Apesar disso, tanto a imprensa local quanto os jornais do resto do país e do mundo dependiam, principalmente, das informações fornecidas pela Força-Tarefa de Emergência da Área Metropolitana de Atlanta. Por muito tempo, a imprensa não soube — ou melhor, não se interessou em saber — que havia muitos outros grupos de investigadores conduzindo inquéritos e encontrando pistas muito mais plausíveis que as explicações oferecidas pela Força-Tarefa, que se atrapalhou desde o começo, ao insistir que não havia nada que ligasse os casos.

Pois todas as autoridades — a prefeitura, o Departamento de Polícia de Atlanta, a Força-Tarefa, o GBI, o FBI — concordavam que o importante era evitar que a ideia de um assassino em série ganhasse força. Um assassino em série causa pânico no público. Constrange a polícia. Faz parecer que os profissionais foram derrotados. Assassinos em série são ruins para o turismo. Lidar com assassinos em série exige um esforço coordenado, um espírito de cooperação de vários departamentos, órgãos e agências que os carreiristas preferem conduzir como feudos privados, e, além disso, é algo que beneficia os agentes verdadeiramente dedicados e não os responsáveis pela burocracia. Ainda por cima, o esforço de mapear uma conspiração motivada por ódio racial exigiria uma trégua entre os vários ramos do setor de segurança. Sabendo muito bem que estavam no fim da cadeia alimentar, as instituições locais resistiam a admitir que havia uma "série" de assassinatos, para que os órgãos federais não se tornassem responsáveis pelo seu quintal.

Em função de reclamações de membros da equipe civil de buscas, os oficiais do Departamento de Polícia de Atlanta procuraram agentes federais para falar sobre o comportamento violento e arrogante de tipos milicianos brancos que se juntavam às equipes de busca e tentavam se impor nas reuniões nas regiões sul e noroeste de Atlanta. "Unidades antiterroristas", murmurou um agente federal, saindo rapidamente em seguida, talvez porque tivesse vazado informação sigilosa. De qualquer forma, a situação não era negociável. Os oficiais da polícia de Atlanta recuaram. E, até um homem preto ser capturado, era inaceitável falar em ódio.

A própria Força-Tarefa estava sob o comando do comissário de Segurança Pública Lee Brown, um policial com doutorado, administrador respeitado e homem de família, que viera de Seattle, Washington. O prefeito Maynard Jackson criou o cargo de Segurança Pública no início do mandato, originalmente para colocar o chefe de polícia Inman sob controle. Depois, o Escritório de Segurança Pública passou a operar principalmente como elo entre a prefeitura e a polícia. Uma manobra astuta de Maynard, pois era/é segredo de conhecimento geral na maioria das cidades que há dois departamentos de polícia: uma força policial preta, comparativamente nova, tendo evoluído como resultado do movimento de direitos civis; e uma força branca, que não é nova, e que aderia majoritariamente à velha ordem. Muitos prefeitos pretos recém-eleitos se viram em apuros desde o primeiro dia pela relutância, frequentemente amarga, às vezes feroz, da rede de antigos policiais em honrar a escolha dos eleitores.

Ninguém previu que o Escritório de Segurança Pública de Atlanta ia precisar de um grande orçamento, uma equipe volumosa, um diretor de relações públicas e um corpo abrangente de políticas e procedimentos. Seu trabalho havia se restringido, sob Brown e seu predecessor, Reginald Eaves, a relações comunitárias. Até que os assassinos atacaram.

Uma hora, a mídia começou a fazer perguntas incômodas acerca dos "conflitos" que pontuavam o drama da investigação: troca de críticas entre a polícia e a comunidade; entre investigadores oficiais e os detetives comunitários e visitantes de fora da cidade, armados de palpites; entre o PARE e as organizações que se autoindicavam para levantar recursos em nome dos pais; entre os pais e as autoridades da cidade; entre autoridades locais, estaduais e federais, cada uma reclamando que outros órgãos conduziam investigações em segredo e obstruíam suas próprias investigações.

Muitas pessoas nas vizinhanças atingidas se resignaram ao papel de espectadores passivos nos cabos de guerra descritos pelos repórteres. Porém outras, sem se deixar distrair pela pirotecnia, atribuíam a si mesmas o papel de trabalhadores disfarçados, com o intuito de classificar o crescente elenco em personagens principais e secundários. Desde o dia em que o caso se tornou notícia nacional, o número de personagens cresceu continuamente — videntes, suspeitos, pessoas com pistas anônimas, esquadrões armados com bastões, testemunhas, hipnólogos, jornalistas, especialistas forenses, especialistas em cultos, consultores de informática, captadores de recursos, treinadores de cachorros, cineastas, celebridades visitantes. Centenas de pessoas com teorias, alianças e interesses lotavam a arena, que começava a parecer um diabólico teste de percepção, desafiando o olho mais perspicaz a encontrar no cenário denso aqueles que poderiam levá-los a algum resultado significativo. Os trabalhadores comunitários que não se deixavam frustrar pela confusão que viam à sua frente começaram a mapear uma parte específica do diagrama — os caminhos entrecruzados dos agentes federais.

Os detetives comunitários tomavam nota dos agentes federais que entraram e saíram de Atlanta desde o início do verão de 1980. Havia policiais federais investigando supostos sequestros mesmo que o discurso oficial para o público e para os pais fosse que as crianças "tinham fugido". Contudo outros policiais federais, usando os casos de Desaparecidos e Assassinados como cobertura, estavam envolvidos em operações como a COINTELPRO, particularmente contra o Partido Comunista Revolucionário e o Comitê de Apoio à América Central. O presidente Carter, que não escondia suas suspeitas e sua preocupação com a natureza perigosamente clandestina das operações de inteligência, era a única esperança dos cidadãos sujeitos às invasões do FBI, rotineiramente atribuídas a assaltantes. A eleição do presidente Reagan, no entanto, mudou o cenário. Tanto a comunidade de inteligência quanto os insurgentes de direita aumentaram suas operações clandestinas, não só no exterior como também dentro do país. E os detetives comunitários se esconderam ainda mais dos holofotes da mídia para manter a vigilância sobre os agentes federais.

Agentes do Departamento do Tesouro, da Receita Federal e da Comissão de Valores Mobiliários estavam estranhamente ativos em Atlanta e arredores. O alvo da vigilância era um bando de falsificadores, fraudadores de cartões de crédito, vendedores de dívidas podres, assaltantes de bancos e opositores dos impostos, os quais estavam financiando a rede de ultradireita por meio de atividade criminal. Agentes do Departamento de Álcool, Tabaco e Armas (ATF) cruzaram o caminho deles. A ATF estava na trilha das gangues da ultradireita que roubavam arsenais no Sudeste e estocavam armas em Atlanta e arredores como preparativos para uma guerra racial. Os agentes da ATF, por sua vez, estavam percorrendo o mesmo território da Narcóticos, vigiando aeroportos privados na área. Tanto a ATF quanto a Narcóticos entraram no caminho dos agentes de imigração. A imigração e a alfândega entraram em cena no outono de 1980. Violações da Lei de Controle de Exportação de Armas foram denunciadas na Flórida, na Geórgia e no Texas. Os agentes em Atlanta estavam de olho na movimentação dos terroristas internacionais de direita que conseguiram vistos do Departamento de Estado para participar da convenção de Stoner, no fim de semana anterior à explosão da creche para crianças pretas.

"Defeito no aquecedor", segundo a prefeitura. Veteranos pretos, outros trabalhadores comunitários e vários inquilinos que viram homens brancos no telhado da creche discordavam. "Não há relação", disse o noticiário da tarde, citando o prefeito e o comissário Brown. Mas bastante gente sentia que a combinação entre "homens brancos no telhado" e a velha pergunta "Quem estará matando crianças pretas?" podia ser uma pista à imprensa.

"Nenhuma atividade ilegal", foi a conclusão anunciada pelo palácio do governo estadual naquela primavera, após três semanas analisando integrantes da Ku Klux Klan na Geórgia. "Encrenqueiro", decretaram os repórteres, sem citar qualquer fonte específica, ao descrever a indignação de Julian Bond contra o relatório que livrava a cara da KKK. "Guerra", gritaram o *Thunderbolt* e outros tabloides fascistas da região quando a Rede Nacional Anti-Klan foi formada em Atlanta. "Não há ligação", afirmou o diretor do FBI William Webster alguns meses depois enquanto grupos de cidadãos pretos no país inteiro documentavam episódios de violência perpetrada por racistas fanáticos. "Não há indícios de conspiração", enquanto vários grupos de resistência exigiam que o Departamento de Justiça investigasse e interrompesse o aumento de ataques por todo país baseados em raça, classe, gênero/sexo, religião, nacionalidade e orientação sexual.

"Oportunistas", diz a imprensa quando o PARE persiste em seus esforços para se aliar com os lobistas dos direitos das crianças no país inteiro. "Motivos mercenários" e "sede de holofotes", a imprensa diz sobre os pais de Atlanta. Ninguém parece lembrar mais que, antes da prisão, um membro da Câmara Municipal de Atlanta, não totalmente convencido pela versão divulgada pela Força-Tarefa, exigiu que Lee Brown apresentasse até 30 de junho uma lista de casos de homicídio não desvendados em Atlanta. O suspeito Wayne Williams foi formalmente acusado em 22 de junho, o que fez o pedido perder o objeto, no jargão oficial — ou seja, tornou-se esquecível. Enquanto isso, o massacre continua.

Sua filha chama da piscina. Você fecha o diário, levanta-se e olha. Braços e pernas abertos, ela boia de bruços, como um morto. Consegue aplaudir?

Uma mulher lhe entrega o diário que espacou de suas mãos, você o recebe e volta a se sentar no banco. Sua filha faz cambalhotas debaixo da água e chuta. Ela nada sob a baliza como uma flecha, sobe para a superfície e sorri em sua direção. Suas juntas se acomodam e você esboça um sorriso. Você vai recuperar a voz antes que a menina saia da piscina?

PARTE I

A PRIMEIRA LUZ E A FORMA DAS COISAS

TONI CADE BAMBARA
CRIANÇAS DE ATLANTA

Domingo, 20 de julho de 1980

Marzala Rawls Spencer perambulava pela sala. A cada passo, o som áspero do carpete felpudo. O estofamento chiava quando ela roçava a mobília. Atirada sobre a cadeira, jazia a túnica que a própria estava costurando para o coro da igreja, coberta de alfinetes, e, a cada volta que dava na sala, a veste soltava uma emanação elétrica, grudando-se aos pelos eriçados de seu braço. Na porta, achou que podia sair de novo para vasculhar a Thurmond Street. Ao ver uma mancha de lustra-móveis na maçaneta, afastou a mão do metal. O choque veio quando se virou e viu a si própria no espelho de corpo inteiro que estava encostado à máquina de costura.

Ela se inclinou, aproximando o rosto do espelho, cuja superfície parecia felpuda de tanta poeira. Fiapos contorcidos escapavam de suas tranças. O rímel borrado do dia anterior deixava os olhos manchados, como os de um guaxinim. Parecia febril, lábios rachados e descascados, sal espalhado sobre o esterno. Aparentava estar prestes a explodir. Quando ele entrasse, só de olhar já saberia que estava enrascado.

Ela colocou o espelho atrás da máquina de costura para o caso de ele entrar correndo. A crosta de suor na costura da regata irritava as axilas. Deu um passo para trás, o espelho fora de perigo. A saia-envelope estava torta, caída. Andara tanto que a saia perdera a goma e agora parecia úmida. No entanto ela não ia tomar banho nem se trocar. É bom que ele veja que ficou a noite inteira lhe esperando, acordada e ainda de sapato. O peito do pé doía e as solas ardiam, e ainda assim não iria tirar suas sandálias, pois precisava da altura dos saltos. A qualquer minuto eles estariam se encarando, olho no olho. E ele não ia mais passar por cima dela, não dessa vez.

Um zumbido e um gemido fizeram com que se voltasse para a entrada da cozinha. Porém, no exato momento em que olhou para a geladeira, lhe ocorreu que o zumbido podia vir dela mesma, como uma corda esticada demais. Ela se sentia como a trêmula e quebradiça engrenagem de um relógio prestes a se estilhaçar. Era um carro que estava chegando. As costuras dos bolsos da saia se esticaram com a força de seus punhos.

Um carro virou a esquina, vindo da Ashby. Ela voltou para cima do tapete, roçando a cintura na mesa. A TV vibrava contra a caixa de botões, o amarelo azedo da lâmpada da máquina de costura piscava. Parou no meio da sala, os pés plantados sobre a parte careca do carpete. "Molenga", o ouviu dizer para os amigos desdentados. Ele que tente. Dessa vez não ia ficar barato.

Era um carro, mas não a van do Metropolitan Boy's Club. Os faróis iluminaram os vidros da porta. Antes de se apagarem, as luzes atingiram as sebes, a planta jade, os espaços de vidro das janelas em meio às cortinas de macramê. Da última vez que saíra para subir e descer a Thurmond Street, a planta jade era uma mancha desgrenhada atrás de blocos pretos de cerca. Agora ela conseguia ver três tons de verde no quintal, uma rede de marrons e um halo de malva delineando o arbusto.

Era manhã. "Manhã": o som atiçava a sua ira. Ele tinha 12 anos de idade e passara a noite inteira fora de casa. Ela se lançou para a frente, os dedos escorregando da sandália e se firmando no pelo do carpete. Falou tudo que lhe diria, tudo que esteve juntando para esfolar o menino desde o dia anterior, quando Kofi deu de ombros e disse "Foi". Sonny tinha ido ao churrasco do Boys' Club, embora ela tivesse dito que não, que ele não podia ir. Ele estava pedindo, e dessa vez ia levar.

O carro desacelerou junto ao Fusca dela, que estava estacionado em frente à casa, e depois fez uma volta aberta. Em seguida manobrou até subir pela rampa no lado oposto da rua. Dava para ouvir o Cachorro Malvado esticar as correntes. Ela afastou as cortinas e o pó caiu nos seus braços. Isso também foi acrescentado à ficha corrida do menino; ele não tinha passado aspirador. O carro parou sob um toldo. Sem dúvida, Sonny estava orientando o motorista a parar longe para evitar uma cena.

Entretanto quem saiu não foi o monitor do acampamento, e sim Chaz Robinson. Ela não conseguia imaginar como Sonny conseguira carona para casa com o vizinho. Robinson fechou a porta do carro, devagar, e abanou o grosso jornal de domingo para o Cachorro Malvado. As boas-vindas foram animadas, o cachorro mordendo o próprio traseiro, quase se dobrando em dois. Robinson levou o dedo até os lábios e o cachorro balançou a cabeça, recuou para a budleia e saltou para a frente, as patas dianteiras arranhando o ar. Da garganta do animal saía um ganido abafado. Dava para ouvir a risada rouca de Robinson enquanto abria a porta lateral e entrava. Com as orelhas em pé, o Cachorro Malvado esperou e depois se esticou no gramado. O rabo bateu no chão e pétalas se espalharam pela calçada.

Ninguém mais ia sair daquele carro, dava para ver. O Cachorro Malvado empurrou o prato com o focinho em direção à calçada, até onde a corrente permitia. Zala sentiu um aperto na garganta, porém seguiu esperando. O cão descansou a cabeça nas patas e dormiu. Talvez tivesse deixado Sonny na esquina, que, quem sabe, já não estaria chegando. Ela andou rápido demais, batendo as canelas na cadeira de costura. A túnica caiu no chão, aos pedaços.

"Você está pisando forte de novo e acordando a gente, mãe."

Zala virou a cabeça na direção do quarto. As tranças que pareciam cânhamo bateram nas bochechas.

"Parem de prestar atenção no que eu estou fazendo, vocês dois. Voltem a dormir."

Ela escutou o chiado do colchão, Kenti se virando. Kofi resmungou; em seguida, as molas do colchão soltaram um rangido. Foi até a cozinha, contornando a gaveta do armário. Deixou-a exatamente como Sonny tinha deixado, completamente aberta. Os vales-alimentação tinham sumido e um garfo bom também.

Então inclinou-se sobre a tábua de passar. As roupas da igreja, que havia borrifado com água antes de passar, agora estavam esturricadas. O quintal estava deserto. Contudo, certa vez, após pôr Sonny de castigo, por ter fugido com um grupo de amigos que juravam ser os Commodores, ele erguera uma tenda lá embaixo, sob os galhos do corniso, em frente à outra metade do prédio geminado. Ela correu para o banheiro. Naquela ocasião, convencera Kofi e Kenti a escaparem com ele por essa janela e, em seguida, fazerem um banquete de salsichas cruas, na barraquinha formada pelo único cobertor bom da casa.

Os pregos estavam firmes na janela do banheiro. E nada se movia no jardim. Não fazia sentido. O monitor deveria ter trazido Sonny para o jantar, para em seguida levar os outros ao acampamento. Como podiam ter levado o Sonny sem a permissão dela? Ela sempre fazia questão de telefonar ao diretor do Boy's Club para garantir que o papel assinado estava lá. Sonny perdia as coisas, chaves, boletins. Sempre ligava também para ter a localização exata do passeio e para conferir o horário exato de retorno. Fazia questão de estar entre os que chegavam primeiro, às vezes saindo do trabalho cedo para isso. Ninguém iria lhe dizer que era uma mãe solteira que não dava conta do recado.

Saindo do banheiro, acrescentou falsificação aos crimes de Sonny. E, embora soubesse que o filho era orgulhoso demais para usar a entrada de trás, decidiu espiar pela janela do quarto das crianças, só por precaução.

"Sem sono?"

Ela ouviu a voz de Kenti no mesmo instante em que pisou no quarto. Em cada pálpebra, Zala viu agora, havia pintas de sombra azul. Os lábios de Kenti estavam vermelhos por cima do laranja do picolé. Zala não tinha notado isso. Antes, ao atravessar o quarto na ponta dos pés, no escuro, e ao pressionar gentilmente o queixo da menina para que não dormisse de boca aberta, Zala só havia atinado para o cheiro do perfume, a pungência exagerada que lhe dava náuseas, além da irritação de compreender que aquele era um presente de Dave. Quase sacudira a filha para acordá-la e reclamar. Todavia não fizera isso, pois estava muito furiosa e podia perder o controle.

"O Sonny vai se dar mal, hein?", Kenti se apoiou nos cotovelos.

Zala se afastou da cama e do lençol quase despencado no assoalho, aquele lençol cujo tecido áspero lhe raspava a pele. Foi até a janela dando só uma rápida olhada na parte de cima do beliche. A caixa registradora estava acomodada numa pilha de meias sujas na cama de Sonny. O garfo, torto por ter sido usado para arrombar a caixa, estava sem um dente.

O jardim dos Grier estava tão silencioso quanto o dela.

"Já é amanhã?"

"Eu a acordo a tempo, não se preocupe."

Sua menina de 7 anos se mexeu entre os lençóis, e Zala fez uma anotação mental para lembrar de comprar manteiga de cacau, para os cotovelos dela... até descobrir como conseguir uma cama adequada... conseguir para eles todos uma casa melhor. Kofi balbuciou e se virou de costas para a parede. Ele olhou para Zala de cabeça para baixo, que quase o sacudiu pelos cabelos. Porém ele não gostava disso, e não era hora de falar de cortes de cabelo.

Ela se perdeu por um momento. Num instante estava olhando para os anéis cinzentos que o aquário deixou na escrivaninha, no instante seguinte estava se afundando na tinta empelotada no parapeito da janela. Estava dormindo em pé de novo. Zala tentou esticar os braços, no entanto não conseguiu mantê-los assim tempo suficiente para estalar o pescoço. Os braços baquearam e ela os dobrou sobre a cabeça, tentando desfazer os nós nas costas.

"Não é assim, mãe. Tem de ficar na ponta dos pés antes de esticar os braços. É assim que a gente faz de manhã antes do Juramento à Bandeira.

E a senhorita Chambers diz: 'Peguem um pedaço do céu, crianças'. Ela é tão bobinha."

"É melhor falar com ela, mãe." A voz rude-ranzinza de Kofi saiu debaixo das cobertas.

"Como é que é?"

Kofi chutou as cobertas e ergueu os joelhos. Com as solas dos pés, palmilhou o avesso do colchão de cima, que pendia entre as frestas do estrado. "Mãe." O garfo bateu contra a caixa registradora. "Você ligou pro pai?"

"Sim. Eu liguei para o seu pai."

"Que saco, só perguntei." Ele baixou as pernas com força e a escada do beliche rangeu. "Não dá pra falar nada aqui em casa."

"Liguei pra ele a noite toda", Zala disse. "Provavelmente está na estrada..." A voz dela ficou mais tênue, pois, por mais que se esforçasse, não conseguia lembrar se Spence continuava trabalhando de motorista para o Mercer, mostrando casas para a irmã dele e o marido ou se tinha voltado a vender seguro. "Eu falei com o Bestor Brooks, e ele ficou de se encontrar com Sonny e o primo Bobby no Boy's Club." Ela foi até os beliches.

"Eu sei, você disse pra gente. Duas vezes já. 'O Bestor está de castigo'", Kofi imitou, fazendo careta, "e por isso não pôde ir."

"O Sonny estava de castigo, não é, mamãe? E ele foi, né?"

"Sim, ele faz o que quer o tempo todo." Kofi socou o travesseiro, fazendo uma mossa, e enfiou a cabeça ali. Quando Zala se abaixou para cobri-lo, ele afastou a mão dela. "Ele sempre faz o que quer. E você deixa. Nunca diz nada pra ele. Mas briga comigo o tempo todo."

Zala suspirou e foi em direção à porta, mas Kenti segurou a saia dela e puxou a mãe de volta.

"Não esqueça", Kenti falou, enquanto Kofi murmurava uma lista de reclamações que pareciam prestes a afogá-la. "Panquecas e bacon porque é domingo."

"Você entra aqui toda hora e fica perguntando um monte de coisas, como se eu soubesse. Ele não me diz nada. O Sonny só vai e faz o que quer porque você não faz nada."

"Já deu, Kofi." Ela percebeu que o filho estava despejando sua lista de issos e aquilos e sei lá mais o que só para a irritar. "Já deu."

"Já deu. Você nunca diz pro Sonny já deu quando ele apronta. Só pega no meu pé."

"Já deu. É sério."

Kofi se virou e socou a parede. Kenti puxou a saia de Zala e voltou a sussurrar o cardápio de domingo.

"Ele pode estar com algum problema, sabia?" Kofi se sentou na cama, falando alto. "Vai ver a polícia prendeu ele. Aposto que estão dando uma surra nele. E você aqui zanzando de um lado pro outro enquanto ele está encrencado."

"Então o que eu devia fazer, Kofi?"

"'O que eu devia fazer, Kofi?'"

"Você está abusando", Kenti alertou, soltando a saia de Zala.

"Bom, o Sonny está com problemas mesmo. Está bem encrencado. Porém a encrenca dele é comigo." Disse e bateu no próprio peito, no entanto a fraqueza do gesto a fez corar, e por isso não conseguiu olhar o filho de quase 9 anos nos olhos. Ele percebeu, e agora ela precisava sair dali, pois seu filho estava evocando as mesmas imagens que a fizeram descer e subir a Thurmond Street toda a noite passada, nervosa demais para ficar em casa, envergonhada demais para bater nas portas, indo e voltando do Boy's Club até esvaziar o tanque de gasolina, ninguém à vista, nem mesmo um mapa para o local do acampamento preso na porta.

"Quer parar?" Kenti estava arrancando coisas da mochila em busca de algo para jogar no irmão.

"Quem sabe já está até morto, sabe, no mato. Vai ver um urso pegou ele, ou um alce. Ou a Ku Klux Klan!", Kofi gritou, atirando-se para a frente, de joelhos, para ter certeza de que a mãe ouviria antes de fechar a porta.

Sonny atropelado por um caminhão. Sonny pegando carona com um lunático. Sonny entrando num prédio abandonado para fazer xixi, atacado por viciados doidões. Sonny perdendo a van e tendo que se virar sozinho, ferido por um galho no matagal. A floresta é cheia de armadilhas, as pessoas diziam, armadas por veteranos do Vietnã que faziam patrulhas. Zala sentiu a costura do bolso ceder. Estava rangendo os dentes. Sonny estava brincando com ela. Queria que o medo dela superasse a raiva. Assim o filho poderia voltar para casa quando bem entendesse e entraria com o sorriso torto, aquele dente lascado na frente, como um prêmio a ser exibido. E ela, aliviada, se deixaria enrolar. Porém dessa vez não, chega.

"Bem, é um novo dia, então você nem tente." Ela destroçou as palavras entre os dentes cerrados. Encheu a garrafa de Coca-Cola com água da torneira e atarraxou com força o bico borrifador no gargalo. Ela detestava passar roupa e então foi isso que fez, determinada a continuar com raiva.

"Pode voltar", murmurou. Porém a cada vez que o ferro deslizava pela camisa de Kofi, ouvia as provocações do filho e não conseguia esquecer o horror daquelas imagens. Sonny caindo num despenhadeiro. Sonny preso numa casa abandonada. Sonny esquartejado por um maníaco.

Zala abriu as portas do guarda-louça e nem se deu ao trabalho de pegar um copo. Tomou um gole de Southern Comfort direto da garrafa e a floresta começou a desaparecer. O corpo jogado de cabeça para baixo no despenhadeiro embaçou. O sangue escorrendo entre as pedras se dissolveu.

Agora que ela estava no banheiro, a vontade passou. O aquário encontrava-se na banheira. Não queria trocar a água. Era muito cedo e o peixe Roger continuava dormindo.

Kenti se forçou a levantar. Quando ficava muito tempo sentada, começava a grudar no assento, e doía para se levantar. Dava para ouvir o fio do telefone batendo na lateral da casa. Pombos faziam barulho em algum lugar do telhado. Todo o resto em silêncio. Nenhum bacon na frigideira. Nenhum coro cantando no rádio. A mãe estava no sofá, só metade do corpo coberto pelo roupão. Ela colocou as pernas sobre o braço do sofá para que Sonny não pudesse entrar sem acordá-la. Dessa vez ele ia ouvir, pois estava decidida a não deixar barato. Em cima da caixa de artesanato havia um longo chicote de couro.

Kenti se encostou no batente, um pé em cima do outro. Dava para sentir o pó quando mexia os dedos. Sonny não passava o pano no chão, nem nada. Mesmo quando a mãe enchia a fronha e arrastava até o corredor, ele não punha no carrinho para levar na lavanderia. Dizia: "Isso não é trabalhou meu, é dela, não fui eu que fiquei tendo filhos". Dizia como se não fosse um dos filhos. E como se sua mãe não trabalhasse um monte na barbearia e no centro de artes também. A lista de tarefas do Sonny estava embaixo da mesa da cozinha. Não estava amassada, então talvez ele não tivesse jogado lá. Provavelmente escapou do ímã da geladeira e voou até ali. Nada que ele devia ter feito estava ticado.

Kenti deu uma farejada para sentir se a geladeira estava aberta. Às vezes, a colher de madeira, enfiada num pote de massa de panqueca, não deixava a porta fechar. Porém a única coisa que sentiu foi cheiro de gás, porque provavelmente nem tinha massa de panqueca. Estava certa de que o cheiro era de gás, pois o forno estava quebrado. Sonny deveria falar desse o assunto com o dono da casa. Considerando o que viu, chegou à conclusão de que o irmão não cumprira a tarefa, pois com certeza havia um cheiro estranho no ar. E não era só a garrafa de bebida enfiada no lixo. A mãe tentou esconder o cheiro debaixo de uma embalagem de pão. Se o papai aparecesse, implicaria com ela por isso. Apesar de que o papai já não aparecia tanto.

A camisa de Kofi estava na tábua de passar, contudo o vestido dela estava enrolado sobre a mesa. Uma das pernas da mesa continuava meio torta. Foi ali que Sonny e o tio Dave começaram a brigar. O tio Dave sempre dizia alguma coisa. Aí o Sonny respondia. E não adiantava dizer pro Sonny se cuidar devido ao fato de que o tio Dave era um homem feito, grandalhão e acostumado a lidar com meninos durões no educandário, pois, para Sonny, isso tudo funcionava como um desafio. Aí logo os dois estavam derrubando a casa.

O tio Dave era legal às vezes. Quando lembrava de trazer os pêssegos e chantilly enlatados. E contava boas histórias da época em que ele e a mamãe e um monte de outros primos eram pequenos em Buttermilk Bottom. Eles jogavam queimada e beisebol. O cinema custava 25 centavos. E com 5 centavos dava para comprar dois Tootsie Pops no Wellington Market e ainda sobrava troco. Havia um barril de picles lá e uma caixa com queijo e mortadela e outra caixa com balas enroladas em papel e barris de cerveja e outras coisas, só que custava 2 centavos em vez de 5. Quando falava de filmes, tio Dave era bom de papo. Eles iam ao cine Ashby e faziam guerra de bolinhas de chocolate e amendoim, porque tudo era mais barato naquele tempo. Sonny ouvia e ria até cuspir pelo nariz, porque era engraçado pensar na mamãe como uma menina com jujuba grudada nos dentes.

Entretando aí o tio Dave chegava na parte em que Mama Lovey, nossa vó, casou com o Viúvo e todo mundo se mudou para os apartamentos na Dixie Hill; porém, pouco antes dessa mudança, os gêmeos do Viúvo tinham fugido para se juntar ao movimento, e eles mandaram a mamãe morar com a tia-avó Myrtle em Nova York. E essa era a parte que a mãe não estava tão a fim de ouvir, porque ela parava de separar as compras e dizia por cima do ombro: "Vamos parar por aqui, Dave". No entanto nosso tio continuava falando de como as pessoas em Nova York se acham espertas, apesar de não serem, especialmente as que nem de Nova York são, e vieram de algum fim de mundo ao Sul de Atlanta, e isso era o jeito dele falar do papai. E a mamãe a essa altura estaria jogando uma porção excessiva de farelo de pão sobre o salmão enlatado, dizendo: "Estou avisando, Dave, é melhor parar".

Porém o tio Dave nunca parava quando contava aquela história. Aí ele chegava na parte em que mamãe inventava histórias para a tia-avó Myrtle, e nisso mamãe batia com força a lata de farelos ou o que quer que tivesse na sua mão. Então ele ria e enchia as bochechas e fazia uma barriga imensa com as mãos mesmo que a barriga dele já fosse bem grandinha sem isso. E a mamãe não dizia nada, as mãos perdidas na vasilha com salmão e tudo mais, sem se mover, pois era sempre nesse ponto que Sonny pulava para cima do tio, e pouco lhe importava que estivesse pulando para cima de um adulto maior que seu pai.

E sexta foi a pior briga, e, quando ela chegou à cozinha, Dave estava em pé e parecia o papai durante um jogo de cartas com os amigos, se preparando para pegar uma carta boa e fazer uma sequência. E o Sonny estava em pé com o pescoço inchado e os dois se xingando, e tio Dave dizendo que ele acabaria no reformatório, e meu irmão respondia que era para ele sumir da casa da mãe e os dois estavam tão próximos, debruçados sobre a mesa, que cuspiam um no outro. E o tio Dave dizia: "Neguinho, eu amo a tua mãe desde muito antes de você nascer". E pronto. A mesa não aguentou.

Mamãe não permitia palavras racistas em casa e não deixava ninguém implicar com os filhos, de modo que ela tentou pôr o tio Dave para fora, no entanto por conta dele ser grandão, minha mãe não conseguia agarrar nenhuma parte do corpo dele, então começou a empurrá-lo usando o quadril, mas nosso tio nem se mexia. E Kofi, que se dizia campeão de caratê, começou a fazer o punho da morte e só deu tempo de a mamãe escalar a escada e pular nas costas do tio Dave enquanto Kofi dava seu golpe e Sonny tentava se adiantar à mãe e empurrá-lo porta afora.

Era assim que ela contaria quando o papai aparecesse. Ia mostrar como pulou nas costas do tio Dave e ficou cavalgando até a porta, mamãe gritando, Dave rindo, e falaria de como foi difícil tirar os dedos dela de seu pescoço. Ela não sabia se o pai ia rir ou ficar quieto e com a mandíbula travada.

Kenti chegou mais perto para dar uma olhada na mãe. Da cozinha ela parecia uma criança pequena dormindo toda torta no sofá, um braço no roupão.

"Estou sentindo cheiro de gás, você não?"

Nem as pálpebras se mexeram. Algumas vezes mamãe dormia com a boca aberta e Kenti conseguia acordá-la mexendo no lábio inferior. Dessa vez a boca estava fechada como uma caixa de correio.

"Você pode ficar doente, sabia, dormindo com o gás ligado."

Kenti abriu uma fresta na porta. "Não consigo empurrar seus pés, mãe." Ela abriu mais um pouco, até encostar nos sapatos dela. Depois fechou o ferrolho para evitar ladrões. O carteiro não passava no domingo.

Kenti olhou do outro lado da rua a única casa de três andares na Thurmond. A casa da tia Paulette. Ela fazia waffle domingo de manhã. Porém o carro dela não estava estacionado na frente. Ainda não tinha chegado do hospital. Às vezes ela nos dava carona para a igreja ainda de uniforme e ficava parecida com os coroinhas que passam o cesto da coleta com uma das mãos de luva branca nas costas para mostrar para todo mundo que eram honestos.

"Mãe?", Kenti relou de novo nos sapatos, porém os olhos não se mexeram. "A gente vai à igreja hoje?". Ela bateu o quadril no braço do sofá, depois passou o dedo na perna da mãe. "Posso ligar pra tia Paulette depois. Ela leva a gente. Posso?"

Kenti abaixou-se para olhar de perto e ter certeza de que o gás não tinha matado sua mãe. Soprou no rosto dela, e os lábios se abriram. Kenti se afastou do cheiro. Empertigando-se, viu o jardim dos Robinson por entre as cortinas que elas haviam costurado juntas no centro de artes. O Cachorro Malvado cavava o gramado com o focinho. Pedaços de grama e terra voavam por cima da cabeça dele e caíam nas costas, se espedaçando em seguida.

"Cachorro estúpido." Porém voltando para o berço ela pensou que talvez o Cachorro Malvado precisasse de companhia. Que pena que o Buster era um gato e o Roger era um peixe. Será que o papai daria um cachorro para eles? Ela poderia levá-lo para brincar com Cachorro Malvado. Papai precisaria comprar uma coleira porque aí se o Cachorro Malvado ficasse truculento demais ela poderia puxar seu cachorro para longe. Kenti tentou acordar Kofi para saber sua opinião. No entanto nem mesmo beliscando conseguiu acordar o irmão para conversar. Então escalou o berço carregando uma boneca velha para lhe fazer companhia.

Pássaros nas florestas são muito mais barulhentos que pombos no telhado. Na floresta, realmente se soltam, um montão deles. Àquelas alturas a cantoria dos pássaros decerto já estava acordando todo mundo. O primo Bobby talvez estivesse abrindo o zíper do saco de dormir. Sonny provavelmente dormiu enrolado no cobertor extra do monitor. E é quase certo que tenha dormido de cuecas porque não lavou as roupas. A visão deles cambaleando zonzos de sono fez Kofi sorrir enfiado no buraco do travesseiro.

Devia ter um riacho ali perto para se lavar. Um bom campista sempre acha um bom lugar para ficar perto de um rio ou algo assim. Daí é só se levantar e se jogar. Entretanto às vezes os caras maiores não se lavavam. Mas não diziam que estavam com medo de besouros ou cobras ou coisa parecida. Diziam que a água tinha germes. Um bom campista devia ter cristais de iodo na mochila. Eles matavam germes. O certo era deixar a água ferver bem na chaleira antes de colocar o leite em pó ou o chocolate ou ovos ou seja lá o que você tivesse para o café da manhã. O café do monitor era feito numa panela manchada. Quem fosse escalado para acordar antes e fazer o café devia ter cristais.

Ele tinha uns saquinhos de papel-alumínio com cristais de iodo, porém Sonny tinha se recusado a falar com os chefes do acampamento para que o irmão também pudesse ir. Bestor Brooks sempre elogiava os irmãos mais novos e cuidava deles, contudo Sonny só fazia isso às vezes. E o Kofi era melhor campista que qualquer um deles. "Só os maiores, Kofi, só os grandes desta vez." Sonny não era tão grande e ainda teve que mentir e dizer que tinha 13 anos porque o aniversário dele ainda não tinha passado, entretanto o conselheiro era preguiçoso demais para procurar a informação e descobrir que não era verdade.

Kofi encostou o olho aberto no canto do travesseiro. O Homem-Aranha estava agachado entre o colchão e a coluna da cama, pronto para pular. O Hulk estivera pendurado na escada, no entanto tinha caído tempos atrás, numa das vezes que a mãe o obrigou a acordar e revisar tudo de novo como se o descuido de Sonny fosse culpa sua. E como se fosse culpa dele não saber procurar os amigos do Sonny na lista telefônica. Como é que ele ia saber o nome do Flyboy, se não andava com eles. "Quando você for mais velho, garoto, e tiver voz grossa e um estilo, você pode vir." Sonny cantava melhor, mas ele era melhor que o irmão no acampamento.

Kenti estava acordada. A saia dela estava passada e dobrada, ao pé da cama de lona. Tinha achado umas meias limpas, porém teria de usar o biquíni como se fosse calcinha. Ele teve de rir. Ela olhou e pensou que ele estava rindo da boneca. Afinal estava apertando a cabeça de borracha para fazer caretas.

"A mãe tá bebendo de novo, Kofi."

Kofi passou os olhos pela estante atrás da cama dela. Os tubos de tinta pareciam secos. Às vezes eles iam para a floresta para pintar, como naquela vez que o Sonny foi num churrasco ou numa viagem de ônibus e Kenti ficou reclamando que tudo estava chato e silencioso. Ela, gulosa, queria ir ao McDonalds ou ao Stuckey's. No entanto a mãe fazia parecer que o melhor a fazer era ir para a floresta pintar. Às vezes eram só os três. Porém se o Grande Dave fosse, eles iam na perua dele até a trilha que levava à Appalachia.

"Você escutou o que eu disse, Kofi?"

Ele fechou os olhos. Tinha muita coisa boa para ver na floresta, todavia não gostava dela apontando para as coisas o tempo todo como se estivesse dando aula no Centro Comunitário de Artes. Ele tinha olhos, podia ver por conta própria. Às vezes ela fazia todo um rebuliço sobre como o menino era inteligente porque não precisava de tintas, amassando frutas ou insetos no papel de aquarela. O garoto não precisava de pincel, quebrava um monte de folhas e os mergulhava nas poças verde-douradas perto do riacho. Quase dava para sentir a mão quente dela no ombro dele. A mãe se gabando e ele fazendo uma boa pintura. Porém às vezes o Grande Dave interrompia, dizendo que a irmã se gabava demais das crianças e não era dura o suficiente. Nessas horas Kofi queria que Sonny estivesse ali, pois se estivesse colocaria Dave na linha.

"Você acordou. Eu o vi sorrindo."

"Para com isso."

Kofi afundou no colchão e voltou para a floresta. Uma vez, quando estavam enchendo os potes de água para limpar os pincéis, houve um alarde atrás dos juncais, num ponto em que a grama tinha sido achatada pelos sapos. Depois ouviu uma risada estranha de bruxa, porém, antes que pudesse ver, ela esticou o braço como fazia ao frear o carro. Era um mergulhão. Eles viram, no entanto tiveram que segui-la andando agachados como fazem no Exército.

Era um grande pássaro com cabeça pequena e cores brilhantes. Tinha pescoço de ganso e barriga branca e estava se empinando e batendo as largas asas de penas grandes. Grasnava como um louco. E aquele barulho todo lhe dava um ar de desajeitado. Não eram as asas, mas os pés que levavam o pássaro adiante. Quando conseguiu se ajeitar, atravessou a água e depois se levantou, o pescoço esticado. Ele chamava e chamava, porém agora era um lamento. "Solidão", foi o palpite da irmã.

No caminho de volta para casa, a mãe deu mais uma de suas aulas, como se eles fossem seus alunos e ela estivesse ensinando sobre a natureza. A única parte interessante era que os mergulhões às vezes confundiam o brilho da estrada molhada com um lago e tentavam pousar. E uma vez, quando o pai foi buscá-los porque estava indo a Chattanooga para ver um dos integrantes de sua fraternidade, tinha um pássaro morto estendido na 95, então disse que provavelmente era um mergulhão procurando água. O pai ficou mascando chiclete e fazendo gestos com a cabeça enquanto Kofi contava tudo que sabia sobre mergulhões. O menino falou sem ser interrompido e, quando terminou, seu pai contou o quanto gostava de água. Disse que o oceano era um dos lugares onde mais gostava de estar.

Depois Sonny se inclinou no banco de trás e lhe perguntou por que estava morando em Atlanta se gostava tanto do oceano. Aí o pai disse que achava que não moraria mais em Atlanta por muito tempo. E o carro inteiro ficou em silêncio e Kenti nem gritou quando passaram por um Stuckey's.

"Menina, cuidado!"

"A gente disse."

Kenti se colocou na frente de Paulette, que tinha se virado para gritar com o Cachorro Malvado e mandá-lo calar a boca. Kofi estava empurrando a porta de volta com o queixo. A chave dele estava na fechadura. A corda que tinha trançado na colônia de férias estava em volta do seu pescoço, sufocando-o.

"Você agora costura dormindo?" A magrela Paulette se aproximou, se abaixou e estalou os dedos debaixo do nariz de Zala. "Se está querendo uns pontos, venha pro pronto-socorro num sábado à noite que nem todo mundo."

"A gente disse."

"Todo mundo ouviu." Kofi fez o caminho mais longo até a cozinha.

Zala sentiu que estava sendo erguida, a mão fria na sua cabeça.

"Levanta, menina, antes que você costure a cara na mesa." Paulette desligou a lâmpada e torceu a pele do braço de Zala. "Hmpf", resmungou, depois puxou o braço esquerdo de Zala para longe da agulha.

"A gente disse, tia Lette", Kenti falou, tentando coçar a cabeça por cima do chapéu de Páscoa.

Paulette apontou o dedão para sua casa. "Será que eu devia ir buscar meu kit de primeiros socorros?". Ela pôs as mãos em volta da boca e gritou em direção ao quarto. "Porque com certeza tem alguém aqui pedindo para levar uns safanões."

"Nem se dê o trabalho", Zala suspirou, a sala flutuando. "Ele ainda não voltou. Ele e o Bobby devem chegar às cinco."

"Cinco da tarde no horário do Sonny ou cinco horas do relógio normal? Ouça meu conselho, mulher, ligue para a polícia."

Zala olhou para o vergão no braço. "Eu não boto a polícia contra os meus filhos, Paulette." O vergão começava a formar bolhas.

"Não contra, *a favor*. Ele está lá fora e tem um maníaco à solta..." Paulette interrompeu o que estava dizendo. "Ei, que tal pegar alguma coisa pra sua pobre e velha tia tomar?"

Zala se esticou para ajudar Kenti a tirar o chapéu. O elástico estava machucando o pescoço dela. Porém Paulette puxou a menina para dentro das pregas do vestido e afrouxou o nó do chapéu, fazendo cócegas debaixo do queixo de Kenti.

"Não me traga esse refrigerante diet que andam fazendo vocês tomarem aqui. E não, também não quero leite desnatado." Paulette fez uma careta e Kenti riu e se contorceu, mas continuou grudada nela. "Vou tomar a mesma coisa que a sua mãe estiver tomando." Paulette espiou o copo de Zala.

"Chá." O vidro suado encostando na almofada de alfinetes.

"Chá. Sei." Paulette enxotava Kenti, porém ela continuava voltando, abraçando a mulher alta e enterrando a cabeça nas intermináveis dobras de seda bege.

"O velho e bom chá, Paulette. É só chá."

"Relaxe. Estou só provocando."

Paulette levou Kenti de costas para a cozinha, as mãos fazendo cócegas debaixo dos cotovelos da menina. "O que você tem aqui para a pobre e velha tia Lette?".

"Você não é velha", Kenti disse, coquete. "Quer chá gelado?"

"Nada daquele negócio fosco que vocês fazem aqui. Me dê alguma coisa transparente."

Zala soltou a braçadeira e puxou a manga para o colo. A costura estava em zigue-zague e enrugada, os pontos muito apertados. As túnicas já estavam um dia atrasadas. Será que o coral tinha cantado com as roupas normais no culto da manhã? Foi o primeiro domingo da vida em que deixou de ir à igreja. "Pressão", murmurou, como se o pastor estivesse exigindo uma explicação. Ela procurou o descosedor entre as coisas de costura, enquanto o vizinho do lado brincava na cozinha com as crianças. Era meio-dia. Prometeu à cunhada que devolveria a máquina no fim da tarde. Mas quem levaria a máquina? As crianças estavam ansiosas para andar no novo trem urbano com o Sonny.

"O elástico não devia ficar debaixo do queixo", Paulette dizia entre goles de água gelada. "Você vai cortar seu próprio pescoço."

"Então como o chapéu vai ficar no lugar?" Kenti estava falando com sua voz de bebê. Aquilo estava dando nos nervos de Zala.

"Tente pentear o cabelo", Kofi disse, soando como Sonny.

"Mamãe", Kenti chamou quando Zala pegou a tesoura. "A gente vai cortar o cabelo agora?"

"Bem que vocês precisavam", Paulette brincou, ficando atrás da cadeira de Zala. Ela pegou as tranças da outra. Zala atacou a costura com a ponta da tesoura.

"Olhe aqui", Paulette contornou a cadeira. Alisando metros de seda creme do vestido, se abaixou ao lado de Zala.

"Qual é o problema? Você está com uma cara horrível. Não é de admirar, acho. Também estaria morta de medo, com esses sequestros e mortes. Quer pegar meu carro?" Ela apalpou a roupa e achou as chaves. "Eu fico aqui com a Farofa e o Cuscuz e você vai buscar o senhor Mandão."

"Que mortes?" Kofi e Kenti entraram na sala.

"Tem alguém matando gente, mãe?"

"Vão se trocar", Zala disse irritada. "Eu não trabalho igual um burro de carga pra vocês dois brincarem usando roupa boa." Eles bateram em retirada e Paulette pegou a mão de Zala.

"Olha só, se você quer se entregar aos lamentos das misérias do trabalhador, faça-me o favor de ficar de pé, Marzala. Só tenho um prego sobrando."

"Muito engraçado", Zala ironizou, se afastando. Dava para ouvir Kenti rindo no corredor. Kofi gritou "Iiiiáá!" e chutou a porta para abrir.

"Será que a gente não devia ir procurar o Sonny? Sem brincadeira, guria, tem um lunático pegando crianças lá fora. Pra onde eles iam, afinal? O grupo de campistas?"

Zala rasgou a costura e tentou se concentrar no que Paulette estava dizendo. "Nem sei onde eles estão. A irmã do Spence não conseguiu achar o papel."

"Não achou o cacete." Paulette se levantou e sacudiu o vestido. "Estava era ocupada demais se divertindo pra ir procurar, é isso o que você quer dizer."

"É, isso."

"Ou procurando mais otários pra comprar casas." Paulette cutucou Zala. "Ligue de novo pra ela. Eu falo. Isso pode ser grave."

"Paulette, tenho um monte de trabalho aqui."

"Que se dane a roupa do coral. Qual é o seu problema?"

"Quatro bocas pra alimentar. Esse é o meu problema! O aluguel atrasado, dois meses de pagamento parcial, e posso estar me iludindo com essa história de faculdade que você meteu na minha cabeça. Estou exausta e você está me deixando com dor de cabeça. Esse é o meu problema. Como você está?"

"Eu não acredito nisso. Marzala, você estava ali naquele mesmo sofá destruído comigo quando aquelas mulheres apareceram na TV."

Paulette puxou o braço de Zala como se quisesse arrastar a outra para o sofá, para que ela lembrasse.

"Estavam falando dos assassinatos de crianças, lembra? Crianças que somem à luz do dia e aparecem mortas. Nem me venha com esse olhar de peixe morto, guria, você não está tão bêbada. Pode virar os olhos o quanto quiser, não estou nem aí, porque nem é você que importa nesse caso. Estou falando é do Sonny, porque sei que você ouviu. Deve ter visto no jornal. E sei muito bem que devem ter falado na barbearia. Os assassinos de crianças. Acorda, por favor?"

"E você pode parar de me puxar, por favor?"

"Não tem nada limpo pra vestir", Kenti entrou na sala. "Tá tudo sujo."

"Tá, não reclame." Zala largou a tesoura.

"Sem problemas", Paulette interrompeu. "Junte a roupa suja e vamos colocar na minha máquina. Olha só...", ela estava puxando de novo, "vou atrás dos jornais. Quem sabe isso — dá pra você largar essa costura e me ouvir? Sei que odeia deixar as pessoas se meterem na sua vida, mas é melhor chamar a polícia. Vou de carro até a Campbellton Road pra ver se acho o Spencer."

"Ah, você sabe onde o Spencer costuma andar."

"Dá pra parar? O Sonny ficou a noite toda fora e você está sentada aqui costurando tranquilona, sabendo que tem um assassino de crianças à solta? Não entendo. Sinceramente não entendo. Explica pra mim. Fala alguma coisa. Eu aprendo rápido." Chacoalhando as chaves do carro, Paulette foi até o sofá e se sentou na ponta da almofada. "Estou ouvindo." Zala esfregou os olhos. Parecia que estavam cheios de areia. Ela sabia que Paulette não ia ficar sentada por muito tempo. E, tendo em vista que sua ideia de entretenimento incluía ler sobre o caso Ted Bundy nas férias de verão, era de se esperar que em breve começasse a borrifar sangue pelas paredes com as últimas notícias do *National Inquirer*.

"Então explica pra mim, minha cara. Me conta como foi que o Maynard mandou criar uma força especial de polícia para investigar esses sequestros. E, se o que estou falando é absurdo, quero ouvir você me dizer que o *Journal* e o *Constitution* também são idiotas por publicarem matérias sobre esse assunto." Ela se levantou de novo, batendo os pés. Os sapatos eram novos, Zala percebeu.

"Mas quando for me explicar", Paulette continuou, de novo perto da cadeira de Zala, "não me venha com aquela baboseira da polícia sobre guerra de gangues. Teve criança de 7, 8 anos sumindo. E me poupe da história da festa selvagem regada a maconha também. Crianças de 7 anos em festas loucas? Um baseado não esfaqueia nem estrangula nem atira numa criança. Você está me ouvindo? Quer que eu vá buscar um jornal pra você ler por conta própria?"

Zala já não estava ouvindo. Estava tentando organizar o que havia ouvido na barbearia Simmon's. Normalmente não prestava atenção na conversa dos jogadores de damas, nos discursos do engraxate sobre política, na fofoca dos clientes. No entanto ela se lembrava da conversa relacionada aos sequestros. E se lembrava do menino que foi encontrado morto numa escola abandonada.

"Achei que era... sei lá, no Alabama?"

"Não, minha querida, não foi no Mississippi nem no Arkansas. Foi bem aqui", Paulette disse, batucando na máquina com um grampo que tinha se soltado dos cabelos. "Não seja tola, sua idiota, chame a polícia."

"E você vai ficar aí me xingando até eu chamar?"

Paulette se levantou. Zala sentiu como se alguém estivesse abrindo dois furos no topo da sua cabeça.

"Sabe, a gente não está falando de você, Marzala. De verdade. Mas me deixa dizer uma coisa. É como digo pros pacientes no Grady. Você pode arrancar minha cabeça, se quiser, entretanto ficar bravo comigo não vai mudar os raios-X. Tá me ouvindo? Pode esconder o comprimido debaixo da língua, cuspir na privada, tanto faz, ei, você é adulta, e não dou a mínima, porque não é comigo. Certo?"

"Não, não é com você."

"Você é uma estúpida, Marzala Spencer, sabia? Uma pobre coitada sem noção."

Quando a porta bateu, Kenti derrubou a fronha nos pés de Kofi e foi na ponta dos pés até a sala. Ela esbarrou na cadeira de Zala.

"Por que a tia Paulette está tão brava?"

"Ela?" Zala bateu no peito até a pele doer. "E eu?"

O ar estava tomado por fumaça de churrasco. Os bancos nas varandas rangiam ao som dos irrigadores de grama. Duas portas acima na direção da rua Ashby, um casal idoso saiu e olhou para o trio que conversava próximo ao carro da polícia. O homem cuja casa ficava na diagonal da casa dos Robinson pegou um balde para lavar o carro. Os dois policiais olharam para ele e pararam de conversar. Depois passaram a foto de Sonny de mão em mão até Zala entregar uma segunda. Ela se virava de um para o outro, respondendo perguntas. O turbante dela começou a cair sobre as orelhas.

Uma formiga carregando um grão de pólen escalou a cordilheira vermelha no degrau de tijolos junto ao pé de Kofi, depois desapareceu num buraco no cimento.

"De repente todo mundo tem alguma coisa pra fazer aqui fora", Kenti comentou. Ela coçou a cabeça por cima de uma toalha, segurando os cotovelos para não derrubar a página dos quadrinhos. Sentando-se no último degrau, sacudiu o jornal. "Queria que eles saíssem duma vez pra encontrar o Sonny."

"Estão esperando o Bobby." Kofi vigiou a irmã por um minuto para ver se ela estava tentando fazer um avião. Mas estava usando o jornal só para se abanar. Ele viu espuma de sabão na parte de trás do pescoço dela, porém não disse nada. Paulette tinha feito ele enxaguar o cabelo de Kenti duas vezes.

"Eles só ficam falando, falando", Kenti reclamou, erguendo a cabeça para olhar o irmão em pé no topo da escada.

"Bem, não ponha a culpa em mim."

O policial branco estava encostado ao carro como uma tábua, os calcanhares na sarjeta. Ele disse algo para Zala e bateu com a lanterna na palma da mão. "Muito bem, senhora, e o pai do menino? Todos eles são do mesmo pai?". Kofi viu a cara que ela fez. Quando ela olhava assim, a resposta ia ser bem fria ou bem quente.

O policial preto estava em pé no canteiro de grama onde Kofi tinha deixado o latão para quando o lixeiro passasse. "E a senhora falou com os avós dos dois lados, sra. Spencer?". Ele fez que sim ao ouvir a resposta, fosse qual fosse, e apertou os lábios enquanto ela continuava a falar. Então ergueu as calças e colocou o pé no hidrômetro. Kenti olhou para cima quando o cano de metal estalou.

"As luzes da rua vão acender daqui a pouco", ela disse.

"E daí?"

Kenti parou de se abanar. "E daí que ela vai mandar a gente pra cama, jacu."

"Tem sabão no seu pescoço. E no cabelo. Você vai ficar com caspa."

Kenti interrompeu Kofi. "Todo mundo está olhando pra gente."

"Eu tenho olhos."

Ele tinha visto o inquilino da tia Paulette assistindo à cena com binóculos desde seu quarto no terceiro andar. A janela estava vazia agora, porém a persiana ainda balançava. Havia uma grande mariposa esmagada contra a vidraça do inquilino. Além disso, mariposas e insetos escuros voejavam ao redor dos postes de luz, e as lâmpadas ainda nem estavam ligadas. Ele viu uma libélula mergulhar num canteiro de pétalas marrons secas na calçada dos Robinson. O Cachorro Malvado estava olhando para todo mundo na rua, arfando com a língua caída para o lado.

"A senhora não acha que ele pode ter ido nadar, sra. Spencer, depois de não ter conseguido achar o acampamento?" O policial preto pegou a lanterna da mão do parceiro e a enfiou numa das presilhas do cinto. Depois transferiu o peso do corpo à perna que pisava no hidrômetro. Kofi olhou para a protuberância no coldre. E quando o policial se virou, pulando um pouco em um pé só, o menino viu as algemas. Aquela visão deixou um gosto ruim em sua boca, como tomar leite em uma caneca de metal.

Os policiais não tinham entrado na casa para procurar no beiral do telhado ou no porão, como a própria família tinha feito. "Vamos dar uma procurada, antes de eu ligar pra polícia", ela disse, quando o que realmente queria dizer era: "Vamos dar uma trabalhada, antes de vocês irem se divertir do outro lado da rua".

Também não bateram na casa ao lado para interrogar os Grier. Simplesmente aceitaram a palavra dela de que Sonny não estava no local e que não estava com um vizinho ou amigo.

Kofi deu uma boa olhada nas algemas. Deslizou o pulso na fechadura de dois dedos. Aquelas algemas não iam segurar um menino nem uma mulher pequena nem um homem magro.

O policial preto fez o cano do hidrômetro ranger de novo. O gosto metálico na boca de Kofi piorou. Podia ter lhes dito algumas coisas. Tipo contar que Sonny pegou o descosedor da mãe quando saiu, como se estivesse indo brigar com alguém. Kofi não estava tentando se esconder. Também não estava esperando para dizer aquilo num momento especial. Simplesmente esqueceu. E se contasse agora, a mãe gritaria com ele. No porão, ela havia gritado tão alto que o sr. Grier teve que descer para ver o que estava acontecendo. O porão era assustador, como uma mina que as pessoas desistiram de cavar assim que acharam ouro. Zala dizia sem parar que tinha sonhado com o porão. Por isso fez todo mundo vasculhar o lugar.

Kenti puxou as pernas da calça de Kofi. Mas ele só entendeu o porquê depois que o carro passou e a tampa do bueiro se sacudiu. O carro estava passando devagar pela Thurmond Street. Um grande Buick verde-escuro.

Parecia um dos carros que o tio Bryant emprestava às vezes para o papai ir mostrar casas. O motorista baixou as janelas e colocou o cotovelo para fora, depois a cabeça.

"Não é o papai", Kenti disse.

Voltou a se sentar. Se estivesse assim tão perto de casa, o papai iria assobiar. Quando o carro desacelerou, uma mulher se inclinou por cima do homem, para dar uma olhada. Ela segurava flores embrulhadas em plástico, como aquelas que usam para andar pelos corredores num show.

"Tão enxeridos. E aquele bebê esquisito também."

No banco de trás o bebê estava sentado no que Kofi achou ser uma cadeirinha infantil, comendo sozinho. Ele bateu na mesinha. Virou a tigela. Espalhou comida na roupa inteira e bateu palmas. Depois fez um esforço tremendo para pegar algo da mesinha para comer. Os dedinhos eram gordos. O molho de espaguete escorregadio. Kofi ficou exausto só de ver aquele esforço todo.

"Criança boba", Kenti resmungou.

"É só um bebê, Kenti."

"Um bebê gordo e intrometido."

"Olha quem fala."

Kenti balançou a cabeça e sacudiu a toalha como se fosse cabelo. Depois cruzou as pernas e se abanou. Quando o carro voltou a acelerar e o bebê foi sacudido por um solavanco e deixou escapar um choro, Kofi achou que a irmã xingaria os pais da criança, no entanto ela continuou se abanando. Ele vagou pela casa mentalmente, imaginando onde Sonny tinha escondido a caixa de charutos dele. Era uma caixa melhor que a do Kofi.

Uma vez a mãe já tinha ameaçado jogar aquela caixa fora, dizendo que ele só guardava lixo. Ele deixava os dentes de leite lá dentro, algumas conchas e uns troços mágicos, junto dos pacotes de Aqua Pura que o sr. Lewis do Boys' Club lhe deu. O pai se meteu e fez todo um discurso sobre privacidade. Pois também teve uma caixa de charuto para guardar suas coisas. A caixa que papai lhe deu era uma Primo. Kenti estragou a dela no mesmo dia, tentando fazer papel machê, as tiras de jornal encharcadas, mais água que farinha. A boneca pelada que enfiou ali de qualquer jeito estava mole e disforme.

"Onde você acha que o Sonny está?" Ela falou por trás do leque e interrompeu os pensamentos dele sobre o forro do telhado. Kofi tinha certeza absoluta de que a caixa do Sonny estava enterrada lá em cima sob a camada de isolamento solto.

"Se você continuar coçando, vai virar uma ferida", Kenti disse. "Mamãe disse pra você colocar uma camisa de manga e passar vaselina no rosto antes de subir lá. Você é cabeça-dura, sr. Kofi."

"Dá pra calar a boca?"

"Uma cabeça-dura vai sempre te deixar com a bunda quente", ela provocou.

"É melhor ficar quieta. Está quente demais pra falar."

Zala repassou tudo mais uma vez para ocupar o tempo. "Ele saiu pra ir buscar a máquina antes que eu conseguisse falar com ele. Mas vai voltar a qualquer momento. Pelo menos ele vai saber chegar no acampamento." Ela se virou para a Ashby Street e sentiu a rua inteira virar com ela. Aparadores de grama pararam. Tesouras de poda pausaram. Mangueiras molharam as calçadas. Uma mulher perto da esquina se levantou do balanço na varanda e se encostou contra a tela da porta, que estufou. Duas casas acima dos Grier, um marido idoso, sentado, segurou a esposa pelo cotovelo enquanto ela, em pé, esticava o pescoço. Depois ela se sentou, se encostando nele.

"Enquanto não aparecer outra chamada, podemos esperar, senhora", disse o policial Eaton, o branco.

Zala baixou os calcanhares e examinou as cortinas da sala de estar dos Grier. Eles não tinham se mexido. Porém o sr. Grier tinha descido até o porão enquanto Kofi estava lá embaixo, brincando que era um minerador numa mina de carvão e depois um ferroviário, balançando a lanterna por trás do monte de terra pedregosa nos fundos da fornalha. O sr. Grier pareceu incomodado por ter que responder de novo se tinha visto Sonny.

"Calor insuportável", reclamou o policial Eaton.

"Uma fornalha", concordou o policial Hall.

"A senhora acha que o seu menino pode ter ido na piscina? Eu teria ido pra lá. Com esse calor", repetiu Eaton.

"Posso buscar uma água com gelo pra vocês dois?"

"Não, obrigado, sra. Spencer. Vamos só ver o que o seu sobrinho tem para dizer."

Zala olhou para a maçaneta na porta dos Grier. Torcia para que o sr. Grier esquecesse o passado e saísse. Precisava de apoio. Era desconfortável lidar com a polícia. Especialmente assim, na rua. Estava quente demais dentro de casa. E, além disso, eles tinham revirado o lugar procurando números de telefone nas coisas do Sonny.

"Deve ser algum recorde, esta onda de calor."

"Humm."

Olhando na direção de Taliaferro, Zala ficou pensando se todo mundo estava mantendo distância por causa da polícia ou porque não se importavam. Quando anoitecer, pensou, com um gosto ruim nos dentes, alguma história inventada irá estar circulando. Uma versão vai acabar chegando até ela na barbearia, a quase dois quilômetros e meio de distância.

"Bom," — subindo no meio-fio — "acho que a gente podia dar uma olhada lá na rua", disse Eaton, falando com seu parceiro, as palavras passando através de Zala. "No entanto vamos ver o que o sobrinho dela tem para contar. Essas fotos são recentes?". Ele andou na direção do colega, que ainda estava com o pé apoiado no hidrômetro.

"Ela disse que foram tiradas em junho."

"A formatura do Sonny na sexta série", disse Zala. "Tenho um pacote delas." Ela se colocou entre os dois. "De qual rua o senhor está falando?"

"Ali na Stewart Avenue. O fliperama, os *peep shows*, livrarias eróticas." Eaton molhava os dedos na língua e consultava anotações.

"Meu filho é um menino de 12 anos", Zala disse friamente, e o policial tirou os olhos do bloco de anotações.

"A senhora ia ficar surpresa. E nem são só os meninos negros", disse Eaton.

Ela girou sobre os calcanhares e seguiu Hall, que apontou a lanterna por cima do telhado. Embora ainda fosse dia, ele apontou a luz para as calhas e em torno dos cantos betumados das claraboias.

Kenti desceu dois degraus saltando e se virou para seguir a luz. "Você acha que meu irmão está se escondendo no telhado?"

"Ele faz isso às vezes, se esconde de você?", perguntou Hall.

Kenti olhou para ele, virou-se para Kofi, depois olhou para a mãe por cima dos ombros do homem. Kenti mordeu o lábio. Quando o policial entrou no jardim, ela encolheu os pés. Os olhos da menina foram da arma na cintura dele para o jardim dos Robinson. A menina podia ver o Cachorro Malvado entre a traseira do fusca amarelo e as luzes dianteiras do carro de polícia. O Cachorro Malvado não tinha latido uma única vez, como se soubesse que policiais têm armas e balas.

"Tive a impressão de escutar alguma coisa lá em cima", explicou o policial preto, virando-se para olhar diretamente para Kofi.

"Esquilos", Kofi disse.

Algumas noites, no entanto, ele escutava coisas mais pesadas que esquilos lá em cima. Pensou em dizer isso, contudo percebeu que a mãe o olhava, e não disse nada. O policial preto foi para a lateral da casa enquanto Eaton se aproximava da cerca e apontava a luz.

"Você precisa fazer o dono da casa trocar as calhas. A ferrugem já abriu uns buracos. É alugado ou financiado?", Eaton perguntou.

Kenti viu a mãe parar perto da árvore de jade e demorar bastante para se virar em direção ao homem branco.

"Acho que o meu filho está perdido na floresta", comentou. E depois: "O meu sobrinho leva vocês até lá. Ele chega em breve". Aquilo fez o policial parar. Porém só para garantir, Kenti esticou as pernas. O policial olhou para os pés descalços dela e voltou para o carro, a cabeça virada para a esquina da Ashby.

"A sra. Robinson está olhando pra cá", Kenti falou, fitando com o canto do olho. "Está fingindo segurar o Cachorro Malvado pela coleira, mas ele nem está latindo."

"Tenho olhos e ouvidos", Kofi retrucou. A fibra de vidro estava lhe causando coceira por todo o corpo. Ele se preparou para pular do topo da escada. Queria ver o que o policial preto estava vendo na lateral da casa.

"Ela disse pra ficar aqui."

"Não ouvi ela dizer nada."

"Disse com os olhos. Você tem olhos, né?" Kenti cruzou as pernas de novo e se abanou.

"Esquece." Kofi chupou os dentes e continuou onde estava.

Pela calçada estreita, Zala seguiu o policial Hall até os fundos da casa, onde, de repente, ele se agachou. Protegendo os olhos com a mão, olhou pela janela do porão.

"A senhora tem um gato, sra. Spencer?"

"Os vizinhos. O porão é compartilhado."

"Lavanderia?"

Ela deu de ombros. "A lava-roupas e a secadora quebraram um mês depois que a gente se mudou pra cá."

Ele se virou, as solas dos sapatos arranhando a calçada de tijolos. Não parecia estar escuro até que ele passou a luz da lanterna debaixo do corniso, depois apontou a lanterna para a cerca de trás e mais uma vez para a árvore. Fez isso rápido, como se tentasse pegar algo astuto e esquivo. A poça de pólen amarelo-esverdeado embaixo do corniso ficou amarelo-clara. O tecido que Sonny tinha usado para montar uma tenda de repente parecia brilhante, quase transparente. Tinha nós em alguns lugares. Uma teia que uma aranha teceu, usando um nó como âncora, havia capturado uma vítima. A casca de um besouro pendia dos fios prateados.

"Você se dá bem com seus vizinhos próximos?" O policial Hall se ergueu e arrumou o uniforme debaixo dos braços.

"Sem problemas", ela disse, omitindo as cenas que normalmente começavam quando ligava a máquina tarde da noite.

A luz da lanterna varreu o jardim passando pela lavadora manual no jardim vizinho. Uma senhora idosa, descansando o rosto na mão fechada, o cotovelo no canto da mesa de esmalte, dormia na varanda de trás. As meias dela estavam enroladas até as canelas. Usava chinelos masculinos. Roupas molhadas estavam penduradas num varal de madeira sobre sua cabeça. A porta da cozinha estava aberta. Era uma casa pequena e sem corredores; todas as peças foram expostas pela lanterna do Departamento de Polícia de Atlanta.

"Olha isso." O policial Hall sacudiu a cabeça, apontando a luz para uma casa onde em cujo pátio havia uma piscina infantil azul, desinflada e enrugada. A porta estava entreaberta. Zala conseguia ver o guidão de um triciclo de criança na varanda de trás. Então ele apontou a luz para a casa diretamente atrás da casa de Zala. Alguém deixara a escada de mão totalmente estendida contra a parede lateral. As telas nas janelas eram do tipo de encaixe.

"Houve muitos arrombamentos neste bairro nos últimos tempos. E está piorando a cada dia. Recebemos um chamado quando estávamos vindo pra cá. Por isso demoramos tanto."

"Vocês recebem muitos chamados como este? Crianças desaparecidas?" A saliva dela estava pastosa.

"Criança fugindo de casa? Não é raro."

"Não, quero dizer... Os jornais dizem que tem alguém sequestrando e matando crianças." A resposta foi a mesma que tinham dado quando estavam no meio-fio: nada.

O policial parecia determinado a acordar a velhinha, apontando a luz direto na cara dela. Então deu um passo para o lado algumas vezes, e agora Zala também via a casa daquela senhora de uma ponta a outra, até a fila de plantas no corrimão da varanda da frente. Eram plantas grandes e coloridas em baldes, vasos e latas grandes.

Latas de suco, Zala imaginou. Suco de toranja, a mucosa da boca ácida. No Boys' Club serviam suco de toranja para os pais enquanto eles esperavam, despejado de grandes latas em copos de plástico que se desmontavam.

"Acho que a culpa é do novo aeroporto", Hall estava falando. "Construir um aeroporto internacional imenso como Hartsfield é como colocar um tapete de boas-vindas para o crime organizado. Agora o jogo mudou." Ele caminhou até os degraus dos fundos da casa dela. "Quando o tráfico de drogas cresce, também aumentam os pequenos delitos." Com a lateral do sapato, ele juntou caroços de cereja espalhados em uma pilha.

"Você acha que essas crianças assassinadas estavam envolvidas com drogas?"

"Só estou dizendo que traficantes de drogas não têm nenhum escrúpulo em recrutar jovens. A gente não pode prender um menor por posse, e eles não podem ir pra cadeia. Os traficantes dependem disso."

"Mas as crianças..." Zala não conseguia aquietar a mente. Hall continuava olhando dos caroços de cereja jogados sobre os degraus para a corda enrolada em torno do corniso. Uma menina, lembra de ter lido, foi encontrada estrangulada num terreno baldio não muito longe do condomínio de Spence. A garota foi amarrada a uma árvore com um fio elétrico. "É isso que dizem sobre as mortes das crianças? Que elas estavam trabalhando para o tráfico?". Parecia absurdo. Não era mais fácil pagar um adulto para ficar quieto do que matar uma criança?

"Meu parceiro examinou o caso e acha que é um repórter tentando criar uma história sensacionalista para subir na carreira. Não tem evidências. Um método diferente em cada assassinato."

Esperou que ele lhe perguntasse sobre os caroços de cereja. Então daria respostas curtas. Diria que eles sentaram nos degraus traseiros há duas noites, ela e Sonny, dividindo uma tigela de cerejas Bing. Tinha sido uma oferta de paz, mas não diria isso. Sonny estava emburrado e não queria entrar para jantar. Zala tinha queimado os croquetes de salmão. Pelo menos ela conseguiu fazer Dave ir embora.

Ela se arrastou atrás do policial Hall. Ele tinha se interessado pela horta. Ela estava interessada principalmente em ir dormir, porém os jornais de Paulette estavam espalhados pelo sofá.

"Os jornais dizem que o chefe de polícia criou um grupo especial pra investigar. Então deve ter alguma coisa", insistiu, seguindo o policial até o jardim.

"O comissário criou uma equipe especial de investigação, sim", o policial confirmou, "porque — só entre nós — um grupo de pais estava pressionando a prefeitura."

Ter que falar aquilo parecia cansativo para ele, e Zala não conseguia pensar em mais nada para perguntar. Porém o profissional era ele e, portanto, era quem devia estar fazendo perguntas para *ela*, forçando-a a pensar em algo, em alguma pessoa, algum lugar que havia esquecido. Talvez não houvesse motivo para estar assustada. Ele era um policial;

devia saber. Se as histórias de assassinato fossem verdadeiras, Maynard não ia estar no noticiário, mobilizando a cidade? Melhor deixar que Paulette falasse sobre aquelas histórias assustadoras. Zala olhou para a garagem vazia de Paulette e desejou que ela voltasse para dar apoio. Paulette saberia lidar com a situação.

"A senhora deveria ter umas luzes de jardim aqui atrás, sra. Spencer. Só as crianças e a senhora moram aqui sozinhas?"

Ela fez que sim com a cabeça. E quando ele empurrou o chapéu para trás para passar o braço na testa, ela soube que o assunto não ia parar ali. O policial perguntou: "Não tem um homem na casa?", bem como os Grier perguntaram, sem se intrometer, porém realmente preocupados. "Então quem diz o que você deve fazer?", o sr. Grier parecera realmente preocupado com o bem-estar dela.

"Um cachorro não seria má ideia", Hall opinou, mexendo com os pés na terra do jardim. "A gente tem um pastor-alemão, entretanto um dobermann seria melhor. Tem uma arma para proteção?". Ele perguntou baixinho e parecia saber que ela não iria responder, não que fosse importante. A maioria das pessoas tinha armas nos carros, uma em casa, e não era incomum sentir uma arma ao dançar com alguém.

"As pessoas têm que se prevenir", ele continuou. "Uma .33 ou uma .38, acho." Ele se virou e olhou para ela. "Talvez uma .32 — você é pequena."

E continuou a avaliar Zala. Zala por sua vez ficou imaginando se agora ele iria indicar que tipo de homem combinaria melhor com o tipo preferido de cachorro, a arma indicada e com sua baixa estatura. Contudo ele voltou a atenção para o terreno, empurrando a camada superior como testando para ver se a terra estava bem batida. De repente ele transferiu o peso para a perna de trás, encolhendo-se, como se o pé houvesse encostado em solo movediço. Até parecia que a terra se abriria a qualquer minuto o sugando para dentro de sua boca coberta de lama.

"Deve ser difícil criar três crianças sozinha. Principalmente dois meninos. E um é adolescente." Ele encheu a boca de ar e soprou. "Adolescentes podem ser difíceis." Ele apontou a luz para a pá.

"Ele é um bom menino", ela disse, com voz fraca. "Tem 12 anos, nem é adolescente ainda. Não me dá trabalho. Nem um pouco."

"O problema é que não tem como cuidar deles o tempo todo. Eles podem estar em má companhia e você nem sabe." Ele puxou uma estaca que estava numa pilha de madeiras, arrumadas para servir de moirões na horta de tomateiros.

"Eu sei quem são os amigos dele", ela viu o policial passar o dedão sobre a ponta da estaca, testando-a. "Ele canta em um coral. Um grupo bom de meninos", continuou, repetindo o que já tinha dito a eles.

"Isso é bom, porque, como eu disse, esses traficantes pegam crianças novas para o trabalho sujo. E é um negócio grande. Não têm problemas em matar uma criança pra manter as outras na linha." Ele sopesou a vareta, avaliando-a. "Imagino que seu filho tenha um horário limite pra voltar pra casa. Quem pune o garoto quando desrespeita o horário?"

"Bom, eu ponho de castigo."

"Sei." O policial parecia duvidar de algo. Com a vareta, mexeu na caixa de ferramentas dela. "Seu marido é rigoroso com as crianças? Bate nelas?"

"Não, não." Ela se sentiu desconfortável, o policial abaixado estudando cada ferramenta e ela sem saber o que se passava na cabeça dele. A bola de corda caiu para fora da caixa. Mesmo para ela, parecia suspeito: grosso demais para a largura das estacas, porém ideal para amarrar alguém.

"É", disse cansado, alongando a palavra. "Não duvide que esses traficantes usem os próprios filhos."

"Você está dizendo que foi isso que aconteceu? Digo, com as crianças desaparecidas?"

Ela se sentiu um pouco mais tranquila quando o policial fez uma careta que parecia indicar que não sabia. No entanto ao mesmo tempo ele continuou virando de um lado para o outro uma das ferramentas do jardim, a que ela usava para remexer e nivelar a terra para poder plantar.

"A Garra de Ferro", disse, subitamente animado e brincalhão, embora desse para ver que estava falando sério, fingindo que ia usar a ferramenta para atacar algo, lutando contra a sombra que o fio de telefone solto fazia na lateral da casa. Ele estava tão distraído que Zala chegou a ficar confusa. Perguntou a si própria se conseguiria agir com tamanha confiança mesmo se tivesse uma Smith and Wesson .32 à cintura. E se perguntava por que ela estava envergonhada e ele não.

O toque do telefone encerrou a brincadeira da esgrima. Ele se inclinou sobre uma perna e colocou a ferramenta no chão, como um golfista no campo prestes a dar uma tacada. Ela ouviu as crianças se empurrando para ver quem chegava primeiro até o telefone.

O parceiro de Hall andou até a lateral. "Alguma coisa aí atrás?"

"Nada que interesse. Algum sinal do sobrinho?"

"Ainda não." O policial Eaton olhou na direção da Ashby.

Kofi estava balançando a porta de um lado para o outro com os joelhos quando Zala chegou aos degraus da frente.

"Era a vó Cora procurando o papai. Era pra ele ter chegado lá às duas. Porém não apareceu."

"E ela está brava", Kenti disse, chegando à porta.

"É que ela estava esperando uma carona no Eastern Star porque o vovô foi com o carro pra cabana."

"Ela ainda está no telefone?" Da porta, Zala podia ver que o telefone estava no gancho, contudo o calor da casa deixava seu pensamento mais lento. "Kofi, por favor, vá ao banheiro se está apertado. E desligue todas essas luzes. Está uma fornalha aqui."

"A gente contou pra ela", Kenti falou, pondo a mão de Zala no cabelo dela. Estava seco, o que queria dizer que seria uma batalha para pentear e fazer as tranças. Zala deu um tapinha na cabeça dela e desceu os degraus.

"A gente contou do Sonny. E ela disse que tem que ficar de olho nele. O que isso quer dizer?"

"Veja se consegue ligar de novo pra ela, Kenti."

"Ela não está em casa, eu já disse."

"Como é que é, mocinha?"

Kenti mordeu os lábios e voltou para dentro de casa.

Ela teve que ficar entre os dois policiais e o carro de polícia. Eles pareciam prontos para ir embora.

"Parece que o menino está com o pai, não é, sra. Spencer?"

"Foram ver um filme no ar-condicionado, imagino, senhora. É o que eu faria", Eaton riu.

"Como você disse, seu marido vem visitar as crianças aos domingos. Acho que os dois decidiram sair sozinhos. O que acha disso?"

"Bem, ele não vem todo domingo", começou, todavia Hall e Eaton pareciam certos. Eles não eram novatos. Deviam saber das coisas. E disseram que não era uma situação incomum. E antes do Velho Murray ter convencido Sonny a abrir mão da bicicleta, o garoto frequentemente pedalava até Campbellton para ver Spence. Ela se concentrou na certeza na voz de Hall.

"Depois de se desencontrar do pessoal do acampamento", ele estava dizendo, "sentindo como se tivesse sido abandonado, digamos assim, foi ver o pai. É domingo. E seu marido, para compensar a ausência, levou o garoto para ver um show, talvez comer uma pizza. A senhora consegue pensar em algum lugar que eles costumam ir? O Six Flags parece uma possibilidade?"

"Faz sentido, senhora." O policial Eaton estava encorajando Zala com as sobrancelhas. "Foram de carro até o Six Flags. Parque cheio no domingo, caramba. Ou foram só passear, o menino e o pai. O carro tem ar-condicionado, aposto." O policial convidou Zala a sorrir com ele.

"Perderam a noção do tempo e seu marido se esqueceu de avisar à senhora onde eles estão."

"Se divertiram tanto que acabaram se atrasando para ir ver os avós. É no interior, não é? Eles têm uma fazenda?"

"Columbus", ela disse.

"Sem falar que eles podem ter tido algum problema na estrada."

"Olha, eu diria que isso é bem provável, num dia quente como este. E Deus o livre se tiver deixado anticongelante no motor. Rapaz, aquilo fica muito grudento." De repente o policial Eaton era um velho amigo da família pronto para transferir dinheiro para um amigo preso numa estrada "interiorana" em Columbus, na Geórgia.

"Eles estão juntos, a senhora não acha? Eu acho que sim." Foi a primeira vez que o policial Hall deu um grande sorriso. Ele parecia radiante, olhando dela para o parceiro e depois para ela novamente. Estendeu o lábio inferior para fora e balançou a cabeça como Spence faz depois de entregar uma casa aos pedaços para conserto.

"Mais cedo ou mais tarde, vão perceber que é melhor telefonar."

"Claro. Estavam se divertindo."

Eles concordaram. Os dois pareciam prontos para darem soquinhos um no outro, de tão satisfeitos com seu próprio desempenho. Mistério resolvido, caso encerrado.

Zala se sentiu mais leve. O nó no topo da espinha — logo abaixo do outro por causa do aluguel atrasado — se soltou. Ela conseguia imaginar, os dois num dos vários carros que Bryant alugava, passeando, o rádio ligado, dividindo um pacote gigante de chicletes que estava sobre o painel, cantando e mascando e conversando, sem nem pensar em Kenti, Kofi ou nela. Podia até sorrir, apesar da negligência deles. E sorriu, até que os policiais tentaram devolver as fotos de Sonny.

"Não sei", murmurou, abraçando a si mesma na altura do diafragma. "Eu ia me sentir melhor se a gente pudesse dar uma olhada no local do acampamento."

"Podemos fazer isso, senhora, com certeza."

"Podemos passar um rádio para uma unidade na área", o policial Hall corrigiu, "assim que conseguirmos uma localização exata."

"Olha o Bobby ali!", Kofi gritou. Em seguida pulou da varanda e saiu correndo.

"Esse é o primo do menino?"

"É ele", Zala confirmou. O baque da aterrissagem de Kofi fez o útero dela estremecer. Disse a si mesma que, se Sonny estivesse em perigo, sua intuição lhe diria, e, enquanto começava a subir a Thurmond, teve certeza disso. Com um gesto, ordenou que Kenti ficasse à porta, e apertou o passo. Ela não conseguia se lembrar de ter tido frios na barriga nas últimas 24 horas. Não sentira nenhum aperto repentino. Seu filho estará em casa antes de anoitecer. Ela se sentiu livre pela primeira vez desde a tarde de sábado, quando, vindo da barbearia para trocar de roupa e ir para a aula de artesanato, descarrilou ao ouvir "Foi."

"E não é que parece que tem alguém com ele?" Eaton surgiu à direita dela, Hall andando pela esquerda.

Zala teve que rir. Bobby trazia embaixo do braço uma mulher com corpo de musselina e uma perna longa e brilhante. Sua cunhada não estava pedindo que devolvesse a máquina de costura, pelo contrário: aparentemente, estava pedindo que ela costurasse alguma coisa.

As luzes da rua se acenderam. Mariposas e outros insetos grandes voavam ao redor das lâmpadas. As mariposas continuavam tentando sentar no chapéu do velhote rua acima. A velhinha espantava os insetos com a mão, porém eles voltavam. O velho tirou o chapéu quando Zala e os dois policiais passaram perto. A velhinha se levantou e olhou para as costas suadas dos policiais. Ambos tinham um V escuro nas camisas dos uniformes. Então a velhinha voltou para dentro de casa.

Kenti esperou para ver se ela sairia de novo com uma lata de inseticida e iria apontá-la para o velho. O senhor era quase careca, só com uma penugem acima da nuca, onde as mariposas estavam brincando.

Ela viu o irmão e o primo descendo a rua com o manequim de tia Delia entre os dois. A senhora barriguda abrindo a porta de tela para lhes dizer alguma coisa simpática. Agora que era o centro das atenções, o primo Bobby assumiu um andar mais gingado. Depois todos os cinco se reuniram no meio da rua e seguiram pela Thurmond como se estivessem desfilando. Bobby balançava muito a cabeça quando lhe perguntavam algo. Parava de andar para responder. E Kofi tinha que diminuir o ritmo, voltar e ajustar o passo. Kofi estava carregando a parte mais difícil, o suporte da perna. E quando todos eles se juntaram para perguntar ao primo Bobby algo especial, Kofi ficou para trás, lá na ponta do molde de vestido da tia Delia.

O velho colocou o chapéu na cabeça, só para poder tirá-lo quando a procissão passasse. Não parecia que a velhinha fosse sair de novo. Ela iria perder a melhor parte, as paradas e a conversa e depois todo mundo retomando o ritmo.

Kenti estava esperando para ver quem entraria no carro para ir buscar Sonny e quem ia ficar. Ela contou todo mundo e os pôs mentalmente no carro de polícia. Cabiam todos, com três colos para se sentar. Se a tia Paulette se apressasse, seriam dois carros. Aí ninguém poderia dizer: "Faça um mapa, Bobby, e fique com o Kofi e a Kenti enquanto eu vou, porque alguém tem que ficar perto do telefone".

"Tudo bem?". Era a sra. Grier entreabrindo a porta. Ela falou de um jeito tão doce, que os olhos de Kenti se encheram de lágrimas. Tentou sorrir e acenar para a sra. Grier sem piscar. Se não piscasse, as lágrimas não cairiam.

"Tudo bem, então." A sra. Grier fechou a porta em cima do próprio casaco. Só depois de um longo tempo puxou a ponta do casaco e o pedaço de tecido laranja brilhante desapareceu.

Kenti esticou o pescoço como se estivesse com o nariz sangrando. Parecia que os dois policiais estavam se apressando para entrar no carro sozinhos. Ela olhou por toda a Thurmond Street procurando o familiar carro bronze com a cobertura preta. Na esquina com a Ashby, o velho Murray passeava com sua bicicleta, a bicicleta de Sonny, aquela que o velho comprou do Sonny por 10 dólares apesar da mamãe ter pagado 25 na Legião da Boa Vontade, aquela que o papai não ia buscar de volta por pena, porque a mãe do sr. Murray tinha morrido e ele foi demitido quando viajou para o Sul para o enterro. E agora o Murray também tinha ficado com a rota de entrega de jornais do Sonny. Por isso Kenti nem queria olhar para ele.

"Velhote", ela disse, igual a tia Paulette tinha dito. "Parece que está na menopausa."

Um rapaz estava vindo da Taliaferro. Usava tênis branco e preto. O resto dele estava na escuridão entre as luzes da rua onde as árvores se debruçam sobre a calçada. Ela torcia para não ser ele. Kenti queria que Sonny estivesse perdido na floresta. Queria ser a primeira a avistá-lo, dentro da viatura. Ela ia se inclinar no colo de alguém e bater no ombro do motorista. Ela diria: "Pare o carro, por favor, lá vai meu irmão mais velho, Sonny".

• • •

Kofi, ao pé do sofá-cama, encolheu as pernas e dobrou o jornal. "Escuta só. Está ouvindo?". Kenti cobriu os ouvidos com os travesseiros. Kofi chupou os dentes. Não era culpa dele que só Bobby pôde ir. Pôs o telefone mais perto. E para garantir que o aparelho não sairia do lugar, apoiou no livro escolar que Sonny ainda não tinha devolvido.

"Tinha uma menininha da sua idade. Ia fazer 8 anos no dia seguinte. Mas alguém roubou a menina quando ela estava na cama. E agora não conseguem achar a menina. Está ouvindo?" Ele olhou para a cozinha. A mãe estava arrastando coisas na varanda de trás, e o barulho não a deixaria ouvi-lo.

"Tinha um menino mais ou menos da minha idade. Sumiu. Aí alguém encontrou o moleque debaixo de um troço que chamam de ponte de cavalete e disseram que ele deve ter caído da ponte porque estava segurando umas folhas quando morreu. Sabe, como se tivesse tentado se segurar nos galhos enquanto caía. Porém um policial disse que suspeitava que a cena foi montada porque as folhas não eram daquelas árvores. Disse que era uma fraude. O que significa que não foi um acidente. Alguém matou o menino."

"Eu sei, bobalhão."

"Ok. Aí, quando os pais se juntaram e começaram a falar com a imprensa, a polícia mudou a história de acidente para assassinato."

"Já sabia essa parte. Esse era o menino que se chamava Andrew, igual o seu amigo Andrew, né?"

Kofi correu o dedo pelo jornal procurando alguma coisa que Paulette não tivesse contado ainda. Na maioria das partes mais assustadoras ela havia feito bláblábla e lera só uns trechinhos para poder dizer para eles ficarem atentos, se cuidarem, se comportarem e não aceitarem carona de estranhos.

"Não quero ouvir mais", Kenti disse. "Estou brava com você. Você podia ter dito alguma coisa. Você estava era com medo, isso sim."

Kofi pôs o jornal de lado. Não conseguia entender por que uma história tão grande de alguém matando crianças pequenas estava escondida no meio de um monte de anúncios de móveis. Então abriu o livro didático de Sonny. No fim das páginas 93 e 94 um monte de pessoas de antigamente, usando túnicas presas num só ombro, corriam como se suas vidas dependessem disso com as bocas abertas num O. E chamas, desenhadas em forma de línguas, lambiam a lateral da página 93, perseguindo as pessoas. Algumas pessoas corriam para fora da página 94. Mas na 95 a lava as apanhava a todas, e a suas casas e vacas e carretas e até os nacos de queijo que carregavam.

"Quer ouvir isso? É sobre uns romanos que viviam num lugar onde tinha um vulcão." Quando Kenti fingiu que estava roncando, fechou o livro e o enfiou embaixo do telefone para não cair. Procurou o relógio atrás do manequim. Alguém devia ter ligado — se não a polícia, o Bobby. Mas o Bobby era assim. Estava indo para a escola de verão e tinha que ir para casa estudar para uma prova. Mesmo assim... Kofi pegou o jornal de novo. Não queria mais ler sobre aquela gente tão estúpida que era incapaz de achar um lugar sem vulcões para construir suas casas.

A cozinha estava em silêncio. Para ver a mãe, tinha que se inclinar quase até o chão. Equilibrado nas pontas dos dedos, enxergou a luminária fluorescente no teto da cozinha. E, se inclinando de lado, encostando o quadril em Kenti, viu o que sua mãe estava fazendo. Ela não estava pegando nada no armário atrás dos pratos. Estava abaixada com os dois braços em torno da gaveta de talheres. Primeiro achou que ela estava tirando a gaveta para pôr na mesa, como fazia quando escondia algo atrás dela. No entanto estava só levantando a gaveta. E quando a fechou, a gaveta bateu com força e tudo na cozinha tremeu. Ele tremeu também. Quase caiu de cabeça.

"Assustado demais para ir dormir, né?" Kenti o empurrou com uma almofada e passou para o lado do colchão mais perto da janela e se encolheu.

Ao pé da cama, Kofi se esticou. Em seguida olhou para a parede da sala, esperando ver o que a sra. Grier ia fazer. Às vezes, quando faziam barulho de noite, ela ligava o aspirador e batia contra os rodapés para que ouvissem. Talvez ela não tenha ouvido a gaveta. Ou pode ser que estivesse com pena deles. Ele com certeza estava com pena. Teve o pressentimento de que Kenti estava chupando o dedo sob os lençóis. Ele se virou e chupou o dele.

Zala trancou a porta dos fundos, checou as janelas, limpou o aquário, deu uma pequena batidinha no vidro para garantir que Roger ainda estava vivo e pôs o aquário na mesa da cozinha. Conferiu os pregos nas janelas do banheiro e do quarto dos fundos, deixou a luz do corredor acesa e depois andou até a frente. Trancou a porta, apertou ainda mais o cinto do roupão, deixando seguro tudo que podia ser deixado seguro.

Tinham prometido ligar. Ela não lembrava tudo o que tinham dito sobre preencher um relatório, mas não deixou os dois irem embora até lhe garantirem: "Vamos entrar em contato em breve". Colocou o telefone no chão e verificou se o cabo estava conectado nas duas pontas. Pegou a apostila de sexta série de Sonny pela capa e sacudiu-a. Nada caiu de dentro. Zala passou o dedo pela lombada. Nada de "substâncias ilegais", como o policial Hall havia dito, fazendo Bobby se deter e se empertigar, o queixo enfiado no peito, completamente ofendido com a pergunta.

"Um dobermann." Zala sacudiu a cabeça olhando para o manequim.

"O quê?" Kofi rolou, apertando os olhos.

"Um maldito dobermann", Zala disse. "Era só o que faltava", ela riu. "Provavelmente come mais que nós quatro juntos."

Kofi se sentou, tentando entender o que ela estava falando. Ali de pé, com os olhos fixos, sacudindo a cabeça, as mãos na cintura, sem lenço na cabeça e os cabelos desgrenhados, parecia a mãe de outra pessoa. A mãe do Bestor Brooks às vezes ficava assim esquisita nas manhãs de sábado, só que ela sempre tinha um cigarro no canto da boca.

Ele estava pensando no quanto queria estar na casa de Bestor quando o telefone tocou.

Parecia que ela ficaria ali em pé olhando o telefone com os olhos arregalados. "Atende, mãe."

Colocando as duas mãos em volta do bocal, Zala respirou. "Sonny, é você?"

Pelo modo como a voz de Zala se transformou, ao mesmo tempo em que começava a andar de um lado para outro, Kofi soube que era o pai. O garoto desceu da cama.

"Bom, claro que contaram pra ela. Nós estávamos preocupados, Spence. Acharam que ele podia estar aí, ou que ela podia... Ele está com você?"

Por um instante Kofi achou que sua mãe estava lhe passando o telefone. Ela fazia isso às vezes depois de fazer caretas para o teto e fechar os olhos. Porém dessa vez só deixou os braços caírem por um minuto porque estava enlouquecendo com alguma coisa que o papai estava dizendo.

"Deixa eu falar com ele."

Zala afastou Kofi, a mão firme no peito dele. A linha estalou como se o cabo estivesse cheio de água.

"Onde diabos você está?" Ela continuou falando e não deu espaço para que a interrompesse. "Que droga, Spence, não estou de brincadeira, isso é sério. A polícia esteve aqui. Estiveram procurando a noite toda. Duas noites já que ele..."

"Deixa que eu falo." Kofi estava vendo que os dois só iam discutir e aumentar a confusão.

"Ele sumiu, Spence. Sumiu. Algum lunático está por aí matando crianças e é sério que está me perguntando se é uma brincadeira? Que tipo de brincadeira? Estou enlouquecendo — a polícia, tudo, você não aparece o dia todo, os vizinhos espiando e só o que tem para me falar é relacionado com sua mãe. Dane-se a sua mãe, o seu filho desapareceu."

Kofi colocou as mãos sobre o teclado para o caso dela tentar desligar. E foi aí que percebeu que Kenti estava do outro lado, tentando fazer o mesmo. No entanto nenhum dos dois conseguiu detê-la.

Com um safanão, Zala afastou as mãos deles e bateu o telefone no gancho. "Uma piada!", gritou. "Uma *piada*. Vocês ouviram isso? O idiota do pai de vocês pensa que estou inventando histórias pra incomodar a mãe dele. Problema cardíaco o cacete. Desde quando aquela mulher tem alguma fraqueza no corpo?"

Kofi se encolheu perto da máquina de costura para dar espaço a sua mãe. E ela usou o espaço, andando de um lado para o outro e levantando pó do carpete.

"Não fale tão alto", Kenti endireitou os ombros e olhou para a parede.

"O quê? Por acaso falou comigo, mocinha? Quem foi que disse que você pode falar comigo assim, menina?"

Kenti se encolheu contra o espelho e pôs o manequim à sua frente.

"E ele está chateado. *Ele* está chateado. E não se ofereceu nem uma vez pra fazer alguma coisa. O próprio filho. Veja o tipo de... idiota..." Ela estava sibilando como uma cobra e tentando encontrar palavras enquanto as mãos estrangulavam o pai e Kofi tentava pensar em algo para fazê-la parar.

"Talvez... talvez a gente devesse ligar pro sr. Gittens?"

"O dono da casa? Ligar para o *dono da casa*, Kofi? O que você sugere, a caixa postal dele ou aquele escritório minúsculo nos fundos do salão de beleza onde por sinal ele nunca está? O dono da casa." Ela estava estendendo os braços de novo, como se o sr. Gittens estivesse se escondendo na luz do teto e ela fosse arrancar o sujeito dali com as próprias mãos.

"Seria preciso da Delegacia de Pessoas Desaparecidas pra encontrar aquele desgraçado."

Quando o olhar da mãe recaiu sobre ele, Kofi fez que sim com a cabeça e se afastou do telefone para que ela pudesse ligar para a Delegacia de Pessoas Desaparecidas. Porém ela voltou a fazer aquilo de ficar com o olhar fixo. A lista telefônica estava do lado de Kenti, contudo ela não estava nem se mexendo para pegar.

"Ligue para o 190, mãe."

"190. Certo. 190."

Pegou o aparelho com tanta força que o objeto deveria ter derretido. Kofi olhou para Kenti, que correu do canto e pulou no sofá-cama. Kofi ficou perto da mãe, torcendo para a irmã não começar a chorar. Aguçou os ouvidos junto ao telefone, porém não conseguiu distinguir o que a moça do 190 estava respondendo a sua mãe. Entretanto, pela forma como a mãe arreganhava os lábios e mostrava os dentes, soube que ela estava prestes a explodir. A mão dela se movia sobre as coisas na mesa. Kofi encontrou um lápis e lhe entregou. Ele viu a mãe anotar um número no verso do molde do vestido da tia Delia, e depois desligar.

"'Não é uma emergência', Kofi. O seu irmão não é uma emergência. Entendeu? E você também, mocinha. Lembrem disso. É bom vocês dois lembrarem disso."

O olhar dela foi tão duro que Kofi sentiu o peito afundar. Sentiu-se como se estivesse prestes a levar uma bronca por querer fugir quando não estava nem pensando nisso. Então se afastou do olhar dela e se sentou no braço do sofá-cama. Kenti estava olhando pela janela, por uma brecha entre as cortinas. Vaga-lumes brilhavam no jardim da tia Paulette. Se tivesse tido energia para levantar a cabeça, Kofi tinha certeza de que ia ver o inquilino no terceiro andar espiando a casa deles de binóculo.

Zala se sentou e murmurou algumas palavras antes de ligar para a Delegacia de Pessoas Desaparecidas. Ensaiou as palavras rapidamente enquanto discava, lembrando o nome dos policiais. Ao terceiro toque, estava totalmente pronta. Porém o que Zala ouviu foi uma gravação. Dizia que a Delegacia de Pessoas Desaparecidas estava fechada no fim de semana e orientava a ligar para a Homicídios. Ela ficou parada, congelada, e a mensagem se repetiu. Ligue para a Homicídios. Não conseguia nem se mover para anotar o número, o termômetro dela parado no zero.

Segunda, 21 de julho de 1980

A divisão juvenil da Delegacia de Pessoas Desaparecidas era uma sala comprida dividida ao meio por um balcão. Cuja aparência lembrava um escritório de atendimento de escola primária — bancos de madeira onde as pessoas esperavam, um armário com escaninhos para correspondências, mesas velhas e arquivos de metal amassados, telefones tocando e o som das máquinas de escrever. Na escola, no entanto, havia uma sensação de ordem, e os trabalhadores, a maioria mulheres, eram cordiais. A Delegacia de Pessoas Desaparecidas era um alvoroço, e os trabalhadores, a maioria homens, usavam uniformes e distintivos. Não havia o menor sinal de ordem em nenhum lugar, nem na forma como os móveis e ventiladores estavam dispostos. Os corredores eram interrompidos por arquivos de papelão e pilhas de listas telefônicas. E, na outra extremidade, perto do escritório fechado, altos armários de arquivo verde-oliva estavam dispostos em forma de U. Quem datilografava nessa extremidade trabalhava nas sombras.

Como a sala do pelotão era suja e o ar parecia granulado, o lugar remetia ao visual e sensação provocados por uma folha de jornal. O formulário que uma policial preta de cabelos vermelhos e ossos largos atirou no balcão para que Zala preenchesse tinha as letras tão desbotadas que era quase impossível de ler.

Com uma esferográfica destruída à mão, Zala se debruçou sobre o documento, usando as margens para relatar os esforços feitos para localizar o sujeito desaparecido, Sundiata Spencer, também conhecido como Sonny Spencer. Ela havia começado a telefonar às 7h30 da manhã e seus esforços pareciam impressionantes no papel.

O sr. Lewis do Boys' Club estava vasculhando a floresta. Era de se presumir que os dois policiais houvessem registrado um boletim relacionado à busca realizada na noite anterior. Ela havia localizado o antigo professor da banda de Sonny, que estava naquele mesmo momento fazendo telefonemas para ajudar. Simmons pedia aos seus clientes regulares que perguntassem pelo garoto na vizinhança. Dave estava conferindo os abrigos juvenis. Paulette estava usando uma linha especial no hospital para procurar vítimas não identificadas que correspondessem à descrição de Sonny. Delia prometeu procurar Spence e lhe pedir para se encontrar com ela. Mercer, o homem para quem Spence dirigia às vezes, prometeu deixá-lo na Delegacia de Polícia na Decatur Street pontualmente às 10h. O relógio em cima da janela marcava 10h25.

A janela, aberta no topo, deixava entrar o barulho do trânsito da rua e o falatório dos estudantes da Universidade Estadual da Geórgia. O pouco de luz do sol que entrava era turvo e filtrado pelos vidros verdes de musgo. Nos dois lados da janela havia fotos de crianças, algumas em papel fotográfico, outras fotocopiadas em papel. Roupas de domingo, sorrisos de escola: foram fixadas em painéis sujos de cortiça arranhados por alfinetes. Algumas fotos estavam amassadas e cheias de pó. Onde não havia alfinetes nos cantos, as fotos haviam se enrolado, cobrindo os rostos dos desaparecidos.

"Se você acha isto ruim, devia ver a Homicídios no terceiro andar." Uma policial preta mais nova com um penteado afro cortado curto estava falando para um novato que equilibrava um pote de canetas numa pilha de pastas. "Quatro pessoas por mesa e só três linhas de telefone. O pessoal tem que sentar retinho pra preencher os documentos", ela riu, puxando o uniforme. O tecido azul apertava os quadris. Havia vincos profundos logo acima das coxas.

"E a equipe de apoio?" O calouro, um loiro que parecia nervoso em seu uniforme novo em folha, olhou para Zala, que estava tentando atrair a atenção da policial, identificada no crachá como SGT. B. J. GREAVES.

"O quê? Apoio? Não me faça rir."

"Com licença." Zala se inclinou no balcão, contudo Greaves, com um gesto, lhe pediu que aguardasse, depois de arremessar um grande clipe de papel pelo balcão.

Zala pôs uma foto 12 cm x 15 cm e mais duas fotos pequenas de Sonny junto da ficha médica e o mapa que o sr. Lewis desenhou no papel timbrado do Metropolitan Boys' Club. Ela prendeu os papéis no formulário e esperou no canto do balcão quente e duro contra os seios dela.

"Você pode passar a vida inteira aqui e não iriam achá-la, pra começo de conversa." Um senhorzinho atrás dela no balcão não parava de esfregar os joelhos. No outro canto do balcão, um jovem casal asiático permanecia sentado, olhando. O rapaz batucava os dedos na caixa de papel cheia de documentos. Os olhos dela estavam baixos; parecia estar estudando a própria aliança de casamento.

Uma mulher apertando um maço de lenços nas mãos raspou um pé no outro para chamar a atenção de Zala. "Educação não vai levar você a lugar nenhum", sugeriu, numa voz que parecia mais fria do que triste.

Zala bateu no balcão. Cabeças se viraram, expressões fugazmente educadas, exatamente como na escola do Sonny, com a diferença de que ninguém se levantou e foi atendê-la. Ela corou, tentando arrumar forças para se impor.

"Faça a coisa feder", a vó Lovey dizia quando via Zala voltar de mãos vazias. "Volte naquela loja e faça com que eles a atendam." Às vezes os gêmeos tentavam acelerar seu coração, numa preparação para os relatórios orais que ela tanto temia. Ombros abaixados, costas eretas, precisava falar alto, com o queixo erguido. "Faça um escândalo", Gerry dizia se algum colega espertinho tirasse sarro dela. "Faça assim", Maxwell dizia, levando a mão fechada ao nariz e ficando todo tenso para mostrar como parecer feroz. O sr. Lewis tinha dito que na delegacia poderiam importuná-la, até mesmo maltratarem-na, podia ser forçada a responder perguntas pessoais. Como já havia passado pelo "pessoal" com o grupo de veteranos do Spence, se sentia preparada para isso. No entanto achou que iriam sair correndo com ela numa viatura e interrogá-la a caminho da floresta. Porém seria assim. Sua impressão era de estar na fila da empresa de telefonia, ou esperando a vez na padaria do mercado.

"Preciso falar com alguém", disse Zala com voz pungente. "Meu filho está desaparecido."

Um policial virou-se na direção dela, enroscando-se no fio do telefone; parecia irritado. Uma policial inclinada sobre os arquivos de papelão suspirou exasperada e olhou ao redor.

"A policial Judson irá atendê-la em um minuto. Sente-se, por favor."

Zala virou-se em direção aos bancos. Famílias, que antes estavam no corredor, organizando documentos e arrumando suas próprias histórias, agora vagavam ao léu no limiar da porta. Alguns entravam e se sentavam. Outros se agachavam na frente deles, conversando.

"Estou dizendo", comentou a mulher com os lencinhos para Zala, a voz cheia de alerta e pressão. O velhote branco esfregando os joelhos sacudiu a cabeça em apoio.

O rosto dela ficou quente. Então se debruçou no balcão. Estava com medo de acabar fazendo alguma coisa anormal, para mostrar que a situação era urgente, caso a policial Judson não viesse logo. E, enquanto esperava, segurando as alças de sisal da bolsa, percebeu que havia algo ainda mais assustador: na verdade, desejava mesmo fazer algo estranho, algo que a deixasse totalmente invisível, só para acabar com aquela situação, para que ninguém pudesse dizer ou fazer algo que a constrangesse ainda mais.

As fibras na alça da bolsa se enterravam nas juntas dos dedos. Quase sem conseguir esticar a mão, ficou pensando se era possível serrar um dedo com a alça até decepá-lo. Os policiais agiriam mais rápido se houvesse um coto espirrando sangue pela sala.

Os ponteiros no relógio estavam se ajeitando com um rangido. Eram 11h. Os telefones estavam tocando, ventiladores sibilando, as máquinas batucando, as gavetas dos arquivos deslizando para se abrir, as gavetas das mesas sendo fechadas com força. Todavia ninguém estava falando com ela. Havia dobradiças no balcão. Pensou em levantar o painel e entrar. Havia plantas em algumas mesas; em outras, canecas com café velho. Por todos os lados, com efeito, havia objetos arremessáveis. Imaginava a si mesma jogando um grampeador pela janela, quando a mulher de cabelo vermelho surgiu do nada.

"Terminou?" Ela pegou os formulários, as unhas vermelhas brilhantes raspando no balcão. Espanou migalhas de bolo da camisa e se inclinou, fazendo um gesto para que Zala se aproximasse, de forma que pudessem conversar no meio do barulho. Zala sentiu o cheiro de hena fresca, parecido com espinafre.

"Ele já fugiu antes?" A policial Judson apertou os lábios, lendo o formulário.

"Ele não fugiu", Zala respondeu. "Ele foi se encontrar com amigos pra ir acampar e se perdeu. É o que nós achamos que aconteceu. Nós esperamos que não seja nada pior que isso, nada... pior que isso."

"*Nós?*" A policial olhou em volta para os outros invisíveis, depois soltou os papéis e os espalhou no balcão, um gesto que deixou Zala a ponto de estourar. Lembrou-se de que não estava na companhia de distribuição de gás para discutir algum erro na conta. Queria ser convidada a se sentar em algum lugar — no escritório nos fundos da sala, por exemplo — em vez de ser atendida no balcão, onde as pessoas atrás dela podiam ouvi-la melhor que Judson, que estava em pé se mexendo para a frente e para trás.

"Ótimo... excelente." Com as costas da mão, Judson bateu nas anotações feitas à margem do formulário. "É isso que a gente gosta de ver", comentou, como uma professora corrigindo a tarefa de casa.

"Tem algum lugar onde dê pra conversar?"

"Infelizmente não." E convidou Zala a olhar o local e fez uma careta: veja como são as coisas.

"Então podemos ir, e talvez conversar no caminho?"

"Um segundo", disse a policial de ossos grandes, virando o formulário.

A mulher com os lencinhos roçou um pé no outro. Zala sentiu a provocação, pois sabia que não estava lidando bem com aquilo tudo, e se sentia tentada a pegar a caneta e ameaçar Judson com a arma improvisada. A policial levava muito tempo para ler.

"Ele já se meteu em confusão antes? Vadiagem na escola, furtos em lojas, vandalismo — coisas que poderiam ter chamado nossa atenção para ele antes disso?"

"Ele nunca se meteu em nenhum tipo de confusão. E foi isso que nos deixou preocupados. E é por isso que estamos tão ansiosos pra ir atrás dele." Zala virou-se para a porta, entretanto Judson apenas virou a página.

"Sem histórico de vagabundagem? Ficar na rua até tarde sem permissão? Visitando amigos, parentes, vizinhos sem você saber? Passando a noite com um amigo?... Não? Parece ser uma criança exemplar", Judson comentou, sem grosseria, porém Zala afinou os ouvidos enquanto a mulher olhava para o mapa e apertava os lábios.

"Então." Ela levantou os olhos. "Sem histórico de qualquer complicação com autoridades juvenis, certo?"

"Exato, nada. Sempre sei onde ele está. É por isso que nós achamos que aconteceu alguma coisa."

"'Aconteceu'." A mulher a estava estudando. Zala achou que esse era o momento para falar algo sobre o comitê PARE, como o sr. Lewis recomendou. No entanto Judson cortou o que ela ia dizer. "A senhora listou três números de telefone de trabalho. A senhora tem três trabalhos e consegue cuidar de três crianças? Precisamos que a senhora dê aula pra gente, sra. Spencer."

Talvez fosse uma piada; várias cabeças se viraram. Alguém bateu uma gaveta como se dissesse *Touché*.

"Estava pensando, policial Judson, se a Força-Tarefa é que vai conduzir a investigação, ou se ela começa aqui?" Zala escorregou ao dizer "Eu". Uma mulher sem um "nós" não é atendida nem por garçons. Porém ela falou alto o suficiente. Alguém que datilografava próximo a um telefone tocando parou, estendeu a mão, atendeu e derrubou o aparelho no gancho de novo.

"Os policiais que estiveram na minha casa ontem sugeriram que devo levar o caso para a Força-Tarefa. As mães do PARE também sugeriram." A mentira dupla extraiu uma reação da sargento B. J. Greaves, que olhou para ela. Zala pensou ter visto a sargento trocar um olhar com Judson antes de enfiar o nariz de volta nos papéis que estava lendo, com a bunda encostada numa mesa.

"Podemos começar agora e conversar no caminho? O policial ontem à noite disse que era importante começar logo, antes que as pistas desapareçam." Ela esperava que não houvesse nada no relatório de Hall e Eaton que contradissesse o que atribuiu aos dois.

"Os policiais lhe explicaram, sra. Spencer, que a Divisão Juvenil não faz buscas por uma criança que fugiu até que um juiz dê um mandado?"

"Ele não fugiu. Ele não é uma criança rebelde. Não é um delinquente. É um menino que está desaparecido." Zala abaixou os ombros para se preparar; Judson parecia estar prestes a chamá-la de "querida".

"Tecnicamente, sra. Spencer, qualquer menor de idade que passa a noite fora de seu domicílio legal sem a permissão expressa de seu ou sua guardiã legal é um delinquente, um fugitivo. A menos que"— disse erguendo uma das sobrancelhas — "a senhora tenha motivo para acreditar que ele foi sequestrado. Quem tem a guarda legal?", perguntou de repente, passando a unha pelo formulário.

"Eu tenho. O pai não levaria nosso filho sem me falar. Ele não sequestrou o garoto, digo."

"Seu marido é um veterano?" E quando Zala fez que sim com a cabeça, Judson se aproximou um pouco mais. "Ele serviu no exterior?". Zala ergueu dois dedos e tentou pensar em algo para dizer que fizesse as coisas andarem. Ninguém iria fazê-la entrar numa discussão sobre veteranos do Vietnã. Ela havia aprendido a escapar disso, ficando de boca fechada.

"Ele tinha permissão para ir", Zala disse rapidamente, "portanto não é um delinquente." Por acaso a polícia só procura crianças bem-comportadas de pais que morem juntos e que não sejam veteranos?

Judson colocou os cotovelos no balcão e trançou os dedos debaixo do queixo. "A senhora disse que o esperava de volta em casa no jantar de domingo. Certo. Ele tinha sua permissão para fazer uma viagem na noite de sábado, porém não para ficar fora de casa na noite de domingo. Mas, quando os outros meninos voltaram na noite de domingo, ninguém tinha visto o... Sundiata, certo? Ninguém o tinha visto, é isso?"

"É isso. Então algo deve ter acontecido no sábado, porque ele não apareceu na viagem."

Judson passou bastante tempo analisando a foto de Sonny, e Zala ficou imaginando se algo podia ter tornado o menino familiar para ela. Não havia nenhum equipamento moderno na sala do pelotão, nada sugerindo que o rosto de seu filho pudesse vir "por telex". Um menino não identificado num acidente de trânsito. Menino encontrado na floresta, vítima de amnésia. Jovem rapaz resgatado enquanto se afogava. Zala estava fascinada pelo batom excêntrico, a boca enrugada como casca de torta modelada com um garfo.

"A senhora consegue pensar em alguma razão para seu filho ter decidido não ir com o grupo?" Após fazer a pergunta, colocou uma das mãos sob o balcão e com a outra pegou uma caneta, se preparando para fazer anotações numa folha de papel em branco. "Por favor, tente se lembrar, sra. Spencer. Ele brigou com algum dos meninos, ou teve alguma discordância com alguém da equipe?"

"O sr. Lewis e eu conversamos sobre isso. Não houve nenhum problema."

"E em casa, sra. Spencer. Uma briga com um vizinho, ou com seus outros filhos? São todos irmãos naturais?"

"Naturais?"

"São todos do mesmo pai? E mãe... Certo. E alguma briga com um namorado? Um de seus amigos próximos? Não é motivo para ficar constrangida. A senhora é uma mulher atraente e jovem e legalmente separada, por que não deveria ter a companhia de um homem? É assim que as coisas acontecem." Judson deu de ombros, recatada. "Separações chateiam as crianças, às vezes. E quando a mãe faz amizade com um homem, os meninos arranjam um jeito de interferir. Sabe, ficar entre os dois. Acontece". Disse e deu de ombros para mostrar quão comum isso era, os braços abertos, as palmas da mão para cima. "Acontece", repetiu, convidando Zala para confissões íntimas.

"Ele se dá bem com todos os amigos da família", Zala disse com cuidado, mas Judson estava mantendo a pose, acrescentando um meio sorriso para levar Zala até a cilada. "É por isso que tantos de nós estamos tão ocupados tentando achá-lo."

Judson fez que sim com a cabeça e dobrou os braços sobre o balcão. "A separação foi formalizada ou houve um acordo informal de separação?"

"Informal. E amistosa. A justiça não foi envolvida."

"E o sr. Spencer é um veterano? Isso causa algum problema?"

"Ele ajuda como pode e visita os filhos." Zala estava esperando que os passos atrás dela fossem de Spence. No entanto era o casal asiático se levantando. Eles foram para o corredor.

"Isso não causa nenhum problema entre o menino e o pai? Visitas que não aconteceram, aniversários esquecidos? Duas idas para o exterior, a senhora disse?"

Zala deixou o rosto inexpressivo e confirmou.

"A senhora é a favor de bater em crianças, sra. Spencer?"

"Não, não somos, e nos certificamos que os professores não batam neles também."

"Houve algum... problema na escola?"

Era uma armadilha. Precisava ter cuidado. Houve a reunião no escritório do superintendente distrital uma vez. Para o gosto de Zala, os professores lá eram afoitos demais em usar as mãos. Ela não se lembrava sobre quem tinham reclamado. Um substituto jogando uma borracha em Kofi, ou o vice-diretor batendo no Sonny com uma régua, dizendo a Zala que Sonny ameaçou a professora com a vareta de fechar a janela. Certa vez uma funcionária do refeitório bateu na bunda de Sonny com uma bandeja de metal e Spence foi até a escola e informou que na sua casa ninguém fazia isso e que não dava a mínima para que tipo de punição a lei permitia.

"Ele não tem nenhum motivo pra sair de casa, ou ter medo de voltar pra casa", Zala disse, esquivando-se à pergunta. "É por isso que espero conseguir esse mandado, embora não entenda por que isso é necessário. Quero dizer, meu filho não fez nada criminoso, então não vejo o que um mandado tem a ver com isso."

"A senhora tem uma assistente familiar, alguém que possa ajudar?"

"Uma assistente familiar?". Zala pensou por um minuto. Qual motivo poderia ter dado para pensarem que era incompetente? Esqueceu-se de abotoar a roupa ou de pentear o cabelo? "Você quer dizer assistente social? Por que eu ia precisar de uma assistente social? Sei cuidar dos meus filhos."

"Sra. Spencer, a senhora listou três números de trabalho, e é a única adulta em casa."

"Um desses números é da minha casa. Faço grande parte do trabalho em minha própria casa."

"Contudo os outros dois trabalhos mantêm a senhora fora de casa. A senhora perdeu uma criança, sra. Spencer."

O rosto da policial Judson estava perto demais, uma lua que a pressionava, bloqueando a luz. Orgulho. Zala envolveu as alças de sisal com os dedos e apertou. Orgulho. Tão ocupada mostrando que não era preguiçosa, pobre ou desamparada que escreveu demais e caiu direto na cilada.

"Por favor." As alças se enterraram em seu ombro. "Não sou uma mãe negligente."

"Não estou dizendo que é." Judson se aproximou, baixando a voz. "Só acho que seria bom encaminhar a senhora para uma assistente social familiar. Ela tem sido muito eficiente em casos assim."

"Casos assim?"

Judson se afastou. "Estou tentando ajudar".

"Então venha me ajudar." Zala tentou levantar o braço para indicar os carros de polícia estacionados do lado de fora, porém suas mãos estavam presas nas alças. O rosto lunar era gentil, mas ao mesmo tempo as mãos estavam dobrando os papéis no meio e vincando a dobra com as unhas rígidas, esmaltadas.

"Essa mulher", Judson estava dizendo, a mão embaixo do balcão, "pode fazer as coisas acontecerem mais rápido do que nós." Ela colocou os papéis dobrados num envelope, alisou com a palma da mão e começou a escrever.

Sentiu que estava sendo dispensada, que aquele encaminhamento iria se transformar em uma andança interminável, ao léu. Deveria ameaçar falar diretamente com a Força-Tarefa ou com os jornais ou com o prefeito.

"Deixe ela falar com o capitão Sparks." A voz veio de trás de Zala. A mulher com os lencinhos. Por um momento pareceu que estava se levantando para vir ajudar Zala. Contudo se limitou a jogar o maço de lenços no chão e sair para o corredor, resmungando.

"Sim, eu gostaria de falar com esse tal de Sparks", Zala disse.

"Desculpe. Ele não está no momento." E então Judson levantou a parte do balcão depois da dobradiça. Mas não saiu, como Zala esperava, nem a convidou a entrar. Na verdade, a policial estava gesticulando para Zala se afastar, um gesto tão misterioso quanto o de um professor que lhe pedisse para passar adiante o exemplar da *Junior Scholastics* bem quando, após tomar coragem para levantar a mão, estava no meio da pergunta.

Um policial corpulento passou vindo de trás dela, segurando as duas pontas de um saco ensopado. Passou por Judson e, com o campo livre, acelerou em direção à sala dos fundos. Colegas viraram-se para torcer por ele. O saco deixou um rastro leitoso, que ninguém se mexeu para limpar.

"Vou tentar dar início às coisas aqui", Judson explicou, abaixando o painel. "Vou ter que fazer algumas ligações. Sente-se, por favor."

"Sentar!" Zala se inclinou sobre o balcão, chamando a policial que se afastava, e não ficou nem um pouco surpresa ao ver Judson se enfiar na fila de arquivos verde-oliva em U, onde, suspeitava, um muffin meio comido estaria à espera dela.

Zala se moveu ao longo do balcão, batendo os pés no chão para chamar a atenção da sargento Greaves, que estava andando paralelamente a ela, parando na janela onde alguém havia colocado um ventilador. Alguns poucos policiais olharam em sua direção, todavia não por tempo suficiente para capturar o olhar deles e trazê-los até o balcão. Ela desejou estar com sapatos de sapateado.

"Será que alguém, por favor, pode me ajudar?"

"A policial Judson volta em um minuto." Era a sargento Greaves, que virou de costas e apertou quatro botões no telefone. Uma ligação interna. Zala ficou esperançosa; talvez ela tivesse conseguido uma resposta. Concentrou-se para escutar, porém não ouviu nenhuma menção ao seu nome. Não é de espantar que tenha havido um protesto. Nem é de espantar que oito ou mais crianças tenham sido mortas. Essas pessoas não estavam fazendo o trabalho delas.

O ponteiro longo rangeu e desceu. Eram 11h30 e Spence ainda não tinha aparecido. Ela teria que passar por isso sozinha. Estava batendo os pés e xingando Spence baixinho quando torceu o tornozelo. Um choque quente subiu por sua perna. Seus olhos pareciam escaldados.

"Cuidado." O homem com problemas nos joelhos deslizou pelo banco enquanto Zala se contorcia de dor. O ombro dela bateu contra o canto do balcão, a dor a deixou sem fôlego. Ouviu cadeiras sendo arrastadas do outro lado do balcão, um telefone foi derrubado, as pessoas agora se levantavam dos bancos; e mesmo quando a dor diminuiu e a cabeça parou de latejar um pouco, continuou observando a si própria, curiosa, distante, pensando se deveria atirar-se no chão sujo se contorcendo e gemendo, já esvaziada de orgulho e sem capacidade de lutar, totalmente convertida numa criatura patética.

E perceber o que estava pensando em fazer a deixou tão enojada que teve dificuldade em se erguer, e por isso nem tentou; ela conseguia ver a sola do sapato e tudo que caiu da bolsa; as pessoas trouxeram gelo, um copo de água, colônia espirrada num lenço, uma almofada, uma cadeira; ampararam sua cabeça, fizeram com que se sentasse, mediram sua pulsação, fizeram-na colocar a cabeça entre os joelhos, buscaram um saco de papel. Caso se permitisse, podia dormir profundamente pela primeira vez em uma semana. Largada no chão, poderia contaminá-los o suficiente com seu desespero para fazer com que se mobilizassem. E talvez Deus, vendo como estavam as coisas, tivesse pena e mandasse Sonny para casa são e salvo.

O sol inundou a barbearia através das persianas de bambu, seu calor rapidamente dispersado pelo ventilador que girava atrás da mesa da manicure, e seu brilho atenuado pela parte de trás das cadeiras que os jogadores de damas tinham enfiado naquele canto da loja. O rádio murmurava a V103; o som da TV estava desligado há semanas. As pessoas que se espreguiçavam nas cadeiras cromadas de vinil folheavam *Ebony*, *Jet* e algumas revistas de produtos de beleza, participando de vez em quando da conversa dos jogadores de damas e comentando de tempos em tempos os assuntos pesados das últimas semanas — o atentado contra Vernon Jordan e a hospitalização de Richie Pryor. Um cavalheiro, à espera de que Zala cuidasse de suas unhas, estava sentado na cadeira alta e inspecionava os próprios sapatos, levantando-os um a um do apoio metálico da cadeira de engraxate, virando o tornozelo, franzindo as sobrancelhas, depois encaixando os pés de volta na barra de ferro. O cliente do barbeiro Simmons se ajeitava no espelho, sincronizando os movimentos vagarosos com a escova de tirar cabelos com o ruído da lixa de Zala.

"Antes esse barulho me dava arrepios", comentou a cliente, interrompendo os devaneios de Zala. Ela estava tentando decidir se o que considerou negligência na delegacia não era só profissionalismo descontraído, se o que lhe parecera maldade por parte da policial não seria reflexo de seu próprio pânico. Estava muito tensa, à beira da histeria. Não queria nunca mais se sentir assim de novo.

"Você é vidente?" Os joelhos da mulher bateram nos joelhos dela. "Imagino que seja". Zala empurrou a cadeira um pouco para longe da mesa de manicure, no caminho do ventilador. "Posso ver nos seus olhos". A mulher levantou a mão esquerda do pote de água para apontá-la. Zala a colocou de novo na água com sabão e continuou a lixar e arrumar a mão direita da cliente. "Olhos muito profundos. Escorpião?"

"Libra, acho." Não fora sua intenção encorajar uma conversa, não agora que conseguira se sentir novamente em paz, ao menos aqui na barbearia. Há dez minutos tinha acontecido uma batida na esquina da Cascade com a Gordon, porém as coisas se acalmaram e ela queria se perder em pensamentos. Sua mente pairava pelas redondezas de sua calçada. Se Spence deixasse Sonny em casa, será que perceberiam que o carro dela estava estacionado lá porque precisava de uma lata de óleo; ou será que Sonny, tocando a campainha porque não tinha as chaves, pensaria que ela estava brava com ele e não o deixava entrar?

"Ah, uma libriana", a mulher disse, relaxando na cadeira. "Que interessante. Librianos são mal compreendidos de uma maneira muito particular. Por exemplo, as pessoas pensam que os librianos são altamente sugestionáveis, pois não geram sua própria autoimagem e não têm uma pauta própria. Parecem não ter. Você acha que isso é verdade?". A cliente se mexeu novamente, jogando as pernas para o lado e cruzando-as. Os homens que se espreguiçavam nas cadeiras tiraram os olhos de suas revistas para examinar as pernas da mulher, bem torneadas e magras, embora fosse atarracada.

"Não exatamente." Zala estava aplicando um gel na cutícula da mulher e conteve o impulso de enfiar o palito laranja de madeira na carne dela. Com o canto do olho viu Preener sorrindo em sua direção no momento em que passava loção pós-barba, e aqueles tapinhas pareciam um gesto solidário, por isso ela sorriu. Zala tirou a mão molhada da mulher do pote e a colocou na toalha com gentileza exagerada.

Se Spence foi embora, estava pensando, e deixou Sonny na porta para se virar sozinho, será que o menino iria se dar conta de onde ela estava e pegaria um ônibus? Será que ele estava com o cartão de transporte? Zala recapitulou a terrível noite anterior, quando havia fuçado os bolsos das roupas de seu filho, ouvido fitas de ensaio para descobrir os nomes de seus amigos e revirado a mochila de ginástica atrás de pistas. Secou as unhas da mulher, depois massageou-lhe as mãos energicamente com um óleo de sassafrás que tinha inventado anos atrás para Spence, que às vezes acordava gelado e enrolado nos lençóis. Pensou que ficaria tão feliz de ver Sonny que — sorriu para si própria — nem brigaria com ele. Agarraria o menino, bagunçaria seu cabelo, a ponto de constrangê-lo na frente dos homens. Ele tentaria manter Zala à distância, iria se afastar até o balcão para achar um pente para arrumar o cabelo. Podia ouvi-lo dizer quando se aproximasse dele, incapaz de ficar longe: "Ah, mãe, para".

"De qualquer forma", a tagarela estava dizendo, "estou grata por esse encontro. Paulette Foreman estava prometendo havia muito tempo nos apresentar. Além daquelas cortinas de macramê que andei cobiçando, queria lhe perguntar se não estaria interessada numa oficina sobre sonhos ou em um grupo sobre astrologia que vou organizar daqui a algumas semanas."

"Olhem só isso!" O barbeiro Simmons apertou a vassoura contra o chão e apontou enojado para a TV. Todas as cabeças, exceto a de Zala, se viraram para a tela. "Já foi ruim o idiota do Ramey ter colocado a placa ali para o mundo todo ver, mas a TV não precisava continuar mostrando. Que inferno. Desculpem-me, senhoras. Mas olhem isso". Ele bateu a vassoura algumas vezes e a pilha arrumada de tufos de cabelo, guimbas e aventais descartáveis se espalhou.

A mulher que Zala atendia resmungou, depois pegou na bolsa um maço de cartões de visita amarelos que distribuiu enquanto o barbeiro se agitava e se irritava cada vez mais. O cliente que esperava mais próximo da mesa da manicure se levantou, tirou o boné de golfe, limpou o suor com um lenço e perguntou à reverenda Mattie Shaw, Vidente & Conselheira, se ela podia dizer em quais números jogar. Já o sujeito grandalhão na cadeira alta estalou os dedos e leu em voz alta a placa na tela da TV, como se houvesse alguém na barbearia, alguém na cidade inteira, que não conhecesse de cor o famoso outdoor erguido no centro da cidade: CUIDADO! VOCÊ ESTÁ EM ATLANTA!! AQUI A POLÍCIA É MAL PAGA, TEM FALTA DE PESSOAL E DE EQUIPAMENTO — TOME EXTREMO CUIDADO ENQUANTO ESTIVER AQUI. Abaixo, agrupados sob a rubrica FATOS DE ATLANTA, havia números em constante mudança indicando ASSASSINATOS, ESTUPROS E ASSALTOS.

"Eles não desistem", um dos jogadores de damas disse, batendo sua dama pelo tabuleiro e coletando as que tombaram pelo caminho. "Fazem de tudo para piorar a imagem do prefeito preto."

"Quando, na verdade", Simmons disse, empolgando-se ao entrar em seu assunto predileto, "o número de crimes caiu desde que Maynard assumiu como prefeito e ganhou a parada contra o chefe Inman." O homem com o boné de golfe cantarolou "I shot the sheriff", sacudindo os joelhos. Simmons riu. "Sim, ganhou a parada e colocou o meu grande Reggie Eaves para mandar naquele otário."

"O problema é que Reggie não conseguiu tirar seu cu da reta", Simmons prosseguiu. "Desculpem, senhoras. Mas estava na cara que iriam armar pra ele."

Zala girou o prato lentamente para que a reverenda Mattie escolhesse um esmalte. O assunto ia render pelo menos mais meia hora de grosserias no salão, uma ou duas apostas relacionadas a algum fato controverso, e quem sabe até uma discussão ou um bate-boca — nada muito grande, os brigões podiam confiar que seriam separados antes de ter que dar um soco. A reverenda aplicou nas unhas um esmalte de cor vermelha e tom cintilante enquanto os homens contavam um ao outro o que já sabiam: que quase todo prefeito preto eleito no Sul tinha que passar por um duelo como o de O.K. Corral. O que queriam dizer é que o xerife não aceitava entregar as chaves, o cargo ou a carta de demissão solicitada, e às vezes até ameaçava prender, cobrir de piche e penas, ou ainda de linchar o negro devidamente eleito caso o vencedor aparecesse para fazer o juramento de posse ou insistisse em nomear um novo chefe de polícia. O próximo cliente de Zala desceu do cadeirão para interpretar um xerife ligando para a SWAT, para a Ku Klux Klan ou para a Guarda Nacional para sitiar o sujeito de cabelo crespo na Prefeitura.

"Não se esqueça que eles levam sempre um lacaio preto para acompanhá-los", o perdedor nas damas disse.

"Então agora é um empate, mas a nosso favor, eu diria." O grandalhão voltou a se sentar na cadeira enquanto fazia um resumo da questão. "Nós virtualmente temos duas forças policiais: a Ordem Fraternal, ou o que quer que seja — como é que chama, Otis?", disse isso dirigindo-se a um sujeito que lia uma revista e ainda não abrira a boca. "Seja lá como chamam", o grandalhão continuou sem esperar a resposta, "e a Liga dos Policiais Afro-americanos. Tem gente que pode achar ruim". Ele olhou firme nos olhos do barbeiro Simmons. "Mas é a história. É o peso da história, ou melhor, sua força". Ele pôs os pés de novo nos degraus metálicos e descansou.

Os dois jogadores de damas continuaram a conversa, dizendo a Otis, o Silencioso, o que teria acontecido em 1973 se pessoas como eles tivessem colocado um outdoor no centro listando pretos assassinados durante o reinado de terror do chefe Inman. O de boné de golfe arriscou um *falsetto*: "Every time I plant my seed", ele cantou, "he say, 'Kill'm 'fore they grow'".

"Isso teria sido sensacional", o perdedor das damas opinou, vendo seus soldados desaparecer do tabuleiro. "Um outdoor memorial". Sua voz era fria, sem emoção. "Talvez a gente devesse ter feito isso."

"Sei que está certo", Preener disse observando a posição do espelho. E inclinou a cabeça como se estivesse tentando ouvir a TV em meio ao barulho do ventilador, o ruído das peças no tabuleiro, o deslizar molhado do esmalte nas unhas, depois andou até a mesa de manicure e se abaixou quando Zala lhe encarou. "A próxima vez que você e seu marido resolverem servir aquele guisado, ponham meu nome na lista, por favor". Então deu meia-volta, fez uma reverência para as outras pessoas e saiu pela porta.

Há quanto tempo ela e Spence não faziam guisado juntos? Tardes quentes, matando trabalho, noites ouvindo música com os lençóis no chão, trocando receitas enquanto o sol nascia. A panela lavada e pronta. Uma ida rápida no Mercado Municipal para comprar camarão, mexilhões e caranguejo. Recebendo amigos, jogando baralho, dançando no jardim, ninguém se importando que a comida tivesse gosto de citronela. Zala pegou o secador e suspirou. Bons tempos, antes de Spence ser contaminado pelo vírus de Atlanta e começar a correr por aí em ternos de negócios, se gabando, de bar em bar, dando tapinhas nas costas das pessoas em almoços com potenciais segurados ou investidores imobiliários em restaurantes pretensiosos, os quais apresentavam cardápios de frutos do mar tão falsos quanto as redes de pesca penduradas na parede e os enfeites de mesa de boia de cortiça em Atlanta, que não tinha mar. Tão falsos quanto as saudações pomposas, olá-meu-caro e outras tolices, trocadas entre homens que nos anos 1960 se chamavam de "irmão" e não de "médico" ou "chefe" ou "almirante". Homens pretos agindo como brancos, como brancos cafonas. Isso a assustava.

Zala sorriu abatida em resposta a seja lá o que fosse que a reverenda Mattie tenha dito para arregimentá-la ao seu lado na discussão com o barbeiro Simmons. Ela olhou Preener através da janela, no instante em que ele parou em frente à porta, arrumando o bigode com os dedos do jeito que Spence fazia, olhando para a calçada oposta da via de três pistas, que entrava no shopping Cascade-Gordon. Viu quando ele ajeitou suas bolas com as mãos, como a maioria dos homens fazia ao sair da barbearia, para anunciar sua presença no quarteirão e, em seguida, caminhar pela rua. Preener caminhava como se dissesse: "Não estou pra brincadeiras".

Simmons bateu com o cabo da vassoura na mesa de manicure para cobrar o apoio de Zala em sua discussão com a reverenda Mattie acerca de como a cidade deveria ser governada. Vão perguntar para o Kofi, teve vontade de dizer a ambos. Era o tema do projeto de sua turma no semestre, "Governando a Cidade", e estava cansada do assunto. Preener tinha cruzado a rua e desaparecido no shopping. Como é possível, pensou enquanto aplicava uma camada de secador nas unhas da reverenda Mattie, que algumas pessoas consigam resistir ao canto das sereias quando outras são tão suscetíveis?

"Vem, me pega", Spence disse, seduzido pelo estilo de vida de Atlanta. Pelo menos isso era o que pensava e o modo como descrevia o ocorrido: ele adotou aquele jeito de falar, o ritmo ansioso, passou a usar a borracha do lápis para digitar na calculadora portátil, suava muito e estava sempre correndo para se conectar com a velha ou nova guarda de um modo febril. No entanto foi após essa mudança que os pesadelos começaram novamente. Em 1975, quando a TV transmitiu a queda de Saigon, o colega de Exército dele, Teo, havia desmoronado de tal jeito que Spence teve de se recompor para ajudá-lo. Depois, em novembro de 1978, quando viu imagens de todos aqueles corpos numa clareira na floresta em Jonestown, algo se rompeu, e Spence se desmanchou em seus braços.

A versão oficial daqueles fatos não reconhecia a realidade da neurose de guerra. O máximo que se admitia na época era "reação aguda às circunstâncias", o que garantia uma dose de clorpromazina antes de voltar ao front. Depois isso virou "síndrome de estresse pós-traumático", justificando alguns fundos avaros para terapia de readequação.

Então, na primavera de 1979, Spence, Teo e 43 outros veteranos do Vietnã das comunidades preta, branca e hispânica de Atlanta foram reunidos por George McClintock, um conselheiro que trabalhava no centro para veteranos e conseguiu assegurar um dinheiro da Operação Alcance para um grupo de encontros. "Síndrome da armadilha", esclareceu às esposas — as poucas que ainda não tinham jogado a toalha, e que foram convencidas a ir por Celia Hernandez, uma enfermeira de campo que serviu duas vezes em Da Nang e fez sua readaptação conversando com as esposas no centro para veteranos no Sul e organizando encontros para veteranos latinos por meio do *Mundo Hispanico*, o jornal em espanhol.

McClintock explicara o seu papel e o das esposas, rodando partes da gravação das sessões que havia feito com os homens. Ele tinha de transformar três grupos em um, e as considerações relacionadas à raça e etnia não eram nada quando comparadas com outras diferenças, afirmou. Primeiro havia os veteranos mandados para casa sem nenhum tempo de descompressão entre a zona de combate e o lar doce lar. Esses homens e mulheres andavam em uniforme militar, acampavam na calçada em frente às lojas de excedentes da Marinha do Exército na Pryor Street, comiam comida enlatada com canivetes e criavam confusão onde quer que estivessem, especialmente em cinemas que exibissem *Taxi Driver, Amargo Regresso* ou *O Franco Atirador*. Com frequência iam parar na cadeia, em centros de reabilitação para viciados em drogas, fossem as drogas o problema ou não; duas mulheres internaram os próprios maridos, e um dos homens foi mandado para o hospício do estado em Milledgeville pelos pais. Catorze acabaram no escritório de Mac, suas vozes gravadas hesitantes e sem fôlego.

O segundo grupo voltou para casa mudo, taciturno, recluso, depois desapareceu. Registrados como desaparecidos pelas suas famílias, esses veteranos eram achados não pelas Delegacias de Desaparecidos, mas por outros veteranos que sabiam o que procurar, que sabiam como perseguir civis que pensavam ainda estar em patrulha — pratos feitos de casca de árvore, roupas de pele de veado descartadas, abrigos improvisados, casamatas semicavadas, armadilhas, fogueiras para cozinhar. Dos quinze trazidos de volta, dez disseram estar interessados em se encontrar com outros veteranos. No entanto, exceto por uma enxurrada de murmúrios monossilábicos quando alguém trouxe uma caixa de cerveja Carling Black Label, a única voz nessas fitas era a do Mac.

O grupo que incluía Spence e Teo falava sem parar. Eles odiavam a Carling, odiavam a floresta, não vestiam nenhum tom de verde. Ficavam nervosos com o barulho de disparos no Quatro de Julho ou no Ano-Novo. E, sim, dormiam com o pescoço protegido pelos braços; e claro, quem tentasse acordá-los corria risco de vida. Apesar disso estavam indo bem no trabalho, na escola, em seus casamentos. Sabiam de outros veteranos sofrendo com vícios, depressão, impotência, dores de cabeça, perda de cabelos, baixa contagem de esperma, defeitos de nascimento entre os filhos — sendo que nada disso, claro, tinha qualquer relação com o serviço militar, todos eles riam muito nas fitas. Tiveram acesso, por exemplo, à resposta oficial para os veteranos afetados pelo Agente Laranja, que não era muito diferente da posição oficial apresentada aos veteranos da época da bomba atômica: "Efeitos do Agente Laranja? Bem, talvez um pouco de acne, mas nenhum motivo para ficar histérico". Até que eles estavam bem, ou melhor, estavam indo bem até... até o verão de 1975, ou até o personagem de Travis Bickle no filme do Scorsese, ou até que uma filha nascesse com uma fenda palatina ou metade do cérebro, ou até o massacre de Jonestown, o divórcio ou até alguém tentar lhes vender um crânio de vietcongue como suvenir, uma morte na família. E não conseguiam parar de falar — napalm, fogo amigo, motins raciais, desertores, desaparecidos, defecções, maconha temperada com ópio por 10 dólares, as granadas. Não conseguiam parar de falar. Não conseguiam parar de tremer. Não conseguiam parar de chorar.

As esposas tentavam fazer com que Mac desse uma pausa em seus longos discursos relacionados ao papel das mulheres, que deviam ser companheiras compreensivas, desejavam ter um bom tempo para falarem a respeito do assunto que de fato queriam discutir: os comportamentos de seus maridos, com os quais conviviam, e que tinham a ver com dioxinas de que ninguém, certamente nenhum dos órgãos do governo, queria falar. Antes de desistirem do grupo, duas mulheres argumentaram que o Agente Laranja e outros produtos químicos descarrilaram as mentes e os genes e causaram múltiplos abortos, bebês deformados ou impossibilidade de gravidez.

Zala apagou a lâmpada e colocou os pulsos da reverenda Mattie na toalha para que as unhas pudessem secar. Após seis meses de tentativas e erros, Mac e o Departamento de Veteranos conseguiram ao menos encontrar uma medicação que não fizesse Spence ficar babando e propenso a se irritar com facilidade, gritando enfurecido de forma incoerente logo depois, embora ele parecesse cronicamente cansado pelas noites maldormidas durante quase um ano.

Zala olhou para cima e sinalizou para o grandalhão que estava pronta, contudo ele estava absorto com a discussão entre a reverenda e o barbeiro.

"Embora não concorde com o outdoor provocativo", argumentou a reverenda Mattie, sacudindo as unhas na cara de Zala para conquistar seu apoio, "eu realmente acho que passou da hora das pessoas pararem de confundir o marketing de Atlanta com Atlanta."

"Deveria ter uma lei. O outdoor está atrapalhando a receita da cidade, assustando os turistas. Isso inibe o comércio." Satisfeito com a frase, Simmons repetiu. "O outdoor inibe o comércio."

"...grave desemprego, competição acirrada, ambição desmedida e o completo abandono da tradição do jantar em família em favor do fast food", a reverenda Mattie concluiu.

"Uma corrida de ratos", o jogador vencedor nas damas disse.

"O que me faz lembrar um experimento realizado uma vez no laboratório", a reverenda Mattie interrompeu a fala de Simmons, com sua fala repleta de histórias. Ela descruzou as pernas, depois as cruzou novamente, enquanto Simmons se retirava para o balcão. A mulher tinha a atenção de todos. "Estávamos nos perguntando se os humanos, quando lançados num labirinto, se comportam melhor do que os ratos."

"Você trabalha com ratos?" Simmons deixou claro que continuava no jogo.

"Conte", os dois jogadores de damas disseram ao mesmo tempo.

"Bom..." a reverenda Mattie estapeou uma segunda camada de secador. "Pusemos seis voluntários humanos num labirinto enorme que era uma réplica exata do que usamos no laboratório com os ratos. No entanto, em vez de queijo" — ela olhou para os homens —, "colocamos notas de dólares espalhadas pelo labirinto".

"Ouvi falar disso."

"Não esqueça os diplomas."

"E troféus e tal. Sabe como nós em Atlanta adoramos prêmios e placas."

"Porém essa é uma história real, senhores. Um experimento científico verdadeiro."

"Com certeza. Conte."

"Bem, como vocês podem imaginar, os voluntários humanos se saíram melhor. Eles eram mais rápidos com o dinheiro do que os ratos com o queijo. Os humanos fizeram uso mais sensato da memória, indução, dedução e palpite. Com certeza venceram os ratos e então..." Por dois segundos ela assistiu às pinceladas rápidas e confiantes de Zala. A mulher soprou as unhas.

Simmons não conseguiu se conter. "Então, o que aconteceu?"

"Bem, foi assim. Quando o queijo e o dinheiro foram retirados dos dois labirintos, os pesquisadores notaram algo estranho. Os ratos ignoraram o labirinto. Não corriam se não houvesse a recompensa de queijo. E não respondiam a choques elétricos nem a outros tipos de punições. Também não se mexeram quando voltaram a colocar o queijo. Porque, vejam, senhores, nesse intervalo eles tinham descoberto coisas melhores para fazer, como reviver rituais antigos de namoro, danças, amor, ter família. Os senhores entendem..." ela soprou as unhas. "Viver."

Suspeitando que a reverenda Mattie, Vidente & Conselheira, estivesse na verdade curtindo com a cara dos homens, homens pretos como ele próprio e que estavam tentando subir na vida, Simmons dirigiu um olhar intenso para Zala, como se ela fosse responsável pela história irônica da cliente. Por isso empurrou a vassoura em direção às cadeiras de metal e vinil para organizar seus correligionários. Os olhos deles estavam presos às pernas da mulher, esperando o que parecia inevitável. Só o Boné de Golfe parecia esperar para aplaudir apenas quando o fim da história fosse revelado.

"E os humanos?", Boné de Golfe perguntou.

"Bem, senhores, os humanos continuaram correndo pelo labirinto. Embora já não houvesse dinheiro ali, eles correram. Não havia ameaça nem sedução capaz de impedir que corressem. Chamamos as pessoas que amavam, ex-professores, até as mães imploraram que parassem. Contudo, mesmo assim, eles continuaram correndo. Chamamos psiquiatras, hipnotizadores, caçadores de recompensas profissionais..." Ela esperou que os homens a incentivassem. "Os homens invadiam o laboratório à noite de moletom e..." Mesmo Boné de Golfe se viu preso no ciclo de ação e reação. "Pusemos mais guardas, cães de guarda e uma cerca eletrificada. Porém..." Ela piscou para Zala ao interceptar um olhar de reprovação do barbeiro à manicure. "Senhores, finalmente tivemos que recorrer ao gás lacrimogêneo. Apesar disso, sabe, até hoje aqueles homens continuam correndo."

O barbeiro Simmons deu uma tossidinha rabugenta de reprovação. Zala se recusou a erguer os olhos. Deslizou o jarro de gorjetas na direção da reverenda Mattie e sacudiu a toalha. Os homens estavam batendo suas mãos espalmadas umas nas outras, com o cumprimento que chamam de *high five*, e citando conhecidos que eram exatamente daquele jeito. Simmons olhou com severidade para cada um deles. Será que não perceberam que a mulher tirou sarro deles? Se não deles em si, dos bons homens e mulheres emoldurados acima de seu espelho? Das pessoas com iniciativa, dos pioneiros que fundaram a Atlanta Life, a Paschal's, a Farmácia Yates-Milton, as empresas de construção, trabalhando em estabelecimentos, bancos, financeiras, universidades, escritórios de advocacia e tudo mais, tudo que ajudou Atlanta a ser o que era, a Meca Preta do Sul?

"Não compactuo com lendas que desmerecem conquistas", Simmons disse. Ele deixou os homens verem seus olhos passando pela armadura de madeira que envolvia o espelho. Pois, sobre o espelho, alinhadas da parede adjacente ao telefone até o recesso que levava à minicozinha nos fundos, estavam as fotos, antigas e novas, que contavam a história. Lá, em meio a centenas de descendentes da velha aristocracia de Atlanta, que foram ver Roland Hayes em pessoa na ópera do Centro Cívico, estavam os integrantes dos 400 Pretos, ocupando o mesmo número de camarotes que os brancos. E lá, nas cerimônias revolucionárias da Escola Normal Clark, era possível ver os membros da Liga das Mulheres Pretas, os Cavaleiros de Pítias, educadores, verdadeiros cidadãos, entre eles o bisavô de Simmons. A história marchava pela parede verde-água, pioneiros limpos, cultos, sensatos e seus descendentes, herdeiros de boas fortunas construídas não com a escravidão, com o trabalho de condenados, com prostituição ou com prestidigitação nos cofres públicos, e sim com trabalho duro e vida limpa, descontado um pecadilho aqui e ali.

"A Meca Preta do Sul", ele disse quando seus devaneios privados ameaçaram derrubá-lo. "E o que temos que valorizar em nossas conquistas aqui em Atlanta é que ninguém mais, em nenhum outro lugar, conseguiu fazer a mesma coisa. Sabe por quê?" Dirigindo um olhar raivoso à reverenda Mattie. "Porque não somos como os caranguejos da cesta, que puxam para baixo quem sobe. Estamos juntos aqui, é por isso. Nossos pastores, empresários, políticos, professores..." fez um amplo arco com a mão na direção das fotos. "Todos remando juntos. Onde mais temos a... a... a... como você diz, Otis? ...a base econômica para apoiar uma liderança como a que temos aqui em Atlanta?"

"Todavia há problemas", a reverenda Mattie retrucou, com sua voz tão relaxada, tão suave, que Simmons quis bater nela com a parte suja da vassoura. "Estamos sempre tão ocupados nos parabenizando por nossas conquistas, que ignoramos completamente aqueles que não estão conseguindo crescer."

"Todo mundo pode crescer", Simmons interrompeu. "Não me venha com essas desculpas de preconceito racial e tudo mais, pois sou a prova viva de que isso é uma mentira."

"O senhor pode garantir o pleno emprego, sr. Simmons? Sabe o que o 'pleno emprego' significa para o governo? Milhões e milhões de desempregados, porém os negócios bem azeitados e funcionando tranquilamente. Não estou vendo nenhuma foto aí dos garis que estavam em greve. E onde estão as fotos dos milhares de desempregados que se aglomeram na prefeitura quando surgem umas poucas vagas? O senhor não tem nenhuma foto dos moradores de rua que vivem em caixas debaixo da ponte, sr. Simmons?..."

A voz da reverenda pareceu exasperada e transformou o "sr. Simmons" numa aguilhoada. Simmons contou até 35 e a ouviu educadamente para não perder pontos com os homens sendo bruto com uma dama.

"Pode ser que a senhora esteja certa", comentou, quando a reverenda finalmente parou de falar. "Talvez todas essas coisas deprimentes que a senhora disse sejam verdade. Claro, houve muita cobertura de relações públicas e... eh, hã... e um bolo que não era sólido o suficiente, digamos assim. Contudo, se me perguntarem, o principal problema é que a cidade está crescendo rápido demais."

"Amém", Zala disse, surpreendendo Simmons. Porém não era na cidade que a reverenda estava pensando. "Crescendo rápido demais", ela repetiu, e por um minuto Simmons balançou a cabeça para encorajá-la.

Zala alegrou-se ao ouvir o telefone tocar. Apertou um dedo no ouvido que não estava contra o fone. A secretária de Delia passou a mensagem para Zala, uma mensagem que durava três segundos e dizia: Nate Spencer estaria na J.C. Penney perto do Shopping Perimeter às quatro. Continuou na linha, ouvindo o tom de discagem, e esperou para ver se havia mais clientes. Nenhum. Ela podia sair imediatamente para pegar Sonny. Spence iria entregá-lo. Os homens estavam se balançando para a frente e para trás e examinando seus sapatos enquanto Simmons falava, como se tivessem ido lá só para ver se Lincoln, o Iluminador de Couro, como dizia seu cartão de visita, voltaria após ter ido embora indignado, deixando caixa e materiais para trás quando Simmons permitiu que a esposa interferisse e redefinisse a função da barbearia. Essa função não era cortar cabelos e barbas e fornecer um lugar para homens ficarem à toa folheando revistas, mas sim servir como o tipo de fórum que o pai de Simmons tinha em mente, cavalheiro que era, um lugar onde homens inteligentes pudessem governar nações com suas bocas, discutir política e analisar os modos misteriosos das ações da população feminina — a qual só deveria cruzar o umbral da porta caso estivesse acompanhada por um menino para cortar o cabelo no sábado.

O barbeiro bateu no chão com a vassoura enquanto todo mundo saía, inclusive sua manicure, deixando Simmons sozinho com a fumaça de cigarro, o cheiro de esmalte e uma montanha de detritos soprada para todo lugar como erva daninha.

• • •

Era um horizonte impressionante, Zala supunha — as torres de vidro, os hotéis nos arranha-céus, os bancos, o fluxo intenso nos salões dos clubes na cobertura dos prédios. "Battlestar Galactica", Kofi sempre dizia quando olhava em torno para os discos de satélite e torres de rádios. Literal demais, pensou — uma declaração demasiado literal de sua intenção de ser uma cidade grande. Máquinas pesadas e equipamentos de construção paravam o tráfego nas faixas externas. Havia cabos suficientes para envolver o mundo inteiro. Ela disparou por uma rua vicinal, lançando um olhar pensativo a um carretel de cabo. Aquilo daria uma boa mesa. Perguntou a si própria se Spence seria capaz de reconhecer a aparência interessante daquela máquina obscena e carregar o carretel para a casa dela.

Zala sempre se orgulhou de seu conhecimento sobre a cidade; estradas secundárias, parques e campi; arquitetura e monumentos, as várias maneiras que os construtores tinham de assinar os prédios; os vendedores de ferro que mantinham os motivos africanos vivos sem saber; as divisões entre bairros; os distritos eleitorais que ficavam mudando seus limites desde o dia em que Primus King registrou o primeiro voto preto em Columbus, Geórgia. As primeiras aulas vieram do pai, deliciado com a bonequinha temporã que ele e Mama Lovey tiveram quando estavam já na meia-idade. Ele a levava pela cidade toda na velha caminhonete Ford enquanto trocava calhas, limpava janelas de telhado, falava de história e compartilhava segredos profissionais com ela, como se Zala, de 5 anos, estivesse destinada a se tornar carpinteira, vidraceira, faz-tudo ou os três.

"Para fazer as novas telhas combinarem com as antigas", o pai falava, prendendo o cinto de segurança nela para que Zala pudesse se sentar na ventilação do sótão e lhe fazer companhia no telhado, "é misturar barro e água do mar". E a menina podia sacudir uma das muitas jarras que levavam e traziam da ilha Jekyll, onde passavam os verões e feriados com a família. "Espalhe levemente a água com o pincel de cerdas de javali." Dizia e demonstrava como fazer para que sua filha o observasse.

Ao dirigir pela cidade, o pai lhe contava acerca de suas raízes, passando pelos africanos, pelos seminolas, até chegar a um passado distante, aproveitando todas as oportunidades para passar pelos Apartamentos Blackstone, na esquina da Peachtree com a Fourth, onde ele havia trabalhado como zelador, tornando-se um dos primeiros homens pretos de Atlanta a dirigir o próprio carro. Seguindo adiante, apontava o local de uma antiga farmácia, há muito desaparecida, onde seu avô paterno testemunhara o surgimento da Coca-Cola, em 1886, inicialmente inventada como remédio para dor de cabeça. Mais tarde, os dois abriam a marmita e desrosqueavam as garrafas térmicas no velho cemitério, e seu pai lhe apontava as lápides da família. O epitáfio de um tio dizia: MORREU POR SEU PAÍS. Zala entendia, pela forma como ele gargarejava a limonada e cuspia, que seu tio foi um grande traste. A lápide de outro parente dizia: VIVEU POR DEUS E PELA ÁFRICA. Nesse local sempre demoravam mais, tirando ervas daninhas e deixando o buquê de plástico arrumado.

Ao passarem pelos Five Points, a caminho de casa, o pai dela nunca se cansava de dizer que seu povo também estava lá, na cerimônia em que as lâmpadas foram acesas, quando o nome da cidade mudou de Marthasville para Terminus e depois Atlanta. Mesmo agora, contornando uma barreira com listras amarelas e pretas para desviar do Central City Park, Zala podia ainda imaginar as carroças, galpões de trens, plataformas de carga como deveriam ser. Em algum lugar no barril de madeira atrás da porta da casa dela, em algum lugar debaixo do pôster da Escola da Liberdade da SNCC, havia uma bandeira original da cidade com o emblema da fênix e o lema "Resurgens", a qual seu pai em algum momento soldou ao espelho retrovisor da caminhonete — que não devia ser confundida, esforçava-se para esclarecer esse fato, com as bandeiras confederadas que balançavam nas laterais de carros e caminhonetes que tentavam tirá-los da estrada quando iam até Roswell.

Pondo o dedo na ponta do nariz de Zala, para fixar sua atenção, insistia em fazê-la entender que a Atlanta deles não era a cidade mítica celebrada nos guias turísticos, nos outdoors, nos anúncios de jornais, nos romances, nos folhetos brilhantes com tabelas de números e gráficos e mapas mostrando áreas cinza reservadas a "mudanças demográficas e novos projetos urbanos". Atlanta, a verdadeira, estava documentada em desenhos, álbuns de recortes, fotos, registros imobiliários, nas Bíblias de família, nas memórias e na boca dos mais velhos, aqueles que ficaram e que há muito tempo se mudaram para Brunswick, na Geórgia, quando seus períodos de verão na Ilha Jekyll, servindo aos Gould, Astor e a outras famílias ricas que se divertiam por lá em linho branco e panamá, crepe *georgette* e chapéus milano, terminaram.

Saindo de Peachtree — onde ficavam os antigos túmulos indígenas, perto do pessegueiro que deu nome ao lugar, onde mais tarde a vó paterna, seguindo as regras do toque de recolher para pessoas pretas, caminhava com meias de algodão, vestido preto com avental e chapéu de renda, a roupa de passaporte necessária depois das seis da tarde —, seu pai a testava com perguntas, segurando um pacote de Bit-O-Honey como recompensa. Em seguida, saíam da trilha e desciam a colina até Buttermilk Bottom, onde ficavam sentados do lado de fora da casa, com a boca cheia de doces, enquanto o pai lhe guiava a mão desenhando mapas do terreno e ela recitava, obedientemente, separando as mandíbulas com os dedos pegajosos, a história aprendida naquele dia de viagem.

Aquelas aulas iniciais foram úteis durante seu tempo com Delia, que dirigia o programa fale-alto-faça-amizades-vamos-nessa-garota. No entanto, Zala não se saiu muito bem no emprego que a cunhada lhe arranjou no Tour Atlanta, nem nos empregos de telemarketing para empresas de carpete. Contudo esse conhecimento lhe permitiu contribuir com o banco de informações da empresa de turismo para pretos e não foi um total fracasso quando Delia e Bryant abriram uma empresa paralela no ramo imobiliário. Ela sabia onde as coisas ficavam. Porém, de todos os empregos que Zala teve fazendo uso dos ensinamentos de papai, seu favorito foi dirigir um caminhão de sorvete no verão, principalmente porque não era preciso falar muito.

Agora, se inclinando no volante e procurando placas piscantes de desvios, percebeu que a área central que dominou aos 5 anos, depois novamente aos 10 sob a tutela dos Gêmeos (que, como outros jovens ativistas nos anos 1960, protestaram, fizeram piquetes e ocupações com tal determinação que levaram os interesses comerciais dos brancos a construir shoppings ao longo do perímetro para que os pretos nunca mais pudessem se impor daquele modo de novo), era uma confusão de cavaletes, buracos abertos, calçadas com tábuas e caminhos de areia para tratores amarelos carregarem pedregulhos em suas pás.

Ela freou em cima da hora quando uma betoneira, que misturava cimento enquanto andava, deu ré e entrou numa pista recém-escavada; e abaixou-se instintivamente quando uma linha esticada por cima de uma rua estreita cedeu e a máquina derrubou um pouco de cimento no teto do carro. Zala espiou pelo para-brisa para não perder a nova entrada para a 75/85 Norte que a levaria para a 285 e para o Shopping Perimeter.

Notou a limusine de imediato, a mulher cromada no capô fazendo com que reduzisse a velocidade. O carro estava estacionado em frente às portas duplas da J.C. Penney. Após entrar no estacionamento, parou diante da janela de vidro laminado. Um policial numa moto parou atrás da limusine e andou para a frente e para trás, examinando sua largura, comprimento e brilho, batendo nos vidros, pondo as mãos em torno dos olhos para inspecionar o interior. Quando Zala se aproximou, ele estava conferindo as etiquetas, as placas, o adesivo de inspeção, a mão no livro de infrações que batia as folhas contra o quadril dele. Zala se apoiou na caixa de correio e esperou que o guarda voltasse para a moto, acelerasse e seguisse em frente, relutante em multar um carro tão impressionante, provavelmente de um VIP. Não conseguiu conter o sorriso.

Seu sorriso virou uma risada quando Spence cruzou as portas duplas num traje azul-chinês com botas. Spence parecia Bruce Lee no papel de Cato, na antiga série *O Besouro Verde*. Mal podia esperar para encontrar Sonny e os dois se divertirem juntos. Spence abriu a porta e foi imediatamente escondido por um homem corpulento em um albornoz de brocado verde e turbante, liderando uma procissão de gente para fora; duas mulheres com a cabeça coberta por um tecido cintilante andaram na direção da limusine, suas roupas longuíssimas se agitando com força entre os tornozelos como roupa pendurada num varal. Seis crianças, conseguiu contar, passaram por ela em túnicas elaboradamente bordadas, as garotas com muitas joias, os meninos com turbantes. Ficou intrigada para saber se todos caberiam na limusine. Um homem com o nariz fino, nervoso e hirsuto — que concluiu ser o tutor — guardou as pequenas valises. Esse homem segurou a porta com o ombro e Zala se afastou da caixa de correio cheia de expectativa. No entanto não era Sonny ainda; era uma fila de vendedores carregando pacotes e sacolas para a limusine. Estava segurando a respiração enquanto a porta zumbia. Ainda segurava quando o tutor se afastou e Spence deu um passo em sua direção, chamando-a.

Zala não gostou do tom de surpresa na voz dele, da expressão em seu rosto. Não gostou da forma como as pessoas estavam fechando as portas da limusine, os vendedores se afastando, praticamente fazendo reverências, contas em suas mãos, dispensados.

"Onde está o Sonny?" A voz saiu tremida.

A buzina tocou. Spence, por incrível que pareça, se virou de costas para responder a estranhos enquanto os joelhos dela cediam.

"Sonny, o Sonny."

Ele estava genuinamente perplexo. "O Sonny?"

"Não brinque comigo." Disse e avançou na direção dele. "Onde está meu bebê? Por favor, meu bem."

Spence segurou-a pelo tronco, na altura dos seios, antes que a própria percebesse que estava caindo. Zala pensou que havia sido um simples tropeção quando se esforçou para espiar o interior da limusine. Sentiu-se sem forças e tonta, uma sensação de calor como um choque elétrico percorreu seu pescoço até os ombros e seguiu para baixo. Ele lhe dizia algo em seu ouvido, forçando seu braço enquanto o punha em torno do ombro e a conduzia na direção de seu carro. Estava lhe pedindo para ficar calma, parar de gritar e respirar fundo. Ficava dando um monte indicações do que fazer, contudo não lhe dizia a única coisa que estava desesperada por ouvir.

A sargento B. J. Greaves empurrou a porta com os quadris e fez Zala entrar numa sala, uma despensa, na verdade, poeirenta e entulhada. E apontou para uma banqueta e uma velha cadeira de cozinha.

"Podemos conversar aqui, sra. Spencer. Vai demorar um pouco até conseguirmos qualquer retorno dos hospitais e abrigos. Sente-se. Vou fazer a equipe do turno da noite vasculhar a floresta que a senhora indicou. Já volto."

Zala se sentou na cadeira, a pintura velha no apoio do braço entrando sob as unhas. Parecia uma cela de cadeia — pequena, malcheirosa, mal ventilada, um balde espremedor de esfregão e um assento de vaso sanitário solto, largado sobre listas telefônicas antigas e folhas de estêncil. Manchas de sujeira se afunilavam pelo buraco escuro. Sentia-se como uma pessoa presa e lamentava ter ouvido o conselho de Spence para pedir que Delia a buscasse no shopping.

O que foi que a sargento perguntou? Se tinha conhecimento de casas na vizinhança que faziam festas com maconha, bebidas e filmes pornô? Se era capaz de identificar adultos que o filho sabia estarem envolvidos com drogas e festas selvagens? Havia mais de uma dezena de casos no total, a sargento disse: crianças que desapareceram em plena luz do dia, crianças assassinadas, outras mortas por causas não definidas — casos misteriosos que não se encaixavam no padrão normal de crianças assassinadas. E também algo relacionado a uma criança que teve uma queda fatal de uma ponte ferroviária na esquina da Moreland com a Constitution. Zala cavou a tinta solta com as unhas. Não havia pontes ferroviárias naquela área.

"Ok", a oficial Greaves disse, voltando da sala da equipe. Entrou e se sentou no banco, e Zala sentiu que estava sendo estudada de perto enquanto a mulher avaliava a dose de informação que podia ser administrada com segurança. A policial mantinha um envelope marrom sob o braço. Zala estava com medo daquilo.

"As crianças", Zala começou a falar. "Você disse que muitas crianças foram mortas em festas?"

"Essa é a teoria neste momento. Embora os testes de laboratório não confirmem, acho. E, até onde eu saiba, nenhuma testemunha confirma. Posso chamar você de Marzala?" Ela estendeu a mão. "Eu sou a B. J. e estou aqui pra ajudar. Juro."

"Algumas mortes originalmente foram classificadas como acidentais, Marzala." Disse, e folheou a pasta. Havia papéis datilografados, escritos à mão e memorandos entre departamentos grampeados juntos. "Outras foram registradas como 'indeterminadas' por meses. E, em alguns casos, o policial responsável relatou 'suspeita de assassinato'. Muitas das crianças foram aparentemente assassinadas, assim como muitos dos pais disseram o tempo todo. Você leu algo relacionado a esses pais? Ouviu sobre o protesto que fizeram?"

"Não... eu..."

"De qualquer forma, há alguns dias uma força-tarefa especial de investigação foi criada. Estão revisando, acredito, quinze casos encaminhados pela Delegacia de Pessoas Desaparecidas e pela Homicídios." A policial deu uma longa tragada no cigarro e derrubou as cinzas numa pilha de formulários. "Seria bom você falar com o diretor da força-tarefa de emergência. Sem dúvida, seria bom se encontrar com o Comitê para Parar as Mortes de Crianças. Estou indo rápido demais? Desculpe."

"Não, estou ouvindo e..." Ela quase se desculpou por segurar Greaves depois do horário. Um estudante que chega para fazer pesquisa para seu trabalho de conclusão do semestre. Normal, assassinato. Estava claro pelo que Greaves acabou de dizer que a oficial não esperava que Sonny fosse encontrado num hospital ou num abrigo, e que não acreditava muito na possibilidade de que a polícia fosse encontrá-lo andando, perdido, na floresta. Anéis de fumaça se aproximavam dos joelhos de Zala e sumiam, como fantasmas, enquanto Greaves baforava e continuava relatando o que era típico em casos de crianças mortas.

"Talvez a gente consiga resolver duas ou três por mês; então, em um ano, talvez quatro casos ainda fiquem pendentes. Todavia, desde o ano passado, o detetive O'Neal e o sargento Sturgis têm escrito memorandos para chamar a atenção do departamento para o fato de que o número de mortes está muito fora do normal. Faz um ano também que os pais vêm aumentando os protestos. Alguns deles, pelo menos." A policial fez uma pausa para enfiar a língua na gengiva de cima, sinalizando que achava estranho que só alguns pais estivessem falando. Então passou o dedo pelo formulário que Zala preencheu, notando o endereço. "Com certeza você ouviu falar disso, certo? Vários jovens são da sua vizinhança."

Zala olhou na direção das portas semicerradas procurando uma sombra, um tom azul-celeste, algum sinal de resgate, alguma notícia. Como era possível que Sonny estivesse envolvido de algum modo em uma série de assassinatos? Como era possível que algo assim estivesse acontecendo na comunidade preta e o prefeito Jackson não estivesse na TV mobilizando a cidade?

"Isso é exatamente o que a sra. Mathis anda dizendo." Greaves fez uma pausa, pois Zala acabava de erguer o rosto, assustada, ao perceber que estivera pensando em voz alta. "É realmente doloroso quando você lembra que não só o prefeito é preto, como também o comissário e o chefe de polícia e metade da Câmara Municipal e o presidente da Câmara..." A oficial massageou as gengivas mais uma vez e deu uma longa tragada no cigarro. "O que não quer dizer que..." Titubeou com seja lá o que estava prestes a dizer, depois deu de ombros. "Você conhece a sra. Willa Mae Mathis? O filho dela, Jefferey, está desaparecido desde..." Greaves consultou uma folha na pasta. "O menino saiu de casa na tarde de 11 de março de 1980, para ir buscar cigarros para a mãe a uma quadra de casa. Na esquina da East Ontario com a Gordon. Não é perto de onde você trabalha? Por acaso conhece a família? O menino tem a idade do seu filho. Talvez tenham acampado juntos, ou se conheçam do parque, um time de basquete, algo assim? Pense." Greaves se inclinou para a frente e o canto da pasta marrom cutucou os joelhos de Zala. "Até agora não estabelecemos ligação entre as crianças. E também não temos suspeitos. Nem a arma dos assassinatos. Nem qualquer testemunha. Nem mesmo uma cena do crime conhecida. Nenhuma pista do possível motivo. Nenhuma pista. Nenhuma dica. O que torna esse caso muito diferente dos habituais." Então segurou papéis grampeados juntos. "Você conhece alguma dessas crianças?"

Zala deixou a mulher largar os papéis no seu colo, porém não fez o menor esforço para lê-los. Estava travada, esperando um toque na porta, um atestado de que Sonny não era parte dessa "epidemia", uma prova de que seu filho nada tinha a ver com esse problema, de que não precisaria se preocupar com essas páginas. De alguma forma, Greaves tirou-a da trilha na qual estava e a enfiou num mundo sombrio de informações desconexas. Festas, vítimas, memorandos, protestos, assassinatos, força-tarefa.

"Por favor", a sargento *quase* sussurrou, o cigarro preso nos dentes da frente. "Estou tentando ajudá-la a encontrar o seu filho. Algum desses nomes soa familiar?"

Colocou o dedo nos lábios enquanto Zala revirava os papéis. Greaves jogou fora um pedaço de tabaco que tinha nas mãos e continuou falando, mantendo a voz baixa e se aproximando. "Aposto que as famílias não estão dizendo tudo que podiam de seus filhos, seus hábitos, seus amigos e os lugares que frequentavam. Porém também não sei se meus colegas estão investigando como deveriam. E aquelas mulas na Força-Tarefa não parecem estar tirando a bunda da cadeira para sair à rua e..." A fumaça jorrava das narinas da mulher. Tinha fumado o cigarro até que a brasa quase encontrasse seu batom. Apagou o que restou na lateral do banco e olhou de lado para Zala. "Por favor, fale honestamente, Marzala. A situação é grave, e não ajuda nada caso não revele tudo que saiba." Esperou, depois acendeu outro cigarro e pôs o isqueiro sob a coxa.

"Bom, pelo menos dê uma olhada." A oficial estava claramente irritada. "Você conhece qualquer uma das vítimas?"

Zala percorreu as páginas com os olhos, ainda à espera dos passos que viriam salvá-la. Os nomes pareciam todos iguais, meninos e meninas de 7, 9, 11, 14, 16 anos. Endereços borrados. Espancamentos, facadas, possível vingança, uma queda do alto de uma ponte. Visto pela última vez de bicicleta, em um parque, uma piscina, um cinema. Declarações das mães, pais, pais adotivos, avós, vizinhos. Carros suspeitos vistos na vizinhança. Visitas de grupos de pais exigindo atenção, recusando os termos "fugitivo" e "acidente".

"Francamente", Greaves contou, "quando notei que muitas meninas tinham em torno de 14 anos, aquela idade na qual começam a ser mais independentes, pensei em prostituição — sabe, algum cafetão violento. E então os garotos — naquela idade em que começam a enfrentar o padrasto ou brigar com o namorado da mãe. Você está bem, Marzala?" Falou e se afastou do banco para pegar os papéis que estavam caindo do colo de Zala.

Zala estava pensando em Dave e Sonny. Em Spence e nas falhas de memórias que ele tinha antes do Departamento de Veteranos achar uma pílula que não o deixava sonâmbulo, nem piorava seus ataques de fúria.

"Ó Deus!" Zala gemeu. Fique comigo, rezou em silêncio, fique comigo, meu Deus.

"O que foi?"

"Meu marido", Zala deixou escapar.

"Seu marido?" Greaves bateu as cinzas na mão, depois as espalhou atrás de si. "Seu marido?"

Zala estava com medo do que estava entrando em sua cabeça, vazando para a boca. Dave. Spence. Não podia evitar a ideia de que ela própria podia ter arrastado Sonny para a despensa da varanda dos fundos no sábado de manhã e lhe causado danos físicos. *Rapaz, vou acabar com você. Menino, vou te esganar.*

"Seu marido, sr. Spencer. Ele pode ter levado o menino? Machucado o garoto, talvez?... É um homem violento? O seu marido esteve no Vietnã? Que tipo de dispensa teve?"

Zala sacudiu a cabeça. Qual o problema dessas policiais, tão ansiosas para culpar maridos e pais — ou será que só homens pretos estavam sob suspeita? Viu que não conseguiria fazer a policial recuar só com o olhar. Então baixou os olhos.

"Sexualmente, Marzala... ah... Isso é difícil, mas necessário, acredite em mim, ok? Seu marido... algum gosto ou hábito fora do comum? Sabe o que quero dizer."

"Por favor." Manteve os olhos abaixados.

Uma brasa do cigarro de Greaves tinha caído em cima da pilha de formulários. Zala mal se deu conta. Era só um lugar para pôr os olhos. "Meu marido de maneira nenhuma... meu marido." Ele é perfeito, queria dizer, e realmente disse isso a Paulette quando esta começou a se meter em seus assuntos pessoais. "Então por que não estão juntos, você e seu homem perfeito?", Paulette perguntou. Zala piscou. Um marrom borbulhante se espalhava pelos papéis.

"Eu só quis dizer", Zala falou com cuidado, vendo o círculo marrom se alargar, "é que gostaria que meu marido estivesse aqui. Ele não é o tipo de homem que machuca ninguém. Com certeza não machucaria os filhos. Nem eu", acrescentou, querendo que a frase tivesse os dois sentidos. "Nem qualquer pessoa." O círculo marrom agora devorava a pilha.

"Claro." Greaves se acomodou de novo no banco, empurrando a bunda para a esquerda, depois para a direita. Olhou o conteúdo da pasta novamente. "Em geral, há um padrão em assassinatos de crianças. Uma mãe distraída, no limite do cansaço, e um bebê que não para de chorar. Um pai sobrecarregado, levado ao limite por um emprego ou pela falta de um, que assume o papel de disciplinador da família. Um guardião zeloso com uma linha direta com Jesus..." A policial conteve o riso. "Você se surpreenderia se soubesse quantos bons cristãos espancam os jovens em nome de Jesus. 'Deixai vir a mim as criancinhas', pois é." Encarou a guimba brilhante por um momento, perdida em pensamentos. Relembrando algum caso triste, Zala pensou em como levar a mulher de volta para a conversa mais promissora que começaram a ter na sala da equipe quando a policial retirou do local vários policiais.

"Às vezes é o namorado da mãe", disse Greaves, "irritado pelo que considera uma competição injusta por atenção. Como regra, é o próprio autor — ou autora", e acrescentou incisivamente, "que chama a ambulância ou a polícia. Então, como eu disse, raramente tem mais de três ou quatro casos sem solução por ano. Contudo aqui, nos últimos tempos..." Sacudiu a cabeça e segurou o cigarro perto do nariz. "De centenas de registros de crianças desaparecidas, alguns se destacam." Apertou os olhos na direção do cigarro sem filtro, depois tragou. "Um padrão..." começou a dizer; depois, seguindo o olhar de Zala até a pilha fumegante, pulou e apagou o fogo bem quando um círculo de chamas minúsculas lambia o dedo de seus sapatos pretos de couro.

"Droga!" Greaves abriu e fechou a porta bruscamente, ventilando o ar. "Talvez seja melhor se sentar aqui fora", indicou. "Parece que até que enfim minha mesa está livre."

As fotos em cima da mesa de Greaves pareciam ter juntado mais uma camada de poeira desde a manhã. Zala se sentou na cadeira giratória, de costas para os rostos, e seguiu os movimentos da oficial pela sala da divisão. Seus pés apertados contra a perna da mesa, Zala se preparou; em sua mente, no entanto, titubeou — lesões, contusões, relatórios de autópsia: tudo muito diferente da conversa que tiveram antes de ir para a despensa. Apesar dos gestos de mãos vazias dos policiais para a sargento, continuava se apegando à esperança, pois, antes que começasse a falar em padrões de mortes, a policial havia comentado sobre a sua sorte em encontrá-la de volta das férias e sabendo o suficiente para agir com rapidez. Normalmente levava três a quatro semanas para que a polícia deixasse de considerar o caso como um fugitivo temporário. Depois, armada com depoimentos de pais ou professores frenéticos que não estavam pensando com clareza na época do relatório original, seguiam as pistas, agora frias, ainda mais frias pelo fato de a memória das testemunhas ter se tornado vaga. Por isso, apesar de dois policiais terem dado de ombros a Greaves, sem ajudar em nada, Zala se considerou com sorte. Um policial pesadão se aproximou da sargento na copiadora; conversaram baixinho, os joelhos do homem levemente dobrados, e a oficial, que era mais baixa, fazia anotações, batendo a borracha do lápis contra os dentes, confirmando o que era dito com a cabeça, chegando a alguma conclusão, as pontas dos dedos na têmpora, a ponta do lápis perigosamente perto do olho. Com impaciência, começou a apertar botões na copiadora.

Centenas de crianças dadas como desaparecidas. Alguns poucos casos em destaque. Greaves não chamou Sturgis ou O'Neal, então isso queria dizer que o caso de Sonny não se destacava? Zala virou um pouco a cadeira e examinou as crianças marcadas como DESAPARECIDAS. Havia alguns quadrados vazios no mural que tinha a palavra ENCONTRADOS, com nomes e datas em cartões. Isso era um bom sinal, uma vez que estava pendurado em cima da mesa da sargento. As pessoas relutavam em admitir que seus filhos tinham fugido de casa. A sessão na salinha foi uma maneira de pressionar, aquela pasta marrom, uma forma de assustar, tudo isso para deixar claro que ela não devia esconder nada. Greaves deixou o formulário dela na mesa entre um arquivo com a inscrição PENDENTES e a bolsa, pronta para ir embora, um pouco aberta; Zala podia ver a depressão interna onde uma arma compacta automática estava escondida. Outro bom sinal, de alguma forma, pois o formulário não estava perto da pasta assustadora dos espancamentos, mortes por causas não definidas e suspeita de assassinatos. Ela rezou.

"Marzala." A policial chegou em silêncio, pegando Zala de surpresa. "Rápido." Disse e lhe deu duas folhas grampeadas ainda quentes da copiadora para esconder na bolsa.

"Tenho algumas ideias", Greaves afirmou, se aproximando. Tentou umedecer os lábios, que estavam secos, rachados, partículas de tabaco misturadas com pedaços de pele manchada de batom. "O que você tem que fazer é ir até a Peachtree, 350 — é a sede da força-tarefa de investigação de emergência especial, Marzala. E insista muito. Insista muito, muito."

Após falar isso, se levantou e conduziu Zala até a porta. "E depois consiga o melhor detetive particular que o dinheiro possa comprar."

Rajadas de areia explodiam na janela com ondas de calor. Carros buzinavam atrás dela. Dirigindo pela Forsyth, num borrão, murmurava, "Sonny, ah, Sonny". Suor pingava em seus olhos — a insólita atração dos manequins de vitrine a puxava para o meio-fio da Loja de Departamentos Rich's, as bocas entreabertas para lhe dizer algo, o segredo proibido, brilhante. Ela implorava; eles ofereciam olhares vazios. Gritos de compradores atrasados recuando rumo às vitrines da Rich's fizeram com que se lembrasse de que era uma motorista e não um pedestre correndo pela calçada. O carro bateu na sarjeta e ela fez uma curva aberta para a avenida Martin Luther King Jr., desviando para o lado oposto à construção em andamento. Tentou avaliar o que tinha acontecido naquele prédio baixo e comprido que ficava para lá das torres Peachtree.

A visita à Força-Tarefa foi breve. O número 350 da Peachtree parecia um showroom de concessionária de carros, rapidamente convertido numa delegacia, no entanto, ainda assim, uma concessionária. Pediu para falar com alguém na Força-Tarefa especial de emergência investigando crianças desaparecidas e assassinadas. Um homem de azul lhe encaminhou para uma sala com uma placa de GERÊNCIA DE VENDAS. Demorou um pouco antes que conseguisse encontrar o caminho de volta para a placa de FORÇA-TAREFA DE EMERGÊNCIA, nas portas duplas que levavam de volta para o escritório de gerência de vendas. As pessoas que a atendiam, uma depois da outra, a mandavam procurar a Delegacia de Pessoas Desaparecidas, a Vara da Infância, o centro de serviços do bairro dela, para o aconselhamento familiar. Um policial explicou que no momento só estavam revisando casos antigos, e que não recebiam informação relacionada a casos novos que não tivessem sido encaminhados pela Homicídios. Ela era uma consumidora que veio cedo demais para a nova loja, ainda sem estoque, a equipe de vendas estava sendo contratada, Sonny era um item não empacotado, a etiqueta de preço ainda não fora colada.

Então ela gritou, "Quero falar com alguém responsável!" — as palavras ecoando profundamente no salão, ricocheteando pelas paredes, uma rouquidão no fundo do peito, um rangido, uma fricção que ameaçava causar faíscas. Greaves lhe disse que precisava insistir. Por quase um ano mães foram deixadas de lado e trivializadas em memorandos internos como histéricas. Os pais, organizados e intransigentes, sempre insistindo com os jornais, TV e estações de rádio, haviam encurralado os vereadores, que colocaram uma pulga na orelha do prefeito. Eles eram um grupo. Ela precisava estar em um grupo. "Volte amanhã."

Às 6h25, sozinha, a mãe de Sonny voltou e bateu de novo nas portas duplas do showroom fechado, ouvindo passos passando por perto. Bateu até os dedos ficarem ensanguentados. Depois, na rua, lambuzou o telefone público de sangue ligando para Delia, que lhe disse que não podia ajudá-la, pois Gloria, sua filha, estava com o carro para ir pegar as crianças de Zala, mas, se Zala pudesse ir até a rua Spring, poderia lhe dar carona para casa e buscar as crianças depois. Quando terminou de falar, desligou abruptamente. Era tarde. E havia trabalho sobre a mesa. Não recebia por hora extra.

"Vaca — sua vaca!" gritou, chutando as portas de vidro. "Vaca."

Uma britadeira enterrava suas presas no acostamento da elevação da avenida Martin Luther King Jr. *Eu devia ter começado a investigar no minuto em que Kofi disse "Foi"*. Zala se maldisse. Teve a sua deixa e não fez o que devia. O rastro de seu filho estava desaparecendo.

Passado o choque, com os nervos em frangalhos, seguiu seu caminho por cima das barulhentas placas de metal que cobriam os buracos na rua rasgada e acelerou pela rampa em direção à Spring, raspando um para-lama contra o pedestal da *Resurgens*, a estátua cinza e suja que dividia as pistas. Ela fez uma curva enlouquecida na direção do Edifício Russel, os carros que se aproximavam buzinando e mudando de pista. Zala pisou no freio assim que viu a cunhada descendo rapidamente os amplos e planos degraus de pedra.

Então saiu e deu um jeito de chegar até o banco de passageiro, segurando firme o para-choque empoeirado, cujas mossas sujas de seiva funcionavam como uma série de apoios para as mãos. As luzes da rua se acenderam de repente e algo alto e urgente colidia contra suas costas. A voz de Delia.

"A Gloria ligou. Disse que o Nathaniel pegou as crianças e saiu de lá que nem um louco. Ele está com uma pistola, Zala. O que será que vai fazer com uma pistola?"

Uma pistola? Uma pistola parecia bom. Zala caiu contra a porta do carro, puxando a maçaneta, sem saber como fazer o mecanismo funcionar, mas certa de que tinha que entrar e colocar o cinto de segurança para não correr o risco de ser partida em dois pedaços.

"Ah, meu Deus." Delia a agarrou por trás. "Me deixa ajudá-la, por favor."

Zala girou, a cabeça caindo contra o metal. Delia a segurou pelos ombros, puxando, tentando levar a cunhada a fazer algo, sem ter certeza do quê. O rosto de Delia estava tão perto que dava para ver os poros sob a base, podia se afastar e ver a marca registrada da família, aquele grupo particular de características: o queixo destacado, os olhos esbugalhados sob as sobrancelhas, o nariz grande. Nada parecido com ela mesma — traços suaves, atenuados, os olhos profundos e secretos, as feições retraídas. Devia ter conseguido dizer para alguém, "meu filho é bem assim", e mostrar o rosto dela. No entanto Sonny rejeitava a aparência da mãe, aceitava só o marrom avermelhado da pele; tudo mais era do pai.

"Isso me magoa", disse, e pensou se não se sentiu sempre ofendida.

"Não resista, Zala. Por favor. Estou tentando ajudar."

Não parecia existir um jeito de se livrar dos braços, aqueles braços que não eram poderosos o suficiente para impedir que desmoronasse, só grossos o suficiente para incomodar, interferir. Precisava entrar no carro, nem que fosse pela janela. Contudo braços fortes seguravam seu corpo pelo meio, limitando os movimentos. Parecia o elástico que usou para ir à escola quando a gravidez de Sonny começou a ficar visível.

"Ah, Zala. Desculpa. Não tinha me dado conta."

Vaca, Zala queria dizer. A última coisa que viu foram as luzes da rua, os halos se misturando ao brilho pálido do céu azul.

PARTE II

CONEXÕES, DINHEIRO & CRÍTICAS

TONI CADE BAMBARA
CRIANÇAS DE ATLANTA

Terça-feira, 5 de agosto de 1980

Por uma fração de segundo a esquina inteira da Cascade com a Gordon se iluminou como um estádio de beisebol à noite; brancas labaredas estranhamente silenciosas foram seguidas por uma saraivada de rojões. Ela esperou na porta da barbearia enquanto ele vinha do meio-fio, se movimentando como se cada passo pudesse detonar uma mina terrestre.

"Sobras do show de fogos da Independência?" Spence se virou na direção do shopping, a boca totalmente seca.

Ela esperou, um braço torcido atrás das costas num ângulo esquisito. Quando ele se virou de novo, vasculhou rosto dele em busca de notícias que podiam restabelecer a sua vida.

Uns poucos compassos de uma velha canção dos anos 1960 vieram do estacionamento do outro lado da rua. "Dancing in the Street", Martha and the Vandellas. Havia um cheiro de açúcar queimado no ar. Risos ruidosos acompanhavam a barulheira do grupo de maltrapilhos que montava um parque de diversões no estacionamento do shopping. Ela avistava o topo de construções, quiosques e barracas de madeira bruta; bonecas enfeitadas com penas cor-de-rosa balançavam penduradas em vigas. Abruptamente a música, que fora banida das rádios durante os motins que marcaram a infância dela, parou.

"Então?", ela fechou a porta atrás de si. O braço dolorido. "Você foi lá? Conseguiu vê-lo? Tem um plano?" Ele parecia ter medo de se mexer, por isso ela andou na direção dele.

"O Dave esteve por aqui? Quero vê-lo."

"Foi disso que vocês ficaram falando na sede da Força-Tarefa? Aquele detetive suspeita do Dave?"

"Te fiz uma pergunta." Ele recuou em direção à limusine, lhe fazendo um sinal para que o acompanhasse. "Perguntou se a gente topa passar pelo detector de mentiras."

"Quê!", ela explodiu no exato momento em que ele encostava no para-lamas da limusine. "É isso que eles querem? Foi isso que o detetive que você encontrou aquela vez em Campbellton disse?" Então aproximou-se do rosto dele. Os músculos estavam relaxados, exceto em torno do olho. Ele estava irreconhecível.

"Relaxe", ele disse.

A música soou alta novamente no alto-falante e depois parou. O rangido de metais enferrujados e encaixes emperrados saiu do estacionamento e atravessou a Cascade Road com todo o seu tráfego. Podia muito bem ser o ruído de seu coração, ou do dele, ela estava pensando. Zala inclinou-se contra a limusine e olhou os carros passando, diminuindo enquanto os passageiros esticavam o pescoço para ver os brinquedos e as barracas de comida.

"Alguém viu o Dave depois que o Sonny sumiu?" Ele passou o dedo pelo próprio reflexo distorcido no para-lama. Depois se esparramou pelo capô. Lentamente o calor atravessou o paletó e a camisa, como num forno. No entanto não se moveu.

"O Dave passou pela loja uma ou duas vezes", ela comentou. "De vez em quando liga, mantém contato. Andou falando com os meninos na detenção, tentando ajudar. Passou no Centro de Artes do Bairro para me trazer almoço. Mas nada de notícia." Olhou-o de soslaio, viu que agora estava de pé, com o rosto voltado para a direção do Burger King por cima de sua cabeça. Os meninos estavam correndo da lanchonete no lado oposto da Cascade para o shopping. Parecia impossível que pudesse haver tantas crianças por aí e que nenhuma delas fosse o Sonny.

"Você não acha estranho, Zala, Dave não ir lá na sua casa desde que o Sonny foi embora?"

"Foi embora", ela repetiu. Eles se olharam. Nenhum deles nem confirmava nem negava. "O Dave não ficava o tempo todo na minha casa, Spence." Falou isso e ficou esperou uma explicação. Ele estava batendo com o dedão nas ranhuras do pneu. "Os policiais pretendem interrogar o Dave? Foi isso que ficou fazendo na Força-Tarefa, levantando suspeita sobre os nossos amigos?" Esperou para ver se Spence corrigiria o "nossos amigos".

"Basicamente falamos a respeito do Sonny", ele comentou. "Altura, peso, tipo físico. Eles se interessaram pelo fato de o Sonny não ser franzino como os outros." Ergueu e baixou os ombros para lembrá-la daquilo, depois flexionou levemente um braço, o suficiente para vincar a manga e perturbar a simetria do paletó, que estava equilibrado pela forma equitativa como estavam distribuídos os cartões do plano de saúde e do plano odontológico de Sonny, a carteira e a pistola, que, nos últimos tempos, vinha passando do porta-luvas para a mesinha de cabeceira e dali para um bolso em suas roupas. "A maioria dos garotos era franzina", murmurou. Zala sabia disso. Ele queria dizer que os garotos eram minúsculos, magrelos, queria aumentar a diferença e desse modo aumentar a distância, pondo o filho deles a uma distância segura. Porém não conseguia reunir a energia para isso. Além do mais, ela entenderia que era um subterfúgio.

"A maioria", ela disse. Os olhos deles se encontraram por um momento, depois Zala desviou o olhar. O que "a maioria" significava? No encontro da Igreja Batista da Wheat Street havia duas listas circulando. A lista criada pelo comitê PARE tinha cinco nomes em comum com a lista compilada pela Força-Tarefa, no entanto cada lista tinha nomes adicionais que não batiam. E nenhuma delas era longa como a lista que B. J. Greaves havia elaborado com a ajuda de seus colegas da Delegacia de Pessoas Desaparecidas, da Divisão Juvenil e da Homicídios. Pode ser que o pedido de B. J. para integrar a Força-Tarefa finalmente tivesse sido atendido e ela tivesse conseguido reunir as duas listas para encontrar um padrão — vítimas jovens do sexo masculino de corpo franzino.

"Vão mandar um carro à paisana para ajudar nas buscas", Spence explicou. Apontou com o queixo na direção da barbearia. "A que horas você sai?" Continuava sem saber a escala de trabalho dela, assim como no passado. Queria saber quem estava cuidando de Kenti e Kofi, mas tinha certeza de que isso ia causar uma discussão.

"Posso sair agora", ela disse, dando de ombros debaixo do guarda-pó. "Onde a gente vai procurar? Eles têm alguma ideia?"

"Na tua casa. Na minha casa." Spence deu de ombros. Jovens vinham das três ruas vizinhas e se dirigiam ao shopping. Alguns dos meninos maiores ajudavam os trabalhadores do parque de diversões a arrastar cabos; outros esperavam sua vez de dar ordens e brincar com o megafone. Ele viu um grupo de cinco erguer uma roda-gigante recém-pintada, o esforço visível em suas costas nuas e nos braços suados.

"Entendi", ela falou depois de um tempo. "Depois a casa do Dave, imagino. Na Paulette. Isso?"

Ele pigarreou e não disse mais nada. Aquilo parecera uma boa ideia quando o detetive da Força-Tarefa a sugerira pela primeira vez. Muitos membros da PARE, assim como apoiadores que foram ao escritório de Campbellton, pareceram convencidos de que o culpado era alguém próximo, alguém que estava bem no meio da confusão, acompanhando o desenrolar da histeria deles. Membros do Comitê vinham fotografando as pessoas que compareciam aos funerais e pediam para analisar também as fotos feitas por profissionais. Porém agora, ouvindo a voz de Zala, que exalava sarcasmo, a sugestão não lhe pareceu nem um pouco científica.

"Eu e o Kofi vasculhamos todo o forro de fibra de vidro debaixo do telhado", ela disse, tocando o próprio rosto como se cortes minúsculos ainda incomodassem. "Andamos de quatro pelo porão, acendemos fósforos atrás do aquecedor, jogamos a luz da lanterna em todos os lugares que não foram escavados para ver se não tínhamos deixado de perceber uma abertura, um buraco onde..." Ele ouviu a voz dela embargar.

"O que você lhe disse que estavam procurando?" O arrependimento por essa pergunta veio no minuto em que encarou o olhar abrasador que lhe foi direcionado.

"Um cadáver, estúpido. Claro que disse para meu filho de 8 anos que a gente estava procurando ossos e caveiras."

"Só quis dizer..." E tentou tocar no ombro dela, que se esquivou.

"Disse que procurávamos pistas. As chaves do Sonny..." Tentava em especial localizar a caixa de charutos ou a caixa de metal para guardar dinheiro que o vô Wesley deu a Sonny anos antes, uma espécie de poupança secreta, que podia ter alguma agenda com endereços ou um diário. Ela embrulhou o guarda-pó e pôs entre a barriga e o para-lamas quente.

Instintivamente, Spence levantou as duas mãos na direção do rosto dela quando Zala cerrou os olhos e encurvou os ombros. Assim como a dele, a orelha dela estava inchada por causa dos telefonemas incessantes. Ela não se afastou quando seu rosto foi virado de um lado para o outro. Desejava se inclinar e beijar as orelhas dela, porém Zala parecia febril de tão assustada. Ele afastou as mãos lentamente.

"Muitos lugares para procurar", os dois disseram ao mesmo tempo. Outra labareda luminosa explodiu acima da cabeça de ambos. Ele lutou contra o impulso de se abaixar.

"A floresta de novo, imagino", ele disse.

E a casa da sua mãe, ela pensou mas não disse. A mãe de Zala, Lovey, ficara com a suspeita. Porém dera um jeito de sugerir a Spence que deveriam visitar a casa dos pais, para não deixar de procurar em nenhum local. Quem sabe Sonny tivesse inventado uma história tenebrosa e os avós tivessem dado asilo ao neto. Spence lhe lançou um olhar intimidador: ela acreditava mesmo que a própria família seria capaz de torturá-los daquela forma?

"Então", Zala continuou, batendo o corpo contra o jaleco dobrado, "nós somos os principais suspeitos, é isso? Um detector de mentiras e uma busca nas casas dos familiares. Que maravilha."

"Relaxe", Spence retrucou. E chutou o pneu, imaginando qual deles ia falar primeiro. Aquilo vinha à tona com frequência. Na Força-Tarefa, na PARE, na Divisão Juvenil de Pessoas Desaparecidas, na Sociedade de Auxílio aos Viajantes, nos abrigos, nos hospitais, nos centros de gerenciamento de crise, nos órgãos recomendados pelo Serviço de Apoio à Juventude. Avós. Ele esboçou um sorriso ao se lembrar de um exercício que fizera com os meninos, tendo como ponto de partida a lição de casa de Sonny: descrever a temática de algumas histórias. Kofi se saiu bem com *João e o Pé de Feijão*, dizendo: "Acho que o tema dessa história é que às vezes feijões são mais importantes que dinheiro". Sonny se utilizou de parábolas da catequese para achar exemplos de temas. Então Kenti veio com o "tema" de *Chapeuzinho Vermelho* — "Jamais confie na sua vó". Spence sentiu que os cantos dos olhos estavam ficando molhados e voltou rapidamente àquilo que os profissionais lhes disseram. Um bebê desaparece — primeiro veja os registros do berçário para saber se alguma mãe acabou de ter um bebê natimorto, depois procure os avós dos dois lados. Uma criança desaparece na escola — examine disputas referentes à guarda da criança, depois visite os avós do lado que não tem a guarda, normalmente os avós paternos. Uma criança mais velha desaparece — se a criança não for rica, diga que fugiu. Como a sra. Camille Bell do PARE enfatizou, "Tem a ver com classe social". Nenhum grupo era mobilizado para encontrar uma criança pobre. Supõe-se que crianças pobres fogem. Boa viagem. Caso encerrado.

"Cala a boca", explodiu, e chutou o pneu ao compreender o que Zala lhe estava dizendo, que tinha sido um merda por deixar o detetive sugerir um teste no detector de mentiras bem na cara dele, que não era duro o suficiente com a polícia, que não foi firme o suficiente com o filho. Spence não sabia como ela havia começado a discussão tão rápido. Eles se comprometeram em fazer isso. Precisava ficar mais atento ao que ela dizia e fazê-la parar assim que erguesse a voz. McClintock, o conselheiro do Departamento de Veteranos, perguntou se Zala não devia ser sedada.

Rojões explodiram em algum lugar perto da roda-gigante. Fogos de artifício surgiram no outro lado do shopping e explodiram em amarelo, depois vermelho, depois laranja acima do telhado do Popeye's Chicken, formando uma catarata na calçada perto da parada de ônibus. Um cometa azul passou chiando pelas pistas de carros da Cascade, depois se espalhou como um pavão a meio metro da limusine. Os dois se inclinaram para o outro lado, embora as faíscas tenham sumido num sopro antes de atingi-los.

"Então você acha que Sonny fugiu." Ela se protegeu abaixada atrás do braço dele e permaneceu por perto.

"É o que os policiais ficam repetindo. Porém não dizem de quem está fugindo." Ele a envolveu com os braços e a pressionou contra o para-lamas.

Fugitivo. Como aquilo parecia heroico na boca de seu pai, nas histórias que Spence contava a Sonny na hora de dormir. O pessoal de outros tempos fugindo do cativeiro e estabelecendo bases na floresta, nos pântanos, nas colinas e nos campos dos indígenas seminolas. Fugitivo. A palavra também aparecia nas histórias da vó Lovey, nas crônicas que o vô Wesley fazia da vida dos Spencer. Tio Thad, a Querida Selestine e o vigoroso patriarca de quem Spence herdou o nome, fugindo da escravidão, de campos para migrantes, em longas jornadas a pé seguindo a Estrela Polar à noite e o musgo que crescia do lado norte das árvores durante o dia. Saltando em vagões, seguindo para o norte para abrir caminho para aqueles que viriam mais tarde, que deixariam o trabalho pesado na lavoura e os alojamentos abarrotados e uma vida achatada sob porretes, chibatas e armas. Fugitivos que construíam um lugar onde seu corpo pudesse ficar ereto. Como a palavra "fugitivo" tinha se tornado amarga agora na boca de estranhos que não levantavam a bunda de cadeiras giratórias nem saíam de seus escritórios com ar-condicionado. Contudo, diante da angústia dilacerante dos pais cujos filhos foram assassinados, a palavra voltava a ter um brilho de esperança. Fugitivo. Não capturado, não sufocado, não desovado, mas fugitivo. Fuja, Sonny. Linha do trem, linha aberta, fuja, esgueire-se, fuja para casa.

"Querida, não chore." Spence a embalou. A música voltou a tocar, não as canções atrevidas dos anos 1960, e sim o rangido cafona de alguma Calíope, uma música antiga que não conseguia identificar, não com as lágrimas umedecendo sua camisa e as costas dela tremendo contra as palmas de suas mãos. Uma canção que ficaria girando e girando na cabeça dele, exigindo receber um nome quando estivesse deitado, de olhos abertos, no meio da noite. Dois rapazes enrolavam cabos nos braços e nos ombros, andando ao longo do shopping do outro lado da rua. Certa vez lhe disseram que era comum trabalhadores jovens arranjarem vagas para delinquentes em grupos como esse. Talvez, indo de vizinhança em vizinhança, conseguissem alguma informação.

"Queria falar com o Dave", Spence declarou. E sentiu o corpo dela enrijecer. Então soltou os braços.

"Se é assim, vá falar com ele. Porém, se quer suspeitar de alguém, por que não fica de olho naquele seu amigo esquisitão no Centro de Veteranos?" Ela se afastou e o deixou de pé numa estranha posição sem equilíbrio.

"O Mac?" Ele riu. "O McClintock é tão capaz de machucar alguém quanto..." Quanto eu, pensou mas não disse. Apesar de toda a tagarelice no encontro do grupo, ele jamais falou disso, nem ela lhe perguntou. Spence tinha matado. Matado crianças. Outras pessoas também não perguntaram, simplesmente disseram: "Matou bebês, hein?" Uma My Lai para cada soldado. Com os braços soltos ao lado do corpo, a boca seca, sem energia muscular para resistir, deixou sua memória flutuar.

O estampido dos morteiros naquela noite lhe forneceu farta cobertura para ziguezaguear ruidosamente pelo terreno aberto jogando granadas em qualquer coisa que se movesse. Depois seu pé chutou um saco de areia e se atirou de lado no bunker, o capacete se chocando contra as orelhas, impedindo-o de ouvir aqueles sons e negando, que os gritos não eram de adultos. E quando chegou a manhã, os corpos pendurados no arame não eram de adultos, porém Spence não deu atenção a esse detalhe, para que não precisasse inspecionar mais de perto. Mesmo de uma distância que exigia que estreitasse os olhos para ver, manteve seus olhos na altura do topo do saco de areia, as botas afundando na lama, reuniu todas as suas defesas, e se lembrou de todas as histórias que conhecia em primeira ou segunda mão relacionadas a adolescentes que pediam chicletes, depois atiravam granadas no almoxarifado ou nos alojamentos.

"Por que você não tira o paletó?"

Suor escorria pela parte de trás de suas pernas. Ele sentiu uma tontura. Será que tinha sobrevivido ao caos da guerra a milhares de quilômetros de casa só para voltar a Atlanta e ser punido? Deixou-se ser ajudado a tirar o paletó e o pegou da mão dela no instante em que a percebeu erguer e baixar o braço e franzir a testa ao sentir o peso.

"Só quis dizer", ela comentou, "e estou falando sério, que o Mac está ali na Verbena Street a cinco minutos de distância da casa dos Wilson, onde a menininha foi raptada. Não venha me dizer que não pensou nisso, Spence. Não venha me dizer que não olhou a lista e ficou pensando quantos veteranos de guerra estão naquelas famílias, quantos daqueles pais e tios e tudo mais talvez conhecessem o Mac."

"Pensei nisso", respondeu lentamente. LaTonya Wilson tinha sido raptada da própria cama na véspera de seu aniversário de 7 anos. Ele não sabia se as outras crianças, que dormiam no mesmo quarto, na mesma cama, haviam reconhecido o ladrão de crianças que entrou pela janela. Porém um vizinho dos Wilson disse ter visto dois homens parados perto do apartamento, de manhã cedo, em 23 de junho, e que um deles estava carregando a criança adormecida. Será que um deles era o Mac?

"E?"

Ele visualizou Mac na escrivaninha, socando tabaco no cachimbo, as crianças sentadas em um semicírculo em torno da mesa, amarradas e amordaçadas em suas cadeiras, enquanto o amigo, fumando e baforando, dizia: "Como prisioneiros de guerra, neste conflito não declarado entre a velhice e a infância..." Não pôde ir além disso.

"Zala, isso não faz sentido. E aquela mulher esquisita, meio bruxa? A Revun Como-Chama-o-Nome-Dela? Ela mora ali na Anderson Park, a dez minutos da casa dos Wilson. Sai do nada, gruda em você, chama pra uma sessão espírita ou sei lá o que é aquilo que eles fazem. Não acha essa mulher meio estranha, se oferecendo pra te hipnotizar?"

"Ela só está tentando ajudar. Quando está sob hipnose, a pessoa pode se lembrar de coisas. Melhor do que passar por um detector de mentiras." Sentiu seus ombros murcharem. "Isso é estúpido", e encerrou o assunto. Não estava com disposição para discutir, para defender ninguém. A verdade é que Mattie *era* meio esquisita. Porém todo mundo era, caso observado de perto. Ela ao menos tinha aprendido isso. "Se deixar que vasculhem a casa for ajudar, e se fazer o teste do detector de mentiras vai fazer com que entrem no caso, então que se dane."

"Não é só fazer o teste, Zala, é preciso *passar* no teste."

"O que quer dizer com isso?" Essa fala quase a fez desmaiar. Jamais tinha passado por sua cabeça que o ex-marido pudesse desconfiar dela. Como é que podia se defender disso? Spence segurou Zala, porém não antes de ela ter batido com o pulso na limusine.

"Não vamos partir um pra cima do outro cada vez que..." Ele suspirou alto e abriu a porta da limusine. Jogou o paletó para trás do banco, depois fechou lentamente a porta, pensando no que fazer em seguida.

"Você deixa aquele detetive falar o que bem entende", Zala disparou. "Só porque ele não o prendeu aquela vez."

A risada quase o fez se engasgar. Spence se lembrou da correria para cima e para baixo pela Campbellton Road, procurando dois veteranos em particular, os quais tinha certeza de que estavam por trás do rapto de seu primogênito, Kofi e Kenti deslizando pelo banco de trás do carro a cada curva. Saiu pelas ruas agitando a pistola, segurando gente pelo colarinho, até que alguém lhe sugeriu que fosse a um estacionamento onde uma criança tinha sido encontrada na primavera anterior. Lá encontrou o detetive Dowell remexendo tufos de mato com um pedaço de pau. O detetive levantou os olhos como se soubesse imediatamente o que, senão quem, Spence era, e com muita calma informou que ainda estava investigando o assassinato de Angel Lenair, a menina de 12 anos encontrada amarrada a uma árvore com um fio elétrico, a calcinha enfiada na boca.

Spence insistiu que o detetive Dowell fizesse o teste nele no exato minuto em que a questão foi abordada na sede da Força-Tarefa. Pôs o braço sobre a mesa, ansioso para tirar o assunto do caminho para que se concentrassem naquilo que o bom senso e a história ensinavam, em quais lugares procurar o culpado em casos como esse. Porém, Dowell comentou que o teste de polígrafo não era realizado ali. "Mas posso marcar uma hora pra você na polícia estadual", informou. "Marcar uma hora", Spence murmurou. Pareceu sensato naquela situação; ofensivo, sim, porém talvez um mal necessário para dar uma amostra de boa-fé, resolver aquilo antes de tomar o próximo passo lógico. Agora ele se assustava em ver quanto teve de se submeter para conseguir barganhar cooperação.

Zala olhou através do para-brisa para a pilha de cartazes no banco da frente. O rosto de Sonny devolveu o olhar dela: DESAPARECIDO. VOCÊ VIU ESSE RAPAZ? Ela forçou a língua, colada no céu da boca, a funcionar.

"E aí, o que você acha, Spence?"

"Acho que nunca senti tanta falta de alguém na minha vida, Zala. Não consigo nem respirar."

Spence ergueu os cotovelos para que Zala pudesse pôr os braços em torno de sua cintura. Repousou a cabeça no peito do ex-marido. Ele ficou pensando se uma compressa de gelo faria bem para as orelhas inflamadas dos dois. Como estava de costas para o shopping e a visão dela interrompida, só o que havia à volta deles eram os sons da festa. Apesar disso conseguiam imaginar: prateleiras de vidro, cofrinhos de cerâmica, ursinhos de pelúcia. Um estacionamento cheio de jogos, truques com cartas, três por um dólar. O tique-taque da roda da fortuna girando e batendo nos pinos. O ding-ding das espaçonaves rodando. O sino sedutor do carrinho do sorveteiro.

"Acho que o Simmons está me esperando", Zala disse baixinho, contudo sem ir em direção à barbearia para pegar a bolsa ou deixar o guarda-pó no cesto do banheiro. Continuou segurando a cintura de Spence mesmo quando este se virou para ver os fogos de artifício.

Sinalizadores. Usados para marcar localizações. Um rastro vermelho chiando pela noite. Spence sacudiu a cabeça para se livrar de fantasmas e apertou o corpo de Zala. E ficou imaginando se alguém checava as fichas do pessoal que trabalhava naqueles parques de diversão, comparando com os registros da polícia — sequestros, abuso contra crianças, assassinato, drogas, pornografia, associação à Ku Klux Klan. A ex-mulher, por sua vez, pensava se alguém vinha examinar os alvarás, dar uma apertada nos parafusos, inspecionar se as engrenagens estavam bem azeitadas, checar as fitas que cobriam os cabos. Um vendedor com um traje de palhaço roído pelas traças e tênis de cano alto veio do estacionamento com uma bandeja de algodão-doce e maçãs do amor. Vários passageiros que estavam descendo do ônibus o seguiram pela calçada, depois entraram no estacionamento.

"Bom, de todo modo temos mais uma pilha de cartazes", ele disse. Zala balançou afirmativamente a cabeça, ainda encostada no peito dele, no entanto parou abruptamente. Suas orelhas começaram a latejar.

Eles olharam maços e maços de fotos em busca de uma que fosse boa, uma foto em que Sonny não estivesse com os olhos meio fechados, fazendo careta ou parecendo desmazelado, malcuidado. Zala não tinha percebido antes que na maior parte das fotos seu filho estava se afastando deles como um garoto que tem algo a esconder. Spence jamais tinha notado como eram raras as fotos de Sonny sozinho — basicamente eram fotos em grupo, a família feliz reunida, posando, apertados uns contra os outros. Pensou em como eram escassas as informações que conseguiu fornecer aos detetives particulares.

Teve uma foto que ele tirou da pilha. Nela, Sonny, sem camisa, olhava para a câmera com uma expressão que o pai não sabia descrever, mas que o incomodava. Não era um ar de provocação, nem de marra, era, contudo, em certo sentido, uma expressão desafiadora, sexual. Uma dessas fotos, Zala nunca tinha visto antes, era uma Polaroide enfiada no meio do livro de geografia dele. Ela pôs a foto no bolso, não mencionou para Spence, e se levantou no meio da noite e a queimou em uma lata de café onde guardava os pincéis. A foto mostrava Sonny de costas e era recente. O menino olhava por cima do ombro, raivoso e furtivo, primeiro furtivo, as mãos em algum lugar abaixo do enquadramento da foto, na área da virilha, depois raivoso por ter sido capturado pela lente. O lugar era azulejado, contudo não parecia ser um banheiro, lembrava mais a escadaria perto do ginásio dos meninos. Zala pediu a Dave, não a Spence, que encontrasse o zelador e perguntasse. Na foto que Spence escolheu para o cartaz, a foto da formatura de Sonny no ensino fundamental, havia algo daquela mesma expressão, algo desonesto, o rosto de alguém que vai aprontar algo. Porém no processo de fotocópia ficou claro que era só um sorriso torto, um garoto inocente na pré-adolescência tentando esconder um dente lascado. Todo mundo naquela família precisava ir ao dentista, ela estava pensando. Talvez a dor de ouvido dela fosse sintoma de um dente inflamado.

"Melhor marcar uma hora", ela murmurou. Zala sentiu o queixo dele afundar em seus cabelos, o hálito quente contra o couro cabeludo.

"Marcar uma hora?" Ele ergueu a cabeça quando "Dancing in the Street" saiu em altos brados do alto-falante, dessa vez tocada na velocidade errada, o arranjo presunçoso soando metálico e distorcido.

"É", ela confirmou. O Conselho de Educação agora estava exigindo fichas odontológicas na primeira semana de aulas.

"Eu iria marcar uma hora", ele disse com cautela, "quando achava que Dowell estava na delegacia de Desaparecidos. Ele é da Homicídios e ainda nem foi nomeado oficialmente para a Força-Tarefa... Zala? Você ouviu o que eu disse? Homicídios."

O gemido da ex-mulher perfurou seu peito como uma broca elétrica. Ele embalou Zala; embalou a si mesmo.

Sexta-feira, 8 de agosto de 1980

Um prato de sopa feito para um gigante, as crianças talvez dissessem, forçando a imaginação para explicar por que, posto em pé, o tal prato não rolava pelo gramado. Lisa, branca, fria quando à sombra, a antena parabólica talvez tivesse em torno de um metro e noventa, Spence se pegou pensando, o pé escorregando do degrau do banco de bar. Foi a concavidade do disco que o atraiu inicialmente. A antena estava aninhada no gramado de uma empresa que escondia sua identidade atrás de um paredão de bougainvílleas. Os dois andares da casa, as janelas paladianas bruscas acima dos grossos capitólios dóricos, anunciavam que a mansão foi construída para impressionar, para dominar.

"O que aquela casa tem de tão fascinante?" Delia empurrou o copo na direção do barman e estudou o rosto do irmão. "Não está à venda, está?"

Ele fez que não com a cabeça. Estava mexendo nos canudinhos, pensando no que o juiz Webber disse a respeito do uso de sistemas globais de telecomunicações por comissões de valores mobiliários, interligando conglomerados transnacionais e órgãos de fiscalização do governo. Nada disso se aplicava, porém, a casos de crianças desaparecidas, a não ser que houvesse suspeitas de espionagem industrial.

"Lamento", ela disse, descendo do banco onde estava, "que *noblesse oblige* seja uma expressão tão afetada, Nathaniel." Ele ouviu "Nei-te--niul", do jeito que Sonny falava, tirando sarro dos avós. "Porque, para mim, as pessoas bem conectadas têm obrigação de ajudar quem não teve a mesma sorte. E o que é maravilhoso na classe média preta e nos ricos aqui em Atlanta é que eles fazem isso." Ela ajeitou a saia e foi para o banheiro feminino.

Falou como se tivesse plateia. Se era para ser ouvida pelo militar que estava no bar debruçado sobre um jornal e tomando cerveja, ou se era para ser ouvida pela moça branca acalentando um drinque e deslizando o pé para dentro e para fora do sapato, mexendo na meia-calça, Spence não sabia dizer. Certamente não era para o barman. Que naquele momento estava andando em direção à porta quando uma majestosa mulher preta com joias africanas entrou, esfregou o balcão em círculos até chegar ao caixa indo atrás dela até que ela se sentasse na extremidade do bar e pedisse um Cuba Libre, enfatizando o rum Appleton.

"Que coisa maravilhosa", o barman comentou com voz arrastada, piscando para Spence.

Spence estava girando a aliança de casamento no dedo e olhando para a silhueta na porta do banheiro das mulheres. Tinha certeza de que o objetivo de Delia ao lhe pedir que fosse à imobiliária era dar conselhos de irmã mais velha quanto a Carole, a vendedora incrível que Bryant e Delia estavam preparando para ser sócia deles. Porém a irmã não disse nada que insinuasse ter conhecimento do relacionamento dos dois, simplesmente o levou para o escritório de Bryant e lhe apresentou um velho amigo dela, um juiz, e depois saiu da sala. Spence precisou de um tempo para se adaptar ao contexto, a inesperada oferta de ajuda; se não ajuda exatamente — já que os interesses principais do juiz Webber pareciam ser ações, títulos, sistema de segurança de bancos internacionais e crimes eletrônicos —, pelo menos alguém que o ouvisse. Quando falou o que fizera e deixara de fazer em relação ao filho desaparecido, ressaltando a insatisfação com a aparente inatividade das autoridades, o sujeito, que tinha cabelos brancos com grandes entradas, desviou os olhos cheios d'água que antes o fitavam, voltou-os para as venezianas e semicerrou as pálpebras, até que Spence mexesse nas cordinhas. Em sua cadeira enorme — um papa, um rei, um juiz do Velho Testamento —, Webber se mostrou tão despreparado quanto ele para aquele encontro. Perguntou, contudo, se Spence suspeitava que alguém importante estivesse interferindo, ou se imaginava que autoridades eleitas ou pessoas em cargos importantes estivessem envolvidas. O pai de Sonny decidiu ir com calma. Era possível, disse com cautela, para evitar uma longa explicação relacionada às leis contra calúnia. Talvez, o juiz disse, o irmão de sua amiga suspeitasse de conluio entre um grupo de assassinos de crianças e uma parte do governo, pois essa hipótese parecia explicar a necessidade de tantos esforços por parte dos pais e profissionais de baixo escalão para estimular as autoridades a agir. Isso também era possível, Spence admitiu, embora não fosse segredo que membros e simpatizantes da Ku Klux Klan estavam na polícia. Esse fato, somado ao de que assassinos em massa eram prejudiciais aos negócios, podia incentivar algum zeloso guardião dos interesses corporativos a sabotar as investigações. O juiz então deu uma aula de retórica, insistindo que o caso era mais de um assassino "serial" e não de um assassino "em massa", presumindo que o número de crianças assassinadas representasse algo além de "atrito natural".
    "Estamos falando de seres humanos ou de rochas?", Spence provocou. Os dois ficaram sentados em silêncio, as sardas no rosto do juiz escurecendo e os músculos de seu rosto se retesando. E no silêncio ouviu Carole fora da sala mencionar seu nome. Ele não a encontrara desde a

carona desesperada no dia anterior. Então fez um movimento para se levantar, agradeceu cordialmente ao seu interlocutor, e foi saindo. No entanto, nesse momento, o juiz relaxou e começou a falar de vários assuntos, especialmente da legislação pouco abrangente e procedimentos extravagantes previstos para o angustiante caso de crianças perdidas, raptadas e foragidas. Não era novidade para Spence que, do jeito como as coisas eram, as autoridades estavam mais bem equipadas para encontrar um caminhão perdido do que uma criança roubada. O juiz prometeu que seu gabinete lhe enviaria uma lista de organizações em todo o país cujas taxas de sucesso e de recuperação de crianças eram melhores do que as das autoridades policiais locais.

Irritado, Spence tomou um gole do conhaque com água. O barman e o militar olhavam-no de soslaio e pareciam estar rindo à sua custa. Ele fechou a cara. O barman se afastou e foi perguntar à mulher preta do Cuba Libre se ela era designer de joias. O militar abriu bem o jornal, depois voltou a uma reportagem que estivera lendo.

"Foi sua roupa que chamou minha atenção", disse, olhando para o uniforme de Spence como quem pede desculpas. O paletó azul estava aberto e parecia um tanto estranho, o peso dos cinco botões de metal e a pistola no bolso puxando a costura do ombro bem abaixo de sua clavícula. Ele tinha virado o visor de couro brilhante para cima e colocado o quepe bem para trás. Calças afuniladas e botas: achava que realmente devia estar parecendo ridículo, especialmente com parte do lábio superior em carne viva.

"Li a história de um cara lá de Oxford, no Mississippi", o militar explicou, batendo no jornal. "Se vestiu de motorista, foi pegar os dois filhos numa escola particular e sumiu com eles. Um desses casos de divórcio em que o cara fica devendo até as calças e não pode ver as crianças." Após seu comentário, olhou para as duas mulheres no bar para saber o que pensavam do assunto. A moça branca tirou o sapato e pôs o pé com a meia-calça no degrau mais baixo do banco. A mulher preta chacoalhou um bracelete, depois pescou a fatia de limão no drinque.

"Semana passada a dona de um estacionamento de trailers perto de Lawrence, no Kansas, vê os três e corre pro orelhão." Fez uma pausa para achar aquela passagem no texto. "Parece que a esposa jogou os cachorros atrás dele por ter ido embora com os próprios filhos. Provavelmente botou a cabeça do homem a prêmio ou algo assim, e a mulher do trailer viu o cartaz de Procurado. Essa parte não fica clara."

"Mais provável que tenha circulado um panfleto de criança desaparecida com fotos", Spence sugeriu.

"Faz sentido. Aí a turba chega e encurrala o cara no trailer..." O militar molhou um dedo na língua e virou a página para ver o resto da história.

"Indecência", Delia disse, sentando-se de novo no banco. "Indecência", repetiu para o barman, fazendo sinal com o queixo na direção do banheiro feminino.

"Ah, droga", o militar reclamou, dando um tapa na testa.

"O que aconteceu?", Cuba Libre perguntou sugando o limão.

"Ah, droga", o militar resmungou de novo.

O barman outra vez foi em direção ao milico, com mais uma cerveja. "Aposto que os guris acharam que estava vestido pra uma festa à fantasia quando chegou à escola, hein?" Riu bonachão do uniforme de Spence, mas interrompeu o riso quando Cuba Libre se inclinou e bateu no balcão com as juntas dos dedos para chamar a atenção do militar.

"E o que aconteceu?"

"Três estampidos de tiro. Ah, cara." Ele dobrou o jornal e tomou a cerveja.

"Você reparou", a mulher branca perguntou sem se dirigir a ninguém em particular, "que quando uma mulher se suicida ela simplesmente se mata? Por que o homem sempre tenta levar a família inteira junto? Bem coisa de macho."

"Ainda bem que a mulher não estava lá. Eles tinham mais filhos?", Cuba Libre colocou a fatia de limão no guardanapo e chacoalhou a cabeça. "Verdade. Se pudesse ele teria acabado com todo mundo."

Delia tentou mudar o rumo da conversa. "Bom, Nathaniel, o que você vai fazer? Pra onde ir daqui pra frente?" Porém era evidente que o pensamento de Spence estava em algum outro lugar.

Ele estava na estrada entre Chattanooga e Nashville. A placa: PISTA PARA CAMINHÕES SEM FREIOS. Aquela pista marginal ficando mais larga à medida que a inclinação aumentava, desviando para longe do resto do tráfego da 75 Norte; a pista acabando em um morro de areia. Notou a placa no topo da colina e sorriu, lembrando de *Mercado de Ladrões*, um filme antigo em preto e branco que assistiu tarde da noite certa vez, quando Sonny chegou de bicicleta e, por causa do horário, foi convidado a dormir lá, tomando cuidado de achar o momento certo do crepúsculo para não levar bronca por pedalar no meio do tráfego pesado, à noite, com aquela idade. Esperto. Uma daquelas histórias cínicas, em que o herói e seu ajudante eram tão maus quanto o bandido; a garota, uma prostituta com um coração de ouro e sotaque estrangeiro, também tinha trejeitos vilanescos. É como Hollywood vê a classe operária, explicou a Sonny. Durante os intervalos comerciais, se aglomeravam em frente à geladeira falando como criminosos: "Encosta nessa última maçã, Pai, e eu acabo com a sua raça". Maçãs: o drama girava em torno de uma carga de maçãs verdes que precisava ser levada ao mercado a tempo, caso contrário o vilão tomaria conta do sindicato e a corrupção grassaria. O herói e seu ajudante punham as caixas de maçãs em dois caminhões detonados, e depois realmente faziam o máximo possível, sem parar para nada, nem para dormir, descendo a estrada até o mercado. Quando chegam até a colina, o caminhão do ajudante começa a falhar. O câmbio emperra, o pedal do freio não funciona, os pneus não param, a agulha do velocímetro dispara, cordas rompendo, caixas deslizando, maçãs caindo pela rodovia toda, close na expressão de terror do ajudante, o herói joga seu caminhão para desviar o caminhão descontrolado — tarde demais, pois já está batendo na mureta, mergulhando montanha abaixo, se destroçando numa ravina — explosão. Os dois adoraram o filme.

Por isso pegou a pista para caminhões.

Disparou pela estrada para veículos rápidos a 140, 150 km por hora, acelerando, correndo colina abaixo, as grossas faixas brancas indicando quando devia fazer a curva para se afastar do restante do tráfego. Enfiou o capô da limusine em uma montanha de areia que o fez parar. Ficou sentado ali um bom tempo, areia cobrindo o para-brisa, o motor ronronando, a adrenalina escorrendo dos músculos por onde tinha corrido. E então ela falou. Mãos cruzadas sobre sua pasta, o volume da bolsa de maquiagem delineado contra o couro, a embalagem de batom como um frasco de nitroglicerina saído de outro filme maluco de aventuras, a cor de seu batom sempre no mesmo tom de ameixas escuras independente da marca ou do perfume — Carole perguntou calmamente: "Alguma coisa errada com o carro, Spencer?".

"O barman quer saber se você vai tomar mais um." Delia estava cutucando Spencer com o cotovelo.

Ele jogou uma nota de 20 no balcão. "Quero estar lá quando a Zala pegar as crianças."

"Melhor mesmo."

Spence virou-se para dar uma boa olhada na irmã, e percebeu que havia muito tempo não fazia isso. Ela havia desenvolvido uma aparência estofada ao longo dos anos. Delia sempre foi encorpada, camadas de espartilhos debaixo dos trajes tesos feitos sob medida; porém agora seu rosto e sua expressão pareciam algo construído, recheado e coberto por algum material que não cedia. Ele franziu a testa.

"Você nunca gostou da Zala, não é?" Zala teria dito que a pergunta veio tarde demais, já que quase dez anos antes Delia a resumira assim: "Ela simplesmente não está à altura, Nathaniel".

"Como pode me perguntar isso? Como pode dizer isso pra mim? Pra *mim*?" A voz dela se agarrando a tudo que o havia feito pelos dois em nome da família e simplesmente porque ajudar era o que se esperava que as pessoas fizessem umas pelas outras.

Devia ter pedido desculpas, devia ter se aproximado da irmã mais velha e dito: "Ei, Dee, estou sofrendo. Está doendo muito". Em vez disso, deixou o troco em cima do balcão, sabendo que Delia ficaria irritada. Dar gorjeta demais era vulgar; mencionar isso, pior ainda; pegar o excesso e enfiar no bolso do irmão, inconcebível. Ele deu uma risadinha enquanto saía, o disco de papelão pendurado na luminária convidando a voltar sempre, o relógio acima do caixa informando que o happy hour começava em mais ou menos uma hora, e então o bar iria encher de clientes, que em sua maioria eram pretos, por mais duas horas e havia a chance de encontrar um velho amigo antes que o dia acabasse e o lugar fosse invadido por pessoas cuja conta era paga pela empresa, gente em que em sua maior parte era branca. Ele parou na porta, um dos ombros no interior fresco, escuro, o outro no brilho do sol que feria os olhos. Estava se sentindo estúpido, seu cérebro um mingau, e se achando rude por fazer a irmã esperar no asfalto quente. E estava corroído pelo sofrimento.

"Melhor você se cuidar, Nathaniel", Delia disse enquanto os dois caminhavam para a limusine. "Por favor, me deixe no Edifício Russell. E, por favor, vá ver seus filhos."

Spence estacionou na esquina em que Zala certamente passaria minutos depois. A corrente de vento do ar-condicionado fazia flutuar uma lista que começou a fazer depois da conversa com o juiz. Tirou o papel que estava preso sob o ímã de banana que Kenti havia grudado no cinzeiro para segurar os desenhos dela. Amigos, parceiros, chegados, colegas, pessoas a contatar, grupos para fazer petições — o total ocupava menos de um terço do papel. Mais de 1,5 milhão de pessoas pretas na cidade, 2,5 milhões de veteranos pretos ativos e organizados na Região Sudeste, 25 de seus 31 anos sobre a Terra passados em Atlanta, e ele não conseguia pensar em ninguém que pudesse procurar para dizer: "Cara, estou sofrendo".

Na pressa para alcançar aqueles que tinham subido alguns degraus enquanto estivera se arrastando na lama, ao mesmo tempo em que os líderes das negociações de paz em Paris debatiam a forma da mesa em que conversariam, ele havia esquecido de cultivar os laços mais importantes.

Nem sequer conseguia lembrar qual foi o último Fórum de Terça à Noite que havia frequentado, qual a última cerimônia do Dia da Libertação Africana que ajudara a organizar, qual a última comissão de apoio a encarcerados de que participara. Mesmo que sua vida dependesse disso, não seria capaz de dizer se o Institute of the Black World continuava lá na Chestnut Street, ou se o departamento de Ciência Política da Universidade de Atlanta permanecia sendo um enclave progressista. A última coisa que ouviu, quando Zala insistiu em almoçar no restaurante da Leilia em vez de no Abbey, que ele achava melhor para contatos, foi um filósofo de lanchonete contando uma história a respeito do chefe de departamento da Ciência Política que defenestrou dois agentes de oportunidades iguais da CIA e depois recebeu uma ligação do reitor que o repreendeu por interferir na perspectiva das carreiras dos alunos da universidade.

Dez anos atrás, Spence ainda levava a sério a ideia de se tornar um organizador da comunidade. General Giap, Malcolm, Che Guevara, Amilcar Cabral, *Os Jacobinos Negros* de C.L.R. James, *A Escolha* de Sam Yette, *O Fantasma Sentado à Porta*, de Sam Greenlee — ele demoliu seu cérebro tentando encontrar os livros que leu, a paixão que sentiu, os planos que bolou antes de se desviar rumo a outra persona, outros interesses, à medida que os combatentes revolucionários, com quem esperava se conectar ao voltar para o país, começaram a deixar a cidade, um a um, ou abandonaram o caminho de algum outro modo. Ele desertou sem nem sequer perceber. E agora sofria, a pele sob a braçadeira dourada em carne viva de tanto mexer, a pele sobre o lábio irritada de tanto tocar.

Foi um babaca completo desde o começo, desde que fora para Nova York, em vez de confrontar Delia quando ela ficou com a casa, basicamente tirando os pais deles de lá. Um babaca por tentar consertar o estrago que sua imagem de guerreiro sofreu se jogando de corpo e alma na história do campus, por não ser "pragmático", como disse seu colega de quarto, porque ativismo político era bacana, porém não se as suas notas piorassem e você perdesse o status que garantia o adiamento da convocação militar. "Mermão, odeio guinar à direita", o colega de quarto dele disse dias antes de Zala dar a notícia, "mas a chapa está quente demais". Eugene foi para outro campus, onde imediatamente se inscreveu no CPOR. Eugene não era bobo, e tinha lido os sinais. Estavam falando em retirar as tropas, no entanto o recrutamento em bairros pretos era cada vez maior, tendo programas de Guerra à Pobreza como disfarce, usando o Relatório Moynihan como slogan: Entre para o Exército, escape das matriarcas pretas que estão fodendo com o cérebro de macho de vocês. O plano de Eugene era ir, porém não como bucha de canhão, e sim como oficial. E, enquanto isso, a mãe dele podia usar o estipêndio mensal que ele recebia do CPOR.

Babaca, disseram seus colegas do City College de Nova York — casa com a moça e alega situação de pobreza. Mas Spence entrou para o Exército, fugiu, na verdade, ainda usando a saudação Black Power para reparar os danos, usando seu bóton de "Nenhum Vietcong Jamais me Chamou de Crioulo", pendurando pôsteres "militantes" em cima da cama, tocando discos do Gil Scott-Heron alto na vitrola, colocando a bandeira preta, vermelha e verde em cima do armário. Obstinado, corajoso, nobre, pode apostar. "Babaca", diziam os melhor-prevenir-do-que-remediar que cortaram seus afros e que mantinham cuidadosamente escondidos seus *Cuidado, Branquelo! O Poder Preto Vai Pegar Tua Mamãe*. "Babaca", diziam os irmãos realmente politizados que estava tentando impressionar.

Jogou fora a oportunidade de virar operador de rádio quando riu da sugestão do líder do esquadrão para que deixasse de ouvir Hanoi Hannah. Poderia parar num caixão por causa daquilo; pior, podia receber avaliações ruins e os benefícios dele podiam ser reduzidos a zero. No Vietnã, quando os processos de Corte Marcial se reduziram a memorandos, a um mero rabisco por comportamento considerado ofensivo por um oficial, Spence cortou o cabelo, endireitou o corpo e abotoou a farda. Porém se recusou a ser mais um puxa-saco que tentava conseguir um trabalho burocrático na retaguarda, onde dava para acumular suvenires para fazer fortuna ao voltar aos Estados Unidos, ou trabalhos de mentirinha no PX, o que lhes garantia um lugar no mercado negro local.

Achou que jamais se meteria num combate de verdade — ou, caso se metesse, seria por pouco tempo. Tendo sido o babaca que foi, subestimou três coisas: o compromisso do governo com a imagem de caubói invencível, arraigado quase nos genes; a profunda perda de moral das tropas que estavam combatendo e que precisavam ser substituídas por sangue novo, o qual, no final das contas, seria sangue de pretos e latinos; e o intenso interesse que oficiais, jornalistas e aproveitadores ocasionais tinham na guerra. Apesar da ladainha infinita de Dave, dizendo que as drogas tinham um papel crucial em tudo que havia de errado, Spence tinha que admitir que Dave estava basicamente certo. O impulso de estabelecer uma conexão entre os EUA e o Sudeste da Ásia para fazer frente ao comércio de drogas entre a França e a Turquia naquela parte do mundo era o único motor que Spence observava naquela máquina de guerra que, fora isso, estava desacelerando.

Spence olhou para as meias-luas em seus polegares e pensou no amigo de infância de Zala. Eles tinham se encontrado uma vez e marcaram outro encontro para comparar as pistas. Não era alguém que pudesse visitar para tomar uma cerveja e dizer: "Ei, Dave, estou sofrendo, meu irmão".

Ir até a PARE doía ainda mais. Por isso não ia. E não conhecia os outros motoristas da frota bem o suficiente para chamar alguém pelo primeiro nome, muito menos para discutir quando diziam: "Devem ter feito alguma burrice, esses meninos". O cérebro dele tinha virado um mingau depois de tantos anos nos quais acreditava saber como as coisas funcionavam, quando na verdade não entendia nada. Aqueles meninos. Como prisioneiros. Não estariam lá se não houvessem feito alguma coisa errada. Como os sem-teto que dormiam debaixo dos viadutos ao longo das rodovias. Deviam gostar, os vagabundos — que droga, eles podiam carpir um lote, algo assim. E as mulheres. Procurando encrenca, mereciam mesmo. Por isso evitava o escritório, organizava recibos no carro, e só fazia visitas via ondas de rádio. Dificilmente eram pessoas que poderia procurar para uma cerveja.

Então quem? Ele tinha trocado o gumbo e o jogo de uíste por frango apimentado e críquete quando achou que a Associação das Índias Ocidentais estava pronta para comprar um plano de saúde coletivo. Trocou o frango apimentado por grelhas de churrasco e bares gays em subsolos quando uns negociantes que estavam se saindo bem com táticas agressivas o ajudaram a entrar no ramo de imóveis. Se lembrava perfeitamente da última festinha. Foi uma comemoração do Dia das Mães de 1978, os homens assando a carne perto da piscina, as mulheres na varanda bebendo e conversando, os adolescentes batendo bola na quadra de tênis, as crianças no escritório do porão jogando dados. Um galão de Chivas Regal e um galão de Jack Daniel's tinham sido liquidados enquanto esperavam por um casal para quem Spence queria muito mostrar uma casa. A mulher chegou de táxi, encurvada com um olho roxo e um pulso fraturado, e se trancou em um dos banheiros do andar de cima. As mulheres correram para ajudar. Os homens se juntaram no pé da escada divididos em dois grupos — os que diziam que assuntos domésticos eram uma questão privada, e os que só sentiam desprezo por homens que precisavam recorrer à violência para controlar suas mulheres. Então foi sozinho falar com Charlie, cubos de gelo sacudindo no cérebro, um esquema se desenhando no quadro-negro em um corredor mal iluminado bem nos fundos de sua cabeça: o diagrama se alterava, se apagava, se reformulava, num instante mudando de ângulo para mostrar a hierarquia, no instante seguinte se ajustando para mostrar as conexões. Enquanto dirigia até a casa do Charlie, tentou achar um meio de encaixar a violência doméstica no esquema das coisas. Não que planejasse desenhar o diagrama na parede de Charlie e usar um varão de cortina para apontar os detalhes. Não que estivesse pensando em fazer um sermão sobre violência pessoal como imperativo sociopolítico numa sociedade que era baseada no domínio, em soluções militarizadas para o conflito etc. e tal. Só sabia que o irmão estaria sofrendo e precisaria de alguém que se atracasse com ele e o arrastasse em busca de ajuda profissional. Só sabia que aquilo que os homens enxugando suas bebidas no pé da escada tinham dito estava errado, embora não soubesse dizer bem o porquê, não fosse capaz de identificar aquilo no diagrama e dar uma explicação. Só sabia que, se estivesse naquela situação, gostaria que alguém fosse resgatá-lo, que o arrastasse para longe do precipício. Eles tinham se visto depois do churrasco. Foram ver um filme, *O Grande Santini*, no entanto Charlie saiu no meio quando Robert Duvall espancou Blythe Danner na cozinha e as crianças pularam nele.

Ele esperou Spence sair no bar do outro lado da rua. Os dois riram juntos, constrangidos falando de terapia, cada um deles num grupo. Não tinha muita coisa para falar.

Spence esfregou os olhos com as costas das mãos, depois procurou no complexo painel de mostradores e indicadores que horas eram em Atlanta, Geórgia, EUA. Podia dar uma volta na quadra e interceptar Zala. Não fosse pelo fato de que não tinha certeza do que faria — buzinar e dar carona como uma pessoa sensata? Andar devagarzinho atrás dela, seguindo da maneira mais discreta possível? Segui-la. Seguir a própria esposa. Ele tinha que tomar cuidado. Ainda tinha grãozinhos de areia no limpador de para-brisa que não saíram na lavagem. Definitivamente precisava ter cuidado. Dois milhões e meio de veteranos. Ele tinha que ir atrás disso. Child Find, Inc. Precisava ir atrás disso também. Acelerou, depois entrou na contramão, bateu no meio-fio e entrou no pátio da escola a uma boa distância do lugar onde os pais deviam pegar as crianças.

Quando viram Spence, Kenti e Kofi saíram pela porta de mãos dadas. As outras crianças corriam em volta brincando de pega-pega. Kenti estava com uma folha grande de desenho que carregava com dificuldade. Eles desceram a escada, o papel batendo nas pernas dela, ameaçando fazê-la tropeçar. Kofi não soltava a mão da irmã, que por isso não podia enrolar o desenho, e acabou por botá-lo sobre a cabeça. Spence deslizou pelo banco. Queria abrir a porta manualmente. Queria estar ali para dar um abraço e um beijo quando eles entrassem, de joelhos, cheios de "adivinha só" e "aquele professor" e "o meu amigo" e daí e daí e "olha só, papai". Ele abriu a porta com as pontas dos dedos e ficou ali inclinado, emaranhado, porém a uma distância segura do volante. Assim, se realmente decidisse pegar as crianças e ir embora, sem esperar pela mãe delas, queria se ver deliberadamente girando a chave, para saber que não se tratava de um erro, de um descuido, de um hábito.

"Papai de cara-pelada, olha só pra você." Kenti estava apontando e rindo antes mesmo de chegar à porta. Quando ela saltou para o banco e agarrou Spence, a frase, na verdade um salmo, tinha virado música.

"Você precisa se bronzear, pai", Kofi disse, empurrando a irmã para dentro. "Parece que você andou tomando Clorox."

"Cadê a mãe?" Kenti estava com um joelho no banco e estendendo o braço na direção do pescoço dele, mas hesitou. Hesitação e suspeita, Spence detectou as duas coisas. Agarrou a filha em um abraço de urso e rosnou nos cabelos dela, se arrastando com ela para perto do volante para dar espaço para Kofi.

A menina pôs o desenho entre os dois e acabou com o abraço dele. "A mãe tá vindo?" Cheirou o rosto do pai e franziu a testa, depois se sentou, chutando o cinzeiro, enquanto ele inspecionava o desenho. Uma mãe desenhada com pauzinhos e uma cabeleira cerrada. Um pai feito de pauzinhos com chapéu e cachimbo. Um jardim cheio de tulipas que pareciam lápis. Uma casa em formato de caixa com um teto triangular vermelho. Um pneu radial como sol. E, perto de uma árvore de pirulitos, as três crianças — dois meninos e uma menina. Atrás dos três, uma coisa borrada e roxa, algo turbulento e assustador.

"Ei, pai, sério, o que foi?" Kofi se debruçou por cima da irmã para abraçar Spence, fazendo o melhor que podia para prender a cabeça dela com o sovaco. Ela bateu nas costelas dele, depois mordeu, e se inclinou de volta para o lado da porta. "Sério mesmo, você parece esquisito."

"Estou me sentindo esquisito."

"Então não beba", Kenti falou, ranzinza, cruzando os braços. E chutou o cinzeiro com mais força até ele bater de leve na perna dela. "Você tá fedendo", ela disse.

"É, pai, não beba tanto, tá bom?"

"Vou cuidar disso", Spence riu.

"A sua risada é irritante", ela disse, movendo as pernas para longe dele.

Sexta-feira, 15 de agosto de 1980

Ela não sabia onde estava ou qual de suas versões estava sonhando, se era ela de dia num semicochilo, ou ela de noite dormindo. Nem sabia ao certo quem sonhava e quem era sonhada. E onde estava seu corpo? Antes, achou que tinha ouvido um barulho de algo arranhando.

Estava dormindo, essa era sua única certeza. Dormindo e inquieta. O esforço para manter a lucidez atrapalhava o sono. Afundou no sonho como Mattie tinha recomendado, ensinando como criar uma tela de cinema enquanto apagava ("Já que tanto você quanto seu marido parecem gostar de filmes"), o inconsciente registrando em sonhos aquilo que não conseguia observar durante o dia.

Tentou se levantar. Havia um cheiro horroroso no quarto. Vai ver havia guardado os *tie-dyes* antes de estarem bem secos. Alguém podia ter deixado um esfregão úmido por aí, e a água apodreceu. No entanto o fedor não era de tecido. Era algo mais orgânico, mais nocivo, algo que tinha uma forma, ao contrário do bolor. Pode ser que um gambá tivesse entrado. Ouviu mais batidas, depois água corrente, depois um som de algo se arrastando, parecido com o ruído seco que ouvira antes e que havia atribuído ao relógio. Parte dela queria acordar, outra seguiu o conselho de Mattie. Parte deu um salto e derrapou na revista dominical do *Journal-Constitution*. Jogou os braços para cima para não cair. Mas caiu mesmo assim e tombou no colchão.

Zala derramou seu olhar em uma escuridão tão profunda, tão opaca, que teve certeza de que sua cegueira significava que as paredes finalmente estavam se fechando sobre si. Com certeza foi esse o chiado que ouviu antes, as paredes se movendo na sua direção. Reclinou-se em cima de um dos cotovelos e se concentrou em penetrar a escuridão. Um ponto de luz na visão periférica fez uma curva, depois desapareceu do campo de visão. Estava em um túnel? Tinha um poema que Ebon, um dos fundadores do centro de artes, escrevera: "Coragem, às vezes a luz que mostra o fim do túnel fica depois da curva". Sentou-se.

"A mãe vai te pegar", ouviu do outro cômodo. Estava em casa, então; a sonhadora acordada, não a pessoa sonhada à deriva entre dois episódios. Ouviu um clique da lanterna e um shhh, depois o chiado sutil das juntas do beliche. Precisava cuidar disso enquanto ainda sabia onde estava a cola de madeira. E, no caminho, encontraria a caneca de conhaque que colocou na janela atrás da cama antes de rolar para o lado, bater no travesseiro para afofar e afundar nele, e levar para longe das risadinhas deles. Kenti e Kofi se divertiram a noite toda com uma versão de "The Gingerbread Boy". Ela sabia que devia ter ficado acordada e monitorado a história em busca de pistas, ou de — como McClintock disse? — passagens ao ato, indícios de estratagemas para lidar com a situação. Estava cansada demais, cansada demais até para dormir profundamente. Por duas vezes se ergueu na cama e estendeu a mão na direção da janela atrás da cama e voltou de mãos vazias. Depois ficou olhando para as paredes, olhou para a escuridão até seus olhos lacrimejarem.

Claro que Spencer percebeu. Ele tinha voltado para ficar mais uma vez andando de um lado para o outro, repassando os detalhes daquele fim de semana distante, seus passos trazendo tudo cada vez mais para perto, e as paredes se fechando. Para um lado e para o outro, batendo com o punho na palma da mão, marcando cada *talvez*, cada *e se*, cada *devia ter feito*, culpando Zala, culpando a si próprio, criticando a polícia, suspeitando de todo mundo, socando a própria mão, pulverizando cada palpite, cada boato, moendo tudo com as juntas dos dedos. E as paredes se fechando, mas sem se juntar, uma delas deslizando silenciosamente sobre rolamentos bem azeitados, a outra arranhando o carpete que se dobrava, a sala se tornando um romboide. Ele sabia. Dava para dizer pelo jeito como estendeu a mão na direção da fita métrica pendurada no pescoço dela. O modo como a tocou, depois olhou para a tesoura de cortar tecido. No entanto, ele não pegou a tesoura. Uma tesoura não era resistente o bastante para ser enfiada embaixo de uma parede e impedi-la de esmagar os dois. Quando finalmente pegou a fita métrica, ela teve certeza de que ele sabia. Claro que a sala estava ficando menor. Ele ficou andando de uma parede até a outra esticando o algodão revestido como se o tecido fosse elástico. Porém de que adiantava medir? Uma fita métrica, uma régua, um metro, o que quer que escolhessem também estaria fora de medida. Centímetros, polegadas, metros encurtados. As leis convencionais da perspectiva arruinadas. O filho deles no ponto de fuga.

"Mãe?"

"Vai dormir."

Ela tirou a fita métrica do pescoço e atirou na mesa de costura. Desembaraçou-se do lençol em que estava enrolada e o arrastou para o chão. Depois balançou as pernas e tentou se levantar. Foi aí que algo a dominou, todos os ossos presos de uma só vez no torno. Como podia ter imaginado que escaparia disso? A escuridão não fazia diferença nenhuma. A cada dia foi se tornando mais implacável, cortando suas pernas, cada vez mais curtas. Ela caiu de novo na cama. Não adiantava tentar repassar uma lista na cabeça, porque não, ela não havia deixado a bolsa no mercado; não, não tinha trancado o carro com as chaves dentro. O que a agarrava não era racional — os jatos estavam desligados, as portas estavam trancadas. Não tinha importância. No meio de uma frase, no meio da rua, a coisa atacava sem aviso, sem piedade. Ela se dobrava, sufocada, sem ar, até que alguém aparecesse, até que alguém a erguesse, pressionando as juntas dos dedos contra o diafragma dela, tentando ajudá-la a tirar aquele osso engasgado em sua vida.

"Mãe, a gente vai levantar?"

O torno derreteu, deixando nela uma dor vaga e latejante. Pelo menos podia mandar as crianças para a cama e botar força em suas palavras dessa vez. Ela levantou e se firmou apoiando na mesa de carretel antes de se arriscar rumo à cozinha. Cola. Conhaque. E o que tinha sido aquele ruído seco, momentos antes? Um cachorro cavando no quintal. Aguçou os ouvidos, alertando o cérebro para que acompanhasse seus olhos, em vez de disparar atrás daquele cheiro, transformando-a numa mulher ilhada na cozinha e completamente maluca. Na tábua de passar, onde havia jantado, olhando para o jardim, filetes de suor escorrendo até seus pés, estavam a frigideira engordurada e a colher de sopa. A caneca, contudo, foi posta na pia com um copo de suco que Kofi bebeu. Ele passou água na caneca, que continuava levemente doce. No entanto não era isso, não era o cheiro infiltrado no sonho. Algo mais pungente, mais coagulado e mais perigoso, algo familiar demais para que pudesse pôr a culpa no bolor ou no freezer que precisava ser descongelado. Não havia como fingir que não sabia o que era.

Ela abriu a porta da varanda e recuou rápido diante de uma tempestade de penas. Alguém deixara a porta do quintal entreaberta. Porém não havia nenhum sinal do gato dos Grier, nem do esqueleto do pássaro morto. E de qualquer jeito o barulho de algo arranhando, arrastando, que ouviu antes parecia mais de cachorro, um cachorro escavando no quintal, onde o cheiro era muito forte. Ela desceu para a terra. O que o cachorro tinha desenterrado? Com o que ele fugiu?

Narinas ardendo, os seios nasais queimando no esforço de encontrar aquilo, ela caminhou pelo quintal, medindo a forma e o peso do cheiro e barganhando com Deus. Mais pesado do que um pardal, mais fedido do que um esquilo, era o cheiro de algo grande se decompondo, vindo das espinheiras atrás do arbusto. Ela andou cuidadosamente ao passar por um círculo de pombos no quintal, no chão, cabeças viradas para trás, os bicos aninhados nos ombros, gaivotas sem pernas. Filhos da mãe, pensou quando percebeu que eles não eram a fonte de sua agonia e que tampouco podiam ser a cura. Simplesmente dormindo. Mattie podia fazer alguma coisa com isso. Pombos não eram sinais de mensagens — e no quintal, não no telhado, com um gato adulto caçando à solta por aí? Ela chutou um pouco de terra com os pés descalços e dois deles saíram bamboleando, agitando as asas antes de pousar em sulcos feitos pelas rodinhas do latão de lixo. Ela farejou. O cheiro não era do latão. Era mais forte.

Desacelerou junto ao corniso, cuja casca se soltou em suas mãos. Seu pé bateu numa pedra. Parou. Esse era um bom sinal. Era um ditado, um slogan das mulheres sul-africanas que protestaram contra a Lei do Passe — Quando Ataca uma Mulher, Você Ataca uma Rocha! Ficou à espera de um insight, de um anúncio, de algo, certa de que era um bom agouro. No mínimo aquilo devia devolver sua confiança, como dizia Mama Lovey. Ela se agachou nos espinheiros e afastou o mato, cheirando. Só embalagens de picolé e uma boneca careca, o rosto desfigurado pela chuva.

O odor parecia agora vir das sombras debaixo da cerca lá na frente. Um cheiro enjoativo, de carne, ameaçador. Não era o mijo de um gambá amedrontado, cujo cheiro é uma mistura de óleo com hortelã: não, era algo morto. Talvez o Cachorro Malvado do outro lado da rua ou um dos cães da matilha do Velho Murray tivesse enterrado um osso com carne debaixo de um arbusto. Ou quem sabe o gato tenha atacado uma família de esquilos, enterrando o que sobrou quando já estava de barriga cheia. Ela foi na direção da luz que o poste jogava sobre a calçada, esperando que os olhos chegassem lá antes dos pés.

Debaixo da cerca não havia sinais de rabos peludos, de ossos, de covas rasas. E o fedor parecia ter se espalhado, pode perceber isso, por toda a Thurmond Street e além, todas as coisas, num raio de quilômetros, mergulhando em uma terrível putrefação.

"Mais parecido com Savannah a cada dia", um sujeito que andava por ali disse com uma risada rouca. O dedo indicador, que estava na asa do nariz, passou à aba do chapéu, numa saudação, e fez isso sem olhar uma única vez na direção de Zala, com sobrancelhas arqueadas que diziam: Por que diabo está desfilando em roupa de dormir? Não tinha visto nem ouvido o sujeito se aproximar. Porém, enquanto ele passava em frente à casa, deixando um rastro de perfume suave, ela ouviu um estalo em uma porta e depois uma luz se apagou numa varanda três casas mais para baixo.

Zala olhou na direção da casa de Paulette, atraída pelo brilho de binóculos na janela do andar de cima. O bisbilhoteiro estava no seu posto, e o pequeno globo de metal, que enfeitava a cabeceira da cama, parecia um terceiro olho. No dia seguinte, uma história de intrigas românticas teria percorrido a quadra, e o relato de que Zala zanzou por aí com um diáfano short chegaria aos ouvidos dela própria lá pela hora do jantar. Ela fixou os olhos na janela aberta, a cordinha da persiana balançando pra lá e pra cá. De todas as pessoas que conhecia, ou nem conhecia bem, Bisbilhoteiro era o suspeito mais provável. Espionando a vida sexual dos outros. Supostamente preso a uma cama, álibi perfeito. Só o chamava de B. J. Greaves. Perguntaram-na, lá na Força-Tarefa, se nutria algum sentimento negativo em relação ao deficiente, embora tenham usado a palavra "fisicamente incapacitado", e ela se atrapalhou na resposta tentando decifrar a pergunta. Ninguém tinha ido à casa de Paulette para fazer perguntas, disso Zala estava certa. Entretanto Bisbilhoteiro podia estar observando o rosto dela com lentes poderosas e agora sabia. Mas quem disse que aquele brilho era de binóculos? Ela andou para trás, saindo da luz, certa de que esteve no centro da mira de um fuzil.

"Pare com isso", disse a si mesma, apenas para ouvir a própria voz. Não parecia a voz de uma pessoa louca, contudo isso talvez fosse um indício de que estava, de fato, louca. O ruído de uma corrente a levou a afastar as plantas na cerca para olhar. Dois meninos estavam parados perto do poste de luz na outra quadra. Um deles acenou dizendo tchau e entrou correndo em uma casa perto da esquina; o outro, um garoto alegre numa bermuda cortada, desacorrentou metodicamente do poste uma bicicleta de dez marchas, colocando a corrente em uma mochila que estava pendurada na garupa. Ele estava andando ao lado da bicicleta com um passo coreografado, jogando as pernas de um lado para o outro enquanto levava a bicicleta para a rua, depois correu, saltou sobre o banco e pedalou na direção dela. Último ano do ensino médio ou primeiro ano da faculdade, pensou, olhando enquanto o via passar acelerado. Será que ele sabia que estava correndo perigo? Ou dava para acreditar na Força-Tarefa, que dizia que só crianças menores, franzinas, corriam risco de serem assassinadas? Ela foi até o meio-fio e observou o garoto se aproximar das luzes e dos sons da Ashby Street. Do nada, um vira-latas magricela marrom e branco correu atrás da bicicleta, saltando nos pés do menino, mordiscando os refletores, depois se virando no meio da rua para morder as pulgas.

Ainda bem que não tinham um cachorro. Essa foi a contribuição do Kofi, avaliando o conselho do policial: um homem, uma arma, um cachorro. "Ainda bem", disse para Kenti, "porque, se a mãe tivesse um cachorro, o bicho não ia saber onde dormir". E eles riram. Era um ditado: O lugar do cachorro da lavadeira não é a casa nem o rio. Algo que Cora poderia ter dito acerca de uma andarilha desocupada. Mama Lovey podia ter dito isso a respeito de uma trabalhadora itinerante. Zala aplicava o ditado a si própria, a cada dia mais confusa quanto ao local em que deveria estar — Força-Tarefa, Conselho de Educação, barbearia, centro de artes, redações de jornal, a casa de B. J., várias tocaias. Qualquer cachorro dela se estropiaria inteiro tentando descobrir onde deitar para dormir. Esse era o problema de aprender todos esses ditados, ela suspirou, puxando os cabelos pela raiz. O que guardar, o que jogar fora?

    O vira-latas voltara trotando para dentro de um quintal. O menino na bicicleta de dez marchas foi quase engolido pela névoa de neon na única quadra ainda viva depois das 22h. Ela se imaginou um galgo, um *greyhound*, um desses cachorros magrelos e rápidos que via nas corridas quando o sogro cansava do zoológico. Um *greyhound* correndo do lado da bicicleta, depois freando perto da esquina da Ashby com a Simpson para uivar e fazer a vida noturna parar. Porque nada tinha parado. Isso era o mais intrigante. Crianças foram espancadas, baleadas, esfaqueadas e estranguladas e nada parou. Convenções vinham para a cidade. Banquetes para salvar o Teatro Fox eram servidos a 50 dólares por pessoa. Reportagens de jornais e revistas colocavam asteriscos ao lado das filiais da Fortune 500 em Atlanta. Ternos eram passados a ferro, pastas de couro eram engraxadas. E nada parou. Estudantes arrastavam malas pela calçada rumo a seus dormitórios, se matriculavam cedo nas disciplinas, compravam moletons, faziam amigos e andavam de bicicleta sem pensar que talvez jamais voltassem. Milton Harvey não voltou. Eric Middlebrooks também não. As pessoas mandavam seus filhos fazerem pequenas tarefas na rua sem pensar que uma criança podia simplesmente evaporar no meio do caminho. Algumas pessoas diziam que Jefferey Mathis havia desaparecido como se fosse fumaça antes de chegar ao posto de gasolina. Outras pessoas diziam que se lembravam de ver um carro azul andando devagar pelo bairro. Contudo as pessoas continuavam vendo carros azuis, mandando crianças até a loja, ou colocando seus filhos para dormir sem pensar que eles podiam desaparecer de manhã. LaTonya Wilson sumiu. No entanto nada parou.

    Na Campbellton Road, que Spence havia vasculhado de carro, aficionados de jazz se aglomeravam no 200 South, e as pessoas iam ao New Orleans Frutos do Mar, e ao longo de todo o trecho desde o Touch of Class até a Cisco e a Greenbriar Parkway, e muita gente fazia festa sem atinar que um menino havia desaparecido naquela rua. As pessoas iam ao centro para assistir a um filme no cinema sem serem informadas quanto às duas crianças vistas pela última vez a caminho de Baronet. E nos parques e piscinas onde perguntou, os salva-vidas se concentravam em olhar no meio dos dedos procurando frieiras, sem contudo inspecionar os armários em busca de pistas relacionadas a sequestradores, mesmo depois que ela repassou a informação de um dos amigos médiuns da Mattie de que Earl Lee Terrell não saiu vivo da piscina do South Bend Park. Os policiais que faziam as buscas pelo menino na área fecharam um prostíbulo, porém nenhum negócio deixara de funcionar. A lista de B. J. continuava crescendo. E a imprensa estava basicamente em silêncio, escondendo a história nas últimas páginas debaixo de anúncios de bebidas alcoólicas. Por isso pais que estavam brigando com seus filhos não pensavam na possibilidade de que a última palavra dura dita talvez fosse a última palavra ouvida.

Zala deu meia-volta, uma luz em cheio no rosto.

"Mãe?" Kofi e Kenti estavam amontoados na porta nos pijamas brilhantes verde-e-roxo que a vó Cora deu.

"Kofi, desliga isso e vai dormir."

Ele brincou com a luz em volta dos pés dela por um instante, depois apontou a lanterna para si próprio. Uvas-da-praia e algas. "Mãe, melhor você entrar. Você está quase pelada." Kenti se escondeu atrás do irmão antes que Zala pudesse perguntar com quem ela achava que estava falando.

"A gente vai fazer faxina agora? Tentei te acordar, mãe."

"Vocês dois ouviram o que eu disse?"

"Você disse que a gente faria faxina na sexta pra poder ir ao cinema sábado. Mas a gente ainda não fez faxina."

"Não brinca comigo, mocinho. Você escutou o que acabei de dizer. E tranquem essa porta."

Eles entraram, resmungando. Kofi fez um grande esforço para bater a porta, mas o carpete era grosso perto do batente. Apesar disso ele fez o máximo de barulho que pôde passando a tranca, tentando acordar os vizinhos que talvez tivessem conseguido dormir durante a apresentação do Teatro de Calçada da Família Spencer. Zala escutou um baque, um deles tropeçando no lençol, provavelmente Kofi, deliberadamente se recusando a usar a lanterna, querendo se machucar de propósito e lhe contar isso. Ela ouviu mais tropeços e batidas. A casa estava uma bagunça horrorosa. Porém só uma bagunça horrorosa: A vida dela é que era inabitável.

Sábado, 23 de agosto de 1980

Ele estacionou entre um guincho Ford e uma perua sem rodas, um gosto horroroso na boca, como se tivesse acendido um cigarro velho. Estava prestes a sair quando sentiu os testículos se comprimirem, percebeu que o gosto era um alerta e finalmente percebeu a fumaça do diesel e as batidas de martelo. Vinha olhando o terreno cinza-engordurado à procura de sacos de areia e arame farpado, despertando os fantasmas. *Fiquesperto*. Se recompôs e colocou o panfleto no bolso da camisa. Ao sair, salivou para assobiar e mandar os fantasmas embora. Deus o livrasse de ter a forma de seu mundo novamente definida por frascos da farmácia do departamento de veteranos. No entanto a melodia que estava assobiando, tentando criar uma armadura protetora, era Marvin Gaye — "Não me puna com brutalidade/Fale comigo, ...Ah, o que está acontecendo." Autoemboscada. Spence bateu a porta, enrijeceu o abdome, e foi andando em meio a pedaços esparsos de ferro-velho e montes de borracha vulcanizada.

    Era um galpão longo e aberto, a fachada uma porta de metal corrugado, trancada com cadeados que pendiam de argolas. Nos pátios cheios de lixo de ambos os lados, montes de peças danificadas apontavam em meio ao mato e aos pedaços de ferrugem torta que um dia talvez tenham sido para-choques, tudo encoberto pelo ataque das trepadeiras. O caos dentro do galpão era iluminado aqui e ali por bolhas ácidas amarelas; lâmpadas industriais, oblongas, dentro de gaiolas de proteção, pendiam de um painel onde correias de alternadores pegavam pó, ou jaziam numa prateleira meio torta, donde uma porção de caixas de parafuso havia escorregado para o chão. Spence ficou pensando no sujeito que tinha vindo interrogar. Será que os escombros eram um sinal de senilidade ou um total desprezo pelos clientes? Apertou-se contra a parede de entrada, tentando imaginar um caminho em meio a latas de óleo forradas de sujeira, caixas que estiveram úmidas e depois secaram, entortando-se, acinzentando-se, transformando-se em algo que já não era papelão. Quanto mais via, mais se preocupava com as botas, as calças; as mãos já eram uma causa perdida. Não havia espaço em meio ao emaranhado de graxa para limpar as mãos. Foi aí que percebeu as placas. CUIDADO CÃO BRAVO. Não tinha ouvido latidos enquanto se aproximava, só o chiado e os silvos de um macaco hidráulico sendo bombeado, só batidas altas que pararam abruptamente quando fechou a porta do carro. CONSERTAMOS

AMASSADOS. Ele acreditava nisso. Lá dentro, encostada num painel sob uma fileira de martelos, uma marreta John Henry. Quando criança, adorava a placa em que a marreta estava encostada: GEOMETRIA E ALINHAMENTO, com o intrigante logotipo de um urso sorrindo, ou, segundo Kenti, um menininho em roupa de urso exibindo as mãos para mostrar que os M&Ms derretiam na pata. O que um urso tinha a ver com eixos de roda, solda e o estrondo do ferro batendo contra o ferro — barulhos que associava a oficinas mecânicas desde a época do tio Rayfield — nem mesmo seu tio, que sabia de tudo, pôde explicar.

Spence disse a si mesmo que, se estava ali esfregando a mão engraxada no batente da porta e se permitindo um momento de nostalgia, era porque aguardava o sujeito que iria aparecer e guiá-lo em meio ao caos. Um Oldsmobile estava levantado no ar sobre pranchas metálicas cor de laranja, mas não havia ninguém perto do elevador. Atrás do Olds, sobre uma mesa onde uma caneta pendia de uma cordinha e a lista telefônica dava a impressão de que alguém vinha treinando origami com suas páginas, um vidro empoeirado mostrava o escritório. Lá também não havia ninguém. Esperava ver nas paredes os cartazes antigos — Vulcan Plow, Engate Consertado, Maquinário Agrícola Financiado. Havia dois calendários, a indefectível pin-up e a igualmente indefectível versão de anjinho tocando harpa e olhando de cima das nuvens, feita por uma seguradora.

Pensou ter detectado um movimento. A mangueira que estava presa na parte de baixo do Oldsmobile se mexeu um pouco. Contudo, quando pigarreou e arrastou o sapato no chão, ninguém se moveu. Uma porta distante, perto de uma série de janelinhas verdes emboloradas, estava aberta, sugerindo que quem estava martelando não estava no banheiro. Spence esperou. Quanto mais esperava, mais se convencia de que o caos era proposital. Uma roda surrada estava encostada em três tambores de metal que foram perfurados com uma serra que tirou as extremidades picotadas. Era perigoso passar por aquilo, notou. Um tanque de oxigênio, que chegava à altura de seu quadril, com cara de equipamento hospitalar, tivera o rótulo encoberto por uma camada de tinta cinza-escuro, porém a caveira e os ossos cruzados foram revividos ou inventados com uma espessa cola branca que agora tinha um tom cinza-claro. Nem desprezo, nem senilidade, concluiu ao espiar o arame que ia desde a roda de carro até uma complexa construção de calotas e partes sobressalentes perto de um engradado de refrigerantes. O lugar era uma armadilha. O arame agora estava tão visível que se perguntava como podia não ter visto antes. À altura do tornozelo, serpenteava entre os tambores recortados e o tanque com símbolo pirata e se enrolava em uma das calotas, depois desaparecia atrás do engradado de refrigerantes. E o que podia estar atrás do engradado, tentou imaginar, enquanto massageava o queixo com a mão limpa — um arco tenso, que dispararia uma aljava de flechas depois que as calotas caíssem num alerta e rompessem a conexão final?

Armadilha de arame. "Entón eze deve ser o lugar", disse para si mesmo, igual o tio Rayfield falava, um bordão de algum programa humorístico para adultos que ficou na cabeça dele desde a infância. Houve outro movimento, dessa vez sombrio, vindo do fosso. Um homem? Um urso? O coração acelerou. A mangueira estava definitivamente balançando, depois ficou rija. Spence tentou chamar. Porém era tarde demais. Tarde demais para um cuspe protetor, para melodias de espantar fantasmas, para músculos ou cápsulas ou cantos com poderes mágicos ou mesmo para um "puta merda!". O tempo todo esteve evocando os fantasmas maus da infância, inconscientemente, querendo estar em qualquer lugar que não fosse ali e ser qualquer outra pessoa que não fosse ele próprio, querendo não estar tão encrencado. Pretendia apenas flertar com o passado, dançar perto dele, circundá-lo, visitar alguém daquela época quando podia ficar em posição fetal na cama com o dedo na boca e algum adulto cuidaria dos seus problemas. Alguém como o tio Rayfield costumava ser, até o dia em que derrubou o sobrinho favorito de bunda no chão e apagou seu nome.

Estavam indo pegar um macacão para ele, pelo menos foi isso que Rayfield disse para Wesley, um macacão para o Nathaniel ir pescar — era a primeira vez que *ouvia falar* de algo assim, decidindo que "pescar" era um código, já que no primeiro dia da visita o tio o chamou para longe de Dee e dos outros meninos maiores para perguntá-lo se por acaso já havia visto uma destilaria. Spence, aos 11 anos, nem sabia o que era isso, mas seu tio sorriu com uma boca cheia de ouro, e isso o fez sorrir também. Depois que a volta da família para Atlanta foi adiada, o pai levou os dois até a caminhonete, parecendo preocupado, e continuou parecendo preocupado, ali parado no meio da estrada, por muito tempo após a caminhonete partir. Depois de passar pela loja principal, a única loja, o mercado-agência do correio-loja de armas, Spence colocou a cabeça de novo para dentro da caminhonete e também ficou preocupado. Quando pegaram uma estrada vicinal depois da serraria, ficou com medo. Sua mãe tinhas noções rígidas quanto a "esse pessoal" que ficava à toa "nesses lugares". Esse pessoal ficava bebendo uísque forte até ficar doido por aí. Nesses lugares se falava muito palavrão e tinha muita facada. Nesses lugares as casas nem tinham números. Nesses lugares as pessoas não vão à igreja. Melhor ir para a cama com um cachorro do que com as filhas deles. Isso, porém, ouviu do outro lado da porta da sala de jantar. Estava empolgado para ir lá, contudo também receoso como um filhinho da mamãe. Passaram aos solavancos por casebres, chacoalhando por tocos de madeira queimados e espaços incendiados em meio a pilhas de toras. Apesar de todos os palavrões e de todas as facadas, Spence pensava, a cabeça batendo no teto, as árvores continuavam densas e vindo bem na direção deles, tentando cercar a caminhonete.

"Entón eze dever ser a lugar." O tio arrastou seu bordão ao longo de uma súbita clareira que não era maior do que o pátio em frente à oficina mecânica. Havia um posto de gasolina que o surpreendeu, embora duvidasse que o lugar tivesse funcionado depois de 1902, o ano favorito de sua mãe. O conjunto todo — pátio, posto, casa, o arbusto que servia de lavanderia, banco — tudo podia caber na garagem da casa deles em Atlanta. A casa era uma caixa com uma janela recortada; a porta não tinha degraus, era preciso se içar para entrar; e ao longo de toda a fachada havia cartazes — Griffin All-White Maybry Alimentos & Sementes, Gazes Watkin's, Fios A.J. Coasts, Pomada Duke. Spence não achou nem por um momento que a loja tivesse algum daqueles itens, nem macacões, mas aquele era o tipo de decoração que usavam nesses lugares.

"Quem é eles?" Ele perguntou, a sério, e quase se protegeu por força do hábito. Sua mãe não permitiria tamanho desvio gramatical, tampouco tolerava que os filhos "falassem como selvagens", como ela dizia.

"Pessoas. Gente. Você não vê, Nathaniel?"

No lado da casa, num banco rústico, três velhos se balançavam, uma vasilha com miúdos de porco perto do calcanhar esquerdo da mulher. Tudo parecia marrom-escuro, a terra, as pessoas, as cascas de milho e as folhas de repolho caídas no chão, a roupa úmida sobre o arbusto. A tarde nem estava no fim, porém a luz também era marrom. A velha tinha veias saltadas nas pernas acinzentadas, seus pés pareciam calejados, seus seios caídos sobre o colo, e o vestido não era um vestido, só um pano estendido diante dela e preso com um alfinete de segurança. Os dois homens pareciam estar numa névoa, e por isso Spence imaginou que estivessem bebendo uísque desde 1902. Uma mulher apareceu na porta com um avental de açougueiro, olhou para a caminhonete e cuspiu uma gosma marrom na terra, acertando o único trecho do solo não coberto por lixo. Depois voltou para a escuridão, o avental sem cobrir muito da parte traseira de seu corpo.

Tio Rayfield escancarou a porta do carro, com jeito de quem queria causar alvoroço. Os velhos não saíram do transe. Então ergueu a mão para o sobrinho como se faz com um cachorro: parado. Spence não era cachorro de ninguém, era um Spencer, apesar disso ficou ali parado, pois a essa altura já tinha visto as crianças e não ficou com boa impressão. Um bebê de pernas arqueadas só de camiseta cambaleava na direção de três adolescentes, que somados, pensou, tinham uns 25 anos de cabelos sem ver pente. As crianças olharam em sua direção, depois para Rayfield. Seu tio estava andando de um jeito engraçado, os braços bem longe dos bolsos, estilo pistoleiro, cotovelos dobrados, palmas das mãos erguidas, sem armas, sem ases. Ele parou perto da porta e disse algo para os velhos — algo gentil, parecia, pelo modo como baixou a cabeça. A velha despertou, esfregou um pouco as pernas e respondeu, também baixando a cabeça. Uma luz se acendeu na casa, uma luz fraca, tão débil que pensei por que alguém se daria ao trabalho de ligá-la? Tio Spence virou e fez sinal para que descesse da caminhonete.

Spence tentou andar como o tio, lento, estilo pistoleiro, um jogador do Mississippi sem-nada-nas-mangas. Esforçou-se para não pisar em falso nas cascas de milho e para não deixar que o fedor dos cocôs custasse seu lugar como sobrinho predileto, o garoto bacana e inteligente, com medalhas de mérito, um futuro brilhante, de que o tio se gabava quando o levava ao restaurante de costelinha do sr. Norton e o apresentava aos caras: melhor parente que já apareceu, meu sobrinho aqui, Nathaniel Lee Spencer. Contudo as folhas de repolho, marrons como a terra, mas escorregadias, se revelaram piores do que a merda, pelo que podia ver. Era como a mãe lhe disse, pensou, deslizando e escorregando, o pessoal que vivia nesses lugares sem a menor noção de como fazer as coisas. Tinha ouvido dizer na sala de jantar que esse pessoal era igual aos brancos pobres que continuavam catando piolho nas cavernas.

Tio Rayfield se agarrou nas vigas laterais e içou o próprio corpo para dentro da casa. Mas Spence não conseguia passar pelo bebê que se agarrou a ele com força assustadora. Então se deixou arrastar para o outro lado do banco na direção de uma vala em que os três meninos balançavam de um lado para outro. Ficou pensando se ainda estava na vala. Dava para ver um movimento meio obscuro. Ao ouvir o tilintar de uma colher batendo contra uma chaleira, ganhou coragem para erguer a mão como um preparativo para dizer oi. Pode ser que entendessem o "Oi" e o deixassem dar uma olhada na destilaria. Porém ele nunca chegou a falar, pois um monstro se ergueu da vala e jogou tudo em sua cabeça.

Se lembrava de ter fugido correndo da besta desgrenhada, se lembrava dos meninos rindo e dando tapas nas costas uns dos outros quando se mijou nas calças, se lembrava da bebê dando gritinhos e batendo palmas. Se lembrava do cabelo emplastrado e dos dentes amarelos. Contudo não se lembrava de ter sido agarrado pela mulher de avental, embora em pesadelos visse aquele rosto lhe encarando, um rosto triste, molhado, os traços se projetando em sua direção. Não se lembrava de empurrar a mulher em cima dos velhos nem do banco desabando, nem do tio gritando com ele e girando seu corpo. Se lembrava do baque na lateral da cabeça e da mulher dizendo: "Não, Ray". E do segundo baque que percorreu o corpo inteiro e o fez cair no chão.

"Achei que você saberia como se comportar, garoto, e que me agradeceria", o tio disse na caminhonete. "Você não sabe quem eles são?"

Animais, teve vontade de dizer, porém o tio estava dirigindo com a mão livre, então respondeu: "Meeiros?". Demorou um tempo para os murmúrios do tio Rayfield voltarem a ser palavras, mas Spence não estava ouvindo. Parte dele estava tendo vislumbres do futuro, imaginando se a mãe dele iria se enfurecer quando visse o vergão no rosto, imaginando se o pai daria um soco no seu tio. Uma parte dele já sabia que de algum modo seria considerado culpado e que apanharia, por isso essa parte se uniu à outra, já que levar uma surra não era nada se comparado a ser renegado, a ser chamado de "garoto", tendo o "favorito" sido removido e talvez também as sessões de elogios e as visitas ao pátio nos fundos do restaurante de costelinhas. Por isso reuniu todas as suas partes para se lembrar do pátio atrás do restaurante em meio ao círculo de homens. Todo seu jovem ser se recompôs para se lembrar daqueles homens do mesmo modo como recordava do dente de leite na caixa de joias da mãe, as três vértebras no lixo onde a irmã tinha jogado, a pena azul e amarela que escondera sob o balde do poço, a concha de Savannah que trocou por um decalque de aviador, e depois ganhou de volta em uma brincadeira para ver quem enfiava o canivete mais fundo na terra, e a sacolinha de camurça com cordão para carregar bolas de gude que seu pai usou para brincar na infância. Em dias tristes, o pequeno Nathaniel Spencer pegava sua caixa especial de artefatos mágicos debaixo da cama para olhar. Nos momentos em que ficava chupando o dedão, alinhava os ossos e as conchas e as penas e outras coisas sagradas sobre o travesseiro para afastar males, como a solidão e as provocações.

"Achei que você sabia das coisas. Pensei que estava pronto pra aprender ainda mais. Parece que não", o tio lhe disse.

Adeus, inteligência, as medalhas de mérito eram uma fraude, nenhum futuro afinal, tio Rayfield agora ia tentar afastá-lo dos homens. Por isso Spence enviou todos os odores, visões e sons que conseguiu evocar para sua caixa especial. O sabor picante do molho *barbecue*, a fumaça das ervas úmidas jogadas no carvão do churrasco para dar sabor extra. As vozes dos homens quando falavam que Norton jamais se casaria pois alguma noite a coisa podia ficar boa e ele acabaria dando com a língua nos dentes e contando a receita. A risada dos homens. Os homens cantando. Sempre ouvindo uma deixa na conversa, dois ou três deles começavam a cantar o mesmo trecho da mesma música ao mesmo tempo como se fosse mágica. A música. Um deles estourando bolhas de cuspe para imitar o barulho de uma garrafa, outro batucando na barriga para fazer a guitarra, outro esticando o pescoço e batendo no gogó para fazer o baixo. Os homens falavam de outros homens. Músicos de blues com nomes doidos — Tub, Stubbs, Pinetop, Furry, Cleanhead, Gatemouth, Iron Jaw, Howlin'Lightnin', Muddy. E aí o chapéu. A sensação do chapéu quente, úmido. Tio Rayfield colocava o próprio chapéu na cabeça do sobrinho predileto. Um dos presentes ajeitava o chapéu no lugar, baixando a aba e colocando mais para trás para admirar. Outro dizendo que iria deixar as mulheres malucas. Depois todos os homens falando ao mesmo tempo e de algum modo se ouvindo, apontando dedos para mostrar a quem estavam respondendo, e Spence tonto tentando acompanhar. As mulheres que amaram, as brigas que tiveram, os portos que visitaram, as promessas que fizeram aos mortos e cumpriram. Com os olhos úmidos por causa da pimenta, pegavam lenços imensos que se abriam como velas. Homens beliscando os ombros dele ou cutucando a barriga para chamar a atenção para os lugares que deveria visitar para se divertir, encontrar boas mulheres, boa cerveja, boa música: Memphis, Greensboro, Chicago, New Orleans. Depois mais nomes — Tampa Red, Mississippi John, Sunland Slim. Já passava muito do horário de ir para a cama e o chapéu deslizando para as sobrancelhas e ele se sentindo muito pequeno enquanto a conversa passava para Big Walter, Big Maybelle, Queen Ida, B.B. King. Porém sempre alguém percebia e passava um braço em volta dos seus ombros e começava a falar a respeito dos Sonny Boys, dos Pee Wees, dos Tinys e Juniores, fazendo com que se sentisse em casa, ainda que fosse tarde, estivesse escuro, e que ele fosse pequeno.

Quando passaram pela loja principal, que estava trancada, com macacões, varas de pescar e tudo mais, ele já havia guardado os homens na segurança de sua caixa mágica. O tio Rayfield podia ficar com o chapéu e com as bravatas.

"Você não é um Spencer coisa nenhuma, isso eu garanto. Não sabia que você se comportava desse jeito. Está me ouvindo? Você sabe o que é uma pessoa desmoralizada?"

Agora conseguia ouvir, e sabia de quem o tio estava falando, por isso disse: "Significa que não têm dinheiro?".

"Pior. Não têm muita esperança. Estão quase desistindo. Sabe por quê?"

"Por quê?"

"Porque não se lembram de como as coisas podem ser boas no futuro."

O que fazia parecer que o tio andou tomando uísque naquela casa. Como você podia lembrar o futuro? E lembrar o passado não era tão bom. Sua mãe lhe dissera que antes só existiam a escravidão e a selva, e por isso ele parou de escutar mais uma vez. E, em vez disso, pensou nas próprias memórias.

Havia um cena que não saía da sua cabeça e que o menino muitas vezes perseguia; talvez fosse sua mais antiga memória. Ele estava parado em uma sala seca, fechada com persianas e com panos cobrindo os móveis. As pessoas rezavam baixinho à volta, e havia uma mulher sentada numa cadeira com muitas cédulas de dinheiro dobradas sobre o colo. Ela pegava uma nota e alisava sobre os joelhos enquanto ele olhava para o piso brilhante, delineando as sombras das persianas com o dedão do pé. Depois ele parou, por causa de um zumbido lá fora, o som do fio de uma pipa cantando; estendeu a mão para fora, pois queria sentir o fio enrolado em sua mão vibrando contra a palma. A mulher levantou os olhos e franziu a testa para a mão dele até que a abaixou. Quando perguntou à sua mãe a respeito daquilo, ouviu que foi apenas um sonho e lhe deu um pedaço da torta que acabara de fazer e recomendou que não deixasse para comer muito perto da hora do jantar. E o pai ouvia a história enquanto enxaguava as mãos e a água escorria por entre seus dedos, depois dizia que devia esquecer aquela imagem e pegava outra vez o sabão. Dee só lhe dizia que ele era um menino burro e pedia para sair do quarto dela. Por isso, quando o tio Rayfield estacionou a caminhonete na casa, dizendo que deveria ouvir bem, que aqueles pretos sem memória estavam no mais absoluto caos e basicamente sem esperança, Spence focou mais uma vez no seu passado, e aquilo tudo que seu tio dizia se afastou dele ainda mais rápido do que a velocidade com a qual abriram a porta da sala de jantar e o flagraram ouvindo escondido os adultos falando mal dele e do seu sonho.

"Possajudá?"

Pontos verde-amarelados flutuaram diante dos olhos de Spence. Ele estava encarando uma lâmpada dentro de uma gaiola pendurada na grade do velho Oldsmobile. O sujeito no fosso, cotovelos no chão, dava tapas nos dois lados de um funil entre as mãos e olhava para Spence com um semblante que não indicava qualquer emoção específica, e no entanto não era de todo inexpressivo. Uma chave pesada em formato de crescente puxava para baixo o bolso do peito de seu largo uniforme azul-acinzentado.

Spence engoliu o medo e deu um passo cauteloso. "Tyrone Gaston?"

"Precisa de guincho?" Colocou a chave ao lado do funil, olhou para a marreta atrás das pernas de Spence e fez um sinal com o queixo. "Espero que não. A manivela está quebrada." Os olhos dele guiaram Spence em meio ao trajeto cheio de perigos.

"Quero falar com o senhor, se tiver um minuto."

"É mais ou menos o tempo que tenho", a voz sem irritação e pressa e parecendo décadas mais velha do que aparentava.

Spence suspendeu as calças e se agachou, mas não conseguiu ficar na altura dos olhos do sujeito. Seus olhos estavam protegidos por um boné que, de tão gasto, quase perdera a forma. Apesar de não parecer ter mais do que 25 anos, falava e se movia como alguém dos velhos tempos.

"Queria falar com o senhor a respeito do caso Dewey Baugus. O senhor se lembra? Menino branco no Primrose Circle que foi espancado até a morte em abril. Disseram que foram uns garotos pretos." Algo no rosto escuro e cheio de graxa se reorganizou. Tomou cuidado para não acuar o sujeito. Não é prudente acuar um sujeito num fosso com um Oldsmobile na cabeça e uma chave na mão. Devia ter começado com o cartaz de Desaparecido e o cartão de visitas, deveria ter dito qual era o objeto de sua busca, o sujeito de sua frase. Spence colocou a mão no bolso da camisa, sabendo que o sujeito agora estava desconfiado.

"O senhor lembra do caso?"

"Tem alguém na cadeia por isso."

"É, eu sei."

A mão do sujeito estava apoiada na chave, e não estendida em direção ao folheto. Uma conta, uma intimação, mais um papel com um problema; sua mão continuou onde estava. As unhas eram grossas e rachadas com marcas pretas parecendo meias-luas. Uma cicatriz ia da junta do dedo médio até o pulso, desaparecendo debaixo do punho encardido.

"Então o que você quer, amigo? Tenho que cuidar desses carros." Pegou o funil e voltou a se inclinar na direção da mangueira.

"Meu menino está desaparecido desde julho. Talvez o senhor tenha ouvido falar de todas essas crianças sendo raptadas. Algumas foram assassinadas."

"E o que quer de mim?" Pegou a chave e entortou o pescoço para dar uma olhada no folheto.

"Tem gente dizendo que um grupo de justiceiros brancos está se vingando pelo menino Baugus. Um amigo meu acha que o senhor pode saber de alguma coisa."

O sujeito esticou a mão e soltou uma correia debaixo do Oldsmobile, depois se abaixou e saiu de vista com o funil. A mangueira dançou para a esquerda, depois para a direita, depois ficou reta. Spence deslizou o panfleto para a beira do fosso bem quando o sujeito estava colocando uma porca ali. Os dois se olharam. Spence ficou imaginando o que o outro enxergava — um pai com problemas, um irmão precisando de ajuda ou um garoto que atirava pedras em crioulos que não tinham colher nem garfo nem pente?

"Vieram buscá-lo para ser interrogado, não foi, sr. Gaston?"

"Buscaram, não — me encheram de pancada." Ele se abaixou de novo e o alumínio bateu no couro enrijecido.

"Quem? Foram os canas que levaram o senhor pra fazer perguntas ou foram uns valentões do bairro que bateram no senhor?" Enquanto esperava Gaston reaparecer, Spence reviu a múltipla escolha e se parabenizou pela simplicidade. Gaston arrancou a mangueira do lugar, enrolou-a nas juntas dos dedos e depois a pôs ao lado do folheto.

"Não foi esse menino que prenderam."

"Não, esse é o meu filho. Alguém o pegou. Acredito que os mesmos caras que bateram no senhor talvez o tenham pegado." Disse e olhou com cuidado para os olhos de Gaston, e quando o olhar deste se fixou em algum ponto atrás do local em que estava agachado, na direção da Memorial Drive, Spence se virou e olhou também.

"Pularam em cima de mim bem ali. Três caras. Abriram meu lábio, quebraram dois dentes. Pisaram nas minhas pernas naquele meio-fio como se fossem gravetos."

"Quem?" Spence girou. Gaston estava alisando o panfleto com o punho. Graxa sangrou no papel. "Quando foi isso, sr. Gaston?"

"Disseram que apanhar era pouco pra um preto como eu. Tacariam fogo em tudo uma noite quando me pegassem aqui. E o lugar nem é meu", ele riu, olhando para as janelas e paredes.

"Três caras? O senhor consegue identificar? Por que escolheram o senhor para bater?"

"Como?" Gaston se ergueu, arrastando as botas de trabalho na parede do fosso. Ele ergueu uma das pernas nas calças largas até o chão e saiu do fosso. Seguiu-o até o macaco hidráulico e esperou enquanto o mecânico baixava o carro meio metro. Para Spence o som pareceu uma congestão em seu peito.

"Porque um dos meninos que tentaram forçar a falar era meu tio. Ele tem 13 anos, e eu tenho 31." Gaston riu de novo. Os dentes quebrados pareciam afiados, como se tivessem se transformado em uma arma depois do ataque. Spence o seguiu até a mesa, onde ele ficou remexendo em busca de uma ferramenta, depois pegou uma caixa de sapatos com trapos e pedaços de canos.

"O senhor consegue me ajudar a encontrar essa pessoa? Se você tiver a placa do carro ou um nome ou algo, podemos ir atrás dele, cara. Pegar esses cretinos." Seguiu o sujeito com seu andar gingado e lento de volta até o Oldsmobile. "Colocar esses caras na cadeia pelo que fizeram com o senhor. Ferrar com eles de verdade."

"Papo furado", Gaston disse. Ele se sentou, ficou com as pernas pendentes na beira do fosso e começou a trabalhar no carro.

"Quê?"

"Isso aí é papo furado."

"Não é papo furado, Gaston. Estou sofrendo, cara. Estou sofrendo porque alguém pegou meu menino, então pode ser que esteja parecendo meio doido e não seja capaz de explicar as coisas como queria, mas, por favor, olha, não estou tentando criar problema, no entanto você é a única pista que tenho. Então, por favor. A polícia não sabe porra nenhuma. Pode me ajudar?"

"Eu não falo com polícia", Gaston respondeu, soltando com uma chave um cano perto da tubulação de gás.

"Não sou policial. Sou um pai. Ah, merda." Spence andava de um lado para o outro, sabendo que Gaston o acompanhava com o canto do olho. Então tirou a luz da grade do Oldsmobile e iluminou a área onde Gaston estava esfregando com um pedaço de lixa. "Não sei mais o que dizer." Se sentia desamparado. "Meu filho. Alguém pegou o meu filho, cara."

"O teu amigo? O cara que te mandou aqui? Como é que eu vou saber se vocês não estão passando informação pra alguém?"

"Passar informação pra quem? Olha, ninguém precisa nem saber que vim aqui." Spence se agachou e ofereceu mais luz para Gaston. Observou enquanto um novo cano brilhante era inserido com destreza.

"Aí você vai querer que eu deponha."

"Não, cara. Juro. Só me diz como encontrar esses caras e esqueço que vim aqui. Quem vai ficar sabendo?"

Gaston se afastou do fosso e esfregou as mãos em uma toalha. Estava olhando de novo para a rua, dessa vez para a parte da limusine de Spence visível atrás do guincho.

"Você trabalha com quê?" Ele olhou para as mãos macias, lisas de Spence, depois de volta para a limusine.

"Sou motorista e trabalho um pouco com venda de imóveis. Olha, posso pagar."

"O que teu amigo faz?"

Spence pulou Webber e escolheu Dave, embora Dave não fosse um grande adepto da teoria da vingança. "Ajuda a meninada. Trabalha com adolescentes."

Gaston o encarou por um momento, depois colocou o trapo ao lado da caixa de sapatos. "Tipo assistente social. Esse pessoal vive de dar com a língua nos dentes." Ele voltou ao trabalho.

Spence baixou a cabeça e massageou o queixo, sentindo falta do conforto que costumava sentir ao passar os dedos pelo bigode. Olhou para o fosso. Lá embaixo viu uma almofada coberta de vinil, que tinha sido o assento de uma namoradeira e que em algum momento teve um padrão floral amarelo, um isopor aberto com latas de suco suspensas em água gelada, um sanduíche comido pela metade em cima de uma lata de suco vazia, e uma Bíblia. Quando inspecionou o fosso de novo, percebeu que um dos cantos da almofada estava erguido. Pistola, Spence pensou. Os olhos dele deslizaram de novo para a Bíblia.

"Deus é testemunha, sr. Gaston, que não vou envolver o senhor com polícia, com assistentes sociais nem com tribunais. Juro pelos meus filhos e pela alma da minha mãezinha."

Gaston riu de novo. Era uma risadinha em falsete, que ia decaindo até se transformar numa espécie de suspiro — o tipo de risinho que Spence sempre chamava de "interiorano" ou até mesmo "riso de brejo". Gaston olhou para o folheto a seu lado e esfregou as mãos para cima e para baixo nas pernas.

"Você vai precisar de reforços, Spencer. É esse teu nome?"

"É. Desculpa." Spence estendeu a mão. "Prazer te conhecer, cara. Você nem imagina quanto", acrescentou, segurando a mão áspera, dura.

"Você acha que consegue levantar essa lata-velha, depois baixar de volta quando eu der o sinal?"

"Claro." Spence foi rápido para o macaco, lembrando na última hora de passar por cima do arame esticado. Ouviu Gaston rir nas suas costas.

"Você foi pro Vietnã?"

"Da Nang, 1970. Você?"

"Cuidava da pólvora."

"Sério? Tem dinamite aqui?"

"O que você acha?" Quando Spence olhou, o sujeito estava de novo com os dentes afiados à mostra, o pé na bomba, a mão na barra.

"Acho que provavelmente você tem aqui uma baita surpresa pra esses palhaços se eles voltarem aqui." Spence levantou o carro quando recebeu o sinal, assimilando o chiado, o assovio, o ar cheio de poeira e o grunhido enquanto Gaston descia para o fosso. A perspectiva de ficar ali segurando aço frio em meio ao caos à espera do próximo sinal não era desconfortável. Estava esperançoso.

"Da Nang?" Ferro batia contra ferro no chassi. "Acho que a gente é irmão, então", Gaston disse. Depois fez um sinal, a mão áspera acenando, como um homem acostumado a ter peso sobre a cabeça.

A caminho do aeroporto para pegar as compradoras naquela manhã, Spence tinha evitado o trânsito da hora do rush voltando pela Sylvan Road. Pouco depois dos caminhos na Murphy, vendo os operários, homens de 25, 35, 50 anos, ali parados esperando ser chamados para as plataformas de carga e descarga caso o encarregado veja que está precisando de mais braços, pegou o lápis, virou a folha com o desenho de Kenti para o lado em branco, e escreveu um bilhete endereçado a si próprio, para se lembrar de encontrar o outro ponto, algum lugar na Hightower Road perto de Baker, onde trabalhadores domésticos ficavam caso alguém precisasse de um cozinheiro, uma lavadeira ou de um jardineiro. Do jeito que as coisas iam, precisaria contratar uns ajudantes; ou, como disse Dave, ao contar como um telefonema do alto comando cancelara os relatos das testemunhas oculares do assassinato do garoto Jones, seria preciso arregimentar um Exército e uma Marinha.

Depois de deixar as três mulheres no Ritz-Carlton para a exposição de noivas e a coleção de ópera, rumou de Buckhead para Hollywood Road, onde o menino Jones foi encontrado na quinta-feira. Não que duvidasse de Zala, é que desejava ver por conta própria. Agora, tendo deixado as três na Lenox Square para um evento exclusivo de vendas, Spence se dirigia à esquina da Moreland com a Constitution, onde o menino Wyche fora encontrado em junho. Não sabia o que poderia encontrar em nenhum daqueles lugares — talvez Dave andando por lá com seus colegas do Juizado de Menores, interrogando testemunhas que supostamente tinham delatado o assassino, ou o filho da puta já algemado, a chave do cativeiro na mão do policial que fez a prisão; evidente que esperar que

Sonny estivesse lá era demais — mas ele continuava insistindo, o lápis enxertado na mão desde cedo, um dedo indicador livre que ressaltava a urgência da lista, a caixa de cartazes, sua planilha de trabalho e outros itens no banco da frente.

 Revisou suas escalas de trabalho e de assuntos pessoais para resolver. Era coisa demais para encaixar. Só tinha uma hora antes de pegar as passageiras na Lenox e a recepção para compradores no Hyatt Regency do centro; duas horas mais tarde, poderia acompanhar as mulheres até seus quartos no Peachtree Plaza. Por sorte, Carole mandou almoço para ele numa vasilha térmica. Então bastava resistir às distrações, se manter concentrado nos papéis do banco da frente, e continuar insistindo. Entre as páginas do guia de ruas de Atlanta estava um papel com o nome e o endereço de Gaston. O juiz Webber tinha dado a pista de um jeito meio indireto, pois o velhote era um mestre na arte de lavar informações. A anotação com o desenho estava enfiada sob as caixas de cartazes, e uma cópia da lista da sargento Greaves estava presa com um elástico no mapa gigante que rolava pelo assento.

 Quando chegou à banquinha de sempre para tomar sua dose de café matinal, com o maior dos mapas na mão, o atendente fez uma pausa atrás do caixa — queria levar um jornal? Era o terceiro dia seguido que, embora pedisse café, Spence não sentia o ímpeto de pegar um jornal. Aliás, o motivo daquele velho hábito que vinha desde o ensino médio era um mistério para ele agora. Que notícias vinha esperando esses anos todos, que palavra tão importante para que enfrentasse nevascas para pegar o jornal? O que achava na época que era notícia? Desastres, divórcios de celebridades, a baboseira insana dos industriais por trás das guerras. Quando a notícia chegou, não veio pela imprensa, que estava dois segundos atrás da polícia, a polícia dez passos atrás dos investigadores voluntários do PARE, os investigadores quilômetros atrás do assassino e a população em geral sonambulando em uma estrada sem saída.

 Quase se deixou distrair pelas mulheres. A moça brilhante em saltos altíssimos e com os cabelos presos rigorosamente como os de uma bailarina se referiu a ele como "o, hã, motorista" e parecia estar doida para arranjar briga por Spence não estar uniformizado — mesmo assim ele era "delas" durante aquele dia, enfatizou isso, de modo que seria bom que sincronizassem os relógios. A crespa em um casaco de seda crua, que tentou contrabalançar a insensibilidade da amiga sendo despretensiosa, se inclinava para a frente para falar da infância em Waycross, na Geórgia, e de todas as coisas maravilhosas que ouviu relacionadas à cidade do motorista. A terceira, que nasceu em Atlanta mas agora vivia em Londres-Paris-Hong Kong-Nova York, passou a maior parte do tempo no carro ajustando um vestido leve de seda aparentemente feito por Vidal Sassoon, passando talco nos pés e dando tapinhas nas meias-calças, soltando nuvens de pó no retrovisor e virando a cabeça de um lado para outro para declarar que vários outdoors eram pornográficos, um indício de quão perigosamente imorais os Estados Unidos haviam se tornado. De início, ele foi picado pelo ressentimento, toda aquela alta-costura, as canetas Mont Blanc e as agendas com capa de couro sobre os colos, todas emanando perfume e uma paixão pelos fios de alta resistência dos alfaiates de Bangkok. Não muito mais velhas do que Zala, mas tão confiantes, desembaraçadas. Depois se pegou saboreando o ressentimento, ouvindo atentamente para invejar ainda mais enquanto tagarelavam sobre adegas de vinhos, o caimento e as ondulações do crepe francês, suas modelos de passarela favoritas, o barroco absoluto da *nouvelle cuisine*, flertes com príncipes e fins de semana em iates, previsões sobre a hegemonia de Hong Kong no mundo da moda, e tudo que tinham que aturar enquanto mulheres pretas. Anedotas relacionadas a esse último item levaram as mulheres gradualmente a um silêncio meditativo, uma delas olhando pela janela, a outra escrevendo na agenda, a terceira recurvada passando talco nos dedos, o pé dele sonolento no pedal. E no silêncio que se alongava, sentiu um desejo de ter calos, de ter bolhas ardentes, de se meter em uma briga a socos por causa de seu uniforme incompleto — qualquer coisa que não fosse a melancolia que ameaçava envolvê-lo sempre que o ritmo diminuía.

Ao se aproximar do semáforo na Moreland, os olhos de Spencer recaíram na bunda não bronzeada de um bebê de cabelos cacheados, metade do anúncio da Coppertone escondido por um prédio, enquanto um cachorro, fora do campo de visão, puxava a calcinha da menina. Tentou imaginar o que a mulher de cabelos crespos diria sobre isso. Ela havia começado a reclamar por causa de um anúncio de cuecas que mostrava desde o umbigo até as coxas. Depois, perto de uma escola fundamental, uma loura deitada em cima de um Buick com as pernas levantadas na direção do pátio de uma escola desencadeou uma diatribe sobre o ambiente sexualizado de um país infantilizado. Ao sair da limusine em Lenox, prometeu escrever uma carta enfurecida para Calvin Klein falando dos anúncios de seus jeans enquanto andava carrancuda rumo à virilha de Brooke Shields. Mais adiante, no fim do trecho de cinco pistas da Constitution, Spence viu outra vez a modelo/atriz de sobrancelhas cerradas sorrindo em um outdoor que anunciava *Lagoa Azul* — dois primos (um menino e uma menina) naufragam em uma ilha dos Mares do Sul e chegam à adolescência, provocando a plateia que espera ofegante o momento quente que se aproxima. Pornografia à Disney. Spence se lembrava de um filme anterior e das resenhas que Sonny citava como parte do argumento de que Spence era um chato — "de bom gosto". *Menina Bonita* — uma prostituta pré-adolescente num prostíbulo em New Orleans se torna a obsessão de um escopofílico. Sonny. "Eu já tenho idade." "Nem ferrando." A memória de outra prostituta infantil no filme perturbador que fala de um veterano enlouquecido do Vietnã, *Taxi Driver*, ainda um pouco viva demais para que ele ficasse tranquilo. Uma atriz mirim, Jodie Foster, interpretando uma puta de 12 anos. Onde as pessoas estavam com a cabeça?

Spence dirigiu lentamente pelo vasto trecho que o relatório da polícia chamava de "ponte da ferrovia". Pistas de rolagem, aclives nas margens de ambos os lados, dava para acreditar num continente inteiro de concreto, mas o que o relatório dizia era "ponte da ferrovia". Ele fez uma curva, entrou na estradinha por baixo da ponte e saiu para examinar os arbustos e árvores em busca de sinais de algo que ocorrera dois meses antes. Debaixo de qual árvore o menino Wyche fora encontrado agarrando folhas? Será que os peritos da criminalística confirmaram que as folhas batiam com as das árvores ao redor? Recuou e olhou para a passagem elevada, a qual acabara de percorrer e que lhe parecera apenas uma extensão alargada do bulevar suavemente nivelado. As muretas cilíndricas sobre o aterro concretado que iam até a altura do peito não pareciam convidativas a acrobacias, especialmente para um menino apavorado e com medo de altura. Uma brincadeira estúpida, concluíram. Jamais, a família dele disse. Correndo de um maníaco, o menino pode ter se arriscado a escalar, pensou, protegendo os olhos contra o sol e tentando imaginar a cena. Mais provável que alguém o tenha jogado da ponte. No entanto o caso não estava na lista da Força-Tarefa. "Provável acidente", embora os patrulheiros originalmente tenham escrito "suspeita de crime". Spence tentou não pensar em ir até a delegacia e defender seu direito de ver os arquivos.

Pelas seis da tarde percebeu que a cada vez que voltava de um local de crime para buscar as mulheres, o reencontro lhe provocava uma alegria excessivamente sentimental. Elas se esforçavam tanto, tinham uma aparência tão boa, se moviam tão bem em meio aos cristais e os arminhos, sorrindo seus sorrisos, fechando seus acordos, fazendo seu espetáculo com aquelas Mont Blancs, distribuindo tapinhas no ombro e curtindo a movimentação. Aquilo era tão bom que Spence se esquecia de si próprio, e o esquecimento era uma sensação boa, de modo que começou a inventar coisas sobre os quatro: primos em uma reunião de família. Através de vidros, nos vãos de aberturas em cortinas, atrás de cavaletes de acrílicos que exibiam roupas de grife, as observava, se alegrando com elas, rostos no álbum de família, personagens em um anuário escolar. Se deixou convencer a levar as mulheres às pressas antes de a recepção acabar durante a primeira rodada de champanhe para ver um pouquinho do evento de moda no Promenade lá na Cobb Parkway, a quilômetros de distância do endereço da Memorial Avenue aonde ele pretendia voltar naquele intervalo, depois voltando para o Hyatt antes que o enfeite de mesa em forma de cisne derretesse e as *crudités* passassem por uma transfiguração.

Antes de levar a cordialidade a um grau de familiaridade — as três mulheres também pareciam felizes por vê-lo, como se ele representasse um resgate que as levava para longe de echarpes, casaquinhos de linho e todo aquele turbilhão, para desmoronar no banco de trás que sempre estava aspirado, o estofamento sempre macio, os cinzeiros cintilantes, as capas retiradas de suas mesinhas de armar para que elas não precisassem interromper sua análise do pós-jogo para sair à caça da trava — ele teria encontrado um modo de desestimulá-las a ir tão longe da área central. Porém a implicante fez careta em sua direção quando um sujeito com cabelo cor de bronze cheio de gel se virou por um momento para tossir no lenço, transformando o quadrado de tecido cor de pêssego num trapo iodado, e aquela efêmera queda da máscara revelou uma memória dos tempos de escola e fez com que ele mudasse de sentimento; afinal, não estava uniformizado, o que poderia ser erroneamente interpretado como desrespeito, como falta de vontade de fazer até o fim o papel de chofer para as irmãs. Depois Edie interrompeu uma anedota alusiva a uma viciada em chocolate que tinha ficado perplexa ao saber que ela também podia se dar ao luxo de comprar um Godiva, e o chamou de "garota", mas não tentou consertar, confiando que traduziria por "amigo". Sugeriu um mini-tour pela Auburn mais tarde, se sentindo muito generoso com seu tempo. Depois, Deidre se espremeu no canto do elevador, enfiando os cotovelos nas paredes acarpetadas para tentar sair de seus sapatos, e ele quis se abaixar e gentilmente retirá-los, porém acabou deixando seu corpo à disposição para que ela se apoiasse nele, nem flertando nem transformando o momento em mais do que realmente era, quando a mulher se virou subitamente e lhe perguntou se era tão gentil quanto parecia, pois ela não sabia responder com certeza, apesar da expressão de seu rosto sugerir que o via desse modo. Ele respondeu baixinho que sim, que era um homem gentil, certo de que outros menos cuidadosos teriam aproveitado a brecha sem tirar os sapatos. Ele teria concordado em levá-la aonde ela quisesse.

Assim, quando os quatro estavam andando pelos corredores do Hyatt, refrescando-se por um momento nas pedras frias do saguão, mas obviamente exaustos, Edie e Deidre gingando cada uma de um lado dele, Geneva à frente mas já sem se pavonear sobre suas pernas-de-pau reptilianas e já sem se importar em retornar à pose rapidamente quando o tornozelo virava e se apoiava na parede, ele não estava com pressa de largá-las no Plaza, a tour por Auburn tendo sido recusada. Estava decepcionado, preocupado, já se sentindo abandonado, rejeitado, por isso ergueu os cotovelos para que elas pudessem se segurar nele enquanto as acompanhava até a lojinha de suvenires, como lhe pediram. Relutava em se afastar delas mesmo pelos segundos que levava para ir pegar a limusine. A relutância se transformou em pânico quando se aproximaram com pacotes, falando entre elas e sem olhar para ele. Quem sabe não pudesse convidar as três para tomar algo em seu apartamento. Enquanto ajudava as mulheres a entrar, esteve prestes a perguntar se podia usar o chuveiro delas. Ao se sentar atrás do volante, temia sugerir algo vulgar, imperdoável, sentado ali coçando o saco.

"Quem sabe a gente pode se encontrar de novo depois de um banho e uma soneca, hein, meninas?" Nenhuma das outras estava sequer cogitando repensar a tour por Auburn, então Edie se recostou no banco. Quando ouviu o estofado suspirar, Spence teve medo de desinflar completamente. Pegou o papel que estava em seu guia de ruas e dobrou um cartaz de desaparecido contra o volante. Precisava de mais algo para segurar além do lápis para não se distrair, percebendo que nos próximos dias, caso a névoa não desaparecesse e o sol não desses as caras, um carro passaria por ele, que seria tomado por esse mesmo perfume, o reduzindo a lágrimas e a uma maratona de doze dias comendo chocolate.

"A deliciosa Auburn, era como chamavam a avenida. Guria, como eu queria ter conhecido este lugar nos velhos tempos. Mary Lou Williams, Eddie Heywood, o Peacock Lounge..."

Spence lutando contra o volante e procurando a equação que ganhou de presente do tio na infância: memória é igual a esperança. Jamais havia funcionado antes, ou melhor, nunca tinha feito muito sentido; ele nunca soube ao certo como usar isso. Contudo precisava de uma âncora, voando em meio ao tráfego e à dor. Não havia esperança nos acontecimentos recentes, quanto a isso não havia dúvidas.

"... os bailes no Odd Fellows Hall." Edie estava ajeitando as almofadas de couro.

Zala e ele numa mesa com sofá de couro vermelho, num encontro em Nova York, o restaurante quase fechando. A conversa tratava da vida deles, filmes, faculdade, as coisas em comum além de serem filhos temporões de pais maduros, finalmente convergindo para a avenida Auburn na cidade dos dois, Atlanta. Spence imitando a mãe elogiando os estabelecimentos, os pastores, os outros cidadãos confiáveis da Auburn que eram um crédito para os pretos quando comparados com a ralé da rua Decatur. Depois, Zala imitava a mãe dela com combinação escura, Lucky Strike pendurado no canto da boca, um olho fechado por causa da fumaça, dançando enquanto ia do closet para a cama, onde iria revirar uma caixa de chapéu cheia de lembranças. Zala se movendo no sofá, espontânea pela primeira vez, mostrando como a alça do ombro caía e as cinzas se acumulavam, e como ficavam os corpetes marrons frouxos no ombro da mãe, como os programas dos bailes estavam amarelados, como as fotos de grupos elegantes nos bailes no terraço do Odd Fellows Hall tinham se curvado.

"Evidente que a gente ia à Igreja Batista perto da universidade", Deidre estava dizendo, empoando os sapatos. "Mas a gente visitava as igrejas da Auburn. A Igreja Batista da Wheat Street — A Auburn era conhecida como Old Wheat Street, sabe — Ebenezer, Big Bethel... Ahh, motorista, você acabou de avançar outro sinal vermelho."

Quarta-feira, 27 de agosto de 1980

O menino parou para fechar a mochila que carregava, equilibrando a mala em um dos joelhos levantado enquanto fazia malabarismo com o rádio no outro ombro. Zala atravessou o asfalto novo e quase perdeu as sandálias. Sentiu a tira do pé esquerdo ceder um pouco. Sob a sombra de imensos girassóis, ela se abaixou e apertou a correia. Os girassóis, curvos e flácidos, não ofereciam muita sombra, tampouco esconderijo suficiente, para o caso de o menino se virar. No entanto ele não se virou. Então deu ao garoto uma vantagem equivalente a um terço da quadra e voltou a segui-lo. Ela conseguia ouvir a própria respiração.

Num terreno baldio perto da estação do metrô, crianças, abaixadas como se estivessem levantando halteres, catavam latas de alumínio, que jogavam num saco plástico grande o suficiente para conter os quatro numa corrida do saco. Porém seus gestos não tinham nada de brincadeira — nenhum deles fazia arremessos de gancho, nem enterradas, tampouco brincavam de esconde-esconde os dois mais novos, que arrastavam o saco em meio às moitas cor de mostarda. Estavam trabalhando como se o orçamento da família dependesse de sua seriedade. Ela pensava no menino Jones, que veio de Cleveland para uma visita. Desapareceu enquanto catava latinhas com os primos de Atlanta, segundo os jornais. Dave tinha dito, e ela ouviu isso confirmado no quartel-general da Força-Tarefa, que várias pessoas, separadas e individualmente, viram o menino depois dos primos relatarem o sumiço: houve uma que viu o menino ser molestado, e outra testemunhou o menino sendo estrangulado, teve as duas que viram o assassino no dia seguinte carregando um corpo envolto em plástico, além de duas outras que avistaram o assassino entrar numa cabine telefônica para dar uma pista para a polícia relacionada ao paradeiro do corpo. De acordo com B. J. Greaves, depois de um breve interrogatório, o homem foi solto, porém se isso foi feito na esperança de que ele levasse a polícia ao restante dos homicídios, a oficial não sabia dizer.

Zala estapeou a nuvem de mosquitos que voavam ao redor de seus tornozelos. Passou pelo terreno onde os pés das crianças erguiam nuvens de poeira vermelha e manteve os olhos no menino. Ela o observava em meio às ondas de calor que vinham do piso como uma cortina de tiras transparentes. Agora ele estava andando rápido. Pela primeira vez desde que saiu da loja e correu pela Forsyth para pegar o trem, o menino andava como se o tempo fosse importante.

Zala fora ao centro para interceptar Gloria, filha de Delia, contudo mudou de caminho no minuto em que reconheceu o menino que se dirigia à loja de roupas. Quase se aproximou dele, de tão feliz por vê-lo. Mas algo lhe disse que em vez disso deveria segui-lo.

Ela não daria 2 centavos para os detetives particulares que Spence contratou pelas páginas amarelas, detetives que não saíam de suas salas com ar-condicionado, desperdiçando o tempo de Spence ao lhe dizer o que era possível, o que era difícil, o que era caro demais numa cidade do tamanho de Atlanta. Tentou calcular o custo do pessoal da Força-Tarefa, que agora tinha passado de cinco para treze pessoas. "Você não tem condições de julgar", Delia lhe disse. Delia que fosse para o inferno.

O menino parou perto de um caminhão de sorvete, semelhante àqueles nos quais ganhava a vida no verão. Uma barra de madeira com seis sinos, operada com uma corda do lado de dentro, mantinha a janela aberta, exatamente como nos caminhões que dirigiu. Pela aparência meio torta dos adesivos que mostravam tipos de sorvete, picolés de frutas, picolés de arco-íris e de sundaes, soube que eles escondiam manchas na pintura branca, que precisava de massa corrida. A geladeira estava na lateral do caminhão. Ela se viu de camiseta branca e calças, alcançando o sorvete no fundo da geladeira, os vapores quentes e gelados chegando a seus ombros, a suas orelhas, a bochecha achatada contra a porta da geladeira enquanto o menino mudava seu pedido. Três vezes era a regra geral. Ela gostava de se entreter fazendo estatísticas como essa. Parecia que isso tinha acontecido três vidas atrás, em outra cidade.

Ela ficou alerta. O menino estava andando. Seguiu atrás dele, parabenizando a si mesma. Estava certa — ele ia em direção ao YMCA da Ollie Street. Os detetives particulares que fossem à puta que pariu.

Apesar de todos os temores de Spence em relação aos ex-policiais que trabalhavam como voluntários da PARE — e não eram temores infundados; pois eram parte do time do velho chefe Inman, então como dava para ter certeza de que seus motivos eram corretos? — eles conheciam o território, diferentemente da miscelânea de sabujos da lista telefônica, ou pelo menos esse era o caso dos três que entraram na investigação quando a sra. Willa Mae Mathis aceitou a ajuda deles. Perry, que saíra da polícia em 1979 para tentar, sem sucesso, tornar-se xerife do distrito de Rockland, trabalhava na Homicídios quando as duas primeiras crianças foram encontradas a menos de 50 metros uma da outra, ambas misteriosamente vestidas de preto. Edwards, que trabalhava com investigações criminais quando O'Neal e Sturgis estavam escrevendo os primeiros ofícios de alerta sobre os casos, disse que queria sair da polícia depois de dezenove anos por puro desgosto; o número de policiais já era limitado sem esbanjar recursos com bobagens de relações com a comunidade. A insistência da Força-Tarefa de que não havia padrão reconhecível nos casos das crianças desaparecidas e assassinadas, além do fato de que a Força-Tarefa se recusava a fazer uso da agência particular de Edwards, eram provas cabais da abordagem medíocre da unidade. O barbeiro Simmons lembrou-a dias atrás que Edwards era parte da panelinha que denunciou Reginald Eaves. Ela não sabia se também era o caso de Perry, e não se importava muito se isso também valia para o terceiro policial, Dettlinger. Este dizia o tempo todo que, em vez de ficar tagarelando acerca dos motivos do assassino, o que precisavam era se concentrar em achar o elo entre as crianças. Poucos dias atrás, encontrou um vínculo. Tão simples, tão razoável; estava bem ali diante dos olhos deles. Porém a Força-Tarefa não tinha se dado conta. Ela relutava em dizer que a Força-Tarefa não vinha descobrindo grande coisa, pois havia alguma verdade no que Delia lhe disse quanto ao seu desconhecimento acerca do trabalho policial. No entanto Dettlinger, colocando dois ou três pontos no mapa para cada criança — onde moravam, onde foram vistas pela última vez, onde os corpos das vítimas foram encontrados — se aproximou de um elo geográfico que, desenhado em um mapa, esboçava a rota do assassino. Bingo. Lá no antigo *showroom* de carros com seu pé-direito baixo aquilo não causou muita impressão. Eles também não se impressionavam muito com os relatos de testemunhas oculares. Ainda chamavam a morte de Angela Bacon três dias antes de atropelamento, uma morte que, portanto, não devia entrar na lista deles, apesar do testemunho da menina que estava com ela, que disse ter sido um assassinato deliberado, intencional, a sangue-frio.

    A cada dia, Zala se sentia mais confusa, desanimada, incapaz de criticar o trabalho de profissionais. Será que estavam mentindo, será que eram burros ou será que estavam só escondendo o jogo? A cada dia havia citações erradas, rostos inexpressivos, acusações raciais, gestos para manter as aparências e negligência que tornavam a situação mais complexa. Será que as crianças tinham sido assassinadas por serem pretas, ou seria melhor dizer porque os assassinos eram brancos? Será que as autoridades escantearam Dettlinger por ser branco, uma vez que o alto comando era formado por pretos? Será que os avisos iniciais foram negligenciados por terem sido escritos por mulheres, e seus supervisores eram homens? E será que B. J. estava certa, que as vítimas do sexo feminino continuariam sendo negligenciadas pois mulheres não eram importantes para os homens que trabalhavam no *showroom*? Aqueles que se dispunham a falar do assunto costumavam dizer que, se as famílias de Angel Lanier e LaTonya Wilson não tivessem sido parte do PARE na época dos protestos e da reunião da Igreja Batista da Wheat Street, não haveria menina nenhuma na lista. Não fazia sentido para ela. O que era preciso para que todo mundo sentasse junto e reunisse informações, se nem a segurança das crianças bastava para isso?

Ansiosa, ela procurou o pastor. Este a ouviu compenetrado, depois lhe deu alguns textos para estudar. Sabia, sem olhar, quais salmos o pastor citou, quais figuras havia recomendado, como Jonas com a história de Deus-espera-algo-especial-de-você e Jó o-modelo-da-fé-inabalável. Porém, ela não havia antecipado as histórias de sacrifício — Abraão e Isaac, Agar e Ismael, Jefté e Lot. Ela sempre ficou intrigada com os sermões que dependiam dessas histórias, que na sua opinião não passavam de relatos de atrocidades e abuso contra crianças. Saia do Dodge, menino, teu pai é um psicopata. E o que era a história de Abraão-Sara-Agar-Ismael senão um melodrama da escravidão, com Sara no papel da senhora de escravos má?

Ela se deixou levar a um estado de exaltação pelos textos bíblicos e pelas histórias dos investigadores enquanto Mac, que não servia para nada, disse a ela e a Spence, fumando cachimbo, que talvez (pufpuf) eles preferissem (pufpuf) se atolar até o pescoço em teorias complicadas (pufpuf) por não terem coragem (pufpuf) de encarar o fato (pufpuf) de que filhos simplesmente fugiam de casa. "Não mudem a rotina", disse com seu modo paternal forçado, acompanhando os dois até a porta. "Ele vai aparecer." Como a última peça de um quebra-cabeças que você encontra quando varre a casa ou como algo que o carro desenterra no quintal.

O menino estava atravessando a rua, aumentando o volume do rádio. Ela reconheceu a música do álbum *Crosswinds*, de Peabo Bryson, uma música que dançou várias e várias vezes com Spence quando resolveram dar uma segunda chance ao casamento. "I'm so into you/Don't know what I'm gonna do-ooo-oo-ooo." Cantando junto ao rádio, que estava no volume máximo, uma mulher contornou um canteiro de dálias para arrumar a cerca viva. Zala fez um rápido cumprimento com a cabeça e andou rumo à esquina, caminhando paralelamente ao menino na calçada oposta. Ele parou na porta lateral do YMCA, depois foi para a fachada do edifício. Ela esperou à sombra das cercas vivas, se abaixando para tirar pedrinhas, lama e pedaços de vidro das sandálias. Onde é que um menino daquela idade, pensou, consegue dinheiro para um equipamento caro como aquele? Agora estava pensando como a polícia, como os repórteres, como Mac: seu filho estava envolvido com alguma gangue? Se não for um grupo de adolescentes bandidinhos, talvez uma quadrilha liderada por um adulto? Alguma vez ele já trouxe para casa itens como rádios, joias, dinheiro — coisas que não tinha como explicar? De modo casual eles falavam em arrombamentos, roubos de carros, furto de roupas, de bolsas, venda de mercadorias furtadas, drogas, produtos com defeito, como se todo mundo na comunidade fosse parte disso.

Um velhinho e um buldogue ofegante vieram da Washington Park e quase esbarraram no menino, que agiu como um astro reconhecido em público por um fã perplexo demais para pedir um autógrafo. Fora de perigo, o velhinho e o buldogue baixaram a cabeça novamente e seguiram pela rua. O garoto estava dançando, se mexendo com a segurança de que o chão sob seus pés seria sempre confiável. Zala observou o velhinho por um instante, como ele estudava a rua; um tropeço repentino podia significar o fim de um osso poroso gasto demais para consertar. Ela mentalmente se viu andando nos últimos tempos como quem suspeita que a qualquer minuto o chão pode rachar e engolir seu corpo.

Um carro azul, que vinha abrindo bem à esquerda para fazer uma curva à direita em frente ao YMCA, interrompeu seu devaneio. Usando o carro como cobertura, ela atravessou a rua, abaixada, até a porta lateral. Foi andando lentamente até a esquina, como um ladrão que se esgueira, para dar uma olhada no menino. Ele estava com uma perna erguida no terceiro degrau e balançava os quadris com a música. O carro azul passou lentamente e deu uma buzinada curta. Depois, aparentemente percebendo que tinha cometido um erro, o motorista foi embora.

Zala se apoiou de novo na lateral do YMCA da Ollie Street. O DJ tinha deixado sua entonação mais livre e começou a ler as notícias. Zala se esticou para ouvir. Abaixou-se encostada na parede, o hálito quente no lábio superior. Antes, enquanto o noticiário continuava com a contagem diária de norte-americanos reféns no Irã, Zala anotava no caderno os erros cometidos e as oportunidades perdidas para recuperar as crianças reféns em Atlanta. Cinco semanas de privação e desolação beirando a insanidade, e lhe disseram (um apelo à sua consciência cívica): "Mas a gente não pode deixar que isso chegue às primeiras páginas — seria um pandemônio!", como se isso não fosse exatamente o que ela pretendia se soubesse a forma de fazê-lo. As autoridades disseram à sra. Camille Bell que seu marido assassinou o filho do casal, no entanto não possuíam provas para fazer essa afirmação. A sra. Bell saiu de imediato, dando o alarme. "Preste atenção", um dos pais da PARE tentou ensinar a Zala, "os números falam por si, então é claro que eles vão dizer qualquer coisa para vocês ficarem quietos. Em 1969 meio milhão de delegados da convenção injetaram 60 milhões de dólares na economia local. Quer ouvir os números do ano passado? Senta pra não cair." E a cada vez Zala dizia: "Bom, não sei", empacando, procurando algo em particular neles que não podia encontrar em si mesma. Talvez fosse verdade o que a polícia disse à sra. Bell, e por isso estudou aquele caso em específico, mas não conseguiu encontrar nada melhor do que o fato de que a sra. Bell usava óculos e ela não. Estúpida. Então os pais falavam com ela do jeito que se falava com uma estúpida. "A senhora não se lembra do problema no centro da cidade no verão passado, sra. Spencer? Uma mulher branca, que tinha sido secretária de um ex-governador, foi morta, lembra? E cem policiais do estado chegaram à cena do crime rapidinho." Dedos estalando a três centímetros do nariz dela, enquanto uma das mães continuava dizendo, "Você sabe que é verdade." E, no entanto, ela não sabia, porque era algo impossível demais para conceber, tanto em relação ao prefeito quanto ao comissário de polícia.

Mas ela escreveu num papel finíssimo para enviar por correio aéreo: "O dinheiro da convenção fala muito mais alto do que uma comunidade invisível silenciada pela riqueza de pigmentação e pela falta de dinheiro." A carta foi escrita sem rancor, para dois parentes distantes do outro lado do oceano, por isso não contava, não queria dizer que estivesse nem de perto se sentindo como os pais enlutados, ultrajados. E sim, ela vinha acompanhando o noticiário havia anos, e não dava para negar que as autoridades estavam atuando a passo de tartaruga. Na tevê, a Cruz Vermelha, a equipe de emergências médicas dos bombeiros, sindicatos, organizações da sociedade civil, governos, cidadãos de municípios próximos ou de países vizinhos sempre iam correndo quando havia uma inundação, um terremoto, um estado de emergência. No cinema, generais do Exército, professores universitários, trabalhadores da saúde e pessoas comuns se mobilizavam rapidamente, arrecadavam fundos e punham as coisas sob controle. O robô ficou louco — rápido, chame os soldadores, arranjem um lugar para os técnicos do laboratório. Alguém invadiu o laboratório e roubou os tubos de ensaio com o vírus perigosíssimo — rápido, imunizem os cidadãos, todas as férias estão canceladas por ordem do superintendente e do prefeito. Conseguimos prender o alienígena na velha mina de prata — rápido, chamem o pessoal com os maçaricos e os caras para colocar a dinamite, fechem a estrada para os tanques passarem, evacuem a cidade.

Como uma tola, xerocou os prontuários médicos de Sonny, pegou uma embalagem de Moon Pie que seu filho havia enfiado num canto da mochila de ginástica, pôs junto um lápis mastigado e o pente com fios de cabelo que tinham ficado presos. Com a ajuda de Kofi pegou impressões digitais dele nas fitas cassetes, registrou num papel celofane e levou a mochila para a Força-Tarefa. Ela leu em algum lugar — e não foi na seção de quadrinhos, com setas apontando para o radiocomunicador de pulso para combater o crime, precisou dizer ao irônico policial — que era possível extrair impressões digitais do lado de dentro de uma luva de borracha; que era possível identificar o sexo, a idade e o tipo sanguíneo a partir de um único fio de cabelo; que cães treinados eram capazes de rastrear um determinado cheiro atravessando uma cidade cheia de gente; em resumo, que os laboratórios de criminalística estavam sendo administrados por gente inteligente, então, sim, claro, esperava resultados da noite para o dia. No entanto quando ela apareceu no outro dia para saber das novidades, ninguém conseguia encontrar o arquivo sobre Sonny e ela perdeu o ímpeto do dia anterior e decidiu em vez disso tentar conquistar a compaixão das pessoas. De um dia para o outro oscilava entre o ultraje, a descrença e a esperança de que uma dose de infelicidade e cortesia ainda podia fazer as coisas darem certo, e continuava murmurando, "eu não sei", sem querer se associar àqueles que pareciam saber, aos pais cujos filhos estavam mortos.

O carro azul passou de novo, fez uma curva fechada e bateu com os dois pneus do lado direito no meio-fio, quase roçando na bunda do menino com o para-lamas. O menino saltou os degraus e olhou para o motorista, que acelerou e saiu colina acima. Zala catou um lápis e fez anotações no talão de cheques. Ford Galaxy azul. Placas do distrito de Fulton. Homem de pele preta, trinta e poucos anos, óculos estilo da Aeronáutica, braço mexendo no banco de trás, janelas do motorista e do passageiro baixadas até a metade, homem torrando em uma roupa camuflada comprada em lojas. No caderno da barbearia e no mural em casa, havia uma categoria chamada "Carros" — azul, Ford Galaxy azul, sedã azul e branco, perua verde, amarelo como um táxi. A vidente amiga de Mattie disse que um Ford Galaxy azul estivera envolvido em pelo menos um dos sequestros. E B. J., em contato com várias famílias das crianças desaparecidas cujos arquivos tinham voltado do escritório da Força-Tarefa sem comentários, mencionou um carro azul pelo menos uma vez. "Carro azul" estava rabiscado na margem da página do morto que não constava da lista da Força-Tarefa. Será que era no caso de Tammy Reid, a menina morta a facadas atrás de um depósito no mesmo dia em que Angel Lenair foi encontrada amarrada em uma árvore? Zala fez um esforço para se lembrar. Beverly Harvey — assassinada na mesma semana que Reid e Lenair, na mesma semana em que Jefferey Lamar Mathis desapareceu — será que o carro azul estava na linha ao lado desse nome? A irmã do menino Mathis foi abordada na mesma esquina em que o irmão despareceu, por um sujeito em um carro azul. Era um Ford Galaxy? O cérebro de Zala girou. Um dos meninos de Dave tinha contado uma história sobre um garoto de 9 anos de idade que foi levado de uma loja na região de Stewart-Lakewood por dois homens que depois o deixaram perto da Pickfair, quando o garoto se recusou a fazer sexo oral neles por um dólar. Ou será que essa era a história da perua verde?

Zala correu para a porta lateral do YMCA. Onde diabos estavam os monitores enquanto malucos ameaçavam meninos na frente do prédio? Uma voz dentro de sua cabeça lhe disse que teria que resolver aquilo: *Você é a pessoa certa*. Segurou na maçaneta, bateu na porta. O que ela devia fazer — correr atrás do carro, arrebentar os vidros dele com o molho de chaves, furar o olho do sujeito com um lápis? *Você é a pessoa certa*. Não, ela não era a pessoa certa. Havia gente treinada e paga para fazer esse trabalho. Sua mãe, Lovey, lhe dissera para ficar perto de casa e deixar a polícia fazer o seu trabalho, o Viúvo resmungando no fundo alguma coisa relacionada à conta do telefone. Sente-se, faça tudo normal, mantenha a rotina. Mas "normal" sempre foi um tapete puído que Mama Lovey jogava sobre o ninho de cobras dizendo ser um modelo de luxo que ia de uma parede a outra enquanto varria os pratos quebrados e as lâmpadas estilhaçadas, depois juntava as crianças em volta para posar para retratos de família.

Zala correu para os fundos procurando uma entrada. Talvez ela não fosse a pessoa certa, contudo, por outro lado, "Seja lá o que a Força-Tarefa esteja fazendo, é o segredo mais bem guardado do mundo", Camille Bell tinha dito. Então passou a ser a pessoa certa, pois a Força-Tarefa estava ignorando metade das vítimas, ao mesmo tempo em que falava de um "perfil composto". Mais ou menos como ir comprar um tecido xadrez com quadrados grandes tendo só um pedacinho minúsculo de pano na mão para comparar. Ela tentou voltar pelo quintal gramado, sem nenhuma outra porta à vista. Pode ser que fosse a pessoa certa, se considerarmos que na vida real não havia um Columbo desajeitado derrubando cinzas do charuto no casaco amarrotado enquanto atazanava as pessoas e resolvia o caso. Só o que havia era o comitê PARE peneirando as pistas e mantendo o pessoal da Força-Tarefa sob pressão. Na vida real, era Dave, não o Mod

Squad, que interrogava as crianças nos abrigos e nos educandários. Era Dave que dirigia de um lado para o outro da Dimmock Street mostrando a foto de Sonny para vendedores de carro para saber se o menino não se envolvera num caso de identidade trocada. Eram Spence e seu amigo de tempo de Exército Teodescu, não Billy Jack ou o xerife Walking Tall, que monitoravam os brutos de Stone Mountain. E não havia Lois Lane para incendiar a cidade com manchetes gigantes na primeira página.

A porta lateral foi aberta com violência e bateu na parede de tijolos enquanto ela se aproximava. Meninos saíam se empurrando e se acotovelando, torcendo toalhas molhadas e batendo uns nos outros, dominando a calçada. Vários meninos formaram grupos separados e passaram aos dois lados dela. Outros agarraram os amigos com um mata-leão e os arrastaram pela Ollie rumo ao parque. Ela tentou contornar o grupo para chegar até a frente do prédio, mas dois meninos estavam fazendo algazarra na esquina, o que a impediu de passar.

"Ei, Jeeter", ela ouviu, e empurrou os meninos para longe do caminho. Um menino briguento de uns 13 anos estava empurrando um garoto no pé da escada, tentando arrancar o rádio. "Ahhh, vai, me deixa segurar só um minuto."

"Nada a ver, Scoop."

Então esse era o Scoop, o cantor que Kofi apelidou de OVNI, Obeso Volumoso Não Identificado. Mais bamboleante do que obeso, andava pisando nos calcanhares com o torso jogado para a frente, talvez imitando um pai barrigudo. Outro menino, que Kofi identificara nas fitas como Flyboy, o mais arrumado, estava descendo a escada comendo salgadinho, erguendo um dos cotovelos, retorcendo a cintura, se protegendo contra os meninos que empurravam suas costas e que esticavam as mãos em volta dele ao tentar pegar o saco de salgadinhos. O afro dele estava bem cortado, uma parte da lateral raspada com navalha. Sua toalha estava bem dobrada em volta do pescoço como o cachecol de um piloto. A bermuda jeans, engomada e bem passada, a camiseta tinha listras azuis e brancas.

Vários meninos maiores passaram pela porta botando as camisetas para dentro da calça. Eles andavam lenta e tranquilamente pela escada, um deles abrindo um maço de cigarros, outro procurando fósforos. Depois Bestor Brooks saiu, uma versão mais alta do menino de cabelos loiros e queixo quadrado que ela seguiu pelo centro da cidade. Zala segurou o fôlego esperando que o círculo se completasse, os quatro meninos já andando. E na porta havia um homem, não um garoto, um homem musculoso numa camisa branca, calças beges amassadas e tênis brancos que estava fechando a porta.

"Vamos comer, galera!" Scoop estava correndo para o começo da ladeira, deixando atrás de si um rastro de salgadinhos pela rua.

"Você está ferrado!", Flyboy gritou, e os três meninos saíram correndo atrás de Scoop. Zala, atrás deles, lembrou-se de que não gostava de Scoop. Nas fitas ele ficava interrompendo o ensaio para socar Sonny no braço por não terminar de cantar o verso do jeito que ele gostava. Ela assistiu às fitas várias e várias vezes, em busca de um nome, um lugar, um tom de voz, uma pista. Porém a única coisa que sabia é que Scoop era mais velho do que o Sonny e o Jeeter e que não perdia a oportunidade de mandar nos dois.

O Ford Galaxy azul esperava no topo da ladeira, sem tráfego à vista. Ela foi para trás de um arbusto quando viu Bestor Brooks, debruçado para falar com o motorista, olhar na direção dela como se estivesse indicando um caminho. Os outros meninos tinham atravessado a rua para o parque e estavam abaixados catando lixo. Seja lá o que Bestor Brooks tenha dito para o motorista, funcionou. O carro deu meia-volta e saiu acelerando, os meninos saltando para o meio da rua e bombardeando o Galaxy com pedras, garrafas de refrigerantes e latas de cervejas. Mudando de um lado da rua para o outro, o carro passou rápido por ela, o motorista fazendo uma curva impressionante, cabeça erguida, os óculos escuros cobrindo metade do rosto, manobrando o volante com a palma da mão. Hollywood. Ela anotou a placa e retomou a perseguição seguindo as vozes dos garotos, na parte baixa da ladeira, que continuavam rindo e dando parabéns uns aos outros.

Será que eles a levariam até Sonny? "Provavelmente se escondendo com um amigo", Dave disse. "É isso que os meninos fazem", Mac falou. "Quando casais se separam, é comum que o filho ache que a culpa é dele, e que se sinta dividido por lealdades conflitantes. Muitas vezes eles fogem para resolver a tensão." Zala havia escutado toda essa ladainha com paciência, sentada, enquanto Mac falava sem parar e rabiscava no caderno como se, ao longo de todos esses anos, ela não houvesse aprendido a ler as letras de cabeça para baixo — "perfil socioeconômico baixo..." "excesso de problemas..." "sem instrumental interpretativo..." "capacidade limitada de...". "Pouco voltados para a vida civil", escreveu certa vez, como se fosse preciso um insight profundo para isso. Ele não ia processar o Exército, mas certamente saberia tirar vantagem. Medicação, sim; litigância, não. "Passiva agressiva", anotou. "Continuem fazendo tudo como sempre", teve a cara de pau de lhes dizer. Vocês são pais horríveis e o filho de vocês fugiu, mas continuem fazendo tudo como sempre, ora bolas.

Zala se arrastou ladeira acima à procura do carro azul. Estava aprendendo. Não havia um Kojak para arrancar um sujeitinho desprezível de dentro de um carro e jogar o cara para um lado e para o outro enquanto chupava um pirulito, só havia os meninos e as pedras deles e o lápis dela. Não haveria um Virgil Tibbs chegando à cena todo científico e articulado, levando os culpados para serem julgados e acompanhando Zala e o menino em segurança até a casa deles. *Você é a pessoa certa* — a frase ficou buzinando no seu ouvido e a fez correr ladeira abaixo, os pés deslizando e chegando a escapar pela frente das sandálias. Vida real; ela precisava se concentrar na vida real. Só na ficção existia um detetive que punha a mão debaixo do balcão onde o corpo do morto estava caído e voltava com um chiclete mascado que um ortodontista aposentado vivendo como um eremita nas montanhas conseguia associar ao culpado minutos antes do último intervalo comercial. Na vida real, só o que os policiais podiam fazer, segundo lhe disseram, era ouvir, ficar de olhos abertos e esperar, sendo que o lugar onde os investigadores ficavam a cada dia se parecendo mais com o anexo de uma lanchonete de fast food, um lugar engordurado com sacolas brancas sobre as mesas, grandes copos de isopor sobre os arquivos. Nos filmes eles passavam pente-fino em uma área e enviavam envelopes com pistas para o laboratório de criminalística. No porão dela, eles se esqueceram de olhar uma área embaixo da escada e atrás do aquecedor e, quando o sr. Grier desceu a escada da adega para ver o que estava acontecendo, o trataram de forma tão rude e desajeitada que os vizinhos pararam de falar com Zala depois daquilo. Naquela manhã mesmo, quando correu para colocar o lixo para fora, ouviu as rodinhas do latão de lixo dos Grier pararem antes de ele sair. Eles preferiam conviver com o lixo por uma semana a ter que lhe dizer bom dia.

Ela seguiu os meninos até a Mayson Turner. Eles tinham encontrado uma latinha de banha amassada perfeita para jogar futebol. Zala chegou a pensar que a polícia falaria com esses meninos, que mandaria um destacamento para acompanhar os movimentos de vizinhos e amigos, que montaria uma tocaia no clube e no acampamento que eles frequentavam, interrogar os monitores, atormentar ex-professores do Sonny. Estava aprendendo. Talvez fosse de fato a pessoa certa. Porém, até então, toda vez que tinha dado ouvidos a essa voz, acabava se tornando uma pessoa que não era capaz de reconheer, uma doida com cobras nos cabelos e películas nos dentes, espiando crianças da vizinhança, agachada perto da garagem de vizinhos, espiando janelas de porões com olhos injetados de sangue, interceptando garotos que o filho conhecia a caminho da piscina e seguindo os meninos na volta, e apesar de estar pronta para derrubar paredes ou levantar o piso com um pé-de-cabra, só conseguia quebrar as unhas em parapeitos de janelas um pouco altas demais. Num domingo ela viu a família Brooks saindo da igreja e, dizendo a si mesma que ia ultrapassá-los em dez metros e oferecer carona, sabendo muito bem que não iria, pois o Fusca não comportava nem metade do grupo, e seguiu a família até em casa, estacionou na esquina e foi disfarçadamente até perto da casa, olhando em cada janela em busca de alguém saindo de um closet ou de baixo de uma cama. A versão você-é-a-pessoa-certa vinha incitando Zala ultimamente a deixar de lado a enrolação pretensiosa e vestir um conjunto azul-marinho de saia e camisa que lhe daria acesso ao tabernáculo no quartel-general e na prefeitura. Mas será que iria descobrir algo nesses lugares que valia a pena saber?

As suaves reclamações que fez acerca da lentidão das autoridades soaram como heresia a Delia enquanto os gêmeos, respondendo a sua carta, escreveram que ela estava sendo ingênua. "O trabalho da polícia", escreveu Gerry, um enviado do Peace Corps ao Lesoto, "é proteger os interesses da classe dominante e manter os animais domesticados." E Maxwell, que trabalhava na área da saúde em sua cidade, escreveu no mesmo papel azul de correio aéreo: "A classe que exerce poderes delegados mantém seus privilégios fazendo o trabalho sujo para os verdadeiros donos do poder". Zala se jogou no sofá com dois dicionários, estudando as cartas para ver se não eram falsificações, pois foram os gêmeos que lhe ensinaram que a liderança preta em Atlanta era uma liderança verdadeira, não um apêndice de um grupo externo, tampouco um grupo que agia servindo aos caprichos de outros, era uma liderança que tinha a confiança de sua própria comunidade, que havia construído as bases econômicas que tornaram sua existência possível. Ela não tinha talento para a política. Só o que queria era que todo mundo saísse da cabeça dela e ter o seu filho de volta.

Sentia-se contente pois o jogo estava animado e os meninos tinham estabelecido uma punição para chutes que mandassem a lata para qualquer lugar que não fosse ladeira acima. A rua tinha poucas moitas e árvores, o sol brilhava, iluminando em cheio e sem sombras. Como um terreno baldio podia ser ameaçador mesmo à luz do dia. Meses atrás, entretanto, ela teria parado para ver se a nogueira estava carregada. Agora só conseguia pensar em ir para longe daquele lugar desolado. E se o carro azul voltasse, junto à van com alguns ajudantes, agarrasse os meninos antes que conseguissem chegar ao Church's Chicken? O que poderia fazer para impedir? Quem ouviria se ela gritasse? Gritar?, se perguntou lá no fundo da imaginação, onde ela própria estava sentada em um banquinho com os braços cruzados sobre os joelhos, fumando um cigarro, você mal aprendeu a falar, irmã.

Quando os meninos se empurraram para dentro do Church's Chicken, Flyboy batendo nas costas de Scoop e exigindo dele que lhe pagasse o pacote de salgadinhos com uma espiga de milho verde, Zala se postou na caçamba de olho no estacionamento, na Troy Street e na Simpson Road, imaginando onde deveria ficar para que ouvissem melhor seu grito. Como pareciam empolgantes os simples gestos heroicos na tela do cine Ashby:

Doris Day e Jimmy Stewart entrando às pressas no Albert Hall, o assassinato programado para ocorrer em uma passagem particular da música. Doris corre pelo corredor analisando a plateia em busca do assassino. Os rostos estão calmos, confortáveis, atentos ao concerto. Jimmy sobe correndo as escadas acarpetadas para encontrar o camarote do dignitário e alertar que alguém tentará matá-lo. Os seguranças o barram. A música segue a todo vapor. O tiro será disparado quando os címbalos tocarem, ele explica aos guardas. E corre, abrindo portas de camarotes. A todas essas, o dignitário aprecia a música, sem se dar conta de nada. Lá embaixo, a plateia aprecia a música, sem nada perceber. Os músicos no palco viram páginas de partitura, atentos. Só Doris e Jimmy podem salvar o dia. Uma arma aparece atrás de uma cortina. O percussionista está prestes a bater os címbalos numa explosão. Doris vê a arma e grita. A arma muda de direção. O tiro erra o alvo. Um grito. Um grito pode salvar uma vida. E se ela gritasse? Alguém ia aparecer correndo e se oferecer para levar Zala até a igreja ou para o oitavo andar do Grady.

"Dona Spencer, a senhora queria falar comigo?" Bestor Brooks estava olhando ali de perto, segurando a porta do Church's Chicken, se equilibrando no degrau solto.

"Sonny." Foi a única coisa que conseguiu dizer, pega no contrapé, os olhos se infiltrando nos poros do menino. "Sonny." Certamente isso bastava. Ela o observou enquanto era estudada, com seu cabelo despenteado, a testa franzida, os olhos injetados de sangue, a boca enrijecida. Ela nunca se sentiu mais feia. Feia do tipo mãe-do-teu-amigo-que-te-seguiu-pela-rua-e-se-escondeu-atrás-de-uma-caçamba-para-pular-em-cima-de-ti. "Sonny", disse entre dentes quando a compaixão tomou conta do rosto de Bestor Brooks.

"Diga, dona Spencer." Ele desceu do degrau e deu de ombros. A porta que se fechava foi parada bruscamente.

"Amizade e lealdade são uma coisa", disse uma adulta. "Entendo isso. Acontece que domingo é o aniversário dele. É hora dele ir pra casa."

Os outros meninos saíram, olhando constrangidos para ela. Eles ficaram juntos em um bolinho segurando pacotes quadrados.

"Sonny", repetiu aos meninos. E concentrou-se de novo em Bestor Brooks, o mais velho, aquele que separou a briga, o filho mais velho de sua família também. "O Sonny, Bestor — o Sonny."

"A gente não vê o Sonny desde o Quatro de Julho, dona Spencer, juro." Ele se virou para os outros confirmarem. Todos balançaram a cabeça afirmativamente. "Aquela vez que a gente veio ver se ele iria no churrasco."

"Mas ele estava de castigo", Scoop falou.

"Só teve aquela outra vez", Flyboy corrigiu, "quando fui buscar ele pro ensaio." Todos confirmaram. "Mas aí você ligou, né?" Ele encostou o ombro em Jeeter, que ajeitou de novo o rádio em cima da mochila e balançou a cabeça pra cima e pra baixo. "O Jeeter ligou pra dizer que iam trancar a gente pra fora do porão, e aí a gente cancelou o ensaio."

"Foi", todos confirmaram baixinho, olhando para os sapatos. Depois um deles disse algo relacionado a chegar tarde e ser trancado para fora de novo. Ela se concentrou em Scoop, certa de que era quem estava tentando apressar as coisas.

"É pra lá que a gente está indo", ele disse, olhando os dentes dela.

"Ensaiar? É isso que estão indo fazer? Vocês ainda são um quinteto, vocês cinco?"

Jeeter estava contando todos eles com o queixo, sem saber direito aonde ela queria chegar.

"A gente arranjou outro cara", Scoop falou, entendendo. Ele jogou o peso do corpo para os calcanhares.

"Outro cara. Vocês arranjaram outro cara." Ela olhou para cada um dos meninos e eles foram apertando a mochila com mais força, exceto Flyboy, que mantinha a mochila distante das roupas.

"É", Scoop assegurou, como se estivesse comprando briga, "a gente arranjou outro cara."

"Mas ele não é bom igual o Sonny", Jeeter amenizou rápido. "Nem toca violão."

"É", todos disseram, passando o peso do corpo de um pé para o outro.

"Mas canta bem", Scoop completou. "Bem mesmo." Ninguém repetiu isso.

Ela se concentrou em Scoop. Que tipo de nome era esse, afinal? Será que significava que gostava de agarrar a bunda das meninas? Gostava de socar, no entanto não chamavam ele de nocaute, chamavam de Scoop. E antes o apelido era outro, Kofi contou. Um menino com pseudônimos.

Foi se aproximando do garoto, enquanto pensava no que B. J. dissera no Busy Bee Café. A sargento jogou um maço de fotos em cima do balcão e lhe perguntou à queima-roupa: "O Sonny é bicha?". Depois perguntou se ele conhecia os caras que ficavam ali pelo terminal Greyhound ou nos bares que chamava de "mercado de carne sadomasoquista". Scoop começou a recuar.

"A gente não viu o Sonny depois disso." Subitamente a voz de Scoop era um gemido. "A gente falou pro sr. Spencer quando ele veio aqui procurar com a pistola."

"Como te chamam em casa?", ela sibilou, e Scoop deu um pulo para trás, batendo em um carro estacionado. "Quantos nomes você tem?"

"Já falei, dona Spencer", Bestor interveio. "A gente não sabe de nada, juro. Se soubesse a gente dizia. A gente não sabe aonde o Sonny foi."

Ela virou e olhou para ele. "Domingo, eu disse a você."

"Como?", perguntou inclinando o rosto na direção dela, mas com os pés fincados onde estavam.

"Domingo é o aniversário dele."

"Ah, é?", Jeeter estava interessado.

"A senhora acha que ele vai aparecer em casa, daí?", Flyboy perguntou.

"Espero que sim. O que você acha?"

Eles olharam um para o outro, depois olharam para o chão. Flyboy virou noventa graus e olhou o trânsito na Simpson Road.

"Se a senhora me perguntasse", Scoop sugeriu, "ia dizer pra procurar aquele palhaço do jornal."

"O sr. Murray?"

Flyboy arqueou uma das sobrancelhas e encarou Scoop. "Cara, que palpite furado", falou com forte ênfase nas palavras; depois empurrou o ombro na direção de Scoop, quase jogando o menino contra Zala.

"O seu Murray é legal", Jeeter comentou, voltando a ficar no meio deles. "Ele só é velho e meio irritado."

"Murray", ela disse.

"Ei, senhora Spencer. A gente também está procurando. A gente está perguntando. Ele era nosso amigo também."

"Não diga isso. Não me venha com 'era'."

Bestor deu um passo atrás e resmungou alguma coisa, depois apontou com a mochila para um poste de luz na Simpson. "Só quis dizer que a gente está procurando mesmo." Ela seguiu o olhar dele, depois fez um aceno com a cabeça quando reconheceu um cartaz pendurado no poste. Bestor colocou o pacote debaixo do braço e estendeu a mão para ela.

Zala quase desmoronou de alívio até perceber que o garoto só estava fazendo com que saísse do caminho de um táxi que deu a volta no restaurante procurando uma janelinha de drive-thru.

"A senhora está bem, dona Spencer?" Jeeter Brooks parecia preocupado.

Se ela estava bem, era a pergunta de um menino, um garoto ameaçado por degenerados que passavam lentamente de carro perto de crianças da idade dele, por traficantes de drogas que usavam meninos como ele para fazer coisas perigosas, por espertalhões trambiqueiros que exploravam a mobilidade e a memória rápida deles, por adultos interessados em pequenos furtos que mandavam garotos escalarem janelas ou tirarem coisas de bolsos de casacos em cabideiros, que faziam garotos entrarem no banheiro dos homens para roubar gays, ameaçados por bêbados em busca de michês, por cães, ratos, motoristas negligentes e donos de imóveis que não ligam a mínima, por vazamentos na tubulação de gás e aquecedores que desabaram e mandaram as cortinas pelos ares, dormindo no sótão no verão sem forros, se preparando para empregos miseráveis ou para emprego nenhum, para entrar no Exército e conhecer o mundo dentro de um saco de cadáveres, por financiamentos estudantis que os manteria endividados depois dos trinta, por mães esquisitas de amigos desaparecidos que os perseguiam, e maníacos à solta raptando e matando, será que ela estava bem?

"Sra. Spencer." Flyboy estava oferecendo sua toalha, no entanto Bestor já tinha enfiado um guardanapo na mão dela.

"Quer que a gente leve a senhora pra casa?", Jeeter pôs o pacote em cima do rádio, empilhando os dois, e Flyboy estendeu a mão para segurar o braço de Zala.

"Quer que a gente acompanhe a senhora pra casa", Flyboy perguntou, "ou a senhora vai pegar o ônibus?"

Os meninos estavam vistoriando bolsos em busca de passagens de ônibus ou moedas, porém já se preparando para uma caminhada.

"Esperem. Por favor."

Mas Bestor Brooks sacudiu a cabeça. Mais velho de oito irmãos, a fala dele resumia o espírito do momento. Não, fim de papo, não há mais nada a fazer hoje, vá para casa e durma, dona. Zala o seguiu para fora do estacionamento e os outros a acompanharam, num silêncio como jamais havia visto num grupo de meninos.

"O número 14 vai para o Central City Park?" A voz dela tão tranquila, tão casual, que parecia vir de outro fuso horário. Remexeu na bolsa, parou, e depois mais um pouco, só para que o som aqui-e-agora a mantivesse presa ao solo. "Podem ir", declarou, ouvindo a própria voz. "Tenho que ir para o centro encontrar as crianças." Ela já estava pensando na Praça Margaret Mitchell, Kenti se pavoneando com o novo cartão da biblioteca, Kofi com o nariz enfiado em um livro sobre quasares e Gloria levando os dois para o parque, onde meninos da idade dela ficavam depois de empregos de verão de meio expediente.

"O ônibus 14 Dixie Hill não existe mais, sra. Spencer. Agora é o 51 Simpson." Flyboy estava com a toalha pendurada no braço para o caso dela precisar.

"Esse vai pro Central City Park?" Uma pergunta banal numa tarde brilhante como aquela. Ouviu a frase ecoando como uma legenda debaixo de uma ilustração com texto em espanhol, *Preguntas y Respuestas*. O que não daria para se enfiar no livro e viver aquela vida: O livro está sobre a mesa? *Sí*, o livro está sobre a mesa.

"Demora um pouco, mas passa lá", Jeeter sorriu retribuindo o sorriso dela. Ele desenhava círculos e voltas no ar com o queixo. "O jeito mais rápido de chegar lá se você não está com pressa", riu ao vê-la rir.

Flyboy fez sinal para o ônibus parar e foi o primeiro a pegar no ombro dela. Bestor e Jeeter se acotovelaram para pegar o outro braço e ajudá-la a subir. Scoop ficou para trás. E muito tempo depois de ela ter falado com o motorista do ônibus em frases traduzidas do espanhol, comentando como a tarifa de 50 centavos era sinal de que a cidade estava crescendo rápido demais, depois de ter se sentado perto da janela e acenado um *adios* para os meninos ainda parados no ponto de ônibus, Scoop continuou lá atrás onde a calçada terminava num trecho de terra, as costas contra um muro de folhas verdes.

A moça no banco do outro lado do corredor estava com um bastidor feito à mão encostado no banco da frente. Ela o fizera a partir de um porta-retratos de 23x28 cm, reforçando-o e cravando pregos nos quatro lados, para em seguida estender ali a sua trama. Zala achava tranquilizador observar a moça construir seu barquinho balançando em meio aos fios, desenhando com linha verde-azulada na moldura. Havia várias bolinhas de barbante colorido no colo da mulher, junto ao garfo para puxar os fios e delicadas tesouras de filigrana para cortar. De tempos em tempos ela trabalhava em um trecho de um ou dois centímetros de uma cor contrastante, puxando os fios com as pontas dos dedos. Lentamente, Zala relaxou ao ritmo da trama da mulher, os próprios dedos trabalhando em seu colo, seguindo os movimentos dela. Quando o ônibus freou de repente, para deixar um ciclista passar, a artesã a encarou e ambas sorriram. O antigo sorriso que as tecelãs trocavam secretamente em um país que em outros tempos queimou solteironas como bruxas, imaginou Zala. Queimadas na fogueira. Encostou sua cabeça na janela. Queimadas no altar. Fechou os olhos e implorou misericórdia. No entanto ali estavam elas, as crianças, oferendas queimadas.

Abraão empilhando a madeira sobre Ike, que ele prometera a Deus. A fada boa chega para salvar o dia e entrega um cordeiro para Abe. Abe concorda. Para manter as aparências diante de toda essa bondade, sem dúvida, a mesma fada do drama de Agar e Ish, o bebê assassinado por fome, sede e insolação voltou à vida. Abe, num truque de prestidigitador, substitui o filho pelo cordeiro. Será que pensa que o seu Deus é míope?... Crepúsculo, o sol descendo sobre um campo de carnificina. Com a ajuda de Deus, o coronel Jefté derrotou um poderoso exército inimigo e por isso, em agradecimento, prometeu queimar a primeira coisa que seus olhos enxergassem ao voltar para a fazenda. Em casa, todos estão empolgados com a notícia da vitória. A adorável filha veste sua roupa de festa e enfeita os cabelos com flores, um adufe nas mãos, e sai dançando pela estrada para encontrar o pai. Jeb põe os olhos na beleza da filha e rasga suas vestes. "Ai de mim, filha minha — que fizestes comigo!" Com os olhos injetados de sangue, não consegue ler as letrinhas miúdas da cláusula que permitiria que escapasse como Abe. Além disso, a própria filha pede por isso.

A cancela estava baixada no encontro com o trilho, a campainha tocava, a luz parecia um olho piscando. Em seus tempos de menina, Zala tentara atravessar o Velho Testamento sem ofender os professores com seus verdadeiros pensamentos; ansiosa para ser uma boa menina, em geral acabava adotando a versão oficial. Porém agora havia vozes em sua cabeça: Mattie falando a respeito dos cadáveres das crianças desovados de um modo organizado e expondo sua teoria do culto, Paulette falando em suturas cirúrgicas e em experimentos laboratoriais diabólicos, lembrando a quem estivesse ouvindo que a sede de Atlanta do Centro para Controle de Doenças havia monitorado o Experimento Tuskagee, usando homens pretos de 30 a 70 anos, Spence batendo com o punho na palma da mão e falando na Ku Klux Klan. Zala, olhando pela janela, conseguia acreditar que a cidade inteira era composta por turbas e agentes da Klan e demônios com escalpos. Havia corpos oferecidos em holocausto em todo lugar para onde olhava. Um monturo de lixo pegando fogo era uma pira funerária. Mesmo um cobertor apodrecido no matagal depois do trecho de concreto parecia que ia pegar fogo caso se concentrasse o suficiente.

Clank, clank. Trazei-os aqui fora para que os conheçamos. Blam-blam. Dai-nos os estrangeiros para que os conheçamos. Blam-blam. Trazei-os aqui fora para que os conheçamos. A turba em Sodoma exigindo que Lot entregasse os hóspedes do sexo masculino para que a multidão pudesse trepar com eles.

O pastor lhe deu sangue quando ela precisava de conforto. Nada de bálsamo para você em Gileade, irmã. Por que estava sendo punida?

O sibilar da porta traseira ao se abrir fez com que endireitasse o corpo no banco. Passageiros que tinham visto o tamanho do trem preferiram descer e andar. Zala olhou para o terreno com mato e forçou os cadáveres a assumirem novamente a forma de monturos de lixo. Se o pior viesse a acontecer, será que um dia seria novamente capaz de ver as coisas como eram? Será que conseguiria mourejar dias sem fim com gelo até a cintura como as outras faziam, repetindo sua história incontáveis vezes, e nunca abandonar aquilo, abrindo suas veias para a polícia, para repórteres, para a pessoa que ligava da seção de obituários, os curiosos, os compassivos, inúmeras vezes, sangrando uns nas feridas dos outros, mães que amamentavam seus bebês ouvindo, se afastando por receio de que houvesse pânico em seu leite, de modo interminável, gargantas roucas de tanto contar, na esperança de que fazer os outros ouvirem servisse como vingança para os ossos ou pelo menos fizesse aquilo parar? E o que a mantinha de pé? A raiz preta de um grito se enrolou em seu fosso, deixando-a seca a ponto de achar que seu corpo ia rachar em dois.

"Aqui, pegue." O casal no banco à frente dela estava oferecendo um lenço de papel. Sussurraram para não lhe causar ainda mais constrangimento, completamente sozinha no banco, chorando com a cabeça num ângulo esquisito.

O trem ganhou velocidade e passou com estrondo: vagões-plataforma, vagões fechados, vagões de dois andares carregando jipes, vagões amarelos com a inscrição GRÃOS, cilindros de alumínio com a inscrição PROPANO, carros refrigerados respingando suor no leito de concreto ao longo dos trilhos. O ônibus chacoalhava, o sino batia, a luz era um olho vermelho alucinado. Vagões saíram de trás do ônibus e deram meia-volta para seguir por outra rota. Mais passageiros se levantaram, encobrindo sua saída com conversa fiada. Saltavam para o cascalho e cortavam caminho pelo mato. Ela observou os rostos que passavam em busca de alguém que tivesse conhecido Sonny. Crianças bricavam na grama alta, decapitando dentes-de-leão com galhos secos que murchavam em suas mãos.

    Para onde Sonny iria, se houvesse fugido? Imaginou o filho pegando uma carona para Epps, no Alabama, e se escondendo na colônia de abelhas da vó Lovey. Clandestino no banheiro de um ônibus interestadual para Brunswick, na Geórgia, onde aqueles parentes malucos, os Rawls, que viviam na algazarra, mas que mantinham até as cadeiras de balanço quietas se Sonny estivesse disposto a encenar a história por trás de seu nome. Ela o viu na pista do aeroporto correndo abaixado e então, enquanto os carregadores estavam de costas, se escondendo no compartimento de bagagens de um jumbo a caminho de Nova York. Ele e a tia Myrtle se dariam bem de cara, pois a tia dela fora a primeira pessoa a ver o recém-nascido. Eles iriam se divertir enquanto tio Paul estava na estrada com a banda. Tio Paul também gostaria dele, e estimularia Sonny a dominar o violão, em vez de maltratá-lo. Todavia eles teriam ligado. Tanto Mama Lovey quanto os Rawls. Além disso, Sonny não era de aventuras estúpidas. Enxugou o rosto com o lenço despedaçado e se afundou de novo no banco.

Ela nunca achou muita graça no Central City Park, um terreno de dois hectares no meio do distrito bancário. Uns poucos liquidâmbares, murtas e tílias plantados num solo de cinco centímetros de profundidade espalhado sobre os detritos de edifícios velhos, uma aparência de algo temporário, improvisado. Não havia bancos, nem concha acústica, nem mesmo um parquinho para as crianças, o parque parecia projetado para as pessoas o atravessarem andando na hora do almoço, para olharem enquanto esperavam o ônibus, para o verem de uma janela do décimo andar enquanto colocavam uma pasta numa gaveta e paravam por um instante para pensar em algo. Apesar disso sentia-se feliz por ter vindo. O parque estava inundado de luz do sol, e excepcionalmente lotado. Houvera um show de jazz ao meio-dia. Músicos carregavam grandes *cases* de peças de bateria para vans estacionadas no meio-fio. Uma menina branca com fones de ouvido em volta do pescoço passou de skate e deu para ouvir um trechinho de Olivia Newton-John: "You have to believe we are magic / Don't let your aim ever stray". Zala sorriu para si mesma e olhou em volta procurando Gloria e as crianças enquanto as pessoas iam embora.

Irmãos e irmãs em roupas típicas africanas, vendedores de joias, livros, incenso, frutas, torta de feijão, tentando criar um bazar africano na estação Five Points, foram dispersados pela polícia, ouviu as pessoas dizerem enquanto arrastavam suas mercadorias pelo parque. Um casal branco com maços de jornais nos braços parou vários comerciantes e conseguiu vender alguns exemplares, depois tentou conversar com as pessoas no ponto de ônibus a respeito das manchetes. Como de costume, Zala observou, as pessoas eram corteses, prestavam atenção mesmo quando não estavam interessadas. Irmãs bonitas em vestidos que deixavam as costas nuas sentadas na mureta de tijolos à beira do parque rindo e conversando. Um sujeito intenso de meia-idade com entradas nos cabelos andava para lá e para cá batendo na Bíblia e fazendo uma ladainha para as pessoas na mureta; ele e os jornaleiros radicais se cumprimentavam com gestos de cabeça educados quando seus caminhos se cruzavam. Atrás das mulheres pretas bonitas, dois irmãos também de pele preta e um asiático admiravam os vestidos que deixavam as costas à mostra enquanto faziam movimentos de artes marciais em câmera lenta sobre o gramado. Perto deles, jovens brancos formaram um círculo e tocavam violões e penteavam os cabelos, e uma garota em um vestido campestre jogava um *frisbee* para o cachorro pegar. Era nítido que Gloria e as crianças ainda não estavam ali, por isso Zala preferiu sair à caça da chefe da Secretaria da Cultura quando percebeu que vários operários que estavam enrolando um cabo vestiam camisetas que havia desenhado para a secretaria no ano anterior. Talvez fosse a hora de apresentar propostas de camisetas para o Terceiro Festival Mundial de Cinema, que estava se aproximando. A mulher de cabelos cacheados que pensou ser Shirley Franklin no fim não era nem parecida, quando vista de perto — uma mulher mais pesada, mais escura, mais velha com óculos grandes e redondos de um azul elétrico. Elas sorriram e passaram uma pela outra enquanto alguns pombos, confusos com a quantidade incomum de gente andando por ali, voou por cima das cabeças delas para se empoleirar na marquise do First Georgia Bank.

  Zala ficou andando perto da cascata de água. Dois meninos no degrau mais alto estavam desafiando um ao outro para caminhar pela água. Lá embaixo, músicos fechavam estojos de trompetes e deslizavam pratos para dentro de sacos de camurça. Ela olhou novamente em volta procurando suas camisetas, lembrando que estava no comitê de seleção, porém ainda não tinha sido notificada pelo coordenador do festival de cinema. Viu novamente a mulher com óculos azuis de coruja dando um sorriso falso em sua direção, perto de um grupo de executivas que conversavam entre si. A mulher preta com vestido de estampa africana e sandálias, com uma sacola de palha, tinha o tipo de estilo que levaria Mama Lovey, em uma de suas visitas, a dizer :"Ela é tua amiga, meu amor?", para em seguida elogiar o penteado da desconhecida e farejar a cabeleira de Zala, resmungando, "Quem você vai comer hoje, Wamba?". As executivas eram um grupo embaraçosamente integrado, todas falando alto demais e se esforçando para rir; cada uma carregava o casaquinho em um dedo, jogado sobre o ombro, exatamente como as modelos dos panfletos cintilantes feitos para divulgar Atlanta: a Cidade Ocupada Demais para Odiar.

No verão anterior, ela e Spence se encontravam no parque com almoços que levavam em sacolas de papel pardo antes das aulas dela na Georgia State. Se lembravam dos piqueniques que tinham feito em parques de verdade — Mozley e Adams na região sul da cidade, Piedmont no nordeste, especialmente durante o festival de artes, se espreguiçando sobre cobertas, escutando jazz enquanto as crianças corriam pra lá e pra cá indo para a Vila Africana que o Centro de Artes do Bairro montava todo ano, contando quantas cordas, enfeites de macramê, tapeçarias e trabalhos de tecelã de Zala foram vendidos. Algum tempo depois, Kenti cansou e dormiu no colo dela, Kofi encostado em Spence do jeito que os velhinhos fazem quando dizem que estão só descansando os olhos, e Sonny pedia emprestada a faca do pai a fim de transformar um galho em cetro real. Aí ele divertia todo mundo, incluindo as outras famílias reunidas sobre mantas ali perto, com a história de Sundiata, o Arqueiro, transformando o cetro agora num grande arco e dando a deixa para Kofi se ajoelhar com as mãos agarrando o peito.

"Acordem, africanos!"

Zala girou, arrebatada de seu sonho pela voz estrondosa de um homem preto com marcas no rosto e pele especialmente escura, vestindo macacão de anarruga e gorro de tricô. Ele estava parado perto da mureta no limite do parque, colocando a bandeira preta-vermelha-e-verde na terra. Várias pessoas saíram da mureta e entraram no número 23 Oglethorpe. A mulher preta de óculos de coruja se sentou e pegou um gravador da sacola de palha.

"Meu povo, o que nós estamos fingindo não saber hoje?" Ele deu um sorriso glorioso e um grupo de universitários que saía do número 3 Auburn entrou no parque e se sentou na trilha perto dos pés da mulher preta de óculos de coruja.

"Então, o que estamos fingindo que não sabemos hoje, povo da África? O governo norte-americano está fazendo suas tramas em Granada. Está mandando infiltrados para a Jamaica para arrebentar com o movimento sindical. Está treinando esquadrões da morte em Miami para fascistas na América do Sul. Vocês estão me ouvindo?" Ajeitou o gorro. O trio das artes marciais, se movendo como caramelo, se aproximou e os jornaleiros radicais vieram da calçada. O sujeito da Bíblia deu meia-volta e mostrou uma carranca para o orador. Dois sujeitos da velha guarda disseram que Jesus tudo bem, mas levar política para o parque, hmpf. Abriram espaço para Zala se sentar entre os dois.

"Foi difícil derrotar a Ku Klux Klan em Dominica, meu povo. Vocês sabem que eles estão consolidando uma rede internacional. E em toda parte onde forjam elos com outros extremistas, o povo é assassinado. Agora estão de olho na Guatemala. Então é hora de acordar!"

O velhinho à esquerda cutucou Zala. "Só alguém meio lelé da cuca pra falar assim no meio do distrito financeiro." Os ombros dele sacudiam para cima e para baixo enquanto ria.

"Povo africano, nós estamos andando como sonâmbulos? Meu povo, os trabalhadores do frigorífico de aves lá em Laurel, no Mississippi, precisam da nossa ajuda. Os trabalhadores da indústria têxtil lá da J.P. Stevens precisam do nosso apoio. O pessoal lá de Liberty City em Miami está clamando por nós. E vocês sabem que a América Central é o novo Sudeste Asiático. Não deixem o Estado dar sonífero à força pra vocês, meu povo africano. *Aaaaafrrrriicaaaannooosssss!*"

"E Wrightsville?", uma das universitárias indagou, alisando o moletom da Clark College enquanto a colega dava um tapinha nas costas dela pela coragem.

"Verdade. Wrightsville. Obrigado, irmã. Pessoal, o povo de Wrightsville não devia ter que encarar a luta sozinho. E os trabalhadores da indústria química em..."

"Ah, vamos parar com essa gritaria!" Um sujeito de roupas chamativas atravessava o parque gingando, com um palito deslizando na boca, de um lado para outro. Ele olhou por cima do ombro na direção do orador e ajeitou a aba do chapéu de palha, brilhante e branco, enquanto se afastava.

"Aquele palito está no lugar certo", o orador disse, com as mãos nos quadris, balançando a cabeça na direção do sujeito, as covinhas afundadas. "Mas será que a cabeça dele está no lugar?"

"Fala mais!", um dos alunos da Morris Brown pediu.

"Besteeeeira", reclamou a voz do homem, vindo lá do Park Place.

As mulheres pretas bonitas da mureta se levantaram, soltaram o vestido da parte de trás das coxas e se esticaram. "Um macaco não deve parar o show", alguém gritou para desestimular a saída delas. As moças bonitas passearam pelo parque, porém outras pessoas saíram da mureta para ir esperar o ônibus no meio-fio. Um casal com dois filhos, todos usando quatro gorros idênticos com seus nomes bordados na aba, foi andando até o parque para ver o que estava acontecendo. O marido agarrou o braço da esposa, que por sua vez segurou as crianças. E toda a família parou para escutar.

"Escutem, africanos", o orador dizia. "Enquanto o governo norte-americano monopoliza as transmissões caluniando Khomeini, grandes empresas tomaram novamente este país como refém."

"Bom, não é o meu governo", um dos universitários disse, petulante.

"Ah, é sim", o Orador e o Homem da Bíblia disseram em uníssono, e depois fizeram um sinal com a cabeça um para o outro.

"Bom, essa é a verdade", o velhinho à direita de Zala comentou. "Os Estados Unidos da América são o meu lar e tenho orgulho daqui." Ele se inclinou para ver se o seu companheiro da esquerda queria discutir.

"Nós temos direitos sobre este país", o Homem da Bíblia disse alto, linhas surgindo no lugar em que seu cabelo havia recuado. "Não se enganem. O homem branco roubou essa terra dos vermelhos, depois roubou a gente da nossa terra, no entanto todos nós temos direitos sobre este país." Ele deu batidinhas no Livro Sagrado.

"A gente não pode ir dormir e fingir que isso não tem nada a ver conosco", o Orador falou. "A coisa não está parecendo boa para os Sete de Tchula ou para os Dois de Picken County. O que é isso?, vocês perguntam — o que são os Sete de Tchula? Uma repetição exata do confronto que aconteceu aqui em Atlanta não faz muito tempo. Vocês estavam lá", disse para os velhinhos dos dois lados de Zala. "Alguns de vocês estavam lá", falou para os estudantes de pernas cruzadas abaixo dele. "Quando Maynard rebaixou Inman, criando um posto, o que o chefe de polícia fez? Chamou uma equipe da SWAT para proteger o departamento *dele* e desafiar o prefeito que *o povo* elegeu. A história está se repetindo lá no Mississippi, minha boa gente. O ex-xerife e seu pessoal estão tentando prender o prefeito Carthan e todos os funcionários da prefeitura, e danem-se os eleitores, dane-se a lei."

"Como é que é?", o velhinho à direita de Zala resmungou.

"E os Dois de Pickens County?", uma das moças com os jornais gritou, erguendo um exemplar que trazia a notícia.

"Estamos falando das mulheres corajosas em Aliceville, no Alabama, minha boa gente. Dona Maggie Bozeman e a dona Julia Wilder. Posso falar disso? O senhor me permite?"

"Conte", o Homem da Bíblia o encorajou a falar. "Depois encerre esse discurso."

"Estamos falando de gente séria que registra eleitores. Estamos falando da pequena dona Julia, que registrou duzentos eleitores em Pickens County. Quantos, você perguntou? Eu disse duzentos eleitores, e num só dia e a pé. E quantos anos tem a dona Julia? Ela tem 70 anos. Ouçam."

"Como é que é?" O velhinho bateu na própria perna algumas vezes.

"Mas querem colocar a dona Julia e a dona Maggie na cadeia. Dizem que as duas cometeram um crime registrando todos esses eleitores. Dizem que cometeram fraude eleitoral." O orador fez uma pausa aguardando os resmungos e tsc-tscs se dispersarem. "Cinco anos de trabalhos forçados na Penitenciária Teitweiler — é isso que querem dar a essas duas honradas mulheres africanas."

"Nós vamos aceitar isso?", o Homem da Bíblia estava desafiando o grupo.

"Não, senhor, de jeito nenhum", respondeu o velhinho à direita de Zala.

"Uma coisa é o Alabama", a mulher com o nome bordado no gorro disse. A filha mais nova dela se mexeu, agitada. A mulher deu um tapinha no ombro da menina e continuou. "E outra é Atlanta." Era evidente que desejava ir embora depois de ter falado.

"Taí uma moça ignorante." O velhinho à esquerda cutucou Zala. "Cegueira total."

O sujeito com o nome bordado no gorro parecia mais incomodado com o apoio que o Homem da Bíblia dava ao orador do que com o comentário irônico alusivo à sua esposa. Ele fez uma careta. A mulher agarrou-se ao braço do marido. A careta continuou. O filho e a filha pareciam desconfortáveis.

"Diga-me que nós não somos um povo cosmopolita!", o Orador gritou. "Diga-me que nós não somos uma grande família com parentes espalhados pelo mundo todo. Mississippi, Granada, Alabama, Soweto, Brooklin, a paróquia de St. Ann, Brixton, Bahia, Salvador, Christiansted, Mobile, Chattanooga..." ele estava sem fôlego. "Charleston, Frogmore, Mosquito Island, Kingston, Robbins Island, Penitenciária Agrícola de Parchman, os conjuntos habitacionais, a cozinha da tua mãe, Catfish Row. O que você acha?"

O Homem da Bíblia passeou um olho cintilante pela multidão. "Não existe um reino encantado em algum lugar. Temos que combater o bom combate." Bateu com o pé no chão e sacudiu o Livro Sagrado.

"E gente, minha boa gente, aqui mesmo em Atlanta, na 'Linda Atlanta', alguém está matando nosso mais amado recurso, nossas pessoas mais preciosas, nosso futuro — nossas crianças."

Os dois senhorzinhos seguraram as mãos de Zala quando ela escorregou e raspou as pernas na mureta de tijolos. Deram tapinhas nas mãos dela e lhe disseram que voltasse a se sentar. Havia uma grande agitação no parque, porém a única coisa capaz de capturar sua atenção era o avião lá no alto com uma faixa ilegível no céu. Nesse momento ela notou que havia, na marquise do Trust Company Bank, uma mulher com um olhar enlouquecido brandindo um pé de cabra. A mulher atirou a cabeça para trás e cuspiu foguetes sobre o parque.

"Vocês ouviram o que eu disse, africanos?" O orador olhou para cima e esperou que o estrondo do avião diminuísse. "Treze ou mais crianças desaparecidas, oito delas assassinadas. Com a nossa permissão? Com o nosso consentimento?" Ele girou lentamente, depois se agachou de repente num movimento tão rápido, tão percussivo que várias pessoas ali perto recuaram. Apontou sua mão para a calçada e as pessoas se viraram. Dois policiais brancos estavam se aproximando do parque com sacolas do Burger King. Eles entraram na órbita do dedo frenético do orador.

"E o que a polícia está fazendo quanto a isso? Ou melhor, o que eles *não* estão fazendo?"

Os dois policiais se olharam, deram uma olhada no parque, depois olharam para suas sacolas, que estavam ficando encharcadas. Os jornaleiros avançaram para trás deles. O trio das artes marciais envolveu o orador. Os universitários se espalharam pela mureta, cercando tanto os policiais quanto os executivos, que agora agarravam os casaquinhos e abriam o colarinho das camisas. A família com gorros bordados olhou em volta para a aglomeração.

"Não é uma pergunta retórica", o orador comentou, ainda agachado. "O que a polícia não andou fazendo?"

O policial mais baixinho abriu a boca para dizer algo, mas não disse. O mais alto forçou passagem em meio aos estudantes e mandou os músicos com roupas campestres saírem da grama.

"De onde venho, a gente sempre sabe quem mata os jovens", o orador declarou por cima da cabeça do policial baixinho. "Eles atiram nos meninos pelas costas por fugir da cena do crime, embora nenhum crime tenha sido cometido até o momento. Ainda assim atiram nas costas para, hã, prender a pessoa. Ou então atiram no peito porque juram ter visto o brilho de uma faca, embora não haja faca, exceto uma no bolso azul para ser plantada. Atiram no peito em, hã, legítima defesa. Ou o jovem morre de, hã, complicações a caminho da delegacia. Ou o jovem, hã, se enforca na cela por, hã, desespero."

O policial alto estava vindo por trás do orador, tentando abrir caminho em meio ao trio das artes marciais. Os três lutadores erguiam-se como pirâmides, braços dilatados sobre o peito, bocas em um O, inspirando e expirando, músculos ondulando por suas camisas polo pegajosas. Um copo de refrigerante pingou no fundo da sacola de um dos policiais. O cachorro saltitou e pegou, depois correu para sua dona. No entanto ninguém aplaudiu. O velhinho à direita soltou a mão de Zala e se levantou.

"Espera lá", ele disse, segurando as calças com os cotovelos. "Esse tipo de conversa é coisa do passado." E virou em direção aos executivos que tentavam encontrar uma saída em meio à multidão.

"Coisa do passado?" O orador sacou um jornal do bolso de trás da calça e abriu com um só golpe. "Última edição do *Thunderbolt*, pessoal." Enquanto ele girava o corpo, exibindo a primeira página, a Mulher Coruja lhe entregou outro jornal, *The Torch*. "Prestem atenção na foto no alto do *Thunderbolt*. Uma montagem com fotos de africanos em cima de corpos de macacos. Vejam a foto na parte inferior da página — nossos agentes da lei confraternizando com os bons e velhos amigos do lençol branco. E vejam aqui — percebam esse acampamento 'sobrevivencialista' na floresta. Vocês reconhecem rostos nos alvos?"

"Vamos dispersar", o policial alto mandou. O policial baixo estava com a mão no coldre. "Circulando. Vamos." Umas poucas pessoas se levantaram e falaram acerca dos líderes pretos que reconheceram nos alvos. Outros foram pegar seus ônibus. Os executivos se protegeram atrás do velhinho e chamaram dois táxis no meio-fio. O Homem da Bíblia incitava o Orador a continuar quando o policial baixinho disse ao homem que discursava que ele deveria se afastar da mureta, pois estava danificando patrimônio público.

"Oh, uau", o menino com seu nome bordado no gorro disse. O policial ficou vermelho. O pai do menino cutucou a mãe, que deu um solavanco no ombro do filho.

"Ele não tem modos, não?", o policial enrubescido disse, tentando apelar para a mãe do menino e para as outras mulheres. "Com a cabeça coberta na presença de mulheres."

A Mulher Coruja sorriu enquanto o Orador lentamente tirava o gorro de tricô da cabeça. Pesadas cordas de *dreadlocks* ganharam vida e se espalharam por seus ombros. Zala se inclinou para a frente, o senhorzinho segurando o cotovelo dela.

"Espera lá", o velhinho gritou por cima dos aplausos e gritos. "Você fica dizendo que de onde veio é isso e de onde veio é aquilo, mas não diz de onde veio, amigo."

"Da comunidade preta, tio — da comunidade preta."

Um dos integrantes do trio de artes marciais pegou a bandeira da libertação preta e a ergueu bem alto. Mais gritos e aplausos. Só a Mulher Coruja demonstrou interesse pelo que o senhorzinho ia dizer em seguida; ela entregou o microfone para ele. Outros tinham se virado para a rua, onde uma viatura estava parando entre dois ônibus cujos motoristas esperavam para ver como a coisa ia ficar.

"Não, senhor", o senhorzinho disse, confuso em ver que o microfone não amplificava a sua voz. "Essa conversa é coisa do passado", confuso de novo ao descobrir que os executivos que ele procurava para ter apoio tinham ido embora. "Claro, claro, ainda tem gangues dominando as ruas e se metendo em encrenca, porém esses meninos que você mencionou, o que aconteceu com eles?"

"Linchados." Os lábios do Orador estavam curvados para dentro, as gengivas à mostra. Houve um silêncio. Depois os dentes dele se abriram um pouco e a língua parecia inchada. "O Sul da Forca, meu tio, o Sul da Forca."

O senhorzinho segurou a mão de Zala por um instante, depois se levantou e soltou. Ele abriu caminho em meio às pessoas e segurou no cinto do amigo e saiu bem quando mais dois policiais chegavam ao parque. A chegada deles incentivou os outros dois policiais a se exibir, o menor com a mão no coldre, o outro gritando ordens. O sujeito com o nome no gorro levou a família para o buraco na mureta onde havia um canteiro de flores, empurrando o filho, que continuava espiando por cima do ombro. Fazendo tudo no seu ritmo lento e sossegado, os estudantes se levantaram e escovaram as roupas com as mãos. O que aconteceria agora? Zala se levantou. Será que a autoridade ia ser desafiada, alguém evocaria o direito de livre reunião ou a polícia iria simplesmente passar por cima de todo mundo? Um deus que batia em seu povo e tinha acessos de cólera ao menor sinal de desobediência dava razão aos valentões. Ela levantou os olhos na direção da marquise do First Georgia Bank imaginando como fazer a mulher enlouquecida descer e contrabandeá-la para fora do parque junto das ovelhas.

Terça-feira, 9 de setembro de 1980

"Antes de a gente continuar, Spencer, quero recapitular." Mac apoiou o cotovelo na cobertura acolchoada da mesa e abriu uma caixa nova de clipes. "Não sei por que a data do ataque ao mecânico é importante. Mas entendo a importância da localização do posto. Eu lembro que no mapa que esboçava a rota da morte havia oito ou nove pontos na área da Memorial Drive, e então — por favor", ele disse quando Spence se inclinou para a frente como se fosse interromper. "Nós dois estamos tão distraídos que não tenho certeza de que conseguimos ouvir o que o outro diz, ou que cada um está ouvindo o que fala."

Mac enganchou vários clipes uns nos outros e tentou retomar o raciocínio: "Acho que esqueci a terceira coisa que iria dizer. Em todo caso, me deixe passar para a minha objeção principal, caso não ache ruim eu assumir o papel de advogado do diabo por um momento. Você fica oferecendo premissas como se fossem implicações. Porém, em termos de provas, o que temos de verdade? Quanto à lista... bom..." ele girou a roda de clipes no dedo.

"Olha só, não estou querendo me fazer de perito em investigações, Mac. No entanto já li livros de mistério o suficiente para saber que um dos princípios mais importantes da investigação é não deixar que a teorização exceda muito os indícios físicos. A Força-Tarefa está deliberadamente ignorando indícios e preferindo teorizar sem provas. Eles montaram um perfil das vítimas ao mesmo tempo em que estão (a) dispensando testemunhas oculares; (b) liberando suspeitos; (c) se recusando a olhar para dois terços dos casos; (d) ignorando a visão que os pais possuem acerca do que está acontecendo; (e) rejeitando os elos que tanto os investigadores do PARE quanto os membros do PARE perceberam. Além disso..." Spence continuou com o mindinho erguido, se esforçando para encontrar mais argumentos. Ele se pegou olhando sem expressão para os calos da mão.

"Por que não aplicar o princípio a você mesmo, Spencer. Você chegou a conclusões com base em quê? — boatos, palpites, informações de anedotas. Pergunta: o mecânico identificou os agressores dele como policiais, ou essa é uma das suas 'contribuições'? Veja, você chegou às seguintes conclusões, se entendi direito: primeira, os três homens brancos são policiais; dois, esses mesmos policiais conseguiram fazer com que documentos cruciais fossem parar na mão de outros policiais, e não da equipe especial de investigação; três, eles interferiram na investigação porque, quatro, eles tentam encobrir sua participação em rapto e assassinato. É isso?" Mac pediu paciência com a mão e murmurou um pedido de desculpas. Com a outra mão, atendeu o telefone que estava tocando. "Ela já volta", repetiu pela terceira vez, se referindo à secretária.

Spence mexeu nos calos e mentalmente desenhou uma moldura em volta do telefone, com a legenda "O Telefone como Instrumento de Tortura".

Ele tinha ido buscar Zala na sala de exibição no dia anterior. Chegando cedo, se sentou no fundo, a cabeça em outro lugar, sem registrar imediatamente o que estava vendo. Pensou estar olhando para objetos comuns do cotidiano — um telefone, um rádio, um cabo de bateria em cima de uma mesa. Quando apareceram um aguilhão elétrico e uma mangueira, sua memória foi alfinetada. Ele mudou de assento, passando para mais perto do projetor e do som, agarrando o braço da poltrona quando as torturas começaram, o horror tornado banal pela inócua vulgaridade de mangas de camisa, pinças, garrafas de refrigerantes, colírios, arquivos, relógios, isqueiros, serras. Uma montagem sul-americana expandindo-se a partir de um sanduíche em papel impermeável que se encontrava ao lado de um contracheque — botas, pneus rangendo em uma pista de cascalho, milhares de pessoas reunidas e detidas em um estádio. A junta, listas de pessoas a serem mortas, governo por meio da tortura. O corpo crivado de balas de Che Guevara; os ataques aos Tupamaros no Uruguai; a derrubada de Allende; a esterilização forçada de trabalhadoras andinas; o massacre dos índios quéchua na Guatemala; judeus argentinos, um por cento da população, vinte por cento dos desaparecidos. Grevistas em empresas norte-americanas na América Central e na América do Sul desaparecendo. As Mulheres dos Desaparecidos levando abaixo-assinados ao governo, apelando ao povo. Estatísticas da Anistia Internacional. Espancamentos, criação de zumbis por meio de produtos químicos, prisões e execuções sem julgamento. O interrogado amarrado e amordaçado, suspenso em pau-de-arara, e espancado. Cabos ligados a rádios movidos a manivela. Cabos de bateria de carros pinçando mamilos. Aguilhões elétricos passados ao lado do pênis e depois enfiados no ânus. O profundo silêncio na sala de exibição quando o líder ficou branco, tremendo sobre as rodas dentadas... Depois a luz difusa de filmagens trêmulas: as ruas de Greensboro, na Carolina do Norte, nos EUA. Um protesto contra a Ku Klux Klan, um encontro inter-racial. Brancos de armas em punho saltando de carros e caminhões, uma imagem congelada do informante do FBI liderando o ataque. Vestidos com roupas axadrezadas de caçador e com botas pesadas, os homens brancos abrem os porta-malas dos carros para pegar armamento pesado, mirando na direção da câmera. "Comunista!" "Crioulo!" "Judeu!" Uma segunda câmera telefotografa os homens disparando. Corpos caindo e pandemônio. Closes nítidos em ambientes fechados dos assassinos e seus advogados falando calmamente para a lente. Dever patriótico. Livrando a nação divina dos elementos perigosos e inferiores. Uma voz em off por cima dos créditos atualiza a plateia: os réus foram absolvidos, os queixosos recorreram a um tribunal superior, o FBI nega o envolvimento de seu agente. Pulmões famintos na sala de exibição buscam ar ofegantes.

"Desculpe", Mac disse, pegando de novo os clipes. "Você ia me contar por que a data do ataque ao mecânico é significativa. Um instante", disse antes que Spence pudesse se forçar a voltar ao presente. "Tenho que embrulhar esses presentes para afastar meu pensamento deles e dedicar minha atenção integral a você." Mac girou a cadeira para ficar de frente para as estantes de livros, depois levantou e abriu as portas do armário inferior. "Final de julho, você disse?" Puxou uma bandeja com tesouras, fita e barbante. "Você ia dizendo?"

Spence massageou as têmporas. "Fim de julho", murmurou. "Meses depois do caso de Dewey Baugus ter sido arquivado e praticamente esquecido."

"E?" Mac puxou a fita sem muito sucesso. Afundou na cadeira e fez cara de quem está prestando atenção.

"Julho, Mac. Pouco depois das famílias fazerem o protesto e forçarem as autoridades a criar a Força-Tarefa."

"E o que isso quer dizer?"

"Por que espancar o Gaston naquele momento? Não por vingança, não tantos meses depois do julgamento do caso Baugus. Caramba, não faz sentido depois de tanto tempo."

"Você está trabalhando com a premissa de que atos dessa natureza são sensatos? Fale mais a esse respeito", Mac pediu, embalando a cadeira como sempre fazia quando elaborava uma frase que acreditava estar de acordo com a moda.

"A surra foi para silenciar Gaston no futuro, não para punir pelo passado. Era um alerta, uma ameaça."

"Em outras palavras, está me dizendo que ele sabe de alguma coisa. Ei, você sabe fazer pacotes? Eu sou um desastre."

"Ele pode não se dar conta de quanto sabe. Porém quando o caso das crianças vem à tona..." interrompeu a frase e estudou o rosto do advogado. Normalmente ele era plácido, encorajador, as rugas da meia-idade contrabalançadas pelas feições meio infantis; agora as sobrancelhas dele pareciam lagartas atormentadas, a boca um rasgo no rosto. "Então estou me mantendo próximo do mecânico", Spence disse.

Mac balançou a cabeça indicando que compreendia, depois correu a mão pela face. O telefone tocou de novo e ele suspirou, "Desculpe", embora parecesse aliviado. Enquanto atendia, girou a cadeira na direção da janela.

Spence se concentrou nos calos, contudo, com o canto do olho, continuava vendo a caixa no chão ao lado da mesa de Mac. A única coisa que conseguia captar no campo de visão era a ponta de um papel de presente branco, e mesmo assim aquilo o incomodava. Da primeira vez que o telefone interrompeu a conversa, teve o ímpeto de saltar da cadeira e atacar a caixa, pois, sob os vermelhos e verdes vibrantes de uma pipa em formato de gafanhoto e o laranja brilhante da goma-laca de uma sombrinha de bambu, avistou uma máscara de ponta-cabeça no fundo da caixa. Precisou se controlar ao máximo para ficar na cadeira, tentando compreender o impulso com uma série de perguntas metódicas: O que é essa agitação na boca do estômago? E o que faz você pensar que a caixa tem um fundo falso? Por que a máscara o perturba? Que diabo é esse problema com você? Agora, pálido como era, o minúsculo canto de papel de presente dilacerava sua cabeça com a mesma vibração incessante que sentira na sala de exibição, que se manteve quando acordou hoje, apenas um fragmento do sonho perturbador permanecendo: andar pelo pátio de uma cadeia sob o olhar dos guardas da torre que podiam atirar por simples tédio. De volta ao pavilhão, na revista, os guardas o instruíam a se curvar e a afastar as nádegas, depois massagear o cabelo para mostrar que não transportava armas em seu penteado afro, mas principalmente para espalhar o fedor pelo cabelo, os guardas rindo enquanto ele andava pelo corredor, os portões trancados às suas costas.

"Isso só vai levar um minuto", Mac garantiu, girando, com a mão sobre o fone. Spence parou de mexer nos calos quando percebeu que Mac estava observando. Quando levantou os olhos, Mac constrangido colocou a roda de clipes de papel em torno da base de um cubo de acrílico com fotografias. Os filhos de Mac olhavam para Spence, os sorrisos congelados no bloco.

Sem palavras, ele e Zala saíram da sala de exibição para pegar Kenti e Kofi. O rosto de um menino parecia tomar todo o espaço do para-brisas. Um marido desmoronou ao ver a esposa sendo interrogada. Uma mãe desmaiou quando os filhos foram levados à sala pelos interrogadores. Um garoto de 10 anos foi forçado a assistir a mãe ser erguida em uma vara até o teto, forçado a sorrir, espicaçado sempre que seus músculos murchavam ou que tentava desviar ou baixar o olhar.

Quando chegaram ao pátio da escola, Zala saltou com o carro ainda em movimento, agarrou as crianças, abraçou os dois apertado, as mãos segurando os próprios pulsos. No momento que pensavam ter se livrado do abraço e que já estavam a caminho da limusine, a mãe os agarrou de novo. Spence teve que intervir, mesmo com receio de tocá-la... Na casa, roçou nela e os dois se encolheram. Ela andava pela sala tocando em coisas, mas não nele. Pegou tesouras, a caixa de costura e um tecido azul-marinho. Ele pensou, se recompondo para enfrentar o presente, que esse era o melhor jeito de lidar com o caos — dar as costas e começar a trabalhar. Sabia que não podia ficar, que não devia estar ali, que podia se recompor melhor deixando Zala ali sozinha e indo fazer seu próprio trabalho, seja lá qual fosse. No entanto não conseguia ir embora. E quando o telefone tocou, ela deixou cair o giz. Os dois recuaram, olhando o giz no chão até que Kenti, que estava enchendo o aquário na cozinha, perguntou se os dois estavam surdos.

"Admito", Mac disse colocando o telefone no gancho, "que é prematuro para os investigadores estabelecer um perfil das vítimas. Como você disse, isso viola um princípio científico conhecido até por leitores de livros de mistério. Isso estabelece limites. Limites perigosos, imagino, principalmente se, como você diz, existem pessoas que estão em condições de impedir que o trabalho vá em frente. Contudo não estou convencido de que o seu procedimento seja mais sólido, embora obviamente entenda por que você está forçando a barra." Em seguida, baixou os olhos e pareceu desconfortável por ter manifestado suas dúvidas. Pôs as juntas dos dedos no lábio inferior e tossiu.

"Não é uma questão de ser cedo ou tarde, Mac. Não é uma questão de ser 'prematuro' ou 'anticientífico'. *Você* não acha suspeito? Não consegue enxergar a possibilidade do que estou propondo, ou pra você é inconcebível imaginar que a polícia possa estar envolvida em raptos e assassinatos?"

Mac se inclinou para a frente e pegou o papel de embrulho e os presentes. "Eu consigo entender por que você insiste em ver as coisas assim", disse por cima da tampa da caixa. "Muito espalhafatoso?", riu ao ver Spence franzir a testa diante dos presentes. "Minha mulher está em Fullbright. Este móbile de papel machê é do Butão, acho. Presentes pras nossas meninas. Minha mulher detesta fazer embrulhos, mais do que eu."

Como Spence não respondeu, ele voltou ao assunto principal. "Você falou disso tudo com os detetives que estão trabalhando com a organização de pais?" Ele amarrou o gafanhoto à borda do abajur, as garras de arame do inseto perfurando o celofane.

"Achei que fosse uma pipa", Spence disse.

"Pipa?" Mac examinou o gafanhoto. "Da Indonésia, acho." Ele abriu e fechou a sombrinha algumas vezes, depois pegou a máscara e colocou com o lado certo para cima, junto ao abajur. "E isso é do Japão, se não me engano."

"Tinha certeza de que era uma pipa", Spence repetiu, depois olhou para a máscara, os olhos vazios, o rosto sem expressão.

Mac voltou a se recostar na cadeira. "Isso o faz se lembrar algo?", esperou. "Um helicóptero do Exército, quem sabe?" Colocou dois dedos na borda da mesa como se estivesse marcando o comprimento da fita que cortaria para o pacote. "O que é isso?" Tentou ouvir algo, pois acreditava que Spence tivesse escutado passos do lado de fora do escritório e que a secretária estivesse voltando. Então olhou para o gafanhoto, que não era uma pipa, esperando ver o que havia capturado a atenção de Spencer. "Fantasmas?" Os olhos de Mac, que antes fitavam a gaveta mais alta da mesa, onde guardava a aspirina, desviaram-se para o cubo de acrílico, que Spence agora girava sobre a mesa.

"Minha esposa, Charlotte", disse, imaginando o que Spence estava vendo.

Spence estava vendo as Mulheres dos Desaparecidos. Viúvas com véus, mães em vestidos sem graça, irmãs e tias e primos desenhando fantasmas a giz em prédios do governo, estampando os nomes de entes queridos e as datas em que essas pessoas foram arrastadas para fora de suas escolas ou locais de trabalho, raptadas na calada da noite. Procissões silenciosas na praça de Greensboro, no Chile, na Colômbia, na Argentina, no Brasil, no Uruguai. Os que nunca mais foram encontrados em Soweto. Os quatro filmes de ontem à tarde se fundindo num só.

"Spencer? Você não pode manter uma vigilância 24 horas nem do mecânico nem dos agressores dele, muito menos acompanhar os passos de todos os policiais da cidade. O que você vai fazer? E como posso ajudá-lo?" Mac pôs a mão na gaveta para pegar o frasco de aspirinas e pô-lo junto à máscara que Spence estava examinando. "Acredito que Teodescu está envolvido nisso agora e pretende se infiltrar num grupo de extrema direita. Acha que isso é prudente?" Ele vasculhou a gaveta, à espera de uma resposta. "Penso que você está convencido de que existe uma conexão entre esse ataque e o desaparecimento de seu filho. Imagino que não haja modo algum de convencê-lo do contrário." Suas sobrancelhas transformaram a frase numa pergunta.

"Você não acha que exista uma conexão?"

"O que eu acho não tem importância, tem?"

"Eu gostaria de ouvir. Mas, por favor, não...", acrescentou Spence, vendo que Mac punha um bloco sobre a mesa, "...por favor, não me pergunte se ando dormindo bem ou se quero ir consultar alguém pra refazer minha receita."

"Acredito que tenha tentado dizer 'renovar minha receita'."

"Você pensa que sou o vilão dessa história, ou que a vilã é a minha mulher."

"Essa não é a palavra que eu teria usado. Aliás, queria ver a sua mulher. Como ela está lidando com isso?"

Spence estava vendo a esposa: pegando o giz, o telefone ainda tocando, andando para a porta sem a bolsa, sem as chaves, sem foco nos olhos. Aonde iria com o giz, parecendo um zumbi, um fantasma, um espírito? Bateu na caixa de costura para quebrar o encanto. O telefone tinha parado de tocar. Ela voltou para a mesa e cortou uma faixa larga de tecido. Mangas para a batina do ministro, pensou, mas azul-marinho? E fazia semanas que ela não frequentava a igreja, os ensaios do coral ou a fraternidade.

"Claro"; Mac estava dizendo no telefone, duas luzes piscando no painel. "Pode passar. Graças a Deus que ela voltou", murmurou para Spence, falando da secretária. "Por favor, espere, Spencer." Mac colocou o frasco de aspirina ao alcance de Spence, que já havia se virado, andando em direção à porta.

"Ligo pra você mais tarde, Max."

"Mac." Ele devolveu o frasco à gaveta e atendeu a chamada.

Quinta-feira, 18 de setembro de 1980

Uma luz fluorescente sobre o posto de enfermagem crepitava e zumbia, dando nos nervos da enfermeira a quem Paulette entregou o prontuário. Ambas estavam irritadas e se trataram com secura. Então Paulette se virou para Zala.

"Rotina o cacete! Vá sentar em algum lugar e suma da minha frente."

No entanto, quando Zala foi em direção ao elevador, Paulette foi atrás. "Tenho que responder essa mensagem, Zala, mas já volto. A gente vai tomar café e você me explica de novo."

Zala ficou esperando perto de uma maca vazia que alguém havia tirado do elevador. Como ela podia se concentrar e se convencer de novo que o teste foi rotina?

Ouviu a voz desencarnada que fazia anúncios pelo alto-falante. A qualquer momento ouviria: "Jovem vítima de amnésia identificada. Sra. Spencer, favor se apresentar à pediatria." Um menino não pode ficar perdido para sempre. Ela disse isso durante o café da manhã dias atrás, virando sem objetivo páginas de um jornal com manchas de cocô de mosca, tentando ligar seu motor. Já havia arruinado duas entrevistas de emprego e perdera a matrícula de outono na Universidade Estadual da Geórgia, e não era segredo que Simmons a enxergava como uma empregada pouco confiável.

"Tipo o Peter Pan, mãe?" Kenti tinha estendido a mão para pegar xarope. "Peter e os Meninos Perdidos?"

Ela pegou com o garfo outro pedaço de rabanada para colocar no prato de Kofi e ouviu Kenti tagarelar. Bata palmas se você acredita na Sininho. O Sonny, gay? O consultor psicológico da Força-Tarefa tinha dito: "Podemos estar procurando um ex-garoto prodígio". Peter, o aventureiro que não queria crescer. "De uma infância espetacular para uma vida adulta não espetacular. Ao se tornar comum, busca reconquistar a infância por meio de um rapto e depois cancelá-la." Ela não tinha nenhuma contribuição a dar para o perfil do assassino que o detetive e o psicólogo estavam discutindo, só sua lista e a rota dos assassinos que o investigador voluntário Dettlinger desenhou.

"Peter, o Florzinha", Kofi riu baixinho. Zala teve que permanecer na conversa do café da manhã por mais um tempo, até conseguir explicar a Kenti que o irmão dela não estava falando de uma flor, e dizer a Kofi que suas opiniões eram ultrapassadas. Peter, a Planta Carnívora. "Algum adulto na vizinhança, sra. Spencer, que dê festas de arromba, use drogas, mostre filmes pornográficos?" Peter, o Flautista de Hamelin. Dave estava no rastro de um homem, talvez um pastor, que frequentava parquinhos perto de conjuntos habitacionais, dizendo para as crianças que sua igreja estava organizando acampamentos no verão para talentos musicais. As crianças apelidaram o sujeito de Flautista de Hamelin.

Com as crianças já na escola, Zala colocou sua segunda xícara de café sobre a resenha de um livro que não pretendia ler. Entretanto as letras pretas se organizaram em torno da borda da caneca. Um livro sobre o pai da ginecologia, um sujeito que usava escravas africanas como cobaias, fazendo experimentos cirúrgicos sem anestesia, sendo que uma única escrava passou por dezessete tipos diferentes de operação. Ela havia se levantado para passar uma água na xícara, enxaguar a boca, quando a campainha tocou. E, com a plausibilidade dos sonhos, cumprimentou Paulette antes mesmo de abrir a porta. Paulette estava surpresa, mas ela não. Muito embora estivesse decepcionada com o último boletim — informando que o único paciente jovem sem identificação que passou por hospitais na cidade era vietnamita. Sentando-se enquanto a amiga voltava a pôr a chaleira no fogo, Paulette começou a ler uma resenha de um livro que ainda não tinha saído sobre o Estudo de Tuskegee em Atlanta. "A-ha", Paulette recortou a página. Zala não ficou surpresa por aquilo estar ali. A lógica do dia estava sendo superada pela da noite. Ela só precisava prestar atenção e ler os sinais. Algo estava prestes a se conectar, isso era certo.

Num intervalo entre clientes na barbearia, folheou edições antigas da revista *Jet*, enquanto ouvia Preener dizer que Otis, o Silencioso, tinha ido para o hospital em 25 de julho. A-ha. Isso foi no mesmo dia do telethon do Richard Pryor, que ocorreu no dia em que o reverendo Carroll, um dos fundadores do PARE, mencionou a ideia de fazer um telethon como o que Jerry Lewis fazia todo ano para arrecadar fundos para as pessoas com distrofia muscular, porém dessa vez o objetivo seria levantar dinheiro para uma investigação independente do PARE. Dia 25 também ficava entre o desaparecimento de Sonny e o desaparecimento de Earl Lee Terrell. Ela anotou isso, convencida de que as peças do quebra-cabeças estavam se encaixando.

No mesmo dia em que B. J. informou que uma unidade de investigação de St. Louis especializada em casos de exploração sexual de crianças estava auxiliando a Força-Tarefa, Zala descobriu debaixo de um prato de cerâmica um artigo que alguém tinha deixado ali para ela, sem que jamais tenha se perguntado quem era essa pessoa. O texto falava do caso de John Wayne Gacy, ocorrido em Illinois, e trazia uma foto desfocada do quintal da casa de Gacy, onde ele enterrou suas jovens vítimas em poços de cal virgem. E, no banheiro, um cliente deixou um jornal dobrado com uma atualização relacionada a Vernon Jordan, morto em Fort Wayne, Indiana, por um atirador de elite em maio. "Agente Especial Wayne G. Davis nega que o inquérito esteja parado", dizia o jornal. Ela prestava atenção a números. O dia em que Jordan anunciou que estaria de volta ao trabalho na National Urban League foi 14 de setembro, o dia em que Darron Glass desapareceu. Bastava prestar atenção a essas conexões. Ela estava convicta de que alguma força a guiava.

"Irracional", foi o diagnóstico de Delia. "Paranoia", dizia a imprensa acerca dos pretos que apontassem a possibilidade de conexões. "Nenhuma conexão", disse o FBI em resposta a organizações de pessoas pretas de todo o distrito, insatisfeitas com o inquérito confuso sobre o tiro que matou Jordan, sobre outros tiros, esfaqueamentos, cruzes queimadas e ataques a pretos feitos por pessoas desconhecidas ou que se sabia serem brancas; um racista confesso, membro de uma organização autointitulada Defensores da Semente Branca, era procurado em diversos estados por estar ligado a ataques e ao caso Jordan. Será que esse homem também raptava e assassinava crianças? O caderno de Zala estava crescendo.

"Não existe teoria absurda. Preste atenção a essas sugestões", Mattie abriu um coco na pia da cozinha de Zala, recolhendo numa panela o leite que escorria, depois mandando que a mãe de Sonny tomasse o leite. "Vai ficar claro", disse Mattie, encharcando uma toalha de rosto com o que sobrou e pondo-a na testa de Zala enquanto explicava as propriedades clarificantes do coco. "Vai ficar claro, desde que você fale a verdade", explicou, passando quatro pedaços para Zala mastigar, como se a ideia de "falar a verdade" não fosse informação o bastante para digerir.

Assim, no lugar de "coincidência" aprendeu a dizer "eventos simultâneos" quando, no intervalo de duas horas, três coisas e meia tinham relação uma com a outra, 12h30 — no Busy Bee, B. J. jogou sobre o balcão mais uma coleção do arquivo de pornografia infantil: adolescentes de olhos vítreos lânguidos sobre travesseiros, roupas abertas, auréolas de batom pintadas ao redor dos mamilos e nas glandes, um menino nu agarrando a ponta de uma echarpe de seda que estava amarrada ao seu pescoço, o outro braço debaixo dos testículos, um dedo, talvez, enfiado no cu. Se alguém era capaz de fazer isso com crianças, então ela era capaz de continuar olhando, pois tinha de saber o que Sonny podia estar passando antes de voltar para casa. 13h15 — o escultor que estava voltando da costa parou Zala para lhe mostrar um panfleto que estava no kit de todo mundo que participou da conferência, um folheto de duas páginas da Secretaria de Turismo de São Francisco com precauções de segurança para pessoas de fora que fossem atraídas pela comunidade sadomasoquista da cidade; trechos marcados em amarelo enfatizavam até que ponto era possível ir no estrangulamento de um parceiro sexual para chegar a um orgasmo único sem que acabasse sendo o último. 14h20 — encerrada a aula de batique, os alunos tirando a cera do chão, Zala pegando os jornais da mesa, uma notícia relacionada a um julgamento de sodomia, jovens depondo que o réu tinha sido gentil, pais chocados pois imaginavam que o réu fosse um líder admirável dos escoteiros, e não tinham ideia dos jogos sadomasoquistas e do sexo. 14h30 — Teo entrou correndo para dizer que não tinha conseguido encontrar Spencer pois um cliente na Daily's se engasgou com uma espinha de peixe, ela saberia dizer onde Spencer podia estar, por que ria tanto, será que estava querendo fumar um baseado, não era melhor tentar se acalmar?

Convicta de que havia uma força a guiá-la, colocando gente no caminho, pondo reportagens em seu campo de visão, derrubando a barreira entre sonhos noturnos e a consciência diurna, Zala acionou o controle de velocidade do carro de Dave, que pegara emprestado, e desafiou a força a dar as caras e assumir o comando. A força assumiu o comando. Ela tirou o pé do acelerador, às vezes tirava as mãos do volante, e seguia deslizando sem impor sua vontade no carro e desfrutando do prazer lascivo de se entregar. E sem exatamente ter decidido fazer isso, embora tivesse barganhado com o detetive da Força-Tarefa, acabou indo para a sede da polícia estadual.

"Você está chegando ao limite e nem sabe, menina." Paulette pareceu sair do nada, a mão firme dela guiando Zala pelo corredor abarrotado do Grady. Empurrou Zala na direção de uma cadeira e foi a uma série de máquinas que vendiam comida.

Precisava se recompor. Não tinha como saber o que havia acontecido com Sonny. Estava assustada. Porém seu filho já havia lhe dado outros sustos antes. Uma vez o menino agarrou Kenti no quintal e estava girando a menina no ar por uma perna e um braço quando Zala chegou à janela, com medo de gritar *larga a tua irmã* e ele fazer isso; furioso por alguma coisa, mal-educado, imprevisível, o garoto tinha chegado àquela fase que sua mãe achava que só acontecia com os filhos dos outros. Sonny também a assustara algum tempo antes disso, quando juntou sua mesada com a de Kofi para encomendar um desenho de anatomia de uma loja de materiais de caratê. Estava em uma fase delicada no projeto de um vitral e ficavam identificando pontos do corpo que podiam ser usados para matar uma pessoa. Zala largou o ferro de solda quando Sonny disse a Kofi que um único golpe hábil com a base da mão entre os mamilos e seria o fim. Ela estilhaçou o vidro.

"Toma aqui, é caldo em cubos. Bom e quente." Paulette colocou o copo de isopor na mão dela. "É melhor você ver um advogado, Zala." Disse e jogou um pacote de bolachas de pasta de amendoim no colo dela. "É o meu dia a dia! O que você achou que estava fazendo?", respondeu Zala.

"Pensei que podia ajudar."

Tanto o detetive da Força-Tarefa quanto o consultor lhe disseram que podia ajudar, por isso concordou com a proposta. Iria cooperar se eles retribuíssem; se analisassem todos os casos e levassem o mapa a sério. Porém, quando a levaram para a sala e a fizeram contornar as prateleiras de metal, percebeu que os policiais tinham cometido um erro. O detetive havia cometido um erro. E ela também cometeu um erro. Certamente houvera um equívoco em algum lugar. Ela viera para ser interrogada, não eletrocutada, tentou explicar.

Eles a levaram para uma cadeira, uma velha cadeira de biblioteca cheia de cicatrizes com braços amplos e um encosto curvado, com ripas de madeira que pareciam degraus de uma escada. O operador da máquina não era preto como esperava que fosse, e sim um sujeito branco com cabelos finos, com uma pele que parecia uma calçada de tão áspera. Fecharam as persianas e a amarraram com uma tira na altura do peito, e os botões presos com fitas nos pulsos dela. Depois a deixaram sozinha com o sujeito de cabelos finos, que não tirava os olhos da máquina, das agulhas, dos mostradores ou dos louva-deuses que se moviam pelo papel quadriculado.

"Relaxe, por favor. Não faça nenhuma mudança de posição e simplesmente responda as perguntas. O seu nome é Marzala Rawls Spencer?"

"Sim."

"A senhora mora com seus filhos na Thurmond Street, 109, na região Sudoeste de Atlanta?"

"Sim."

"O nome do seu filho mais velho é Sonny Spencer?"

"...Sim." Ela sentia algo latejando logo abaixo da orelha esquerda. O operador olhou para os pulsos dela nos braços da cadeira, os fios curvados saindo das costas das mãos, depois se endireitando nos pontos em que se ligavam à máquina.

"O nome dele é Sundiata Spencer. A gente chama de Sonny."

"A última vez que a senhora viu Sonny foi no sábado, 19 de julho, mais ou menos às 10h30 da manhã?"

"Sim, isso mesmo."

"A senhora sabe onde ele está agora?"

"Não."

"A senhora se masturba?"

"O quê?" O homem estava olhando sem qualquer expressão para os controles, os louva-deuses de metal correndo pelo papel. Então conteve a respiração. Ele perguntaria de novo e ela estaria pronta dessa vez.

"Quantos anos a senhora tem, sra. Spencer?"

"Vinte e sete."

"A senhora tem alguma ideia de onde Sonny Spencer esteja?"

"Não, não tenho."

"Ele já fugiu antes?"

"Ele nunca fugiu de casa. Nunca fugiu de nada." A garganta dela parecia inchada e em carne-viva. As costas da mão esquerda estavam inflamadas.

"A senhora fica zangada caso o seu marido chegue ao orgasmo e a senhora não?"

"Não é da sua conta... Não... Eu não lembro."

"Por favor, não ranja os dentes. Relaxe. A senhora sabe aonde seu filho estava indo quando saiu de casa no dia 19 de julho?"

"Na época achei que ele tinha ido ao Clube dos Meninos a quatro quadras de casa. Depois pensei que podia ter ido para o camping. Também cogitei que podia ter ido para a casa do pai dele na Campbelton Road." A boca ficou seca. "Mas não sei ao certo aonde ele estava indo." Onde foi. "Ele desapareceu." Ela olhou para a tira no peito, esperando que as batidas do seu coração partissem aquilo em dois. "Não."

"A senhora suspeita de alguém que possa ter sequestrado seu filho?"

"Não. Ninguém em particular... ninguém que eu consiga imaginar." Ela ficou pensando se a máquina conseguia captar seus pesadelos, se era capaz de ir além dos pensamentos diurnos e extrair nomes e rostos pelos seus poros. Todo mundo que ela conhecia em algum momento entrou sorrateiramente na vida noturna dela com capuz encobrindo os olhos e esquemas terríveis, no papel de suspeito número um.

"O seu marido bate ou espanca ou aplica algum tipo de castigo corporal a seus filhos?"

"...A última vez que o Sonny apanhou ele tinha 9 anos. Fui eu que bati. Uma ou duas vezes depois disso o pai dele sacudiu o Sonny pelo braço ou deu uns gritos com ele." Zala não conseguia se concentrar em nada. A visão mental de Sonny estava se esvaindo de seu cérebro. Ela apertou bem as mandíbulas e lutou contra um soluço.

"Relaxe, por favor, e responda as perguntas da maneira mais simples possível. A senhora já roubou algo, sra. Spencer?"

"Sim."

As sobrancelhas dela se ergueram.

"Estava grávida do Sonny", ela flagrou o operador de olho nos dedos dela. Então espalhou bem os dedos pelo braço da cadeira. "Entrei numa farmácia na St. Nicholas Avenue em Nova York e enfiei um pacote de chocolate debaixo da blusa."

Ele estava estudando o papel que passava pela máquina. Parecia querer mais.

"E lâmpadas. Uma vez roubei lâmpadas. Faz uns dois anos. Briguei com o meu marido e saí para comprar cigarros. Às vezes eu fumava. Paguei os cigarros, mas esqueci que estava com o pacote de lâmpadas na mão. Fui embora. Ninguém me parou." Ela se lembrava de ter ficado na esquina estilhaçando as lâmpadas no chão, uma de cada vez, depois esmigalhar o vidro no chão com o salto da bota. "Só isso."

"A senhora teve alguma briga com o marido neste último verão?"

"Não?"

"Seu filho?"

Ela revirou a pergunta anterior para dar sentido à nova, nervosa por estar demorando tanto. "Não. A gente não briga com os nossos filhos."

"O seu filho e o seu namorado se dão bem?"

"Quem?" Ela sentiu as axilas úmidas. O botão no pulso parecia ter escorregado. "Sonny e meu amigo de infância se davam bem, sim. Eles tiveram alguns desentendimentos algumas vezes. Naturalmente." De novo o operador do polígrafo parecia esperar mais. Talvez também estivesse ouvindo o zumbido, pensando se era da máquina, do trânsito lá fora ou do sangue dela pulsando contra a fita e os cabos. Como ele sabia essas coisas a seu respeito?

"O seu filho e seu namorado se davam bem?"

"Sim."

"O seu filho Sonny já roubou alguma coisa?"

"Não. Bom, não que eu saiba... Sim, uma vez ele pegou emprestada uma coisa de violão do armário da banda. Uma braçadeira que você coloca no braço do violão para prender as cordas. Ele devolveu no dia seguinte. O professor da banda me disse que ele colocou no lugar."

"O Sonny usa drogas?"

"Definitivamente não."

"Alguém na casa ou na família usa drogas?"

"Não... Meu marido estava tomando medicamentos controlados."

"E a senhora uma vez roubou um chocolate e anos depois uma caixa de lâmpadas?"

"Sim."

"Alguém na casa ou na família já foi preso?"

"Meu meio-irmão uma vez foi preso. Com Martin Luther King", acrescentou com orgulho.

"A senhora matou o seu filho, sra. Spencer?"

E lá estava. Pergunta de rotina em casos assim, a polícia disse. A senhora matou o seu filho? Ela chegou a ouvir os pais do PARE comparando histórias. Você matou o seu próprio filho? Era a pergunta que temia desde o momento em que a fizeram contornar as prateleiras de metal. Fecharam as persianas. Deram-lhe a cadeira. Ligaram o equipamento. Diga a verdade, mulher.

Não é verdade que a senhora ficou furiosa quando o seu filho desafiou a sua autoridade? Não é fato que a senhora é particularmente sensível à sua incapacidade de fazer com que as pessoas a levem a sério, jamais tendo conseguido uma postura imponente, sempre tendo uma estatura diminuta? Não é verdade que a senhora deliberadamente deixou o folheto da viagem para o camping no porta-guardanapo, para provocar o menino? A senhora queria um confronto. A senhora tinha sido humilhada duas noites antes pelo seu filho na frente de seu namorado.

A senhora se escondeu do outro lado da rua atrás da cerca do quintal dos Robinson esperando o Sonny sair. Que, é claro, saiu. A senhora sabia que seu filho sairia. A senhora o seguiu de carro até o Clube dos Meninos. A van tinha ido embora. Então a senhora seguiu o menino até o ponto de ônibus. Saiu do carro e o confrontou. Ele foi atrevido, desafiou a senhora, fez a senhora se sentir ridícula, ali na rua com as mãos nos quadris tentando fazer com que o menino não a ignorasse, um garoto com quase dez centímetros a mais de altura que a senhora, dez quilos mais pesado, que já tinha suas próprias ideias, seus próprios interesses. Ele a provocou, e criticou-a por enganar o pai dele. A senhora bateu nele. Ele cambaleou, caiu, bateu a cabeça no meio-fio. Foi um acidente, claro. A gente entende, sra. Spencer. A senhora não queria que as coisas fossem tão longe. É duro criar filhos sem um homem na casa. A gente entende. Um acidente. Acontece. Mas a senhora encobriu o caso, e isso é um crime.

"Zala, me dá o copo."

A senhora percebeu que seu filho não estava respirando. Arrastou o corpo dele e o jogou no banco de trás. A senhora conhece bem a cidade, sra. Spencer, e sabe usar ferramentas. A senhora é artesã, filha de um faz-tudo. A senhora é habilidosa, astuta. A senhora sabia aonde levar o corpo, sabia como se livrar dele. Confesse. A senhora matou o seu filho.

"Devagar, menina."

Não precisa continuar negando. A gente sabe. A senhora quer um lenço? Quer uma venda para os olhos, um último cigarro? Talvez um copo d'água — a senhora parece ter um caso grave de soluços. Culpa? Culpada das acusações.

Paulette estava esfregando o vestido dela com um chumaço de toalhas de papel. Zala percebeu dois homens de pé ao lado dela, os jalecos tão engomados que os buracos dos botões estavam colados. Um deles inclinou o corpo para sussurrar algo para Paulette. Ela fez um gesto para que o homem fosse embora.

"Caramba, Zala, solta o copo."

PARTE III
A CHAVE ESTÁ NA BOTA

TONI CADE BAMBARA
CRIANÇAS DE ATLANTA

Terça-feira, 7 de outubro de 1980

Ela não olhava. Ele tinha algo a perguntar, mas não conseguia fazê-la olhar em sua direção, independentemente de onde se posicionasse. Sentiu-se solitário. Kenti estava adormecendo entre os joelhos de Zala, e ninguém falava. E ele não conseguia ouvir a TV. Daria para aumentar o volume, mas nesse caso pode ser que ela reclamasse. E se a irritasse, não poderia perguntar o que queria.

"Mãe?"

"Hum?"

Zala parou de pentear os cabelos de Kenti, depois baixou a cabeça na direção da luminária do beliche. Apesar de estar parado ali, ela não olhava para ele, só para a luminária. Ele acendeu a lâmpada, imaginando que era isso que a mãe queria.

"Fiz de novo, mãe." Kofi pendurou o braço na escada do beliche e se balançou bem na frente dela. "O telefone." O braço dele estava doendo. O mínimo que podia fazer era olhar. "Mãe?"

"Hum?"

"O telefone. Agorinha, quando fui colocar o lixo pra fora, tocou duas vezes, mas ninguém falou nada." Ele parou de balançar quando ouviu o degrau ranger.

"Hum."

Kofi se deixou cair no piso, numa posição de pernas cruzadas, e tirou a camiseta. Jogou a camiseta perto dos pés de Kenti, que estava cochilando e não levantou os olhos. Zala estava inclinada na cama de baixo, fazendo uma trança, seu colo cheio de enfeites de cabelo.

"Mãe, você acha que é o Sonny tentando ligar pra gente?" Conteve a respiração. Ela também estava segurando a respiração. Então os dedos dela voltaram a fazer a trança. Ele ouvira Zala dizer, certa noite, que estava cansada, que dali por diante Sonny estaria por conta própria. Com quem estava falando? Não tinha telefone no banheiro. Com quem estava gritando, a ponto de acordá-lo, no quarto ao lado, dizendo que não queria olhar mais fotos?

"O meu pescoço está doendo." O queixo de Kenti agora estava no peito, os joelhos dela no escorregador. Kofi viu como as pernas da mãe abraçavam forte o corpo da irmã. "O que você acha? Era o Sonny, que nem o Kofi disse?"

Ele puxou o cinto para fora das calças e o jogou na direção do closet.

"Provavelmente era engano", Zala comentou, fazendo careta para o cinto no chão. "Vai preparar o seu banho?" Mesmo falando com ele, olhava para os cabelos de Kenti.

Kofi rolou até ficar deitado de bruços e ficou mexendo no tapete. Deixou os pés chutarem a cadeira na escrivaninha, mas ninguém olhou.

"Kofi, desliga essa TV, ninguém está assistindo."

"Eu tô vendo, mãe."

Kofi rolou até a TV e deu um soco no berço de Kenti. "Você não tá vendo. Você tá dormindo."

"Não tô."

"Eu disse pra desligar. Não quero vocês vendo esse programa."

"Eu gosto do Gary Coleman." Kenti estava reclamando, e nem era o Gary Coleman, só uma prévia do que iria passar na semana.

"A única coisa que esse programa está fazendo é dizer para as crianças fugirem de casa", Zala reclamou. "Está vendo como eles fazem?" Estava apontando a escova para o comercial do Mop'n Glo e não para *Diff'rent Strokes*, como imaginou. "Um sujeito branco e rico e uma casa grande com uma empregada e móveis lindos, tem até uma menina branca bonita pra ser sua irmã. Tããão melhor do que morar no Harlem com o teu próprio povo que usa drogas e rouba e mata e parece sujo. Então fuja. Algum sujeito branco e rico vai pegar você e ser teu pai. Está vendo?"

Kofi não disse nada. Quando ela começava a falar assim, era melhor ficar quieto. Kenti também estava quieta, pensando. Mas não entendia que era melhor não responder.

"Você é uma mãe malvada", Kenti falou depois de um tempo.

"Você não para quieta, menina. Vou lhe mostrar quem é malvada. E você também, mocinho. E desligue essa TV."

Kofi desligou a TV. Ela estava assim a semana toda. Na reunião, ficou de pé e disse que as pessoas tinham que participar do protesto que estavam organizando e formar esquadrões de segurança nos bairros. Como se fosse a chefe e eles devessem escutar. E escutaram. Isso foi o mais engraçado.

"Vocês todos precisam limpar isso aqui", Zala parecia cansada. "Hora de guardar as coisas de verão e tirar o que as traças deixaram pra nós." Estava tentando sorrir. Kenti percebeu e se virou.

Forçou Kenti a se abaixar mais uma vez, depois passou o fio na ponta de uma trança e deslizou quatro contas pelo cabelo. Kofi observou. Ele vinha observando bastante ultimamente, e sabia fazer caçarola de atum e dobrar lençol com elástico sem os cantos arredondados ficarem fora do lugar. Ajeitava os jogos no engradado de garrafas de leite, pensando em tudo que era preciso fazer quando se está por conta própria tomando conta de si.

"Mãe? Por que a gente não pode tirar esse berço daqui e ganhar espaço? Aí não ia ficar tão entulhado de coisa." Ele olhou para a parte de cima do beliche. Não tinha nada lá. Tinha lençóis limpos e caixas no pé. Kenti não entendeu, então jogou um bonequinho de Ludo no pé dela e olhou para o alto do beliche outra vez. Puxou as cartas dobradas, por entre as grades do engradado de leite, e fez um belo baralho, esperando que Kenti dissesse o que tinha mandado a irmã dizer. Mas ela não disse.

"Ei, Mãe?"

"Que droga, Kofi, que foi?"

"Deixa pra lá." Ele fez uma pilha organizada com os jogos, depois botou todos os livros na posição certa e os escorou na caixa registradora. Pegou os gibis debaixo da mesa e empilhou no lugar onde tinha feito a lição de casa. "Quer que eu ponha comida pro Roger?" O aquário já estava salpicado de comida, que Kenti tinha derramado. Ele perguntou só para dizer algo, só para a mãe olhar para cima. Até que ela olhou.

"Deve ser horrível." Estava olhando para ele como costumava olhar. O rosto do menino ficou quente. Tentou sorrir. "Pobre Roger", ela disse, como se ele devesse fazer algo. "Deve ser terrível viver num aquário assim. Sem ter onde se esconder."

"Talvez a gente pudesse comprar uma daquelas pontes que fazem pros peixes, ou umas moitas."

"Um castelo", Kenti disse. "O Roger precisa de um castelo."

"Hum", Zala resmungou, e depois se perdeu de novo nos cabelos de Kenti.

"Mãe, o Sonny é um delinquente?"

"Quê! Onde você ouviu isso? Quem disse que seu irmão era um delinquente, Kofi?"

"Mãe, você tá puxando meu cabelo."

"Aposto que foi a sra. McGovern. A sra. McGovern disse isso? Que vaca."

"Ai!"

"Ninguém disse. A sra. McGovern nem estava lá. A gente estava com uma substituta."

"Então quem disse?"

"A gente estava só conversando. Eu e o meu amigo Andrew, a gente estava só conversando." Kofi mexeu nos cadarços. "Eu estava contando pra ele um pouco sobre o Sonny." Ele agarrou o tênis.

"Que Andrew? O que você estava contando?"

Kofi agarrou o tênis mais forte e ouviu o rasgo na costura da parte de trás do calçado.

"Kofi, ajuda bastante se você desfizer o laço antes. Eu não trabalho igual a um cachorro pra você detonar os tênis."

Ele deixou o pé cair no tapete. Poeira subiu. "Tênis bons", murmurou, olhando para o modo como seu dedinho do pé estava saindo por um buraco em um dos calçados e agora a parte de trás do outro estava totalmente descosturada. Zala explodiu numa gargalhada. Então Kofi se reclinou com as mãos no chão e exibiu os tênis, um de cada vez. Mas não riu por muito tempo, porque Kenti começou a exibir os pés descalços, dizendo que também precisava de sapatos novos e perguntou se tinham dinheiro para comprar.

"Esse Andrew — o que você estava contando pra ele?"

"Bom, eu não estava contando, exatamente. Estava mais perguntando se ele sabia de alguma coisa, porque... O Andrew, tipo, sabe de coisas."

"Sabe de coisas?"

"É."

"Como?"

"Sim. Ele é... meu amigo."

"Seu amigo." Então estava fazendo tranças de novo, puxando a cabeça de Kenti toda vez que a menina tentava olhar para a janela. Buster estava no parapeito do lado de fora, se esfregando na tela como se estivesse com comichão. Kofi mal podia esperar que Buster se virasse e visse o peixinho dourado. E mal podia esperar que Roger visse Buster. Kofi deu uma risadinha.

"Estou quase pronta?"

"Tira as mãos da frente, por favor."

Kofi puxou os cadarços até quase saírem antes de tirar os tênis e deixar cair no chão. Agora perguntaria. Ele colocou os tênis bem onde a mãe podia ver. Agora realmente perguntaria. Mas ela continuou trançando e trançando e colocando contas e trançando, perdida nos cabelos. Ele se deitou no tapete, levantando um pouco de pó.

"Mãe, será que pode me ouvir?" Ele olhou para o closet e engoliu saliva.

"Estou escutando, Kofi. E veja como fala comigo. Agora, me diga, o que esse seu amigo Andrew que sabe de coisas disse? Estou escutando."

"Nada. Não era isso que eu... Eu tenho uma pergunta."

"Ele disse que o seu irmão era um delinquente."

"Não, não disse."

"Bom, onde você ouviu isso? Quem disse isso? Esse tal de Andrew, o que ele falou?"

"Mãe, para de puxar o meu cabelo."

"Com quem pensa que está falando, mocinha?" Ela deu um tapinha com os dedos no ombro de Kenti. "Estou esperando, Kofi."

"Nada, mãe. Não foi nada."

"Não me venha com 'nada' quando falo com você."

"Não foi nada de mais. Droga."

"Como é?"

"Mããããe." Ele foi se arrastando até a porta do closet e tirou as meias uma de cada vez. Zala estava debruçada sobre a cabeça de Kenti com o lado fino do pente, catando piolhos que nem estavam ali. Kenti encolhia os ombros, mas não disse uma palavra.

"Certo. Você estava na escola falando com esse tal de Andrew. E aí?"

"Ele disse que podiam ter mandado o Sonny pra esse... você sabe... centro."

"Centro de detenção juvenil? Ele disse isso?"

"Tipo isso."

"Como é que é?"

"Sim, disse."

"E depois? Você quebrou o nariz dele por ter dito isso?"

"Claro que não, mãe."

"Como é?"

"Não, senhora."

"Então, o que aconteceu?"

"Você não fica no pé do Sonny quando ele fala essas coisas, até coisa pior. Você não faz o Sonny ficar falando direito o tempo todo."

Zala parou de trançar. Parou de respirar. Depois voltou a fazer a trança com o rosto contraído. "O Sonny não está aqui, Kofi. O seu irmão não está aqui."

O gato arranhou a tela com a pata. Roger mergulhou para o fundo do aquário onde Kofi não conseguia ver.

Zala se empertigou. Pôs as mãos nas costas e endireitou o corpo como as meninas mais velhas faziam em assembleias estudantis, exibindo os peitos.

"Jesus", murmurou. "Agora estão fazendo as crianças chamarem outras crianças de delinquentes e o meu filho está bem no meio disso." Ela olhou para Kofi.

"Ninguém chamou ele de nada, mãe. Você está sempre fazendo a coisa ser diferente do que é." Ele foi na direção do closet e fingiu que não estava vendo o jeito como ela olhava. "Como o Sonny não está aqui", foi em frente, corajoso, "posso dormir na cama de cima e a Kenti ficar na minha cama? Aí a gente pode tirar aquele berço daqui. Aquilo é uma droga." Esperou que Kenti dissesse o que devia dizer. Mas ela não disse nada. Depois ouviu a mãe murmurar algo a respeito de bater no Andrew pelo que ele tinha dito.

"Eu te disse, mãe, ninguém disse nada. E eu não vou bater no meu amigo só porque você mandou, porque você nem estava lá e o Andrew é meu amigo. Eu sei o que devo fazer quando alguém fala mal da minha família. Você não estava lá e o Sonny é meu irmão, não seu."

Kofi abriu a porta do closet e entrou e pegou as botas de caubói como se estivesse querendo fazer aquilo o tempo todo. Se ela ficasse brava, que ficasse.

"Posso ficar com essas botas? Digo, posso usar até eu ganhar um tênis novo?"

Ela não estava olhando para as botas. Estava olhando para ele, as mãos esfregando os joelhos e a cabeça balançando, passando perto do lugar onde o colchão de cima cedia.

"O Sonny vai te pegar por ficar mexendo nas coisas dele", Kenti provocou.

"Bom, o Sonny não está aqui.", ele disse. "Ele não está aqui."

"Cuidado vocês dois", Zala interveio. "E não fique sacudindo essas meias fedidas por aí, Kofi. Sabe que a gente pode não ter grandes coisas nesta casa, sr. Kofi Spencer, mas a gente tem um cesto de roupa suja."

"Eu sei que tem um cesto." Ele soltou as botas e pegou as meias e a camiseta.

"Eu disse antes da janta pra você ir pro banho, agora vai. E tire esse fiapo do cabelo. Está me ouvindo?"

"Tô."

"Como é?"

"Sim, mãe."

Kofi foi batendo os pés até a porta. O braço dele bateu na luminária do beliche. A luz iluminou o rosto dela. Ele não fez de propósito, a braçadeira estava solta. Mas Zala não acusou Kofi, que por isso não deu explicação. Ela se inclinou e deu um tapa na luminária como se quisesse bater nele. Mas o menino já estava no corredor.

"Me diz uma coisa." Zala estava gritando de trás da parede, então Kofi bateu a tampa do cesto e ligou a torneira para tomar banho. "Esse seu amigo Andrew já esteve no centro de detenção? Ele conhece o Dave? Por acaso acha que o Dave pode conhecer o Andrew?"

Kofi levantou a tampa do vaso com força e abriu o zíper da calça e abafou o som. Sua mãe continuou falando, a voz saindo pelo armário de remédios, quando ele foi pegar a escova de cabelo. Depois ligou a água fria e deu a descarga outra vez. Ela estava perguntando das botas. Ele escovou um pouco o cabelo. Depois, como a torneira estava aberta, molhou uma toalha e passou no rosto. Zala continuava falando das botas de caubói, as botas que pegou da mochila do Sonny sem pedir e que por isso não podia lhe contar pois isso foi antes de eles começarem a procurar chaves e pistas e ele não devia ter feito aquilo. Kofi se olhou no espelho. Tinha que admitir que sua aparência estava melhor, mas queria que a mãe parasse de falar.

"Dá pra deixar isso pra lá?", Kofi perguntou. Tinha a impressão de que a ouvira resmungar, por isso não se apressou para sair.

Ela estava bocejando quando ele entrou no quarto.

"Você tá com sono, mãe. Devia ir dormir."

Zala segurou o pente para Kenti poder olhar. "Então, Kofi", começou a falar, levantando o olhar, "a palavra 'delinquente' caiu no seu ditado?"

Ele se animou. "É."

Zala soltou o pente de novo e se recostou. "Escutem, vocês dois." Kofi soltou o corpo e ficou ajoelhado. "A polícia e os jornais não sabem o que está acontecendo, então ficam se sentindo burros, pois era pra eles saberem, são treinados para saber, são pagos para saber. É o trabalho deles. Entendem? Mas adultos acham difícil admitir que são burros, especialmente se são profissionais como a polícia e os repórteres. Aí eles culpam as crianças. Ou ignoram a história e enchem as páginas com reféns no Irã. Entendem? E agora... Jesus... estão fazendo as pessoas chamarem essas crianças de delinquentes juvenis."

"Não chore." Kenti tentou se reclinar no colo dela, mas Zala empurrou a filha para longe.

"Eles não sabem merda nenhuma e agem como se não quisessem saber. Aí culpam as crianças, pois elas não têm como se defender. Dizem que as crianças não tinham nada que estar na rua, se metendo em encrenca."

"Você deixa a gente ir pra rua."

"Claro que deixo, meu amor. A gente vai a vários lugares porque um monte de gente lutou pelo nosso direito de ir aonde a gente quiser. No entanto, quando as crianças saem fazendo simplesmente o que é direito delas e algum maníaco as pega, aí é culpa das vítimas ou dos pais, que deveriam ter olhado o tempo todo, como se a gente não tivesse que trabalhar que nem cachorro só pra colocar comida na mesa."

Kofi foi de joelhos até a cama, mas não deitou a cabeça nela como queria com receio de ser afastado. Então se limitou a pôr a mão no colchão ao lado dela.

"Esses cretinos estão dizendo que as crianças faziam biscate só porque trabalhavam." Zala enxugou o rosto com o braço e Kofi deu palmadinhas na perna dela; depois chegou mais perto e deu palmadinhas nas costas. E então ela o encarou. "Ah, Kofi. Só porque eles faziam bicos. Cretinos."

"Quem é... posso dizer, mãe? Quem é cretino?"

"A droga da polícia e os burros dos repórteres que não sabem como sair na rua e falar com as pessoas em vez de escrever qualquer coisa que a polícia diga."

"Biscate é tipo...?" Kenti se levantou e começou a dançar.

"Não esse tipo de biscate, Perninha Curta."

"Biscate é uma palavra ruim pra trabalho."

"Tipo o Sonny entregando jornal", Kofi explicou.

"Mas o que tem de errado nisso?", Kenti quis saber, olhando para os dois, depois se sentando de volta.

"Nada, meu amor. É isso que estou tentando explicar pra vocês." Zala puxou Kenti de volta para ficar entre seus joelhos, mas não voltou a trançar. Estava mordendo o lábio. "Isso é preconceito das pessoas, ficar usando a linguagem para criar ódio. Por exemplo, se você tem uma certa aparência e mora numa certa parte da cidade e você é um menino que junta folhas das calçadas e carrega compras, aí as pessoas dizem: 'Não é fofo? Que criança bacana, trabalhadora que ajuda os outros.' Entendem? Mas se você mora em outra parte da cidade e está fazendo a mesma coisa..."

"E se você for preto."

"Ok, Kofi, e se você for preto, e não tiver muito dinheiro — aí as pessoas dizem: 'Por que os pais não cuidam dessas crianças correndo por aí abandonadas? Parecem bandidinhos, meninos de rua, biscateiros.' Entendem?"

"Que malvadeza", Kenti se revoltou, dando um soco no colchão.

"Agora, por exemplo, se eu morasse numa certa parte da cidade, as pessoas diriam que sou uma mãe que trabalha fora. 'Lá vai a sra. Spencer. Tão trabalhadora, e ainda cria os filhos. Deus abençoe. Está estudando na faculdade e tem três empregos. E que crianças lindas. Tão espertas, tão bonitinhas, tão educadinhas.'" Ela beliscou o nariz de Kenti, contudo não foi capaz de manter o sorriso e logo já parecia irritada. "Mas Deus o livre se eu for quem sou, aí as pessoas dizem: 'Olha que mãe horrorosa. Sempre indo pra lá e pra cá, deixando as crianças sozinhas. Que horror'."

"Mãe, você não deixa a gente sozinho. Deixa, Kofi?"

"Claro que não." Ele se sentou sobre os calcanhares batendo com uma bota na outra.

"Você é uma mãe boazinha, mãe." Kenti se encaixou entre os joelhos de Zala e fez com que as pernas da mãe envolvessem seu corpo.

"Vocês entendem? Isso de usar palavras pra isso e pra aquilo?", Zala mostrou as mãos, sorrindo para uma e fazendo cara feia para a outra.

"Tipo quando a mãe tá de bom humor", Kofi se inclinou na direção de Kenti. "Aí a gente é o docinho de coco, o amorzinho da vida dela. Mas, quando tá de mau humor", mostrou os dentes e rosnou no ouvido de Kenti: "Aí eu sou o *sr.* Kofi e você é a *srta.* Kenti."

"'A senhorita pode ir rapidinho pra cama, mocinha.' *Você* faz assim, mãe." Kenti agarrou as pernas de Zala. "Faz que nem quando você tá braba."

"Ah, minha fofura, não consigo", Zala arrulhou como um pombo. "A mãezinha está tão cansada, então não me acotovelem porque vou cair com certeza — e daí quem vai preparar sobremesas maravilhosas de crianças pra vocês e dar beijinho de boa-noite?"

"Sobremesa? O que tem de sobremesa?"

"Primeiro a gente tem que terminar o seu cabelo, docinho. E você, meu sujinho favorito, vai rápido que nem um coelho antes que a banheira transborde. Ou a mãe vai ficar braba e engolir você igual o menino de gengibre."

"Olha, mãe. Você tá perdendo as continhas!"

Kenti se enfiou embaixo da cama, perseguindo as continhas que saíram quicando. Kofi correu atrás das que estavam se afundando no tapete. Zala se debruçou, pegando algumas, aproveitando para fazer cócegas nas crianças. Kofi detestou ter que sair. Ele foi o mais rápido que conseguiu e desligou a torneira e derrapou até perto de Zala a tempo de ganhar cócegas. Debruçada, ela estava brincalhona e fazendo tolices. Porém, quando retomou sua posição, a parte inferior do colchão de cima, que estava abaulado, encostou em sua cabeça, e então ela congelou, depois meio que se encolheu.

Eles derramaram as contas no colo da mãe, esperando enquanto ela espetava com uma agulha algumas vezes até acertar o buraco. Depois ficaram olhando por um tempo enquanto as contas deslizavam pelo fio, fazendo barulho ao chegar a seus lugares. Kofi voltou a se sentar nos calcanhares.

Kenti passou a mão pela cabeça, depois se sentou e abraçou os joelhos.

Kofi pegou as botas e passou a mão pelo bico dos calçados. Estavam um pouco arranhados, mas daria um jeito nisso com graxa vermelha. A costura estava acinzentada, e isso ele ajeitaria esfregando com uma escova de dentes velha. Elas eram um pouco grandes demais, no entanto, se usasse dois pares de meia, caberia.

"Mãe, posso ficar pra mim? Quer dizer, posso usar?"

"Passa isso pra cá." Ela olhou para as botas com cuidado, depois chacoalhou cada um dos pés como se esperasse que fizessem algum barulho. "Nesse calor?"

"Pelo menos deixa eu ver se serve." Estava indo pegar as botas quando Kenti riu.

"Você já colocou esses seus pés fedorentos aí. Eu vou contar pro Sonny."

"Como foi que essas botas vieram parar aqui? Nós todos reviramos esse closet. De onde veio isso?"

"Como é que eu vou saber? As botas são do Sonny."

"Não erga a voz comigo, por favor."

"Saco. Eu só quero usar a bota. Não fiz nada."

"Ninguém disse que você fez alguma coisa, Kofi. Só estou perguntando quem trouxe as botas pra casa. Nunca tinha visto isso antes." Ela abaixou as bordas dos canos das botas, procurando algo. "Ligue pro primo Bobby. Pode ser que ele saiba."

"Mas eu posso provar?"

"Está ouvindo o que eu disse?"

"Melhor ir direto pro telefone, sr. Kofi", Kenti gritou nas costas dele, com as mãos em volta da boca.

Que saco, Kofi pensou, esbarrando com os ombros na parede do corredor. Kenti podia ser desaforada, mas ai dele se tentasse. Sonny podia falar como quisesse, entretanto ele levava bronca. Um monte de presentes de aniversário no closet e Sonny nem estava em casa. E ele ali com quase 9 anos, e ninguém nem tchum para o que ele queria de aniversário. A única coisa que pediu foi um par de botas. Agora ela provavelmente entregaria a bota para a polícia e ele teria que ir para a escola descalço. Na casa do Andrew, eles comiam sobremesa assim que o jantar acabava. Mas não, ele tinha que tomar banho primeiro. Tá bom, da próxima vez que o telefone tocasse daquele jeito, ele estaria pronto. Não precisava ficar em um lugar onde ninguém penteava seu cabelo nem sorria para ele.

"Eu quero falar com Bobby, Kofi."

"Táááá", ele fez uma careta na direção do quarto.

Sábado, 11 de outubro de 1980

Era um bairro novo que ainda não tinha aparência definida, sem lendas e fofocas para serem tecidas em folclore no barbeiro local. Ainda não havia lojas abertas. E dos dois lados do complexo térreo de espaços para alugar, duas filas de casas com telhas novas de madeira olhavam, sem cortinas, sem inquilinos, para o mato parcialmente derrubado do outro lado da rua, o trator afundado até metade da esteira na lama, o operário descansando, encostado na máquina amarela manchada, fumando e olhando para longe, onde a tênue névoa cinza apagava o topo dos prédios do distrito de DeKalb. Na quadra em que eles passaram, porém, os contornos estavam nitidamente gravados — uma van em movimento, um caminhão de paisagismo, um carro esporte conversível passaram a conta-gotas pelas folhas de árvores recortadas na paisagem. Zala percebeu o desafio que representava aquele bairro. Era uma futura comunidade para gente que se inventava por conta própria, derrubada da sela por pesadelos e dogmas conflitantes, gente que podia jogar o-que-a-minha-mãe-disse e o-que-o-meu-pastor-disse por cima do ombro junto a uma pitada de coca e, aplicando um dos apelidos otimistas de Atlanta a seu estilo de vida ("A Cidade Ocupada Demais para Odiar"), não exigia mais nada para ir em frente. Zala olhou para as árvores, recém-plantadas, mantidas no lugar por estacas limpas e cabos quase invisíveis. Ficou imaginando o que seria preciso para morar ali, o quanto teria que cortar, dobrar e furar para se encaixar naquele modo de vida.

"Parece que envelheço a cada segundo", Spence murmurou, dirigindo devagar, em direção à imobiliária.

"Hum", ela resmungou, o rosto encostado na janela.

Na esquina havia uma casa vazia, dos velhos tempos de moinhos e fazendas e depósitos de empresas. A água da chuva estava tingida de vermelho por folhas e barro que se acumulavam no poço do degrau de baixo. Ela imaginou aposentados parando ali para papear com o carteiro. O mato, galhos e gavinhas tinham tomado totalmente a varanda. Colmeias de vespas e teias de aranha se amontoavam nos cantos das janelas de um cômodo grande, sem dúvida a sala de jantar. Imaginou operários de um moinho se levantando de cadeiras robustas para garfar batatas em vasilhas rasas, lascadas. As travessas de comida colocadas no meio de uma mesa longa e larga coberta não por uma toalha de pano, mas por um oleado bem esticado e preso com firmeza na parte de baixo com tachinhas, para poder limpar num zás com um pano de prato enquanto os talheres ficavam submersos.

"Meu bem, a gente tem que começar", Spence disse. "Aonde você quer ir? A gente tem uma hora antes que o Teo termine no Daily's."

Zala deu de ombros, e Spence se demorou na esquina, olhando os pombos na marquise de um prédio marcado para demolição.

Menos de trinta minutos depois de Paulette os ter expulsado para que passassem o dia juntos, os dois estavam no East Point da cidade, não muito longe do aeroporto, dirigindo pela Redwine Road, onde um corpo foi encontrado um ano antes. Tentaram conversar sobre os livros que ela pegara da biblioteca da filial do tio Remus, a dez minutos de casa, num lugar que ficava entre quatro pontos marcados no mapa que rolava no banco de trás. Dirigindo pelo distrito sudoeste, conversaram sem parar a respeito da festa de aniversário de Kofi, cuidadosamente evitando mencionar os nomes dos amigos a serem convidados, como se Paulette estivesse fungando na nuca deles no banco de trás. Discutindo o presente de aniversário do Kofi, se repetindo, sem escutar um ao outro, foram da Cascade para Gordon e se puseram a caminho de Fairburn, ainda mantendo a farsa quando chegaram à Niskey Lake Road, onde os dois primeiros corpos foram encontrados. Não estavam patrulhando, simplesmente passeando de carro, conversando, lembrando um ao outro que quando saíram da biblioteca queriam dar uma passada no Paschal para tomar chá gelado e comer torta. Depois voltaram para a MLK Drive e esqueceram que tinham um destino até que o caminho os levou à Hightower Road, bem pertinho da área de Verbena Street-Anderson Park, onde a menina Wilson desapareceu, Mac e Mattie cuidadosamente expurgados das conversas, velhas suspeitas retornando à mente. Depois, hesitando no ponto em que a Hightower Point se bifurca na Jackson Parkway e na Hollywood Road, os dois passaram a um silêncio nervoso, pegando o caminho da Hollywood, onde outra vítima havia morado, e quando Spence já não aguentava mais, pararam para abastecer, embora a agulha mostrasse que o tanque estava em três quartos. Depois, contrariados, foram levados de volta para East Point, acelerando ao norte da Washington Road para a Forrest Avenue e para a Norman Berry Drive, andando a dez quilômetros por hora no novo local que nenhum dos dois tinha ainda marcado no mapa.

Spence acatou ansioso a sugestão dela de voltar para a Zona Sudoeste, passar pelo Centro de Artes do Bairro e ver a nova exposição que estava na Galeria Romare Bearden. Mas de algum modo eles saíram da Georgia

Avenue e acabaram no McDaniel, onde morava Camile Bell, sem que um deixasse o outro saber que ambos estavam escrutinando cada carro que passava e ensaiando o que diriam um para o outro caso vissem alguém do PARE seguindo a rota e fazendo sinal para que a limusine se unisse a eles. Esquecendo de vez a exposição, pegaram a Memorial Drive e foram para leste em direção ao distrito de DeKalb, Spence tirando o carro da rota no instante em que reconheceu as casas, os terrenos. Ansioso para desviar dos pontos no mapa e dar ao dia a chance de se desenvolver de modo casual, ele perdeu totalmente o senso de direção. Porém dos dois lados da rua, cada curva só mostrava como um pátio de escola ou um beco encurtava a distância entre as vítimas da lista, criando elos mais próximos entre vizinhanças, colegas de escola, jovens que tinham andado nas mesmas linhas de ônibus, frequentado as mesmas lanchonetes de fast-food, e que conheciam pessoas em comum de antigos bairros. A irmã desse menino era namorada do irmão daquele menino, B. J. tinha dito a ela. O quintal daquela criança era o atalho que aquela outra tomava para a igreja, um dos pais havia informado. O parquinho que ficava ao lado da casa onde ela foi morta era no mesmo local que ficava a quadra em que dois outros jogaram basquete. Vizinho dele, tio dela. O lugar onde ele passeava, o lugar no qual ela trabalhava. A loja em que um menino fazia bicos, era vizinha do local de trabalho daquele outro garoto que empacotava compras, e do estacionamento da loja pela qual um terceiro havia cruzado de bicicleta, passando pela lavanderia onde um quarto foi visto sendo estrangulado, a caminho de visitar uma tia no condomínio em que um quinto desapareceu.

"Não é um semáforo, Spence. É só uma placa de pare."

"Sei disso", falou, mas o único movimento que fez foi bater com o pé no pedal e sacudir os dois em seus bancos. Ela queria ir em frente. Nem importava para onde.

"Parece que não consigo me livrar disso... É como se a gente estivesse sendo forçado... ou cercado." Apertou o pedal do acelerador. A limusine balançou na esquina. Ele não sabia onde estavam, e isso era bom. Mas não conseguia confiar em nenhuma das possibilidades, fosse para a esquerda, para a direita, ou em frente. "Pra onde?", perguntou.

Perdidos, eles estavam a salvo momentaneamente. Zala procurou com olhos semicerrados em meio ao céu nublado uma costura, uma entrada para a outra Atlanta onde sempre estavam a salvo. "Qualquer lugar", respondeu, com medo de dizer o que estava pensando, o que estava desejando. Ela se encostou de novo na janela enquanto um avião roncava acima deles.

Ao lado da casa abandonada que, em sua imaginação, ela povoou com operários de moinhos, havia um pequeno prédio com teto triangular daquele mesmo tempo antigo, a rua sem saída acabando em uma escavação do metrô. O prédio abrigava uma lavanderia e uma mercearia na parte inferior, um consultório de dentista em cima e pombos nas janelas. Uma mulher com uma rede de cabelos grosseira e meia-calça enrolada debaixo da bainha do vestido andava com as juntas duras em volta de grandes sacolas de papel alinhadas na calçada. As roupas, as compras ou seja lá o que carregasse ali dentro não ocupavam espaço suficiente para preencher as sacolas até o topo, deixando bolsões de espaço escuro nas laterais do papel pardo pesado. Talvez fosse uma escultora, ou uma arqueóloga, ou uma vidente que lia a sorte em ossos. Parecia inconcebível que fosse meramente uma mulher abandonada tentando descobrir como chegar em casa com seus pertences antes do pé d'água. Quando a mulher deu uma súbita meia-volta, circulando as sacolas em sentido anti-horário, depois se virou para ver a limusine enfim passar pela esquina, Zala se ocupou com os livros em seu colo, balançando para a frente, tentando apressar o carro e sair dali.

"Teatro Norte-Americano nos Anos Trinta", disse em voz alta. "*Eugene O'Neill e a Casa de Atreus*, *As Peças de Jean-Paul Sartre*, *Ésquilo e Drama Ateniense*, *Libretos das Óperas de Gluck*."

"Uhum", Spence murmurou, tentando se interessar.

Ela folheou os livros de novo, empilhando e reempilhando, *Ifigênia*, a *Oréstia*, *As Moscas*, *Electra de Luto*, *Freud e o Mito Grego na Broadway*, mantendo os olhos baixos, desviando o olhar. Porque se os olhos daquela mulher cruzassem com os dela, iria arrancar aquela rede de cabelos e as juntas dela não seriam duras coisa nenhuma depois que ela se livrasse do disfarce e confrontasse Zala.

"Qual é o problema?" Ele perguntou por perguntar. Só queria saber como os dois sairiam daquela armadilha. "Amor, a gente precisa", ele repetiu, sacudindo a cabeça, após falar o que não devia.

Comece do zero de novo, foi a frase que ela bolou mentalmente, num instante. Aja como se nunca tivesse acontecido. Claro que nunca aconteceu. Foi bem como Spence disse naquele dia na varanda da tia Myrtle. Ela nunca soube contar direito. Inventou tudo. As meninas na escola fizeram um monte de perguntas, a examinaram e lhe disseram que não podia estar grávida. Não ousaria depois de Mama Lovey ter se esforçado tanto para enfiar uma coisas em sua cabeça, tipo "Não faça essa besteira". Não deveria ter um filho, pois, como a tia disse, sendo mãe você passava a vida rezando na janela e amaldiçoando as ruas.

"Oqueagentefaz?"

Começar de novo. Do zero. Uma nova chance. Nunca aconteceu. Não poderia ter acontecido. Um sonho ruim que virou pesadelo. Ela não tinha andado de quatro no porão. Não tinha procurado pelo corpo no quintal. Não vinha tentando escavar o matagal com as unhas. Não tinha visto os cães dilacerarem a carne de seu filho. Nada de filho. *Uma buena madre empleada cuida su trabajo.* Uma boa mãe faz seu trabalho. Depois vai para a cama e dorme tranquila se o xerez dá conta, para que Paulette possa entrar sem a menor cerimônia de manhã com uma amiga e uma brigada de vizinhos para limpar a casa e tirar as cobertas para que a quadra inteira saiba na hora do jantar que Marzala Spencer dorme de calcinha e sutiã em lençóis imundos. Não existe esse menino. O corpo encontrado na Norman Berry Drive não tinha relação direta com ela. Portanto ela podia passar o café e perguntar tudo relacionado a Miami para a amiga de Paulette e prometer uma visita. Nada de Sonny. Outra família reivindicou o corpo na morgue. De modo que podia deixar que Paulette lhe marcasse um encontro às cegas com um sujeito que acabaria sendo — mundo pequeno — o namorado que deu um beijo nela no vestíbulo do apartamento da tia, com as caixas de correio pressionadas contra suas costas. Um encontro, um passeio, novo começo. Dessa vez seria mais cuidadosa, não permitiria que um "órfão de pai e mãe" dirigisse seu carro. Assim ela se vestiu e se maquiou e desceu os degraus. Porque aquilo nunca existiu. Estava claro que os meninos tinham agido de forma estranha, afinal de que outro modo meninos agiriam quando uma louca disfarçada de mãe-detetive decide seguir as pessoas pelas ruas. Ela não. Alguma mulher doida com quem sonhou depois de tomar vinho demais.

"Qual a graça?"

"Minha mãe. Ela não sabia que 'Marsala' é um vinho. Achou que estava me dando o nome de uma flor, usando um z para deixar mais sulino, mais tosco", riu ao contar isso.

"Não pode ser assim tão engraçado." Ele estava irritado pois a risada dela não o incluía, não o contagiava. Chegou a fingir um sorriso, mas depois desistiu. "Não entendo por que a sua mãe não vem pra cá."

"Ela está cuidando de um homem que está morrendo, não esqueça. E a sua mãe?"

"Depois que você disse pra ela não vir? Ei, vamos pegar leve." Ele se inclinou sobre o volante. "Seria melhor se chovesse de uma vez. As nuvens ficam só paradas."

"Acorde", ela disse. O para-brisa estava pontilhado, depois ficou manchado, depois começou a escorrer. Ligou os limpadores, depois foi para o outro extremo do banco onde o couro estava fresco e seco. "O que você quer fazer?" Zala se forçou a soar agradável, casual.

Ele queria ver o menino, mas não o corpo. O que não fazia sentido, por isso ficou quieto. Podia ser que tivessem cometido um erro na identificação. Ele não ousou dizer isso. Não queria dizer nada nem ver nada, e torcia para estar escuro e chovendo quando pegassem o Teo no trabalho para escutar o que ele havia descoberto. Não tinha certeza de que queria ouvir o que podia ser dito, mas estava seguro de que não pretendia ir ao quartel-general ou ao instituto de medicina legal. E jamais voltaria ao matagal, ainda que os outros topassem. Ele arremessou pedras nos cães desde o exato instante em que percebeu que era apenas um colchão meio queimado e não um corpo que os cães estavam fuçando. Se ela esticasse a mão e pegasse o mapa, ele insistiria que a lanterna era fraca e que a escuridão pegaria os dois em um desfiladeiro perigoso. Na primeira vez, quando três veterinários e dois colegas de B. J. se uniram às caravanas, ziguezagueando pelo Primrose Circle até a "ponte de cavaletes", depois indo para o norte seguindo a Moreland até a Memorial Drive, indo para lá e para cá em volta dos pontos, a noite chegou antes que eles pudessem se reencontrar na oficina do Gaston. E ninguém tinha pensado em levar uma lanterna; ninguém achou que levaria tanto tempo para cobrir a área.

"Falando com sinceridade, não posso dizer que você me manteve confinada", ela começou a falar, virando-se para ele sem demonstrar emoção, como se estivessem discutindo esse assunto há vários minutos. "E mesmo assim", continuou, sem dar atenção ao esforço que Spence fazia para seguir o raciocínio dela, "de algum modo a minha vida tinha como limites a casa, o quintal, a sala de aula e o trabalho. Como isso foi acontecer, na sua opinião?"

"Por que está pensando nisso?" Ele olhou para os livros no colo dela em busca de uma pista. Quem sabe a Delia e a mãe dela tivessem razão; mas ele também vinha falando coisas meio sem sentido nos últimos tempos, ou pelo menos era o que Carole dizia. "Querida, do que estamos falando?"

"João, Maria e a bruxa. E não use esse tom comigo. É assim que a Paulette fala com os pacientes dela quando está tentando convencer a pessoa a se deitar, pra ela poder enfiar um clister na bunda do sujeito."

"Eu achei que era Pedro, Maria e a bruxa."

"É Pedro e o Lobo."

Ele olhou de lado para ela. "Afinal a respeito do que estamos falando?"

"Jesus, espero que chova", ela disse.

Ele ajustou o limpador de para-brisa à velocidade mais lenta, para poder ver a chuva batendo no vidro.

"E do que você me chamou?"

"Eu a chamei?"

"Sou uma mulher adulta com três filhos", ela disse.

"Anotado", disse tentando melhorar o humor de Zala, mas sem se esforçar muito. No entanto, iria cortar a conversa se ela insinuasse que os dois deveriam ir ao centro e perguntar a respeito do corpo. Se, por outro lado, ela sugerisse ir à Prefeitura para escrever palavrões com giz nas paredes, ele teria que pensar a sério no assunto.

"O que quero dizer é que, por favor, não me chame de 'querida', Spence."

"Certo. Combinado." Ele girou o carro numa área parcialmente desmatada e implorou para que as mãos relaxassem no volante. Estavam tão tensas que pareciam as mãos de sua mãe. Recostou-se, lembrando como tivera de explicar a Zala que sua mãe não usava luvas por afetação. Remuneração por peça, aumento de produção, tendinite, sem salário fixo, nada de plano de saúde também — por anos, depois de ser demitida, ela usou luvas de algodão branco que cheiravam a gaultéria. Ele tentava lembrar de sempre levar a própria chave. Detestava o som que elas faziam na fechadura, enquanto ficava ali parado, de pé, se sentindo culpado, ouvindo os ruídos e inalando o aroma de gaultéria do outro lado da porta.

"Qual é o problema?", ela perguntou. O rosto dele parecia distorcido.

"O cheiro de abeto e pinheiro parece horrivelmente forte para essa época do ano", comentou, com o barulho da Catterpillar abafando o som da fechadura. "Ecolocalização", disse. "Lembra? Os morcegos?" Ele tirou as mãos da direção e as sacudiu. "Cheiros podem indicar o tempo e sons podem ver o espaço."

"Quê?"

"Ecolocalização. No zoológico", disse. "O modo como os morcegos se localizam porque não conseguem ver. Eles emitem um som de frequência alta, depois ouvem os sons reverberando em volta. Lembra?"

"Morcegos?" Examinou as árvores e os telhados. Só viu pombos, pardais e estorninhos. "Pode desligar o limpador", ela pediu. "Parou de novo."

"Você não lembra? Como é que pode não lembrar? Isso se chama ecolocalização. Nós todos estávamos no zoológico."

"Não estava com você", ela falou. "Não me confunda com as suas outras mulheres."

"Todos nós", seguiu dizendo, aflito para conseguir que essa parte da história fosse confirmada. "Meus pais foram dirigindo e tudo... De que mulheres está falando?"

"A gente está andando em círculos, Spence." Pôs a mão no volante quando viu sete grandes sacolas de compras perto do meio-fio. "Não vire aqui. Tem uma escavação do metrô. A gente nunca vai conseguir dar meia-volta com esse barco."

"Pega leve, Zala. Devagar." Ele virou para a esquerda quando uma velhinha pisou na rua e lhe fez sinal. Virou numa rua lateral que não tinha visto da primeira vez.

"Jesus", ela disse, olhando por cima do ombro.

"Eu não a atropelaria. Estava com o carro sob controle, droga. Não faz isso de novo", alertou, batendo no volante. Pensou que ela iria discutir, que apontaria algum ato imprudente que ele cometera sem perceber. Talvez um gato tivesse atravessado na frente do carro correndo sem que notasse. No entanto, não disse nada, apenas se encostou de novo no estofado e mexeu no cabelo.

"Tem um pente no porta-luvas", ele ofereceu.

"De quem?"

"Ah, puta merda, mulher. Será que tenho que ficar aguentando isso? Olha, não tenho que ficar aguentando isso. Não tenho mesmo."

"Nós estamos andando em círculos, Spence."

"Eu percebi. Acha que não percebi? Bom, eu percebi. Sei onde estou." Respirou fundo e expirou. Depois, tentando fazer com que seu corpo se lembrasse da posição de costume para dirigir, tentou relaxar o braço no vão da janela, no entanto o vidro estava erguido. O cotovelo bateu na janela.

Estavam transitando por aquela parte do bairro que ainda estava por ser transformada, alguns trechos esperando, outros reduzidos a caliça. Três edificações marcadas para demolição tinham grandes X nas portas e janelas. Uma delas era uma farmácia à moda antiga, a vitrine cruzada com fita. Caixas de fraldas estavam empilhadas numa pirâmide. Será que Mattie diria que era um sinal?

"A gente está fazendo de novo", Spence comentou, a voz tensa. "Estamos de volta à rota. Parece que não consigo escapar."

Os dois tinham ouvido separadamente no rádio, havia mais de um mês, o DJ espremendo no noticiário a rota entre boletins comunitários de eventos do fim de semana do Dia do Trabalho. Ela estava na agência dos correios de Brown, perto do campus, vendo cartazes de Procurado do FBI em busca de um nome, um rosto ou um registro que incluísse sequestro e assassinato. Um estudante comprando selos largou seu rádio em cima da máquina de xerox enquanto ela voltava a aprender que militância é sinônimo de crime: o suspeito, procurado para interrogatório associado a roubo à mão armada, é integrante de uma organização revolucionária e deve ser considerado armado e perigoso. Spence estava andando para um lado e para o outro em sua eficiência de quitinete, perseguido pelos demônios da hora do jantar: comer fora, comer em casa, ir pegar alguma coisa, ligar pedindo comida, se convidar para ir à casa da Carole ou convidá-la para sair? Cada possibilidade fazia surgir um novo conjunto de perguntas: o que fazer com as sobras, comer e sair correndo ou passar a noite? O anúncio do locutor de que um ex-policial descobriu uma pista no caso fez com que parasse. A rota havia sido regularmente usada, especulava o locutor, pelo assassino ou pelos assassinos, de dia no caminho de casa para o trabalho e à noite indo do trabalho para a casa de uma namorada. "Ou para um encontro da Ku Klux Klan", acrescentou Spence, os demônios direcionados por um instante e o carrinho de montanha-russa em que o estômago viajava fazendo os estalidos da subida.

"Não podemos viver assim", disse. Ela parecia tão distante na outra extremidade do banco. Ele fez uma curva fechada à esquerda para fazê-la deslizar na direção dele. Só os livros vieram. "A gente está com um problema, Zala."

"Sim", ela respondeu. Zala estava observando o retrovisor lateral e escutando o mapa rolar pelo banco de trás. A qualquer minuto, Jesus apareceria no vidro fumê e anunciaria que a provação tinha acabado, que os dois tinham passado no teste. Se Aquilo que Nunca Aconteceu tivesse acontecido, ainda havia o Isso Também Passará.

"Temos que decidir o que fazer, Zala."

"Eu voto por comprar um quimono de caratê de verdade para o Kofi."

"Zala."

"Pode desligar o limpador de para-brisa. Não está chovendo agora."

Spence freou quando um cachorro saiu andando pela rua. Por hábito, envolveu o torso de Zala com o braço. Ela foi lançada contra o braço dele e depois bateu as costas no estofado.

Freada de hockey. Sonny patinando rápido e devagar no rinque do Omni, com empurrões curtos, jogando gelo nas calças boas do Spence. Rindo.

"Seria melhor se você pusesse o cinto", sugeriu. O que queria dizer era, "Desculpe, foi reflexo", em razão de dirigir com as crianças. No entanto ela pegou o cinto de segurança sem comentar. Parecia que não importava o modo como manobrasse o volante, o mapa sempre rolava pelo banco de trás, batendo numa porta, depois na outra.

Rolos de tela metálica batendo contra as laterais do furgão. Sonny no colo dele dirigindo o caminhão do Viúvo dentro do perímetro da fazenda, se enfiando em buracos, chacoalhando em colinas, balançando ao passar da lama escorregadia para o cimento esburacado ao alcançarem a estrada principal.

"Que foi?" Ela mexeu na manga da camisa dele quando Spence parou o carro. Perguntou mais um vez quando ele esfregou os olhos com as palmas das mãos. Ela mesma respondeu: Sim, nós temos um problema. Na catequese, costumavam dizer que cinco versículos por dia ajudavam a resolver um problema. No ginásio, falavam que a álgebra também melhorava essa habilidade. Em casa, explicavam que quem tinha as respostas era a comunidade que lhe dera seu nome, que era seu lugar, que a sustentava, e só precisava ouvir. Ela se moveu no banco e abraçou o ombro dele. Não se lembrava de que fosse tão largo. Num minuto odiando-o por fazer aquilo acontecer, no minuto seguinte querendo envolver os quadris dele com as pernas. Se desabotoassem as roupas e rolassem na cama, qual seria o significado disso? Que estavam desesperados para substituir uma vida. Que aquilo tinha acontecido de novo e de novo e que admitiam que Sonny estava morto.

"Tá tudo bem", Spence disse quando ela afastou os braços e se abaixou para empilhar os livros no chão.

"Ótimo", ela falou. "Por que você estava com medo de invadir a casa do Murray?"

"Vamos ter que voltar nisso?" E arrancou com o carro sem olhar, depois virou quando um trailer esbarrou na lateral.

"Quer que eu dirija?" Ela estava segurando o cinto de segurança e esperando.

Ele grunhiu e continuou dirigindo.

Mais uma vez atravessaram a Interestadual 20, projetada, parecia, com o propósito de separar bairros pretos. Em vez de diminuir quando um casal amontoado debaixo de um jornal estava atravessando, buzinou e fez os dois correrem.

"Você está sendo estúpido", ela disse, depois ouviu sua mãe: "Pare de azucrinar, meu amor. A subida pelo lado difícil da montanha pode ser longa. E vocês não vão ter como puxar um ao outro se os dois estiverem com a cara na lama". Ela desligara e fora buscar a caixa de ferramentas.

"Eu sou estúpido? Fui eu que arrombei o porão de um vizinho? Um vizinho conhecido por criar cachorros bravos? Tá legal. Sou estúpido, mas você…"

Parado na porta, a voz dele como uma lixa, os olhos o denunciavam. Estamos tentando fazer a lição de casa aqui atrás. A gente iria à biblioteca se estivesse aberta. Depois, se virando — sem dúvida queria ir pra algum lugar e dar o fora daqui.

"Termine. Você não consegue completar uma droga de uma frase? Diga, não consigo nem saber onde meu filho está."

"Ele é meu filho também." Spence não queria ter começado uma discussão, por isso colocou um tom de súplica nas palavras.

"Ouvi um ponto de interrogação no fim daquela frase. O que aquilo queria dizer?"

"Cala a boca, Zala. Cala a boca."

"Pare o carro."

"Vamos parar com isso", ele disse, e os dois ficaram em silêncio por um quilômetro.

Estavam passando por aquilo que Spence chamava de vizinhanças mistas, o que queria dizer uma mescla de casas com preços diferentes. Casas grandes com varandas que circundavam toda a área construída e frisos com dentículos. Do outro lado da rua, um campo de golfe onde homens aposentados aceleravam carrinhos elétricos para tomar dois dedos de Jack Daniel's com gelo. E no meio da quadra havia casas para aluguel sem paisagismo. Crianças estavam sentadas no meio-fio tirando a casca de sanduíches de maionese e açúcar e a lançando na água para que ela seguisse até o bueiro. E depois um edifício com azulejos espanhóis e uma placa na frente: Tabelionato, Clínica de Quiropraxia, Escola de Etiqueta Norma Baines. Depois um bloco de apartamentos exclusivo para adultos com piscina e quadras de saibro. Na esquina oposta, a Ressurreição do Cristo Nazareno, um retângulo de paredes caiadas que sacudia três noites por semana e durante o dia todo no domingo. E compartilhando a entrada de carros, uma casa imensa com janelas gradeadas e um mirante no último andar.

Mistas, era como ele chamava essas vizinhanças. Classe média, era como as pessoas falavam de si mesmas, tanto os famintos por emprego e pálidos de fome quanto os privilegiados com toalhinhas de mesa artesanais e sangue azul. Uma família de cinco pessoas, ou quatro, com dois empregos cada, mas veja se você encontra um livro da biblioteca que não foi devolvido. Casais que hoje estão em situação melhor, mas que chegaram a comer pão dormido da Panificadora Colonial e vegetais do cemitério, disputando com os pássaros para ver quem conseguia lamber primeiro as folhas verde-arroxeadas dos arbustos frutíferos. Diziam ser classe média desde que houvesse vizinhos na rua que ainda continuassem disputando comida com os pássaros e que parassem o caminhão de carne para comprar 50 centavos de carne de porco salgada para cozinhar com a salada. Classe média promissora. Solteiros que moravam em seus Cadillac Sevilles bicolores, fazendo sua higiene matinal em banheiros de rodoviárias, suas abluções noturnas em bares, mudando com frequência de "endereço" para fugir dos cobradores. Mães adolescentes em varandas lendo *Confissões Verdadeiras* enquanto seus bebês tomavam leite em pó com um pouco de suco em pó para fazer render. E havia ele, como ele se autodenominava mesmo? O pai dele dizia: "Um pé-rapado que não deve desculpas a ninguém", levantando com orgulho a cada manhã para se equilibrar em vigas de aço no alto de construções.

"Você acredita que eles têm certeza, Spence? Imagine que a família diga que não é o menino deles?"

Ele não respondeu. Em vez disso olhou para os gramados recém-cortados e respirou fundo, embora vidros duplos o separassem do verde.

"Estamos de novo na rota", ela disse. "Acho que os Middlebrook moram ali." Como não obteve resposta, Zala ficou sentada em silêncio observando as casas e lojas em que tinha parado para pregar cartazes e mostrar fotos do Sonny para as pessoas. Alguns olhavam-na com apreensão: "Imagino que você também esteja pedindo dinheiro, não?". Outros ouviam coisas que não foram ditas e respondiam: "Por que você quer criar problema para o Maynard Jackson? Você não lembra como as coisas eram antes da gente conseguir elegê-lo?". E havia aqueles que a examinavam de perto de modo semelhante ao que ela própria fizera com o PARE: aconteceu com ela, não pode acontecer comigo pois sou muito precavida e jamais deixaria algo assim ocorrer. Algumas pessoas faziam coisas para tentar tranquilizá-la: "Mas aqueles garotos eram uns bandidinhos, o seu parece um bom menino". Em geral as pessoas eram gentis, queriam ajudar, porém não sabiam como.

"Conhece um atalho para o centro? Para o Daily's?" Spence acrescentou rápido para que não houvesse mal-entendido quanto ao lugar para onde os dois estavam indo. Encostando no braço dele, apontou para uma curva. Ele teve dúvidas quanto à pista estreita, no entanto resolveu encará-la, com seus grãos de cascalho batendo no chassi da limusine como granizo, galhos de árvores raspando nas janelas laterais e tentando entrar.

"Quando fizermos a próxima ronda", ele ficou espantado ao se ouvir dizer isso, "vamos prestar atenção para ver onde tem quartéis do Exército e delegacias na rota."

"Exército?", ela perguntou, com insegurança na voz.

Um menino de 12 anos com os braços para a frente pareceu sair do nada, e os dois não conseguiam tirar os olhos dele. Desceu do meio-fio e parou os carros com a mão. O garoto estava de calças sociais e camisa polo, botas de caminhada amarradas na altura da panturrilha e meias verdes dobradas. Carregava nas costas uma mochila verde-oliva. Possuía tantos equipamentos pendurados na cintura quanto B. J. — um cantil surrado, uma lanterna, uma bolsa de couro estreita em uma das pontas, bojuda na outra. Atravessou a rua ressoando como se fosse para a guerra.

"Ele está sozinho?" Ela olhou para a calçada em busca de um monitor, uma tropa.

"Parece." Ele se inclinou para a frente, esperando ver o garoto assumir sua posição na faixa dupla contínua no meio da pista e acenar para crianças mais novas temporariamente escondidas por cercas vivas.

O menino caminhou sem interromper seus passos largos, subiu no meio-fio, se remexeu um pouco para ajeitar a mochila no ombro e continuou andando, sólido, ali — de um modo desafiador, pensaram os dois no carro, que meio que esperavam vê-lo engolido pela névoa. Ficaram sentados olhando até que os outros carros se aproximaram, uma motorista apressada buzinando, depois passando, um bebê de pé no colo dela brincando com os óculos da motorista enquanto esta dirigia.

"Ele era tão..."

"Na verdade não era, Zala."

"Talvez a gente devesse conferir na delegacia."

"Você acha?"

"Se bem que os Stephen já... E acho que eu não suportaria."

"Talvez tenha alguma coisa no noticiário", ele sugeriu.

"A gente tem que ligar mesmo o rádio?"

"Tem." Depois de alguns segundos tocando música, ele desligou, mas ela ligou de novo. "Decida. O que a gente faz?"

"Por que fica perguntando pra mim?" Ela desligou o rádio. "Essa excursão é sua."

"Minha! Quando foi que virou minha? Foram você e Paulette que vieram com essa."

"Ela me falou que você disse... Eu podia ter ficado na cama."

"E por que não ficou? Eu podia estar trabalhando. Sábado rende bem."

"Então vá trabalhar", respondeu Zala, pegando o telefone que operava via rádio no painel e passando para ele. "Não desligue o bipe por minha causa. Não tem nada que goste mais de fazer num dia chuvoso do que ficar lendo." Abriu um livro e o pôs inclinado no colo.

Ele devolveu o telefone ao painel. "Me diz onde é que devo deixá-la. Não vou ficar passando por essas mudanças."

"Me diz de uma vez, droga."

"Dizer o quê?"

Ela atirou o livro no chão. "O seu palpite. O Exército e a polícia. Ele é meu filho também."

"Botas, só isso. A merda das botas. Coturnos, botas da polícia montada, botas de motoqueiro. Não consigo tirar essa porra dessas botas da cabeça."

"Não precisa gritar. Sou capaz de ouvi-lo."

"Bom, eu lhe disse." Passou a mão no pescoço, beliscando a pele onde parecia úmida. Teria que deixar o bigode crescer novamente. Sentia falta de passar a mão nos pelos. E, ao se barbear, precisava se aproximar do lábio com mais cuidado.

"Por favor, não faça isso", ela pediu, olhando para o outro lado. Seu caderno tinha uma página intitulada estrangulamentos. Diziam que os últimos dois meninos tinham marcas de corda no pescoço.

Sentado na mesa da cozinha com os joelhos batendo um no outro furioso, a raiva inchando seu pescoço como se ele fosse uma surucucu, exceto pelo fato de que ela não tinha tempo para fazer comparações uma vez que Dave estava tentando ser engraçado fazendo piadas com o pai do menino e Sonny encolhendo os olhos enquanto ele cutucava o pescoço e ela batia os ovos perseguindo a vasilha pela cuba molhada e quanto mais os dois falavam mais quente a cozinha ficava.

"Spence..."

Spence foi rápido para o meio-fio em frente ao Daily's, freou com um solavanco, depois acelerou para desencorajar que Zala falasse. Debruçou-se na buzina até Teo sair, sacudindo os polegares e prontíssimo para começar um relato de seu dia de trabalho. Teo entrou no carro, enchendo de imediato de ar, com os aromas pungentes do restaurante e com a eletricidade estridente das histórias que estava prestes a contar. Spence o interrompeu rapidamente e lhe pediu que achasse os chicletes que estava certo de ter jogado no porta-luvas no dia em que levou as crianças sauditas para o zoológico do Grant Park.

"É aniversário de casamento de vocês?", Teo lutou com a gravata-borboleta até tirá-la, escancarou o colarinho da camisa e abriu o porta-luvas. "Deve ter alguma coisa, você com esse vestido de festa e ele com tanto óleo no cabelo que dava pra fritar um gambá."

"Só acha o chiclete, meu, e para com essa de comediante."

"Relaxa, amigão. Eu só uso Crisco pra cozinhar."

O rosto de Teo estava manchado de vermelho, exceto nos lugares onde precisava fazer a barba. Zala se perguntou como sempre ele conseguia ter um visual vermelho, branco e azul quando arrastava a voz. Sentiu uma pressão em sua coxa esquerda, e viu que era Spence alertando-a para que não perguntasse sobre Sue Ellen, pois o casamento deles estava abalado. Achou engraçado que seu ex-marido fosse tão delicado com o casamento de outras pessoas.

"A-ha", Teo zombou, segurando uma echarpe azul com estampa pela ponta: "Quem andou indo no showzinho das meninas?" Balançou para que a franja sacudisse.

"Chicletes, Teo."

Zala pegou a echarpe e enfiou no fundo do porta-luvas. No meio de uma confusão de caixas de fósforo e cartões de visita, havia uma caixa de charutos. Ela se afastou, olhando para a caixa; os pelos de sua nuca se eriçaram. Enquanto Teo remexia no compartimento em busca dos chicletes, Zala deslizou com cuidado a página amassada da lista telefônica que estava embaixo da pistola de Spence. Correu os olhos pelas águias e olhos enormes que pontilhavam a página 579 das páginas amarelas de Atlanta, contudo sua mente estava presa na caixa.

"Deixe isso aí", Spence disse quando viu Zala alisando o papel amassado em cima do joelho. Ele olhou para baixo vendo os anúncios e ficou tenso.

Os anúncios grandes no pé da página se gabavam de agentes à paisana especialmente treinados operando em todo o mundo com ajuda de consultores em filiais no exterior. Eles se gabavam de ter os mais modernos equipamentos fotográficos e de vigilância e uma política de eficiência e discrição. Um gatuno se ajoelhando diante da gaveta mais baixa de um arquivo carregava uma lanterna pesada para espiar, e talvez para botar desacordado o vigia noturno. Em outro anúncio, o artista desenhou um sujeito que parecia um banqueiro respeitável e ao mesmo tempo o exibicionista da vizinhança; usando um sobretudo típico de histórias de espionagem internacional, o sujeito punha a mão atrás de uma cortina para fazer algo eficiente de maneira discreta — colocar um grampo, ou acenar para seus colegas se balançarem no tubo de ventilação e entrarem pela janela, ou retirar uma arma plantada na sanefa. O maior dos desenhos mostrava um assassino sisudo usando gola olímpica escura e boina, montado sobre o globo; debaixo de um braço o homem carregava um M-I; debaixo do outro, o equipamento de montanhista. A tinta de suas botas pingava sobre as longitudes e latitudes do planeta.

Spence resmungou e torceu para que ela se cansasse de ler a página e tirasse aquilo de seu campo de visão. Como foram poucas as coisas que conseguiu contar aos detetives particulares que visitou. Um deles pôs a mão em seu ombro, num gesto amigo, e lhe disse que se sentisse mal por não conseguir falar muito a respeito dos hábitos e peculiaridades do filho. "Mais da metade dos homens que vêm aqui procurando esposas que fugiram não conseguem lembrar qual é a cor dos olhos delas."

"Não pedi pra você fazer faxina aí."

"Ei, meu chapa, isso aqui está uma bagunça", Teo comentou. "Estou fuçando aqui. No entanto estou completamente perdido no caso do chiclete desaparecido."

Spence sentiu os músculos da nuca enrijecerem. Flexionou o braço que estava no volante, o pé que estava no pedal, e tentou ficar confortável. Zala devolveu a página amarela ao local onde a encontrou, e agora olhava para o compartimento como se espiasse a entrada de uma caverna. Estava com essa mesma aparência no dia seguinte ao protesto, quando foi chamada à delegacia e teve que encarar os policiais sozinha. Spence se sentia abatido e irritado pensando nisso. Deveria ter ficado ao lado dela. Entretanto, naquele momento, estava debruçado sobre a mesa do outro lado da porta, apaziguando Carole. Zala não devia ter ido lá, argumentava consigo próprio, sem se convencer. Ele deveria estar ao lado dela, deveria ter metido a mão no queixo do policial ou seja lá onde se aloja o veneno profissional.

"Que bela coleção." O olhar de Teo transitava entre a arma, Spence e Zala, que estava sentada imóvel.

"Chiclete, não arma", Spence resmungou, lembrando o dia em que enfiou o pente com a munição na pistola, rasgou a página amarela da lista, depois saiu às pressas da casa da irmã, certo de que sabia aonde estava indo e em quem planejava atirar. Quando estava perto de voltar para os Estados Unidos, uns sujeitos da sua unidade lhe pediram ajuda para estabelecer canais na Geórgia para drogas, dinheiro e para os crânios, orelhas e ossos pélvicos que viravam suvenires de guerra. As ameaças eram duas vezes mais comuns do que as súplicas quando ele recusava. Aquele palpite acabou se revelando um fracasso, fazendo cada vez menos sentido à medida que aprendia mais acerca de crianças desaparecidas. À medida que os dias se arrastavam, nada fazia muito sentido, a não ser que em algum ponto daquilo — drogas, culto, pornografia, Ku Klux Klan, exploração sexual ou seja lá o que fosse — havia policiais encobrindo as pistas antes que os culpados fossem pegos com as mãos ensanguentadas.

"Muito chique", Teo comentou, batendo com a caixa de chicletes na quina da caixa de charutos. Passou dois chicletes por cima de Zala enquanto ela pegava a caixa das mãos dele. "Grávida?"

No último inverno havia uma caixa de charutos na prateleira do guarda-roupa das crianças, igual à que agora estava em seu colo. "50 Valencias Feitos à Mão", do Brasil, achava que estava escrito. A caixa em seu colo dizia "50 Caballeros Feitos à Mão". Uma caixa pequena atrás das lâmpadas de Natal, grande o bastante apenas para conter a braçadeira do violão, uma palheta de casco de tartaruga e um prisma do tamanho de uma noz. Perguntou ao Sonny o que era aquilo, e foi aí que ficou sabendo da história da braçadeira; "emprestada", seu filho lhe informou. Zala passou as mãos pela tampa, adiando o pensamento do que isso significaria caso essa fosse a caixa do Sonny e Spence estivesse com ela.

"Então, o que você descobriu, cara?"

Teo tirou a embalagem de um chiclete e o colocou dobrado na boca. Fez uma bolinha com o papel e ficou rolando aquilo nas palmas das mãos.

"Porra, Teo, você ouviu alguma coisa?"

"Odeio ter que lhe dizer isso, meu chapa, mas você está dirigindo com o pisca-alerta ligado." Teo lambeu o polegar e passou rapidamente por várias páginas de seu bloco, depois voltou à pagina em que estava, forçando o vinco com a lateral do polegar.

"Pode ser esta semana ainda?"

"Você é ruim igual à Sue Ellen", Teo disse, descolando a camisa úmida da pele. "Tá, sabe aquele cara de que lhe falei, aquele do grupo de teatro da Sue Ellen? Ando conversando com ele quase todo dia desde a última vez que a gente se falou. E é que nem o jornal anda dizendo. Vai ter uma festança em Atlanta este fim de semana. Está começando agora mesmo, na verdade." Deu uma conferida no relógio e continuou mascando. "O anfitrião é aquele grande norte-americano, o seu amigo, o meu amigo, J. B. Stoner."

Spence assobiou e mastigou o chiclete. "Indiciado pelas bombas em Birmingham. Como não foi condenado, agora saiu candidato. É bem o que precisávamos."

"Igrejas e sinagogas também", Teo falou, virando páginas. "Deixa ver... em 1958 e em 1963..."

"Não vamos perder tempo demais com esse relatório. Só me conta o que você tem. O que a gente sabe desse cara?"

"Bom, estava esperando a Sue Ellen terminar a cena dela, aí a gente foi conversando, eu e esse cara de quem estou falando. E a gente falava daquele senador preto que está tentando tirar os anúncios racistas do

Stoner da TV e tudo mais e ele diz que o Stoner é um cara bacana e que vai fazer uma convenção grande de grupos de defesa dos brancos do mundo todo."

"Ótimo", Spence murmurou, rasgando o chiclete com os dentes. "Uma cidade cheia de nazistas." E com tudo fora do lugar, pensou. A comunidade preta se tornando um território de caça, fascistas de todos os cantos do planeta vindo para a cidade, e tudo estava fora do lugar. "Quando é que vão assumir a responsabilidade de civilizar essa comunidade de vocês?", Spence perguntou. "Como é que pode você ficar sentado com esse cretino falando de Julian Bond em vez de fazer alguma coisa?"

"Nossa", Teo murmurou. "Achei que a gente estava fazendo." Ele se virou para Zala em busca de apoio. Ela parecia estar a um milhão de quilômetros de distância, segurando a caixa de charutos no colo.

A perna de Spence bateu na dela. Zala não tinha nada a dizer? Baixou a janela quando se deu conta de que aquele chiclete jamais ficaria bom; partes da goma estavam separadas em pedaços granulosos. Cuspiu e depois esmurrou o volante. Tropas de choque se reunindo na cidade e a comunidade tinha esquecido como se defender. A atenção dele andava tão focada no protesto organizado pelo PARE e o SCLC que a convenção da extrema direita passou batida. A única coisa que escutou no noticiário foi que a imigração havia negado entrada para uns poucos extremistas mais conhecidos.

"Por que está tão irritado?"

"Eles não gostam de você também, não esqueça." Spence subiu o vidro. "Porque você é um cara bacana", acrescentou sem ironia, achou, no entanto dentro de sua mente ainda ouvia Gaston dizer "Papo furado".

"Então, sobre esse cara", Teo continuou a falar. "Vale a pena ficar de olho, então estou no caso. Primeiro, o cara só fala de desastre. Sabe como? Enchente, terremoto, acidente nuclear, revolução, motim — principalmente motins." Teo virou a cabeça para estudar a plateia. "Claro que motins raciais são o assunto preferido dele."

"Certo", Spence murmurou.

"Claro..." Teo abriu mais um chiclete. "Às vezes, quando vou visitar os meus pais e vejo a plantação apodrecendo no campo, porque não vale mais a pena colher se o governo for ficar de flertezinho com os russos, e vou falar uma coisa pra vocês, eu mesmo fico pensando em armas e revolução." Parou de mascar o chiclete e olhou pela janela.

Spence olhou para o outro lado do banco, subitamente se sentindo sozinho no carro. "Ele falou alguma coisa relacionada ao caso? Mencionou as crianças?"

"Armas e revolução", Teo disse. "Basicamente é disso que ele vem falando. Ainda não levei a conversa para o caso. Só uma frase solta aqui e ali. Ele fala quase sozinho. E como fala, o sujeito. Tem a mania de ficar agarrando a gente enquanto fala." Teo segurou o braço de Zala de brincadeira, mas soltou quando ela deu um pulo.

"Um cara grandalhão", Teo continuou, inflando o peito e engrossando a voz. "Porém sólido. Dá pra ver que puxa ferro e malha. Você conhece o tipo — sempre querendo que dê um soco no estômago dele e quebre a porra da mão. Sempre tentando convencê-lo, esse cara."

"Convencer do quê, Teo?", Zala perguntou.

"É, qual é a história dele? Me diz alguma coisa que eu possa usar."

"O que ele está vendendo é sobrevivencialismo. O tempo todo dizendo: 'Faça a sua escolha agora, pois você é um sobrevivente ou uma vítima'. O cara faz oficinas de sobrevivência na selva em algum lugar — no Alabama, acho. Cem paus por casal o fim de semana. Exercícios físicos, como curar carne e congelar vegetais secos, como acender uma fogueira sem fazer fumaça, como montar armadilhas, como manter a arma seca atravessando um córrego. Esse tipo de coisa. Cem paus por casal." Teo assobiou entre os dentes. "Não sei quanto cobra por criança, mas essa é a taxa pra adultos. Se preparando pra grande guerra. A *grande* guerra", Teo enfatizou ao ver que ninguém reagia. "A guerra racial, moçada. Alguém aí tá me ouvindo?"

"Guerra, certo", Spence respondeu. Estavam declarando guerra de novo e tudo estava fora do lugar. Uma paz de mentirinha tinha sido proclamada e os guerreiros da comunidade jogaram os escudos numa pilha e penduraram as condecorações em ternos da *GQ*. Com o canto do olho, notou que Zala olhava para o seu rosto. Ficou se perguntando se ela estava lendo seus pensamentos e se ia tirar sarro do tipo "Eu bem que avisei", embora ela nunca tivesse entendido de verdade o que ele lhe contava acerca de guerreiros, e havia se mostrado inflexível — na verdade assustada, se corrigiu — quando alterou seu jeito de vestir, por questões de mobilidade social, com medo de ficar para trás. Apesar de estar certo quanto a ter esse direito, mesmo assim ficava nervoso quando Zala ficava o encarando desse modo.

"E as roupas dele", Teo estava dando uma risadinha. "Vocês tinham que ver o jeito que ele se veste."

"Você está seguindo o cara ou noivando com ele, T?"

"Engraçadinho, o seu marido." Teo se espremeu contra a porta para conseguir trocar de roupa. "Ele usa um colete à prova de balas, óculos escuros de combate da aeronáutica, camuflagem, botas de caminhada e um colete militar, Spencer, com uns cem bolsos. O sujeito carrega de tudo ali, fora cachorro treinado — tem facão, garras de aço e aqueles badulaques. Já ouviu falar de Barras Energéticas Vitalidade Bruta?" Teo estava raspando o estojo plástico da caneta no bolso da camisa para mostrar onde as barrinhas ficavam no sujeito. "Comida superenergética embalada tipo ração militar. O cara é maluco, olha bem o que estou falando, bem-educado e inteligente pra cacete, porém maluco. E você tem que ver a mala de mão que ele carrega o tempo todo pra lá e pra cá. Não tem só a conversa dele e as roupas, o cara também é uma biblioteca ambulante. *O Manual da Equipe da SWAT, O Almanaque do Sobrevivente, Defensor Norte-Americano, Força de Ataque, Gung Ho, Soldado da Fortuna* — esse tipo de coisa. As revistas com anúncios de fisiculturismo e colunas do tipo 'Procura-se' para mercenários e 'Recorte Este Cupom para um Curso de Hipnose para que as Mulheres Sigam seus Comandos'. Esse tipo de coisa." Teo passou um dedo pela testa e sacudiu.

"Você deu uma olhada no material?"

"Claro, meu. Aquele cara pode convencê-lo de qualquer coisa. Quase que assinei aquelas revistas tipo na-terra-e-na-água e atire-para-matar. Pode apostar."

Spence revolveu aquilo na cabeça: hipnose, trajes, armas. Virou-se a fim de ver o que Zala fazia. Ela estava cheirando a caixa de charutos, nem de longe ouvindo o Teo.

"A Sue Ellen diz que o sujeito tem uma caixa de munição em casa. Alguns dos atores se reúnem, entre um ensaio e outro na igreja, para repassar as falas", ele explicou, ligeiramente corado nas rugas enquanto sorria, ou tentava sorrir. "E ele tem uma caixa de munição Remington — estrepes, carabinas, pistolas, granadas, ferramentas tipo aquelas — ah, caralho, sei lá que tipo de ferramenta é aquilo. O que interessa é que o cara é um arsenal ambulante. Maluco. Só que não é totalmente maluco, pois até que tem lá a sua lógica, de um jeito meio bizarro."

"É?"

"Me preocupo com o tipo de companhia com quem você anda, Teo", Zala comentou de repente. "Me preocupo mesmo." Cheirou mais uma vez a caixa. Mas qual seria o cheiro de um pedaço de vidro com várias faces, ou de uma palheta?

"É como eu disse, o cara é convincente mesmo. 'Não vire um dinossauro.' Ele fica dizendo o tempo todo. 'Não fique pra trás.' Parece paranoia, acho, hein?" Nem Zala nem Spence responderam. Teo encostou de novo as costas na porta e esvaziou os pulmões, passando os dedos pela parte da frente de sua camisa de garçom até Zala olhar. "O sujeito tem uma camiseta que diz 'Controle de Armas é Abater seu Alvo.'" Teo riu, depois parou, ao ver que os dois não estavam rindo.

"É como você disse, T, vale a pena ficar de olho no cara."

"Bom, estou no caso." Se sentindo encorajado, virou mais algumas páginas. "O outro emprego dele", continuou, voltando a dobrar as páginas, "descobri isso uma noite quando ele encostou o diretor contra o cabide dos figurinos, falando um monte a respeito de veículos blindados à prova de balas. À prova de grampos também." Passou as mãos pelo painel. "Ele tem um aparelhinho que embaralha o sinal de qualquer tipo de transmissor. Trabalha como consultor de segurança para empresas de fora do país. A especialidade dele é sequestros. Proteção contra sequestros, digo."

"Sequestros!"

"Ahh, agora os dois estão animados." Teo dançou no banco, balançando os polegares. "Por que acham que estou seguindo o cara? Desde o primeiro dia que vi o sujeito no Daily's almoçando com um repórter, pensei com meus botões: 'Se liga nesse aí', e não deu outra, os dois estavam falando de sequestros. Então falei pra mim mesmo: 'Certeza, caralho, vai nessa, Teodescu'."

"As crianças?"

"Não, nada de crianças. Coisa de terrorista. E não aqui. Você sabe, nesses países onde pegam um executivo norte-americano pra trocar por um camarada deles que está na cadeia. Esse tipo de coisa. Não mencionou o caso ainda, e não cai nas minhas deixas, então estou esperando. Porém tenho certeza de que o cara sabe tudo sobre esquema de sequestro."

"Tipo o quê?" Spence se afastou do volante para ouvir.

"Bom, por exemplo, em 95 por cento dos sequestros tem um veículo envolvido."

Spence olhou para o colega de Exército que folheava anotações. "É isso? Foi isso que você conseguiu depois de quatro semanas puxando o saco do esquisitão?"

"Não deixa de ser alguma coisa", Zala comentou. Ela manteve as mãos cruzadas com firmeza sobre a tampa da caixa enquanto Teo e Spence discutiam, falando um de cada lado dela, para saber no que valia a pena gastar tempo. Era Spence que estava fazendo tempestade em copo d'água com o relatório. Teo, Beemer e um outro veterano branco que tinham permanecido no grupo de encontro de McClintock estavam monitorando os direitistas da Stone Mountain e retomando vínculos com antigos colegas de classe, veteranos do Vietnã que podiam ajudá-los a monitorar membros da Ku Klux Klan e simpatizantes da polícia. Mas e se não fossem pessoas de fora, e sim alguém do lado de dentro?

"Faz quanto tempo que você tem essa caixa?", interrogou Spence quando este se debruçou por cima dela para perguntar ao Teo o nome do maluco.

"Ele diz que se chama Bedford. Às vezes diz que é Pat. Não boto muita fé no que ele fala. Tem três iniciais gravadas na mala de mão — NBF —, mas da primeira vez que a gente se encontrou me disse pra chamá-lo de Pat. Vai saber."

"NBF. Nathan Bedford Forest", Spence disse seco.

"Você conhece o cara? Conhece o doidão? Caraca, Spencer, você conhece todo mundo. E eu aqui seguindo o cara e achando que era tipo o Barnaby Jones. Droga." Ele cutucou Zala. "Ele não é impressionante?"

Spence chacoalhou a cabeça. "Porra, Teo, metade das ruas da cidade são batizadas em homenagem ao Forest, caramba. Herói da Guerra Civil, fundador da Ku Klux Klan, grande patriota norte-americano — provavelmente é daí que vem o 'Pat'. Ele está brincando com você, T." Spence riu. "Assim que eles descobrirem um jeito de colocar o velho Nathan lá em cima na Montanha Stone ao lado do general Lee e do Stoney, vão esculpir o sujeito. Esse era o tipo de bobagem que ensinavam pra gente na aula de educação cívica — escrever cartas pra que pendurassem um quadro do Nathan na parede. Um dos benefícios das tais escolas integradas, T, você pode fazer a adoração dentro do templo."

"Bom, isso é interessante", Teo falou em sotaque arrastado, as mandíbulas se mexendo. "Será que NBF não é tipo um anel de formatura — tipo aqueles broches que o pessoal da maçonaria usa no tribunal e mostra pro advogado e pro juiz e pro júri? Um sinal secreto?" Mascou o chiclete por um tempo, pensando naquilo. "Será que tem um monte desses NBFs andando pela cidade com iniciais gravadas numa pastinha?"

"Ou naquelas pochetes que os policiais usam."

"Jesus, isso está ficando assustador, e esse chiclete ruim do cacete não vai ajudar."

"O melhor jeito de vencer o medo, meu chapa, é dar uma porrada nele." Spence apertou o botão que baixava o vidro do lado do passageiro para o Teo poder se livrar do chiclete. "Que tal se você conseguisse um convite pra essa festa, T?"

Teo engasgou, depois cuspiu o chiclete. "É isso que vocês chamam de comédia de pretos? Deixando as piadinhas de lado, sargento, não tem outra pessoa pra essa missão?"

"Ah, vai, um corte de cabelo e você ia se encaixar perfeitamente. Achei que vocês estavam superempolgados pra usar esses contatos todos que andaram fazendo, não?"

"Empolgado o cacete. Ia ser um corte de cabelo, verdade." Teo puxou uma parte do cabelo e o enrolou no pescoço. "Primeira coisa que vou fazer quando chegar em casa é estudar aquela apólice de seguro que você escreveu."

"Tem um endereço, pelo menos?"

"Endereço? Quero saber se você deixou minha família protegida, é essa a questão."

"O endereço da convenção, T. Onde é que o Stoner vai fazer o show dele?"

Teo arrancou uma página e colocou sobre a tampa da caixa no colo de Zala. "Um hotel no distrito de Cobb", disse com cautela, depois se recostou e soltou um longo suspiro ofegante com cheiro de hortelã. "Vocês vão me dar licença, moçada, enquanto dou uma cochilada."

Spence buzinou para um cachorro marrom que se deitou curvado e dormiu no meio do túnel que um ano atrás servia como linha de demarcação entre o novo Boulevard Internacional e a Magnolia Street. O cachorro levantou com preguiça e se sacudiu, depois olhou pestanejando para a grade da limusine. Spence buzinou de novo. O cachorro trotou até o fim do túnel, desviando de valas e equipamentos de escavação, placas do centro de convenções invadindo centímetro a centímetro o velho bairro. Os esquemas bolados nos anos 1970 para adquirir aquela a área tinham sido frustrados, pelo menos de forma temporária, primeiro pelo surgimento inesperado de centenas de jovens casais de profissionais pretos que compraram as casas regentrificadas, e depois pela Igreja Cristã Nacionalista Negra, que comprou um quarteirão inteiro na Gordon para o Templo do Centro da Madona Negra. Com o West End assegurado, os assistentes sociais deixaram de estudar o plano principal do Projeto Atlanta 2000, que selecionou diversos distritos para fazer "mudanças demográficas" a tempo da Universidade Internacional e da Feira Mundial, ambas programadas para a virada do século. Malik, um dos homens pretos que tinha acompanhado a caravana semanas antes, disse que quem estudasse o plano poderia notar uma relação entre a série de incêndios no West End, as escolas da região que estavam previstas para fechar, os esquemas propostos de zoneamento e as ofertas agressivas que agentes imobiliários estavam fazendo para que antigos moradores saíssem da área.

 Spence se perguntou se poderia haver uma reunião de guerreiros na casa de Malik. Amigo de Dave, Malik morava perto do West End Park, onde um grupo de muçulmanos era dono de casas e lojas. Ele ofereceu sua casa para uma reunião numa noite a fim de que pudessem dividir a rota — o grupo de Dave, começando do ponto onde o garoto Carter morava, viajaria para noroeste seguindo a Gordon Street até ela virar a MLK Avenue, passando depois para a Hightower Road rumo à Jackson Parkway, cobrindo uns sete pontos do mapa e terminando no local em que o menino de Cleveland estivera hospedado; o grupo de B. J. foi para leste na direção da Memorial Drive e da Conway, cobrindo nove pontos no mapa, e parando no lugar onde o garoto chamado Richardson foi visto vivo pela última vez; a limusine foi para o sul rumo à área da Lakewood e Campbellton, onde o detetive Dowell prometeu se encontrar com eles depois do expediente. Na hora marcada, 20h30, todo mundo parou de fazer anotações e rumou para o ponto número um na Niskey Lake Road. Spence supôs que não haveria uma reunião na casa do Malik, pois era o dia do sabá dele. Em que local, então, alguém poderia estar reunindo um exército para defender a comunidade?

 "Botas", Spence murmurou. O voto garantido, representantes eleitos, confiando na intrincada etiqueta dos passos de minueto coreografados com minúcia, os pretos tinham largado suas armas em praça pública e foram ler os jornais, loucos da vida se o cupom que dava 10 centavos de desconto para um enxaguante bucal de que eles jamais tinham ouvido falar estivesse faltando em seu exemplar.

 "Que botas?" Teo abriu um olho, mas fechou logo que notou que ninguém lhe respondia.

 Spence passou pela serraria na Northside imaginando um lugar no qual poderia parar e se oferecer para o recrutamento. Um serralheiro coberto de pó, com lascas de madeira finas como papel no cabelo, saiu da serraria batendo um boné amarelo-manteiga nas calças até deixá-lo verde outra vez. Seria um guerreiro? Houve um tempo em que saberia dizer a meia quadra de distância quem era guerreiro, amazona, rainha, feiticeiro, menestrel, vidente. Alguma coisa havia acontecido com seus olhos nos últimos dez anos. Zala tinha dito isso uma noite quando estavam dirigindo pela Bankhead procurando a loja de armas que, segundo um dos membros do PARE, oferecia prática de tiro ao alvo para jovens.

"São meus olhos", disse vendo um fluxo de gente saindo da mesquita para seus carros, "ou os muçulmanos mudaram? Antes eles brilhavam. Parecia que tinham uma luz em volta deles." Ela comentou que todas as pessoas e coisas mudaram um pouco, e que os olhos dele mudaram muito.

Spence saiu da Northside para uma via secundária. Uma fileira apressada de casas novas em meio às velhas tinha um jeito de acampamento militar. Será que os moradores estavam cavando trincheiras, ou será que os puxadinhos ficavam numa região requisitada para fins militares? Perto do barraco trancado a cadeado do mestre de obras, um vigia velhinho, estava sentado de pernas cruzadas sobre uma pilha de tijolos coberta por um plástico turvo. Estava tirando o colete para se proteger do sereno. Spence acendeu os faróis. No cone de amarelo, a chuva caía como os alfinetes de costura de Zala. Era uma cidade de idosos e de crianças em perigo. Se havia guerreiros em algum lugar reunindo forças contra os fascistas que estavam vindo para a cidade, acharam que Spence não estava à altura para ser convocado. Os olhos dele ardiam. Poças cinzentas de desinfetante, acumuladas nas sarjetas, amplificavam os odores da madeira crua e do cimento fresco. Fechou totalmente as janelas ao sentir a chuva entrar inclinada, batendo na manga do uniforme.

Era uma situação estranha, psicopatas vindo para uma cidade de psicopatas. Que outro nome podia dar aos novos-ricos que sorriam seus sorrisos de conheça-a-história-da-minha-superação nas telas e nas capas de revistas, nas fotos eu-cheguei-lá que nunca precisavam ser retocadas, pois a cidade inteira tinha retoques, todos apaixonados pelos slogans que a agência de propaganda criou para atrair dólares de fora da cidade. As mesmas noções programadas de invulnerabilidade, progresso, saúde e superioridade que contaminavam o país inteiro, contando vantagens relacionadas a bombas enormes, dentes bons, ossos fortes, uma ciência milagrosa e uma tecnologia avançada — ao mesmo tempo em que gastavam sua renda em comprimidos, bebida, médicos, psiquiatras, manuais de sexo, poções para dormir e todo tipo de curandeiro para ajudar a reordenar suas vidas. Ele estava na mesma batida que os outros.

"Spence?" A voz dela parecia um eco vindo de uma caverna. "Quero informações a respeito desta caixa."

"Eu também. Passa um pra cá. Nem sabia que vocês dois estavam juntos de novo." Teo abriu a tampa e passou um charuto debaixo do nariz numa pantomima. Mordeu uma das pontas de seu *caballero* imaginário e acendeu, se curvando num acesso de tosse. Zala nem se deu ao trabalho de dar um tapa nas costas dele. Sabia reconhecer uma encenação que servia como cortina de fumaça. Percebeu o pescoço dele se avermelhar quando se tocou do que tinha acabado de dizer. Sentindo Spence apertar sua coxa, achou graça que Teo estivesse constrangido por sua própria indelicadeza ao mencionar o casamento abalado dos dois e uma caixa vazia sobre os joelhos dela. Ela passou a mão pelo lado de dentro. Assim como na vida, pensou, também no caso de uma caixa o vazio tem um peso.

"Onde arranjou isso, Spence?"

"Deixe de palhaçada, T. Vocês estão interessados em fazer isso? Em pelo menos dar uma espiada em Cobb?"

"Sei lá, Spencer. Vou falar com o Beemer, ver o que ele diz."

"Eu lhe fiz uma pergunta, Spence. De quem é essa caixa?" Zala bateu de leve nele com a caixa para chamar a atenção, depois ficou de ouvidos atentos. Ela desenvolvera uma audição perfeita. Esperou, braços cruzados contra o peito, para ouvir uma falha na voz de Spence, uma nota em falso, uma tentativa de encobrir algo. "De quem é essa caixa?", repetiu, tentando manter a voz calma.

"De ninguém."

"Tive uma dessas, uma vez", Teo revelou, feliz em ver a conversa mudar de rumo. "Também comprei uma lata de Prince Albert. Guardava minhas bolinhas de gude na lata e minha coleção de pedras na caixa. Acho que um menino não pode crescer sem uma dessas, hein?" A voz dele sumiu num devaneio.

"De ninguém", ela disse. Zala procurou a coragem para provocar Spence a traduzir "ninguém", porém recuou, com medo, despreparada, seu arsenal vazio.

"Pense nisso, T, e me avise", Spence falou.

Ele virou à direita para passar ao lado do Edifício da Associação de Torneios de Jogadores de Damas dos Estados Unidos, perto do cruzamento da Griffin com a MLK. Os livros da biblioteca caíram nos tornozelos de Zala, e ela tomou outro susto. Uma caixa, cinco livros, várias incógnitas. Tinha de existir uma gramática que a ajudasse a entender essas coisas. Era evidente que Spence não tinha intenção de levar a pergunta a sério. Por isso começou com os livros.

De todos os personagens do curso de primavera, por que escolheu Clitemnestra? E por que a demora para entregar o trabalho? Zala nunca tinha corrido o risco de não concluir uma disciplina. Já estava ficando para trás na vida sem isso. Talvez não houvesse conseguido se acertar com a abordagem oficial seguida pela beldade sulista que ministrava o curso e com os poucos livros antigos de que conseguiu dar conta.

Adúltera, assassina, Clit havia trazido ao mundo pecado, crime e desordem, e não muito mais do que isso. Mas será que ela, Zala, teria ficado sentada quieta enquanto o general Agamenon sacrificava a filha para garantir bons ventos que levassem os navios de guerra até Troia?

Sacrifício de crianças. Cordeirinho, era como eles chamavam o seu primogênito muito tempo antes de ele ser Sundiata, Sundi, Sunday, Sonny. Quem não chamava seu bebezinho de cordeiro? Nas revistas de beleza que bagunçavam o salão, Zala tinha lido a respeito de clínicas de rejuvenescimento que faziam transplantes de glândulas de cordeiro para dar vida nova a clientes que estavam envelhecendo. Injeções de extrato de placenta de cordeiro eram rotina nos círculos de estrelas do cinema e celebridades, ela leu sobre isso. Haveria exploradores em Atlanta à caça da mítica Fonte da Juventude, mais uma vez derramando sangue em suas expedições? O psicólogo forense da Força-Tarefa não tinha falado de uma espécie de clonagem metafórica?

Zala endireitou as costas e se aproximou mais um pouco da arena do perigo. "Como assim não era de ninguém?"

"O quê?" A voz dele estava tranquila, sorridente. Ao se virar para confrontá-lo, ele estava acenando para um grupo de velhinhos que atravessava a rua do edifício da associação dos jogadores de damas para o restaurante Canopy Castle.

Ela abriu a boca e depois fechou. Havia um raio de luz bem acima de sua sobrancelha direita. Esperou ser morta naquele exato instante pelo que estava pensando. Cuidado, alertou a si mesma, recuando da linha do perigo.

"É só uma caixa, meu amor."

"O que é que deu em vocês dois?", Teo questionou. "Você murmurando algo relacionado a botas e ela com essa caixa."

"Uma porcaria de uma caixa de charuto", Spence disse, dirigindo a limusine através de uma nuvem de vapores que subiam do esgoto no meio da Martin Luther King Avenue. "Relaxe. É só uma caixa."

"Tem certeza?"

"Do quê?"

Ela colocou a mão no painel e a manteve lá.

"Preciso saber onde você arranjou essa caixa. Parece a caixa do Sonny."

"Me deixa em paz, mulher. Não é do Sonny. É do escritório do Bryant, se você precisa saber a procedência. Um cliente agradecido. O terreno dele estava preso num inventário."

"Procedência?" Teo sorriu. "Alguém me dá um beijo, rápido."

"O Sonny tinha uma caixa igualzinha a essa."

"Não vem me deixar com caixas na cabeça. Já estou tendo problema suficiente com a merda das botas. Aqui, me dá isso." Ele tentou agarrar a caixa, mas Zala a segurava com força. "Se isso aqui vai ficar assombrando você, é melhor jogar fora."

De que adiantava aquilo? Spence tinha convencido Bryant a fumar e a distribuir os charutos para que pudesse dar a caixa ao Sonny. Aquilo esteve no banco do carro ao lado dele no domingo em que foi até a casa deles para levar a família a Columbus. Sentimental, ou talvez supersticioso, vinha povoando a caixa com os homens que podiam recrutar os heróis dos gibis. Agora, a caixa não só era inútil, sem sentido, como era um escárnio. Arrancou a caixa da mão dela e jogou para Teo.

"Para a sua coleção de pedras", declarou.

"Algumas daquelas velhinhas devem ter cem anos de idade", Teo batucou na caixa. "A gente não vai parar?"

"Marinheiros de navios mercantes, cozinheiros, professores, jornalistas, pedreiros, todos aposentados." Spence seguia com os olhos os homens que iam para o Canopy Castle. "Velhos pan-africanistas, associados do sindicato dos arrendatários do sul, gente que lutava por sua raça." Enciclopédias e atlas ambulantes. Arquivos móveis. Contadores de histórias.

Quando estava no sexto período de inglês, Spence costumava sair correndo para encontrar os homens que tiravam seu horário de intervalo no restaurante. Sentados pelos pufes, pelas mesas e nos bancos do balcão, falavam sobre história, contando da época em que a velha Hunter Street era um brejo com tábuas que servia de caminho para gado. Relatavam como contribuições voluntárias nos velhos tempos criaram um fundo comum para fazer benfeitorias para a comunidade. Diziam como Du Bois era no tempo em que passou na Universidade de Atlanta. E como arrecadaram dinheiro para mandar um trem cheio de manifestantes para Washington num protesto contra a invasão de Etiópia por Mussolini. Como foi importante visitar Garvey na Penitenciária de Atlanta voltando várias e várias vezes sem ligar para as inúmeras ocasiões em que foram proibidos de entrar. Não teria conseguido terminar as disciplinas de inglês, história ou economia sem aqueles homens, que colocavam meias de compressão e palmilhas de espuma nos sapatos para marchar nos anos 1960. "Pode ser tarde demais pra gente, mas estamos marchando pelas próximas gerações."

"Alguém vai me dizer qual é o lance das botas e dos guerreiros?" Teo cutucou, com o cotovelo, Zala, que no entanto ficou quieta. "Mais um estúdio de cinema na cidade filmando nessa região?" Teo examinou as ruas procurando uma equipe de filmagem.

Do lado de Teo na Hunter Street, renomeada como MLK Avenue, um rapaz atravessava devagar uma poça que escorria do posto de gasolina do sr. Cooper. Do lado de Spence, no terreno da loja de bebidas, três meninos de bicicleta tinham encontrado uma poça perfeita para hidroplanar. Indiferente, Zala observava enquanto a água espirrava dos pneus das bicicletas. O pessoal que normalmente bebia sentado na mureta do Jephta, conversando fiado com os clientes que entravam do Café Busy Bee, não estava lá. Os únicos adultos que se podia dizer que estavam de olho nas crianças eram cinco homens debaixo da cobertura do Paschal's, o principal marco da paisagem local, batendo as cinzas dos charutos no cimento molhado em uma conversa sem fim. Um deles saiu de baixo da cobertura e correu margeando os prédios, passando pelo salão de bilhar. Spence reduziu, antecipando que o sujeito atravessaria correndo às cegas para chegar a um Cadillac estacionado ao lado de um parquímetro vencido perto da Funerária Selles.

"Trocaram a armadura e o escudo por estampas xadrez."

"Podia repetir isso pro pessoal da Costa Oeste?"

Spence ignorou Teo. Hoje, quando pretos andavam pela rua, entrando e saindo de imobiliárias, seguradoras e lojas Bronner Brothers, não os via fazer nenhum tipo de cumprimento especial, nenhum sinal secreto, só um toque com dois dedos na aba do chapéu como saudação, um reconhecimento do sangue, mas não da tribo. Ele esfregou os olhos.

"Algum problema com os olhos?" Zala procurou um lenço na bolsa.

"É, isso." Spence apertou a mão dela subitamente. "Devem ser os meus olhos. Tem que ser. E isso é só metade do problema."

"Por que ele está tão feliz? Foi você que o animou assim?" Teo se encostou no painel, esperando; tinha perdido a piada em algum ponto. "Se você estava planejando pegar a direita aqui na Ashby pra me deixar no metrô, não estou com pressa. Não é muito divertido chegar numa casa vazia." Teo suspirou e sacudiu o braço para tirar algo que estava na manga. "Claro, se vocês dois têm planos pra hoje à noite, eu caio fora."

Spence fez um contorno na esquina e voltou para a Ashby. "Você acha que é legal fumar maconha só porque a gente está num bairro de pretos?"

"Pensei que vocês dois queriam… Caraca, você realmente gosta de assunto do nada, sargento."

"Quieto." Ele virou para Zala de repente. "Você está legal?"

Ela assentiu com a cabeça, porém não pegou a mão dele a tempo, que agora estava manobrando a limusine numa vaga em frente ao salão de bilhar. Zala prometeu a si mesma um longo banho quente na banheira.

Se a água estivesse quente o suficiente e deixasse o corpo escorregar o bastante para o fundo, ficaria relaxada demais para se torturar tentando decifrar os próprios pensamentos e sensações. Uma caixa de charutos obviamente nova sem nenhum arranhão, sem marcas de sujeira, sem nada escrito, uma caixa que cheirava a homem, não a um garoto, e mesmo assim aquilo tinha feito com que passasse do limite, ansiosa por trocar a lealdade e o senso de realidade por — o quê? — uma sensação de ter resolvido de modo inteligente um enigma, tendo conseguido encaixar uma peça de quebra-cabeça com um formato problemático sem se importar com o custo? Abraçou-se e sorriu abatida quando Spence desligou o ar-condicionado e massageou os braços dela. Sacudiu a cabeça; o frio não importava. Era um frio bom, que servia como punição, soprando cortante sobre seus joelhos.

"Me diga que esse aí não é o assassino do machado e vou tentar acreditar em você", Teo sussurrou, falando do sujeito em frente ao salão de bilhar. "Amigo seu?"

"Ainda não." Spence arrastou os pneus no meio-fio para chamar a atenção do homem. Ele gostava da aparência do sujeito. Uma perna dobrada encostada no vidro escuro, os polegares enfiados nos bolsos, cotovelos ocupando um espaço imenso para ninguém poder parar de nenhum dos lados dele, o camarada parecia dizer não para todo tipo de sedução e parecia jamais ter se desarmado. Usava uma boina de couro vermelho enviesada, que agora enterrou na cabeça enquanto olhava para a limusine, para o motorista, depois Zala, depois Teo, depois Spence de novo. Cruzou os braços e se afastou do vidro, refazendo, ao andar, o vinco da calça de linho cinza. Encarou Spence por mais um instante antes de seguir na direção dos homens na porta do Paschal's. Spence desligou os faróis e tocou a buzina. Vários outros homens da idade dele saíram do salão de bilhar e ficaram na porta esperando que se aproximasse.

"O que está acontecendo?" Teo estava com uma das mãos no trinco, mas não saiu.

Zala deu de ombros. Não sabia a explicação para aquela parada não programada e não esperava receber uma. Estava grata pelo espaço para poder se esticar. Estavam perto demais uns dos outros há bastante tempo, o que tornava o clima entre eles adverso. Estava ali sentada pensando nos outros pais na cidade e na quarentena de sua desgraça, sem possibilidade de ficarem confortáveis, de ficarem tranquilos, até de dormirem. Ela tentou ficar confortável e respirar fundo. Porém, mesmo com Teo perto da porta e percebendo que ela precisava de espaço, Zala se sentia apertada. Era pior do que o nono mês. Precisara de uma quantidade infinita de travesseiros debaixo dos cotovelos e dos joelhos, para colocar nas costas, para pôr na nuca. Spence em geral desistia de disputar os cobertores e acabava indo à cozinha para assaltar a geladeira, comendo direto da tigela com a luz minúscula, se instalando na sala para ler manuais de bebês. Ela encontrava Spence de manhã encurvado numa cadeira.

"Por favor, não", disse quando Teo se debruçou por cima dela para ligar o rádio. Em todas as estações parecia que estavam tocando "Another One Bites the Dust", como se isso fosse parte de uma trama premeditada. Ela não conseguia ouvir aquilo, desde que encontraram o menino Stephens estrangulado na Norman Berry Avenue. E ela não queria ouvir discursos de campanha. O que eles sabiam, o que podiam prometer? E chega de ouvir falarem de reféns, quando bem aqui na cidade existia uma casa, uma garagem, um galpão, um ático, um porão, um closet que estava sendo inundado neste exato instante por sua ansiedade inflamável correndo por baixo da porta.

Zala olhou para o retrovisor azulado. Será que a bondade não contava? Os bárbaros acabariam herdando a terra, afinal?

"Certeza que você não quer unzinho?" Teo estava enrolando um baseado, se inclinando para a frente para fazer isso entre os joelhos. Ele olhou para as janelas da Mecânica Paschal's como se estivesse falando com alguém que olhava para baixo. "Pra acalmar um pouco."

"Teo", foi a única coisa que disse, pois os quartos continham informações demais para ela pensar. Era mais fácil rezar do que vasculhar o hotel. Então se ergueu nas mãos para dar uma boa olhada no espelho. A única imagem visível era dela mesma, por isso olhou pelo para-brisa para o prédio em L em frente ao Paschal's. Parte dele abandonada, uma antiga loja de produtos de beleza embaixo, um escritório em cima, as madeiras da janela do andar de cima soltando dos pregos, meses de lixo na porta, o compensado na janela do andar de baixo degradado pela chuva, grafitado e chamuscado em alguns pontos por gente entediada à espera do ônibus. As dobradiças do térreo pareciam ávidas por ação. Um bom presságio, decidiu, e depois tentou moldar a escuridão além da janela do andar superior em formas reconhecíveis. Por que não conseguia conduzir Sonny para fora da caverna como o conduzira pelo canal de parto? Ela poderia incitar o filho a descer as escadas e fazer com que aparecesse na porta encharcada se Deus ajudasse.

"Quer que eu dê uma olhada lá?" Teo saiu e esticou as pernas, depois atravessou a rua correndo até o prédio em forma de L.

Aquele seria um excelente esconderijo, ela estava pensando, bem ali na rua principal, a dez minutos de nove dos pontos do mapa. No canto do L havia um mercadinho para comprar comida e um salão de beleza para saber das notícias. Bem pertinho, atravessando a Mayson Turner, havia uma farmácia, onde era possível comprar soníferos para manter os reféns quietos. Sonny gostava de Moon Pies, será que eles sabiam disso? Detestava leite e adorava o suco de laranja do Pato Donald, no entanto só se fosse a vez de Kofi comprar: Tropicana, se Sonny tivesse que pedir.

Esperou enquanto Teo abria caminho em meio ao lixo até a entrada do prédio. Aguardou como fazia quando estava no telefone, aflita; da mesma forma que agiu no showroom de pé-direito baixo depois das Peachtree Towers, sofrendo; no novo quartel-general do PARE, esticando o corpo, ao lado do rádio, debruçada sobre os jornais e o mapa. Esperava quando a rede era atirada na água, mãos se crispando de pavor ao pensar naquilo que podia ser içado. E teria que implorar para olhar. Não podia olhar. Tinha que olhar.

Anna e Kenneth Almond tiveram que olhar o buraco de bala nas costas de Edward Hope Smith. Venus Taylor teve que olhar o rosto mutilado de Angel Lanier. Eunice Jones teve que olhar as feridas na cabeça e na garganta de Clifford. A família Stephens estava agora vendo Charles, preparando seu funeral. Ela teria de pedir permissão para ver. Não podia ver. Não podia voltar à floresta para procurar, galhos se enroscando em sua coragem, as bocas-de-leão secas dando socos, as folhas uma mancha rendada marrom em suas roupas que grudava no tecido como cardos, não saindo nem depois de duas lavagens. Não podia entrar outra vez naquela velha escola, a escuridão úmida, o bolor e o mofo no solo, o suor de casais que treparam ali, os bebuns que ali mijaram, os cães que dormiram naquela cripta e que deixaram metade dos pelos em moitas sarnentas. Não podia andar por aqueles corredores, entrar naquelas salas de aula onde as crianças em outros tempos recitaram lições, cantaram músicas escolares, saudaram as cores da escola, vestiram os emblemas da escola até que uma lei traiçoeira os obrigou, para o seu próprio benefício, alegaram, a não se sentarem mais ao lado de seus amigos pretos, que isso era uma desvantagem em comparação à grande sorte de poderem se sentar ao lado de crianças que foram ensinadas a desprezá-los, fechando a Escola Fundamental E.P. Johnson para que anos mais tarde os piores dentre os blasfemos pudessem levar uma criança roubada e assassinada para aquele lugar e escondê-la debaixo das tábuas apodrecidas do piso, botando uma pedra em cima para evitar que ela se levantasse.

"Fiz tudo que sei fazer", lamentou. "Por favor." A imagem de Teo na entrada do hotel chutando o lixo virou uma mancha. "Por favor. O que mais posso fazer?", questionou em tom de suplica. Cinco versículos por dia, ela fizera isso. Quase todo dia de sua vida havia deslizado o marcador de páginas de cetim vermelho pela página amassada e virado as folhas com bordas douradas, lendo, absorvendo lentamente, olhos se movendo pelas familiares letras pretas até o vermelho. Feito. Caiu no sono com a Bíblia aberta sobre o rosto. A fé pode derrotar a dor. Cantou. Os problemas não duram para sempre, como disseram a mãe dela e a mãe da mãe dela junto à tábua de passar roupa. Feito. Isso também passará, se transformará. Clamava por isso toda noite de joelhos.

"Mas onde, Senhor, vós estais?" Dizia não como uma acusação, advertia a si mesma. Deus não gosta de gestos feios. Contudo não O interrogava de modo muito resignado. Deus não favorece os aduladores. Inclinou o queixo no espelho e baixou um pouco os olhos. Porém não muito. Não era um caso de ei-meu-bem-por-onde-você-andou? Era necessário que fizesse direito ou não funcionaria. Ela fora bem ensinada por centenas de pessoas que sabiam conviver com Deus, com a igreja e com os pastores de plantão. Então sabia como agir. Só funcionaria se empregasse o modo correto de fazer. E tinha que funcionar.

"Senhor?" Um humilde chamado de uma serva humilde. Claro, o Criador não vem só porque você chamou, e o Criador não vem só porque você precisa. No entanto, quando o Criador vem, vem na hora certa. "É hora, Senhor."

Viu Teo e Spence na rua conversando. Nada do Sonny. Nada de anjos. As ruas borradas de tinta preta. Os carros com seus clarins expulsando os dois do meio do trânsito para a calçada. Teo ficou perto do meio-fio, molhado pela chuva. Spence e três outros homens partiram na direção da Griffin.

Quando Deus, Jesus e o Espírito Santo chegassem, não haveria tempo para perguntar por que demoraram tanto? Com grande dignidade anunciaria a hora e o local do funeral e deixaria que a Trindade sentisse a ferroada de sua decepção de forma coletiva e individual, enquanto iria embora em um farfalhante vestido preto. Sim: ela aplicaria um golpe e tanto na máquina da fé. Rá. Cantando a plenos pulmões "Senhor, não movas esta montanha, só me dê forças para escalar". Como ela cantaria — com a cabeça jogada para trás, os cabelos despenteados, sarcasmo pingando dos dentes transformados em presas! Hum. E que um deles viesse lhe falar de Jó. Uhum. Observaste meu servo Jó? Nem comece.

Sofrimento imerecido e sofrimento e blá blá blá. Cala a boca. E se houver cinquenta justos em Sodoma. Explode tudo. Sal o cacete. Transformada em pedra quando viu o que Lot tinha feito, quando viu o que o Grande Pai permitiu, o que os pais da cidade permitiram.

"Fiz a minha parte", Zala disse. "Chega", decretou, batendo as mãos uma na outra, esquecendo Deus já que Deus havia se esquecido dela. Não havia sobrado mais nada no repertório, nada por fazer em sua lista de tarefas. Saiu do jardim e aprendeu a se expressar. Fez várias cenas. Seguiu pistas como uma gata. Machucou seus joelhos. Rezou até ficar rouca. E onde estavam as tribos para confrontar a cidade vil que preferiu colocar família após família sobre o altar em vez de mudar as noções de ordem ou editar uma única linha dos regulamentos de suas profissões?

"Não quero mais saber", declarou, sentindo-se delirantemente livre e bem. "Não quero mais nem saber, Deus. Chega", desabafou, desfrutando do doce e obsceno prazer de ouvir a própria voz tão forte e desafiadora... Ela riu e a faixa de luz ficou turva. "É. Estive aqui, Senhor. Mas onde é que Você estava?"

Domingo, 12 de outubro de 1980

O aquário emanava muita vida, e Roger estava azul, depois laranja, depois Gasparzinho, o Fantasma, atravessando as nuvens em seu castelo de pedras. Kenti, que estava deitada, sentou e esfregou os olhos com as costas das mãos para espantar o sono. E pela terceira vez desde que a broca do sr. Grier parou e a porta do forno bateu, ela se levantou e disse para sua boneca que devia estar na hora da catequese.

Escutou Kofi falar algum atrevimento, como se a mãe não tivesse passado a manhã toda dizendo que tivesse cuidado com a boca. Ele estava martelando o freezer quando entrou na cozinha e uma lasca de gelo deslizou pelo chão e bateu no seu pé. A cozinha agora não estava mais tão bagunçada, por isso Kenti esperou, um pé em cima do outro, mexendo os dedos, que alguém dissesse algo sobre ir para a igreja.

"Mãe, a gente vai comer agora ou depois?"

"Agora não", Zala respondeu, pegando a panela que estava no fogo. Kenti ergueu os ombros. Teria usado um pegador de panelas. E ficaria com as luvas de borracha cor-de-rosa. Mas a mãe nem passava os ovos debaixo da água fria. Estava com a cabeça inclinada para um dos lados, não para desviar do vapor, e sim para ouvir o rádio. O locutor estava falando algo ligado ao funeral do novo garoto morto. E ela mandou Kofi ficar quieto quando o menino se preparava para dizer alguma coisa. Zala quebrou os ovos na pia com as mãos nuas, tirou a casca dos ovos um a um sem derrubar, abriu com uma faca e tirou as gemas, amassou numa tigela, sem nem olhar o que estava fazendo. Com certeza tinha doído. Os ovos estavam quentes, Kenti pensou.

"A gente vai fazer um piquenique?" Mas nenhum dos dois disse nada, por isso ela adivinhou que os ovos eram para um almoço normal. Kenti foi até a mesa cheia de coisas para encontrar o chaveiro que tinha um joguinho com números e brincar com ele. Havia panelas com gelo nadando na água suja, tigelas com alguma coisa verde disforme, xícaras de coisas duras e escuras ficando cinzentas perto das bordas e uma batata com um dedo rosa bizarro saltado. Kofi estava no chão tentando enrolar o jornal empapado que a mãe colocara ali de manhã cedo. O papel ficava rasgando e deixando Kofi irritado. Havia sangue no chão onde a carne cortada pingou. Havia mariposas mortas junto às folhas de aipo nas poças de gelo derretido. Pegadas sujas cruzavam o jornal e as lajotas em todo o caminho até o balcão onde as luvas de borracha estavam jogadas. Pareciam as luvas que a srta. Penner apertava contra o peito quando se levantava para cantar com o coral.

"A gente não vai à igreja, mãe?"

"Não sei por que preciso fazer isso", Kofi reclamou. "A Paulette e as outras já limparam aqui. E agora a casa inteira está fedendo a limpador de forno."

"É pra fazer e pronto." Ela parecia distante, porém estava bem ali, o pescoço inclinado, a cabeça para o lado, escutando o funeral. E quando a broca começou de novo, ela se virou e jogou pedacinhos de casca de ovo no cabelo de Kofi, o que deu mais um motivo para o garoto ficar puto.

"Que droga." Zala olhou para a parte da frente da casa. Depois olhou para Kenti como se talvez fosse culpa dela que o sr. Grier estivesse fazendo furos. A menina remexeu nas coisas em cima da mesa e encontrou o chaveiro em forma de peça de quebra-cabeça do lado da jarra de suco, que estava pegajosa, com uma cor laranja melada, na face que tinha os números. Saiu da cozinha no momento em que viu a mãe olhando para as mãos, cortes vermelhos brilhantes nas palmas ficando brancos e inchados.

O sr. Grier deu uma olhada em Kenti, depois desenrolou o fio, pegou a escada e chamou a mulher para ver seu trabalho concluído. Ele colocou uma lâmpada na porta da frente da casa. Parecia que pôs a luz entre as duas casas para compartilhar, mas Kenti não disse isso, pois o sr. Grier não trocava uma palavra com ela desde o verão. Então mexeu nos números do chaveiro para lá e para cá, conseguiu colocar o 1, o 2 e o 3 em ordem até o momento em que a sra. Grier meteu a cabeça para fora e se virou para ver a lâmpada.

"Ele não vai reembolsar a gente, você sabe." A sra. Grier chupou os dentes daquele jeito especial, e por isso Kenti sabia que estava falando do dono da casa. Kenti queria tentar chupar os dentes também, porém não queria que achassem que tentava tirar um sarro. O sr. Grier apagou e acendeu a luz, e depois os dois olharam para a menina como se ela devesse estar envergonhada por ainda estar de pijama. Sentiu o rosto ficar quente, embora as pontas dos dedos estivessem frias no brinquedo de plástico.

"Você não acha que a gente devia ter comprado um par de luminárias e rachado?", a sra. Grier perguntou, coçando o lenço na cabeça. Ela usava o lenço no estilo pirata, e uma das pontas estava presa no brinco. "Boa vizinhança", acrescentou, olhando para os pés de Kenti e depois para suas pernas cinzentas. A menina puxou o camisão para baixo, esperando alguém dizer bom dia. "Silas?"

"Não estou a fim", o sr. Grier respondeu, em tom severo. "Nem um pouco a fim."

E depois levou a sra. Grier para dentro de casa junto à escada, os dois olhando para Kenti de um jeito curioso, como se houvesse algo ruim acontecendo que levou a menina a sair de casa. Ela voltou para a sala cantando a música sobre Cristóvão Colombo que tinha aprendido na escola. E acrescentou uns tra-la-lás extras e subiu o volume quando chegou à parte legal sobre a *Nina*, a *Pinta* e a *Santa Maria*, alto mesmo, para mostrar que não tinha nada de errado acontecendo na casa. Ouviu a porta dos vizinhos se fechar e a corrente sendo colocada, e seu rosto ficou quente outra vez. Ela chutou a borda do tapete e bateu a porta o mais rápido que pôde.

"Saco, mãe, não sei nada sobre isso aí", Kofi estava dizendo na cozinha. Kenti escutou os chinelos da mãe batendo no chão rápido, rápido, e por isso foi correndo ver se Kofi ia apanhar. Todavia a mãe estava só fechando a tampa da maionese e enfiando o pote na geladeira. O menino estava batendo vasilhas de cereais na mesa, parecendo o pai quando jogava carteado, inclinado sobre a mesa, pernas uma de cada lado da cadeira, bunda arrebitada, estalando as cartas, batendo as cartas na mesa e dizendo as regras da mão para os jogadores. Mas Kofi não estava jogando, parecia que estava tentando arrebentar as tigelas. E a mãe também não estava para jogos. Ela se jogou na cadeira e começou a estudar seus livros. E não havia nada na cozinha que lembrasse que era domingo.

O vestido bom da Kenti não estava pendurado na tábua de passar. A tigela de massa de panqueca ainda não estava no balcão com a colher de pau enfiada. As luvas de borracha estavam jogadas na lateral da pia como se a srta. Penner estivesse se afogando no ralo e tentando sair. A chapa preta estava pendurada acima do fogão na tábua ao lado da frigideira, não no fogo com bacon chiando na parte de trás. A seção de quadrinhos do jornal não estava em cima da mesa, nem a Bíblia. Sobre a mesa havia livros e folhas de cadernos. E o mapa do assassino estava na cadeira do Sonny, mas não enrolado. A mãe estava com o elástico no pulso como um bracelete, então Kenti imaginou que ela estivera desenhando no mapa por causa do novo menino assassinado.

"Mãe, o sr. Grier não quis falar comigo." Kenti ficou esperando um abraço ou algo assim, mas a mãe continuou lendo, passando de um livro para outro e escrevendo numa folha com três perfurações. "Nem ela, mãe."

"Ah, e daí?", Kofi disse, derrubando as colheres na mesa. Elas ficaram ressoando e uma quicou até realmente chegar perto do braço da mãe. Zala ergueu os olhos e tentou levar na brincadeira, mas Kenti sentiu o rosto esquentar de novo, os pés frios no chão úmido. Encostou-se na cadeira da mãe esperando ela dizer que, caso se apressassem e fossem lavar o rosto, as panquecas e o bacon estariam prontos quando voltassem. Ela não queria cereal. Era domingo. E no domingo era para ter bacon e panquecas.

"Não sei nada sobre caixa nenhuma, na verdade", Kofi arrastou uma cadeira que deixou um rastro no chão recém-lavado. "Então meio que dá na mesma ir à igreja."

"Primeiro a caixa", Zala falou, olhando para as marcas no chão. "Assim como encontrou as botas de caubói, mocinho, trate de achar essa caixa de charuto."

"Que caixa?" Kenti olhou para a mãe e depois para o irmão. Porém nenhum dos dois olhava para ela. Eles tinham lanças nos olhos.

"Alguma caixa de charuto velha", Kofi explicou depois de um tempo. "Como se eu tivesse obrigação de saber das coisas do Sonny. Por que você não pergunta pra *ele*?"

"Como é que a gente vai perguntar pro Sonny, seu estúpido!" Depois de falar, se arrependeu de ter dito aquilo, pois os olhos dos dois perfuraram os dela antes de se desviarem.

"Como é que vou saber onde as coisas dele estão?" Kofi estava falando daquele jeito preguiçoso, mas a mãe não deu bronca nele por isso. "Até onde sei podia estar no armário dele, ou sabe-se lá onde."

"Que armário?" Zala deixou cair a caneta, que rolou na direção da cadeira do Sonny.

"Como é que vou saber?" A voz de Kofi ficou anasalada. "Pode ser que a escola dele tenha um armário, ou o Boy's Club. Saco. Como é que vou saber? Você que é a mãe dele." Ele arrastou um pouco a cadeira.

"Está vendo aquela janela ali?"

Kenti se afastou. Zala não gostava de soar como Mama Lovey. No entanto Kofi a ignorava. Estava parado com o quadril jogado para um lado e suspirando como se olhar para uma janela fosse uma coisa realmente tediosa. Ele não se apressou também, passando os olhos pelo cesto de roupas onde as roupas de domingo estavam emboladas, depois levou os olhos parede acima até a janela e se enrolou mais um pouco. "Tá, tô vendo."

"Como é?"

Ele fez um gesto exagerado colocando o punho na cintura como não devia fazer, não na frente de um adulto. "Estou", respondeu, mostrando os dentes.

"Está vendo aquele pote de conserva do lado do borrifador de goma?" O cabelo de Kenti ficou arrepiado. Ela foi até a outra ponta da mesa e se sentou na beiradinha da cadeira, esfregando os braços.

"Tô", Kofi pôs as duas mãos no quadril, pedindo para levar bronca. "Como é?"

Ele mostrou os dentes de novo e semicerrou os olhos. "Sim. Eu. Estou. Vendo." As gengivas dele eram de um vermelho cor de fogo.

"Você consegue imaginar como a sua cabeça ia ficar enfiada naquele pote?" Zala pegou a caneta e apunhalou um dos livros. "Encontre a caixa. Ponto final."

Kenti estava torcendo para o sr. Grier encontrar alguma outra coisa para pendurar usando a furadeira, pois estava um silêncio mortal e as solas dos pés dela estavam frias. Kofi segurou o encosto da cadeira como se fosse arrastá-la de novo no chão, mas não fez isso. Ele ergueu a cadeira acima da cabeça como se estivesse se preparando para arremessar. A mãe nem ergueu os olhos, no entanto quando o menino bateu a cadeira forte no chão perto da mesa a caneta dela rasgou a página. Kofi escalou e passou a perna por cima do último degrau, sendo um caubói, talvez, ou quem sabe um montanhista. Kenti não sabia o que ele estava imaginando ser, mas, quando derrubou a cadeira outra vez, o móvel bateu na mesa e a mão virou um dos livros de ponta-cabeça com tanta força que ele deu um salto. Um tolo, era isso que estava sendo. "Continue...", foi só o que ela disse. Depois Kofi começou a brincar com a caixa de leite, tentando descobrir como derramar leite no cereal sem espirrar e molhar os papéis.

"A catequese foi cancelada por causa do feriado do Cristóvão Colombo?"

"Se você não quer levar a gente", Kofi interrompeu, "liga pro pai. Deixe que ele leva."

"Não gosto de ficar ligando pro pai de vocês por qualquer coisinha."

"Você liga pra ele por causa daquilo." Kofi apontou a colher para o mapa do assassino, e caiu cereal molhado na mesa.

Zala empurrou o porta-guardanapos na direção da ponta da mesa em que Kofi estava. Ele bateu os joelhos na mesa tentando fazer o mapa cair da cadeira do Sonny, mas ela o pegou a tempo e colocou em cima dos outros papéis. Kenti conseguia ver que uma nova casa e um olho e um X estavam no mapa representando o menino que encontraram estrangulado na floresta. A mãe estava seguindo uma das linhas com as unhas.

"Onde você acha que o Sonny está a uma hora dessas?" Kenti não queria que a frase saísse assim. Ela tentou pensar no que dizer para que a mãe se levantasse e preparasse o café da manhã. A menina esperou pelo domingo a semana toda. Queria sentir sua cabeça entrando na gola da anágua tufada. Queria se encostar no peito da mãe e pôr seu vestido bom, estalando de goma e quente do ferro de passar. Queria ficar de pé na igreja dos adultos e entregar a lição do grupo da catequese. Contudo, antes disso, queria se espalhar na cadeira e chutar com seus sapatinhos fechados a cadeira da srta. Butler para ela se virar e perguntar como Kenti com aquele rosto de anjinho podia estar tão jururu. Aí ela poderia contar o que andavam fazendo. Limpando a casa, porém sem colocar os desenhos dela de volta na geladeira. O pai pegando o ímã de banana, no entanto usando-o para pendurar outras coisas no carro. Fazendo esse tipo de coisa. E aquilo não era certo.

Toda vez que estavam indo a algum lugar, a mãe puxava a cordinha antes de chegarem lá. E tinham que sair do ônibus e segui-la enquanto ela colava a foto de Sonny num poste. E todo mundo ficava olhando para eles e vinha dar tapinhas na sua cabeça e lhe perguntar se sentia saudades do irmão e se estava rezando, segurando o queixo dela com as mãos e a mãe não dizia nada para aquela gente pondo as mãos nela exceto uma vez que disse bem baixinho que as crianças mereciam respeito. Contudo, quando Kofi disse isso, porque a mãe tinha pegado um dos desenhos da porta da geladeira para escrever do outro lado usando uma caneta marcadora dele, levou um tapa quando a mãe saiu do telefone.

Às vezes eles saíam para o zoológico no carro do tio Dave, mas passavam direto pelos ursos e ela dizia: "Segura a onda aí, isso vai demorar só um minutinho, da próxima vez tragam os livros de colorir". Depois iam até um trilho de trem ou um terreno baldio e os adultos ficavam remexendo debaixo do mato com pedaços de pau ou jogavam terra numa peneira em busca de pistas. E quando diziam alguma coisa, era: "Da próxima vez tragam giz de cera". Então entravam no carro novamente para ir até uma escola aonde ninguém ia exceto para estacionar quando tinha jogo no estádio. E todos os adultos saíam dos carros e conversavam com as pessoas a respeito do menininho que alguém enfiou debaixo do piso. Uma vez um velhinho com um dente de ouro na frente, igual ao vô Wesley, inclinou a cabeça para dentro do carro e disse ao pai que talvez a questão toda girasse em torno do menino branco que apanhou feio e agora os brancos estavam se vingando, matando os pretos. E, quando disseram que queriam ir ver as focas, foram eles que tiveram que segurar a onda.

Uma vez eles quase chegaram ao zoológico, mas antes tinha uma casa ali perto onde os jornais diziam que homens adultos e menininhos estavam fazendo safadeza e foram presos. Todo mundo ficou sentado esperando e esperando no carro até que as pernas da Kenti grudaram no banco e doeu para descolar. Foi aí que um dos homens com um cão em uma coleira deu para ela o brinquedinho com os números. No entanto, quando todos eles começaram a buzinar uns para os outros e saíram de lá, o zoológico estava fechado, todo mundo tinha ido para casa. E ninguém nem disse que lamentava.

E aí ontem nem a mãe nem o pai lembraram de ir pegar os dois. E quando a tia Paulette levou os dois para casa, ninguém perguntou se o dia deles foi bom. Tá, o dia não foi bom, foi um dia terrível, porque a tia Paulette e a amiga não paravam de fumar e de cruzar e descruzar as pernas tomando chá gelado e conversando sobre a época em que eram meninas na faculdade de enfermagem, e ficavam dizendo tudo bem, tudo bem, e fumando mais em vez de ir direto para o zoológico como tinham prometido. E quando finalmente chegaram ao zoológico, tinha uma mulher num vestido comprido e com sininhos nos cabelos que ficava provocando todo mundo com aqueles óculos de inseto, bem parecida com a mosca que o Sonny deixou ela olhar uma vez usando a lupa. E a mulher de olhos de inseto ficava convidando todo mundo para ir almoçar na casa dela, dizendo que era amiga da mãe deles desde o tempo em que as duas ainda não eram nem alfabetizadas. E não foi só isso, a filha da mulher com olhos de inseto pegou o brinquedinho com os números e arrumou tudo rapidinho, zip-zip, toda exibida.

E quando chegaram à casa dela, tiveram que comer uma salada de aparência esquisita em um prato de madeira, e a limonada tinha tanto mel que Kenti nem conseguia tomar. E o tempo todo a exibida ficou trazendo brinquedos e dizendo que achava que eles eram pequenos demais para entender os jogos e guardando de volta no lugar. Foi aí que Kofi pulou no peito dela e disse: "Não chama a minha irmã de burra". E a tia Paulette deu uma bronca em Kofi por não se controlar, mas não disse lhufas para a exibida mandona. Não disse lhufas para a mulher com olhos de inseto nem quando ela pegou o gravador e começou a fazer perguntas enxeridas sobre o Sonny e as crianças desaparecidas. Kofi teve que mandar ela ir cuidar da própria vida. E durante todo o caminho até a casa deles tia Paulette disse que eles foram insuportáveis. Bem na frente da amiga da faculdade de enfermagem sendo que isso nem era verdade. Aí escureceu e ninguém apareceu para pegar os dois. As luzes estavam acesas na casa do outro lado da rua, mas ninguém apareceu. Tiveram que tirar tia Paulette da cama para levar os dois para casa. E quando a mãe tirou o pega-ladrão e abriu a porta, ela deixou os olhos mais ou menos fechados e falou: "Ah", o que era algo terrível de se dizer.

"Eu mesmo vou ligar pro papai", Kofi empurrou a tigela, que derramou leite. Parecia que ele chamaria a polícia para prender a própria mãe por não preparar café da manhã dois dias seguidos. Porém o pai era tão ruim quanto, Kenti estava pensando. Se diziam que queriam sobremesa ou alguma outra coisa, ele entrava na loja e começava a conversar com todo mundo a respeito de as crianças desaparecidas e depois saía dizendo: "Hein?... O quê?... Ah, é, tá legal, calma." Depois quem sabe fossem para outro lugar e vissem o pai através do vidro colando a foto de Sonny na vitrine da loja. E ele saía de mãos abanando repetindo o "Hein, o quê, esperem um pouco". Era a mesma coisa com o planetário. Nunca que chegavam até lá. E isso também não era legal depois de toda a cena que a mãe fez para conseguir um cartão de entrada para Kofi com o dinheiro suado dela. Kenti sacudiu a caixa de cereal para pegar o restinho e pôs leite em cima. Mas ela não queria comer aquilo.

"Vou chamar o pai", Kofi repetiu, sem se mover. E Kenti tentou chupar os dentes, porém a mãe estava fazendo a mesma coisa e o barulho estava alto. Mas não era a mesma sensação que ela experimentava quando o sr. Grier fazia. "Agora mesmo", Kofi disse, chutando a mesa.

"O papai", Kenti resmungou, o cereal mole na boca.

"Que nojo", Kofi bateu a colher contra a tigela da irmã. "Não vou comer nessa cozinha fedida com um bebê chorão limpando o nariz no pijama."

Zala se levantou rápido. Kofi se protegeu e Kenti ergueu a cabeça para não babar no cereal. Zala forçou com seu peso um dos livros e a lombada rachou e duas páginas se soltaram. Ela atirou a caneta para baixo e saiu batendo os pés, deixando pegadas no chão úmido. Kenti e Kofi ficaram de queixo caído quando ela abriu com força a porta da varanda e a porta bateu na geladeira. Tinha coisas dentro da geladeira chacoalhando mesmo depois de eles escutarem os chinelos da mãe deles estalando nos degraus e depois silenciarem. Ela provavelmente estava sentada no último degrau com a cabeça entre as mãos, olhando para o jardim que Sonny construiu num fim de semana em que estava de castigo. Era para ser um jardim em homenagem à África, no entanto o pai não trouxe as bandeiras que disse que traria. Depois Bestor Brooks apareceu por lá e os dois pintaram notas musicais nas pedras e disseram que era um show de rock.

"O que é um show de rock, Kofi?"

"Não vou falar com você. Sua nojentinha. Bebê chorão nojento."

"E você é um medroso!", respondeu gritando. "Você é tão grande e malvado, por que não liga pro papai?" Ela se arrependeu por ter desafiado o irmão no minuto em que ele saiu e a deixou sozinha na cozinha com as mãos rosa de borracha agarrando a pia, e o olho a encarando do mapa e o pote no peitoril da janela ainda à espera de uma cabeça.

"Diz pro pai vir rápido", ela gritou. "É minha vez." Prendeu a respiração e se esforçou para escutar, porém o bocudo do Kofi justamente agora tinha dado de falar baixinho. Era a vez dela e ela queria dizer para as pessoas por que agora tudo estava claro em sua cabeça.

No domingo passado as coisas estavam confusas. Todo mundo ficava dizendo que não entendia por que o Filho Pródigo ganhava churrasco especial e roupas novas só por ter voltado para casa. E os outros filhos que não tinham fugido e dado preocupação para os pais? Ela vivia confundindo o Menino Pródigo com o Menino de Gengibre até o Jimmy Crow dizer que na história da catequese não tinha nenhuma bruxa. Mas daí a Sandy Johnson deixou tudo confuso falando do Pinóquio. E quando a srta. Butler perguntou o que Kenti achava, ela estava ocupada pensando que nunca gostou do Gepeto, sempre mandando o pobrezinho do Pinóquio se comportar, quando a única coisa que o boneco queria era cair na estrada, ver o mundo e virar um menino de verdade em vez de ser um brinquedo de madeira. E parecia que o Gepeto não seria legal, pois a única coisa que fazia era ficar bancando o rabugento o tempo todo. Caso se importasse de verdade, Kenti falou para o grupo, pegaria uma cesta de piquenique e cairia na estrada com o Pinóquio e iria se divertir.

Porém Kenti tinha certeza de que agora tinha entendido. E era sua vez de se levantar e explicar tudo. Era justo que o Menino Pródigo ganhasse um roupão novo, porque enquanto estava fora, provavelmente perdeu seu aniversário ou o Natal, quem sabe até a Páscoa. E se ela tivesse estado lá na festa, deixaria que ele escolhesse uma parte do peru. E se eles e o Jimmy Crow começassem a disputar para ver quem ia pegar um pedaço antes, ela chutaria os dois por baixo da mesa e lhes diria que tinham que parar de ser assim tão porquinhos.

"Aposto que você tá cutucando o nariz."

"Não estou!", ela gritou. Depois pareceu que as luvas de borracha se mexeram. Kenti foi para o quarto e se enrolou debaixo das cobertas com a bonequinha que engatinhava. Claro que a bonequinha não engatinhava fazia muito tempo porque toda vez que a mãe saía para comprar pilhas ela esquecia e voltava com os jornais.

"Vou me lavar primeiro", Kofi afirmou, entrando apressado e abrindo as cortinas. "O pai vai chegar aqui rapidinho, então não me vá dormir." Ele olhou para o aquário, depois olhou pela janela para o quintal, fazendo um gesto de saca-rolha com o dedo perto da orelha. Kenti se aconchegou debaixo das cobertas e abraçou a boneca com mais força. Ela torcia para que Kofi estivesse se referindo ao Roger, pois tinha uma menina na escola chamada Marva, e diziam que a mãe dela ficou louca em Milledgeville. Depois disso as roupas da Marva nunca voltaram a ficar limpas. E seja lá quem foi que ficou cuidando dela depois disso, a pessoa não sabia fazer penteado, porque as tranças dela ficavam saltadas e a parte inferior era cheia de nós. Todo dia Kenti se sentava perto dela no refeitório, tentando fazer amizade. Só que a menina não falava. E não comia. Pegava o leite e ficava segurando a caixinha perto da boca um tempão, mas sem tomar. E quando Kenti pegava a caixinha e punha na mesa, ela simplesmente ficava sentada ali com um bigode branco e seco.

Kenti rezou para ir à igreja. Queria que a srta. Butler a abraçasse. Queria ouvir a srta. Penner cantar enquanto o coro batia palmas e balançava. Queria ver o reverendo Michaels no púlpito, na ponta dos pés e se esticando, a garganta rouca e tropeçando na língua, dizendo que o Senhor é meu Castor e até os adultos dando uma risadinha. E quando dissesse: "Vamos baixar a cabeça", ela rezaria para que Sonny viesse para casa e colocasse o roupão de aniversário e que todo mundo fizesse a coisa certa. E embora rezar em casa não tivesse a mesma força que rezar na igreja, Kenti apertou as mãos nas costas da boneca que engatinhava e rezou e rezou, afundando no lugar em que as focas cutucavam os bancos da igreja com o nariz coberto de bigode. Havia três zebras ruminando feno no tablado do coro. E dava para ouvir os pôneis de rodeio trotando pelo corredor central. Kofi estava cavalgando um deles e dizendo: "O papai está vindo, o papai está vindo". Bom, o papai podia vir e segurar as cordas e controlar os pôneis, porque ela levantaria e daria o cereal para as zebras. E aí explicaria tudo. Pois era a vez dela.

Segurando o telefone sem fazer muita força, Zala olhou por cima do ombro de Kofi e admitiu que a brigada da limpeza da Paulette tinha feito um bom trabalho na mesa. Ela já não conseguia dizer onde o aparelho de som tinha estado, a mesa toda brilhando. Enquanto Mattie expunha os prós e os contras da pena de morte, Zala cutucou Kofi para dizer que fosse se servir, entretanto ele afastou o ombro e continuou lendo o gibi e comendo bolacha. Ela levou o telefone para o sofá e deixou o menino soltar fumaça pelas ventas sozinho.

"Não em geral, Mattie. No entanto você acha que Clitemnestra tinha motivos para executar o marido? Se bem que em algumas versões da história a deusa Diana leva Ifigênia para um lugar seguro no último minuto."

"Tenho a impressão, minha amiga", Mattie respondeu depois de uma pausa, "que ou você está tentando me dizer alguma coisa ou está armando para mim."

Zala repassou a história toda, tentando se ater à versão do drama que se aproximava mais do modo como ela o entendia. "Mesmo assim", insistiu, "digo, nem importa se a menina foi ou não resgatada por uma intervenção divina, o ponto é que Agamenon pretendia cometer assassinato".

"Mas será que eles viam isso como assassinato? Será que esse era o consenso?" Mattie balançou as pulseiras, ou alguém fez isso. Zala se deu conta de que não tinha perguntado no começo se Mattie estava disponível para uma conversa mais longa.

"Você está sozinha?"

"Nunca."

"Nunca?"

"Você ficaria surpresa. Um dia lhe explico", Mattie comentou, depois um fósforo foi riscado perto do telefone. Zala ouviu o graveto chiar, depois chamejar. Instintivamente, afastou o telefone da orelha, depois repetiu a resposta de Mattie, ouvindo "sur/presa" e "ex/plico", porque a Mattie tinha um jeito de parar nas palavras-chave fazendo com que elas soassem de um modo pouco convencional.

Agora Mattie estava falando a respeito de como os gregos antigos se apropriaram dos sistemas éticos de uma cultura mais avançada do que a deles, uma cultura que conquistaram mas não dominaram.

"Bom", Zala suspirou, "pra mim é tudo grego."

"Pode ser grego pra você, minha cara, mas pra mim é tudo egípcio." Houve risadas ao fundo, pelo menos três outras vozes. Então mais uma vez Mattie a convidou para entrar para um grupo de estudos que investigava os mistérios. Zala ouviu, no entanto, "venha armazenar os mistérios". Não era simples conversar com gente como a reverenda Mattie Shaw, Leitora & Conselheira.

"Preciso ir. Tenho trabalho de maquiagem pra fazer", Zala comentou. "Me recuso a ficar mais atrasada do que já estou. Me envolvi nessa história há tempo demais."

Sete anos, calculou, colocando o telefone no chão ao lado das pilhas de livros e jornais que o Orador lhe emprestou. Ela abriu as notas introdutórias à ópera de Gluck baseada no drama e se recostou no canto do sofá onde a luz era boa. Estava determinada a fazer o dobro de disciplinas na primavera e conseguir o diploma no inverno de 1981-1982, independente de quanto o orçamento apertasse. Em seu entorno havia um monte de pessoas voltando a estudar — o grupo de estudos de educação política que Leah organizou na Livraria do Hakim, as várias oficinas que Mattie articulava na sua casa e o projeto da B. J. com o marido e o irmão, bolando um novo currículo para o treinamento policial — enquanto ela ainda lutava para chegar ao ponto onde poderia olhar para trás e ver sua educação como uma farsa, como o Orador fez, incitando-a a fazer pós-graduação no departamento de Ciência Política da Universidade de Atlanta, embora ela continuasse explicando que era mais do tipo artístico.

Esses pensamentos faziam com que ela lesse com impaciência, desejando que o músico da família voltasse para casa e interpretasse a abertura de *Ifigênia* como um estímulo extra. Mas será que Sonny conseguiria pegar uma partitura de uma música desconhecida e cantar? O fato de não saber a resposta a deixava incomodada. Ela enfiou as costas na almofada e leu de novo desde o começo da página, prendendo os olhos às letras.

Kofi acendeu a lâmpada para não ter que ouvir a mãe lhe dizendo que estava acabando com seus olhos. Colocou a última bolacha do pacote na boca e deixou dissolver para não ter que mastigar. Estava cansado demais, de saco cheio demais, e só tinha mais dois gibis que ainda não tinha lido da pilha que trocou pelas fitas do Sonny com os seus amigos Andrew Pierce e Kwame Penn, uma revistinha do *Força Atari dos Super-Heróis* e um *Incrível Hulk*. Descobriu que não acompanhava de perto as explorações do dr. Orion e do Comandante Champion, que estava simplesmente vendo as imagens e virando as páginas. Kofi estava escutando. E chegou a pular seus favoritos, um sujeito chamado Singh e o outro chamado Perez, porque ouviu um carro chegando. Tentou ver se havia algo na porta, tomando cuidado de não olhar para ela. Não olharia para ela, não comeria a comida dela nem falaria com ela de novo. Quanto ao pai, não tinha decidido ainda. Primeiro iria escutar o que o pai tinha a lhe dizer. O carro passou. Kofi baixou os olhos. As botas estavam do lado da porta para que quem chegasse visse e talvez solucionasse o mistério. Gostaria de dizer a ela que foi uma estupidez penhorar o aparelho de som para comprar sapatos novos. Porém não disse nada. Não estava falando com ela.

Kofi empurrou o gibi para o lado e podia ter segurado os discos, mas deixou o álbum do Stevie Wonder cair no chão. Tinha ouvido a mãe falar com a tia Delia a respeito da vida secreta dos meninos. Será que o primo Bobby tinha uma vida secreta?, ela questionou. Como se ele fosse uma planta. Que pergunta estúpida. Se a tia Dee soubesse, como seria secreta?

Kofi tirou o sorrisinho do rosto quando ouviu uma porta de carro se fechando na frente de casa. Depois ouviu seu pai assobiar o sinal. Kofi não se mexeu. Deixe que ela atenda a porta.

Spence chegou de mãos abanando. Isso deixou Kofi puto. No entanto, por outro lado, o pai também parecia bem podre. Kofi não sabia como se sentia quanto a isso — feliz, preocupado, curioso? Cruzou os braços por cima do *Incrível Hulk* e observou o pai, tentando decidir. Ele estava dando um beijo nela. Nada de mais, coisa de terceira série. Depois, quando Kenti entrou correndo, ele levantou a menina com um só braço e depois a abraçou com força. Em seguida, numa ideia que parece ter vindo meio tarde demais, já que ele estava bem ali, veio dançando como um boxeador na direção de Kofi. Que belo modo de dizer oi. Esperou para ver qual seria a explicação, mas primeiro o pai teria que lhe pedir desculpas. Não abria mão disso, já que o pai tinha prometido vir pegar os dois horas atrás. E quando ele ligou de novo tinha gente lá falando e o pai disse que ia aparecer assim que pudesse, mas que seria mais perto do jantar do que do almoço. Então Kofi lhe pediu que levasse o jantar. E também se empenhou fazendo o pedido — um extra crocante para Kenti com salada e batata doce, e um macarrão com queijo duplo para ele. Se o pai se lembrasse *dela* por conta própria, era problema dele. Kofi não pediria nada para ela.

"Você esqueceu?" Kofi deixou para falar bem quando Spence estava quase sentado no sofá com Kenti pendurada no pescoço.

"Não, não esqueci, rapazinho. Estou quebrado, ferrado." Spence tentou virar o bolso ao contrário, mas Kenti estava sentada nele.

"Lamentável", Kofi sorriu, voltando rápido para o gibi quando Kenti inspirou bruscamente e olhou para ver como o pai tinha ouvido aquilo. Hulk era meio lamentável também se você parasse para pensar, porém não tanto quanto seu pai. Pelo menos o Hulk podia entrar em qualquer restaurante e comer de tudo sem pagar.

Spence mandou Kenti pegar o caderno de TV do jornal e o mapa enquanto contava as últimas para Zala. Tinha acontecido uma reunião na casa dele; Teo contou que vários dos participantes da convenção no distrito de Cobb continuavam na cidade para gravar o especial de TV sobre a Ku Klux Klan agendado para a noite de segunda. Perguntou mais uma vez se Zala aceitaria a sugestão do pastor de falar na igreja, ou a sugestão do Orador de que falasse com a plateia no festival de cinema. Ela deu uma resposta indiferente. Ele sentiu algo no ar. Não era a mesma coisa que Kofi não cumprimentar, não querer boxear um pouco. Imaginou que o menino tinha chegado à fase dos apertos de mãos em que beijar e abraçar deixavam de ser opções viáveis. Spence se contorceu e ligou o rádio. Quem sabe um pouco de música ajudasse.

"Andei me perguntando", Spence comentou quando Kenti escalou o colo dele de novo e passou os dedos nas correntes de ouro, "sobre o que significam alguns desses símbolos, Kofi."

Kofi viu o convite para se aproximar como uma "cilada", como teria dito o dr. Singh. Virou a página e viu Banner passar por transformações, bufando, ficando verde, deixando a camisa para trás, contudo sem jamais perder as calças. Seria interessante ver o Hulk correndo pelado pela cidade. Kofi abafou um sorriso, depois se enrolou um pouco para se levantar. Ele também queria deixar tudo para trás. Deixar a casa. Deixar a vida de um menino de quase 9 anos. Ficava pensando para onde Sonny tinha ido quando abandonou tudo. Para ele não havia dúvida de que era Sonny que andava telefonando, esperando a barra ficar limpa antes de falar, antes de contar para o Kofi como ir até onde estava. Da próxima vez, Kofi decidiu, diria: "A barra está limpa, onde a gente se encontra?". Assim que o pai fosse embora, arrumaria a mala, deixando-a pronta.

"Acredito que o círculo com o ponto representa o sol", Spence especulou, se inclinando para a frente e abrindo o fecho do colar.

"É." Kofi passava a mão pelos objetos oblongos espaçados na corrente. "E esse aqui, o crescente, esse é a lua. E o círculo com a cruz embaixo é o espelho de Vênus. Então a gente sabe que planeta é esse. A flecha é de Marte. Claro", Kofi ergueu os olhos, "se eu conseguisse ir ao planetário de vez em quando saberia bem essas coisas."

"E o zoológico", Kenti interrompeu. "E a biboteca."

"Vou ficar com nota ruim se não entregar meu trabalho."

"Terça", Spence sugeriu. "Pego vocês dois na escola e a gente vai pra biblioteca, depois McDonald's e depois o planetário."

"Te pago na terça por um sanduíche hoje", Kofi e Kenti disseram em uníssono.

"Que nem o Dudu, pai." Kenti brincou com as correntes dele.

"Terça", Spence disse. "Prometo."

Zala suspirou e cutucou Spence com o pé. Será que ele não iria aprender nunca?

"Você só promete", Kofi desabafou, balançando a corrente em cima do mapa. Sabia que estava ganhando a corrente. Um suborno, para ficar amigo dele, e dela também. E, pelo jeito que ela chutou o pai e depois colocou esse pé debaixo do outro, dava para ver que ela não queria dar a corrente para

Kofi, o que o fez querer a corrente, contudo não como suborno. Era isso que o Comandante Champion chamava de "dilema". Kofi deixou a corrente enrolada em cima do mapa. Depois se sentou em cima dos calcanhares.

"Onde você arranjou todas essas correntes, pai?" Kenti estava contando as que estavam em torno do pescoço de Spence.

"É. Verdade, você tem um monte." Kofi viu a mãe recolher as pernas ainda mais e o pai parecia desconfortável.

"Presentes... de uma pessoa que é minha amiga." Spence bateu na perna de Kenti no tempo da música.

"Todas elas? Sempre da mesma pessoa? Isso que é amizade. Essas coisas custam um dinheirão, não? Essa aqui parece de ouro de verdade." Kofi tinha visto Sonny seguir a mãe pela casa, provocando, e ela tentando escapar, se justificando. Kofi se inclinou para a frente, pronto para o bote. "Presente de Dia dos Namorados?"

"Presente de amizade", Spence pegou a correntinha da mesa em forma de carretel e acenou para que Kofi chegasse mais perto a fim de prendê-la no seu pescoço. Todavia, quando estava quase conseguindo ajeitar o fecho, Kofi se afastou.

"Mas não tem problema dar um presente que veio de uma amizade verdadeira? A pessoa não vai se chatear?" Ele teve o cuidado de não usar um pronome. Ficava mais divertido assim. Enquanto olhava para o pé dela, Kofi resolveu sozinho o fecho, depois colou os objetos oblongos no esterno. Desabotoou os botões de cima da camisa deixando a corrente à mostra, para que ela visse. Tinha certeza de que a mulher bonita com o batom escuro no escritório da tia Dee e do tio Bry foi a pessoa que deu as joias para seu pai. A moça ficava o tempo todo se esforçando para arranjar refrigerantes e cadeiras confortáveis para ele e para Kenti e tentando ensinar os dois a datilografar.

"Tem certeza?", perguntou, quando seu pai assentiu, e depois mexeu a cabeça para lá e para cá como se estivesse caçando moscas. "Você não vai voltar atrás depois, vai?" Então Kofi olhou para ela, a encarando direto nos olhos. Estava brava, é verdade, mas tentando fazer parecer que não se importava. Ficou olhando fixamente até que sua mãe desviasse o olhar, como o irmão tinha lhe ensinado. *Sempre olhe até a pessoa desviar os olhos, Kofi, ninguém é tão durão que aguente você encarando e mandando uma mensagem por telepatia pra cabeça da pessoa.*

Uma vez estavam pulando a cerca para pegar o atalho que passava pelo quintal dos Robinson e o Cachorro Malvado se soltou, e toda a matilha de seus amigos o acuaram contra a cerca, latindo e rosnando, pulando para a frente para tentar morder a perna da calça dele e arrastá-lo para o chão. Sonny voltou para pegar o irmão. "Olhe no olho dele, Kofi. O líder. Olhe bem no olho dele. Use os seus poderes mentais." Assim, de onde estava, encarou os olhos amarelos da besta, enviando mensagens para lhe dizer que levaria um pontapé no focinho ou uma paulada na cabeça se mexesse com Kofi Monroe Spencer. E o líder piscou e recuou, voltou para o meio da matilha, mordeu um dos cachorros menores na orelha por ficar em seu caminho, depois fugiu, e os outros o seguiram, latindo para Kofi da sarjeta.

Kofi encarou a mãe até que ela fechasse os olhos, pequenas marcas umedecidas apertadas nas extremidades. Pedras duras, pensou, até perceber que seu pai o estava observando, as mandíbulas cerradas enquanto levantava Kenti do colo e a colocava na almofada ao lado. Kofi não sabia se devia se arrastar, correr ou pedir desculpas. Apenas se protegeu quando seu pai ficou de pé e ergueu a mão.

Devagar, no ritmo da música, Spence enrolou os punhos puídos da camisa de trabalho, tentando imaginar como podia mudar o ambiente na sala. Tinha algo definitivamente errado e temia, pelo modo como Zala vinha dando cutucões nele com os pés, que fosse culpa sua.

Arrebatado, Kofi o observou enrolando a manga da camisa como se estivesse se preparando para conduzir uma orquestra, medir as próprias pulsações, atirar uma faca ou lhe dar um tapa na cara. No entanto Spence não se abaixou nem bateu nele, e isso o fez sentir-se um bobo por ter se protegido. Viu o pai dar meia-volta daquele jeito maneiro dele e estender a mão para ela. Zala pegou a mão de Spence, que a puxou do canto do sofá. Kenti encolheu as pernas para que eles pudessem passar espremidos entre a mesa de carretel e o sofá. Kofi rolou como um paraquedista para sair do caminho e deixar espaço para eles dançarem.

Spence murmurou a música no cabelo de Zala, compensando a falta de jeito inicial dela, jogando o corpo da mulher para trás, depois o segurando apertado num giro de 180 graus. Por um momento pareceram os velhos tempos, as crianças acordadas até tarde vendo os dois dançarem pela sala, coladinhos, independente do que a música dizia ou do que a última moda exigisse. Haveria panelas no fogo e sacos de gelo para bebidas na pia, amigos chegando para jogar cartas e comer gumbo, rir e flertar e falar alto em falsos debates que enchiam os cômodos da casa, e quase sempre os dois dançando. A música acabou e Zala estava se afastando, quando Spence lembrou a si mesmo que ainda precisava lhe pedir que ligasse para o Dave a fim de arranjar um grupo que monitorasse a parte da rota mais próxima do distrito de Cobb permitindo que Teo e os outros pudessem compartilhar as pistas que identificaram na investigação.

"Ah, vocês estavam tão bonitos", Kenti disse enquanto outra música começava, impedindo que Zala voltasse para seus livros e papéis.

Zala bateu nas pernas da menina no ritmo da música até que sua filha a deixasse passar pela catraca. Depois se jogou no sofá para fazer sua filhinha sorrir. Estava grogue, porém de bom humor. Spence também se atirou no sofá, para manter Kofi rindo; depois, contando com o fato de que Kenti jamais resistia a um gesto descolado associado a um pouco de romance, estendeu a mão para que Kofi batesse. Ele deu uma pancada forte. Kenti olhou para cima para ver o que o pai estava achando daquilo. Spence sorriu.

Uma faixa de luz vinda da luminária sobre a mesa cruzou com as tiras de luz que vinham da rua e passavam pelas brechas da cortina de macramê. O mapa, enrolado e vincado, estava em uma grade de luz e sombras sobre a mesa de carretel. Spence colocou o copo com lápis e canetinhas em um dos cantos enrolados para endireitá-lo. As crianças se aproximaram e seguraram duas pontas com os cotovelos. Relutante, Zala deu o libreto da ópera para servir de peso de papel e se juntou ao grupo. Os quatro se concentraram e com os ombros próximos, se tocando, Al Jarreau suave no rádio, era como aquele Natal em Epps, no Alabama, a lenha chiando e estalando na lareira que Spence ajudou o Viúvo a acender, Mama Lovey sacudindo o longo atiçador de ferro e cantando junto a Nat King Cole músicas que falavam de nozes assadas num velho 78 rotações enquanto tentavam montar um quebra-cabeça impossível que Sonny juntou três mesadas para comprar e levar na visita, a fim de poder se sentar com a tampa do quebra-cabeça em cima do colo enquanto tentavam montar a imagem da Grande Esfinge, aquela cujo nariz Napoleão destruiu ao entrar cavalgando no Vale do Nilo como se fosse John Wayne.

Zala, com os braços cruzados suavemente sobre o peito e debruçada no mapa, pressionou os braços contra os seios pensando nas cartas que Mattie jogou. Ela se sentara no sofá de vime e viu as cartas sendo espalhadas: as figuras eram núbias; os desenhos no verso das cartas mostravam uma vegetação densa com besouros, pássaros, cobras, salamandras e grupos de estrelas misturados a gavinhas. Mattie estava tentando ensiná-la a respeito dos arcanos antigos, tornando sua fala enigmática com sons sibilantes — sinoidal, sincrônico, celestial, Ísis, Osíris, Hórus, sistêmico, serpente, ureus. Zala procurava padrões de serpentina no mapa. Não havia nada assim, apenas as interseções em ângulo reto de ruas e avenidas, as curvas em que uma antiga rua se transformava em outra nova e mudava de nome; os quadrados, círculos e Xs que ela desenhou.

Spence agitou o canto dobrado do mapa e limpou duas unhas antes de colocar no lugar de novo. "Minha família", sorriu naquele Natal, um lado dele radiante por causa do calor da lareira. "Minha família", confiante de que estava experimentando o cerne daquilo — calor, calidez, calor humano —, embora estivesse apenas roçando os contornos de sua forma, seguindo o trajeto de um aerógrafo. Zala, tirando os olhos do pufe, lhe dirigiu um olhar enquanto virava as páginas pesadas do álbum de fotos da Mama Lovey.

Spence escolheu uma caneta marcadora roxa e reforçou a linha que representava a rota dos assassinos. Família. Seis a cada dez telefonemas noturnos para a polícia eram para relatar casos de violência doméstica. Vinte por cento de todos os homicídios tinham relação com a família. Um terço de todas as mortes de mulheres acontecia pelas mãos de maridos ou namorados. Ele não tinha visto as estatísticas de quantos homens eram mutilados ou assassinados todos os anos por parentes mulheres, embora na infância tenha ouvido várias histórias de mulheres jogando soda cáustica, puxando navalhas, incendiando camas ou colocando cebolas em cubos com vidro moído na salada. A segunda esposa do tio Rayfield cantando "Corte se ele ficar parado, atire se ele correr" entre uma fofoca e outra. As histórias que os motoristas da frota contavam uns para os outros com relação a vida na cidade eram relativamente tranquilas na comparação — mulheres dando dicas para agências de cobrança de que os maridos tinham guardado o Mercedes na casa da amante, esposas jogando o diploma de doutorado dos maridos no lixo. Só recentemente Spence leu dados relativos a crianças assassinadas por parentes, levado a essa pesquisa para saber quão sério o desempenho de Zala no polígrafo foi do ponto de vista da polícia e, como ele enfim estava admitindo, do ponto de vista dele próprio.

"Tem um sapinho no seu pescoço, pai." Kenti pôs a ponta do dedo no pescoço de Spence quando ele pigarreou. "Você está doente? O papai está quente", informou. Kofi pôs a mão para sentir a testa do pai, mas Zala chegou antes.

"O que foi?"

"Nada, Zala. Só pensando."

"Os macaquinhos?" Deu uma risada.

"Não." Pensava em estar em casa, desejando estar em casa, na sua casa, desejando Atlanta do modo como lembrava na floresta, nos pântanos, no fundo de trincheiras cheias de lama, lendo plaquinhas de identificação e ajudando a jogar os corpos para cima.

"Pensando no Sonny, né?" Kenti encostou a cabeça no peito dele e fez carinho.

"Por aí", percebendo o quanto queria que Sonny estivesse ali, menos para completar o retrato de família e mais para lhe dar a oportunidade de alterá-lo, e mudar sua relação com o filho. "A minha família", disse em voz alta, para ver qual era a sensação de dizer isso agora. Abraçou os ombros da filha e com a ponta dos dedos roçou as costas da mulher. Esticou a perna do lado da mesa em que estava seu filho para sentir o calor dos joelhos de Kofi contra o peito do pé. "Família", repetiu.

"O que é que tem a família?", Kofi quis saber.

"Acho que os chineses veem a questão do modo correto", Spence explicou, "pelo menos foi o que meu colega de beliche me contou". Com a família, as relações eram bastante formais, em particular entre os pais e jovens que passaram da adolescência. Relações casuais e informais eram apropriadas somente entre pessoas que não tinham parentesco. Ele ficou imaginando se tinha entendido bem. De qualquer forma, uma coisa era certa, relações familiares respondiam por vinte por cento, um terço e seis a cada dez, de casos de violência envolvendo crianças. Àquela altura Chin estava delirante, no entanto, ardendo na cama com febre do pântano, as solas dos pés esponjosas com podridão de selva. Como é que dava para levar a sério um sujeito com um nome desses, ainda mais durante a guerra?

"Cliff Chin, dá pra acreditar? Parece tipo um primo do Rock Hudson e do Mark Trail." Spence se jogou nas almofadas do sofá, rindo enquanto os outros olhavam para ele e faziam caretas.

"Chin, o sujeito chinês que veio aqui uma vez? Acho que me lembro dele."

"Você era tão pequeno, Kofi. Acredito que não", Zala disse.

"Faz bastante tempo." Spence tinha reunido parte de sua unidade para tentar fazer com que um antigo companheiro fosse solto da prisão e posto sob custódia deles. Tantos veteranos tinham acabado na cadeia quando precisavam na verdade de emprego, atenção médica, programas de desintoxicação, revisão de dispensas com más anotações que geraram perdas de benefícios e talvez um pouco de atenção, uma quebra no silêncio que nem mesmo os motins dos refugiados vietnamitas no

Forte Chaffee foram capazes de romper. Spence continuava tornando mais escura a linha em torno da área-alvo, desejando ter a energia para romper o silêncio que parecia estar se instalando de novo na sala. Pôs a língua para fora e trabalhou no mapa como um garoto com um livro de colorir. Sentiu que todos estavam sorrindo uns para os outros.

"Parece que eles estão dizendo 'Acredito em mil lacres', né?" Kenti cutucou Spence na barriga e apontou para o rádio. Ela tentou imitar o som anasalado caipira. Kofi começou a cantar junto e Spence tentou, mas parecia que só Kofi sabia a letra de "Acredito em milagres". Zala até pensou em cantar junto, porém se segurou. Parecia que era mais uma armadilha na qual poderia cair e ficar presa.

"Você está com fome, né, papai?" Kenti cutucou Spence de novo quando o estômago dele roncou. "Quer que eu faça um sanduíche de mortadela?" Engatinhou por baixo da mesa. "Sei fazer. E tem ovo recheado também."

"Isso seria bom."

"Tem salada de atum", Kofi disse, "mas ela colocou maçã junto". Revirou os olhos.

"Bom, gosto de maçã."

Kofi fez uma careta, mas levantou. Depois, inspirado, deu um golpe no ar com o lado da mão. "Sei como você gosta de salada, com tomate, cortado que nem o limão que a gente põe no chá gelado, não em fatias redondas como algumas pessoas fazem."

"Parece bom." Spence sorriu, estalando os lábios. Fingiu dar um soco no ombro de Kofi e o menino se agachou e deu um gancho de esquerda. Spence caiu sobre seu lado esquerdo e derrubou Zala em cima dos livros.

"Já venho", Kofi saiu andando para a cozinha.

"E você gosta de mostarda, né?" Kenti estava falando alto para Kofi ouvir. "Não no pão, só na mortadela, certo?" Ela se debruçou na mesa e agarrou a perna da calça do papai, que tentava dar um abraço na mamãe. "Certo? Porque vi você fazer assim." Com as mãos nos quadris, Kenti saiu marchando e dizendo "Viiiiu", para que o irmão não pensasse nem por um minuto que ele era o campeão do concurso de Quem Conhece o Papai.

Quando o noticiário acabou, Zala tirou os olhos do mapa. Spence estava de frente para a cozinha, o olhar distante. Pegou a caneta marcadora da mão dele e terminou de circular a área de perigo. Vinham tentando se convencer de que havia duas Campbellton Road, duas Martin Luther King Jr. Avenue, duas Gordon Street — uma cheia de quadrados, círculos e cruzes, a outra limpa e espaçosa, onde Spence morava, onde ela morava, onde ficava a barbearia, segura detrás de um véu que separava a cidade na qual continuavam a viver a vida com problemas, porém nada mais grave do que contas e discordâncias relacionadas ao estilo de vida, e a cidade do tormento.

"Não sei você, Zala, mas não consigo continuar assim." Segurou a mão dela e trouxe para perto. "A gente tem o direito de viver, sabe, independente do que tenha acontecido." Sentiu Zala travar. "O que é que a gente vai ter pra mostrar em troca de todo esse tempo e toda essa preocupação? Para o Sonny, digo. Contas, tensão, uma confusão maior do que antes. Do jeito que as coisas vão... Sei lá", sussurrou, se encostando no ombro dela.

"Você está febril", ela constatou. "Está mesmo."

"Às vezes imagino", ele correu os olhos pela sala. "Sonny passando pela porta com uma trouxa de roupas sujas e um sorriso envergonhado no rosto. E o que ele vai ver?"

"O quê?", ela indagou, seus olhos nele, a garganta apertada.

Spence riu. "Eu devia ter feito esse discurso uns dias atrás." Apesar das pilhas de jornais recortados — o *Burning Spear*, o *Public Eye*, o *Klanswatch*, o *Revolutionary Worker*, reportagens que tinham feito o sangue dele ferver até encontrar Leah e descobrir quem estava fornecendo aquilo —, a casa estava em ordem. Ele agiu como um detetive desastrado, tentando descobrir se o chapéu no carro da Zala veio do mesmo lugar; mas Leah, que se mantinha um passo adiante dele, sorriu astuta, dizendo que se ele tivesse que viver um único dia como mulher entenderia os estratagemas malucos necessários para ficar em segurança. Spence sentiu-se burro, exposto.

"Ele vai entrar em casa, você estava dizendo."

"A gente devia ter alguma coisa pra mostrar. Devíamos mostrar-lhe que estamos tentando construir alguma coisa — uma organização comunitária." Uma família, evitou dizer pois ela estava olhando curiosa.

"Você acha que ele vai chegar em casa logo, Spence?" Ela largou a caneta.

"Dá pra ver que você conseguiu colocar a vida nos trilhos de novo", apontou para os livros da biblioteca. "Mas eu estava falando de nós dois, Zala."

"Entendi", ela respondeu, à espera de uma confissão. Logo, portanto, poderia estar livre daquilo — o terror, a culpa, o disfarce de animal ferido recebendo elogios e angariando simpatia. "Promete?"

"Não seja boba. Como posso prometer uma coisa dessas?" Enfiou o rosto nas mãos.

Kenti tinha encontrado um babador desbotado no fundo do armário da cozinha e, escalando o braço do sofá, amarrou em volta do pescoço de Spencer. Kofi, aproveitando a deixa, alimentou o pai com garfadas de salada, consciente de que os olhos da mãe estavam nele sempre que um pouco de atum caía no tapete.

"Bom menino", Kenti incentivou por cima do ombro de Spencer. "Papai é um meninão."

"Você ainda vai dizer que gosta de maçã na salada de atum?" Kofi tinha lá suas dúvidas, porque o pai estava fazendo caretas, se bem que podia ser por causa da Kenti, que achava estar acariciando de leve, quando na verdade estava batendo na cabeça dele.

Com as crianças brincalhonas assim, Spence não se importou com a mostarda espalhada pelo sanduíche todo, nem com a coluna de cinco centímetros que ficou no fundo do copo, nem com os tomates que tinham amolecido e azedado um pouquinho. O humor de Zala pareceu melhorar quando Kofi pegou o guardanapo e juntou as migalhas. E Spence não precisou convencê-la quando começou a tocar uma boa música dançante. Ela até começou a se engraçar, jogando-o para lá e para cá enquanto fazia um passo cruzado difícil, depois o desafiando a dançar com os quadris colados, joelhos colados, tornozelos colados, até o chão, as crianças batendo na mesa, Kofi sorrindo, Kenti jurando que tinha ouvido ossos se quebrando, Zala chacoalhando os ombros e Spence se congratulando por não ficar pensando demais se Dave e/ou o dono do chapéu no carro de Zala tinha ensinado esses novos passos a ela.

"Parece um sapato, né?" Kenti estava reforçando os círculos no mapa com uma caneta vermelha. "Não lembra o sapato da Velhinha que Morava num Sapato?" Ela fez marcas com o dedo entre os buracos ao longo da Memorial, da Gordon, da MLK e da Hightower, passando o cadarço do sapato. "Realmente parece uma bota, não?"

Zala desabou ao lado da mesa de carretel. "Ah meu Deus."

"É enrugado demais pra ser um sapato", Kofi zombou. "Onde está o salto?"

Kenti pegou o garfo e cutucou a área de East Point onde quatro Xs formavam um quadrado. "Está vendo?"

"Parece mesmo uma bota, Spence."

Ele se agachou ao lado de Zala, torcendo para não ser verdade.

"Uns dedos muito esquisitos", Kofi pegou o garfo da irmã e arrastou os dentes de metal pela área de McDonough/Moreland onde uma ponte foi desenhada. "Aqui dá uma subida como se a pessoa tivesse curvado o pé pra cima, depois de repente engorda... Não", ele disse quando viu a cara enlouquecida que os pais faziam olhando para o mapa. Bateu com o garfo na parte superior esquerda da imagem roxa, onde a Bolton Road encontrava a Jackson Parkway. "Além do mais, está tudo fechado. Como você ia enfiar o pé aí? Não tem como, tá tudo fechado. Quem já ouviu falar de uma bota que não dá pra enfiar o pé dentro?" Kofi vasculhou a imagem procurando mais erros para apontar. Dava para sentir o pai ardendo ao lado dele. "Não, não", torceu para o volume do rádio subir e os dois voltarem a dançar.

"Como a gente não viu isso?" A voz de Spence estava trêmula.

"Bom, você podia abrir a parte de cima e colocar o pé lá dentro." Kenti estava estendendo a mão para pegar o garfo, mas Kofi não entregava. Ela pegou a caneta de novo e apontou. "Dava pra abrir com o canivete do Sonny bem aqui. Não dava, papai?"

"Sua burra!" Kofi queria enfiar o garfo na irmã. Em vez disso, acabou enfiando no mapa. "Isso é burrice. Diz pra ela. Pai. Diz pra ela."

Mas Spence já tinha corrido para o telefone, secando as mãos úmidas na calça jeans e escolhendo com cuidado as palavras que diria aos veteranos, para a Força-Tarefa e para algum pai que por acaso estivesse na nova sede do PARE na MLK Avenue.

Kofi estava na janela com a mala pronta ensaiando sua fuga quando um grupo de meninos veio marchando pelo meio da Ashby Street, cantando.

"Sardinhas, eca, e porco com feijão, eca." O grupo que vinha marchando saiu de forma quando um carro passou; depois os meninos que iam andando dos dois lados da rua se juntaram de novo, cantando mais alto. "Sardinhas, eca, e porco com feijão, eca."

"Tem uma vaca", eles bateram os pés. "Com uma faca." Marcha, marcha. "E ela pulou." Bum. "Na minha barraca." Marcha, marcha. "Sardinhas, minha refeição. E porco com feijão, minha refeição. Ecaaaaa."

De pé na cadeira, Kofi espiava por cima dos arbustos dos Grier. Contou sete meninos. Vindo para casa depois de um jogo, pensou com inveja, talvez do estádio ou da escola. Um menino de pernas compridas com um traseiro alto ia na frente gritando os comandos. Os outros marchavam em forma com instrumentos imaginários. No fim da fila, havia um sujeito grande de óculos batendo como se estivesse com uma zabumba. Eles faziam igual à banda da Universidade Grambling, arrastando os pés para a frente, se inclinando e se abaixando, pulando para trás, deslizando de lado, depois marchando para a frente com passos militares precisos.

"Um desfile?" Kenti estava empurrando o irmão na janela, pisando na mala de fuga. Kofi levantou a irmã até a cadeira, depois até a mesa. Ela puxou a cortina para trás e a prendeu com o aquário.

"Um jacaré", o líder gritou.

"Tá no meu pé", o grupo gritou.

"E comeu todo", bum, bum.

"O meu filé."

"Ecaaaaa!", Kenti entrou no coro.

Kofi teve tempo direitinho de chutar a mochila de ginástica de Sonny para baixo da mesa antes de Kenti se virar. "O que eles estão fazendo na rua tão tarde?"

"Se divertindo", respondeu. Vasculhando o closet, ele achou tudo, menos a caixa de charutos. Queria a caixa para descobrir o abre-te sésamo do esconderijo. No entanto teve que se conformar com "Charutos Valencia" como senha. Iria perguntar à sra. McGovern como pronunciar a palavra.

"Tem um urso ali no chão/Que comeu o meu cuecão."

"Ah, eles estão indo embora, Kofi." O rosto dela estava pressionado contra a tela.

"Melhor a gente fechar um pouco essa janela. Está esfriando." Parte da bainha da cortina estava molhada do aquário, mas ele não disse nada. Queria que a irmã fosse dormir logo. "O Roger vai ficar bem", disse quando ela começou a falar com o peixinho como se fala com um bebê. Kofi subiu no beliche com a cadência cada vez mais distante.

"Sardinha na segunda
Vai ser minha refeição
Sardinha na terça
Vai ser minha refeição. Eca."

"Eu não gosto de sardinha. Você gosta?"

"Vai dormir, Perninha Curta."

"Mas não terminei de contar a minha história", ela reclamou, cutucando o colchão dele por baixo.

"Continua."

"Bom, meu segundo pedido seria uma pizza grande de calabresa e uma cerveja."

"Você nem bebe cerveja."

"Bom, eu queria tomar. É a história do que eu quero, não esqueça. Estou falando de mim e da Fadinha da Lua, tá legal?"

"Ok. É que eu acho burrice gastar um desejo para fazer você gostar de cerveja. Por que você não pede pizza e refrigerante como um desejo só?"

"Se tomar refrigerante a gente faz xixi na cama."

"Cerveja também", Kofi socou o travesseiro. "Você podia desejar que o refrigerante não te fizesse fazer xixi, ou você podia levantar e ir ao banheiro."

"Aí eu ia estar gastando um desejo pedindo pra acordar antes de fazer xixi na cama."

Kofi rolou e bateu com o pé na parede. "Bom, o meu desejo é que você termine de contar essa história."

"Não é sua vez de desejar." Kenti ajeitou as cobertas. "Você quer saber o que a Fadinha da Lua me deu ou não?"

"Continua."

"O meu terceiro desejo foi estar onde o Sonny está. E eu digo pra ele: 'Vem pra casa, sr. Sundiata Spencer. É sua vez de colocar a roupa suja na trouxa.' E vou contar que você pegou as fitas dele também, Kofi."

"Psst."

"Psst você. Eu te vi na escola."

"Vai dormir."

"Vai dormir você, cara de sapo."

"Aposto que você vai mijar na cama. Tomou um monte de chá gelado."

"Não vou."

"Você devia ir ao banheiro já pra não ficar cambaleando por aí depois e me acordar que nem um bebê chorão."

"Melhor parar de falar assim. Vou falar pro papai e ele vem aqui no quarto."

"Não vai, não", Kofi se encostou na guarda do beliche. "Porque eles estão sem roupa."

"Aaah."

"Vai dormir." Kofi ficou parado e esperou. Depois de um tempo ouviu a irmã murmurar um boa-noite. Kofi contou até 28, depois 36, depois nove, depois sete, depois três. Quando já não conseguia se lembrar de nenhum outro número mágico que a amiga gorda da mãe tinha falado, respondeu boa noite. Kenti devia estar dormindo, porque sempre queria falar por último, mas não disse nada.

Kofi se virou para o luar, tentando ficar acordado e repassar seus planos, porém a cortina estava inflando, depois desinflando, depois inflando novamente, e isso o deixava com sono. A casa estava em silêncio, nem o relógio fazia tique-taque. Pensou em ir na ponta dos pés até a sala para pegar as botas. Se o pai acordasse, fingiria que estava lá para perguntar se podia ir à festa de Halloween na casa do Kwame. Planejava ir de caubói, porém, quando encontrou seus presentes de aniversário no closet, decidiu que, em vez disso, iria como o fantasma de Bruce Lee. A casa rangia como se alguém estivesse entrando. No entanto era só a cortina sendo sugada de novo contra a tela áspera. Kofi se acalmou e começou a pensar na fantasia. Decidiu construir um personagem — o Caubói Karatê. Quase acordou, de tanto que estava rindo.

Um dedo de gaze branca se aproximou da cabeceira do beliche. A brisa roçou a lateral da cama, depois passou pela porta rumo ao corredor, silvando sob o arco na sala, fluindo em direção à outra corrente que vinha da janela da frente. As botas ficaram em pé lado a lado perto da porta como se um garoto invisível estivesse com os pés nelas escutando o silêncio, esperando que as duas figuras fossem novamente uma em direção à outra. A corrente que passava por baixo da porta enrugou o tapete, e uma das botas se inclinou encostando na outra como se o garoto agora estivesse com o quadril jogado para um lado, abraçando a si mesmo, com frio.

Segunda-feira, 13 de outubro de 1980

Cinco minutos depois de Spence sair com o carro e de Zala voltar a se envolver na onda de afeto que os uniu há pouco, o telefone tocou. Kofi saiu tropeçando do banheiro, viu a mãe saltitando na direção da mesa, enrolada na colcha, e continuou indo rumo à cozinha, onde Kenti tentava colocar as duas extremidades de um pão fatiado na torradeira.

"Não funciona, Perninhas Curtas. E de qualquer jeito, tem que ligar na tomada."

"Eu sei." Ela foi até a geladeira para pegar a geleia. Ele foi até o armário para pegar os fósforos.

Antes que Zala pudesse dizer alô pela segunda vez, os três dedos do meio do pé direito tiveram uma cãibra. Ela amaldiçoou a casa cheia de correntes de ar e jogou o peso na sola do pé, massageando o músculo no piso. Kofi estava acendendo o forno para espantar o frio, ela conseguiu notar apesar de estar grogue. Estalou os dedos para chamar a atenção dele. O forno era complicado; era melhor tomar cuidado.

"Cora?" Zala ajeitou a colcha debaixo das axilas e suspirou — duas mulheres adultas agindo como tolas, era hora de fazer uma trégua no jogo. "É você, Cora?" Ela conseguia ver a sogra sorrindo, vingança, embora mal conseguisse ouvir alguém respirando. Zala agarrou o telefone com as duas mãos. "Sonny?" A colcha caiu no chão enquanto escutava o clique.

Kofi pegou a grelha e cheirou. "Certeza que você quer torrada? O forno está fedido."

Kenti apontou a faca para a sala. "Com quem ela está discutindo?"

Kofi ouviu. Era a voz que usava para dar ordens nos outros. "Provavelmente com o dono da casa."

A menina abriu a tampa do pote e olhou de novo para a sala. Sua mãe estava enrolada na colcha, o cabo enrolado do telefone à sua volta. "Parece uma múmia e telefonando pros outros."

"Você tem que primeiro torrar o pão antes de passar essas porcarias todas, sabia?"

"Então deixa pra lá." Kenti pintou de vermelho as duas fatias de pão, colou uma na outra e mordeu. "Mamãe parece uma múmia."

"Eu escutei. Não fale de boca cheia. É nojento de ver."

Ela colocou o pão com geleia na bochecha e chupou os dentes para o irmão ouvir. Ele revirou os olhos e se virou devagar na frente do fogão, absorvendo o calor, armazenando-o no corpo.

"Me deseje feliz aniversário", lhe pediu.
"Ainda não é seu aniversário."
"Você pode esquecer."
"Não posso falar de boca cheia, sabe."
Kofi ficou o mais perto que podia do ar quente. Talvez fizesse muito frio aonde ele estava indo.

Dez minutos depois de Paulette levar as crianças para a escola, Zala tirou o telefone do gancho e escutou. O responsável pela segurança na companhia telefônica não tinha ligado de volta, nem a polícia. Se eles não sabiam a importância de um rastreador, ela sabia. Não tinham acreditado que a tia de Earl Lee Terrell recebeu uma ligação exigindo resgate, por isso não chamaram o FBI, no entanto os jornais publicaram a história e, segundo a família, isso assustou os sequestradores. A mãe adotiva de Darron Glass tinha certeza de que uma ligação silenciosa que recebeu era do menino que desapareceu em setembro. Zala tentou se lembrar se algum pai conseguiu colocar uma escuta no telefone. Ela não conseguia se acalmar o suficiente para lembrar onde estava seu caderno azul. Ela deu início a uma seção debaixo da aba amarela no dia em que soube que Venus Taylor não tinha um telefone quando a colega de escola da filha viu Angel chorando numa esquina perto de casa. Zala colocou o aparelho no gancho. Estava funcionando. Torcia que o telefone da polícia, da Força-Tarefa e da companhia telefônica também estivessem.

Não foi um furgão da telefônica que apareceu quando ela estava vestindo a saia. Nem foi o detetive Dowell chegando numa viatura policial. Foi a sargento B. J. Greaves estacionando um Charger.

"Isso vai exigir algum esforço", B. J. alertou, passando formulários para Zala preencher. Ela recusou o café, dizendo que estava com pressa. Contudo, enquanto Zala preenchia os formulários de requisição do rastreador, B. J. continuou fumando e conversando, mudando de um assunto para outro sem parar — burocracia, uma nova linha de investigação, um exame reagendado, a súbita mudança no clima. Zala desistiu de tentar seguir o raciocínio da mulher e simplesmente encontrou um cinzeiro para ela, depois se sentou perto do telefone com um par de tênis, meiões e um colete.

"Você viu isso?" B. J. empurrou uma pilha de álbuns para o lado e pôs um exemplar do *Caped Crusader* na frente de Zala.

"Para as crianças? Obrigada." Ela baixou uma das meias e massageou o pé.

"Você não está escutando, Marzala. Estava dizendo que esse gibi é um suvenir da convenção dos membros da Ku Klux Klan."

"Ah." Zala ajeitou a meia e olhou para a revistinha. Ela sabia que aquilo devia lembrar algo, mas com B. J. parada ali do lado apagando uma guimba e chacoalhando o cinzeiro, não conseguia se concentrar. Um teste? Para quem, ela ou B. J.? No verão, quando um memorando da polícia anunciou que a moratória de exames para promoções na corporação continuava em vigor, ela não aceitara bem a notícia de que continuaria na mesma posição por tempo indeterminado. Fumando como uma chaminé e divagando. Com um novo folheto debaixo do braço, ficava falando longamente a respeito de como era difícil esconder um corpo no verão, sem se dar conta do efeito que isso estava tendo nas mães de crianças desaparecidas. Bactérias ativadas pelo calor, inchaço, o odor — qualquer cadáver parecia um homicídio quando explodia. Tarefa horrorosa ficar responsável pelos crimes, B. J. lhes tinha dito, antes de perceber que uma das mães corria para o banheiro.

"Não, acho que não estou ouvindo, B. J., desculpe."

"Compreensível." B. J. mexeu no cinzeiro com um palito de fósforo. "Mas queria informá-la que, embora possa estar sendo apressada, parece que minha nomeação para a Força-Tarefa finalmente saiu."

"Verdade? Graças a Deus. Quem sabe agora a gente consegue chegar a algum lugar", Zala calçou os tênis. "Com você na equipe, a gente pode espalhar essa história aos quatro ventos."

"Vamos devagar. É só uma possibilidade, uma boa possibilidade, mas..." B. J. desfez tufos de cinzas até o palito de fósforo quebrar. "Trabalhar em silêncio a portas fechadas tem lá suas vantagens." Zala congelou, um braço passando por um buraco no colete. "Digo, trabalhar sem interferência, ok? Poder fazer o trabalho sem os olhos do mundo vendo o que se passa na sua cabeça. Quando a imprensa ataca, a pressão cresce."

"Você sempre disse que publicidade e pressão era do que esse caso precisava." Zala abotoou o colete lentamente, dando tempo a si mesma para registrar algo. Do que essa mulher estava falando? Repórteres sensacionalistas, trabalho policial sem drama, coisas fora de controle. Nervos? Uma entrevista iminente, quem sabe; o couro e o metal de B. J. estavam extremamente polidos, o cinto de oito centímetros de largura, o emblema, os brincos. Ela também tinha feito alguma coisa no cabelo, uma chapinha ou um relaxamento. Ficou parecendo um capacete.

"Publicidade nem sempre funciona a nosso favor", continuou, usando um isqueiro dessa vez. "Especialmente quando são repórteres de fora da cidade fuçando, procurando alguma coisa chamativa, no entanto sem tempo de apurar os fatos direito." Ela bufou; saiu fumaça por suas narinas. "Repórteres policiais pelo menos têm que apurar com cuidado. Eles não podem correr o risco de ficar mal com a principal fonte de informação." Com a boca em posição, B. J. bateu o cigarro, e as cinzas caíram na borda do cinzeiro.

"Imagino." Zala ficou pensando se B. J. estava preparando o terreno para dizer algo relacionado ao teste do detector de mentiras. Será que alguém a enviou até a casa de Zala para exigir um novo teste?

"A gente precisa de espaço pra manobra. Foi isso que tentei explicar àquela mulher que o seu marido mandou para me entrevistar. Que, aliás, não gostei nadinha, viu? Não estou interessada em aparecer, Marzala. Deixo isso pros egomaníacos. Sou boa no meu trabalho. Tenho que ser." Ela esmagou outra guimba.

Zala já tinha ouvido aquilo tudo antes, claro — policiais mulheres que se candidatavam a um cargo e acabavam sendo colocadas para trabalhar de secretárias ou em centros de detenção para menores infratores; que até recentemente uma oficial precisava ter diploma universitário na área de assistência social, além de já ter trabalhado na área; a batalha que tinha sido para receber uniformes e equipamentos, receber treinamento e serem designadas para os mesmos trabalhos que os homens.

"Sim, sei como é", Zala concordou.

"Quando um caso vem à tona, aparece todo tipo de idiota. Já é bem difícil arrancar alguma coisa de um informante, porém se eles não tiverem como fazer isso na surdina…" Ela tragou lentamente. "Você não tem ideia. Se falar abertamente do caso, todo mundo começa a dar pitaco, e aí tem que se cuidar porque a prefeitura precisa ficar bem na fita, o alto comando precisa ficar bem na fita, e ninguém dá a mínima para nós que estamos quebrando pedra. Nós somos os cachorros pulguentos que vêm e vão. Se estamos na cena do crime, é assédio de inocentes. Se não estamos, a opinião pública trucida a polícia. E quem apoia a gente? A lealdade do alto comando é com o prefeito e com os outros políticos. Então, quando decidem que é preciso mais esforço, é nas nossas costas que cai tudo. E quem é que vai se arriscar a pedir ajuda? Você fica parecendo um bobo se faz isso. E se acha que o colega que está louco para ser promovido não vai esfaqueá-la nas costas quando tiver a chance, pode esquecer. Merda, podia dar conta desse trabalho se esses malucos não ficassem me aporrinhando." Bateu no cinzeiro para enfatizar, e cinzas caíram na mesa.

"Eu estou ouvindo você, B. J., mas não sei por que está me contando tudo isso." Zala se debruçou e limpou a mesa com a manga, constrangida quando percebeu o que estava fazendo.

"Aquela mulher, Eubanks — a amiga do seu marido? —, ela disse que vocês estavam trazendo emissoras de TV para falar do caso. Achei que a gente tinha um acordo de contar as coisas uma pra outra. Hoje de manhã fiquei sabendo por um boato que os pais estão mantendo uma médium num hotel, uma mulher que anda dando manchetes para jornais do norte com casos que supostamente deixaram as autoridades perplexas. Se soubesse quanto trabalho foi feito nesse caso — não, escute, não me interrompa. Então eu descubro — e não por você — que alguns de vocês, dos pais, estão planejando viajar pelo país para falar da investigação. Isso não é lá muito inteligente. E você devia ter me contado."

"Olha, espera um minuto. Você age como se fosse dona do caso. Não, *você* me deixa falar até o fim. Você jogou um monte de coisas em mim, B. J., e eu escutei." Zala tentou se levantar, mas B. J. não dava espaço. "Eu sei da vidente. Presumi que você soubesse." Zala não sabia muito sobre Dorothy Alison. Ela só viu a enérgica italiana de relance quando um dos pais lhe sugeriu que levasse alguns itens pessoais do Sonny para a mulher "cheirar". Fazia uma vaga ideia do histórico da mulher — o caso Patty Hearst, cinco figurões de departamentos de polícia que tinham se beneficiado da ajuda dela, especialmente no caso Debbie Kline em Waynesboro, na Pensilvânia.

"Um dos investigadores voluntários a trouxe de New Jersey", Zala empurrou a cadeira para trás, a fim de fazer B. J. se mover. "Mas eu não chamei ninguém." Ela correu os olhos pela sala procurando o caderno. Na reunião dos arrendatários, o Orador lhe deu o nome de um jornalista de uma rede de TV em Washington.

"Deixa eu entender direito", B. J. bufou. "Está me dizendo que não tem planos de usar esse contato na TV para colocar a história no ar?" Os lábios dela se retorceram. "Não sei se acredito em você. A amiga do seu marido foi bem incisiva quanto a isso."

"Desde quando tenho que prestar contas a você? Não chamei ninguém. Mas e se tivesse chamado?" Zala se levantou e fez a policial se afastar da mesa. "Não sei qual é o seu problema. Esse tempo todo ficou me azucrinando pra falar do caso, que eu devia insistir, tentar conseguir ajuda da imprensa pro caso chegar ao noticiário. E agora está dizendo o quê — sente e fique quieta? Por quê?", ela exigiu saber.

"Estou tentando colocar uma pulga na sua orelha, Marzala."

Algo no modo como a frase foi sussurrada fez Zala mudar de tom. "Isso tem alguma coisa a ver com o teste que fiz no detector de mentiras?"

B. J. mascou os próprios lábios. "Não penso que você deva se preocupar muito com isso." Parecia que diria algo mais, contudo não disse.

"Não?" Zala esperou uma explicação, uma absolvição. Talvez tivesse passado no teste e estavam mentido para ela. Zala colocou a mão por baixo da saia e puxou a blusa de gola alta para baixo. "Não sei o que você está me contando, B. J., realmente não sei."

"Estou dizendo, entre outras coisas, para ser cuidadosa. E pode dizer pro sr. Spencer que, caso ele queira saber alguma coisa a meu respeito, pode vir perguntar direto pra mim. Eu quero aquela fita. E mais uma coisa", acrescentou, interrompendo Zala. Mas depois parou e inclinou a cadeira para a frente e para trás. "Esse pessoal de fora chega", ela disse, ficando mais intensa de novo, "e não perde tempo tentando entender o que é importante; então, pra dar uma animada nas coisas, pegam os cretinos para heróis e nós viramos os bandidos."

"Sei que você não está me dizendo que a imprensa não teve tempo de investigar a história verdadeira. Você não pode estar me dizendo isso — não você, não pra mim."

"Estou falando de gente de fora, ok? A imprensa daqui vai chegar lá. Vou providenciar isso. No entanto o seu contato, por exemplo — o que ele pode fazer? Virá pra cidade, no fim de semana, naturalmente, quando metade dos órgãos públicos está fechada, e aí o que poderá fazer? Inventar. E não vai demorar muito pro público estar torcendo pros criminosos."

"Não nesse caso, B. J. Um roubo a banco, quem sabe, ou um assalto a uma joalheria chique. Mas nesse caso não. Até os bandidos que não aliviam nem no Dia das Mães acham esse caso horroroso. Sei do que estou falando, então não me venha com suspiro. Pendurei cartazes por aí e conversei com todo tipo de gente. Eu sei. Nesse caso não."

"Você não sabe como a imprensa funciona, Marzala. Eles estão atrás de uma história. Acha que eles se importam com os fatos? A gente pega um suspeito, o cara ainda está sujo, e o que dizem no jornal? Um desajustado social, infância problemática, temporariamente insano por causa de alimentação ruim — tipo aquele maluco na Califórnia que saiu atirando no gabinete do prefeito. O criminoso é uma vítima incompreendida e nós somos um bando de merdas prendendo o sujeito sem pedir por favor e com licença."

"Maníacos que atacam crianças? Nunca. Esses caras têm que pedir proteção na cadeia contra os outros presos. Você está falando bobagem. Consigo a fita da Leah Eubanks pra você, se é esse o problema." Zala passou roçando em B. J. e foi na direção do armário do corredor. "Heróis", disse irritada. "Você deve achar que está falando com uma criança de 2 anos de idade. Talvez tenha mais experiência com a imprensa, mas não sou burra. Dane-se também", agitou cabides para todo lado. "Quer que eu vá com você até a companhia telefônica?" Ela arrancou um blusão do armário.

"Você sabe que esse seu contato de fora da cidade não vai ter nenhuma cooperação nossa. O mesmo vale para aquela vidente. E como acha que as pessoas vão se sentir com vocês todos atacando a prefeitura? Pense bem antes de aceitar convites pra ir a outros lugares do país falar do caso. Você não sabe. A única coisa que aqueles repórteres querem é uma história que chame atenção. Vão colocar coisas na sua boca que você nem pensou em dizer. E aí como vai se sentir quando tentar corrigir alguma coisa e ficar puta e eles colocarem o seu teste de polígrafo na capa do jornal?"

"Entendi." Zala abriu caminho com o cotovelo e vestiu a blusa.

"Por que está irritada comigo? Estou tentando avisá-la. Eles não vão conseguir se aprofundar muito no que você sabe, aí vão inventar o resto, e os outros irão culpá-la. Você pode viajar o quanto quiser, mas uma hora tem que vir pra casa."

"Entendo."

"Só estou dizendo", B. J. alertou, seguindo Zala até o telefone, "que a polícia sabe de um milhão de coisas que o público nunca fica sabendo, não pode ficar sabendo. Você no máximo teve acesso a algumas informações periféricas. Basicamente aquilo que eu quis que você soubesse."

"Beleza", Zala ergueu a mão direita. "Juro que não vou mencionar seu nome, nem o que você vazou. E vou pegar a fita. Satisfeita?"

"Lá vem você de novo."

"É isso aí mesmo, porque é loucura isso, B. J. Agora que finalmente está em condições de realmente nos ajudar, você me diz que não tem como aparecer ligada à gente. É isso que está dizendo, não é? Me diz que não é loucura isso. Concorda? Você vem aqui e eu ouço três tipos de 'nós' e 'a gente' e nenhum deles inclui as pessoas que supostamente deveria ajudar. Se eu tivesse tempo, B. J., eu iria rir, ah se iria!"

"Você não está escutando", B. J. empurrou o cinzeiro para o lado com o quadril e se sentou na mesa. "Deixe eu lhe explicar."

"Melhor não. Não sei o que a está incomodando, porém já tenho os meus problemas. E não gosto de brincar de gangorra, nunca gostei. Sempre odiei cair com força no chão. O que eu queria é que você fizesse aquela papelada andar", destrancou a porta. Mas B. J. tinha erguido uma das pernas da calça e estava falando de novo, explicando como de vez em quando as coisas deviam ser feitas segundo o protocolo para garantir o máximo de controle para que tudo funcionasse. As palavras dela saíam junto à fumaça, e Zala não estava nem sequer ouvindo, e sim puxando a porta, que estava presa no tapete. A sargento B. J. Greaves estava sentada na mobília dela, transformando a casa numa sede da polícia, e se recusava a sair antes de ter concluído o sermão condescendente. Zala puxou a porta até a maçaneta bater na parede. Ninguém lhe daria carteirada em sua própria casa.

"Ponha o rastreador no meu telefone, por favor."

Levantando-se da mesa, B. J. pareceu que cairia no chão. Ela se ajeitou, depois deu uma batidinha na pochete de couro. "Pode deixar", saiu pela porta.

"E muito obrigada", Zala disse. B. J. parou, como se fosse dizer algo mais; depois abriu a porta do carro e bateu novamente no quadril num gesto tranquilizador. Aquele provavelmente seria, Zala pensou, o último ato de B. J. como B. J. — grampear seu telefone antes de parar de falar com ela.

Às 9h30, a casa estava de cabeça para baixo, mas o bloquinho e o pedaço de papel com o telefone estavam na mão de Zala. Sentada no braço do sofá, ela mastigou o papel, torcendo para o telefone tocar e lhe dar mais uma chance, embora ainda não estivesse pronta para algo mais forte. Quem sabe um telefonema do vendedor de janelas especiais contra tempestades, pedindo inicialmente para falar com o homem da casa. Ela conseguia ouvir a sobrinha Gloria — "O homem da casa? Aaaah, meu senhor, ele morreu hoje de manhã, o meu pai. Lavando as janelas do andar de cima, caiu da escada e quebrou o pescoço. E eunumseioquevaiserdenós." Ou talvez alguém fazendo uma pesquisa de opinião telefonasse querendo saber qual a marca de sutiã que Zala usava e se a peça continuava firme depois de 23 lavagens. Ou melhor ainda, a Secretaria de Educação informando mais uma vez que Sundiata Spencer andava matando aula e que as coisas ficariam feias para os Spencer se ela não levasse uma declaração juramentada comprovando a história que contou da última vez. Aí ela descontaria tudo em cinco minutos de fúria, descarregando todos os sentimentos que estavam emperrando seu sistema; depois, mais calma, iria lavar o rosto e preparar uma xícara de chá adoçada com a cerveja caseira que Mama Lovey tinha mandado pelo ônibus interestadual para regar os bolos de frutas. Talvez ela estivesse preparada para uma chamada telefônica importante.

Zala olhou pela cortina de macramê quando ouviu um barulho na rua. Ela meio que esperou ver pernas saindo de baixo do carro dela, a parte de trás do Fusca aberta, as entranhas do carro expostas, e Spence no chão perto do para-choque, passando ferramentas para o mecânico. Meses na oficina, intocado até que ela pudesse pagar uma entrada, o carro foi rebocado de volta pelo novo amigo de Spence, que prometeu fazer uma estimativa de orçamento para pagamento parcelado. O barulho foi embora. Não era alguém que Simmons tinha mandado para dar carona a ela até o trabalho, mas um táxi, um dos senhorzinhos que levavam consumidores até a A&P no West End e depois os traziam de volta, o escapamento preso por uma cinta feita com cabide de arame e soltando faísca contra o asfalto. Uma vez, enquanto estava sentada aqui esperando, ela se assustou ao ver Sonny descender de um táxi. Ele veio andando de um modo blasé, deixando Zala nervosa, até que Kenti ficou atazanando o menino e arrancou a história dele: ele fez um desaforo para a tia Delia, que lhe mandou para casa de táxi. Como aquele menino se gabou de ter conseguido que Delia pagasse o táxi — e como se gabou de não ter dado gorjeta para o taxista!

"Criança detestável", se pegou dizendo antes que conseguisse se censurar. "E eu tentei tanto." O choro falso envergonhou Zala ainda mais. Mordeu o papel até os dentes doerem.

Repassou mentalmente o telefonema da manhã ansiosa por alguma informação que pudesse lhe acalmar. Havia ruído de fundo? Não, nada de pingue-pongue, nada de trânsito, nada de sons de máquinas ou música. Cora? Sonny? Algum anônimo com uma dica, encorajado pelo cartaz, mas que no último minuto ficou com medo de se envolver? Até agora o cartaz só tinha conseguido incentivar ligações de gente que rezaria por ela, ou que a alertavam a respeito de que Deus guardava suas punições para o momento oportuno. A coisa inteligente a fazer, disse para si mesma, passando a mão pelo estofado, era ligar para Cora. Mas não conseguia fazer as pernas se moverem. A mão repuxou uma parte desgastada do tecido, depois o rasgou. Uma superfície nodosa que lhe dava prazer tátil em noites de solidão, o seu estado de esgarçamento só fazendo com que se lembrasse de si própria. Notou que um canto do lençol ficou preso na alça do colchão quando desmontou o sofá-cama. Zala olhou para aquilo e parou de mastigar, tentando entender como se sentia quanto à noite de sexo. Soltou o bloco para cobrir o lençol delator e voltou a atenção novamente para a janela.

Não havia ninguém na rua e nenhum som além dos latidos e ruídos do Cachorro Malvado, que andava pelo quintal dos Robinson, preso à coleira. O gato dos Grier na calçada movia lentamente a cabeça, seguindo o caminho do cão.

"Não vou ter como pagar a conta do telefone mesmo", Zala tentou se animar, "então por que não ligar para Washington?" O que faria antes que a inércia voltasse. Dali a um minuto a paralisia tomaria conta, travando todas as articulações. A cabeça dela iria se movimentar de um lado para o outro, mas ela estaria num pesadelo, presa com aquilo, com a coisa, que estaria derrotando-a. Tentou pensar em xingamentos para usar contra B. J., na tentativa de ganhar ânimo, no entanto não tinha a reserva de energia necessária para começar.

Zala se virou no braço do sofá. As árvores ao longo da Thurmond estavam começando a ficar sarapintadas. A promessa era de que logo haveria vermelhões brilhantes, laranja queimado, castanhos com tons de dourado.

Em outra época, em outra vida, olhando pela janela, balançando os pés contra o sofá, estaria planejando uma viagem para o rio Tombigbee perto de Epps, ou para a praia em Brunswick, onde os parentes de seu pai moravam; ou para um lugar onde as cores do outono eram mais bonitas, planejando ir até a trilha de aproximação das Montanhas Apalaches. Olhando para uma paisagem agradável sem se importar com o formigamento no pé, ficava pensando em quanto papel de aquarela levaria na mala, quais pincéis, quais tubos de pigmento para quando Kenti se cansasse de pintar imagens com grama, flores, frutos. E então se levantariam para sair, aparentemente levadas pelo momento, sem deixar tempo para que a menina se empolgasse e acabasse tendo uma febre. Mãe e filha indo passar o dia juntas, proibida a entrada de meninos, nananina não. Kenti iria na frente, pelos zigue-zagues onde o líquen cintilava, deixando que a trilha apontasse o caminho — "Bioluminescência, né, mãe?" Catando gravetos para queimar e fazer carvão, encontrando as pedras certas para afiar os pedaços de carvão, um piquenique num tapete de agulhas — ovos recheados, linguiça e biscoitos, uma garrafa térmica de suco de laranja espremido à mão, e maçãs para ir comendo enquanto elas iriam procurar água. Mamãe e Filhinha colhendo buquês de flores coloridas e delicadas, prevendo quais teriam espinhos, quais entregariam generosas suas cores. Depois, se debruçando sobre um pequeno remanso do rio Tombigbee, ou agachadas ao lado de um riacho nas florestas do norte da Geórgia, se segurando uma nas pernas da outra, as duas iriam pegar água, sem se importar muito com os insetos e os sedimentos que fossem junto, porque às vezes surpresas felizes aconteciam quando pedaços de coisas se misturavam aos pigmentos e eram colocados sobre o papel com pincéis de samambaia.

O arrulhar rouco dos pombos em algum lugar sobre a janela do banheiro interrompeu o devaneio de Zala. Ela ficou atenta quando ouviu o súbito bater de asas, rápido, apavorado, como se um tiro tivesse sido disparado na floresta e gansos tivessem saído do esconderijo. Como odiava pombos. Mas será que eles se importavam? Os pássaros iam e voltavam como bem queriam, nos degraus da porta de entrada, no para-brisa do carro. Como odiava aquele cachorro latindo, o vazio que doía como um pé amputado. Quem se importava? Mesmo que o telefone nunca mais tocasse, mesmo que nenhum táxi viesse, mesmo que jamais se levantasse para pegar um lenço, a grama continuaria crescendo.

Desde o momento em que o sujeito atendeu, ficou claro que o diálogo se resumiria a uma boca e duas orelhas, se ela não fosse agressiva. De fala fácil, arrogante, apaixonado por sua facilidade de fazer listas e imitações, o jornalista não soava como uma pessoa séria que o Orador recomendaria para se procurar em busca de ajuda. Ela não sabia como interromper, como fazer com que ele voltasse ao assunto. Sim, ele concordou, houve um encobrimento das notícias relacionadas a situação enfrentada por Atlanta, envolvendo os pretos em geral, na verdade, e depois lá foi ele catalogar as histórias que chegavam pelo telégrafo todos os dias, que eram lidas e jogadas na lata do lixo — cruzes queimando, bombas incendiárias, atiradores, slogans pejorativos escritos nos armários dos trabalhadores de pele preta na metalúrgica Bethlehem Steel, cartas com insultos entregues à Associação de Estudantes Pretos de Harvard, afogamentos misteriosos, espancamentos, incêndios, caminhões que levavam racistas carregando tacos para emboscar casais inter-raciais em parques, gangues de jovens brancos fazendo tumulto em rinques de patinação, a polícia barbarizando em comunidades pretas de todo o país.

"Mas então como..."

"O que eu posso dizer? Os pretos simplesmente não são mais notícia, sra. Spencer. Veja essas mulheres que foram espancadas até a morte em Boston. Um grupo chamou uma entrevista coletiva e nenhum repórter apareceu. Vamos ser francos, se não fosse pela erupção do Monte Santa Helena, a história de Miami não teria nem saído na imprensa."

"Não estou falando de Boston ou de Miami. Estou falando de Atlanta e de crianças que..."

"Minha senhora, meninos pretos sendo assassinados no Sul simplesmente não são notícia."

"E meninas", acrescentou. "E mulheres e homens."

"Ah?" Ele estava mexendo em papéis. Ela não sabia o que dizer a seguir. "A informação que Earl Reid anexou à carta parece ser sobre meninos... duas páginas cheias de erros de ortografia e de contradições em papel timbrado... difícil de acreditar que seja o boletim da Comissão de Segurança Pública de Atlanta. Eles listaram um garoto como desaparecido, por exemplo, três dias depois da morte. Uma investigação meio Amos 'n' Andy..."

"Eu vi isso. Mas posso mandar informações melhores se me der o endereço."

"Sei como se sente, mas não sou eu que defino a política da rede. A notícia do momento é o Irã, e quando não é isso é sobre a eleição ou histórias ligadas ao terrorismo internacional." E lá foi ele de novo, enquanto ela pegava o jornal, se agarrando a uma última esperança. Estava elencando manchetes, imitando apresentadores, chamando Ted Koppel do *Nightline* de Alfred E. Neuman, mais conhecido como Howdy Doody, imitando Jimmy Carter falando dos reféns, mas chamando o presidente de Tom Sawyer, depois mexendo novamente nos papéis que o Speaker tinha enviado e usando para ele o apelido de Earl dos Cachinhos, o que deixou Zala confusa, mas pode ser que, antes dos dreads, Earl tivesse usado o cabelo cacheado.

"Mas se você pudesse..."

"O problema é que — e eu não quero parecer insensível à sua situação —, a história de Atlanta não tem escopo, digamos, quando comparada, por exemplo, com as mulheres iranianas voltando a usar véu para se tornarem revolucionárias, ou terroristas sequestrando jumbos em pleno ar."

"Ah, por favor! Tem terrorismo aqui mesmo em Atlanta. Estou falando de Atlanta, a 'Nova Cidade Internacional'. Nós não somos um simples endereço de caixa postal para fazer pedidos que aparece tarde da noite na TV — cinzeiro com tampa, panela de bambu. Olha só, meu senhor, tem crianças e não só crianças sendo assassinadas aqui, e vocês têm que fazer alguma coisa sobre isso. O Earl disse que você é jornalista. Bom, estou relatando uma notícia. Terrorismo."

"Grupos de esquerda são o tipo de terroristas que..."

"Então você acredita que há um grupo de direita atuando aqui, é isso? Tem muita gente que vai concordar com você. Posso colocá-lo em contato com essas pessoas. Escuta, esse é um enfoque. Deixa eu ler essa notícia pra você. 'O autoproclamado racista J. B. Stoner e seu partido

Direitos dos Estados da Nação vão sediar uma conferência internacional em Atlanta.' Internacional", ela sublinhou, descendo o dedo pela coluna. "Aqui, sobre o Departamento de Estado e o pessoal da Imigração. 'Líderes nazistas da Bélgica que estariam em Atlanta para o encontro do sábado, 11 de outubro, tiveram seus vistos cancelados na sexta-feira.' Abre aspas: 'A presença deles no país não está de acordo com o interesse público dos Estados Unidos', fecha aspas. Então que tal isso? Internacional o bastante pra você?"

"Tão norte-americano quanto torta de maçã e o H. Rap Brown", ele riu, congelando a linha.

"Ele está aqui também", ela suspirou, calculando o que o relógio lhe dizia agora sobre a conta telefônica.

"Está?" O sujeito pareceu interessado. "E ele está envolvido com o modo como a comunidade está lidando com o caso?"

Ela não conseguiu pensar em uma mentira rápido o suficiente o que o fez decolar de novo, e o ponteiro menor correndo pelo mostrador enquanto ele falava de seus anos de aprendizado cobrindo radicais e dominando a arte de encontrar o gancho.

"Como no motim de Miami", ele disse. "A natureza ofereceu ao repórter experiente um ponto de apoio para a história — dois tipos de erupção, um vulcão e uma comunidade. Funcionou. As redes compraram."

"Você é jornalista", ela interrompeu. "Você podia achar um gancho. Posso arranjar entrevistas, apresentar você ao comitê PARE, aos investigadores voluntários, a alguém da Força-Tarefa de Emergência. Você podia entrevistar a minha família. Nosso menino está sumido desde julho, mas acho que ele ligou hoje de manhã. É um começo. Posso ajudar. Eu posso, de verdade." O suor encharcava os punhos do blusão.

"Hoje? Ele ligou hoje? Você não mencionou isso." Ele estava prestes a dar aquela risada que não era bem risada.

"Por favor, escute", ela tampou o outro ouvido com a mão para não ouvir o Cachorro Malvado. O uivo dele soava como se o animal estivesse sendo atormentado por algo além de um gato.

"Sra. Spencer, não sou a pessoa que define a política. O que posso dizer?"

"Me diga *alguma coisa*."

"Eu sei como a senhora se sente, mas..."

"Sabe? Sabe mesmo? Vá pro inferno!", gritou, batendo o telefone. Pedacinhos de plástico voaram na parede.

• • •

Ela foi batendo os pés até o ponto de ônibus, enquanto praguejava em sua cabeça contra os jornalistas, o Orador, a B. J., a Cora. E dela mesma. "Vão pro inferno." Que burra. Devia ter falado dos direitos garantidos pela Primeira Emenda. Era isso que estava no noticiário ultimamente — donos de livrarias eróticas, editores de pornografia, fascistas fundamentalistas, a ACLU, radicais —, até Kofi andava tagarelando acerca dos direitos dos governados. O direito de falar, o direito de saber. Então a omissão da imprensa não era uma violação dos direitos que todos tinham, garantidos pela Primeira Emenda? Era isso que deveria ter dito para o cretino lá na capital, tão seco, tão metido a engraçadinho.

Os cachorros na rua transversal latiam como lobos. Havia mobília empilhada na calçada. O primeiro dia de frio e alguém estava sendo despejado. Não é esse o caminho, ela murmurou, calcando com o sapato um trecho de dentes-de-leão em meio às pedras da calçada. Que doideira, como o sr. Grier dizia a respeito do mundo ao chegar ao trabalho todo dia, limpando os pés no tapete e sacudindo a cabeça. Uma frigideira gordurosa com feijões fumegantes foi posta em cima de um pedaço de cetim, depois arrastada por cima das toalhas para um lugar melhor, em cima de um colchão, os lençóis caídos, revelando um padrão de manchas. Nada de privacidade para os pobres, ela queria dizer para alguém, o "alguém" que deveria estar ali para fazer alguma coisa quanto àquilo, para no mínimo pegar a roupa íntima suja pendurada no escorredor de louças de plástico e colocar no gaveteiro que estava de ponta-cabeça em cima de uma cadeira. Quem se importa!, pensou, no entanto não se sentiu melhor por isso. Se sentia falsa e tão ineficaz quanto tinha se sentido ao quebrar o telefone. Zala se aproximou do meio-fio alto e viu panelas e frigideiras desbotadas com amassados, uma assadeira de muffins queimada servindo para guardar brincos e chaves foscas. Estremeceu. Duendes, libertados mais cedo, estavam levando os cães a latir cada vez mais agudo, chegando ao registro de um tenor.

"*Marzala!*" Ouvindo seu nome ribombar, virou-se, assustada.

"Entre", o motorista da van mandou. "Que droga, Zala, entre!" A porta do passageiro se abriu e ela entrou. A van passou pelas pilhas de móveis, deixando o estômago dela para trás.

"Rápido, enfie a bolsa debaixo do banco e troque as pilhas. Encha os bolsos de fitas, irmã. É agora."

"É agora o quê? O que aconteceu?"

• • •

Às 10h12 da manhã um barulho de trovão saiu da sala da caldeira da Creche Municipal Gate, na região do conjunto habitacional Bowen Homes, no distrito noroeste da comunidade preta, lançando metal quente para todo lado nas salas de brincadeiras das crianças do jardim de infância. Paredes desmoronaram, destroçando caixas de brinquedos, berços arrebentados ficaram de ponta-cabeça; tábuas do piso, arrancadas de suas posições, giraram numa avalanche de gesso; mesas, livros infantis e blocos de madeira caíram em cima de relógios de plástico que tiquetaqueavam em cobertores de tons pastel encharcados de sangue.

Um pingente com a correntinha arrancada do pescoço dilacerou a pele de uma criancinha que corria com uma artéria femoral rompida em meio aos detritos escaldantes. Bebês gritavam engatinhando por cima de chupetas cheias de bolhas, derrubando bonecas chamuscadas em caminhões de lixo amassados por joelhos que se arrastavam cortados pelas bordas de metal de robôs com pilhas vazadas. Meias empapadas, peles de tambores rasgadas, mãos se agarrando aos cercadinhos enquanto minúsculos xilofones batiam contra dedinhos bizarramente pequenos. Espinhas vertebrais atingidas por pernas de mesas arrebentando as cordas de ukuleles que se enrolavam em amontoados pretos. Recheios de ursinhos de pelúcia como se fossem pipoca no ar repleto de detritos onde vidros salpicavam as feridas de bebês. Pedaços de papel flutuavam no alto batendo em venezianas e caindo nos móveis com pintura brilhante que haviam colapsado sobre a vida de um menininho.

A cozinheira, que preparava a comida quando a explosão fez voar a lata de suco que estava nas mãos dela e a arremessou longe as bandejas de metal, ficou presa na cozinha quando o fogão foi atirado na direção da porta e isolada do corredor por parte do piso que foi arremessada do gabinete onde a diretora cambaleava em sua cadeira giratória telefonando para pedir ajuda. Uma assistente social catou uma criança quando o teto desmoronou em cima das duas. Uma professora, correndo enquanto se desviava de tudo em meio ao calor e ao medo, uma criança debaixo de cada braço, chegou ao gramado cheio de entulhos escorregadios sob os pés e desabou por um momento nos braços, peitos, cobertores de vizinhos que vieram correndo e que não puderam segurá-la por mais tempo do que ela precisou para colocar os dois no chão e voltar ao prédio, uma professora mergulhando em meio ao ar cheio de pedras para cobrir uma menininha que caiu nas lajotas quando uma pia se desprendeu da parede do banheiro.

Moradores saíram em grandes ondas dos prédios da Bowen para abraçar crianças que berravam, crianças emudecidas pelo choque, crianças com olhos fixos e arregalados, tirando-as dos braços das mulheres que se desvencilhavam de novo, escorregando na grama coberta pelo orvalho vermelho onde esquilinhos foram esmagados como uvas pisadas. Esquilos, que caíram de balanças e do trepa-trepa a cinco metros da explosão quando uma porta cruzou o parquinho e ricocheteou no alambrado que dava para a Jackson Parkway, foram pisoteados por motoristas que desciam os aclives para ajudar. Pássaros, empoleirados nos fios de alta-tensão ao longo do perímetro da colina, foram derrubados por uma tempestade de cascas de árvore e galhos quando uma mesa explodiu a sessenta metros do berçário que ficava na parte inferior e voou para o terreno baldio na rua acima, marcas de pneus de caminhões de entrega e de um ônibus de excursão de igreja nas penas de suas costas. Atirada por cima dos apartamentos de dois andares ao lado do berçário, voando trezentos metros ao longo da Yates, uma porta de metal aterrissou num estacionamento, rachando o cimento e causando bolhas na pintura dos carros que foram sacudidos com a explosão.

Do outro lado da rua, as crianças na Escola Fundamental A.D. Williams se protegeram quando o vale de tijolos cor de laranja chacoalhou, professores correndo até as janelas trêmulas para olhar colina acima em busca de sinais de canhões ou tanques que estivessem atacando. Nada de pelotões de assalto, apenas carros parados no meio das ruas e motoristas se aglomerando na descida da ladeira, os professores fizeram duas turmas saírem às pressas das salas para se amontoarem debaixo de escadas e esperarem a voz da diretora no sistema de alto-falantes.

Com as patas rijas e trêmulas, cães ganiam alarmados, dando notícia do desastre para a Bolton Road, para a Hollywood Road, para a Hightower, do lado de cima, e para a Martin Luther King Jr. Drive do lado de baixo, enquanto um número cada vez maior de vizinhos atravessava correndo o terreno de ruas mais abaixo, Walden, Chivers, First Street, Grant Drive, para chegarem estupefatos à cena da destruição.

"Meu Deus do céu", Zala disse quase sem ar, puxada pelo cabo do gravador enquanto Leah Eubanks se movia em meio à multidão apontando o microfone — "Achei que fosse uma explosão no metrô", "Achei que era o Juízo Final", "Qu-quem ia fazer uma coisa dessas?" —, perplexo, gaguejante, um sujeito de roupão rangendo os dentes, uma mulher num vestido rasgado na altura da cintura, uma gaga esfarrapada segurando um menino largado em seus braços.

Uma guarda responsável pelo trânsito na área escolar com o uniforme raiado de manchas de queimadura saiu correndo. "Tira essa merda da minha cara!", ela berrou. "Que espécie de gente vocês são?" Cuspiu na direção dos pés de Zala e ergueu os braços para o grupo dispersar. "Tira esse pessoal daqui. Precisamos de curativos!" Passou correndo por eles, indo da Yates para a Fields, depois subiu a ladeira até os bombeiros.

Dave ouviu os cães, as sirenes, as buzinas dos carros e foi até a escadaria na fachada do Centro de Qualificação Profissional na esquina da Westlake com a Igreja Ezra. Um policial andava ao lado da moto na rua, lentamente, segurando o tráfego, tentando fazer seu walkie-talkie funcionar. Dave parou nos degraus e olhou para os dois lados da Westlake, esticando o pescoço para ver onde era a confusão. O tráfego seguia a moto na direção da Hightower, embora os cães parecessem latir mais alto na direção da Bankhead.

"O que está acontecendo, sr. Morris?" Um rapaz com uma japona cor de vinho saiu do prédio enquanto Dave chacoalhava moedinhas no bolso da calça e tentava entender os sete números que se embaralhavam na sua cabeça.

"Seja o que for, não é longe. Escute, Jonesy — já volto. Não vá perder a entrevista. Volte lá e fique na fila."

"Uma fila? Uma droga de fila? Ei, Morris, não me dou bem com fila", o rapaz falou arrastado, balançando sobre pernas instáveis, as mãos simulando um bico de pato na direção das costas do assistente social. "Saca só. A fila é um conceito ocidental e eu sou africano. Veja só você impondo um conceito do homem branco pra mente de um preto. Uau. Isso é forte. É muita insensibilidade, isso sim. É isso aí, na fila, fica na fila. Uau, isso é insensível pacas, Morris."

Dave deixou o sujeito se esquivando e batendo nos degraus de entrada e foi correndo para a esquina da Simpson. Carros estavam dando meia-volta no estacionamento do Smoky Pit, depois acelerando na direção da Bankhead.

"Uma explosão na Bowen Homes!", escutou o farmacêutico gritar para os camelôs que tinham parado em frente às pilhas de calças jeans, fitas cassete e tigres de cerâmica em mesas alinhadas no estacionamento do Pit. "A creche, ele diz."

Dave chegou ao telefone quando o farmacêutico estava se curvando na direção do informante, que sintonizava um rádio de ondas curtas.

"Puta que pariu", o informante do farmacêutico reclamou. "Tem tanta ameaça de bomba chegando que os policiais não sabem pra onde ir primeiro. É Código Um em todo lugar. Espera." Fez sinal para o farmacêutico ficar quieto, e o farmacêutico por sua vez ergueu a mão para os camelôs a fim de colocá-los em alerta para o próximo boletim.

"Mandaram os policiais passarem para outra banda. Acho que vão barrar o sinal pra todo mundo que é de fora." Esticou a antena o máximo que pôde.

Dave pegou o telefone, lembrando como tinha sido comum que embaralhassem o sinal para adiar as notícias relacionadas à morte de Martin Luther King. Entretanto, mesmo assim, a notícia se espalhou de Memphis para o lugar que ele chamava de lar em questão de minutos. Enfiou moedas no telefone, uma orelha em pé na direção dos dois homens que estavam na frente da farmácia colados no rádio. Houve chiado de estática, depois uma súbita explosão de mensagens de números. Virou-se de lado e pensou nos próprios números, já amaldiçoando Teo e Beemer, os dois sujeitos em quem o velho da Zala botava tanta fé, duvidando desde já de tudo que pudessem vir a dizer caso não dessem nomes, placas de carros e números exatos de quartos de hotel no distrito de Cobb.

O Orador orientou o aluno a deixá-lo perto da igreja e depois voltar para encontrar seu irmão de fraternidade na Radio Shack, que foi o primeiro a dar a notícia no campus. Então seguiu a pé a multidão que corria para o Corpo de Bombeiros. Ao ver o estacionamento todo vazio e perceber que o equipamento, a bomba e o caminhão de resgate não estavam mais lá, a multidão deu meia-volta e desceu correndo a ladeira até a Bowen. Dos degraus de entrada de uma casa no fundo dos Bombeiros, uma mulher com touca de banho acenou para o Orador.

"Olha aqui", ela disse, segurando uma bacia com frascos de unguentos, latas de Band-Aid e chumaços de algodão. "Leva isso", entregou-lhe tudo, para depois se virar e pegar uma colcha dobrada em cima do banco da varanda. "Eles vão precisar disso também." Ela desceu os degraus de lado, colocando a colcha em cima da bacia e levando o Orador para fora do jardim. Lenta e tranquila, mas não cansada nem velha, a mulher era a essência da calma.

"Pegaram alguém?"

"Pegar?" Ela comprimiu os lábios e foi até a lateral da casa, onde um galo, com a crista murcha, arrastava as penas do rabo na terra. Uma galinha branca andava em círculos no quintal, seus pés de um amarelo pálido salpicados de estrume. "Quando você descobrir isso, meu bem, venha me dizer", foi sua resposta, depois deu as costas, chamando alguém que estava nos fundos da casa para tirar o café do fogão.

"Então ninguém foi preso?" O Orador pisou no meio de uma fileira de flores que estavam sobre latas altas de alumínio para seguir a mulher.

"Você não é tão ingênuo", comentou, enfiando dois dedos por baixo do elástico da touca para coçar a cabeça. Mas, antes que ele pudesse fazer mais perguntas, começou a falar de novo. "Eu estava costurando as minhas colchas quando ouvi. Parecia alguém rasgando um tecido. Só que demorou bem mais. Sabe como? Não tem tecido no mundo que rasgue daquele jeito." Ela olhou adiante dele — o complexo de apartamentos, uma tigela de terracota no fundo de um vale verde, tinha levado um soco na lateral de argila e estava desmoronando. "Não se satisfazem mais matando-os um a um — agora acham que precisam explodir todos de uma vez. Quer café?", acrescentou, antes que o Orador pudesse perguntar sobre "eles". "Pode ser a última chance de colocar algo quente em seu organismo." Ela abraçou a jaqueta em torno do próprio corpo e continuou indo em direção aos fundos da casa.

"Melhor eu levar isso lá pra baixo", o Orador falou, dividido. "O que você ouviu até agora?"

"O que ouvi? O que tem pra ouvir?" A mulher se virou e olhou para ele, parecendo envelhecer subitamente. O olhar dela estava tranquilo enquanto duas galinhas gingavam perto de suas pernas. "Meu pai costumava me perguntar, bendita seja a alma dele..." Ela deu rum riso rouco e as galinhas se afastaram. "Já percebeu que a titica das galinhas é cinza e branca? O que você acha que o branco é?"

O Orador ergueu as sobrancelhas até elas tocarem no gorro.

"O branco é merda de galinha também, meu bem. É merda de galinha também", ela comentou, indo em direção aos fundos da casa e falando por cima do ombro. E logo sumiu, atrás de uma porta de tela girando sobre dobradiças rangentes, depois batendo.

O Orador voltou, passando de novo pela fileira de plantas enlatadas. Carregou as coisas com cuidado na descida rumo à Yates, atordoado com a tentativa de entregar tudo e não perder a colcha. A van de Leah estava estacionada no gramado perto da Chivers, homens com parcas verde-oliva prestavam primeiros socorros, paramédicos usando pinças com algodão para enxugar, gente com crianças embrulhadas, o braço de uma criança enrolado numa toalha tendo a cinta de um avental como torniquete, funcionários correndo para lá e para cá contando crianças. O Orador enxergou a cabeça raspada de Lafayette no meio dos que estavam atendendo as crianças e foi na direção dele, o veterinário que tinha sugerido que a caravana que estava patrulhando a rota dos assassinos parasse na sede da polícia estadual para pedir ajuda dos cães farejadores. Lafayette estava aplicando mercurocromo no rosto de um menininho. O Orador viu de relance um outro veterinário, Mason, que usava um *hachimaki* na cabeça e sempre estava com um *nunchaku* enfiado no bolso traseiro da calça. Indo na direção dele, o Orador viu Leah e Zala gravando e parou bem quando Mason entrava abaixado no prédio destruído.

"Ouvi o vento assobiando e assobiando", uma mulher que tirava gelo de bandejinhas nos degraus da entrada de sua casa estava dizendo. "Mas pensei 'não é época de tornados nem de furacões, é?' Mas quem teria imaginado…", ela começou e não conseguiu ir adiante. Passou cubos de gelo embrulhados em panos de prato para vizinhos que os repassavam para as pessoas que prestavam primeiros socorros.

"Vocês estão sentindo esse gosto? Ainda dá pra sentir o gosto", um sujeito de roupão dizia para as pessoas aglomeradas ao redor. "Um gosto amargo no ar. Primeiro pensei em gás lacrimogêneo, depois pensei em Three Mile Island. Lembra na primavera, na TV? Um gosto no ar, disseram." Ele se movia em torno das mulheres que faziam a gravação quando a guarda de trânsito correu para dispersá-los de novo.

"Qual é o problema com vocês? Ajudem a entregar esses cobertores e tentem encontrar mais antisséptico. Não dá pra ver que isso é uma emergência?" Reservou seus olhares mais duros para Leah, que limpava os óculos com a barra do vestido. "Larga essa merda e começa a ajudar!", mandou antes de sair correndo, gritando para as pessoas nas portas das casas arranjarem mais gelo e não ocuparem as linhas de telefone.

"Não pense nem por um minuto, irmã, que isso não é importante." Leah colocou os óculos azuis-elétricos de novo no lugar. Zala concordou com a cabeça, olhando em torno para ver o desastre. "E não fique cheia de melindres", Leah acrescentou, pegando o microfone que estava entre os joelhos dela. Apontou o microfone para um homem preto de moletom que estava abrindo um rolo de filme.

"Alguém tem muita coisa a explicar", ele pôs o filme numa Instamatic. "Vão ter que explicar coisa pra cacete." Olhou para o Orador com os músculos tensos na mandíbula, depois foi na direção do parquinho para documentar.

O Orador sacudiu a colcha e a usou para enrolar o menininho que Lafayette estava atendendo, basicamente fazendo palhaçadas com seu chapéu cáqui para tentar fazer com que o menino esquecesse a dor. Os vincos no rosto do menino se enrugaram quando ele decidiu que Lafayette era um palhaço, com a careca e tudo mais, e esboçou um sorriso.

"Vá ajudar aquele cara", Lafayette disse baixinho para o Orador, apontando com o queixo na direção do homem com roupas esfarrapadas que carregava uma criança nos braços estendidos. Parte da cabeça do menino tinha explodido. "Ca-cadê a porra da polícia?", o sujeito ficava dizendo enquanto um dos socorristas tentava encontrar a pulsação do garoto, depois tentava pegar a criança dos braços do homem. Ele resistiu, gaguejando ainda a mesma pergunta. Dois médicos trabalhavam na criança.

"Deixa eu segurar o menino, irmão", o Orador falou gentilmente.

"Ca-cadê a porra da polícia?"

"A gente chamou. Eu não chamei?", uma mulher com um avental floral falava no microfone. Ela sacudiu o braço do sujeito que estava ao seu lado segurando uma panela que já estava quase cheia de gazes ensanguentadas. "Ele me viu", ela disse para Leah. "Ele pode te dizer. Uma vizinha de rua me ligou e disse para olhar pela janela. Devia ser umas cinco da manhã. Ainda estava escuro, porém dava pra ver claramente do que estava falando." Apontou para um prédio perto da creche. "Dois homens brancos naquele telhado, bem como ela disse. Tenho certeza de que tinha dois brancos naquele telhado, a mesma certeza que tenho de estar aqui agora. Aí chamei a polícia. Não chamei?" Agarrou de novo a manga do sujeito. "Acordei o meu marido e contei o que vi pra ele, depois fui direto para o telefone, porque o que um branco estaria fazendo aqui a não ser no domingo, quando tem uns brancos na igreja velha de Bankhead? Mas a polícia apareceu?" Ela cutucou o marido com o cotovelo.

O paramédico jogou uma gaze na panela, e o marido deixou o menino envolto na colcha em uma cadeira que duas moças tinham levado do apartamento para a calçada. "É verdade", ele enrolou a criança num cobertor. "Foi bem isso", disse de novo quando Leah colocou o microfone na boca dele, puxando o cabo para que Zala a seguisse.

Spence foi seguindo de perto uma ambulância, depois estacionou a limusine no Hightower Place atrás da perua do Dave. A ambulância foi em frente, sacudindo ladeira abaixo e andando sobre a grama em direção ao cordão de isolamento, atendentes saltando do veículo enquanto ele ainda se movia, rodas de macas batendo no cimento do piso. Conseguia ouvir a polícia isolando a área, para resguardar as provas na cena do crime, e os bombeiros fazendo a poeira assentar com a mangueira, dando ordens duras para que funcionários, pais, moradores e veterinários não passassem daquele ponto. Ainda não tinha ouvido falar nada relacionado aos responsáveis pela bomba desde que o dono da frota surgiu vociferando no rádio da limusine, a recepção ruim, porque o dono dos carros estava ele mesmo com seu rádio em volume alto, as chamadas criptografadas da polícia disputando a atenção de Spence. Ele abriu caminho em meio ao grupo de pessoas que estava em todo o contorno da ladeira, depois desceu até a área, as orelhas como um radar. Será que tinham pegado os filhos da puta? Será que o líder do grupo falou? Será que agora sabiam onde estavam as crianças desaparecidas?

Ele viu Mason, o perito em munições com bandana de lutador de caratê, dentro da área isolada, discutindo com um sujeito alto que usava uma capa impermeável e parecia estar mandando que ele saísse. Mason deu uma longa tragada no cigarro, depois o apagou, segurando as cinzas na mão, mas se recusou a sair. Aquele era o cara que podia saber de algo, Spence pensou, se movendo em meio à multidão, escutando: Quem ia querer matar criancinhas? Mantenha a fé, a gente não quer ceder ao ódio. Mas escutei isso. Deixe esses fofoqueiros falarem sozinhos. Porém... Já não é ruim o suficiente assim? Quem ia querer matar, mantenha a fé, escutei, espere um pouco — as palavras davam voltas na cabeça, sem oferecer nada. Spence forçou caminho passando por duas mulheres em blusões pesados que gravavam depoimentos e tentou manter os olhos em Mason, que se aproximava lentamente do prédio, ignorando o sujeito alto na capa de chuva, que fazia gestos, contudo não se movia para deter o veterinário nem para segui-lo.

"Não entendi o que estava acontecendo", um dos funcionários fazia um relato quando Zala se virou, no entanto ela não recebeu do marido um olhar de reconhecimento. Com a primeira concussão, a mulher explicou, ela foi jogada contra as camas de campanha extras que ficavam empilhadas ao lado da parede, uma chuva de gesso enevoando sua visão. "A única coisa que consegui pensar foi: onde está a vassoura? Onde está a vassoura? Dá pra imaginar? Era isso que eu estava pensando enquanto ouvia o Andrezinho gritar e via a Nell correndo na minha direção. Como a gente vai conseguir algum dia deixar este lugar limpo de novo?" A mulher pôs as mãos no rosto e deu meia-volta. "Cadê a Nell Robinson? A Nell saiu?" Ela deambulou em direção ao prédio e foi detida por cordas na altura do peito e mangueiras na altura das canelas.

"Ca-cadê a porra da polícia?" Um atendente pegou a criança que estava nos braços do homem em farrapos e usou o ombro para impedir que uma mulher subisse na ambulância.

"O sapato dele", a mulher sussurrou. "Cadê o outro sapato?" O sujeito de roupão a amparava por trás.

"É isso mesmo", disse um sujeito vestido no forro de flanela escura de um sobretudo. Pigarreou e chegou mais perto do microfone. "Chamei a polícia duas vezes no mesmo dia. Estava passeando com o cachorro na Jackson Parkway hoje de manhã." Ele apontou na direção do buraco na cerca da creche, depois bateu na perna com um jornal enrolado. "Vi dois caras brancos se escondendo ali na cerca. Devia ser umas cinco, cinco e meia. Não estava de relógio na hora, mas normalmente é por aí que o Prince me acorda. Mas você pode perguntar pra qualquer um dos assistentes sociais que estão por aqui e eles vão contar que não faz duas semanas a gente teve que expulsar uns racistas que vieram aqui com uns panfletos pregando ódio. Bem atrevido, não? Entregar panfletos racistas pra nós? Pra *nós*!" Ele bateu na perna com o taco de jornal.

"E você chamou a polícia?", Leah perguntou.

"Claro. Chamei assim que voltei pra casa. Na verdade, encurtei o passeio pra fazer isso. Relatei a polícia que vi dois homens perambulando por aqui e fiz a descrição deles. Chamei de novo quando os pratos começaram a tremer no armário, não faz nem meia hora. Sabia que não era terremoto. Minha mulher ficou insistindo que era terremoto. Mas eu sabia que era alguma coisa assim. Estava incomodado desde que saí com o cachorro e vi os dois. Entretanto a polícia vem quando precisamos deles? Eles vêm rapidão quando você dá chilique na clínica porque tem o desplante de achar que tinha direito a tratamento de saúde. Aí eles vêm rápido que só", concluiu, com um tapa na perna, a raiva que ele desafogava ao mesmo tempo uma distração do horror e um comentário sobre a polícia.

"Pode repetir a descrição, por favor?", Leah estava dizendo quando Zala, chegando mais perto, perguntou: "Você viu um carro ou caminhonete na região? Percebeu placas do distrito de Cobb? Ou placas de fora da cidade?"

O sujeito alisou a blusa do pijama por baixo do forro do casaco e pensou. As pessoas em volta estavam reunindo informações sobre as cores de placas de vários distritos, na esperança de estimular a memória dele.

"Vem comigo até ali", ele pediu. "Talvez ficar ali do lado da cerca ajude a refrescar a memória. Mas não tente me passar informações", apontou com o jornal para Zala. "A gente quer fazer isso direito, certo? A fábrica de boatos já está funcionando a pleno vapor. Não quero ser parte de nada disso."

Zala concordou com a cabeça e segurou o plug do microfone no lugar enquanto seguia o sujeito. Quando Leah tentou conseguir uma descrição dos dois suspeitos, o sujeito estacou e ralhou por ela ter tentado pôr a palavra "suspeitos" na boca dele.

"Estou dizendo que vi dois sujeitos perambulando", relatou, "exatamente como falei para a polícia." Esperou até ter certeza de que as duas tinham entendido antes de seguir ladeira acima.

Duas outras viaturas policiais estavam chegando à área pela entrada leste e três vans de TV vinham lentamente do oeste. Spence tirou o sujeito em farrapos do caminho de um cinegrafista. Com os braços ainda esticados, os olhos se revirando e revelando grande parte do branco, o homem parecia delirante.

"Aquele menino era seu filho?" Spence estendeu o lenço, mas o homem foi incapaz de pegar. Sacudiu a cabeça para dizer que não, um fio cintilante de ranho e saliva escorrendo do queixo. Spence limpou o rosto e abaixou os braços dele. "Vai com calma, meu irmão. Sei que está sofrendo." Bateu nas costas do sujeito até ele parar de gaguejar, tentando falar.

"Faça uma foto do lugar em que a porta aterrissou no estacionamento", Lafayette estava dizendo para o homem preto de moletom que corria em meio à multidão registrando imagens. Lafayette foi andando devagar até Spence e bateu nos braços dele, postos ao redor do homem que soluçava. "Não foi uma caldeira que fez um estrago desse. Não tem como."

"É isso que estão falando, uma caldeira com defeito?"

"Não tem como saber o que estão falando. Porém Mason está lá dentro com o inspetor dos Bombeiros e o Vernon está fazendo fotos. Não é a sua mulher ali em cima?" Ele apontou para a ladeira atrás da creche. "Aquelas duas estão gravando loucamente."

"Então não pegaram nenhum suspeito?"

"Tem uns moradores que viram uns palhaços hoje cedo, mas é só isso."

"Que-quem ia ma-matar criancinhas?"

Lafayette sacudiu a cabeça, depois ergueu a mão para ajeitar o boné, e só ao tocar na testa lembrou tê-lo dado a um dos menininhos que a ambulância se recusara a levar, dizendo que só os casos mais severos seriam transportados. "Você está pensando o mesmo que eu?"

"Estou pensando nisso desde o começo", Spence respondeu.

O Homem dos Farrapos, secando a própria roupa com as mãos e olhando de Spence para Lafayette, tentava falar. "Ig-igual antes", conseguiu dizer antes de se engasgar de novo. "Em 1979. Um daqueles en-encontros."

"Do que está falando?" Lafayette chegou mais perto do homem gaguejante enquanto Spence se virava, a atenção voltada para alguém dentro do cordão de isolamento. "O que você disse?" Lafayette apoiou o ombro no homem para evitar que ele desmoronasse com o esforço de falar. Os olhos do Homem dos Farrapos pareciam encarar uma nova escuridão que se abria dentro dele. E quando se reequilibrou e andou para seguir Spence, tudo o que via era marcado por aquilo que suspeitava, por aquilo que sabia.

"Teve um encontro de um desses grupos da Ku Klux Klan em 1979 quando esses assassinatos começaram? É isso que você está dizendo?" Lafayette alcançou o Homem dos Farrapos, que estava tossindo no lenço. "É isso que quer dizer?"

"Se o inspetor dos bombeiros está lá dentro", Spence sugeriu, olhando para o sujeito alto na entrada da creche, "então quem é o Assassinatos S.A., todo bem-vestido?" Ele abriu caminho em meio à multidão e foi seguindo a barreira em forma de arco, os dois homens logo atrás dele.

Enquanto os brigadistas usavam jaquetas manchadas de borracha e botas que iam até os joelhos com solas sujas, o sujeito de quem eles se aproximavam estava com uma longa capa de chuva cinza-metálico com galochas prateadas e botas Wellington novas, com listras prateadas na parte de cima. Tinha uma prancheta de acrílico embaixo do braço, as mãos afundadas nos bolsos. Avaliou os três homens, depois avaliou a cena, e não anotou nada.

"Será que é do escritório de campo do FBI?" Lafayette passou a mão pela cabeça. "Sei que eles mudaram desde a época do Hoover, mas não sabia que o FBI agora comprava modelos Pierre Cardin. Que tal eu entrar ali e ver o que o Mason descobriu enquanto você fica de olho no Capa de Chuva. Nem ferrando que vou deixá-los enganarem a gente com uma mentirada de explosão de caldeira."

Dave girou um bombeiro pelo ombro e deparou com um novato recém-saído da academia.

"O que é essa história das ameaças de bomba?" Ele não esperava nenhuma resposta diferente das que vinha recebendo.

"Ameaças de bomba?"

"Dããã", Dave fez caretas, se sentindo um dos espertinhos com quem tinha de trabalhar. "Vocês estão recebendo ameaças de bomba pelo rádio desde que aconteceu a explosão. Foi por isso que demoraram tanto pra chegar aqui. Então deixa disso. O que está acontecendo?"

"Por favor, recue, senhor, estamos tentando estabelecer um segundo perímetro aqui."

"Tá, ótimo. Mas chegou alguma descrição de possíveis suspeitos?" Ele esperou. E o novato estava obviamente esperando também, para que Dave mostrasse seu distintivo. Como não mostrou nada, o novato voltou a falar que ele precisava recuar.

"Tá, beleza, um segundo perímetro." Dave foi em frente, procurando o oficial que estava no comando. Pegou o braço de um dos cinegrafistas de TV e perguntou.

"Não sei quem está no comando", o sujeito tirou o cabelo do rosto. "E não, não ouvi falar de nenhuma outra bomba."

"Você perguntou?"

"Ei, espera um pouco", o sujeito gritou, virando a câmera e tentando seguir Dave em meio à multidão. "Posso fazer umas perguntas?" Alguém estava dando uma aula de física. Alguém que entendia de metalurgia inspecionava fragmentos no chão. Outros se apoiavam na história para dar peso a suas especulações. E um velhinho ficava repetindo como tinha saído do banho e vira o tapetinho do banheiro de uma hora para outra ficar salpicado de vidro e detritos. Dave esbarrou numa mulher que enfiava cortinas transparentes em uma vara curva e tentava chegar a um apartamento mais adiante. Ele parou na frente dela e barrou o caminho, segurando na bainha fina.

A polícia estava demonstrando suas habilidades de controle de multidão, e os bombeiros sua eficiência de costume em garantir ordem no local e em oferecer café aos trabalhadores; os médicos eram rápidos, aparentemente com oito mãos cada, limpando ferimentos e fazendo curativos e tirando os feridos dali. Trabalhadores da creche continuavam esbarrando nele, frenéticos, porque nem todos os 82 alunos da pré-escola e os oito adultos que trabalhavam ali tinham sido encontrados. Dave mudou de caminho e foi rumo a uma porta mantida aberta por um Buda vermelho de gesso e soltou a cortina da mulher e seguiu em frente, tentando ver um oficial. Anotou os pedaços de informação que circulavam entre a multidão, que não eram muita coisa — pessoas perambulando, os desaparecidos e os mortos, será que agora o FBI entraria na investigação?

Podia ser o verão de 1964, em Neshoba: desaparecidos — três defensores dos direitos civis; pergunta — quando Bob Kennedy colocaria os policiais federais no caso? A única coisa que Dave conseguia lembrar era a sensação da multidão, os três nomes — Chaney, Schwerner, Goodman

— e a quantia que o FBI pagou mais tarde aos informantes por outros nomes: 30 mil dólares. Ele olhou na direção do prédio destruído. Podia ser o primeiro ano dele na faculdade, em Orangeburg: o dormitório crivado de balas, a polícia, a multidão, uma automática Browning mirando para a janela dele.

"Com licença." Um repórter parou Dave, cutucando o braço dele com um lápis quase sem ponta. Dave olhou o repórter, pele preta, de cima a baixo, também ele parecendo recém-saído da sala de aula. "Tem muita gente aqui dizendo que nunca viu nada parecido. Posso pegar o seu depoimento?"

"Os anos sessenta, cara. Bethany, Mount Moriah, a Igreja Batista Betel." Dave tentou manter o rancor longe da voz. "E a Igreja Batista da Sixteenth Street em Birmingham, onde as quatro menininhas foram assassinadas." Ele bateu no bloco e mandou o rapaz escrever.

"E o senhor diria que existe similaridade..."

"Tira a gravata, meu irmão, ela está estrangulando o seu cérebro." Dave bateu no ombro do repórter e foi em frente. Tinha uma meia no chão, verde e laranja como ervilhas e cenouras saindo de uma lata, e tão pequena que precisou de um segundo para perceber que não eram de uma boneca. Sentiu a garganta apertar e se apressou, sem ver muito claramente para onde estava indo, mas precisando sair do meio da confusão.

"Ouvi um zumbido que parecia de mil vespas", a mulher em roupas esfarrapadas estava declarando à câmera. "Depois senti a ferroada de tijolos e vidro." Ela tocou em si mesma, perplexa por estar viva. O vestido dela desfeito da cintura para baixo.

"Uma coisa horrorosa, horrorosa. Essas pessoas vão ficar com isso na consciência pelo resto de suas vidas monstruosas."

"Quem?" Dave agarrou o velhinho pela parte de trás do colarinho e tentou andar com ele. "O senhor sabe quem fez isso?"

"Eles vão ser revelados por seus pecados", o homem proferiu, dando as costas. Deu uma batidinha nas costas de um garoto que andava apoiado nele.

O menino olhou para Dave, depois se cobriu com a parte de trás da jaqueta do homem. Dave tinha visto adolescentes valentões que apanharam em brigas de gangues ou que levaram surras de brutamontes a soldo que diziam ser educadores sociais. Ele tinha visto garotos pegos incendiando algo e que acabaram presos. Porém jamais tinha visto um olhar como aquele no rosto de um menininho. E quando examinou os rostos das pessoas à volta, percebeu que todos exibiam aquele olhar.

E agora ele estava preso num círculo de pessoas escutando um sujeito com casaco de pelos de camelo e um chapéu anos 1950. Estava segurando uma echarpe marrom que estalava e torcia enquanto falava.

"Acabei de chegar à cidade, voltei ontem à noite. O fuso horário me derrubou, bum. Depois de apagar, a próxima coisa que percebo é que estou chacoalhando e pulando como se tivesse uma turbulência no ar. Sentei e procurei a máscara de oxigênio como mostram pra fazer antes de me dar conta de que estava na cama. Só não me desesperei porque sei que não tem nenhuma usina nuclear aqui. Então o que podia ser? Nunca, nunca, jamais", falou, enrolando a echarpe nos joelhos, "imaginaria isso". De repente, esticou a mão na direção de Dave e o tirou do caminho de uma van verde que ia na frente de uma ambulância rumo à rua de cima. "Sabe, estão tentando convencer aquele irmão ali de uma bobajada, estão dizendo que isso foi uma caldeira corroída." Ele se virou e o grupo girou junto para encarar os escombros.

Mason e o inspetor dos bombeiros estavam atrás das cordas, discutindo se o invólucro da fornalha tinha implodido ou explodido na detonação. Um pedaço de metal estava saltado para fora, outro tinha desmoronado para dentro, uma alavanca emperrou e o resto da proteção metálica sumiu. Então Dave viu Zala passando por baixo das cordas com um gravador e indo na direção do velho dela, que estava andando lado a lado com o palhaço vestido de prata e acrílico. Não foi um policial e sim o repórter enforcado pela gravata que falou mais alto do que Zala, um grileiro amador, e fez com que ela fosse embora. Cercado por repórteres com equipamentos robustos, Dave não conseguia chegar até ela. Repórteres enfiavam microfones nos rostos de crianças e de atendentes que tratavam ferimentos enquanto macas e câmeras rolavam. "Quantos mortos?... Quantos feridos?... Quantas pessoas em estado de choque, o senhor diria?" Um repórter, escrevendo enquanto ele falava, se curvou sobre uma mulher prostrada: "E a senhora é a mãe de qual criança morta?"

Dave pegou o sujeito e socou o punho no estômago dele. Enquanto o deixava cair no chão, viu Eldrin Bell, o vice-chefe do Departamento de Polícia, com quem esbarrava de vez em quando na Peachtree. Parecia que Bell não viu Dave derrubar o repórter, ou, caso tivesse visto, estava fingindo que não percebeu. Bell tinha acabado de encontrar a sra. Nell Robinson deitada em cima de uma criança pela qual sacrificou sua vida para proteger. Estava dando a notícia para a diretora Betty Smith. À direita da ambulância, Dave escutou policiais trocando informações: doze ameaças de bomba informadas entre 10h10 e 10h45. Somou isso ao relato das pessoas avistadas em cima do telhado, à história dos branquelos sendo expulsos do bairro e às idas e vindas dos delegados da convenção, que Teo e Beemer estavam seguindo.

"A escola ali atrás é um alvo?" Dave mostrou a identidade para os policiais e indicou com o polegar a Escola Fundamental A.D. Williams. "Conheço pessoas que estão aqui e que podem ajudá-los a evacuar a escola sem criar pânico." Deu dois segundos para que os policiais estudassem sua identidade e o avaliassem. "Vamos, a gente não tem o dia todo. São só escolas do Departamento de Habitação de Atlanta?" Tentou lembrar em qual escola os filhos de Zala estudavam.

"Estamos cuidando disso", um oficial afirmou. "Agora, por favor, se afaste. Estamos tentando criar um segundo perímetro."

"Ótimo." Dave deu meia-volta e foi na direção do vice-chefe Bell, que nunca foi das pessoas com quem mais gostava de conversar; a memória de Dave de seus tempos de Comitê de Coordenação Estudantil Não Violenta eram suficientes para deixá-lo cauteloso, mas Bell era a maior autoridade no local e, puta merda, aquilo era uma emergência.

Não era razoável, não fazia sentido, no entanto ela não conseguia se livrar da sensação de que, em algum lugar no meio da conversa por telefone com o sujeito da TV, desejou que algo assim acontecesse, como uma criança estúpida e dramática: Espere que você vai ver, você vai se arrepender, depois veja se eu me importo. Zala, enquanto escutava a fita que tinha gravado, se lamentava pelo que tinha dito mais cedo ao telefone. "Acho que vão cancelar aquele especial da TV sobre a Ku Klux Klan que seria exibido hoje à noite", um repórter disse a um colega enquanto lhe entregava um tripé. Um motorista que tinha estacionado seu Fusca com pneus gigantes olhou da rua e sacudiu a cabeça: "Como patinhos num estande de tiros". Ela voltou a fita até a descrição dos sujeitos que estavam perambulando de madrugada, o sujeito se interrompendo para apontar uma viatura acelerando escoltada por duas motos: "Espero que alguém tenha feito uma foto de seja lá o que for que eles estão apressados para tirar da cena do crime. E não, eu não vou especular sobre o que pode ser ou se o público será informado a respeito. Isso é só um comentário".

Uma mulher com uma garrafa térmica estava fazendo gestos para que Zala largasse o gravador. "Café?" Os bolsos dela estavam inchados de potes e xícaras. "Creme e açúcar?" O gesto da mulher era um lembrete de que havia um mundo além desse caos. Zala aceitou a xícara.

Duas mulheres estavam arrastando cadeiras de cozinha pela calçada. O homem preto de moletom passou correndo por elas, gritando: "O Maynard está chegando", depois se agachou para fazer uma foto do prefeito e seu séquito entrando na cena do crime. "Graças a Deus", as duas moças disseram em uníssono, deixando as cadeiras no chão.

A mulher com a garrafa térmica crispou os lábios, depois se virou. "Coloque essa cadeira aqui", instruiu. Zala viu que tinha uma grávida esparramada no chão atrás dela, maculando o verde da grama com o bege de seu suéter felpudo.

"Por favor", a mulher da garrafa térmica pediu, indo na direção dela. "Levante, querida. Não fique aí ajoelhada."

Paulette foi caminhando rápido da Emergência até a Pediatria e chegou a um quarto que media quatro por três, sem janelas, onde as pessoas estavam à espera de notícias relacionadas às vítimas. Leah, logo atrás dela, tendo ajudado a levar os feridos e os prostrados, vinha usando um minigravador transistorizado para colher os depoimentos dos funcionários do hospital, da polícia, da imprensa e dos pais indignados por tantas crianças não terem recebido tratamento no local da explosão nem terem sido levadas de ambulância para os hospitais. Paulette respirou fundo.

"Continuam chegando feridos. Mas, até agora, tem seis aqui com ferimentos sérios, dois em condições críticas com queimaduras de terceiro grau e uma fratura no crânio." Foi tudo que disse em troca de cinco minutos de paz para falar com duas famílias sem ninguém por perto.

Kofi, desenhando as caixas conectadas do governo municipal no quadro-negro, acabava de se virar para responder a Bernie Parks, pois a sra. McGovern estava ausente, quando viu seu pai na porta, segurando a mão da irmã e olhando para ele de um jeito esquisito. Vários pais estavam no corredor, aglomerados em torno da vice-diretora e falando em sussurros roucos.

A manhã toda a classe ficou tão tomada pela empolgação com os caminhões de incêndio passando, levantando as vozes com os carros de polícia *uí-nhó* e os cachorros, que não tinham percebido quando a professora saiu, atentos à janela, às ruas, os loucos acontecimentos para lá do mastro da bandeira. E Kofi, giz em mãos, sem haver completado o desenho de nenhuma caixa, pois também se sentia impaciente com aquela sensação de estar aprisionado e excluído de alguma coisa, já se imaginava saltando pela janela, correndo pelas ruas atrás de um caminhão dos bombeiros, livre para ir a qualquer parte, despreocupado e feliz, embora soubesse que sirenes não fossem sinônimo de circo ou rodeio ou eventos religiosos em tendas. Ainda que tivesse conhecimento de que sirenes não são motivo de felicidade, estava empolgado e queria ser parte do que quer que fosse aquilo. Até ver seu pai na porta com aquela aparência. A empolgação virou-se contra ele mesmo o golpeando, pois o problema, fosse o que fosse, tinha vindo pegá-lo e não havia lugar algum para onde ir exceto o implacável quadro-negro. Ele era apenas um garoto pequeno e não fez por mal, queria dizer ao pai, já negando internamente que algum dia tivesse pensado em fugir, que algum dia tivesse desejado qualquer coisa mais empolgante do que escrever sua parte do trabalho no quadro-negro. Ele foi pego. Descoberto. Por isso quando o pai foi buscá-lo com aquela aparência, parecendo ver tudo que seu filho pensava, Kofi ergueu os braços para se proteger do tapa ou de seja lá o que fosse que estava vindo em sua direção.

Desde o momento em que os dois policiais de moto puseram as luvas e aceleraram, abrindo caminho para a viatura sair, rumores relacionados ao que foi removido sub-repticiamente da cena do crime se espalharam como fogo. Um pavio, um detonador, fragmentos de plástico, uma granada, bomba ou dinamite que não explodiu? Lafayette, em uma trajetória em linha reta, ultrapassou o Orador, cruzando pelo grupo que havia se formado e que já passava de duzentas pessoas, até encontrar o homem que procurava. Um sujeito tedioso, de rosto achatado, que chegou a ser confundido com alguém do instituto de medicina legal, recebeu permissão para atravessar o cordão de isolamento junto aos técnicos da unidade de criminalística. Mal sussurrando, seus braços estendidos ao lado do corpo, o direito sobrecarregado de forma reveladora pela pasta preta, o esquerdo estendido com os quinze centímetros adicionais da lupa que carregava, simplesmente disse: "Uma caixa preta de metal, tão grande, tão alta. Causou muita agitação. Saíram voando de lá como um morcego saindo do inferno".

"Bom, claro", o jovem repórter de gravata comentou. "Levaram direto para o laboratório de criminalística, para procurar impressões digitais."

"Pode ser", Lafayette disse. "Mas você não percebeu que tinha uma unidade da criminalística no local? Você está cobrindo a história? Como não foi atrás da viatura?" Lafayette esfregou a cabeça até que o repórter entendeu a dica e saiu correndo, mas só até as cordas, para perguntar a um policial onde ficava o laboratório de criminalística para onde levaram a caixa de metal. "Reid", Lafayette disse para o Orador, assobiando entre os dentes, "dá pra acreditar nesse cara?"

O Orador puxou o repórter para um canto e ficou sabendo que ele não tinha chegado a lugar nenhum com suas perguntas. O Orador se ofereceu para ajudá-lo a rastrear a viatura policial, puxando-o em meio à multidão, colados um ao outro, na direção da casa atrás do Corpo de Bombeiros. Relutante em sair agora que Maynard Jackson estava ali, o jovem repórter resistiu.

"Por que você acha que tentariam esconder provas?"

"Venha, Africano", era a única coisa que o Orador falava, pensando quais telefonemas teria que dar para localizar a viatura.

Gaston não era o único circulando com um guincho nas redondezas, era somente um dos que chegaram atrasados e um dos poucos que sabia desde o começo que não era para o local de um desastre que estavam se dirigindo para fazer negócios, porque um de seus ajudantes em meio expediente entrou correndo na loja, disparando duas das três armadilhas e escapando por pouco de sair ferido, e contou. E Gaston, conseguindo extrair com clareza do meio das palavras truncadas duas coisas — "crianças" e "dinamite" —, trancou os cadeados e saiu correndo para o guincho, sem parar para pegar a caixa de ferramentas, só os alicates necessários para sintonizar seu rádio temperamental, o auxiliar ainda falando com ele de um estrago causado por uns 30 ou 50 kg de dinamite numa escola perto de Bowen Homes.

Ônibus, caminhões de entrega e carros em fila dupla, fila tripla em algumas ruas, deixaram como única alternativa para Gaston estacionar no quintal de alguém, derrubando uma fileira de latas e virando as plantas. Ele colocou seu cartão de visitas no banco da varanda para dizer que se responsabilizava pelo acidente e saiu descendo em meio à multidão, sem ter certeza do local para o qual ia, mas certo de que poderia ajudar de algum modo. Em todo lugar por onde se movia, escutava gente condenando a alma desgraçada de alguém ao inferno, depois dizendo no fôlego seguinte para não deixar que esse ultraje fosse uma provocação. Procurou em vão Spencer com aqueles ombros largos e a esposa dele com os olhos profundos.

O grupo de guarda-costas estava postado em torno da plataforma improvisada, e o prefeito Maynard Jackson pegou o megafone. Mas a multidão não parou de imediato. Parecia cedo demais para um discurso, pois ele mal havia passado meia hora no local demonstrando compaixão pelos pais e funcionários. Uma pausa enquanto frascos de remédio para pressão eram abertos. Tempo. As árvores despedaçadas até o cerne, poeira ainda caindo em espiral dos escombros de tijolos, uma névoa fina no ar enquanto a brigada de bombeiros enrolava as mangueiras, pedaços de galhos sendo retirados das roupas que a dilatação fez ficarem pressionadas contra as cordas. Tempo. A enormidade daquilo tudo ainda não tinha sido dividida para poder ser carregada nos ombros de muitos, evitando que recaísse sobre uns poucos. Ainda havia os murmúrios alusivos ao mal que há no mundo, menina, o mal que há neste mundo, para restabelecer, pelo menos essa era a esperança, o equilíbrio daquelas pessoas. E aqueles que se agarravam a todo e qualquer acontecimento como sinal dos Últimos Dias não tinham terminado de discutir com aqueles que pertenciam à seita do aproveite-o-dia. E aqueles que eram bem treinados para não esperar qualquer herança além do pão amargo estavam entre os dois grupos. Jovens, olhando-se com timidez quando seus pais interrompiam o choro para fazer ameaças terríveis, faziam planos para vigílias noturnas e distrações inteligentes para proteger os pais contra a ideia de atacar um parquímetro ou de surrar um assistente social que fizesse meia-volta para checar se a família se encaixava nos critérios de assistência social para famílias com crianças dependentes. Para outros, porém, era tempo de ir em frente.

"Se for o Maynard que conheço", um sujeito gritou em direção às primeiras fileiras da multidão, "ele não vai enrolar, porque sabe que a gente não está preparado para engolir bobajadas. E se disser 'É hora de cavar as trincheiras', serei o primeiro a pegar uma pá", conseguindo aplausos aqui, pigarros ali, conversas isoladas de que eles deviam pegar outras coisas, e perguntas que o prefeito começou a tentar responder, dizendo que os indícios até o momento, até o momento, até o momento...

"Espera. O que ele falou?"

"O que você esperava que ele falasse? Ele é o prefeito. Que outro recurso ele tem?" Um empurrão como resposta a esse ultraje — erguendo uma perna para o prefeito. Outros, agitados por emanações de naftalina, café velho, loção pós-barba, nicotina, Noxzema suada, mau hálito e ideias de coisas que estavam fingindo não serem necessárias para viver consigo mesmos de forma digna, empurraram em sentido contrário.

"Fala a verdade, Maynard!", uma mulher gritou. "Porque a gente sabe que o diabo nunca está numa porta só. Teve outras bombas explodindo?"

Houve uma vacilação perceptível no rosto de Jackson. E durante uma fração de segundo ele disse algo primeiro à sua direita, como se estivesse conferenciando com um oficial da polícia, depois à esquerda como se dando um sinal para os guarda-costas para tirá-lo dali. Porém na verdade só estava tentando se equilibrar no tablado instável, vários membros da multidão asseguraram uns aos outros enquanto Jackson confiante ergueu o megafone outra vez.

"Deixa o homem falar, pelo amor de Deus!"

"Apoiado!"

Afinal, não se tratava de um político submisso e sorridente, de alguém que ficava na sombra fazendo acordos, não era um corrupto sacana, não era um ladrão. Esse era O Homem, o Prefeito, o Grande M, Sua Majestade Brutus J, o Imperador da Língua de Prata que sabia como dar vida ao tédio do noticiário, mandando os bons rapazes das grandes empresas para aquele lugar enquanto dava início à Segunda Reconstrução. E, sim, claro, as pessoas lembravam umas às outras, ele trocou os pés pelas mãos uma vez ou outra, o sujeito é humano e me dá um tempo, como a forma como lidou com a greve do pessoal do lixo, é, é, mas põe isso na conta daquela dieta que o Dick Gregory inventou para ele sem acrescentar o pós-escrito que em caso de necessidade de um raciocínio de emergência devia pegar um sanduíche de peixe, a-ha, isso não resolve, mas tudo bem. Eles se tornaram um ouvido coletivo. Alguns por se lembrarem do pai do Grande M, o sujeito mais amável de que se tinha memória; outros por terem um interesse pessoal, tendo ajudado a eleger Sua Majestade e sendo admiradores de seus modos majestosos, e jamais tendo tido motivo para pensar que sua confiança no Imperador era imerecida; e alguns por quererem que aquilo acabasse. Silêncio, as câmeras rolando, um zoom na faixa preta no braço do prefeito enquanto o megafone era erguido mais uma vez.

"Não há indícios de crime. Repito. Não há indícios de que seja algo além de um acidente, um trágico acidente."

Os aliviados, os traídos, os perplexos, os que mal ouviam, resmungos e maldições se misturaram a améns e perguntas. Depois escárnios, gritos, vaias e assobios foram muito mais altos do que as passagens gravadas pelos jornalistas — "As opiniões estão bastante divididas aqui hoje..." Os olhos do prefeito, fixos por um momento, brilhantes, em um ponto que ficava a meio caminho entre a parte da frente da multidão e a primeira câmera apontada em sua direção, vacilaram, depois recuaram para as sombras enquanto Mason, subido nos ombros de Lafayette, desafiava.

"Não foi isso que o inspetor dos bombeiros disse. Entre outros indícios de crime, tem a válvula de segurança que alguém preparou para não funcionar."

"Não foi isso que o inspetor disse", o homem alto de capa de chuva rebateu. "Ele disse que o mecanismo que regula o vapor estava com defeito. Ou seja, a válvula de segurança não estava funcionando bem."

O homem nervoso se agarrou ao argumento do mecanismo, enquanto o Homem dos Farrapos, se esforçando para informar à multidão que o Capa de Chuva não trocou mais do que duas ou três palavras com o inspetor, desistiu e partiu para cima, seu plano de ataque frustrado porque o Nervoso entrou na frente para se aproximar do Capa e fazê-lo repetir o que disse. Mason desceu e tentou agarrar a lapela do Capa de Chuva, no entanto foi repelido pelo tecido emborrachado.

"Cara, não vem com oportunismo político numa hora dessas", Mason implorou. "Teve gente que morreu aqui hoje." Procurou em meio à multidão a mulher com o gravador que podia ter captado parte da conversa que teve com o inspetor, antes que o bombeiro fosse embora; ou, caso não fosse possível, se pelo menos o gravador estivesse presente, quem sabe não conseguiria enganar o Capa de Chuva para fazê-lo admitir.

"E o invólucro que a polícia levou correndo?", alguém desafiou.

Talvez Lafayette estivesse empurrando as pessoas para formar um corredor de modo que as testemunhas pudessem ir até a frente e falar. Repórteres policiais, se amontoando com os homens de uniforme, murmuraram que, ainda que se tratasse apenas de uma caldeira corroída, continuava havendo o problema da "paranoia racial".

"Como prefeito de vocês, aconselho", soou a conhecida voz por cima da cabeça daqueles que tinham ido até o tablado — os veteranos, o homem preto de moletom, o sujeito de forro de flanela xadrez, a mulher de avental, o sujeito com a mala preta e a lupa, "a não espalharem boatos. Se vocês souberem de algo factual, informem a polícia".

"Conversa fiada!" Dave apontou com os polegares na direção da rua mais alta, e vários homens e mulheres começaram a sair dali.

A maior parte das pessoas ficou para fazer perguntas, para discutir, para exigir ouvir os testemunhos, para tentar consertar aquilo que estava irremediavelmente estraçalhado, incitando aqueles que estavam saindo a voltar, a não formar facções. Uns poucos se afastaram, curvados por um duplo luto; outros para pensar sozinhos no que diriam e no modo como falariam a respeito do que aconteceu ali no trabalho, em casa, para os vizinhos, para amigos pelo telefone antes que algum sujeito manso com o brilho da mídia em seus cabelos privasse o acontecimento de sua força. Indo para longe do barulho, para longe das manchas no chão lavadas por uma bacia de água com espuma de detergente de louças, eles tentavam modelar a história.

Para que a história fosse contada da maneira certa, sem risco de desonrar os que sobreviveram e os que não sobreviveram, era preciso ter um começo específico. Era necessária uma pequena e silenciosa coisa pessoal — o ferro maligno que queimara um colarinho pela manhã, o troco que se perdeu num buraco da roupa. Insignificante no esquema das coisas, aquilo seria oferecido como um sinal da humildade de quem contava, como confirmação de que cataclismos não dão aviso, pois há uma ordem no universo conhecido, e para sinalizar que aquele que contava não iria se distanciar do desastre comum a todos eles. A bizarrice do evento em si desafiava descrições. Portanto, ao ouvir atrás deles o anúncio de que haveria um encontro à noite onde seriam comparados os testemunhos de moradores e das autoridades, os contadores da história pularam por cima do enlameado meio para compor um possível final. Tendo em vista o que ouviram e sentiram até ali, escreveram a cena da captura. Um cidadão comum fazendo a prisão, um homem preto estava pensando, olhando aqueles que corriam para seguir o sujeito de ombros largos que abria à força caminho até as ruas, um sujeito possesso, um Popeye Doyle andando por trens, aeroportos, em meio aos carros, concentrado, sem olhos para o perigo, sem ouvidos para a cautela, decidido, em uma perseguição feroz ao mercador da morte.

Do lado de fora da morgue do distrito de Fulton, o tenente John Cameron deu a notícia aos telespectadores. Nell Robinson, professora de 58 anos da Creche de Bowen Homes, estava morta. Ronald Wilcoxin, aluno de 3 anos da Wilkes Circle, estava morto. Andrew Stanford, 3 anos, Chivers Street, estava morto. Terrence Bradley, 3 anos, da Wilkes Circle, estava morto. Kevin Nelson, 3 anos, da Wilkes Circle, estava morto.

Um jovem repórter com a gravata frouxa perguntou a John Feegal, do Instituto de Criminalística do distrito de Fulton, se fragmentos de metal indicativos da explosão de uma bomba foram encontrados nos ferimentos dos falecidos. Feegal explicou que ainda não tinha elementos para falar com algum grau de certeza, mas previu que nada seria encontrado.

"Acho que todos ouvimos isso", Lafayette comentou, enquanto os outros resmungavam e depois iam se arrastando rumo à colcha que o Orador e Gaston estenderam no meio do escritório de McClintock. Lafayette saiu da frente do televisor para abrir a porta do escritório para os outros que voltavam com a comida.

"Bem", Mac disse, "estamos todos reunidos enfim?"

Desde as duas horas, quando Spence pediu para usar a sala de Mac para uma reunião de estratégia, havia pessoas saindo e entrando — indo ao distrito de Cobb, à Força-Tarefa, ao PARE, depois ao North Druid Hills para pegar Teo e Beemer, depois até a secretária para que seus depoimentos fossem datilografados, para então descer as escadas até o tabelião para sair outra vez em direção à loja, onde poderiam comprar pilhas e fitas, e em seguida encontrar os membros da Associação de Inquilinos de toda a cidade. Agora que a comida chegou, parecia ter sobrado pouco tempo para planejar a reunião noturna. Mas talvez, Mac pensou, não precisassem de um líder de discussão e de uma lista organizada de metas e objetivos. O grupo acreditava que estava pronto, de modo que isso poderia significar que Mac não estava entendendo como funcionava o estilo deles. Ele pensou em fazer alguns comentários relacionados à perigosa mentalidade que dominava o encontro e a cidade, mas não falou nada; ele foi repreendido por Mason: "Você não vai mudar nunca, Mac — sempre oferecendo soluções psicológicas para problemas políticos". Por fim ele aceitou um prato de asinhas de frango com batatas e sentou-se com os outros, a mesa tomada pelas crianças.

"Você sabe que aqueles imbecis não vão confirmar os telefonemas para a polícia hoje de manhã", Dave rompeu o silêncio. Pôs o braço em torno dos potes de tabaco que estavam nas prateleiras do escritório, sem confiar em sua própria capacidade de se unir ao círculo. Se alguém começasse uma discussão ou derramasse ketchup nele, a coisa iria ferver. "Na verdade, eles não vão fazer porra nenhuma, só tentar amansar a gente. Bando de veados."

"É essa a sua ideia de xingamento?", Leah perguntou, passando os pratos para as crianças enquanto elas arregalavam os olhos uma para a outra.

Dave murmurou algo e depois ficou lendo os rótulos das fitas cassete nas prateleiras de baixo — Bud Powell, Roy Ayers, o Chicago Art Ensemble, Betty Bebop Carter —, McClintock era mais interessante do que aparentava, Dave avaliou, tentando desviar seu pensamento para qualquer assunto que fosse diferente daquilo em que estava pensando, mexendo no sapato com o cadarço bem apertado em seu bolso, um sapatinho Buster Brown que encontrou no quintal da Escola Fundamental A.D. Williams. Ele fixou em sua mente a forma como Jackson havia reduzido o massacre a uma fraude de seis palavras: nada além de um trágico acidente. A insistência do RP da polícia: nenhuma conexão com o caso dos Desaparecidos e Assassinados. Os policiais no corredor da escola — puro jargão: assassinatos de lua cheia, rusgas de dia de pagamento, suicídios de feriados — enquanto ele exigia uma evacuação. Não precisa, eles disseram, se acalme, relatório negativo dos esquadrões antibomba, acabou. Tudo acabou, menos a morte. Ao sair do trabalho, encontrou três colegas. A caixa de sapatos em cima da mesa com as notas de dinheiro dentro. Os quadrados de papel com números escritos. Pegos, eles aceitavam negociar a admissão de culpa por uma pena menor. Não satisfeitos com o bolão do futebol no escritório, transformaram o caso numa maldita loteria. Mais do que o Estrangulador de Boston? Mais do que o Filho de Sam? Ou do que o Assassino do Zodíaco? Será que a contagem de cadáveres ultrapassaria os 33 de Gacy, os dezenove do Texas? Dave agora estava suspenso e enfrentava acusações de agressão. Pôs o sapatinho Buster Brown com força na prateleira e os potes de tabaco chacoalharam.

Kenti correu até a colcha para observar o tio Dave, refugiada no santuário que era o colo de sua mãe. Spence e Zala se olharam. Durante a manhã toda tiveram a mesma esperança; depois, sem ninguém algemado, temeram a mesma coisa; que depois de terem contado as 82 crianças e os oito trabalhadores, alguém fosse anunciar que outros corpos foram encontrados nos escombros. Mais velhos do que as criancinhas, mais novos do que os adultos... Zala vinha imaginando onde estavam os documentos médicos de Sonny quando Leah saiu para ajudar a transportar os feridos, deixando-a com a tarefa de gravar. Spence vinha mantendo um olho no Capa de Chuva, o outro olho vagando pelos escombros em busca de roupas familiares, quando Dave saltou a barreira para dizer que outras escolas foram alvejadas. Kofi colocou o prato entre o de Spence e o de Beemer. E os pais dele se olharam novamente — será que a polícia iria se mexer antes que os culpados deixassem a cidade ou o país? Dave manifestou suas dúvidas. Os Spencer viram Dave mexer nas fileiras já não tão organizadas de fitas.

Tormé, Mose Allison, Diana Ross, Dionne... mas havia Nina; Nina, a Desagradável, a Bruxa Preta? Dave esboçou um sorriso ao lembrar de um show em 1968 no Atlanta Stadium — Nina, Miles, Cannonball. Milhares de pessoas tinham ido ouvir Nina dar a ordem — Vamos demolir isso aqui. Eles teriam obedecido. Por isso, o evento mais tarde ficou conhecido como o Assim-Chamado-Kool Jazz Festival. E hoje eles veriam a mesma coisa. Panos quentes. Onde tinha sido?, ele se perguntou. Um campus na Flórida. Ele e Norma foram de carro ouvir Nina. Ela disse astutamente para a plateia que os organizadores lhe imploraram para que não fosse muito "militante", que não cantasse músicas que inflamassem as pessoas. Depois sorriu e pegou o cheque, andando pelo palco com ele na mão. Os otários já tinham feito o pagamento. Muuuuito bom, a multidão gritou. "Mississippi Goddamn!" "Pirate Jenny". Ela tirou os olhos do piano e encarou o prédio da administração cantando: "Não espero ver isso de pé pela manhã". Nina. Nina.

Dave desamarrou o cadarço do sapatinho. Hoje à noite haveria gente sem nada para dizer discursando longamente, puxa-sacos pedindo para ir com calma, agentes, cantores de hinos. Mas nada de Nina. "Alabama, Georgia também, mas o Mississippi, puta que pariu!" Atlanta precisa de você, Nina. "Me perguntando, matar os caras agora ou depois..." Uau. "Estou contando as cabeças de vocês enquanto arrumo suas camas." Um sapatinho Buster Brown. Ele devia encontrar os pais, mas o que lhes diria? E se aparecesse alguém batendo na porta de Dave com os sapatinhos do filho? E se Norma ligasse de sei lá onde dizendo que a única coisa que restou de David Morris Jr. foi uma porcaria de um sapato?

"A gente devia chegar lá cedo", Spence falou, sem se dirigir a ninguém especificamente.

Leah jogou uma fita virgem para o Orador e se levantou para ir confirmar que veículos de imprensa pretos confiáveis estariam presentes à reunião.

"Qual é o problema do seu telefone?" Ela segurou o aparelho na direção de Mac; quem sabe ele estivesse familiarizado com aquele som estranho.

"Tem vários magos da eletrônica na vizinhança", Mac sorriu, feliz por ter uma chance de sorrir de algo. "Tem um menino — claro que agora não é mais exatamente um menino — que operava uma emissora de rádio aqui por perto. O equipamento dele era tão poderoso que chegava ao aparelho de som, ao rádio e aos canais de UHF. Às vezes, a única coisa que eu conseguia ouvir no telefone eram os chamados da polícia que ele monitorava."

Leah olhou para o telefone com interesse enquanto os outros incitavam Mac a localizar o operador para saber se ele havia escutado algo naquela manhã que ainda não fosse público.

"Ele não faz mais as transmissões", Mac explicou, mesmo assim estendeu a mão em direção ao Rolodex. "Wayne Williams, conhece?", perguntou ao Orador, que preparava anotações para as transmissões comunitárias da WCLK e da WRFG. "Acho que você conhecia o pai dele", Mac disse para Zala. "Homer Williams, o fotógrafo."

Zala concordou com a cabeça. "Ele cobriu alguns dos funerais das crianças."

"Será que cobriu a manifestação há umas semanas?", Mason perguntou. "Seria interessante ver quem estava lá."

"E quem não estava", Leah acrescentou.

"O prefeito não estava. Nem Lee Brown."

"Um convite com sinal verde para os assassinos", Lafayette sugeriu.

"Não sei se a gente está entendendo completamente a situação que a prefeitura enfrenta", Mac disse rapidamente antes que o grupo adotasse um posicionamento fechado. Olhou na direção de Mason, mas ele tinha se levantado para mostrar a Kofi como manejar o *nunchaku*. Teo lançou um olhar encorajador na direção de Mac, e Mason se virou. Portanto, embora o Orador tenha pedido licença para sair, havia gente disposta a escutar Mac.

"O que a gente devia estar se perguntando é o seguinte." De costas para o círculo, o Orador falava baixinho no microfone. "Sempre que uma crise atinge a nação, seja causada por um aliado ou por um arqui-inimigo dos Estados Unidos, o Departamento de Estado reúne uma equipe de peritos para planejar a resposta do país para essa crise. Onde está o Grande Irmão agora, minha gente? Será que o prefeito Jackson pediu ao Departamento de Estado para responder à crise doméstica em Atlanta? Quatro crianças que frequentavam uma pré-escola e uma professora foram assassinadas hoje numa explosão. Dezenas de outras pessoas ficaram feridas. No contexto do que vem acontecendo nesta cidade desde o verão de 1979, essa explosão hoje na creche de Bowen Homes precisa ser investigada a fundo. Em um ano e quatro meses, pelo menos quinze outras crianças foram sequestradas e muitas acabaram assassinadas. A prefeitura diz não haver ligação entre os fatos. Estão nos dizendo que a explosão de hoje não deve ser vista no contexto do que está acontecendo no país com os pretos — física, econômica e politicamente. Esse argumento é uma fraude. Acordem, africanos. Confiram. A guerra voltou a ser declarada.

"E nós sabemos que vai piorar se Reagan for eleito e a direita tiver toda a sua força liberada. Vocês ouviram o Ronnie lá no Mississippi falando sobre o direito dos estados. Acorde, meu povo! A explosão de hoje, rotulada tão apressadamente de acidente, e as crianças que vêm morrendo não em acidentes mas em assassinatos nos dizem o seguinte — é hora de levarmos adiante a recomendação que Malcolm fez quase vinte anos atrás, e de ir mais uma vez à ONU, dessa vez com dez vezes mais gente do que no ano passado. Nós temos uma crise em nossas mãos, povo africano!"

O Orador estava prestes a socar o botão de *pause* para se encontrar no meio das anotações, mas a ideia seguinte surgiu às pressas. "O que a Divisão de Inteligência está fazendo? A unidade de investigações especiais de Atlanta, criada nos anos 1960 para ficar de olho em vocês-sabem-quem. A unidade que faz a segurança de diplomatas em visita à cidade, do Papa e de figuras internacionais que devem ser protegidas. A unidade de inteligência especial com atribuição de se infiltrar em qualquer grupo clandestino que ameace a segurança e o bem-estar dos Estados Unidos. O que eles estão fazendo quanto a esses sequestros, esses assassinatos, essa explosão? A última vez que ouvimos falar dessa unidade especial de inteligência foi em 1979, quando aquele cartaz infame foi posto em frente ao Hotel Omni. Posto diante de todos como um ataque ao prefeito preto. A unidade recebeu ordens de investigar a origem do cartaz. O então chefe da unidade disse que era 'desagradável' estar investigando um assunto não criminal. 'Desagradável.' 'Não criminal.' Caso a segurança e o bem-estar fossem levados a sério, qualquer ato de racismo feito às claras ou escondido seria um delito, um crime contra a sociedade. Acordem, africanos!

"O que mais essa unidade vem fazendo? Em 1974 eles resolveram o caso do sequestro de Reg Murphy, na época editor do *Atlanta Constitution*. Ótimo. Por que eles não foram chamados pela Força-Tarefa de Emergência para investigar crianças desaparecidas e assassinadas? E chamados para investigar a bomba de hoje? Nós sabemos o porquê. É possível ter justiça na Babilônia? Meu povo, é hora de se mobilizar. É hora de se organizar. É hora de levar nosso caso de novo à ONU, com trinta milhões de pessoas."

• • •

Do banco de trás, Kofi se debruçou sobre o ombro de Spence.

"E se o prefeito e o chefe de polícia e os outros sabem quem está matando mas não podem prender porque são policiais?"

"Dá pra prender polícia, não dá, pai? Aposto que o prefeito pode."

"A gente precisa parar pra comprar mais fitas", Zala disse.

"E cookies."

"Mas e se for a polícia que está matando? A polícia pode prender gente da polícia?"

"Dá um tempo, Kofi."

"Bom, a gente precisa saber, mãe. Você sempre diz pra gente perguntar se quiser saber alguma coisa, então tô perguntando. Imagina que um bando de policial e mais os caras da Ku Klux Klan estão matando as crianças, será que o prefeito ia ter medo de dizer isso? Ele é o chefe da cidade, não é? Ele é o chefe de todos os policiais e os bombeiros e a empresa de água, então o que ele podia fazer?"

"O que você faria?"

"Eu iria pra TV e contaria pra todo mundo, é isso que eu faria."

"Aí eles vinham e matavam você. E uns cookies, pai."

"Kenti, você acabou de comer."

"Não foi cookie, mãe. Não comi cookies nem nada."

"Tá bom, então ia botar tudo que sei no papel e fazer um monte de cópias pra mandar pros jornais. E ia colocar uma cópia no meu cofre pra caso eles me pegassem."

"Que cofre? Você não tem cofre. Vocês estão ouvindo ele?"

"Cala a boca. É isso que eu ia fazer, pai. Pai? Ei, paiê, você acha que o prefeito e os outros sabem? Eles têm que saber, né? Então pode ser que estejam esperando todo mundo se organizar que nem você disse, sabe, pra apoiar eles e tudo."

"Pode ser, Kofi."

"Você acha que é isso? Pai?"

"Eu vou querer cookies e achocolatado. Achocolatado faz bem, certo?"

"Se eu soubesse quem era, pai, ia colocar tudo no papel enquanto as pessoas estão se organizando. Depois ia mandar as informações pros jornais e pra TV e a rádio. Mas aí... e se..." Kofi enfiou os dedos no ombro de Zala. "Mas, manhê, lembra o que aconteceu naquele filme *Três Dias do Condor*? E se acontecesse aquilo? Lembra quando o cara principal está falando com o outro cara, aquele que tem uma peruca que parece um tapete, e aí ele diz que vai levar a informação pros jornais, e o cara da peruca diz: 'E por que você imagina que eles vão publicar?'

Podia acontecer isso, hein? Quecê acha? Não dá pra pagar pra eles publicarem a história? Será que é muito caro?"

"Tem uma loja ali, paiê."

"Kenti, a gente está tentando chegar à reunião. Depois a gente come sobremesa, tá bom?"

"Será que alguém pode me responder? Pai? E se fosse você? Você ia se esconder numa embaixada e pedir proteção? Aí quem sabe te davam um guarda-costas pra você aparecer na TV sem te matarem. Mas pode ser que o pessoal da TV ficasse com medo de te dar um microfone porque os assassinos mandaram um bilhete ameaçando. Mas aí pode ser que o prefeito e o pessoal dele ligassem pra TV pra deixar você falar. Eles iam ter que deixar se o prefeito mandasse?"

"Se você tivesse uma arma, eles iam ter que deixar", Kenti disse. "Eu ia levar o Baldy Bean comigo se fosse você, o Baldy Bean e o Kung Fu Man, é isso aí. O pai tem uma arma."

"Pai..."

"Na verdade, Kofi, a ideia de pedir asilo numa embaixada de uma nação africana é ótima. Ia chamar a atenção da imprensa. Aí, sob proteção, você poderia fazer uma entrevista coletiva quando as forças se unissem. É uma boa ideia", Spence acrescentou, torcendo que aquilo encerrasse o caso. A respiração do filho continuava quente na nuca dele.

"Era disso que o Orador estava falando, de ir pra ONU pedir proteção?"

"Não exatamente. Bom, sim."

"Tá, e se os assassinos pegassem um atalho e chegassem à ONU primeiro? E se eles contassem um monte de mentiras e aí..."

"Você realmente está cheio de 'e-se'. Eu só quero cookies e achocolatado. Você não tá com fome?"

"Pai?"

"Kenti, a gente pode comer sobremesa na volta. Agora, por favor."

"Pai?"

"No fim parece que a gente não vai chegar cedo", Zala comentou quando eles entraram na Hightower. Veículos estavam estacionados com os para-choques encostados uns nos outros. Ônibus faziam paradas improvisadas no meio da rua para que os passageiros fossem à reunião.

"Espero que isso dê em alguma coisa", Spence disse, sombrio.

"Pai, pode me escutar? Você acha que o prefeito e os outros sabem de alguma coisa?"

"Pode ser."

"Acha mesmo? Tipo, talvez você meio que saiba quem está cometendo os assassinatos?"

"Eu tenho 32 anos de vida pra basear minhas suspeitas", Spence corrigiu a postura; Kofi estava quase arrancando o encosto do banco em que estava apoiado.

"E que tal se eles sabem que você sabe? E se eles vierem atrás de você, de todos nós?"

"Kofi, não se preocupe."

"Diz pra ele ficar quieto. Ele tá me assustando."

"Tenho que saber o que vocês vão fazer se eles vierem atrás da gente. Responde! Saco!" Ele se jogou de costas contra o banco. "Podia estar morto já, porque vocês não vão fazer nada."

"O pai tem uma arma, bocó. Se alguém vier incomodar a gente, ele explode a cabeça do cara, seu medroso."

"Melhor alguém mandar ela parar de puxar minhas roupas, porque quando eu bater nela todo mundo vai dizer que a culpa é minha."

"Kofi, quer parar?"

"Tá vendo — tá vendo isso? Sabia. Pegando no meu pé e não estão nem aí se os assassinos vierem atrás da gente."

"Kofi", Zala se virou. "Tente se acalmar. Esse é o problema das pessoas, elas se assustam a ponto de não conseguir pensar. Aí qualquer um pode dizer qualquer coisa pra elas. Lembra o que seu vô falava da Ku Klux Klan, quando eles diziam que iam fazer um desfile e que era melhor todo mundo sair da rua? Eles cortavam a energia na comunidade preta, lembra? Só pra mostrar que podiam, só pra fazer as pessoas tremerem no escuro, ficarem com medo de se defender. E o que as pessoas faziam? Iam se esconder embaixo da cama? Ficavam paralisadas pelo medo? Isso era o que os jornais diziam. Mas o que o seu vô te contou?"

"Disse que esticavam cordas pela rua se eles estivessem vindo a cavalo. Disse que cavavam a rua e faziam buracos se eles estivessem vindo de caminhonete. Botavam garrafas nas árvores e estacas no chão e pregos e tachinhas e essas coisas. Mandavam os cachorros atrás quando eles saíam das caminhonetes. Pegavam ancinhos e picaretas se eles tentassem incendiar tudo. Disse que expulsavam os caras."

"Em outras palavras, eles não entravam em pânico. Se juntavam e faziam planos. Bom, é pra isso que serve essa reunião", ela concluiu, observando cadeiras dobráveis sendo descarregadas da parte de trás de uma van e repassadas de mão em mão numa fila de pessoas que subia os degraus da Igreja Batista Greater Fairhill.

"Mas e se eles jogarem uma bomba na nossa casa? O que vocês vão fazer?"

"Eles acham que você é o prefeito, pai." Várias pessoas tinham corrido para ver a limusine enquanto eles passavam devagar.

"Paiê, se você fosse prefeito, você ia mandar as pessoas pegarem as armas delas?"

"Por que a gente não espera pra ver o que o prefeito de verdade tem a dizer", Spence suspirou. Longe de estarem adiantados, estavam atrasados, Spence percebeu. Hosea Williams e outros cabeças da Conferência da Liderança Cristã do Sul conversavam com grupos de pessoas aglomerados em torno dos degraus da igreja.

"Mas e se..."

"Chega. Ponto final." Zala procurava um lugar para estacionar. Viu Mattie orientando um Buick a estacionar na calçada, sendo afogada pelas instruções do rádio. Zala passou os olhos pela multidão espalhada pela calçada, procurando membros do PARE. Perto da esquina ela reconheceu vários dos jornaleiros radicais do Central City Park. Kenti estava se debruçando sobre ela, olhando um padre que ia na direção de Fairhill, o rosário balançando contra a batina.

"Você acabou de perder uma vaga, Spence."

"Acho que queria perder o evento todo", disse, exausto.

"O que eles estão fazendo aqui?" Kenti deu tapinhas nela.

Zala encostou a cabeça nas mãos de Kenti.

"Eles são mais claros ou são brancos?"

"O que você tem contra pessoas brancas de uma hora pra outra? Você estava agorinha com gente branca, sua burra."

"Estava? É verdade, pai?"

Kofi chupou os dentes e viu os olhos de Spence no retrovisor. Ele estava sorrindo.

Pão clarinho ou pão branco, o que o seu tio Rayfield come, Nathaniel? A srta. Sudie segurando o peixe na espátula, esperando uma resposta. Resposta errada. O tio provocou o menino o dia inteiro por ter levado um pão de forma com cara esquisita para casa.

"A gente não vai sair?" O carro estava estacionado e tinha alguém batendo na janela, mas ninguém se mexia. "A gente não vai entrar, pai?"

Mattie segurou na mão de Zala e ela saiu, depois a puxou para perto num abraço maternal. "Parece que está todo mundo aqui", apontou. "Polícia à paisana, freiras sem hábito. Políticos maltrapilhos de um lado, futriqueiros do outro. É o famoso jogo duplo. É evidente que suspeitam do pior", acrescentou, acompanhando Zala até a igreja. "Me lembra uma história que meu orientador sempre conta..."

"Vamos entrar", Zala interrompeu. Ela não estava no clima para histórias, especialmente gritadas por cima do rádio do Buick pelo qual as crianças estavam passando correndo, com as mãos cobrindo os ouvidos. Por que alguém ouviria música tão alto e na frente de uma igreja e logo hoje? Zala se afastou de Mattie. Não queria tratamento maternal também, não de alguém que estava com os braços tremendo.

"Preferia ser cega", Etta James cantava da janela do Buick enquanto o comissário Brown era acompanhado nos degraus por gente dando tapinhas nas costas e por aqueles que estavam ansiosos por ver suas perguntas serem respondidas imediatamente. "Eu preferia ser cega a ver você me dar as costas, *babe*."

Zala subiu os degraus correndo, se libertando dos dois sujeitos que estavam na porta cumprimentando todos que chegavam. Não era hora de ficar apertando a mão de ninguém, nem de perguntar sobre a avó de ninguém. Será que as pessoas trabalhariam para que a justiça fosse feita, para fazer com que o responsável por colocar a bomba fosse pego, fazer todo mundo se organizar e parar o terror? — essas eram as perguntas. Ela andou rápido pelo corredor acarpetado até um banco perto da frente, sem perceber quem estava lá, sem ver os filhos acenando da seção lateral, ou o marido acenando na direção de duas cadeiras colocadas no fim de uma fila. Tossiu, expelindo grãos de poeira num lenço, e não se sentou. Queria estar de pé quando a reunião começasse. E se demorasse muito para começar, com todos os ministros que estavam no salão ávidos para fazer uma oração, ela queria estar pronta para diminuir o atraso. Avaliou os líderes enquanto eles tomavam seus lugares no púlpito meio metro acima da congregação. Ela temia o pior, mas murmurou "Mantenha a fé", mantenha a fé, segurando o encosto do banco à sua frente, enfiando as unhas na madeira.

PARTE IV
O ESTADO DA ARTE

TONI CADE BAMBARA

CRIANÇAS DE ATLANTA

Sexta-feira, 19 de dezembro de 1980

Com a parede cheia de declarações brilhantes, os grafiteiros taparam os marcadores, limparam as pontas dos sprays, depois olharam na direção da esquina da Ashby com a Thurmond, de onde vinha a música. Uma interpretação ao piano de "We'll Understand It Better By and By" começou a ser executada quando inspecionavam a parede pela primeira vez, pedindo passagem para os três homens sentados numa corrente diante da fachada, bebendo, depois tiraram as luvas endurecidas pelo frio, puxando-as com os dentes, para rascunhar comunicados urgentes para a vizinhança. Do Mount Moriah Tabernacle vinha a música de outros tempos, a mão esquerda taciturna, acordes sombrios de resignação soando na linha de baixo, enquanto a mão direita deslizava para cima e para baixo no teclado, improvisando comentários astutos até os densos acordes graves romperem numa mistura nervosa de temas que eram assinaturas de outros cânticos, hinos e *spirituals*.

"Que doido esse cara no piano", um dos sujeitos tomando vinho disse por cima do ombro. Os grafiteiros guardaram as ferramentas nas jaquetas, fecharam os zíperes e seguiram na direção da Thurmond. "Faz mais sentido ficar de costas para o vento", ele gritou, depois se escondeu debaixo do cachecol e do chapéu enquanto o vento varria a Ashby, jogando as tampas das latas de lixo no meio do trânsito lento.

Blocos de notas se embolavam livremente, cruzando o eixo e deixando a mão esquerda solta para um pouco de blues, gospel, *bop-doo-wop*, enquanto os grafiteiros se arrastavam rua acima. A mão esquerda perseguia a direita num esforço incansável — para tornar o terrível ao menos suportável. Ambas as mãos se esticavam em ritmos que surgiam de improviso, o pedal levado até o chão numa declaração, música rolando, rolando, rolando num mundo hostil. E não temos direito à árvore da vida? Deus, as possibilidades inesgotáveis. Deus, nos ajude. Oh, Jesus deve carregar a cruz sozinho e todo o mundo deve ser livre. Pegue a Cruz. Tarãm. Pegue. Tarãm. Mesmo enquanto andamos em meio a outro gólgota de ossos. Tarãm. Pegue a cruz.

Então ambas as mãos no piano se encontraram sob o dó central para se refugiar em um pouco de "Go Down" e "Swing Low" e "Nobody Knows" antes que "We'll Understand It" troasse novamente, sacudindo as vigas. Os grafiteiros subiram os degraus e viram a fechadura sacudir na porta do santuário. Abriram a porta e foram empurrados para dentro pelo vento.

Coberta até os olhos, Zala dobrou a esquina. O vento cravando galhos nas fendas nas chaminés não era menos feroz que o testemunho do piano. Arrancava o lixo de seus esconderijos e o jogava contra os para-brisas, fazendo o trânsito quase se arrastar. Soprava sob os casacos, arrastava chapéus para longe, roubava cumprimentos da boca de vizinhos. Mandava folhas secas calha abaixo para entupir os esgotos. Jornais se amontoavam nas panturrilhas de Zala. Ela virava, pisoteava, se virava de novo, e os papéis se grudavam na frente das pernas fazendo com que ela tropeçasse.

Pernas tremendo, os três homens se mantinham firmes. Não se deixariam arrancar dos elos robustos sobre os quais estavam sentados, balançando-se, com os pés presos em buracos na calçada. Avaliavam as mulheres que passavam às pressas e alertavam os skatistas a respeito dos perigos que corriam. Com olhos vermelhos, porém atentos, condenavam os carros que andavam devagar demais perto de crianças passeando com livros escolares. Mantinham uma dura vigilância dos estranhos que andavam perto demais da loja de doces. Revezando a garrafa entre si, mantinham os quatro cantos sob vigilância enquanto cantavam músicas que faziam valer enfrentar o frio para cantar.

"*The way you moooove, you know you coulda been a...*"

"Aquela é porta de cadeia", um deles cantou, ficando atrevido com uma menina que saía da lavanderia, o vento arrancando o plástico das roupas em suas costas. Os companheiros o puxaram de volta pelo casaco e se encostaram nele dos dois lados para lembrá-lo do que deveria estar fazendo.

Zala usou seu pacote para ancorar o casaco e andou com cuidado por um trecho de gelo sujo pelo conteúdo de uma garrafa que estava quebrada mais à frente, os cacos oferecendo uma tração barulhenta. Sem chance então de passar pelos homens que cantavam e festejavam junto à parede, incitando as pessoas a somarem sua raiva e a tomar o controle da cidade antes que fosse tarde demais.

"*The way you loooook, you know you coulda been a...*"

"Ei, docinho, você é casada?"

O bêbado tentou espiar o que havia debaixo do casaco e do cachecol de Zala, com um sorriso turvo. Seus colegas o fizeram se sentar de novo, com um pedido de desculpas que atravessou a lã. Os três pareciam fortificados contra o frio.

O seja lá o que estivessem tomando, era mais poderoso que a meia jarra de cerveja produzida pela Mama Lovey, que ela tomava quando não conseguia mais datilografar o conteúdo das fitas. Na casa ao lado, a sra. Grier lavava o arroz várias vezes, a torneira ligada, sacudindo o escorredor, raspando-o contra a pia. Havia mais erros do que Zala podia apagar com o já espesso corretor. Ela havia arrancado a fita usada da máquina de escrever e fora até a pia. Abriu a torneira, fechou, abriu de novo. Sinais de estresse ignorados, bebeu a última garrafa e se encheu de agasalhos, as costuras debaixo do braço do casaco esticadas pelas duas blusas. Apesar da vaselina, do chapéu, do cachecol e da gola, o frio cortava seu rosto antes chegar às sebes. Quando alcançou a esquina onde o vento concorria com o piano pela atenção, seu rosto parecia crepe de seda barata.

"Ha, ha, ha!", os bêbados riam, e suas vozes retumbaram nos ouvidos dela por longo tempo, continuando até mesmo depois quando já estava sentada no ônibus, soltando os casacos.

Perto de um terreno que estava sendo preparado para ser um parque na primavera, quatro meninos estendiam um pedaço de papelão corrugado e se preparavam para o treino, apesar do frio. Os passageiros no ônibus mexiam nos enfeites de azevinho e sinos de prata, resmungando das crianças que tinham permissão para andar assim à toa. Outros limpavam círculos no vidro para ver quando uma vizinha, recolhendo plantas do solário, gritou para os meninos irem para casa antes que quebrassem o pescoço ou que alguém fizesse isso com eles. Os meninos foram respeitosos. Mais, pareceram agradecidos. Pois se alguém o chamava pelo nome, ou apenas "filho", "júnior", "menino", ou mesmo se a pessoa estivesse brigando, era sinal de você estava vivo e que aquela comunidade sabe seu nome. Eles foram respeitosos com a mulher até que ela recolhesse a última das plantas. Depois arrastaram a pista de dança para mais perto do terreno e a estenderam de novo.

"Eles não vão parar de dançar nem por causa do frio nem por causa do medo", o sujeito ao lado de Zala disse. "Temos que admirar esses meninos."

Zala concordou, no entanto várias pessoas do outro lado do corredor discordaram. Isso levou a uma discussão geral quanto ao toque de recolher, a confusão e a dor que aquilo causava. Camille Bell, do PARE, disse na TV que a maioria das crianças desapareceu em pleno dia, portanto um toque de recolher às 19h era só outra maneira de confundir os fatos e culpar os pais.

"Isso mesmo." Uma mulher no grande banco atrás da motorista acrescentou à conversa na frente do ônibus. "É outra maneira de culpar as mães dessas crianças e as mães em geral."

A mulher que estava com ela começou a explicar aos passageiros que a "maternidade" e o "lugar de mulher" estavam sendo discutidos no trabalho. "Estão se preparando para reduzir as horas das mulheres trabalhadoras. É esse o objetivo de tudo."

As pessoas atrás de Zala estavam falando sobre o efeito do toque de recolher no orçamento das famílias. Adolescentes estavam sendo desencorajados a procurar empregos para depois da escola, e empregadores relutavam em contratá-los.

"Estou dizendo", opinou a mulher no banco grande, "se a comunidade não apoiar as trabalhadoras, vamos perder a cidade inteira para gente de fora."

Muitas pessoas na frente do ônibus repreenderam as duas em deferência à motorista, uma filipina. As duas mulheres no assento grande não deram bola.

"É fato que a situação é grave", a mulher de casaco marrom continuou. Vietnamitas estavam assumindo as lojas de perucas e pequenas lojas de roupas no West End. As pessoas não percebiam que cubanos, coreanos e qualquer um que não fosse uma pessoa de cor da cidade estavam pegando todos os empréstimos para pequenos negócios e se instalando na Peachtree, onde nem mesmo os pretos tinham lojas?

"Não os cubanos pretos", alguém contrapôs. "Esses estão na Penitenciária Federal de Atlanta."

"Não entenda a gente mal", a outra mulher trabalhadora respondeu. "Não temos nada contra estrangeiros. É o governo. Eles abrem as portas e os cofres para os refugiados".

"Enquanto empurram a gente pra fora", a colega acrescentou.

"Por favor, aumente isto", um dos passageiros do lado da motorista pediu.

A motorista se inclinou e aumentou o som do rádio. Estava preso por um laço à caixa que recebia as moedas das passagens. Quando o ônibus chegou à esquina, ela deslizou a alavanca para abrir a porta da frente, depois se virou no banco. Colocou um pé com força perto da base da caixa de moedas e olhou para as mulheres atrás dela no assento grande. As duas fizeram um breve aceno com a cabeça e desviaram o olhar.

Dois rapazes vestidos com roupa da cooperativa de trabalho escoltaram um velhinho pelo corredor e o entregaram à motorista, que se levantou para pegá-lo pela mão e ajudá-lo a descer os degraus.

"Logo vão acabar com o toque de recolher", o velhinho cutucou o rádio com a bengala enquanto saía.

"O que ele disse?"

"Disse que os bloqueios e o toque de recolher vão acabar logo", um dos homens pretos da cooperativa relatou, voltando para seu banco.

"Toda essa conversa de que as coisas estão sob controle. A mesma coisa com a recessão. No entanto veja como continuam com essa conversa patriótica relacionada a comprar produtos norte-americanos para melhorar a economia."

"Sim, ficam falando em concorrência com empresas estrangeiras", o outro trabalhador concordou. "Agora eu pergunto, quem está enganando quem? As tais empresas estrangeiras são só empresas norte-americanas que fugiram de nós para não ter que pagar impostos e salários decentes. Que concorrência, que nada. Querem que a gente concorra uns com os outros", disse para quem estava nos assentos do corredor. "Eu e você. Mas não entre eles, que mantêm a cooperação entre si para nos ferrar. Aí, quando acontece alguma merda no joguinho deles, é hora de ir à guerra. Quem está enrolando quem aqui?" Ele se sentou no fundo do ônibus com seu amigo e bateu na barra com as luvas de trabalho, enojado.

"É isso que eu estava dizendo", a mulher no assento grande falou. Contudo as pessoas lhe mandaram ficar quieta enquanto o ônibus arrancava. Todos queriam ouvir as notícias no rádio.

Quieto, era a palavra de ordem. Não havia acontecido mais sequestros desde que Aaron Jackson desaparecera, mais de um mês antes, e fora encontrado na margem sul do rio. Tudo estava quieto de acordo com as autoridades.

Zala chupou os dentes. Quieto se não contassem os outros. Patrick Rogers, considerado o eixo do caso por um dos investigadores, porque conhecia muitas das vítimas tanto na lista quanto fora dela, desapareceu nove dias depois de Jackson. Encontrado no rio, Pat Man ainda não estava na lista. Nem a menina Armstrong. Vizinha de LaTonya Wilson, acharam-na estrangulada uma semana após acharem o corpo de Jackson, na mesma semana em que Pat Man sumiu, na mesma semana em que o *Call* acrescentou três mulheres, dois homens e três crianças à lista atualizada pela comunidade, a menina Armstrong foi praticamente ignorada pela imprensa e era desconhecida na Força-Tarefa.

"Parece que estão com isso quase resolvido", alguém sentado perto da porta dos fundos comentou. Várias pessoas se inclinaram no corredor para ouvir a resposta dada à essa fala. Uma saraivada de moedas caiu na caixa enquanto os passageiros que embarcavam depositavam os trocos. As pessoas se ajeitavam nos bancos e arrastavam os pés, continuando a falar enquanto o ônibus arrancava.

Na altura em que o ônibus virou para deixar o bairro e seguir direto para o Centro, meninas pulavam corda enlouquecidas. As duas que seguravam as pontas da corda açoitavam a calçada. A saltadora queimava as solas dos sapatos. Esperando a vez, outra menina tinha os cabelos trançados por uma amiga cujas mãos trabalhavam rápido. Então a menina se soltou e foi empurrada para a frente e para trás por uma das meninas que giravam a corda, a boca séria, as mãos fechadas, o queixo marcando o ritmo da corda. Ela pulou para dentro da corda assim como a outra que estava trançando seus cabelos. Elas pulavam com determinação, se recusando a se abaixar, forçando as meninas que giravam a corda a se esforçarem para acompanhá-las. Estavam praticando sua arte, desafiando o frio e o medo. As duas olharam para os passageiros enquanto o ônibus passava. A que fazia a trança acenou quando o homem sentado ao lado de Zala se inclinou para fazer a saudação black power para elas. As outras meninas sorriram. Serem vistas pelos membros da comunidade, mesmo que rabugentos, era encorajador, seus sorrisos diziam.

"Acho que faria a mesma coisa se fosse criança", uma mulher do outro lado do corredor admitiu. "De qualquer forma, vai acabar logo."

"Se você acredita nisso, acredita em qualquer coisa", um dos novos passageiros bufou, agarrando uma alça. Era um som cheio de muco, e ele limpou a garganta e pigarreou por um minuto. As pessoas que estavam sentadas abaixo dele franziram a testa e se afastaram.

As comportas foram abertas, sete ou oito conversas acontecendo ao mesmo tempo. Alguém seria preso? Era a Ku Klux Klan no fim das contas? O que o prefeito vai fazer com os caçadores de recompensas chegando aos montes na cidade? O prefeito Jackson era visto como o menininho holandês com o dedo na represa, a salvação do lugar.

"Tudo quieto e sob controle é algo para pôr nas suas meias de Natal", o sujeito do pigarro disse, a voz lutando para passar por camadas de muco.

"Quieto" era uma lata de feijões verdes colocada numa cesta para os pobres, chamados de "necessitados" duas vezes ao ano, chamados de vagabundos, parasitas da assistência social ou de coisa nenhuma no resto do tempo.

"Paz na terra entre os homens de boa vontade", o homem falou. "Em outras palavras, vá ao centro e compre em paz e se enfie no buraco. Talvez você consiga sair a tempo das compras de Páscoa de novo." Ele caminhou para o fundo.

As pessoas se ocupavam com pastilhas de menta ou fios soltos nos botões do casaco. Outros seguravam seus sinos de lapela em silêncio e tentavam pensar em formas de retomar as conversas com aqueles em torno. Contudo o sujeito com o pigarro usando uma acolchoada tinha conseguido acabar com o clima no ônibus.

Zala apertou a campainha e desceu. Pensou nas suas crianças. Longe do medo e dos noticiários, não estariam praticando nenhuma arte com dedicação — nada de cantoria, dança, pulação de corda. Sentados junto à vó Cora no sofá, de forma bem-comportada, estariam virando as páginas do álbum de família, olhando os momentos de comemoração que encarnavam as expectativas de uma boa vida dos Spencer. Talvez isso fosse uma arte desafiadora, ela pensou. Spence, um boné de beisebol virado de lado, lavando um cachorro na garagem. Delia sob as árvores segurando um hinário e luvas, os pés juntos, os joelhos engraxados. Àquela altura já não se lembrava de ter visto alguma foto de quando Spence era bebê, e comentou isso mais de uma vez. "Nós não *tava* estudando câmera naquela época", a sogra dizia, corrigindo rapidamente a gramática, o que não diminuía a mentira, pois havia muitas fotos daqueles anos, entretanto nenhuma delas era de seu ex-marido. Acontece que Cora mesmo era famosa por suas mentiras. "Foram visitar alguém." "Foram ao cinema." "Foram ver o tio Rayfield." Zala só conseguia falar com as crianças ligando tarde da noite, quando normalmente se levantavam para usar o banheiro. Tudo que Kofi tinha a dizer era para garantir seu lugar no desfile de Natal. Kenti perguntava sobre o gato Buster, o peixe Roger, e tia Paulette, ainda em Miami.

Zala empurrou as portas giratórias e escreveu algo no livro de registros que o guarda não contestou. Então foi para os elevadores e passou os olhos pela lista de escritórios.

Na única vez em que conseguiu falar com Spence pelo telefone, disfarçando a voz, ele a manteve à distância com um monte de estatísticas. Ano passado, mais adolescentes morreram de bebida, droga e suicídio do que por doença ou acidentes. Mais crianças com menos de 5 anos foram assassinadas pelos pais do que morreram por causas naturais. Uma a cada quatro meninas era estuprada antes dos 21 anos. Mais de 1 milhão de crianças eram sexualmente abusadas *per annum*. Mais de 500 mil crianças desapareciam *per annum*. O que isso tinha a ver com levar as crianças para casa? No outono, ele lhe disse que ela era uma idiota por deixar que B. J. a convencesse de que era uma quadrilha de pornógrafos e não a Ku Klux Klan. Afinal a respeito do que eram as estatísticas dele? Tudo era tão estúpido. Como qualquer um poderia conversar com uma pessoa que dizia "*per annum*"? Ele nem lhe deu a satisfação de bater o telefone na cara dele.

"Vou acabar com Spence." Ela apertou o botão para o vigésimo andar no painel do elevador, e quatro pessoas foram para os fundos da cabine para lhe dar bastante espaço para resmungar.

Zala encostou o pacote na parede do elevador. Correu o dedo por uma ficha com as tarefas do dia no bolso esquerdo do casaco. Na mão direita, tinha um maço de etiquetas de endereço para lembrar de comprar suprimentos para a máquina de escrever. Também estava ali amassado o panfleto de Criança Encontrada, que achou tão perturbador. Há um minuto estava sentindo-se pronta. Agora não conseguia se livrar das lembranças do dia. Tinha sido deprimente do começo ao fim.

De manhã fora ver Dave. Ele foi jogado numa cela temporária depois de confrontar um policial do tribunal que ficava dizendo: "Eu lhe dei uma ordem direta, uma ordem direta". Depois voltou para casa: sem sinal de Spence e das crianças. A barbearia estava cheia, contudo havia deixado seus kits numa demonstração da Mary Kay. Depois foi para o escritório do PARE, a fim de ajudar com a correspondência. Com o cheiro de folhas queimadas atrás de si, Zala subiu as escadas em meio a uma onda de perfume floral deixado no ar, sem dúvida, por uma das autodenominadas porta-vozes que estavam sempre se voluntariando para falar em nome das pobres e infelizes mães que não podiam ser vistas nem como porta-vozes de sua própria tragédia. Tragédias, afinal, aconteciam em castelos, não em casas de pobres. O bom discurso era feito pela pequena nobreza, não pelas pessoas comuns. As pessoas podiam ficar em torno do pátio do castelo comentando os assuntos do rei, ou narrar as aventuras do capitão obcecado pela baleia. Porém os dramas do cidadão comum não eram boa literatura. Então os repórteres vinham fazer perguntas capciosas concebidas para colocar as pobres mulheres pretas em maus lençóis e atacar os arrogantes homens pretos em cargos eletivos. E a pequena nobreza veio para sugerir o que dizer e como dizer, e ficava surpresa quando era posta para fora.

Perto dos últimos degraus, Zala foi atordoada por uma mistura de café, cinzeiros entupidos e almíscar de vendedores ambulantes que traziam ideias de desenhos para camisetas e adesivos, mostrando como financiar uma investigação regional com apenas mil dólares. Na entrada, o desodorante tomou conta. No entanto havia outro odor também. Emanava das pessoas que vinham contar para o pessoal do escritório o que não podia ser dito com segurança para a polícia. O escritório cheirava a segredos, medo, exaustão. Os telefones tocavam incessantemente, pessoas ligavam exigindo listas, mapas, gráficos, cronologias e as biografias pessoais dos membros do PARE. E os voluntários estavam pacientemente explicando que o escritório não era equipado com computadores nem com uma equipe em tempo integral.

Zala odiava ir ao PARE, mas também odiava não ir, pois não queria se sentir distante das pessoas que se sentiam como ela. Do mesmo modo não desejava que sua presença fosse confundida com ambição agora que as contribuições estavam entrando. Nunca sabia onde se sentar, com as mães ou com os voluntários. Quando as pessoas convidavam os voluntários para almoçar e a incluíam, ela sempre se sentia desonesta. Ficava tomando refrigerante enquanto os outros comiam pratos de marisco frito. Os homens de família haviam permitido a ênfase nas mães para que elas perdessem sua identidade, assim como ela permitira que a lista da Força-Tarefa roubasse a sua. Nem os homens nem as famílias das crianças ausentes da lista tinham status oficial.

No escritório, se servia de uma xícara de um café instantâneo horroroso, matando tempo; depois, se não fosse chamada por ninguém, encontrava um canto tranquilo e abria um pacote de correspondências. As pilhas já vinham sendo abertas por gente que vinha de lugares tão distantes quanto Tuscaloosa, Talladoga e Tuskeegee para dar uma força. Trabalhadores reais, eles tinham motivos claros e se moviam com propósito. Zala se sentia um engodo. O medo de sua casa solitária a levava ao PARE. Desde o Dia de Ação de Graças, estava sozinha pela primeira vez na vida. E era assustador.

No topo da pilha naquele dia havia mais um exemplar de *Sobre a Morte e o Morrer*, de Kübler-Ross. Dos centros locais de cuidados paliativos vinham ofertas de oficinas para os sobreviventes. Grupos de igrejas, irmandades e fraternidades, famílias, prisioneiros, estudantes e idosos mandavam condolências e contribuições. Um certo Grupo da Melhor Idade escreveu sobre os métodos usados para "acalmar" idosos preocupados com a situação em Atlanta: nos asilos, aumentaram a medicação; nos centros, aumentaram as porções do almoço e a temperatura. Eles pediam que o comitê PARE falasse em favor dos prisioneiros, que sem dúvida estavam sendo "acalmados" de maneira mais brutal.

"Esta pilha é de cartas que exigem resposta", Monika disse a Zala naquele dia. Separar as cartas em grupos já era uma tarefa impossível, imagine responder. Com frequência as pessoas mandavam dicas e pistas exigindo retorno. Porém algumas cartas pareciam propostas de pessoas solitárias procurando a única coisa que sabiam que não seria recusada.

Karen estava lidando com a correspondência de pais enfurecidos de todo lugar exigindo que o PARE ajudasse a melhorar as leis de proteção à criança. Esses pais tinham perdido filhos por causa de motoristas embriagados, erros médicos, experiências de empresas farmacêuticas, abusadores de crianças que conseguiram acordos para responder por crimes menos graves e ganhar liberdade condicional antecipada, pacientes liberados de sanatórios por causa da lotação nos hospitais do Estado, empresas que despejavam lixo químico e nuclear perto de escolas, empreiteiros ambiciosos e políticos corruptos que ignoravam os riscos e construíam casas em locais contaminados.

Sem comentar, Sandra passou para Zala um panfleto que pedia um ataque frontal contra os homens, desde as lojas de pornografia até o Capitólio.

"Precisamos recrutar mais voluntários", Monika disse. "Você parece exausta. Tire uma folga."

"Está falando comigo?" Sandra trabalhava de noite num centro de crises atendendo uma linha direta. Ela dividia seus dias entre aulas na Clark, o PARE e a Casa Ronald McDonald para crianças doentes e suas famílias. "Consigo continuar até as férias de primavera antes de entrar em colapso", disse em tom pragmático.

"Você", Monika puxou a cadeira de Zala, obrigando-a a se levantar. "Vá dar uma volta."

Então Zala preparou outra xícara de café instantâneo e andou pelo escritório, tentando se concentrar no panfleto de Crianças Encontradas que não conseguia deixar de lado. Um filme estava passando no canal Sony que alguém emprestou naquele dia: *Decisão Amarga* com Glenn Ford e Donna Reed. Ford parecendo um sujeito durão. Donna Reed rica, inquieta e obstinada. Ford, um industrial, se recusou a pagar os sequestradores. Zala voltou para o trabalho.

Havia um monte de notas rabugentas e cartas de ódio que aplaudiam os assassinos. Menos explícitas eram as cartas presas a páginas arrancadas do *Torch* e do *Thunderbolt*, jornais que vinham alimentando o furor em torno aos homicídios não resolvidos de brancos. "O que são dez ou 10 mil vidas de pessoas pretas comparadas com a perda de uma vida branca?", os trapos de ódio berravam.

Havia cartas indignadas exigindo que o PARE fosse mais crítico em relação à descrição que a imprensa fazia das crianças vítimas como passivas e disponíveis. Houve um clamor quando o corpo de Aaron Jackson foi descrito como "parecendo que estava em paz", a pedra sob sua cabeça como "um travesseiro". As crianças eram chamadas de prostitutas e o assassino de "gentil". "Como um senhor de escravos gentil?", um dos autores de cartas propôs.

"Tem uma pilha para desenhos?", uma nova voluntária vinda de Spelman perguntou.

"Desenhos de videntes ficam à esquerda, desenhos de crianças à direita", Sandra instruiu.

Muitas cartas na pilha de Zala confundiam o PARE com as equipes de busca lideradas pela Conferência dos Jovens Adultos Unidos. Mandavam os pesquisadores fazerem buscas em Birmingham, onde recentemente a abertura de sepulturas havia revelado os corpos de trabalhadores dos direitos civis desaparecidos desde os anos 1960. Imaginando que o PARE era ligado à Força-Tarefa, outras cartas pediam atenção à situação em Trenton, New Jersey, onde um padrão de crianças desaparecidas e mortas estava sendo escondido. Alguns presumiam que o grupo de veteranos pretos era o braço paramilitar do PARE e recomendavam uma incursão para libertar escravos em fazendas na Flórida e na Carolina do Norte.

"Mais uma para a pilha Médico-e-Monstro", Zala comentou, entregando um maço de papéis. Palestras sobre as personalidades duplas do Estrangulador de Boston e do Filho de Sam eram enviadas por psiquiatras forenses que informavam seus valores de consultoria. De Jonesboro, uma mulher chamada Detwyler encaminhou uma página de seu "álbum de assassinatos", relacionada ao caso ainda sem solução do Estrangulador da Meia-Calça de Wynton em Columbus, Geórgia. "Pode haver alguma ligação", a mulher escreveu.

"A pilha dos cultos está ficando grande demais."

"Quem vai ler tudo isso?", a nova voluntária perguntou e foi imediatamente enviada para encontrar uma caixa. Ninguém queria ouvir aquilo.

Em um grosso envelope pardo havia um relato pavoroso de um culto que funcionou em St. Jo, na Flórida. Por anos esse grupo sequestrou caronistas e os usou como sacrifícios em rituais induzidos por LSD. Desmembravam os corpos. Seis horas antes de uma batida programada pelo xerife, a igreja foi misteriosamente incendiada e a congregação se dispersou. O informante pedia que um civil branco fosse enviado a St. Jo para pesquisar a ligação com as mortes rituais em Atlanta.

Enquanto as pilhas cresciam, Zala pensava em Jan Douglass no Escritório de Relações com a Comunidade no Anexo da Prefeitura. Douglass estava copilando um arquivo com recortes de jornal sobre ataques aleatórios e sistêmicos a pessoas pretas. A primeira vez em que visitou o Anexo, foi para acompanhar os veteranos que escreveram um artigo respondendo as alegações da psiquiatra Dorothy Alison de que os assassinos eram pretos, e Douglas estava usando três blocos de anotações para registrar seus recortes: violência cometida pela polícia, por grupos brancos, por desconhecidos. Quando Zala voltou, acompanhando uma delegação liderada por Teo e Sue Ellen para se opor a um grupo branco que exigia saber o que "as lideranças pretas responsáveis" estavam fazendo para desmobilizar "militantes", os três blocos de anotações haviam sido trocados por grandes caixas para categorias amplas como "Violência no Campus" e pequenas caixas para subcategorias como "Afogamentos", "Agressões" e "Incêndios".

"Chegou o fim da história do assassino serial de vacas, Marzala."

Zala reconheceu o papel azul. Há semanas alguém de Carson City vinha enviando artigos de jornais e revistas sobre um caso nos anos 1970 que havia afetado criadores de gado em dezessete estados da Virgínia Ocidental até Utah. Cabeças de gado desapareciam dos rebanhos para serem encontradas dias depois, mortas, com as pernas quebradas e as costelas estraçalhadas. Um número incomum de visões de óvnis ocorreu em quinze dos dezessete estados no período. Porém os pecuaristas estavam convencidos de que os culpados não eram do espaço sideral nem de fora da cidade. Primeiro investigaram os barões agropecuários. Depois começaram a observar o céu, não à procura de naves espaciais, mas de helicópteros do Exército. Foram à justiça armados com fotos de aeronaves do governo com redes pesadas carregando grandes cargas marrons. Os relatórios de autópsia dos animais mortos indicaram adulteração cirúrgica e infecções virais a partir de injeções intravenosas. Os ossos quebrados eram atribuídos ao fato de os animais terem sido derrubados dos helicópteros.

"Pergunte ao governo", sugeriu o autor da carta no papel azul. "Isso é obra de um grupo organizado operando em conluio com pesquisadores do governo." A segunda página da carta comparava a condição dos bois com a descrição do corpo de Angel Lenair — pele engrossada como couro, ausência do lábio inferior e da orelha esquerda, tão envelhecida na aparência que a mãe da vítima não a reconheceu.

O pacote foi repassado de mão em mão pelo escritório enquanto Zala abria um envelope marrom com o equivalente a 3 dólares em selos cancelados. Sacudiu o envelope para tirar calendários, um manual e material promocional de um grupo chamado NAMBLA, a Associação Norte-Americana de Amor Homem-Menino, dedicada a "libertar" meninos de situações sem amor. Recortes de jornal de Troy, Auburn e outras cidades no norte de Nova York identificavam réus em casos de abuso sexual de crianças como membros da NAMBLA. O autor incentivava o PARE a investigar antes que a rede de médicos, professores, advogados e outros tipos "respeitáveis" se tornasse clandestina. Zala tentou fazer aquilo circular pelo grupo, no entanto todo mundo estava ocupado com a história do gado.

"Nesse artigo, as anotações na margem dizem que deveríamos monitorar os centros de guerra bioquímica nesta região. Tem um mapa aqui. O Centro Anniston no Alabama está circulado."

"Parece bizarro", a nova voluntária opinou. "O governo?"

Monika e a gerente do escritório juntaram os cheques, ordens de pagamento e ordens bancárias internacionais e enfiaram tudo num livro contábil a ser colocado na mesa principal.

"Você já ouviu o Dick Gregory falando disso? Ele pode ser magro, mas tem peso."

"O governo? Ele acha que o governo está envolvido? Isso é loucura demais... não é?"

"Bom, você sabe que o Departamento de Saúde com o apoio da Igreja Católica esterilizou mais de trinta por cento das mulheres de Porto Rico", Zala comentou.

"Por que ir buscar exemplo em Porto Rico? Aqui mesmo esterilizaram mulheres e homens indígenas por gerações."

"Bem, e as mulheres negras? Em alguns lugares você ainda não consegue assistência social a menos que entregue seu útero."

"Isso não pode estar certo", a nova voluntária insistiu.

"Fala sério, garota, acorda. Mais da metade dos médicos no lugar de onde venho só fazem o parto se você concordar em amarrar, cortar e cauterizar as trompas. Toda vez que o censo é divulgado, os brancos começam a ficar nervosos. Aí transformam os mexicanos em brancos honorários para aumentar os números. Depois arregaçam as mangas e pegam o bisturi."

"Você está brincando?"

"*Você* está brincando?"

"Espero que a gente não vá passar a tarde contando histórias de terror para educar a moça. Deixa-a ler as cartas e descobrir por si própria."

"Bem, quem ouviu Dick Gregory? — essa é a minha pergunta. Zala, você ainda tem aquela fita? Eduque essa moça."

"Mas ele não é uma... pessoa instruída. Ok, ok, estou ouvindo."

"Basicamente, a palestra dele foi a respeito do interferon. Essa substância é produzida pelo organismo de pessoas que têm anemia falciforme. Portanto é coletada basicamente de gente da África e do Oriente Médio, ou de qualquer lugar que tenha muitos casos de malária e o sistema imunológico das pessoas produza a substância para combater a doença."

"E?"

"E aí que esse interferon é importante para a pesquisa de câncer e para pesquisas que tentam aumentar a longevidade. Datilografei parte de uma entrevista que um amigo fez no Centro para Controle Sanitário na semana passada. O pessoal do CDC tem estudado o histórico médico das crianças desaparecidas e assassinadas para saber se há histórico de anemia falciforme."

"Vá para a parte boa. Sente-se, minha cara, enquanto a Marzala lhe conta por quanto vendem esse interferon — que, a propósito, é coletado do prepúcio de homens pretos. Vamos ao ponto."

"Um litro disso vale 4 bilhões de dólares."

"Agora pense nisso. As pessoas ficam imaginando por que a recompensa não atraiu desertores da gangue de assassinos. A recompensa é fichinha comparada com... caramba, nem sei quantos zeros tem 1 bilhão."

"Mas o governo?"

"Por favor, me ache uma caixa pequena de papelão para colocar esses extratos bancários", Monika interrompeu, e a nova voluntária obedeceu, grata por sair do meio delas. Monika suspirou. "Todo mundo viu *Missão: Impossível* a vida toda, no entanto tem gente que ainda não entendeu a mensagem."

Os créditos estavam passando. Zala olhou os rostos dos que estavam mais perto da TV. Havia perdido o fim de *Decisão Amarga*. O pai industrial cedeu e pagou o resgate? A criança foi devolvida? Donna Reed se recuperou? Não havia nada nos rostos dos trabalhadores do PARE que desse uma pista. Ela voltou à pilha de panfletos que havia colocado de lado para sua própria lista de correspondências. Os voluntários, cansados de lidar com a crente universitária que relutava em voltar para a mesa com a caixa de que ninguém realmente precisava, estavam quietos. Zala desdobrou o panfleto Criança Encontrada e se concentrou na história que tinha achado tão perturbadora.

Por meio dos esforços de uma organização de pais, um menino tinha voltado para sua família depois de uma ausência de quatro anos. Porém sua experiência nas mãos do caixeiro viajante que o sequestrara, e que o deixava preso num velho depósito de carvão quando ia viajar, o transformara de tal maneira que os pais começaram a duvidar que esse menino fosse mesmo seu filho. E quem ia ter a premonição de que era bom coletar as impressões digitais dos filhos para se antecipar a acontecimentos monstruosos que se dariam anos depois? Impressões do pezinho nos registros de bebê, boas para evitar trocas no berçário das maternidades, eram imprecisas demais depois de dez anos. O menino sem dúvida se parecia com o desaparecido, fazia encenações verossímeis o suficiente, contudo certa manhã, quando o pai o acordou para a escola, o menino falou: "Essas roupas não são minhas. De quem é esta casa?" A terapeuta citada no panfleto disse que a dissociação não era uma consequência incomum em traumas, porém a maior parte das pessoas conseguia integrar suas múltiplas personalidades sem maior dificuldade. Algumas vezes, no entanto, o trauma causava uma separação, um rompimento, e barreiras cresciam entre as personalidades. Lapsos de memória se tornavam grandes surtos de amnésia. Pior, aquelas barreiras podiam se solidificar e a personalidade principal ser banida para o banco de reservas, deixando um jogador menos importante assumir o palco central, contando apenas com uma pequena porção do roteiro da vida.

O panfleto não dizia o que aconteceu quando a família o levou para visitar a antiga casa onde havia crescido. Nem contava o que deu na família para deixar aquela casa. Essa era a parte que fazia Zala voltar ao começo da história para procurar uma nota de rodapé. Por que eles deixaram o único lugar que o menino de 6 anos conhecia como casa? E por que nenhum revisor pensara em colocar uma nota de explicação em algum ponto do folheto? Aquela era para ser uma história de sucesso.

Quanto mais lia, mais ficava perturbada. Zala pediu para ser dispensada da tarefa de separar a correspondência e pegou o ônibus até o Omni para comprar presentes de Natal.

Tropeçando na escada rolante, enquanto caixas esbarravam em suas costas, asfixiada por perfumes e sufocada por casacos de pele, Zala se desviou para a direita, longe do fluxo de compradores. Ficou na frente da livraria internacional Rizzoli por um bom tempo tentando recuperar o fôlego. Na vitrine havia um antigo pôster de circo envelhecido. Movimentado, milhares de artistas, atrações animais, uma paleta variada de cores, o pôster teria atraído a atenção das crianças. Podia ouvir Kenti e Kofi implorando para descer a escada rolante até a cabine de ingressos do circo que vinha para a cidade todo ano em fevereiro. Sozinha, encarou o círculo central, onde uma família de ginastas em macacões justos azuis e brancos formavam uma pirâmide absurda.

Zala tinha ficado na vitrine estudando as poses, as linhas e as curvas dos corpos, as marcas dos músculos, o padrão de peso e contrapeso. Como era possível que alguém fizesse movimentos que não resultassem em ossos quebrados, ligamentos rompidos e todos de cara no chão? Quem tinha de fazer o quê, para que um trampolim transformasse a família num show aéreo? E havia o guarda-sol. E havia o cabo. E havia os sete rostos brilhando com a crença em sua capacidade, no seu futuro.

Zala se virou e abriu caminho em meio aos compradores até o corrimão, se inclinando, sugando o frio de hortelã da pista de patinação lá embaixo, onde seus três filhos deveriam estar patinando.

Zala aspirou as lágrimas com tanta força que a echarpe foi sugada para dentro das narinas. Ela apertou o embrulho contra o painel e viu o botão de emergência. Talvez não conseguisse o que queria de Austin. Já estava temendo a viagem de volta por ruas crepusculares, passando por casas com sistema de proteção até chegar à casa vazia.

No 12º andar, as portas do elevador se abriram para uma campina com cheiro de lavanda. Módulos cor de cogumelo organizados em L estavam encostados em vasos de plantas de um metro e oitenta de altura. Mais à frente estava uma parede de vidro banhada pela luz do céu. Atrás do vidro, mesas claras flutuavam no carpete creme com zigue-zague magenta. Zala pôs o pacote e a si mesma em posição segura e seguiu os sons da máquina de escrever rumo ao que esperava ser a entrada do escritório do advogado Austin.

"Vidro", disse, contornando o sofá. "Vidro, vidro", caso não tivesse desistido do sonho de encontrar uma membrana permeável para ir até a outra Atlanta onde os jornais falavam de terremotos na Itália, levantes na Polônia, o assassinato de um médico especializado em dietas em Scarsdale; o único placar favorável ao time da casa no último jogo dos Hawks. No entanto não havia mais espaço para sonhar. Não importava mais o quanto se afastasse do território dos assassinatos com seu kit de manicure e maquiagem e cabelo tentando preencher a lacuna depois que a CETA e a Secretaria de Educação não renovaram seu contrato, dava na mesma. Gente sussurrando "fantasma" e "aleatório" como crianças correndo para a beirada da plataforma do metrô para se assustarem. Pais pendurando às pressas cestas de basquete e botando adolescentes resmungões de castigo. Mães indo de porta a porta com uma lata de café coletando doações. Babás chegando com a escolta de amigos e parentes. Jornaleiros passando envelopes de cobrança pelas frestas e jogando os jornais da segurança da calçada. Crianças entediadas e desanimadas recitando a lista do que podiam ou não fazer na ida e volta da escola. Jardineiros mirins dispensados cedo, as folhas ainda se espalhando pela calçada. Amuletos de pimenta vermelha e pena de pomba nas portas de entrada, bolsas de assa-fétida em torno do pescoço, guirlandas de alho colocadas em tubos de óleo nos degraus de entrada. Em todo lugar, a mesma conversa. Os crimes de rua estavam em declínio, as vendas de bebidas aumentaram, o mesmo para cadeados, lanternas e tacos de beisebol. Sem lugar para sonhar e sem espaço para viver uma vida racional.

Você sabe que foi roubado? Seu pai está falando mal de mim? Não me vá deixá-lo virar você contra mim.

Ela estava num estado irracional, o marido lhe disse ao telefone, citando suas estatísticas, se recusando a passar o telefone de novo para as crianças. Depois, no rádio, um detetive amador brincava com as datas das vítimas para provar um padrão de periodicidade que apontava para uma assassina com menstruação irregular. Em outra estação, um policial estava sendo entrevistado: Não, resgate definitivamente não era o motivo em um caso de desaparecimento e morte, as crianças eram pobres, lembrem-se, tão pobres que fariam qualquer coisa por um dólar. Roubo? Por que, não — pobre, estou dizendo; não encontramos nada neles. Isso era pensamento racional? E depois: "O rumor de brigas entre os vários órgãos não tem base na realidade, temos uma boa comunicação". E, no entanto, Cynthia Armstrong estava num abrigo municipal enquanto sua mãe cobrava respostas do setor juvenil da Delegacia de Pessoas Desaparecidas, estava na cadeia municipal enquanto o Departamento de Polícia garantia tê-la procurado em todo lugar. E aí a menina foi assassinada. Porém não havia boi na linha, como diria a Mama Lovey. Zala mexeu na sintonia até encontrar Wailers. Babilônia, Babilônia. Mas seu marido *per-annum* tinha desligado o telefone.

Se estivesse de fato louca, louca o suficiente para se apegar ao sonho, os olhares que recebeu ao entrar no escritório do advogado a teriam curado. Dedos se congelaram sobre o teclado, alguém esticou a mão para o telefone, à espera de problemas. Olhares a examinaram de alto a baixo e fixaram seu embrulho desalinhado. A datilógrafa ficou olhando, contudo a recepcionista lhe sorriu, com covinhas no rosto, e ofereceu um olhar paciente e fraterno. Zala relaxou e entrou no escritório.

Jornais estavam espalhados nas mesas, com fotos chamativas de crianças. Pedaços de papel reveladores enfiados debaixo dos telefones — júnior na escola, júnior na vizinha, marido trabalhando. No painel de cortiça estavam os panfletos relativos à segurança juvenil e os pôsteres da Força-Tarefa, os telefones de emergência no canto direito inferior. Numa mesa desmontável entre duas estantes de livros, uma fôrma de bolo de alumínio para doações do escritório. Numa mesa de café de vidro em frente ao sofá, fotos de Austin e sua esposa em botas de escalada, jaquetas de inverno, e calças de esqui, apertando as mãos do reverendo Arthur Langford, o vereador da cidade que organizou as equipes de busca civis. Despontando entre as páginas da *Southern Living*, da *Ebony* e da *Variety*, havia folhas de um bloco de notas, deixadas ali por alguém que andava fazendo uma livre associação, com a recompensa na mente.

"Posso ajudar?" A voz da recepcionista era tranquilizadora, e seu sorriso sincero. Zala deixou pender a mão com o pacote e entregou um velho cartão de visitas que tinha encontrado entre coisas guardadas e mofadas quando Paulette pediu emprestada a última de suas malas de viagem para ir a Miami.

"Gostaria de falar com o dr. Austin", ela virou o cartão de visitas para a recepcionista ver onde Austin tinha escrito. Mais de dois anos atrás, o advogado a abordou comentando a possibilidade de ela fazer tapeçarias para seu escritório, mas depois ela começou a trabalhar no centro de artes e deixou a oportunidade passar. Zala se lembrou desse recurso ao encontrar a esposa dele na festa da Mary Kay. Esperou enquanto a recepcionista lia na caligrafia de Austin que Zala deveria visitá-lo. "Acho que ele vai me receber", disse. "Marzala Spencer."

A datilógrafa ergueu os olhos. "Marzala Spencer? Não acabei de ler algo a seu respeito no *Call?*" A recepcionista enfiou o lápis no topete, mas a datilógrafa ignorou o sinal. "Bem, o que você acha?"

"O que eu acho?" Zala torceu para que houvesse uma pista qualquer no que a datilógrafa estava procurando debaixo da mesa.

O PODER DO POVO, dizia a capa do *Call*. A datilógrafa estava procurando na página central algo em particular que gostaria de mostrar a Zala. "Um povo unido prevalecerá sobre o terror." Linchamentos, estupros, bombas, nações brandindo armas nucleares. Não abra mão do seu poder em troca da falsa segurança das trancas. O pouco que Zala tinha para dizer se perdeu numa avalanche de propostas e slogans de reação. O que ela achava? Estava pensando nas crianças, saltando, quebrando, girando, pulando, recusando-se a permitir que o poder do terror as afundasse.

"Você não vai se lembrar de mim", a datilógrafa ignorou a recepcionista, que virou a cadeira e cavou o topete mais uma vez. "Eu estava na reunião de Greater Fairhill naquela noite. Fiz uma foto sua."

"Foto. Fairhill", Zala repetiu.

Tantas pessoas naquela noite em Fairhill evocaram memórias da infância nas escolas do interior. Esforços modestos de educação, lugares que ficavam abertos por menos de seis meses. A maioria das escolas não tinha piso, algumas não tinham telhado, havia poucos bancos, sem encosto, janelas de papel encerado, uma lousa para cada dez estudantes. Mesmo assim era muito, uma afronta, pois eles tinham de fato pintado as paredes quando muitos dos brancos pobres no campo tinham casas sem tinta. Então o distrito gastou menos, 8 dólares por criança branca, 76 centavos por criança preta, e a diferença salarial era mais criminosa do que isso. E ainda era uma afronta para os brancos, que derrubavam árvores para fechar a estrada, faziam as crianças voltarem, emboscavam os professores, ameaçavam o ministro, eventualmente invadiam para enviar os poucos alunos ali reunidos para trabalhar nos campos. E ainda era demais, pois nos canaviais as crianças ensinavam umas às outras a contar; no pega-pega, praticavam ortografia; com a colheita ao lado, pegavam as lousas dos galpões e recomeçavam. Portanto, os prédios da escola, do jeito como eram, tornavam-se alvos. Querosene espirrava contra as paredes, mesmo quando os alunos lá dentro estavam abaixados com tocos de giz. Queimados, bombardeados e o solo salgado de forma que nem mesmo a erva daninha pudesse crescer novamente. "Mas este é um novo dia", alguns dos anciãos da comunidade garantiram no encontro de Fairhill, com certeza querendo dizer que o antigo tabu contra retaliação não se aplicava mais.

"Guardei aquelas fotos aqui por muito tempo", a datilógrafa estava dizendo enquanto procurava nas gavetas da mesa. "Devo ter posto no álbum já." Depois, pressionando três dedos na clavícula, sussurrou, "Fiquei tão feliz que você tenha dito aquilo tudo." Ela estava com dificuldade para engolir. "É terrível. E lamento muito." Ela deu uns tapinhas na garganta para fazer as palavras saírem.

Zala acenou e esperou que a jovem mulher se inclinasse sobre o teclado novamente.

"Por favor, sente-se. O doutor Austin está no telefone."

"Claro", Zala concordou.

Olhou as paredes do escritório à sua volta. Em meio aos certificados, diplomas e placas de Austin, havia vários cartões de bons desejos, de Keisha Brown, dos Commodores, Jean Cairn, Curtis Mayfield e

Peabo Bryson. Zala se sentiu confortada ao ver os rostos conhecidos de vários músicos, Ojeda Penn no piano, o pai do amigo de Kofi, Kwame; Joe Jennings, o percussionista, um dos bateristas nos estandes do Festival de Arte da Vizinhança no Piedmont Park, e seu grupo de Life Force. E abaixo uma foto de Austin e sua esposa numa celebração do filho do dono da estação do Golfo em Taliaferro, Al Cooper, e seu parceiro de comédia, o ator Bill Nunn.

Em todas as partes de Atlanta, homens estavam no telefone. De blazers, de manga curta, de meias, correndo em esteiras elétricas, de ponta-cabeça, presos a botas penduradas em engenhocas ortopédicas para melhorar a circulação e prevenir a calvície, os homens estavam ao telefone, com fio enrolado, sem fio, fio vermelho, redondo, cilíndrico ou transparente, percorrendo longas distâncias numa bicicleta de exercícios enquanto fechavam um acordo num telefonema de longa distância. Homens ao telefone socando uma bola de *sparring* ou encaçapando uma bola de golfe numa xícara de chá, ou sentados no console, ativando o Ditafone com uma pressão leve no pedal, para que a assistente administrativa tivesse a carta de confirmação datilografada e pronta para assinatura antes que o telefone voltasse para o gancho que possui um disco de memória de cem números, diz a temperatura e a leitura barométrica do dia, a hora em Honolulu e reproduz a música-tema de *A Ponte sobre o Rio Kwai* ao pausar.

Agentes de empréstimos, diretores de arte, detetives, superintendentes escolares, médicos, o dono da frota de limusines abrindo a última gaveta para usar de apoio para os pés enquanto falavam ao telefone, batiam no aquário com anéis de escola, se inclinavam e colocavam as bolas prateadas em movimento, então dois *cliques*, três *cliques*, quatro, cabeças balançando ritmicamente enquanto preenchiam o currículo dela, recusavam seu pedido de empréstimo, alertavam sobre pílulas para dormir ou lhe diziam para voltar amanhã quando novamente vão estar no telefone, a questionando por que trouxe novamente o histórico médico do filho, ou a certidão de casamento, ou suas contas, e espere se quiser, porém não posso liberar o salário de seu marido para você.

Então, durante o dia, o telefone engordurado demais para segurar — *Vou ver o que a gente pode fazer quanto à conta do gás, a ausência das crianças na escola, sua insônia, o desaparecimento de seu filho* — depois para a assistente — *você ligou pro estacionamento pra falar do meu carro, buscou meu terno na hora do almoço, confirmou meu assento de primeira classe no corredor* — e, sem conseguir resistir, pegariam o telefone para uma última ligação de trabalho antes de tomar um drinque no bar e fazer uma ligação daquele telefone antes de ir para casa e ao escritório com painéis de pinho e preparar um drinque e fazer mais uma ligação daquele telefone enquanto outra mulher espera até que o equipamento de última geração seja demonstrado, elogiado e explicado — ligação em espera, um novo vídeo-telex, "o Tema de Lara" toca enquanto alguém está na espera, enquanto homens falam ao telefone, cada um se gabando por ter um equipamento maior que o do outro.

"Ele vai recebê-la agora, sra. Spencer", a recepcionista manteve a porta aberta para Zala.

"Muito obrigada."

Zala passou sob o braço da mulher e entrou no curto corredor. Lester C. Austin se aproximou na cadeira de rodas, segurou com suas duas mãos a mão dela que estava livre e a convidou para entrar num confortável escritório de camurça cor de ferrugem e coral semibrilhante.

"Diligente" foi a palavra que lhe ocorreu ao avaliá-lo. Com caneta e papel no colo, ele estava esfregando as mãos. O gesto, feito por outra pessoa, pareceria desagradável e afetado. Zala relaxou e ouviu atenta enquanto Austin falou de seus honorários, sorrindo para a tapeçaria que havia levado consigo. Sem problemas, arte por trabalho, tudo bem. Ela se levantou sem constrangimento quando lhe foi indicada a bandeja prateada de taças no aparador. Serviu dois generosos drinques de um decantador enquanto Austin discutia suas opiniões relacionadas à campanha de mala direta dela.

"Fico pensando se você refletiu a respeito do problema em que está se metendo, Marzala." Ele olhou rapidamente para a mesa, depois apertou um botão. "Loretta, por favor, não transfira nenhuma ligação."

Movendo a cadeira para mais perto de Zala, pegou uma prancheta que ficava encaixada num dos braços da cadeira de rodas. "Talvez Anne tenha lhe contado a história. Minha tia e meu tio também acharam que era uma boa ideia enviar por correio fotos da minha sobrinha para o país inteiro. Contrataram detetives particulares, envolveram advogados e cobraram o FBI e as autoridades locais por anos. Naquela época não tinha tantas agências de procura por crianças quanto agora, mas eles conseguiram contato com vários grupos. Você não tem ideia de quantas dicas uma mala direta com um grande número de destinatários atrai. Quantas pessoas, incluindo os loucos, vão invadir sua vida dizendo ter visto uma criança desaparecida.

"Oito anos depois da minha sobrinha desaparecer, um assistente social aposentado encontrou a menina em Englewood, New Jersey. Ela havia começado a trabalhar com o mesmo CPF que usava no segundo grau. Usou a permissão para dirigir, feita na Geórgia, para solicitar uma nova carteira de motorista em New Jersey. Usou a certidão de nascimento para conseguir um passaporte para a lua de mel. Mesmo no passaporte novo, usou o nome e o sobrenome de solteira, além do sobrenome do marido. Em todos aqueles anos, minha sobrinha não fez nada significativo para mudar de aparência, nada que não se pudesse prever dadas as mudanças na moda desde que deixou a escola no segundo ano e a época em que foi localizada de novo, uma mãe casada, trabalhadora, com um mestrado — no sobrenome dela, devo acrescentar."

"O que estou dizendo, Marzala, é o seguinte. Encontrar uma criança desaparecida é prioridade só para os pais. Você pode passar o resto da vida passando de uma busca infrutífera para outra."

"Minha Vida de Idiota." Zala imaginou como seria um ensaio com esse título. Não fazia muito tempo, foi chamada de tola depois de acusar Leah de esconder duas das fitas de B. J. E não fazia muito tempo, Paulette a chamou de lunática por não aceitar o convite para ir a Miami. Tinha um som solitário, "lunática". "Louca" não parecia algo selvagem, mas patético. E não havia mais espaço para o patético em sua vida, e a mulher selvagem havia deixado de gritar nos seus sonhos, diurnos ou noturnos.

"Na realidade queria conversar com você acerca de umas outras coisas", Zala disse.

"Manda ver." Ele estava esfregando as mãos novamente. "Então me deixe levá-la para comer alguma coisa. Ou podemos pedir algo para comer aqui. Espero que não se importe que eu diga, mas você parece exausta."

Não se importava. Mesmo no caso de se recusar a aceitá-la como cliente, ou lhe sugerir que procurasse as autoridades que estava querendo processar por negligência criminal, ou mesmo se tentasse convencê-la a desistir de acusar Spence de sequestro, ou não concordasse que Leah tinha invadido a privacidade dela, pelo menos ele a estava ouvindo, e lhe dando uma chance para se concentrar, falar, ponderar as coisas. Ela segurou o copo enquanto Austin pedia comida e recebia mais uma ligação, pensando no que diria a ele e o que não tinha a intenção de contar para ninguém, nunca.

Foi quando sentiu ciúmes, e, por inveja, parou de transcrever a fita de Dave. Não era mais uma entrevista, se tornou uma sedução, um jogo de duplo sentido entre a entrevistadora e o entrevistado. O cheiro de tinta vindo da livraria abaixo, a sala em que trabalhava sem aquecimento, Leah não havia voltado com o corretivo, ninguém por perto para ajudar, e estava ficando escuro demais também, ninguém poderia esperar que Zala continuasse a datilografar. Ela limpou a caneca de Leah e o infusor prateado de chá que cobiçava. Abriu o infusor e liberou o aroma de sassafrás. Os homens da família Spencer no Quatro de Julho costumavam levar um dia inteiro para marinar um presunto fresco em cerveja de sassafrás, alho, alecrim, tomilho e grãos de pimenta triturados. Ela não queria pensar nisso. Queria pensar por que continuava a suspeitar que Leah alterou as fitas.

Zala se lembrava de ter feito algumas perguntas muito boas no Bowen Homes em outubro, mas só vez ou outra conseguia ouvir sua voz naquelas fitas. E a sessão que Leah gravou com o Orador e um dos alunos do grupo de estudos e Zala, com Paulette falando ao fundo, com certeza tinha cortes. "Você tirou minha argumentação das fitas", ela reclamou. "Pareço idiota." Leah se debruçou por cima do ombro dela para ler a página, deixando a reclamação no ar por muito tempo antes de explicar que a presença do equipamento fazia as pessoas se comportarem de maneira estranha; em vez de dar suas verdadeiras opiniões, as pessoas muitas vezes fazem declarações "públicas" quando confrontadas com um microfone ou uma câmera. As considerações de Zala relacionadas à aparência abatida de Maynard Jackson e Lee Brown pareciam um aval. Os comentários dela sobre o PARE, quando Leah perguntou se aquele não seria o mais natural dos ímãs para mobilizar os trabalhadores de Atlanta, pareciam fofoca, como se ela pensasse que os membros fossem muito distraídos — pior, pessoas ruins demais e nervosas demais — para trabalhar com classes sociais diferentes. Tinha certeza de que havia falado mais.

A tarde toda Leah continuou a reafirmar que aquela era a natureza das entrevistas. Algumas vezes os entrevistados optavam por reproduzir o que havia sido falado a eles em vez de externar o próprio julgamento. Os microfones enganavam as pessoas.

A fita de Spence, por exemplo, era uma prova disso. Ouvir a voz dele já tinha sido chocante. Mas ouvi-lo falar de coisas pessoais a deixou indignada.

SPENCE: Dois inquilinos da Paulette instalaram refletores no nosso quintal. Simplesmente apareceram um dia e fizeram isso. Uma mulher que nunca vi tocou a campainha e se ofereceu pra emprestar a TV, disse que percebeu que não tinha nenhuma luz azul piscando na janela da sala... a única casa na quadra... viu nossos nomes no jornal. O casal que morava ao lado colocou um envelope com dinheiro debaixo da porta.

Um bilhetinho dizendo o quanto todos os jornais que eles viam empilhados na frente de casa deviam ter custado. Zala e eles não se davam bem desde o último verão. Eles costumavam tocar nossa campainha pra reclamar do barulho das crianças. Batiam na parede quando Zala usava a máquina de costura à noite... Envelope cheio de dinheiro...

Zala gastou o finzinho do corretivo apagando as referências a ela. Só de vez em quando Leah, a entrevistadora, conseguia fazer Spence deixar de lado o tema da caridade para discutir a teoria dela sobre o caso.

SPENCE: Aconteceu de policiais virem falar comigo na delegacia e dizerem que a culpa era dos guardas que pertencem à Klan. Eu tendo a ver algumas dessas dicas como iscas para armadilhas, se é que você me entende. Porém teve um policial que foi lá em casa na noite em que a Zala registrou o desaparecimento do Sonny, e esteve no PARE faz uns dias. O reverendo Carroll ficou desconfiado. Ele anda pensando em processar a polícia por assédio. Parece que vigiam o Carroll tão de perto que ele parou de pegar táxis. Só entra no carro que devia ir atrás dele... De qualquer maneira, o policial preto passou no PARE pra papear, ver se podia ajudar de alguma forma. Boa gente. De Savannah. Acha que foi uma pesquisa do governo que saiu do controle. Lembra da Operação Buzz faz uns anos? O Batalhão Químico do Exército soltou mosquitos contaminados na Vila Carver lá em Savannah. Ele veio de lá. Bom camarada...

Quase no final do lado A, Zala parou de datilografar. Spence estava contando a Leah coisas que nunca lhe dissera.

LEAH: Spencer, você acha que os bloqueios de ruas e forças de ocupação nos nossos bairros são medidas de segurança ou táticas de terror?
SPENCE: Sabe, fui parado num bloqueio... a caminho da Zayre uma noite pra pegar umas meias. Tinha um cara parado de frente pra um mostruário de cuecas, segurando uma cueca de criança contra o rosto. Na hora meu contador Geiger dispara. Estou pronto pra prender o sujeito. Encostando nas cuecas, inspecionando a virilha. Ao ver que estou vigiando, o sujeito levanta os olhos. Ele tem um sobrinho no Centro de Trauma de Grady, um caso de queimadura. Quer que o ajude a escolher uma cueca macia pro menino. Tem que ser macia. Sem costuras grossas. Me senti um cachorro.

LEAH: Minha inclinação é concordar com seu primeiro instinto. Não acha que o comportamento dele merece investigação?
SPENCE: Leah, você tinha que estar lá.

   Naquele momento Zala tirou os fones. Se a resposta de Leah estiver naquele mesmo tom ronronante, ela vai encontrar os dois flertando no lado B. Talvez na privacidade de sua casa pudesse ouvir mais, mas não naquele cômodo frio em cima da livraria.
   Zala ficou em pé diante da janela, vendo as luzes ao longo da MLK Avenue. Dava para ouvir música de coral no fim da quadra, um coro de crianças ensaiando. Tentava se convencer de que era justificável pegar o ônibus para percorrer o curto trajeto entre a livraria e sua casa. Ela não gostava de andar pelas ruas, vendo as avós colocando panos decorados e folhas açucaradas nas janelas, crianças nos solários decorados com fios de pipoca, pais nos telhados instalando renas. Recordou de um Natal que passou em Nova York. Tia Myrtle no fogão se coçando por baixo do corpete enquanto mexia a panela de caldo de frutas.
   Após descer a escada, na direção da livraria, carregando um monte de coisas que se convenceu de que estava retirando por motivos legítimos, teve o trajeto bloqueado por um bulmastife, que estava deitado na frente da porta dos fundos, todo enrolado sobre si mesmo. O cachorro tirou o focinho de dentro das ancas e espiou. A bolsa dentro do casaco cortava o ombro; a máquina de escrever pesava uma tonelada. O cachorro se levantou. O medalhão batendo contra a coleira fez um dos pintores sair do banheiro. Insistiu em ajudá-la. Precisou ser rude para fazê-lo desistir. Ajuda? Onde ele estava há seis semanas quando estava de fato precisando de ajuda? Encontrou Kenti no Cantinho da Leitura comendo macarrão e encarando a abóbora esmagada que sujou as meias e invocou pesadelos de monstros com cabeça de abóbora. Ela teve que carregar a criança semiacordada pelas sete quadras que a separavam de casa.
   O cachorro veio atrás dela quando levou sua carga para a porta da livraria. Dava para ouvir as patas raspando no piso recém-instalado. A entrada da livraria estava bloqueada por uma escada e uma lata de cola. Um .38 cano curto estava na tampa da lata. Os homens na loja estavam ocupados passando prateleiras para o dono, que montava uma nova seção para os livros de capa dura. Ela voltou e entrou no depósito e pôs as coisas numa caixa de livros. Zala ouviu o cachorro voltar para a porta dos fundos e se sentar com um tilintar. As pernas dianteiras do animal escorregavam, suas garras tentando ganhar tração. Ela esperou o bicho desistir e se deitar de novo.

A caixa estava cheia de dicionários, do tipo com guias no verso para glossários médicos, legais, musicais e literários. Ela aprendeu, abrindo o livro, que "caos" para os antigos caldeus era "estar sem livros". Bem, essa seria a história dela se alguém perguntasse. Por que ela pegou coisas do andar de cima? Estava levando aquilo para casa para terminar de transcrever, pois sem registros haveria desordem. E a maior reclamação de Dave na entrevista não foi que as pessoas continuavam a se distrair reagindo à mídia em vez de se desincumbir do trabalho que alardeavam que fariam?

Mason e os outros veteranos, em vez de organizar esquadrões de autodefesa, continuavam a editar o artigo que rascunharam em resposta às alegações de Dorothy Alison, revisando o vocabulário para que as críticas às autoridades não acabassem sendo usadas pelos militantes de direita que aproveitavam qualquer oportunidade para desqualificar qualquer ideia de liderança preta. Mac supostamente ajudaria Dave a organizar os trabalhadores jovens e desfazer o que a varredura policial dos abrigos juvenis fizera — ou seja, reabrir bocas bem fechadas, pois as crianças chamavam qualquer um que simplesmente ficasse parado ouvindo as perguntas dos policiais de dedo-duro. Mas Mac, como outros trabalhadores no Centro de Oficiais de Emergências Operacionais de Verbena, estava se borrando desde que o corpo da menina Wilson fora encontrado na área. Os educadores sociais eram tão inúteis quanto ele, de acordo com Dave. Fugiam toda vez que as ligações entre as vítimas eram revisadas e sempre que o Boys' Club era mencionado. Dave brincava que Mac, Mattie e qualquer outro que trabalhasse ou vivesse na área estava correndo atrás de boas referências. Parecia ruim para todo mundo, em especial para esses dois. A mídia estava ainda falando da ideia de que o assassino havia "hipnotizado" ou "manipulado" as vítimas. Já Spence e Lafayette, em vez de pôr Mason de volta no caminho certo, estavam ajudando um dos veteranos a organizar um manual — como melhorar dispensas ruins e contestar formulários 201, como conseguir benefícios retroativos, como pressionar o Departamento de Veteranos para conseguir algum dinheiro da Operação Outreach. Depois que alguns comentaristas de jornal teorizaram que o assassino era um veterano descontente que ficou sem benefícios e que estava tentando romper o silêncio oficial ligado à Guerra do Vietnã, os veteranos largaram as salas seguras onde praticavam caratê e começaram a correr atrás de benefícios. "As crianças sumindo e nós por aí sem a menor vergonha reagindo a essa bobagem!", Dave gritou.

Bem, pelo menos Zala estava no caso. E estava atuando contra o caos. Essa seria a história se alguém a parasse para questionar o que tinha sob o casaco.

Os pintores tiraram a escada do caminho lhe permitindo seguir para a frente da livraria.

Ela ia pela avenida MLK atrás de uma travesti, dizendo a si mesma que, se o dicionário não fosse para ela, teria se aberto na página de "honestidade". Miss Thaang ajudou Zala na Mayson Turner, onde os homens no bar tentavam tocar em suas botas de pele de leopardo, nas calças vermelhas e no casaco curto de pele de cordeiro. Miss Thaang não se deixava abater. Jogou a bolsa de Zala por cima de um ombro peludo, pegou a máquina de escrever pela alça e a levou até a parada de ônibus. Apesar dos frequentes olhares de lado, não conseguiu dar nenhuma explicação para os seios quadrados.

Talvez fosse melhor que Spence tivesse levado as crianças. Mas por quanto tempo? Teve uma mãe que escreveu de New Hampshire, dizendo que só depois de sua menina voltar três anos depois — rechonchuda, alegre, com letras e alguns números no repertório — percebeu a destruição à sua volta. O marido se tornara alcóolatra. A filha mais velha sofria de visão dupla e desnutrição. O filho era tímido, estava reprovando e tinha passagem como adolescente infrator. A mãe havia desmoronado.

Um Chevy antigo de capota rígida e um Mustang vermelho estavam estacionados na frente da casa dos Grier. Dava para ouvir as visitas alongando as despedidas logo atrás da porta enquanto subia os degraus. Apoiando a máquina contra a porta, seu corpo quase desistindo, Zala havia roubado um pouco do calor deles para expulsar os duendes para o fundo da casa.

"Passem a noite em segurança", alguém disse aos Grier de maneira muito amável.

"Mande um beijo para o pimpolho", a sra. Grier falou. Ela parecia tão animada, tão calorosa. Zala sentia a falta dos antigos abraços da sra. Grier, sentia falta de abraços em geral.

Zala tropeçou na soleira da porta e bateu o queixo no estojo da máquina de escrever. Nada parecia quebrado. Mais importante, parecia que nada surgiu da escuridão para atacar. A batida também não atraiu as pessoas que estavam no vizinho. Chutou a porta. Eles ainda estavam se despedindo e mandando abraços para suas famílias nas Ilhas, na Inglaterra, no Brooklyn. Com a porta trancada, correu para o banheiro, perto da luz da entrada. O sanitário estava com vazamento. Precisava de uma torneira. Com as pernas cruzadas nos joelhos, tateou em busca de um interruptor. Um parafuso solto cortou o dedo dela nas ranhuras. Zala quase urinou nas calças, tentando lembrar onde estava a lâmpada que vivia trocando de soquete. Duas semanas e ela ainda não tinha conseguido ir comprar uma lâmpada nova.

Zala pôs o dicionário roubado na pia e se levantou tremendo. Tinha feito tudo errado. A lâmpada estava na luminária da sala. Ela mesma a pusera ali, para que pudesse entrar conforme o planejado, mas acabou se esquecendo. E agora a luz do sofá tinha se apagado, e dava para sentir a escuridão vindo das quatro direções enquanto avançava pelo corredor.

Naquelas noites em que tinha ficado tempo demais nas vigílias à luz de velas ou reuniões, Zala voltava para casa recitando afirmações para ter coragem. *Sim, coisas ruins acontecem, mas as pessoas precisam passar por tudo, então pare na lavanderia, compre uma vassoura, compre lâmpadas.* Acontece que ela acabava se distraindo com algo no chão. Um chumaço de gaze. Uma criança foi sufocada com clorofórmio e jogada no porta-malas de um carro? Teria de começar tudo de novo. *Sim, coisas ruins acontecem, mas a vida deve continuar, você deve descartar o peixinho dourado no vaso, já adiou por tempo demais. Siga em frente em nome da rotina. Aja naturalmente, Zala, e será natural, Zala.* E se andar de cabeça erguida pela casa não funcionasse, às vezes tocar o nome dela na lista telefônica tinha efeito.

Ela foi até a parte da frente, sem parar quando a caixa de costura que os duendes seguravam no alto caiu. Reconheceu o carretel rolante de fio de algodão número 6 mercerizado que a seguia. Zala pisou na bolsa e quase escorregou quando a lona se esticou. Agarrou a mesa e acendeu a luz. A sala saltou sobre ela. O lugar parecia horrível sob a luz fraca. Levantou a carga num arranque, lembrando de dobrar os joelhos. Levou-a até a cozinha e a acomodou. Apalpou a parede lateral procurando o padrão de Costura Fácil da Kenti, posto ali apenas para levá-la até a porta do refrigerador. Zala abriu a geladeira para ter mais luz e aproveitou para pegar um pedaço de gelo.

No corredor, puxou o fio da luz no closet, pegou o aquário e foi para o quarto dos fundos. O oito de paus a esperava no interruptor. Acendeu a luz e voltou para o banheiro. Tirou Roger com a carta e o descartou, dando um tapinha na maçaneta. Ao passar pela pia, disse olé para o livro em espanhol que a encarava. Estava indo bem, olé, oyeh Zala.

Zala pôs a chaleira para esquentar, uma energia tensa a levando em frente para a próxima tarefa importante. Arrumou o gravador, as fitas, o papel e a máquina de datilografar. Ela vai ficar bem; dava para sentir na urgência de seus dedos que abriam o celofane, liberando uma fita nova da embalagem. Sentou-se e pôs os fones de ouvido. As teclas alinhadas, esperando. Ligou o gravador e começou a datilografar rapidamente, vendo as letras correrem pela página, quando o papel começou a entortar. *No problema, máquina* — ela iria inserir a próxima página corretamente. De repente, parou. Havia uma terceira voz na fita, uma voz anterior, uma conversa, na realidade, debaixo da entrevista que Leah conduziu com um epidemiologista do CDC. Talvez devesse ter deixado Leah continuar transcrevendo esta fita sozinha. Zala aumentou o volume e datilografou, as vozes ao fundo cada vez mais familiares.

DOUTOR: Pelo contrário, o termo "epidemia" é bastante adequado, sra. Eubanks. Sempre que a proporção de uma ocorrência excede a média nacional, quando as estatísticas mostram um aumento de incidência e um ritmo de aumento na incidência que a polícia não consegue prevenir, conter ou mesmo registrar com precisão, e, mais ainda, uma sensação de falta de esperança se instala com a situação — então a situação social pode ser comparada ao surto de uma doença virulenta. Diferente da abordagem em outras ciências, o modelo de saúde pública...

VOZ: Não sabemos aonde ele foi. Por que você continua nos perguntando isso?

DOUTOR: ... considera a vítima, a doença, o agente e o contexto, ou seja, o ambiente.

LEAH: E "ambiente" inclui um clima de receptividade? Se o modelo de saúde pública é aplicável à situação de Atlanta, doutor, então o senhor está dizendo que a incidência de racismo — ou seja, a perniciosa doença do racismo — pode ser em certa medida reduzida?

VOZ: Bem, como você se sentiria se perdesse sua filha pequena?

DOUTOR: Eu diria que o racismo é um fator no ambiente. Assim como a promoção pela indústria de entretenimento da violência; e as armas de fogo. Não que o CDC aborde o controle de armas em si.

LEAH: Não imaginaria isso. Os fundos governamentais não estariam disponíveis. Não se a Associação Nacional de Rifles puder impedir. Mas claro que há recursos para estudos relacionados ao crime de pretos contra pretos, suicídio de pretos ou assassinos seriais de crianças pretas — todas essas coisas boas.

VOZ: Porque não é da sua conta, é isso.

Zala apertou o botão de pausa. Pensou no que as crianças disseram voltando do zoológico meses atrás, e como quase não ouviu o que diziam. Não era de espantar que Leah tivesse escolhido certas fitas para datilografar. Zala continuou. Queria ter tudo lindamente pronto e datilografado quando Leah ligasse. Ela teria que ligar, porque Zala decidiu que não voltaria para a sala em cima da livraria. O que forçaria Leah vir atrás dela.

LEAH: Ao reunir dados médicos sobre as crianças desaparecidas e assassinadas, o que o senhor vê em termos de "agente"? O senhor está procurando especificamente características da anemia falciforme em seus históricos? Pelo que entendo, a anemia interfere na produção da substância que suprime a produção de interferon no corpo. Em outras palavras, as pessoas com histórico de anemia falciforme produzem interferon acima da média. É isso?
DOUTOR: Ah, eu soube da palestra do Dick Gregory. Claro, ele não é um médico.
LEAH: Qual o valor do interferon?
DOUTOR: Ele funciona no sistema imunológico como uma defesa.
KENTI: Eu quero ir pra casa.
DOUTOR: Em outras palavras, é valioso na pesquisa do câncer? Pelo que entendo, existe um mercado crescente na pesquisa ligada à longevidade. Um conhecido recentemente me informou que uma clínica suíça, conhecida há muito tempo por usar placenta de cordeiro, está agora usando interferon.

Quatro vezes Zala ouviu os filhos implorando que Paulette as levasse para casa. O que cargas d'água Paulette estava fazendo que não percebeu o que estava acontecendo? Zala deixou a fita rodar. O cientista e Leah entraram numa discussão acalorada relacionada a racismo, o cientista argumentando que não era levado em conta porque estava examinando o ambiente das vítimas e a Ku Klux Klan não mora em vizinhanças de alto risco. Zala não estava ouvindo isto. Estava pensando na história que uma das mães contara num almoço do PARE em outubro.

Uma visitante de fora da cidade ficou em pé na igreja quando o ministro pediu que os visitantes se levantassem. Uma mãe convidou a forasteira para ir à casa dela, como Zala faz tantas vezes em sua igreja. A visitante começou a prolongar a estadia como se pretendesse se tornar uma hóspede permanente. Um dia, quando a mãe entrou pela porta dos fundos, a flagrou entrevistando seus filhos na cozinha, o gravador escondido sob a bainha da toalha de mesa. A mulher enfim admitiu que estava trabalhando numa reportagem para uma revista e não conhecia maneira melhor de conseguir uma boa história. Será que podia ser a Leah? Zala fez uma anotação mental para ligar para Sirlena Cobb, mãe do menino ainda desaparecido Christopher Richardson.

Zala olhou dentro da bolsa, imaginando quais outras surpresas continha. Desligou a chaleira quando a água ferveu e ouviu o lado B de Spence. Ele não percebeu que estava sendo gravado? Ou esse era o jeito estúpido dele de contar coisas para ela? Zala datilografou no calor sufocante para enviar a ele. Então seu ouvido encontrou uma voz familiar. O rótulo da fita tinha um código de identificação. Zala riu quando começou a datilografar, imaginando a surpresa de Leah. O riso, no entanto, logo se desfez, à medida que as páginas se empilhavam.

MURRAY: Claro que sabia que a mulher do Spencer estava rondando a minha casa. Converso com a srta. Needles, que é os olhos e os ouvidos do mundo. Ela me disse que a sra. Spencer andava por lá com uma lanterna. Ainda bem que eu tinha prendido bem os cachorros. Não lhe desejo mal. E sei que Zala não me quer mal. A gente faz coisas malucas quando tem problemas. Ela vai continuar doida até se livrar disso. Eu disse pro menino deles, o crioulinho, qualquer coisa que eu possa fazer, me ligue. A única coisa que um preto tem neste mundo são os outros pretos.

LEAH: Você conhece o menino mais velho, o Sonny?

MURRAY: Claro que conhecia. Conheço a maioria dos meninos aqui. Me relaciono com a maioria deles de um jeito ou de outro. Contrato os meninos pra me ajudar a dobrar os jornais aqui e carregar o caminhão. Claro que agora os fofoqueiros me criam problema por isso. Não param de inventar histórias sobre mim. Mas pago bem os meninos pelas tarefas. E pego no pé pra ver se estão fazendo a lição de casa e se estão descansando. Trato todo mundo igual, como se fossem meus... Agora, você não sabe que o sr. Spencer apareceu aqui um dia cedinho perguntando de um endereço falso pra me enganar. Não o reconheci assim de cara, achei que tinha vindo me espiar, sabe. Não fui muito gentil no começo. Dava pra ver pelo volume que estava com uma pistola na cintura. Eu vi a arma dele, que com certeza também via a minha. Não serei surpreendido se o assassino aparecer aqui. Tem uns milicos que são doidos. A guerra faz isso com a pessoa... Minha mulher trabalhava no departamento de assistência aos veteranos e contava que esses meninos ainda andam por aí envenenados por gás. É uma pena o que aconteceu com nossos soldados no exterior. Porém se um deles vier aqui e olhar estranho pra um desses meninos, mando direto pro Criador.

LEAH: Você acha que é um veterano perturbado que está matando as crianças?

MURRAY: Não digo que sim nem que não. Primeiro imaginei que eram uns brancos velhos e malvados. No entanto os jornais dizem que foi um sujeito de cor. Comentam que usou um tipo especial de estrangulamento. Eu não sabia que tinha um estrangulamento diferente pra cada raça.

LEAH: Você acha que é um veterano?

MURRAY: Pode ser. Parece que ninguém sabe. Todo mundo queimando tutano pra descobrir antes dos outros. Acho que o melhor é deixar a polícia trabalhar. E é bom que se mexam. O pessoal está ficando nervoso.

LEAH: Você observou... tensão e comportamentos estranhos?

MURRAY: Tensão com certeza. Um cara mais velho, amigo meu, mora na pensão perto do bar dos veteranos. É um velhinho, coitado, não sabe o que está acontecendo. Pra ele o jornal não é leitura, é roupa. Acorda de manhã pra esquentar água, usa um saquinho de chá velho. Aí ele enfia umas folhas de jornal entre a ceroula e a camisa de baixo e sai pra tentar conseguir um café. Ele vê as crianças indo pra escola, andando em grupos de dois, três como os panfletos dizem pra fazer. Aí o que aconteceu foi, ele diz oi... humm

LEAH: E o que aconteceu, sr. Murray?

MURRAY: As pessoas ficaram loucas, é isso que está acontecendo. Sabe que vi um policial apontar a arma pra um cachorro esses dias. Um cachorro! O que um cachorro vai saber a respeito de armas? Bom, aquele cachorro sabia. O policial dobrou as pernas, meio que se agachou, os braços esticados. O cachorro diz deixa eu tentar dar o fora daqui. Tem um idiota aqui... Pessoas tensas... Está vendo isso? Perdi esse dedo numa colheitadeira em 1947. Não parece olhando agora, mas eu era forte naquele tempo, musculoso. Tinha meu próprio terreno, um arado Vulcan, duas mulas com arreios... No entanto tem gente que não pode ver crioulo com alguma coisa. Envenenaram o gado. Do mesmo jeito que fizeram com os muçulmanos no Alabama. Envenenaram o poço... Perdi um dedo. Desde então uso uma foice. Claro que não cuido de nada maior que o jardim da srta. Needles. Tenho minha concessionária agora... Mandei a foice pro meu sobrinho no College Park. Antigamente, aquela parte de Atlanta era um vilarejo como se fosse algum lugar na África. Contudo agora tem um trecho ali que é parte de Hapeville, que o pessoal chama de Vila do Ódio porque a Ku Klux Klan está lá. Mandei a foice pro meu sobrinho por correio.

LEAH: Você viu os panfletos que os veteranos pretos distribuíram? Estão protestando contra o ressurgimento de extremistas de direita. Acham que a Ku Klux Klan pode estar por trás desses assassinatos.

MURRAY: Claro que vi os folhetos. Pouca coisa me escapa. Não fizeram a reunião que disseram que fariam. Vi isso. Como disse, não pensei isso de início, até que os jornais dissessem que um homem preto estava por trás de tudo. Todavia, no fim das contas, a gente está numa tremenda enrascada. É isso que digo. Só cuido desses jovens, pra um dia poder dizer que fiz o melhor possível, e poder descansar... como diz a música.

LEAH: Você conhecia Sonny Spencer?

MURRAY: Aquele menino tinha uma cabeça boa. Falava sempre sem rodeios. Não era de aguentar bobagem perto dele. Agora, se o menino Sonny estivesse aí fora naquele dia que o Meachum veio ver se achava um café aqui... Mas veja, você não ouve falar muito de gente como o Meachum. Quando falam de Atlanta, as pessoas comuns pensam em casas grandes, carros grandes, mulheres bonitas parecendo capa de revista. A pessoa comum não quer saber do Meachum. Quem, ele? Onde estudou? Quanto dinheiro dá pra igreja? Nem passa pela cabeça deles que a gente não tem que ficar discutindo o sexo dos anjos. Basta dar ao sujeito um saquinho de chá e uma lata de atum e deixar que corte a grama pra viver. Pessoas como ele morrem congeladas todo inverno e a gente não ouve nada a respeito. Noticiam os acidentes na rodovia, porém não se ouve nada relacionado a gente morrendo congelada, não é? Essa é uma boa cidade. Não tem povo melhor que o do Sudoeste de Atlanta. Entretanto, se você é pobre, pode ser frio... igual no resto do mundo, acho.

LEAH: Sr. Murray, o que aconteceu na manhã em que Meachum deu oi para as crianças?

MURRAY: O que aconteceu foi o seguinte. As crianças começaram a correr. Umas mulheres no ponto de ônibus começaram a gritar e a bater no Meachum com as bolsas. Estou rindo agora, mas não foi engraçado. Olha só, o Meachum é banguela, não tem uma boa aparência, com as roupas e tudo mais. No entanto que maneira é essa de tratar uma pessoa? Um monte de homem correu e torceu o braço dele nas costas... Pra que fazer isso?

LEAH: E o senhor tem impressão de que Sonny Spencer estava lá...

MURRAY: Pode ser.

LEAH: O senhor disse, sr. Murray, quando perguntei a primeira vez se podíamos conversar, que entendia por que o sr. e a sra. Spencer suspeitavam do senhor.

MURRAY: Ouça e veja se faz sentido. O assassino tem acesso às crianças. Pode ser um professor ou um dos manobristas. Pode ser alguém como eu, que contrata jovens. Leia nos jornais onde as crianças trabalhavam. Bom, o assassino conhece as ruas, já esteve em todo lugar. Motorista de táxi, talvez. Entregador. Eu sou entregador... Ok. Muitas das crianças desapareceram perto de locais em que há crianças, como parques e cinemas. Vamos imaginar que o assassino está usando uma criança para fazer a entrega. Eu saio com meus sobrinhos o tempo todo... Duas coisas. O jornal diz que ninguém viu nada violento para lembrar. Então podemos imaginar que o assassino é policial ou se veste como policial, ou um pastor, ou um homem velho como eu... Claro, os jornais mentem. Sei que de fato muitas das crianças nas famílias e alguns vizinhos viram os meninos sendo capturados à força. Contudo vamos ignorar isso... Último ponto, o intervalo de tempo. Teve um grande intervalo entre os assassinatos de 1979 e as mortes de 1980 recomeçarem. O assassino poderia estar na cadeia ou em algum hospital psiquiátrico por quatro meses. O assassino poderia ter saído da cidade por quatro meses acertando as coisas... O que você acha? Não culpo os Spencer. A mulher é amiga de uma tagarela aqui na Thurmond. Ela provavelmente colocou uma pulga atrás da orelha deles.

LEAH: De fato parece um caso sólido contra o senhor, sr. Murray.

MURRAY: Sabe, acho que podiam ter mandado a polícia atrás de mim. Uma vez vi pelo retrovisor um carrinho importado azul com um para-choque marrom. Duas ou três vezes. Pensei: "Aceite, Murray. Aquela mulher, a Spencer, está seguindo você por toda a cidade". Aí o carrinho importado com para-choque estranho virou e seguiu seu caminho. Tive que rir de mim mesmo. Não pude rir muito, já que tinha 130 kg de jornal pra coletar, dobrar e entregar numa rota de 56 quilômetros em menos de duas horas. Pode não parecer muito pra você. Afinal, tem uma boa educação e um emprego bom num jornal. Entretanto é um trabalho duro, entregar. Trabalho duro.

LEAH: E Sonny Spencer trabalhou para você por um tempo?

MURRAY: Foi. Trabalho duro... Tem que acordar cedo, no escuro na maior parte das vezes, e sair nas ruas vazias quando outras pessoas estão quentes em suas camas, e pensar nisso não ajuda nada quando está frio. Há muito a fazer no meu trabalho. Muito. Tem que conhecer a preferência de cada cliente. Alguns recebem de noite, outros de manhã, alguns de manhã e de noite, alguns só aos domingos. Todo tipo de combinação. Alguns querem que eu ponha na caixa de correio, pra outros tudo bem jogar no jardim. Uma senhora num parque de trailers pede pra enfiar entre os blocos de concreto pro cachorro não pegar, nem o vizinho. Outro cliente quer que eu deixe o jornal bem no meio do capacho da entrada. Não quer que eu o atire, nem que o largue, nem o deixe atravessado. É no meio do capacho ou você vai ter problemas no dia de pagamento. E sabe que tem gente que não paga. E isso sai do teu dinheiro.

LEAH: Sr. Murray, pelo que me disse, o senhor parece ser um suspeito importante. Não fica um pouco nervoso imaginando que a recompensa faça alguém se voltar contra o senhor?

MURRAY: Eu diria pra polícia o mesmo que lhe disse. Gostaria de levá-la na minha rota. Você ficaria mais tranquila. Ia ver o que é preciso pra fazer o que faço. Não tenho tempo pra matar pessoas... Claro que me incomodou, o sr. Spencer chegando assim. Foi constrangedor pra mim. Homens adultos deviam se comportar como adultos e não bancar o tolo, perguntando por um endereço inventado. Me machucou. Me machuca ouvir você dizendo que pensam que me meti com o filho deles. Porém, se pensam assim, que digam na minha cara, na frente da polícia. E na frente do meu advogado também. Porque não incomodo ninguém e com certeza não vou deixar ninguém me incomodar. Pode lhes dizer isso.

LEAH: Muito obrigado por falar comigo, sr. Murray. Agradeço ao senhor por ter passado tanto tempo explicando as coisas.

MURRAY: Você não me engana, sabe. Não me enganou por um minuto. Sei que também está pensando na recompensa. Diga a verdade.

Zala esperou por um longo tempo pela resposta que nunca veio. Desligou a máquina e tirou os fones de ouvido. Talvez todo o trabalho de Leah tenha sido originalmente voltado para documentar os fatos e divulgar no Boletim de Notícias da comunidade. Porém o que mais Leah Eubanks tinha em mente? Ela parecia ter cercado a família Spencer. Entrevistou todo mundo que Zala conhecia, exceto o pastor. E o que fez com as fitas de B. J. — chantagem?

• • •

Agora Austin apertou um botão do interfone, e a recepcionista entrou quase imediatamente para retirar as bandejas. Austin estava com a tapeçaria no colo, passando os dedos nos fios metálicos que davam à juta robusta um toque de elegância. Havia feito um ponto aberto na parte central inspirado num tapete peruano que Zala viu numa exposição no Museu High. O advogado segurou a peça esticada e viu o reflexo da luz. O tapete não havia sido lavado nem engomado, mas ele não parecia se importar.

"É como uma produção descontrolada", disse, sem estar comentando o trabalho dela. "Como ir ao set de um filme muito elogiado, multimilionário, dirigido pelo vencedor do último Oscar e estrelado pelos atores mais bem pagos, e encontrar tudo completamente fora de controle."

Ela murmurou algo e se serviu de outro Drambuie. Ele pôs a tapeçaria dobrada sobre a mesa. O ocre, o roxo e o turquesa combinavam bem com sua decoração de camurça ferrugem.

"Eu diria que seus instintos foram bons", Austin observou, pondo as mãos nas bordas das rodas e se movendo em pequenos semicírculos.

Zala estava esperando questionamentos sobre tudo que disse. Porém não foi interrompida nem sequer uma vez durante o relato de seus quatro meses de provação, exceto quando queria esclarecer algo. E agora, "ficando elétrico", como ele brincou, dançando um pouco com a cadeira enquanto discutiam as falhas da Força-Tarefa, movimentou-se atrás da mesa e estacionou, com expressão séria. Estava fazendo algo barulhento com os descansos metálicos para pés; depois travou as rodas e desligou o zumbido do motor.

"Agora", disse, tirando do caminho um par de mãos de cerâmica em oração, "vou botar as coisas para andar". Esfregou o prato com solda de bronze nas mãos postadas, uma oração inscrita no metal. Zala tomou um gole de bebida. Drambuie era novidade para ela, que gostou de conhecer. Austin puxou o telefone para perto e tirou do gancho.

Ela não se deu ao trabalho de ouvir ou fazer anotações. Sabia o que seria feito. Austin providenciaria que a pasta do Sonny fosse encontrada e incluída na investigação especial. Ele se formou na Morehouse, era da Kappa, quinta geração em Atlanta. Não era isso que contava? O que podia dar errado? Ele tinha algo específico em mente para se livrar de Leah Eubanks. E tinha o endereço e o número de Spence em Columbus. Estava tudo nas mãos dele agora. Ela conseguiria ráfia e sisal de boa qualidade e teceria novamente. O pensamento a fazia esfregar os dedos de prazer.

O doutor Austin parecia levar Zala bastante a sério. Certamente estava fazendo muitas ligações. Ela teria que fazer mágica com os dedos para fazer jus àquelas paredes. Os olhos dela se desviaram para uma prateleira em sua *étagère* de vidro. Uma boneca nova em folha estava em pé numa caixa transparente, presa a três paredes de papelão e uma de celofane. Os braços e as pernas da boneca estavam envoltos por anéis de plástico que prendiam seus pulsos e calcanhares no papelão. O cabelo estava grampeado no papel, uma faixa branca em torno do pescoço. E, no vidro, Zala se viu refletida e virou o rosto.

Não muito tempo atrás, Leah mostrou a Zala e Paulette várias revistas de moda, ressaltando a juventude cada vez mais precoce das modelos, as edições recentes com pré-adolescentes que pareciam adultas. A resposta ao movimento das mulheres, Leah explicou. Paulette e Leah brincaram que ela era pequena, o novo ideal feminino, o ideal da resposta ao feminismo. Paulette fez piada sobre criar uma linha de cosméticos com um visual S&M e superar aquilo tudo como grandes magnatas da indústria. Leah não achou muita graça. A Leah que vá pro inferno, murmurou para si própria.

Por um segundo, Zala temeu ter dito isso alto, pois Austin olhou para ela. Ele estava discutindo com o responsável pela segurança da empresa telefônica. Poderia tê-lo poupado desse trabalho. Se tivesse como apresentar um pedido de resgate ou a prova de um telefonema ameaçador, a polícia pediria à Southern Bell para reinstalar a escuta em seu telefone. Mas não para um fugitivo. Fugitivos não contavam.

Terça-feira, 10 de fevereiro de 1981

Cada vez que voltava a Atlanta, Spence experimentava uma agitação nos limites da cidade. Surgiam os mesmos sentimentos de anos antes, quando voltou para O Mundo, deixando a fumaça da guerra, os sacos de areia escaldantes e os montes de uniformes encharcados de sangue. Ao ver o domo do capitólio, costumava se inclinar para a frente no banco, o rosto tão grudado no para-brisa quanto o cinto de segurança permitia. Com uma expectativa intensa como nos seus dias de busca e destruição, corria descuidado rumo a Atlanta, jogando o sentimento para dentro dos pulmões até que se tornasse a própria empolgação e estivesse protegido, de forma momentânea, contra o medo que se reunia logo abaixo do olho, onde um morteiro poderia disparar a qualquer momento.

Dirigindo apenas com a palma da mão no volante, sempre tinha que se voltar, tendo perdido a entrada do centro para Austin por uns bons cinquenta quilômetros. Aí a sensação começava a diminuir. O medo começava a se infiltrar. E a única coisa que o mantinha vivo era o som do rádio. Ele punha a mão no que quer que houvesse no banco do passageiro — o envelope com páginas que Zala continuava a lhe enviar, ou o estreito livro verde de tabelas atuariais do escritório imobiliário de Delia, para se certificar de que não tinha naufragado.

Agora, vagando pela Northside Drive, pegou uma edição do mês passado da *Newsweek* para expulsar os demônios que já o haviam seduzido, anos atrás, a tirar o capacete para usar como panela.

Com o anúncio da Coca-Cola no retrovisor, Spence aumentou o volume do rádio. O aparelho tagarelava sobre MIRVs, MIGs, SALT, SAM e *Pershing II,* tudo menos o caso, tudo menos as notícias das duas policiais mulheres da Polícia Metropolitana que foram rebaixadas quando a família de Lubie Geter flagrou a Força-Tarefa dormindo. Ele enrolou a cópia da *Newsweek,* depois de olhar nas páginas de fotos e textos sobre o Batalhão Charlie. O silêncio finalmente tinha sido rompido. A reportagem sobre os veteranos do Vietnã fez com que revivesse os suores noturnos por um tempo, contudo depois o relaxaram; algo duro e grande se soltou.

No rádio, entre reportagens alusivas aos Acordos de Camp David, à Polônia, ao Irã, ao Iraque e ao Afeganistão, o locutor falou dos desfiles, presentes e ofertas de empregos para os reféns libertados. Ainda havia chuvas de confete em todo o país para celebrar os 53 norte-americanos que vieram para casa depois de 444 dias de cativeiro. Contudo para os veteranos do Vietnã havia apenas a *Newsweek* de janeiro. Os testemunhos de irmãos que estiveram no Batalhão Charlie não foram direto ao ponto. Editado com mão pesada, Spence supôs. Ele olhou para as páginas amassadas, para as hélices de helicópteros, os braços tatuados, jipes, rádios a bateria, e tentou ficar calmo. Porém era a mesma calma que experimentou sob bombardeio pesado, sentindo uma finalidade de alto calibre percorrendo o escuro em direção a seu coração.

Tentou explicar para McClintock como as histórias e as imagens do Batalhão Charlie foram ao mesmo tempo algo doentio e uma proteção, um escudo contra aqueles mesmos horrores que a *Newsweek* invocava. Mac não entendeu. Depois, quando Spence leu a entrevista que Leah conduziu com Mac, deu para ver por quê. O advogado tinha dado uma interpretação aos balbucios de Spence para Mac em sua primeira viagem de volta a Atlanta, pedindo para falar com Austin sobre a custódia. Afastamento, Mac disse a Leah. Tanto o marido quanto a esposa estavam afastados de sua geração, ela pela gravidez precoce, ele pelo alistamento, a polarização e o silêncio. Sem amigos entre seus contemporâneos, os Spencer buscavam confidentes profissionais. Mac não tinha esperança.

Então, em suas viagens solitárias a Atlanta, Spence inventou alguém que pudesse entender o que queria dizer. Um amigo de bunker, de linha de frente, alguém que continuava dando valor à intensa camaradagem da guerra e que continuava procurando por essa camaradagem, quando uma unidade inteira era uma única vida que todos seguravam nas mãos. Essa pessoa estava sempre a manobrar até o próximo sinaleiro ou posto de combustível, pronto para conversar. A pessoa se sentava no banco ao seu lado no balcão da lanchonete ou, se ajeitando no pufe, via o Vietnã entre a xícara de café e a torrada de Spence e começava uma conversa. Não precisa ter que lhe explicar nada. A pessoa era capaz de ver com os olhos de Spence — Vietnã, Bowen Homes, a visão daquelas florestas durante os fins de semana de expedição, a agitação artificial da Força-Tarefa quando ele foi levado de volta para Atlanta pela descoberta de dois novos corpos.

Agora, manobrando entre os cones de borracha e barris laranja, numa parte da Northside Drive que estava em construção, tentava se controlar, sentindo que seu amigo imaginário naquele mesmo momento estava viajando por grandes distâncias para se encontrar com ele, para informá-lo das coordenadas, pois Spence havia voltado demais e estava perdido, vulnerável, prestes a fazer algo estúpido, como anos atrás quando esteve tentado a estender seu tempo no front só para ganhar alguns poucos dias de licença em troca. Eis o quanto desejava uma hora de normalidade.

Em sua última viagem a Atlanta, Spence realmente estacionou ao lado de um militar magro de botas de cano alto que havia se abaixado para pegar uma moeda da calçada. Aproximou-se do meio-fio, pois o soldado parecia ter idade para ser um veterano e tinha uma revista enfiada no bolso de trás. Sentiu uma camaradagem tão forte que parou o carro e baixou a janela, certo de que algo crucial seria dito quando o homem, se levantando, empurrando o boné com o dedão, revelando uma testa branca enorme sobre o rosto queimado pelo vento gelado e claramente mais parecido com os recrutas do Sul Profundo que transformaram o Vietnã num inferno para os pretos, finalmente se virou na direção de Spence e parecia prestes a falar. Porém o soldado estava mexendo a boca só para cuspir na calçada. Depois ergueu a calça jeans e seguiu rua abaixo com suas botas de caubói, a camisa saindo das calças enquanto andava. No bolso, levava a *Mecânica Popular*, não a *Newsweek*.

E em outra ocasião, depois de perder o caminho tantas vezes que precisou admitir que não estava enganando ninguém, que não tinha a intenção de aparecer no encontro com Zala e Austin, acabou num beco sem saída pensando em Sonny, pensando no treinamento para prisioneiros de guerra — será que chegou a dizer ao filho que o melhor momento para fugir eram as primeiras horas de cativeiro? — e pensando nesse amigo que diria: "Sim, algumas vezes também acho que morri lá". Spence ficou sentado na limusine cercada pela floresta e chorou sobre seu corpo morto. O rosto molhado, a garganta doída, deu a ré na limusine até a rua principal e pôs a culpa pela visão turva no limpador de para-brisa que se arrastava. Depois, jurando ter ouvido o motor tossir, decidiu ir ver Gaston. Porque havia algo errado também com o mecanismo do volante.

Após atravessar a área em construção perto da saída da Northside para a I-85, Spence se inclinou e mudou de estação. Queria se atualizar quanto ao andamento do processo que o legista ameaçou mover contra as autoridades por alterar provas e arruinar a cena do crime antes da chegada do perito. Enquanto mexia no dial, sentiu um puxão no volante. Foi tão forte quanto outro puxão semanas antes quando decidiu deixar Gaston dar uma olhada no carro, porém, em vez disso, acabou seguindo uma van da igreja metodista episcopal preta Big Bethel. Vendo que estava perto do Paschal's, decidiu entrar no Institute of the Black World. O que eles achavam do processo do legista? Qual a opinião deles a respeito das últimas notícias relacionadas ao juiz Webber? Tinham descoberto que certo suspeito, em quem os promotores andavam interessados, na realidade era um delator que vivia anônimo em Atlanta sob o Programa Federal de Realocação de Testemunhas. Webber não sabia dizer se o sujeito era mafioso, se era da Ku Klux Klan, ou um magnata da pornografia, só sabia que o interrogatório foi mantido fora dos arquivos da polícia. Mas ele continuou cavando. Eram tantas investigações separadas e secretas, conduzidas por vários órgãos, que era preciso cavar fundo. Spence queria conversar com os membros do Institute of the Black World.

No entanto ele não conseguiu achar o lugar. A Chestnut Street parecia fugir dele. Spence se viu na Drummond Street, diminuindo a velocidade atrás de um carro de xerife parado em ângulo para interditar um caminhão. Havia homens pretos na boleia. Se Kofi estivesse cafungando no pescoço dele, Spence podia ser encorajado a sair e perguntar o que estava acontecendo só para se mostrar um pouco. Estando sozinho, quase nem olhou. Seriam homens de um grupo de trabalho da penitenciária sendo recolhidos para voltar para lá? Mas então onde estavam as ferramentas que usavam para arrumar as ruas? Talvez tivessem juntado os bêbados da parede próxima à loja de bebidas na Jeptha e o xerife tivesse autuado os vagabundos na hora e entregue a custódia ao motorista do caminhão branco, um chefe de equipe. Nesse caso, seriam levados a uma fazenda para trabalhar. Um dos homens amontoados no banco na parte de trás, debaixo de uma lona, gritou "Stretch!" — se referindo à limusine. Um pedido de ajuda ou um oi, Spence não tentou descobrir. O xerife gesticulou para que desviasse do caminhão e ele fez isso e seguiu em frente.

Fossem trabalhadores, bêbados ou condenados, eram pretos e ele desviou o Flagship, apenas olhando para os homens enfileirados nos bancos na carroceria do caminhão, uma lona suja jogada sobre os ombros. Em 1969, os bancos dos centros de treinamento de recrutas eram lotados de pretos. O batalhão de Spencer era três quartos preto. A lista de mortos era quatro quintos preta. Nenhum oficial de cor no grupo. Sempre pretos marchando à frente do pelotão, pretos na linha de frente. A guerra dupla, a guerra interna, a realidade absolutamente insana tomando conta enquanto os pretos realmente tentavam fazer jus às tarefas malucas postas diante deles, atrás deles, cercados pelo ódio. No fim, todos estavam viciados na adrenalina que os mantinha num estado de emergência mesmo quando de volta ao Mundo, deixando suas famílias loucas, mas empurrados escada acima caso tivessem a sorte de encontrar um trabalho que exigisse alta adrenalina o tempo todo.

Spence tinha se afastado da Drummond Street sem descobrir para onde aqueles passageiros seriam levados no meio da tarde. Diante de uma promessa de trabalho, talvez tivessem entrado voluntariamente no caminhão, e a presença do xerife fosse uma mera coincidência. Não colava. A promessa de casas limpas, água encanada, três refeições por dia e um bom pagamento que eles certamente sabiam que era mentira. Todo mundo sabia, mesmo bêbado, mesmo desesperado por trabalho ou de mãos vazias diante de um distintivo, que a verdade eram estrados de madeira cheios de pulgas, grãos comidos por cochonilhas e fatias verdes de mortadela, sem chuveiros, sem descanso, um banheiro para cada cinquenta trabalhadores. E um dia antes do pagamento traziam as bebidas e as putas. Na manhã seguinte, aquele dia frio do acerto de contas, você ficava sabendo que devia pelo estrado, por aquelas refeições, pelo uísque a 5 dólares a dose, as mulheres 20 dólares a trepada. E tente ir embora. Tente ligar para as autoridades. Eles eram os chefes da fazenda, ou parentes deles, no mínimo irmãos de loja maçônica.

Ele dirigiu para longe usando como camuflagem o mesmo meio minuto de preocupação que as pessoas mostravam pela situação nos bairros atingidos. Que pena, que vergonha. Quer dizer, se aquelas pessoas sumissem, todos pareceríamos melhor, nos daríamos melhor, descansaríamos melhor. Spence seguiu para o centro se censurando com esses pensamentos quando o cheiro de repente o envolveu. O aroma tomou a limusine na Peachtree Street e o forçou a baixar todas as janelas e parar numa vaga em frente ao Fox Theatre. Ele vinha fazendo uma rota indireta até casa de Gaston, não se permitindo admitir seu verdadeiro plano, que era ir até a Força-Tarefa e saber mais sobre os corpos. Contudo ele não podia arriscar ir até lá ou ao legista, não com o cheiro da morte no carro.

Foi um telefonema das autoridades, não um informante orgulhoso que mandou a polícia ir até Stewart-Lakewood, não os dois corpos ainda não identificados no rádio, foram a dinamite e as botas que levaram Spence até a Força-Tarefa. E, pelo menos desta vez, diferente do que aconteceu na viagem anterior a Atlanta, ele não teve que pedir ao detetive Dowell para ajudá-lo a encontrar os registros de Sonny. Bem ali, na mesa, numa pilha de fotos, estava a foto de Sonny, seu arquivo aberto; os arquivos de Christopher Richardson e Earl Lee Terrell, apoiados num porta-lápis de um lado. No verso do registro dentário de Sonny, algo havia sido escrito.

"Ah, isso", o oficial disse a Spence. "A gente achou que tinha pegado o sujeito. No entanto o camarada ainda está por aí."

A obscenidade atingiu direto o coração dele, que apesar disso permaneceu absolutamente imóvel. A frase ricocheteou na chapa de compensado pregada sobre a porta e seguiu pelo labirinto de mesas e divisórias. Os músculos rijos, dedos agarrando a madeira da cadeira do policial, ele estava totalmente parado. Tinha aprendido a fazer aquilo, a ficar tão parado que mal era possível distingui-lo da paisagem. Que os outros soldados corressem à toa, tagarelassem a respeito do cerco aos pelotões A e B, escondessem barras de chocolate, granadas, Dexedrinas, cigarros, enchessem a cara e prendessem as alças do fuzil em arbustos. Ele ficaria parado. Tinha aprendido a ver o *rigor mortis* tomar conta de seu corpo.

Então ficou imóvel, a chuva batendo nas janelas, telefones tocando, rubor subindo pelo rosto do policial. Um retrato falado caiu do quadro de cortiça e flutuou até o chão, onde ficou estendido como um corpo pisoteado. Ele não piscou, nem apertou os olhos, nem ouviu a desculpa quando o policial se levantou da cadeira, as rodinhas batendo no tornozelo de Spence. Depois olhou para baixo, para o dente quebrado, o sorriso torto, e algo jorrou nele. Spence queria permanecer duro e parado, porém a maior parte dele havia se desmanchado. A parte que não estava pulsando em sua garganta.

"Ah, homem, se acalme", repreendeu-se sob o zumbido do aquecedor.

Prontamente acelerou colina abaixo na Northside Drive. Os carros mais abaixo estavam presos na inundação da passagem subterrânea onde o gelo derretia e a chuva se acumulava. Spence fechou a *Newsweek* e afundou o pedal. Com a velocidade veio uma impaciência furiosa enquanto a limusine acelerava. Carros, caixas de correio, prédios, queria destruir tudo que estava entre ele e o escritório da Força-Tarefa, Spence queria demolir, voar pela porta e pegar o arquivo de volta, o rosto, os fios de cabelo, o cheiro de fita de celofane, as fichas odontológicas, queria desfazer o clique que fez desaparecer os ossos, que capturou o sorriso.

Deu uma guinada para afastar a limusine do canteiro central e voltar para o meio da pista e seguiu um reboque na curva. Era engraçado, pois durante esse tempo todo, enquanto esteve absorto no que os endinheirados conseguiam, era um herdeiro e não sabia. Finalmente tinha se tornado um homem de posses, graças a um parente de fora. Ele riu, se inclinando na direção do porta-luvas, no entanto acabou lembrando que tinha tirado dali os papéis que Rayfield trouxe. Seu tio entrou às pressas, o pai logo atrás, incapaz de olhar nos seus olhos. Spence guardou tudo num cofre que encontrou no ático de Cora. Toda vez que aquela pipa subia, ele a derrubava no chão e a pisoteava outra vez. E descia correndo os degraus do ático para ver como as crianças estavam.

Eles tinham abandonado a posição fetal de Atlanta para voltar a suas antigas posições de sono. Kofi de barriga para baixo abraçando o colchão, guiando sua espaçonave rumo a um asteroide que acabava de ser descoberto; Kenti de costas, uma perna dobrada, os braços acima da cabeça, os dedos entrelaçados com suavidade no travesseiro, o rosto virado para o lado numa pirueta na terra dos sonhos. Cora veio atrás dele de roupão para perguntar o que ele estava olhando. Spence estava olhando para a absolvição. Se sentia exonerado. Tirar os dois de Atlanta foi a coisa certa. Seus olhos lhe diziam isso.

Embora por muito tempo nunca tenha conseguido saber com certeza o que estava diante de seus olhos. Sete anos se passaram e as imagens e sons não foram expulsos da cabeça de Spence. Corpos pendurados em fios. Terra rachada em chamas. Fumaça laranja e preta de napalm. Vultos brancos fosfóreos deixando cair varas usadas para construir armadilhas e correndo pela estrada de Quang Ngai, a carne solta como papel de parede velho.

Houve um tenente em sua unidade que não tinha paciência com os jogos que os homens inventam na guerra para manter o horror à distância. "Tudo que estamos vendo é responsabilidade nossa", dizia, desprezando drogas, óculos escuros e loucura autoinduzida. Guardava as censuras mais contundentes para os rapazes de jaleco nos laboratórios lá n'O Mundo, que continuavam inventando coisas que tornavam a vida insuportável.

Spence se empertigou no assento e ligou os limpadores de para-brisa. Soltou o ar e se sentiu calmo de novo, mas não confiava nisso. Continuou atento enquanto o reboque entrava num terreno onde uma nova lanchonete fast-food estava sendo construída.

Estava fora da zona de combate havia tempo demais e andava se descuidando. O volante escapou de suas mãos e de repente Spence ouviu metal amassando, vidro quebrando, coisas se chocando contra outras e um calor escapando do capô. Porém não havia pedaços esponjosos de pulmão no painel, nem massa cinza nas mangas da camisa. Ele continuava respirando. Continuava lá, sua vida não foi parar estendida ao longo da Northside Drive.

Alguém estava fazendo um alvoroço, batendo na porta. Um sujeito de pele preta num poncho grosso de lã corria em torno da limusine, dando um tapa no capô, batendo no para-choque, indo até a porta do passageiro e puxando a porta. O poncho de lã deu coragem a Spence. Não era do tipo de borracha usado para embalar os mortos à espera de que um avião cargueiro possa despejar sacos para cadáver.

"Sai daí!" O sujeito enfiou a cabeça na janela. Dentes alinhados e um pequeno pingente de ouro na narina esquerda. "Vem, cara, desliza pra cá."

O sujeito jogou o peso contra a porta, depois puxou. Papéis voaram. Spence foi puxado para fora até ficar de pé. O homem o examinava de cima a baixo, fazendo-o levantar um braço, convencendo-o a falar mesmo enquanto ele tagarelava sem parar.

"Minha culpa... minha culpa! Estava tentando evitar o bloqueio lá embaixo. A última vez que me pararam, teve um erro de computador e me confundiram com um cara que não pagou umas multas. Você parece mal, cara — não desmaie! Como é o seu nome? Vamos, você sabe seu nome!"

"Spence... Nathaniel Spencer."

"Legal. Isso é ótimo. Onde você mora? Vamos, Nat, cara, você sabe onde mora. Me conte onde você mora. E continue... Vamos, fala, cara — não me deixe na mão! Onde você mora?"

"Na rodovia... não muito longe... mas não moro mais." Spence estava tentando pegar a carteira, mas o cara era um irmão, e o empurrou contra o carro e o segurou com o bastão que tinha usado para bater no veículo. Spence agora via que não era um bastão, era uma revista enrolada. Parte da etiqueta de endereço dizia sr. Claude Russell. Bom, Spence pensou, meus olhos estão funcionando bem.

Dois policiais vinham de cada lado daquele irmão, que tinha um pingente no nariz, bem quando Spence lia o endereço da Califórnia na etiqueta. Ele ergueu o rosto e semicerrou os olhos. Tinha quase certeza de que havia dois policiais, de que não era uma visão dupla por causa de uma concussão.

"Estou bem", disse Spence.

"Bem, eu não estou, cara. Minha carteira de motorista, minha carteira, os papéis do aluguel — merda, tudo que tenho está no quarto no hotel." Claude se virou e espiou por trás de um dos policiais, olhando o Chevette amassado no canteiro central. "Ah, merda", deixou os braços caírem. A *Newsweek* de Claude tombou no chão. Spence se abaixou e pegou.

"O que o senhor quer fazer? Tem certeza de que não quer ir a um médico?"

"Estou bem", Spence respondeu ao patrulheiro, apesar de estar confuso. Como tinha chegado ao posto de serviço? Foi carregado até lá? Se lembrava de ter ficado olhando os pés de Claude — as sapatilhas pretas de kung fu, as grossas meias brancas. No momento seguinte, o policial se inclinava sobre ele na cadeira. Definitivamente uma quebra na continuidade. Nada de mais para um veterano do Vietnã, pensou, descobrindo ao se levantar que agora segurava duas *Newsweek*. Alguém atrás dele relatou que Mercer estava mandando o guincho da empresa para a limusine. Spence acenou e andou até a janela. O capacho emborrachado gasto sob os pés pareceu familiar.

"Tem certeza? A gente pode levá-lo até o Grady."

"Estou bem." Spence olhou pela janela para se orientar. O Chevette estava sendo trazido para o posto na ponta do guincho. A limusine foi danificada, mas sem motivo para alarme, perto do cruzamento. Vários cones amarelos estavam em volta dela para desviar o trânsito. Spence se perguntou quanto tempo se passara entre ele ver os calçados de Claude e voltar à consciência diante das ranhuras do chão da garagem.

"A gente pode levá-lo", disse um dos policiais, menos preocupado que seu parceiro com a saúde alheia.

"Se você quiser bancar o durão", o outro acrescentou, tocando o quepe como um arremessador. "Com base na informação que forneceu..." O policial esperou, o lápis parado até que Spence sinalizasse que ele podia fechar o caderno.

"Você parece meio abalado." Dirigiu a Spence um olhar suplicante.

"Está tudo bem", Spence retrucou e, ao se ouvir, percebeu que vinha falando o tempo todo, mantendo sua parte na conversa. Tinha pedido para ver os papéis, instruiu os policiais a anotar a informação. Suas próprias anotações, junto à carteira, registro do carro e cartão do seguro, estavam enroladas nas revistas. Respirou fundo. Um carro que se aproximava da janela parou perto da bomba de combustível aditivado. TE VEJO NO ARREBATAMENTO, dizia o adesivo no para-choque. Ao lado da placa, havia outra plaqueta de metal na qual se lia DEUS É MEU COPILOTO. A combinação pareceu engraçada para Spence.

"Vou compensá-lo, acredite em mim", Claude afirmou, passando entre os dois policiais para tocar no ombro de Spence, que concordou com a cabeça. Os dois policiais entenderam o aceno como um acordo para deixar as empresas de seguro lidarem com tudo e acertariam o preço. Claude se despediu dele, depois apertou mais forte o ombro de Spence. "Vou cuidar de tudo. Confie em mim."

Só quando eles estavam subindo no elevador traseiro do hotel, Spence pensou em pedir um bom motivo para confiar.

"Patrulheiro", Claude falou, cutucando a costura do revestimento acolchoado nas paredes. "Nós vigiamos as florestas."

Spence estudou o rosto dele, subtraiu alguns anos, mudou as roupas para vários uniformes, mas ainda não conseguia ver o sujeito que puxava fios da parede entre aqueles que estiveram com ele nas missões de desfolhamento no Vietnã.

"Qual arma? Que ano?"

"Fale como civil, cara. Memórias não fazem bem pra saúde." No entanto, ao longo de todo o corredor, ele não falou de outra coisa. Claude foi aviador, Divisão 101, a mesma do Jimi Hendrix. Spence não se intimidou. Ele tinha perguntas. Mesmo enquanto ligava para o advogado, bombardeou o sujeito com perguntas.

"Você é pior que a polícia. Porém os policiais foram decentes, cara. Não sabe a sorte que tem. Canas, cara. Filadélfia? Nova York? Chicago? Detroit? Los Angeles, cara." Ele sacudia a cabeça enquanto andava pelo quarto pegando roupas, procurando documentos para comprovar a história.

"Tive sorte?", a voz de Austin surgiu no telefone.

"Modo de falar, Nat." Claude virou uma mala de viagem na cama, explicando que esperava mais de Atlanta. "Achei que haveria aviões escrevendo as últimas notícias do caso no céu. Não sei — reuniões, marchas. Alguma coisa", disse, indo até a mesa para pegar fósforos. "Atlanta. Atlanta. Ótimo lugar para ser Ozzie Nelson."

Enquanto Spence lutava contra o desejo irresistível de cair na cama, Claude falava sobre os esforços que fez para entrar no trabalho comunitário em Atlanta. Ele ouvia Claude enquanto Austin consultava a agenda tentando remarcar no ouvido esquerdo de Spence.

Na mesa de cabeceira havia um Ziploc cheio de fotografias. Spence tirou as fotos do saco. Nenhuma era de Claude, não como aviador, pelo menos. Eram, na maioria, de mulheres e crianças. Sentou-se na cama e pegou o baseado que Claude lhe ofereceu. O sujeito não tinha achado seus papéis, porém encontrou algo igualmente bom no fundo da mala.

"Quem é você?" Não era a pergunta que Spence queria fazer, contudo era boa o suficiente. Spence tragou e esperou poder confiar na palavra do outro. Sentiu que estava caindo no travesseiro e torceu que Claude Russell fosse pelo menos confiável o suficiente para tirar o baseado da mão dele antes que os dois pegassem fogo.

Zala desceu as escadas do Anexo da Prefeitura. De dentro, olhando pelas janelas abaixo do nível da rua, parecia que estava chovendo de baixo para cima. Gotas pesadas batiam na calçada e se dividiam, depois se espalhavam. Água corria de uma saliência no pavimento, ameaçando alagar o prédio da Secretaria de Relações Comunitárias. Alguém estava na porta. Um bom empurrão e um casal entrou.

"É como passar por um lava-jato", a mulher asseverou sem fôlego, sem fechar a porta depois de entrar. Ela tirou a capa de chuva e sacudiu. O homem, já na escada, desabotoou a capa e coçou a cabeça de um fox terrier que choramingava dentro do casaco.

Zala segurou a porta enquanto a mulher corria escada acima dizendo palavras carinhosas para o cachorrinho dentro do casaco do marido. Quando a porta do escritório acima foi aberta, a conversa chegou até Zala. Um grupo de assistentes sociais discutia o caso Angela Bacon. O atropelador foi indiciado por assassinato seguido de fuga no outono — no mesmo dia em que Aaron Jackson foi encontrado, a mãe de Sonny pensou, pois ligar datas era espontâneo agora. Liberado após pagar fiança apesar da longa ficha criminal cheia de registros de violência, o motorista deve se apresentar para julgamento em janeiro.

"Deram bastante tempo para ele chegar na testemunha", um dos assistentes sociais disse, falando da amiga de Bacon, que disse o tempo todo que não foi acidente.

"Tempo suficiente para chegar em alguém", outro homem acrescentou.

Ela se esforçou para ouvir o resto da conversa, mas de repente foi deixada de fora, quando fecharam a porta. Os trabalhadores da vizinhança com quem Preener conversou estavam convencidos de que manter o suspeito do caso Bacon sob vigilância, ou qualquer suspeito que a polícia tenha libertado, os levaria aos assassinos; os assassinos, os trabalhadores estavam convictos, também estavam de olho nos suspeitos, selecionando suas vítimas entre as crianças que os cafetões e outros aliciadores atraíam para explorar, crianças sem condições de denunciá-los. Essas conjecturas dos assistentes sociais, discutidas na barbearia do Simmons, continuavam na rua, com Preener voltando para mantê-los informados, se baseavam em três fatos. Primeiro, havia muitos testemunhos de pessoas ligando homens pretos com má reputação a homens brancos desconhecidos na área. Segundo, muitas descrições eram cuidadosamente mantidas longe da imprensa, do público. Terceiro, os suspeitos eram sempre soltos e as testemunhas desacreditadas e dispensadas — o suspeito do caso Bacon era um exemplo clássico.

Pois em janeiro, todas as acusações tinham sido retiradas, o arquivo e todas as provas foram perdidos. Em qualquer outro momento, a mídia estaria em cima disso. Porém a garota não estava na lista. Então desde o início foi uma história na última página. E em janeiro mesmo a investigação assumiu papel secundário em relação à grande história do dia, a libertação dos reféns no Irã. O julgamento do motorista recebeu menos de cinco centímetros nos jornais locais. Dias atrás no *L.A. Times*, no entanto, o correspondente em Atlanta Jeff Prugh destacou o fato de que o comissário Lee Brown nada pôde fazer além de reconhecer que falhou quando questionado sobre por que a menina Bacon não foi parte da Investigação dos Desaparecidos e Assassinados, e que essa falha derivava do fato de que Brown nunca tinha ouvido falar nela. Não um recruta, mas um investigador foi chamado à central de comando para localizar o arquivo de Bacon, que foi encontrado, estranhamente, nas mãos de outro distrito.

O *Call* tinha incluído a menina em sua lista, que contava o dobro de vítimas da oficial, mas Lafayette e Mason não demonstraram interesse pela informação que Zala lhes apresentou relacionada ao caso. Os veteranos não viam conexão entre o motorista do carro, um homem preto, e os sujeitos vistos perambulando em Bowen Homes, brancos. Os veteranos tinham feito tocaia na área de Stewart-Lakewood, não por causa da conexão entre Bacon e a região, mas porque o informante que avisou as autoridades sobre a próxima desova foi descrito como um "caipira branco", e o FBI rastreou a chamada, que teria sido feita em Stewart.

A área de Stewart-Lakewood, em particular o shopping e a seção Pickfair Way, estava exigindo uma seção própria no caderno de Zala. A conexão da região com o caso remonta ao verão passado, quando tentativas de sequestro foram relatadas lá e o primeiro rapto com finalidade sexual chegou aos jornais. A polícia corrigiu a terminologia de Zala na época, explicando que não era um sequestro, pois não era crime um adulto oferecer a um menor uma carona desde que não houvesse coerção; nem era crime fazer uma sugestão indecente para um menor desde que nenhum ato seguinte pudesse corromper a moral do referido menor ou contribuir de outra forma para delinquir o menor, e afinal o menino entrou voluntariamente no carro para a carona; além disso, o garoto não foi machucado. Ela saiu chocada da sala da delegacia naquele dia. Desde então, por meio dos comunicados do PARE, foi informada por inúmeros grupos de defesa que as leis de proteção infantil deixavam as crianças vulneráveis.

A área de Stewart-Lakewood também estava ligada ao caso pelo fato de que muitas vítimas que estavam na lista, e muitas que não estavam, moravam lá, como Angela Bacon, e/ou haviam desaparecido lá. Ou, como Lubie Geter, vendiam mercadorias no estacionamento do shopping, ou empacotavam compras, ou como Charles Stephens, costumavam passear pela região. Faye Yerby foi encontrada lá morta a facadas e presa a uma árvore. O que fez os veteranos se mexerem, e os levou a entrar numa caravana para seguir o carro de Dettlinger enquanto ele mostrava a repórteres e equipes de TV como várias vítimas estavam ligadas ao local, foi a conexão entre o informante, a ameaça feita a Lubie Geter por brancos, a descrição que dois meninos fizeram dos pretensos assaltantes como brancos e a proximidade com o South Bend Park e com os pornógrafos presos, homens brancos. Parecia que ninguém estava suficientemente preocupado com meninas e mulheres. O incentivo foi o fato de haver um homem branco, de haver um menino, ou foi a combinação homem-menino?

A chuva continuava escorrendo pelas esquadrias da janela do anexo. Os pingos batucando no prédio todo e estava frio. Nos últimos dias, enquanto registrava o conteúdo das caixas de Jan Douglass empilhadas longe do aquecedor, ela teve que ficar de luvas.

No andar de cima estava a delegação que veio à secretaria de relações com a comunidade de novo para exigir que os militantes pretos que estavam capitalizando a crise fossem censurados antes que as relações raciais se deteriorassem ainda mais. Diziam ter havido muitas falas imprudentes relacionadas ao informante anônimo e muita especulação perigosa quanto à recusa das autoridades em reproduzir a gravação telefônica ao vivo. A esposa de Teo entrou com eles e deu um sinal para Zala. E esta ainda estava se ressentindo de ter que fechar as caixas e sair sem saber se Sue Ellen se infiltrou no grupo ou se juntou a eles.

Quando Zala voltou do escritório de Austin, depois de Spence furar com ela, havia um grupo no escritório discutindo uma conferência que estavam planejando sobre pobreza. O grupo multirracial, composto por militantes de direitos civis, progressistas do Highlander Center e do Conselho Regional Sul local e um religioso que se identificava com a tradição do *Movimento de Trabalhadores Católicos*, deixou-a esperançosa de que talvez o mundo não tivesse enlouquecido completamente. Ela começou a trabalhar nos recortes de jornais, ouvindo o debate e se sentindo em paz, embora o material fosse tudo menos pacífico e a conversa alusiva ao impacto da pobreza nos jovens fosse tudo menos relaxante. Mas havia esperança. Bem naquela manhã, o catálogo de sementes Burpee chegou pelo correio, e, ao colocar o lixo para fora, ela viu minhocas se contorcendo na terra pela calçada de tijolos. A manhã teve cheiro de terra e calor por um tempo. A primavera estava chegando. O dia todo ela tentou se apegar a algo que Mama Lovey costumava dizer para diminuir o horror à sua volta: tudo indo, mas ah, a fé do jardineiro. A frase alegre dançava na mente de Zala, aliviando a raiva de outro dia de pagamento perdido porque Spence não apareceu.

Em janeiro, presa na confusão de parentes agitados que chegavam ao barracão que servia de quartel-general para o patologista, ela não contava com nada que se assemelhasse à "fé do jardineiro" para animá-la. Apesar de o noticiário ter falado em dois jovens pretos, familiares brancos também estavam lá, assim como gente procurando parentes adultos desaparecidos. Deus sabe que já houve muitos erros antes, as pessoas não paravam de falar umas para as outras. E a última fofoca a chegar aos jornais — médicos-legistas, usando seus diplomas com credencial, criticando os peritos, e os examinadores "não qualificados" chamando seus colegas de charlatães pomposos; ambos prometendo, mas não em acordo, processar as várias equipes de investigadores por promover o caos com as provas físicas — não ajudava muito a dar credibilidade para os especialistas de jaleco branco ou azul. Aqueles que chegavam cedo o suficiente, e compareciam com boa frequência para conhecer o zelador, contaram que a portas fechadas a equipe usava apenas os prontuários de pessoas da lista da Força-Tarefa. Quando se soube que a equipe estava confiante de que conseguiria identificar, por eliminação, os ossos que os investigadores tinham embaralhado, houve um pandemônio, e os parentes foram rapidamente retirados dali.

  Zala e outros dois pais determinados haviam assumido a tarefa terrível de tentar convencer os especialistas a incluir seus filhos na lista de possíveis vítimas enquanto lidavam com os ossos nas bandejas metálicas. Outros cujos parentes não estavam na lista ficaram na calçada tentando se convencer de que o zelador não tinha como saber, que haviam feito tudo o que estava a seu alcance para disponibilizar as fichas médicas dos desaparecidos para que, quando a notícia saísse, pudessem ir para casa e esperar angustiados até os próximos supostos corpos serem encontrados. Zala vinha batendo na porta da Força-Tarefa quando os nomes de Earl Lee Terrell e Christopher Richardson foram anunciados na TV, a notícia tendo sido passada à mídia antes de chegar às famílias que aguardavam e aos mensageiros oficiais. Ninguém tinha batido na porta de Sirlena Cobb para lhe dar a notícia em primeira mão. Ela ouviu falar da morte do filho, Christopher, na TV um segundo antes de um monte de repórteres invadirem sua casa enfiando microfones contra seus dentes e câmeras no seu rosto.

  Sem qualquer tipo de fé, Zala ficou na cama por dias até Simmons ir pessoalmente convencê-la a voltar para o salão. Depois outros dois meninos foram declarados desaparecidos. No dia seguinte Terry Pue foi encontrado no lugar onde previu o caipira que se gabou pelo telefone de ser o assassino. Ela só voltou a se levantar por conta própria quando um voluntário do PARE ligou para contar que Lee Gooch foi encontrado vivo.

Zala então se pôs a limpar a casa, fazendo biscoito de gengibre, e dando os toques finais nas tapeçarias de Austin. Delia passou pela casa com novas traquitanas para testar, devolvendo a máquina de costura sem Zala precisar pedir. A história de Gooch mudou o clima no salão, no escritório do PARE, na vizinhança inteira, pessoas parando na mercearia para comprar uma única lata de molho de tomate tinham que contar a história de como Dettlinger entrou na casa de Gooch, viu a correspondência endereçada ao rapaz desaparecido enviada pelo Departamento de Trânsito da Flórida, fez algumas ligações, e bingo, localizou o menino numa cadeia em Tallahassee por não ter quitado multas de trânsito.

Não tem importância que não tenha sido assim tão simples, que a história real tivesse uma gama de personagens, que aquele tempo aflitivo tenha sido reduzido a um segundo narrativo, que o menino já tivesse sido libertado e estivesse em paradeiro desconhecido, que quando ele foi preso novamente em outra fuga tenha explicado por que fugiu de Atlanta — ele conhecia um dos sequestrados e sua vida corria perigo. A versão bingo era a preferida. Quando repórteres locais que tentavam acompanhar a cobertura de fora da cidade foram informados pelas autoridades de Atlanta que não havia fundamento na história de que Gooch corria risco por saber de alguma coisa, a versão bingo tornou-se a única. Zala não fez nada durante o dia para corrigir a história com os fatos que conhecia; mas à noite, debruçada sobre o caderno, anotou com detalhes escrupulosos, meticulosos cada pedaço de informação que conseguiu com B. J., com o detetive Dowell, com os veteranos, os clientes de Simmons e os pretos da vizinhança que conheciam gente no Departamento de Polícia de Atlanta. Manter a fé nos registros, porque isso era importante. Porque ela não era mais uma boa menina levantando a mão para recitar o Pacto de Plymouth Rock. Então, em 5 de fevereiro, ela perdeu toda a voz, toda a fé e fugiu novamente para a cama.

Ela estava na entrada do escritório do PARE com Monika, que espirrava spray de rosas na escadaria, quando a notícia chegou pelo rádio. Lubie Geter foi encontrado estrangulado. Semanas antes, enquanto a maioria das mães estava em roteiros de palestras, Sandra havia registrado o depoimento de três testemunhas diferentes que vieram relatar um incidente no qual dois meninos haviam batido um kart contra um carro cheio de homens brancos, um dos quais os ameaçou com a "justiça da

Ku Klux Klan". Um dos garotos era Earl Lee Terrell; o outro, Lubie Geter. O escritório do PARE estava um alvoroço — as testemunhas tinham ido até a Força-Tarefa? A informação registrada foi transferida? Algum outro veículo publicou algo relacionado à "justiça da Ku Klux Klan" desde que o *Call* publicou a reportagem? Esse carro cheio de homens brancos era dos mesmos caras que os veteranos e os assistentes sociais estavam patrulhando? Naquela noite, Zala estava ditando para o Orador quando mais uma notícia chegou. Patrick Baltazaar estava desaparecido. Ao fugir de um agressor, ele se escondeu numa cabine telefônica e ligou para a Força-Tarefa, no entanto ninguém apareceu. O locutor da rádio, parafraseando alguém do escritório do comissário Brown, disse que Patrick ligou para o número errado — o terceiro número no pôster, ou teria sido o sexto?

Mais tarde, encolhida num canto do sofá-cama, Zala ouviu aqueles trechos das fitas de B. J. que transcreveu meses antes para Leah. Uma mulher branca havia escrito para o Pessoas Desaparecidas, entre outras divisões, para dizer que seu pai e seus amigos da Ku Klux Klan estavam matando as crianças de Atlanta assim como haviam matado muitas outras em sua cidade natal na Carolina do Norte durante a infância dela. Outras coisas na casa tornaram a infância dela terrível e Zala estava digitando mal, uma cascavel chacoalhando no estômago enquanto ouvia, os fones colados na cabeça. Portanto, quando dois voluntários de escritório do PARE bateram na sua porta, ela estava apavorada demais para responder. Só no dia seguinte, quando o Orador insistiu que fosse ao Anexo da Prefeitura e registrasse o material, Zala soube que alguém foi até o PARE para dizer que podia identificar os brancos que ameaçaram Geter e Terrell. Além disso, podia identificar o informante profissional que estava brincando com eles e que podia, ou não, estar passando informações para a polícia, a Força-Tarefa, a GBI, o FBI, um dos vários órgãos de investigação do distrito, ou mantendo as informações para si mesmo a fim de ganhar a recompensa.

"Mesmo que a informação chegue aqui ou seja repassada por telefone para o Disque Denúncia", o Orador explicou, "não há garantia de que não será recebida da mesma maneira que a ligação. É uma informação quente demais para compartilhar com as pessoas", murmurou, sacudindo a cabeça. "Uma liderança que não tem fé nas pessoas é perigosa."

E por isso Zala estava no anexo sempre que podia, determinada a colocar em ordem o material de dois grupos em particular: Clandestinos — gente da Ku Klux Klan, sobrevivencialistas, anticomunistas, milicianos, o

Posse Comitatus, os seguidores de La Rouche, os Defensores da Semente Branca, milicianos dos estados e outros grupos da extrema direita; e os Manifestos — fundamentalistas, pró-vida, evangélicos, renascidos em Cristo, ligas criacionistas e outros pregadores de direita. O material nas caixas mostrava que, encorajados pela luz verde da administração Reagan e as referências frequentes do presidente ao Armagedom do nosso tempo, clandestinos e manifestos começaram a persuadir fazendeiros, sindicatos, igrejas e grupos de negócios a guinar para a direita.

Zala se virou, ouvindo passos nas escadas, e ficou feliz por não ser Leah Eubanks descendo e talvez lendo sua mente, pois teria sido chamada de ignorante histórica. O cristianismo, a escravidão e o capitalismo não tinham se desenvolvido lado a lado, de mãos dadas? Ela era capaz de ouvir o tom de condescendência na voz de Leah, e estava feliz por terem rompido. Não era Sue Ellen também; Zala ouvia a voz dela no corredor do andar de cima discutindo com um assistente social. Era uma das secretárias levando a correspondência de fim de tarde enrolada numa toalha de piquenique plástica. Era hora dela ir embora também. Antes pôde notar que a mulher olhava por cima do ombro entre os balaústres da escadaria, não para os debatedores perto do aquecedor, mas para algum ponto mais ao fim do corredor. Aquela porta marrom trancada. Mason e Lafayette, e outros também, tinham certeza de que o FBI estava usando a sala para monitorar os visitantes da Prefeitura.

"Este deve ser o tempo mais úmido já registrado", a secretária reclamou enquanto ambas saíam.

"É, é uma bagunça", Zala olhou a mulher nos olhos, torcendo por uma conversa mais substantiva. Porém a mulher parou na entrada apenas tempo suficiente para erguer a gola e segurar forte a correspondência antes de sair andando rápido pela chuva.

Na Pryor Street, vans da polícia descarregavam prisioneiros em frente ao tribunal. Passageiros em um ônibus de turismo esticaram o pescoço para ver os homens algemados serem incitados a descer das vans. Também acorrentados, os homens subiam os degraus do tribunal em meio aos globos de luz branca; alguns olhavam para as balanças da justiça e cuspiam antes de entrar. As mulheres saíram de uma van menor. Ao contrário dos homens, eram predominantemente brancas e não estavam algemadas. Conscientes, algumas poucas enfiaram a mão por baixo dos casacos, aquelas que tinham casacos, para repuxar a barra dos pulôveres, cobrindo a roupa da prisão. Algumas passaram pentes pelos cabelos quebradiços.

Havia três mulheres pretas. Uma delas, com cachos gordurosos e justos modelados com chapinha e não penteados, subiu as escadas rapidamente e foi a primeira a entrar no prédio. Zala ficou imaginando o que essas mulheres tinham feito, de que crimes eram acusadas. Às vezes, na barbearia, porém com mais frequência em sua própria casa, entreouvindo conversas através das paredes, escutara falar de mães que acabaram na cadeia porque foram ao tribunal, por causa de filhos que desafiaram o toque de recolher, e fizeram disparar o detector de metais, por esquecer de tirar de suas bolsas o spray de pimenta, a tesoura, a faca ou a pistola. Pouca gente podia pagar a multa pela violação do toque de recolher, e ainda menos a multa por levar armas ao tribunal. Os clientes da loja estavam falando sobre Atlanta. Contudo certa noite, entreouvindo o que era dito na casa dos Grier, Zala flagrou uma conversa entre um grupo de pessoas reunidas na sala, juntando dinheiro para botar alguém num avião rumo a Londres, e percebeu que os Grier estavam falando a respeito da situação na Inglaterra desde a retomada da Lei das Pessoas Suspeitas. Por mera "suspeição", britânicos de pele preta eram detidos, jovens sobretudo, em especial aqueles que tinham um estilo reggae, e levados para a cadeia. Depois de uma explosão numa festa de adolescentes das Índias Ocidentais no distrito de New Cross que deixou treze pessoas mortas e 27 seriamente feridas, a polícia se tornou mais violenta, pois a comunidade se organizou para lutar contra a tentativa das autoridades de colocar a culpa pelas mortes e pelo fogo naqueles que se divertiam e não, como o Comitê de Ação do Massacre de New Cross indicou, nos fascistas da Frente Nacional Britânica.

"É a mesma coisa em todo lugar", Zala murmurou. Ela se enfiou no casaco e andou até a entrada lateral da Prefeitura.

O saguão do andar de baixo cheirava a lã molhada e creme de cabelo. O piso estava escorregadio, e os guardas estavam ocupados com turistas, trabalhadores e clientes que iam pagar contas no Departamento de Água, tropeçando e escorregando. Um guia turístico apontava as características arquitetônicas das janelas, das entradas, o teto, o corrimão de carvalho e os fixadores de tapete em ferro forjado, padrão mantido nos cinco andares do prédio. E por toda parede na subida havia várias rachaduras onde a escadaria se afastava. Entretanto ninguém destacou isso, nem a tentativa de disfarçar os buracos com massa corrida.

Zala esteve entre os que ouviram o estrondo da escadaria no dia em que alguns empregos públicos municipais foram anunciados e milhares de desempregados apareceram. Parecendo saídos de um filme italiano do pós-guerra que ela viu no Ashley Mall certa vez, os desempregados tomaram o saguão, bloquearam as portas do Departamento de Água e as vias de acesso, lotando a escadaria. Engraxates lutaram para entrar e chegar ao segundo andar onde Zala estava a caminho de encontrar uma cliente com seu kit manicure.

Um dos funcionários de alto escalão do prefeito, o sujeito segurava seu casaco de pelo de camelo sobre os ombros com a mão cerrada como um ídolo de matinê, como se a suavidade da brilhantina bastasse para lidar com a multidão. Foi preciso usar seguranças — uma quantidade assustadora de seguranças, se recordava — para dispersar "a turba", como a mídia definiu, e como Zala se pegou dizendo certa vez, concentrada só no fato de que estavam interferindo em sua rotina de trabalho. Operários, executivos, homens, mulheres, jovens, velhos, pretos, brancos, latinos, asiáticos, norte-americanos, estrangeiros — começaram a falar a uma só voz contra as medidas tomadas para expulsá-los do prédio. E então a rachadura ressoou, e alguém gritou ter visto a fissura tomar toda a parede. Quem estava em cima viu os que estavam embaixo olharem em sua direção assustados, com poeira de caliça nos cabelos.

Apesar do tempo úmido e desconfortável, agora Zala não conseguia deixar de sorrir ao subir as escadas, olhando o remendo em toda a parede. Pintada pelo menos uma vez desde então, a parede parecia tomada por uma família de cobras enrugadas. No entanto o prefeito Jackson aprendeu a lição? Ela abriu caminho para três pessoas que desciam as escadas com malas de viagem. Podiam ser a última onda vinda de Ohio, saindo direto da estação, bagagem e currículos na mão. Não faz muito tempo, falando de Ohio, o prefeito não resistiu a se vangloriar de Atlanta, conseguindo apenas que os moradores de Ohio viessem para a cidade para desgastar o último nervo dos trabalhadores sobrecarregados do CETA.

No terceiro andar, esperando de ambos os lados das portas altas de vidro fosco, havia um grupo de homens japoneses e um grupo de mulheres indianas. Os homens estavam num semicírculo, casacos sobre os braços. Algumas mulheres torciam a água da chuva de seus saris que apareciam debaixo dos casacos. Uma mulher com um ponto vermelho-cereja no meio da testa olhava sobre os ombros de uma mulher mais jovem que virava devagar as páginas do passaporte. Olharam para Zala, depois escada acima, depois de volta para ela, os rostos cheios de tristeza. As portas abriram e alguém convidou as mulheres a entrar. Zala respondeu aos acenos dos homens enquanto desviava deles para subir a escada até o quarto andar.

Em outros tempos, quando Delia ainda mandava na vida dela, Zala acompanhou um grupo de japoneses num almoço de negócios como parte do trabalho na empresa de turismo. Os sulistas já tinham começado a beber Southern Comfort, e ela mal teve tempo para levar os japoneses aos respectivos assentos quando as gracinhas começaram: "*Ah so desu ka*, sr. Yammy Wobby, ouvi dizer que vocês agora estão montando desmanches com sua própria madeira e seus próprios trabalhadores". Os japoneses se levantaram e saíram, mandando-a de volta com seus cartões para que no futuro os olás pudessem ser seguidos pelos nomes verdadeiros. Um sujeito nervoso, de voz fina e rosto vermelho, estava brigando com dois homens da Geórgia: eles não sabiam quanto dinheiro os japoneses estavam trazendo para Atlanta?

Um empregado da prefeitura, segurando uma pilha de listas telefônicas com o queixo, descia a escada um passo por vez. Ele sorriu, pronto para conversar, mas, quando olhou escadaria acima, continuou a descer passando por Zala.

Um tremor de empolgação acelerou seu passo. Antes que chegasse perto o suficiente para ouvir as conversas, pôde sentir a tensão percorrer a escada até ela. Algo — um anúncio? — estava prestes a acontecer. Sentia sua própria empolgação vindo dos dedos e subindo pelo corrimão, chegando às pessoas acima: gente nova chegando. As vozes diminuíram de volume. As cabeças se viraram na sua direção quando ela apareceu para os que estavam no topo da escada. Com chapéus molhados, água pingando das echarpes, as pessoas estavam encostadas na parede e no corrimão, outras sentadas nos degraus segurando sacolas de compras molhadas. No meio do caminho, a escadaria fazendo uma curva, e lá num degrau largo estava um homem pequeno com um rosto que parecia uma luva de couro velha. Zala se sentiu sem fôlego. Ele acenou em sua direção, a convidando para subir, e instruindo os que estavam em torno a abrir caminho.

Zala subiu em zigue-zague. Sentiu que alguns estavam lá porque, se havia más notícias a caminho, queriam saber de antemão, e não ouvir como aconteceu no caso de Sirlena Cobb. Alguns estavam ali porque tinham informações que não achavam seguro enviar por terceiros, e estavam cansados de esperar que a polícia fosse falar com eles. Outros foram apenas dar apoio. Era um lugar tão bom para se estar quanto qualquer outro, ela pensou, subindo. Pois uma determinação havia sido emitida: ninguém podia entrar para falar com a Força-Tarefa sem antes passar pela assessora de imprensa do comissário. Havia porteiros nas divisões policiais também, apesar de repórteres espertos conseguirem driblar a lei do silêncio levando policiais a restaurantes em distritos vizinhos.

O comissário Brown não era o único reprimindo o acesso. Patrões diziam que o caso polarizava os trabalhadores, por isso vaquinhas estavam proibidas. Pôsteres e recortes de jornal foram retirados de quadros de avisos. Memorandos foram distribuídos dizendo que a discussão interferia na produtividade. Gerentes de supermercados instruíram seguranças a vigiar clientes que estivessem com laços verdes, possivelmente encrenqueiros que foram à loja para provocar. Todo mundo estava tenso. Manifestações continuavam a ser convocadas. A reunião na escada parecia uma manifestação pacífica. Zala pisou em uma sacola de compras encharcada. Muitos estavam com a cabeça inclinada olhando em direção à corda que impedia a entrada no corredor onde o Aquarius estava instalado. Mas não era uma manifestação, ela sabia, tentando subir até o velho que continuava acenando.

A ex-sargento B. J. Greaves tinha falado muitas vezes no rádio nas últimas semanas convocando a comunidade a mostrar apoio à detetive O'Neal e à sargento Sturgis, removidas quando os oficiais foram pegos com as calças na mão no caso Lubie Geter. "Por que aquelas duas mulheres tinham que ser punidas só para tirar os homens da reta?" B. J. arriscou o emprego e sua pensão ao ler registros de seu diário que provavam que as colegas agiram de forma rápida e eficiente e tinham feito o que deviam ter feito, ao contrário do supervisor delas, que não esteve em sua mesa o dia todo. Notificada com um processo administrativo por comportamento não profissional, B. J. voltou à rádio para relatar que as policiais estavam sendo usadas como bode expiatório e tiveram que contratar um advogado para conseguir uma audiência que devia ser parte do processo. Ela leu os prêmios e recomendações que as policiais pretas tinham recebido nos últimos anos.

Até onde Zala sabia, não haviam ocorrido demonstrações públicas de apoio às duas policiais. Nem manifestações foram convocadas para pressionar as autoridades a divulgar a gravação do "caipira branco". "Será que é tão ruim assim?", o barbeiro Simmons perguntou quando seu cliente citou as autoridades: "Os epítetos raciais do sujeito ao telefone eram inflamatórios demais para levar ao ar".

"O que ele está dizendo?" Uma mulher com sacolas de mercado puxou a bainha de Zala enquanto tentava chegar à curva no patamar da escada.

Zala identificou o cheiro que descia as escadas como tabaco de cachimbo Irish Mist. Porém não conseguia identificar McClintock entre todos aqueles casacos amassados e colarinhos ensopados. Dava para ouvir parte da ladainha dele contra a "falácia da informação" — "Estamos informados a respeito de tudo, parece, então não entendemos nada de fato". Ele foi bruscamente cortado por uma funcionária da prefeitura que estava inclinada sobre a corda, carrancuda. Zala ouviu a batida do cachimbo contra a parede, viu várias pessoas na escada se afastarem rapidamente olhando para baixo, depois ouviu outro comentário indelicado da mulher sobre a barreira de corda. Tinha o cabelo num corte tigelinha que balançava, estava com um terno de listras com o crachá da prefeitura na lapela, um jabô rendado no pescoço. Diretamente na frente dela estava Leah, segurando seu pequeno gravador perto da corda. Ao lado de Leah estava Mac.

Um homem preto alto, robusto num paletó *caban* e chapéu de marinheiro havia cruzado os braços sobre o peito e se colocado no degrau amplo. Zala aceitou o convite e se encostou nele. Do outro lado, o velho com o rosto enrugado indicou que queria conversar com ela assim que possível.

"Ela voltou a isso de novo?" A mulher com as compras, três degraus abaixo da curva na escadaria, abriu uma fatia de pão.

Zala não se deu ao trabalho de tentar ouvir o que a mulher da prefeitura com o jabô estava falando. Já conhecia o tom, portanto conhecia o discurso: Aquarius, o supercomputador, um empréstimo da TBS em Dallas, é equivalente em CPUs a dez IBM 370; o sr. Samit Ray, nosso diretor de informática, relata que podemos agora analisar 17 mil bits de dados por minuto; 13 mil informações vieram só dos videntes, e agora era possível tabular aquilo e fazer referências cruzadas com o Aquarius em um décimo do tempo que isso levaria com um equipamento convencional, ou até menos; mil e quinhentas ligações já haviam sido feitas pelo computador num período de doze horas; buscas eletrônicas de casos semelhantes podiam ser realizadas, com referências cruzadas, arquivadas, guardadas e recuperadas a partir de padrões que blá blá blá.

"Por que não mostram de uma vez a droga da ligação?", o marujo falou, cutucando seus pelos encravados.

Um rosto familiar numa japona se encostou no corrimão, olhou em torno, viu o marujo e acenou, depois passou por Zala para se juntar à discussão que a mulher com as compras estava tendo com um jovem temperamental com cabelo bagunçado — algo sobre corpos em um hotel. Toda vez que Zala se mexia para tentar ouvir melhor, o velho se esticava por trás do marujo e puxava sua manga para que ela ficasse parada. O jovem do cabelo bagunçado desceu os degraus para discutir com alguém abaixo que disse algo sobre o comitê PARE.

"Sshhh." Uma mulher grávida no patamar do quarto andar apontou por cima do corrimão na direção das costas de Leah. "Ela está fazendo umas perguntas boas."

Zala se inclinou para a frente para ouvir. Certamente havia muitas boas perguntas para fazer. E Leah fez. Agora que o perito Stivers tinha desistido do processo contra o FBI, o GBI e a polícia de Atlanta por não terem protegido o local do crime até que sua equipe chegasse, alguém investigaria por que as autoridades estavam com tanta pressa que jogaram os dois corpos num único saco e deixaram onze dentes e um esterno? O local foi meticulosamente analisado desde então, seja atrás de pegadas e marcas de pneus, destruídas pelos profissionais que pisotearam o local, talvez em busca de um botão, uma pulseira de relógio ou de um cartucho deflagrado que pudesse ter se afastado dos esqueletos? E o que estava sendo feito em resposta à acusação feita pela equipe civil de busca de que provas encontradas e entregues para a polícia tinham desaparecido? E quanto às coisas que, por exemplo, a equipe descobriu no prédio abandonado mês passado, atraída pelo cheiro insuportável de apodrecimento? De acordo com as pessoas do bairro que continuaram a sair às centenas procurando, havia armas no prédio, roupas íntimas de meninos, restos de Polaroids, um altar e uma Bíblia aberta, pregada à parede com uma faca.

Zala revirou o caderno. Será que havia misturado o conteúdo do prédio do "culto" em janeiro com os do prédio "pornográfico" no verão?

"Isso", disse alto, pois ali estava na página. Restos de polaroides e cuecas de meninos foram encontrados no prédio perto de Lakewood, o prédio em frente ao parque onde o menino Terrell foi visto. O altar e a Bíblia, então, eram do prédio que a equipe civil de busca encontrou. Porém não havia também provas fotográficas e roupas?

Sentiu uma mão quente na perna. A mulher comendo pão estava pedindo que ela se movesse um pouco para o lado.

"Não dá pra ouvir aqui embaixo", alguém na parte inferior da escadaria gritou.

Seja lá o que Leah tivesse perguntado e a mulher com o crachá estivesse tentando responder, Mac interrompeu.

"É natural", ele disse, "isto é, humano", virando-se para projetar a voz para o patamar do quarto andar. "Temos um certo prazer em criar ligações. E então frequentemente forçamos ligações causais apenas pelo prazer do padrão. Ou vemos paralelos que não fazem sentido nenhum além da superfície. E muitas vezes confundimos coincidência com significado."

"O que tá rolando? Que que tá rolando, cara?" O jovem com um esfregão encaracolado sentou-se no corrimão com uma perna de cada lado e tentou sacudi-lo para retomar a conversa com a mulher que comia pão.

"Padrões." O homem com forma de pera usando japona tossiu, depois se inclinou para responder ao jovem impaciente. "Estão falando sobre padrões."

"Bem, eu mesmo podia falar de alguns padrões." A mulher colocou o pão de lado e parou de mastigar.

Todo mundo tinha a mesma sensação. Alguém já havia notado que, quando os jornais escreviam sobre mães criticando a investigação, sempre colocavam a história ao lado de outra sobre negligência parental e abuso? Parece curioso, não? Alguém da comunidade diz "Ku Klux Klan" ou "culto", eles respondem com "assassino gentil" e "homem negro". Mesmo quando as próprias autoridades dizem "pornô", não querem dizer quadrilha, notaram? Querem que seja um assassino solitário, sem ligação com grupos. Se a comunidade diz "quadrilha da pornografia", então é "crianças da rua se prostituem". E quando os jornais cobrem as mães viajando pelo país? No dia seguinte se divulga que elas precisam passar pelo detector de mentiras de novo.

"Onde tem fogo tem fumaça", alguém abaixo disse, porém com tantas conversas em andamento ninguém sabia para quem ela estava respondendo. O jovem escorregou pelo corrimão até a pessoa que falou, e os que estavam no patamar perto de Zala se viraram para ouvir.

"Isso é uma babaquice", o rapaz disse.

Zala ouviu a expressão "por exemplo" antes do jovem interromper de novo a pessoa que estava falando.

"Como pode dizer uma coisa assim sobre as mães, cara? O que sua mãe fez com você? A questão é quem fode com quem, cara. Estou te dizendo. Você quer foder com os brancos? Bem, você tem uma puta situação na mão, igual em Detroit. Lembra de Detroit? Bom, você é um burro, não lembra do Hotel Algiers em Detroit."

"Com quem ele está gritando?" O homem que usava uma jaqueta de aviador estava debruçado no corrimão, vendo o cabelo de escovão desaparecer no fim da escada, as pessoas se afastando, sem saber se a intensidade do rapaz era paixão, loucura ou perigo.

Zala podia ouvi-lo batendo o ombro na parede no andar abaixo onde os que estavam sentados esticavam as pernas, alguns discutindo a Ku Klux Klan, outros falando de cultos.

"Bom, a própria Ku Klux Klan é um culto", o marinheiro disse baixinho e coçou o pescoço.

Zala colocou a mão na memória que revolvia em seu estômago e murmurou, "culto, pornografia, Ku Klux Klan".

"Agora você entendeu", disse o marujo, sem tirar os olhos da funcionária da prefeitura com o jabô. Pela forma como o homem apertava os olhos e se coçava, Zala estava certa de que ele tinha chegado a uma conclusão definitiva quanto à mulher.

"O que ela está dizendo agora?", a comedora de pão queria saber.

A funcionária atrás da corda estava falando sobre perfis para responder à pergunta de Leah. O perfil do assassino que a unidade de Ciência Comportamental do FBI em Langley, Virgínia, produziu; os perfis do assassino e das vítimas que o dr. Lloyd Bacchus, um camarada preto de Atlanta, psiquiatra forense, fez; os perfis das vítimas que a Comissão de Saúde do distrito de Fulton desenvolveu junto a quatro epidemiologistas do CDC. A informação foi repassada até o fim da escada, as perguntas respondidas, a mulher fechou o pacote de pão com um prendedor plástico e pegou suas sacolas.

O velho se aproximou do marujo. "O que ela disse?", perguntou à Zala.

O homem de jaqueta de aviador limpou a garganta. "Disse que o momento da virada foram as fibras."

Zala segurou o corrimão e estava tentando subir até chegar perto o bastante para fazer algumas perguntas. O atendente da lavanderia finalmente havia sido preso. As pessoas que estavam nos degraus ajudaram Zala a subir. Contudo ela não conseguia atrair a atenção da mulher da prefeitura.

"... pelo de cachorro de um husky siberiano ou um malamute do Alasca, e, claro, fibras de carpete e de roupas..."

"E fibras de cordas", uma mulher num casaco de pele falou, enganchando o braço no corrimão. "E não esqueça os cabelos caucasianos. Porque meu sobrinho trabalha no laboratório. Verdade. Cabelos de uma pessoa branca."

"E o atendente da lavanderia?" Zala subiu mais alguns degraus para falar. "Um suspeito identificado em agosto trabalhava numa lavanderia." Ela virou para as pessoas em volta dela. "Fibras." Eles concordaram com a cabeça. "Havia testemunhas."

"Quando foi isso?"

"No verão passado. Em agosto."

"Saiu na imprensa?"

Não. No entanto eu estava na delegacia todo dia na época."

"Na delegacia? Como?"

O velho acenou para Zala falar mais. Quando girou o corpo, Leah estava olhando para ela, empurrando os óculos contra o rosto. Ela ergueu um dedo no ar e sorriu. Zala já tinha visto aquele gesto, aquela expressão, sabia o tom que vinha junto, "Deixa comigo", e os rótulos — "novatos", "virgens políticos".

"Pergunte do suspeito da lavanderia e a ligação com as fibras, Leah", Zala pediu.

Leah se virou para a mulher com o jabô, que se inclinou para a frente. Contudo, quando ela voltou a falar, foi a mesma lenga-lenga.

"Em dinheiro vivo uns 100 mil dólares, mais uns 46 mil, um adiantamento, humm, quem sabe, do show beneficente de Sammy Davis-Frank Sinatra..."

"Fala mais alto." O velho gesticulava para Zala continuar subindo os degraus. Ele virou na direção dos que estavam ao seu lado. "Aquela é a moça que acabou com as conversas paralelas na Greater Fairhill Baptist." Sinalizou para que várias pessoas nos degraus abaixo encorajassem Zala.

Achando que estavam falando com ela, a mulher da prefeitura começou a falar mais alto. "Duas mil multas de trânsito foram emitidas desde que os bloqueios nas estradas foram instituídos. Não tenho em mãos o quanto isso representa em horas extras. O suficiente para dizer que a investigação é cara. Porém a câmara municipal está considerando penalidades mais duras para violações do toque de recolher. Uma multa de 500 dólares ou um ano na cadeia para os pais."

Ela fora longe demais. O velho seguia gesticulando para Zala com um braço, e com o outro tentava silenciar a multidão. Zala ficou parada. Não fazia sentido. A mulher da prefeitura não estava lá para anotar informações. De qualquer maneira, só se levavam em conta dados trabalhados para se encaixarem nos perfis, padrões e teorias com os quais a Força-Tarefa já estava comprometida. Qualquer resultado do Aquarius teria tanta afinidade com a situação atual quanto uma sinopse das tragédias gregas feita por um calouro.

O marujo, que já não olhava mais para a mulher atrás da corda, resmungou. "Será que ela ganha um bônus pra cuidar das multidões?" E levantou o queixo em direção ao patamar do quinto andar, onde a mulher ainda jorrava números.

Uma atração turística, Zala estava pensando. O Aquarius era uma atração turística para os moradores da cidade. Grupos de suplicantes vinham diariamente consultar o oráculo. E o velho de Greater Fairhill ainda insistia que ela fizesse parte do espetáculo.

Alguém mais abaixo gritava que queria saber o que estavam fazendo com o dinheiro dos impostos que ele pagava. Superpoliciais pretos foram trazidos, mencionados brevemente nos jornais, depois mandados embora de novo, sem que os cidadãos passassem a saber mais acerca do trabalho deles do que uma pulga na coleira sabia de seu cachorro. A Scotland Yard veio e foi embora. ABC, NBC, CBS, 20/20, 60 Minutos, a BBC, equipes de TV alemãs, escritores de histórias de mistério, videntes, detetives que ganharam reputação no caso Onion Field, os Assassinatos do Zodíaco, as Mortes da LA Freeway. "Apresentam a conta pra gente, mas não os fatos."

"Diga-lhes o que você sabe", o velho implorou a Zala.

"Você sabe alguma coisa a respeito das fibras que eles estão falando?", indagou, em voz alta e desafiadora, a mulher que usava casaco de pele e tinha um sobrinho técnico de laboratório.

A atenção se voltou para Zala. Porém o que eles queriam? Por que as pessoas continuavam pedindo para ouvir o que já pensavam, murmuravam a respeito, sabiam, no entanto continuavam a resistir? Podia começar dizendo como uma única ligação telefônica de dentro da delegacia revelou o suspeito da lavanderia self-service apontado por cinco testemunhas oculares diferentes. Ou podia começar com a carta que B. J. leu na fita. Talvez o autor fosse alguma mulher branca louca que queria ver o pai preso, mas parecia relevante.

Depois de estuprada pelo pai, a menina foi entregue para que o xerife e outros amigos da família, que eram da Ku Klux Klan, transassem com ela. Aos 12, ela participava regularmente de filmes caseiros sobre orgias. A mulher do pastor, a mulher do xerife — ou foi a mãe? —, alguém a colocou num lar para meninas rebeldes e depois num sanatório, porque não parava de questionar a respeito da morte do irmão. O menino também foi estuprado pelo pai, depois espancado até a morte, de acordo com a autora da carta, que não se denominava vítima, mas sobrevivente, embora sua infância, marcada e maltratada, seguisse sendo exibida na tela, seu terror ainda alugado como entretenimento.

Zala se ouviu falando alto demais, apressada, apesar de não ouvir o que estava dizendo. Sentia uma parede se erguendo, não muito diferente da parede que ela própria ergueu no verão, ouvindo as mães do PARE e tentando se separar da calamidade delas. Tentou falar mais devagar. Falou das testemunhas — o assistente do legista, os inquilinos do Bowen Homes, o pai que viu a porta da caldeira desaparecer e foi visitado mais tarde e instado a ficar em silêncio para que não houvesse um pandemônio.

"Leve o tempo que quiser, filha", o velho homem da Fairhill Church sussurrou.

Ela tentou escolher as palavras com cuidado, encontrar palavras educadas, isentas, que não os fizessem recuar diante do horror dizendo: "Ah, que terrível, o que estão fazendo a respeito?". O que eles precisavam que fosse dito? Eles sabiam, e sabiam que sabiam, que a versão oficial era esquisita, cheia de contradições que até um tolo podia entender. E quando o relatório todo estivesse concluído todo bonitinho, será que eles iam censurar Zala, tsc, tsc, lhe dar um abraço, um tapinha e um comprimido, ou invadiriam o centro de informática para assumir a investigação?

"Meu Deus", a mulher com o jabô rendado segurou o rosto nas mãos.

"Pobre mulher", foi a frase que subiu até Zala enquanto ela descia.

"O que machuca a gente não é saber tão pouco", o velho dizia, "é saber que muito do que a gente sabe não é verdade."

"Só sei de uma coisa", o marujo disse, "de uma forma ou outra esta cidade vai explodir."

Zala ficou perto do alambrado onde três cavalos da polícia foram amarrados, esperando que Leah e Mac saíssem. É provável até que eles já tivessem saído por outra porta. Todos os outros que haviam visitado o oráculo já tinham saído, ruminando este ou aquele enigma. Não houve nenhum movimento para tomar a sala do computador. Não haverá nenhuma passeata de protesto em torno do Central City Park, nenhuma invasão do showroom de carros. Nenhuma ação para levar a cidade a parar. Resistindo deliberadamente ao que sabiam e ao que eram obrigados a fazer em função do que sabiam, as pessoas estavam dispostas a comprar as mentiras oficiais por mais um tempo. Para que não houvesse um pandemônio.

Continuou esperando, sentindo a bainha do casaco pesada de chuva. Zala olhou para uma crisálida pendurada na curva de um galho como um saco de lixo, pensando vagamente no que havia dentro da bolsa semelhante a pergaminho — vespas? marimbondos? Talvez Austin tenha notificado Leah e ela estivesse constrangida demais para encarar Zala. Ou então não tivesse havido ação nenhuma, e as garantias de Austin fossem uma mentira como tudo mais. Por um momento, pensou ter visto um movimento na crisálida e desejou sorte às larvas, pensou no Viúvo, não como era agora, irritado e moribundo, mas como era no começo quando dedicava tempo para lhes contar coisas.

Ele tinha mandado todo mundo descer da escada um dia quando, ao lavar as janelas, descobriram um ninho de marimbondos. Fechando a casa com todos dentro, o Viúvo mandou os gêmeos buscarem o querosene. Enrolou um velho pano de prato na vassoura e começou. Pelo menos uma vez, saiu de seu estilo, indo direto ao ponto. Uma coisa era a abelha, que picava e depois ia cuidar da vida. Outra era a vespa, que nos perseguia casa adentro com ferrões, depois zumbia ameaçadora na janela. E aí tinha o marimbondo, que convoca todo o seu Exército e a sua Marinha para perseguir você até o fim do mundo, decidido a destruí-lo totalmente. Lá fora, vestido com mangas longas, calças grossas, um capacete feito com uma tela tirada de uma janela, e sua lança em chamas, o Viúvo subiu na escada para a batalha, deixando-os dentro de casa com grande respeito pelos obstinados maníacos alados, que não negociam, não fazem prisioneiros e que deixam a vida toda de lado para matá-lo por perturbar os filhotes deles.

As luzes da Prefeitura foram apagadas. O guarda trancou as portas da frente e foi embora. O quinto andar apagado. O que quer que o Aquarius tenha realizado, seu trabalho de distração estava feito naquele dia.

Inclinando-se bem para a frente na cadeira, o peito pressionado contra a borda da mesa, Claude batucava na parte de baixo do tampo. Os cubos de gelo tilintavam nos copos de plástico.

"O quê?" Spence não sabia por que ele estava sussurrando. O restaurante do hotel tinha pouca gente.

"A idade das trevas, cara." Era uma mensagem secreta sendo batida na parede da prisão.

Spence começou a abrir espaço na mesa. Afastou o moedor de pimenta, o vidro com a vela vermelha, depois os copos. Familiarizado agora com as pausas e os recomeços súbitos de sua companhia de jantar, conclui que Claude ia arrumar de novo as fotos na mesa como cartas de baralho. Vê-las organizadas em linhas ajudava a pensar.

Claude estava desenhando palavras no cesto de pão. Depois juntou as migalhas em pilhas. A ponta do nariz brilhava à luz da vela vermelha.

"Você não está comendo." Claude mergulhou o garfo na taça de vinho e traçou linhas entre as migalhas. "Você está bem?"

"Estou tranquilo", Spence sorriu. Claude tinha reclamado que veio a Atlanta pronto para agir, e encontrou todo mundo tranquilo e calmo. Quer dizer, todo mundo menos o cartunista que conheceu e que estava procurando freneticamente a agência responsável pelos gibis de educação sobre segurança. A única discussão apaixonada alusiva ao caso que tinha ouvido até agora foi entre as camareiras do hotel, defendendo com ferocidade as mães do PARE, e a chefe delas, que as chamou de mercenárias por cobrar para dar palestras. "Como se o Kissinger e o Jimmy Carter não cobrassem", as camareiras argumentaram.

Spence observou Claude e esperou.

Claude jogou o garfo. "E o FBI?"

"Achei que a gente já tinha encerrado esse assunto." Antes de deixar o quarto do hotel, os dois concordaram que o FBI servia para encontrar um buggy roubado, um iate levado da marina, um desertor, talvez, mas não crianças.

O garçom tirou os pratos e varreu as migalhas para dentro do cesto de pães. Claude esvaziou o envelope plástico e começou a alinhar as fotos.

"Por que não se ouve mais falar no esquema de tráfico sexual que desbarataram faz uns meses?"

Spence encolheu os ombros. Enquanto procurava pelo menino Terrell, a polícia prendeu três homens. E, por um tempo, a teoria reinante foi que um sadomasoquista tinha saído do controle. A história oficial era que Wilcoxin, St. Louis e Hardy só exploravam meninos brancos. A história foi morrendo.

"O julgamento está marcado para a primavera", Spence disse. "Fizeram questão de dizer que nenhuma criança preta estava envolvida."

"Percebi. Porém não é comum você ler nos jornais — fulano de tal, branco, e sicrano, branco. Você acha que eles encontraram ouro e estão mantendo a imprensa fora do caso com esse ardil? Ou estão com medo de dizer que três homens brancos estavam abusando de jovens pretos?"

"Pode ser."

"Você não acha que é isso?"

"Só sei que estão mentindo. Um amigo da minha esposa trabalha com menores infratores e a história é que, no começo, os meninos pretos iam para testemunhar. Provavelmente iam na sala do juiz. No entanto..."

"Também não acho que seja isso, Nat. O lance do sexo pode ser apenas uma parte pequena de um esquema maior, mas... Em resumo, o que você acha?"

"Ku Klux Klan."

"Como todo mundo pensou na hora que a história apareceu. O que nos leva de volta ao FBI." Claude se abaixou de novo para pensar, o queixo balançando nas costas da mão.

Spence aproximou a vela para inspecionar as fotos. Uma estava amassada e tinha sido cortada, decerto para caber numa carteira. Outra tinha sinais de fita amarela nos cantos. Aparentemente tinha feito parte de um álbum.

Nas três horas que passaram juntos, Spence havia descoberto poucas coisas relacionadas a seu companheiro. No gaveteiro do hotel, havia um envelope com HOT SPOT: COOPERATIVA DE EQUIPAMENTOS ELETRÔNICOS impresso na seção de endereço de retorno. Aquilo e o endereço na segunda *Newsweek*, quase nada mais. Quanto ao resto, teve que aceitar a palavra do outro.

Na foto cortada para caber na carteira, havia duas mulheres. A mais velha, 30 e poucos anos, tinha o cabelo preso atrás e uma franja anos 1950. Segurava um carrinho de bebê, olhando por cima do ombro para sorrir na direção de quem tirou a foto. A mais jovem, 18 anos no máximo, tinha o cabelo puxado para trás e escovado para o lado, preso com um pente. Uma echarpe de chiffon estava em volta do pescoço, amarrada do lado. Um cardigã, avolumado na frente por um sutiã estilo cone de sorvete semelhante aos que via Delia vestir naquele tempo, estava abotoado nas costas. A saia, longa, reta e apertada, era do tipo que Cora chamava de "saia *hobble*". "Fáceis" era como chamavam as meninas que usavam aquilo; "negligentes", as mães que deixavam.

Quando Spence tentou pegar as fotos coloridas, Claude mudou várias delas de fileira, como alguém trapaceando no baralho. No enatnto não fez nenhuma tentativa de identificar as pessoas. Numa foto a mulher e a menina, agora mais velha, estavam com uma mulher de meia-idade com um aparelho de surdez. Em outra, feita nos degraus de uma igreja, raposas corriam atrás uma da outra nos amplos ombros dela, dentes mortos presos a rabos mortos. Spence pegou uma foto grande de um piquenique familiar. Um menino que podia ser Claude estava lutando com um adolescente debaixo das árvores. Os homens descansavam sobre uma colcha de retalhos, rindo e levantando copos de papel. A menina com os peitos pontudos segurava um copo debaixo do bico de uma garrafa térmica. As duas mulheres estavam sentadas apoiando as costas uma na outra. As pernas delas estavam cruzadas nos joelhos, a mulher da pele de raposa segurando para a saia não subir.

Mais uma vez, Claude mudou uma foto de lugar na mesa. Feita no Vietnã, mostrava militares sem camisa posando em frente a uma barraca de abastecimento. Quem quer que tenha feito a foto estava mais interessado na barraca do que nos homens. As cabeças estavam cortadas, cotovelos fora do enquadramento, no entanto a barraca estava cuidadosamente centralizada. O ângulo foi selecionado para uma iluminação perfeita do lado da barraca onde a lona tinha sido amarrada, expondo as armas — metralhadoras M-60, lançadores de granada M-79, armas 155-milímetros, morteiros, Uzis. O sujeito da Califórnia estava tentando lhe dizer algo?

"Uma escuta telefônica", Claude disse, batendo com o punho na mesa.

"Que escuta telefônica?"

Claude abriu o guardanapo e sobre ele pôs, aberta, a carta azul de correio aéreo que tirou do envelope plástico. Usou os mesmos gestos meticulosos que mostrou no quarto de hotel enrolando baseados. Apesar de suas mãos serem calmas, as pernas não eram. Balançava os joelhos para a frente e para trás, sacudindo a mesa.

"Se não foi o FBI, quem foi, Nat?"

"Não entendi."

Claude batucou na mesa por um tempo, depois olhou por cima da carta. Tudo nele estava imóvel agora. Spence pegou, de uma das filas, uma foto que parecia mais recente. As três mulheres estavam numa paisagem densa e verde. De um lado da foto, o sol parecia escaldante. A mulher que antes usava franjas agora estava com o cabelo trançado na frente. Estava colocando uma panela de ferro pesada numa mesa de piquenique. Um barracão atrás dela, embora desfocado, tinha uma placa legível sobre a entrada — CASA DE JANE PITMAN. Do lado escuro da foto, onde os arredores verdes eram quase pretos, a mulher da pele de raposa num avental estava curvada em cima de uma panela. À primeira vista, parecia estar se dobrando de rir. Entretanto o sorriso era forçado. A curvatura do corpo, porém, era real e dolorida. O suor se espalhava pelas costas como manchas de Rorschach. Ela erguia o ouvido em direção à câmera num "hein?".

Quem dominava a cena era a menina, mesmo estando no fim da mesa, nas sombras. Não mais uma menina, seus seios eram uma linha suave cruzando a camiseta. Ela segurava uma pá de madeira, do tipo usado para tirar pizzas de fornos. Uma espátula, Spence pensou, lembrando da última vez que ele e Zala se enrolaram com os jornais de domingo e fizeram palavras cruzadas juntos.

Claude o observava de perto, esperando sua reação. Spence olhou mais um pouco para a foto. A jovem tinha dominado a arte de aparecer diante da câmera e atrair o olhar. Havia todo um manifesto no ângulo do seu queixo, na forma como ela pegava a espátula. Mas o quê? Então notou que a mulher de pele de raposa não estava usando o aparelho de surdez. Hein? Havia uma mensagem nos Rorschachs nas costas dela? Hein... hein? No verso da foto estava escrito: "Paraíso enfim — Com amor, Alma, Theresa e Pat".

"Eles não estão brincando", Claude se encostou na cadeira e chamou o garçom. "Não sei se você anda seguindo as aventuras deles, pois estão roubando bancos, falsificando cédulas de valor alto, roubando arsenais, bombardeando prédios públicos. Eles possuem seu próprio serviço telegráfico. Estão colocando as listas de endereços de correspondência em computadores. E têm mais organizações de fachada do que a *Klanwatch* pode acompanhar. David Duke, a estrela do talk-show deles, pode até ter rompido com Bill Wilkerson, aquele socialite, porém aqueles dois conseguiram ganhar terreno, muito terreno, cara. E agora com o senador da Carolina como liderança ideológica...".

"Jesse Helms", Spence acrescentou, agora que havia entendido.

"Na mosca. Estão recrutando todo mundo que o centro e a esquerda negligenciam — gente na condicional, pacientes mentais, sem-teto. Pensa comigo. Você está na rua, sem carteira de motorista, não pode votar, ninguém te dá a mínima, não tem onde morar, não tem emprego, não tem crédito, nome sujo em toda parte — você tá no ponto, cara, prontinho. A Frente Cristã está recrutando filhos de hippies abandonados aos montes na Costa Oeste. Na Costa Leste, os guardiões contra a obscenidade pretendem se unir às feministas antipornô. Esqueça o que falavam do Papa, estão recrutando católicos agora, e não só nas organizações de fachada. Tem um recrutador preto da KKK no Meio-Oeste. E começaram a suavizar a coisa judaica, não sei se já reparou. Nos últimos folhetos eles não falam mais 'Avante a República Branca Cristã'. Agora é 'Salve a Civilização Judaico-Cristã'. O que você entende disso? Entretanto minha pergunta é", Claude disse, se inclinando e batendo na mesa em frente aos braços de Spence, "será que eles têm colhões pra grampear o rapaz branco?".

"Maynard e os outros, você quer dizer?" Spence não entendia como poderia fazer isso, não com o GBI fungando no pescoço deles, com o FBI no pé, a imprensa indo atrás deles de porta em porta e os sulistas brancos prontos para atacar. Mordeu os lábios e pensou. "O chefe de polícia Napper foi dispensado da Força-Tarefa. Isso deve significar algo. A gente acha que isso está relacionado ao fato de ele ter agido rápido demais quando um dos investigadores trouxe a vidente. A cidade ficou com a conta da mulher. No entanto pode ser que a transferência para um local com menos visibilidade... hummm".

"Mais provável que seja o FBI. O caso de amor entre a KKK e o FBI nunca acabou. Tem tantos agentes na Ku Klux Klan quanto cavaleiros no Bureau. Seria mais bonito, porém, se os pretos tivessem um trunfo. Maynard e Jackson e os outros, estou falando deles."

Depois de só sentir o cheiro do café no bule, Claude dispensou o garçom com a bandeja, para em seguida chamá-lo de volta, pedindo uma garrafa de conhaque e um café fresco.

"Você parece preocupado, Nat. Está achando que vou deixá-lo com a conta?" Sorriu, mostrando dentes que pareciam falsos. "Então, o que está pensando?", perguntou depois de uma longa pausa.

Antes que Spence pudesse coçar o lábio superior onde seu bigode estava ficando espesso, Claude começou a alinhar as coisas na mesa. Colocou a vela atrás da taça de vinho. Quando o garçom colocou a garrafa na mesa e duas taças, Claude as tornou parte da formação de batalha. Até ali, porém, não tinha começado a aula que pretendia dar.

Grampo telefônico. O namorado de sua sobrinha Gloria, um operador de rádio amador, se vangloriava de que iria ganhar a recompensa uma vez que conseguisse captar uma transmissão dos assassinos. Grampo. Quanto tempo levaria?, Spence pensou.

Mais de dez anos se passaram entre a explosão de uma igreja no Alabama e os julgamentos. Robert Chambliss estava finalmente preso pelo assassinato de quatro meninas. Porém esteve solto para planejar e tramar por catorze anos antes de ir para a cadeia. Stoner escapou da punição e disputaria a eleição, apesar do segredo conhecido de que seu colega de quarto era o irmão de James Earl Ray, ainda preso em Springfield pela morte de Martin Luther King Jr.

"Entre com um pedido de informações, cara. Essa é a resposta", Claude disse. "É isso, Nat. A lei de acesso à informação." Estendeu o braço pela mesa e agarrou o braço de Spence, virando o copo de conhaque.

Spence segurou a taça que rolava. Claude saltou quando o conhaque chegou ao seu lado da mesa e caiu em seu colo. Não usou o guardanapo para limpar a calça, mas agiu rápido para tirar as fotografias da poça.

"Merda", foi só o que Claude disse quando se sentou de novo, segurando a foto do Paraíso e a carta de correio aéreo no peito. Parecia estar a milhões de quilômetros de distância. Spence se sentou, inquieto. Não parecia uma boa hora para sair da mesa e ligar para o juiz Webber. Arrastou a cadeira para mais perto quando Claude se sentou e deixou a foto cair.

"O que nós não sabemos dizer para as nossas mulheres, Nat?" Claude perguntou, pegando o conhaque. A voz dele parecia vir de baixo de terra mal compactada. "O que esses autointitulados messias sabem dizer que nós não sabemos?" Com a mão segurando o copo, gesticulou de forma enfática sobre o chão onde a foto colorida tinha caído. Conhaque caiu no carpete.

"Vá com calma, Claude!"

"Nosso pastor se recusou a enterrar. Na Costa inteira, cara, ministros se recusaram a fazer serviços fúnebres. Suicídio e terra sagrada, essa merda. Alguns admitiram que estavam com medo do Templo do Povo."

Spence pôs a mão com firmeza no braço de Claude e levou o copo de conhaque para a segurança da mesa. "Vá com calma. Sei que você está sofrendo, irmão."

O garçom jogou uma toalha sobre a mesa, pressionou-a, tirou-a, jogou-a por cima do ombro e saiu.

Claude girou o copo e inalou. "Você acredita? Uma vez eu trabalhei para o Jones. Fiz filmes promocionais para o Templo quando ele possuía uma igreja na Geary Boulevard. Voava para São Francisco toda semana. Toda semana, cara. Quase me matei de trabalhar. Todos nós. Huey Newton, Angela Davis — todo mundo que era alguém o elogiava. Merda, ele estava fazendo coisas boas na época. Minha irmã deixou um bom emprego — assistente social, adoção preta e tal. Foi trabalhar para o Jones. Isso na época em que o cara estava ganhando prêmios da Comissão de Direitos Humanos por orfanatos, asilos".

"Essa é a sua irmã?" Spence pegou a foto do Paraíso do chão e colocou na mesa.

"Sim... Tive muitas dúvidas quando começaram a pegar as crianças. Sabe, colocando crianças pretas com casais brancos. Eu disse, eiiii, espera um pouco. Contudo ela me convenceu daquela vez." Trouxe a foto para perto. "Mas Charles Garry — sabe, o advogado dos Panteras — ficou até o trágico fim. O trágico fim, cara." Claude serviu dois dedos de conhaque no copo de Spence.

Spence dispensou o garçom depois que este deixou a bandeja de café. Claude esfregou um dedo sobre a garrafa, satisfeito por ser café fresco.

"Quando percebi o que estava acontecendo... meu! Começamos a ouvir falar de espancamentos e estupros e drogas." Ele sacudiu a cabeça e a mesa tremeu. "Todas as mulheres. Todas as crianças. Escrevemos cartas para todo mundo — FBI, Departamento de Estado, CIA, o presidente, a Embaixada norte-americana lá — tudo com o que você jura que jamais iria lidar, muito menos implorar. Quero dizer, *implorar*, Nat. E aquele Burham... Por que a gente tinha que dar aval praqueles cretinos só porque eram pretos? Burham é um completo desgraçado, Nat."

"Estou te ouvindo."

"Fomos ver os Panteras. Fomos atrás de cada senador e de cada deputado que pudemos. Sabe o que levou o Leo Ryan a assumir o caso? Um dos alunos dele era um desertor do Templo e foi assassinado. A família implorou a Ryan para investigar. Estávamos correndo pra todo lado tentando fazer as pessoas se mexerem. Porém você sabe como funciona a Costa, Nat. Todo mundo é cabeça fresca e fodido. Todo mundo tomando vinho e chapado em Ouro Acapulco e citando iogues e queimando incenso e absorvendo a vista — as Paliçadas, a Baía, a ponte, o isso, o aquilo."

Spence tirou as coisas do caminho quando Claude começou a gesticular. Moveu-se para mais perto dele e massageou suas costas até que a tremedeira passasse. Quando Claude começou a desamassar a carta do correio aéreo, Spence esperou ouvir histórias. As ligações de longa distância pouco frequentes que pareciam monitoradas, ensaiadas. A impotência que se sentia muito de longe enquanto os desertores previam problemas graves do aumento de simulações de suicídio no paraíso de Jones na Guiana.

Na rádio pública houve entrevistas com pessoas de Atlanta cujos amigos e familiares estavam entre os 911 massacrados. As velhas cartas lidas no ar, monótonas, todavia uma frase solta ganhava um valor repentino — um SOS em código, um adeus, um alerta para se cuidar? Desertores entravam no ar e relatavam os açoitamentos, os estupros, as doenças sexualmente transmissíveis, o dinheiro mantido na naftalina, depois transportado periodicamente na bagagem de mão para a Suíça, o Brasil e a União Soviética. Advogados contratados pelos familiares fizeram atualizações do julgamento por um tempo, sobre os processos movidos contra os dois governos pelas famílias, pela viúva do congressista Ryan, pelos colegas dos jornalistas mortos no campo de pouso em Georgetown. Depois silêncio. O silêncio se instalou, exatamente como os protestadores haviam alertado e como os desertores haviam previsto que aconteceria a menos que muitas vozes se erguessem. Quando o filme *The Guyana Tragedy* chegou à cidade, a supressão de notícias já estava em vigor. A amnésia reinava. Cancelado depois de dois dias, o filme não chegou nem ao final da semana.

"A Idade das Trevas, Nat. Está ao alcance da mão." Claude se arrumou na cadeira. "E é por isso que você estava correndo, Nat."

"*Eu* estava correndo! Você bateu em *mim*, cara."

"Fantasmas — nós dois estamos tentando fugir dos fantasmas que querem nos transformar em fantasmas. Bom, vamos beber a eles." Claude disse, levantando o copo. "Você não está bebendo. Tem algo melhor para fazer?"

"Um bêbado beligerante. Você destruiu minha limusine e agora vai ficar desagradável."

"Foi meu Chevette que foi destruído. E nem era meu. Vamos beber à Idade das Trevas que está chegando até nós."

"Não vou beber a isso", Spence disse.

"O que vai fazer? Você tem poucas opções."

"Sei, você me disse. Apatia, tormento... submissão, loucura e..."

"Só dois. Ou você faz ou não. Acredite. Confie em mim. Sei do que estou falando."

"Você está bêbado, Claude."

"E ficando mais bêbado. Espero que você tenha dinheiro na carteira", ele sorriu, coçando o nariz.

Spence olhou em volta procurando o telefone. No bar, uma TV estava presa à parede acima do caixa. Estavam passando uma reprise do caso — as buscas, um barco na água, ganchos, uma maca coberta sendo levada para o carro do legista, o prefeito com uma faixa preta no braço, o comissário parecendo cansado, as mães fazendo uma denúncia, um repórter no local, colegas de classe carregando o caixão pelas alças, com luvas brancas. Depois as familiares fotos da escola ocupando a tela.

"Ao alcance da mão, certo", Spence comentou, levantando-se. "Tão perto quanto a TV."

"Mais perto, cara. Mais perto."

A buzina tocou uma terceira vez antes de Zala pensar em olhar. Faróis estavam piscando através das cortinas de macramé. Espiou pelo vidro da porta. Dois bêbados estavam tropeçando na calçada, um com um cobertor, o outro com meio casaco, uma manga vazia e balançando. Ela abriu a porta. Cambaleando nas sebes, agarrando as roupas um do outro. O taxista saiu para ajudar, fazendo X em frente ao peito; pretendeu dizer que não participou da bagunça e queria que ela soubesse. A lâmpada de fora do vizinho se acendeu. Spence se levantou e olhou para cima. Os olhos meio fechados, as veias nas pálpebras grossas, o lábio inferior molhado e pingando. Nunca tinha visto Spence tão bêbado. O bêbado no cobertor agitava os braços para falar. O taxista o segurou por baixo dos braços e o levou por trás até Spence. O homem colocou as mãos nos ombros de Spence e o empurrou em direção aos degraus.

"Marazuuul?"

"É o Nat", o homem com o cobertor disse e recuou.

Estavam esperando que Zala dissesse que Spence lhe pertencia, este homem que contou a um estranho coisas que não lhe disse.

Ela demorou antes de gesticular afirmativamente com a cabeça.

"Você está bem agora, cara. Está em casa." O bêbado no cobertor deu um tapa nas costas de Spence e se virou, esbarrando no taxista, que o pôs de volta em pé, depois seguiu para o meio-fio.

"Espera!"

Pararam nas sebes e olharam para Zala. O taxista levantou o boné, coçou a cabeça, depois colocou de volta. O homem no cobertor ajeitou as dobras que ameaçavam derrubá-lo. Os dois se inclinaram ao mesmo tempo para encorajar Spence, que errou o primeiro passo, a desenrolar as pernas e tentar de novo. Ele se abaixou. Pretendia subir de quatro.

"Vocês podem assumir daqui?" O motorista foi para o táxi, sem esperar resposta. Ele se sentou no banco da frente, ligou a TV.

O sujeito no cobertor estava puxando o trinco da porta do táxi. O taxista não fazia nenhum movimento para ajudar.

"Leve-o para o Greyhound", Zala disse.

"Como é que é?"

Zala podia imaginar Spence esperando jogado sobre uma daquelas cadeiras de plástico, tendo como única coisa que o impedia de cair no chão cheio de café derramado uma TV que funcionava à base de moedas, presa a um suporte reforçado. Embalagens, guimbas de cigarro, jornais em poças secas de refrigerante. Policiais procurando alguém para espantar o tédio.

"O Nat é seu marido, não?"

Zala olhou para Spence, caído sobre o terceiro degrau. Olhou para um ponto no topo da cabeça dele. Ele estava todo despenteado, as roupas estavam um lixo. Ele arrotou e riu para ela. A srta. Boca Roxa talvez ache isso divertido.

"Vai pra despensa", Zala disse, depois voltou para dentro, fechou a porta, virou a tranca e passou a corrente.

PARTE V
FOLHAS DE VENENO

TONI CADE BAMBARA
CRIANÇAS DE ATLANTA

Domingo de tarde, 26 de abril de 1981

Da passagem coberta na parte norte da propriedade do juiz Webber, a nova empregada observou os convidados na edícula. Jogos de salão entre as cadeiras de jardim. Quem podia ser aquela gente para que antes mesmo de ela conseguir colocar pãezinhos, salada, bolo e licor de chocolate, seguindo as ordens da patroa, sua majestade em pessoa tenha saído nas pontinhas dos pés para servi-los com uma bandeja?

"Aquilo ali não é um bando qualquer de crioulos", disse em voz alta, colocando uma jarra de chá gelado no peitoril da janela.

Na edícula, um homem com um conjunto de moletom branco estava dobrando papéis, depois rasgando em pedacinhos na borda de uma embalagem vazia de xícaras de porcelana. "Numerem as respostas de vocês de um a dez", poderia muito bem ter dito. E os convidados passavam de um para o outro o papel e a caneta curta, pontiaguda, que o clube da sra. Webber usava nos jogos de bridge e scrabble.

A empregada equilibrou o prato de sanduíches no peitoril com os quadris e acenou para os empacotadores que estavam atravessando o pátio para que entrassem e comessem. Porém eles pararam perto da treliça para ver os homens e mulheres na casinha que ficava no fim do caminho de cimento.

"Deve ser um grupo de orações", um dos empacotadores comentou.

"Parece mais um daqueles encontros de solteiros."

Os empacotadores começaram a sair dali quando o chefe, um sujeito esquálido com cavanhaque, chapéu de couro na cabeça, subiu os degraus do pátio vindo da van em movimento. Ele esperou todos limparem os pés no capacho e entrarem, depois esfregou as mãos nos joelhos e suspirou. Sem saber que era observado, colocou as mãos na parte baixa das costas e girou para torcer seu corpo enorme. Depois se virou e começou a andar na direção da edícula.

"Velho demais para o trabalho", a empregada pensou, vendo o homem se afastar. "E bom demais para ficar parado, como dizem."

O homem alto bateu os calcanhares com força no piso de cimento para que os convidados soubessem que estava a caminho. Não havia como saber o que estavam fazendo ali com aqueles gráficos e mapas e equipamento de filmagem. Uma espécie de eleição? Parecia que depositavam votos numa urna. Não votos secretos; pois conferiam tudo abertamente. Um jogo de adivinhação, ele decidiu, quando vários deles fecharam a cara. Tinha alguma coisa importante em jogo. Impossível não perceber seus semblantes sérios. Quando uma mulher num vestido oriental olhou em sua direção, ele ergueu uma das portas que estavam no canteiro de campainhas-da-china e a colocou no lugar e disfarçou um resmungo com uma tosse. Ele deu uma olhadela numa lista pendurada com uma fita numa lousa portátil. Famílias... uma lista de famílias.

Enfiou a segunda porta no lugar e, se protegendo, espiou pelo vão que havia entre o batente e a dobradiça. No outro extremo do cômodo, as mulheres formavam uma fileira. Os homens estavam em maus lençóis, se fosse um daqueles encontros de desabafo entre homens e mulheres.

Ele se inclinou e martelou o pino usando o próprio pulso. Para colocar os pinos nas dobradiças superiores, precisaria de novo da escada. Não que alguém na sede da fazenda se importasse se as portas ficassem tortas. Dentro da edícula, parecia que ninguém se importava.

A grama mantinha a umidade da chuva da manhã, e o ar carregava a fragrância da terra molhada e das flores que desabrochavam. O homem ossudo deu uma risadinha enquanto atravessava o pátio. Pelo menos cinco pessoas esperavam que ele usasse a entrada lateral da sede. Teriam que correr para o vestíbulo da porta da frente agora, caso pretendessem interceptá-lo para fazer um relato. Decidiu ir na direção da extremidade leste da propriedade, atraído tanto pelo barulho de pedras arremessadas contra uma árvore quanto pela curiosidade de ver qual era a aparência do saguão principal. Folhas soltas de grama grudavam na sola dos sapatos e abafavam o som de seus passos. Quando chegou atrás de três crianças, elas não se viraram.

Um menino com uma jaqueta azul-celeste juntava seus pés na linha de sombra de uma placa fincada no gramado da frente, que avisava da existência de um alarme de segurança. Ele mirou numa floração branca e rosa de corniso. Uma menina, menor, não estava interessada na prática de tiro ao alvo. A menina mais velha, com as mãos enfiadas nos bolsos do moletom e os joelhos em torno de um pôster enrolado, vigiava os dois mais novos. A vigilância que ela exercia fez o homem alto voltar a pensar no grupo da edícula.

Aquilo tinha algo a ver com os assassinatos de crianças. Disso, tinha certeza. Cinco dias em Atlanta, esperando para escolher um trabalho que o levaria de volta para casa, bastaram para saber que uma mera reunião exigia coragem, ainda mais com todo mundo tão assustado. Pelo que disseram, a polícia estava atuando mais com grupos comunitários do que na investigação em si. Ele pisou no saguão de mármore da casa dos Webber. Seja lá qual fosse o plano de jogo das pessoas que estavam na edícula, Ed Bingham da Transportadora Transamérica tirava o chapéu para eles.

"Quero dizer uma coisa", Dave girou lentamente a cadeira e esperou que os outros olhassem para ele. "Não vamos ser burros quando a gente estiver nas ruas", moveu o polegar na direção do mapa na parede. "A gente faz uma bobagem, alguém acaba morrendo."

Mason se debruçou sobre a mesa com um cigarro na boca.

Lafayette pegou o isqueiro e acendeu o cigarro. "Verdade", o veterinário concordou, passando a mão pelo topo da cabeça, feliz por alguém ter rompido o silêncio. "Dá pra imaginar que muitas das vítimas foram mortas pra apagar os rastros dos assassinos. Como muitas delas se conheciam, é um palpite razoável. Não tem como dizer quem vai estar de olho na gente. Então é o que o Dave disse, nada de se afobar quando a gente for fazer perguntas pras pessoas ao longo da rota. Tenho certeza de que não sou o único com a impressão de que os policiais, os investigadores e os repórteres também têm sido descuidados com a segurança das testemunhas."

"Apoio a moção." Um sujeito preto com um *kufi* de crochê se levantou, e várias pessoas soltaram grunhidos. Deu para ouvir Dave murmurar: "Lá vem mais uma 'carta da prisão'". Porém o homem preto com o *kufi* não desistiria de falar. "Porque a temporada de caça ao homem preto sempre esteve aberta. Desde que fomos trazidos da nossa terra natal para cá, acorrentados, o homem preto é uma espécie ameaçada. Então, quando estivermos na rua fazendo reconhecimento de terreno, precisamos ir com calma, como os irmãos disseram, porque o homem preto..."

"Escreva isso", o professor interrompeu. "É pra isso que serve o papel."

Várias pessoas apoiaram a moção. Em outro momento, quando a discussão parecia prestes a se degenerar em slogans e sermões, o professor sugeriria que as pessoas escrevessem suas posições no papel, e que depois deixassem Mason fazer um resumo.

"Enquanto estamos falando nisso", Lafayette disse, "quero me apresentar como voluntário para ir como batedor."

"Boa ideia", vários murmuraram, porque Lafayette tinha mais de uma vez demonstrado a habilidade de agir com rapidez e de focar no caso.

Mason se levantou da mesa e foi até o quadro-negro. Da faixa de seu pijaminha de kung fu, tirou um pedaço de giz e escreveu o nome do veterinário ao lado de "Roy Innis e Companhia", debaixo de uma lista de pessoas com quem era preciso entrar em contato. Diziam por aí que o grupo dissidente do CORE tinha passado do Hyatt para o Americana e depois para o Hotel Atlanta. Seria preciso alguém como Lafayette para rastrear Innis e averiguar a história da testemunha mantida sob custódia protetiva do CORE.

"Certo, gente boa, já que estamos fazendo um intervalo, talvez seja hora de distribuir os papéis que o Irmão Spencer xerocou pra gente." O Orador esperou um sinal de Zala antes de começar a entregar o que estava dentro do envelope pardo.

"Vejam se vocês receberam os dois documentos", o Orador instruiu. "A folha de rosto do primeiro é o Memorando do Conselho Nacional de Segurança número 46, datado de 17 de março de 1978. Vocês vão perceber que está endereçado para o secretário de defesa, e para o diretor da CIA. O documento fala sobre os motivos e os procedimentos para manter os africanos das Américas separados dos Africanos do Continente. Os documentos anexados também são altamente sigilosos. Versão local", ele acrescentou. "Falam da nossa situação — especificamente do isolamento e do amordaçamento da comunidade." Ele fez uma pausa longa o suficiente para que o grupo reagisse ao carimbo de "Confidencial" nos memorandos de segurança antes de entregar o outro xerox.

"Esse segundo grupo de documentos são as orientações e os formulários para fazer solicitações pela Lei de Acesso à Informação. A página de rosto é uma cópia do artigo 5 do Código 552, que explica o procedimento. Espalhem a palavra. Não revelem a fonte dos documentos da segurança, mas espalhem a palavra. E rápido", o Orador acrescentou ominosamente, e depois se sentou.

Zala colocou um papel-carbono entre as folhas de ofício. Provavelmente teria sido melhor que o Orador esperasse até ela ter terminado de pegar as assinaturas dos membros do recém-formado Comitê Comunitário de Investigação. No entanto ninguém deu siniais de ter se incomodado por estar de posse de documentos de segurança. As discussões foram breves. Depois todo mundo voltou a escrever.

Renegados, foi a palavra que Delia usou para eles — ou pelo menos foi o que a Gloria disse. Não estava muito longe da verdade, Zala estava pensando, olhando em torno da edícula. Preener, por exemplo, tinha desertado da patrulha do bairro quando a polícia fez uma emboscada para o Esquadrão de Defesa Domiciliar de Techwood. O esquadrão dele ficou com receio depois das prisões e voltou atrás na decisão de se armar. Preener estava sentado entre a ex-oficial B. J. Greaves e o detetive Dowell, que pediu para ser transferido da Força-Tarefa porque as informações não eram coordenadas nem compartilhadas. "Sabia mais quando trabalhava na minha antiga unidade", ele contou ao grupo.

Sentado entre dois pais que haviam reclamado incisivamente do tratamento dado às famílias que não estavam na lista, tanto pela Força-Tarefa quanto pelo PARE, estava um voluntário, que se sentia exaurido com as intrigas entre o PARE e as organizações que vinham levantando fundos em nome das vítimas. O voluntário saiu com a Alice Moore, uma das mães, que pensava que o PARE deveria processar o município por roubo e violação de correspondência. Ela levava na bolsa cartões de apoio que foi chamada a buscar na Prefeitura. Os envelopes, endereçados a ela, tinham sido esvaziados dos "sinais de afeto em anexo" a que os textos nos cartões se referiam.

Perto do fogão à lenha, que ficava em cima de um bloco de cimento coberto por cerâmica mexicana, estava uma mulher que havia trabalhado no escritório do SAFE fazendo a arte de panfletos. Ela havia se desesperado e admitido a derrota depois de ter sido repetidamente desestimulada a criar panfletos que tentavam fornecer informações imediatas aos residentes relacionadas aos casos de desaparecimento em suas vizinhanças, em vez de deixá-los esperando, ignorantes e vulneráveis, até que as vítimas entrassem para a lista ou até que a imprensa decidisse cobrir o caso. "Eu achava que aquele lugar pretendia ensinar as pessoas a ficar em segurança", desabafou ao grupo. "Nem me fale", o professor disse em resposta. Ele foi suspenso do trabalho por organizar uma patrulha de segurança da Associação de Pais e Mestres, desafiando a ordem de seu diretor para "permanecer calmo" diante dos relatos diários de desaparecimento no início da primavera.

No mesmo banco em que se sentavam Leah e o Orador, também estavam Paulette Foreman e duas colegas de trabalho do Hospital Grady. Assim como Dave, que tinha usado todas as licenças de saúde e suas férias anuais para ir a La Crosse, no Wisconsin, a fim de visitar mulher e filho, Paulette estava entrando com um pedido para ser reintegrada ao trabalho depois de ter ultrapassado o período de férias a que tinha direito em Miami, fazendo trabalho com refugiados com uma amiga da época do curso de enfermagem. Dave e Paulette, incomodados pelos serviços erráticos oferecidos para as famílias afetadas, tinham organizado um grupo de funcionários do Hospital Grady junto de jovens que trabalhavam na Prefeitura para ajudar advogados, médicos e psicólogos a oferecer serviços voluntários às famílias.

Zala não tinha certeza se o novo modo de Mattie se vestir representava seu status de desertora. A reverenda, assistente de pesquisa de laboratório e conselheira metafísica, que jamais foi um modelo de alguém que se-veste-para-o-sucesso, usava calça fusô rosa-escura texturizada, por baixo de um vestido listrado solto, de decote largo. As pulseiras que usava habitualmente nos braços agora estavam nas orelhas — três de cada lado. A maquiagem estava a um passo do espalhafatoso e as pernas, cobertas por seda e com sapatos de salto alto rosa-vivo, cruzadas deliberadamente na direção do Homem da Bíblia. Depois havia uma mulher vestida toda de branco, com um fio duplo de contas de mirra enfiado sob o vestido. O Homem da Bíblia e as duas mulheres vinham estudando a lancinante passagem bíblica encontrada pela equipe em janeiro. "Eu não estava nem perto de Damasco", o Homem da Bíblia disse ao grupo, "quando vi a luz e fui procurar esse jovem aqui", abraçando o Orador pelo ombro.

Atrás deles, o projecionista tinha posto uma cadeira entre um irmão que estava com um bóton a favor dos direitos dos gays e outro homem preto, com uma jaqueta da Street Academy de Atlanta. O projecionista trabalhava como estagiário de comunicação social na CNN quando dois investigadores voluntários do PARE apareceram num talk show. A apresentadora do programa tinha ludibriado Chet Dettlinger, que lhe pedira expressamente que não o pusessem numa posição em que tivesse de criticar a investigação oficial. O estagiário quis trabalhar com os investigadores voluntários, no entanto, em vez disso, acabou se juntando a vários trabalhadores comunitários durante os protestos contra a prisão do Esquadrão de Defesa Domiciliar de Techwood. Durante um tempo, ele filmou as atividades dos Anjos da Guarda, a patrulha do metrô de Nova York que tinha sido convidada a ir a Atlanta por um político que preferiu não ser entrevistado. Depois conheceu Preener na marcha organizada por Coretta King e pela SCLC. Zala apresentou o estagiário e Preener a Mason e a Lafayette no dia em que Spence levou as crianças para casa e fez uma panelada de gumbo.

Ao lado do policial especializado em narcóticos, que viera da Flórida, atraído pelo testemunho de Lee Gooch e pela gorda recompensa oferecida por Atlanta, estava sentado um jovem repórter com uma gravata de nó frouxo, à procura de lama. Crianças diziam ter visto dois homens lambuzarem de "lama" o rosto de um garoto que tinham agarrado, antes de colocá-lo num táxi e sair às pressas dali; "lama" era a palavra que as crianças do bairro usavam para se referir à substância encontrada numa lata num canto da casa da Gray Street que eles levaram o repórter para ver com seus próprios olhos; era a "lama" que os garotos cheiravam para ficar chapados antes de fazer o que iam fazer, aquilo para o qual eram pagos para fazer, com os homens naquela casa infame que tanto o editor dele quanto a Força-Tarefa haviam ignorado, mesmo depois de Dettlinger ter ido lá para fazer perguntas e ter dito que várias das vítimas faziam visitas frequentes ao lugar.

"Alguém interessado em ouvir o que a gente tem?" O projecionista estava analisando as pilhas de casos e de latas de filmes que vinham do Hot Spot.

"Ainda não", Zala respondeu, entregando as fichas para os voluntários assinarem.

Ela não teve como não sorrir. O amigo bêbado de Spencer, Claude Russell, tinha se revelado uma fraude em pelo menos um sentido. A seguradora de Mercer havia afirmado que Claude Russell era um encanador em Oakland que jamais tinha estado em Atlanta e que tinha como provar isso. Fosse lá quem ele fosse, porém, o irmão preto da Califórnia tinha enviado uma carga de filmes para Spence no endereço de Zala. Spence prometeu devolver os filmes pessoalmente para o Hot Spot. Ela ficou pensando como ele planejava arranjar dinheiro para ir até a costa do Pacífico.

"Queria filmar você", o projecionista estava dizendo para o irmão da Street Academy, enquanto Zala ia rumo à porta lateral para conferir como estavam as crianças.

"Estarei pronto quando vocês dois quiserem", o jovem repórter falou. Ele planejava dizer mais, porém o professor olhou por cima do ombro e franziu a testa.

Zala andava por uma área que em algum momento havia sido uma cocheira e que agora estava coberta por estantes de partitura embutidas nas paredes do curral. Ela saiu para o sol e foi na direção do jardim, compondo mentalmente uma redação.

Como Eu Passei o Dia do Nosso Aniversário de Casamento. Ficou em dúvida se aquilo seria uma entrada em seu diário ou uma carta para os Gêmeos. Gerry estava em Epps com a Mama Lovey. Do Maxwell ela não ouvia falar desde o telegrama que ele mandou de Frankfurt, na Alemanha, enquanto estava na primeira parte da viagem de volta do Lesoto. Debaixo de cada árvore há uma poça verde de pólen. Ela parou em "poça", lembrando como alguns membros do Comitê de Investigação reagiram quando o Homem da Bíblia abriu a reunião com a leitura do Salmo 81. A palavra Sheol fez com que se lembrassem de "Flat Shoals Road", um dos pontos marcados no mapa do caso de Eric Middlebrooks. Mattie continuava afirmando que os assassinatos eram obra de um culto e que os lugares com água, como rios e lagos, eram a chave para elucidar tudo.

A passagem bíblica que Mattie e os outros vinham estudando era de Isaías, a compilação mais heterogênea dentre todos os livros do Velho Testamento. Zala jamais tinha parado muito para pensar em quantas Bíblias diferentes existiam, além daquela edição de bolso Gideon que se encontrava em hotéis e a versão do Rei James que havia na casa de sua família, mas o Homem da Bíblia e a mulher de branco tinham trazido uma Bíblia Dartmouth e mais seis versões num esforço para decifrar o código. Um livro completo de Isaías, Zala ficou sabendo, estava contido nos Manuscritos do Mar Morto, descobertos por um grupo de garotos beduínos numa gruta em 1947. Mattie vinha fazendo livre associação a manhã toda: morto, garotos, gruta, mar; flautista, Peter Pan, os Chattahoochee, Flat Shoals Road, Middlebrooks.

"Já são duas horas?" Gloria andava cambaia, um cilindro de papelão entre os joelhos. As crianças atravessaram correndo o canteiro de flores para abraçar Zala.

"Minha mãe mandou lhe dar isso às duas horas, a hora em que vocês casaram. Mas é um estorvo."

"O que é isso?" Zala tirou a tampa do cilindro.

"Espero que goste. Custou uma fortuna", Gloria disse, dando um passo para trás quando Kofi passou por ela se acotovelando para ajudar Zala a desenrolar o pôster.

"O circo, mãe! A gente pode ir?"

"Já foi embora", Kofi falou. "Enquanto a gente estava na casa da Nana."

"Essa aqui sou eu." Kenti pegou a mão de Zala para mostrar algo na cartolina. "Eu tenho uma sombrinha assim. Não tem essas coisas todas, mas é rosa. Né?"

"Era desse pôster que você estava falando, não é?" Gloria olhou preocupada.

"Dá um beijo na sua mãe por mim, Gloria?"

"A gente pode ir ao parquinho? É logo ali na rua."

"Este lugar aqui é o inferno", Gloria resmungou. "Lá onde a gente mora os pervertidos gritam umas coisas nojentas. Mas aqui eles ficam oferecendo dinheiro."

"Oferecendo dinheiro?"

Gloria tirou uma das mãos do bolso da blusa e fez o gesto. "Eles ficam mostrando notas de 2 dólares enquanto passam dirigindo devagar. Aí eu lanço aquele meu olhar pra eles." Ela fez um olhar malicioso e fingiu estar mascando algo, expondo o aparelho. Kofi e Kenti riram.

"Só um pouco, se vocês quiserem", Zala concordou, e os dois saíram correndo pelo gramado da frente na direção da rua. Gloria colocou seu rosto bem na frente do rosto de Zala e mostrou o aparelho outra vez.

"Vai logo, Gloria."

Zala viu os três saltarem da grama para a calçada, depois atravessarem a rua na direção do que parecia ser um parque de esculturas. Estruturas grandes de madeira e de argila queimada estavam dispostas num padrão de estrela de cinco pontas em uma área coberta por lascas de madeira. Zala supôs que as crianças iam descobrir um jeito de usar a arte a seu favor. Ela fez o pôster marrom envernizado deslizar novamente para dentro do cilindro e caminhou de novo na direção da edícula.

O ex-instrutor da Street Academy de Atlanta estava encostado numa das portas entreabertas conversando com o projecionista e o repórter. Ele já havia contado para o grupo como continuou lá por muito tempo depois de infiltrados terem entrado disfarçados com apoio do Departamento de Justiça e dado um golpe na escola, demitindo vários organizadores comunitários. Embora o relato tendesse a atender o interesse dele próprio, com diversas lacunas que deixavam os motivos para que ele tenha decidido permanecer na escola aberto a questionamentos, pois a história que contou relacionada aos infiltrados despertou interesse, principalmente no Orador, que lembrava o tempo todo ao grupo a necessidade de que se mantivessem unidos e que só levassem para ser questionadas pessoas que eles próprios pudessem avaliar pessoalmente.

Quando os infiltrados chegaram, a escola estava sofrendo com a falta de dinheiro e com uma divisão interna, já que havia uma facção que estava nervosa com a filosofia afrocêntrica que a outra facção usava para modelar o currículo acadêmico. Os infiltrados chegaram e, de acordo com o desertor, começaram a fazer dossiês.

"Comecei a fazer uns dossiês também", o irmão estava dizendo. "Eles fingiam que estavam preocupados com as crianças e iam chamando o pessoal um a um, para perguntar dos trabalhadores comunitários, das reuniões na vizinhança e das outras pessoas que trabalhavam lá. No dia que ouvi dizer que as mães do PARE fariam um protesto em Washington", o irmão estava dizendo quando Zala se aproximou, "eles começaram a fazer perguntas sobre as conexões das mães".

"Pelas informações dos memorandos", o jovem repórter interrompeu, "dá para saber que tem muitas coisas acontecendo por trás da suposta investigação que não estão sendo informadas."

"Isso é fato." Herman, o irmão que estava com um bóton pelos direitos dos gays, botou a cabeça para fora da porta e começou a catalogar os vários abusos de direitos civis cometidos pela polícia contra a comunidade gay durante batidas em bares, antiquários, saunas, livrarias, cafés e cabarés, que vinham ficando mais frequentes e mais brutais. "Tudo em nome da investigação", ele disse. "E o negócio é que o silêncio em torno disso corrompe todo mundo. Sabe o que eu quero dizer?"

Foi assim que a gente passou a primeira parte do nosso aniversário. Zala fazia anotações mentais enquanto andava na direção da edícula. A pilha de filmes da Hot Spot relacionada aos casos estava ficando alta em cima do aparador. PS: *a sua prima Gloria está usando aparelho nos dentes.*

Bastou um minuto escutando atrás da porta a conversa entre o chefe da transportadora e seus empregados para que a sra. Webber confirmasse o que já imaginava: ou seja, que os convidados, cuja presença o juiz se negou a explicar, eram parte do caso que fez os dois terem que sair da própria casa. Não dava para dizer que era um enclave, não com as portas penduradas entreabertas daquele jeito, mesmo assim era uma reunião privada, em que nem mesmo ela podia entrar, embora fosse a anfitriã — uma anfitriã despreparada, e por isso inicialmente relutante, contudo ainda assim a anfitriã, que só queria uma oportunidade de se colocar à disposição para tudo que pudessem precisar. Tinha lá seu jeito de fazer as coisas acontecerem. O juiz não era o único Webber capaz de obter gente e recursos materiais para ajudar em algo.

Meramente irritada de início pela falta de civilidade deles, que rejeitaram todos os gestos de hospitalidade e interesse, ela ficou decepcionada sobretudo por eles não conseguirem ver nela uma pessoa de bom senso e bom humor; acima de tudo, uma pessoa discreta. Aparentemente preferiam, ou pelo menos alguns deles, encará-la como o ápice da futilidade aristocrática — um clichê tão deplorável — e agir de acordo com esse entendimento. Pessoas de status social incerto, quando encontram alguém como ela, muitas vezes adotam ou uma insolência caipira ou agem como bajuladores lisonjeiros. A primeira opção era irritante; a segunda ela considerava absolutamente revoltante. E por isso se comportou mal. Agiu com deliberada lentidão ao servir o almoço à inglesa, adotando uma postura sardônica tão nitidamente falsa quanto o orgulho presunçoso deles. Que desperdício. E aquilo machucava mais que a afronta. Pois o que nos resta fazer na vida, além de nos relacionarmos?

A sra. Webber encostou o estojo do violoncelo no relógio do avô e olhou no espelho. Debaixo da toalha, os cabelos estavam enrijecendo com a hena. O rosto estava ficando mais firme com a máscara de clara de ovos. Ela observou o pêndulo oscilar, atravessando seu reflexo por um instante, entristecida. O que seu pai teria lhe dito a respeito do modo como agiu na edícula? O tique-taque gutural do relógio era um lembrete de que o pessoal da limpeza devia chegar às três. Ela e o juiz eram esperados no Hyatt Regency para o bota-fora organizado em homenagem ao casal às oito. A sra. Webber foi na direção das portas holandesas que levavam à passagem coberta. Abriu parcialmente a metade de cima. Os empacotadores e a nova empregada estavam de costas para ela, olhando na direção do pátio.

A pretexto de admirar o jardim, duas convidadas tinham acompanhado a sra. Webber até a porta da edícula antes mesmo que ela tivesse tempo para indicar qual bule tinha café e qual tinha chá. As pessoas estavam tirando das bolsas as coisas que tinham levado, grudando gráficos na parede. Ela olhou, na esperança de que os materiais esclarecessem a natureza do que estavam fazendo. Mas aí uma das mulheres sentadas irrompeu para *épater la bourgeoisie*, de um modo tão veemente que as xícaras chegaram a tremer sobre os pires. Uma paródia, a sra. Webber pensou, de toda a gritaria histérica dirigida à prefeitura. Porém longe de ver a censura como neurose ou como algo satírico, os outros encararam tudo com grande solenidade, como uma visão apocalíptica, alguns chegando a se sentir estimulados a também flexionar suas cordas vocais.

Tão cheios de si, a sra. Webber estava pensando. Flocos de clara de ovos caíram no casaquinho de algodão. Ela ficou na ponta dos pés para olhar por cima das cabeças dos empregados. Segundo todos os parâmetros convencionais, aquelas pessoas lá nos fundos seriam consideradas gente sem influência. E, no entanto, não dava para negar, e certamente ela não negaria, eles tiveram poder suficiente para arrebanhar o juiz como aliado, e, mais do que isso, para colocá-lo em posição comprometedora, e desse modo apressar a partida deles de Atlanta em meio aos protestos de muitos conhecidos que se sentiram maculados de forma indireta. Era algo para se pensar, esse poder, e era exatamente isso que ela gostaria de ter conversado com eles caso tivesse percebido na hora de quem se tratava. Estaria disposta, caso tivessem sido receptivos, a usar em nome deles o impressionante peso dos seus contatos, e isso apesar da rudeza deles. Ela não era uma mulher má.

Em última instância, a sra. Webber admirava a coragem daquelas pessoas. Observando, sentiu que, fossem os interesses deles quais fossem, pareciam mais apropriados para a situação das crianças do que o sensacionalismo mórbido que tornou o discurso da cidade absolutamente insensato. A visão pouco atraente de conhecidos que em geral conduziam suas vidas com retidão amontoados em cima de mesas de bufês expondo teorias de assassinatos e observações em off de autoridades, como se estivessem trocando mercadorias entre si, levara a sra. Webber a hesitar diante de mais de um convite.

A sra. Webber fez um gesto para Hazel, a nova empregada, e bateu no relógio. Sem esperar para ver se a nova mulher tinha voltado a fazer o inventário ou se continuara a conversar com a equipe que estava almoçando, a sra. Webber foi costurando seu caminho até o corredor do andar de cima, abarrotado de barris que deviam ser levados para o porão e de outros que deviam ser mandados para a companhia de navegação. Uma toalha de linho sobre o aparador na sala de jantar formal pareceu tão abandonada que ela fechou a porta e passou para outros cômodos, a essa altura quase vazios e desolados. Antes cenário de alegres encontros, a casa ultimamente era palco de melodramas ridículos.

Grupinhos de autoridades e de civis de vários tipos entravam e saíam, voltando depois na esperança de pegar os outros em flagrante delito, uma sarabanda que devia tanto ao papel que o juiz desempenhava quanto ao amor geral e crescente por um drama. Confidente, agente de ligação, conselheiro, ele passara a impor, a si mesmo e a outras pessoas, hábitos peculiares de circunspecção e um jargão idiossincrático com o objetivo de — e isso a fazia rir — poupar a esposa de ansiedades desnecessárias. Como se fosse ela quem precisasse de proteção. O fiel escrevente do marido parecia pensar que ela precisava mesmo, e só faltava recorrer à linguagem de sinais quando a esposa do juiz se aventurava a falar de algum tema que ultrapassasse as amenidades superficiais. Se tornando mais e mais não detectável, o secretário do juiz passava cada vez menos tempo preparando os documentos do juiz para arquivamento e, em vez disso, se dedicava a ouvir atrás das portas, manter os empregados da casa à distância e a monitorar a agenda do hóspede da casa, um estudante do Marrocos que trabalhava em seu mestrado na Universidade de Atlanta.

Certa manhã, por motivos que só os envolvidos mais de perto conheciam, e dos quais a sra. Webber não quis nem saber, o assistente de pesquisa teve uma briga bem inconveniente com a empregada que trabalhara na casa por seis anos, a imponente, embora excêntrica, sra. Walker. Deram a entender à sra. Webber que a fonte do imbróglio foi uma violação de dieta. Mais provável que tenha sido uma transgressão de espionagem e contraespionagem. Em todo caso, foi mais fácil concordar que era preciso substituir a sra. Walker do que participar daquela tolice.

Depois da demissão da empregada, o juiz, o secretário e o assistente macrobiótico se enclausuraram atrás das portas do gabinete por longas sessões, como no tempo em que o juiz emitia as opiniões mais notáveis de sua carreira. Depois, homens de ternos escuros começaram a chegar em horários pouco comuns, no meio da noite, para se reunir, frequentemente até o sol nascer, deixando as mesas cobertas com memorandos de natureza confidencial. A sra. Webber começou a deixar os óculos pendurados na correntinha de contas que usava no pescoço. Ela não era burra. Sabia que não estavam pedindo que seu marido presidisse o julgamento. Processo penal não era a área dele. E, além disso, caso os suspeitos fossem levados a julgamento, nem a expressão facial mais sinistra de seu repertório, nem suas mais formidáveis togas poderiam ter esperanças de realizar a mágica necessária para aquele mistério em particular. Seria necessário um juiz realmente preto ou um juiz realmente branco, e não seu marido de tez ambiguamente pálida, caso eles tivessem esperanças de levar o caso a um final satisfatório, usando um ou outro dos grupos de suspeitos como vilões.

Ela não fez tentativas de extrair informações ou de repreender verbalmente. Em vez disso, escolheu um momento oportuno para propor um ano sabático. Colocou um frasco de comprimidos para problemas cardíacos no lado esquerdo da prateleira do marido no banheiro. E, à direita, colocou os passaportes dos dois e o anel que ganhou do marido quando fizeram aniversário de cinquenta anos de casamento. Ele só precisava escolher. Ela havia tomado sua decisão no 44º ano de casamento, um ano que os dois passaram em consultas com médicos: ele por causa do coração, ela por causa das úlceras.

A sra. Webber parou perto das caixas que estavam ao lado da porta do gabinete. Ajustou as luvas de algodão entre os dedos até que as costuras aderissem ao creme que passara nas mãos. Então abriu as abas de uma caixa marcada como "Sala de Lembranças da Família". Pelos formatos diversos dos pacotes pesados, conseguiu identificar os itens — placas, estátuas, mas principalmente fotos. Viagens para o exterior, formaturas, jantares dançantes, amigos. Educadores, deputados, esportistas, mulheres afiliadas a clubes sociais. Gente que tinha ajudado a criar um mundo em que a ordem estava assegurada. Alguns, aqueles que estavam vivos, ela se orgulhava em dizer que eram parte de seu círculo. Outros tinham partido, deixando um legado que as gerações subsequentes tiveram de se esforçar para merecer. *Enfants terribles*, às vezes capazes de construir reputações ao desafiar a Velha Guarda, conseguiam se igualar aos mais velhos em coragem, porém raramente em estatura. Com certeza, não os oradores de véspera que não aceitavam parar diante de nada — "lançando mão de todos os meios necessários", de fato — exceto diante do tédio pouco glamouroso de ter de construir um movimento. Aos brados, invocavam a "comunidade", "o povo", e outros termos de função sacerdotal enquanto criticavam exatamente os círculos que possuíam os "meios necessários" — o dinheiro, a origem, o conhecimento, a coragem.

"Rá!"

Ivy Webber sacudiu a cabeça. Flocos vermelhos e brancos salpicaram seus ombros. Onde estaria a espécie, não fossem pelos homens e mulheres conscienciosos que tinham construído escolas, bancos, produzido arte, sabedoria e garantido a aprovação de leis que asseguravam o progresso contínuo?, ela queria dizer à histérica que estava lá no fundo. Desejava pegar aquela mulher pelos ombros e sacudi-la.

Tentou pensar com mais bondade na mulher, que aparentemente tinha passado por uma grande dor. A ordem está assegurada, ela se via dizendo à pobre criatura perturbada, que uma mulher de vestido asiático levou de volta à cadeira.

A sra. Webber tocou a toalha, sentiu-a no rosto, depois olhou para o relógio. Pensou em se recolher à edícula imediatamente depois da igreja. Uma passagem difícil na peça de Villa-Lobos, que vinha estudando para tocar na festa de despedida, exigia algum treino. Retirando os grampos de cabelo naquela manhã, teve dúvidas a respeito da peça, e também quanto à ideia mesma de uma festa de despedida, não de Atlanta, mas das pessoas que gostavam deles e que tinham dado início aos preparativos do bota-fora assim que ela anunciou o ano sabático dos Webber. Passou por outra hesitação mais problemática ao tirar o chapéu. Experimentava um sentimento de tristeza como não se sentia há anos. Então os carros chegaram e estacionaram nos fundos perto da edícula. A mãe dela teria lhe passado a vassoura para mandar as visitas embora. Porém a sra. Webber viu na situação uma oportunidade para resolver seu conflito, não com a peça de violoncelo, e sim com uma divisão incômoda, pior do que dor nas juntas, que muitas vezes a fazia acordar no meio da noite: o dever que tinha com os outros versus o dever com a própria casa. Uma mulher com suas aptidões deveria ter sido capaz de dar uma contribuição maior para a crise, e não apenas um cheque, aulas de música, uma marcha de duas horas com a viúva de Martin Luther King e uma ligação para a companhia telefônica a pedido da corretora de imóveis. Mais dolorosa do que a bursite era a suspeita de que, na pressa para sair de Atlanta, estava se retirando de uma arena em que poderia se desenvolver. A mãe dela encontrara sua arena no departamento de mulheres da Santa Igreja. O casamento da sra. Webber abriu uma arena maior na qual poderia testar suas capacidades. O que seus pais pensariam das escolhas que fez?

A sra. Webber decidiu deixar de lado pensamentos que a inquietassem. A bordo do navio, sem terra à vista para distraí-la, jogaria gamão caso viesse a ter uma sensação qualquer de incompletude. Caminhando pelo convés, poderia recorrer às muitas memórias agradáveis dos anos de Atlanta. Por exemplo, os domingos musicais. Como tudo ficou mais animado depois que ela passou a dar aulas para os bolsistas. Aqueles meninos e meninas de boas maneiras, prestativos e devotos haviam levado vitalidade para as igrejas, auditórios e para o High Museum.

A crise mudou tudo isso de forma drástica. Alguns dos alunos começaram a levar parentes para os ensaios. Depois passaram a levar colegas de escola que não queriam ficar depois do fim das aulas para estudar música. À medida que a histeria crescia na cidade, as ressalvas feitas pelos pais dos alunos mudaram não só o cronograma — as viagens foram canceladas e o grupo passou a ficar confinado a lugares fechados — como o ambiente em geral. Durante todo o inverno, ensaiaram na edícula na presença de sentinelas de olhar inexpressivo, convencidas de que a música era capaz de seduzir os participantes, caso desacompanhados, a situações eróticas complicadas — a teoria que por um tempo passou a ter mais adesão do que os assassinatos por cultos religiosos, embora a governanta Walker tenha se mantido fiel à hipótese da possessão demoníaca, que era sua resposta padrão para qualquer ato de agressão que visse como "sem sentido".

Na primavera, a própria sra. Webber passou a tocar hesitante, desajeitada, e por fim tão mal quanto seu aluno mais nervoso. Já não era capaz de absorver a música sem prestar atenção a si mesma, não conseguia fazer com que a madeira vibrasse plenamente em seu ventre, seu êxtase era uma prova de certa disposição lasciva a que os jovens não deveriam ser expostos, por isso decidiu ficar de fora do programa do Domingo de Ramos e passou o dia na cama passando os dedos pelo padrão da colcha.

"Posso?" As mãos enormes do sujeito da transportadora estavam abrindo as portas do gabinete do juiz antes que ela tivesse tempo de responder. "Será que podemos terminar esse cômodo agora?"

Segurando o braço do homem, o conduziu na direção das caixas de lembranças. Mantendo a boca o mais fechada possível, disse: "Tome cuidado para que isso fique protegido. O porão está úmido".

"Sim, senhora", ele respondeu antes mesmo de que a frase fosse completada, e começou a trabalhar imediatamente, arrancando a fita do rolo com um som desagradável.

Ela arqueou as sobrancelhas ao notar algo que pensou ser uma nota de sarcasmo nos modos do homem alto, mas não sem uma pontada de remorso ao ver um pó branco caindo lentamente no chão. Teria gostado de conversar com esse sujeito de cabelos grisalhos que conseguia se manter tão em forma. Qual será o regime dele? E o que ele pensa do grupo lá fora? Será que os dois não poderiam tirar um momento de folga de suas respectivas atividades para tomar um café e explorar o que duas pessoas maduras como eles podem fazer para oferecer consolo e apoio aos membros daquela conferência? Será que aquele homem tinha uma opinião relacionada à adequação da escolha feita por essas mães desafortunadas de fazer um protesto na capital do país? O que o funcionário da transportadora achava que os pais da cidade poderiam fazer diante da perspectiva de um verão quente e longo? O que será que esse homem, que obviamente tinha experiência e não era estranho às dificuldades da vida, recomendaria que alguém como ela fizesse, tendo em vista suas capacidades? Ela realmente gostaria de fazer alguma coisa muito importante antes de partir.

Porém os modos dele a desencorajaram. E, além disso, havia o bigode e o cavanhaque dele, visível quando ergueu o queixo. Aquilo era totalmente desestimulante. Intolerável, na verdade. Pois se aquele homem tinha a presunção de imitar a aparência do grande dr. Du Bois, então seus subterfúgios obsequiosos eram um escárnio tanto para Du Bois quanto para ela.

Ela torcia para que a família que a corretora imobiliária, Delia DeVore, encontrou para alugar sua residência fosse tão responsável quanto as referências indicavam. Em menos de 24 horas, ela e o juiz iriam receber suas últimas inoculações no hangar da Pan American no Aeroporto Kennedy.

Só um masoquista continuaria hesitando depois de já ter decidido um curso de ação. A mãe dela havia ensinado: "Mas que droga, Ivy, não fique aí hesitando, com esse sorriso igual uma boba. Tome uma decisão e pronto".

A sra. Webber escreveu um cartão para colocar no braço do divã, um lembrete para os empacotadores de que aquela peça deveria ser embalada com uma quantidade generosa de lascas de cedro para espantar as traças e evitar o mofo. Além disso, não deviam envolver o divã naquele plástico-bolha infernal que as empresas pareciam adorar hoje em dia. A pelúcia perderia a penugem ao ficar se esfregando no plástico no trajeto para o porão e depois para ser retirada de lá.

A sra. Webber tampou a caneta, enfiou-a até o fundo do bolso do casaquinho e entrou no gabinete. A sala era um labirinto formado pelas caixas de miscelâneas que ainda precisavam ser separadas. Ela abriu um pedaço de musselina crua e estendeu sobre o divã de veludo. Depois se sentou em silêncio e cruzou as pernas na altura dos tornozelos. Cerrou as mãos no colo e se recostou, se esforçando para ouvir o que o marido e a visita dele estavam dizendo do outro lado do cômodo.

O juiz estava sentado de frente para a lareira de pedras em uma cadeira cujo encosto parecia uma escada, seus pés metidos em chinelos e apoiados numa otomana que trouxeram da viagem ao Cairo. De frente para ele estava sentado o visitante, um rapaz impaciente que ficava massageando os pulsos e estalando as juntas. O juiz apresentava um breve tratado acerca dos dilemas associados a provas obtidas por escutas. Não estivesse ele falando com calma equanimidade, e a esposa o teria interrompido; porém, a cadência monótona e comedida de sua voz jamais variava, apesar das frequentes interrupções do jovem. Contente por ver que o marido estava honrando o pacto, a sra. Webber alisou a musselina de ambos à direita e à esquerda.

"Podemos voltar à questão das escutas, juiz Webber?" Spence pôs o pé na tela da lareira. "Eles começaram a instalar os grampos depois da ameaça a Lubie Geter, ou a escuta já vinha do caso Terrell, quando alguém ligou dizendo que estava com o garoto no Alabama, ou começaram quando o gerente da lanchonete Cap'n Peg recebeu a ligação de Yusuf Bell, dizendo que ele seria assassinado em breve?"

Com o anular e o polegar, Webber puxou para baixo as bolsas sob seus olhos, um gesto que Spence tomou como sinal para ir adiante.

"Preciso de datas específicas para poder entrar com um pedido de informações. Nós sabemos que o Departamento de Justiça organizou uma reunião entre a Força-Tarefa e um consultor especializado em exploração sexual do Kentucky quando o caso Terrell ainda estava no início. Foi aí que as escutas começaram?" Spence esperou. Ele achou que podia ter entendido errado o gesto do juiz, pois agora Webber suspirou fundo, como se tudo aquilo fosse cansativo demais.

"Você está convencido de que, obtendo os relatórios das escutas, vai…"

"Obtendo os relatórios e tornando os dados públicos", Spence interrompeu.

"Posso me referir mais uma vez às estrepolias do Nixon e lembrar a você que o público norte-americano não deu a mínima para as fitas de Watergate?"

"Não concordo que o povo não se importou. As pessoas se sentiram ultrajadas. Falaram em impeachment. Houve uma onda de apoio para a Barbara Jordan, que exigia ter as fitas."

"Ficou só na conversa."

"Muito bem", Spence se inclinou na direção da cadeira de Webber. Qual é a sua resposta? Por que Nixon não destruiu as fitas e por que as pessoas não exigiram a cabeça dele numa bandeja?"

Webber se reposicionou na cadeira. O sol brilhou pela orla de cabelos crespos e brancos que rodeava sua cabeça como uma ferradura. As sardas e pintas na cabeça pareciam de um vermelho brilhante.

"Por que não? Porque, sr. Spencer, o povo norte-americano tinha um desejo avassalador, obsessivo, absoluto de não saber. Eles não querem saber quão perto nós estivemos de perder tudo, quão perto nós sempre estamos de perder este país, porque nós não queremos saber." Ele fez um gesto e franziu a testa para afastar a objeção de Spencer, depois recomeçou, o suor cintilando na testa.

"Foi por pouco", Webber enfatizou, apertando os dedos sob os olhos. "Por muito pouco aqueles canalhas não conseguiram roubar o país, com a cooperação de toda a comunidade de inteligência e do gabinete do procurador-geral. Eu falei 'cooperação'? Engano meu", ele riu, batendo com a mão no apoio de braço, o peito chiando.

"Não estou rindo por cinismo", Webber disse, se recompondo. "Medo", ele sussurrou, esbugalhando os olhos. "Por pouco… por muito pouco." Ele tremeu.

"Claro que muitos viram na resposta indiferente do público ao escândalo de Watergate indícios de que o caráter norte-americano é inerentemente autoritário, argumentando que o povo norte-americano não fica lá muito alarmado ao descobrir que o país se transformou naquilo que dizemos que a União Soviética é. Discutível. E não é o ponto. O ponto é que a maioria não está nem aí. Eles não querem carregar o fardo de saber. É tão perigoso", Webber resmungou. "E um desperdício tão imenso."

Spence esfregou as palmas das mãos suadas e tentou voltar aos trilhos.

"Estou interessado no resultado das escutas. Das escutas de Atlanta."

"Das supostas escutas."

Spence respirou fundo. "Não quero discordar, mas já está estabelecido que ou o Estado ou o FBI ou ambos fizeram escutas. Foi estabelecido por muitas fontes, inclusive pelo senhor, de modo que não precisamos desse subterfúgio das 'supostas fitas'."

Como o velho não respondeu, Spence lembrou que não deveria forçar o juiz. Webber podia não saber nada de útil. No entanto Spence tinha um palpite de que ele sabia. Se não a respeito da investigação sigilosa do GBI ou da investigação sigilosa do FBI, pelo menos quanto ao que estava acontecendo no Ministério Público.

Enquanto Webber começava uma longa explicação acerca de como os vários órgãos de segurança se relacionavam entre si, Spence olhou para a única foto que havia na prateleira de livros, de resto totalmente vazia.

"Mas o senhor viu o memorando, juiz Webber? Aquele que descreve as mutilações? Eu tenho motivos para acreditar que ele existe e que a informação foi obtida por grampos."

"Imagino que saiba, sr. Spencer, que os relatórios dos exames médicos não dão credibilidade para as teorias de castrações e esfaqueamentos rituais. Tendo me dado ao trabalho de ler os depoimentos da polícia, e diria que concordo com os relatórios. As más condições de alguns dos corpos poderiam ser explicadas pela ação das pedras e dos destroços na água. Aquelas correntes são fortes, apesar da aparente calma na superfície. E tanto nesse caso dos corpos recuperados do rio quanto naqueles encontrados nas florestas, a vida selvagem... cães... os elementos..." Ele girou a mão no ar, sem se importar em completar a frase.

"Concordaria"... "poderiam ser explicadas". Se nós dois não soubéssemos que não é assim, Spence estava pensando. Ele tinha certeza de que Webber podia verificar a existência do tal memorando. Aliás era bem provável que ele guardasse uma cópia do documento. Por que subitamente tinha ficado tão cauteloso? Era uma pessoa rica, poderosa e estava saindo do país. Do que poderia estar com medo? Spence apertou as mãos e se forçou a ir com calma.

"Tenho a impressão, juiz Webber, de que o senhor está evitando responder a minha pergunta."

"Hmm."

Spence ouviu atentamente quando o juiz voltou a falar. Muitas vezes, em respostas inócuas, inseria fragmentos cruciais de informação. Agora estava descrevendo os canais preferidos pelo Ministério Público e por outras instituições para "vazar" informações, seja para moldar a opinião pública, seja para levar outros órgãos a trocar informações. Claro que Webber não estava sugerindo que as autoridades tinham criado o boato relacionado ao memorando do LEAA. E as duas últimas declarações públicas do FBI não poderiam ser rotuladas como "vazamentos".

Dias antes, um agente que estava falando em um Rotary Club em Macon anunciou que pelo menos quatro dos 23 casos oficialmente reconhecidos estavam virtualmente solucionados: pais tinham assassinado seus filhos. Considerando o momento escolhido pelo agente — logo depois da mobilização do PARE para ir a Washington e do auge das discussões nas ruas sobre o memorando das mutilações —, a declaração do agente parecia ter como objetivo diminuir o apoio ao PARE e talvez desviar a atenção do memorando. A recente declaração do diretor do FBI, William Webster, rebatendo a teoria do ódio racial como motivo — "Pode ser uma preferência por pretos, em vez de preconceito contra eles" — pareceu a Spence uma tentativa apavorada de neutralizar o conteúdo do memorando, cujo sigilo já não podia mais ser garantido. Spence concluiu que o velho juiz o estava direcionando a monitorar esses canais, atento ao fato de que aquilo que revelavam eram pistas para o que estava sendo mantido obscuro.

"E o memorando em si? Existe?"

"Tenho bons motivos para acreditar que sim, sr. Spencer, tendo ouvido repetidas referências a ele..."

Webber pareceu prestes a dar nomes e a citar passagens. Ele se ajeitou na cadeira como se fosse levantar, porém só se moveu para arrumar a jaqueta. Parecendo pouco à vontade, passou as mãos de um lado para o outro dos braços da cadeira.

"O memorando existe, juiz Webber. E descreve mutilações. E há memorandos secretos falando das escutas também. Suspeito que eles remontam ao telefonema que as autoridades se recusaram a levar ao ar — para o público. Pelo menos até esse ponto." Spence fez uma pausa, mas o juiz não o contradisse.

"Também suspeito de que algo ouvido nas escutas levou as autoridades em fevereiro a incluir o garoto Walker na lista assim que ele foi dado como desaparecido em Bowen Homes. E que aquele 'algo' ajude a fundamentar o indício de que a explosão em Bowen Homes em outubro não foi um acidente causado por uma caldeira com problemas. O senhor me desculpe, mas isso não é um exercício intelectual para mim."

Webber se empertigou.

"Uma última coisa, se o senhor me permite", Spence disse. "O caso Dewey Baugus. O amigo da família Baugus se tornou um suspeito no caso das crianças porque jurou vingança pela morte do menino Baugus? Ou o Ministério Público mantém o sujeito sob vigilância porque o espancamento até a morte do menino branco na primavera de 1979 tem alguma outra relação com as mortes das crianças pretas que supostamente começaram no verão de 1979? Em outras palavras, o homem matou tanto o menino dos Baugus quanto outras crianças? É isso? O senhor disse em ocasiões anteriores que ele foi interrogado e mantido sob vigilância. Ele é um elo para os assassinos? O Ministério Público acredita que seja?"

Webber passou as mãos pelos braços da cadeira. Spence observou os pontos da madeira que ficaram embaçados pelo suor das mãos do juiz e então brilharam ao serem polidos pela manga.

"Torço para que o senhor perceba, juiz Webber, que várias vidas dependem de nossa habilidade de ação. As autoridades não agem. Alguém tem que fazer isso. Se o senhor tem informações e não está disposto a compartilhar, considero que o senhor é responsável pela vida do meu filho."

O juiz afastou o olhar, entretanto foi o suspiro da sra. Webber que levou Spence a se virar. Ele não tinha se dado conta da presença dela na sala, nem dos homens da transportadora andando para lá e para cá no corredor do outro lado da porta aberta. O homem da transportadora, um sujeito alto com bigode bem aparado, entrou no gabinete quando a sra. Webber se levantou do divã.

Então os quatro congelaram, paralisados pelas sirenes se aproximando da propriedade. Ensurdecedor, o alarme foi acompanhado de uma explosão de luzes. Um clarão azul surgiu na parede desde o castiçal até as portas de correr que levavam aos jardins. O vermelho girou na parede de estantes de livros e iluminou a foto na prateleira: o juiz de chapéu, casaca e calças de risca de giz; sua noiva com véu e grinalda, a cauda trazida para a frente diante em um lago de cetim brilhante que caía em cascata pelos degraus da catedral. Imóveis, eles olhavam um para o outro enquanto os veículos passavam em alta velocidade pela casa dos Webber rumo a uma situação desesperadora em outro lugar.

A sra. Webber foi a primeira a se mover. Ela atravessou a sala até uma caixa de roupas e deslizou a tampa até seu lugar. O juiz se esticou na cadeira. A Sra. Webber acenou para o homem alto, que gesticulou para que os outros empacotadores entrassem. Ela se virou e analisou o rosto do marido. Uns sais, uma soneca, e estaria novo em folha, ela pensou.

"Por favor, tirem tudo da sala sem demora", ela disse incisiva, e depois saiu do cômodo.

"Isso é um documentário ou um filme mesmo?", alguém perguntou no escuro.

"Isso é de verdade", o projecionista explicou. "Os trechos de filmes que mencionei estão em outro rolo. Isso é uma versão bruta", ele acrescentou. "Como vocês sem dúvida já adivinharam."

Linhas horizontais passaram pela imagem granulada, tremida, irregular de uma garagem subterrânea.

"Garganta Profunda."

"Silêncio."

Encostada num Rolls-Royce prata, uma mulher com cabelos ruivos levemente ondulados e mechas grisalhas estava apoiando o queixo nas juntas dos dedos enquanto ouvia o entrevistador, que estava fora do enquadramento e fazia alguma pergunta de forma desajeitada. Com o mindinho, ela brincou com a echarpe de lã enrolada na gola da jaqueta verde-escura e enfiou as juntas mais fundo no queixo. Depois, endireitando as costas, antes que o entrevistador tivesse oportunidade de parafrasear outra vez a pergunta, ela abriu sua pasta e a alisou em cima do capô do Rolls-Royce.

"É nossa tarefa apoiar o crescimento do Freedom Focus por meio das publicações que distribuímos para nossas diversas organizações. Nós pesquisamos questões relacionadas a grupos problemáticos para poder oferecer a nossos membros o material necessário para ajudar esses grupos a enfrentar seus problemas."

Ela retirou do arquivo sanfonado uma pasta e soltou os papéis. A câmera se moveu e ficou sobre os ombros dela. "Por exemplo", disse, deixando o plástico amarelo de lado, "para ajudar os pretos com suas dificuldades, estamos observando estatísticas de gravidez na adolescência."

"O objetivo de vocês é ajudar os pretos?"

De perfil, o rosto da mulher era um modelo de paciência. "As estatísticas mostram", ela constatou, folheando o material, "que, ao longo dos últimos seis anos, houve um decréscimo significativo na incidência de partos de adolescentes entre a comunidade preta. Mas os pretos são pessoas emotivas. Não respondem aos fatos nem ligam para quem está fazendo pesquisas e compilando estatísticas. No entanto, respondem a acusações de fracasso moral e de vida familiar de baixa qualidade. Sobre questões de paridade social, podem ser militantes, porém, no que diz respeito à vida doméstica, são muito conservadores — ou seja, ficam na defensiva. É previsível. Portanto, nós estamos observando vários números relacionados à ilegitimidade e outros efeitos ruins."

"Muito embora, como a senhora disse, os números mostrem um decréscimo nos casos?"

A câmera girou a tempo de registrar no rosto da mulher os sinais de uma tensão contida. Então a lente fez um zoom nas páginas soltas espalhadas sobre o capô do Rolls-Royce. Com uma das mãos cerradas, a junta do indicador coçando a covinha no queixo, ela escolheu as páginas que deveriam ser postas diante da lente. Tabelas, gráficos, bibliografia, apostilas e gabaritos, contatos de pessoas na imprensa, depois fotos e esboços de cartazes. Meninas Pretas Grávidas, sentadas, de pé, ajoelhadas, fotografadas por uma câmera posicionada à altura dos olhos de um adulto, passavam por uma grande metamorfose nos desenhos, suas expressões vazias, com problemas de postura, cercadas só por andrajos em algumas, com itens de consumo de extremo mau gosto em outras. Garotas olhando com desejo por entre as grades do portão de uma escola enquanto viciados passam pela rua. Uma adolescente vista através de uma janela em um barraco em ruínas enquanto dobra fraldas, seus cadernos escolares abandonados num canto cheio de teias de aranha. Várias meninas barrigudas com blusas de angorá e saias cintilantes comparando joias na recepção do serviço social.

"Isso está certo?" o entrevistador insistiu. "Os números de gravidez na adolescência entre pretos mostram um declínio? Estar havendo uma diminuição é um problema tão grande?"

"Tanto o povo norte-americano quanto os próprios pretos encaram isso como um problema sério."

"Então a sua organização 'ajuda' divulgando que isso é uma grande dor de cabeça, que é um ralo para o dinheiro do contribuinte, é isso? Quanto, mais ou menos, a senhora diria, a sua organização está preparada para gastar..."

"O contribuinte norte-americano não precisa de muito incentivo para ver os pretos como um fardo. O sistema de assistência social" — a câmera pegou em close-up os lábios dela, levemente crispados — "está em frangalhos desde a concepção."

Depois de reunir os papéis, a mulher os pôs de novo numa pasta.

"Existe um plano de contingência caso os pretos estabilizem sua situação? Como a senhora disse, a incidência de gravidez na adolescência está diminuindo. Portanto, se, por meio do auxílio de sua organização, a comunidade decide tratar dessa questão de um modo que..."

Ela fechou a pasta com um estalo. "E quanto levaria para que as pessoas percebessem isso? Não, nós achamos que o povo norte-americano vai perceber a necessidade de declarar essas famílias inapropriadas." Ela chacoalhou as chaves do carro.

"O que exatamente a sua organização propõe, em termos simples?"

"Nós acreditamos que esses bebês deveriam ser separados das pessoas jovens que não têm nem como dar conta de si mesmas. Propomos escolas especiais em regime de internato onde elas possam crescer e se tornar cidadãs úteis sem recorrer ao crime nem depender da assistência social."

"Remoção forçada de crianças?"

"Voluntária, puramente voluntária. Há muitas pessoas pretas a favor dessa abordagem. Ministros, médicos, professores e outros também."

"Mas... Quero dizer, a senhora não acha de verdade que..."

"Ele não entende, não é?", sussurrou um espectador.

"Não tenho certeza se entendi também. Tem certeza de que isso aí não é filme?"

Linhas horizontais correram pela cena. Houve um súbito clarão; depois, enquanto a câmera era direcionada para o Rolls-Royce passando pelas colunas cinzentas em direção à luz do dia em meio à névoa, a imagem estourava. Depois de um salto, legendas brancas tremidas contra um cartaz preto e branco de uma menina preta grávida olhando para cima em uma poltrona, pulso virado para cima testando a temperatura do leite de uma mamadeira, indicava que a filmagem foi feita em Silver Springs, Maryland, em setembro de 1980.

"Preciso de um cigarro. Isso aí é mais assustador que o lance do campo de mercenários."

"Mas que tipo de 'ajuda' é essa? Isso aí é... isso é..."

"Sequestro."

"Esperem aí. Tem um rolo aqui em algum lugar que fala disso — pessoas brancas e a necessidade que sentem de pegar crianças pretas."

"Desde que não tenha mais cenas daqueles campos de treinamento de mercenários. Já tive a minha cota... Vernon, você vai com o Laf?"

Zala foi atrás de Mason até o pátio, no caminho pegando termos de voluntariado assinados.

"Já disseram alguma coisa?"

Lafayette estava acocorado, ligando o único rádio que alguém teve a ideia de levar. Sacudiu a cabeça. Nenhuma menção à última pessoa desaparecida, Larry Rogers, ele informou. Eles se afastaram enquanto outros saíam para o sol.

"'Voluntário'?"

"Não é uma merda? Um bebê vai se matricular num internato."

"Não tenho certeza se entendi", a companheira do SAFE comentou. Ergueu os olhos para o galo do cata-vento no telhado. Um dos pais também olhou para cima. "Digo, será que tudo aquilo é filme ou o quê?"

O pai desviou os olhos do telhado.

"Não me pergunte", foi a resposta dele.

"Na sua opinião, juiz Webber, sendo que tanto a acusação quanto a defesa iam ficar soterradas em fitas confusas, incompletas, pode haver um julgamento? Se, como o senhor está dizendo, as provas obtidas por grampos..."

Spence saiu da frente da porta-balcão quando o juiz começou a rir. Foi uma risada longa, cheia de chiados, que terminou com os punhos das camisas secando os olhos. Uma resposta válida como outra qualquer, Spence pensou, fechando as portas depois da saída dos carregadores. "Virtualmente resolvidos" e "prisões iminentes", portanto, eram para desestimular as "investigações de fundo de quintal", como um representante da prefeitura disse num café da manhã no Paschal's. E, mais importante, para desestimular esquadrões de defesa ou "grupos de justiceiros", como tanto o prefeito quanto o comissário de polícia negaram ter dito quando os advogados do grupo Techwood os ameaçaram com um processo por calúnia.

"Acredito que só vai existir processo se os cidadãos fizerem o julgamento acontecer."

Cidadãos. A palavra pairou no ar como uma sentença de morte.

Desde a "mancada" de Patrick Baltazaar e do aumento do número de casos de desaparecimentos de homens, mulheres e crianças em março e abril, a proporção de energia gasta pelas autoridades no caso das crianças era de mais ou menos quatro partes de Relações Públicas, basicamente para elogiar os bem-comportados cidadãos e para fazer apelos para membros da convenção e empresas que estavam apavoradas; três partes de anúncios vazios, a cada vez que as pessoas ficavam mais irritadas; duas partes de ameaças e acusações, voltadas tanto a cidadãos quanto a órgãos oficiais; e uma parte de investigação. Mais do que nunca, Spence estava convencido de que a estratégia da cidade era esperar.

"O Filho de Sam" manteve a cidade de Nova York aterrorizada por mais de um ano até ser capturado pela polícia, seu sedã Ford pego numa violação de tráfego. O Estripador de Yorkshire cometeu uma série de esfaqueamentos e assassinatos antes de ser pego, inicialmente detido por roubo. John Wayne Gacy conseguiu atrair, com seu número do Palhaço Pogo e a possibilidade de contratar pessoas por meio de sua empreiteira, 33 rapazes e meninos durante um período de mais de três anos antes de a polícia de Illinois seguir marcas de pneus velhos que levavam do rio até o quintal de sua casa. E agora Joseph Paul Franklin, dos Defensores da Semente Branca — procurado em seis estados por ligações com furtos, roubos, bombardeios a sinagogas e assassinatos cometidos durante dois anos; procurado por ligação com o atentado contra Larry Flint, da revista *Hustler*; procurado para ser questionado no caso do atirador que baleou Vernon Jordan, da Urban League; e implicado no caso do Assassino do Metrô de Nova York — continuava foragido.

Quanto tempo ia levar para que um dos assassinos de Atlanta furasse um sinal vermelho ou cometesse um erro durante um assalto a banco com uma criança no banco traseiro do carro de fuga? Quanto tempo ia levar depois da prisão e do interrogatório para que começassem a vazar informações sobre Sonny e sobre os outros? O bando de Charles Manson foi julgado durante 129 dias, com informações sobre orgias de sangue sendo reveladas lentamente a cada dia, antes de ficarmos sabendo do caso de Benedict Canyon, que eles torciam para ser o princípio de uma guerra racial. O julgamento do Templo do Povo ainda estava em andamento na Califórnia dois anos e meio depois, sem que se conhecesse o paradeiro de muitos que tinham estado no assentamento, mas que não estavam entre os mais de novecentos mortos, com o caso que veio sendo construído contra as autoridades dos Estados Unidos e da Guiana ainda sendo rebatido. As malas de dinheiro que estavam sendo procuradas e as recompensas divulgadas não tinham resultado em mais informações do que as recompensas oferecidas por Atlanta.

"Não invejo o Maynard Jackson", Webber disse de repente.

"Nem eu."

"Fico surpreso de você dizer isso. Parece que você mudou um pouco."

"Prefiro pensar que, se estivesse no lugar dele, lidaria com as coisas de um jeito mais... bom, de outro jeito", Spence declarou. "Contudo odeio pensar quantos pretos mais teriam sido parados em batidas policiais, espancados, coagidos ou coisa pior se o Maynard e o Lee Brown não estivessem no comando. Odeio pensar como esse estado de emergência teria sido usado por... Mas eu não estou no lugar dele. Eles sabem das gravações do FBI? Elas foram feitas com conhecimento de Brown e Jackson?"

Do outro lado da porta-balcão, na outra extremidade da trilha, o homem alto reempilhava caixas em cima de tiras que estavam cruzadas umas sobre as outras no chão. Quantas famílias, Spence pensou, tinham se mudado nos últimos tempos para novos bairros e então aconteceu de um dos familiares desaparecer? Seria possível que alguém de uma transportadora voltasse a uma casa para perguntar se tudo tinha sido levado, e então pegar a sua próxima vítima? O Homem da Bíblia tinha dito ao grupo que foi abordado pelo sujeito com a barba de sátiro ao sair de um táxi. "Será que tem uma sociedade secreta lá em cima?" Ele erguera o queixo peludo na direção do estábulo reconvertido no topo da colina. Spence tinha acabado de conseguir controlar sua mente depois de estranhas histórias de zumbis, de sacrifícios humanos, rituais de sangue, porém, toda vez que via o sujeito, a paranoia tomava conta dele novamente.

"Não tenho muito tempo", Spence atravessou a sala. "E peço desculpas por tomar seu tempo, entretanto preciso saber..."

"Se eu fizesse o que meus médicos querem", Webber interrompeu, "ficaria só descansando a partir de agora."

Depois de se livrar da proibição que havia imposto a si mesmo de fazer referências pessoais, Webber se espreguiçou. Os pés dele, cobertos por meias, roçaram a tela da lareira. As juntas da cadeira gemeram.

Spence foi tomado por pânico. Webber estava dando todas as pistas de que era hora para uma soneca.

"Depois de umas breves férias no Adriático, vou peregrinar por alguns dos lugares da minha miserável juventude. Se meu coração aguentar", Webber acrescentou, batendo no bolso da camisa. Sacudiu o lenço e secou o rosto e as mãos. Ele definitivamente estava apresentando uma moção para encerrar a sessão. Num frenesi, Spence olhou a sala ao redor. Não podia ir embora sem as fitas que viera buscar.

"Juiz Webber, mais cinco minutos."

"Tanta coisa mudou, imagino", a voz sonolenta e distante, "desde que o interior do Brasil começou a se desenvolver..."

Spence não estava escutando. Procurava com as mãos um tijolo solto na lareira. Foi até as estantes de livros e abriu as portas de vidro inferiores. Voltou a atravessar o cômodo diante da lareira indo até a caixa com lenha debaixo da janela. Mudou uns gravetos de lugar; só havia jornais velhos. Olhou pela janela aberta. O perfume forte de flores e de argila molhada o distraíram por um momento. Mattie tinha dado uma olhada nos jardins e dissera a Paulette: "Nunca vi tanta dedaleira, nem na botica de curandeiras. É mais do que a gente tem no herbário do laboratório. Quem ia cultivar tanta orelha-de-elefante e tanta mandrágora a não ser uma bruxa?" E lá foram eles contar histórias sobrenaturais.

O Comitê de Investigação estava cheio de figuras excêntricas, e ele dependia de um sujeito meio esquisito que se perdia em devaneios a respeito de caminhadas no meio do mato para estudar o Direito dos povos primitivos. Ao voltar para a sala, Spence se lembrou da foto de casamento emoldurada e foi até as estantes de livros.

"... Quando alguém está perdido", Webber estava dizendo, sem ouvir o barulho do vidro estalando, "não é da quantidade de dias que a pessoa vai lembrar, mas sim da imensa incerteza que corrói o coração segundo a segundo a segundo..."

Pouco importava se o juiz pretendia descrever a imensidão do interior brasileiro, ou o andamento da investigação de Atlanta, ou as várias avenidas de socorro abertas diante dele, Spence usou a oportunidade para se aproximar do pedaço de papel coberto por pedaços de vidro, chutar a otomana para o lado e se inclinar diante do rosto do juiz Webber.

"É verdade. Agora, vamos falar mais a respeito do relatório das escutas. Nomes, datas, lugares. Vamos falar de detalhes, juiz. Esse relatório indica que a Agência de Investigação da Geórgia conseguiu construir um caso e depois o encerrou? Esse parágrafo significa que o FBI também encerrou seu caso? Juiz Webber, por favor."

"Sr. Spencer", o juiz Webber disse, a voz trinando. Olhou para o fogo, depois voltou a falar. "Você disse em várias ocasiões, e estou citando suas palavras, que 'nada está no lugar'. Acredita mesmo que você e seus colegas estão em condições de conter a tempestade que iria começar caso os resultados das várias investigações fossem revelados ao público?"

"Explique."

"Sente-se, sr. Spencer, e se recomponha."

Relutante, Spence se sentou outra vez. Firmou os punhos sobre as costuras reforçadas dos joelhos e o papel parou de tremer. Podia esperar. Agora tinha aprendido.

• • •

Polegares enganchados na cinta, Mason inalou o aroma energizante do consenso. Todos estavam de acordo em relação ao básico. Primeiro, que a investigação oficial estava parada e o que prejudicava o andamento da Força-Tarefa era uma soma de fatores, incluindo a lista oficial, o perfil oficial das vítimas e a teimosa recusa em admitir os elos sugeridos pelo mapa. Em segundo lugar, que eles, o Comitê de Investigação da Comunidade, tinham cinco pilares básicos para começar os trabalhos: a lista de vítimas construída por eles, o mapa, os testemunhos gravados em Bowen Homes, os 38 relatos feitos pelas testemunhas e a lista de dezessete suspeitos. Em terceiro lugar, independente de quais fossem as teorias defendidas por membros das famílias — cultos, pessoas ligadas à KKK, drogas, prostituição, pornografia ou "pederastia" (o termo que a comunidade gay insistia que fosse usado para se contrapor ao uso de "homossexualidade" feito pela mídia, que era usado como sinônimo de "pornografia", "sexo pago" e "exploração sexual de crianças") —, a Investigação deveria agir com discrição; além disso, que o trabalho da Investigação deveria ser prioridade número um na agenda de todos por cinco semanas. Mason imaginou que Mac e o Orador fossem rejeitar os dois últimos itens. E pelo jeito como Marzala, Lafayette e Herman estavam analisando as fichas dos voluntários de novo, era evidente que eles tinham rejeitado aquilo de fato.

Fechamentos recentes de unidades fabris vinham tomando todo o tempo de Mac. Quando não estava conduzindo seminários para gestão de estresse para trabalhadores comunitários ou sessões de conversa com os trabalhadores demitidos, estava interrompendo reuniões do Comitê de Investigação para lhe informar a respeito dessas coisas. O clima estava maduro para um desespero completo, Mac concluiu. Estavam mais do que maduros para uma onda socialista, foi a previsão de Leah. Ou para mais demagogia de direita, Marzala suspirou. O mesmo de sempre, Mason pensou.

Porém Mac tinha assinado a ficha de voluntário. O Orador também. Abaixo de sua assinatura, Mason percebeu quando Herman passou o papel para o outro lado da mesa, o Orador havia sugerido que os membros da Comissão de Inquérito deveriam ser sondados para que se apurasse se estavam prontos para ficarem na clandestinidade, uma forte possibilidade, tendo em vista o tom agressivo dos memorandos da inteligência.

Mason completou seu resumo, depois se voltou para o detetive Dowell, que imediatamente foi até a lousa para instruir a todos acerca da triangulação e passou a mostrar como usar um scanner de rádio, o equipamento para impedir alguém de encontrar a posição de um alvo móvel.

"Vocês entendem que estou mostrando esse equipamento apenas como curiosidade", seu tom era solene. "E que não vou acompanhar vocês ao longo do trajeto."

A mulher do SAFE ergueu a mão. Tinha quase certeza de que Dowell estava fazendo uma piada. Achou que a qualquer segundo daria uma piscadinha e resolveria a confusão na qual estava. Ela olhou para os outros dois policiais em busca de uma pista.

"Venham ver isso!" Vernon falou, sem fôlego, no instante em que entrou correndo, recarregando sua fiel câmera fotográfica Instamatic. Todo mundo que estava na edícula se virou para a porta.

"A gente estava na Stewart-Lakewood fazendo nossos contatos. E no cruzamento da Pickfair, onde aconteceram várias tentativas de sequestro..." Ele estava apontando a câmera para o mapa a fim de direcionar a atenção deles às marcações de alerta vermelho naquela área da rota quando Lafayette chegou correndo atrás dele.

"Eles fecharam a rua para fazer um parquinho infantil!"

"Você só pode estar de sacanagem! Essa é uma das mais perigosas..."

"Está vendo o que digo?", a mulher do SAFE interveio. "E as pessoas do bairro nem sabem disso."

"Pickfair? Cara, você não pode estar falando da Pickfair."

"Foi isso mesmo o que eu disse. A Secretaria de Parques e Praças está colocando equipamentos pra criar um parquinho ali."

"Qual é o problema desses bandidos?"

"Falta de coordenação de informações." Dowell girou o giz nas mãos. "Típico. Vocês acharam o Innis?"

"Ainda não, mas estamos no rastro dele. A gente acha que ele está com uma caravana checando alguns dos lugares que as testemunhas dele mencionaram. A gente acha que a Sondra O'Neale está com eles — a mulher do Emory U, aquela que andou levando o James Baldwin para cima e para baixo para juntar informações para um artigo. É o que a gente está achando", Vernon ressaltou, amassando o papel de embalagem da Kodak.

"A gente precisa ser rápido", Lafayette pressionou.

"E os filmes?" O projecionista começou a remover as tiras de um dos casos da Hot Spot.

"Vamos nos ater ao que foi combinado", Zala disse. "A primeira equipe fica de prontidão."

Dowell mordeu o lábio inferior. Não tinha concluído a palestra de modo satisfatório. E não estavam lhe dando tempo para que saísse dali enquanto um dos scanners era removido. Sua intenção era estar oficialmente ausente daquele encontro. Contudo as coisas aconteceram rápido demais. Mason dando instruções de última hora. Gaston conferindo mais uma vez os kits de ferramentas montados para cada equipe. Antes que o projecionista pudesse colocar um novo rolo, a Equipe Um tinha seguido os veteranos porta afora. Dowell saiu rapidinho para repassar informações sobre triangulação.

"Não se esqueçam", Mason comentou, "caso não consigam voltar aqui, a gente se encontra no Hyatt às nove da noite."

Zala suspirou e se encostou no ombro de Mattie. Essa era a única parte da operação toda que ela vetara. O Hyatt era um lugar visível demais para o encontro. Os telefones do saguão raramente ficavam livres. Os sofás onde as pessoas podiam se sentar para conversar ficavam perto do chafariz, o que tornava difícil ter um diálogo em grupo. Ela insistiu em trocar o lugar para o Marriott. Era fácil de estacionar, e o estacionamento era visível do saguão com amplas paredes de vidro. O restaurante-cafeteria ficava aberto a noite toda. Havia mais telefones à disposição. No entanto Spence foi persistente, persistente e convincente, embora não tenha oferecido nada particularmente convincente além de "É importante". Considerando que Spence combinou com Teo para encontrá-los no Marriott, Zala comentou que o Hyatt era tão conveniente quanto o outro restaurante para quem vinha pela rodovia. "Confie em mim", ele disse de novo, sem olhar Zala nos olhos.

"Droga", o professor reclamou. "Não consigo me conformar." Ele gesticulou para várias pessoas irem ver o mapa. Além de um aglomerado de pontos que marcavam vítimas e tentativas de sequestro, havia um grande asterisco e um ponto rosa na região de Lakewood Heights, o local favorito de um grupo de suspeitos indicado por uma testemunha anônima que foi ao escritório do PARE em fevereiro. Ele continuou sacudindo a cabeça.

"Ina-creditável, como dizem os meus alunos. Ninguém na prefeitura checa as coisas com os outros antes?"

"Não. E é por isso que eles nunca conseguem se dar conta de nada", Alice Moore disse.

Os outros se viraram na direção dela. Essa foi sua primeira manifestação desde as opiniões da hora do almoço. Ela abriu a bolsa e procurou um lenço, desconfortável com tanta atenção.

"Soube do que eles andam falando na barbearia do Simmons?" Mattie comentou com Preener e cruzou as pernas para desviar a atenção de Alice. Parece que tinha uma mulher, três vezes divorciada, que nunca tinha conseguido transar. O primeiro marido era anão — não alcançava. O segundo marido era gay — não queria. O terceiro marido era da polícia de Atlanta — não encontrava."

"Reverenda Mattie!", Preener repreendeu.

"Não é de bom gosto?" Mattie mexeu nos brincos.

"Não é de bom gosto", ela disse, checando o item número 4 na prancheta. Ficou feliz de ver que Alice estava dando uma risadinha por trás do lenço, e por uma fração de segundo não estava agarrando a bolsa como se fosse sair correndo a qualquer minuto. "O item seguinte da pauta é a próxima edição do *Call*. Especificamente, existe um conflito entre o compromisso com a confidencialidade e a necessidade de informar a comunidade?"

"A gente ainda não está pronto pro filme?"

"Daqui a pouco, meu irmão." O Orador esticou a mão, passando pelo braço do projecionista, e desligou a luz do projetor. "Deixei a primeira página livre, caso um de nós tenha uma necessidade súbita de escrever algo amanhã de manhã", o Orador disse ao grupo.

"Certo", a mulher do SAFE concordou. "Pra caso a gente descubra alguma coisa hoje de noite."

Os membros seguiram o Orador até a mesa e começaram a ler assim que ele colocou na mesa a pesada pilha de papéis com colagens e anotações.

Mason entendeu os sinais que Zala estava fazendo e se colocou entre as duas pessoas que tinham mais probabilidade de transformar o momento de crítica num arroubo que duraria a noite inteira; Mac, com seus sermões psicossociais, e Baba, o nacionalista cultural. Depois que Leah foi embora, e eles ficaram sem o reflexo de professora-marxista--pronta-para-entrar-em-ação, a probabilidade de uma nova palestra espontânea tinha sido consideravelmente diminuída. Quanto ao Orador, o encarte do filme dentro da maleta o mantinha entretido.

"Precisamos de opiniões duras, críticas, pessoal", o Orador comentou, dando uma olhada nas pilhas de fitas de vídeo. "Se isso está de acordo com os princípios, se está razoável ou não."

"Entendido", Mason respondeu e se debruçou sobre as páginas.

Só de bater o olho, ficou claro que a edição que estava sendo montada ia continuar a fazer aquilo que as últimas edições do boletim vinham fazendo: relacionar todas as notícias locais, nacionais e internacionais à situação específica de Atlanta.

A secreta Broederbond, guardiã do Partido Nacional dos Brancos da África do Sul, era comparada à influência crescente da ultradireita nas políticas internas e internacionais dos Estados Unidos, sugerindo que era necessário, na opinião do editorial, que os cidadãos de Atlanta não se deixassem desviar por acusações de paranoia racista ou apelos de boas relações inter-raciais. Em Chicago, o processo sendo movido pela ACLU e pela Aliança para o Fim da Repressão contra a Cidade de Chicago, o FBI, a CIA e a Agência de Inteligência de Defesa em razão de vigilância ilegal, assédio, infiltração e intimidação em diversas organizações — entre as quais, associações ativas de pais e mestres e capítulos locais da Liga das Mulheres Eleitoras — levaram os editores do *Call* a sugerir que fossem construídas salvaguardas contra agentes provocadores nesses grupos, solicitando a criação de uma equipe de revisão de civis em Atlanta. As autoridades em Chicago tinham chegado a ponto de compilar listas de pessoas que tinham emprestado livros de autores pretos ou sobre temáticas pretas.

"Acordem, Africanos", o *Call* alertava em negrito. "Se livros pretos agora são considerados uma ameaça à segurança nacional, o que acontecerá amanhã? Se organizem! Pois, se tivesse havido uma profunda alteração na estrutura que condiciona nossa vida, será que coisas como essa estariam ocorrendo em Chicago, será que os assassinatos estariam acontecendo em Atlanta com agentes locais, estaduais e federais dificultando as investigações de forma contínua?"

Mason e Zala se olharam. O jornal tinha seus melhores momentos quando a retórica do Orador se subordinava à análise, Mason achava. Por exemplo, a análise de como andava devagar a discussão acerca da ajuda dos Estados Unidos a El Salvador era objetiva e ia direto ao ponto. Milhares de sindicalistas tinham sido assassinados em El Salvador, uma situação que os industriais norte-americanos, que cobiçavam áreas livres de sindicatos, consideravam conveniente. Mason deslizou a página para o lado da mesa onde Mac estava lendo. Deixe que ele leia que o Mellon Bank estava investindo em aço sul-coreano ao mesmo tempo que os trabalhadores de Pittsburgh "estavam em desespero". Talvez aquela página acordasse Mac. Fuga de capitais não tinha nada a ver com pausas para o cafezinho ou com falta de qualificação profissional.

"Você devia enviar um exemplar dessa edição para a Mary Davis", Mattie falou ao Orador. Ela estava segurando a página que tinha a reportagem sobre as prisões clandestinas na Argentina e os protestos organizados pelas Mulheres dos Desaparecidos. A mesma página tinha a lista que a Comissão de Inquérito compilara.

"Davis?", Alice perguntou.

"Ela é presidente do conselho municipal de Segurança Pública. O paralelo com Atlanta serve direitinho para ela. A lista, digo. Ela tem condições de exigir do comissário Brown uma lista de todos os desaparecidos e mortos." Mattie tirou a página da mesa e foi até o Orador para trocar ideias.

Mason abriu a página central sobre a mesa. Em uma das metades, em torno de uma foto do reverendo Lowry, da Conferência dos Líderes Cristãos do Sul, cobrando Reagan pela ajuda federal de 1,5 milhão de dólares para Atlanta, na comparação com 2,5 milhões em ajuda externa para fascistas na América Central, havia uma matéria denunciando o apoio dos Estados Unidos a regimes repressivos, a esquadrões de tortura de direita, a grupos de extermínio de elite, a políticas terroristas de desaparecimentos e assassinatos. A outra metade da página central, em torno de uma colagem de fotos de unidades paramilitares brancas e de campos de treinamento de mercenários, falava mais uma vez sobre as implicações das alianças antidemocráticas do país no estrangeiro para a vida doméstica nos Estados Unidos.

"Não seria mais encorajador", Mac perguntou, "se o *Call* se concentrasse em casos de sucesso de organização comunitária? Esse material tende a ser sufocante."

"Respeito essa crítica, irmão."

A resposta do Orador soou superficial. Pelo modo como ajudava o estagiário de comunicação, estava claro que ele agora estava tão ansioso quanto o jovem universitário para ver os filmes.

"E a Klan ainda não entrou na lista de organizações terroristas do FBI", Dave disse, passando um documento que reunia várias informações para que os jovens que estavam atrás dele lessem.

Uma crônica da barbárie da ultradireita foi interrompida por uma nota escrita a lápis sobre as escutas de Atlanta. Em vez de falar de detalhes confirmados, os editores iam discutir os casos que os investigadores da comunidade atribuíam a organizações semelhantes à Klan — as mortes de Bowen Homes e o assassinato de Lubie Geter. Havia mais cinco centímetros de espaço, com a sigla "VMRCN" escrita a lápis.

"O que é isso?", Mason apontou.

Marzala leu de cabeça para baixo. "Você nunca viu esse boletim? Duas ou três páginas grampeadas juntas?" Ela foi até o Orador, a pessoa que tinha mais probabilidade de ter um exemplar do jornalzinho que vinha aparecendo pela cidade e que documentava atos de "Violência de Motivação Racial Contra Pretos" em todo o país.

"Não", Mason escutou o Orador dizendo para Zala. "Não sei quem é o editor, mas fico feliz que alguém tenha assumido essa responsabilidade." Ele pegou alguns exemplares da mochila e Zala os deixou no centro da mesa para que os outros pegassem. Mason pegou um, depois continuou a olhar o resumo do que seria a próxima edição.

"Ei, Marzala." Ele ergueu os olhos. "Teu nome está junto na... como é que chama?"

"Assinatura", o Orador, que estava na frente da edícula, disse. "Ela fez as entrevistas com os Grier."

"Você nunca para de me surpreender." Mattie estendeu a mão até o outro lado da mesa para dar tapinhas na mão de Zala.

A metade superior da página de solidariedade do *Call* era dominada por uma foto da manifestação do Dia da Ação em Londres em 2 de março, organizada por associações de mulheres africanas e asiáticas, por grupos da Federação das Índias Ocidentais, por sindicalistas pretos e por líderes da comunidade e de movimentos jovens. Naquela que foi a maior manifestação de poder político preto em trinta anos, 20 mil britânicos de pele preta e apoiadores marcharam em solidariedade ao Comitê de Ação do Massacre de New Cross, que atualmente estava recorrendo aos tribunais para pedir um novo inquérito relacionado ao bombardeiro do sul de Londres em janeiro. A metade inferior da página era dominada por fotos das marchas de Atlanta e das Mães do Harlem, ambas realizadas na semana anterior.

"Você fez as entrevistas com o pessoal de Londres também, Marzala?"

"Sim. E, antes do fim da reunião, pode ser que eu passe o chapéu para pagar a conta de telefone."

"Não pague, irmã", o sujeito com o *kufi* disse. "Quando tiver chegado a milhares de dólares e eles ainda não tiverem cortado, você sabe que está sendo grampeada."

Vários membros do grupo ergueram o olhar para ver se Baba estava brincando. Ele estava olhando para a página de solidariedade, e a expressão dele não era nem de longe irônica.

No meio da matéria sobre a solidariedade-com-os-negros-britânicos havia um box de duas colunas: as autoridades à direita, a comunidade à esquerda. Horas depois do incêndio em New Cross Road, a polícia disse que o incêndio fora iniciado pelos jovens, que estavam dando uma festa no local. A comunidade rebatia dizendo que membros da Frente Nacional Britânica tinham arremessado uma bomba incendiária na casa. Dois dias depois, os jornais encerraram a cobertura e citaram a polícia, dizendo que a crise tinha terminado. No entanto trezentas pessoas compareceram a uma reunião comunitária naquele dia, e milhares foram à primeira manifestação em protesto contra as batidas policiais que jovens pretos vinham sofrendo. As autoridades britânicas continuaram ignorando o massacre em New Cross, mas emitiram uma nota de condolências às vítimas de um incêndio na Irlanda. Comissários da África, do Caribe, dos Estados Unidos, da Europa Continental e da Inglaterra expressaram ultraje com as autoridades e anunciaram sua disposição em participar de uma comissão de investigação organizada pelo Comitê de Ação do Massacre de New Cross.

A aliança, seguia dizendo o artigo, flagrou a polícia fabricando provas e acusou a imprensa de cumplicidade; os pais pediram uma liminar contra o instituto médico-legal, que usou o relatório do inquérito da polícia, porém se recusava a receber o Relatório da Comissão de Investigação do Comitê de Ação do Massacre de New Cross. A polícia tentou encerrar o caso indiciando o namorado da anfitriã da festa como sendo o responsável, dizendo que o sujeito, um homem preto, não estava disponível para ser interrogado, tendo fugido para os Estados Unidos. Em função disso, a comunidade mobilizou a manifestação de segunda-feira, 2 de março. E, em 15 de março, o Comitê de Ação começou a organizar uma Comissão Internacional de Inquérito. Os leitores do *Call* eram convidados a fazer paralelos entre New Cross e Atlanta: a demora no reconhecimento do crime, a culpabilização das vítimas, a negação da motivação racista, o estratagema de culpar um homem preto e a tentativa de desacreditar o direito das pessoas de se mobilizarem, se organizarem e investigarem.

"Esse é um bom lugar", o irmão da Academia opinou, "para dizer que a cidade só vai falar com a comunidade por meio das patrulhas criadas pelo Conselho de Relações com a Comunidade do Departamento de Justiça. É assim que eles estão tentando puxar o nosso tapete. Tipo, minar nossa liderança."

"Eles dão lanternas e walkie-talkies que nem funcionam pra essas patrulhas deles", um dos meninos do Dave comentou. "Idiotas."

"Talvez fosse bom incluir uma crítica ao Esquadrão de Techwood nessa edição", Mac sugeriu.

"Espera um pouco, irmão", Baba interveio.

"O Mac tem razão", o Orador disse para Baba. "Se a tua análise leva a acusar alguns dos membros do Techwood de serem aventureiros, é bom escrever isso. Porém a presença de uns poucos sujeitos indisciplinados não significa que a gente não tenha o direito de se organizar para defender nossos interesses."

"Fizeram uma lambança", o menino com o visor verde opinou, dirigindo-se a Dave. "Primeiro mandam embora os Anjos da Guarda de Nova York. Depois dão meia-volta para ajudar os caras. E aí chamam as pessoas que moram aqui de agitadores."

"Talvez a Marzala pudesse entrevistar vocês num painel", Mattie sugeriu, bem quando Mac passou perto dela, murmurando. Zala percebeu que Mac estava lendo o fim do texto da solidariedade, um relato do motim no distrito de Brixton, em Londres. O texto previa insurreições no distrito de Southall, em Londres, e no Toxteth, de Liverpool, onde, segundo se dizia, a repressão policial estava sendo particularmente brutal, em resposta a uma ampla organização feita pelos povos das Índias Ocidentais, do Paquistão, da Índia, do Bangladesh, do Sri Lanka, da Tasmânia, do Sudão e da Etiópia.

"Entendo que o *Call* está recomendando rebeliões de rua em Atlanta", Gaston comentou. "É isso o que está sendo sugerido?" Ele olhou de Mac para Zala e para o Orador, depois alisou os vincos da jaqueta, onde guardava a chave de boca.

O Orador murmurou algo relacionado à responsabilidade coletiva.

"Tem uma pergunta que ainda precisa ser respondida", Mac insistiu.

Quieto de um jeito que não era comum, David se afastou da mesa para olhar o cartaz com os suspeitos. Zala foi atrás. Mason também deixou a mesa de leitura e se uniu a eles perto do fogão à lenha.

Usando informações colhidas no Ministério Público, no quartel-general da Força-Tarefa, com os informantes da polícia que falavam com Dowell, com a imprensa, com os veteranos que mantinham laços com os moradores de Bowen, com membros do conselho de inquilinos que monitoravam os espiões do Departamento de Justiça que por sua vez estavam monitorando as patrulhas controladas pela prefeitura, com um capitão de Vigília Comunitária que estava de olho no atendente da lavanderia contratado no verão, com três jovens trabalhadores que andavam vigiando a casa na Gray Street e com trabalhadores comunitários que estavam no caso desde que a testemunha de Roy Innis falou com as autoridades, eles tinham organizado uma lista de suspeitos. Oito dos dezessete nomes estavam marcados três vezes, o que significava que tinham sido citados por três fontes diferentes. Vários tinham mais de uma marcação ao lado de seus nomes. Cinco tinham asteriscos, indicando conexões com mais de uma vítima. Pontos com códigos de cores indicavam sete suspeitos que andavam juntos regularmente.

"O Teo tem alguma novidade, Zala?"

"Se a gente conseguisse coordenar informações de todas as fontes na cidade e separasse um fim de semana para pensar nisso... depois colocar todas as informações no Aquarius..."

"Pode ser", Mason disse quando Zala se afastou. "Mas teve uma quantidade grande de fontes que não disseram nada de relevante." Ele baixou a voz. "Os pais, por exemplo. Eles não estão contando tudo o que sabem. Claro que não falo de você, estou falando... Eles não estão nos dizendo nem metade do que sabem, é a minha impressão."

"É compreensível", concordou Dave.

"Eu sei. Mesmo a coisa mais inocente pode fazer você ficar com uma imagem ruim quando está encrencado", Alice Moore opinou.

"A gente pode juntar dois para você ver", uma das enfermeiras do Grady ofereceu, fazendo sinal para que Alice Moore voltasse à mesa.

"O que você comeu de café da manhã, Dave? Essa é uma pergunta bem inocente. Agora veja como você parece estranho", Mason sorriu.

Dave esticou o lábio inferior, tentando lembrar. "Queijo suíço com pão de passas e uma bandeja de morango congelado... E uns pedaços de frango que tinham sobrado de ontem à noite", acrescentou.

"Bom, eu comi gelatina e cubos de gelo e resto de pizza", informou Mason.

"Cubo de gelo?", alguém perguntou.

"Faz a gelatina ficar dura mais rápido."

"Ah, tá."

"É esquisito demais?", Mason perguntou para os meninos. "Talvez achássemos isso quando éramos mais novos. Antes da gente começar a frequentar a casa um dos outros. Porém depois de um tempo a gente se toca que cada pessoa tem o seu jeito de fazer as coisas na sua casa, e isso não precisa seguir o padrão do mundo inteiro, é só o que acontece na sua casa."

"E o que você comeu no café da manhã?", Mason estava perguntando para o menino tímido, mas foi o líder quem falou.

"Não tomou café da manhã hoje. Às vezes... espaguete. Ele gosta de espaguete sem mais nada."

"Isso", o dançarino disse. "Ele fica na frente da geladeira e come direto do pote enquanto fala com a namorada no telefone."

"Não tem nada de errado, tem?"

"Acho que não."

"O que estou dizendo é que, se você tivesse respondido bacon, ovos, torrada e suco de laranja, eu rotularia você de maníaco. São as pessoas esquisitas que fazem coisas normais — refeições na mesma hora todo dia, ir pra cama quando escurece, e assim por diante. Dá uma sensação de normalidade pra vida deles."

"Mas são malucos."

"Exato."

"Gelatina com cubo de gelo, é?"

"Não é legal?"

"É, acho que é. O que você come quando não é espaguete?", o líder perguntou para o garoto tímido, suspeitando.

"Uhhhmm..."

"Tanto faz", Mason respondeu. "E não tem problema, tem? Porém o que pensaria se a sua namorada fosse encontrada morta e, enquanto estivessem conduzindo-o pra delegacia, o repórter lhe perguntasse: 'Conte, o que você comeu hoje de manhã?'."

"Hã, um alfajor e uma garrafa de Yoo-Hoo."

"'Tranquem esse cara na cadeia — tranquem o cara sem direito a telefonemas!' Está entendendo o que lhe digo?" Mason se virou para Zala, porém ela se sentara e estava olhando para a grade fria do fogão à lenha.

"A gente desistiu de tentar extrair alguma coisa dos pais", Mason disse, voltando para Dave. Andaram até a porta lateral, os meninos atrás deles.

"O Braxton ali..." Dave indicou um dos pais e andou em torno da fachada da edícula para se afastar da nuvem azul de tabaco de Mac... "ele levou três dias antes de informar que o filho estava desaparecido. Nunca foi na polícia. Foi a assistente social que fez isso."

"Onde estava a mãe?"

Visitando a família no Alabama. Na verdade, foram eles que enterraram o padrasto da Zala. Eles têm uma funerária."

"O Braxton estava com medo da polícia por ter passagem?"

"Acho que não. Ele tem dois ou três empregos e pode ser que não tenha registrado dois para poder pegar cupons de alimentação. O Braxton fez de tudo pra mulher voltar pra ele", Dave disse, pesando bem as palavras. "Até pediu para a assistente social ir lá insistir em nome dele. 'Os meninos precisam de uma mãe', 'Uma família incompleta é muito ruim', 'A vida é uma droga sem um homem na casa'."

"Todas essas coisas boas. Os assistentes sociais nunca conheceram meu pai. Mas isso é outra história", Mason respondeu, tirando grama do sapato.

"Braxton não conseguia encarar o fato de que comeu bola e o menino sumiu. Passou três dias procurando o garoto. Sem ligar pra polícia."

"Pode ser que, quando ele e a mulher se separaram, ela tenha metido um mandado de prisão na cara dele."

"Pode ser. No entanto é como você disse, Mason, não precisa ser uma coisa grande pra fazer você se calar."

Os dois foram andando até o barranco e viram os transportadores na ruazinha dentro da propriedade organizando as coisas na van.

"A polícia também não foi lá grande coisa como fonte."

"É, bom, não sei quem a Zala gostaria de chamar para avaliar tudo isso."

"A polícia não faz coisa nenhuma", disse um dos meninos do Dave, se aproximando deles por trás. "Teve um assalto lá em casa e sabe o que disseram pra gente?"

"Disseram pra vocês arrumarem uma arma, mas disseram extraoficialmente."

"Não, sr. Morris. Disseram: 'Avisem se o pessoal da TV aparecer'. A gente avisa pra *eles*. É assim que a polícia está." O garoto virou na direção dos amigos para um cumprimento *high five*, mas eles estavam falando com o sr. Logan, cujo filho fugiu junto ao pessoal de um culto, enquanto outros tinham saído para tomar um sol ou fumar.

"Os caras da medicina legal também não ajudaram em nada", Mason continuou. "A gente gosta de pensar que todo aquele equipamento e treinamento deles os leva a alguma coisa. Pura palpitologia. Como sempre. É de fazer a gente perder a fé mesmo. E não vou nem falar dos repórteres."

"*Miami Herald*", Dave disse. E todo mundo que estava por perto ali no pátio caiu na risada.

"*Miami Herald*", o menino repetiu, para manter a piada no ar.

Em resposta à coletiva de imprensa que Roy Innis tinha organizado na escadaria da Prefeitura em 21 de abril, o jornal tinha publicado uma reportagem sobre Shirley McGill, e tanto a família quanto os colegas de trabalho disseram prontamente que ela nutria uma quedinha por histórias improváveis capazes de atrair os holofotes em sua direção. O único problema era que o jornal tinha pesquisado a Shirley McGill errada. A personagem da história deles não era a testemunha que Roy Innis estava mantendo em sigilo. Não era a mulher cujo testemunho o comissário Brown e o agente Glover do FBI tinham desacreditado. O erro do *Herald* e a errata humilhante pareciam ter deixado a imprensa toda com cara de tacho, porque nenhum jornal foi atrás da história e o silêncio deixou em aberto todas as dúvidas que McGill havia despertado antes da matéria torta.

A Shirley McGill a respeito da qual as pessoas queriam saber mais era a mulher que recebeu um telefonema no inverno de um ex-namorado, um taxista que ainda morava em Atlanta. Ele lhe disse que era parte de um grupo de sequestradores que logo começaria a pegar adultos com retardos mentais. Na primavera, quando as autoridades começaram a adicionar à lista adultos rotulados por eles como "retardados" ou "infantilizados", muitos leitores suspeitaram que os rótulos tinham como objetivo uma validação do perfil traçado pela Força-Tarefa, que havia sido usado antes para excluir adultos desaparecidos e assassinados cujos casos pareciam ter algum tipo de ligação, e não exatamente descrever os jovens. Mas McGill foi instada a voltar a Atlanta, onde procurou conselhos de um jornalista preto que a colocou em contato com o grupo dissidente do CORE.

Trabalhadores comunitários que mantinham contato com Innis e com o grupo dele, em especial depois que uma foto do namorado taxista foi reconhecida pela família de uma das vítimas e que ele foi identificado como sendo uma pessoa vista na vizinhança em datas importantes, espalharam a notícia de que a verdadeira história de McGill tinha mais substância do que os jornais locais haviam dito. Ela dera um depoimento altamente incriminador em que dizia ter estado em um barraco usado para sequestros na periferia de Atlanta, diziam os rumores. E viu um garoto ser ameaçado de receber a punição que eles chamavam de "asfixia", o termo usado na maior parte dos atestados de óbito, algo bastante palpável — uma sacola plástica seria enfiada na garganta dele — caso se recusasse a cumprir a ordem que lhe deram. McGill, dizia a história, tinha manifestado disposição a depor usando um polígrafo e de ser interrogada sob hipnose.

"Não sei se alguém pediu para a imprensa parar de falar, contudo os jornais diários só estão dando o mesmo de sempre", Dave observou.

"É o jogo da audiência", Mattie disse, passando pelos homens e pelos garotos a fim de olhar mais de perto um grupo de flores roxas emaranhadas na hera. "Eles preferem apresentar as mães como Pietàs da Renascença", disse, pegando um raminho para levar à amiga de branco.

Foi Preener quem notou Mattie se agachando e estalando os dedos para Mason e Dave, e ele se aproximou. Lá embaixo, do lado dos degraus, em meio aos arbustos, estava o homem preto musculoso com boné de couro. As pontas das tiras sujas penduradas nos ombros dele prenderam em um arbusto.

"Quanto está o jogo, irmão?"

O sujeito olhou para cima e o sol tornou prateado o cavanhaque grisalho. "Os meninos brancos ainda na frente", o homem respondeu, colocando os braços imensos ao lado do corpo. "Mas eu ainda não rebati."

Então ele girou o corpo de modo tão convincente, os braços varrendo o topo do arbusto com tanta força que as pessoas que estavam vendo da elevação no alto conseguiram sentir a pancada. Com cuidado, deu dois passos para lá do arbusto, soltando as tiras e fazendo com que gravetos caíssem na calçada.

"Quem é o velhinho?", um dos meninos de Dave perguntou.

"Numa briga entre ele e o sr. Morris eu apostava no sr. Morris", disse outro. "Ele dava conta daquele cara."

"É, o cara é grande, mas é velho."

"O Bisbilhoteiro ali definitivamente tem um problema", Mason disse enquanto ajudava Mattie a se levantar. Viram B. J. passar por eles e interceptar o sujeito da transportadora debaixo da treliça.

"Você quer ser homem?", Dave perguntou, levantando o líder dos garotos. "Vocês são engraçados. É disso que se trata? Quanta dor acredita ser capaz de causar a alguém sem se sentir mal?" Ele empurrou o menino na direção dos seus amigos.

"Acham mesmo que os homens saem se matando por aí pra vocês se divertirem? O que vão fazer quando as escolas fecharem e a meninada não tiver pra onde ir nem ninguém pra cuidar deles? Ficar fazendo pose de durão na esquina, mentindo sobre quantas mulheres pegaram e quantas cabeças quebraram?"

"Pega leve, parceiro", Preener falou.

"Qual é, sr. Morris", um dos meninos disse, protegendo os olhos contra a luz do sol. "A gente está aqui."

"Eu sei que vocês estão aqui." Abruptamente, Dave andou de volta para a edícula.

"Fizeram ele passar uns maus bocados em cana", o líder comentou, olhando para Preener, Mason e depois Mattie. "Mas ele é bacana."

B. J. tinha saído da treliça e estava vindo pelo caminho de cimento, fazendo um sinal de ok.

"Vamos começar!", Zala chamou, e quem estava no pátio entrou.

"A gente não devia esperar o Spence?", Mason perguntou.

"Não." Ela lhe entregou o pedaço de musselina para usar como cortina na porta.

"Não se preocupe, a gente tem seguro", o sujeito alto disse quando a governanta lhe entregou a última grande peça de prataria, um candelabro ornamentado.

"Essas coisas não são minhas, sr. Bingham."

"Então a gente tem sua permissão, Senhorita Madame, pra voltar de noite e arrombar o porão?"

"Se vocês quiserem. Pra mim tanto faz. Só trabalho aqui até as sete."

"Prataria não a empolga. Você é uma herdeira disfarçada, é isso?"

"Vai perguntar pra sua mãe."

"Ela é igualzinha a você", ele riu, "azeda que nem vinagre."

"Então vai falar com o seu pai."

"Um grande amante, o meu pai. Igual o filho."

Ed Bingham riu enquanto a governanta saía da sala. Ela provavelmente tinha um buraco na cozinha para espiar, pensou. E foi ajudar os outros a colocar os barris no carrinho, e depois fechou com fita as caixas que estavam marcadas para ir na van.

Outra equipe tinha chegado e estava cuidando das janelas do andar de cima. Uma máquina de polimento, latas de álcool desinfetante, e caixas de lã de aço estavam ao lado do aparador, um lembrete de que a equipe de Bingham já devia ter acabado e saído do caminho. Ele ficou pensando quanto tempo iria demorar para que o grupo da edícula terminasse o que estava fazendo. Eram eles que estavam atrasando tudo.

Observar seus empacotadores embalarem o faqueiro de jantar fez com que se lembrasse ainda mais da casa em que cresceu, e onde a frase mais comum era: "Vá falar com o seu pai". Não importava qual fosse o problema — pessoal, religioso, em casa, no trabalho, com a polícia, assuntos de dinheiro ou do coração — "Vá falar com o seu pai".

Seus avós tinham entrado para a Missão de Paz do Padre Divino em Sayville, Long Island, quando a Mãe Divina original ainda era viva e ajudava o pessoal a reunir os recursos para que pudessem se ajudar a passar pela Depressão. Os pais dele foram praticamente criados na sede da igreja na Broad Street, na Filadélfia. E sob a tutela do professor Pearly Gates, Bingham conseguiu concluir seus estudos de ensino médio no salão familiar do Hotel Divine Lorraine.

Ele colocou a carga nas costas e saiu, imaginando quem na cidade poderia estar disposto a ajudar aquelas pessoas na edícula que tinham um fardo tão pesado.

Um sujeito cortês chamado Fess, que em outros tempos trabalhou para a Pullman Company, levou Bingham a comícios, marchas e encontros, explicando seu significado e relacionando cada evento a fatos anteriores. Protestos contra linchamentos. Reuniões secretas com A. Philip Randolph para formar a Fraternidade dos Cabineiros de Vagões-Dormitórios. Manifestações em apoio aos Scottsboro Boys.

Seu tio Connie o levava a todos os outros lugares, em viagens para assistir aos jogos da Liga Negra de Beisebol, para fazer com que pudesse pensar em algo melhor para fazer com seu corpo alto e seus braços poderosos do que se ajoelhar e rezar. Connie não tinha nada contra usar os serviços oferecidos pela Missão de Paz. Levava o Garotão para cortar o cabelo nos barbeiros da Missão — 25 centavos se você tivesse como pagar, "Paz" e "Obrigado" se não pudesse ou se fosse muito mão de vaca, algo que ele era com quase tudo, exceção feita ao beisebol. Na vez que os dois foram a St. Louis só para ver Quincy Troupe no diamante, os dois ficaram no albergue, em hotéis e comeram nos restaurantes da Missão. O jantar com filé Salisbury era 2 centavos — menos ainda nos restaurantes em que todo mundo comia como se fosse parte de uma família em mesas longas.

    Os banquetes, por outro lado, eram grátis, anunciados por mensageiro "sempre que o Espírito age sobre o Padre", como seu pai dizia. Abaixado sob a treliça, Bingham se lembrou dos arranjos de flores sobre as toalhas de mesas, reluzentes de tão brancas, dos guardanapos de panos duros, dos copos e da prataria cintilantes. Multidões de cabeça baixa enquanto o Padre dava a bênção. Quando o Garotão abandonou o taco e colocou uma gravata-borboleta para trabalhar nas terras do coronel Black, a Chock Full of Nuts, foi convidado um dia para um piquenique na propriedade, junto a parentes que tinham ido para o norte no "expresso" Dixie Maid e acabou atrás do balcão da Chock Full depois de anos parado em pé na esquina designada pela agência Dixie Maid em que os pretos ficavam para serem inspecionados pelos brancos e talvez conseguir um trabalho, pelo qual a agência recebia dinheiro e eles recebiam roupas velhas. As refeições do coronel, apesar do tanto que se gabava, não eram nem sombra dos banquetes do Padre.

    Bingham se virou de lado e desceu os degraus, a carga equilibrada na nuca. Parou para chutar para o lado um tufo de hera e umas flores roxas que tinham transbordado das pedras calcinadas e viu de relance, pelas frestas das persianas de uma janela lateral da edícula, uma tela de cinema. Enquanto eram exibidas imagens de um emblema, um círculo com uma cruz dentro e um ponto vermelho que parecia uma gota de sangue, uma voz triste dizia que muitos aparentes suicídios e homicídios por estrangulamento eram na verdade acidentes, autoinduzidos durante a masturbação. Depois outra voz, de um entrevistador, perguntou a uma mulher que não calava a boca por tempo suficiente para escutar a pergunta qual prática sexual bizarra a levou a ir embora.

    Bingham assoviou sozinho. Será que aquela mulher no arbusto podado tinha mentido para ele? Se o assunto daquela conferência era sexo, as crianças de Atlanta estavam numa bela encrenca.

               • • •

Mac começou a falar quando Mason e Baba abriram as persianas de volta para poder trocar o rolo. "A gente está tão acostumado a pensar na Klan vestida com uniforme paramilitar que muitas vezes acaba esquecendo que aquilo também é um culto religioso. Não sei se é o momento pra uma discussão, mas lamento que o narrador não tenha falado da dificuldade de penetrar nos sistemas de delírio pra resgatar os crentes da servidão psicológica."

Mason virou de costas e viu o Bisbilhoteiro desaparecer escada abaixo quando o irmão com o *kufi* passou a falar de motivos para que os inimigos dos pretos fossem deixados em sua servidão e não se tornar tema de qualquer discussão compassiva. Mason escutou os baques de baixo à medida que as caixas eram colocadas na van.

"Quando disse isso, pensava no sr. Logan", Mac interrompeu. "Sistemas de delírio criam os mesmos tipos de problemas em termos de reprogramação, independente do tipo de culto."

"É, sim..." Baba se recostou contra as persianas, e Mason apagou a guimba antes de jogar pela janela.

Logan se recusou a falar quando Mac disse seu nome. Em outro momento, ele tinha informado ao grupo sua tentativa, que já durava um ano, de localizar o filho, que tinha desistido da faculdade, por meio do renomado grupo de especialistas liderado por um homem preto chamado Patrick. Logan saiu de Athens, na Geórgia, para ir a Atlanta, quando a teoria do culto por trás dos assassinatos ficou mais forte.

"Estou ansioso pra saber mais a respeito da testemunha do Innis", foi só o que disse, mexendo no chapéu, que girou sobre seu colo.

"O filme também não falou das diferenças entre terrorismo praticado com propósitos políticos e o que é praticado por motivos religiosos. Falo disso porque muita gente que acha que é a Klan acaba se convencendo do contrário ao dizer que, se fosse a Klan, eles iriam se gabar de estar envolvidos nisso. Terroristas políticos agem pra chamar a atenção do público pra alguma coisa ultrajante. Cometem atos pra atrair a imprensa, os políticos e o público para a situação, ou pra provocar uma revolta. Terroristas religiosos muitas vezes agem pra chamar a atenção pra um ultraje moral, contudo, na tradição clássica, os atos são cometidos puramente pra atrair a atenção de uma deidade."

"Acho que esse pode ser um raciocínio importante", Mason disse, se virando.

"Em outras palavras", Mac, encorajado, continuou, "é a experiência de terror da vítima que conta, não o reconhecimento dos atos pelo público."

Mason fez um sinal para o projecionista, que apagou as luzes, embora o filme ainda não estivesse pronto.

"Preste atenção nesse negócio de masturbação e estrangulamento", B. J. falou no escuro, "especialmente quando a gente olha para o gráfico e percebe quantas vezes a palavra 'asfixia' é citada."

"Começando."

O segundo rolo do copião, pedaços de filme editados sem muita atenção às regras mais sofisticadas da estética cinematográfica, era, basicamente, de entrevistas com gente que tinha sérias dúvidas quanto à sua associação com a Klan, ou que já tinha abandonado a KKK ("Renegados ouvindo renegados", Zala disse), seguidas por debates: psicólogos sociais, historiadores, cientistas políticos, gente de jornal e pessoas que trabalharam na polícia, discutindo a "Nova Direita".

"O que importa, minha boa gente, é a referência repetida às divisões em facções. Isso é favorável pra gente. Quantos aqui são membros da recém-formada Rede Nacional Anti-Klan? Será que vocês deviam pensar em mudar o nome pra incluir todos os terroristas de direita?"

"Espera um pouco", Gaston interrompeu. "Ele acabou de mencionar bombardeios com dinamite."

O sujeito na tela — branco, jovem, escrupuloso — estava sentado em um sofá xadrez marrom-e-bege em um escritório de pinho nodoso. Um mosquete estava pendurado na parede acima dele. Ele balançava uma perna cruzada sobre a outra e olhava para a sola do sapato.

"Foi nesse ponto que achei que tinha chegado ao limite", disse, sacudindo o pé. "Entrei porque meu pai e meu vô eram membros dos Georgia Klans. Lá na época em que 'Cavaleiro da Noite' significava assustar os pretos. Gritar com um deles se fosse o caso. No entanto, em regra, nem precisava disso. Eles eram supersticiosos, dava pra assustar. Mas agora... E olha, o maior problema é que os líderes não querem saber. Tem uns caras com ficha criminal que participam e que levam a coisa longe demais. Tem os criminosos e tem os bisbilhoteiros. Os líderes fingem que não veem e é uma pena. Trabalho para o ATF, aí eles me pediram — é a Agência Federal para Álcool, Tabaco e Armas de Fogo. É aí que os bisbilhoteiros do FBI normalmente conseguem a dinamite. Então foi dali que a gente pegou, dos bisbilhoteiros... Pensei que fosse pra assustar os caras um pouco, não pra... Você tem que decidir qual é o seu limite." Ele sacudiu a cabeça e mexeu no cadarço. A câmera ficou parada enquanto o homem se mexia.

"A Leah estava dizendo um dia desses", o Orador relembrou, "que era aí que os brancos da esquerda deviam concentrar seu trabalho. Em gente assim."

"E as feministas brancas deviam trabalhar com as esposas", Zala acrescentou.

O sujeito na tela finalmente largou o sapato e levantou os olhos. "Se os líderes agissem como líderes, eu teria ficado. Porque o país está sendo entregue para as raças inferiores..."

"Eles realmente falam assim, não é?"

"... Essa atitude de fingir que não estão vendo e as divisões podem ser a ruína do país, de toda a civilização branca cristã..."

"Tadinho dele."

"Olha o cara. Cacete, o cara está quase chorando!"

"Ah, uau!", o projecionista gritou quando a cena seguinte entrou em foco.

"Os Cavaleiros Místicos do Mar encontram os Cavaleiros do Império Invisível", Mason disse, reconhecendo o musical do programa de rádio *Amos 'n' Andy*.

Bingham arrancou uns bons tufos de hera e flores das laterais dos degraus enquanto subia. E demonstrou seu descontentamento puxando ar entre os dentes serrados quando ouviu trechos de uma vinheta de rádio de sua infância.

"*Amos 'n' Andy*. Que baita vergonha", murmurou, se afastando rápido.

"Mas vai ver que sou eu que estou errado", Bingham falou sozinho, arrancando as trepadeiras gotejantes que caíam pelo topo da treliça. "A mulher disse 'pesquisa', então pode ser que isso seja pesquisa. Quem sabe estou na estrada há tempo demais."

Pensou num folheto que alguém tinha posto debaixo do limpador de seu para-brisa no primeiro dia dele em Atlanta. Um grupo de trabalhadores de uma companhia aérea estava agitando a cidade tentando fazer uma vaquinha para as famílias das crianças mortas, porém os outros membros da Associação de Linhas Aéreas Metropolitanas votaram contra: "Não tem nada a ver com a gente". Bom, o que você podia esperar de pessoas que passavam a vida no ar? Pode ser que ele estivesse no mesmo barco, com a cabeça em barris há tempo demais. Ele iria ver o que a Senhorita Madame pensava. Ela mantinha seus pés no chão.

"Mas *Amos 'n' Andy*?", esfregou os pés com força no capacho.

• • •

A música, que a maioria das pessoas conhecia da TV e não do rádio, continuou tocando enquanto uma imagem colorida de pessoas com túnicas desfilava diante da câmera. NESTE SÍMBOLO VENCEREMOS, dizia o lema nas túnicas de cetim, verdes, roxas, vermelhas, brancas. Depois o filme passava para preto e branco. Cães estavam sendo retirados das caminhonetes — dobermanns, pastores-alemães, sabujos.

Close-up de um husky alsaciano rosnando para um homem branco com o rosto pintado de preto, que acena bem-humorado para a câmera enquanto outro homem afasta o cachorro puxando pela coleira. A câmera segue o desfile de cães, que passa por um furgão, e depois para. Homens brancos em camisas de mangas curtas descarregam partes de um palco.

Um trêmulo corte seco termina num travelling que mostra uma série de mesas. A insígnia está nas camisas, em prendedores de gravatas, adesivos de para-choques, colares, fronhas postas à venda. Mulheres e crianças atrás das mesas acenam para as câmeras. Adolescentes sentados nos capôs dos carros também acenam, depois vestem suas túnicas. Outro travelling mostra estantes de livros debaixo da faixa do Partido Nazista Norte-Americano. Outras mesas exibem o *Battle Axe News*, o órgão da Emancipação Nacional de Nossa Semente Branca. Panfletos e cartazes dos Milicianos e do Movimento de Identidade Cristã compartilham uma mesa.

"Está granulado", o estagiário explicou, "porque é uma ampliação de Super-8."

"Psst."

Um campo aberto. Em primeiro plano, seguidores de um *kleagle*, do grupo auxiliar de mulheres, montam cabines em que novos membros serão ordenados. No segundo plano, um palco está sendo montado sob a direção de um homem branco com o rosto maquiado para parecer preto. A câmera o segue enquanto o homem sobe em um poste. Ele pendura um alto-falante lá em cima com um grampo. A fita de *Amos 'n' Andy* fica mais alta — Kingfish e Calhoun passando a perna um no outro num esquema imobiliário. No palco, o ator de rosto pintado de preto corta um papel. Pessoas se afastam das caminhonetes e vão chegando perto do palco. No fundo, alguns homens enrolam um pano de juta em uma cruz. Outros esperam com latas para encharcá-la. Cinco homens se posicionam nas pontas das cordas, à espera do sinal para içar a cruz de quatro metros que será queimada.

A câmera se volta para o palco, onde o ator arrasta os pés, se coça, estica o lábio inferior cheio de saliva. Algumas pessoas ao redor do palco, ao verem a câmera, acordam para aplaudir e bater os pés no ritmo da música:

Alguém tinha que colher o algodão
Alguém tinha que plantar o milho
Alguém tinha que trabalhar duro e cantar...

Vários deles tentam sem muita empolgação imitar o jeito de falar dos pretos no refrão "E foi por isso que os pretos nasceram".

O ator, um ex-funcionário de parque de diversões, limpa a maquiagem com lencinhos, sentado no banco da frente de seu jipe customizado. Em um close-up, com o rosto suado, ele explica que esse é um dos mais importantes papéis numa *klavern*."... gente de todo tipo — funcionários de empresas telefônicas, agentes penitenciários, professores, bibliotecários, vendedores, trabalhadores de hospitais, patrulheiros rodoviários. Na verdade, a menos de vinte passos do operador de som, a gente tem um xerife e um superintendente de hospital. Todo tipo de gente. Músicos de bluegrass e gente que trabalhou em parques de diversões, como eu." O ator sorri, apontando com os polegares para o peito. "Eu sou o cara que faz os outros entrarem. Faço a coisa começar. Também tenho o melhor equipamento de som do estado. Por quê?" Ele se inclina para a frente para ouvir alguém perguntar por que as pessoas aderem. "Porque é amistoso. Isso aqui é tipo uma fraternidade, sabe. Não, não, não, meu caro" — ele chacoalha a cabeça — "talvez uma brincadeirinha, mas nada mais pesado".

A imagem dele se dissolve em outro close-up, uma moça com uma túnica que tem capuz. Ela se vira para acenar para alguém, pede à pessoa para ficar ao seu lado. A câmera se afasta para incluir um sujeito que não quer ser entrevistado. A mulher escuta a pergunta e olha de novo para o marido. Cruza os braços na altura do peito e fica imóvel, de olhos nos preparativos da cruz no campo ali atrás. Ele faz um sinal para que ela responda à pergunta.

"Tem gente que consegue rastrear as próprias origens até os clãs escoceses originais", ela diz. "Tem outros — alguns deles estão aqui — que podem afirmar que seu sangue tem raízes nos patriotas originais, como William Simmons e Nathan Bedford Forrest. A minha mãe faz parte das Filhas da Revolução. Meu pai participava de um grupo de justiceiros que foi fundado quando os crioulos passaram a entrar em restaurantes e lojas. A minha irmã tinha um quiosque junto ao grupo do marido dela. Agora todos nós estamos juntos. Sim, meu marido tem muito orgulho de mim. Hank?"

Hank não quer participar de jeito nenhum. A câmera se afasta, indo na direção de um grupo de adolescentes que ajuda os mais novos a vestirem as túnicas. Eles reclamam que o cetim é quente.

Uma mulher se mete diante da lente e convida a equipe de filmagem para ir ao seu trailer. A câmera foca nos pés da mulher que anda até os degraus de metal e pisa no carpete. Outra mulher, de cabelos escuros, com um uniforme preto de calças e camiseta, parece se incomodar por ter sido flagrada subindo no banco da cabine do trailer. Depois de fazer cara feia para a mulher que convidou a equipe a entrar no trailer, a segunda mulher passa à primeira um aspirador que estava conectado no acendedor de cigarros do painel. Ao receber o aspirador, a primeira mulher fica perplexa por um segundo. A segunda, que veste uniforme, faz a primeira se abaixar dando um leve empurrão nas costas dela. A primeira mulher se ajoelha e passa o aspirador no carpete onde caíram migalhas de pão.

"É isso aí", a mulher de uniforme diz. "Sou da equipe de segurança. Me esforcei para subir na hierarquia. Tem lugar para as mulheres nesse exército de homens", ela diz, mãos nos quadris, pernas afastadas. As mulheres que estão fazendo sanduíches olham por um instante para ela por cima dos ombros. A câmera recua, afastando-se da porta, em direção à mulher da segurança.

Lá fora, perto de uma caminhonete, a mulher da segurança leva um labrador retriever preto até um sujeito com um uniforme parecido. Ela fala num walkie-talkie, olhando na direção da extremidade do campo, onde a cruz está sendo encharcada por dois homens com latas nas mãos, que dão um salto para trás, com manchas nas calças. A cruz é içada e fica ereta com seus quatro metros de altura. O cão late.

"Esse aí podia ser o mesmo labrador retriever preto que dava as instruções para que o Filho de Sam matasse."

"Olha aí o Spencer." Gaston estava estendendo o braço por cima de cabeças para pegar Spence pelo ombro antes que ele tropeçasse em algum banco. Outras pessoas também saudaram a chegada de Spence, mas ficaram felizes quando os dois sentaram e tiraram suas sombras da frente da tela.

Zala olhou para o marido. Ele parecia exausto. Parecia ansioso. Iluminado pela cruz que queimava, deu um sorriso largo pra ela. E ela se esqueceu por que estava brava há tanto tempo.

• • •

"Parece complicado pra mim, Bingham. Posso chama-lo de Bingham? Não consigo dizer 'Garotão' sem rir." A governanta virou a fatia de pão de tâmara na tábua de carne.

"Se isso é para os pesquisadores, srta. Hazel, pode deixar que eu levo." Como a governanta titubeou antes de largar a faca, Bingham percebeu que ela havia planejado fazer isso pessoalmente. "Essa bandeja é muito pesada para você."

"Você é bem enxerido, Garotão." Ela gesticulou com a faca na direção da prateleira da despensa onde uma bandeja de Coca-Cola estava cheia de copos de isopor. "Vamos dividir a carga. E não tem por que sujar pratos. Assim que der sete da noite, estou fora daqui."

"Não vai com eles?"

"Vou pra minha casa, em New Orleans, meu bem. Desde que saí de lá que não faço uma refeição decente. Você devia ver essa despensa quando eu cheguei aqui. Mas eles não entendem a diferença."

"Tenho a impressão de que estão fugindo. Recebi a ligação pedindo esse trabalho faz dois dias. Que pressa pra sair daqui, hein?"

"Eu não vou comentar isso, Bingham."

"Parece interessante."

"Isso mostra o quanto você sabe das coisas. Tem dias que derrubo a fôrma de muffin só pra fazer algum barulho. Isso já lhe dá uma ideia de como as coisas são interessantes por aqui."

"Mas eles são boa gente. Ele é simpático. E ela é bacana, de um jeito meio estabanado. Aqui, pega mais um pedaço — depois a gente vai lá ver um filme. Eles estão com o aparador lá na edícula."

"Então você acha que eles estão agindo direito? Estão investigando os assassinatos?"

"Homem do céu, quem não está tentando ficar com aquela recompensa? Pode ser que eu mesma dê sorte vendo aqueles filmes. Pegue aquela luva e tire as panelas do forno. O café está no bule. O chá está na chaleira. Não vou colocar limão. Corrói o isopor."

"Acho que não é bem a recompensa."

Ela deu uma olhada nele de cima a baixo por um minuto, depois lhe jogou a luva térmica. "Acho que qualquer um que se muda da Filadélfia para Hoboken está sujeito a todo tipo de problema mental", ela disse, pondo as coisas nas bandejas. "Então, o que você fazia na vida real, Bingham, antes de decidir virar uma mula de carga?"

"De tudo um pouco. Joguei beisebol um tempo. Tive uma chance pouco antes da guerra — estou falando dos anos 1940. Passei um tempo em Cuba e no Peru. Quando voltei, as ligas de pretos tinham praticamente acabado. Aí entrei pro ramo de restaurantes."

"Peru? Como é que foi isso?"

"Os olheiros vinham da América do Sul e invadiam as ligas de pretos. Conseguiam atrair muito jogador. A gente ficava feliz de ir. As turnês pelo interior eram ótimas, mas tinha a parte ruim. Tipo entrar pra seleção."

"Isso era ruim?"

"Os times de brancos só nos aceitavam nas equipes se os deixássemos anunciar que o seu time contava com os maiores astros pretos. Só jogavam com os melhores. Mas era melhor você não ganhar. Eles são complexados pra caramba. Se a gente ganha, nunca mais recebe a nossa parte da bilheteria. Fiquei feliz quando vim embora."

"Os únicos olheiros que me lembro eram do tipo que nunca apareciam onde eu poderia estar. E o único tipo de invasão que me lembro ser bem diferente. Congregações inteiras levantavam acampamento e iam para o norte, de tão horríveis que eram as coisas."

Ela abriu a porta da geladeira e tirou dois copos altos do congelador, depois tirou o aparelho da tomada. Bingham olhou em silêncio enquanto ela macerava hortelã em um prato de açúcar e jogava as folhas nos dois copos congelados. Ele tinha memórias de ministros levando cidadezinhas inteiras da Carolina do Sul para a Filadélfia.

"Quando o vaudeville saiu de moda", a srta. Hazel contou, medindo a dose de bebida, "perdi a minha chance de ir para a Europa." Ela colocou a garrafa em uma bolsa, depois deu os toques finais nos drinques. "Tanto faz. A Ida Cox acabou sendo pega numa batida na Dinamarca. Aconteceu com muitos artistas. Teve muita trupe que precisou abandonar as malas com os figurinos e tudo mais pra sair da Europa. Tinha nazistas em toda parte — Paris, Copenhagen, Amsterdã, todo lugar. Engraçado, a gente nunca ouve falar dos pretos que eles jogaram nos campos de concentração."

"Verdade." Ele esperou que ela se virasse de frente para os dois poderem ir. No entanto ela permaneceu de costas por um bom tempo, segurando os dois lados da bandeja sem se mexer.

De repente ela girou e fez um gesto para que ele se apressasse. "Sei lá. É complicado."

"O quê?"

"Isso que você estava falando antes sobre líderes e sobre esse pessoal na edícula. Até que alguma coisa grande aconteça, igual nos anos 1960, só vou tentar seguir em frente, pulando de trabalho em trabalho, e me dar por satisfeita com a graninha que aparecer. Alguma coisa vai acabar surgindo. Não vai demorar muito pra que essa geração nova acorde."

"E aí você vai fazer o quê?"

"O que for preciso. Desde que as coisas não fiquem complicadas demais."

Ele estava começando a explicar que era a simplicidade elegante da filosofia do padre Divine que atraía tanta gente de tantos estilos de vida diferentes para o movimento, inclusive muitos brancos. Mas quando ia começar, viu que o Velho Webber estava olhando para baixo, onde eles estavam.

O juiz estava na cadeira-elevador na escada dos fundos, o motor fazendo ruído enquanto ele subia. A velha senhora estava no patamar entre os andares, em um roupão amarelo acolchoado, sentada em uma otomana, falando ao telefone. Ela sacudiu um dedo para a srta. Hazel, depois continuou movendo a cabeça para cima e para baixo e rabiscando num bloquinho de papel que Bingham podia ver através da mesa de acrílico.

A srta. Hazel falou alegre com os dois. "Se vocês quiserem, dou uma bronca nesse pessoal. Enquanto isso, a pausa que refresca."

"Espere, espere!" A sra. Webber agitava no ar o recado que anotou ao telefone e descia as escadas, radiante. Erguendo a barra do roupão, ela desceu as escadas com uma desenvoltura de que Bingham não achava que aquela mulher fosse capaz.

"Tem um recado", a sra. Webber anunciou, sorrindo sem fôlego. "Para eles." Ela fez um gesto na direção do pátio.

"Eu entrego." Com movimentos hábeis, rápidos, a srta. Hazel pegou o papel com o recado, entregou dois drinques para a sra. Webber, e já estava indo na direção da porta do pátio, fazendo um sinal com a cabeça para que Bingham a acompanhasse.

Constrangido pela Velha Lady Webber, a decepção e a perplexidade dela tão visíveis quanto a alegre empolgação tinha sido momentos antes, ele teve o impulso de voltar e dar uma olhada antes de sair. Porém a possível visão dela com dois drinques ótimos derramando na toalha oriental teria feito com que ele perdesse o rumo do raciocínio.

Alcançando a ex-dançarina, ele disse: "Daria para resumir a filosofia do padre Divine em uma palavra — restituição."

"Restituição, é?"

"Isso. Pare de mentir, de caluniar, pague as suas dívidas e deixe tudo preparado para ir falar direto com Deus. Peçam perdão uns aos outros pelos erros do passado. Faça um ajuste de contas."

"Na minha contabilidade, tem duas colunas, débitos e créditos. E cadê meus quinze hectares e minha mula?"

"Era o que o meu tio Connie dizia", ele riu. "Restituição sem retribuição não vale grande coisa."

"Pra falar a verdade, eu estava pensando mais em 'reparações', no entanto concordo com o seu tio Connie. Uma lição que a gente podia aprender com a máfia — não existe justiça sem algum tipo de vingança."

Bingham riu e a chaleira de chá com especiarias respingou na bandeja. Era difícil acompanhar o ritmo de Hazel sem derramar mais nenhuma gota.

Ela se abaixou debaixo da treliça, embora sua cabeça tenha passado meio metro abaixo das gavinhas. "Venha, Garotão, e vamos dar uma olhada nessa pesquisa."

"Olha o negão", Gaston disse com uma risada rouca e se levantou. Ele e o resto do Time 2 estava de saída, lançando sombras sobre a tela, manchando o preto que estava sentado atrás de uma mesa com pilhas bem organizadas de documentos e livros, um copo plástico e uma jarra plástica marrom e preta, com água, sobre uma bandeja. De novo uma imagem nítida, ele estava cruzando os braços sobre a mesa e se inclinando de leve para a frente. Falava direto para a câmera com um olhar firme, confiante.

"Isso foi filmado em janeiro, pessoal. Atlanta é mencionada em algum momento, pelo que está escrito aqui."

"Fui recrutado em Boalt Hall", o sujeito na tela estava contando. "É a faculdade de direito progressista em Berkeley. Havia 23 pessoas na minha unidade no começo, treze depois da primeira fase do treinamento. Mas quatro não passaram daí. O único judeu, um advogado de Nova York, foi eliminado. Duas das seis mulheres brancas foram dispensadas. Além de um hispânico de Albuquerque e de duas mulheres pretas. Depois da fase dois, tinha mais uma pessoa de pele preta além de mim, uma mulher de Bismarck, na Dakota do Sul. Um latino, um cara de New Hampshire. E três mulheres brancas, que achei melhor manter meio à distância. Uma delas certamente era uma infiltrada, colocada ali para incentivar brigas e queixas. A mulher preta me deu a dica sobre ela.

"A gente era treinado para atirar de perto e de longe, atirar para matar. A maior parte da fase dois tinha a ver com aprender como lidar com levantes urbanos. Você tinha que ser entusiasmado, mas sem exagero, para entrar no time. A gente precisava brilhar, porque você sabe que o Hoover tinha reclamado para o Bobby Kennedy que as cotas para minorias estavam enfraquecendo o FBI. É claro que o Hoover sabia como desviar do Departamento de Justiça para falar direto com o Lyndon Johnson, e ele fazia isso. Portanto tinham sobrado seis de nós antes dos últimos testes de lealdade."

Ele colocou as palmas das mãos estendidas sobre a mesa como se pretendesse empurrar a cadeira giratória para trás e levantar. Em vez disso, moveu-se na direção dos certificados na parede atrás dele.

"Eu entrei para o time, e a mulher preta também, além dos hispânicos e de uma das mulheres brancas — a infiltrada —, ela foi designada, fiquei sabendo mais tarde, para dividir o quarto com a única pessoa, uma mulher preta, que tinha passado pelas preliminares com uma nova unidade, sendo que 33 dos 34 candidatos foram eliminados pelo instrutor de tiro. Não sei para onde os outros foram designados. A minha parte era coletar os sacos plásticos de destroços confidenciais. Em outras palavras, o negão aqui era um lixeiro."

"Eu ouvi essa."

"Em meus onze anos de FBI, larguei a lata de lixo três vezes para fazer algum trabalho de campo. Uma vez durante os tumultos de Chicago, ajudei a processar um pessoal da esquerda que tinha estudado comigo." Ele olhou na direção da janela. Quando voltou a olhar para a câmera, desabotoou um dos punhos e começou a arregaçar a manga, parou, depois recompôs o rosto e continuou.

"A Convenção Democrata em Chicago", ele falou, os olhos se afastando ligeiramente do centro da lente. "Eles mandaram uns poucos esquadrões de Fort Carson, no Colorado. As tropas de choque da polícia local tinham muitos policiais pretos, mas as tropas do Exército eram predominantemente pretas. O menino mais velho da minha irmã estava lá. Ele tentou escapar do alistamento, e deram três opções — ser informante, prestar o serviço militar ou ir para a cadeia. Ele passou dezoito meses no front no Vietnã. Achou que iria acabar o tempo de serviço em um trabalho burocrático no Colorado. Mas lá estava ele nas ruas de Chicago. Ele e eu e um monte de outros homens pretos, mulheres pretas e jovens pretas estávamos lá, mas as câmeras desviavam pra gente não aparecer. Nós víamos uns aos outros. Minha menina e eu não nos víamos desde a faculdade, então essa foi a primeira vez que vi o meu sobrinho crescido. Tinham me... oferecido, vamos dizer, uma oportunidade de mudar do curso de relações internacionais para uma especialização em segurança nacional no meu último ano em Berkeley. Foi a última conversa decente que tive com a minha irmã. Depois disso veio a guerra."

Enquanto se servia de uma xícara de chá, alguém por trás da câmera, cuja voz não se escutava, lhe fez umas perguntas. Porém o sujeito fez um gesto pedindo silêncio e puxou o bloco de anotações mais para perto.

"A segunda vez que pude largar a lata de lixo teve a ver com uma operação que resultou no julgamento dos Panteras Negras, particularmente em relação ao caso que o governo apresentou contra Ericka Huggins. Não sinto orgulho do papel que desempenhei. Falo longamente sobre isso no manuscrito que estou preparando. Pra ser honesto, em 1973 eu estava desmoronando. Não tem como manter amizades com paisanos nem com as pessoas do passado quando você está no time. E havia poucos colegas no FBI com quem me dava bem... Por um lado, é uma fraternidade, um microcosmo com uma cultura própria bem definida, e muitos estão felizes em deixar isso tomar conta da vida toda deles — sei que nem preciso dizer como seria difícil pra alguém como eu me encaixar naquele mundo.

"Como eu disse, meu papel nas operações Pantera 11 e Pantera 21 estava começando a pesar. Ou pode ser que tenha começado em Chicago. Mas depois de Wounded Knee, eu sabia que tinha acabado. Não quero fazer papel de santo. Ficaria feliz de falar disso depois.

"Me mandaram pra Dakota do Sul pra vigiar a Angela Davis, eu e a mulher preta que mencionei antes. Nós dois fomos designados pra ficar de olho na Davis e nos outros radicais pretos que tinham passado a apoiar o movimento indígena norte-americano. Nosso trabalho era fazer o máximo possível com as conexões que conseguíssemos observar — e, se necessário, orquestrar esses elos, ou inventar mesmo — entre aquelas pessoas que nós fomos designados pra vigiar e outras que estivessem na lista de procurados: membros do Exército da Libertação Negra, a Frente de Libertação Simbionesa, o Weather Underground, sem falar em informantes ocasionais da KGB. O julgamento de Wounded Knee foi o começo do fim pra mim, eu diria."

Brincou com a tampa da jarra plástica marrom e preta de água, deu uma olhada rápida nas anotações, e voltou a falar, olhos fixos em algum ponto abaixo do quadro da câmera, possivelmente olhando para a pessoa que tentava fazer as perguntas enquanto ele falava.

"Você deve lembrar que, durante o interrogatório feito pelo advogado Kunstler, várias infrações cometidas pelo FBI vieram à tona, especialmente depois que ouviram o depoimento do agente Douglas Durham. Ele não só tinha conseguido se infiltrar no AIM, como tinha conseguido se infiltrar e virar chefe da segurança. Em termos de sucesso, isso só ficou atrás do agente que cuidou da contabilidade do SCLC por um tempo, uma manobra sobre a qual vocês vão ler em outro livro que está sendo escrito por um antigo colega de escola meu, um pesquisador que está cobrindo a campanha do governo contra Martin Luther King Jr. Duvido que o SCLC saiba mesmo hoje que durante quatro anos eles mantiveram na equipe um agente que estava repassando informações para o FBI com aquela regularidade. Fico pensando como ele poderia ter feito o trabalho dele para a organização.

"É impressionante, não é? Minha ingenuidade, digo. Lavagem cerebral completa. Militantes pretos vinham revelando o funcionamento da COINTELPRO e de outras operações de inteligência do FBI, da CIA e das Forças Armadas havia anos. Mas eu só me dei conta quando o Durham depôs. Pode chamar de ego, de orgulho ou de investimento de tempo... Não sei por que demorou tanto. E não sei por que a arrogância do Durham pode ter sido o ponto de virada. Ou pode ser que o que pesou foi o trabalho específico para o qual me designaram. A verdade era que a gente admirava demais a Angela Davis. Ela é muito foda.

"Aí eu vi o filme *The Spook Who Sat by the Door*. Aquilo fez eu me sentir um merda, um puta de um merda. Levei anos pra tentar me reerguer... com a minha família, meus velhos amigos... raízes. Minha irmã lavou as mãos..."

Ele tomou outro gole, depois se inclinou para a frente, grato agora por alguém abaixo da lente estar fazendo uma pergunta.

"O FBI trabalha nos casos que o governo vai levar à Justiça, se é isso que você está perguntando. Em outras palavras, trabalha naquilo que o procurador-geral vai atuar... Atlanta? Sem dúvida. O FBI se envolveu esporadicamente desde o rapto da LaTonya Wilson. O envolvimento deles foi consistente desde o outono de 1980, quando explodiram a creche."

"Vocês perceberam que ele disse 'explodiram', certo?"

"Percebemos."

"Pode ter certeza de que tem pilhas de papel arquivadas. A organização PARE faria bem em ir falar diretamente com o procurador-geral dos Estados Unidos. É improvável que eles consigam alguma cooperação do escritório de Atlanta."

"Melhor ele falar rápido, estamos ficando sem filme."

"Pssst."

"Como vocês sabem, a Lei de Acesso à Informação só se aplica a registros federais. O acesso a registros estaduais e municipais depende de leis locais, e elas variam de um lugar para o outro. Porém, desde que a lei de acesso foi aprovada em 1966, o ônus para justificar o sigilo recai sobre o governo federal, não é a pessoa que pede a informação que precisa provar que se trata de uma questão de vida ou morte. Mas tem uma pegadinha."

"Aumenta o volume."

"Por causa da Lei de Privacidade de 1974, pedidos de acessos a arquivos podem ser rejeitados com base na alegação de que a informação solicitada pode ser prejudicial a outras pessoas — ou seja, podem invadir a privacidade de terceiros. O mesmo vale para documentos estaduais e locais. O acesso pode ser restrito ou negado, caso a informação solicitada mencione outras pessoas. Uma restrição bem justa — e conveniente também, porque justifica anulações em massa caso a rejeição baseada em privacidade seja desafiada. No caso de Atlanta, portanto, a coisa inteligente a fazer seria a organização PARE fazer o seu pedido em nome de todas as pessoas que possivelmente seriam mencionadas nos documentos."

"Você precisa ter informação para conseguir informação, parece", o ex-funcionário da SAFE disse.

"Essa é a verdade."

Quando as luzes foram acesas, Bingham ajudou o projecionista a passar tudo do carrinho para o banquinho de apoio de pés que a equipe da mudança deixou depois de tirar tudo da edícula. Depois de um sinal que nem ele nem Hazel Blanchette perceberam, mais um grupo de pessoas se levantou para ir embora.

"Está contando as colheres, Senhorita Madame?"

"Pode rir se quiser, Bingham, mas está faltando um pegador de salada." Quando se virou para procurar o culpado, viu as poucas pessoas que restavam na edícula todas sentadas no chão, vendo a tela de projeção e a tela de TV ao mesmo tempo.

"No monitor UHF", o projecionista disse, "está a fita que a sra. B. J. pediu para passar, dizendo que um de vocês talvez reconhecesse a tal Holmes."

"Holmes?" Zala e Alice Moore se olharam. "Nancy Dorr Holmes?"

Um debate estava sendo exibido na tela menor contra um pano de fundo de treinamento de tiro na tela de cinema. A esposa de um almirante, a irmã de um mafioso e a filha de um membro da KKK discutiam violência doméstica. Zala teve a sensação de que as três não estiveram no mesmo estúdio; que as imagens delas tinham sido emendadas, talvez por erro, talvez não.

"A vida das pessoas", alguém sussurrou no escuro.

"Ela veio lá de Santa Cruz até Atlanta", Alice Moore disse, "mas o Innis roubou o holofote. Pode ser que agora a gente consiga ouvir a história dela. Ela diz que o pai e os amigos dele estão matando as crianças."

A srta. Hazel tocou no braço de Bingham e sussurrou: "Mudei de ideia. Vamos embora daqui. Mais uma hora disso e a gente vai ficar mais louco que quarenta cachorros feios latindo pra lua."

Eles passaram com o carrinho entre Gaston e Spence, que, junto aos outros homens, tinham voltado a atenção para os clarões do campo de treinamento de mercenários, quando uma das participantes do debate interrompeu o apresentador para afirmar que seus esforços para ter uma carreira foram jogados fora por 25 anos de casamento.

"Você viu isso? Ela disse que James Earl Ray estava dirigindo o carro de fuga e que o pai dela estava dirigindo o Mustang branco 65 que foi descrito à comissão MLK."

"Sim, pela mesma testemunha que eles trancafiaram num hospício. Quem é essa tal Holmes?"

"Ela tentou se encontrar com o comissário Brown", Alice Moore explicou. "Ela escreve pra todo mundo. Posso pegar as cartas dela." Estendeu a mão na direção de Zala. "Vou tentar."

Alice Moore queria ficar sozinha com Zala para trocar impressões, porém as duas não conseguiam espaço para a privacidade. Agora a esposa do almirante estava falando outra vez sobre a vida na base naval, e Zala estava resistindo a ser afastada da tela.

Alice Moore segurou a mão de Zala com força. Chegando em casa, ela teria que passar pela sala. A porta estava meio aberta, meio fechada. Aquilo, até o momento, era o melhor que ela podia fazer. Mas ela havia arrumado a cama direitinho. Os lençóis e a colcha bem esticados e presos embaixo e nos dois lados, a parte de cima dobrada duas vezes, formando uma faixa de dez centímetros embaixo e quinze em cima, também bem esticada e presa. Contudo Sonny não estava mais lá para quicar a bola na cama e dizer que ainda não estava certo, desmanchando tudo e jogando a roupa de cama no chão.

As outras esposas e os parentes do lado do marido tinham confiança que um filho era a resposta. Um bebê a colocaria em ordem, faria com que sossegasse, seria um jeito de ela aprender a se encaixar no mundo. Anos e anos vendo a criança, contorcida, se encolhendo para entrar debaixo das cobertas sem enrugar nada. Noite após noite, a menina presa na cama, umas poucas horas de alívio quando Alice vinha para afrouxar as cobertas, depois voltava para esticar outra vez antes do amanhecer. Até que ela encontrou a bola no armário dele, a segurou em cima do aquecedor, soltou os lençóis das duas camas, se libertou. E perdeu a criança.

Zala estava tentando soltar sua mão. Alice Moore soltou pelo tempo necessário para pegar um lenço. Na tela da TV, uma das mulheres estava coçando a perna, nervosa. A mulher do mafioso tinha assumido uma nova identidade, porém, quando ela se abaixou, parte do rosto dela apareceu na câmera.

"Escute", alguém do outro lado de Zala disse, "parem o filme e voltem para a parte em que a Holmes cita os nomes. Eu ouvi 'vice-presidente dos Klans Unidos da América', 'Agente do FBI' e o pai dela. Vamos anotar os nomes."

"Zala?"

"Vamos em frente. Vamos comparando nossas impressões quando estivermos na rota. O que vem a seguir na tela?"

"Trechos de filmes", o projecionista disse. "Pedaços de documentários. Depois umas coisas que nós não vimos — ritos, cerimônias. 'O Grande Monge Sai da Caverna'. 'O Dragão Imperial e a Besta Negra'. Coisas do gênero."

"Bom, se o vídeo da Holmes acabou, a gente podia passar outra coisa no monitor da TV? A única coisa que essa mulher do almirante quer é falar da carreira dela, e a mina italiana não disse merda nenhuma."

"Zala?"

Mas Zala tinha se levantado junto a Alice Moore, que a conduzia na direção da porta falando a cem quilômetros por hora.

Um chuvisco leve que transpassava as árvores molhou os guardanapos amassados sobre a mesinha de cortar carne. Os dois velhinhos deram tapinhas amistosos nas costas um do outro enquanto se despediam.

"Se cuide agora, Garotão."

"Você também, Madame."

A srta. Hazel tirou os olhos de Mason em seu moletom branco no máximo por um minuto, ela estava certa disso. No entanto agora, enquanto se abaixava para passar pela treliça, lá estava ele do lado da edícula, se alongando e dando chutes, todo vestido de preto. A mulher pequena a quem todo mundo parecia prestar deferência, mas que não dava à srta. Hazel a impressão de ser uma líder, também tinha mudado de roupa. Os outros estavam carregando mapas, desenhos e equipamentos para os carros nos fundos. Eles sairiam para fazer algo arriscado. Dava para sentir no ar uma eletricidade que não tinha totalmente a ver com o clima. Jogos de salão, não é?

No saguão de entrada da casa dos Webber, no andar de baixo, a srta. Hazel Blanchette percorria com os olhos o cabo de telefonia preso ao rodapé. Não havia ninguém à espera dela em New Orleans, ninguém a quem pensasse em ligar. Em casa, iria fechar o portão do pátio, entrar no apartamento, abrir as persianas, ligar o ventilador; depois não haveria mais nenhuma tarefa a cumprir, nada que fosse fazer qualquer diferença na vida da população preta. E não devia ser assim.

Ela trancou as portas holandesas que levavam para o corredor, depois foi na direção da cozinha para lavar louça pela última vez. "Não vim a este mundo para ser uma preta qualquer", disse a si própria. "É hora de mudar." Do andar de cima chegaram os sons de sua majestade descendo com o cheque da srta. Hazel.

Domingo à noite, 26 de abril de 1981

O detetive Dowell ligou para o Hyatt, depois se virou para ver se a esposa de Spencer e Preston, o policial da delegacia de narcóticos da Flórida com quem ele tinha feito dupla, estavam conseguindo algum avanço. O lugar ficava agitado depois do expediente durante a semana, mas era meio vazio no domingo. Uns poucos casais sonolentos se encostavam no balcão, pestanejando ante as luzes coloridas, olhando para o carpete vermelho, observando o relógio num timão de navio sobre o forno de micro-ondas. A garçonete com quem Marzala estava conversando pegou uma sacola da prateleira onde ficavam as batatas fritas, os amendoins e os torresmos, e saiu de trás do balcão com o drinque dela. Entregou a bolsa para um casal apático na pista de dança.

"Olha, querida", ela comentou, amassando com os dedos o canudinho plástico do seu Collins, "você devia estar fazendo essas perguntas no Clube Marquette." Soltou o canudinho com um estalo para pegá-lo em seguida e começar a brincar de novo. "Claro que o Silver Dollar e esses outros bares também são assediados. Mas e daí, quem se importa? O que eles vão fazer, ir até o banco de sangue pra dar uma enfeitada no machucado e daí procurar um advogado? Agora, o Marquette é outro papo. Se alguém assedia os caras, não vai ficar por isso mesmo." Ela deu uma bicada no drinque, depois largou o copo na mesa e começou a amassar de novo o canudinho que já estava totalmente achatado.

"Entendeu, a polícia não vai lá no Marquette Club na Hunter, ou na MLK, como dizem agora. Os canas vão no Cameo, mostram as fotos, dão uma dura nuns bêbados, dão umas porradas e vão embora. Os canas tentam fazer perguntas pra alguém no Marquette? Nem pensar. Aquele lugar é estritamente pros caras que têm a carteira recheada e pra uns bichas classudos, daqueles que você vê trabalhando na esquina perto do Ashby também. Mas presta atenção, não vá me querer entrar lá sozinha, você vai acabar magoada. Lá no Marquette tudo é feito meio escondido — vidros escuros, gente com disfarces, nomes falsos, o pacote completo." Ela cumprimentou com um aceno o casal que vinha passando pelo homem na porta.

"Vou te dizer outra coisa, já que você veio recomendada." Disse soltando o canudinho com um movimento de chicote, depois se inclinou sobre o balcão.

Dowell saiu do recesso na parede e esbarrou num garoto que parecia novo demais para estar ali. O garoto deu uma olhada para ele e olhou para a garçonete, tendo visto que Dowell estava bisbilhotando. "Você iria ficar surpresa se soubesse quantas festas de arromba acontecem nesta cidade, meu amor. Preto, branco, homem, mulher, o que você quiser, tem de tudo. É por isso que eles têm que pegar alguém rápido. Se muito dinheiro troca de mãos discretamente, as coisas esquentam."

Kool and the Gang abafaram o resto do que a garçonete disse. O menino, que Preston tinha seguido desde a mesa de bilhar, estava na jukebox, apertando botões. Então alguém atendeu no Hyatt.

"Grupo do Spencer ligando para ver se tem recados", Dowell disse, se sentindo tolo. "... Então chame 'Spencer' no salão de baile — mesa 23. Eu espero."

O garoto mexendo na jukebox definitivamente era novo demais para estar ali. Ele estava penteando o cabelo com as duas mãos, observando com o canto dos olhos Preston dobrar uma nota de 5 dólares.

"Você não conta muita coisa pelo que eu pago", Preston segurou a nota entre as juntas dos dedos.

O garoto o ignorou por um minuto enquanto dobrava uma bandana azul e branca, que depois pôs em volta da cabeça, jogando o cabelo para trás. "Você quer me dar um monte de coisa, cara, e o guri não precisa do seu dinheiro nem das suas coisas. O acordo era 5 dólares por pergunta. No entanto você fica aí se fingindo de esperto e perguntando dez coisas ao mesmo tempo." O garoto passou em frente ao recesso onde ficava o telefone enquanto voltava para a mesa de bilhar. Preston olhou para Dowell e deu de ombros, depois seguiu o garoto.

Alguém avisou no ouvido de Dowell que uma pessoa estava indo até o telefone. Ele esperou, observando a garçonete, uns trinta centímetros mais alta que Marzala, descer do banco para ir contar algum segredo.

Fazia anos que Dowell não ouvia alguém dizer "festa de arromba" numa conversa. Ele conhecia a expressão dos discos antigos do pai, letras grosseiras de blues dos anos 1920. Numa festa de arromba vale tudo: o erótico, o exótico, o devasso e o bizarro. O vice-xerife Eldrin Bell podia lhe falar melhor a respeito desses lugares de hoje em dia. O pai de Dowell podia contar sobre o passado do Marquette Club. Ele não pensava naquele lugar fazia anos, mas conhecia a história; primeiro bar gay dos Estados Unidos, criado na época da Primeira Guerra Mundial.

Os pais dele saíram de Tulsa para Atlanta mais ou menos na mesma época, depois que a loja deles foi bombardeada em 1921 no tumulto racial de Tulsa. Foi uma série de manobras militares, pelo que os pais dele contavam. Os veteranos pretos de Tulsa se recusavam a entregar as armas por causa dos motins que estavam acontecendo no país todo para dar as boas-vindas aos soldados que estavam lutando pela democracia, mas com as cores da França, porque a presença dos pretos com armas no Exército norte-americano era algo visto como prejudicial aos interesses do país. O pai e os outros tinham ido até a cadeia para proteger um homem preto contra uma turba de linchadores. Alvoroçados e enlouquecidos, os brancos invadiram Greenwood, o invejável distrito comercial conhecido como Wall Street preta — queimando, saqueando, atirando, matando.

Às vezes o pai dele abria o velho baú e tirava a parte superior onde guardava os velhos cartões-postais que diziam: "Expulsando os pretos de Tulsa, OK". Eles começaram a circular uma semana depois de Greenwood ter sido bombardeada do alto, aviões particulares comandados pela polícia, a 101ª Divisão Aérea chegando com a dinamite.

Dowell sentiu um espasmo no estômago e se inclinou para a frente, tirando as costas da parede, para limpar a garganta. Tinha alguém na linha. Precisou se identificar duas vezes antes de receber o relatório segundo o qual Lafayette tinha seguido uma caravana de carros até Chattahoochee e que a equipe dele checaria as áreas de McDaniel-Glenn e de Lakewood-Stewart. O tráfego estava intenso por esses dias nessa parte da rota.

"Olha só", Preston disse, seguindo o garoto de volta até a jukebox. "Você me entendeu mal." Ele tinha conseguido um panfleto desde a última vez que passou pelo recesso onde ficava o telefone.

"Se decida, cara. Se você veio aqui pra promover um lance, vá falar com outra pessoa. O menino não negocia com produto, só gorjetas. Isso aqui não tem nada a ver com bagulho. Nem isso aqui", acrescentou, dando um tapa no panfleto que estava na mão de Preston. "O negócio é cu. Analtlanta, meu. Quer saber de alguma coisa? Tem que ir ver o filme *A Noite dos Generais*. Ali você vai descobrir o que está querendo saber. Todo tipo de maluco misturado e tem legendas. Costura bem teu cu e vai lá procurar. Você vai encontrar os assassinos."

"Isso vale 5 dólares, 'Vá ver um filme'?"

"Vale 10, mas você não está me escutando. Eu te dei a história toda de bandeja, mas você é burro demais", o garoto falou, tirando a nota da mão de Preston e saindo correndo do lugar antes que o policial conseguisse se mexer.

"Filho da mãe", o sujeito na porta bravejou quando o garoto passou correndo. Ele olhou para Preston querendo uma explicação.

Preston se virou para Dowell, deu de ombros, e folheou uma das brochuras que tinha encontrado.

Dowell olhou para o telefone e cerrou os lábios. Ele tinha ligado para a delegacia às cinco da tarde para se certificar de que a máquina de duplicação estava funcionando, para caso Spencer conseguisse uma das fitas que eles precisavam copiar. A questão agora, enquanto mexia na fivela do cinto com o número do Código Penal da Geórgia, o qual usava para tomar a maior parte das decisões, era se iria para casa tirar uma soneca; se continuava patrulhando com os outros, algo que originalmente não planejara fazer; ou se iria para a delegacia. Ele participaria de uma audiência judicial pela manhã e precisava pegar um laudo do laboratório e uma arma da sala de provas. E ainda precisava deixar uma mensagem para dois colegas oficiais que lhe pediram ajuda. Tinham sido chamados na Ouvidoria depois de denunciar desvio de conduta de quatro oficiais superiores. Dowell só foi entender à tarde a importância do que eles contaram, quando ficou sabendo que o homem que os oficiais superiores vinham patrulhando nas horas de folga era o reverendo C.T. Vivian, diretor-fundador da Rede Anti-Klan.

Dowell pôs outra moeda no telefone e ligou para casa. Queria deixar uma mensagem dizendo que podiam contar com ele. Enquanto esperava a esposa atender, viu Marzala e Preston se encaminharem para a porta. Estavam indo lá fora para comparar impressões. Na espera, Dowell ficou imaginando que tipo de conexões podia haver entre o Marquette Club, a casa na Gray Street, Bowen Homes, os veículos que Lafayette estava seguindo, a tarefa designada para sua equipe e os filmes a que eles passaram a tarde assistindo.

"O que foi isso?" Vernon rodopiou e grudou os olhos na parte mais densa da margem. Raízes e ervas murchas estavam pendentes da margem lamacenta de onde torrões de terra sólida tinham caído. A parte saliente do barranco parecia uma cabeça de búfalo.

"Castores, Vern. Eles batem com a cauda na água." Lafayette foi na frente, em direção a uma galeria, pedindo que Vernon iluminasse o lugar onde a vegetação do pântano tinha sido achada. "Foi o que imaginei."

"Fazendo dique a essa hora da noite? Meio doidos esses castores."

"Não sei o horário do expediente deles, Vern. Foi você que falou em construir dique. Olha só, acho que a gente encontrou um barco, ou quem sabe um carro."

Vernon se abaixou e fez que sim com a cabeça. "Marcas de arrasto. Parece que alguém rebocou um barco aqui." Os dois se viraram e Vernon jogou a lanterna para Lafayette. "Tenho mais três flashes na Instamatic." Ele continuou seguindo Lafayette, que foi na direção da galeria pluvial, parando de quando em quando para inspecionar a cobertura do solo, moitas e galhos que chegavam até a altura do ombro.

"Aquela caravana que a gente estava seguindo estava por aqui, mas onde?" Lafayette não via nenhuma marca. "Nenhuma emboscada também", acrescentou, olhando na direção da ponte. Com um galho quebrado, cutucou dentro da galeria pluvial e pescou um sapato bem enlameado. Inspecionaram o sapato, depois subiram o barranco escorregadio. "Cuidado — a terra está deslizando aqui."

"Estou vendo." Vernon parou quando mais um discreto barulho veio da água em algum lugar perto da curva do rio. Olhou para o trecho escuro até que a superfície do rio voltou a ficar calma. "Se o Chattahoochee pudesse falar."

"Vamos para uma parte mais alta."

"Estou logo atrás de você." Usando as mãos, Vernon escalou atrás de Lafayette até os dois ficarem sem moitas onde se agarrar. Ele sentiu o parceiro ficar tenso. Um segundo depois, com os olhos fixos em umas latas enferrujadas de cerveja jogadas por ali e represadas num emaranhado de raízes aos pés dele, e se concentrando, Vernon também ouviu: passos.

"O professor." Lafayette cavou a lama com os bicos das botas e subiu o resto do barranco de lado, como um esquiador.

"Como é que você sabe, Sherlock?"

"Mocassins. Soltos no peito do pé. O chão está molhado. Espirra água."

"Você está inventando isso", Vernon disse, a voz baixa. Ele se permitiu ser puxado até o nível do solo pelo pulso.

"Acho que fiquei para trás." Vincent olhou só parcialmente aliviado em meio à escuridão.

"Provavelmente estão indo para o Plaza Drugs. A mulher de um dos colegas de Exército do Spencer deixou uma compra que eles precisam retirar. Alguma novidade da sua parte?"

Vernon cutucou as costas de Lafayette enquanto Vincent fazia seu relatório, de forma distraída, olhando em torno da área com vegetação e claramente com medo.

"Então eles acham que o Innis foi embora, afinal?" Lafayette usou um galho para apontar o lugar que os dois estavam investigando. "Tinha um barco ali onde você vê o capim achatado e quebrado. E aqui em cima."

Esperou o professor se virar na direção da colina aplainada pelo vento e pelas chuvas. "Tinha um barco ali e estava bem pesado."

"Um barco bem comprido", Vincent disse, avaliando as linhas de corte no mato e no lamaçal lá em cima.

"Marcas de arrasto. O lugar onde a marca é mais funda é onde estava o barco a remo. Pelo menos três pessoas estavam nele, a julgar por essa depressão."

"Um barco a remo?" Vincent olhou da colina, onde havia uma faixa de um metro cortada em meio à vegetação da margem, e depois para o rio, iridescente de imundície. Ele se virou para seguir os dois veteranos colina acima para fazer fotos.

"Cuidado", Lafayette disse por cima do ombro.

"Estou vendo." Vernon fez um gesto para que o professor se afastasse de um trecho com folhas.

Vincent parou, pisou de leve nas folhas e recuou quando as folhas e a terra cederam. Continuava se abaixando para olhar dentro do buraco quando um clarão veio da colina, e os dois veteranos voltaram e se agacharam ao lado do buraco.

"Isso foi cavado", disse Lafayette, iluminando a área com a lanterna. A mão que ele estendeu para o buraco foi engolida pela sombra.

"Grande o suficiente para colocar um corpo?"

Vernon olhou por cima da vala para o professor. "Não parece que você vá mesmo querer saber a resposta." Ele pegou o galho, mediu o diâmetro, depois enfiou o galho até o fundo para demonstrar mais uma vez a profundidade do buraco.

Vincent olhou de um para o outro. "Em que unidade vocês estavam mesmo?"

Foi Vernon quem respondeu. Lafayette estava esfregando a cabeça de novo e girando e semicerrando os olhos para ver a área da margem e o capim esmagado barranco acima. "Vigésimo Quinto de Infantaria, Companhia Easy. Irônico. Você?"

"Fiquei fora dessa. Voluntário?"

"Pode-se dizer que sim. Achei que conseguiria uma bolsa de atleta para frequentar a universidade, igual o meu chapa aqui", respondeu, enquanto Lafayette se erguia e começava a alinhar as três áreas-alvo com o galho. "O Velho Lafa aqui me abandonou. Aí eu tentei o NPOR. Achei que trabalharia durante os dois primeiros anos de faculdade, e depois me livraria daquela coisa. Mas não li as letrinhas miúdas. Rompa seu contrato com o Exército, e você tem duas possibilidades, prestar serviço ou pagar em dinheiro. Só que a escolha não é do cadete, é do Exército. Deixa lá as moedinhas que você economizou e eles lhe entregam um uniforme. Dar Tieng." Vernon olhou para o matagal em que Lafayette tinha desaparecido.

"Cada filme que a gente viu hoje de tarde."

Vernon concordou com a cabeça, tentando escutar sinais reveladores. Ou seu amigo tinha ido mijar ou ele encontrou alguma coisa.

"Meio que dá vontade de ir acampar no meio do mato." A risada de Vincent foi forçada. Ele não conseguia ver a expressão no rosto de Vernon, mas parecia que estava atento ali, acocorado, as costas eretas, o pescoço esticado.

"Você deve ter visto esses panfletos que estão por toda parte pedindo para as pessoas agirem", Vincent continuou, baixando a voz. "Claramente um bando de desajustados, mas também quero ver alguém agindo, penso que todo mundo quer. E quando você se sente impotente, o primeiro recurso é assumir o controle."

"Primeiro uma boa trepada", Vernon disse, virando a cabeça quando um galho estalou. Vincent agora conseguia ver que os nervos do pescoço dele estavam saltados.

"Quando dá a impressão de que os líderes não vão fazer nada, o seu senso de impotência o faz ter ideias malucas. Você se pega pensando em..."

"Concorrer na eleição."

Lafayette tinha voltado e estava se agachando, girando o galho no buraco.

"Tente colocar todas essas áreas numa linha reta, Vern, pra gente tentar imaginar o que aconteceu aqui." Ele foi na frente colina acima, saltando sobre um trecho de moitas de flores.

"Eu consigo vê-los." Vernon desviou das flores arroxeadas, tirando sua Nikon do estojo e pondo a lente teleobjetiva.

Vernon não contornou as flores, passou direto por cima delas, se abaixando para coçar os tornozelos. "O que vocês dois acham daquele policial da Flórida?" Ele desviou o rosto quando o flash disparou.

"Cada um vê as coisas de um jeito", Lafayette opinou, liderando o grupo pela encosta escorregadia.

"E como você vê, ou como os outros veem?", Vincent perguntou. "Não sei como dizer isso, mas o Logan e eu estávamos percebendo que tem um monte de veteranos e ex-presidiários nessa unidade. Também perceberam isso?"

Lafayette girou Vernon pelos ombros e o deixou numa posição firme na margem oblíqua do rio enquanto fazia fotos. "Gente que viveu no inferno talvez tenha interesse em ver as coisas ficarem bem. Mais baixo, Vern — tente colocar a galeria pluvial no alinhamento também."

"Egos e dólares meio que explicam todo o resto. Pelo menos na cidade, digo", Vincent especulou.

"Sei bem do que você está falando." Vernon segurou o estojo da câmera pela alça e a pôs no chão. "Não sei por que os políticos têm tanta dificuldade em dizer 'Sem comentários'. Eles acham que têm de ficar falando a respeito de como os assassinos estão tentando testar sua filosofia ou arruinar sua carreira. Se os assassinos estivessem tão interessados em desafiar esses caras, iriam atrás deles e deixariam nossas crianças em paz."

"Deve vender jornal, imagino. Porém a parte triste é que muitos desses xerifes acreditam no que estão dizendo. Não é só uma oportunidade de aparecer para o público. Acho que concordo com o McClintock — as pessoas estão construindo carreiras com base nessa crise."

"Ninguém em sã consciência quer que esses assassinatos continuem", Lafayette disse baixinho. "Nem o mais competitivo dos oportunistas. Deem um desconto pras autoridades de Atlanta."

"Perceba como você qualificou — 'em sã consciência'. Esse é o ponto. Ninguém está em sã consciência em Atlanta. Ninguém está pensando com clareza. As pessoas continuam interpretando os fenômenos em termos de suas próprias carreiras. E o público aceita. Logo o foco vai estar em Maynard e nos outros — são eles as vítimas, não as crianças. E essa é uma maneira perigosa de pensar. Não é muito diferente das pessoas desencaminhadas que a gente vê nas entrevistas dos filmes hoje. Entendem o que estou falando? Quero dizer, quando um de nós descobrir quem sabia do quê e quem encobriu o quê, as pessoas estarão predispostas a perdoar e a esquecer. 'Pobre homem, a carreira dele teria sido arruinada.'"

Lafayette ajudou Vincent a se levantar e o segurou pelo braço para que ele pudesse calçar a parte de trás de seus mocassins nos calcanhares. "E nada disso é o ponto. Não é?"

"Não estou dizendo que a gente esteja com uma mentalidade perigosa. Mas já pararam pra pensar qual é a mentalidade das pessoas que estamos procurando? Quem vai ter como dizer o tipo de frustração que sentem? Quem vai saber o que querem?" Ele se abaixou para coçar o tornozelo.

"O que também não é o ponto. Não é? Vamos até a sede da polícia estadual e ver o que o Mason descobriu."

Lafayette imediatamente começou a subir o barranco, seu corpo inclinado; depois foi engolido pelo matagal, e a única pista de seu paradeiro era o barulho das roupas roçando as folhas. Vernon deu uma última olhada no Chattahoochee e a cabeça de búfalo, depois subiu usando as mãos até chegar ao nível da rua e saiu correndinho. Vincent respirou fundo e foi atrás, correndo na direção do tráfego ruidoso. Carros passando sobre as grades de metal da Jackson Bridge faziam um ruído que abafava o som dos mocassins molhados.

"O que a gente tem?" Mattie ainda estava abotoando seu macacão cinza-escuro amarfanhado enquanto saía do estacionamento, passando pela farmácia 24 horas. O carro de Sue Ellen virou para entrar na Briarcliff e buzinou duas vezes — tchauzinho, boa sorte. Mattie livrou a mão e deu duas buzinadinhas de agradecimento, depois entrou na Ponce de Leon.

"Um mapa desenhado à mão", Clara disse do banco de trás. O resto da resposta ficou inaudível enquanto tirava o vestido pela cabeça.

"Um mapa?" Mattie se inclinou para trás no banco. "Inclui o prédio onde encontraram o altar?" Ela se virou ainda mais para trás, depois olhou pelo retrovisor. Clara estava vestindo uma camiseta escura. "Asterisco... paradeiro..." foi só o que Mattie conseguiu compreender.

Desde que soube que os dois primeiros corpos tinham sido vestidos de preto, com roupas que as famílias dos meninos Hope e Evans não reconheciam, Mattie Shaw suspeitava do envolvimento de um culto nos assassinatos. E, embora outras teorias tivessem lá seu peso, passando a dar sustentação, à medida que o tempo passava, à existência de uma multiplicidade de padrões, era o padrão associando culto-Klan/culto-pornografia/culto-drogas que mexia com ela. "O número de lojas de pornografia para adultos é quatro vezes o número de McDonald's", B. J. costumava dizer, que também estava aderindo à visão que incluía o Klan-culto-pornografia. Até Dave Morris, o último bastião da teoria de um padrão único, estava revendo sua posição.

"Quero ver esse mapa", Mattie entrou na Peachtree, indo na direção da gráfica. "Acho que todos nós vamos querer cópias do seu material."

"Bom, seja rápida com isso", Clara alertou, puxando as calças no quadril. "Vou ver se tem alguma indicação do prédio que você mencionou."

Na delegacia, em fevereiro, Mattie Shaw só tinha conseguido ver de relance a Bíblia que estava sendo mantida como prova. Com a Bíblia fechada havia mais de um mês, o papel rasgado em volta do furo da faca já não estava dobrado nem para dentro nem para fora, e, portanto, não fornecia indícios de por onde a faca havia entrado, se em Isaías ou em Ezequiel. Mesmo aqueles que tinham visto o Livro Sagrado pregado na parede já não tinham mais certeza de qual era a parte voltada para fora, só sabiam que a Bíblia estava aberta e que a capa e a contracapa estavam do mesmo lado. Se estava com o lado certo para cima ou de ponta-cabeça, ainda estava aberto a debate.

Em todo caso, Isaías ou Ezequiel ou ambos, Mattie tinha certeza do significado. Um desertor do culto tinha surgido, não para pegar a recompensa, e sim para construir um altar em um lugar que não ficava longe da casa de Mathis e num momento em que a área estava sendo vasculhada em busca do menino, ainda desaparecido. O desertor tinha levado uma Bíblia, sabendo que a visão do livro pregado em uma parede viraria notícia de jornal. Esse homem não estava comunicando nada para o público, mas sim usando a imprensa para mandar uma mensagem aos amigos, membros de um culto — tomem jeito ou enfrentem o julgamento. Provavelmente outras mensagens tinham sido deixadas, porém foram ignoradas, mal interpretadas ou escondidas pela imprensa.

Mattie parou depois do micro-ônibus verde em frente ao hotel, buzinou mas não obteve resposta. Viu a placa do hotel no retrovisor lateral e se lembrou de sua importância no mapa grande.

"Se nós não encontrarmos o Innis, espero que pelo menos a gente consiga fazer contato com a mulher que levou o James Baldwin para visitar a cidade. Assim como ele, ela é bem versada nas Escrituras, Clara. Além de ser uma expert no uso da Bíblia por cultos." Mattie não conseguiu nenhuma resposta até dar a ré e ocupar uma vaga em frente ao Cameo Lounge, que ficava do outro lado da rua, e perguntou: "Aqui está decente?".

"Estou vendo que o sr. Sanders também se trocou", Clara fechou a porta.

Ali adiante, andando com passo determinado, estava o Homem da Bíblia. Sua camisa de mangas compridas, de um tom verde-escuro, estava engruvinhada no meio das costas, onde os suspensórios se cruzavam. Ele usava o cós alto, e a barra da calça se agitava na parte de cima do sapato.

Mattie sorriu para Clara. Os quatro botões de cima do macacão de algodão estavam abertos. "Você não está com calor?"

Clara tinha trocado um traje todo branco por outro todo azul. Estava com uma jaqueta por cima da camiseta e com uma calça jeans. Arregaçou as mangas em resposta, e as duas andaram até a estação de ônibus da Greyhound.

Logan estava de pé na fila atrás de dois sujeitos, discutindo em voz alta o recente caso McIntosh — falando tão alto que vários passageiros que estavam na fila no portão 3 se viraram e foram até lá.

"Achei que era para o Logan estar na Memorial Drive com o seu amigo bonitão da barbearia."

Mattie deu de ombros. "Nós trocamos de carro tão rápido nos pontos que marcamos... Ou pode ser que ele tenha ido atrás de um carro com o equipamento do Dowell."

Logan veio na direção delas, parecendo nauseado. "Tem um cara dizendo que a identificação demorou, pois o rapaz tinha sido castrado. O outro insiste que não tem como cortar um homem e deixar parecido com uma mulher. Parece que não entendem as condições em que os corpos são retirados do rio." Quando sua voz começou a ficar embargada, ele correu para o banheiro masculino.

Clara pegou o lugar de Logan na fila e ficou de ouvidos atentos. Mattie saiu para procurar o Homem da Bíblia. Tinha certeza de que o encontraria atrás dos armários, mas quando chegou à área perto do portão 1, só havia um casal sentado em malas viradas de lado e comendo um pastel dinamarquês. Mattie se debruçou no balcão do seguro-viagem e olhou dentro do depósito o procurando. Então algo que o sujeito sentado na mala preta de couro de crocodilo disse chamou sua atenção. O casal estava falando sobre hipnose. No caso de Vernon Jordan, um funcionário da General Telephone conseguiu lembrar a placa de um carro que viu pouco antes do tiro. Ela não reconhecia a validade dos outros casos, vítimas de amnésia capazes de descrever as pessoas que as atacaram ou de lembrar de fatores que geraram traumas sob hipnose. No entanto, quando os dois começaram a falar da legislação federal que definia o uso da hipnose em testemunhas, Mattie viu uma brecha.

"Você acha que o depoimento da testemunha do Innis vai se sustentar sob hipnose?"

Os dois se viraram imediatamente, olhos esbugalhados e sobrancelhas erguidas; depois a mulher riu. "Curioso você ter falado nisso", ela comentou, remexendo na bolsa. "A gente estava conversando a esse respeito menos de cinco minutos atrás. Eu adoraria conduzir essa sessão."

"Vocês são psicólogos forenses?", Mattie olhou do homem para a mulher.

"Quase isso", ele respondeu, colocando dois dedos na têmpora e indo na direção da placa de chegadas/partidas. "Eu tenho o pressentimento, sim, está ficando claro como uma foto. Um grupo de peregrinos de Chicago vai chegar aqui a qualquer minuto."

"Mentalista", a mulher disse. "Um show. Las Vegas."

"Basicamente festinhas de crianças", o sujeito objetou.

"Você trabalha com isso?" A mulher estava olhando as joias que Mattie tinha esquecido de retirar para as atividades noturnas. "Bom, vou dizer o que acho", ela continuou quando Mattie fez que não com a cabeça.

Ela retirou um recorte pequeno de jornal da carteira e desdobrou. "Acho que a tal McGill já está num estado mental alterado e que se voluntariou para passar por hipnose num esforço para ser desprogramada."

Mattie se abaixou para ver a foto. Era a Shirley McGill certa, porém não havia nada na expressão dela que indicasse lavagem cerebral. Mesmo assim, concordou com a cabeça. E quando ergueu os olhos, Logan estava encostado nos armários ouvindo a mulher sentada na mala.

"Vocês estão na cidade para investigar?", ele perguntou.

"Nem pensar", a mulher respondeu. "Nós ficamos indo e voltando o ano todo, tentando organizar a regional sudoeste da Associação Nacional de Mágicos." Ela tirou vários ases de baixo da foto, depois ergueu os olhos e riu, cutucando o homem. "Ah, eu sei o que a senhora está pensando, e ler mentes não faz parte do meu show. Nós só entretemos crianças. Nenhum de nós jamais hipnotizou uma criança, embora elas sejam os melhores alvos."

"Você acha que é isso que está acontecendo?" Mattie olhou para Logan e continuou. "Vocês trabalham com desprogramadores, ou já tiveram experiências com cultos?"

"Nada", o homem falou, virando para ver Logan, que naquela fração de segundo havia se afastado, desaparecendo na lateral dos armários. "Mas acho — *a gente* acha", se corrigiu, fazendo uma reverência para a companheira, "que um culto é uma possibilidade; definitivamente hipnose. Contudo seria impossível que a polícia interrogasse todo mundo que tem capacidade de fazer isso hoje em dia, ainda mais com todas as revistas do mundo oferecendo cursos por correspondência." Ele se levantou, deitou a mala no chão e abriu a trava. "Revistas de saúde, revistas de metafísica, e olha só, até gibis."

Mattie estendeu a mão e pegou uma revista que tinha visto mais de uma vez na tela naquela tarde.

"Ah, essas." A mulher fez uma careta, depois cobriu a boca e fingiu que ia vomitar. "Essas revistas *Soldier of Fortune* principalmente."

"O que vocês acham que está acontecendo no caso das crianças?" O homem ergueu os olhos. "Você é uma das mães?" Ele e a companheira se entreolharam preocupados. "Repórter?"

Mattie se concentrou em anúncios com números de caixas postais da cidade. Um anúncio de pedidos pelo correio vinha de uma casa oferecendo um curso em fitas cassete e pareceu familiar, algo a ver com Gloria, a sobrinha de Marzala, falando do namorado, um gênio da tecnologia.

"Você é da polícia?", a mulher perguntou. "É esse o seu interesse no caso?"

"Eu moro aqui", Mattie respondeu.

"Sei, deve ser duro", os dois murmuraram.

"Bem", a mulher espanou migalhas do colo. "Acho que a testemunha, a tal McGill, foi programada pelo culto das drogas com quem ela trabalhou. Acredito nisso de verdade. E penso também que ela é a chave para solucionar o caso. Não acredito que a polícia tenha ignorado a história dela, como a imprensa diz."

"Pode ficar", o sujeito disse para Mattie. "Fique com a edição toda. Tenho um pressentimento... sim, uma imagem clara está se formando..." Ele olhou na direção do fliperama com um dedo apertado contra a têmpora "... que você está prestes a fazer um curso de hipnose por correspondência."

"Você é bom", Mattie piscou.

Os garotos não tinham ânimo para ir andando. Nem Dave. Mal estavam conseguindo manter o cronograma.

"Essa rua não tem saída." Jonesy estava fazendo a dança da ligação direta.

"Ezra Church Road", Raymond disse, puxando a aba do boné para baixo e encolhendo os ombros. "E está chovendo."

"Está vendo alguma coisa, sr. Morris?" Eddie não se afastou.

Era só uma sebe. Contudo o dano era visível. Podada com cuidado em ângulos retos, a sebe era cortada ao meio por uma parte densa onde os galhos estavam quebrados e mais claros. Havia folhas espalhadas pela calçada logo abaixo, e alguém tinha esparramado terra. Será que uma criança passara correndo na direção daquela casa? Na janela, um cartaz indicava que ali morava o presidente do conselho de segurança local. Será que a pessoa que estava perseguindo avançou pela sebe, sem dar a mínima, bem em frente à janela da sala?

"Espere aqui um minuto." Dave foi até a entrada da casa.

Porém eles não esperaram. Reconheceram a área do mapa. Um dos dois meninos Roger morava naquela quadra. Seguiram o educador social pela trilha que levava até a casa e pararam na caixa de correio enquanto ele batia na grade de metal. Eddie foi o primeiro a chegar até a varanda. Encontrou a campainha e tocou, depois recuou quando Dave olhou em sua direção.

"O que você acha?" Raymond saltou para a varanda perto de onde Eddie estava quando Dave entrou. Ele ficou na ponta dos pés numa tentativa de ver o centro da cidade por cima dos telhados da vizinhança. A moça bonita com quem teve a chance de conversar antes de sair daquela casa chique disse que iria a uma festa no centro.

"O que eu acho do quê?" Jonesy dançou na calçada. Mantinha os braços perto das laterais do corpo enquanto girava, a barra da camisa voando para longe da cintura.

"Você acha que a polícia está com a tal McGill e simplesmente inventou essa história de que o Innis é um Zé Ruela pra enganar o culto da Klan?"

Ninguém respondeu de imediato. De dentro da casa, veio o tema de "Let's Keep Pulling Together, Atlanta", tocando na TV.

"Odeio essa música." Eddie tremeu.

Eles ficaram em silêncio de novo, aglomerados debaixo do toldo metálico, vendo a chuva pontilhar a trilha de cimento, cada um deles tentando imaginar a cena que se repetia tantas e tantas vezes na TV. Cidadãos pretos e brancos de todas as idades se agarrando a uma corda em um cabo de guerra contra um time invisível, puxando a corda com força, alguns sorrindo, outros se esforçando a sério, puxando colina acima sob o brilho do sol. No entanto o que estava sendo arrastado do outro lado da corda? O anúncio público de dez segundos supostamente deveria ser tranquilizador. Eles tinham calafrios.

"Penso que o tal Al Starkes vai descobrir tudo. Os canas ficam dizendo que Fulano foi visto pela última vez em tal lugar, e toda vez ele diz: 'Errado'. Aquele cara é rápido. E tem informações. Ele pega os caras todas as vezes que pisam na bola e repassam informações estúpidas. Deixa que o Innis fique com o fardo quando os canas querem fazer alguém ficar mal na fita. Starkes é o cérebro. Se lhe perguntam o que está fazendo, a resposta é: 'Nossos agentes estão trabalhando'. Bacana. Tá legal, tá legal."

Eddie e Raymond deram um soquinho na mão um do outro.

"Eu não acho que é isso", Jonesy disse. "Acho que eles têm uma casa onde estão escondendo a testemunha. Aposto com vocês que o Starkes e o Innis já nem sabem onde os canas puseram a mulher."

"Hmm", Eddie grunhiu, e os três viram a trilha escurecer.

"Eu acho que deve ser mais ou menos como o sr. Morris disse. Digamos que dois ou três caras estivessem vendendo heroína no Vietnã e que depois de sair de lá vieram parar numa quadrilha de drogas na Flórida-Geórgia. Digamos que um deles entrou naquela parada mística de kung fu por lá, e que agora estão aqui vendendo droga e fazendo um troço profundamente religioso. Então é uma mistura — Máfia, cucarachos, drogas, crioulos, um troço meio religioso, porque — todo mundo vende. E quando o assunto é dinheiro, aqueles palhaços da KKK não dão a mínima para ódio racial. Digamos que eles usaram crianças para levar a droga. E digamos que essa mulher, a McGill, não gosta do que está acontecendo e denuncia."

"Espera. Não esqueça que uma das amigas dela foi apagada por meter a mão no cofre. Foi por isso que ela saiu."

"Certo. Então o grupo a obriga a fazer algo pra calar a boca."

"Tipo beber sangue ou comer um cadáver..."

"Cara, fica quieto. Tipo fazer parte de alguma coisa sexual excêntrica ou de um dos rituais que a gente viu."

"Tipo matar uma das crianças, ou testemunhar o crime, ou segurar a vítima, alguma coisa assim."

"Digamos que fizeram a mulher enfiar uma sacola plástica na garganta do guri. Ela não vai falar depois disso. Está assustada."

"Aí ela vai para a Flórida e fica de bico fechado e pode ser que no começo participe um pouco da história de venda de drogas, porém fica afastada da parte do culto que tem a ver com sacrifício. E aí a recompensa começa a parecer atraente."

"Espera. Primeiro o namorado dela telefona e diz que o grupo planeja sequestrar retardados. Ela não dá atenção. Daí em março, Eddie Duncan, Larry Rogers, Mike McIntosh, Jimmy Ray Payne..."

"Esses caras não são retardados."

"Dá pra calar a boca? Os jornais dizem retardado e ela está na Flórida, então o que a mulher sabe? Certo, é melhor ela se proteger antes de tentar a recompensa."

"Ela ouve alguém dizer que o Innis trabalha com armas."

"Ouvi dizer que ele está conseguindo armas com aquele cara da África, Idi Amin."

"Tá, então aí os canas escutam a história dela e precisam manter a mulher viva pra falar no julgamento."

"Isso. Aí escondem a mulher num desses hoteizinhos baratos", Jonesy disse com um dos lados da boca.

Os três ficaram em silêncio de novo, olhando na direção do centro. Acima de um prédio em construção que chamava a atenção contra o azul-escuro do neon da cidade, havia uma grua, sua barra retangular em meio às vigas vermelhas de ferrugem do edifício como um mosquito de tamanho monstruoso sugando a vítima, tirando o sangue até deixar o prédio branco.

"Isso", Eddie falou, mexendo na jaqueta, "um hotel barato".

Dava para imaginar. Uma lâmpada nua pendurada no teto cheio de manchas. Uma garrafa de uísque barato na mesinha. A placa do hotel piscando ao lado da janela. Shirley McGill fumando um cigarro atrás do outro numa cadeira desconfortável perto do guarda-roupa, longe da janela, longe da porta. Ela não está feliz. E não está falando.

Um dos guarda-costas inclina a cadeira para trás, encostando na parede. Ele está com uma pistola automática no colo, apontada para a janela. Outro guarda-costas, com um coldre de couro preso ao peito, serve uma dose do uísque barato em um daqueles copos de plástico de hotel. Ele se senta com apenas metade da bunda na cômoda, vendo TV. O som está baixo.

Maynard Jackson anda para lá e para cá, suando como Edmond O'Brien naquele filme, *Com as Horas Contadas*. Ele faz várias perguntas inteligentes. Realmente educado, sem tentar ser rude nem nada parecido. Sorrindo, na verdade, do modo como sempre faz a qualquer momento, caso precise apertar a mão de alguém que votou nele. Não iria tomar o uísque barato, pelo menos não naqueles copos. Talvez desembrulhasse um copo e lavasse bem para tomar uma Tab.

"Você acha que o Maynard anda armado?"

"Hein? Estava pensando que odeio copo de plástico. Esses copos estragam antes que você consiga ficar bêbado."

Eles não conseguiam imaginar o comissário Brown bebendo, nem armado, nem suando, nem andando de um lado para o outro. Então o colocaram na porta do banheiro para tomar um pouco de ar. Era preciso vigiar os banheiros. Os assassinos poderiam estar do outro lado da rua com uma mira telescópica, prontos para apagar a testemunha quando essa fosse fazer xixi. Então, bem quando todo mundo estivesse assistindo ao programa *Hee Haw*, um dos assassinos atravessaria a rua pelo alto, pendurado num arame, e chutaria a janela. Talvez conseguisse dar dois tiros antes que o comissário Brown se virasse e atirasse nele.

"Você acha que o Brown anda com uma máquina?"

"Nada."

"Devia, não? Ele é o chefe da polícia."

Jonesy colocou a arma fumegante na mão do chefe Napper, e imaginou que ele estaria atrás da caixa acoplada do vaso, sem ser visto pelos binóculos. No entanto a arma também não ficava bem nas mãos de Napper.

"E aquele cara do FBI que fez o Innis sossegar. Aquele deve andar armado, hein?"

"Ele é um otário. Aposto que esvazia a lata de lixo igual o cara que a gente viu no filme hoje de tarde. Só aparece quando precisam de um preto pra servir de enfeite."

"Espera aí. Nenhum dos guarda-costas do Maynard parecem armados. Ficam bonitos demais naqueles ternos. Faixa preta ou sei lá o quê. Não iriam estragar o tecido com o volume da arma."

"Eu que não queria ser a Shirley McGill", Eddie encostou na grade. Dava para ouvir o Dave falando com as pessoas lá dentro. "Hã, pra onde vocês acham que a gente vai depois daqui?"

"Subir até a Forest Drive. Um pouco antes de chegar à 285, você chega ao Lake Placid, passando pelo Residencial Windmere. Foi ali que a gordona vestida de cigana disse pra olhar."

"Quem foi apagado ali?"

"Ninguém até agora. Algum palhaço do culto da Klan que vende drogas mora ali."

"Que horas são?" Eddie se encostou no ferro forjado e olhou pelo vidro da porta da frente.

"Você vai amarelar?"

"Nada, só quero chegar em casa."

"Ele vai amarelar, o amarelão."

Quando Dave abriu a porta, Raymond e Jonesy estavam com Eddie preso num duplo mata-leão, lutando com ele escada abaixo. O feixe de luz que vinha do vestíbulo chegava à calçada. Eles ouviram Dave pigarrear. Os dois homens o giraram na direção dos arbustos, esfregando a cabeça dele de um jeito brincalhão, dando soquinhos na barriga dele às escondidas.

"Seus palhaços", Dave disse. "Da próxima vez, vou fazer os pais de vocês assinarem a autorização pra ir ao passeio e levá-los no parquinho."

"Uau." Jonesy curvou o corpo e mirou dois dedos indicadores para o asfalto. "Sacanagem. Isso aí foi sacanagem, sr. Morris." Ele abraçou a cintura com os cotovelos e girou para esconder a cena, apontando os polegares e os mindinhos na direção da base das sebes. "Vocês não acharam que foi sacanagem?"

"Verdade, Big Dave", Raymond disse, batendo a cabeça de Eddie nas moitas. "Você realmente sabe magoar uma pessoa."

"É tipo um casamento ruim, né?", a ex-funcionária do SAFE perguntou para a universitária. Deixaram mais um ônibus passar, os olhos vidrados na porta do prédio da polícia estadual. "Você sabe que o cara está traindo e ele sabe que você descobriu, mas ainda assim lhe diz que é só sua imaginação. Diz que a ama. Diz: 'Confia em mim'. E pode ser que a ame mesmo, porém meio que tanto faz se você não tiver certeza. Você enxerga os sinais, e se convence do contrário. E continua cozinhando e lavando a roupa e indo pra cama como uma boa esposa."

"Não consigo transar com um cara se estou puta com ele", a jovem estudante disse, andando para jogar o jornal no lixo. Um sujeito ruivo saiu da porta de metal com um tripé. Ela fez um sinal para o cara de dreadlock estacionado no meio-fio. Mason já tinha ido para perto da van, cuja porta o ruivo estava destravando."

Quando a estudante voltou para o ponto de ônibus, a ex-funcionária do SAFE continuou. "O que está acontecendo nesta cidade realmente me assusta, porque, voltando para a analogia do casamento ruim, digamos que a amante do seu marido seja do tipo violento. Ela comprou uma arma e está rondando o seu prédio. Pode ser que ligue para o seu trabalho e diga alguma coisa pra tentar que a demitam. Você não vai nem saber como se proteger. 'Eu amo você.' 'Confia em mim.' Ele quer a sua lealdade, porém não se importa com a sua segurança. E você coopera. É burrice, é loucura. Do que mais daria pra chamar isso?"

"Feudalismo", o Orador disse, passando por elas e atravessando a rua.

A estudante riu. "Pra começo de conversa, se um homem meu vem com essa conversinha pra cima de mim, dou um tiro no pé dele."

"Um tiro?"

"No pé. Pra chamar a atenção do cara." Ela anotou uma descrição da van. "Ele tem que saber que a gente vai ter uma discussão séria e que, se mentir, vai ter consequências."

"Entendi. Pode ser que, quando as pessoas disputam um cargo, a gente primeiro devesse dar um tiro no pé delas."

"Pra lembrá-las de que serão cobradas."

"Acho que é uma boa ideia. Porque você não tem como saber com quem elas estão de mãos dadas. Adoro o Maynard. Acho que o Lee Brown é uma pessoa bacana. Não sei o George Napper, apesar de ouvir dizer que é um cara legal."

"Minha irmã foi aluna dele. É um sujeito decente, mesmo."

"É isso que estou falando. Porém quem vai saber com que tipo de gente eles estão abraçados — na polícia, digo, ou no FBI, ou no departamento estadual. Eles nos dizem pra ficar calmos e tudo mais."

"Confia em mim. Amo você. Vou cuidar disso. Não se preocupe com isso."

"É assim que fazem, né? Enquanto isso, tem alguém por aí à solta com armas e cordas."

"E bombas", a estudante acrescentou enquanto as duas iam para o carro. "E agora com isso", frisou, indo mais para lá, colocando a pilha de panfletos no colo para deixar mais espaço.

"Foi por isso que tive que sair do SAFE. Gostava do meu trabalho, no entanto, se você está mentindo pras pessoas, não as ama de verdade."

A estudante passou o cinto de segurança por cima do colo, feliz de ver os irmãos se aproximando. Era uma questão de tempo para que a irmã com quem estava presa começasse a chorar.

"Penso que sei pra onde ele vai", Mason falou, entrando. "Ou vai voltar para Lakewood Heights", seu indicador vagou pelo mapa, "ou vai para aquela sala no Anexo da Prefeitura."

"Acho que não." O Orador encostou a cabeça na janela, estendeu a mão e girou o mapa. "Ele vai ficar longe do FBI. Acredito que vá fazer contato com um informante. Talvez aqui", especulou, batendo com o dedo em uma parte assinalada da rota.

"Vamos", a estudante disse, se concentrando. "Aquele semáforo não vai ficar vermelho pra sempre. E esse binóculo não faz a gente enxergar alguém que dobrou a esquina."

A quase-colisão entre o Camaro e os dois carros que estavam liderando a patrulha de McDaniel-Glenn deixou Preston tremendo e cheio de perguntas. Zala assumiu o volante antes que Dowell pudesse falar. Com Preston entrando no banco de trás para arrumar os panfletos que a patrulha tinha deixado voar pela janela, Dowell não teve opção, teve que se sentar na cadeirinha infantil. Não importava quantas alavancas indicassem o que fazer para erguer, empurrar, socar, arrancar, a cadeirinha não travava. Zala virou na Georgia Avenue, e Dowell pressionou os pés contra a elevação do piso, num esforço inútil para evitar que a cadeirinha pulasse.

"Não entendo", Preston comentou. "Todas as viaturas na área e nenhuma parou para ver o que estava acontecendo. Esses caras estavam realmente putos da vida com você, meu amigo. Mais do que comigo. Um refletor rachado não é lá grande problema. Mas você, bem... não estava com uma aparência muito boa lá atrás. Eles esperavam que você estivesse no comando. Ah, sim, acreditavam que você fosse o chefe de tudo."

"No momento", Zala disse, indo para a Cap 'n'Peg's, "a polícia está mais interessada em pegar aquelas cópias. Além disso, ninguém iria nos atacar. Os caras só estavam tentando tirar a meninada da rua, só isso." Ela olhou para Dowell enquanto estacionava em frente à loja de pesca. A cadeirinha continuava deslizando de lado. "Quero ver se alguém soube de algo aqui. Encontro vocês no Hyatt ou no ponto de encontro final."

"Bom, continuo sem entender", Preston disse, entrando no banco da frente quando Dowell assumiu o volante e foi na direção da I-75/85. "Por que um monte de jornalzinho com erro de gramática é tão importante?"

"Ninguém sabe de onde aquilo veio."

"E?"

"Você acha que a vizinhança está segura, e aí alguma coisa desse tipo acontece, uma distribuição gigante bem debaixo do seu nariz."

"Bem debaixo do *seu* nariz", Preston riu. "Não, sério, você não ficou bem na fita lá atrás. E por que eles puseram os exemplares neste carro? Querem que os jornais fiquem contigo para o caso de eles serem parados pela polícia? Não entendi." Folheou os panfletos, dando uma olhada de tempos em tempos para Dowell, que estava de olho para ver se encontrava carros que pudessem estar viajando em dupla. Ele trocou de pista e seguiu um Galaxy que parecia estar seguindo um Chevy marrom e bege.

Houve uma outra ocasião em que a cidade foi inundada por panfletos fantasmas. O *Prairie Fire* do Weather Underground apareceu certa manhã nas varandas, nas caixas de correio, colocado debaixo de portas de centros estudantis e deixado em fardos em shoppings, nas escolas e nos centros de educação profissionalizante. Ninguém sabia quem tinha feito aquilo. Porém o manifesto deles não passou nem perto de causar a mesma agitação gerada por esse jornalzinho anônimo. Dowell tentou lembrar como era o clima político cinco anos atrás quando o *Prairie Fire* surgiu.

"Aparece muita literatura subversiva na sua região?"

"Ah, sim. Teve uns folhetos em dezembro quando o Beatle foi morto, especialmente em Miami, contudo nada realmente político como esse. Uns poucos pacifistas. A maior agitação da qual consigo me lembrar foi em Key West quando eu estava na escola. Um grande escândalo relacionado ao abastecimento de água. Isso faz com que se lembre de alguma coisa, Dowell? Experimentos na base naval? Aquilo fedeu pacas."

"Acho que ouvi dizer." Dowell trocou de pista de novo, mantendo em vista o Ford e uma perua de duas cores. "Vírus da gripe, não foi?"

"Teste de armas biológicas foi a acusação. Jogaram muito jornalzinho nas ruas depois desse. Lembro porque um recrutador da Marinha foi falar na nossa assembleia e foi vaiado."

"Foi na época da Guerra da Coreia, não?"

"No finzinho." Os dedos de Preston bateram rápido na capa do panfleto enquanto ele contava os anos. "Logo vou entrar com meu processo de aposentadoria."

Dowell encerrou a perseguição quando o Galaxy saiu da via e a perua continuou. Ele pegou a rampa e olhou para seu colega da Flórida. Naquela manhã, Dowell teria dito quarenta anos no máximo, um beberrão, veias vermelhas saltadas nas partes do rosto que tinham cor de cacau, ligeiramente afogueado, bem vermelho em torno do nariz. Não particularmente asseado. Porém mal parecia ter chegado à meia-idade.

"Às vezes você vê mulheres nas ruas para entregar panfletos em frente a cinemas pornôs. No entanto não é nada desse tipo. Não tem logo, nem patrocinador, nem o nome da gráfica. O que você acha, Dowell?"

"Isso que você acabou de dizer me deu uma ideia. Alguém que talvez você conheça. Depois que a gente descobrir quem anda passando pela rota do assassino, e conseguindo ficar um passo à nossa frente."

"Alguma coisa que eu disse?" Preston baixou o quebra-sol e se inclinou na direção do espelho, em busca de espinhas na região oleosa debaixo do lábio inferior. "Filmes pornôs, é disso que está falando? Acho que vocês tiveram problemas com isso faz uns anos com aquele filme que a atriz aparece trepando no final? Eu não vi nenhum panfleto, mas com certeza teve muita divulgação disso."

"Não consigo entender esses filmes", Dowell foi na direção da faixa de Lakewood-Stewart. "Não entendo como ver mulheres atormentadas pode deixar alguém excitado. Também sei umas coisas desse negócio que falaram nos filmes, gente supostamente adotando crianças pobres de outros países e usando em filmes de sexo-ódio. Se escuta todo tipo de coisa na polícia. Crianças. É isso que não entendo."

"Sexo-ódio." Preston riu, fazendo volume na bochecha com a língua. "Essa é nova. Nunca tinha ouvido essa expressão antes." Ele parecia achar aquilo engraçado, ou pode ser que sentia prazer em cutucar o rosto para tirar espinhas. Dowell continuou olhando para a frente.

"Olha só isso." Preston se inclinou para fora da janela. Dois caras estavam se empurrando em frente a um mercadinho. "Vão se matar pra defender uma esquina. Meu povo, meu povo. Tão ruim quanto lá onde moro. Porém em Miami a gente vê isso de verdade. Fiquei três semanas numa missão lá depois dos tumultos em Liberty City. Não cheguei nem perto da região a noroeste da Cinquenta e Quatro ou da Brownsville. Que confusão. Um monte de folhetos políticos lá também. Na verdade, tinham uma pauta, mas também rolava uma outra coisa. Falando de drogas, você iria morrer de rir, Dowell, vendo os caras se matando pra defender o território para 'o cara'."

"Aqui é a mesma coisa", Dowell murmurou. "É de partir o coração ver a meninada nisso."

"É de partir o *seu* coração", Preston corrigiu. "Ninguém está forçando esses caras a fazer isso. Eles veem os cadáveres na rua todo dia, traficantes caídos em cima do volante com uma bala entre os olhos. Ninguém está forçando ninguém a entrar pra essa vida."

"Eles acham que não vai acontecer com eles."

"Não, eles sabem que pode acontecer. Sabem que vai acontecer — é só uma questão de tempo. Só que não ligam."

"Dá tanto dinheiro assim?"

"Dá muito dinheiro. Eles aproveitam por dois anos — três, se derem sorte e forem meio espertos. Depois, se tiverem que ir, bem, foi bonito enquanto durou."

Os dois homens no retrovisor de Dowell usavam braçadeiras nas mangas. "Não acho que aquela briga lá atrás tivesse a ver com drogas. Eram vigias do bairro. Provavelmente se desentenderam na hora de decidir quem estava com o turno da noite."

"Se você quer acreditar nisso." Com duas mãos, Preston espremeu os poros dilatados na base de uma das narinas. Dowell voltou os olhos para a frente e continuou assim.

"Vi uns filmes desse tipo", Preston confidenciou. Recostando-se no banco, esfregou as mãos nas coxas. "Vamos ser honestos, um corpo nu é excitante, seja de quem for."

"Uma criança? Talvez seja verdade pra algumas pessoas, no entanto você reprime esse tipo de sensação, se controla."

"Por quê?" Preston segurou as pernas para evitar que a cadeirinha deslizasse. "Não venha com essa. Você vê essas estudantes novinhas rebolando a bunda por aí", ele agarrou o ar com as palmas das duas mãos, "e é claro que quer um pouco daquilo."

"Pra mim não dá", Dowell afirmou, definitivo. O resto foi deixado implícito. Ele tinha uma discussão contínua com alguns dos oficiais mais novos acerca da pena de morte. Apesar do modo como a pena de morte vinha sendo usada contra os pobres e os pretos, algumas pessoas deveriam ser mortas, era preciso matá-las. Aquelas pessoas que sentiam prazer em assassinar. E aqueles que achavam que explorar crianças era excitante e que não faziam esforço pra se reprimir.

"Então essa é a área de Lakewood-Stewart", Preston disse depois de um tempo. "Pessoalmente, acho que devíamos dar uma agitada nessa turnê oficial e continuar com o que eu vim fazendo até aqui. Com as pistas de Lee Gooch, a gente pode mandar bem, Dowell. Você e eu. A gente reúne nossas informações e pega os pervertidos. O que me diz?"

"É o mesmo que venho dizendo."

Preston continuou segurando as pernas por mais um tempo e olhou para as casas e lojas. "Pelo que entendo, o distrito por onde a gente acabou de passar já foi uma região rica. Agora estão na mesma pindaíba que esse pessoal aqui."

"Essa região imobiliária já teve a sua cota de sofrimento", Dowell disse. "Você vai perceber que a via rápida separa o shopping dos clientes que podiam ter feito o lugar prosperar. Não foi por acidente."

"Agora você está soando como aquele cara com o cabelo de militante. O Comitê de Investigação", falou de modo irônico. "Você anda com um pessoal engraçado."

"Verdade." Dowell respondeu secamente acreditando que isso fosse pará-lo por um tempo. Não apreciava muita tagarelice enquanto estava numa missão, mesmo em uma missão não oficial.

"Tem uma equipe cobrindo a parte da rota que passa pela Cape Street", Dowell informou. O repórter da dicção boa conhecia bem a região. Assim como Dowell conhecia bem a área de Lakewood-Stewart por ter crescido lá. Desde que a região foi cortada pela via rápida, esses bairros estavam numa decadência que se aprofundava ano a ano, e definitivamente não eram parte do crescimento espetacular que Atlanta gostava de exibir.

"Puta vergonha", Dowell murmurou, atravessando o estacionamento do shopping.

"É, está bem detonado", Preston olhou em volta.

As luzes de sódio das ruas davam um ar de ficção científica para a área. Desertas, as lojas pareciam sinistras, apodrecidas. Havia sacolas de papel e caixas quebradas nas vagas para estacionamento de deficientes. Os postes instalados para impedir o roubo de carrinhos de supermercado estavam cobertos com adesivos de "Mantenham nossas crianças em segurança". Não tinha ninguém por perto, Dowell ficou feliz de perceber. Nenhuma criança vendendo fitas, pilhas, desodorizador de carro, geleia de maçã. Não tinha meninos vindo na direção do carro com o braço cheio de relógios à venda, ou chegando na janela com ofertas do tipo pague-um-leve-dois — calças jeans, baseados ou "festinhas" no motel.

"Parece bem calmo", Preston concordou enquanto Dowell ia devagar pelos fundos do supermercado, por um atalho, até a rua. "Quem aqueles caras pensam que estão enganando ali?"

Na calçada, um ruivo que estava armando um tripé olhou para o carro, depois afastou as pernas e colocou o olho no visor. Mais adiante na rua, seu parceiro estava estendendo uma fita métrica no meio-fio. "Aquele sujeito ali está vigiando tudo."

Dowell não via nada naquela rua que pudesse justificar vigilância, análise, proteção ou investigação. Se fosse assim tão óbvio que o cara na calçada estava monitorando tudo, haveria algum problema, um indício de uma equipe de apoio por perto.

"Você devia colocar o nome desses dois no sistema. Se estão à paisana, devem ser mandados de volta para a academia para uma revisão." Preston se virou no banco para ver a equipe de vigilância pelo vidro de trás do carro. "Que tipo de farsa você acha que é isso? Falando em farsa, o que pensa que vai acontecer no caso da Abscam? Um bom advogado deve conseguir livrar os dois alegando prisão ilegal."

"O que me faz lembrar", Dowell interrompeu, "que preciso encontrar um aparelho de telefone."

"Bom, tem bastante aqui pra você escolher um", Preston tirou a mão do rosto por tempo suficiente para fazer um gesto mostrando a área. IRMÃ MARTHA LÊ... JESUS SALVA... TROCO CERTO SÓ DEPOIS DAS DEZ DA NOITE... O ATENDENTE DA NOITE NÃO SABE A COMBINAÇÃO DO COFRE. FLIPERAMA... BARRIS DE CHOPE... MULHERES DE TOPLESS... QUARTOS DE MOTEL — PREÇOS ESPECIAIS... LIVRARIA PARA ADULTOS.

Bandeirolas sujas tremulavam flácidas no pátio de carros usados na noite de abril, e Dowell no telefone desejava ter mantido seu cronograma original e estar em casa com Rose. Uma van passou e o motorista diminuiu a velocidade enquanto Dowell colocava mais uma moedinha no orelhão. Como a van não era do Comitê de Investigação ele deu as costas.

Deixou um recado na delegacia para que os oficiais ligassem para a casa dele a fim de conversarem. Sentia que tinha a obrigação de ajudá-los. Não vinha escutando as dificuldades deles, por equívoco presumiu que o "pastor", que era o alvo dos dedicados oficiais mais velhos, era o reverendo Carroll do PARE e não a reverenda Vivian do grupo anti-Klan. Os oficiais menos graduados teriam que se cuidar. Retaliação podia ser bem mais mortal do que qualquer punição dada pela Corregedoria. De vez em quando alguém aconselhava Dowell a tirar uma folga, a ir para Quantico, na Virgínia, onde o FBI dava cursos, até que a poeira baixasse. E na volta ele ficava suspeitando de qualquer parceiro novo que lhe indicassem.

"Esse negócio da Abscam", Preston estava dizendo enquanto aceleravam. "Difícil dizer não quando todo mundo está dizendo sim. Como vamos saber se não estão de conluio, tramando pra pegá-lo? Isso está mais pra lavagem cerebral do que pra prisão ilegal. Essa ia ser a minha defesa. Lavagem cerebral."

Dowell passou a mão pela fivela do cinto de segurança, sacudindo a cabeça. "Uma vez fiz um curso sobre lavagem cerebral em Quantico. O instrutor tinha sido da Inteligência do Exército na Coreia."

"Que beleza, aquele lugar", Preston falou. "Às vezes vou pra lá. Nunca achei um curso que fosse útil. Sabe do que estou falando? Mas veja essa situação do garoto do Logan. Isso é lavagem cerebral. O guri larga a escola porque os colegas estavam andando por aí com lençóis pedindo esmola com aquelas cumbuquinhas de monge e convencem o menino a ir junto. Eles já sofreram lavagem cerebral. Logo já nem vão mais conseguir pensar direito. Todo mundo dizendo a mesma coisa, então ele vai junto. Você estava lá quando o Logan contou da vez que quase pegou o moleque?"

"Não ouvi essa parte."

"A mulher dele viu o guri com vários outros doidos perto de um terminal de ônibus. Não lembro em que cidade estavam na época. O menino havia completado 18 anos, o que podiam fazer? O sargento do turno os aconselhou a fazerem uma acusação formal de roubo. Sabe como, o carro da família, os cheques da mensalidade na faculdade. Um detetive manda os dois esperarem no hotel enquanto faz a prisão. Eles esperam, esperam, e nada. Uma hora encontram o detetive na delegacia, que lhes conta uma história sem pé nem cabeça. Porém você sabe, e eu sei, que além de embolsar o cheque do Logan, o policial fez os malucos esvaziarem as cumbuquinhas na mão dele e tchau tchau."

"Não sei disso, não", Dowell parou na frente do portão do campus do Atlanta Junior College. "O cara pagou o policial pra prender o próprio filho?"

"Ah, qual é, Dowell, você age como se nunca tivesse ouvido falar disso antes."

Eles passaram pelo quebra-molas e Preston deslizou até o painel. Dowell pegou os panfletos.

"Quem é ele?"

Um sujeito tinha saído da guarita do campus. Ele se abaixou para olhar pelo para-brisa, depois foi andando, o olhar indo de Preston para Dowell, depois para a marca do carro.

"Amigo meu", Dowell afirmou. "Tinha uma banquinha de jornais no meu bairro até que o tiraram do negócio. Se quer as revistas que precisa ter na banca, tem que comprar as que os caras querem que você venda. Ele disse não."

"Na marra?"

"Pornografia não é um ramo muito civilizado, Preston."

"Na minha área é igual — acho que é assim em todo lugar."

O vigia parou na orla do clarão que vinha da guarita e pôs as mãos nos quadris, bloqueando a entrada no terreno.

"Pai de família", Dowell continuou. "Aí o que dirá pras suas filhas quando elas aparecem com as amigas na banca e virem aquelas revistas?"

"Tem mulher que gosta dessas coisas", Preston disse.

Dowell saiu e bateu a porta.

"Bom te ver, Jess!" O vigia apertou a mão de Dowell e andou com ele para longe do carro. "Parece que as coisas estão tomando um rumo meio feio, e estou sozinho aqui — meu parceiro está do outro lado do campus, na rodovia. Não vai ser muito bom pra mim se eles voltarem. Descobriu quem fez isso aí?" Ele guiou Dowell na direção da Area Tech, o colégio profissionalizante que dividia o terreno com a faculdade. Um avião de uma base aérea próxima estava pousado ali. Aquilo dava ao pátio um ar de cenário de cinema.

"Esperava que você soubesse de algo, Jake."

"Só sei que isso aí me dá calafrios. Bem esquisito essa distribuição, não acha?"

"Estava esperando que me dissesse coisas como, por exemplo, de onde vêm esses panfletos?"

O vigia desabotoou a camisa e pegou um exemplar. A mesma datilografia desleixada, os grampos postos às pressas, umas páginas de cabeça para baixo e margens tortas perdidas no corte.

"Quando cheguei pra trabalhar na sexta, este lugar estava uma confusão. Eles não viram esse aqui. Encontrei debaixo da hélice. Acho que estavam tão ocupados cuidando dos estudantes iranianos que não fizeram um bom trabalho recolhendo isso. Pra mim são os skinheads. E eles podem voltar."

"Jake, será que a gente pode pensar junto nisso um pouco?", Dowell perguntou, seguindo o guarda até a parte de trás do avião. "Eles foram entregues na sexta?" Ele viu o pomo de adão de Jake subir e descer. "E foi a polícia ou a reitoria que descobriu os folhetos e pôs a culpa num grupo de alunos?"

O vigia pegou seus cigarros e pensou por um minuto. "Cheguei pra trabalhar e encontrei um monte de policiais novos que nunca tinha visto por aqui. Acontece às vezes. A gente não gosta quando eles metem o bedelho, mas acontece. Você nunca sabe qual órgão vai aparecer pra ficar de olho nos estudantes iranianos. Às vezes é a Imigração, às vezes são os caras da área de Inteligência da polícia."

"Estudantes iranianos... Mas você não acha que foram eles que fizeram esses panfletos. Falou que eram skinheads. Quem são eles?" Dowell fez que não com a cabeça quando o outro ofereceu o maço. Havia dois baseados fininhos na embalagem. "Você sabe que não é a minha."

Eles se encostaram no metal cinza frio e examinaram mais uma vez os manuais de "Como Fazer", como tomar a cidade antes que fosse tarde demais. Nas quatro páginas que vinham antes do "como", havia "o que" e "por que". Os fatos do caso estavam misturados com alguns dos boatos mais conhecidos, junto a acusações extravagantes que Dowell nunca tinha visto, sendo que uma delas dizia que um oficial graduado da polícia de Atlanta tinha apólices de seguros de algumas das vítimas, meninos e meninas que ele recebia com frequência em seu barco no Lago Lanier; além disso, dizia que esse oficial era amante de um dos homens mortos.

"Arremessados juntos", o guarda disse. "É como penso que fizeram. Arremessados em pacotes de um carro em alta velocidade foi o que ouvi dizer. Não distribuíram nada na região nordeste, só desse lado da cidade. E as viaturas saíram rápido para pegar tudo logo depois, não tinha como não pegar os caras, exceto pelo fato de que não pegaram. Aí veio o segundo grupo de carros, carros à paisana, e arruinaram completamente meu dia. Falando: 'pega isso', 'pega aquilo', como se eu fosse o zelador e eles estivessem pagando meu salário. Tive que colocar os caras no lugar deles. Não estou nem aí para qual é seu cargo, não adianta vir dar carteirada comigo. Entende o que quero dizer? E isso vale para esse emprego de segurança também. Dane-se esse emprego."

"Vamos pensar nisso juntos, Jake?" Dowell virava páginas lentamente.

"Parece coisa do nosso pessoal, não parece? Até você ler em voz alta, aí não parece mais. São os skinheads, estou dizendo. Armazenando armas e prontos pra guerra."

"Skinheads?"

"Aquelas gangues de motoqueiros que raspam a cabeça e pintam suásticas. Você sabe, tumultuaram o show de rock mês passado. Tem que ficar de olho nesses caras. Mas quem vai ficar de olho nos caras brancos? A reitoria está muito ocupada, de olho nos professores pretos. Os caras do FBI saem de tudo quanto é canto cada vez que um desses iranianos grita 'Abaixo o Xá'. Pensava que essa história estava morta e enterrada, no entanto uma vez por semana alguém pendura um cartaz no pátio pedindo a cabeça dele. Chego pra trabalhar e não tem como saber quem vai estar na minha cadeira, com os pés pra cima, fazendo fotos, anotando nomes, polícia pra todo lado se acotovelando e tentando me dar ordens. Não estou confuso. E não me impressiono com as credenciais dos caras."

"E o que a faculdade acha disso tudo?"

"A política deles é não comentar. Acham que os professores pretos estão nessa. No entanto eu digo que não. Não tem massa cinzenta aqui." Ele deu um tapa no livreto, depois passou o baseado na boca, segurando a fumaça e tragando. "Andei estudando esse troço. E não foi a gente. A linguagem é muito tosca. Quem é que chama o Maynard de 'Jackson'? Desde quando a gente anda por aí dizendo que vai enforcar alguém? E depois, perto do fim do texto, argumentam que as batidas contra os pretos ocorrem para proteger os próprios pretos. Se entregaram total. São os skinheads. Cheguei a ver uns folhetos que escrevem tentando recrutar bandas de punk rock. São eles, sim." Pôs o panfleto de volta na camisa e a abotoou.

"Eles andam por aqui?"

"Você ficou maluco? Esses alunos pedalam o dia inteiro pela região e não querem saber desses merdas rodando por aqui. Esses skinheads virariam picadinho antes de conseguir entregar o primeiro desses panfletos. Foi por isso que os jogaram e continuaram acelerando. São nazistas, Jess. Se entregaram quando começaram com esse papo de batidas. Queria ver alguém vir me dizer que reprimiria as pessoas pra proteção delas próprias."

"Alguma conexão entre isso e Innis? O que se diz por aí?"

"Acho que botaram o cara pra correr da cidade, o expulsaram antes que começasse a chamar muita atenção. Ele devia ter trazido as câmeras. O pessoal daqui não vai deixar um forasteiro ganhar tanta relevância nesse caso."

"E a testemunha dele, as provas dele? Você ouviu falar alguma coisa do namorado?"

"Se está falando do namorado taxista da guria, ele está solto de novo. Então acho que as provas não deram em nada. Você que é o policial, Jess, é quem tem que me contar."

"Lamento dizer que não sei de nada."

Jake voltou ao baseado, observando o sujeito mais baixo por um minuto antes de um sorrisinho virar um riso astuto, que depois irrompeu numa gargalhada significativa. "Estou ouvindo, Jess. Porque a única coisa que esse jornalzinho acertou — e o meu palpite é que foi por isso que a polícia recolheu tudo — é que eles parecem saber alguma coisa daquele seu amigo."

"Amigo meu?" Dowell esperou Jake parar de rir. "De quem está falando?" Manteve-se impassível, no entanto isso só fez Jake ter outro surto de riso. "Imagino que não queira sussurrar o nome dele no meu ouvido."

"Imaginou certo. Um coisa ruim daquele, não iria nem dizer as iniciais dele. Ah, Jess, sei que devo uma a você. Foi quem pagou a minha fiança, e não esqueci. Porém é você o detetive. Se eu sei, e esses skinheads sabem, você tem que saber. Então vai pegar esse cara. Prenda esses nazistas e pegue o cara. Aí todo mundo vai poder dormir."

"Você está dizendo que existe uma ligação entre os skinheads e... o meu amigo? Agora pense, Jake", Dowell disse. "Pense na fonte."

"Tem razão, beleza. Porém acho bem interessante que eles pareçam saber mais sobre o cara do que você."

Dowell ouviu o bipe soar na guarita. O vigia começou a andar naquela direção, depois esperou, como se quisesse ser cutucado. A fumaça saiu da boca e ele sugou pelas narinas, um truque que nunca deixava de intrigar Dowell. Ele não estava pensando rápido o suficiente. O que Jake tinha dito a respeito dos autores do panfleto tentarem fazer a comunidade preta se revoltar parecia correto — ia na mesma linha das tentativas de manipulação por grupos que ele viu sendo entrevistados na tela. E mais de uma vez, no quartel-general, ouviu falar que membros da seita de Charles Manson estavam em Atlanta com a missão de espalhar o caos. Contudo o que levava Jake a dar crédito ao envolvimento do "amigo", tendo em vista a fonte?

"Você não acha que estão o enganando?" foi tudo o que Dowell conseguiu dizer antes que Jake entrasse na guarita para pegar o bipe. Dowell foi atrás dele, atravessando o pátio. Esperou enquanto Jake pegava o bipe, olhou em torno nas moitas, os edifícios pouco iluminados, o desconhecido com roupas amarrotadas encostado no Camaro vermelho, depois fez que não com a cabeça, nada feito, chega de conversa. O dever chamava. Jake imediatamente saiu da guarita e foi na direção da entrada do campus que ficava na rodovia. Nada no passo dele sugeria uma emergência ou algo que devesse esperar para ouvir.

Por isso Dowell voltou andando lentamente para o carro. Pode ser que Rose consiga mais informações com a esposa de Jake, as duas jogavam boliche juntas. E pode ser que fosse a hora de ele ir para a delegacia e dar uma sondada, ver o que andavam falando desses panfletos, dos skinheads e desse "amigo". Não era preciso muita inteligência para descobrir o que estavam tentando dizer — o barco no Lago Lanier sendo a pista-chave —, mas Dowell não botava muita fé em rumores.

Preston parecia ansioso. "Alguma coisa?"

"Preciso achar um telefone."

"Sabe, Dowell, com metade da recompensa, dava pra você comprar umas ações da AT&T", Preston brincou, jogando as chaves do carro para o detetive monocórdio. "Ainda acho que a gente devia ir atrás das pistas que consegui com o menino Gooch. A abordagem da extrema direita é só um dos padrões. O ângulo mais fácil é o que vocês vivem ignorando. Seria moleza prender os pervertidos. Ninguém vai deixar você revelar a abordagem da KKK, então vamos atrás da grana fácil."

"A grana fácil", Dowell disse, a voz desinteressada, e por cima do som do motor ele pôde ouvir o visitante da Flórida fazer um ruído gutural que era algo entre um resmungo, um gargarejo e um gemido de exasperação. Dowell voltou com o carro para a Stewart Avenue e girou a direção toda, tirando a cadeirinha do lugar.

"Falei alguma coisa que não devia?" Preston riu, brincando com as alavancas.

"Talvez você queira trocar por uma salada de fruta", Delia disse prestativa depois que Carole mais uma vez tentou mergulhar a colher na sopa de creme de pepino e viu a superfície enrugar. "Parece uma lagoa de espuma", acrescentou, se virando para chamar um dos garçons.

A espera começava a deixar os nervos em frangalhos. Poucas mesas estavam ocupadas, e muitas tinham sido totalmente abandonadas por convidados que levaram as plaquinhas com seus nomes para outras mesas para ficar com amigos.

As duas mulheres olharam para a mesa 31, onde Bryant, com um grande suprimento de cartões de visita na faixa presa na cintura, estava cumprimentando os Lederer. Em uma mesa grande havia quatro gerações, de rabos de cavalo cintilantes a queixos e barbas nevados, com uns poucos cabelos cacheados e cabelos à moda de pajem dos anos 1940 entre um extremo e outro.

Na mesa 17, vários homens inclinaram as cadeiras, apoiadas só nas pernas de trás, rindo alto, provocando os outros homens, que giravam de um lado para o outro procurando suas carteiras. No ano passado, Delia ficou sabendo, haviam sido feitas apostas relacionadas ao veredito do julgamento do ex-diretor de orçamento de Jimmy Carter. Os vencedores da aposta, na mesa perto da pista de dança, estavam cheios de si, contando vantagem acerca de seu realismo político. Os perdedores resmungavam falando em nepotismo e corporativismo sulista, e continuaram tateando em busca das carteiras, dizendo que a aposta devia continuar até o próximo julgamento, porque tinha que haver um próximo julgamento, esses canalhas.

"Vai ficar tudo bem, Delia", Carole disse com um suspiro confidencial, e Delia sorriu, agradecida pelo encorajamento, embora não tivesse ficado claro se Carole estava se referindo às festividades da noite ou à "operação Spencer".

O mensageiro veio andando discretamente, se abaixou e sussurrou algo no ouvido de Carole. Ela não pegou a bolsa, Delia percebeu; simplesmente se levantou, sua bolsinha lavanda sem alças saindo do lugar, porém com um atraso de três segundos de tirar o fôlego, e atravessou a pista de dança.

Delia viu cabeças se virarem enquanto sua funcionária saía pela porta. Ela se sentia cansada. A espera inebriante de uma noite de confraternização, a elegância dos convivas, as perspectivas de encontros lucrativos de início se frustraram quando a colocaram na mesa 23, que ficava perto da porta do banheiro feminino e nitidamente tinha sido acrescentada de última hora. A mesa, muito menor do que as outras, e redonda, não quadrada, tinha uma cobertura inteira branca, diferente do esquema de cores pêssego e limão que marcava a decoração do jantar de gala. Além disso, havia as idas e vindas constantes de Carole, que dava apenas dicas sutis do que estava fazendo. E só depois de muita insistência contou aquilo que, no final das contas, era assunto deles, sendo ela parte da família. "Por que você, Carole?", e a resposta impensada, sendo uma raridade que ela respondesse sem pensar em todos esses anos em que as duas trabalhavam juntas, foi: "Com quem mais ele pode contar?". Delia não tinha se recuperado o suficiente disso, com o aperto de mão que Bryan deu nela por baixo da mesa se tornando mais irritante do que reconfortante, quando Carole, se abaixando para pegar um pedaço de papel, disse, enquanto Delia estava apontando para jovens que estavam em ascensão: "Você quer dizer que eles estão chapados".

Ela estava confundindo a confiança oferecida pela cocaína com sucesso. Devia estar à beira dessa descoberta fazia um tempo. Drogas certamente explicavam boa parte do comportamento, alianças que jamais conseguia compreender, diretrizes que lhe davam a responsabilidade de ocultar os erros alheios e de fazer com que eles saíssem com uma boa imagem. Nos últimos anos, ao ver gente que tinha menos tempo de casa do que ela, e que sabia menos do trabalho, ir a Washington quando Carter foi eleito, disse a si mesma que foi preterida pela energia dos mais jovens e pela confiança que vinha com o histórico familiar, com a boa educação e com as conexões. Porém, o tempo todo esteve concorrendo com a euforia e o entusiasmo da cocaína sem saber.

Delia se serviu de uma taça de vinho. Apesar de tudo, e embora estivesse simultaneamente gerindo a imobiliária deles, fora promovida a supervisora. Isso era alguma coisa. Ela brindou ao presente envolvido em papel prateado que tinha levado para o irmão e decidiu ter uma noite agradável, independente de os Webber aparecerem ou não. O atraso deles era meramente uma falta de educação; o atraso das crianças era preocupante.

"Tanta gente bonita", Bryan disse, ajeitando as costas do paletó para se sentar. O peito inflado, os olhos brilhantes, aquele poderia ser um jantar em sua homenagem, e não um *bon voyage* para os Webber, que alguns diziam estar saindo de Atlanta a pedido de "alguém". Ela chegou a pensar em bisbilhotar para saber mais sobre esse "alguém" — o chefe da promotoria, o prefeito, o governador. Ela torcia para a partida deles não ter nada a ver com o favor que pedira à sra. Webber. A esposa do juiz intercedera e conseguira que a companhia telefônica grampeasse as ligações para a casa de Marzala.

"Quem você acha que vive ligando pra Carole?" Delia estendeu a mão e deu umas palmadinhas na bolsa da Carole. "Não tem nem chave nem batom, Bry." Sentia somente papel amassado quando mexia na bolsa prateada de renda. "Ela deve saber que, quando o Nathaniel traz as crianças, a Zala provavelmente vai vir junto."

"Eles são crescidinhos, Dee", foi a única coisa que disse, e, antes que ela pudesse responder, ele se levantou outra vez, se afastando dela.

Algumas pessoas estavam atravessando o piso de taco até a porta principal. Quem já estava lá conversava empolgado. Quando as portas se abriram, uma agitação vinda do saguão lá embaixo atraiu mais gente. Vários músicos espiaram por trás da cortina, depois desceram do palco. O pianista assumiu sua posição no banco, olhando à espera que o mestre de cerimônias na mesa 21 lhe desse o sinal. A julgar pelo modo como as pessoas saíram gritando, ou a Lena Horne ou o príncipe Charles e a Diana tinham entrado no Hyatt.

Delia viu de relance a sobrinha e o sobrinho recuando para deixar as pessoas saírem. Eles se viraram na direção do corredor que levava para o banheiro feminino. Delia pôs o guardanapo sobre o prato e se levantou, com cuidado. Segurou a saia do vestido para não esbarrar no cinzeiro, sobre o qual o charuto de Bryan estava fumegando. A vontade dela era de apagar o charuto, mas ela resistiu.

Delia foi para a porta lateral enquanto a banda começava a tocar "La Mer". Andando com destreza pelos corredores estreitos entre as mesas, deu sorrisos de olá para todos que ergueram os olhos num gesto de cumprimento.

Uma bela moça de verde e um belo garoto num terno azul-marinho estavam no corredor. Sem reconhecê-los, Delia foi direto para o corrimão do mezanino onde Kofi e Kenti se debruçavam acenando para alguém lá embaixo. Perto do chafariz, sentado nos sofás fofos e brancos em torno de uma mesinha de centro de vidro, estavam o irmão dela, um homem velho de suspensórios e o juiz e a sra. Webber.

"Continue andando como se você não conhecesse a gente, mãe!"

Delia mudou de direção bem na hora que as crianças menores pularam nela e quase a derrubaram. Ela sentiu algo estalar. "Uau, olha só pra *você*!"

"Bom, olha pra *você*!"

"E vocês dois, então."

"A gente vai ficar aqui fora a noite toda falando bobagem e vamos perder a comida." Gloria pegou Kenti pela mão e foi para o salão de baile.

Delia se abaixou e inspecionou sua alça.

Enquanto Alice Moore passava uma foto para os empregados da manutenção do hotel e B. J. conversava com o pessoal da segurança, Zala olhava através do elevador de vidro do Hyatt Regency para o prédio adjacente. Era um edifício cinza, lúgubre, frio como um penhasco. Ela devia assumir seu posto ali em menos de dez minutos.

Enquanto desciam, pegando convidados que viam a cidade do último andar, Zala lembrou a época, nos anos 1960, quando Gerry e Maxwell a arrastavam de um lugar alto para outro, dirigindo a visão dela com binóculos. Eles a ensinavam a observar quais telhados tinham grandes X brancos, ou desenhados a giz ou pintados com pinceladas grossas. Casas de gente que trabalhava pelos direitos civis, apoiadores, doadores e igrejas que recebiam encontros inter-raciais eram mantidos sob constante vigilância, desde o nível da rua até o céu. A sede do Comitê de Coordenação dos Estudantes pela Não Violência na Spring Street era o prédio que ela conseguia encontrar de qualquer ponto de vista — do Equitable Life

Building, das torres do banco, mais tarde dos restaurantes panorâmicos nos novos hotéis em arranha-céus. Zala, quando criança, tinha o privilégio de transportar a lata de spray de tinta preta para o prédio do Comitê. Até três vezes por semana ela pintava o X de preto para que helicópteros armados não conseguissem localizar o lugar com tanta facilidade.

"Quem é o cara na foto?" B. J. cutucou o braço de Zala, que se virou. Alice Moore estava apertada contra o segurança com sua camisa cinza de flanela e a blusa azul. Zala deu de ombros e B. J. foi na direção da lateral do elevador.

Todo mundo que entrou no elevador estava com vontade de tagarelar, a conversa cheia de frivolidades nervosas enquanto o elevador de vidro descia passando pelos emaranhados de gavinhas nas varandas em direção às ruas lá embaixo. Um turista que acabava de chegar de férias na América do Sul contava à pessoa que o acompanhava a respeito dos barracos com teto corrugado de Lima, aliviado pelo fato de que em Atlanta não havia nenhum cholo rebelde para ameaçar a viagem de família. Uma mulher entrou na conversa para dizer que, no Rio, a geografia era o contrário; os bandidos moravam nos morros junto aos pobres e frequentemente desciam das favelas para atacar as casas da parte baixa. Os três, que já eram íntimos quando o elevador chegou ao 30º andar, concordaram que viajar por países do Terceiro Mundo era perigoso.

No 26º andar, outro casal começou a falar sobre "Les toits de Paris" — os telhados de Paris. A mulher, de braços dados com o homem, murmurou a melodia de um jeito estridente. Lá embaixo, na Peachtree Street, havia turistas com chapéus de palha iniciando um passeio de buggy até o Underground Atlanta, para onde o casal estava indo. O restaurante Dante's Down the Hatch tinha uma boa banda de jazz, a mulher interrompeu sua cantoria para dizer. Zala ouviu B. J. murmurar algo. Assim como o Omni, o Underground sentia o impacto do toque de recolher. O rinque de patinação do Omni agora fechava às 21h. O cinema do Omni, em um último esforço para equilibrar as contas, tinha baixado os preços, rivalizando com os cinemas mais baratos. As bandas de música latina, os dançarinos de break e os outros tipos de artistas barulhentos que antes ficavam no estacionamento do Underground não estavam mais lá para serem expulsos. Um boato dizia que alguém tinha sido contratado para chamar todo mundo de volta.

No 19º andar, outro sujeito alto, magro, com cara de riquinho vestindo camisa de flanela cinza e blusa azul entrou, com o walkie-talkie na mão e cumprimentando seu colega, que imediatamente o chamou para perto e o apresentou a B. J. Eles diziam a mesma coisa. Jornalistas, detetives à paisana, membros do PARE e investigadores amadores continuavam indo ao Hyatt em busca de Roy Innis, Al Starkes e Shirley McGill.

"Quem me dera a gente pudesse colocar um cartaz", o novo segurança disse.

No 12º, os vigias fizeram a troca de guarda. Os dois sósias seguraram a porta para que dois novos homens de blusa cinza e camisa de flanela azul entrassem, e pediram desculpas para quem estava a bordo pela demora enquanto eles saíam. Trechos de "You Light Up My Life" vieram do salão de baile no mezanino, e Zala se virou de novo para olhar o perfil duro e amarelo-acinzentado do prédio vizinho. As luzes nos três andares inferiores piscavam como lâmpadas fluorescentes que estivessem falhando. Ela se apertou contra o corrimão para dar espaço a dois executivos com rostos cintilantes, recém-barbeados, que, embora magros, pareciam precisar de bastante espaço para contar suas histórias sobre telhados.

Em Tóquio, um deles explicou, era melhor não reservar acomodações perto da universidade: diziam que estudantes, depois de passar vergonha nas provas, de vez em quando se atiravam de lugares altos, como pilotos kamikaze. O outro falou de viveiros de pombos nos telhados de casebres em San Juan, do outro lado do rio, em frente ao Hotel Flamboyan. Eram umas monstruosidades que estragavam a vista para quem estava nas janelas do cassino vendo o pôr do sol.

B. J. fez um gesto para que Zala escutasse o que o segurança tinha a dizer. Não mudava muito em relação aos relatos anteriores.

Dias depois de o grupo CORE ter saído do Hyatt Regency para o hotelzinho barato no centro, que cobrava 15 dólares por noite, e depois passando para o Atlanta, por 30 dólares, ainda tinha gente fazendo perguntas às camareiras e dando gorjetas acima do normal aos carregadores de malas. Hipnotistas, detetives particulares e guarda-costas que trabalhavam como free-lancers deixavam seus cartões na recepção para caso o grupo de Nova York-Miami precisasse de ajuda com a testemunha. Detetives da Narcóticos e membros da Unidade de Combate ao Crime Organizado estavam interessados em informações mais detalhadas de McGill sobre as operações de drogas do culto. Membros dos capítulos rivais do CORE também estiveram na cidade, fazendo plantão nos saguões dos três hotéis, explicando que o grupo de Innis não era uma parte "legítima" do CORE, pois ele havia sido expulso da convenção da Carolina do Sul, e o mandato dele como presidente nacional foi vetado em função de apropriação indébita de fundos, conforme uma reportagem investigativa do *60 Minutes* documentou, que ele vivia para os holofotes, que os esquemas que bolava para impulsionar sua imagem tinham ameaçado a credibilidade e o funcionamento da organização — em resumo, que o sujeito era só garganta. Ninguém falou nada a respeito de McGill, no entanto, nem contra nem a favor.

"O que eu acho curioso", disse o mais velho dos dois seguranças, baixando o tom de voz, "é que membros da Inteligência da polícia de Atlanta e membros do Esquadrão de Combate ao Crime Organizado da Geórgia ficam vindo aqui, uns seguindo as pistas dos outros. É um circo."

Ele deu as costas para as outras pessoas no elevador e olhou para o saguão embaixo. B. J. ficou perto da manga dele e abriu espaço para Zala. Por um longo tempo, o homem ficou em silêncio, olhando as pessoas lá embaixo.

"Dois caras em particular ficam vindo aqui depois do show do Sinatra."

"Em fevereiro", B. J. disse, quando ele voltou a ficar em silêncio. "Quando houve ameaças de que algo ia acontecer durante o evento beneficente Sinatra-Davis. E aí?"

"Não há dúvida de que estavam juntos. Eles entram com cinco minutos de diferença um do outro e saem cinco minutos um depois do outro. Você nunca os vê juntos, mas uns poucos de nós conseguiram perceber." Ele se virou na direção das varandas, olhando em volta. Encostou as costas no corrimão e olhou para as ruas, depois girou de novo, olhando o saguão.

"Qual é o seu palpite?"

"Não sei. Mas toda vez que pretos da alta roda fazem um banquete e o pessoal da prefeitura aparece, a gente sabe que não vai demorar para que um deles ou os dois também apareçam."

B. J. mexeu na argola dourada de uma das orelhas, depois tirou os dois brincos e os pôs no bolso. "Estão de olho em alguém específico, você acha?"

"É só uma impressão que tenho", ele respondeu, alisando o cabelo a partir da testa. "Ali", apontou de repente, o dedo dobrado contra a vidraça. "Esse é o outro. Tinha me esquecido dele."

Eles se apertaram contra o corrimão lateral para ver de relance um loiro de uns 35 anos com um blazer, se afastando rapidamente da mesa da recepção. Zala sentiu o ombro de B. J. ao lado dela. Mason acompanhava o homem do outro lado do saguão.

"GBI ou polícia?"

"Nenhum dos dois. Meu parceiro descobriu o sujeito faz umas semanas. Ele estava usando uma chave no quarto de onde o ruivo estava saindo."

"E o ruivo?"

"Da seção de Crime Organizado do GBI. Não vi o sujeito a noite toda. Mas ele vai aparecer. Apostei 5 dólares nisso."

"E ele?" B. J. apontou para o piso do elevador.

"Só uma impressão", repetiu, fazendo um aceno para seu parceiro. O parceiro devolveu a foto para Alice Moore. "Me parece um informante profissional. Mas como lhe disse, é só palpite. A gente reúne informações e tenta montar uma história. Provavelmente não passa disso, uma história que a gente inventou." Ele ficou corado.

"Sei bem do que está falando", B. J. disse, ficando por perto enquanto ele andava na direção da porta do elevador. "Acho que todo mundo entende isso. O que você acha? Não vou forçar você a dizer nada, mas qual é a sua opinião?" Ela olhou para Alice, que apertou o botão para segurar o elevador.

"Bom, na minha versão, o cara do blazer era um informante da seção de Crime Organizado e foi denunciado. Pode ser que o cara da Inteligência tenha descoberto o que ele fazia. Ou pode ser que os três estivessem tentando desvendar o caso juntos e receberam ordens dos superiores para deixar pra lá. E agora ficam um seguindo o outro para ter certeza de que quem resolver o caso vai dividir a recompensa."

"Será que estão tentando chegar até o prefeito ou o comissário?" B. J. os seguiu quando eles saíram, fazendo gesto para que Zala e Alice continuassem a descer. "Ou um está bloqueando o outro?"

Alice apertou o botão e olhou para Zala. Os outros, que tinham parado a suave conversa quando a descida foi interrompida, olharam de uma mulher para a outra. Uma mulher num macacão preto levantou o pulso, sem contudo olhar para o relógio. Outra com um terninho escuro apertou o 3 e pegou uma moeda no bolso.

Zala voltou para o corrimão lateral. Não deveria levar mais de cinco minutos para Alice telefonar ao contato e conseguir uma atualização e depois se encontrar com ela atrás da Imprensa Oficial do Governo dos Estados Unidos. A música do salão de festas encheu o elevador quando Alice saiu, e Zala ficou tentada a sair no mezanino para ver o que Kofi e Kenti tinham vestido, sendo que a maior parte das coisas deles ainda estava em Columbus. Ela viu o Homem da Bíblia lá embaixo, andando a passos rápidos atrás do loiro de blazer. Chegando ao saguão, foi a primeira a sair do elevador.

Enfiou-se pelas portas giratórias e andou até a rua, quase trombando com um casal de bêbados que estava cambaleando na entrada circular de carros, com drinques nas mãos.

"Oooops!", a mulher disse, protegendo seu coco. A sombrinha de papel e dois canudinhos lambuzados de batom bateram em seu queixo enquanto ela derramava o drinque de rum na frente do vestido.

"Vai devagar aí", o sujeito, um marinheiro, disse, segurando os ombros dela até Zala passar, seu paletó branco escorregando dos ombros da mulher, uma sombrinha de papel caindo detrás da orelha, onde ele a havia enfiado.

Preener, que estava vindo pela entrada de carros, olhou para o casal, meteu a mão no bolso, jogou as chaves no chão e se abaixou, fazendo um sinal para que Zala continuasse andando.

Zala se manteve perto dos prédios, tentando imaginar como o casal se encaixava no esquema das coisas. Parou antes de virar a esquina e olhou para trás. O loiro de blazer estava passando um lenço para o marujo.

"Continue andando", Vernon disse, chegando no lado direito dela, e indo na direção do Hyatt, bem quando o Homem da Bíblia surgiu no início da entrada para carros e foi na direção dela, com seu rosto inexpressivo.

Zala dobrou a esquina e foi rapidamente na direção dos fundos do edifício cinza.

Observou o Orador rua abaixo no banco do motorista da van de Leah, os dreadlocks se arranjando em torno do rosto enquanto escrevia rápido no bloco. Ele ergueu a mão e apagou a luz do teto enquanto o Homem da Bíblia entrava no carro. Mais adiante na rua, Braxton e Lafayette estavam em um carro perto da entrada dos fundos do prédio. Piscaram os faróis, e Lafayette apontou para a perua de Dave, estacionada atrás de uma Mercedes prata.

Ela atravessou a rua e entrou. "Conseguimos algo?"

Mattie fez que sim com a cabeça, porém continuou desenhando linhas no mapa. Ela trocou a cor da caneta marcadora e continuou desenhando. Várias linhas se cortavam; quatro em particular se sobrepunham num ponto do mapa. Entretanto, antes que pudesse começar a fazer as perguntas: "Olha só", Dave apontou para a porta dos fundos do escritório do FBI.

"Bacana!"

"O quê?" Clara, que estava no banco de trás, se debruçou sobre Mattie.

"Não é o que — é quem."

"Olhando pra frente", Dave instruiu, e os quatro sorriram e conversaram enquanto o Bacana andava até a esquina, dava uma olhada em uma sombrinha de papel vermelho em cima da caixa de jornais, depois dava meia-volta e ia para a Mercedes prateada.

"Terminei", Mattie falou, levando a caneta ao ponto de partida para completar um círculo. Os faróis de Braxton piscaram e depois acenderam quando a Mercedes arrancou. Um minuto depois o carro de Braxton acelerou atrás dela.

"Bem colorido", Zala disse quando Mattie lhe passou a folha de papel. "Mas o que significa?"

"Informações da Sue Ellen e do Teo. O elenco é formado por quatro personagens. Nas últimas três horas, ficaram cruzando caminhos. Um deles parou em um orelhão no Memorial, a uma quadra da sede da polícia estadual, depois apareceu perto do ponto de encontro em Lakewood Heights onde mora a família da KKK ligada ao caso Geter. Ficou por ali um tempo. O número 2 estava na área de Gray Street, depois em Lakewood Heights, passou pelo número 1 na rua, depois apareceu com uma roupa de marinheiro no Trader Vic's." Mattie apontou para o restaurante turístico do outro lado da rua. "Quinze minutos depois, ele saiu do restaurante e pôs aquela sombrinha onde vocês estão vendo. Não estava nem um pouco bêbado. Cinco minutos atrás, não conseguia parar em pé."

"Ele está no Hyatt", Zala disse.

"Não me surpreende. O Número 3 também passou por Lakewood Heights mais cedo, e também no Cap 'n' Peg's."

"Boné de beisebol?"

"O próprio. Depois que você o viu, o Larry e a Paulette viram o sujeito perto do escritório do GBI. O Rice o seguiu até ele entrar no Hyatt. Onde o sujeito tomou um drinque. O quarto cara estava com o sujeito do GBI."

"O ruivo?"

"Exato. Eles estiveram juntos na área de Lakewood mais cedo. Dowell, Gaston e Preston foram instruídos a seguir o cara se os dois se separassem. Foi o que fizeram. Gaston passou o Número 4 para o Mason."

"Ok. O que isso significa?"

"Acho que significa, no mínimo, que membros individuais dos órgãos do governo estão colaborando entre si", Mattie disse. "O meu palpite é que estão trabalhando juntos para encontrar o Innis, ou melhor, a McGill."

"Bom, deixem eles nos guiarem. Eles são os profissionais."

"Vamos", Mason disse com apenas uma perna dentro do carro. "Estão todos saindo ao mesmo tempo."

• • •

No alto, em meio às árvores, a lua acompanhava o ritmo do micro-ônibus verde. Ele ia aos solavancos pela estrada de terra batida, a última casa e o último posto de gasolina já bem para trás. Curvando-se, oscilando — havia buracos na estrada, às vezes um pedaço de pneu de caminhão —, o ônibus diminuiu de velocidade ao se aproximar de um galho caído, e os passageiros sentados no chão, na parte de trás, foram atirados para a frente. Com uma das mãos na bola 8 que ficava no topo do câmbio, a motorista fez uma curva num trecho estreito. As raízes apareciam espessas no nível dos olhos nas paredes de argila vermelha de ambos os lados enquanto a estrada serpenteava. As pessoas que estavam atrás dos assentos dianteiros deslizaram de volta pelo piso metálico rumo ao fundo do veículo quando a parte da frente da van se ergueu bruscamente. As portas de trás, fechadas por um cabide que prendia o trinco de um dos lados no outro, chacoalharam, depois se separaram por tempo suficiente para que uma brisa soprasse levando para dentro o odor picante da resina de pinheiros; depois as portas rasparam uma na outra e se fecharam.

 Equilibrando-se nas caixas que levavam roupas de domingo e sacos de ferramentas, os passageiros voltaram para a frente, agarrando alças e alavancas no espaço onde antes estavam os bancos traseiros, que foram removidos. Perceberam imediatamente quando a estrada se alargou um pouco e ficou mais uniforme, a ameaçadora torre de água à distância, a deixa para que apagassem as luzes, desligassem o motor e descessem a ladeira até o depósito da Companhia de Armazéns 6 Estrelas. No entanto, a motorista apenas diminuiu as luzes e passou dirigindo pelo escuro edifício semelhante a uma fortaleza dentro de uma paliçada circular, suas robustas estacas de madeira, com diferentes alturas, larguras e espessuras, mas todas transmitindo uma mensagem clara: Não Entre.

 Um quilômetro adiante, nada de prédios, nada de veículos; dois quilômetros, um grande campo gramado, no entanto nenhum sinal de uma emboscada; três quilômetros, tudo quieto — a motorista então fez uma hábil manobra de retorno em uma faixa de arbustos e voltou até depois do depósito, estacionando debaixo das árvores a uns cem metros de distância. Ergueu a mão para pedir atenção, depois a abaixou num sinal de alerta. O ônibus estava inclinado, o acostamento era estreito, a ladeira era íngreme e perigosa, e pedras cobriam o chão lá embaixo. Eles se dividiram. Se todos desembarcassem pelo lado do passageiro, as rodas do outro lado se levantariam do chão.

O cheiro de resina de pinheiro estava forte quando saíram; depois foi mascarado pelo vapor de gasolina à medida que contornavam lentamente a van para inspecionar o terreno. As portas foram deixadas ligeiramente entreabertas. O som viajava longe na noite, em meio ao silêncio do campo. Dois membros da equipe, que tiveram a mesma ideia ao recordar operações similares feitas anteriormente, se cutucaram. Ao voltar, iriam tatear o escapamento e checar a parte de baixo. Aos grupos de três e quatro, atravessaram a estrada correndo, dois deles se afastando para assumir seus postos de sentinela.

Doze sombras vieram atrás dos doze membros, cresceram, depois marcharam até as estacas antes de começarem a desaparecer. As duas placas metálicas — PROIBIDA A ENTRADA, CÃO BRAVO — estavam velhas e enferrujadas. A corrente do portão também era velha. Cedeu quando pressionada com força por um alicate. A construção de tijolos na entrada tinha sido abandonada havia muito tempo, os últimos tijolos, soltos, abandonados, desaparecendo debaixo do mato. A meio caminho entre o portão e a porta da frente do depósito, notaram que andavam sobre lixo.

O jardim estava forrado de garrafas, latas pisoteadas e montes de papéis. Alguém pôs fogo numa das pilhas de papéis, os quais não foram incinerados completamente. Uma sacola transparente, cheia de latinhas amassadas, estava caída, encostada em uma janela ao nível do solo. Fios elétricos passavam pela tela pesada entre a janela e as grades. A porta, porém, era de madeira, e a tranca era uma Singler. Cedeu após fazer dois pequenos talhos nos cantos de um cartão Tillie. Arrombada com a parte plana do formão, a porta se abriu para fora. Porém, por trás dela, uma pesada porta corta-fogo. Uma barra vermelha horizontal, na altura da cintura, ia da esquerda para a direita. Acima ela, estava enrolado um fio elétrico descascado. Aquilo parecia vivo.

Eles se dividiram, indo pelas laterais do prédio de três andares até os fundos. Havia mais fardos, alguns reduzidos a cinzas. As janelas tinham barras, telas e cerca elétrica. A saída de incêndio tinha sido removida. As partes dos suportes que tinham sobrado eram irregulares e pequenas demais para apoiar a mão ou o pé. As calhas acima, porém, pareciam promissoras. Mais ou menos novas, eram espessas e reforçadas a intervalos de trinta centímetros por braçadeiras metálicas aparafusadas. Aguentaram o sujeito mais atlético do grupo, que depois puxou seu parceiro para cima pelo pulso. Empurrados de baixo, dois outros chegaram à elevação do segundo andar e agarraram com o braço as barras metálicas das amplas janelas industriais. Os demais precisaram de cinco minutos e meio para formar uma pirâmide escalável enquanto um membro do time instruía os outros, tornando a subida fácil para aqueles que não estavam com luvas grossas e tênis.

Com as ferramentas, ergueram as telhas. Escavaram a madeira e romperam o impermeabilizante, depois tentaram criar uma abertura. Um dos membros da equipe viu um parafuso magnético. Parecia uma mina explosiva. Encontraram o segundo alarme na moldura de um alçapão que um dia servira como claraboia. Com cuidado, pegaram seus próprios ímãs e inseriram as ferraduras que haviam coberto com generosas camadas de material adesivo. Pressionados contra os alarmes, os brinquedinhos da Woolworth ficaram grudados ali, e o circuito do depósito permaneceu intacto. Cinzelaram a moldura do alçapão até que a abertura fosse grande o suficiente para baixar a primeira pessoa, o membro mais leve do grupo.

Encolhendo-se para passar e usando a ferramenta para ampliar a abertura, ela gostou de descobrir que o isolamento era recoberto por folhas de alumínio, e não por uma daquelas fibras de vidro frouxas, que cortam a pele por mais vaselina que você passe. Ouviu um tique-taque, ficou imóvel e puxou a corda. A corda se apertou na região do esterno e a queimou mesmo com a proteção do macacão. Uma bomba? Será que um dos suspeitos tinha plantado uma bomba para destruir a provas? Mexeu as pernas para virar à direita, torcendo a corda. Havia uma luz vermelha suspensa, parecia, em cima de prateleiras industriais. Virou para a direção oposta, a corda queimando nas axilas. Não havia outra luz igual do lado oposto. Portanto não era um raio infravermelho o que estava prestes a interromper. Bomba? Deixou o corpo solto, os braços formigando, e forçou os olhos para compreender as formas na escuridão. Havia uma caixa em torno da luz vermelha. Ela puxou a corda e jogou a cabeça para trás na direção das omoplatas.

"Tique-taque. Aparelho sonoro pra espantar roedores."

Ela foi baixada até chegar perto o suficiente do chão para retirar a corda. Foi como cair de uma balança de parquinho. Agachou-se, ouvidos atentos, depois se ergueu e deu um puxão na corda. Enquanto esperava para puxar o próximo membro do grupo que iria descer, fez uma massagem em si mesma.

A segunda pessoa mais leve do grupo, com cordas em torno dos quadris, percebeu que a pele grossa criada por anos de fricção contra o cinto militar agora estava sensível como a de uma iniciante. Sem falar nada, as duas mulheres puxaram os outros para baixo. Depois se espalharam para fazer um reconhecimento geral.

O primeiro e o terceiro andares do depósito eram unidos por imensos pilares rústicos. Quadros de bicicleta sem rodas e latas de lixo galvanizadas pendiam em ganchos de açougueiro nas barras transversais. Se algum dia houve um segundo andar, tudo o que restava era um escritório na diagonal na parte de trás do prédio, que era acessado pelas escadas de incêndio e por uma passarela metálica de trinta centímetros de largura. Metade da equipe desceu, parando para inspecionar uma corrente de polia que vinha da grade da passarela e que em outros tempos operara as amplas janelas a meio caminho entre o piso e o alto do prédio, onde a outra metade da equipe fazia buscas.

Iluminado pela abertura do alçapão lá em cima, o terceiro andar foi fácil de cobrir. As prateleiras dividiam o espaço em acomodações para pessoas dormirem de um lado e um depósito do outro. Uma mesa colocada entre dois pufes e encostada no nível da janela continha coisas do dia a dia: um cinzeiro de vidro com uma cabeça de cavalo gravada num branco-prateado no fundo; anões tipo Hummel que eram na verdade um saleiro e um pimenteiro; tubos plásticos de ketchup e mostarda; um pote de geleia de uva com açúcar até a metade e coberto por um quadradinho de gaze preso por um elástico. Uma colher estava grudada na mesa pintada de verde. Os dois pufes, retirados de um bar ou de uma lanchonete, davam à área um visual inocente de cantinho do café da manhã. Depois encontraram uma caixa de fósforos debaixo da mesa. O flash da câmera disparou e as duas velas foram postas em um saco.

Nas paredes, não havia desenhos cabalísticos, nem túnicas com capuz penduradas, não havia suportes para rifles, nenhuma Bíblia pregada com faca, nenhuma foto Polaroide nem bandeiras dos Confederados, só um calendário. E não era um calendário com uma modelo infantil, nem um promocional da 6 Star, era um calendário de banco. Duas datas estavam circuladas. Onze de abril. A chegada de Roy Innis? Será que foi a data de algum anúncio de provas, de alguma testemunha, que fez o pessoal da 6 Star sair correndo? Rastros de vassoura e marcas de arrasto levavam o olhar das prateleiras de metal para um monte de lixo perto da escada onde havia uma vassoura encostada. A outra data circulada era 30 de abril. O outro rapto? Walpurgisnacht? O quê? A tachinha foi retirada, e o calendário colocado delicadamente no saco.

A pilha perto do banheiro não era de pedras, nem de botas, nem de roupas íntimas de crianças. Só trapos, revistas femininas, uma lata usada de Sterno, umas poucas caixas de fósforo, a capa rasgada de uma *Reader's Digest* e uns sacos plásticos de pão. Com os pegadores de salada, os sacos de pão foram postos com cuidado num saco. Um trapo que sobrou de uma cortina com ursinhos marrons usando gravatas-borboletas verdes sobre um fundo amarelo foram postos em um saco depois que uma rápida conferência decidiu que uma mancha — graxa de sapato, ferrugem ou coisa pior — precisava ser inspecionada com mais cuidado. Uma das caixas de fósforo foi pinçada com o pegador de salada; a caixinha vermelha tinha o nome de um restaurante de Atlanta mencionado por um colega na Força-Tarefa.

As caixas nas prateleiras superiores da estante de metal no meio da sala tinham resmas de papel — brancas, sem uso, sem logo, sem endereço. Embaixo havia caixas marcadas como "Produtos de limpeza" — esponjas abrasivas, escovas, latas de lubrificantes, lubrificadores de ponta fina. Uma caixa já aberta estava cheia de pequenos funis plásticos, tubos de borracha e pinças de diversos tamanhos em sacos transparentes. Na prateleira do meio havia uma caixa rasa com frascos que pareciam ser de nanquim, porém os rótulos diziam "Cera para coronha". Ao lado havia uma caixa quadrada de latas de aerossol, solvente para limpeza de armas. O pó nas prateleiras inferiores contava o resto da história. Várias caixas tinham sido evidentemente removidas e arrastadas pelo chão. O flash disparou quando alguém do outro lado da estante achou uma caixa, vazia, mas com um texto em estêncil na lateral, um fornecedor de munição.

Na prateleira de baixo, nas caixas que restavam, havia cartuchos de CO_2 para pistolas de ar e balas .22. Amostras foram colhidas para serem levadas junto às fotos. Uma sacola de compras de anéis de nylon branco fez com que parassem até que um membro da equipe, se abaixando para coçar o tornozelo, fingiu abrir a coronha de um rifle, colocar um dos anéis na abertura do cano, depois fechar o rifle antes de mirar na mesa encostada contra a parede do outro lado. A sacola de anéis de vedação foi substituída, e a equipe passou pelas grandes caixas de madeira e pelos armários de metal vazios.

Acima da mesa havia um painel de madeira perfurada. Só o que restava eram os contornos das ferramentas que em outros tempos tinham ficado penduradas ali — formões, raspilhas, um martelo, uma furadeira, uma prateleira de brocas. Perto do fim da mesa, entre quatro buracos de parafuso, havia um retângulo de madeira bruta onde um Torno Versa em algum momento tinha ficado preso com firmeza. A gaveta da frente estava forrada com um guia de programação de setembro de 1980 da TV das Forças Armadas. Na gaveta lateral havia uma ferramenta com uma ponta fendida, do tipo usado para remover tachas — a única coisa no lugar que não tinha a ver com uma oficina de armas. O guia de programação estrangeiro foi colocado em um saco enquanto a equipe passava para além das caixas e dos armários, indo para o lado das "moradias", para explorar o banheiro.

Parecia comum: uma torneira com uma bacia embaixo, um vaso sanitário, um espelho manchado, uma miscelânea de coisas no armarinho; lascas de sabonete em uma saboneteira no box do chuveiro, uma mangueira no piso de cimento. A ducha e um rolo de papel higiênico estavam em uma banqueta perto do aquecedor. Contudo, atrás do aquecedor, havia uma tábua cheia de respingos, com um buraco grande perto de uma das extremidades. Se uma das pontas da tábua fosse posta no peitoril da janela, apoiada em cima do vaso sanitário e do aquecedor, a outra extremidade podia descansar sobre a banqueta. Quando se colocava a bacia debaixo do buraco da tábua e a mangueira era ligada à torneira, o lavatório deixava de ter uma aparência tão inocente ou comum.

Eles desocuparam o lugar enquanto fotos eram tiradas, vários deles refazendo seus passos até o lado onde ficavam o depósito e as estantes, para fazer mais uma checagem. A única coisa que havia escapado na primeira rodada foi um cinto dobrado entre duas caixas marcadas a estêncil com a palavra "Munição". Reunidos nos degraus para descer, varreram a área com o olhar novamente, torcendo para que qualquer coisa que pudessem ter deixado de notar fosse pega pelas lentes e surgisse de modo claro no laboratório de revelação.

No arquivo do escritório, não encontraram recibos, livros contábeis ou folhetos comerciais. Não havia Bíblias, Vedas, o *Battle Axe News* nem exemplares de *Gung Ho!* Só o resto da *Reader's Digest* em uma gaveta, e, em outra, vários papelões ondulados que tinham servido como suporte para xícaras de café. Nas outras, havia cascas de insetos, baratas, besouros d'água. Sobre a mesa não havia telefone, cabos de bateria, pilhas secas com cabos de chumbo nem tubo de emplastros, apenas mais correspondências sem interesse, endereçadas ao Inquilino. O endereço da 6 Star não era 666 nem qualquer outro número com algum significado, embora dois membros da equipe tenham analisado tudo com empenho e por um longo tempo. Nas gavetas da mesa, umas poucas tachinhas e clipes de papel, uma guimba apagada e um guardanapo amassado de uma cafeteria de um hotel em Cobb County. O guardanapo foi colocado no saco. Uma garrafa pequena, engordurada e cheia de impressões digitais, foi retirada da lata de lixo verde e colocada num saco pardo.

Descendo ao primeiro andar, vários deles ficaram na ponta dos pés para olhar dentro das latas galvanizadas que pendiam das barras transversais — partes soltas de caminhões e carros. Outros se abaixaram para ver mais de perto a polia; o gancho na ponta tinha um pedaço de tecido de algodão que exigiu dez minutos de esforço para ser removido. Dois outros se agacharam para tirar um livro grosso que estava preso debaixo da mão francesa que sustentava a grade da passarela. Não era uma lista telefônica, como estavam pensando, mas sim um catálogo de produtos vendidos pelo correio, com um canto chamuscado, a capa rasgada e a página usada para fazer os pedidos arrancada.

O primeiro andar era uma combinação de garagem, academia de ginástica e área de descanso. Parecia estranho que os anéis de exercícios estivessem colocados em cordas presas à barra transversal e não à polia. O metro e meio de corrente teria eliminado a necessidade de subir em um engradado de cerveja para chegar aos anéis de exercício. Enquanto um membro da equipe ficou ali pensando no sentido daquilo, outro subiu para pegar amostras de fibras da corda. Os outros saíram para inspecionar a área de descanso debaixo da escada de metal.

Um sofá velho, duas cadeiras dobráveis alugadas e uma poltrona de couro falso estavam organizados em um semicírculo em torno de uma mesinha de centro do tipo que se vê em hotéis. Um baralho da Delta Airlines estava espalhado sobre a mesa, com os dois coringas apoiados em uma lata de cerveja Coors. Manchas de batom laranja-rosado cobriam a abertura da lata. Aquilo que à primeira vista pareciam ser marcas de queimadura de cigarro na parte de trás da poltrona acabaram se revelando, após algumas apalpadelas sob o vinil, buracos de bala. Com a ponta da lâmina do formão, três projéteis foram arrancados do estofamento e jogados na lata de café onde antes estavam os ímãs. O som foi estrondoso. Várias pessoas se abaixaram, dois deles batendo com as mãos nos quadris em busca das armas, três deles empurrando outras pessoas para baixo ao se jogar no chão.

O membro do grupo que carregava a lata conteve uma risadinha e ajudou os outros a se levantarem. Juntos, desmontaram a barra de exercícios. Os halteres também foram desmontados. Fibras dos tatames de exercícios foram removidas com pinças e colocadas nos sacos transparentes recém-adquiridos. Fotos foram tiradas para acompanhar as amostras de fibras e de balística.

Os que estavam perto da caminhonete colocada sobre blocos de cimento fizeram uma votação e decidiram não levar dali as placas do veículo. As cinco placas na caixa de ferramentas foram espalhadas no chão, fotografadas e devolvidas ao lugar onde estavam. Havia uma nítida pegada de lama, desenhando uma sola de sapato e um salto, no tapetinho do piso da caminhonete. Numa fenda do banco do passageiro, havia uma rebarba de madeira ligeiramente curvada. O objeto foi erguido com pinças para inspeção. Um pedaço de canoa? O assento do banco da frente foi erguido. No compartimento embaixo do banco, havia ferramentas — taramelas, chaves de boca, alicates, uma furadeira elétrica, um maçarico, um carregador de bateria e uma bandeja de gelo de plástico azul com um sortimento de parafusos e porcas.

Enquanto amostras de fibra eram retiradas do interior da caminhonete e tinta e ferrugem eram raspadas dos para-choques, a furadeira e o maçarico foram levados para a porta do porão, onde os membros da equipe que vinham se revezando na tentativa de abrir a tranca da grade de ferro ou de retirar as dobradiças laterais foram censurados por não terem percebido que havia recursos valiosos na caminhonete, que estava aberta.

Uma hora depois — as gargantas secas por causa da poeira, os olhos ardendo por causa do suor, as narinas queimando por causa do cheiro acre do metal quente —, um dos membros da equipe desistiu de massagear o pescoço com o polegar e chutou a porta por frustração. Milagrosamente, duas barras se curvaram o suficiente para que eles conseguissem inserir um pedaço grosso de ferro da barra de exercícios e retirar a base da porta do trilho de metal.

Apontando as lanternas para baixo, os três pais foram na frente quando a porta do porão foi aberta. O pé da escada poderia ser o fim de uma antiga agonia e o começo de uma nova dor. Um fim pelo menos para as respostas absolutamente inúteis a frases como "Estou procurando um menino", "Qual é o problema, a mulher tá de chico?", "Tua velha não te chupa?", "Vá se foder, filho da puta".

A primeira coisa que viram foi a pilha de madeira. Troncos, tábuas, caibros, dormentes de ferrovia, tocos, postes e seis tábuas de um estrado de uma cama de solteiro. Em seguida, as lanternas convergiram para um grande monte em frente à fornalha. Sacos de areia, cascalho, cimento e pedras de rio. Mesmo já sendo uma fortaleza, o Depósito da 6 Star estava se preparando para fortalecer sua barricada à espera de um grande cerco?

O mais jovem dos pais tomou coragem e liderou os outros, em fila indiana, na direção do recesso mais escuro do porão. Ali, atrás da fornalha, havia um grande armário verde-oliva. Mais do que as prateleiras, caixas e armários dos andares superiores, aquilo justificava chamar o lugar de "Depósito". Construído como se fosse um cofre, o armário tinha um metro e meio de altura por um e vinte de largura. Enquanto o maçarico, a furadeira e o formão começaram a ser usados, os outros se uniram ao mais novo dos pais, parado perto da caldeira, mexendo na fivela do cinto.

Atrás da caldeira, havia um espaço que chamava a atenção pela limpeza. Varrida, esfregada e encerada, a área não tinha mais de um metro em cada direção, mas parecia imensa em meio ao calabouço sinistro e imundo. Um dos pais se apertou ao lado do outro para ajudar com sua luz. Cofiou o bigode e olhou para o chão, como se o olhar pudesse reproduzir o desenho de um contorno feito com giz fluorescente, como descrito no memorando confidencial, obtido de um aliado que finalmente aceitou sair para beber alguma coisa.

"Bonanza!", alguém disse num sussurro constrangido atrás deles. As portas do armário verde-oliva estavam abertas. Aqueles que estavam com luvas de borracha, cortesia do Hospital Grady, esperaram que as fotos fossem feitas antes de se aproximar.

Na prateleira do meio, um mapa de Atlanta, cheio de marcas, estava dobrado ao acaso em cima de uma caixa de dinamite. Faltavam dezessete bananas de dinamite na caixa. Em uma prateleira superior, em meio a relógios e baterias, havia um chaveiro. Se quatro chaves abriam o portão exterior, as duas portas da frente e a porta do porão, ainda restavam seis chaves sem explicação. Será que não tinham notado um cômodo, uma parede de armários? Será que aquelas chaves podiam ser das casas dos assassinos ou das casas onde as crianças sequestradas estavam presas?

Com cuidado, numa lentidão meticulosa, as chaves foram postas em um saco plástico, que foi aberto com um sopro, para que o material não fosse borrado por impressões digitais. A operação foi demais para uma das integrantes da equipe, que desmaiou, o braço direito dobrado junto ao flanco, como se estivesse com medo de derrubar a bolsa de couro de jacaré que não estava mais carregando.

Dois flashes dispararam ao mesmo tempo. Aqueles que estavam sem câmeras recuaram até perto da parede enquanto mais fotos eram feitas. Não seria bom aparecer nas páginas do *Call*, ou nos envelopes que seriam enfiados em brechas de janelas, enfiados em caixas de correio e colocados sobre as mesas de editores.

PARTE VI

ABELHAS E PRÍMULAS

TONI CADE BAMBARA
CRIANÇAS DE ATLANTA

Quinta-feira, 25 de junho de 1981

Zala segurou a porta da geladeira e se debruçou para olhar lá dentro, estranhamente morta de fome. Ameixas roxas suavam na tigela de cerâmica que Mattie trouxe junto aos boletins de última hora do bairro dela, que agora era famoso. Com bordas de flor-de-lis, flores de anúncios, a tigela foi dada como presente de boa sorte. Quem teria como saber que tipo de informação a prisão do vizinho de Mattie traria? No pote âmbar de vidro, ao lado da jarra de vidro que estava furada, estavam as íris do quintal da Paulette. Aquelas flores também eram símbolos de mensagens futuras. Zala correu os olhos pelas prateleiras abarrotadas. Pontos brancos na caixa de ovos estavam ficando cinzas. Gotas de leite escorriam pelo plástico que cobria o melão e pingavam entre as barras nas prateleiras da parte de cima dos compartimentos de vegetais. Estavam tão cheios que as gavetas não fechavam direito.

Zala não fez nenhum movimento para pegar o leite. "Quando o *Call* vier chamar, Spence quer poder dizer que está falido de tanto comprar papel de jornal. Mas, se fizer isso, como o Orador vai conseguir o dinheiro para a impressora, para publicar a edição mais importante de todas?"

Mattie e Paulette ergueram os olhos, pararam o que estavam fazendo, ou seja, organizar as manchetes em ordem cronológica. Era urgente fazer circular um boletim tendo em vista as notícias recentes, a prisão de um jovem preto da Verbena Street chamado Wayne Williams.

"Por que está irritada com o Spencer?", Mattie perguntou, gentil. "Ele não tem culpa das coisas que aconteceram. Quem teria como saber que nossas revelações forçariam as autoridades a agir? E a gente não tem certeza de que eles prenderam alguém só por causa dos nossos boletins."

Enquanto Zala continuava debruçada diante da geladeira fresca, Paulette recortava manchetes, balançando o pé no ritmo da música. Na esquina da Ashby com a Thurmond, o afinador de piano testava seu trabalho com "I'm on the Battlefield for My Lord". Paulette murmurou alguns versos, depois cantou: "Eu prometi a Ele que iria servi-Lo até morrer... Siiiim, estou no campo de batalha", e então murmurou o resto.

Parou de cantar para pegar uma folha rasgada de um caderno com espiral. "Aonde isso vai? Diz aqui '13 de fevereiro, PB, Chevy Impala verde, 20, branco, cabelo castanho no ombro, bigode fino, distância pequena entre os olhos'? Isso se refere ao caso Baltazaar."

"O Dossiê do Café", Mattie respondeu, abrindo a pasta que continha o caderno azul de Zala e uma coleção de fichas catalográficas e de outras anotações. "Quero dar uma olhada nessa pilha daqui a pouquinho", Mattie deu um tapinha na pasta. "Pelo que sei, Williams não bate com a descrição de nenhum dos suspeitos."

"Não estou me sentindo muito bem", Zala comentou, encostando a cabeça na porta da geladeira.

"Menina, você anda dizendo isso a si mesma desde que o pastor da igreja pediu pra você fazer o discurso do Dia da Mulher. Podia ter estado lá com a Monica Kaufman e a Jacqui Maddox, Zala. Você é muito boba. Acho que é melhor se sentar."

"Você podia ter lido os nomes da lista verdadeira — a nossa — e pedido um minuto de silêncio."

"Estava com medo, Mattie. Continuo assustada. Estou falando da prisão. O que a gente faz?"

Mattie largou a fita de celofane e se virou devagar. "Você acha que a gente criou um problema pras autoridades, não acha?"

"*Você* não acha? Tem uma conexão entre aquele depósito de armas, a KKK e os assassinatos."

Mattie olhou para Paulette. Esta secou o rosto e o pescoço com um guardanapo e assoprou dentro da blusa. Mattie se abanou com o jornal da manhã. Nenhuma das duas respondeu.

"Por que a gente não transfere essa operação para a minha casa", Paulette propôs, depois de um longo silêncio. "Estou quase me dissolvendo. Se vai deixar a comida derreter, pelo menos dá um espacinho pra gente receber um vento gelado."

Estava um calor recorde. Na seção de entretenimento, os cinemas circundavam seus anúncios com desenhos de pedras de gelo. O Velho Senhor Inverno soprava com seu hálito gelado as promoções de ventiladores e de aparelhos de ar-condicionado. Na primeira página, a onda de calor ocupou a manchete secundária, com um alerta ligado a uma crise energética e orientando as famílias com bebês e idosos a ir para abrigos humanitários. Uma foto pequena perto do pé da página mostrava um homem com o braço para fora do carro. A legenda o identificava como um investigador de fenômenos estranhos, que afirmava ter capturado em vídeo dois casos de habitantes da Geórgia entrando em combustão espontânea.

A maior parte da primeira página era dedicada à captura de um homem que jornais do país todo estavam chamando de "Diabo de Atlanta", "Monstro Assassino", "Fera Louca". Desde segunda-feira, quando ocorrera a prisão de Wayne Williams, acusado do assassinato de Nathaniel Cater, de 27 anos, e envolvido no assassinato de outros adultos e crianças na lista oficial, já não era necessário percorrer colunas e colunas de notícias locais — a convenção dos Shriners, a programação do Festival de Arte do Piemonte, o Torneio de Golfe de Dogwood, as corridas de quinhentas milhas de *stock car* em Atlanta, as tulipas no Hurt Park, o Festival de Artes de Druid Hills — para encontrar a continuação das frases iniciadas na primeira página: SUSPEITO DA PONTE É INTERROGADO... ADVOGADO DE WILLIAMS EXIGE FIM DE TOCAIA... CASA DE SUSPEITO É ALVO DE BUSCAS... FBI PEDE PRISÃO... VICE-PRESIDENTE BUSH PEDE QUE GOVERNADOR BUSBEE PRENDA... WILLIAMS ENGANA A POLÍCIA... SUSPEITO FAZ ENTREVISTA COLETIVA... WILLIAMS É PRESO E POLÍCIA APRESENTA ACUSAÇÕES.

No segundo caderno do jornal, as notícias internacionais estavam espremidas em colunas fininhas, e as matérias sobre Williams eram publicadas em quatro seções largas, uma ao lado da outra, página após página. Um dos textos pretendia apresentar informações biográficas, embora os dados fossem frequentemente contraditórios e tendessem a mudar de um dia para o outro. Vinte e três anos, filho único de Homer e Faye Williams da Verbena Street, Wayne era descrito como um prodígio da eletrônica, tendo construído sua própria estação de rádio, a WRAZ, ainda jovem. Promotor de entretenimento, também ficou conhecido como um advogado que assediava pessoas em hospitais para entrar com pedidos de indenização e supostamente tinha uma anotação criminal em sua ficha por ter fingido ser da polícia. O fato de ele ter trabalhado como jornalista free-lance no rádio e na TV mal era mencionado; já o acesso frequente a chamados da polícia, isso era mencionado com frequência.

Mais grave era o desdobramento da frase que abria a segunda coluna, dizendo que Williams diversas vezes distribuíra panfletos em escolas e parques anunciando sua empresa de música chamada Gemini, que nunca existiu. Com extensas citações de psicólogos e de agentes da lei, a "Gemini" abriu as portas para amplas especulações quanto à personalidade médico-e-monstro do "assassino em massa de crianças" — que, até então, tinha sido acusado apenas do assassinato de um adulto.

A terceira coluna ia mais longe nas acusações contra Williams, citando pessoas dos bairros onde os crimes ocorreram, dizendo que o viram conversando com Patrick Rogers, ou andando com Aaron Jackson, ou bebendo num bar perto da rodoviária da Greyhound, lugar frequentado por uma das vítimas, Nathaniel Cater. Helen Pue, mãe de Timothy Pue, listada nos jornais como vítima número 18, teria supostamente identificado uma foto de Wayne Williams como o sujeito que viu conversando com seu filho.

A quarta reportagem descrevia a prova, preferindo não ridicularizar o fato de que as cores das fibras incriminadoras e dos pelos de cachorro tinham mudado drasticamente desde que Williams se tornara suspeito em algum momento de maio. Dizia-se que as fibras cor de violeta de um lençol, retiradas da casa do homem preso, combinavam com aquelas encontradas no cabelo de Nathaniel Cater, cujo corpo em decomposição foi retirado do Chattahoochee vários dias depois de ele ter sido parado na Jackson Parkway Bridge. Um policial de campana que estava debaixo da ponte, um novato, achou que tinha ouvido algo sendo jogado na água, e um policial de campana que estava mais perto do topo pensou ter ouvido a perua do suspeito parar antes de continuar a atravessar a ponte. Dizia-se que os pelos do pastor alemão de Williams eram idênticos aos pelos encontrados no corpo de Nathaniel Cater, no corpo em decomposição de Yusuf Bell, encontrado em 1979 debaixo do piso de uma escola abandonada; em Aaron Jackson, encontrado parcialmente nu no Chattahoochee no outono, e em Charles Stephens, encontrado perto de um estacionamento de trailers no outono. Também se dizia que certas fibras do tapete na casa dele, que os investigadores tinham cortado e levado, eram idênticas às que foram encontradas em Stephens, Jackson e de vários outros. Amostras de sangue tiradas do carro de Williams supostamente eram do mesmo tipo sanguíneo de William Barrett, de 17 anos, encontrado em maio perto da I-20, e de John Porter, de 28 anos, que não estava na lista da Força-Tarefa e cuja "situação oficial" ainda era incerta.

Duas fotos acompanhavam o texto. A legenda de uma delas o descrevia como "arrogante". Tirada em algum momento entre 4 e 11 de junho — quando Williams, interrogado, solto, depois mantido sob vigilância, com a casa dele tendo se tornado um acampamento de repórteres, policiais e de fofoqueiros, rompeu o cordão de isolamento policial e sumiu por horas —, a foto mostrava um rapaz gorducho de óculos. Alguns diziam que o homem driblou a polícia para se livrar de provas comprometedoras que passaram batidas na busca feita em sua casa em 3 de junho. Outros diziam que ele foi alertar seus cúmplices. Outros ainda tinham a impressão de que o suspeito teria ido falar com o prefeito Jackson ou com o comissário Brown, como já tinha feito ao enganar os policiais de campana numa outra vez. Por fim, havia quem achasse que o acusado foi procurar Slaton, o chefe da procuradoria, para fazer um acordo, entregando pessoas em troca de imunidade.

As famílias das mulheres, dos homens e das crianças ainda desaparecidas atormentavam as autoridades em seus gabinetes e em suas casas, exigindo saber se havia sido feita uma barganha e se as autoridades estavam de guarda nos lugares em que os parentes raptados estavam sendo mantidos. Porém a única pessoa *oficialmente* desaparecida era Darron Glass, que *oficialmente* não era visto desde setembro de 1980, embora sua avó adotiva tenha dito que recebia telefonemas dele, e embora tenham chegado a Atlanta relatos que davam a entender que o rapaz foi visto num estádio de beisebol vendendo amendoim. Por outro lado, um operário do instituto de Medicina Legal do Distrito de Fulton estava convencido de que o menino Glass tinha sido encontrado, identificado erroneamente e sepultado sob outro nome durante um período frenético na primavera em que os prontuários médicos foram trocados.

A outra foto mostrava Williams algemado e entrando em um camburão em 22 de junho. Em nenhuma das fotos, nem em qualquer outra em que aparecia, o acusado se parecia com os retratos-falados presos ao painel na sede da Força-Tarefa ou com as descrições feitas por testemunhas oculares dos raptos, ou dos assassinatos, ou das desovas. No entanto, batia com a descrição feita pela vidente Lillian Cosby em um programa especial de TV de Tony Brown transmitido em abril. Para a maior parte da imprensa, o programa de Tony Brown não era uma referência, e, portanto, não era mencionado. Apesar disso, o *Call* e alguns outros jornais pretos de fora da cidade perceberam a ligação. E essa informação serviu de base para muitas conjecturas nas barbearias e em outros fóruns de notícias na comunidade preta de Atlanta.

Na transmissão de abril, a vidente Cosby descreveu um indivíduo que seria preso como sendo um homem preto de pele clara, jovem, rechonchudo, de óculos, entradas nos cabelos, inteligente. Ninguém chegava a um consenso se ela dissera que o indivíduo era *o* assassino, *um* assassino ou simplesmente alguém bastante envolvido. Um cético DJ de rádio fazia um desafio a cada intervalo para que alguém encontrasse ou a vidente ou uma fita com a gravação do programa.

Três outras coisas tinham feito parte da descrição da vidente. O suspeito tinha um desvio de identidade — ou seja, se vestia com roupas de mulher e usava perucas de tempos em tempos. Os policiais que pararam Williams na Jackson Parkway Bridge nas primeiras horas de 22 de maio viram tanto roupas masculinas quanto femininas na perua branca. E, embora a história dele fosse duvidosa — estaria conferindo um endereço de um cliente em potencial às três da manhã —, só o seguraram por alguns minutos. Tendo em vista o perfil oficial das vítimas, os policiais estavam programados para roupas de meninos. A vidente também disse que o indivíduo era bem relacionado com as autoridades. Aqueles que se lembravam do programa da primavera ao acompanhar os desdobramentos do caso no verão consideravam importante o fato de que o suspeito durante um tempo teve um escritório no mesmo edifício em que ficava a Zona 4 da Polícia de Atlanta, tinha usado um scanner policial e, certa vez, segundo se dizia, fingira ser agente da polícia. Sabia-se que, no dia da prisão, tinha sido fotografado com várias figuras de Atlanta que escreveram cartas de recomendação para ele — ou pelo menos ele se gabava disso: era preciso tomar muito cuidado com suas declarações. O currículo que exibiu de forma desavergonhada, na entrevista coletiva que o próprio convocou no início de junho, junto ao desafio ousado que fez nas manchetes de 14 de junho — ME ACUSEM OU ME INOCENTEM: WILLIAMS ENTRA COM PROCESSO CONTRA PREFEITO, COMISSÁRIO, DIRETOR DE CRIMINALÍSTICA DA GEÓRGIA —, não acabaram se revelando exageros? Mas "bem relacionado" incentivou especulações relativas ao possível local onde Williams tinha ido na noite em que a polícia o perseguiu só para acabar com uma viatura batendo na traseira da outra, e merecendo o rótulo de "Policiais da Keystone" nas declarações posteriores do suspeito. Fofocas em jantares políticos diziam que o procurador Lewis Slaton havia resistido à pressão feita pelo FBI e pelo governador para prendê-lo até que a Casa Branca marcou um encontro na mansão do governador. E, embora a procuradoria o tenha acusado de um assassinato, o que se dizia era que as provas contra o sujeito eram muito frágeis.

A vidente terminou a transmissão de abril prevendo que o sujeito seria capturado dentro de noventa dias. Os jornais locais a ignoraram. Preferiram citar os agentes do Bureau de Investigação da Geórgia e do FBI e o diretor do FBI, William Webster, todo mundo, exceto a mulher de pele preta no canal da PBS, ao anunciarem, alegres, com os dentes brilhando, os olhos cintilantes, que no final da contas tinha sido um homem preto e não uma conspiração racista. Portanto, os militantes deviam calar a boca, o *Pravda* que fosse para o inferno, a BBC que fosse para casa, o PARE devia se desmantelar e Maynard Jackson devia se acalmar. A besta fora capturada.

Os radialistas ecoaram a história do "lobo solitário", mas vários DJs divergiram, o que deu certa riqueza de tom e textura aos noticiários dos programas de música.

"Aumenta o volume", Paulette pediu. "Vamos ouvir o que andam dizendo agora a respeito da motivação do assassino." Como nem Mattie nem Zala se moveram, ela se levantou e foi até o balcão. Três saquinhos de chá estavam sobre o pegador de panela. A água tinha evaporado quase completamente da panela. "Acho que você falou alguma coisa sobre chá gelado faz um tempinho."

Zala abriu o freezer. "Você conhece esse pessoal, Mattie, pense. O Williams é um faixa preta, é um fuzileiro naval? Ele brinca com o oculto? Exibe filmes pornográficos no porão? Faz encontros satânicos no quintal? A gente fica esperando ouvir alguma conexão, porém a única coisa que dizem é que ele é o culpado e que agiu sozinho. Nada sobre as provas que nós entregamos."

"Talvez isso seja bom", Paulette disse, antes de se sentar na escadinha portátil. "Invasão de propriedade, arrombamento, vandalismo, roubo. 'Caramba'", ela falou, puxando o próprio cabelo, "estou me sentindo a Cachinhos Dourados. Só faltou o mingau." Ela pôs as longas pernas em torno da escadinha e suspirou. "O que eu queria saber é por onde anda aquela Shirley McGill. Quem sabe ela pode identificar o Williams como parte do bando ligado às drogas." Paulette ergueu os olhos. "Tem alguém na porta?"

"Por que não coloquei a cortina de volta, droga!" Zala olhou por cima da porta da geladeira para ver a frente da casa. "Não consigo lidar com a Alice agora. Ela me dá arrepios."

"A Alice Moore?" Mattie olhou na direção da sala de estar, depois continuou recortando os jornais. "Ela anda mostrando as fotos do marido para todo mundo. Você acha que ela suspeitou o tempo todo que o marido matou a filha deles, ou será que isso teve um gatilho, você acha, como o debate ligado à violência doméstica que a gente viu na casa do juiz Webber? Ela reagiu de um jeito superintenso àquela mulher, a Holmes."

"Ela vai embora em um minuto", Zala sussurrou, olhando para as bandejas de gelo de plástico azul. "A gente colocou as autoridades numa saia justa, sim, e isso forçou os caras a agirem. O Williams pode não ter ligação nenhuma com os crimes. Pode ser que só tenha sido... conveniente."

Paulette desligou o ventilador e afastou a blusa da pele. "Isso é maldade, Zala, deixar a pobre da Alice torrando lá fora no sol."

"Ela fala coisas que não quero escutar. Coisas íntimas. Me sinto impotente pra fazer com que ela pare. O marido dela limpava o revólver na mesa enquanto ela lavava a louça do jantar. Depois passava a mão nela e levantava o vestido."

"Será que ela acha mesmo que foi o marido? Pra mim soa como a Nancy Holmes tentando ligar tudo, do assassinato do rei até os crimes de Atlanta com o pai dela. Vingança, em outras palavras. Fico surpresa que as autoridades não tenham ido atrás dele, e depois de todos os homens do PARE."

"Elas estão satisfeitas por ter um marido", Mattie estava dizendo quando houve outra batida na porta.

"Por que a gente não a deixa entrar?", Paulette sussurrou.

Mas nenhuma delas se mexeu, e as pás do ventilador que zumbiam começaram a rodar mais lentas.

Jessica Grier empurrou a lixeira de rodinhas da rua até a janela lateral da casa. Silas podia fazer o resto; estava quente demais para empurrar aquilo. Não tivera intenção de sair de casa, mas achara uma carta para os Spencer no catálogo que o carteiro deixou. Uma hora eles acabariam indo até a porta e vendo. Olhou na direção da igreja na esquina onde o piano estava sendo afinado. O afinador ajustava uma nota, mais aguda, mais aguda, o som pressionando as têmporas dela.

O jardim dela estava morrendo. As verduras estavam esturricadas. As videiras nos cavaletes que Silas construíra na primavera tinham murchado. Cachos de uvas azul-acinzentadas, empoeiradas na parte de baixo e murchas em cima, tentavam se esconder do sol debaixo das folhas queimadas. No jardim vizinho, uma moça de shorts se levantou de uma cadeira de praia e entrou em casa. Do outro lado da cerca, a mulher que a sra. Grier normalmente só via durante a época de plantio estava sentada na varanda traseira, com uma tigela de gelo sob o ventilador que estava em cima da máquina de lavar ao lado dela, os pés numa bacia. A sra. Grier acenou, sem esperar de fato que a mulher escaldada respondesse.

A sra. Grier andou devagar até a sua própria varanda traseira. Um calor que irritava a pele surgiu sob a alça do sutiã. Ela olhou para a porta dos fundos da casa ao lado da sua, se perguntando se não devia bater. A carta podia ser importante. Era de Nova York, escrita à mão; podia ser um amigo em perigo. Perigo era o que não faltava. Ela e Silas tinham ido a uma cerimônia em homenagem a Walter Rodney, assassinado por uma bomba que, segundo muita gente dizia, tinha sido colocada em um walkie-talkie por um dos capangas do presidente da Guiana, Forbes Burnham. A perda do dr. Rodney, um erudito, organizador, que lutava pela liberdade, foi uma imensa tragédia, uma perda terrível, não apenas para o povo da Guiana, mas também para milhares de pessoas fora da comunidade caribenha. Rodney tinha planejado viajar para Londres num ato de solidariedade com a comunidade das Índias Ocidentais que estava enfrentando problemas por lá. Outra cerimônia estava sendo organizada pelo pessoal da universidade. Os Grier planejavam ir nesse também.

A sra. Grier passou por cima dos tijolos que cercavam o canteiro e que serviam de divisa entre os degraus da parte de trás do duplex. Achava melhor entregar a carta de Nova York, pois talvez trouxesse boas notícias. Talvez os Spencer também tivessem novidades para contar, agora que o assassino de crianças estava preso, onde podia ser interrogado a respeito do menino deles e dos outros pais. Ela não tinha como ter certeza com tantas rádios e TVs ressoando ao mesmo tempo o dia todo, contudo parecia que o rádio estava ligado na cozinha dos Spencer, embora ninguém tenha atendido a porta. Na varanda traseira, perto do saco de carvão para churrasco, havia uma pilha de papéis. Ali havia um programa de uma recente Cerimônia em Homenagem a Soweto. Quarenta e sete crianças, dizia o texto, tinham sido encontradas em valas comuns na África do Sul. Ela baixou a cabeça e passou o dedo pelo bordado em ziguezague do seu avental.

"Tanto ódio", ela disse, e bateu na porta uma última vez.

Ela curvou os dedos dos pés para o chinelo não escorregar e voltou para a sua própria porta dos fundos, andando por cima do canteiro cercado por tijolos. Não havia risco de a carta voar com o vento; ela a tinha enfiado atrás da maçaneta da porta da frente, e não tinha brisa nenhuma. Entrou devagar, olhando por cima do ombro para as casas mais além. O que os vizinhos diriam dos Grier se câmeras de TV fossem instaladas em frente às árvores verdejantes? Era difícil acreditar que as pessoas, que ela via no noticiário fazendo todo tipo de comentário a respeito da família do acusado, fossem pessoas reais, não atores num dramalhão muito malfeito. A única coisa que o garoto Williams tinha feito e que eles tinham como provar era passar de carro por uma ponte. E quem teria como dizer que as fibras de que estavam falando nos jornais não eram das mantas dos policiais ou do carpete na van do legista ou das roupas que as pessoas que lidaram com os corpos estavam usando?

Lentamente ela entrou no ambiente fresco da sala, com as cortinas fechadas, e se sentou no sofá, que havia coberto com lençóis. Dava para ouvir a água correndo na casa ao lado. Ela ligaria para eles num instante. Não dava para culpar alguém por não atender a porta. Estava quente demais para se mexer.

Mattie ergueu seu copo e Paulette espremeu um limão nele, lendo o catálogo por cima dos ombros de Mattie. "Está querendo comprar uma Luger nove milímetros? Ou o que você está procurando é um suporte pra sua automática? A cinta de munição já vem equipada com cera de abelha, pelo que estou vendo. Muito bom." Ela espremeu limão no próprio copo e se sentou. "Acho que a gente devia fazer um pedido pra esses caras e ver o que acontece."

Mattie molhou os dedos e virou a página. Zala chacoalhou a extensão e pôs o rádio sobre a mesa. Paulette procurou os jornais de outras cidades para ver se havia um indício que fosse de que os boletins que levaram todos eles à falência haviam despertado a coragem de alguém. As notícias no rádio eram todas parecidas. Todas repetiam o tema do "lobo solitário", condensando em um minuto os acontecimentos entre 22 de maio e 22 de junho, em seguida usando a atualização do que aconteceu após prisão como um toque especial. Um dos comentaristas, preferindo a fofoca, espertamente fez inflexões de aspas antes e depois de declarações com potencial difamatório e elaborou suposições a partir do que os vizinhos do distrito de Verbena-Anderson Park tinham dito; a conclusão dele era que o ambiente da casa em que Williams morava era patológico, pois havia relatos de que o filho e o pai foram vistos brigando em um estacionamento no centro anos atrás, e dizia-se que os dois mantiveram a mulher trancada no ático sem comida nem água, e também se comentava que certas afeições de ordem supostamente anormal eram concedidas ao cachorro da família.

Outra emissora adotou um tom mais científico, entrevistando um sorologista, segundo o qual, embora a existência de atividade sexual tivesse sido negada há muito tempo em todos os casos, não era sensato descartar a possibilidade de que ainda se pudesse detectar sêmen nas cavidades anais das vítimas e que, por meio de análise, isso fosse ligado ao tipo sanguíneo de Williams. Um convidado de outro programa jornalístico era um especialista em criminalística que afirmou que o microscópio eletrônico de varredura era capaz de ampliar de maneira poderosa pelos de espécimes de raças como o malamute do Alasca e o pastor alemão. Um especialista mais dramático, em outra emissora, descreveu a capacidade do cromatógrafo gasoso e do espectômetro de massa para analisar e fazer comparações entre amostras de materiais como tinta.

As três mulheres puseram os cotovelos na mesa, beberam chá gelado, olharam para o catálogo de armas e ficaram ponderando acerca dos equipamentos que elas não tinham para poder examinar as amostras de maneira mais cuidadosa.

Paulette recomendou mais uma vez que elas fizessem uso daquilo que de fato tinham, o catálogo do depósito da 6 Star. "Por 24 dólares e 95 centavos, a gente podia encomendar uma lata de gás mostarda. Isso inclui o selo e a postagem." Ela deu um sorriso irônico. "Atendo o telefone? Deve ser da Coisas & Coisinhas."

"É a Alice, dá pra sentir." Zala largou o copo na mesa, louca por uma bolachinha água e sal.

"Pode ser o Dave pra dar tchau. Ele está com tudo pronto pra mudança. Também preciso fazer as malas pra ir ver a minha mãe. Se for o pastor da sua igreja, vou dizer que você não tem como se levantar. Que precisa de toda a força pra sofrer."

"Vá pro inferno", Zala bradou. "É a Alice. Daqui a pouco ela desiste."

"Então o que a gente faz, espera que a gráfica libere a edição do *Call*?"

"A gente podia convocar uma coletiva. Todo mundo faz isso."

"Não é tão fácil."

Mattie virava páginas. Paulette lia por cima do ombro. E Zala trocou de estação mais uma vez. Uma emissora concluiu o noticiário com um tiro no escuro bolando teorias relacionadas às razões que Williams teria para matar. Ele nutria inveja de crianças, depois de ter sido celebrado como uma criança prodígio e agora sendo um adulto desempregado. Detestava pequenos criminosos de rua; eles ofendiam seu orgulho de ser preto. Desprezava a capacidade que crianças sem nada notável tinham de conseguir dinheiro ao passo que ele, com seu QI superior, ainda não tinha conseguido ficar rico.

"Por favor, *por favor*, troque de canal, Marzala."

O resumo da estação seguinte chamou a atenção para a interferência da Casa Branca no caso. A reunião entre o vice-presidente Bush, o governador George Busbee, o FBI e o procurador do distrito de Fulton Lewis Slaton tinha "cheiro de política", disse o apresentador, baixando a voz.

As três mulheres afastaram os recortes de jornal para o lado e colocaram o rádio no meio da mesa. Um DJ estava batendo duro, dizendo que as pessoas que estiveram a bordo dos ônibus da manifestação do

PARE em Washington, em 21 de maio, voltaram para casa elétricas e transformaram Atlanta num caldeirão por um mês. Foi por isso que pegaram o irmão: as coisas estavam quentes demais. A polícia dos vários distritos não estava recebendo a verba federal para pagamento de horas extras. Vários outros setores ameaçavam começar uma insurreição ou um motim. Especialmente elétricas estavam as pessoas que voltaram da manifestação. Para começo de conversa, se mantinham determinadas a conseguir respostas para suas perguntas quanto ao suposto memorando do LEAA e o telefonema do branco sulista. A primeira coisa que ficaram sabendo era que PARE estava sendo alvo da agência de defesa do consumidor por solicitação ilegal de fundos. A seguir, tomaram conhecimento de que um homem preto tinha sido algemado e que os comentaristas brancos estavam sorrindo de orelha a orelha.

Muita gente de Atlanta estava voltando de Washington nas primeiras horas do dia 22 de maio, uma sexta-feira, quando uma equipe de campana formada por policiais locais, estaduais e federais, liderada pelo FBI, se concentrou em uma perua Chevy branca de 1970 dirigida por um rapaz preto. Perguntaram qual o motivo para atravessar a Jackson Parkway Bridge àquela hora, e ele foi liberado. Os leitores de jornal só iriam ouvir falar do incidente na ponte em 4 de junho, depois que o homem foi chamado para ser interrogado pelo FBI. O comissário Brown continuou repetindo o refrão "sem conexões", "não há suspeitas", "não se espera nenhuma prisão", até o momento em que Williams foi detido.

Um DJ opinava, enquanto Marzala mexia no botão de sintonia, que o FBI estava conduzindo a investigação do assassinato porque a Casa Branca queria ver o dinheiro que aplicou no caso de Atlanta dar algum resultado. Em outra estação, o que se dizia era: "A Casa Branca estava irritada com todos os protestos na capital, e estava pedindo sangue, o nosso sangue!".

Na emissora universitária, uma aluna leu anotações que tinha feito na manifestação do PARE em Washington. Milhares de pessoas estiveram lá para protestar contra a erosão da ação afirmativa, das leis que garantiam direito igualitário ao voto, da assistência legal aos programas de ajuda aos mais pobres. Estiveram lá para protestar contra os esforços feitos pela Comissão Judiciária do Senado, liderada por Strom Thurmond, para criar uma Subcomissão de Terrorismo e Segurança no Senado e dar início a uma nova era macartista de caça às bruxas, uma nova era de Comitê de Atividades Antiamericanas. Estavam lá para protestar contra o ataque feito pelo senador Jeremiah Denton, do Alabama, quando disse que a Mobilização pela Sobrevivência era uma turba liderada pela

KGB. Estavam lá para protestar contra a expulsão da embaixada líbia dos Estados Unidos e contra a pressão feita pela Mobil e pela Esso para aumentar as atividades terroristas do governo contra Kadafi. Estavam lá para protestar contra o papel da USAID na controvérsia sobre a fórmula infantil no Terceiro Mundo. E milhares representando a Rede Nacional Anti-Klan e organizações semelhantes tinham ido até lá para exigir que grupos terroristas fascistas fossem legalmente banidos e que seus campos de treinamento fossem proibidos. A estudante tinha estado lá com uma fita verde e com um bóton do PARE para protestar contra a óbvia tentativa de encobrir o que acontecia em Atlanta. "Agora nós ficamos sabendo", ela afirmou, "que eles escolheram um bode expiatório antes que a maior parte de nós voltasse à cidade."

Um líder comunitário concedeu uma entrevista em um programa para o qual os ouvintes ligavam, dando sua versão dos fatos que tinham transformado Atlanta num barril de pólvora e Williams num bode expiatório. Em maio, enquanto o prefeito Jackson estava em Washington recebendo os prometidos dólares federais, o FBI voltou a anunciar que tinha resolvido o caso, e Maynard estava dando pulos. Poucas horas depois, William Barrett, de 17 anos, tinha desaparecido na área de McDaniel-Glenn, onde haviam morado John Porter e Nathaniel Cater e várias vítimas mais novas que estavam na lista da Força-Tarefa. Barrett foi encontrado no dia seguinte, estrangulado e esfaqueado na Glenwood Road, perto da I-20, onde seis outras vítimas na lista da Força-Tarefa tinham sido vistas pela última vez ou acabaram sendo encontradas. Disseram que ele era a 27ª vítima em 23 meses.

"Se o FBI estava no caso e pronto para encerrar a investigação, por que não estavam de campana nessas duas áreas óbvias?", o líder comunitário perguntou. "Agora todos os órgãos de investigação concordam que o caso estava resolvido. No entanto tudo o que querem dizer com isso é que decidiram concentrar sua atenção no Williams e que não estão mais investigando casos de desaparecimentos e assassinatos. Se as pessoas tiverem informações sobre crianças ou adultos que desapareceram nessas áreas, convido vocês a ligarem", exortou os ouvintes.

Depois voltou sua atenção para outro caso, o assassinato de Fenton Talley pela polícia.

"Não estou defendendo que o Talley devesse estar na lista oficial, porém o fato de a gente ter ouvido tão pouco acerca do que aconteceu um dia antes de anunciarem que o caso dos Desaparecidos e Assassinados estava resolvido devia fazer as pessoas responsáveis se questionarem."

Numa perseguição a Fenton Talley, de 26 anos, que supostamente tinha batido na traseira de um ônibus escolar com um pedaço de pau, a SWAT e uma força de cem policiais de Atlanta e um helicóptero armado ocupou uma área de quatro quadras na comunidade preta. Depois de um ataque unilateral com balas e bombas de gás lacrimogêneo, Talley foi morto. E seu amigo, encolhido nos escombros da casa, foi acusado de resistir à prisão.

"Antes do Maynard Jackson assumir", o líder comunitário disse, "Atlanta era líder nacional em mortes per capita causadas pela polícia. Em 1973, a polícia de Atlanta matou 29 pessoas; só duas não eram pretas do sexo masculino. Catorze desses 27 tinham menos de 12 anos. Queria saber algumas coisas. Primeiro, quantos desses policiais que atiraram no bairro e que mataram o Talley mês passado estavam entre aqueles que rebaixaram Reggie Eaves por ter histórico de brutalidade? Minha segunda pergunta é: estamos à beira de um novo reinado de terror policial agora que as autoridades estaduais e federais *acham* que tiraram o Maynard Jackson da jogada?"

"Reconheço essa voz", Mattie falou. "Ele estava no ar quando o batalhão da Techwood foi preso. Acusou o vice-xerife Eldrin Bell e o advogado do município, Mays, de dar informações enganosas ao pessoal da Techwood quanto ao direito que eles tinham de portar armas, e depois voltar para prender todo mundo."

"Quando foi essa história do Fenton Talley?", Paulette perguntou chupando o limão. "A gente devia estar ocupada revelando as fotos e preparando o jornal sobre a 6 Star para distribuir. O que ele disse faz a gente pensar. Quem está acompanhando os desaparecimentos agora que a Força-Tarefa está ocupada montando a sua acusação contra o Williams?"

"Não quero que os meus próximos comentários sejam mal interpretados", o líder comunitário disse no ar, "mas é claro que serão, porque todos nós fomos doutrinados contra o comunismo. Não, melhor corrigir isso: doutrinados contra o fantasma do comunismo, e isso não é a mesma coisa."

No Dia do Trabalho, ele explicou, o Partido Comunista Revolucionário tinha queimado bandeiras em Techwood e os militantes apanharam da polícia, que não fez muita distinção entre os manifestantes, o Batalhão de Techwood, os inquilinos e quem estava só olhando. Muitos dos mesmos policiais que caíram de pau no partido quando eles inundaram o escritório da Força-Tarefa com tinta vermelha e mais tarde quando fincaram uma bandeira vermelha nas Moradias Bowen pediram para participar da operação em Techwood em 1º de Maio. Como a imprensa não foi cobrir o evento de uma maneira responsável, os moradores não tiveram a oportunidade de dizer se viam o Partido como um incômodo, se viam a polícia como brutal ou se achavam que a ação policial e a perseguição ao comunismo estavam sendo usadas para desacreditar todas as tentativas de organização comunitária.

"Já está claro faz um tempo", o líder comunitário falou, "que as autoridades acabariam prendendo um homem preto, e que não iria demorar, de preferência um militante ou um radical ou um Rasta. Se isso não desse certo, seria alguém com um desvio sexual ou um esquisitão, alguém com quem ninguém iria querer nenhuma ligação, que ninguém defenderia, alguém que ninguém fosse querer aparecer contestando as supostas provas que houvesse contra ele. Alguém que eles pudessem isolar."

Depois atendeu uma ligação e afirmou mais uma vez que Williams era um bode expiatório. "Culpado ou inocente, é um bode expiatório sendo usado para proteger a carreira de várias pessoas. Tem gente que acha que o procurador Slaton cedeu à pressão e concordou em acusá-lo contra sua vontade. Penso que Slaton ficou feliz em se livrar dessa história."

"O que você está fazendo?", Mattie estendeu a mão na direção de Zala enquanto ela se levantava. "Está com uma cara péssima, menina."

"Quero ligar para a rádio. Ele falou de todos os outros. O que talvez ele não saiba, é que o comissário Brown tinha prazo até 30 de junho para entregar à Câmara a lista de todos os assassinatos sem solução. E que agora está livre dessa tarefa."

Mas ela não foi até o telefone. Foi na direção da geladeira e olhou lá dentro. As prateleiras pareciam uma miragem. Quando foi pegar a tigela de gelatina, sua mão pareceu cair no espaço.

"Não deixe as flores na geladeira, Marzala. Deixe na mesa."

"Estou me sentindo meio estranha", Zala esticou a mão na direção do vaso de flores. O vaso pareceu recuar.

"Você não devia ficar mandando essa mensagem pro seu cérebro, ou vai acabar doente."

"Será que está grávida?", Paulette perguntou, abanando a saia.

"Seria lindo, não?" Mattie sorriu.

Zala olhou para Mattie. Um sorriso comum, um rosto comum. O rosto de uma pessoa a quem em outros tempos ela atribuiu poderes extraordinários, numa época em que tinha a esperança de que essa mulher possuísse a capacidade de realizar milagres. Sentada ali, com o rímel prestes a escorrer, em seu vestidinho amarelo e branco, Mattie Shaw parecia nada mais nada menos que uma boa pessoa, uma amiga, uma mulher de meia-idade que gostava de maquiagem, histórias e joias barulhentas.

"Se você me perguntasse, eu diria que três filhos na sua idade já é demais." Paulette ficou feliz quando o telefone tocou, poupando-a de quaisquer críticas que acompanhassem a expressão de insulto no rosto de Mattie. Os olhos de Mattie estavam virados para cima e os cílios flutuavam como os de uma pessoa que tivesse pingado o colírio errado.

"Atenda."

O sussurro feroz fez Zala ir obediente na direção da sala de estar. O rosto de Mattie perdeu a expressão e os olhos dela ficaram subitamente imóveis.

"Você está bem?" Paulette pôs a mão no pulso de Mattie, depois correu ao freezer para pegar gelo. Zala estava na sala, enrolada no fio do telefone, tentando acompanhar o que se passava na cozinha, quando alguém do outro lado da linha perguntou primeiro por uma certa srta. Foreman e depois por uma Marsha Spence. Outra mulher entrou na linha e corrigiu a operadora.

"Acho que é pra você, Paulette. Central de Emergência, um hospital. Miami, acho."

Paulette jogou um pano de prato com gelo na nuca de Mattie e forçou a cabeça dela para baixo. "Anota o recado."

"Aqui quem fala é Marzala Spencer. Posso anotar o recado para a enfermeira Foreman?"

A mulher começou a falar de novo quando a operadora desligou, explicando que trabalhava na central de emergência e estava ligando para falar de um paciente.

"No começo a gente achou que podia ser um dos meninos que chegam de barco", a pessoa falou. "Ele estava com uma insolação grave. Não falava. A gente achou que podia ser haitiano ou cubano. Depois do primeiro soro, o menino tirou a agulha da veia e se escondeu no banheiro, encolhido dentro da banheira como muitas crianças que chegam de barco fazem. Contudo uma coisa no prontuário me fez lembrar das crianças desaparecidas dos folhetos que a enfermeira Foreman distribuiu quando estava fazendo voluntariado com o comitê de refugiados."

Chegando à porta logo depois das crianças — literalmente pisando no calcanhar da sandália de Kenti —, Spence não tinha certeza se Zala estava suplicando com alguém no telefone ou se estava implorando para as crianças ficarem quietas. Kenti não queria saber dos programas da colônia de férias do SAFE. E Bobby disse que instrutores da colônia como ele não passariam o verão dentro de casa sem ar-condicionado.

Kofi largou os livros da biblioteca e errou o braço do sofá por dez centímetros, quando viu a expressão da mãe.

"Isso é meu pé, sabia?" Mas Kenti parou de falar quando se virou e viu Zala.

"Não se preocupe", Gloria estava dizendo para Spence enquanto trancava a porta de tela. "O Bruce pode ver os sistemas de seis comarcas diferentes e rastrear aquelas placas pra você." Ao se virar, ela estalou os dedos. Seu tio estava se abaixando, escutando o telefone. A tia estava olhando para o espelho atrás da porta e sem nem ver que ela estava ali.

"O que está acontecendo?"

Zala viu sua boca no espelho tentando formar as palavras "dente da frente" e entregou o telefone para Spence. A mão livre dele estava espalhando coisas na mesa e depois os panfletos, a foto, o prontuário médico, o cartão odontológico.

"Ele tem um dente lascado na frente? O dente de cima", Spence disse, a mão na boca até Kenti conseguir pegar a mão dele e tirar dali. "O dente que fica à direita dos dois maiores na frente, está lascado?"

Recuando, Zala viu seu rosto se contorcer. Ela não precisava ouvir aquilo. O paciente anônimo em observação na ala pediátrica, que fora encontrado andando pela estrada, aturdido, descalço, de calça cáqui e com uma camiseta infantil rasgada muito pequena para ele, estava tão maltratado que era difícil isolar uma área de dano da outra. Não era fácil lembrar de um dente lascado em uma mandíbula que precisou ser presa com ferros depois do raio-X.

Zala ergueu os braços diante do espelho para ter certeza de que estava ali. Sentia-se pendente no espaço, pálida no azul vítreo, menos sólida do que gelatina tirada de um molde e tentando parar em pé. Sabia que dessa vez não estava sonhando.

"A mamãe vai voar."

As palavras de Kenti ficaram nos ouvidos dela e entraram na corrente sanguínea pelas três cruéis horas que foram necessárias para esvaziar bolsos e bolsas sobre a mesa, Paulette do outro lado da rua pegando dinheiro emprestado de pensionistas, Peeper gritando da janela, enquanto tiravam tudo da perua do Dave, que um retrovisor não tinha importância desde que os pneus não estivessem carecas e o tanque estivesse cheio, a cômoda se recusando a desencaixar do porta-malas, com um pé solto e emperrada num canto do banco traseiro, e Silas Grier puxando, escutando Kenti e Mattie, e entregando seu cartão de abastecimento e 30 dólares e indo jantar sem dizer uma palavra.

"Só talvez", Spence disse enquanto voavam pela estrada, as roupas meio passadas, dobradas no banco de trás.

"Não." Pois ela já estava no hospital subindo às pressas os três degraus laterais, como Paulette os descrevera, passando correndo pela recepção, onde Spence ia parar e pedir que chamassem aquela funcionária e que passassem um bipe para o médico. Dobrando à esquerda depois do bebedouro e passando duas portas, primeiro o assistente social com uma plaquinha verde, depois o escritório do voluntariado, onde haveria um carrinho com livros. Pegue aquelas escadas, o elevador é lento e você precisa de uma autorização, vá até o terceiro andar, vire à esquerda depois da primeira ala e vá reto passando pela sala de jogos com o cavalinho que balança. Depois à direita, no extintor de incêndio, aquela caixa vermelha onde está escrito Quebre em Caso de Emergência, passando por um corredor estreito onde acabam os ladrilhos. Na primeira porta em frente à ala trancada à chave, bata e pergunte pela Patti com *i*, nem se preocupe com o sobrenome, ela é de Gana e não coloca o sobrenome na plaquinha de identificação, uma mulher séria sem tempo para tagarelices e que não tem paciência para conversa fiada acerca do significado de nomes. Ela vai levá-los até o menino. Confie nela. Ela é boa de relacionamentos e é a única que o menino deixa que o encontre.

"Deixa eu dirigir, Spence."

"Não."

Ela não insistiu. Ia ser perigoso trocar de assento a 135 quilômetros por hora, e parar estava fora de questão. Assim como falar demais. Eles não deviam fazer nada que roubasse energia do carro. Quando ele disse "Deus?", Zala não perguntou o que estava pedindo na oração.

Spence trocou de pista mais uma vez e passou por um Spitfire, mantendo os olhos fixos nas nuvens de vapor que subiam e flutuavam sobre os arbustos na curva da estrada à frente. O vapor se ajustava ao verde como cabelos de anjos. Ele sabia que aquilo era um sinal, um paradoxo, e continuou pisando fundo. Quando a estrada voltou a ficar reta, a névoa que vinha das plantações empoeiradas, distantes da rodovia, pairava no acostamento, tufos mudando de direção pela estrada e entrando debaixo dos pneus. Foi quando de modo deliberado reduziu para cem quilômetros por hora, para mostrar a Deus que estava prestando atenção. Era um homem de fé e estava colocando as roupas do banco de trás nas mãos de Deus.

Spence percebeu que Zala estava se virando na direção dele com uma pergunta que ela deve ter respondido rapidamente por conta própria, pois retomou sua posição original, lendo as placas, de olho no trânsito adiante para ver brechas e sem checar o velocímetro nem insistir que ele acelerasse.

    Ele havia provado sua fé. Agora provou que era sábio, pois reconheceu que tinha se tornado aquilo que sempre ridicularizou, um tolo supersticioso e um motorista que ficava pulando de uma pista para outra. Ele não tinha problemas em xingar a si mesmo. Pelos cinquenta quilômetros seguintes, bolou nomes que usaria para se flagelar, imaginando se Deus era burro a ponto de não saber que estava na verdade xingando a agulha no mostrador. Depois pensou em outras palavras para falar mal de si mesmo, do jeito que o pessoal faz no interior, trocando seus nomes para Come Pouco ou Amor Infeliz, chamando os filhos de Pequenino ou Dolores, para dizer a Deus que eram humildes, mas tinham discernimento. Para lembrar a Deus que tinham sua cota de sofrimento e que, se fosse Sua vontade, que Ele aliviasse essa carga. E, misericordioso, Deus teria piedade.

Sábado, 18 de julho, 1981

Kenti enrolou o tecido do short e seguiu as meninas em volta da casa rumo ao jardim.

"Ana ba-nana, comida no pote, café em pó, falou a vovó Nana!"

"Não é assim", Kenti disse.

"É, sim. Aqui no Alabama é assim que a gente fala."

"As pessoas fazem diferente em cada lugar", a outra menina falou, virando uma estrelinha. "E a vó fala bem assim", ela comentou, de cabeça para baixo.

"Bom", Kenti se virou na entrada da garagem e olhou para além das fileiras de vagens, "o nome dela não é Nana. Minha outra vó se chama Nana."

"Mas a vó Loretta põe mesmo tomate e um monte de comida no pote, né?"

"Geleia também."

"E daí?"

"E daí você?"

"Ah, e daí você, viu?"

Vó Lovey chutou o cesto na direção dos pepinos e olhou para o alto. As três meninas estavam se empurrando, mas tomavam todo o cuidado para não pisar na horta dela. Ela se abaixou para fazer sua tarefa. As pernas afastadas, cotovelos apoiados de leve na parte interna dos joelhos, puxava cenouras, beterrabas e uns poucos quiabos espinhosos difíceis de tirar da terra, batia para tirar a terra que ficava grudada, e jogava os vegetais no cesto. Quando ouviu o tilintar de louça, se endireitou e olhou para a casa. As bochechas largas se vincaram enquanto semicerrava os olhos.

As meninas ouviram o barulho de louça e depois um baque e olharam para o alto, para a janela com tela a meio caminho entre as cortinas do salão do andar de baixo e as venezianas dos banheiros do andar de cima.

"Nove mais nove, como é que é, é o Koooovee!!"

"O Kofi nem tá lá em cima", Kenti disse, as mãos nos quadris. "É a minha mãe."

Zala segurou bem a bandeja e continuou a subir a escada. Ela conseguia ouvir a filha lá embaixo dizendo para as meninas dos Estábulos Girard que o nome do irmão dela não era Kove. E aí ela soletrou o nome de Kofi, lentamente, em voz alta, demorando em cada letra do jeito que ela havia visto a vó Lovey fazer para pedir um número de telefone para a operadora.

Zala inspecionou a bandeja antes de abrir a porta do quarto com o quadril. Gerry tinha arrumado tudo errado, com um guardanapo branco, pratinhos de plástico e o frasco do remédio. Tudo que lembrava o hospital agora estava na gaveta da cozinha. Ela não confiava na medicação. Não confiava na abordagem. Não tinha gostado de ninguém que viu lá, exceto da Patti.

Tiraram o menino do solário numa cadeira de rodas. Uma sombra de menino, o sol atrás da enfermeira, o médico andando ao lado de uma das rodas imensas da cadeira. Ela viu os pés do menino primeiro: um deles descalço, curvado sobre o outro, numa meia branca, a barra do pijama larga em torno dos tornozelos roxos de machucados. Na sua imaginação, veria o garoto de bermuda cáqui e camiseta de algodão, no entanto ele estava com um pijama verde-mar, com a camisa desabotoada. Quando chegou à luz, as mãos estavam sobre o colo. Fraco demais para sentar reto, estava preso à cadeira, a cabeça sacudindo como a de um velho. Uma das tiras do cinto de segurança estava solta no colo dele, a outra atravessando a ampla bandagem branca em torno do peito.

Patti tinha ficado ao lado dela falando rápido que precisaram amarrar o garoto na cama ou ele saía andando pela ala, se encolhendo em um canto. Zala saíra de perto dela e correra até o menino para soltar as tiras contra as quais ele caiu quando as rodas pararam.

O rosto dele fez com que ela parasse.

Ela havia precisado recusar o chá que lhe ofereceram em Miami, e o recusou três vezes até o tirarem de perto dela. Precisou dar tapas nas mãos das enfermeiras que tentavam sentir a temperatura em sua testa. Contudo teve que se submeter à aferição da pressão arterial, e não reclamou muito quando fizeram a braçadeira inflar. Ficaram sorrindo daquele jeito formal deles. Ela falou que estava com raiva. "Eu sei que você está", um deles disse daquele jeito deles. Isso a fez se levantar do sofá para arremessar o equipamento. Ela queria machucar alguém. Contudo o arremesso terminou com um pouso macio e cômico na ombreira do médico, e ela desmoronou de novo no sofá.

Todos continuavam olhando para algum lugar além dela, perguntando se ela reconhecia o menino. Spence entregou todos os documentos médicos de Sonny, mas ela precisava fazer com que entendessem. Eles não queriam adotá-lo, não importava o que o marido dela dissesse. Talvez algum outro casal simpático pudesse dar um lar para o pobre menino. Eles continuavam olhando para algum lugar além dela, e Spence se abaixou para pedir que ela olhasse mais uma vez para a criança.

Zala entrou no quarto de costas e foi imediatamente até a cômoda. Com um canto da bandeja, empurrou o relógio até o espelho. Nele era possível ver o pé do garoto da cama. O elefante de pelúcia da Kenti nas dobras da coberta, a espada de laser do Darth Vader do Kofi em cima do tabuleiro de damas. Ela viu os pés dele, amarelados, e os tornozelos escuros como ferro. Havia uma folhagem no pijama dele, que estava amassado nos joelhos.

"Esse não é o meu menino", Zala lhes disse. Ela havia ensaiado a frase meses antes no barracão militar em Atlanta. "Esses ossos não são meu filho." Afastando as palavras de Spence de seu ouvido, disse para eles que era infrutífero tentar convencê-la de que aquele era o filho deles. Porém Spence continuava dizendo coisas para que ela voltasse a si, para que desse uma boa olhada, que se concentrasse.

"Espero que você esteja com fome." Falava com ele no espelho. "Caldo quentinho com vegetais do jardim." Ela ficou com a impressão de que estava dizendo falas de uma peça. Riu, para mostrar que podia rir, para mostrar que os ferimentos não faziam com que ela deixasse de gostar dele. Ela deixou o copo com gelo e a jarra de suco de laranja na cômoda.

O rosto do menino estava voltado para o lado dela, a cabeça contra a parede, os travesseiros empilhados debaixo do pescoço. Olhos fixos no suco enquanto ela se aproximava. As mãos dele cruzadas sobre a barriga.

Segurando a tampa do pote e agarrando a colher com firmeza, ela levou a tigela até a cama, se sentou suavemente e sentiu o corpo dele enrijecer. Deixou a tigela na mesinha de cabeceira, sem pressa, para que ele também não se apressasse. Havia um pai em Winston-Salem que escreveu que seu filho não falou absolutamente nada nas primeiras oito semanas. Quando enfim começou a falar, não falou como o menino de 7 anos que era, mas como o menino de 4 anos, idade que tinha quando sumiu em um Desfile dos Fundadores na faculdade.

Ela se acalmou, erguendo a perna e pondo o joelho com cuidado na cama. Estava aprendendo a fazer as coisas em câmera lenta. Precisaria aprender outras coisas também. Como voltar a abrir seus pulmões, treiná-los novamente depois de um ano de respiração curta. Aprender a distensionar as pernas, ensinar suas costas a relaxar. E ela precisaria aprender a chamar o garoto de Sonny novamente.

"Parece que você não está confortável", comentou quando ele se contorceu contra os travesseiros. Pôs as mãos com cuidado nos cantos do travesseiro atrás da nuca dele e o puxou, esperando que ele ajudasse, que se erguesse um pouquinho. "Está muito dolorido pra se mexer?" Ela afofou o travesseiro e passou as mãos pelos ombros de seu filho. Dava para sentir a esqualidez pela pressão que fazia sobre o algodão azul e branco. Dava para sentir o calor de seu corpo, pegajoso e repentino.

"Não deu..."

Foi um coaxar. E o som pareceu dar medo tanto nele quanto nela. Ele caiu nos travesseiros e fechou a boca, embora dessa vez ela não tivesse lhe pedido para que fizesse silêncio. Dessa vez, olhou direto nos olhos dele, para mostrar que conseguia, para mostrar que, fosse lá o que lhe tivesse acontecido, ela conseguia vê-lo.

"Não importa o que", ela falou, depois esqueceu o que estava pensando lhe dizer, pois o rosto do menino se mexeu, a um só tempo borrachudo e duro. Zala não conseguia entender o que seu filho tentava falar. Quando ele abriu as mandíbulas, ela se desviou do cheiro dele, um cheiro enferrujado, desconhecido, e pegou a tigela de sopa. Então se aproximou para poder sentir a respiração dele em suas mãos. O soro fazia tremer os pelos perto da base dos dedos. E ela nunca tinha estado tão consciente quanto ao tamanho e à forma da cabeça dele. O pescoço dele parecia frágil demais para suportá-la.

O cheiro ruim emanou outra vez e ela quase se afastou. Zala se concentrou em não derramar a sopa. Inclinou a cabeça para a frente. Viu a boca do menino se fechar em torno da colher. Ele a observou, seus olhos avançando lentamente das órbitas profundas e arroxeadas em direção aos inchaços azulados das bochechas. Ela sentiu uma brisa minúscula se agitando no útero e quis dizer algo, quis usar o nome dele. Porém nesse momento ele soltou um pouco a colher e ela hesitou; se retirasse a colher, palavras se seguiriam a esse ato. E ela não estava mais preparada para ouvir aquele fluxo cambaleante e confuso, do que estava no Quatro de Julho quando ele entrou mancando no banheiro para se esconder do Dave, que viera por causa do carro.

"Coma", ela pediu, soltando a colher. Zala pressionou a tigela contra o peito dele até que ele pegasse. Ele virou o rosto rápido. O sol daquele lado do quarto pegava em cheio em seu rosto e ele teve que fechar os olhos e virar a cabeça de novo.

Zala se sentou mais perto do pé da cama, tirando o brinquedo de Kofi do caminho. Sonny ficou ali sentado por um longo tempo, segurando a tigela, a colher na boca. Ele não tinha esquecido como se alimentar: ela o viu fazer isso ao espiar do quarto ao lado pelo buraco da fechadura; tinha visto Kenti se sentar de pernas cruzadas na cadeira debaixo da janela, lhe perguntando por que não usou o kung fu para escapar dos sequestradores. Ele estava devorando o resto das torradas de queijo dela, deixando a bandeja de café da manhã que Gerry preparou intocada na mesa.

Zala esperou. Tinha aprendido a esperar. E agora ele precisaria aprender algumas coisas também. Teria de aprender a entender a comida novamente. Ela também. Enquanto isso, ela teria que aprender como costurar, com pontos cuidadosos, diminutos, a carne de sua vida, que se arrastava pelo chão. Ela observava o menino. Que a observava também. Encarando por tanto tempo sem piscar, ela viu pontos pretos e verdes enevoando sua vista, mas ela sabia ser teimosa.

Ele piscou quando as crianças gritaram para o carteiro. O olhar dele se afastou do rosto dela, tremeluzindo por uma fração de segundo para olhar para o suco em cima da cômoda. Quando o olhar dele retornou, ela sorriu. Com raiva, ele arrancou a colher da boca e comeu, com avidez, veloz. Estava furioso e não olharia para ela.

Quando ele atirou a tigela na cama e jogou a colher em cima, torcendo para quebrar a tigela, ela disse: "Eu já fiz isso. Já entrei num carro porque achei que alguém tinha chamado meu nome". Ela viu o rastro de líquido que a colher deixou no tabuleiro de damas secar antes de falar outra vez. E mediu as palavras para ensinar como se fazia isso.

"Verdade, eu entrei. E, sim, eu sabia que não devia entrar, mas entrei mesmo assim." Ele obviamente achou que aquilo era invenção. Sua boca exibia sarcasmo, mas o resto do rosto não aderiu, por isso ela continuou, lhe ensinando com calma como deveria contar sua história. "Também não tinha reconhecido o carro", ela acrescentou. Um pouco de cada vez para que ele soubesse como fazer. Pequenos nacos, pequenos goles. "Nem a motorista. Também não a reconheci. Nem olhei para ela. Só entrei."

Ele mexia a cabeça como um nadador com água no ouvido. Depois parou e formou uma palavra com os lábios, a boca ainda fechada, em dúvida. Achava que sua mãe estava inventando aquilo.

"Sim, eu. E estava maldizendo Deus na época." Dava para ver que aquilo foi um choque para ele. "Verdade. Eu maldisse Deus quando o carro — era uma van — uma van verde — parou e me mandou subir."

Ela ficou tensa quando ele se inclinou para a frente, fazendo força com as juntas dos dedos na cama. Sonny tentava conter uma tosse. Pensou que ele iria rir. Zala estava com medo. Não havia considerado a possibilidade de entrar pânico.

No quarto dia em Miami, ela estava folheando uma revista de medicina enquanto esperava para ver o menino quando escutou seus tossidos. Golpes de martelo contra as paredes dos pulmões, tecido ruindo, sangue e água juntos em um maremoto crepitante. Ele se recuperou, o rosto contorcido de dor; mas ela não.

"Cuidado", ela alertou, tocando nos pés dele. O menino esticou um pouco o corpo e soprou o mau cheiro diante de seu corpo. Zala pôs os pés dele no colo e massageou até que ele os tirasse dali. Olhando seu rosto cinza, começou a duvidar da visão do que estava fazendo. A boca crispada, punhos cerrados, um olhar penetrante na direção do rosto dela, ele claramente estava preocupado. Talvez tenha achado que ela estivesse tentando fazer aquilo como mulher.

"Suco?"

Ele balançou a cabeça afirmativamente, mas em etapas. Ele baixou a cabeça, e seus olhos se moveram para a direita, para a esquerda, depois pararam e se fecharam. Ela pensou que ele poderia estar começando a dormir, contudo estava cerrando os punhos com mais força. Ele ergueu a cabeça para completar o sim, depois abriu os olhos, girou na direção da cômoda e suspirou. Um dia, não demoraria muito, ela pensou, se erguendo lentamente da cama, eles iriam conversar sobre esse momento, e ela imitaria o gesto dele, que chamaria de majestoso. E dariam risadas sem medo de machucar os pulmões dele.

Ela serviu o suco de laranja no copo com gelo. Ele a observou pelo espelho. "Era uma manhã de segunda, no outono", ela disse, se afastando da cômoda para falar diretamente com ele. "Foi no dia 13 de outubro do ano passado." Andou novamente até a cama. O menino fazia força para se concentrar no que sua mãe lhe disse. O que ele estaria vivendo naquele dia em que ela estava a caminho da delegacia para ouvir mais mentiras? Ele se deitou nos travesseiros e deixou os braços escorregarem para o lado. As palmas das mãos estavam suadas. A data foi um alívio para ele: ela não tinha sido uma menininha entrando numa van, era a mãe dele.

Sonny estendeu as duas mãos para pegar o copo. Ela o ajudou a segurar, tentando impedir que tomasse rápido demais. "Foi nesse dia que a creche explodiu." O franzido na testa não parecia querer dizer que ele tinha ouvido falar daquilo, mas sim que o copo estava vazio. Ele balançou o copo e olhou para os cubos de gelo, depois permitiu que ela o pegasse de suas mãos. "Quando trouxeram os corpos para fora da escola... eu e o Papai estávamos rezando pra... A gente estava com medo que você estivesse... A gente..."

Ela não tinha planejado ir tão longe. Os olhos dele foram ficando embaçados quando ela pôs o copo na mesinha de cabeceira e pegou a tigela e a colher da cama. Fazia muito tempo que sua mãe havia se sentado quando ele pareceu ter voltado de um lugar muito distante. Ele tentava dizer alguma coisa, não necessariamente para ela, mas algo importante, que para ele era um incômodo. Quando abriu a boca, havia uma bolha na frente, uma fina bolha de saliva. Havia cores nela como um arco-íris.

"É difícil, não é?", ela disse, e deixou por isso mesmo, imaginando quando é que seu filho lhe pareceria real.

De costas, Gerry desenrolou a parte de cima de sua roupa em estilo africano, ajeitou para desfazer as dobras, depois voltou a enrolar o pano nos quadris, prendendo a ponta com firmeza em torno da cintura. Ela olhou por cima do ombro para Spence, depois continuou abrindo as cartas com uma faca de cortar bife.

Spence estava encostado no pequeno aquecedor de água, olhando para o teto. Foi o primeiro dia que Gerry conseguiu tirar um de perto do outro. Relutantes em ficar onde não conseguiam ver um ao outro, obsessivamente atentos um ao que o outro estava fazendo, os Spencer davam uma ideia do que significava ter morado em Atlanta em estado de sítio. O murmúrio que vinha de cima parou, mas ele continuou olhando para a grade até ficar satisfeito por perceber que não haveria mais conversas descendo do andar de cima pelos dutos.

"Tem uma carta de Nova York", Gerry disse, "com carimbo do correio de junho." Ela deu uma lida rápida e fez o resumo mais breve que pôde, uma vez que a capacidade de atenção dele tinha piorado desde a semana anterior. "É de um tal Charles Logan. Ele está em contato com uma empresa chamada G. Kelly Associates. São especializados em cultos destrutivos. Diz que Innis e McGill estão frequentando. Mais em breve." Gerry esperou para ver se a mensagem foi registrada por Spencer. Ela olhou para a pilha de correspondências que ainda faltava ler, ansiosa para chegar nas cartas ainda fechadas endereçadas a Sonny, para ver o que Spencer sugeriria que ela fizesse.

"Guarde a carta do Logan", ele pediu, passando as mãos pelo tanque. A única parte do aquecedor de água ainda branca era o retângulo de onde a plaquinha com a marca do fabricante tinha caído, deixando dois buraquinhos marrons. Ele apertou o parafuso no puxador de porcelana e abriu o compartimento e sacudiu a cabeça.

"Um pouco de fé, meu irmão." Gerry trouxe a caixa de fósforos para ele. "É bem confiável, apesar da idade."

"Fé", ele disse e ligou o gás. "A fé de quem toma banho." Acendeu o fósforo e olhou para as entranhas enferrujadas.

Ela precisou cutucar seu braço para que ele movesse o fósforo. Ele segurou o palito contra o ferro alaranjado, e as chamas se espalharam pelo círculo. "Surpresa", ela falou, já que era essa a expressão no rosto de Spencer.

Inclinando a cabeça, ele olhou outra vez para o teto, e ela esperou. Fez isso pois já esteve na companhia de pais vezes suficientes para saber que eles eram capazes de ouvir sons que outras pessoas não ouviam e que saíam de onde estavam antes de qualquer outra pessoa ter se dado conta de algo. Ela esteve por muito tempo na companhia de gente que vivia em estado de sítio, gente capaz de ouvir um jipe a trinta quilômetros de distância, capaz de notar a diferença de som entre um motor do governo e outro que pertencia a um grupo de invasores do outro lado da fronteira, capaz de inclinar a cabeça de lado e dizer se o veículo estava lentamente carregando os feridos ou se transportava em triunfo armas israelenses confiscadas dos soldados invasores sul-africanos.

Quando a atenção dele voltou ao aquecedor de água, ela retornou à mesa. "A organização PARE fez um apelo para que contadores ajudem a botar os livros contábeis deles em ordem." Não tinha certeza de que havia entendido isso. "Quer dizer que eles estão se preparando para reivindicar parte da recompensa?"

"Não. Eles estão sendo assediados. As pessoas ficam incomodadas de ver gente pobre com dinheiro. Agora que os policiais pegaram o Williams para levar a culpa, está aberta a temporada de caça ao PARE."

Gerry sacudiu a cabeça. A lógica do caso continuava um mistério para ela. "Não entendo isso", foi seu comentário, folheando notícias de jornal presas por clipes. "Os jornais falam da motivação do suspeito pra matar as crianças, embora ele não tenha sido acusado de matar crianças. Por exemplo, 'Williams, acusado da morte de dois ex-presidiários, Nathaniel Cater, de 27 anos, e Jimmy Ray Payne, de 21...' E o que é mais curioso..." Ela parou para localizar um texto daquela semana em que os atestados de óbito foram citados. Gerry tinha certeza de que uma das mortes havia sido atribuída a um afogamento e foi classificada como provável suicídio. Ela podia jurar que o outro documento mencionava uma história de tentativas de suicídio por estrangulamento, uma descrição que o marido de sua meia-irmã, Marzala, disse que poderia ser uma interpretação equivocada ou um eufemismo para "masturbação com asfixia que foi longe demais". Estava certa de que o atestado de óbito de um dos homens listava um histórico de problemas cardíacos, e tinha certeza de que nenhuma das mortes havia sido classificada como homicídio antes da prisão de Wayne Williams.

"Claro, não ia me surpreender se os legistas mudassem os documentos oficiais. Na parte do mundo de onde venho, isso é mais regra que exceção. O regime de Pretória originalmente tinha registrado como suicídio a causa da morte de Biko, por exemplo. Depois mudaram para problemas cardíacos. Claro, qualquer um que conheceu Steven Biko sabia que a saúde dele era excelente e percebeu que aquilo era uma mentira. Um dos advogados da família conseguiu liberar o corpo e as pessoas viram — ah, meu irmão, o que elas viram —, e então o Estado mudou a classificação para 'uma morte necessária para a preservação da nação'", Gerry olhou para Spence. Não ficou surpresa em descobrir que ele não estava ouvindo. Desde o princípio, todos ficaram totalmente absortos com a alimentação e o conforto de Sundiata, podia se passar um dia todo sem que eles trocassem uma palavra ou um beijo.

"O que foi?"

"Ex-presidiários." Ele chacoalhou a cabeça. O sorriso dele era feio. "É assim que estão chamando os dois agora? Estão se divertindo com isso — bandidos de rua, retardados, ex-presidiários e o Diabo. Jogue fora, Gerry."

Relutante, ela largou o envelope e o conteúdo dele na caixa aos seus pés, depois se apressou em falar enquanto Spence ainda lhe prestava atenção. "Presidiário ajudando a polícia a estabelecer elos entre o suspeito e outros raptores desaparece no dia em que Williams é formalmente acusado."

"Lixo."

"Um instante." Ela leu rapidamente a história, que a essa altura já se tornara familiar, de um homem preto que tinha conseguido sair da prisão explicando sua história, embora seu histórico deixasse claro que havia "Extremo risco de fuga". A escolta dele ficou por perto para permitir que localizasse supostos companheiros de Williams que teriam frequentado os bares perto da rodoviária da Greyhound. Gerry ficou se perguntando se o prisioneiro fugitivo, Watson, tinha informações que de alguma forma estavam ligadas à história que o sobrinho vinha contando aos pedaços nos últimos dias. "Tem certeza de que não quer guardar isso? Parece importante."

"As autoridades estão comprometidas com a história de que só existe um assassino. O Watson tem sorte de não ter sido morto pelos canas na primeira noite fora da cadeia."

Gerry continuou lendo. "Temiam que ele tivesse feito contato com os cúmplices de Williams e sido assassinado. Mas a mãe dele diz que ele entrou em contato. Então o fugitivo continua à solta."

Demorou um bom tempo antes que Spence respondesse. Ela viu as mandíbulas dele ficarem tensas, ele estava rangendo os dentes. "Lixo. Vai em frente."

"O governador Busbee diz que o Departamento da Geórgia terminou sua investigação sobre a Ku Klux Klan e que a ficha deles é limpa. Julian Bond contestou o resultado."

"Não menciona, imagino, quem do GBI esteve à frente dessa farsa? Guarde isso", resmungou. E quando se mexeu, ela imaginou que ele tiraria a carta com as notícias da mão dela. Porém ele passou direto e entrou na sala de jantar da Mama Lovey.

"Essa é uma das operações-abafa de que você estava falando?" Gerry pegou as cartas, reduziu a chama e foi atrás de Spence, que estava passando a mão pelo balcão enquanto andava na direção do quarto principal.

"Bom, meu irmão, o que você vai fazer, e como posso ajudá-lo?" Ela ficou ao lado do guarda-louça enquanto ele enganchava os dedos em torno da barra de exercícios presa no alto do batente da porta do quarto. Do lugar onde estava no piso inclinado, a louça tremendo e batendo no armário, dava para ver a grande cama de ferro com os dois rebaixamentos no colchão. Com o tempo, um dos rebaixamentos iria sumir. Spence estava balançando o corpo um pouco ao modo como seu pai tinha tentado fazer para se convencer de que não tinha encolhido, que ainda era o robusto chefe da família.

"O que você disse?" Ele se virou para ela. "Fazer? Você quer dizer avisar o FBI e a polícia? Imagino que a polícia da Flórida repassou a notícia sobre o Sonny."

"O remédio, Spence. O remédio está outra vez na gaveta hoje."

Ele soltou ar pelas narinas e entrou na sala. Olhou para a lareira que tinha ajudado a construir. Olhou para o projetor dela e para o carrossel de slides, mas não demonstrou interesse em saber o que ela havia feito na África. Spencer contornou o sofá, passando os dedos pelos tecidos africanos que ela costurou e colocou nas almofadas dos encostos. Um dos lados ainda estava sem franjas. Gerry ainda tinha esperanças de convencer Zala e Lovey a se sentarem juntas e completarem o trabalho antes de sua partida para se encontrar com Maxwell em Maseru.

"Continuo?" Se Spence não estava pronto para parar de fugir ao assunto dos remédios, pelo menos deviam ler a correspondência que já formava uma pilha. Ele estava olhando para as telas sobre o aparelho de som. Havia uma imagem de Jesus ajoelhado na rocha com o desenho de um coração. Ele olhava para um raio de sol que atravessava as nuvens, no alto. Ao lado da luz estava Martin Luther King Jr., vestindo veludo preto, apoiando o rosto em dois dedos. E viu, lá em cima, uma pintura a óleo da madrasta dela, que uma artista local fizera a partir de uma foto colorida.

"Como se ela soubesse chegar ao paraíso sem precisar morrer antes", Spence sorriu para a sogra. "É uma boa família", disse inesperadamente. "E você é uma pessoa ótima", completou, o que deixou Gerry sem saber o que fazer. Ela estava sem os chinelos agora, pois estava andando rápido, na direção do saguão, e não pretendia fazer com que ele perdesse tempo. Pois quando ele subiu as escadas pensativo, o cinza pareceu se acumular na casa e reduzir a iluminação. Ela não queria cozinhar na casa melancólica ou servir às mulheres da cooperativa um ensopado melancólico. As mulheres estavam para chegar em minutos, e ainda havia correspondência para ler.

"Por favor", ela pediu, "vamos fazer um pouco mais antes do jantar. Depois quem sabe de noite a gente pode ficar com a impressão de ser a Casa do Talento. Pode ser?" Mas Spence estava virado para a varanda da frente e ela não conseguia ver se ele lembrava. Não havia nada particularmente estimulante em ficar olhando para a varanda da frente. Um dos xales estava pendurado no alto das persianas. Havia livros na rede em que ela dormiu. A rede balançava de leve, a brisa levando a fragrância das glicínias e dos jasmins para o saguão.

"Continue", ele pediu.

"As autoridades dizem que a decisão de deter Williams ocorreu para evitar que o suspeito pudesse fugir." Ela viu os ombros dele se moverem. "Depois de levar a polícia a uma alegre perseguição, o acusado e seu pai, segundo se diz, teriam tentado contratar um piloto. Não houve pressão política envolvida na decisão de prender."

Ela ouviu o riso sarcástico dele, que se virou. "Primeiro o GBI pegou o cara e fez os federais ficarem mal na fita. Mas de qualquer jeito eles sempre ficavam mal na fita, porque os agentes deles viviam trocando os pés pelas mãos. Tiveram que enviar o agente-responsável Glover para Washington para convencer o JD que a investigação deles era sólida, antes que os chefões passassem a dar mais atenção para as autoridades locais. A gente ficou sabendo qual era a base da acusação deles contra Williams — uma piada. No entanto aqueles toscos na capital caíram nessa. Jogue isso no lixo."

Ela rasgou o papel e olhou em volta para encontrar um lugar onde pudesse jogar o lixo. E quando tentou calçar de novo os chinelos de couro vermelho, sem tira traseira, ligeiramente côncavos na região dos dedos, os calçados fugiram deslizando pelo chão polido. Ele estava rindo de suas tentativas. Estava rindo da escada, três degraus acima.

"Meu irmão, você sabe que eu te amo?" Isso fez Spencer parar no quarto degrau, e esperar que ela chegasse até o corrimão e subisse. "Todos nós precisamos fazer um esforço..." Ela deu um tapinha na mão dele, mas as palavras não saíam, então se contentou com: "Estarei na cozinha se precisar de mim. As mulheres da cooperativa estão vindo. Tente fazer a Zala encontrar a gente na sauna. Ela está nervosa, e isso não é bom para o Sundiata, certo?"

Gerry ficou no saguão enquanto Spence lentamente subia as escadas. Ela não tinha certeza se alguém naquela casa, fora o menino, estava descansando mais do que duas ou três horas por dia. Então virou-se na direção do velho piano, várias teclas amareladas faltando. Gerry se conteve para não tocar as notas; o som parecia triste. Uma perna do piano se quebrara, e seu pai tinha consertado. Mais curta que a outra, estava apoiada em um maço de papelão, e bastou seu chinelo raspar na ponta do apoio para um pedaço do papelão se pulverizar. Ela voltou pela sala com sede de música. Kofi estava tocando os Wailers a manhã toda, com o volume baixo. Ela pôs Fela e aumentou o som. Depois voltou para a cozinha, olhando rapidamente suas coisas na mesa de centro.

De toda a região, ela recebeu convites para fazer apresentações de slides sobre o apartheid e sobre as tentativas do regime sul-africano de reanexar países vizinhos e de estender sua influência maligna para Lesoto, Botsuana, Namíbia, Zâmbia, Moçambique e Angola. Mas na família dela os slides, o álbum de fotos, a pasta com cartas e bilhetes, tudo ficou intocado, invisível, a família inteira absorvida na convalescença.

Gerry relou o rosto no ombro e pôs um pouco de manteiga de amendoim para engrossar o ensopado de frango com amendoim moído. Ela olhou para a grade no teto, depois foi até as cartas na mesa. Todas as cartas para Sonny pareciam iguais — envelopes brancos e quadrados. Um deles parecia particularmente grosso, como se o cartão de boas-vindas tivesse dinheiro. Ela colocou aquele dentro de sua blusa estampada azul-cobalto, depois prendeu o tecido com mais firmeza em torno da cintura.

• • •

Spence parou na janela do patamar quando ouviu Kofi dizendo aos dois meninos maiores que tinham vindo perguntar do "Sunday", que não estava interessado em ir ver as abelhas. Os meninos estavam na trilha que se bifurcava perto do galinheiro, o caminhozinho estreito passando pelo galpão onde ficavam as ferramentas e indo até as colmeias, enquanto o caminho mais amplo e gramado levava à sauna de cedro que as mulheres da cooperativa construíram para a sogra dele. Spence pôs o rosto contra a tela da janela. Dava pra vê-la lá embaixo. O comportamento dela o deixava confuso. Enquanto havia luz do sol, evitava entrar na casa. E à noite — ele não tinha certeza, estava tão cansado quando conseguia colocar Kofi e Kenti nas camas de campanha no quarto grande do andar de cima, mas parecia que ela ficava rondando como alguém com insônia. Fazia tão pouco tempo da morte do Viúvo, ela estava de luto, inquieta.

"E lá vamos nós", murmurou, se afastando da janela. Talvez a Lovey fosse insistir que Zala se unisse às mulheres para a sauna ritual. E quem sabe nesse caso houvesse tempo para levar Sonny a um passeio e voltar antes de Zala poder acusá-lo de rapto e coerção. A pressão, ela comentou, era um problema. Pressão e sondagem tinham sido o jogo imprudente do médico. E ele era um burro filho da puta por adotar os métodos dele no garoto traumatizado.

Ela vinha se mantendo inflexível quanto aos testes psicológicos. "Interrogatório", como chamava. No terceiro dia em Miami aquilo virou uma "violação" da privacidade do menino, um "estupro" da mente dele. Ele tinha o direito a ser dono de si mesmo, e tinha direito a aconselhamento legal. Quem eles achavam que eram, arrombando, esquadrinhando a vida que o menino vivia nos sonhos, interpretando os desenhos, colocando rótulos no menino, e a troco de quê? Para encher as pastas dele, para encher revistas técnicas com baboseiras psicológicas. Nem uma vez sequer no meio da bobajada cheia de jargão chegaram a reconhecer que um crime havia sido cometido contra o menino, um crime monstruoso. Falavam acerca de doenças psicossomáticas e mecanismos de enfrentamento e coisas do gênero. Mas nada do tormento que estilhaçou a identidade do garoto.

E depois ela havia se voltado contra Spence com tanta ferocidade — ele não iria proteger o menino, não era o pai, iria ficar ali parado e cooperando com o estupro? — que ele não tinha percebido que ela cruzara a linha e ao falar de Sonny, dissera "nosso filho", nossa criança".

"Você não está com medo?" A voz de Kofi estava aguda, do mesmo jeito que na primeira vez que ele viu Sonny. Ele e Kenti tinham recuado, como se hematomas fossem contagiosos.

"São abelhas da Geórgia."
"Bom, abelhas da Geórgia picam. É de lá que eu sou, de Atlanta."
"Você é de Atlanta? Não foi lá que andaram matando crianças?"
"Ah, cara, deixa isso pra lá. Vamos ver as abelhas."
Spence continuou subindo as escadas. Zala tinha razão. Pressão, antes de Sonny ter decidido o que contar e como contar, só iria forçar o garoto a mentir. Spencer tinha certeza de que grande parte da história era mentira. Talvez não a primeira parte, entrando no carro da mulher que ele achou que tinha visto na escola. Talvez não a parte sobre as fitas picantes que o casal tocou, depois acusando Sonny de ser indecente por ter ouvido. Mas as partes em que respondia quem eram, o primeiro grupo de raptores e o segundo, e depois o último... essas partes ele sempre disfarçava. "Ele não deve a verdade para ninguém", Zala disse, como se ele, o próprio pai de Sonny, fosse o inimigo.

"Deixa que eu conto." Um dos meninos com Kofi estava gritando mais alto que o outro. "Sua vó estava aqui fora um dia jogando pó na plantação. E essas abelhas vieram com tudo. Um monte de abelha, um montão mesmo. O seu vô veio mancando aqui fora com o mata-moscas pra ajudar. Mas ela não chamou o exterminador como muita gente faz. Ela chamou o cara das abelhas. Agora vocês têm um monte de colmeia. Dá um dinheirão quando você tem um monte de colmeia."

"Vocês tinham quatro. Agora estão ricos."

Spence abriu a água com força e a alça caiu na banheira. Ele deixou ali mesmo, pôs o tampão e encostou o ouvido na parede. Mas a água estava escorrendo com força e as meninas estavam brincando na lateral da casa.

"Come fome olha o homem, ba-ba-bone Sonnyyyyyy!"

Spence entrou no hall na ponta dos pés e ficou perto da porta, escutando. Na versão que escutou Sonny contar para Kofi de manhã cedo, um dia, quando Spence notou que a cama de campanha no quarto deles estava vazia e olhou pelo buraco da fechadura, Sonny tinha sido vendido como escravo junto a outros meninos e foi forçado a trabalhar numa fazenda que os garotos de fora achavam que era um reformatório do Estado. Essa última parte parecia ser um apêndice improvisado para responder à pergunta de Kofi a respeito de como o carteiro ou os caras que fazem a leitura da luz ou os vizinhos não acharam que era estranho dois caras brancos terem um monte de meninos pretos vivendo com eles e não chamaram a polícia.

Não tinha buraco de fechadura na porta que dava do hall para o quarto. Spence conteve a respiração e se concentrou. Dava para ouvir um ligeiro chiado quando o ar entrava nos pulmões, e um leve assobio quando o ar saía. Ele bateu de leve na porta e girou a maçaneta devagar. Spence teve que limpar as mãos na calça jeans e tentar de novo. Por um momento teve pensamentos homicidas imaginando que Zala o tivesse trancado para fora.

Zala abriu os olhos e virou a cabeça na direção do canto ensolarado do quarto. Vozes vinham subindo pela grade.

"Dá pra acreditar? Por dois anos eles ficaram interrogando gente que trabalhou para a cooperativa e fuçando nos nossos arquivos, e não acharam nenhuma irregularidade. Aí disseram que iam ter que confiscar nossos livros contábeis."

"Aí a gente disse, tudo bem, mas a gente precisa de um recibo."

As mulheres lá embaixo na cozinha gritavam e assobiavam.

"O homenzinho senta e escreve um recibo. 'Ahhhh nããão, cara, a gente quer um recibo à parte para cada documento que você levar, e a gente quer o documento e o recibo numerados para poder comparar, e a gente quer uma descrição completa do documento no recibo. A gente conhece os nossos direitos, cacete!' Você acha que isso fez os caras pararem? Chamaram outros caras da Receita pra fazer isso. Por quanto tempo eles ficaram naquele escritório, Ruby?"

"Fizeram quase uns duzentos documentos antes de jogarem a toalha."

"Continue."

"É o que estou dizendo, srta. Loveyetta. É assim que eles gastam o dinheiro do contribuinte."

"Não conseguiram parar o trabalho."

"Não, não conseguiram mesmo. Conseguiram atrasar o projeto. Mas não pararam. Jogaram a toalha como ela disse."

"Mas a gente perdeu muitas voluntárias. Perdemos apoio financeiro também. Eles assustaram uma galera. Estou dizendo, tem horas que não entendo algumas pessoas. Saem correndo rapidinho."

"É o jeito que as pessoas criam os filhos hoje. Criam os filhos pra serem trabalhadores que não pensam. Metade das pessoas aqui ia aceitar entregar a própria mãe só pra alguma autoridade achar que são cooperativos. Simplesmente seguem ordens. Dão informações que você precisaria me torturar pra eu falar."

"Você sabe. A Federação de Cooperativas do Sul está ficando forte."

"E vai piorar assim que a gente recuperar o fôlego."

Zala se sentou quando os gritos que passavam pela grade ficaram mais fortes. Alguma coisa chamou a atenção dela. Havia um volume na colcha onde deviam estar os pés de Sonny. Ela deu um salto e já estava descendo as escadas quando o som de algo chapinhando a fez voltar até a porta do banheiro. Alguém estava puxando a cortina do chuveiro, os anéis de plástico ressoando contra a vara metálica. Quando ela encostou o ouvido para escutar, os cabelos roçaram na porta.

"Zala?"

"Sim."

"Nós estamos bem. O Sonny está tomando um banho. Estou quase terminando de fazer a barba. Nós vamos sair, dar uma volta de carro."

Ela ficou remoendo aqueles dois "nós". Ela não estava incluída em nenhum dos casos. Ele parecia prestes a dizer algo mais, na verdade disse, mas balbuciando. Algo sobre ela ir para a sauna. Ela girou a maçaneta, fazendo o máximo de ruído que pôde, sem saber se a cortina do box tinha sido fechada ou aberta. Desde a tarde em que Gerry entrou no quarto quando Spence estava trocando de pijama, ele deixou claro que não gostava de ter Gerry por perto, puxando a coberta até a cabeça quando ela subia com o café da manhã.

"Por que a porta está trancada?"

"A porta não está trancada, Zala."

Era a voz que ele tinha usado no hospital, a voz resignada que usava para lhe dizer que olhasse de novo. A garganta de Zala inchou a ponto de ela não conseguir engolir a saliva. Sabia que aquela raiva que estava sentindo era injusta, mas não tinha como se defender contra aquele sentimento.

Spence sacudiu a navalha com força e a colocou no peitoril ao lado das plantas. "Tira o tampão?" Demorou um pouco antes de ele ouvir o menino fazer aquilo, mais ainda antes de ouvir a cortina do box ser aberta de novo. Ele se virou, e quando um pé surgiu, hesitante, depois uma perna, Spence pisou na ponta do tapetinho para não deslizar. Mas Sonny não sairia com ele ali tão perto.

Spence encheu o porta-escovas e virou de costas para aguar as plantas. "Não se preocupe com a banheira", disse no tom mais casual que conseguiu. "Eu lavo." Um dia, em breve, iriam brincar com a crosta que Sonny deixava cada vez que tomava um banho. De onde vinha aquilo? Tudo o que ele fazia era ficar deitado, jogar damas, às vezes se sentar em frente à janela.

Spence ficou um bom tempo aguando as plantas, vendo a água borbulhar em torno da base das begônias antes de as raízes sedentas sugarem o líquido através da terra e ele poder derramar um pouco mais sem medo de os vasos transbordarem. Dava para ouvir o som do tecido felpudo passando pela pele úmida de Sonny. Como ele passava a toalha com cuidado, tocando de leve, ao chegar num ponto dolorido. Como esfregava com força para tirar o resíduo viscoso. Se pelo menos ele falasse. "Ah-uhn", "uhn-uhhhn", e "pamb-uhhh-uhn" não diziam grande coisa. Ninguém voltou a mencionar uma visita ao pastor da Mama Lovey, ou uma visita a "alguém" com quem fosse bom conversar — definitivamente nada de ir à polícia. Sonny conversava um pouco com a irmã e o irmão. Era um avanço. E parecia conseguir trocar algumas palavras com Zala.

Quando Spence se virou, Sonny deu um pulo, prendendo a toalha na frente do corpo. A raiva fez o pescoço de Spence inchar. Quem tinha feito isso? Quem destruiu esse momento, pai e filho, se barbear e tomar banho? Quando Spence se ajoelhou e pegou a esponja e o pote de creme, o pé dele bateu na lixeira, e a tampa caiu fazendo barulho. Sonny olhou para ele e sorriu, mas não estava se divertindo. Um sorriso para agradar, para desarmar. Ele tremia.

"O seu roupão está na porta, Sonny."

Era o roupão de flanela xadrez desbotado que pendia na porta. Eles preferiram aquele, em vez do novo, ainda embalado em papel de presente natalino no hall de casa. Sonny estava recuando e não tirava os olhos de Spence. "Você vai ficar resfriado", foi a única coisa que conseguiu dizer antes de a raiva voltar a brotar. Esfregou o metal do ralo da banheira. E quando ligou a torneira para deixar a espuma escoar, ergueu os olhos e viu o filho. Por um minuto quase pareceu ser o menino de antes, mais alto, mais magro, lentamente amarrando a cinta em torno do roupão e olhando para o pai, tenso, alerta.

"Está tudo bem, Sonny." Olhou para o pescoço do menino. Magérrimo, mas não emaciado como antes; a carne não tinha mais as dobras flácidas. Os médicos disseram que foi preciso abrir uma passagem para o esôfago dele. O menino não conseguia comer sem engasgar. Continuou com alimentação intravenosa noturna até o quinto dia em Miami, as refeições diurnas evoluindo de mingau para sopa leve com uns poucos sólidos no fim da semana.

Spence se levantou devagar quando ouviu as crianças. Inclinou a cabeça na direção da janela. Sonny só tirou os olhos dele quando se virou para olhar a janela. Um dos meninos estava correndo atrás das meninas com um galho. Quando elas gritaram, Spence se assustou, no entanto os berros não causaram qualquer reação em Sonny.

• • •

"Aposto que aquele galho deve ter encostado em um rato ou alguma coisa assim." Pelo esforço, Spence ganhou um sorriso pálido. E depois Sonny estava observando-o de novo, cauteloso, recuando na direção da porta, a mão atrás do corpo procurando a maçaneta.

Quando notou o olhar de Sonny passar de seu rosto para a cabeça, Spence sorriu. "Meu cabelo, você notou?" Passou as mãos pelos cabelos e tentou não parecer ansioso demais. "É, tive que me livrar da cabeleira. Achou melhor assim?"

Ele fez um sim obediente com a cabeça, rápido, sem interesse. Spence teria dado os dois braços para ver o menino erguer o queixo, torcer os lábios e medi-lo de cima a baixo, depois fazer algum comentário ultrajante sobre seu cabelo. Era o bastante que ele estivesse ali, o machucado no lábio superior tendo diminuído e virado uma pequena mancha. Ou quem sabe fosse o começo de um bigode. Ele estava com quase 13 anos.

Na verdade era um milagre. Membros do comitê norte-americano de refugiados, com quem Paulette tinha trabalhado, tinham vindo perguntar acerca do garoto. Folhetos que Paulette trouxe de Atlanta foram examinados, e um deles, em particular, fora grudado à parte no quadro da parede. Um trabalhador de uma agência especializada em encontrar crianças que precisam de educação especial também fizera perguntas e deixara uma pilha de folhetos, um deles da distribuição em massa feita por Zala. A funcionária da emergência notara uma semelhança e fora todos os dias ver o menino, comparando o prontuário dele com a descrição — altura, peso, arcada dentária, tipo sanguíneo, marca de varicela, vacina contra varíola. Foi a marca de vacina que mostrou que ele nasceu antes de 1970, ano em que os métodos de inoculação mudaram.

"Sonny?" Quando lhe perguntaram se era Sonny Spencer, ele tentou escapar. Agora estava tentando se encolher para passar pela porta. Não chegou exatamente a negar quem era, entretanto não estava ansioso para que a funcionária ligasse para Atlanta.

"Amo você, menino." Zala estava esperando no corredor com os braços bem abertos. Porém quando Spence saiu do banheiro, Sonny já tinha se libertado do abraço da mãe e corrido para o quarto. A porta fechou prendendo um canto do roupão. Juntos, Zala e Spence viram o pequeno pedaço de flanela sumir. Depois buscaram um o rosto do outro querendo um relatório de progressos, se esforçando para ouvir os movimentos atrás da porta.

"Vou pegar a caminhonete", Spence suspirou. Tocou o rosto dela. Ela viu o quanto o marido estava exausto. "O que aconteceu com 'e foram felizes para sempre', Zala?"

"Não pisem nas minhas raízes de hidraste, meninas." A vó Lovey agitou a berinjela pra lá e pra cá e viu a caminhonete levantar poeira ao longo da estrada. As duas menininhas acenaram, dando tchau para Kenti. Depois foram pela trilha que levava à cozinha, procurar uma xícara e uma chaleira.

"Hidraste parece o quê, srta. Gerry?"

Gerry não ouviu as duas. Chinelos na mão, ela avançava às pressas em meio às fileiras de vagens na direção da madrasta. As meninas estudaram os diferentes tipos de verdura, tentando achar exatamente aquilo que as mulheres na sauna pediram. Havia lâminas finas que tinham cheiro de lustra-móveis e gosto de limão quando você enchia a boca. Havia folhas crespas que elas reconheceram do almoço, mergulhadas em manteiga com as batatas irlandesas. Havia caules altos e cheirosos para colocar no chá gelado e lhe dar gosto de goma de mascar verde. Havia agulhas que a srta. Lovey fervia no quintal com água recolhida da chuva para lavar o cabelo. Quebraram a planta com folhas redondas azul-acinzentadas, que cheiravam a xarope contra tosse, e as juntaram em feixes para levar à cabana e colocar na bacia fumegante que ficava no fogão.

"Elas estão peladas, até os peitos", uma das meninas pequenas sussurrou, disparando pela trilha larga. As outras riram e correram atrás dela, cobrindo a boca com as mãos, os ombros encolhidos, perto das orelhas.

Gerry subiu a alça que estava solta no ombro da madrasta e colocou para dentro do vestido sem manga, depois deu um beliscão nela. "Fale comigo. Você não disse uma palavra o dia inteiro. Estou com saudade."

Lovey estendeu a bochecha e Gerry deu um beijo. Depois as duas se viraram na direção da estrada, o braço de uma em torno da cintura da outra, e viram a caminhonete diminuir de tamanho. Quando ela sumiu, Lovey pegou o lenço que estava na cabeça e limpou as mãos.

"É como ter um ladrão se esgueirando pela casa", suspirou.

"É exatamente sobre ele que queria lhe falar, Lovey."

"O que a faz pensar que não estou falando de você, Geralanna?" Rindo, Lovey se agachou e ergueu a cesta. "Eu podia estar falando de quase todos nós, e provavelmente devia fazer isso."

"O que quero saber é, aonde ele vai quando sai à noite?" Do bolso da blusa, Gerry tirou um pedaço de algodão azul e branco em frangalhos. "Encontrei isso pendurado no arame do galinheiro hoje de manhã. Quase não vi. Parece uma das penas listradas de preto e branco, não parece?" Ela ergueu o tecido. "Mais duas noites e os pijamas dele vão estar retalhados."

Mama Lovey acomodou a cesta debaixo do braço e afastou Gerry quando ela tentou pegar o peso. "O Sundiata vai voltar quando eles recuarem e lhe derem um pouco de espaço. Ele vai parar com a farsa se eles derem um tempo para o menino."

Gerry se abaixou e tirou terra do meio dos dedos dos pés da madrasta. "Ele foi falar com você? Vi você com roupa de dormir aqui fora ontem à noite. Ali", Gerry disse, olhando na direção do campo branco de lírios, artemísias, santolinas e cenouras selvagens. "Você estava perto das rosas brancas. Depois ouvi o baque no teto da varanda, e, quando olhei, vi que o garoto estava lá." Apontou para a parte do campo onde as margaridas se misturavam a hortênsias, delfinos, flores de espuma, ibéridas, dedaleiras e artemísias prateadas. "Vocês dois se encontram de noite para conversar? O que ele diz?"

"Tudo vai se resolver", Lovey andou com passos pesados na direção da varanda traseira. "Tudo na hora certa."

Gerry subiu os degraus atrás dela, e as duas limparam os pés no capacho. "Você acha que um show de talentos ajudaria?"

Mama Lovey deu uma risada sincera e abriu a porta de tela. Ergueu a mão e afastou um dos presuntos defumados que estavam pendurados, depois se abaixou para passar pelos ramos de ervas que estavam secando. Mas não passou pela cozinha.

"Aqui", ela disse, se virando no espaço abarrotado, convidando a enteada para ver as prateleiras de potes, funis, pectina, a bacia de zinco em que lavavam os pés, o banquinho usado para pegar lâmpadas novas da caixa. "É aqui que ele vem falar, mas só fala sozinho. Imagino que esse lugarzinho apertado é parecido com o lugar onde o mantinham." Ela deixou Gerry ali olhando para o banquinho.

Em anos anteriores, quando a família se reunia para as festas de fim de ano, o Show de Talentos normalmente atraía o menino por mais que ele estivesse tentando parecer distante, independente de quanto se achasse crescido demais para jogos tolos. Lovey colocava velhos discos da Decca na vitrola. Às vezes conseguia que o pai de Gerry se unisse a eles. Podia ser que ele contasse uma anedota. Zala recitava poesia. Kenti dançava balé e cantava uma canção. Spence lia parte de um discurso de Douglass, Malcolm ou King. Maxwell fazia todo mundo ficar de pé para a marcha da Guiné-Bissau. Kofi dizia que ia encenar um episódio de *Space Raiders*, mas Sonny tinha que ir antes. Então Gerry fazia um de seus truques de mágica e Sonny assistia, depois chamava de bobeira. Aí era a vez dele. Tinha que fazer alguma coisa para o show. Uma vez ele fez todo mundo cair na gargalhada depois de fazer uma mímica e se deitar no chão. "Era 'Silent Night', pessoal." Todo mundo jogou almofadas do sofá nele, e a bagunça generalizada quase derrubou a árvore de Natal.

Gerry encontrou Mama Lovey no quarto, ajoelhada, o lenço empoeirado na cama ao lado da Bíblia, a trança de cabelos caindo nas costas. Sempre rezava antes do banho ritual na sauna. Gerry entrou na sala e começou a organizar as coisas para a Hora do Talento da família. Relutante, pôs o projetor e os slides de lado, deixando aquilo para outra hora.

"Mãe, onde você arranjou isso aqui?" Kenti estendeu a mão até o chão da caminhonete e pegou o tablete de cera da bolsa de Zala.

"Isso era meu. Estava no ático. Dá para escrever nele com a unha ou com um grampo de cabelo. Está vendo? Quando você ergue a página de cima, desaparece." Mas havia uma coleção de mensagens que permaneceram, mal visíveis a olho nu, mas que você definitivamente sentia com a ponta dos dedos. Zala passou as pontas dos dedos sobre as impressões, lendo o seu passado.

Kenti se ajoelhou no banco, de frente para a caçamba da caminhonete, e começou a escrever. Ergueu a primeira folha e o texto desapareceu. Passou aquilo pela janela para entregar aos irmãos.

Sonny estava sentado num pneu com os braços em torno dos joelhos. Não erguia os olhos. Kofi pegou o tablete dela e depois se recostou nas pilhas de palha e começou a escrever com a unha. Entregou o tablete para Sonny e ficou batendo de leve no braço dele até o irmão pegar.

"Lembra?" Kofi chegou mais perto do pneu e esperou que Sonny lesse em voz alta o que ele tinha escrito. "Se lembra daquele trabalho de geografia que você fez?" Como o irmão não respondeu, Kofi leu alguns outdoors enquanto o carro seguia em frente. Às vezes Sonny levava um longo tempo para responder, e, quando o fazia, a resposta era curta. Elaborar respostas curtas levava tempo, então Kofi esperou. Não tinha nada melhor para fazer. Nem estava com fome. Passaram por um McDonald's e ele viu o pai olhar para os três pelo retrovisor, esperando que eles dissessem algo. O Sonny não estava nem olhando.

"O que está escrito ali?"

Kenti estava apontando para uma pichação num muro de tijolos: ABSOLVAM MAGGIE BOZEMAN E JULIA WILDER! LUTEM CONTRA O ERRO DA JUSTIÇA! Kofi tocou no braço de Sonny: "O que quer dizer aquela primeira palavra?". Sonny não mexeu a cabeça. Mas, quando a caminhonete parou, ele moveu os olhos para ver o trem passando.

Kenti apoiou o rosto nas mãos e olhou para o irmão no pneu. "Ahhh... você não sabe mais ler? Você esqueceu?" Depois ela ergueu a cabeça. Um inseto estava rastejando pelo polegar dela.

"Não se mexa", Kofi disse, se arrastando até ela. "Joaninhas dão sorte." Ele pôs o pulso ao lado do pulso dela, e o inseto pontilhado de vermelho e dourado subiu na mão dele. "Você tem que fazer um desejo." Ele fechou os olhos e fez o seu, olhando escondido para Kenti. A boca da menina se mexia, a testa dela estava franzida, e os olhos bem fechados. Ela fez o mesmo pedido que ele. Ele se virou para mostrar ao Sonny, colocando o pulso bem debaixo do nariz do irmão.

"Joaninha, joaninha, voe pra casa, a Babilônia está em chamas porque o Sonny está em casa."

Ele sabia que isso funcionaria com o irmão. Sonny ficou com a boca fechada, mas estava sorrindo, depois gargalhou, depois parou. Agora estava tremendo, como se receasse que o trem fosse saltar dos trilhos e esmagar a caminhonete.

Kenti estava de pé no banco lendo os vagões. "'Ral-ston Pu-rina Co ponto.' 'North-thern Rail-way Line.' 'South-thern Cent-tral Su-per-shock Con-trol.' 'San-ta Fe Piggy Back Ser-vice.' Que divertido. Olha, o Gato de Cheshire ali!"

Kenti se virou.

"Aonde você está indo?" Kofi puxou Sonny de volta.

"Qual é o problema?", porque Kofi estava gritando.

"Sonny está chorando, pai." Mas Spence já tinha saltado da caminhonete. Kofi estendeu os braços rígidos e Sonny caiu neles, mas não desmoronou. Ele tremia, mexendo os pulsos para a frente e para trás como se estivessem amarrados. Kofi pôs um braço em volta das costas do irmão e o apertou.

"Estou aqui com você. Tá tudo bem. Ninguém vai mexer com você." Kofi forçou bem os músculos para que o irmão conseguisse sentir a força dos braços em torno dele.

"Ninguém vai te incomodar", Kenti passou pela janela da cabine. "O papai vai arrebentar a cabeça de qualquer um que tente mexer com a gente." Ela enfiou o rosto entre os braços de Kofi para beijar Sonny. "Não chora. Ahhh, não chora, Sonny."

Spence estava saltando da lateral da caminhonete quando Zala desistiu de alcançar Sonny pela janela. Sonny se precipitou na direção dela, os pulsos travados juntos. Ela precisou usar toda a sua força para separar os braços dele. Zala beijou as juntas dos dedos do filho. "Aconteça o que acontecer, aconteça o que acontecer!" Quando ele abriu as mãos, ela beijou as palmas. "Nós amamos você. Ah, Sonny." Ela rezou para que ele não começasse a tossir.

"Está tudo bem", Kofi mandou todo mundo se afastar. "Estou com ele, pai. Soltem. Deixa ele comigo."

Quando o trem passou trovejando e a caminhonete parou de sacudir, Sonny lentamente ergueu a cabeça. Tentou se sentar com o corpo reto, mas caiu no pneu. Riu um pouco. Kofi riu muito, mas não soltou o irmão. Kenti deu uma risadinha e se inclinou para cutucar o pai, que sorriu. Zala ainda estava contendo a respiração, fazendo promessas, fazendo anotações mentais e rezando para que ele não começasse a tossir.

Domingo, 30 de agosto de 1981

Zala estendeu os lençóis de Sonny no varal que tinha improvisado com escoras velhas da horta de tomates e arame do galinheiro. Todas as moitas exceto a de budleias tinham toalhas e roupas de baixo para quarar ao sol. Ela via o homem das borboletas em seu terno branco entre a trama densa de folhas no ponto de fuga dos dois varais.

"Estão colhendo própolis hoje", Zala ouviu a mãe contar para alguém do outro lado da casa. Ela deixou a manta de Sonny no cesto e foi ver com quem Lovey estava falando. "Mas você tem que deixar um pouco. Não pode pegar tudo." As meninas estavam fazendo "Arrã", no entanto continuavam colhendo amoras silvestres na cerca. "O própolis mantém as colmeias livres de germes, sabe", olhando na direção da casa, como se a casa não tivesse imunidade natural contra seus próprios hóspedes que já estavam havia um mês ali e que tinham trazido consigo uma doença.

Zala viu a mãe se abaixar e pegar uma colcha do cesto, o vestido subindo nas costas, veias protuberando nas pernas. Zala não se moveu para ajudar. Minutos atrás, ela disse para Gerry que não estava com raiva da Mama Lovey, negou que tivesse ficado irritada quando a mãe preferiu não ir com ela para Atlanta, por ter preferido ficar com o Viúvo e não com o filho dela, e Gerry disse: "Sei". Todas elas estavam imitando Sonny. Ela não via graça nenhuma naquilo.

Zala voltou ao quintal e deu um tapa na nuca. Não foi rápido o suficiente. O mosquito picou e saiu voando. De manhã, com os papéis que Mattie apelidara de Dossiê do Café espalhados sobre a cama, enquanto a pasta velha que ela havia lhes mandado por correio jazia no chão, Sonny dissera que não conhecia nenhuma daquelas pessoas e não reconhecia as descrições dos suspeitos, embora tenha hesitado quando chegou a vez do sujeito com uma cicatriz em zigue-zague na lateral do pescoço, o sujeito do caso Lubie Geter. Disse que não conhecia nenhuma das crianças, nenhuma das mulheres, dos homens. Ela não disse nada; juntou os papéis e não comentou que Jo-Jo Bell tinha sido seu colega de escola. Ou que ele uma vez chegou a concorrer contra o grupo musical de Patrick Rogers. Também não mencionou seu encontro com Wayne Williams em pelo menos uma ocasião. Do mesmo modo que não citou o fato de que uma das mulheres assassinadas tinha trabalhado na doceria na Northside Drive antes de se mudarem para a Thurmond. Ela simplesmente colocou tudo na pasta de Mattie de novo.

Zala não o pressionava. Ele não devia nada a ninguém; não devia a verdade nem mesmo à família. Contudo precisava compreender que as pessoas tinham direito, que as famílias afetadas tinham direito de lhe fazer perguntas. Ela estava tentando preparar o menino para ir para casa.

Ele tinha calçado os sapatos e saído do quarto sem falar mais uma palavra que fosse acerca do ano que passou longe deles. Tudo bem por enquanto. Talvez fosse assim para sempre, e tudo bem também. Ou quase. Abraçada ao Dossiê do Café, ela não sentiu nada, exceto um latejar profundo, como depois de um banho quente.

Zala olhou em volta procurando algum lugar para estender o resto da roupa lavada. Havia uma briga no galinheiro, o galo premiado de Lovey mostrando para as galinhas quem mandava ali.

Sheena se acocorou e segurou o balde para Kenti subir. Mesmo na ponta dos pés e se esticando até o céu, como faziam toda manhã na escola, ela só conseguia ver os capacetes dos homens das abelhas por cima do telhado do galinheiro. Pareciam barracas de acampamento na cabeça deles. Depois veio uma brisa. Kenti saltou e agarrou seu lado da bandeja de vime. Sheena despejou seu baldinho de frutas na bandeja e levantou seu lado. Elas agitaram de leve para que as frutinhas não pulassem para fora nem se esmagassem. Aquilo que o vento não levou caiu pelos buracos — pedacinhos de galhos, folhas e terra.

"Você podia ficar aqui e ir para a escola com a gente, Kenti. Você já perdeu uma semana mesmo."

"A gente logo vai pra casa", Kenti disse, esperando ser verdade. Toda manhã, durante o café, precisavam pensar como agiriam ao voltar para Atlanta. Ela imaginou que só podiam ir embora depois de ter resolvido isso. Porém primeiro uma limusine viria pegar todos eles para levá-los nos primos Rawls. E então poderiam ir nadar no mar.

"Bom, melhor você se apressar ou vai ficar para trás. As pessoas tiram sarro quando você fica pra trás."

"Eu sei", disse Kenti, pensando em Sonny. Ficou feliz por Sheena parar de falar. Kenti torcia para a sirene tocar, para elas poderem ir para os estábulos. Ela olhava na direção dos campos para ver se Kofi estava vindo.

• • •

"Astronautas." Kofi enfiou o forcado no feno solto. Não conseguia falar e acompanhar os outros, por isso parou de olhar para o pessoal das abelhas. Todo mundo, inclusive a Cookie, estava bem mais adiantado do que ele. Os homens estavam fazendo fardos mais rápido do que ele conseguia juntar o feno numa pilha. No entanto era uma sensação boa estar trabalhando. Ele gostava do próprio cheiro. E não só ele iria receber pelo trabalho, como iria a cavalo até os estábulos para receber.

Alguém do outro lado do campo estava perguntando quem era capaz de transformar palha em ouro. Era longe demais para gritar. Mas ele sabia a resposta: Rumpelstichen. Era melhor continuar trabalhando. O pai dele estava na caminhonete e vinha, punha as luvas bem coladas e se preparava para pegar os fardos. Kofi realmente se esforçou, esperando para ver o que o pai diria quando visse que ele estava ficando forte.

Spence organizou os fardos de feno bem apertados uns nos outros e olhou para o campo onde os jovens alunos de Medicina andavam com seus blocos desenhando as plantas. O fumigador que os homens das abelhas carregavam deixava um rastro escuro, gorduroso. Eles desapareceram atrás dos grossos troncos de árvores, depois se materializaram de repente no campo atrás das caixas brancas como ossos das caixas de criação da colônia. Ele deixou sua mente vagar pelo campo, imaginando que estava correndo com as crianças, olhando para uma pipa no céu. Seguraria o carretel, sentindo o puxão da corda, algo vivo no fim da linha. Poderiam ir pescar também. Os parentes dele em Brunswick tinham um bote.

Spence estendeu a mão para pegar a camiseta e limpou o rosto, o pescoço e o peito, depois bateu no teto da cabine. A caminhonete se dirigiu à última leva de fardos. O que ele não daria por nove dias consecutivos e um bote no meio da água.

"A gente vai pros estábulos agora?", Kofi perguntou trotando ao lado da caminhonete. Quando a caminhonete parou, ele tirou a camiseta e limpou o rosto com ela.

"Onde está o Sonny?"

"Em algum lugar", Kofi respondeu, feliz de estar longe dos outros para saber que o cheiro era dele. Ficou de pé ali, semicerrando os olhos, cheirando o próprio corpo, antes de se dar conta de que estavam mandando que fosse procurar o irmão.

• • •

Sem perturbar a aparência dos envelopes abertos à faca, Gerry colocou a correspondência em uma bandeja entre os sanduíches e a garrafa térmica. Como Lovey estava determinada a não pôr os pés na casa antes do anoitecer, Gerry levou um prato para ela e depois esperou Spence. Protegendo os olhos contra o sol, viu Kofi correndo na direção da máquina de passar que Mama Lovey fizera um dos alunos de medicina armar no quintal. Pretendia passar os lençóis lá fora quando eles estivessem secos. Lovey estava apontando para Kofi na direção do galpão de ferramentas.

Sonny chutou o pneu da frente. Estava totalmente vazio. E o talho no pneu traseiro era mais longo do que o dedo dele. Ele não se lembrava de estar tão ruim, entretanto estava escuro da última vez que tinha revistado o galpão. Além disso, a caixa redonda onde ficavam os remendos de pneus de bicicleta não estava na prateleira onde a deixou. Ele procurou em volta, tentando não ficar nervoso.

Havia um pote de besouros japoneses. Provavelmente os mesmos besouros que ele e o velho tinham esmagado para o plantio da cobertura vegetal. Havia dois potes de vidro quadrados com tampas verdes de rosca. Havia farinha com fermento neles. Em outros tempos era tarefa dele jogar a farinha sobre as verduras, especialmente as couves e os repolhos. Os insetos comiam aquilo, inchavam e caíam das folhas para se estatelar no chão. Havia potes de plástico com terra, alguns com espécimes, como o velho chamava. Ele mandava aquilo pelo correio para o pessoal da agricultura, que escreviam de volta para lhe dizer o que devia acrescentar ao solo. Porém nem sinal da caixa que parecia tanto com a lata de varetas da Kenti que quase chegou a não prestar atenção antes.

Na parede dos ganchos, estava pendurado o boné do velho, um boné de veludo xadrez com uma aba longa. A velha sacola de pescaria estava coberta de poeira. O mesmo valia para a caixa de iscas e pesos. No balde de iscas, no canto, estava a faca de peixe. Sonny a colocou no bolso quando ouviu Kofi chamar seu nome.

Sonny saiu para o sol escaldante e ficou ofuscado. Teve que tatear, mas conseguiu trancar a porta do galpão de ferramentas antes de Kofi chegar.

"Estamos quase prontos", Kofi disse, sem fôlego.

"Tem dinheiro?"

Kofi não respondeu imediatamente. Estava olhando os espaços entre os dentes de Sonny. "Um vão?", ele tinha ouvido a vó Lovey falar no telefone. "Igual a uma porteira, meu bem", rindo com os primos em Brunswick, na Geórgia, aonde Kofi não queria ir.

"Eu quero ir pra casa, você não quer?"

"Casa? Não sei o que é isso."

"Escola", Kofi disse.

Sonny cuspiu entre os dentes. O cuspe caiu perto do sapato de Kofi. "Ei, irmãozinho, perguntei se você tem dinheiro?"

"Pra fazer o quê?"

Kofi deu um passo atrás quando Sonny pegou a faca. Ele começou a jogar a faca com a palma da mão virada para cima e depois para baixo. Kofi ficou olhando, depois se abaixou para ver melhor. A faca prendeu uma folha no chão.

"Dinheiro pra quê?"

"Quero ir ver a vó Cora."

"Por que você quer ir lá? É melhor aqui, fora pelas abelhas." Kofi ia opinar que era melhor porque tinha trabalho e pagamento, mas algo lhe disse não falar isso. "Você podia ligar pra eles. Eles ligam um monte aqui atrás de você."

"Onde eu estava?"

Kofi olhou para a casa, depois se virou na direção do galinheiro. "Você estava incomunicável."

Sonny começou a rir. Ele esfregou o peito e o riso saiu com um chiado, como se estivesse se preparando para dizer que aquilo era estúpido. Porém não disse. Ele meio que piscou. A pele dele, brilhante e esticada pelo sol, se dobrou debaixo do olho. Parte dos machucados tinha melhorado. Já não tinha mais aquela aparência de guaxinim. "Você é bacana, irmãozinho."

"Você também não quer ir para Brunswick, né? Nem para Jekyll Island, ou Sapelo?" Kofi não conseguia lembrar as outras ilhas onde havia parentes dos avós maternos deles. Sonny continuou jogando a faca na terra. Kofi não o culpava. Aqueles Rawls gostavam de rir e brincavam demais. E, embora Sonny tivesse ido ao dentista e ao barbeiro, a aparência dele não era tão boa. Os olhos dele não estavam mais roxos, só isso.

Kofi achou que a vó Lovey foi malvada rindo do irmão dele no telefone, mas pode ser que estivesse rindo só para que os primos ficassem sem mais nada para dizer quando vissem o Sonny. "Qual é o problema com o rosto desse menino — uma fornalha caiu nele?" "Ei, guri, andou comendo sanduíche de pedra?" A vó Lovey ficava se estapeando toda, meio que puxando a camisola para poder esfregar as pernas, falando no telefone. Kofi deu uma boa olhada no irmão. Apesar de toda a manteiga de cacau que a mãe passava nele toda noite, Sonny ainda parecia um daqueles valentões que estavam sempre brigando.

"Onde a vó Lovey vende mel aqui por perto?"

"Não faço ideia."

"Vá descobrir."

Kofi puxou os cadarços dos mocassins e fez laços novos. Levantou-se e espanou a palha que tinha grudado no calção. Levaria o dia todo para tirar a palha das pernas dele.

"E o carteiro?" Sonny se levantou e pôs a faca no bolso. "Você acha que ele podia dar um dinheiro pra gente? Aposto que ele dá se você disser que é pra Gerry. Eles meio que gostam um do outro. A gente podia fazer alguma coisa se tivesse dinheiro."

O coração de Kofi falhou uma batida. Tinha pensado nisso por muito tempo. Mas assim não parecia certo. Parecia algo desagradável e errado. Ele catou palhas presas à perna.

"Foi você que ligou pra eles algumas vezes, não foi?" Dessa vez Sonny juntou as sobrancelhas. Ele meio que fez sim com a cabeça. Antes, agia como se não tivesse ouvido. "Achei que era mesmo", Kofi disse. "Fiquei esperando você me dizer pra ir onde você estava."

"Você não iria querer estar lá", Sonny disse, rápido, se afastando dele.

Kofi tropeçou nas raízes de uma árvore enquanto Sonny continuava se afastando. Kofi precisou agarrar a parte de trás da calça jeans do irmão para que ele parasse.

"Eu não iria querer você lá", Sonny cruzou os braços. "Vá arranjar dinheiro pra gente!", ele falou, e foi embora.

Zala estava estendendo a colcha no arbusto de budleias quando viu Kofi indo na direção dos fundos da casa, as mãos enterradas nos bolsos, cabeça baixa, murmurando e infeliz. Ele estendeu a mão de repente e deu um tapa em um dente-de-leão, contudo não esperou para ver a planta soltar as sementes emplumadas no ar.

"Kofi?" Ela estava com medo de soltar a colcha, com medo de que o arbusto não fosse aguentar o peso. Mexeu o dedo quando ele olhou na direção dela, e o menino foi devagar, chutando a grama a cada três ou quatro passos. "O que é um cubo mágico, Kofi?"

"Você tá atrasada, mãe", ele escalou a grade da varanda, balançando uma perna de cada lado.

"Certo, mas o que é isso? A Kenti disse que eu devia dar um pro Sonny."

Ele fez um gesto com os braços para dizer que não sabia. Um menino que tinha que lidar com todos os problemas do mundo e ela o incomodava com uma trivialidade. Ela soltou a colcha no arbusto. Zala queria falar com ele sobre ir para casa. Pode ser que não tivessem a oportunidade de uma conversa em família durante a viagem. Depois que todo mundo soube que Mercer mandaria uma limusine de luxo, a lista de passageiros para Brunswick tinha crescido.

Spence ofereceu a Kofi uma mordida de seu sanduíche e ele recuou.

"Algum problema?"

Os homens estavam se levantando e saindo. As caminhonetes tinham chegado e estavam tocando suas buzinas. Kofi seguiu o pai até lá fora.

Sonny estava com os braços pendurados para fora da janela da caminhonete, batendo com os cotovelos na porta.

"Você vai ficar?" A pele debaixo do olho se dobrou. "Tem coisas pra fazer, irmãozinho?"

Quando Kofi hesitou, Kenti ficou em pé na caçamba da primeira caminhonete e acenou com os braços para todo mundo ficar em silêncio. "A gente precisa esperar o meu irmão Kofi." Ela virou para ele superséria. "Você precisa ir ao banheiro antes?"

Antes que Sonny pudesse rir, Kofi entrou na caminhonete ao lado de Kenti. Não teria sido uma boa risada; o rosto dele estava fechado como se estivesse com nojo de si mesmo.

Não havia cavalos. E a vaquinha na verdade era um touro grande e feio. Muito depois de os outros terem saído para se balançar nas cordas e de Sonny, furioso por não haver cavalos, ter saído sozinho para algum lugar, Kenti continuou observando, torcendo que o touro fizesse algo interessante para que ela pudesse contar em sala quando voltasse para Atlanta.

Ela ergueu a blusa e enganchou os braços no segundo tronco transversal mais alto e observou o touro longe. Ele estava comendo algo com a boca aberta e a saliva escorria como de uma máquina de lavar com excesso de sabão. O animal fazia um ruído quando mastigava que era como um estrondo grave. Ela mal podia ouvir o trator, de tanto barulho que o touro fazia. Parecia que o pai dela, que estava cavalgando com o avô da Sheena, também conseguia ouvir.

Kofi estava a uma boa distância perto da pocilga, com Cookie, brincando com a bomba. Ela estava segurando o balde e ele mexia na manivela. Chacoalha, chacoalha, ergue, aperta, e a água saía troando. Eles estavam longe demais para ouvir alguém chamando. Mas podia ser que Kofi pensasse em vir para ver algo do touro que ela pudesse contar em sala de aula. Sheena e Junior e outros estavam de pé sobre os nós na parte de baixo das cordas. As cordas estavam penduradas em um grande tronco que alguém forte colocou nas forquilhas de três nogueiras perto do estábulo onde não havia cavalos porque o pai do Junior tinha mandado os animais para trabalharem em outro lugar. Ela não tinha certeza de para onde Sonny tinha ido, mas ele disse que voltaria.

Ela se abaixou e soltou as fivelas de suas sandálias brancas novas, vendo o touro que Sonny chamava de Fera. Podia inventar alguma coisa sobre o touro, até mesmo sobre os cavalos, fingir que tinha dado cenouras e maçãs para eles, feito carinho no pescoço, que tinha montado. Mas isso seria mentir. Ela havia escutado a tia Gerry dizer para a Mama Lovey que Sonny tinha tendência a mentir.

"Tendência." Ela forçou sua boca a dizer aquela palavra de novo e gostou da sensação. A Fera olhou na direção dela e começou a bater no chão com sua pata enorme. "Tendência", ela disse para ele. O touro agitou a cauda. Sonny tinha dito para tomar cuidado, para não chegar muito perto nem fazer nada estúpido como dar trevos para a Fera comer. Isso fez a menina rir, o jeito como ele ficava dizendo "a Fera". Porém depois ele provocou Kenti por ter dito que o touro era uma vaquinha, a provocou por ter agido como uma menininha tola, ficou dizendo que era melhor que sua irmã crescesse, pois não havia crescido nada desde que ele foi embora.

Kenti olhou para baixo, para si mesma. A blusinha de alça dela e os shorts eram os mesmos do ano anterior. Pode ser que Sonny tivesse razão. Ela iria precisar ver quanto estava pesando na balança da escola e onde a régua batia na parede quando ela colocava no topo da cabeça. Mas o jeito como Sonny disse fez parecer que era um bebê, pois ele não estava por perto, como se isso fosse grandes coisas. Ele não era nada, só uma bola que ninguém conseguia achar. Foi o que a vó Lovey disse para a tia Gerry — ele era uma bola perdida na grama alta.

A saliva escorria do peito do touro onde os músculos saltavam como cordas pretas. O animal batia novamente com as patas no chão como se estivesse dizendo para entrar e ir brincar com ele.

"Você acha que sou boba, Fera?"

Do ponto onde estava agachada, olhando entre os dois troncos mais baixos, podia ver bem os pés do animal. Ele deu um passo em frente e depois mais um. E a pata dele pousou bem em cima de um formigueiro. As formigas começaram a correr. Algumas delas estavam carregando pedacinhos amarelos de tremoceiros ali no pasto. Algumas transportavam suas amigas formigas mortas.

Sonny tinha contado uma história assustadora para eles acerca de um escravo em quem os donos bateram com a chibata até matar. Sonny e mais um garoto foram escondidos até o porão e o pegaram. Estavam levando o garoto até a garagem para escapar, e foi aí que o menino morreu. Apesar disso colocaram o corpo no carro e não apagaram os faróis quando saíram. Aí a polícia parou os dois e os levou para a cadeia porque os brancos disseram à polícia que eles roubaram o carro. E a polícia não acreditou no Sonny e no outro garoto. A polícia disse que foram eles que mataram o menino no banco de trás.

Ela não tinha certeza se acreditava na história, pois numa das vezes o outro menino chamava Buck, mas depois, quando a polícia disse que eles mataram o garoto no banco de trás do carro, Sonny disse "Roger", igual o peixinho dourado Roger, o pobre peixinho que a mamãe deixou sem água.

Kenti limpou o rosto com o short e olhou para cima. Enrugou o nariz. O touro estava cagando. Bem na frente dela, o touro deixou cair mais um cocô no chão com um barulhão e agitou o rabo como se tivesse feito algo digno de uma boa história. Kenti recuou sem nem tentar ficar ali, de tão ruim que era o cheiro. Aí veio um pássaro e se sentou no tronco mais alto. Ele carregava uma folha de grama no bico. Mas, quando ergueu a cabeça e sentiu o fedor, o pássaro deixou a grama cair e saiu voando. Porém não voou como devia. O pássaro voou para baixo até o cocô do touro e começou a bicar.

"Que nojo, passarinho."

Ela saiu correndo na direção das cordas para contar o que tinha acontecido. Contudo, após sair, diminuiu a velocidade. Sheena e os outros provavelmente viam isso todo dia. Mas ela precisava contar para alguém ali. Claro que não podia contar aquilo em sala de aula.

• • •

Nenhum cavalo, nada de cavalos, seis baias e nenhum cavalo, oito celas, feno, arreios, mas nenhum cavalo. No velho galpão atrás do celeiro, porém, havia uma bicicleta e estava em excelente estado, uma bomba de encher pneu na barra, um saco de ferramentas no celim, e no saco uma lata de Prince Albert com quatro remendos e uma caixinha de fósforos cheia. A bicicleta estava encostada nas tábuas da parede. Quando ele a puxou, o galpão inteiro chacoalhou. O pezinho estava preso entre as tábuas. Foi preciso algum tempo para soltar a bicicleta. Quando puxou pela barra, que era a parte mais forte do quadro da bicicleta, a roda da frente virou e o guidão ficou preso entre as barras. Então ergueu a bicicleta até onde dava e bateu na parede, virando a roda e soltando o guidão. Quando a poeira baixou e não havia mais pedrinhas caindo na cabeça, puxou de novo. E as tábuas sacudiram de novo. Ele não tinha visto os pedais. O pedal de dentro tinha aberto um buraco no nó da madeira e estava totalmente preso.

Quase chorando de frustração, deu um pulo quando Kenti olhou por entre as tábuas e disse: "Eu estou vendo. Você está se escondendo?".

Ele foi rápido na direção da porta, porém ela contornou correndo e chegou antes dele. "Quem está brincando?" Ela entrou na ponta dos pés e fechou a porta. Ele deu um passo para a direita para impedir que ela visse a bicicleta. Mas, correndo atrás de lugares para se esconder, ela viu.

"De quem é?", ela sussurrou, indo na direção da bicicleta. "A gente pode andar nela?" Subiu a roda dianteira e enganchou os cotovelos no guidão. "Tá presa, Sonny."

"Mas dá pra tirar", ele disse, indo até a bicicleta.

"Melhor pedir pro Júnior. A bicicleta é dele, aposto."

Ele não gostou do jeito que dela olhar enquanto soltava o saco de ferramentas e tirava a latinha de tabaco. Se alguém os parasse, pelo menos ele teria os remendos. Colocou os remendos no bolso, depois foi pegar os fósforos.

"Isso não é seu."

"Se encoste na parede e coloque o pé contra o pedal", ele mandou. "E quando eu erguer, empurre o pedal com força."

"Você começou a fumar?"

"É para consertar um pneu furado. Fique de pé ali e empurre com força. É o pedal que está preso."

"Você está roubando coisas pra fumar, é isso?"

"Dá pra empurrar a porcaria do pedal? Estou fazendo isso por você. Quer andar de bicicleta ou não quer?"

Kenti se afastou da bicicleta e contornou o irmão, indo para a porta.

"Aonde você está indo?" Ele quis segurar a irmã pelo braço, porém só conseguiu agarrar a alcinha de borracha da blusa vermelha e branca, e, quando ela tentou se livrar, o elástico chicoteou as costas dela.

"Isso machuca, sabia?"

Dava para ver que ela não estava brava, então ele tinha uma chance. Estava pronta para entrar no jogo, se ele quisesse. Por isso puxou a blusa dela de novo e correu para fazer cócegas nela. Ela foi rápida e correu. Quando chegaram à porta, o pai dos dois estava lá e a expressão no rosto dele fez Sonny sentir vergonha.

"Eu estava guardando essas, Zala."

Gerry jogou os envelopes na mesa. Eles caíram sobre a carta de Mason. Zala percebeu que não estava lendo, só olhando. Mais crianças assassinadas. Os assassinatos oficialmente não tinham conexão com o caso. Todas as notícias dos homicídios suprimidas. Pressão para cancelar a manifestação organizada semanas antes da prisão.

"E você abriu minha correspondência?" Zala olhou para a bagunça, os envelopes rasgados, um clipping que alguém mandou de um jornal de New Orleans quase rasgado ao meio, uma carta da Paulette com a segunda página faltando, um envelope vazio curvado dentro do rolo de um mapa. Zala ergueu os olhos para Gerry. Um pano enrolado em volta do corpo, com um nó debaixo da axila, duas toalhas jogadas sobre um ombro, Gerry estava trançando os cabelos e olhando para Zala com um dos lados da boca levantado.

"Eu não. Você sabe disso." Ela puxou a cadeira perto de Zala.

Zala soltou um longo suspiro e tirou as folhas passadas a ferro da cadeira. "Sim, eu sei", ela disse.

Mama Lovey estava lá fora batendo dois tapetinhos de banheiro um contra o outro. Ela se afastou do varal quando os fiapinhos começaram a voar pelo jardim. Olhou para a cozinha e viu Gerry jogar um beijo para ela.

"Alguma novidade do seu amigo Logan quanto às sessões de hipnose?"

Zala viu a mãe andar entre os varais, passando as mãos pelas toalhas para ver se estavam secas. "Eles estão a caminho de Atlanta agora — Innis, McGill, Logan e mais uns outros."

"Acha que eles vão para aquele mesmo campo que vocês localizaram perto do depósito?"

Zala encolheu os ombros, mas ela não tinha dúvidas de que o campo a menos de dez quilômetros da 6 Star era onde ocorriam as cerimônias do culto que McGill havia descrito sob hipnose, ainda que a investigação não tivesse encontrado o barracão no qual ela disse ter visto as vítimas amarradas, sendo que uma dessas vítimas foi assassinada com um saco plástico enfiado na garganta.

"E o Comitê de Investigação?" Gerry estava mexendo na correspondência.

Zala suspirou de novo e não disse nada. Nas reuniões comunitárias que Mason mencionou, ninguém deu muito crédito às descobertas do comitê, embora muitos tenham ficado com a impressão de que o departamento estadual de investigação e o FBI provavelmente usaram grampos, e tenham ficado convencidos de que a rede de informantes profissionais deve ter apresentado fatos que acabaram sendo suprimidos desde então. O assistente do agente funerário foi embora da cidade. As testemunhas de Bowen ou deixaram de ir às reuniões ou foram e ficaram em silêncio. Apenas dois dos líderes comunitários continuavam monitorando a casa na Gray Street. Mason e Lafayette continuavam de olho em Slick; o Orador ficou com o Red. E sobre Dettlinger, o principal investigador do PARE, o que se dizia era que ele iria trabalhar com a equipe de acusação. Um rumor igualmente forte era que ele trabalharia com a defesa. Zala se perguntava o que estaria impedindo que Mason pedisse a Dettlinger que se posicionasse em um dos encontros. Camille Bell seria assistente da defesa. Outros membros do PARE diziam que iam esperar para ver. Uma grande manifestação estava marcada para a semana seguinte. Ônibus iam sair do Alabama.

"E o Sonny?", Gerry perguntou em voz baixa, entrando nos pensamentos de Zala. Ela estava juntando os pedaços das fotos rasgadas. Zala olhou para a foto de Hazel Blanchette. A ex-governanta dos Webber, escrevendo de Algiers, o distrito de New Orleans, tinha feito um paralelo entre a versão fraudulenta oficial do caso de Atlanta e a versão fraudulenta apresentada pelas autoridades de New Orleans para explicar os assassinatos no projeto habitacional pela polícia da localidade. Era bastante coisa para ler.

"Não sei", Zala se encostou no braço de Gerry. "Recebi uma carta de uma vizinha hoje de manhã." Ela alisou o belo papel de carta da dona da casa em que morava o Velho Murray. "Uma carta tão simpática. Mas ela diz que a gente devia procurar a TV." Zala riu; o riso saiu curto e ofegante. "Mal consigo juntar dois pedacinhos da história do Sonny e ela quer ter uma vizinha famosa no horário nobre."

Gerry pegou a carta. "Nunca entendi o desejo de aparecer nesses programas de entrevista. Contudo, no seu caso, podia ajudar. Parece que você sabe mais do que a Força-Tarefa."

"Seria útil se permitissem que as famílias contassem as suas histórias e deixassem as pessoas ligarem contando o que sabiam. Seria igualmente útil se pudessem reproduzir ao vivo os telefonemas que a Força-Tarefa gravou. Sei que alguém iria ligar. Mas não é isso que eles fazem. Querem que você chore para as câmeras darem um zoom na sua tragédia pessoal. Fazem perguntas que não têm nada a ver com o caso. Você precisa usar o tempo inteiro para corrigir isso antes de chegar ao caso como ele realmente é. E é tão pessoal. Eles querem deixá-la nua."

"Nunca entenderei por que os convidados se submetem a isso como se não fossem livres para dizer: 'Prefiro me concentrar nos motivos e nas consequências da situação'", Gerry disse. "Parece que a gente não aprendeu nada desde os anos 1960 — como manter o olho na bola, no problema."

"É tão infantil", Zala comentou. "Essa necessidade de falar em público para ser compreendida — como se você pudesse ser entendida por gente que nem a conhece."

Mama Lovey veio na direção da varanda dos fundos, com um ramo de flores nas mãos. Estava arrancando folhas dos caules.

"Então", Gerry foi até o fogão pegar a chaleira. "A testemunha foi questionada em estado de profunda hipnose pelos especialistas em cultos. Alguma das descrições feitas por McGill de seus cúmplices bate com a de Williams?"

"Talvez uma. Difícil de dizer."

Zala deixou o mapa sobre a mesa, mas empilhou o restante da correspondência na bandeja com os envelopes de Sonny no fundo. Enfiou a bandeja no aparador enquanto Mama Lovey chegava subindo os degraus do fundo. Gerry fez um gesto para Zala na direção da despensa, onde havia colocado água morna na bacia para pés.

"A mãe está tentando fazer as pazes com você, Marzala." Gerry pôs as toalhas sobre os ombros de Zala e deu um abraço nela.

"A gente não está brigada."

"É, bem..."

Gerry segurou a porta e Mama Lovey entrou e imediatamente colocou os pés na bacia.

"Minhas meninas", ela pôs as flores contra o peito de Zala. Quando elas se inclinaram para lhe dar um beijo, ela reclamou: "Estou suada", dando o rosto para beijar mesmo assim. Virando-se para o outro lado, segurou a prateleira de groselhas em conserva.

"Então vá tirar essas roupas." Gerry ergueu o vestido de Mama Lovey, lhe pedindo que levantasse um braço, depois o outro, tirando o vestido por cima, a roupa de baixo preta pendurada nele.

Zala pôs o buquê na prateleira entre o pote de sabão de hortelã e a caixa de rótulos da Gloria Brand Unlimited que Kofi não tinha guardado direito. Com a parte de trás do pulso, empurrou a tampa de papelão para cima dos rótulos de mel e continuou ensaboando a esponja enquanto Gerry voltava para a cozinha, deixando as duas a sós.

"Gostou das minhas contas?"

Parecia uma menininha falando. Mesmo quando era mais nova, quando perguntava "Como estou?" — querendo realmente saber, já que a geração dela foi ensinada que passar muito tempo na frente do espelho iria levá-los para um mau caminho, e por isso a mãe e outras mulheres de fato precisavam dos olhos de Zala, porque não sabiam como estavam —, ela soava mais madura do que agora, se virando com pequenos passos na bacia de zinco, levantando um lado do quadril, depois o outro, para mostrar a Zala. Em uma tira estreita e macia de couro em torno dos quadris, havia pequenas contas ovais marrons, espaçadas por nós. Zala examinou os nós, rosetas abertas em forma de disco, um nó que ainda não conhecia, e sorriu em resposta.

"Você vai ficar?" Mama Lovey estendeu o braço e Zala o ensaboou, se aproximando da bacia para ensaboar a axila, depois passando a esponja pelo lado do torno, virando a mãe de lado, erguendo casualmente os seios dela para ensaboar a barriga, depois dando tapinhas nas coxas para que ela se agachasse e abrisse as pernas.

"Com as abelhas, as galinhas e o jardim e os campos, a gente podia ganhar a vida. Só o feno consegue pagar as contas durante o outono. Pense nisso", e deu tapinhas no ombro da filha quando esta se ajoelhou para virar a chaleira na bacia, que pingava. "E você converse com a Geralanna um pouquinho, está me ouvindo?"

"Quer que eu fale com a Gerry pra ela ficar?"

"Fale com ela um pouco", Mama Lovey repetiu, e se virou, agarrando a prateleira. Ela baixou a cabeça enquanto Zala tirava a espuma da nuca, escorrendo pelas costas, guiando a água pelas nádegas e dando tapinhas nas costas de novo para que Lovey se acocorasse, do jeito que a mãe tinha feito com ela anos antes.

"Fique pelo menos até o Kofi estar pronto para aquela escola Benjamin Mayes", Lovey acrescentou. "O menino está querendo estudar ciência lá em Atlanta." Ela sorriu para Zala por cima do ombro.

Como poderiam voltar para Atlanta? E como poderiam não voltar? — era a casa deles. Zala moveu a cabeça como um nadador com água nos ouvidos. Quando pensava em Atlanta, era a turba da imprensa que via. Sonny preso a uma cadeira, o fio do microfone de lapela serpenteando em torno do pescoço dele e caindo pelas costas. O filho dela um objeto memorial, um símbolo da esperança, um menino que voltou dos mortos, com o mal ainda rondando a cidade e as autoridades ainda enganando todos eles. E os assassinos, será que eles sabiam a conexão entre o casal que pegou Sonny perto da Ashby e que o manteve em algum lugar fora do perímetro? Será que havia uma conexão entre eles e o velho que batia com um afiador de navalha nas pernas dos meninos até que caíssem de joelhos e o chamassem de Mestre? Será que eles iam aparecer para silenciar Sonny? Jogar querosene na lateral da casa? Ou o pior pesadelo de Kofi, uma bomba lançada pela janela?

A mãe pegou a toalha úmida das mãos dela e lavou o rosto. Zala secou um pé e uma perna de Mama Lovey, que jogou a toalha de rosto no chão e saiu da bacia, se apoiando no ombro da filha. Zala secou a outra perna e o outro pé, massageando embaixo com as juntas dos dedos.

Lovey estendeu os braços e Zala a enrolou na toalha grande e a abraçou. Como a mãe tinha ficado pequena. Amigos das Gêmeas diziam que ela era "adorável", e antes Zala nunca tinha conseguido ver isso.

Zala se contorceu para que a mãe a soltasse. Mas a mãe não soltou.

"Não fique chateada com a sua pobre e velha mãe, pois estou fazendo o melhor que posso."

"Eu sei." Zala abriu a porta da cozinha com o calcanhar e conduziu a mãe pela passagem.

Zala deu duas voltas na casa, sorrindo para si mesma e só uma vez se lembrando de sentir se as roupas estendidas nas moitas estavam secas. O sol estava no horizonte, portanto tinham pelo menos três horas antes de partir para os campos. Quando Zala olhou na direção da janela da cozinha, Gerry estava se debruçando sobre a mesa e desenrolando o mapa. Mama Lovey deve ter chamado, e, quando Gerry se virou, o mapa se soltou. Zala achou que tinha escutado, mas era a faixa pendurada na lateral da caminhonete de Girard tremendo com o vento.

Sonny e Spence estavam de pé na parte de trás, Junior se debruçando para falar com os estudantes de medicina. Spencer parecia estar segurando Sonny, um braço atrás das costas do menino, o outro atravessado na frente de seu próprio corpo e segurando o braço do garoto, como se estivesse contando sobre os espancamentos e pudesse cair de joelhos. Mas isso era só sua imaginação, pois quando seu marido soltou o braço do filho os dois estavam olhando um para o outro, conversando, sorrindo, a mão de Spence subindo pelas costas do garoto para massagear a nuca. No entanto do lugar onde estava, perto da cerca, viu Sonny ficar tenso.

Zala se afastou e entrou na casa pelo quarto avarandado. Uma pilha bem organizada de livros estava sobre a mesa, junto de um rádio. Cortes de tecido estavam empilhados sobre a mala de Gerry. No chão havia uma cabaça pintada e esculpida pela metade. O diário de Gerry, coberto por um tecido feito de baobá e ainda cheirando a creme de tártaro estava na rede. Exausta, Zala olhou para o pequeno travesseiro e quase subiu na rede. Sabia que Gerry e Mama Lovey tinham deixado um lugar para ela no meio da cama grande, para que pudessem cada uma falar em um ouvido: "Venha para a África", "Fique em Epps". Zala seguiu para o saguão, sorrindo do piano de dentes tortos que ninguém tocava. Passou os dedos pela franja do tecido africano, depois foi para o quarto e se despiu.

Havia uma blusa africana brilhante, amarela e alaranjada, para que ela vestisse. E no pé da cama em que se deitou, havia uma Bíblia aberta no Livro de Daniel. Ela foi de quatro até o seu lugar, como fazia quando estava grávida e tirava sonecas de tarde. Deitou no lençol recém-lavado e dormiu sonhando com seus filhos correndo por uma vasta savana, a silhueta de um baobá contra o sol vermelho, as pernas das gazelas um borrão.

Eles seguiram Lovey pelo verdor, os campos que no veranico se transformariam em hectares de capim alto e dourado. As crianças, espalhadas, estavam dando braçadas de natação no campo em meio às sombras do crepúsculo, Sonny o último a se unir a eles. Spence apertou a mão de Zala e eles se apressaram para não perder de vista Kenti, que, como uma expert, virava a cabeça toda vez que o braço passava pela orelha, maravilhada com a ação e com o encaixe do seu ombro. O Girard mais velho erguia bem os joelhos, os cotovelos acima do nível do mato. Assim como Lovey, ele deixava que cada passo fizesse seu corpo girar na altura da cintura, os joelhos abrindo o caminho, os quadris dela mostrando aonde deveriam ir. Os alunos que estavam trabalhando seguiam nos dois flancos. Os que tinham se demorado no jardim de babosas traziam consigo folhas para estudar e se transformaram no flanco direito de Lovey. Os outros, que tinham ficado por um tempo no jardim que ainda seria semeado com flox, não-me-esqueças, dedaleiras e sempre-vivas, se tornaram seu flanco esquerdo.

Lovey parou a dois metros dos grandes arbustos no final do campo e girou o raminho em suas mãos. O mato alto que tinha balançado livremente e se soltado agora estava emaranhado e preso em videiras rebeldes que haviam trançado seu caminho, partindo das formas cobertas por madressilvas lá na frente.

"Se você ferve em potassa", ela disse, "isso se dissolve como amido e vira um verniz transparente. É bom para inflamação nas juntas." Ela devolveu a planta. "Tira a febre e a dor."

Zala apertou a mão de Spence. Lovey tinha aplicado cataplasmas pegajosos nas feridas de Sonny, que estava dizendo com um aceno de cabeça que reconhecia a planta. Os dois olharam para a lua, se viraram para os campos atrás deles, a chaminé da casinha cintilando na noite, e trocaram sorrisos maliciosos, aumentando a pressão que faziam na mão um do outro. Vaga-lumes levantaram voo, piscaram, depois mergulharam outra vez na grama, sutis sinais telegráficos em torno deles.

"Ou você pega sal comum", Girard estava dizendo, "e aquece numa frigideira de ferro preta, mistura em vinagre de cidra de maçã, e o resultado é quase igual."

"Você mergulha as tiras de pano", uma das alunas falou enquanto escrevia, "depois amarra o pano em volta das juntas."

"Obrigada."

Girard roçou a aba do chapéu com quatro dedos, sua versão para o ar livre de tirar o chapéu quando falava com uma mulher. "É bom pra cavalos e pra gente também."

Lovey, com um cuidado meticuloso, estava dividindo a grama como quem penteia os cabelos de uma criança com o couro cabeludo sensível. Quando juntou as mãos como um mergulhador, as crianças imitaram. Eles se enfiaram no meio do mato, e Lovey dirigiu sua atenção à base de um arbusto adiante.

"COBRA!"

Júnior esticou o braço para parar Sonny e Kofi. Lovey esticou os braços para fazer parar os gritos e a correria. Na conversa murmurada, houve dois votos para matar a cobra, enrolada em um emaranhado de mudas.

"Por que matar, a não ser que você vá comer o bicho?"

"*Comer*?" Kofi se afastou de Júnior, olhou para Bernard, depois olhou de novo para as voltas grossas, úmidas e marrons, circundando os caules. No dorso da cobra havia brilhosos diamantes cor de laranja. Sonny se aproximou e se acocorou do modo como a tia Gerry fazia às vezes quando queria pensar a fundo em algo. Kofi manteve distância.

"Aquela cobra ali", Bernard estava dizendo, "vai se matar sozinha se achar que a gente quer pegar ela."

"Vai se morder", Sheena acrescentou, "vai morder o arbusto, vai cuspir em qualquer coisa que passar na frente, tentar matar todo mundo."

Sonny pôs os braços em torno das pernas e observou. A cobra não tinha se movido. Os losangos laranja agora estavam marrons como o rosto do animal, o marrom cada vez mais parecido com os caules. As escamas ásperas também pareciam mais lisas. Sonny apoiou o queixo nos joelhos e analisou do jeito que o vô Wesley tinha ensinado quando os dois iam ao zoológico. Se piscasse, a cobra iria convencê-lo de que estava vendo coisas. Caso desviasse o olhar e depois voltasse, a cobra teria desaparecido, só restando em seu lugar os caules grossos e a dúvida em sua mente.

"Não serve para comer nem para fazer remédio se ela se envenenar", Girard comentou. "Porém existem vários jeitos diferentes de matar uma cobra. Jeitos e jeitos. Você está pensando certo, meu filho", disse para Sonny. "É preciso estar à altura da cobra antes de ganhar dela em seu próprio jogo."

"O óleo é bom para lumbago", Lovey levou o grupo para longe, na direção de uma brecha nos arbustos. "Cuidado aqui, o caminho fica irregular."

Os alunos fizeram uma breve conferência entre si, se perguntando em voz alta se não podiam aprender algo com um vendedor de óleo de cobra. Talvez houvesse algo nos elixires e nos tônicos que os mascates vendiam na área rural além do Tombigbee.

Kofi seguiu a avó, passando pelas sebes e pelas pedras, atento, pois talvez houvesse cobras e outras coisas perigosas no mato que levava à floresta. As meninas estavam atrás dele, virando os tornozelos, o Velho Girard lhes dizendo para ficarem na trilha. Kofi então percebeu que havia uma ordem na floresta. As pedras eram organizadas em trilhas. Desde que ficasse sobre as pedras, as sarças e os espinhos não podiam arranhá-lo.

"Bom pra vermes." Lovey apontou para uma planta com folhas sarapintadas, mas continuou andando na direção da linha de árvores. "Bom pra cachorros e pra gente também." Por cima do ombro, ergueu a voz na direção de Girard. "A srta. Erma teria se livrado daquelas pedras na vesícula se tivesse feito um regime de chá, Titus."

"Eu lhe disse", ele respondeu.

"Tem gente que não adianta você dizer as coisas", ela retrucou, apontando alguma outra planta para os alunos. "Essa aqui é boa pra problema nos nervos", explicou enquanto eles se apressavam para acompanhar o seu ritmo. "Não desse jeito que está agora. Muito liso no topo."

Kenti examinou o arbusto. As folhas eram grossas, línguas brilhantes dizendo "ahh". As frutinhas eram cinzentas como água depois de lavar a louça. Os galhos eram de um branco pegajoso com teias de aranha nas reentrâncias.

"Daqui uns dias", Lovey comentou, "quando os caules estiverem mais moles e tudo ficar sem cor, aí fica bom. O tempo, entende? Só mais um exemplo dessa lei da vida, o tempo. Nesse momento, é veneno. Daqui a uns dias, remédio dos bons."

"Como peixe", Júnior disse, falando com Sonny, que andava na direção da trilha do riacho. "Tem tipo de peixe que pode comer na maior parte do ano. Mas não coma se o bicho estiver esperando filhote."

"Uma peixinha grávida." Kenti parou para imaginar, e Cookie esbarrou nela.

"Dá uma olhada aqui." Girard fez um gesto para que eles contornassem um arbusto baixo, espraiado, mas Lovey não voltou para fazer explicações. Estava com os cotovelos perto do corpo e se movia desajeitada e veloz em meio às árvores. Girard pegou o lenço e quebrou um ramo. Quando um dos estudantes, atraído pelo almíscar, tentou pegar, ele tirou o ramo de perto.

"Isso aqui pode machucá-lo. Você vai ficar se coçando, vai perder o olfato, e é só metade do problema. Não sei o nome científico disso. Talvez seja parente da comigo-ninguém-pode, mas eu a chamo de planta-família — você nunca vê uma sem ter outras congregadas em volta."

"Qual o uso?" Lápis a postos, os alunos estudavam o ramo na mão dele.

"Se algum dia você estiver num aperto com cachorros tentando farejá-lo, deve pisotear em volta desse arbusto antes de continuar correndo. Não faz a menor diferença se o seu cheiro for forte, os cachorros vêm nessa direção e se esquecem completamente de você. Eles enfiam o focinho na planta-família e começam a andar de costas ganindo pra lua." Ele deu uma risadinha e foi em frente, contando uma anedota a respeito de um sujeito acorrentado com outros presidiários que se perdeu enquanto as crianças competiam imitando cães selvagens, coiotes e lobos.

Lovey tinha passado pelas árvores e começou a correr. Zala pegou uma das tiras da cesta de coleta. "E pensar que me preocupo se posso deixar essa senhora idosa por conta própria", Gerry disse rindo. Os cotovelos colados no corpo, os pulsos pulsando como pistões, Lovey corria desajeitada pelos campos na direção das flores selvagens, as crianças apressando-se ao lado dela. Titus Girard, bufando e dando umas risadinhas, passou a mão na aba do chapéu enquanto ultrapassava as duas mulheres.

"Acho que está na hora de juntar as escovas, minha irmã", Gerry disse.

"O Girard e a mãe?"

"Louquinhos um pelo outro. Você não notou?"

"Estava ocupada demais olhando você e o carteiro, Gerry."

Gerry jogou a cabeça para trás e deu uma gargalhada, e Zala começou a rir também, mais pela memória que o pescoço arcado e flexível trouxe à mente do que por qualquer outra coisa: Gerry, a adolescente, rindo da pequena Zala, que acabava de voltar da catequese no verão e se preocupava com o estado de sua alma.

"Estou rindo, Zala, porque aquele maluco do meu irmão faz um ano que está tentando me arranjar um casamento. Primeiro com um professor no Botsuana que não está nem um pouco interessado numa mulher que não possui terras. Depois com um médico da Zâmbia que trabalha com o Serviço Aéreo de Medicina. Um sujeito excelente, que tem duas esposas — uma esposa na cidade e outra no interior. Não sei com o que o Maxwell pode estar sonhando."

Ela puxou a cesta para apressar Zala. "Um touro, seis cavalos."

"Sessenta colmeias, oito galinhas, um galo."

"Quarenta e seis metros de tecido."

"Seis plantas caseiras de macramê."

"Arreios e selas."

"Cera de abelha."

"Os textos completos de Nkrumah e Cabral."

"Edições antigas de *Klanwatch* e do *African Call* e um exemplar todo detonado de *Como a Europa tornou a África Subdesenvolvida*, do Walter Rodney."

"Ah, minha irmã. Nós certamente temos bens suficientes para competir com os tesouros do Girard."

"OLHEM ISSO!"

Houve um silêncio. Todos pararam. Lovey estava no meio de um canteiro de prímulas, os braços bem abertos.

"Prímula florescendo em setembro?", um dos alunos sussurrou.

"Elas nem estavam aqui ano passado", Bernard disse para Kofi.

"Só uma ou duas", Titus Girard corrigiu, sorrindo. "Ela sai e fica aqui falando com as plantas um pouquinho. Enquanto as outras exibiam as cores, essas safadinhas estavam quietas."

Gerry foi até o canteiro, em busca de flores que tivessem perdido as pétalas. Ela e Zala colheram as flores que tinham as sementes que tinham o óleo que, prensado e refinado, mantinha a mãe delas financeiramente em ordem.

"São muito caras", Gerry explicou.

"A senhora estava dizendo, srta. Loveyetta, que isso é melhor que babosa para queimaduras?"

"Queimadura de fogo, queimadura de radiografia, eczema, úlcera, artrite, trombose, caspa, calvície, colesterol, pressão alta, criancinhas hiperativas, gordura, alcoolismo, parto, cãibras, vários problemas femininos, diversas alergias, enxaquecas, glaucoma, pré-eclâmpsia, hepatite." Lovey se ajoelhou e pegou os botões amarelo-pálidos nas mãos, depois os soltou. Eles dançaram sobre os caules. Estava radiante. Titus Girard procurou nos bolsos um lenço limpo para lhe oferecer.

"É bom pra quando você se corta fazendo a barba também", Junior coçou o queixo.

"Casca de melancia é bom também", Bernard disse, "ou a parte de dentro da casca de um mamão papaia. Isso é caro demais se a melancia resolve igual." Cutucou Júnior quando Kofi começou a passar a mão pelo "bigode" e pela "barba".

"Olha a melaaaanciiiia, vermelha até a casca", Sheena entoou. Cookie se uniu a ela para entoar os cantos da carroça de frutas; depois todos voltaram a ser lobos quando as nuvens passam na frente da lua.

Titus Girard ajudou Mama Lovey a se levantar, e as duas mulheres adultas se empenharam em colher prímulas.

"Gosto daquele homem", Gerry disse. "Uma sombrinha para quem arranjar esse casamento."

"Um rádio que toque no banheiro."

"Uma plateia para minha apresentação de slides."

"Flores frescas para o meu cabelo." E quando Zala se virou, viu Sonny se aproximando com um buquê de lírios e galhos secos.

"Se, como você diz, isso for só um desejo ou se for uma lavagem cerebral em massa, as organizações patrocinadoras vão querer cancelar a manifestação, não? Obviamente não vai sair um monte de gente de Atlanta. Por outro lado, não sei como podem frear a maré em outras cidades. Tem ônibus saindo de Birmingham — você está me ouvindo?"

Gerry estendeu a mão até o outro lado do cesto e beliscou o braço de Zala. Contornaram a curva, e Spence olhou para a chaminé de estanho cintilando em meio à folhagem verde-arroxeada.

"Estou ouvindo", Zala afirmou. Ela esperaria por ele na casinha. O brilho dos troncos seria a única coisa que ela iria conseguir ver até que ele abrisse a porta e o luar transbordasse.

"Se houver uma manifestação, imagino que a gente vá estar lá", Spence ouviu o estalo dos espinhos sob os pés. Imaginou o rastro de roupas que deixaria desde a casa até a cabana, e como seria a aparência de suas calças em cima de um monte de espinhos quando ele aparecesse na porta. "Não tenho certeza se a manifestação é um bom momento ou um bom lugar para o Sonny..." Parou de falar quando os meninos passaram correndo, arremessando pinhas como torpedos por cima dos ombros. "Não que ele tenha contado qualquer coisa de concreto pra gente até agora." As meninas vinham atrás com gavinhas e galhos que seus gritos transformavam em cobras.

"Isso é uma coisa estranha que acontece com quem foi torturado", Gerry disse, depois esperou as galinhas sossegarem e o ruído das crianças, já bem distantes, ficar mais baixo. "Quando um prisioneiro político consegue escapar das garras de Pretória e chega até a gente, a tortura é a última coisa que nos conta. Os espancamentos, os choques elétricos, as queimaduras — não é isso que está na cabeça dele. O que querem, Spence, é falar de livros. Pense, ser condenado a dez anos na Robbens Island, e além de tudo ser proibido de ler. Por isso o que querem é falar dos desejos. Cinco minutos num banheiro limpo sem ninguém apressando. Um sabonete em barra. Uma escova de dentes de verdade. Ler. O que você acha que seria mais insuportável pra você, Zala, vinte chibatadas ou vinte semanas sem ter como escrever e sem nada para ler? E música. É uma adaptação e tanto quando você sai de novo para o mundo — buzinas de carros, rádios, risos. Risos depois dos gritos dos torturados, dos gritos das pessoas que apanharam até enlouquecer em suas celas. Ou o silêncio, o silêncio absoluto da solitária. Sussurros clandestinos por meses a fio, e depois livre, atravessando a fronteira, para ver gente andando em duplas e trios nas ruas, criticando o governo ou discutindo as notícias ou só falando bobagem. Gente no cineclube, nos cafés, pessoas se reunindo livremente em um país livre. Bom, nem tão livre. Não enquanto o 'mundo livre' continuar dando liberdade para os cães raivosos do outro lado da fronteira."

"Na África tem um ditado", Gerry continuou depois de alguns passos em silêncio. "'Uma rabeca emprestada não consegue completar a melodia.'

Penso nisso às vezes vendo vocês dois praticamente fazendo respiração boca a boca no Sonny a cada cinco minutos. Estão me ouvindo?"

"Estamos ouvindo", os dois disseram.

"O que me chama a atenção é que, se é difícil para os adultos — adultos com um arsenal de análise, homens e mulheres que, não importa o quanto foram isolados do mundo ou do resto da população carcerária, sabem pelo menos por que estão lá e sabem que não estão sozinhos na brutalização ou na luta, porque a luta acontece à volta deles o tempo todo atrás dos muros —, então imagine como isso deve ser impossível para o Sonny. Ele é um menino."

"Você acha que ele está protegendo aquelas pessoas, é isso que está nos dizendo, Gerry? Pensa que ele está protegendo... os torturadores dele com o silêncio?", Spence perguntou.

"Eles denunciam os torturadores?", Zala perguntou.

"Não com a exaltação que você poderia esperar. E não é porque aceitaram aquilo ou se acostumaram. Nem é porque a mente deles recua diante da memória. Embora certamente parte disso esteja presente. E não é porque se identificam com os torturadores. Foi isso o que aquele amigo de vocês, o McClintock, sugeriu, não foi — confusão de lealdades? Pensei bastante nisso", Gerry disse, "muito antes de conhecer gente proscrita e vítimas de tortura. A síndrome de Estocolmo, como eles chamam, raramente se aplica no caso de pessoas que militam pela liberdade e que são adeptos apaixonados de uma ideologia.

"Mas uma criança. Que bom que vocês têm amizade com alguém que é capacitado para ajudar."

"O Mac. Sim", Spence falou.

"Espero estar fazendo sentido. É o único contexto que conheço", Gerry se desculpou.

Na banheira, a superfície da água estava prateada. Os galhos onde Zala iria pendurar suas roupas também eram prata. A lua tingiria de branco as tábuas do piso e ela iria perguntar se ele veio assim desde a casa, o que a mãe dela iria pensar? Que a filha dela era uma sortuda, ele ia dizer, fazendo poses na porta. Ela ficaria excitada e provocaria Spence. E quando ele entrasse na cabana, iria deitar sobre seu quadril e estender o pé para que pudesse pegá-lo e se orientar no escuro.

"É igual à gente nos anos 1960. Nem o Maxwell nem eu falamos muito sobre os espancamentos. Tenho certeza de que a gente falou do medo. A gente não estava tentando proteger vocês."

"Lembro principalmente da cantoria", Zala disse.

"Isso, a cantoria. Talvez não exista um jeito de falar sobre tortura e ódio, porque essas coisas não são imagens, são a ausência de imagem. Não estou dizendo que não consigo visualizar os bastões e as armas e os eletrodos. Mas isso tudo é uma não imagem. Metade das pessoas com quem trabalho foram prisioneiras políticas em uma luta por libertação ou outra — e mesmo com membros do CNA em grande quantidade transformando as condições da prisão... a tortura é uma não imagem. Esse é o mais longe que consigo ir. É parecido com a situação de vocês, não é? Vocês falaram muito menos do tormento de um ano do que..." Gerry não conseguiu encontrar as palavras.

"Das vontades", Spence disse, mas a mente e o corpo dele estavam em outro lugar. Ele iria encontrar o caminho até o banco mais baixo, tateando, depois colocar os joelhos nas tábuas e subir até ela.

"Os desejos, como você diz."

Iria rolar sobre os quadris e prender os quadris dele com as coxas e calcanhares nas nádegas dele para guiá-lo até o lugar em que ele queria estar.

"Vocês não querem que eu fale dessas coisas."

"Isso ajuda, Gerry", disse Zala.

Gerry apanhou a cesta sozinha para carregar, pegando as sementes na mão, deixando que escoassem pelos dedos. Zala e Spence chegaram mais perto para abraçá-la.

Ouviram a caminhonete de Girard dando ré no portão lateral. As luzes se acenderam na casa à medida que eles se aproximaram. Na entrada de carros, entre as fileiras de vagens e a horta, estava a limusine, longa e lustrosa. Cintilava como um carro dos sonhos. Aquilo o atraiu para longe da voz de Gerry e até mesmo dos pensamentos relacionados a um encontro mais tarde. A essa hora, amanhã, eles estariam no litoral da Geórgia, sorrindo maliciosamente sobre sua noite na sauna.

"Eu venho tentando descobrir exatamente o que me faz resistir um pouco", Gerry continuou. "Não é por falta de compaixão, nem por falta de conhecimento. Sei até que ponto a propaganda pode contaminar. E, mesmo assim, uma parte de mim está sempre pensando que eles devem ter causado isso de algum modo."

"Que eles mereceram", disse Spence.

"Sim."

"Que não são puros como você e eu, puros e em segurança."

"Isso. Mesmo que a gente saiba que não é assim. Certamente sei que não é assim. A gente escuta e diz todas as coisas certas. Porém lá dentro a gente resiste um pouco e não tem toda a empatia que devia."

"Sim", Zala concordou. "A gente estuda os perseguidos para encontrar alguma diferença entre nós capaz de nos deixar em segurança."

"Tenho feito isso com o Sonny o tempo todo, acho. Desde o começo." A voz de Gerry estava baixa e embargada. "Por favor, me perdoem." E ao ver que eles não recuaram, ela se atirou nos dois para beijar e ser beijada.

"Você acha que a gente não entende o impulso de culpar a vítima? É — sedutor, especialmente se você não consegue pegar o... o..." Zala não conseguia encontrar uma palavra suficientemente hedionda.

"Eu amo vocês dois", Gerry falou, e foi rápido na direção da fachada da casa.

Eles se abraçaram forte enquanto ouviam a porta da varanda se fechar, depois o rangido da rede quando Gerry se jogou nela para uma noite de sonhos armados.

Spence olhou para as janelas no alto. "Vou pôr eles na cama", mas ele não se moveu.

"Eu vou esperá-lo", ela começou a dizer, mas a língua dele estava em sua boca.

"Seus beijoqueiros", Kenti disse do patamar da escada, o rosto comprimido contra a tela da janela. Eles olharam para cima quando a luz do quarto de Sonny se acendeu atrás da cabeça de Kenti.

"O que a gente vai fazer, Zala, se ele não falar?"

Ela afundou a cabeça na curva do pescoço dele, depois o puxou na direção da trilha para a cabana.

Mama Lovey quebrou um raminho após o outro, em busca de um que fosse especial, flexível e ao mesmo tempo robusto. Os ramos que estavam grudentos de seiva ou que se partiam ela nem se dava ao trabalho de testar, derrubando no chão, erguendo a barra da camisola para chutar com o lado do pé para debaixo das esporas dos jardins. Quando o arbusto de flores não aguentou mais e desmoronou, ela já havia encontrado o melhor ramo. E o melhor sempre foi bom o suficiente para Lovey. Ela já teve a sua cota do pior — um neto que desapareceu, o sr. Williams doente, a filha arrasada no telefone, a voz desinteressada e sem disposição para perdoar. Lovey desligava e retomava sua vigília. A cadeira inclinada para trás contra a parede do quarto, ela dormia com o Bom Livro aberto sobre o rosto e deslizando.

Quando a Morte entrou na casa, pegou Lovey sonhando com pêssegos e creme. Ela acordou ainda girando a manivela, porém era o braço da cadeira: ela podia jurar que estava cortando um pedaço de gelo um segundo antes e colocando em sal-gema, depois batendo tudo rápido porque o sr. Williams era fã de sorvete. Enquanto cortava o gelo, sonhava que a campina estava cheia de crianças com sapatos de neve feitos de papelão. Tantas crianças, crianças na TV, nos jornais, no programa de entrevistas da Irmã Myrtle em Nova York, nenhuma delas era Sonny.

Mama Lovey passou o ramo pelo punho cerrado e arrancou as folhas. O menino tinha voltado, tinha voltado do inferno, levando para a casa dela um estranho contágio que fez com que todos saíssem pegando coisas e correndo, espiando e sussurrando, mas sem prestar atenção aos planos de fuga dele quando as perguntas e o amor deles virava um excesso. Espanou pedacinhos de folhas do corpete plissado e assumiu seu posto. Ela nunca, nunca mesmo, bateu numa criança. No entanto se isso viesse a acontecer, teriam de perdoar também isso, assim como ela os perdoou sem ninguém saber que o sr. Williams havia deixado de respirar para que ela ficasse livre e pudesse atender as necessidades de seus parentes de sangue.

Ela esperou debaixo da árvore, os pés frios na poça de pólen que, mesmo na escuridão, emanava uma luz esverdeada, cor de vaga-lume. Continuava olhando para a casa, seus olhos presos à janela sobre o telhado da varanda. Contudo não foi assim que ele veio. Na verdade, o que aconteceu não foi exatamente que ele veio, mas sim que o homem estava lá, dando carne e forma a uma sombra que pensou ser projetada pelo carro elegante estacionado perto dos feijões verdes.

E então ali estava ele, o menino, o bebê batizado em homenagem ao grande arqueiro de épicos ancestrais. Ali estava ele, agachado, claudicando rumo à cerca como um ladrão, envergonhando sua linhagem. E ela precisava impedi-lo ou seria culpada do imperdoável.

"Sabe de uma coisa?" Ela lançou a voz em sua direção e prendeu a sombra dele no chão. "Essas pessoas dormindo ali em cima estão no limite, Sundiata. E uma dessas pessoas é a minha filha. Entende o que digo?"

Sem conseguir se mexer, fingindo que ela era uma cega ou uma velha alma fruto de sua imaginação. Então ela andou na direção dele, meneando o ramo pela grama como uma cobra para que ele visse qual poderia ser o preço caso saltasse sobre a cerca. Ela ergueu o braço e girou e bateu forte no tronco superior, tirando a maior parte da casca. O assobio pairou no ar por um bom tempo. Então ele se ergueu e prestou atenção nela como não havia feito durante todo o verão.

"Ei, vó, eu estava só..."

"Por acaso perguntei o que você estava fazendo?" Ela passou pelas flores secas enquanto o media com os olhos. Tão crescido, 13 anos e grande, casualmente saindo para dar uma volta às três da manhã.

"Fico numa situação difícil, Sundiata. Sei que tem todo tipo de gente o esperando lá em Atlanta, e pode ser que alguns deles não gostem de você. Então, como diz o ditado, pode ser que o mais corajoso seja fugir. Você é meu neto", ela olhou para o rosto dele na escuridão. "E eu me preocupo com você. Porém, por outro lado..." Ela agitou o braço e o ramo veio assobiando. Ele saltou. Ela passou o ramo bem em frente ao rosto dele para apontar a casa. "Ela era meu bebê muito antes de você nascer. Então. O que você faria na minha situação, Sundiata? Será que devo deixar você ir embora e deixar a minha própria filha ficar arrasada?"

Ela colocou a ponta do galho na concavidade da clavícula esquerda dele para fazê-lo saber que ela não precisava dos óculos de costura para acertar o buraco dessa agulha.

"Sei o que você está pensando, vó, mas eu só estava..."

"Espera um pouco", ela disse, interrompendo Sonny. Dava para ver, pela posição das mãos dele, estendidas como as de um bebê, que iria mentir. "Sei que vai me dizer alguma coisa inteligente."

Ele rolou os olhos, cruzou os braços sobre o peito e ficou com o quadril jogado para o lado como nenhuma criança jamais havia ficado diante dela, à exceção desse menino. Ela meneou um pouco o galho e viu instantaneamente que ele tinha mudado de ideia, pelo modo como os braços dele deslizaram pelo corpo e o queixo ficou menos tenso. Entretanto, quando Sonny abriu a boca, ela viu uma montanha de bobagens se preparando para sair.

"Pense primeiro." A voz dela soou como um tiro, e ele recuou. Ela passou a ponta bulbosa e verde pela garganta dele, para aninhá-la na concavidade de sua clavícula direita.

"Ah, meu filho. Eles o ensinaram bem, essas pessoas. Ensinaram a sentir medo, essas pessoas que o pegaram. Dava pra imaginar que as pessoas que lhe deram a vida seriam mais importantes. As pessoas ali em cima, que o criaram e amaram o tempo todo — você não foi um bebê fácil, sabe. Um bebê com cólicas pode testar seus nervos." Ela o convidou a sorrir com ela. "Porém penso que eles ali em cima não importam mais agora que você decidiu ir pra algum lugar, agora que está crescido e tudo, hein?"

"Vó Lovey, dá pra pegar leve comigo? Não sei nada a respeito dessas crianças. Fico o tempo todo dizendo pra vocês que não sei. Pergunta pra polícia, por que perguntar pra mim? Não tenho culpa se eles prenderam algum bobalhão."

"Eu perguntei isso a você? Não, não perguntei isso. Pode ser que você ache que está grande o bastante pra falar assim com eles", ela inclinou o queixo na direção do quarto no segundo andar. "Só que aqui, você está falando comigo. Não vá se confundir."

"Vó..." Ele enganchou os polegares nos bolsos de trás da calça e meio que se balançou como se fosse um menino se preparando para contar uma piada na catequese, flertando com a ideia, flertando com a plateia. Não foi bem uma risada, só o suficiente para alertá-la. Ela segurou bem a parte grossa do galho. Conseguia ver a insolência se aproximando.

"O que você quer dizer para a sua avó?"

"Pare de dizer 'lá em cima'. Eles não estão lá em cima. Eles estão na cabana." E então ele riu mesmo, virando-se só um pouquinho, o bastante para desviar a cabeça, de forma que ninguém pudesse acusá-lo de estar rindo na cara dela.

"Você se acha engraçado rindo da sua avó. Vai rindo", ela o censurou, se aproximando enquanto Sonny estava com a cabeça virada. "Acha mesmo que não sei do que está rindo? Pensa que não sei que você espia as mulheres quando elas vêm usar a sauna? Você acha que estou aqui todos esses anos e não sei a diferença entre um garoto nos arbustos e um passarinho? Acredita de verdade que não sinto vergonha de saber o que se tornou nesse ano perdido? Você precisa dar uma olhada à sua volta, pequeno Spencer. O quanto outras pessoas podem fazer por você. Entende o que estou dizendo?"

Ele estava se inclinando para o lado. Ela achou que o neto podia estar caindo. Contudo ele estava só se inclinando para cuspir pela falha entre os dentes. Ela queria machucar o menino. Ao endireitar seu corpo, a encarou enquanto fazia uma espécie de careta elástica, para assumir uma expressão de cachorro triste, como se tivesse sido repreendido o suficiente. No entanto, durante todo o tempo, tentava escapar por um buraco na cerca e ir embora.

"Você nunca foi uma criança falsa", ela disse. "Todavia está ficando menor a cada dia. E você precisa ver isso, Sundiata, pois pode ser que daqui a pouco seja chamado a fazer algo grande que exige o tipo de coragem que deixou pessoas estranhas jogarem fora em algum lugar."

Ele ergueu os ombros e os deixou erguidos. "Não sei o que vocês todos querem de mim", ele disse, a voz vacilando entre a decisão de se queixar e a de jogar duro. Cruzou as pernas na altura dos tornozelos e fez um movimento de gangorra por um tempo. Depois fez uma cara de quem ouviu que a reunião foi adiada e que já pode ir para a cama.

"Sundiata."

"Sim, senhora."

"Como é?"

"Eu disse..."

"Eu ouvi o que você disse. E não me lembro de você falar 'sim senhora' muitas vezes, e eu o conheço desde quando você ainda não tinha nome. Não seja um menino burro, ainda mais comigo aqui com esse galho na mão. Não tem como saber o que uma pobre velhinha louca e senil vai fazer a esta hora da manhã, porque a tristeza pode levar uma pessoa a fazer coisas malucas. Sabia?" Ela deu a entender com os olhos que ele também estava de luto, de luto por ele mesmo, pela perda de si mesmo. Porém ela conseguia ver pelo modo como a olhava que ele estava indo por outro caminho.

"Desculpa, vó. Não tive chance de lhe dizer nada antes, mas lamento que tenha perdido o vô."

"Não fui eu que o perdi, querido. Foram os médicos. Foi o que me disseram. 'Nós o perdemos durante a cirurgia.' Não é uma coisa fácil para se dizer a alguém a respeito de uma outra pessoa? Como se fosse uma caixinha de fósforos em que tivessem anotado um número de telefone, e depois jogado junto dos copinhos de café na sala dos médicos. 'Nós o perdemos durante a cirurgia.' Não é uma coisa difícil de se ouvir depois de todo o resto, meu neto?"

Ele jogou o peso do corpo para a outra perna e olhou os próprios sapatos. Depois olhou os pés descalços dela e deu uma olhada nas pedras da estrada. Ela manteve os pés onde estavam, porém a parte superior de seu corpo avançou, rente à cerca.

"Lamento que o vô Williams tenha morrido. Também sinto saudades dele."

"Pra mim parece conversa fiada, meu filho. Você não gostava muito dele."

"Gostava sim. Às vezes. Mas ele era meio rigoroso."

"Rigoroso."

"Meio malvado. Quero dizer, estava fazendo coisas o tempo todo. Lembro de uma vez que ele a fez se levantar da cama pra pegar um copo de água pra ele. Ele estava lá na cozinha, eu ouvi, porque dormia no sofá. O vô ficou gritando pra você ir pegar um copo de água pra ele. E a casa estava fria. Eu me cobria com as duas colchas. Mas ele a atormentou até você se levantar. Ele fazia dessas o tempo todo."

"Muito bem. Fico feliz de saber que você estava preocupado com o meu bem-estar, meu neto. O que você achava de tudo isso, de eu ser casada com um homem mau e tudo mais?"

As mãos dele conversaram entre si por um momento enquanto ele balançava a cabeça para cima e para baixo. "Não sei. Por que a gente precisa ficar aqui parado no jardim? Está esfriando. Você não está com frio sem o roupão?"

"Você achou que eu era uma tola?"

"Nada, vó."

"Claro que achava. Uma trouxa, como vocês dizem. Ele também pensava isso, sabe. Mas quem foi que tombou, eu ou ele?"

Seus olhos se arregalaram por um minuto e depois ele deu uma risadinha, soando igualzinho ao pai. Entretanto, quando notou que ela não estava rindo, parou, avaliando a avó em busca de um sinal que mostrasse como deveria agir. O rosto dela se aproximou mais um pouco, e ele, genioso, não recuou.

Então o cone verde se arqueou acima da orelha dele e a parte grossa do galho estava encostada em seu peito, o punho dela uma bola de calor no plexo solar dele. Ela sentiu que ele ficou alerta.

"Sabe de uma coisa, meu amor?" Ela estava perto o suficiente para sentir o cheiro dele. Cheirava a baunilha, por causa da fava que ela colocou na gaveta de cuecas dele, misturada com o almíscar dos adolescentes. "Eu o amava", ela disse em voz baixa. "Ele era malvado, mas eu o amava mesmo assim. Por que impor condições? A maioria das pessoas sabe que não vale nada. Isso não quer dizer que não sejam dignas. Ser digno nem é o ponto — o ponto é: você consegue aguentar? Consegue aguentar uma montanha de amor? Precisa coragem."

Ele sorriu cheio de dentes. "Você está falando umas coisas esquisitas." E com o pretexto de coçar o pescoço e de sacudir a cabeça diante das ideias dela, afastou o galho. "Eu nem sei por que a gente está aqui fora conversando."

"Claro que sabe, Sundiata."

Ele se aproximou da avó, e então os grilos pararam de repente. O hálito dele fazia esvoaçar o plissado do corpete dela. Ele estava perto o suficiente para que ela o pegasse, batesse, mordesse. Ele deu um passo atrás e olhou para a avó.

"O seu cheiro é igual o dele", disse.

"Terei o cheiro do vô Williams por muito tempo", ela concordou, depois parou para repreender a si mesma. Talvez ele estivesse pensando no cheiro de outra pessoa. As narinas dele estavam dilatadas, a cabeça inclinada para trás. Ela também sentiu o cheiro do ar. Cheirava a chuva. Esperou para ver se o neto falaria de outro "ele".

Sonny deu mais um passo, afastando-se dela. "Eu sei que, quando as pessoas vivem juntas por muito tempo, começam a ficar parecidas."

"E ficam com o cheiro do outro também, porque estão trocando fluidos. Quando você chegar em Brunswick, peça para a prima Sonia lhe contar." Ela seguiu o olhar dele até a limusine. Ele estava fazendo que sim com a cabeça, um aluno consciencioso, pronto para fazer a tarefa imediatamente.

O céu estava deslizando do índigo em direção ao azul-garrafa. O canto dos pássaros ainda soava fraco. Ela conseguia ouvir a risada gutural da filha, vindo da cabana, viajando na brisa que cheirava a abeto úmido e madeira queimada. Ouvia o riso baixo e estrondoso do genro. O som deles fez com que ela se acalmasse, até que pegou o neto olhando para as pálpebras dela se fechando.

"Estou exausta, Sundiata. Então me diga, a gente vai fazer esse caminho junto, você e eu?"

"Me deixa, vó. Não estou entendendo nada."

"Tem muita coisa que você ainda precisa entender. Porém, em vez de medir a distância entre a sua compreensão de menino pequeno e a sua sabedoria de menino grande, você está aí bolando um jeito de se livrar de mim. Sim, você está, sim. Entende tão pouco as coisas que acha que pode se livrar da carne da sua carne e do sangue do seu sangue. Bom, não tem como fazer isso, Sundiata. É uma lei da vida. No entanto você ainda é novo demais pra aprender isso, então olhe o que precisa aprender." Ela deu um passo para o lado e golpeou a cerca com a vara.

"Se você se mexer daí, o preço vai ser infernal. Esse lugarzinho em que está parado, tramando com a sua compreensão de menino pequeno, fique bem aí. Porque, se correr, darei com essa chibata em você por essa estrada afora até você chegar aonde pretende se jogar no lixo, como se essa família não tivesse nada melhor pra fazer com seu amor do que criar lixo e luto. Agora me escute, porque se você não se importa, eu não me importo."

"Se importa, sim", ele disse. O sorriso dele era tão torto quanto o abraço que ofereceu, os braços cada vez mais desnivelados, à medida que se afastava dela.

Ela segurou o galho na frente dele para que o neto pudesse analisá-lo e para que pudesse ver que o braço dela estava à altura da tarefa.

"Vou arrancar a sua pele na Randall Road, estou avisando. Porque dessa vez estou escolhendo ela, não você. Você passou por isso, eu sei. No entanto não tenho como pensar nisso agora. Você tem como se reerguer. Mas a minha menina, entende, não acho que ela aguenta se você for embora, e ela é minha filha. Entendeu o que quero dizer?"

Ela deu uma olhada na estrada e conseguiu sentir o menino se preparando para o salto. Ela sabia exatamente como ele tentaria. A mão no poste vertical, os joelhos jovens atirando o corpo por cima do tronco. Ela presenciou as muitas vezes que Sonny tentou fazer isso.

"Seria uma viagem sofrida, não estou de brincadeira. Não estou tão cansada nem sou tão velha assim."

Ela se sentia preparada quando ele agiu. Porém não estava preparada para o que ele fez. A súbita solidez do neto contra ela a fez soltar o galho. Ele se atirou todo nela em uma torrente de palavras que tirou o ar dos pulmões da avó. Ele se xingou, falou coisas sobre si mesmo que tinha guardado sabe Deus onde e que agora queimavam o plissado do corpete dela. E a única coisa que ela pôde fazer foi respirar e se conter e proclamar o amor pela família. Por mais que as palavras pesadas doessem ao se fincar no esterno dela, os soluços dele estremecendo até sua coluna, parte dela achava que aquilo era uma farsa. Uma parte dela queria bater no menino com os punhos até ele cair no chão, depois arrastá-lo para a estrada pela nuca e dizer então vá, vá, vá. Mas a melhor parte dela o apertou num abraço enquanto rezava por uma chuva longa, agressiva, implacável.

PARTE VII
OSSOS NO TELHADO

TONI CADE BAMBARA
CRIANÇAS DE ATLANTA

Quinta-feira, 29 de outubro de 1981

Papéis de doce de melado laranja-grudento e preto-pegajoso voavam pela janela do ônibus escolar. Ao lado do ônibus, uma menina com calças amarrotadas e bigodinhos de gato pedalava uma bicicleta enfeitada com calotas de papel crepom e bandeirolas no guidão. As crianças no ônibus escolar, voltando atrasadas do planetário, crivavam a menina com balinhas de menta, procuravam no céu o Cão Maior, depois se sentavam novamente em seus lugares para ligar os pontos do cinturão de Órion ou para desenhar com os dedos, em janelas embaçadas pelo hálito, os instrumentos que medem os ventos, as marés e as estrelas.

Os amigos de Kofi, rabugentos, olhavam pelas janelas querendo estar no Sea World de Orlando, como tinham votado em setembro, metade da sala ansiosa para ver os golfinhos passando velozes em patins. Kofi, que manteve silêncio sobre seu desejo, ajustou o capacete enquanto entrava na cabine no Centro Espacial Huntsville, no Alabama, uma sugestão que recebeu doze votos na eleição da turma. Porém todos os anos a mesma eleição de mentirinha era seguida pelo bom e velho passeio ao planetário que em outros tempos ele adorava. Decepcionado, olhava pela janela do ônibus em busca de alienígenas.

Pois tinha chegado novamente aquela época em que as portas se abriam a vampiros, bucaneiros e marcianos que vinham buscar seu butim. Adultos também se fantasiavam e fingiam arfar de terror. Uma faca de borracha, uma pistola de água, mãos para cima, a casa ou a vida. A própria máscara um sinal de inofensividade, dessa vez. As autoridades haviam apagado o terror dos meses anteriores ao plantar a equação "não há mais lista" é igual a "não há mais assassinados" na mente da população, o silêncio oficial sobre os novos homicídios tão pleno de perigo quanto as conversas balbuciadas quando todas as casas de Atlanta eram assombradas e todo mundo era suspeito. A memória estava sendo suprimida pelo apagamento oficial e, simultaneamente, o cinza se assentava sobre a cidade.

Mariposas cinzentas mortas, amontoadas na pá de lixo, na sala acima da livraria, onde o Comitê de Investigação planejava se reunir. Tufos cinzentos de cabelos no chão da barbearia, onde Preener e o Homem da Bíblia se preparavam para ir encontrar os outros. Poeira e fibras cinzentas se aglomeravam no saco do aspirador na sede, onde Dowell lia os relatórios sobre as buscas realizadas pela polícia na casa da família Williams: closets revistados, o ático revirado, cortinas e carpetes destruídos, o gramado pisoteado e destruído, a vida totalmente interrompida para mais uma família enquanto o resto dos cidadãos norte-americanos eram incitados a retornar ao esquecimento, ao cinza tranquilo, como depois de uma guerra infernal.

Tinha chegado outra vez aquela época em que caminhões de som troavam pelos bairros. Andy Young concorrendo para prefeita. A deputada Mildred Glover também era candidata e se interessava cada vez mais pelo caso e pelo julgamento iminente. O ex-comissário de Segurança Pública, Reggie Eaves, era o único candidato falando sobre segurança pública; as pessoas simplesmente ignoravam tudo. Maynard Jackson sendo repreendido por chamar os apoiadores pretos de Sidney Marcus de "submissos" e por falar sobre raça, um assunto morto, na campanha. O caso dos Desaparecidos e Assassinados sendo puxado para fora do cinza, porém apenas para ressaltar que o suspeito era preto. Exceto pelo fato de que no jornal que Spencer lia sob a luz vermelha, falava-se em "assassino", "assassino louco", "assassino de crianças", "assassino múltiplo", "demônio", "assassino em série", "besta", não "suspeito".

Spence dobrou a página em que Leah e o Orador apareciam em uma multidão protestando contra uma força expedicionária que exibia os músculos para incentivar os inimigos da liberdade na América Central e no Caribe. A Operação Âmbar, lançada a partir de uma base em Porto Rico, era objeto de protestos por parte dos governos de Nicarágua, Cuba, Granada, e dos defensores da independência em Porto Rico, em manifestações que iam de Atlanta a Orlando. Não sabia explicar por que sentia existir uma conexão entre a Operação Âmbar, a 6 Star, a explosão em Bowen Homes, os Desaparecidos e Assassinados. Ele largou outra página em que o conhecido de Teo e Sue Ellen aparecia numa foto do Dia de Valorização da Polícia. Depois passou para a continuação da primeira página comentando a iminência do julgamento, matéria que iria recortar agora que Zala deixou de fazer seu clipping de notícias e já não se interessava em falar do caso.

O julgamento, que devia ter começado antes do Halloween, foi remarcado para o final de dezembro. As pessoas citadas nas matérias nunca concordavam em relação ao número de acusações: o assassinato de 28 ou 29 pessoas; ou dois dos 28; ou dois adultos com dez, talvez doze, talvez catorze outros casos anexados. Contudo o acusado era um homem preto. Não era a KKK, mas sim um preto, não era um branco louco ou uma maçã podre no cesto da polícia, mas sim um preto. No semáforo seguinte, Spence continuou lendo, os jornais ligando os nomes de Wayne Bertram Williams e de Marcus Wayne Chenault para fazer mais insinuações de que homens de pele preta eram a ameaça perigosa para a comunidade preta. A menção a Chenault, assassino da mãe de Martin Luther King três anos antes, era justificada várias linhas depois pela lembrança de que o último caso de homicídio levado pelo procurador Slaton a júri foi o de Chenault.

O carro atrás de Spence buzinou. Ele estava tentando se lembrar dos boatos de culto na época da prisão de Chenault. Poderia ser o mesmo que apareceu no depoimento de Innis-McGill e que as autoridades desprezaram e que a imprensa ignorou desde então?

A ligação entre dois homens pretos que compartilhavam mais do que o nome Wayne chamou a atenção de Sonny enquanto ele passava os olhos pelos jornais. Sem interesse nos chapéus de três bicos ou nas máscaras de papel machê ou na fantasia que a sua prima Gloria usou ao sair pela porta, ele olhava a seção de acontecimentos-da-semana. Haveria um baile de Halloween no centro comunitário depois da Feira de Profissões. Ele parou por não mais do que um minuto ao reconhecer dois dos amigos de seus pais no jornal. Ela não iria se importar com isso. A única coisa que fazia era observá-lo e encher a casa de armadilhas quando achava que Sonny não estava vendo. Ele viu a mãe colocar pedacinhos de papel na porta ou deixar um palito de fósforo no chão. Ela o atormentava o tempo todo sem chegar de fato a lhe perguntar algo.

Kenti jogou a borracha úmida no peitoril da janela e voltou para o quadro-negro. Marva ficou na janela para ver três crianças do ginasial perto de Gordon, que iria fechar antes mesmo de ela conseguir sair do primário. Os três estavam tirando a espuma do estofamento da namoradeira da varanda e jogando as almofadas pelo quintal inteiro. Quando saíram correndo do quintal, ela foi até o quadro-negro onde estava a amiga.

Kenti gostava de lavar quadros-negros. Mais até do que de apagar os números e as letras, gostava de ver a lousa secar. Secava como o céu, a umidade desaparecendo como nuvens que seguiam à deriva. O quadro inteiro ficava outra vez claro e uniforme. Com Marva parada ao seu lado, Kenti não se sentia sozinha como em casa. Elas compararam suas alturas, erguendo os ombros, trapaceando e rindo. Depois saíram correndo e jogaram os braços para o alto ao chegar no quadro-negro, tão limpo que queriam abraçá-lo.

Do outro lado da rua, no centro comunitário, as pessoas gritavam oi umas para as outras. Adultos carregavam pastas sanfonadas como a que estava pegando pó em cima da mesa da TV na casa de Kenti. Havia ônibus e mais ônibus de crianças pequenas. Crianças do ensino médio e universitários vinham a pé. Nem Kenti nem Marva queriam ir até lá, porque algum adulto iria pegar no queixo delas e dizer como elas eram bonitinhas, dá vontade de morder você, dá vontade de pegar e levar pra casa. Cada criança estava esperando que o pai levasse a fantasia que ela usaria no programa. Elas davam as mãos e olhavam para a janela, um dos lados do mastro ficando escuro, o lado que estava virado para a luz parecendo besuntado. Elas se olhavam esperando para ver quem seria a primeira a dizer. Vamos lavar o quadro-negro de novo, porque quando estava cinza a lousa não era tão bonita como quando estava preta e brilhando.

"Vocês acham que os assassinos estão atrás de vocês?" As contas aveludadas em torno da borda do chapéu de gaúcho de Andrew balançavam quando ele desviou o rosto de Kofi para fazer uma careta para o motorista. Andrew empurrou Kwame no corredor, os dois fizeram o melhor possível para cair em cima dos colegas de turma quicando sobre os assentos, enquanto o ônibus escolar ribombava sobre os trilhos do trem. Eles tiravam sarro do motorista, um esquisitão. Não havia paradas, embora ele tivesse dito que iriam passar bem em frente à casa de Kofi.

A nave de Kofi mergulhou no ar e ele segurou os controles. A espaçonave estava chacoalhando e desmanchando. Com a nave destroçada e viajando por território alienígena em seu traje espacial, será que conseguiria ler os objetos celestes o suficiente para se orientar e chegar ao Hospital Grady em segurança? E se, sacudido e cambaleando pela estrada, não conseguisse achar o caminho para um hospital, como Sonny tinha feito? O trem estava passando, a pele metálica suave de um tanque de armazenamento rotulada como "Propulsor" parecendo uma nave inimiga.

"Aaaaarghrghhh."

Kwame e Andrew se empilharam sobre ele, e o irmãozinho menor de Bestor Brooks liderou o ataque do fundo do ônibus. Kofi estava encurralado no centro mental destroçado, com mais problemas na sala do motor.

A seta branca quebrada na foto do jornal que sua mãe pusera no diário mostrava até onde o trem havia arrastado o carro após a colisão. Um punho de ferro esmagara a frente do carro. O teto desabara sobre o para-brisa. As laterais amassaram, e o banco dianteiro foi totalmente destruído e jogado no chão. Duas rodas saíram do carro. Uma ficara ao lado do carro em meio a minúsculos pontos brancos que eram vidro quebrado. A outra foi parar no lado oposto dos trilhos, pedaços de borracha para todo lado. Junto ao contorno branco de alguém que já estava morto ao ser levado embora, havia um sapato. Não era do Sonny. Ele estava no chão do banco traseiro e havia escapado.

"Vai mais pra lá, Kofi." Andrew abriu a janela e o vento levantou o dever de casa e as fantasias de papel da Woolworth.

As crianças estavam gritando, o motorista do ônibus também, e Kofi estava tentando lembrar quantos nomes. Sete. Dois do carro, cinco do trem. Era isso que dizia o jornal que a mamãe tinha pegado discretamente da biblioteca. Bem como o Sonny tinha contado para eles, exceto pelo fato que ele errou o dia e o lugar, e disse que havia três homens no carro, um dirigindo e dois no banco traseiro o segurando no chão. "Nunca tinha visto um cadáver antes", ele falou, deixando cair a calda, e, antes que Kofi conseguisse se recuperar do modo como Sonny disse aquilo, Kenti tinha pegado a última fatia de rabanada para ela.

Sonny puxou a manta para cima do ombro direito e Zala prendeu os dois lados, sentindo o cheiro de Noxzema no pescoço dele quando se abaixou para cortar o fio com os dentes. Ele recuou até ser parado pela mesa. A TV sacudiu e o Dossiê do Café caiu. Ela saiu da frente para que ele pudesse se ver no espelho. Ele ficou de pé com a espinha ereta e segurou o bastão longe do corpo.

"Eu devia raspar a cabeça", ele disse. "Igual o Lafayette. Seria massa, hein?" Ele não lembrava o que tinha em mente no começo quando a tia Paulette lhe deu a manta, porém, quando colocou aquilo em torno do corpo e ela começou a chamá-lo de Profeta, foi o que bastou.

Ele olhou para os pés com sandálias. "Como ficaria de meia?" Já estava ventando lá fora. E depois da feira de profissões e do baile de Halloween, podia ficar frio de verdade. "Mãe, se eu fosse de meia, iria ficar muito ridículo?"

Zala empilhou as almofadas na parte de trás do sofá para impedir a vista da janela. Holofotes poderosos haviam brilhado na casa deles na primeira semana depois da volta a Atlanta, basicamente jornalistas de fora da cidade cobrindo a manifestação de 9 de setembro, e os curiosos, para ver quão perto do fogo os Spencer tinham chegado.

"Vamos, Sonny."

"Mãe, meus pés."

"Olha pra mim — olha pra mim — olhapramim! Meias. Tá, ponha meias."

O mesmo Cadillac Seville estava passando pela casa. O dono da casa, parecia. Sem lugar para estacionar. Os Robinson estavam dando uma festa de Halloween para o grupo de escoteiras da neta. O Cão Bravo, acorrentado no jardim, latia; o Seville seguiu em frente. Zala queria pedir um fogão novo. Contudo até agora os consertos tinham funcionado. Era melhor encontrar outra casa, de todo modo. Paulette não tinha decidido se iria vender ou alugar a casa depois que casou. Mas os pensionistas dela tinham recebido um aviso de despejo. Zala pensou no segundo andar espaçoso com seu jardim de inverno.

"Vamos, eu disse."

Sonny se sentou na cadeira, tirou a pasta com o Dossiê do Café do caminho, e alisou as meias com o punho. "Alguém devia matar esse cachorro."

Um esqueleto, uma vaqueira e um garoto com enchimentos sob o moletom verde, calças jeans rasgadas e uma peruca toda desmazelada andavam pela calçada, o Cão Bravo ofegante, porém quieto quando eles tocaram a campainha. As sacolas de compras estavam pesadas. A sra. Robinson colocou caixas de biscoitos de cachorro e eles saíram correndo, pulando de lado quando o cachorro puxou a corrente. Eles deram o fora com seu butim — para o centro de inspeção da vizinhança onde fariam uma radiografia do que conseguiram, Zala imaginou. No entanto o que a máquina poderia detectar além de navalhas? Veneno não era parte do padrão. Entretanto, por outro lado, depois das audiências que antecediam o julgamento, "padrão" passou a se referir apenas a fibras. Não que alguém ainda falasse do caso. A cidade havia voluntariamente aceitado como lei o silêncio imposto pelo juiz Cooper, e ela não estava nem aí.

"Vamos, Sonny." Lançou a jaqueta dele para o outro lado da sala.

Sem pressa, ele virou a jaqueta do avesso. O plano dele era usar o lado brilhante para fora. Tinha alertado Kofi quanto ao blusão da escola e alertou Kenti da presilha de cabelo que ela ganhou de aniversário da vó Cora e que tinha o nome dela. Discutiu tão exaltado com o treinador a respeito do casaco de Educação Física que sua mãe recebeu uma ligação da escola recomendando um psicólogo. Mas ele tinha razão. Usar o seu nome à vista de estranhos era estúpido.

Ele se abaixou e afivelou as sandálias. Ela ficou se perguntando se ele sabia e estava adiando. No começo, não botou muita fé nas descrições dele. Porém, quando falou com a ex-diretora da escola, uma mulher que tinha se voluntariado em maio e uma amiga que recomendou para um programa de reuniões se encaixaram nas descrições.

"Pode ir na frente, mãe. A festa só vai começar depois que vocês, adultos, saírem mesmo."

"A gente vai junto. Não iria fazer mal se você descobrisse alguma coisa sobre bolsas pra faculdade, Sonny."

"Mas eu vou pro Exército, mãe." Ele olhou para ela com um sorriso irônico.

"Nem comece", ela disse.

Ele ficou em pé, ainda rindo. "Pode ir. Não vou fugir."

"Estou cansada. É tarde. Vamos."

"Tentei vir pra casa, sabe. Tentei mesmo."

"Eu sei. Pegue as suas chaves."

"Você está braba porque acha que eu não queria voltar."

"Não estou braba com você, Sonny."

"Está, sim. Dá pra ver."

Ela se sentou no braço do sofá, percebendo que ele precisava passar de novo por aquilo. Cinco minutos, não mais do que isso. As botas, há tanto tempo perto da porta que ela já nem notava, caíram quando ela balançou a perna. Aquelas botas estúpidas, que ele herdou do antigo dono de seu armário na escola, tinham crescido tanto em importância quando não tinham importância nenhuma.

"Não estava indo a lugar nenhum. Só estava irritado."

"Eu sei", ela disse.

O carro, um Toyota Tercel branco, tinha encostado no meio-fio, ao lado de Sonny. A motorista o chamara de "Sonny" ou alguma coisa parecida. Ele começara a andar um pouco mais rápido para alcançar o carro e dizer oi. O carro tinha parado dois metros adiante, no posto de gasolina na Mayson Turner. Ela havia descido. Vestido marrom de tricô, óculos chamativos, pele cor de oliva, cabelos pretos ondulados, presos por uma tiara de casco de tartaruga. Batera com as juntas dos dedos no teto do carro e lhe dissera algo, com uma fala suave. Ele precisou se inclinar para a frente e se concentrar para ouvir. Achara já ter visto o carro no estacionamento da escola, estacionado ao lado do BMW azul do diretor. Mas aí ela chegou a dizer alguma coisa relacionada a passar no clube, e por isso ele passara a imaginar o carro naquele estacionamento, parado perto do ônibus. Então primeiro a associou com o diretor do Clube dos Meninos, depois com um dos diretores.

"Parecia que ela me conhecia. Achei que conhecia mesmo."

"Sei como é isso", Zala olhou para o relógio. "Você estava sendo educado. Achou que a qualquer momento iria se lembrar do nome dela."

"Aí a porta, sabe, a outra porta, do meu lado, meio que..."

"Abriu."

"É. Eu devia ter me tocado. Não tinha visto mais ninguém, só ela, e a mão dela estava no teto do carro. Ela continuava batendo com as juntas no teto do carro, conversando comigo."

"Pra prender sua atenção, Sonny, pra que você não ficasse se perguntando muito quem estava no carro com ela, quem abriu a porta."

"Mas eu devia saber. Você sempre disse pra prestar atenção e não aceitar carona."

"Claro, Sonny. Mas eles o enganaram. Você entrou porque não queria ser grosso, não porque foi burro."

"Eu estava irritado, não esqueça."

"Sim, você estava bravo comigo."

"Aí entrei."

"Não foi por isso que você entrou. Você entrou porque aqueles dois eram espertos e o enganaram."

"É, mas..."

"Eles o enganaram. Foi por isso que você entrou. Você não estava procurando encrenca. Ficar bravo com a sua mãe não faz você ser uma pessoa ruim. Eles o enganaram."

"É. Eles me enganaram. Eles me enganaram."

Ela se levantou. Ele não. Ele ficou olhando fixo para a frente. Ela havia pendurado o pôster africano na parede. A zebra no primeiríssimo plano estava com a cabeça virada para a manada de gazelas. O olho na lateral da cabeça da zebra brilhava. Animais com olhos nas laterais têm um campo de visão grande. O pássaro no baobá tinha os olhos na frente. Criaturas com olhos na frente precisam mantê-los abertos ou serão comidas.

"Está na hora", ela disse. Sonny não estava olhando para o pôster. Estava inclinando a cadeira para a frente, estava dentro do carro. Ela voltou a se sentar.

Ao recomeçar, provavelmente iria se concentrar no sujeito no banco de trás, que lhe disse para não se mexer, não gritar, e que ficasse com os olhos fixos no chão, ou iria estourar os miolos dele. A mulher repreendendo o homem, rindo e falando, agradável e amistosa, trocando as marchas enquanto Sonny via os pés dela, memorizando as joias e os sapatos, a mala de couro marrom, os arabescos pretos nas laterais e nos dedos, a costura com uma linha marrom, as meias-calças escuras, que se enrugavam quando pisava nos pedais. Ela cheirava a perfume caro. Ela disse a Sonny que o amigo dela era um tipo meio curioso, que não era para prestar atenção nele. Dali a um minuto ela deixaria o sujeito e depois levaria Sonny aonde ele quisesse. Ele conseguiu manter a cabeça baixa, mas erguendo os olhos o suficiente para ver por quais ruas estavam passando, acelerando pelas descidas e subidas por onde passava de bicicleta, arremessando jornais.

Às vezes, se estava cansado, ele pulava a parte da carona e ia direto à parte da rodovia I-20 oeste, passando Hightower, depois mudando de faixas, para a esquerda, para sair na 285 norte e entrando no distrito de Cobb. Quando começou a ver placas de Smyrna, ele ficou realmente assustado. Sonny não conhecia ninguém ao norte de Bankhead, e a essa altura estava claro que a mulher de óculos estilosos e o sujeito que cuspia quando falava não eram seus amigos e que ele estava com problemas.

"Eles tocaram aquelas fitas", Sonny continuou, pondo a mão nos degraus da escada para mostrar onde o toca-fitas estava. Sua mão recuou e ele fechou os olhos.

"Claro", Zala disse. "E eles riram das partes pesadas e tentaram fazer você rir também."

"Mas eu ri mesmo."

"Porque você estava assustado. Você queria desarmar os dois, manter os dois amistosos."

"Eu ri e aí ele me chamou... ficou me chamando de todo tipo de coisa."

"Esse era o plano. Eles o enganaram, o fizeram rir pra fazê-lo sentir-se nojento. Ficar com a impressão de que merecia qualquer coisa que lhe acontecesse, por ser nojento."

"Ele continuou. Mas ela disse pra não prestar atenção nele. Ela estava tentando fazer o cara calar a boca."

"Não, não estava. Eles são cúmplices. Dois contra um. Dois adultos contra uma criança. Ele assustava e ela agia como se fosse amiga. Foi assim que eles planejaram. Pra deixar você sem chão. Um truque, Sonny."

"Eu sei, mas ela era..."

"Uma cretina sem coração, Sonny. Não seja burro. Foi ela que colocou você no carro, pra começo de conversa."

"É."

"Eles o enganaram, ele e ela. Os dois. Eles são amigos um do outro, não amigos seus. Você foi a vítima."

Ele mudou o ângulo da cabeça, como se para olhar a mulher que não era uma aliada. Ela disse que deixaria o sujeito na casa de um amigo, e que podia ser que eles entrassem por um minutinho, só um minutinho.

Teria uma festa e iriam exibir filmes, filmes adultos. E vendo como ele tinha gostado das fitas e como era um garoto maduro, que não era tolo nem ficava dando risadinhas como alguns meninos da idade dele, mas sim um garoto crescido e sensato, podia ser que ele fosse gostar de ver por um minuto, só por um minuto. E aí ela iria levar Sonny direto pra casa, se fosse isso que ele quisesse.

"Eu disse tudo bem, igual um panaca."

"Você estava fazendo o seu papel. Não tinha nada que você pudesse fazer que fosse funcionar melhor do que isso que fez. Você estava ganhando tempo, tentando achar uma chance de escapar."

"Estava torcendo que ela fosse cumprir a promessa."

"Totalmente natural. Você não é maluco. Você não conhece gente maluca, gente ruim, que engana, então você não tinha como pensar igual eles."

"Mas fui meio..." Ele beliscou a pele do próprio pescoço, e o pomo de adão desapareceu por um minuto. "Meio que queria ver... sabe, os filmes."

"Claro. Foi isso que eles planejaram. Isso não diz nada a seu respeito. Só diz alguma coisa acerca dessas pessoas, a Maisie e... Como era o nome dele?"

Ele continuava puxando a pele no pescoço. Ela se forçou a olhar. Ele estava tão desnutrido quando chegou ao hospital de Miami que a pele solta tinha afundado na cartilagem da garganta, bloqueando o esôfago. Eles tiveram que abrir com uma cirurgia para poderem alimentar o menino com um caldo.

"Pare com isso", ela disse.

Ele girou e bateu na mesa com o cotovelo. Quando ela se mexeu para consolá-lo, ele se afastou e abraçou o próprio braço.

"Eu ficava pensando que vocês iriam aparecer, você e o pai. Fiquei esperando irem me buscar. Mas não eram vocês. Não eram vocês."

Uma batida no coração dela, a polícia na porta. Sempre quando chegava perto dos nomes, Sonny acusava Zala e a Spence. Ocultamento e distração, as manobras gêmeas do engano. Qual será a ameaça que fizeram para ele? E como ele podia se curar do engano num lugar em que seus heróis e seus líderes também faziam o mesmo? Ocultamento. Distração. Atlanta escorrendo para o bueiro. O Comitê de Investigação e o PARE mantendo a fé, a solidariedade dos náufragos.

"Vocês não apareceram", ele repetiu.

Ela não mordeu a isca. Ele tinha dito para Spence como o mandaram atender a porta da casinha pré-fabricada de três peças na noite seguinte, quando os vizinhos se queixaram do barulho e do que parecia ser uma festa lasciva. Ele contou uma história para a polícia — não tinha farra nenhuma, era só uma festinha de aniversário. A mulher apareceu atrás dele para confirmar, para prometer que iria controlar o barulho das crianças.

"Eles nem entraram pra ver, mãe."

"Parece que a Maisie era bem convincente."

"Eles nem olharam em volta", ele disse.

A polícia que não checava, os pais que não vinham. Mas nenhuma palavra explicando por que lhe confiaram a tarefa de abrir a porta. Por que mandou a polícia embora com uma história. Por que não tinha saído correndo. Ele sabia a essa altura que as crianças seriam levadas pela manhã, mas não falou para a polícia.

"O que aconteceu com as outras crianças, Sonny?"

"Eu lhe disse, mãe. Não eram aquelas que você me mostrou. Não sei nada sobre as crianças que foram assassinadas."

"Sonny. Tem um homem na cadeia."

Ele bateu com os dedos na pasta. Mexeu na cordinha que fechava a pasta até abrir. Enfiou um dedo por um cantinho que estava gasto, e um clipe caiu dos papéis dela.

"Talvez seja melhor falar dessas coisas com o Mac no sábado."

"Sabia que você estava irritada. Dá pra ver. Você fica dizendo que não está, mas está sim."

"Estou irritada. E preocupada."

"Está preocupada comigo?"

Até parecia que ele tinha 4 anos de idade e viera à cama para sacudir a mãe. "Você está feliz comigo, mãe?" Ela estava feliz com ele. Não importavam as histórias que ele ouviu relacionadas a uma gravidez indesejada e quanto a mãe dele não terminar a escola a tempo, ela sempre esteve feliz com ele.

"Eu o amo, e você sempre me deixou feliz, Sonny."

Ele alisou os vincos na fantasia de profeta, olhou para as meias e sandálias, depois encolheu os ombros.

"Não sei nada sobre isso", ele bateu na pasta com as costas da mão.

Ela também não sabia. Já não sabia mais. O lugar usado para cerimônias, que a caravana de Innis havia encontrado em setembro, deveria ter reforçado a crença dela, contudo não foi o que aconteceu. A quantidade de dúvidas que tinha hoje era igual às do outono anterior. Hesitante porque depois de olhar para isso com frieza, não se importava mais com o caso das crianças. Era o caso do filho dela que precisava desvendar.

"Sonny, está na hora da gente ir."

"Ficava pensando que o pai ia arrombar a porta a qualquer minuto, e você... você. Mas vocês não apareceram."

"Lamento que a gente não soubesse onde você estava. A gente fez o melhor que pôde. E funcionou. Você está aqui."

"Não funcionou. Eles me bateram e vocês não apareceram."

"A gente apareceu. Você está aqui. Pare de dizer que a gente não apareceu. Não vou passar a vida pedindo desculpas porque nós não tínhamos ideia de onde você estava. Quando nós o encontramos, fomos imediatamente pegá-lo, Sonny."

"Vocês não me acharam. Eu fugi. Fugi sozinho."

"A gente tem que ir agora." Ela se levantou e abriu a porta.

"Sabia que você estava irritada."

"Venha."

Ele se levantou devagar, arrumou o cobertor, pegou a jaqueta e o bastão e andou até a porta como se fosse sair. Porém Sonny empurrou a porta levemente na direção dela para dar uma última olhada no espelho.

O centro comunitário era uma colmeia enlouquecida. Crianças pequenas vestiam fantasias no saguão. Pais corriam de um lado para outro pegando livretos e panfletos. Conselheiros vocacionais levavam estudantes em bandos para estandes da IBM, Dow, Polaroid e Union Carbide para ouvir como boas marcas, bom atendimento e boa conduta levavam a boas perspectivas na ciência e na indústria. Lâmpadas GE zumbiam no estande feito para os alunos colocarem a mão na massa. Nos corredores, membros da Associação de Pais e Mestres passavam um sermão nos pais por não se envolverem muito. Um dos pais encurralados protestava aos brados contra a decisão de levantar fundos para que as crianças ouvissem o *Messias*, de Handel, quando não havia qualquer planejamento para o Mês da História Preta.

Zala deixou Sonny para trás, com Bestor Brooks e a irmã dele, e abriu caminho pelos corredores num estado de espírito de buldogue. Das mesas sob a faixa CARREIRAS DE SERVIÇO COMUNITÁRIO, ela pegou um anúncio de oficinas de assistência legal gratuita e um folheto produzido pelas Mulheres em Defesa da Justiça Econômica. Ouviu uns poucos pais, membros da recém-formada Nova Liga da Justiça, comparando estratégias de organização para um partido independente.

Indo para um lado e para o outro nos corredores, para onde quer que Spence se virasse estavam falando no CPOR, nas Bolsas do Mérito

Nacional, nas escolas vocacionais, no seminário e no currículo de artes performativas. Ele abriu passagem em meio a um grupo que discutia um programa recente de TV sobre crianças que ficavam sozinhas em casa — que vergonha, mães que trabalham fora; graças a Deus que existem os avós — e desviou de uma nutricionista que explicava a importância de um bom café da manhã. Alcançou Zala, que deixou o treinador — que segurava no alto uma fita métrica como se fosse um troféu — lidar com o problema. Vinte adolescentes seguiram o técnico até o desafio da dança-por-dinheiro, encolhendo a barriga e contando as moedas enquanto corriam.

"Conseguiu ir ao banco?" Ela mal conseguia ouvir a própria voz em meio ao ruído.

"Da próxima vez vou usar uma máscara de esqui", Spence disse. "O que eles pagam é ridículo, Zala. Mas consegui umas ofertas."

Seguiram um sujeito que carregava um varão de pendurar cortina até o auditório. A banda estava se organizando no palco, e era só. Ela saiu para o corredor outra vez e ele foi atrás, acenando para Kofi e Kenti, que corriam na direção da lanchonete com os amigos.

"Aonde a gente está indo?"

"Carreiras na Ciência." Zala apontou para o corredor superior, onde representantes das cinco escolas especializadas na área entregavam panfletos.

"Vou pegar o material da Escola Benjamin Mayes para Kofi", Spence começou a dizer quando viu um dos amigos do juiz Webber. No estande das Carreiras Jurídicas, estava o advogado que trabalhou para o Programa de Auxílio às Vítimas na promotoria.

"Lembra do atirador que pegou um cara do escritório do FBI no verão, que fez reféns? Ele morava em frente à casa do meio-irmão da Middlebrook, um policial? Vou perguntar isso pra ela. Faz meses que isso não aparece no jornal. E claro que não existe ligação."

"Pergunte sobre o tio do Curtis Walker também, que foi assassinado lá em Bowen Homes. Isso também não saiu no jornal."

Zala atravessou uma aglomeração, eram pessoas que estavam indo para a sala das carreiras em química. A demonstração que ela queria ver aconteceria num estande mais à frente, perto do chafariz. A placa pendurada ao lado do painel dizia VIDRO. Ela entrou. Seis cadeiras dobráveis estavam montadas, duas mais duas mais duas. Outra cadeira estava na frente, perto da mesa. Um tecido de amianto estava jogado sobre a mesa; no chão, abaixo da mesa, havia um baú. Ela se sentou para esperar Maisie e o sujeito que tinha ameaçado estourar os miolos de seu filho.

Uma mulher entrou, esbarrando com uma caixa quadrada metálica nos joelhos de Zala.

"Desculpe."

"Design de vidros?"

"Começamos em cinco minutos." A voz era baixa, contida e tímida.

Zala não conseguia imaginar aquela mulher mudando de marcha com um vestido de tricô colado ao corpo e dizendo: "De vez em quando tem que usar o afogador". Essa era uma mulher amorfa dentro de um casaco marrom que parecia uma capa com pontos brancos e verdes. Os cabelos estavam escondidos sob uma boina verde-escura com uma haste no topo. Ela se sentou na cadeira perto da mesa e pôs a caixa sobre o braço. Quando Zala olhou para os sapatos Oxford dela, a mulher colocou os pés debaixo da cadeira. Depois ela botou a caixa no chão e tirou o casaco. De pele marrom-acinzentada, ela escondeu as mãos dentro das mangas sem forma da blusa. A saia xadrez azul-e-verde, assim como a boina, tinha mais a ver com uma escola católica do que com uma casinha pré-fabricada de três peças e filmes pornográficos. A mulher foi uma decepção. Ela se levantou para tirar as coisas de dentro da caixa e do baú e começou a alinhar as coisas sobre a mesa, montando as peças de um maçarico.

"Eu não a vi na Escola Herdon?"

"Eu?" Ela se virou ligeiramente na direção de Zala com um sorriso tímido. "Não, eu estudei na S. Agnes Scott."

"Quer que a ajude a tirar a blusa? Eles ligaram o aquecimento."

"Ah, não", ela segurou a blusa perto do corpo. "Estou sem nada por baixo."

Nem traço do perfume que Sonny mencionou. Zala observou a mulher alinhar os tubos de vidro, de tamanhos diferentes, depois acoplar algo que parecia uma bomba de inflar piscinas. Zala estava deixando a mulher nervosa.

"Eu conheço você de algum lugar", Zala insistiu. "Continuo achando que é de alguma escola. Você conhece a Maisie, ou Mazeen? Nunca lembro o nome dela direito. Ela é amiga do... hã..." Ela fez um gesto indicando o equipamento.

"O sr. Haynes?" A mulher deu de ombros. "Não sei. Sou nova aqui. Me indicaram para esse trabalho na agência de empregos. É só por duas semanas."

"Agência de empregos?"

"Da Atlanta Junior College. Será que não foi lá que você me viu? Trabalho na livraria deles."

"A mulher do sr. Haynes se chama Maisie?"

"Você pode perguntar pra ele." Ela olhou para o relógio no pulso. Kmart. Talvez Sears.

"Hoje em dia esse nome não é muito comum, né? Uma vez conheci uma enfermeira chamada Maisie, quando estava no jardim de infância."

Se ela for a Maisie, está de parabéns, Zala estava pensando quando escutou passos familiares atrás de si no corredor.

"Pra algumas pessoas", a advogada de Auxílio a Vítimas estava dizendo para Spence, "se não tem abajur de pele, não tem antissemitismo. Ou você mostra o corpo linchado ou para de falar de maus-tratos contra pessoas pretas." Ela arrastou uma das cadeiras dobráveis para fora da formação e se sentou.

"Mas as provas..."

"Provas? A não ser que você consiga colocar os assassinos no banco dos réus e eles confessem numa sessão pública, pode esquecer. Eles pegaram quem queriam."

"Então eles decidiram que vão condenar o Williams?"

"Exato. Os esforços da defesa para colocar outro..." Ela fez um zero com os dedos. "Nulos. O que está acontecendo aqui?"

A assistente estava prestes a responder, mas, em vez disso, se levantou. Zala se virou, mas perdeu a entrada do sujeito do vidro, Haynes, que chegou falando e distribuindo cartões de visita. Mais importante, perdeu qualquer olhar de reconhecimento que possa ter ocorrido entre ele e Sonny, que estava no corredor apontando Zala para Jonesy. Ela olhou para o cartão que Spence passou do outro lado do corredor — CHARLES A. HAYNES, ILUMINAÇÃO, LTDA., uma caixa postal em Decatur —, enquanto Jonesy falava para ela algo a respeito de um telefonema que tinha recebido de Dave.

"Por favor, formem um semicírculo", Haynes instruiu, fazendo um gesto para que os mais novos, aglomerados atrás de Zala, se sentassem no chão mais à frente, "porque já vamos começar."

Alto, magro, parecendo um dançarino em um macacão azul-celeste com muitos bolsos de zíper, Haynes não parecia o tipo de sujeito que ficaria agachado entre os bancos de um carro fazendo ameaças. Charmoso, tinha um cigarro com ponta dourada em uma das mãos, um maçarico na outra, e não cuspia ao falar. Ela se virou para Sonny enquanto o sujeito acendia o maçarico e passava instruções para o assistente desgrenhado.

Sonny estava parado no corredor, ao lado de Bestor, que usava roupa de pirata. Eles se apoiaram um no outro, olhando para dentro. Os braços cruzados diante do peito, tinham expressões de leve interesse. Estudantes mais velhos estavam atrás deles. Em algum lugar, Sonny tinha encontrado uma tira de couro com uma conchinha de búzio. Estava com a faixa em torno da cabeça, a concha no meio da testa. Zala analisava Haynes. Talvez com ascendência espanhola ou seminole, ou fruto de uma miscigenação da Louisiana, ele estava mais perto da descrição de Maisie. Ela ouviu sua voz com cuidado.

"Depois de ator de cinema", ele sorriu, "ser um artista que trabalha com vidro neon é o jeito mais rápido de fazer seu nome brilhar."

A plateia riu da piada enquanto ele pegava um par de luvas brancas cintilantes.

"As exigências para o trabalho são mínimas", ele continuou. "Habilidade para trabalhar com as mãos, e o desejo de manipular e moldar."

Seu ajudante segurou duas metades de um molde, peças que pareciam placas, com um buraco na ponta para inserir o vidro. Zala e Spence se olharam.

Falando com aqueles que estavam no chão, perto dele, Haynes continuou com uma voz suave de barítono. "Um designer de vidro pode ganhar entre 10 e 20 dólares por hora, dependendo do tipo de empresa em que trabalhe. Agências de publicidade, que fornecem placas para lojas e outras empresas, frequentemente contratam designers como eu. Acima de tudo, me considero um artista", disse. Pegou um dos tubos azuis e passou a mão sobre ele, afagando.

"Prefiro trabalhar para casas, junto a um decorador de interiores. Desenho objetos especiais para pendurar sobre o bar das pessoas. Normalmente o nome da pessoa." Ele exibiu um exemplo. "Porém, às vezes, nesse tipo de trabalho, você precisa ficar ao ar livre, para ter certeza de que o seu trabalho vai ser pendurado corretamente em um hotel ou um restaurante."

A advogada de Auxílio às Vítimas, entediada, levantou-se e passou se espremendo entre as pessoas que se aglomeravam no estande.

"É bom dizer que uma parte divertida do trabalho é brincar com fogo." Ele lançou um olhar malicioso, girou o tubo sobre as chamas, e as crianças riram. "Ah, vocês gostam de brincar com fogo?", perguntou para um dos colegas de classe de Kofi. "Você aplica calor para amolecer e depois poder moldar conforme deseje." Segurou o tubo na altura da boca e soprou, girando o vidro continuamente sobre as chamas. "Um pouco de ar quente para manter o jogo aberto. Não vamos querer tudo se desmanchando antes que a gente tenha se divertido, certo?"

"Nãããão", as crianças da frente responderam.

"Vocês podem fazer isso com a boca", explicou, "ou com um fole." Ele encaixou uma mangueira de borracha na boca do tubo, enquanto o ajudante apertava o fole.

"Com experiência", prosseguiu, escolhendo mais tubos, "você consegue lidar com vários ao mesmo tempo. Vai criando uma noção... quanto calor... para amolecer as coisas... quando soprar... e quando é hora de dobrar o vidro para onde você quiser. Vou precisar de um voluntário."

Mãos se ergueram. Mas Haynes continuou soprando e girando, fechando os olhos toda vez que punha a boca na abertura do tubo. Seus cílios pareciam longos e grossos demais para um homem. Zala vestiu Haynes com uma malha de seda, escarpins caros e uma tiara de casco de tartaruga. Os cabelos dele eram escuros e ondulados, a pele macia, os ombros estreitos. Ao encaixar os bastões de vidro no fole, ele olhou para trás, na direção de Sonny.

"Vamos precisar de um nome. E vamos precisar de alguns voluntários para moldar os tubos." Ele pegou um par de luvas e agitou no ar, ainda olhando para a parte de trás do estande.

"Valerie!"

Era Bestor Brooks fornecendo o nome, enquanto Sonny batia nas costas dele e tentava tapar sua boca com a mão. Mas três das crianças mais novas pularam e agarraram as luvas.

"'Val' serve bem para a nossa demonstração", Haynes ajudou um robô-voluntário a despir os papelões prateados que cobriam seus braços, para que pudesse dobrar o tubo rosa até lhe dar o formato de um V. A Cinderela torceu o tubo azul num L cursivo. Um gângster com suspensórios brancos torceu o tubo verde para formar um A cursivo.

Várias crianças contribuíram com grunhidos. Os estudantes mais velhos murmuravam a trilha sonora de *Superman: O Filme*, enquanto o garoto com a fantasia de robô brincava com a plateia. Houve uns poucos aplausos quando ele fez uma mesura e se sentou, assobios quando a Cinderela fez uma reverência, e batepão de pés quando o gângster desistiu de seu tubo e agitou a mão acima da cabeça.

"E agora nós vamos fundir os três", Haynes girou o bico do maçarico, direcionando a chama fina para os tubos moldados. O assistente permaneceu por perto, com um pote pegajoso cuja tampa, que tinha um pincel anexado, estava levantada. "Manipular é uma questão de saber quando aplicar calor e quando deixar as coisas esfriarem. É assim que você mantém o controle sobre o que está fazendo. Fazer, parar. É uma arte."

Pegou um tubo rosa e uma ferramenta com uma abertura a dez centímetros de uma das extremidades. "Só para deixar do tamanho certo", explicou. Do pote, tirou uma substância semelhante a lama, que foi pincelando, e direcionou a chama para a parte de baixo das letras que agora estavam sobre a mesa.

"Como aprendeu isso? Você teve que ir pra escola?"

"O melhor jeito de aprender essa arte é com um mestre. Existem livros que você pode ler, e você pode fazer cursos. Mas eu recomendaria encontrar alguém que o ensine a fazer. E essa é uma habilidade que você não precisa se preocupar que os robôs tomem seu lugar", sorriu. "Isso precisa do toque humano. Um toque especial." Pressionou a peça com a cola contra o fundo das letras, passou a chama no local por um segundo, depois desligou o maçarico.

"Tem que saber desenhar?"

"Você só tem que saber conquistar as pessoas. Se for capaz de atrair clientes", Haynes explicou, tirando as luvas, "vai se sair bem. O neon é o sinal dos tempos. As pessoas gostam de ver seus nomes nas luzes." Ele segurou o trabalho no ar. Dizia "Val" em letras cursivas com uma barra que corria por baixo, terminando em uma barbatana. Os aplausos foram sinceros.

"E é uma habilidade que você pode levar com você. Como dá para ver, é portátil." Ele chutou o baú e saiu andando na direção do corredor com a peça acabada.

"Pra onde o senhor viajou? Vai muito pra Smyrna, ou pra Flórida?"

Haynes parou perto da cadeira de Zala, olhou de um jeito curioso para ela, depois continuou andando, respondendo uma das perguntas que um pai fez sobre cores. "Eu trabalho com quarenta ou cinquenta cores diferentes. A maior parte das pessoas se limita a vinte. No entanto tenho vários ajudantes para preparar meus tons."

"Será que a Maisie é uma das suas ajudantes? Ou você prefere usar crianças?"

Spence se levantou junto a Zala. Ninguém mais pareceu achar as perguntas dela estranhas ou o tom de voz peculiar. A maior parte das pessoas estava soltando exclamações de admiração e se levantando para ver aonde Haynes estava indo. Bestor Brooks estava erguendo os braços para receber a peça, mas foi para Sonny que Haynes entregou como presente. Spence agiu rápido e segurou Zala pelo cinto do vestido.

"Onde você arranja seus ajudantes, sr. Haynes?", ela quase grunhiu.

"Voluntários. Como você pode ver", Haynes sorriu amistoso. As crianças já estavam correndo na direção dele, agitando os folhetos da Feira de Profissões sob o nariz dele para conseguir um autógrafo.

Kofi se juntou ao grupo que se aglomerava em torno ao designer de vidros. Ele não sabia se perguntava o título de um livro onde pudesse aprender ou se pedia o número de telefone do sujeito, mas não conseguia tirar os olhos das mãos do homem. Era como um mágico. Num minuto, estava com um cigarro de filtro dourado nas mãos, e aí aquilo desaparecia e ele estava destampando a caneta. A caneta tinha uma ponta de vidro igual à que ficava na gaveta da cômoda do vô Wesley.

"Que bonito", Kofi virou para dizer para Sonny, que estava curvado sobre a peça que tinha o nome de sua namorada, e o pai dele estava discutindo com a mãe a respeito de alguma coisa. Kofi foi para o outro lado, onde os meninos maiores estavam perguntando ao designer de vidros sobre aulas.

"Não comece com isso de novo, Zala."

Kofi ouviu isso. A frase o fez se encolher por dentro. Eles entrariam juntos em casa e ela iria parar todo mundo e dar uma bronca. Talvez tivesse um ruído de algo arranhando no telhado, contudo o motivo não era esse. Ela diria que tinha deixado a TV ligada, e agora estava desligada. Ou então que o pôster do circo ou a tela africana estava inclinada como se alguém tivesse esbarrado. Ou ainda que o livro dela estava aberto na página errada, apontando para as anotações que diziam página 40 e depois para o livro aberto nas páginas 32 e 33. Então faria o papai checar as janelas e as portas e diria que as fechaduras precisavam ser trocadas e ia pegar tirinhas de papel do chão e dizer que alguém tinha pisado nelas enquanto eles estavam fora. E aí ele iria dizer: "Não comece com isso de novo".

Kofi foi até o chafariz e deixou a água respingar no rosto. Ficou assustado pelo modo como seu pai disse aquilo. Era algo que também lhe dizia. Mas Kofi continuava escutando um ladrão na lateral da casa de noite. As rodas do latão de lixo se moviam. Buster, o gato, não era grande o suficiente para fazer aquilo. E se fosse um cachorro, um cachorro faria mais barulho. Aí ele ouvia alguém andando no telhado. Mas ficava assustado demais para se mexer ou chamar alguém. E aí o barulho ficava mais leve. No entanto, quando Sonny descia da parte de cima do beliche e sacudia Kofi para ele acordar, não tinha ninguém jogando gasolina na casa ou tentando abrir um buraco no telhado para jogar uma bomba lá dentro. Parou de contar para o pai essas coisas porque, se contasse, ele diria: "Não comece com isso de novo, Kofi".

Kofi viu a mãe sair e andar rápido pelo corredor com um dos meninos do tio Dave. Parecia que estava atrás do Sonny, porque ele estava correndo na frente. E agora o pai estava saindo sem ele, como se tivesse se esquecido completamente dele e da Kenti. Kofi se desviou dos alunos que estavam falando com o sujeito que moldava vidros e foi correndo atrás do pai.

"Fica perto, Kofi. Onde está a sua irmã?"

"Comendo. Ela está sempre comendo. Tentando crescer."

Kofi ajustou o capacete e checou os cintos que mantinham o tanque de oxigênio no lugar enquanto o pai ficou ali cofiando o bigode e suando.

"O que está acontecendo?" Kofi acompanhou o olhar do pai e se descobriu encarando o moldador de vidros, que olhou para eles, no corredor, por um momento, antes de lhes dar as costas e falar com os meninos grandes e alguns pais.

"Kofi, isso pode soar meio esquisito, mas você consegue imaginar aquele cara se passando por mulher?"

"O moldador de vidro? Ah, é?"

"Estou perguntando, você acha que ele seria capaz de convencê-lo de que era uma mulher?"

"Acho que sim. Quer dizer, ele não é muito musculoso nem nada."

"Você estava no fundo. Ficou com a impressão de que ele e o Sonny se conheciam?"

Kofi se concentrou. Quanto mais ele se forçava a lembrar de detalhes, mais pesado o tanque de oxigênio parecia em suas costas. "Acho que não estava prestando atenção." E ele estava suando também. O pai jogou a cabeça para trás e pôs as mãos sobre o peito como se estivesse tendo um infarto, por isso Kofi pensou mais um pouco. "Por que a gente não pergunta pro Sonny?" Mas, quando ele foi na direção do ginásio, o pai pôs a mão no capacete e fez com que Kofi parasse.

Nada de iluminação pública, nada de pontos de ônibus, nada de caixas de correio. O bairro também não tinha cores. Arbustos marrons da cor de camundongos, trechos de calçada da cor de armas de fogo.

"Quanto falta, Jonesy?"

"Estamos quase lá."

Uma lufada de vento picou a janela do táxi com grãos de areia. Os grilos faziam barulho alto. Mariposas batiam asas contra tufos pontiagudos de mato em quintais malcuidados. No trecho iluminado pelos faróis, havia uma poeira branca envolvendo os degraus de concreto que levavam a uma porta. A quantidade era generosa demais para ser sabão em pó, e era cedo demais para ser neve, mas, por outro lado, aquela área parecia alheia às estações. Bórax para formigas e baratas, ela imaginou.

Jonesy se inclinou para a frente e deu um tapinha nas costas do motorista. "Bem ali", ele apontou para o lugar em que as casas se inclinavam, barranco acima, quinze metros à direita deles.

"A rua acaba aqui", o motorista disse.

"Dá pra você subir. Não é muito íngreme."

"Você está falando coisas sem sentido, T.J."

Ela olhou em volta, desejando ter estado em casa quando Dave ligou. "Que tipo de gente eles são?" Que espécie de vida se vivia ali? Que tipo de trabalho as pessoas faziam — vendiam uísque ruim, roupas íntimas, cachorros bravos?"

"Eles são tranquilos."

"Eu posso esperar aqui", o motorista se recostou e baixou o boné sobre o rosto. "Ou posso ir comprar um café e volto em vinte minutos. O que vai ser?"

"Tanto faz." Jonesy pôs a mão na carteira de Zala quando ela tentou pagar o motorista. As portas foram destravadas, e o menino se esticou por cima de Zala e abriu a porta com as pontas dos dedos.

Havia lixo na fossa, e a água parada fedia. Ela moveu as pernas até um trecho de terra que supôs ser o meio-fio e enfiou o salto ali.

"Espera, estou indo." Jonesy saiu pelo outro lado. Embora estivessem seguindo ladeira acima, a impressão era de que estavam descendo degraus de um porão escuro. Ela seguiu o menino por uma viela estreita, com portas dianteiras onde esperava ver quintais. Uma porta se abriu de repente junto ao cotovelo dela, com um chocalho de corrente, e depois se fechou com um resmungo.

"Eles são gente boa", Jonesy garantiu, após ela dar um pulo de susto. "O sr. Morris os conhece. Olha só."

No chão, em cima de embalagens marrons bem-arrumadas, havia duas cabeças de peixe e uma lata de atum com leite coalhado. Não se via nenhum gato, mas um cachorro latiu em algum lugar à direita, e foi respondido por um cachorro à esquerda, longe. Lá em cima, desafiando toda a geometria conhecida — e os códigos de proteção contra incêndio, ela estava pensando —, havia duas casas encostadas uma na outra, que punham fim à rua. Uma das casas tinha uma janela redonda com formato de escotilha. Ela torcia que fosse uma daquelas. Tinha um varal na frente, do tipo que abre como um guarda-chuva. Uma sacola descascada de oleado estava pendurada em uma das varetas, a lateral parecendo rasgada, um grampo de roupa e a perna de uma boneca saindo pelo buraco. Debaixo da escotilha, estava encostado um pedaço de compensado coberto com papel brilhante de açougueiro. Os desenhos infantis eram do tipo que Kenti fazia — pessoas desenhadas com pauzinhos, com penteados grandes, flores pirulito e um cachorro verde com um rabo enorme e pontudo.

"Não tem campainha", Jonesy passou a mão em torno do batente. Ele bateu com os dois punhos. A casa tremeu. Os passos que se aproximavam pareciam um terremoto.

Uma porta se abriu. Zala então percebeu que estava olhando para uma cortina, através de uma rede fina. Drapejado à sua frente, havia um pedaço de musselina crua, tingida com vegetais. A luz brilhou por aqueles tons de açafrão e roxo cheios de manchas. Um movimento de mão puxou a cortina e uma saudação ribombante partiu de uma mulher que no fim das contas não era nem um pouco corpulenta.

"T.J., contaê! Entra. O Big Dave me disse que você estava por aí." A mulher puxou Jonesy para dentro, pelo pescoço, deu um beijo nele, depois abriu mais a porta e inspecionou Zala da cabeça aos pés, enquanto ela passava pela soleira, mergulhando no pungente cheiro de querosene.

"Sou a Em", ela disse, enquanto um grupo de homens saía de um cômodo ao lado e dava abraços de urso em Jonesy, perguntando sobre Big Dave, e depois voltando a um carteado lá dentro.

Em tratou Zala com familiaridade, acompanhando-a pelo corredor. Mais para os fundos da casa, havia uma agitação de gente. Um garoto de uns 16 anos entrou no corredor. Também olhou Zala de cima a baixo. Aquele, sem dúvida, era o menino que ela havia ido ver. Ele voltou para a sala e ela ouviu a faca tilintando contra a parte interna de um jarro enquanto passava e era subitamente puxada para dentro de um quarto de um calor sufocante, por um sujeito que a fez girar e tirou seu casaco antes que conseguisse recuperar o fôlego.

"Bem-vinda", ele disse. "Eu sou o Jersey, pai da Em. Qualquer amiga do Big Dave pode se sentir em casa por aqui. Aquela é a Lady Bee", ele indicou uma mulher que veio singrando da cozinha com dois copos altos de água.

Em desabou no sofá e puxou Zala para seu lado. Lady Bee pôs um copo na mão de Zala e entregou o outro para Jonesy. "Tem feijão-de-lima no forno. Tem pão de milho e pão de forma também", ela anunciou.

"Já comi", Zala olhou para o copo, "mas obrigada mesmo." Ela torcia para ser água, e não vodca ou cidra. Tanto a voz de Jersey quanto a de Em soavam encharcadas de uísque, embora, de resto, nenhum dos dois parecesse ou soasse bêbado.

"Foi fervida", a mulher disse, e singrou pelo cômodo em seu penhoar cor de pêssego. Cada manga tinha dois metros e um acabamento de plumas. Um cheiro de jantar seguia seu rastro enquanto ela desligava a TV e reorganizava os troféus no topo do aparelho, para em seguida acenar às pessoas que saíam da cozinha, comendo algo quente e gotejante que seguravam em guardanapos ao andar pelo corredor. "Sempre fervo", ela disse. "Não confio em nada que saia da torneira nessa cidade."

Zala bebeu um gole e sorriu, olhando para os troféus e para as fotos de formatura e casamento na parede, e Lady Bee voltou à cozinha. Zala esperava que as mangas viessem acompanhadas de um extintor de incêndio.

Em sacudiu os pés, tirou os chinelos e fez um gesto para que Jersey saísse da sala e fosse pegar o menino. "Talvez seja melhor eu lhe contar da Lorraine, já que foi assim que começou." Ela fez uma pausa quando o menino apareceu, espanando migalhas da camisa. Ele ficou na porta. Jonesy desdobrou o folheto feito quando Sonny estava desaparecido e entregou para ele. O menino olhou, depois olhou para o chão. Zala torceu para que Em não ficasse falando por muito tempo. Era com o menino que desejava conversar.

"A Lorraine não era parente nossa", Em comentou, "mas a mãe dela cantava comigo no coro. Sabe como é, quando uma amiga está ferrada. Então trouxe a menina pra casa. Ela já tinha fugido, tinha sido presa. Não tinha nem 13 anos. Não sei que história contou pra eles, mas, quando convém, eles botam as meninas junto às mulheres."

"A Lorraine conheceu a Angela Bacon e a Cynthia Armstong?" Zala queria apressar a história antes que o menino parado na porta caísse no sono. Os vapores do aquecedor a querosene já estavam fazendo as pálpebras dela pesarem.

"Aquela menina conhecia mais gente do que devia. Dizem que são ministros. Dizem que estão tirando essas crianças do mau caminho e pondo no caminho da retidão. Um bando de trambiqueiros usando o nome de Jesus. Você conhece o tipo. Essas meninas saíam do abrigo do Exército da Salvação e tinha cafetão e traficante fazendo fila desde a porta até o ponto de ônibus, com os tais ministros do lado deles. Sim, a Lorraine conheceu umas cinco ou seis das meninas que foram mortas. Ela as conheceu num acampamento onde pagam a meninada para ficar por ali, para dar um ar de legitimidade." Ela se virou para o menino. "Pega a minha bolsa, Michael."

"Vou pegar os canhotos dos pagamentos. Eu guardei. Nunca era o mesmo valor. A Lorraine continuou recebendo cheques muito tempo depois de ter vindo morar com a gente. Aquele acampamento foi dois verões atrás, e ela veio morar com a gente mais ou menos nessa época, no ano passado — novembro, talvez. Você vai ver", ela pegou a bolsa que o menino lhe trouxe. "Parecia muita grana para a meninada ir num acampamento."

"Estipêndios", Michael disse.

"Estipêndios uma ova. Aquela guria às vezes entrava aqui com um rolo de dinheiro que dava pra engasgar um cavalo. Tentei explicar a ela. Era só uma menina. Você é a primeira pessoa que mostrou interesse fora o Big Dave. A polícia nem pediu pra ver as coisas dela. Mas, se quiser, eu mostro pra você entender o que estou dizendo. Olha aqui. Essa é a Lorraine. Aqui também."

Zala devolveu os canhotos dos cheques, cujos valores que variavam entre 150 e 285 dólares, e pegou as fotos. Numa delas, Lorraine, uma garota de pele escura com olhos grandes e longas covinhas, usava um vestido azul brilhante decotado, preso de um dos lados por uma rosa de tecido. Tinha luvas rendadas que cobriam o braço todo, mas deixavam os dedos nus. Em outra foto, vestia uma saia azul e uma blusa branca simples, o tipo de roupa que Zala usava para ir às assembleias às quartas.

"E essa, daquelas que você faz quatro por um dólar."

As imagens sépia na tira de fotos feita na cabine mostravam Lorraine com o cabelo todo arrepiado, abraçando um sujeito com um vinco profundo na testa, costeletas densas e a barba por fazer. "Quem é ele?"

"Um dos palhaços que ela conheceu no acampamento. Acho que foi um acampamento para treinar futebol norte-americano. Você vai perceber que os canhotos não dizem nada. Aquela menina, Cynthia, que você mencionou, estava nesse acampamento também. Esse cara às vezes vinha pegar a Lorraine. Nunca entrava. O Jersey foi até o carro e quis saber o porquê de ele ficar buzinando como se ela fosse uma puta. Sabe como é, venha e bata na porta com algum respeito. No entanto ele buzinava, e ela saía correndo daqui e a gente ficava sem vê-la por dias. Nem adiantava perguntar alguma coisa. Ela dizia pra mim o mesmo que dizia pra mãe dela, nada. Uma dessas meninas que fala rápido, muita conversa, mas sem informação nenhuma. Ela tentou levar o Michael com ela."

Michael se sentou no braço do sofá, ainda segurando o panfleto. Tinha agarrado e torcido o próprio braço para examinar as crostas no cotovelo. Zala se perguntou se ele também teria crostas nos joelhos.

"Conte pra eles, Michael."

Ele pigarreou e cutucou a casquinha do cotovelo. "Encontros", ele disse, e olhou para a tela vazia da TV.

"Eles faziam encontros de orações, mas o encontro de verdade era nos fundos. Esses ministros faziam os meninos irem pra rua, pra catar latinhas. No entanto não era pra isso que queriam o Michael. Conta pra eles, Michael."

"Eles queriam que eu puxasse a calça de um garoto pra baixo."

"E o que você achou disso? Era uma igreja!"

"Um galpão."

"Galpão? Ou você estava mentindo pra mim ou está mentindo pra prima do Big Dave aqui. Eles não querem ouvir bobajada. Essa moça veio de longe pra ouvir sobre o filho dela. Você tem que fazer melhor do que isso, Michael", Em o repreendeu.

"Uma vez teve um encontro em um galpão lá perto do Whitehall."

"Perto de McDaniel-Glenn? Você conhece Yusuf Bell?", Jonesy perguntou.

"Só dos jornais. Outra vez, a gente estava na lanchonete Krystal na Memorial e esse cara...", ele se inclinou para tocar na foto da cabine, "ele entrou e levou a gente até uma igreja dentro de uma loja. Eu não fiquei. Mas alguma coisa aconteceu naquela noite. Depois daquilo, a Lorraine ficou com medo."

"Ela estava bem assustada", Em disse. "Ficava dizendo que as coisas estavam desmoronando e que iria ficar com o pai, o que pra mim foi uma novidade, porque eu conhecia a mãe dela fazia mais de 25 anos, e o cara que eu achava que era o pai dela morreu no Vietnã. Depois disso, a próxima coisa que soube dela foi quando a polícia apareceu pra dizer que tinham encontrado o corpo. Nem pediram pra ver as coisas dela. Vem, venham dar uma olhada. Vocês vão ver. Uns 200 dólares de maquiagem, lingerie que te deixa de queixo caído. Estou falando de sutiã sem bojo e de calcinhas sem a parte da frente. Vem ver também, T.J. — vai ser educativo pra você."

Em empurrou Michael pelo corredor, falando o tempo todo de drogas, orgias e filmes pornô. Só quando eles chegaram a uma porta que precisou ser empurrada para abrir, de tanta roupa que havia pendurada na parte de trás, Michael voltou a falar.

"Depois disso, começaram a me seguir. Vinham aqui em casa perguntando pela Lorraine, mas na verdade queriam ver se eu estava. Quando eu saía, me seguiam."

"Foi nessa época que você deve ter ligado pro Big Dave. Mas, ah não", Em jogou a cúpula de um abajur de crinolina sobre a cama coberta por roupas amarrotadas. Trocou a lâmpada do abajur, mas o quarto continuou pouco iluminado. "Vem, senta aqui", ela abriu clareiras na cama. Puxou uma caixa vermelha de chapéus de baixo da cama e abriu o zíper. A maquiagem e a lingerie que ela mencionou estavam em cima. Fotografias, uma blusa de angorá, um cachecol de pele de leopardo e joias abarrotavam a caixa.

Zala se sentou e olhou as fotos, percebendo que os rostos dos homens, mulheres e crianças assassinados vinham sumindo de sua memória desde o verão. As meninas nas fotos eram basicamente adolescentes, e os meninos pareciam da idade de Kofi. Os adultos eram todos homens. O sujeito com o vinco profundo acima dos olhos, com jeito de boxeador, aparecia em várias fotos, geralmente de pé junto a uma das meninas e fazendo gestos com os dedos. Ela olhou pilhas de fotos, folheou uma agenda de endereços, encontrou dois trechos de filme da Coronet numa *nécessaire* branca e inspecionou um bloco de anotações que tinha um celofane rasgado por capa. Entre as folhas, havia dois pedaços de papel, dobrados. Quando sacudiu para que os pedaços caíssem, Michael veio se sentar na mesinha de cabeceira perto dela. Ela teve cuidado ao mexer nos papéis. Estava claro que a garota significou algo para ele, que considerava esses papéis importantes.

"Ela escrevia poemas", Michael disse, justo quando um dos vincos se rompeu.

Sentindo a dor de causar dor, Zala demorou mais tempo do que gostaria para ler a estrofe sobre vil-mentiu, amor-Deus é o Senhor, realidade-eternidade. No outro pedaço de papel, que parecia ter sido molhado pela chuva em algum momento e depois secado no aquecedor, linhas marrons indicando as espirais tinham vários nomes seguidos por números: "A. Wiley 246", "P. Putnam, 336", "S. Burr 516". Numa tinta diferente e em caixa alta, estava o nome de Dave com o número de telefone, e embaixo uma única palavra, "Bell".

Michael se debruçava sobre ela, que não conseguia lembrar os nomes dos homens envolvidos nos casos Bacon e Armstrong. E se "Bell" se referia ao xerife substituto Eldrin Bell, ela não tinha certeza do que aquilo significava. Talvez se referisse a Camille Bell. Pode ser que a garota pretendesse visitar o PARE e contar algo a eles.

"O que acha desses números?", Michael perguntou.

Jonesy engatinhou pela cama e olhou por cima do ombro de Zala. "Quartos de hotel, talvez." O rosto de Michael ficou sem expressão. "Podem ser números identificadores de táxi", Zala disse, "ou armários de uma escola de natação."

Em começou a juntar as coisas, com o rosto molhado, e Michael olhou para longe.

"Foi por isso que você saiu de Atlanta?", Zala perguntou. "Por acaso tinha medo de que tentassem calá-lo, porque você tinha como identificar todo mundo?"

"Você precisa falar, Michael. Eles não estariam aqui se o Big Dave não tivesse mandado que eles viessem. E ninguém fez mais do que ele por você. No entanto, em vez de ficar perto do Jersey e do Fred", ela disse para Zala enquanto fechava a caixa, "ele achou que tinha visto uma oportunidade de mudar alguma coisa e começou a ligar pro pessoal dos jornais e da televisão, dizendo que sabia de algo e que podia pegar a recompensa. Como se ele não tivesse se dado conta de que os garotos daqui, que falaram com a polícia ou com repórteres, acabaram no educandário por espancar uma velhinha que nunca viram na vida. Você sabe como as coisas acontecem. Assim que você fala com alguém, o seu pescoço está a prêmio. Eu bem que tentei dizer isso, explicar, mas ele ficou ressentido. Crianças."

"O que aconteceu, Michael?"

"Teve um cara que ligou, me disse para encontrá-lo na estação ferroviária perto do Canal 11. Achei que era um dos repórteres dando retorno e fui."

"O cara era branco?"

Michael ergueu o olhar na direção de Jonesy e confirmou com a cabeça. "Ele me deu 30 dólares e uma passagem. Disse pra eu ficar de boca fechada e que ele iria checar a minha história. Disse que levaria uns dias, que depois eu devia ligar pra ele, e que, se não tivessem prendido ninguém, ele me diria onde arranjar um emprego até prenderem os caras e aí eu podia voltar pra receber a recompensa."

"Uns dias depois a história foi morrendo", Em bufou. "Quatro meses depois, pegaram o Williams, e agora já puseram umas dez ou doze crianças na conta dele. Metade dos casos podia ter sido resolvida no ano passado se eles quisessem. E vocês sabem que o julgamento vai ser uma piada. E o meu filho aqui, ele nem telefona pra casa. Um sujeito branco manda ele entrar no trem, ele entra no trem. É isso que estou dizendo."

"Acho que eu gostaria de comer um pouco de feijão-de-lima, se não for problema, Em. E Jonesy, pode ir pegar meu copo e um cubo de gelo, talvez?"

"Ora, claro", Em disse, dando um tapa no joelho do filho. Ele se retraiu, e Zala se aproximou da mesinha de cabeceira. "Conte tudo que essa mulher quiser saber, Michael", Em instruiu. "Ela é como se fosse parente."

Zala passou para ele uma foto de Sonny feita pela vó Lovey. "Esse é o meu filho. A foto foi feita no verão."

"Ele está em casa?" Quando Zala fez que sim com a cabeça, Michael perguntou: "E ele está bem e tudo?".

"Sim", Jonesy disse da porta. "E não iria ser falar pelas costas porque ele está tentando contar o que aconteceu. Mas mexeram tanto com ele, quebraram sua mandíbula. E tiveram que prender a boca dele com arames." Jonesy pôs os braços no rosto como se estivesse segurando. "Tiveram que dar comida pra ele com um canudinho, Mike. Ele não consegue falar, mas quer."

Quando deu pra ouvir que Em e Jonesy estavam do outro lado do corredor conversando com Jersey, Michael olhou para Zala e os dois sorriram. "Deixe que o Jonesy tire", ele disse. Depois os dois olharam para a foto. Sonny estava na cerca perto do galinheiro. Havia muitas amoras e uvas atrás da cabeça dele, as folhas pintadas de vermelho e azul pelo suco; exércitos de vespas cobriam as uvas cuja pele se rompera. Michael segurou a foto pelas bordas e passou o polegar pelas frutas como se quisesse machucá-las, fazê-las jorrar.

"Ele estava numa fazenda igual àquela pra onde o levaram, Michael. Você conheceu ele?"

Ele continuou esfregando o braço. E a cada vez que o polegar se movia, a pele se enrugava no cotovelo. Debaixo da casca da ferida, ainda havia a ameaça da infecção, a pele ao redor inchada e com bolhas. O que havia sido varrido para baixo do tapete da cidade também estava apodrecendo. Apenas parte disso interessava agora para ela.

"Me lembro quando, em abril, dez meninos que tinham sido dados como desaparecidos voltaram para casa. Os jornais disseram que estavam trabalhando na colheita, mas fiquei com aquilo na cabeça", ela comentou.

"Eles me forçaram a entrar num vagão", Michael disse. "Estava com uma latinha de Dr. Pepper quando entrei no trem. Eu iria ligar pra ver se eu podia ficar no YMCA. E esses dois caras, uns caras brancos, pularam de um vagão e derrubaram a lata da minha mão." Ele sugou os lábios e fechou bem a boca e todo o rosto pareceu tenso. Olhou de novo para a foto do Sonny.

"Bateram em você, Michael?"

"Um pouco."

"Forçaram você a trabalhar?"

"Me puseram pra colher batata assim que cheguei lá. Tinha muita maconha crescendo por ali. Era assim que pagavam os caras mais velhos. Ficavam sentados junto à parede, fumando. A gente dormia num galpão. Trancavam a gente. Tinha aqueles beliches de concreto que saíam da parede tipo prateleiras. Era ali que a gente tinha que dormir."

"Você podia sair?"

"Você ouvia falar de gente que jogaram numa vala ou que largaram no meio da estrada porque tinham tentado sair ou porque ficaram doentes. Às vezes jogavam no rio. Às vezes deixavam apodrecer no campo."

Na primavera, quando os jornais disseram "não existe relação", ela perguntou por aí, e Spence também. Da Flórida até o Texas, depois subindo pela costa até a Carolina do Norte, milhares de trabalhadores migrantes foram transportados entre abril e novembro para colher batatas-doces, pepinos, uvas, laranjas, alface, tabaco. A todo momento algum corpo era dragado do rio Tar. O rio cruzava a Interestadual 95 no distrito de Nash. Ela pensou em Nancy Holmes, que tinha voltado à cidade depois da prisão, sempre contando a mesma história, dando nomes e fazendo uma conexão entre os assassinatos em Memphis, na Carolina do Norte e em Atlanta.

"As crianças lá eram de Atlanta, Michael?"

"De todo lugar. Tinha gente lá que falava espanhol. E tinha uns que só falavam francês das ilhas. Eles ficavam na deles. Todo mundo ficava na sua. Eles não queriam que a gente fizesse amigos. Um dia eu comecei a vomitar, vomitei sangue. Todo mundo ficou com medo e saiu de perto de mim. Quando caí, esses dois caras, que eram supervisores — eles carregavam porretes e canos de borracha, mas não armas, só os brancos tinham rifles —, eles me jogaram numa caçamba. Não sabia pra onde estavam me levando. Rolei pra fora e me escondi na floresta. Levei dois dias pra encontrar um telefone que funcionava. Liguei pra minha tia em Gainesville e ela foi me pegar. Ela levou dois dias porque eu não sabia onde estava. Sei que atravessei a divisa da Geórgia a pé, mas só isso."

"Fico feliz que você escapou." Ela estava a ponto de perguntar de novo sobre Sonny quando, pela primeira vez, ele falou olhando nos olhos dela.

"Você tem advogado? Desses que atendem trabalhadores migrantes?"

"Por enquanto o Sonny está indo num terapeuta. A gente não consegue ainda entender a história a ponto de..." Ela não precisou terminar; ele estava fazendo que sim com a cabeça e esfregando a foto.

"Sei que ele foi estuprado", ela disse.

Ele fez um som. Um som agudo, irritante, metálico, que percorreu o quarto como uma sirene. Nenhum deles se mexeu.

"Se ele diz que me conhece, pode ser." A voz de Michael era metálica e rala. "Mas não me lembro dele." Segurou a foto contra a luz e a estudou. "Eu tenho uma audiência judicial", ele disse com outra voz. "Meu advogado está envolvendo o FBI porque teve rapto e escravidão. Vai ser fora da cidade. O Big Dave me mandou não falar com ninguém em Atlanta."

"Michael", ela se aproximou. "Vou descrever várias pessoas pra você. Quero que me diga se uma delas parecer familiar. Você pode fazer isso pra mim? Pode ser que as pessoas que pegaram meu filho estejam ligadas às pessoas que pegaram você."

Ele limpou o nariz e concordou com a cabeça.

"E pode ser que eles estejam ligados às pessoas que mataram a Lorraine."

"Você acha?"

"Acho."

"Vou lhe dizer uma coisa. Tem um sujeito branco naquela fazenda que parecia um dos caras que deu uns tapas naquele pastor na igreja perto da Memorial. Podiam ser irmãos."

"Por que você não descreve todo mundo que lembrar e eu anoto? Depois eu descrevo todo mundo que eu puder e a gente vê se combina. Você pode?"

"Acho que, quando o Big Dave disse pra não falar com ninguém em Atlanta, ele não estava falando de você."

"Não, ele não estava falando de mim", Zala levantou dois dedos. "Eu e o Dave somos assim."

"Tipo primos?"

"Tipo família", ela disse.

Kofi esperou até Sonny rolar para bem perto da parede na cama superior do beliche para que pudesse entrar sem bater com a cabeça no colchão.

"Vou ficar feliz quando a gente se mudar", Kofi murmurou, com a cara virada para o travesseiro.

"Eu também", Kenti disse, de sua cama. "Porque eu quero um gato e um quarto só pra mim. Você deixa esse quarto pequeno, Sonny. Qualquer dia desses, você vai ser um gigante. Foi a sra. Grier que disse. Você devia dormir na varanda dos fundos. Daí o Kofi pode voltar pra onde estava e eu posso dormir onde estava dormindo."

"É frio na varanda dos fundos."

"A tia Paulette está dando umas coisas. Ela tem um cobertor elétrico. Você podia pegar uma rede que nem aquela que a tia Gerry usa pra dormir e sair daqui. Você deixa a casa inteira pequena."

"Boa noite, Nanica."

"Boa noite coisa nenhuma. Não acabei de falar com você, Sonny Spencer."

"Você está braba comigo?"

"Sim, porque você me magoou. Você me mandou sair do ginásio. Ninguém mais se importou que eu tinha ido ao baile. Você fica o tempo todo se achando supergrande. Você é só um meninão que está perdido. E eu não consigo entender como é que a Valerie Brooks acha você bonitinho, porque você é feio."

"Terminou?"

"Talvez." Ela puxou as cobertas e pensou mais um pouco. "Se você não dormisse mais neste quarto, eu ia gostar mais de você."

"Boa noite, Kenti."

Spence achou que tinha ouvido Sonny na cozinha. Mais tarde ele pensou que tinha escutado a porta dos fundos se fechar. Zala bateu com o joelho nas costas dele. Demorou um pouco até conseguir se levantar, embora estivesse só cochilando e estivesse bem disposto a dar espaço para ela. No centro comunitário, chegou a pensar que Zala iria pular no designer de vidro. Ela voltou ainda pior depois de sair com o Jonesy. O psicólogo que Mac tinha indicado para a família toda só estaria disponível em meados de novembro. Mas eles precisavam de ajuda agora.

Não havia sinal de que Sonny houvesse passado pela cozinha. Spence se dirigiu ao quarto. Kenti havia se descoberto com os pés, de novo. Ela adotou uma nova postura para dormir: uma das mãos sob a bochecha, a outra sob o travesseiro, a perna esquerda dobrada, a outra esticada. Spence arrumou as cobertas e deu uma olhada em Kofi. Ele estava voltado para a parede, os joelhos juntos e dobrados, a cabeça debaixo do travesseiro. Agarrava as cobertas com força. Spence massageou suas costas até ele se distender um pouco.

Na parte de cima do beliche, Sonny estava deitado de costas, mas não na posição de antigamente, com as pernas abertas, braços acima da cabeça, no centro, dominando plenamente o colchão. Ele estava virado para o lado de fora da cama, uma perna cruzada sobre o corpo, como se ele tivesse planos de sair andando no ar. Um dos braços estava sobre a barriga, protegendo as vísceras, o antebraço oposto atravessava a testa, a mão cerrada. Mas ele estava de costas e no meio do colchão, e não encolhido no canto superior da cama com os punhos fechados. Progresso.

Spence reinseriu os pregos na esquadria da janela e enfiou um gibi na fresta para fazer o vidro parar de chacoalhar. Estava prestes a sair na ponta dos pés pela terceira vez naquela noite quando viu a cera de abelha na estante que a Paulette tinha dado.

O treinador disse que Sonny estava usando as bolas de cera para exercitar os pulsos e os dedos. Logo ele seria capaz de segurar uma bola de basquete como um profissional. Mac tinha dito que Sonny apertava as bolas de cera para aliviar a tensão. Ele sentia muita raiva. Zala dizia que às vezes o filho moldava a cera para formar figuras, depois colocava perto da panela para derreter de novo e fazer novas bolas. Havia herdado os genes artísticos dela. Todo mundo tinha algo a dizer acerca das malditas bolas de cera.

Quando Spence viu a primeira delas em agosto, a única coisa que a cera trouxe à sua mente foram chaves, fazer uma impressão para duplicar chaves. Mas não havia nada fechado à chave na casa da vó Lovey. Não havia nada que valesse a pena fechar à chave na casa de nenhum dos Rawls. Ele se manteve vigilante, imaginando quais trancas Sonny pretendia abrir. Então as bolas passaram a ser duas, e grandes como bolas de tênis. Ele possuía uma lata cheia de cera de abelha. Spence não tinha visto Sonny mexer naquilo recentemente. As bolas endureciam, juntavam pó, e, quando alguém as encontrou durante a mudança, já estavam inidentificáveis.

Spence voltou para a sala de estar. "Wayne quem?", ele tinha ouvido alguém dizer no centro comunitário. Não sabia ao certo qual lado estava adiando o julgamento, se eram os advogados de defesa, que viviam mudando, ou se eram os promotores, que continuavam tentando atrelar a lista toda a Williams.

A primeira luz da manhã estava atravessando o vidro da porta, dando forma às coisas em que vinha tropeçando: a jaqueta de Sonny, caída do espaldar da cadeira; o casaco de Zala, caído da maçaneta; materiais que ela havia pegado sobre as oficinas de direito e que já não formavam uma pilha organizada debaixo da mesa. Ele andou na direção da janela e olhou para fora. Spencer conseguia distinguir o brilho dos binóculos do Enxerido. Pensou que devia perguntar ao hóspede de Paulette a respeito do carro que toda hora estacionava duas casas adiante dos Robinson, o motorista sentado lá dentro. Em noites boas, Spence imaginava que seria um marido que trabalhava no turno da noite voltando para ver como estava a mulher. Ou um pai de família que trabalhava à noite e que tinha perdido o emprego, mas que não podia ainda contar o que aconteceu. Em noites ruins, imaginava o motorista observando a casa, a casa deles, esperando uma oportunidade para agarrar Sonny.

Spence se virou. Uma das crianças, enrolada no acolchoado, estava andando aos tropeços na direção da cozinha. Quando saía do banheiro meio dormindo, Kofi às vezes virava para o lado errado. Spence foi para a cozinha, torcendo para ser Sonny. Iria sugerir que os dois atacassem a geladeira, embora não estivesse com fome, só quisesse companhia.

"O que foi?"

Sonny se virou, a mão na maçaneta. "Quero ver se está muito frio lá fora."

Spence seguiu Sonny até a varanda de trás. O menino bateu os pés no chão, empurrou uma pilha de jornais com o pé, deu uma boa olhada no lugar e fitou a janela gradeada.

"Aqui podia ser meu quarto."

"Você ia congelar aqui fora."

"É uma droga dividir um quarto minúsculo com duas crianças, pai, ainda mais com você indo lá de cinco em cinco minutos pra ver se está tudo bem."

"Quem você está chamando de criança? Você também é criança", Kenti disse, se aconchegando em Spence para ficar mais quentinha. "Você só fica adulto quando faz 18 anos, ou 21, a sra. Grier disse."

"Você devia ir morar com eles, Nanica. Aí vocês podiam ficar fofocando o tempo todo."

"A gente não faz fofoca. Eu faço companhia pra ela porque ela fica triste porque o Buster não volta pra casa. Ele deu uma olhada pra você e fugiu. Você pegou o meu acolchoado."

"Pssst, vocês dois vão acordar todo mundo."

"Eu acho ótimo você mudar de quarto. Eu não consigo fazer nada com ele lá, pai."

"Conferência de cúpula?" Zala arrastava as cobertas atrás de si.

"O Sonny acha que talvez desse pra gente arrumar aqui pra ser o quarto dele."

Zala olhou de Spence para Kenti, de Kenti para Sonny, e depois para a porta dos fundos, que levava ao quintal.

"Aquele carro lá fora é de um dos seus amigos?"

"Ah, que inferno", Sonny reclamou, passando por eles.

"Está vendo", Kenti tentou seguir Sonny e esbarrou em Kofi, ainda grogue. "Você deixa o pai nervoso e a mãe também não confia em você, e eu, você me deixa braba."

"Alguém acenda o forno", Zala disse. "Me acordem quando estiver quente."

"Não estou me sentindo muito bem", Kofi disse, indo atrás dela.

"Nem eu. Posso dormir com você, mãe?"

Spence trancou a porta dos fundos e ficou sozinho na cozinha imaginando onde podiam estar os fósforos. Os estudantes que tinham alugado a casa no verão tinham ideias estranhas sobre onde guardar as coisas, e tudo ainda estava de cabeça para baixo. Especialmente os sentimentos dele. Encontrou uma caixa de fósforos na mesa perto de um livro e acendeu o forno.

No entanto, estavam fazendo progresso. A questão do novo arranjo dos quartos, que Mac tinha levantado, parecia estar andando sem que Spence precisasse fazer nada. Pôs uma panela com água no forno e deu uma olhada na sala de estar, achando que tinha sido covarde. Ele vinha adiando aquilo. Mas como deveria falar: "Filho, não quero você dormindo no mesmo quarto que a sua irmã e o seu irmão"? Estava na hora de pensar em quartos separados para Kenti e Kofi também. Havia o problema menor de arranjar um emprego. Delia certamente tinha sido generosa, mas, toda vez que ia pedir dinheiro emprestado, tinha que escutá-la falando das festas de empregados onde todos usavam drogas e sobre a discriminação contra pessoas que não eram viciadas. Spence se sentou na cadeira e abriu o livro que seu filho mais velho tinha pegado emprestado da biblioteca, *O Exorcista*.

"Ótimo", ele disse, e encostou a cabeça na mesa.

Terça-feira, 12 de janeiro de 1982

"Pronta?"

Com a hora do almoço quase acabando, Zala ajustou os abafadores de ruído nas orelhas e fez que sim com a cabeça. Schumake podia gritar. Essa parte da preparação ela não precisava aperfeiçoar.

"Algum tonto no meio do caminho?" A voz do instrutor ricocheteou pelas paredes do porão. Ninguém se mexeu. Abaixo de zero pelo segundo dia, as cabines à direita e à esquerda estavam vazias. "Tudo pronto à direita. Tudo pronto à esquerda. Tudo pronto na linha de fogo. Comece a disparar."

Ela fez um disparo no alvo imóvel. Era uma sensação prazerosa, o peso na mão, o silvo e o baque da colisão sólidos em suas vísceras. Então abriu o cilindro da pistola de treinamento de Schumake, girou para que ele achasse engraçado, tirou as cápsulas disparadas, e recarregou.

"Tudo pronto na linha de fogo", ela disse sem emoção e imediatamente começou a disparar de novo.

Schumake estendeu a mão pelas costas dela e colocou um revólver novinho em folha no balcão. Ele apertou os botões que faziam o alvo vir chacoalhando na direção deles. "Você está ficando boa pra dedéu, eu diria — boa mesmo." Ajeitou a echarpe no pescoço, nenhum calor sendo emanado dos tubos na parede atrás deles. "Melhor deixar a arma no guarda-volumes se você pretende ir direto do trabalho para o tribunal." Ele deu um tapinha no ombro dela, e ela voltou a pôr os protetores de ouvido.

Zala enfiou o pente da nova pistola. Depois carregou sua Walther, a de calibre .22, uma automática silenciosa que encomendou durante um ataque de irresponsabilidade. No catálogo da 6 Star, que supostamente estava fechada e fora do mercado, a arma era anunciada com um desenho de um sujeito com três braços direitos: um braço tirava a arma de um coldre preso à sua perna direita; o segundo braço erguia a arma para fazer mira; o terceiro disparava, não da altura do ombro, mas da altura do quadril, ao estilo caubói. "Peça sua mercadoria sem demora", dizia o formulário de pedido no meio do catálogo, os desenhos sedutores para aqueles que gostavam de ver dentes quebrados, unhas ensanguentadas e sangue coagulado. Os socos-ingleses, as navalhas e as caixas de munição no formulário de pedidos faziam você se lembrar do sujeito que tinha o mesmo nome do fundador da KKK. Teodescu e Sue Ellen diziam que ele esteve no tribunal no primeiro dia da escolha dos jurados. A Walther chegou no dia em que a acusação e a defesa fizeram suas alegações iniciais. A 6 Star não estava fora do mercado, só tinha mudado de nome e de endereço. O selo de devolução ela entregou para Lafayette; a caixa postal ficava em Glyco, na Geórgia. Uma vez por semana, Lafayette seguia Slick desde o escritório do FBI, na Peachtree, até o centro de treinamento do agente em Glyco, na Geórgia.

Os colegas de trabalho dela no prédio do banco faziam um esforço considerável para ocultar de si mesmos certos aspectos da realidade. "Que julgamento?", eles perguntavam, sem qualquer expressão no rosto, quando ela deixava seu posto, um banquinho para pés na frente dos arquivos, para ir ao tribunal. Uma Boa Mulher Preta, modelo de mãe e de cidadã: ninguém questionava suas idas e vindas; os horários malucos dela eram vistos como parte de suas tarefas familiares e cívicas. Era capaz de descrever para seus colegas que estavam descendo para o saguão exatamente o que seus filhos estavam vestindo e se eles estariam ao lado do guarda à espera do pai que iria descer do terceiro andar, ou se estariam ao lado do elevador número 5 esperando que ela descesse do prédio do banco. Certos hábitos, como meditar perto da janela em vez de fofocar ao lado da cafeteira, os contadores mais velhos consideravam uma virtude das datilógrafas mais jovens. Eles mantinham seus teclados e suas calculadoras em silêncio quando ela estava no telefone conferindo o progresso dos filhos na escola, às vezes ligando para uma rede de amigos — aparentemente da igreja —, que ficavam de olho em pessoas que moravam na Gray Street e que ficavam confinadas em casa e que mantinham contato com antigos membros da igreja que tinham saído de Atlanta.

A cada dia, a sensação de isolamento de Zala se aprofundava. As reuniões do Comitê de Investigação em sua casa hoje pouco significavam para ela. As idas e vindas de Lafayette e de outros batedores simplesmente significavam mais dinheiro saindo do bolso para ser usado pelo Comitê. Como uma autômata, ela ia para o trabalho e, de forma negligente, repassava informações de Spence para os outros e vice-versa.

Um dia ela iria olhar para a Peachtree e ver o Toyota branco parar do outro lado da rua, o pneu da frente murcho. A motorista ia sair, pondo o cabelo para trás da orelha, para ver o pneu. O amigo dela daria a volta para ver, os dois sem prestar atenção ao trânsito. Atingidos, os dois ficariam atirados numa poça de sangue até que Zala, saindo a toda velocidade do saguão do banco, pudesse subir na ambulância com eles.

Amiga da família, ela iria dizer — ela diria qualquer coisa para entrar e para chegar aos tanques de oxigênio, os registros que abriam e fechavam os tanques de oxigênio, as máscaras.

WAYNE WILLIAMS PARA PRESIDENTE, dizia a inscrição rabiscada na lateral de todas as caixas de venda de jornais no ponto de ônibus da Five Points, Zala percebeu enquanto voltava para o trabalho. No dia anterior, ela viu panfletos voando pelo Center City Park e só mais tarde foi se dar conta do significado, quando, olhando da janela da torre, notou dois jovens brancos pondo os folhetos em volta do chafariz e desceu para jogar aquilo fora.

"A gente bateu o cartão de saída pra você", alguém gritou para Zala. Três colegas da torre se revezavam gritando que estava prevista uma nevasca e que ela podia ir para casa. Zala acenou agradecendo e foi na direção do tribunal.

Na esquina da Alabama com a Peachtree, veteranos de guerra coletavam dinheiro para o Memorial da Guerra do Vietnã, 55 mil nomes gravados em uma peça de pedra preta a ser colocada sobre um monte de terra na capital do país. Na última reunião do Comitê de Investigação, Spence e os outros tinham falado sobre organizar ônibus saindo de Atlanta para a inauguração no Dia dos Veteranos. O anúncio da realização das cerimônias para a inauguração do memorial gerou protestos dos norte-americanos vietnamitas contra os Estados Unidos pela Operação Baby Lift no final da guerra. Na rádio pública, uma mulher vietnamita comparou a situação em Saigon em 1975 a um edifício em chamas do qual pais enlouquecidos haviam soltado seus filhos para serem pegos por aqueles que estavam lá embaixo, em nome de sua segurança. "Quem tinha como saber", a mulher estava dizendo enquanto Mason tentava dar início à reunião do Comitê, "que aqueles que pegaram as crianças lá embaixo iriam achar que tinham o direito de ficar com as crianças, levar nossos filhos embora para vender, ou para dar? Como se fossem bichinhos."

Lafayette tinha feito seu relatório. Slick tinha sido seguido até o Centro de Treinamento do FBI em Glyco, onde parecia ser um consultor ou um agente de ligação entre a escola de treinamento de agentes de Imigração e a escola de Armas, Tabaco e Armas de Fogo. Vernon mostrou uma foto de Slick passando por Red, do GBI, em frente à sede dos

Correios do Anexo Federal no centro de Atlanta. A especulação que teve início tentava descobrir se Slick e Red tentavam investigar ou encobrir as ligações que pareciam existir entre a Imigração e a convenção de Stoner no fim de semana da explosão em Bowen Homes; entre a ATF, Innis-McGill e a ameaça da "justiça da KKK" contra a vítima Lubie Geter; entre o "atestado de saúde" dado pelo governador à KKK e a pressão da Casa Branca para que o governador e o Ministério Público prendessem Williams. O Orador mencionou uma possibilidade que Spence considerou plausível demais para ser ignorada: talvez o acordo para compra de armas a que o informante do GBI aludiu no memorando como estando de posse do juiz Webber — aquele que tinha se infiltrado em uma família específica da KKK em Atlanta para descobrir a respeito do acordo de armamento e que ouviu membros se gabarem de seu envolvimento no caso dos Desaparecidos e Assassinados — talvez o acordo de armamento fosse maior e não envolvesse apenas a Klan. Tendo em vista o número de mercenários que vinham sendo recrutados em toda a região sudoeste para ultrapassar a fronteira ao sul, pode ser que se tratasse de uma operação conduzida pelo governo.

Cavalos amarrados à cerca, na diagonal da Prefeitura, estavam batendo os cascos na calçada e resfolegando no frio. Visitantes que saíam da Prefeitura, do prédio do Capitólio e do tribunal paravam antes de entrar em seus ônibus, os olhares atraídos pelos cavalos. Eram cavalos de montaria do Tennessee, Morgans e quartos de milha — não muito eficientes para perseguir criminosos ou controlar multidões agitadas, mesmo assim eram cavalos que agradavam as multidões. Com a compra recente de mais cavalos havia uma oportunidade maior para serviços feitos em montaria, e, de acordo com Dowell, o moral da polícia tinha melhorado um pouco. Ainda havia muita reclamação por causa do acúmulo de horas extras causado pelo caso. Contudo os cavalos eram lindos. Quando seis cavaleiros se aproximaram cheirando a café e fumaça de cigarro, vindos da cafeteria da Prefeitura, um dos animais ergueu as orelhas mostrando reconhecê-los, virou o pescoço e bateu as patas ruidosamente no pavimento.

A Prefeitura parecia um cartão-postal. Com a fachada e os canteiros enrijecidos pelo gelo, os parapeitos das janelas vítreos, o prédio era um estudo sobre a inércia. Atravessando a rua, Zala se perguntou para onde Maynard Jackson teria se mudado. Diziam que Benjamin Hooks tinha mais chance de ficar com o cargo em que Maynard estava de olho, como coordenador nacional da NAACP. Ela supunha que ex-prefeitos voltavam a suas atividades privadas. Nos últimos tempos, ela vinha descobrindo o que ex-deputados estaduais faziam. Em um grupo que havia passado a chamar de grupo bate-e-volta, por irem triangularmente do tribunal para a Prefeitura e para a sede da polícia no subsolo do Capitólio, havia vários ex-deputados estaduais da Geórgia, advogados mais jovens e mais experientes, e repórteres que cobriam o tribunal, a Prefeitura e o Capitólio. Ex-deputados acompanhavam o que estava acontecendo no "triângulo", os três prédios bem perto uns dos outros. O próximo passo costumava ser virar um promotor local.

Na esquina, Zala olhou para a rua na direção do Capitólio. Era comum que achasse a conversa casual do grupo bate-e-volta mais informativa do que o julgamento em si ou os comentários que a mídia fazia sobre ele. De acordo com eles, Williams tinha cometido um grande erro ao contratar um advogado de fora da cidade para ser o líder de sua equipe de defesa, alguém que não era sensível aos costumes locais e às tendências do povo de Atlanta, que não estava acostumado com os padrões de fala e com o estilo da cidade, que não tinha acesso aos palpites e dicas que estariam disponíveis em várias rodas de conversa. Claro, havia soldados para repassar dicas; havia assistentes que auxiliavam com os mistérios do olhar e do gestual; e, evidente, havia Mary Welcome, que trabalhava como advogada-assistente, e Chet Dettlinger, que se sentava à mesa da defesa para adivinhar os movimentos da acusação, e Camille Bell, do PARE, que ficava disponível. Mas Alvin Binder, um homem brando de Jackson, no Mississippi, tinha outra lacuna por ter contado com apenas alguns dias para se preparar para o julgamento; e, o mais grave de tudo, ele herdou uma defesa que estava com os cofres vazios.

Ela ouviu integrantes do grupo de ex-deputados se referirem a Williams como um tolo, como a vítima de uma armação, como um pateta. A especulação do grupo bate-e-volta sobre o grupo responsável pelos raptos e assassinatos ecoava a descrição feita pela srta. Em do grupo de igreja de que Lorraine tinha se aproximado. Os verdadeiros operadores conspiravam a portas fechadas. E assim — como Oswald, Ray e Sirhan, argumentavam, movendo-se de ponta em ponta pelo triângulo —, o réu iria ficar ali sentado e revelar pouco, simplesmente porque se tratava da vítima de uma armação.

Zala atravessou a rua de novo e foi na direção do tribunal. Ninguém na rua lateral e ninguém nos telhados. Durante os dois primeiros dias do julgamento, atiradores de elite com óculos e botas de couro altas se posicionaram na beirada dos telhados, com as armas apontadas para baixo, na direção das pessoas que andavam em torno do tribunal. Oficiais com coletes antibalas e capacetes para contenção de tumultos tinham ficado na escadaria frontal interna com olhares sinistros de quem iria atirar para matar. Cães policiais eram levados para andar nos corredores, subiam escadas, e iam aos elevadores para farejar bombas. Com coletes à prova de balas, xerifes e pelotões de assistentes mantinham o trânsito de pessoas circulando pelos corredores e em meio à vigilância. O alarme soava a cada poucos minutos no controle de entrada, semelhante à dos aeroportos, porque as pessoas se esqueciam de tirar joias, chaves, anéis e moedas dos bolsos, barbeadores elétricos e latas de *nécessaires* com itens de higiene pessoal.

No segundo dia do julgamento, um funcionário do tribunal retirou o Orador da fila de pessoas amontoadas em frente à arcada onde se fazia o monitoramento de quem entrava. Usou um detector de metal manual para inspecioná-lo. "Esperando uma invasão?" O Orador foi o cúmulo da cooperação, tirando o chapéu de tricô, sacudindo as tranças, se virando tranquilamente enquanto o funcionário o revistava. "Os cupinchas dele podem tentar tirá-lo daqui", o funcionário disse. O Homem da Bíblia segurava o gravador grande e Leah estava com o miniaturizado. "Sem comentários", o funcionário disse, ao ver o microfone. "Não estamos com a imprensa", Leah insistiu. "Sem comentários mesmo assim." Porém, quando ele tinha terminado com o Orador e continuado com as outras pessoas da fila, o Homem da Bíblia o seguiu, do mesmo modo como Preener e alguns vizinhos de sua antiga patrulha de segurança seguiam os advogados do bate-e-volta para todo lado. O Comitê de Investigação estava determinado a encontrar algum canal por meio do qual eles pudessem fazer com que os pacotes da 6 Star fossem apreendidos pelo tribunal.

A quantidade de segurança naqueles primeiros dias fez todo mundo se perguntar: será que havia uma testemunha-surpresa nos bastidores? Nenhuma testemunha de defesa levaria a um aumento tão grande da segurança, as pessoas tinham certeza. O nome "McGill" estava nos lábios de algumas pessoas que lembravam a outras dos acontecimentos da primavera. Enquanto as transcrições do julgamento eram vendidas a um dólar por página, as pessoas comparavam seus palpites. Logan tinha escrito para o Comitê de Nova York dizendo que McGill, o filho de McGill e um ex-"amigo pessoal" de McGill tinham identificado Williams. Sob hipnose e submetidos tanto à avaliação de estresse psicológico quanto ao polígrafo, os três haviam dito que o acusado era alguém que estava na periferia do grupo que vendia drogas e assassinava crianças. Ele não sabia muita coisa, mas sabia muito mais do que tinha revelado até o momento — esse foi, em termos gerais, o resumo do que Logan disse no outono quando a caravana de Innis, liderada por McGill, encontrou uma cruz imensa, parcialmente queimada, e cadáveres de animais em um cemitério perto da cidade. O resumo de Logan tirava sarro da teoria do grupo de bate-e--volta e de grande parte dos palpites no corredor do quarto andar. Mas quem bisbilhotava os gabinetes da equipe de defesa dizia existir material sobre esse tema no arquivo Brady, os volumes de relatórios reunidos pela acusação que a essa altura, por lei, foram disponibilizados à defesa.

Os membros do Comitê de Investigação tinham quase certeza quanto a quem não era, mas deveria ser, a testemunha. Para Spence era o rapaz de pele preta que testemunhou no julgamento de sodomia em St. Louis--Hardy-Wilcoxin. Dizia-se que os três brancos condenados por molestar sexualmente menores de idade teriam se envolvido com duas ou três vítimas da lista da Força-Tarefa. A imprensa, no entanto, não viu a ligação, nem as autoridades. E, de acordo com B. J., os bisbilhoteiros encontraram menos de uma linha sobre isso nos arquivos Brady. Como a teoria da pornografia infantil tinha sido a preferida de Dettlinger desde o começo, e como ele e o repórter Jeff Prugh, do *L.A. Times*, tinham reunido uma grande quantidade de material por meio de investigações independentes, B. J. tinha esperança de que um adolescente conhecido dos dois fosse chamado pela defesa para apresentar um novo suspeito que deveria ser levado em consideração pelos jurados. Um garoto da vizinhança da srta. Em e de Michael tinha saído para comprar um remédio à noite para um parente que estava doente e testemunhou o assassinato de um jovem. Ele contou isso a um trabalhador da vizinhança e, pouco depois, foi detido e acusado de espancar e estuprar uma colega de escola com quem jurava mal ter conversado; dizia ter sido vítima de uma armação.

Mason era totalmente a favor de chamar J. B. Stoner para depor. "Paradeiro desconhecido", dizia o jornal. "Não compareceu à audiência de fiança", Vernon informou. "De férias", afirmava um amigo. "Estou confiante de que o meu cliente não vai perder sua fiança", o advogado de Stoner teria dito. O fiador dele meramente sorria para os repórteres. Lafayette continuava tendo esperanças de que o agente do GBI que tinha se infiltrado numa família da Klan em Atlanta fosse intimado a depor. Um membro da KKK tinha contado ao informante, que estava com uma escuta, que ele e seus amigos tinham matado meninos pretos antes e que voltariam a fazê-lo. Isso estava no memorando datado de abril, que Spence evitou que chegasse ao conhecimento do juiz Webber. O fato de a acusação ter atribuído a Williams dez outros casos, sendo um deles o de Lubie Geter, mencionado na escuta, e outro o de Clifford

Jones, cujo assassinato já tinha sido alvo de diversos testemunhos para a polícia mais de um ano antes, forçou o Comitê de Investigação a concluir que ou o arquivo Brady tinha sido adulterado, ou os relatórios de investigação tinham sido alvo de muita fraude antes da promotoria começar a montar seu caso.

Enquanto os membros do Comitê de Investigação continuavam a atualizar as remessas e a procurar uma brecha, outros nos corredores naqueles primeiros dias convergiam para um nome como a testemunha principal: "Cheryll Jenkins", nome que o réu mencionou no dia 22 de maio quando questionado pela equipe de tocaia qual a justificativa dele para estar na ponte. Para ter certeza de que saberia onde encontrá-la, uma cliente em potencial com quem tinha marcado um encontro, Williams estava conferindo o endereço dela.

No segundo dia do julgamento, a segurança era menor. Os milhares de repórteres de fora da cidade e de outros países, que se esperava que fossem causar uma confusão imensa com a lotação do tribunal, jamais apareceram. Logo, ninguém mais se lembrava das testemunhas-surpresa que foram previstas e da ideia de multidões de jornalistas aglomerados no espaço de sessenta cadeiras reservado para a imprensa. Um lugar no espaço da imprensa foi guardado para a ex-candidata a prefeita, Mildred Glover. Crachás para conseguir assentos foram dados a parentes do réu, a parentes dos advogados e a pessoas que faziam pequenas tarefas para o tribunal ou que eram amigos das pessoas do Judiciário. Parentes das vítimas "oficiais" e "extraoficiais" tinham de lutar por cadeiras como todas as outras pessoas.

Perto do primeiro posto de controle no saguão do tribunal, Zala percebeu uma professora de direito com seus alunos, uma turma que esteve presente entre 28 de dezembro e 5 de janeiro durante a seleção de jurados, discutindo a lei Miranda e procurando em seus cadernos de anotações as respostas para a pergunta da professora, quantas vezes Williams tinha sido interrogado sem que lessem os direitos dele. Ou eles tinham chegado tarde demais para pegar lugares no andar de cima no auditório 404 do tribunal, ou o julgamento tinha sido interrompido mais cedo em função da nevasca esperada. No entanto as pessoas continuavam barulhentas lá em cima. Zala passou pela vigilância, feliz por ter acatado o conselho de Schumake, e foi rumo à escadaria. Talvez conseguisse ver alguém que se encaixasse nas descrições dadas por Sonny e Michael.

Ela havia ficado chocada com a avidez das pessoas em serem escolhidas como jurados. Alguns, é claro, pediram para ser dispensados em função de terem crianças pequenas ou por estarem cuidando de parentes doentes em casa; ninguém pediu para ser dispensado afirmando que o julgamento era uma fraude. Depois de algumas rodadas de eliminação, o juiz perguntou se aqueles que tinham restado poderiam viver dentro dos limites de um confinamento e da perspectiva de um júri longo. Pouquíssimos pediram para ser dispensados, citando condições médicas ou claustrofobia, ou outras razões murmuradas baixinho e que apenas os leitores de lábios contratados por uma das equipes compreendiam e passavam adiante em pequenos quadrados de papel amarelo para que chegassem às mesas.

Questionados se ele ou ela tinham uma opinião formada sobre a culpa ou inocência do réu, todos os possíveis jurados disseram que não. Apesar das repetições contínuas de "besta", "demônio", "assassino louco" e "sequestrador de crianças finalmente preso" entre junho e dezembro. Apesar de os boletins oficiais dizerem que "os assassinatos acabaram desde a prisão de Williams". Apesar do comportamento bem divulgado das autoridades; do fim dos bloqueios nas estradas feitos pela polícia rodoviária terem acabado; de os agentes do FBI terem sido retirados; dos policiais à paisana nos parques terem sido deslocados para novas tarefas; do pessoal da Força-Tarefa ter sido drasticamente reduzido; dos pôsteres da Força-Tarefa terem sido retirados das cabines telefônicas, das lixeiras públicas, dos muros. Já não havia programas de educação para a segurança nas escolas, as equipes civis de busca tinham sido desmanteladas, a Vigília Comunitária tinha relaxado, as pessoas pararam de usar faixas verdes; mas nenhum dos possíveis jurados tinha uma opinião formada quanto a culpa do réu, e os sermões dominicais pediam que as pessoas agradecessem e voltassem à normalidade.

Nem, segundo eles, havia qualquer parentesco ou conhecimento de qualquer tipo com o réu. O sujeito que teve suas fotos, seus pais, sua biografia, seus hábitos, a casa, o cachorro, o carro, o currículo e o perfil psicológico nos jornais durante seis meses. Não conheciam de forma alguma o sujeito que tinha sido flagrado em centros comunitários, parques, rinques de patinação, lojas de música, velórios, estúdios de gravação, escolas, postos de gasolina, cinemas, pontos de ônibus e estações do Metrô, no Centro de Arte do Bairro, na lanchonete Cap 'n' Peg's e complexos habitacionais desde a Dixie Hills até a Jackson Parkway Bridge pelos soldados dos advogados que varreram a cidade, frequentemente cruzando o caminho dos batedores do Comitê de Investigação à procura de possíveis testemunhas. Dois candidatos a jurados que sobreviveram às primeiras rodadas de desafios peremptórios moravam na área de Verbena-Anderson Park, segundo um ex-morador notificou a mesa da defesa.

"Você não perdeu nada de manhã", uma mulher no patamar da escada estava dizendo para sua companhia, que Zala reconheceu como uma das vizinhas de Mattie. "Um bando de proprietários e síndicos testemunharam que nenhuma Cheryll Jenkins mora perto da ponte. Como esses caras sabem quem está nos apartamentos?"

"Grandes coisas. Desde quando você precisa de um álibi pra passar de carro pela ponte?"

Zala abriu passagem nas escadas para as pessoas que vinham do julgamento da Techwood. A julgar pelas roupas e pela conversa, eram apoiadores dos "agitadores forasteiros" e dos "selvagens", os membros do Esquadrão de Defesa da Techwood Homes que tinham sido acusados na primavera de exibir armas em público, e uns poucos por possuir armas sem porte. Acusações adicionais contra três deles remontavam a 1979 e 1980. Após protestar no campus da Universidade de Atlanta quando Lester Maddox estava fazendo o discurso de formatura e, mais tarde, quando a primeira-dama Rosalynn Carter veio falar, eles foram acusados por perturbação da paz. Embora essas acusações já estivessem com julgamento marcado havia muito tempo, elas foram usadas de novo no julgamento que começou em 4 de dezembro. As coisas aparentemente iam bem para os réus, embora eles enfrentassem a possibilidade de condenações a quatro anos de cadeia e de multas de 4 mil dólares.

Zala reconheceu a mulher que estava à sua frente no posto de controle do corredor como uma assistente que ajudava na seleção dos jurados, ajudava a ler as expressões do juiz, da equipe oponente, das testemunhas, dos jurados. Uma série de leitores de lábios, experts em linguagem corporal, linguistas, behavioristas, sociólogos, criminologistas e psicólogos compareciam à corte diariamente como convidados da acusação, da defesa ou do juiz. Seu trabalho era estudar a postura, o gestual, as expressões faciais, os tiques, os movimentos dos olhos, os ritmos de respiração e as numerosas variáveis que podiam ajudar a determinar o resultado do julgamento. Junto à família do réu, aos parentes dos advogados, amigos e pessoas que faziam pequenas tarefas, alguns poucos membros do PARE, desenhistas do tribunal e gente da imprensa, de jornais que não tinham prestígio o suficiente para garantir seus lugares no box da imprensa, esses peritos tinham acesso aos assentos e ocupavam as cinco primeiras fileiras de cada lado do corredor central. Parentes do sexo masculino das vítimas que estavam na lista da Força-Tarefa, desconhecidos do meirinho, frequentemente eram deixados de fora.

A família Williams pareceu ser totalmente amigável no tribunal. Não havia nenhuma seção torcendo para Wayne Williams além de seus pais, que se sentavam atrás dele, ligeiramente para um lado ou para outro a cada dia.

Depois do posto de controle, Zala continuou na direção do auditório 404. A oportunidade, os meios e o motivo até agora não tinham sido estabelecidos como havia sido prometido pela acusação em suas alegações iniciais no primeiro dia do julgamento, 5 de janeiro. Além disso, até onde Zala podia ver, a acusação também não tinha estabelecido que os dois mortos tirados do Chattahoochee eram de fato Cater e Payne e que os dois de fato tinham sido assassinados. Os parentes de Payne e Cater contestavam vários traços fundamentais da identificação, assim como vários parentes das vítimas incluídas nas acusações em função do "padrão de fibras" contestavam as roupas identificadas como sendo de seus filhos. Binder, ao interrogar os legistas sobre Cater e Payne, tinha conseguido que problemas cardíacos, suicídio e acidente não fossem descartados como causa da morte. De acordo com os estudantes de direito que passavam os recessos no andar de baixo perto da máquina de salgadinhos, o julgamento como um todo era ilegal de qualquer forma, em função do local onde estava sendo realizado. O barulho de algo caindo na água que a equipe de tocaia disse ter ouvido em 22 de maio teria ocorrido no setor do rio que ficava no distrito de Cobb, e não no distrito de Fulton. No segundo dia, quando a acusação apresentou uma maquete da ponte de quatro metros, o lugar onde os peritos deles testemunharam que os corpos tinham caído na água também ficavam no distrito de Cobb.

O que a acusação tinha? Um barulho de algo caindo na água, algumas fibras, um pouco de cabelo. No terceiro dia, o policial da tocaia, que disse ter sido salva-vidas e saber a diferença entre o som de um corpo humano caindo na água e o som de um castor, foi forçado a responder "não" quando Binder perguntou se ele tentou pular na água e salvar a pessoa que pensou ter ouvido cair. Observar a polícia na Jackson Parkway Bridge tentando simular a queda na água de maio se tornou um esporte para os espectadores em outubro. As pessoas assistiam enquanto as autoridades jogavam pedras, blocos de concreto e outros objetos no rio, e observavam suas tentativas de abafar o som dos pneus de um carro passando pelas placas metálicas de extensão da ponte para justificar que "Williams se esgueirou", e apontavam umas para as outras como a grade de proteção era alta, antes de ser rebaixada, perguntando se o baixinho e rechonchudo Williams poderia ter jogado Cater por cima da grade sem ajuda. Quanto à acusação, por enquanto eles estavam ouvindo testemunhas como os síndicos, que a vizinha da Mattie disse que fizeram o tribunal rir.

No entanto, por outro lado, o que a defesa tinha? Não tinham dinheiro, isso era certo. Era uma empreitada que dependia de dinheiro tirado do bolso, assim como o Comitê de Investigação. Nos corredores, Zala ouviu membros do PARE dizendo que não tinham um centavo para pagar pelos serviços de Dettlinger. Isso era dito o tempo todo desde o começo para acabar com os rumores de que o motivo para ele ter recusado a oferta da equipe de acusação foi não terem pagado o que ele pediu. A defesa também não tinha muito carisma. Binder era abrasivo, e Welcome se confundia bastante em nomes e datas. Por outro lado, Jack Mallard, o assistente da promotoria que fazia os interrogatórios, ganhava os jurados toda vez que defendia algo incisivamente, e depois dava um sorriso astuto na direção deles. Parece que o réu estava com problemas.

Pedaços de papel pardo tinham sido grudados com fita nos vidros das portas do auditório 404. Quando Zala empurrou a porta, sentiu uma resistência do outro lado. Dava para ouvir Binder gritando com uma testemunha. Era impossível que o corpo retirado do rio em 24 de maio e identificado como Cater fosse a causa do barulho de queda na água em 22 de maio; corpos não se decompõem tão rápido na água, e ele tinha sido visto em 21 de maio. Na verdade, Zala tinha ouvido, havia relatos de que Cater teria sido visto também no dia 23. Ela encostou o ouvido na fresta. Stivers, o legista do distrito de Fulton, afirmou que corpos podem se decompor rapidamente. Binder investiu novamente contra ele. Stivers ficou firme: não, ele não estava tentando tornar a autópsia compatível com a teoria da queda na água, fatos eram fatos.

Zala pôs o casaco sobre o braço e foi na direção do chafariz, depois se sentou nas escadas e tentou ouvir o que os dois funcionários do posto de controle falavam.

Eles estavam discutindo como o julgamento seria conduzido. Ela endireitou as costas quando os ouviu dizerem os nomes de duas testemunhas que seriam chamadas a depor: Hosea Williams, deputado e líder comunitário, que teve um problema com a polícia, supostamente em função de violações de leis de trânsito; e o deputado e líder dos direitos civis Tyrone Brooks, que aparentemente também não era muito benquisto pelos dois policiais brancos. Hosea Williams e Tyrone Brooks eram os temas das discussões que Zala ouvia toda vez que parava no Paschal's para pegar um frango que seria servido no jantar em casa. O pessoal que ficava fumando charuto na entrada e os mascadores de palito de dentes encostados na janela da sala de bilhar, duas portas adiante, muitas vezes trocavam entre si versões do que devia ter acontecido no dia em que Williams e Brooks foram até a casa do réu antes da prisão dele. As histórias divergiam muito, mas convergiam em dois pontos: os políticos incitaram Williams a contar tudo, a dar nomes, a confessar. E ele disse: de jeito nenhum.

Os cornetas do centro tinham certeza de que Hosea prometeu conseguir uma grande parte da recompensa para a família de Wayne Williams caso ele falasse. Wayne estava de conluio com um bando de malucos religiosos que molestavam crianças, depois se livravam delas para que não dessem com a língua nos dentes. Zala tinha escutado suas teorias quanto ao que seria revelado no julgamento e sobre como isso poderia impactar a administração de Andy Young caso ficasse a impressão de que pretos não eram capazes de governar a cidade. "Se o Maynard tivesse saído de casa e ido até a esquina para dar os pêsames para a sra. Mathis, nada disso ia ter acontecido", um dos caras do charuto disse certa noite. Zala estava farta dessa versão do caso: a ideia de que nunca houve um caso de verdade, mas que a imprensa explorou os pais enlutados do tipo de meninos e meninas que frequentemente se metiam em problemas fatais; depois, a coisa cresceu até virar uma busca por um assassino-fantasma, e aqueles que estavam dispostos a explorar a situação entraram em ação; e quando você menos esperava, a Prefeitura tinha nas mãos um constrangimento nacional.

Os policiais no posto de controle no corredor pareciam não ter sequer o equivalente a um palito de dente mascado de prova para achar que Hosea Williams e Tyrone Brooks sabiam o que Wayne Williams vinha fazendo nos últimos dois anos.

Por mais esforço que Zala fizesse, não conseguia ouvir o que se passava na sala do julgamento. Havia momentos em que a única atividade era dos desenhistas. Muitas vezes, por até cinco minutos, o juiz Cooper ficava olhando para o nada enquanto os dois advogados esperavam que ele decidisse se os jurados sairiam escoltados para a sala do júri enquanto o advogado explicava o cenário que considerava relevante e legalmente adequado, ou se eles podiam ficar e ouvir. Os jurados cochilavam, esperando. O meirinho, tendo repreendido espectadores para guardar os jornais e pararem de falar, se encostava na parede, esperando. Só os desenhistas continuavam ocupados, um dos punhos segurando lápis de desenho, canetas e gizes coloridos e firmando as pranchetas de desenho, enquanto a outra mão trabalhava velozmente.

Zala se sentou nos degraus, abraçando o casaco e a bolsa, e olhou para as sombras que os corrimãos criavam no piso. Por um minuto ela estava de volta às Ilhas Marítimas da Geórgia, semicerrando os olhos diante do musgo azul-verde-malva-cinza pendente dos carvalhos vivos no cemitério, andando dez quilômetros depois de sair da casa da prima Sônia. Sonny se ajoelhando no túmulo do pai dela, examinando as condecorações. Seu filho se virando para lhe perguntar se tinha certeza de aquele homem no túmulo era realmente seu pai. Spence finalmente tinha contado para a família que era adotado. A questão dos laços sanguíneos e das obrigações familiares foi o grande tema para Sonny durante duas semanas seguidas.

"Mas parece que eles estão comendo bem", a primeira pessoa a sair pela porta estava dizendo por cima do ombro.

Zala se levantou e deslizou ao longo da parede, esperando ver alguém que fosse tentar cumprimentá-la — algum membro do Comitê de Investigação, os fiéis membros do PARE, Teo e Sue Ellen, o assistente do agente funerário que jurou no outono que iria depor testemunhando a respeito do estado de alguns corpos: marcas de agulhas hipodérmicas na região genital, com gravações rituais, castrados.

"O caminhoneiro, você diz", o sujeito que estava ao lado do outro disse, passando perto de Zala, os calcanhares dela no rodapé.

"Acho que o jantar é o melhor momento da noite para eles", alguém suspirou, com compaixão.

Nove homens, três mulheres; oito pretos, quatro brancos; duas mulheres pretas, seis homens pretos, uma mulher branca, três homens brancos. O júri foi catalogado de um jeito, depois de outro, foi descrito e analisado, mas principalmente foi alvo de pena. Quando não estavam confinados no lugar reservado ao júri, os jurados estavam sendo escoltados por guardas armados para serem trancafiados em sua sala. No hotel, que ficava perto do aeroporto, eles eram trancados em uma sala comum para um jogo de carteado e para conversar fiado sobre qualquer outra coisa que não fosse o processo. Escoltados até o banheiro ou até o saguão para fumar. Depois do jantar, trancados sozinhos num quarto de hotel sem rádio, TV, jornal, revista ou telefone, até que alguém viesse bater na porta pela manhã para escoltá-los de novo ao tribunal.

Muitas outras pessoas discutiam quais jurados tinham engordado e tentavam adivinhar quanto peso o réu tinha perdido. Peso não era a única coisa que Wayne Williams tinha perdido, Zala estava pensando, enquanto esticava o pescoço para ver com quem ela podia conversar.

Depois de meses brincando de dança das cadeiras com seus advogados, o acusado tendo contratado e demitido Mary Welcome e Tony Axum, e os dois por sua vez dispensando um ao outro, Williams tinha perdido sua cadeira, deixando Binder e Welcome batalharem contra os cinco promotores e sua máquina bem-azeitada e bem-financiada. Já não havia entrevistas coletivas nem declarações exibicionistas para que seu advogado alimentasse o público: Wayne Williams já não era mais nem mesmo um consultor no engalfinhamento que determinava sua vida. Era prisioneiro daquilo que Leah chamava de triunvirato Slaton-Binder-Cooper. Quando chegou a hora de fazer um depoimento em sua própria defesa, os parâmetros para revelar algo tinham ficado rígidos como cimento.

Dos três homens do triunvirato, o juiz Clarence Cooper era o menos discutido na imprensa e o menos mencionado no corredor. Um espectro, um ícone; poucos eram os fatos conhecidos relacionados a ele. Zala sabia que o juiz tinha sido responsável pelo uso dos detectores ao estilo de aeroporto. Que tinha trabalhado para o procurador Lewis Slaton nos oito primeiros anos depois de se formar em direito. Primeiro procurador-assistente preto de Atlanta, graças à incitação de Vernon Jordan, da Urban League. Por cinco anos fora juiz numa corte municipal, graças à indicação de Maynard Jackson. Depois concorreu a um cargo numa corte superior e venceu, em 1980. O que se dizia era que ele mantinha laços estreitos com seu primeiro chefe, o procurador Slaton.

Não, a situação não parecia boa para o réu, Zala ouvia várias vezes enquanto seguia para o saguão. E ela pensou, ao ver dois jovens advogados do grupo do bate-e-volta irritados com o fato de a corte ter entrado em recesso por causa da neve, que qualquer informação que Williams oferecesse poderia facilmente ser mantida sob sigilo. As pessoas talvez nunca viessem a saber os meios e os motivos e as identidades de quem matou mais de cem crianças, mulheres e homens pretos. Assassinos livres para atacar de novo enquanto a atenção estava fixa em um homem usado para encerrar, de uma vez por todas, o caso das 29 pessoas oficialmente Desaparecidas e Mortas.

"Eles vão manter esse recesso por uns dias", um dos estudantes de direito estava dizendo na escadaria do tribunal. "Dizem que vai ser uma nevasca grande."

"Você quis dizer que vai ser uma nevasca muito *conveniente*", o professor andou atrás de Zala pela calçada.

• • •

Zala olhou para o relógio no West End Mall A&P. Ela havia perdido 25 minutos em algum lugar. Às 15h07, a neve começou a ficar mais forte. Quando saiu do ônibus, a neve já estava pegajosa. Caminhando pelos corredores, ouviu alguém falar da hora e prever que lá pelas quatro seria realmente uma tempestade. Nesse ponto, ela olhou para o relógio. Ficou encarando os ponteiros enquanto gente que passava para pegar frangos em promoção esbarrava nela. Os velhos estavam indo embora, ela ouviu, aqueles idosos que levavam os compradores de um ponto para outro do shopping por um dólar. A fila em frente ao telefone do lado de fora, perto do lugar onde ficavam os carrinhos de compras, era longa, e seguia passando por janelas e portas até a nova máquina de refrigerante que falava com você quando uma moeda era depositada. Zala colocou três frangos e duas caixas de hambúrguer no seu carrinho e saiu abrindo caminho.

Nas hortifrútis um funcionário jovem irrigava as verduras enquanto outro limpava o chão. Pessoas perdiam o equilíbrio estendendo as mãos umas sobre as outras para pegar mostardas, couves e nabos sem a inspeção meticulosa de costume. O carrinho dela derrapou e ela bateu numa pilha de pomelos, derrubando as frutas. Uma menina que brincava de abre-te sésamo com a porta da frente foi tirada de cima do tapete por um irmão mais velho. A porta continuou a se abrir e fechar com chiados, a neve entrando num turbilhão e caindo sobre o tapetinho preto de borracha. Perto da porta, mulheres com bebês nos quadris perguntavam umas às outras como elas planejavam chegar em casa. Zala colocou três pomelos no carrinho e pôs o resto de volta na pilha, depois entrou em outro corredor, rumo à seção de congelados.

As pessoas se debruçavam na geladeira fazendo pilhas de comida congelada para comer diante da TV, que iam até o queixo. Caixas de miúdos congelados eram trocadas por pizzas congeladas enquanto carrinhos engarrafados com pacotes brancos de frutos do mar na parte de cima e ração para cachorro na parte de baixo empacavam, as grades da parte inferior curvadas bloqueando as rodinhas.

"Calma, pessoal." O segurança estava andando rápido, com uma das mãos segurando o coldre, para não balançar. Ele pedia que as pessoas nos corredores se acalmassem. A cada metro era parado por alguém mais velho que lhe pedia algo de uma prateleira mais alta — creme de coco, suco de goiaba, molho apimentado jamaicano. O segurança foi chamado de volta para a parte da frente da loja, o gerente falou ao microfone. Tinham começado discussões nas duas filas de caixa rápido. Alguém estava segurando a fila para cortar cupons de desconto já no caixa; outro estava tentando comprar aquecedor de ambiente com vale-refeição. "Calma aí... calma", o segurança continuava dizendo enquanto trotava.

O sujeito que estava na frente de Zala na fila se virou, e ela deu um pulo. "Aposto que dessa vez botaram o trator de tirar neve na rua", ele disse com uma risadinha. "E se a gente der sorte, alguém vai saber operar aquele troço."

"Isso se já não estiver enferrujado", a mulher na frente comentou.

"No mínimo vão dar uma parada com os despejos", disse uma mulher na fila ao lado. "Nunca ouvi falar que tenham posto alguém pra fora de casa numa tempestade assim. Mas não tem como saber."

O sujeito em frente a Zala saiu da fila para esvaziar uma caixa de barras de chocolate na sua cestinha, e ela viu Murray na frente perto da prateleira da janela que no verão servia de estoque para carvão, e no inverno para lenha de lareira. Ele estava tirando as luvas com os dentes e olhando para ela.

"Esvazie um pouco os pneus, isso vai ajudar", disse para dois sujeitos que estavam carregando os braços com lenha. "E se vocês estiverem indo pela Northside, arranjem um pouco de serragem. Espalhem na entrada da garagem. É tão bom quanto cinzas, e é melhor que sal", falou para os dois, ainda olhando para Zala.

"Acredito", um dos homens resmungou alto quando o amigo pôs dois pedaços de lenha nos braços dele de uma só vez. "O sal corrói o carro."

"Atenção!" O gerente da loja se debruçou sobre a divisória de seu cubículo, depois chutou algo lá dentro para poder subir. "Por favor, fiquem calmos!", pediu, a voz matizada pela histeria. "Vamos ser gentis! Tem bastante carro, bastante caminhão lá fora, o suficiente pra levar todo mundo pra casa a tempo de poder jantar. Se a gente for gentil...", ele estava acrescentando, quando seja lá o que fosse que estava lhe servindo de apoio ruiu, fazendo-o desaparecer com um ruído. As pessoas riram com mais sinceridade do que fariam se estivesse só chovendo.

"Posso levá-la pra casa, srta. Spencer." Murray tinha se materializado ao lado dela e Zala se assustou. Ele apontou para sua caminhonete piscando no estacionamento depois da fila do telefone. Uma lasca de gelo escorregou da aba do boné dele e caiu na cestinha de Zala. "Um ônibus derrapou e bateu no canteiro central da I-20. Não tem como saber quando vão arrumar aquilo."

"Obrigada", foi a única coisa que ela conseguiu pensar para dizer.

"Tudo bem. Tudo bem, então."

Assim que entrou em casa e largou as sacolas, não lhe deram tempo nem para que tirasse o casaco.

"Olha isso, mãe!" Kenti estava puxando Zala para a TV, fazendo-a passar de uma tempestade para outra.

Kofi virou Zala para conseguir a atenção dela. "Tenta adivinhar o que era aquele barulho no telhado? Adivinha o que o dono da casa e os outros caras acharam lá em cima?"

"O dono da casa? O dono da casa veio aqui?" Zala olhou em volta procurando Spence. Sonny estava estirado no sofá com um livro, os pés nas almofadas, de sapatos. "Quem o deixou entrar? Onde está seu pai?"

"O cara careca e alto veio pegar o pai. Eles foram em algum lugar e a Gloria teve que ir pra casa. Mas o pai ligou depois e disse que não tinha problema a Glo sair. Mas vem ver. Deixa eu mostrar. Eram guaxinins no telhado fazendo aquela barulheira. Foram eles que causaram o vazamento. Os caras do telhado vão consertar." Ele estava puxando Zala para o closet.

"Espera um minuto. Espera. O que o dono da casa estava fazendo aqui?"

"Olha isso, mãe. Adivinha qual neve é Atlanta, o canal 11 ou... 8?"

"Espera um instante."

"Ele trouxe os caras do telhado pra ver o vazamento."

"Como ele podia saber disso? Quem falou pro Gittens do vazamento? Eu só percebi hoje cedo quando vi minha bota." Ela se virou para Sonny. Ele largou o livro aberto no rosto. "Quem o deixou entrar? Eu disse pra não deixar ninguém entrar aqui em casa."

"Ele é o dono, mãe."

"Mas podia ser Jesus e não era pra deixar entrar mesmo assim — a gente já falou pra vocês! Ele usou uma chave ou tocou a campainha?"

Kofi olhou na direção do sofá, depois para as poças em torno das botas de Zala. "O Sonny deixou ele entrar." Kofi foi na direção das compras, mas Sonny se levantou e ficou no meio do caminho entre os dois.

"Um instante", ela disse, no entanto Sonny tinha passado por ela e entrado no banheiro.

"Melhor você tirar a bota, mãe. Está sujando o tapete."

"Como é, mocinha?" Zala se sentou na cadeira e olhou do banheiro para a TV.

Kenti balançou o corpo e voltou para a maçaneta. Havia gente escorregando e deslizando para fora do campo de visão em meio a morros de neve. Em outro canal, um ônibus estava afundando na neve até os olhos. O sujeito que apresentava a previsão do tempo em Nova York, de um modo calmo e amistoso, apontou para o mapa. Depois nova-iorquinos escalando montes brancos e sujos acenaram para as câmeras.

"Agora olha isso", Kenti trocou de canais. Em Chicago, pessoas segurando casacos e chapéus passavam abaixadas pela câmera; a tela ficou opaca. O homem da previsão do tempo, bem-vestido e falante, apontou para o mapa com um apontador daqueles usados por professores.

"Agora é Atlanta!", Kofi entrou na conversa.

O homem da previsão do tempo em Atlanta estava sem paletó, as mangas arregaçadas, a gravata afrouxada, os cabelos despenteados. "Ele está quase pirando!", Kofi riu, jogando seu corpo pela sala de estar enquanto o homem do tempo gesticulava loucamente. Kenti ficava abaixando, depois erguendo o volume.

"Por favor, abaixe isso, eu não consigo pensar."

Motoristas ao longo da Peachtree saíam dos carros; carros derrapavam em volta deles e paravam em ângulos estranhos na rua. Motoristas se afastavam a pé, com ar desamparado, abandonando os carros. Idosos com cobertas e mantas sobre os ombros acenavam para a câmera dentro de abrigos emergenciais aquecidos. Gente enrolada em jornais se encolhia debaixo do viaduto. Ônibus, viaturas policiais e guinchos piscavam vermelho, âmbar, branco, azul, suas luzes em sincronia com o amarelo que piscava nas barreiras da rodovia. No saguão de um hotel, as pessoas se aglomeravam em volta de um sujeito sorridente que estava na ponta de uma mesa. Ele chacoalhava uma chave de quarto, que estava leiloando.

"Eu pedi pra desligar. Quero ouvir como o dono da casa veio aqui."

"Ele simplesmente veio, mãe. Ele e os caras do telhado. Disseram que queriam ver o problema. Mas adivinha só. Aqueles barulhos todos? Era uma família de guaxinins que estava atacando as latas de lixo e levando coisas pra comer no nosso telhado. Tinha osso de galinha e batata e osso de boi e casca de laranja. As coisas que estavam lá em cima estavam apodrecendo o telhado. Foi assim que apareceu aquele vazamento no closet. Eles remendaram depois de descobrir o que era."

"Quem estava aqui dentro fazendo o que e quem estava lá fora e onde estavam vocês todos? E onde estava o seu pai?"

Kofi se sentou no chão, cruzou as pernas sobre o colo e falou devagar: "A gente estava lavando a louça, eu e a Kenti".

"Que nem você mandou", Kenti acrescentou, depois se virou para a Flórida. Estacas enormes tinham sido fincadas no chão dos bosques e incendiadas. Emitiam uma luz laranja feia, esfumaçada.

"E o Sonny foi atender a porta."

"Vocês escutaram a campainha ou alguém batendo ou ele simplesmente foi até a porta?"

"Como assim?" Kofi deu de ombros e olhou para Kenti. "Acho que ele escutou alguém batendo. Eu estava lavando a louça."

"Eu também. Eu não acho legal o jeito que o dono da casa disse pra gente não ficar no caminho. Mas ele consertou o closet." Ela falou por cima do ombro e voltou a aumentar e baixar o volume.

"E depois?"

"O dono da casa entrou e disse que queria que o pessoal do telhado desse uma olhada no problema."

"Estou tentando entender direito a ordem das coisas. O pai de vocês e a Gloria foram pegar vocês na escola. O seu pai saiu com o Lafayette. A Gloria foi para casa. Está nevando bastante, e o Gittens aparece com uns caras que dizem que querem dar uma olhada na nossa casa. Vocês três estão aqui sozinhos e deixam que eles entrem. Mas quem os chamou?"

Kofi rolou no chão e puxou duas bolsas na direção dele pelas alças de plástico. "Nem olhe pra mim."

"Bom", Kenti torceu uma trança em torno do dedo. "Eu te disse ontem que tinha um buraco no closet. Mas você não escuta. Eu falei pra sra. Grier hoje de manhã quando encontrei ela. Provavelmente ela chamou o dono da casa."

"Entendo."

"O Sonny trouxe o banquinho pra eles."

"Ele fez o quê, Kenti?"

"A banqueta da cozinha. O Sonny pegou pro dono da casa poder subir naquele lugar sinistro no telhado do corredor."

"Onde estavam os caras do telhado?"

"Primeiro estavam parados aqui, depois ele mandou todo mundo lá pra fora."

"Eles tinham uma escada?"

Kofi rolou até ficar de joelhos e olhou pra ela. "Entendi o que você está falando, mãe. Não, eles não tinham escada. Só subiram. Mas eles tiraram todo o lixo que estava lá. E quando desceram, pediram água pra misturar o gesso e essas coisas. Depois eles consertaram o closet. Pelo menos acho que consertaram."

"Vai ver, Kofi. Vai lá ver."

"Você acha que eles não eram pedreiros de verdade?" Kenti desligou a TV.

Zala fechou bem os lábios e escutou. Havia silêncio no banheiro. Do closet, Kofi veio e mostrou a mão. Tinha uma gosma branca na ponta dos dedos.

"Volte pra parte em que os caras do telhado estavam lá fora e o Gittens aqui dentro. Onde vocês estavam?"

Kofi mexeu a boca. Seu lábio inferior desapareceu sob a fileira superior de dentes enquanto ele pensava. Limpou as mãos na parte de trás das calças. "Eu estava com a Kenti na cozinha a maior parte do tempo, e o Sonny estava ajudando o dono da casa. Você sabe, segurando a banqueta pra eles."

Kenti veio e ficou ao lado do braço da poltrona de Zala. "A gente estava na cozinha, mãe, porque ele disse que a gente devia ficar fora do caminho porque os caras do telhado cobravam por minuto."

"Sei. O Sonny e o Gittens estavam no corredor. Eles estavam falando, rindo, o quê?"

"Eu não ouvi nada. Só ouvi o dono da casa mexendo no telhado. Sabe, mãe, que nem da vez que a gente subiu lá. Só ouvi isso."

"Então eles estavam sussurrando?"

"Mãe, você está me assustando."

"Desculpe. O que aconteceu depois?"

"Pouca coisa. Os caras do telhado misturaram o gesso e ficaram andando pelo closet."

"Ficaram andando."

Kofi riu. "Você está me fazendo dizer coisas que eu não disse, mãe. Eu quis dizer que eles consertaram. Um dos caras tinha uma espátula. Aí os caras do telhado disseram para o dono da casa qual era o problema e que eles podiam voltar e fazer um bom trabalho depois da tempestade de neve. Aí todo mundo foi embora."

"Todos eles foram embora juntos? O dono da casa não ficou por mais uns minutos?"

"A gente estava na cozinha, mãe."

"Quanto tempo o Sonny e ele ficaram no corredor sem vocês nem os carpinteiros?"

"Você quer dizer sozinhos?", Kenti sussurrou.

Kofi pegou três sacolas de compras e levou para a cozinha. "Pergunte pro Sonny. Foi ele que deixou eles entrarem, ele estava no corredor com os caras. Eu estou com fome."

"Kenti, quanto tempo depois do seu pai sair o dono da casa chegou?"

"Hmm... hmm... hã... Mas eu sei que era melhor você tirar esse casaco. Você está molhando a cadeira."

"Como é?"

Kenti ergueu duas sacolas, mas largou rapidamente e olhou dentro delas, pegando o que queria. "Você vai fazer janta agora?" Ela tirou duas caixas. "Estou vendo que comprou macarrão e queijo. Acho que eu consigo fazer."

"Só guarde as compras."

"Se você vier e ficar olhando, eu consigo."

"Põe lá em cima, Kenti."

"Lá em cima? É pra colocar no telhado?"

"Guarde as compras, por favor." Zala se levantou e olhou para a porta do banheiro. Mas acabou indo para a janela da frente.

"Vou cozinhar, mãe."

Zala acenou com a mão, mandando Kenti para a cozinha, depois olhou para a rua, tentando juntar as peças. O dono da casa esteve por ali, talvez rondando a quadra. E quando viu Spence sair, percebeu que o terreno estava livre e fez contato. Lafayette veio aqui, sem dúvida, seja lá qual foi a razão que levou o Comitê de Investigação a não estar no tribunal. Depois Zala pensou uma história mais verossímil. Lafayette, a pedido de Spence, estava monitorando Gittens. Quando viu o carro de Gittens na região, ele e Spence, seguindo o combinado, deixaram o caminho livre. Gittens então se aproximou e confirmou as suspeitas deles. Zala olhou para o outro lado da rua. Claro que eles não teriam ido longe, e veriam que ela estava em casa. Não havia sinal de ninguém se escondendo atrás das cercas baixas do quintal da Paulette. Não havia arbustos grandes o bastante no quintal dos Robinson. Talvez os dois tivessem seguido Gittens. Agora eles iriam ligar.

Quando Zala se virou na direção do telefone, viu Kenti ainda parada perto da poltrona, com uma caixa de cereal debaixo de um braço, uma caixa de macarrão Kraft debaixo do outro.

"Você podia ter trazido as compras pra casa em caixas, mãe. Aí a gente podia ter usado pra começar a guardar as coisas."

"Melhor você ficar quieta e vir pra cá!", Kofi gritou. "Se você sabe o que eu sei!"

Zala deu uma boa olhada na filha. Como ela parecia crescida, parada perto da poltrona, pernas abertas, as caixas sob os braços, o olhar fixo. Ela nem se mexeu quando Kofi voltou a chamar. Ela não arqueou os ombros nem se recostou na poltrona sob o olhar da mãe.

"Desculpe, Kenti, não queria estourar com você."

"Queria, sim, porque você estourou e não precisava, você é adulta."

Zala se abaixou e desafivelou as botas. "Por favor, ajude o Kofi a guardar as compras, e desculpe, de verdade."

"Você vem?"

"Num minuto."

"Vou pôr a panela grande pra ferver a água, aí você vai ver como fazer isso. Eu quero que faça isso."

"Certo."

"Se você for esperar que ele saia do banheiro, a comida vai queimar."

"Vou lá num minuto."

Zala pensou que precisaria de mais do que um minuto para pensar naquilo. Mas não conseguia passar da parte em que Spence usava as crianças como isca. Então tinha que ter outra explicação.

"Quero que você saia do banheiro, Sonny. Agora mesmo."

Ele abriu a porta enquanto Kofi soltava um gemido na cozinha. "Queria que você se acalmasse", Sonny disse, indo para a cozinha, virando a cabeça apenas ligeiramente na direção dela. "Está tudo bem, tudo tranquilo, aí você chega em casa." Disse afastando uma cadeira da mesa e girando-a atrás de si sobre uma só perna, barrando o caminho dela. "Vou fazer os hambúrgueres, Kofi. Você não deixa no ponto certo", ele disse, dando a conversa com ela por encerrada.

"Sonny, quero ouvir o que você sabe dessa história toda do telhado", ela disse do corredor.

Sonny recuou do fogão até a mesa, para que ela pudesse vê-lo por inteiro. Não do mesmo modo que costumava fazer alguns meses antes: olhepramim, olhepramim, o corte de cabelo, o dente com a jaqueta, o boné que o pai tinha comprado pra ele. Ele tinha as mãos nos quadris, e a boca estava erguida num dos cantos.

"Dá pra deixar pra lá? Você quer transformar uma coisa pequena num negócio grande, guarde isso pra dra. Perry. Ela vai curtir. Eu só quero comer e terminar a lição de casa."

"Com quem você anda falando?"

Puxou o ar entre os dentes serrados e voltou para o fogão. "Pegue o resto das compras", ele disse, dando um tapinha no ombro de Kofi.

"Com quem você acha que está falando agora? Eu não sou seu escravo."

"Todo mundo quieto." Kenti bateu com a caixa de cereal na mesa. "Todo mundo nesta casa fica falando o tempo todo e ninguém nem se abraça ou diz oi. Então por que não fica todo mundo quieto?"

Kenti olhou para a mãe, cujos olhos continuavam em chamas. Depois ela deu as costas e cortou a parte de cima da caixa azul e branca.

Quarta-feira, 10 de março de 1982

"Nós temos mingau. Temos biscoitos amanteigados. Temos o frango frito do sul, quiche, nachos, salmão defumado, sushi, pizza, rolinho primavera e paella. Temos o Six Flags Over Georgia, a Stone Mountain, o zoológico e o lindo Chattahoochee. Temos os Falcons, os Braves e *ET: o Extraterrestre* estreando em primeira mão. Temos metrôs acarpetados, lajotas decoradas nas estações, um estádio, uma orquestra sinfônica, o balé e um museu de arte. Temos o Merchandise Mart, o World Trade Congress Center, o hotel mais alto do mundo e um aeroporto tão grande que podia ser um distrito eleitoral com direito a eleger alguém para o Congresso..."

Spence seguia o ônibus turístico que serpenteava tranquilamente, subindo a rua recém-ampliada, sem respeitar nenhuma das faixas e dos tracejados que tinham acabado de ser pintados sobre o asfalto. Cartazes na traseira e nas laterais dos ônibus promoviam shows da Broadway no circuito sulino. Na noite de sábado, 20 de fevereiro, uma festiva multidão que assistia a *O Rei e Eu* foi flagrada pelas luzes brilhantes da TV, que estava lá para mostrar o retorno dos jurados à vida civil: depois de nove semanas de audiências e de doze horas e meia, eles chegaram a dois vereditos condenatórios.

"O avião da tia Paulette chega às 10h10, pai."

Spence olhou os filhos pelo retrovisor por um minuto. Eles deveriam estar na escola. Cotovelos para fora, Sonny girava a bola de futebol contra a camiseta, olhando para o nada. Kofi acenava para os passageiros no ônibus turístico, aqueles que não estavam olhando por cima do carro deles, o carro da tia Delia, para um prédio de apartamentos que estava sendo erguido na outra rua. A fachada formal era interrompida abruptamente no terceiro andar.

"Sempre construindo", Spence murmurou. "Mas é sempre alguma coisa importante."

"Temos torres de aço e vidro. Temos construções de tijolos de adobe da Geórgia e o famoso pinheiro da Geórgia. Temos pavio longo, memória curta e sistemas de resfriamento que estão entre os melhores do mundo. Temos fachadas falsas e mentiras escondidas nas costas. Temos grupos secretos, reuniões da Klan e milícias nervosas. Faixas pretas nos braços e fitas verdes desbotando no fundo das gavetas. Temos bolinhos para mergulhar no molho e no leite com chocolate para crianças livres de toque de recolher que chegam em casa depois de brincar na rua às 3h30 da tarde, às 21h ou até as 22h45. Temos nomes, datas, acontecimentos que nós encaixotamos, trancamos e enterramos. Temos muros bem erguidos contra qualquer pergunta e desafio. E telhados preparados para aguentar qualquer tipo de tempestade..."

"Pé-de-cabra", Spence murmurou, ultrapassando o ônibus e entrando na rodovia para a última parte da viagem para pegar a festa de casamento.

"Pé-de-cabra?" Sonny se inclinou para a frente por um minuto, depois sentiu que sabia por que o pai estava rangendo os dentes. Ele nunca deixava passar. Tinha uma história no jornal falando de mulheres assassinadas. Lafayette e os outros caras estavam tentando fazer com que a polícia visse que as mulheres eram parte da história dos Desaparecidos e Assassinados. Eles andavam correndo de lá para cá com isso desde a grande nevasca. Mal paravam em casa agora, de tanta reunião. Agora eram poucos; normalmente se encontravam numa garagem na Memorial ou ficavam conversando no terreno ao lado, cheio de peças de carros. Eles diziam que tinham que agir rápido porque a Força-Tarefa estava ficando cada vez menor e Williams e o novo advogado não estavam chegando a lugar algum com a tentativa de pedir um novo julgamento.

"Ainda tem esperança", Spence falou sozinho, os dois filhos com os rostos virados para as janelas laterais e o ignorando agora.

Havia esperança. Como Lux, o Iluminador de Couros, tinha dito no Simmon's, "Nem todo olho fechado dormiu e nem todo adeus se foi". Ainda havia bolsões de interesse e gente que não deixava a história morrer. James Baldwin vinha várias vezes à cidade; existiam rumores de um livro. Sondra O'Neale, professora da Universidade de Emory, não tinha abandonado sua pesquisa. De tempos em tempos, gente da TV e do cinema ia à cidade buscando ideias para uma história. Camille Bell estava se mudando para Tallahassee para escrever sobre o caso do ponto de vista do comitê PARE. Os veteranos tinham assumido o *Call*, agora que o Orador tinha passado a trabalhar em tempo integral com o Comitê da América Central. O Partido Comunista Revolucionário continuava publicando textos sobre o caso no *Operário Revolucionário*. Sempre que Abby Mann mandava um batedor para o docudrama que ele tinha proposto fazer para a TV, as autoridades de Atlanta e as lideranças dos direitos civis enlouqueciam. Dettlinger e Prugh estavam trabalhando juntos em um livro. Enquanto houvesse gente para manter as coisas andando, Spence podia continuar no caso sem sentir que estava sozinho, ou que estava alucinando.

Spence olhou de relance para Sonny pelo retrovisor. Se afrouxasse a corda e desse algum espaço para Sonny, o menino acabaria levando o pai aonde ele quisesse. Zala continuava falando sobre o dono da casa, intimidando o menino. No entanto havia caminhos diferentes para chegar ao mesmo resultado.

"A gente vai conseguir", Kofi disse, olhando para o relógio na torre do aeroporto.

Mãe e filha se sentaram no chão perto da TV, a mais nova desfazendo as tranças da mais velha. Ao seu redor a casa se destacava como um cenário, apartada e fria, suspensa das caixas e dos tambores, à parte da mobília empilhada e numerada com quadrados de adesivos vermelhos. Quando a notícia chegou, as três mulheres se reuniram como se estivessem em torno de uma fogueira. Pelas janelas nuas, o céu exibia um cinza cor de chumbo.

As alças de latão de um caixão cintilavam. Colegas de escola com luvas brancas carregavam seu amigo escada abaixo. Mães enlutadas vistas através da gaze preta de seus véus. Fotos escolares, e os sorrisos antigos desbotando à medida que a imagem se dissolvia e o tribunal aparecia. A bandeira, as paredes cobertas de madeira, o martelo do juiz sobre o disco de madeira. Depois a "Resolução", a palavra que não saía da boca das autoridades. Dez, depois doze, então catorze casos "resolvidos" — por que julgar de novo, sendo os julgamentos tão caros?

Homer Williams: "Não consigo entender como seria possível alguém, onde quer que fosse, considerar meu filho culpado." Camile Bell com os óculos escuros que eram sua marca registrada: "O júri não teve outra pessoa para examinar; os verdadeiros assassinos não foram encontrados". Um homem preto não identificado com uma boina de couro: "Ele é um prisioneiro político". Depois Andy Young, confiante de que o júri sabia o que estava fazendo, carimbou a empreitada como um todo.

Um perito da Unidade de Ciência Comportamental do FBI surgiu na tela para dizer que o comportamento de Williams batia com três dos nove traços clássicos do perfil do assassino em série. Primeiro, assassinos seriais eram invariavelmente aficionados pela polícia. Williams era maluco por rádios da polícia e tinha um carro que foi comprado num leilão policial. Zala piscou. Tinha sido dito tantas vezes, pelo menos na vizinhança, que a perua Chevy branca tinha sido comprada de um tio em Columbus, na

Geórgia, que ela ficou pensando de qual carro o perito estaria falando. E será que o homem iria mencionar que perseguir ambulâncias e carros de bombeiros era o trabalho do réu como repórter fotográfico free-lance? Ela inclinou a cabeça para a esquerda enquanto Kenti escovava seus cabelos. Delia estendeu as mãos e massageou os ombros dela. Zala fechou os olhos.

Em segundo lugar, assassinos seriais em geral se esforçavam para ter contato pós-morte. De acordo com as autoridades, Williams foi a um dos funerais e, antes disso, tinha se candidatado a um emprego como fotógrafo em um necrotério. Zala abriu os olhos de novo e inclinou a cabeça para a direita enquanto Kenti escovava. Em quantas características Leah se encaixava, ou Vernon, ou Dowell? Ela estava certa de que Williams tinha se candidatado à vaga em 1979, e não depois da morte.

Em terceiro lugar, assassinos em série invariavelmente colecionavam suvenires. Os policiais de campana que pararam o réu na ponte haviam relatado ver roupas no carro que não podiam ser dele, e a família havia encaixotado muitos itens entre o incidente na ponte e o primeiro longo interrogatório em 3 de junho. No entanto, Zala franziu a testa, Dettlinger afirmava que a sacola de roupas da Chevy ainda estava na varanda dos fundos da casa de Williams, e ninguém se interessou por isso.

A retrospectiva continuou. Zala tentou continuar acordada para ver se eles iriam entrevistar ou pelo menos mencionar Mildred Glover e Annie Rogers, mãe de Patrick Rogers. Eles tinham começado a organizar um segundo comitê, a Pais pela Justiça, durante o período em que vários órgãos governamentais estavam perseguindo o PARE. Porém só foi exibida a imagem já célebre do condenado numa solitária, a câmera acima dele, olhando entre as barras, a sombra da grade inclinada sobre Wayne Williams, que já não era mais tão rechonchudo. Depois, uma série de comentários de pessoas comuns na rua, crianças brincando nos parques, mulheres pendurando roupas no varal, homens lavando carros com mangueiras. Em uma cena de multidão, Zala reconheceu alguns dos homens e mulheres que tinham vindo do Harlem para a manifestação de 9 de setembro. Eles questionaram Zala com grande curiosidade a respeito do método de zoneamento policial. "Como assim, não tem delegacias?" Eles não conseguiam entender aquilo. "Você quer dizer que está tudo centralizado em um ou dois prédios por distrito? Isso é loucura!", protestaram, puxando gente de Detroit, Chicago, Cleveland, Dayton e da Filadélfia para comparar impressões. "O trabalho policial é todo baseado em denúncias. Quem é que vai pegar um ônibus e viajar vinte quilômetros para entrar num prédio gigante a fim de falar com um policial que nunca viu na frente?"

Zala esperou em vão que mostrassem o novo grupo formado para pressionar a Força-Tarefa a aumentar seu pessoal e a fazer uma investigação de verdade. Ainda havia pelo menos seis inquéritos abertos. Além disso, a história da mulher morta estava voltando ao noticiário à força, graças ao trabalho de líderes comunitários inabaláveis — foi nesse trabalho que o Comitê de Investigação se concentrou quando percebeu que o julgamento não iria revelar nada. A retrospectiva não incluiu os Pais pela Justiça; não houve uma palavra sequer do advogado de Williams, Lynn Whatley.

"Você devia tentar tirar uma soneca", Delia sugeriu, segurando no puxador do closet para se levantar do chão. "Posso ajudá-la a organizar o bufê de recepção e a vestir as crianças, mas os Webber estão para chegar e eu tenho que reabrir a casa e dar uma arrumada. Eles perguntam de você o tempo todo — eu já disse isso?"

"Você é uma boa alma, Delia."

"Sou eu que vou levar a flor e a almofada", Kenti se levantou. Ela tentou não ficar entre as duas para o caso de elas pararem de ser tão adultas e irem se abraçar. Tia Dee estava alisando as pregas da própria camisa e olhando para a mamãe. Mamãe Zala estava olhando para a TV.

"Levar a almofada?"

"Eu vou levar a aliança da tia Paulette numa almofada."

"Que ótimo, querida."

Tia Dee olhou por cima da mesa, onde estava a carteira da mamãe, depois olhou para a mamãe. "Zee, desista", ela puxou a outra para seus braços e a abraçou. "Tente desistir. Isso é loucura."

Zala olhou para a tela. O desfecho estava chegando.

"Caso encerrado", o locutor da TV disse em frente a uma mesa cheia de fotos de escolas. Os rostos das crianças continuaram na tela por um bom tempo depois do fim do jornal.

Em meio às pernas bronzeadas de garotos em camisetas de escolas e de jovens militares carregando mochilas, Spence viu os meninos a meio caminho do pátio, correndo atrás da bola, passando em zigue-zague por maletas e bagagens de avião, chutando e se empurrando com os ombros para desequilibrarem uns aos outros, depois correndo de forma intermitente pela imensa área cinzenta acarpetada. A atividade esportiva deles não chamou a atenção de nenhum segurança. "Você tem uma dupla de Pelés, meu irmão", um carregador parabenizou Spence e se afastou.

• • •

Com a ponta de um tênis, Kofi estava rolando a bola para cima do outro pé, do jeito que Sonny ensinou para ele a manhã toda no único canto do quintal em que os junquilhos tinham crescido. A bola bateu no topo do laço dos cadarços e Kofi levantou o pé e bateu na bola com o joelho. Ele chutou a bola rasteira na direção de uma loja de presentes onde um vendedor estava jogando um aeromodelo. O avião voou em arco e voltou para a mão dele.

Sonny, escutando o nome do pai sendo chamado no sistema de som, parou a bola e a segurou bem debaixo do pé para que Kofi não conseguisse roubá-la. Ele fez um gesto para Kofi, que parou de tentar pegar a bola e se virou. O pai deles estava correndo para a mesa de informações da Delta Airlines. Inclinava-se como se estivesse tentando pegar um lápis e um bloco do bolso.

Era assim que Gaston corria pela garagem, driblando uma câmara de ar e tentando fazer com que Sonny jogasse. Kofi parava o que estava fazendo, o que normalmente era mexer nas bandejas cheias de peças de metal, e ia defender a "cesta", a máquina onde o pneu estava. Sonny meio que gostava do Gaston, ou pelo menos gostava de ficar na garagem. Ali havia um monte de coisas velhas e usadas e ferramentas pesadas de aço para dar umas boas pancadas na borracha e no metal, como Gaston gostava de demonstrar, suor voando e ele rindo aquela risada estranha dele, que soava como alguém que pretendia fazer alguma coisa que não prestava à noite nos fundos da casa de uma pessoa e prestes a ser pega. Uma risada pateta de alguém que nasceu para ser pego. Mas isso é que deixava a coisa interessante. Gaston coçava a cabeça e esfregava as botas, fazia o papel de caipira bobo, mas não era. Ele sabia das coisas.

Enquanto os outros falavam sobre guerra, Gaston ficava o observando. Por isso Sonny redobrava os cuidados perto dele. Ele sabia de muita coisa que não combinava com seu personagem. Sabia tudo a respeito de explosivos. E certamente soube como não virar um viciado em morfina mesmo tendo passado por dois ferimentos graves. Não fumava nem bebia. E sabia como não entrar no papo bélico. Spence ficava batendo com as juntas dos dedos na mesa e andando para lá e para cá suando de tanto falar e se esquecendo de si próprio e a próxima coisa que Sonny via era o pai dando com os dedos na cabeça do Kofi e gritando para que ele ficasse longe da geringonça de arco e flecha que Gaston tinha montado ali. O pai levava um bom tempo para se recompor e pedir desculpas para Kofi. Ele não era o tipo de pai que batia.

• • •

Gaston sabia de coisas, sabia por exemplo que Sonny queria aquele arco. E quando Lafayette lhe perguntou se estava à venda, ele riu aquela risada dele e olhou na direção de Sonny. Ou como na vez que o Mason quis saber dos caras brancos que tinham ido lhe perguntar se ele havia envenenado algum carro para "uns garotos pretos", que planejavam tirar Wayne Williams da cadeia, e o Gaston disse que eles eram Legionários. Era impossível que o Velho Risadinha soubesse, mas era quase como se ele soubesse que a palavra significava algo para Sonny.

O vô Wesley sempre contava histórias sobre os Legionários, não exatamente para Sonny e os outros, mas quando tinha gente na casa, como os idosos que ficavam ali sentados, bebendo em copos de maionese e conversando a respeito de coisas raciais antigas. Legionários com tacos e porretes às vezes invadiam os pátios das ferrovias em que o vô tinha trabalhado antigamente. Batiam nos mendigos, depois desciam o rio e espancavam os andarilhos que moravam ali e cozinhavam em latinhas sobre fogueiras. Pretos, aleijados, gente que trabalhava no parque de diversões, bêbados e qualquer um que pudessem chamar de escória sem ter problemas por isso, eles espancavam, e fodiam com os lugares onde os caras moravam, fossem de que tipo fosse. E o xerife ficava por ali mascando tabaco e olhando para o céu do jeito que Kofi fazia às vezes enquanto inventava coisas, como dizer que conhecia todas as constelações e o programa espacial. Mas o velho Gaston, ele não vinha andando devagarinho e perguntando as coisas direto como os outros faziam quando tentavam fazer Sonny falar. Gaston dava aquela risada dele, fazia uma dancinha e observava.

E Sonny se tocou, parado ali e vendo o pai correr do telefone branco na mesa de informações para o corredorzinho onde os telefones públicos normais ficavam, que não se importava que Gaston fingisse ser caipira. Meio que gostava do sujeito. Sonny teve um estalo vendo Kofi brincar com a bola, e entendeu que gostava do Gaston principalmente por causa dos explosivos. Ele bem que gostaria de pôr a mão numas bananas de dinamite. E meio que tinha a sensação de que Gaston sabia disso e que talvez pudesse ajudá-lo com isso sem contar nada para o seu pai.

"Aposto que eu sei o que está acontecendo." Kofi esperou que as duas aeromoças entendessem que ele não iria se mexer e que elas teriam de se separar e contorná-lo. "É a mãe. Aposto que o Michael lembrou alguma coisa e a mãe quer você já em casa."

• • •

Kofi correu atrás do irmão, sem pressa de alcançá-lo. Queria ver se Sonny iria entrar na área dos telefones e perguntar, ou se iria ficar por ali e espiar.

Sempre que a srta. Em trazia o Michael, os dois meninos mais velhos ficavam andando um em volta do outro, como gângsters ou caubóis, se estudando. Era uma idiotice. No entanto, para falar a verdade, a srta. Em era meio estúpida mesmo. Ela dizia que mães com filhos em idade de crescimento precisavam mostrar a seus meninos os lugares em que os brancos gostavam de colocar os meninos pretos antes que eles chegassem a ser homens e saíssem de controle. Sonny estava perto do corredor, bisbilhotando. Michael estava na cozinha se servindo com o resto da mortadela. E a mamãe estava dizendo que aquela não era a ideia dela de um passeio educacional. Ela estava frequentando um curso de direito básico no centro da Agência de Oportunidades Iguais, onde ela, e quem sabe o papai, em breve passariam a trabalhar. Filhos e filhas precisavam aprender sobre seus direitos, foi a resposta dela. E aí a srta. Em disse: "Bom, eles precisam aprender alguma coisa, porque meninos acham que o único propósito de ter joelhos é poder usar uma lata de Band-Aid". Kofi não entendeu a piada.

"Quem é?" Kofi estava perto da máquina de sorvete.

"Paulette."

Mas, antes que ele pudesse perguntar mais alguma coisa, o pai dele saiu com Sonny logo atrás, e Kofi teve que correr como um doido para escutar o que o Sonny estava dizendo.

"Eles já estão na casa?"

"Eles não saíram do aeroporto de Houston", Sonny falou por cima do ombro. "Tem uma multidão no aeroporto, ela esperou que o novo comissário de polícia de Houston aterrisse."

"E aí? Eu achei que eles iriam se casar aqui."

"Você está vendo quem eu estou vendo?"

Sem fôlego, Kofi parou em frente ao portão do voo para Houston. "A gente não vai pra Houston, vai?"

"Use os olhos", Sonny disse.

Os passageiros estavam prontos para ir a bordo. Um casal estava ajudando um idoso a sair da cadeira de rodas. Um atendente mantinha as pessoas na fila até que uma mulher que estava com um bebê de colo e que puxava um menininho que estava com seu panda de pelúcia passassem pela porta. A fila era longa. Na fila estavam o comissário Lee Brown e a esposa, Yvonne. Ele olhou para o papai por um bom tempo, com as sobrancelhas erguidas, e depois cumprimentou com a cabeça. Antes que papai pudesse saltar uma mala de roupas que um sujeito tinha aberto no chão para colocar alguma coisa lá dentro, Brown e a esposa tinham passado pela porta.

"O que está acontecendo?" Mas já estavam correndo de novo, de volta aos telefones, papai parecendo o O. J. Simpson, saltando sobre cinzeiros altos e coisas do tipo.

"A prefeita de Houston ia anunciar sua escolha para o cargo de chefe de polícia de Houston hoje à tarde", Sonny explicou, correndo de lado. "Os repórteres ouviram falar que o cara novo estava chegando no voo 1154, aí estão lá esperando por ele."

"O Brown?"

"O Brown. O Velho Nada-de-Conversa Brown saiu escondido da cidade sem ninguém saber. E durante todo esse tempo, o pessoal estava em cima do Napper porque ele recebeu uma oferta de trabalho na Califórnia e, se fosse embora, não teria mais chance de fazer a Força-Tarefa trabalhar a sério. No entanto o Brown saiu."

"Por que isso é tão engraçado?"

Sonny nunca disse. Ele jogou a bola de uma das mãos para a outra provocando Kofi a tentar pegá-la. Depois de um tempo soltou uma de suas risadas sarcásticas como se todo mundo fosse otário, menos ele.

Os convidados do casamento estavam no primeiro andar. No saguão no pé da escada, as pessoas se revezavam fazendo telefonemas e atendendo a porta. Aqueles que estavam na sala de estar conversavam com os Foreman e com os parentes do noivo, com um olho na TV e um ouvido inclinado na direção do rádio. O que diabos Andy Young poderia dizer a essa altura? A notícia chegou a Houston às 10h54, quando o avião de Brown pousou. Quando ele e Yvonne deixaram o aeroporto às 11h15, a merda tinha batido no ventilador. Os policiais de baixo escalão de Houston tinham pegado em armas — não por Brown ser preto, diziam eles, mas porque a prefeita Kathy Whitmore deveria ter escolhido um candidato local para o posto. A Câmara de Vereadores de Houston ficou contrariada — não por Brown ser preto, eles explicaram, mas porque a busca do Executivo foi feita em sigilo. Eles jamais tinham ouvido falar do sujeito até os repórteres ligarem do aeroporto. Quem era esse cara, afinal? O repórter itinerante perguntou aos cidadãos de Houston, que ecoaram a queixa. Quem era aquele cara preto com um doutorado? Não que a raça fosse um problema, mas a prefeita tinha preterido vários talentos locais para importar esse sujeito preto, e isso não estava certo.

Os convidados do casamento sussurravam nos cômodos do primeiro andar conferindo datas uns com os outros. Brown e Whitmore tinham feito uma reunião secreta em uma cidade não revelada perto de Houston umas três semanas e meia antes, as pessoas ficaram sabendo. Bem quando o Brown reduziu o pessoal da Força-Tarefa ao mínimo.

Os músicos entraram e isso interrompeu o falatório. Por um tempo, as pessoas se questionaram acerca do noivo, os planos da lua de mel, e disseram coisas adoráveis para os Foreman sobre sua filha.

Dez minutos antes do horário marcado para a entrevista coletiva da prefeita Young, Brown voltou a ser o assunto. Ele também foi o foco de boletins extraordinários de telejornais de Houston. Além de ser o primeiro preto doutor em criminologia pela Universidade da Califórnia em Berkeley, também era o primeiro indicado para o posto vindo de fora do Departamento de Polícia de Houston desde 1941. Os jornalistas diziam, soando mais pessoais do que profissionais, que muitos cidadãos estavam ocupados o suficiente tentando se acostumar a uma mulher como prefeita quando, do nada, um homem preto de fora da cidade foi trazido às escondidas para Houston, debaixo do nariz dos poderosos da cidade.

Os convidados do casamento levaram pratos de salgadinhos para o sofá e no fim acabaram colocando uma mesinha com aipo recheado e salada de frutas mais para perto da TV. Os assassinatos de Atlanta eram apresentados como o episódio mais atual do passado de Brown. Como ele tinha passado pela Costa Oeste, antes de vir para Atlanta, o Assassino do Zodíaco da Califórnia, que matava mulheres e meninas, foi posto em cena, seguido pelo caso de Juan Corona, que matou pelo menos vinte migrantes. Para cobrir os anos de Brown em Seattle, a matéria abordou os assassinatos com tortura-estupro-espancamentos de Ted Bundy, que passou por uma orgia de matança em Oregon, Utah e outros lugares no final dos anos 1970. Casos locais de Houston foram incluídos, voltando a meados dos anos 1970 com o caso de Dean Corll, ele mesmo assassinado por um cúmplice depois de ser acusado dos assassinatos de 27 rapazes.

O sr. Robinson apagou um cigarro num pratinho de papel. "Que diabo eles estão tentando fazer? Associar todos esses assassinatos a Brown ou algo assim?"

Limpando os dedos para tirar o queijo cremoso e caçando bolinhas escorregadias de melão pelo piso polido, vários convidados do casamento apostaram que, no próximo bloco de entrevistas com populares, alguém ia dizer que embora a raça provavelmente não tivesse nada a ver com isso, parecia que casos graves de assassinato perseguiam o nômade Brown e até mesmo o precediam.

"Lá vamos nós." Um dos pensionistas de Paulette, que ficou um dia a mais para comparecer à recepção, navegou pelos cômodos até o saguão para avisar todo mundo que Andy Young estava prestes a aparecer.

Quando a prefeita Young apareceu na tela, todo mundo na sala já tinha ouvido pelo telefone que a equipe dele precisou encontrar a carta de renúncia e montar uma declaração para o público. Ninguém quis apostar contra a tese de que Andy Young diria estar chocado com a saída, sem falar que estaria puto por ser atacado pelos repórteres sem estar preparado. Spence, se inclinando para a frente na cadeira, tinha ligado tanto para o PARE quanto para o Pais pela Justiça para que, caso um dos repórteres que ainda continuavam na história tivesse planos de fazer imagens deles de queixo caído e com os olhos rolando como idiotas, eles estivessem avisados. Ele presumiu que Mason tivesse ligado para alguém da equipe da prefeitura. Spence ficou se perguntando se a saída de Brown estava relacionada às últimas remessas de pacotes atualizados da 6 Star.

"Ah, o que você acha que ele vai dizer? Claro que estava falando com o Lee Brown." O sr. Robinson estava mais interessado no cheiro do presunto, do peru e do rosbife que vinha da sala de estar toda vez que a mulher que antes vivia ali, vestida com uma roupa elegantíssima, mas calçando sapatos masculinos com o salto quebrado, passava pela porta vindo da cozinha, fazendo vontade neles com pratos de almôndegas espetadas por palitinhos de dente.

No quarto do andar de cima que o Peeper ocupava, Zala estava desembrulhando um ramalhete de gipsófilas. Podia enxergar a sala de estar lá embaixo, quase conseguia ler o adesivo na parte de trás do aparelho da Sony que ainda estava no chão do corredor entre a sala de estar e a cozinha. Que horror, privacidade nenhuma; o que estavam fazendo para deter gente como Peeper? Ela deu uma risadinha.

O grupo de damas de honra, mulheres que lhe pareciam completamente desconhecidas, embora Zala soubesse que conheceu algumas delas antes lá na casa dos Webber, estavam enfileiradas em frente ao banheiro. Paulette estava tirando o batom e sorriu no lenço quando Zala entrou no quarto dela. Seis metros de cetim champanhe de noiva, o corpete cortado diagonalmente para uma cobertura graciosa dos seios. Dois metros de renda bege no babado que drapejava sobre os quadris de Paulette e caía nas costas. Trinta e seis dólares em pérolas costuradas à mão na renda. Zala se sentia mal por sua única contribuição ter sido o enfeite de cabeça.

"Você está bonita como um longo gole d'água!"

"Não me faça rir, Zala, estou tentando manter a pose. E faça o que você quiser, mulherrrr, não olhe pra mim enquanto estiver fazendo meus votos ou vou começar a rir."

"Se você se comportar, eu me comporto. Sente-se."

Paulette segurou a orla da penteadeira enquanto Zala encaixava uma auréola de cetim que ela havia feito com um retalho. Ela colocou o enfeite para a frente e empurrou parte da auréola na direção da sobrancelha esquerda de Paulette. Satisfeita ao ver que o arranjo ia parar no lugar, ela pôs ramos de gipsófilas na grinalda da auréola e, depois, repartindo os cabelos de Paulette gentilmente com os dedos, prendeu as hastes das flores. Com o grampo extra, ela afofou o cabelo de Paulette, ajeitando-o de novo no lugar.

Zala recuou, tirando a cesta de costura do caminho, e olhou para sua amiga.

"Você pode não saber, menina, mas você vai sentir uma falta imensa de mim!" Paulette se segurou na penteadeira para se levantar.

"Eu sei, Paulette. Venho sentindo a sua falta faz meses."

"Vai ser pior. Vai se dar conta de que a gente tem sido bem mais que vizinhas, Marzala Rawls Spencer. E você vai se acabar de chorar. Então eu quero lhe dizer agora, enquanto a gente tem esse momento..."

"Sim?"

"Sofra, maldita."

"Pode rir se quiser, mas você não vai rir quando eu lhe passar uma rasteira na descida da escada."

"Meu Deus. Tenho que descer as escadas com esses sapatos, né?" Paulette arrepanhou as barras do vestido e ergueu um sapato e resmungou. "Meu pai vai ter que me carregar nas costas até lá embaixo."

"Você não quer primeiro pular a janela ou fazer uma daquelas cenas que as noivas fazem na última hora?"

"Acho que o melhor é eu ir fazer xixi, é isso que acho melhor. Mas, antes que eu descubra como fazer isso com esse vestido, deixa eu dizer que estou feliz por saber que vocês vão morar aqui. Vai dar um pouco de classe pro lugar."

Zala ficou perto da janela. O sr. Robinson tinha construído uma treliça em arco no quintal de Paulette, que era maior do que o deles. Durante toda a manhã, os vizinhos vinham trazendo todas as flores que tivessem desabrochado cedo para decorar a treliça. A sra. Grier tinha arrancado bulbos de narcisos do porão. Eles estavam no altar num vaso de latão que Gerry tinha dado a Zala no último dia delas nas Ilhas Marítimas da Geórgia. Estava prevista uma procissão de duas filas desde o saguão até a porta lateral, depois rumo ao quintal. Zala estava feliz porque não haveria vento. O vestido que fez para si própria era simples — sem botões, sem zíperes, sem velcro ou faixas. Ela olhou para cima. No horizonte, no oeste, o sol brilhava pelas bordas de um aglomerado de nuvens. Já não mais da cor de chumbo, o céu estava lavado de azul.

Domingo, 11 de julho de 1982

O filme convenceu a todos que estavam andando de carro por Aspen. Em cadeiras no porão de uma igreja, com os coros de adultos e crianças cantando um responsório lá em cima, oito membros do Comitê de Investigação seguiam de automóvel pela cidade de Aspen, no Colorado, a sessenta quilômetros por hora. Eles pararam num semáforo e crianças de shorts atravessaram a rua, com nomes bordados nas laterais das bolsas de natação. Voltando a dirigir, passaram por um grupo com roupas de esqui lendo o cardápio numa vitrine de restaurante. Virando em uma alameda coberta por folhas em uma manhã fresca de outono, pararam para ver um homem colocar novas telhas nos beirais recortados de um chalé suíço. Novamente na rua principal, agora com um trânsito noturno pesado, pingentes de gelo refletindo as luzes de uma marquise de cinema, os fachos dos faróis piscaram nas portas verdes de uma taverna. Depois, descendo uma pista molhada, seguiram um collie puxando um saco pelas alças. Entrando em uma garagem, o cão derrubou o saco e um jarro derramou suco de fruta enquanto a porta da garagem se fechava.

Lafayette raspou a sola do sapato no degrau da cadeira de Zala e eles subiram acelerando uma ribanceira, navegando em meio a flores de gelo como um caiaque. A neve estava acumulada até o cotovelo de ambos os lados. Estremeceram e se aglomeraram. McClintock girou o volante de seu carro e eles escalaram um pico à esquerda e se sentiram transportados pelo ar. De seu novo ponto de vista, olharam para baixo, na direção da casa do filme, para o restaurante, para o chalé suíço, a porta da taverna e a garagem do collie. Batendo na barriga na subida, Zala se segurou no encosto da cadeira de Dowell. Com a água borbulhando praticamente debaixo de seus pés, ele manteve os olhos no alojamento de esquiadores cujo deque traseiro tinha a imensa banheira de água quente. O alojamento era construído na forma de um navio.

Preston, o policial especializado em narcóticos da Flórida, tinha telefonado de um estaleiro em Norfolk, na Virgínia, onde a armação ornamentada do *S.S. United States* esperava para ser leiloada. Voltava de Quantico, onde fora fazer um seminário do FBI e, sempre farejando o dinheiro, captou um rastro no ar. Ele confirmou que agentes do Serviço Alfandegário dos Estados Unidos tinham se infiltrado em um grupo envolvido em uma venda ilegal de armas e rastreado os vendedores do armamento, ligando-os à mesma família da Ku Klux Klan de Atlanta encontrada pelo informante do GBI. Preston tinha proposto ao telefone que Dowell se unisse a ele e tentassem ganhar a recompensa. Não a recompensa pelo caso das crianças: o FBI obviamente faria uma separação entre o caso dos assassinatos de crianças e a venda de armamentos. Assassinatos locais complicavam a situação. A essa altura eles teriam eliminado ou destruído qualquer indício ligando as duas coisas. A recompensa de que Preston estava falando tinha a ver com as armas. Era costume dar uma porcentagem da propriedade confiscada — nesse caso possivelmente o bastante para encher o depósito da 6 Star — para os agentes responsáveis pela prisão.

Dowell não se deixou enganar. "Dinheiro para ficar quieto, você quer dizer?" O que um policial de narcóticos da Flórida e um policial de homicídios de Atlanta podiam oferecer aos profissionais que tinham sido designados para o caso além de seu silêncio? Preston riu e disse que ele estava amarelando. E quando Dowell mencionou a possibilidade — uma possibilidade que ficava mais provável a cada vez que Lafayette voltava de Glyco — de que a venda de armas pudesse ser uma travessura do próprio governo, Preston riu ainda mais alto, colocando mais moedas no telefone. "Quanto maior, melhor", ele tinha dito. A julgar pela velocidade com que os agentes regulares estavam expulsando investigadores free-lance e contratados para trabalhar em meio expediente do caso, o acordo para compra de armas podia muito bem ser uma operação sigilosa da CIA em que outras agências esbarraram por acaso. Nesse caso, Preston argumentava, haveria bastante dinheiro a ser distribuído para garantir o silêncio relacionado à história. Não era hora de alguns pretos entrarem nesse clube particular, de qualquer forma? Preston estava brincando com fogo. Dowell parou de aceitar as ligações dele.

"Que pena que a gente não está dirigindo em Atlanta", Lafayette murmurou enquanto eles observavam a patrulha rodoviária em Aspen. A sensação de estar em um carro no Colorado era tão forte que Lafayette tentou pôr o braço esquerdo no apoio da porta do carro.

Um videodisco, segundo informou Dolph Newcomb, também conhecido como Claude Russell, pode armazenar 54 mil fotos, que podem então ser reproduzidas na tela em um vigésimo de segundo. Imagens únicas, filmes, gráficos, qualquer elemento visual pode ser usado para permitir que o espectador reconceitualize ou recontextualize um lugar específico, um detalhe ou um relacionamento. Qualquer característica do terreno escolhido pode ser vista de múltiplas perspectivas, tinham descoberto isso ao passar por Aspen de carro, com Dolph operando os mostradores para que pudessem ter a sensação de como aquela área era a qualquer momento do dia, da noite, ou em qualquer temporada e sob diferentes condições climáticas. Agora estavam passando pelo mesmo terreno, as crianças de short com a neve no chão, o collie derramando o suco ao crepúsculo.

Com o auxílio de um videodisco, era possível conhecer uma cidade inteira. Era possível dominar todo um distrito ou bairro em particular sem sair da cadeira. Metade das fotos podia ser pega de guias. Uma equipe com câmeras podia calmamente andar por um distrito fazendo fotos.

"Como a rota do assassino", Dolph disse, "ou os segmentos da rota em que assassinatos ocorreram depois da prisão do Williams."

"Ou a área de Gray Street", o jovem repórter disse a seguir. "Onde a casa que a gente estava monitorando pegou fogo misteriosamente."

"Ou o bairro onde a gente perde o menino toda hora", Vernon falou, olhando para Spence, que estava depois de Zala.

"Dá para visitar esses lugares de maneiras que a gente não ousaria fazer na vida real", o visitante da Hot Spot continuou. Apertou o botão de rápido para mostrar algo mais a eles. "Acreditem em mim", ele disse, "é só uma questão de tempo para que nossas vizinhanças se tornem o alvo desse tipo de pesquisa de monitoramento."

Agora andavam pelo campus, grupos de rostos queimados pelo vento lendo as notícias em um mural a dez metros do grêmio estudantil. Lafayette colocou os pés no chão de cimento. McClintock sentou reto enquanto eles subiam os degraus. As mãos de Vernon deixaram a câmera no colo enquanto empurravam as portas giratórias.

"Se tivéssemos mais equipamentos, eu poderia transformar essa sala em Aspen. Com hologramas, vocês ficariam convencidos a ponto de andar até aquele balcão e pedir algo pra comer." Dolph se virou na direção de Spence. "Lembra do ataque em Entebbe, Nat? Foi aí que o Departamento de Defesa começou com essa pesquisa. Estão financiando um grupo no MIT. Não preciso dizer mais nada."

"Dinheiro para fazer as pessoas falarem." Spence se inclinou para a frente para ver os olhos de Zala. Em um cartão de aniversário dos Webber, a mulher do juiz tinha mandado assistência financeira para a reabilitação de Sonny. "Do que a gente precisaria para fazer um videodisco de uma área de seis quadras, por exemplo?"

Enquanto Dolph rabiscava na tampa da mala com as fitas, Mason se inclinou na direção dos outros.

"Falando em dinheiro, queria muito saber pra onde foi a grana federal que mandaram pra Atlanta."

"O verão longo e quente era a ameaça", Lafayette disse para que o sujeito da Califórnia ouvisse. "Foi assim que as autoridades locais conseguiram o dinheiro. Havia grupos comunitários demais trabalhando para que as autoridades conseguissem conter. A história estava correndo, e bota correndo nisso. Já não bastava chamar as pessoas de fora de agitadores e de justiceiros. A ficção oficial estava sendo desvendada. As pessoas estavam acordando."

"Não tem como provar isso me usando de exemplo", Dolph comentou, sacudindo a cabeça.

"Está ficando mole?" Spence riu.

"Amortecido, cara, totalmente amortecido. Acho que eles batizaram a água da cidade."

Mac suspirou e colocou seu caderno no chão, em parte para provar para si mesmo que aquele era o piso de um porão de igreja, e não as tábuas de cedro do corredor do dormitório universitário, mas também para ter a chance de ir pegar uma xícara de café.

"Queria que todo mundo do grupo estivesse aqui", disse enquanto o jovem repórter saía de um só pulo da cadeira.

O grupo do Comitê de Investigação estava reduzido a dez pessoas. Leah e Gaston, que ainda participavam, estavam fazendo uma inspeção em um bairro para os Spencer. Na mesa, perto da cafeteira, estavam os três exemplares já com marcas de uso de *The Turner Diaries* que o Orador tinha mandado. O romance de 1978, que esboçava a tomada do poder nos Estados Unidos pela ultradireita, era seu jeito de dizer que não tinha desistido. No entanto ele não participava das atividades do grupo havia meses. Tinha ido para Nova York quando se imaginou que Maurice Bishop, primeiro-ministro de Granada e líder do movimento New Jewel, apresentaria à ONU o caso da nação caribenha que se desenvolvia por conta própria. A socialista Granada, única economia viável do Caribe que não era um Estado cliente, havia sido alvo de esquemas de desestabilização desde que o partido Jewel chegou ao poder. Quando se ouviu falar dele pela última vez, o Orador estava em Washington. O presidente Reagan tinha se recusado a receber o primeiro-ministro Bishop e enviado em seu lugar um oficial dos Marines, que integrava o Conselho Nacional de Segurança.

Mac se virou para perguntar se mais alguém queria café. Mattie, que ele não via desde a invasão do depósito, tinha lhe dado carona em meio a uma tempestade, para que ele fosse visitar Alice Moore em um hospital psiquiátrico público. Abatida, Alice tinha ligado para uma central de atendimento para suicidas. Por recomendação da voluntária, ela havia chamado a polícia, que veio e a algemou, informando que ameaçar tirar a própria vida era um crime. Ela passou 36 horas numa cela de isolamento, sem comida, água ou roupas, depois foi mandada para Milledgeville, onde precisou de três dias para superar a quase overdose de medicamentos. Drogada ou não, a posicionavam todos os dias diante de um gráfico no saguão, "O Auxílio para a Vida Diária", até concordar em seguir o cronograma das 5h30 até as 20h30. Por sorte, uma técnica de enfermagem levou Alice um pouco mais adiante, onde ela pôde ver outro cartaz, todo sujo, que dizia "Direitos dos Pacientes".

Quando chegaram a Milledgeville, Alice Moore estava com os documentos do seguro de cobertura do hospital no bolso listrado de seu roupão. Tinha decidido suportar aquilo pelo dinheiro. Mac nunca teve certeza se Alice estava processando o marido pelo divórcio e cobrando uma pensão ou se ela pretendia acusá-lo pela morte do filho. Não havia muita coerência no que dizia.

Mac trouxe um copo de café preto para Dowell, que comentou o quanto sentia falta de um bom charuto. Mac sentia falta de B. J. Greaves; embora fosse sempre dura, era honesta e trabalhava bastante. B. J estava no Wisconsin com Dave Morris, treinando funcionários para um abrigo de emergência. Ela ligava de tempos em tempos, principalmente para lembrar os outros, nas palavras dela, de que o trio Klan-armas-drogas era apenas um dos padrões, ao passo que o fator que desempenhava o maior papel nos assassinatos era a pornografia infantil.

"Tem uma última coisa que queria mostrar pra vocês", Dowell disse, olhando o relógio. "Isso vai lhes dar uma ideia de como inspecionar uma área e coletar material." Vernon observou com atenção. Acima deles, os coros estavam cantando "Take it to the Lord in Prayer" num arranjo para oito vozes. Zala tirou os olhos das ruas de Aspen e curvou a cabeça sobre a carteira de palha que tinha no colo.

Spence olhou para a porta do porão, normalmente usado pela confraria das noites de quarta-feira. Havia alguém do outro lado da porta. Seria o Sonny bisbilhotando? Spence voltou a olhar para a tela. Ruas e quintais emergiam na tela do mesmo modo como outros mais familiares tinham surgido na bandeja de revelação naquela manhã, Vernon mexendo o papel pesado para lá e para cá com as pinças, quatro pares de olhos colados a uma figura que surgia como uma seção espírita: Sonny abaixado sob uma árvore e desaparecendo num buraco negro que parecia uma porta no Vietnã prestes a ser alvejada por uma granada de fragmentação.

• • •

A srta. Butler tinha colocado um marcador de páginas em Lucas, capítulo 4, versículo 18. Mas esse trecho tratava de Cristo vindo ao mundo para trazer boas-novas aos pobres, a lição de Bernie para a catequese. Kenti tinha pedido para fazer uma peça para os mais jovens enquanto os mais velhos faziam seu programa no andar de cima. Ela mudou para Lucas, capítulo 15. O marcador de páginas informava que a passagem que procurava estava em letras vermelhas do versículo 11 ao versículo 31. Kenti já tinha escolhido o elenco para a peça do Filho Pródigo. Agora só precisava escrever as falas para o pai, os dois filhos e para as pessoas que o Filho Pródigo encontrava quando estava fora "gastando sua substância com uma vida de desordem". Não precisava haver alguém no palco para mandar que ele desse comida aos porcos quando a fome viesse. Como narradora, podia simplesmente dizer isso, e Jimmy Crow interpretaria. A melhor parte era o que o filho ciumento tinha que dizer quando via o bezerro gordo sendo assado. Ela precisava escrever uma boa cena final; porém, para que os dois irmãos, o tolo e o ciumento, pudessem fazer as pazes no fim. Ela pôs o lápis no papel e leu a história de novo. Na história da Bíblia, não havia mãe. Contudo era preciso ter uma mãe, já que Kenti tinha boas falas para a mãe dizer.

Um mosquito estava se arrastando sobre o pedaço de papel que Kofi usou para esconder as bombinhas que achou no closet do porão. Era um inseto grande. A cabeça era enrugada como a pele de couro de um tambor. Na ponta de cada perna dobrada havia um sapato laranja. Supostamente aqueles bichinhos traziam sorte. Ela conhecia uma família que andava precisando de um pouco de sorte. Foram raros os bons momentos desde que saíram da casa dos parentes. Os Rawls sabiam deixar qualquer coisa divertida, até uma ida ao cemitério. Uma das primas dela arrancou musgo de uma árvore e usou como se fosse um cachecol para andar se pavoneando por aí. Kenti tinha adorado os túmulos decorados. Kofi e Sonny também acharam aquilo interessante. O túmulo do avô morto estava coberto por conchinhas do mar. Havia alicates e um bule de café todo detonado na terra do túmulo dele. Outros túmulos tinham objetos favoritos das pessoas mortas. Em alguns havia cestos feitos de capim enterrados até a metade. Ela não foi ver o que havia lá dentro porque os cestos tinham tampa. No entanto, tinha a sensação de que Sonny havia espiado lá dentro. Num dos túmulos havia um serrote. Porém o morto não era um desses homens que fazem consertos, como o pai da Mamãe; ele usava o serrote para fazer música.

Às vezes durante o café da manhã, alguém dizia algo e eles conversavam amistosamente por um tempo. Uma vez a Mamãe tinha deixado os livros de lado e ajudou Kenti a colocar amêndoas e passas nos bonequinhos de gengibre que estava fazendo para o aniversário da Marva. Papai estava guardando as meias que tinham secado enquanto Kofi separava tiras de bacon, lambendo o sal dos dedos enquanto falava do último perigo enfrentado pelo Capitão Singh. Aquele foi o primeiro domingo que passaram na casa nova, a casa da tia Paulette, Mamãe se espreguiçando depois de acordar e dizendo como era bom ter espaço. O segundo andar tinha até a sua própria varanda. Aí o Kofi perguntou quem entraria caso uma espaçonave aterrissasse e baixasse a rampa. De cara Mamãe disse que entrava, o que fez Kenti se sentir mal. Porém ela nem chegou a perceber que se sentiu mal, porque imediatamente começaram a falar de *E.T.* e da aventura de estar acima da lua vendo coisas que eles jamais haviam visto. Sonny disse para Zala: "Você não precisou nem pensar pra dizer que iria fugir de casa, né?". E aí as coisas voltaram a ser como antes.

Do outro lado das portas de correr, dava para ouvir Sonny explicando para o grupo do Kofi qual tinha sido o tema do sermão dos adultos. Jacó em Jaboque. A srta. Butler tinha um marcador de páginas para isso também. Gênesis, capítulo 32, versículos 22 a 32. Kenti seguiu, gostando mais da versão do Sonny. Jacó estava se preparando para atravessar o rio Jaboque uma noite quando foi atacado por alguém. Segundo o marca-páginas da srta. Butler, o homem no escuro era um anjo de Deus, mas Sonny disse "assaltante". Eles brigaram na margem do rio, e Jacó estava vencendo. No entanto Jacó só soltaria o outro, que estava preso, caso seu prisioneiro o abençoasse. E ele não estava falando da "bênção" dada por mafioso para quem queria sair da máfia, Sonny precisou dizer para um dos meninos, que o interrompeu. Jacó estava dolorido, porque o outro tinha machucado a coxa dele, e não queria largar o sujeito enquanto não conseguisse a bênção. Aí os dois levaram isso para o nível verbal, Sonny estava dizendo, e começaram a mudar de nome. Jacó, que era um trapaceiro agressivo, passou a ser chamado de "Israel", que significa "aquele que lutou com Deus". Ao conseguir a bênção do outro, Jacó se afastou mancando, e deu à região de Jaboque o nome de "Peniel". Kofi precisou abrir o dicionário para descobrir que a palavra tinha algo a ver com "penitência", ou fazer coisas boas para mostrar que se arrependia por ter feito coisas ruins antes.

Quando Sonny saiu do quarto, o grupo de Kofi precisou descobrir por conta própria o que a história significava. No verso do marcador, a srta. Butler tinha rabiscado a resposta, mais para si mesma do que para as crianças. Até onde Kenti era capaz de ver, a lição era que as pessoas que se debatiam no escuro e que se assustavam deviam continuar lutando e aí elas seriam abençoadas e poderiam mudar. Ela queria dizer isso ao grupo do Kofi, porque eles estavam lá falando sobre a perna quebrada de Jacó Israel em vez de falar como as pessoas podem mudar as coisas se continuarem a lutar. Mas ela precisava fazer sua lição.

Ouviu Sonny subindo o primeiro lance de escadas, saindo pela porta lateral, parecia. Ele devia ficar na igreja para o programa depois do culto, porque era um diapasão. Foi isso que ela escutou a sra. Grier e a srta. Em dizerem na escada no dia da mudança, e a srta. Em foi até a antiga porta. Ponha o Michael, o Sonny e todos os outros meninos numa sala, faça um deles soar e os outros vão ressoar junto. A srta. Em talvez trouxesse os meninos para o programa. Por isso Kenti cuidadosamente escreveu as falas para a peça que iria montar no fim. Mais uma vez, ela percorreu as letras vermelhas de cima a baixo à procura da mãe. Se o pai queria alegria, e o filho invejoso estava criando problema, com certeza a mãe queria perguntar ao filho tolo o nome da vagabunda para poder ir dar um tapa nela por fazer com que ele "gastasse sua substância vivendo em desordem".

Da porta lateral, Sonny via as mesas serem arrumadas no vestíbulo. Por duas vezes, O DEFENDA O DIREITO DE ORGANIZAÇÃO foi colado na parede e caiu. Então viu sua mãe sair da sala do ministro. Zala saiu pela porta da frente passando direto, sem apertar a mão do reverendo Thomas. Ele segurava a mão de cada um por um tempo extraordinariamente longo, dizendo a todos que não se esquecessem de voltar para o programa especial. Sonny subiu os quatro degraus para ver o que estava sendo colocado nas mesas. Nada demais — alguns jornais, uns poucos panfletos e a petição que as pessoas estavam sendo solicitadas para assinar. Ele saiu para o pórtico e se escondeu atrás de um dos pilares.

Zala ajudava uma mulher a sair do carro. Não era aquela a mulher que motivava a vigília dele. Aquela era só uma mulher velha que a mãe dele estava ajudando. Ela usava meias-calças marrons grossas, as veias aparecendo, saltadas. Por cima do vestido de fabricação caseira, havia um colete que parecia masculino. Ele viu sua vó Lovey fazer isso algumas vezes: levar o marido à igreja, morto ou vivo. E se moveu em torno dos pilares quando sua mãe subiu a rua. Em parte, torcia para que ela se virasse e o visse. Nos últimos tempos, andava com a impressão de que ela conseguia ler seus pensamentos. Podia estar fazendo um sanduíche e pensando em lugares de seu corpo onde desse para esconder umas bananas de dinamite e sua mãe entrava na cozinha rápido como se ele a tivesse chamado, ou então ela fechava o livro que estava lendo e lhe encarava como se enxergasse seus pensamentos.

"Vamos ver a peça da Kenti", Kofi disse da outra extremidade do pórtico. Ele estava tirando folhas de sebes altas. "Ela quer a gente lá."

Quando Sonny fez uma careta e voltou para o que estava fazendo, que era espiar sua mãe, Kofi decidiu não falar mais com o irmão. Ele tentou, de verdade, mas a dra. Perry não sabia do que estava falando. Ele decidiu que não iria mais na terapia com eles. Se o Sonny podia ficar para fazer terapia depois, ele também podia. Kofi voltou para o vestíbulo ensombreado, frio, lamentando ter se dado ao trabalho de sair do porão.

Um dos sujeitos que vinha de vez em quando à casa estava girando um contador até só aparecerem zeros nas pequenas janelas. Algumas pessoas que tinham ido à igreja para o culto não foram embora. Ficaram paradas em torno da mesa de informações, falando dos pais de Wayne Williams. Eles estavam processando a polícia e a prefeitura por destruir a casa deles e por instalar escutas nos telefones. Kofi desceu as escadas pensando no tempo que a mãe deles empenhou e o quanto precisou gritar para conseguir que o telefone deles fosse grampeado. No entanto essas pessoas estavam falando de uma escuta ilegal e de outros tipos de violação de privacidade. Ele continuou a descer até o porão sem parar para olhar na direção da porta lateral e ver se Sonny estava seguindo Zala. Seria ótimo se Sonny tivesse ficado com o tio Thaddeus e o pessoal dele na ilha, ele pensou. Entrando na ponta dos pés no lugar em que tinha guardado as bombinhas, Kofi estava murmurando que teria sido melhor ainda se Sonny nunca tivesse voltado para casa. Mas não era verdade, porque adorava o irmão e sentiu falta dele quando Sonny esteve fora. Lá na praia com os primos, daria para só sentir a falta dele.

Spence deu uma olhada no cômodo em que Kofi estava murmurando e chutando a perna da mesa. Andou pelo corredor e deu uma olhada em Kenti. Ela estava mandando meninos e meninas se vestirem com o que tinha sobrado dos figurinos de outras ocasiões. Ela alertou que essa era a última chance para todo mundo acertar antes da cortina subir. Spence subiu a escada. Havia carros parando no estacionamento lateral. Ele saiu para apertar as mãos dos irmãos da mesquita. Eles não se encontravam desde o verão de 1980/81, quando tinham aberto as turmas de autodefesa. A imprensa se referiu ao First of the Nation como um "esquadrão gestapo". Spence fez os salamaleques e seguiu em frente.

Como em outras reuniões que vinham acontecendo desde o outono, havia grupos entre os carros estacionados fazendo discussões políticas prévias. Normalmente havia um grupo revivendo os anos 1960, tivessem vivido nessa época ou não, uma nostalgia ridícula, as glorificações absurdas. Fabricar lendas era o impulso de isentar as pessoas comuns da ação responsável. E sempre nas reuniões prévias ou mesmo nas reuniões principais havia alguém que ficava à parte, em geral o próprio Spence, enquanto Mason passava pelos círculos, dizendo para cada grupo aquilo que nunca deixava de dizer para o McClintock, que era ingenuidade, burrice e perigoso procurar soluções psiquiátricas para problemas políticos, e em seguida passando para o próximo grupo. Os membros da elite e os que achavam que eram parte da elite usando como escudo, contra ele e contra outros como ele, o argumento de que aquilo que as lideranças pretas diziam era bom, era bom para os movimentos populares que os elegiam. E representantes do movimento gay rejeitavam qualquer análise que incluísse a pornografia infantil como um padrão porque se parecia demais com a versão oficial que indicava a homossexualidade como um motivo.

O que Spence vinha reparando nos encontros ultimamente é que mesmo os radicais, tanto os brancos quanto os pretos, faziam pouco mais do que reagir à pauta das autoridades, como se não houvesse modo alternativo de se organizar ou de pensar. Eles apelavam para o mesmo medo e para o mesmo ódio que o "inimigo" usava para promover uma versão da realidade que não batia com nenhuma outra sendo apresentada na sala, nem mesmo entre as pessoas que estavam ali, embora a tática principal fosse a mesma — provocar as autoridades e fazer as lideranças parecerem incapazes, para depois apontarem a si mesmos como salvadores do povo. Spence tinha ficado à parte. O mesmo fez um ator-modelo amigo de Sue Ellen, que baixava o volume da TV toda vez que falavam das Malvinas ou da Feira Mundial em Knoxville, depois aumentando nos comerciais, como se um detergente novo e aprimorado pudesse limpar a confusão ideológica e intelectual que reinava nas reuniões.

Dessa vez foi Dowell quem ficou à parte e sozinho. Segurando um charuto com os dentes molares, ele lançava um olhar fixo ao assoalho. A pátina empoeirada em seus sapatos pretos era tão homogênea que eles pareciam marrons. Dowell ficou à parte porque os pais pretendiam processar as autoridades locais, estaduais e federais por obstrução de justiça, e ao mesmo tempo entrar com uma petição para que o FBI reexaminasse o caso, planos que aos olhos dele pareciam contraditórios. Ele ficou sozinho porque ninguém queria ouvir nada do gênero, muito menos de um policial. Spence andava para lá e para cá com Mason e Vernon discutindo a possibilidade de acompanhar alguns pais até Washington. Uns figurões estavam tentando impedir a cerimônia de inauguração do Memorial de Guerra do Vietnã no Dia dos Veteranos. Grupos de voluntários estavam guardando o local onde a pedra memorial, com os nomes gravados de 57939 mortos e desaparecidos, seria colocada.

Rua acima, se aproximando, estavam os bisbilhoteiros com nariz de tubarão que sempre apareciam nas reuniões. Em geral quietos, às vezes rompiam com a disciplina para elogiar ações tomadas por vários órgãos de segurança comprometidos com a proteção da comunidade. Spence torcia para haver grupos em formação que se comprometessem com a libertação da comunidade. Ele olhava as ruas para ver se encontrava sinais de sua esposa.

Zala foi na direção da Gordon Road em busca de um telefone público. O escritório do reverendo Thomas estava abarrotado de assistentes ligando para aqueles que estavam confinados em casa e outros rodando cópias extras do programa. Vários carros estavam parados em fila dupla na rua. Ela cortou caminho por um quintal num atalho até o mercado Jiffy. Dowell tinha dado um bipe para Leah e Gaston, mas ninguém tinha ligado para os dois para ver se funcionava. Zala passou apressada por uma escola que não iria abrir no outono. Há menos de três meses, crianças em idade escolar tinham ido ao centro comunitário vendendo doces feitos na aula de culinária na escola de ensino médio que também estava sendo fechada. As crianças não estavam arrecadando dinheiro para salvar o colégio, mas sim para comprar pompons novos para as líderes de torcida. Ela não ouviu falar de atividades das associações de pais e mestres para salvar as escolas em nenhum dos dois bairros. Zala passou em frente a uma garagem onde um casal estava tirando lâmpadas, uma arara de roupas e outros resquícios de uma venda de jardim de sábado. Duas casas adiante, uma placa de imobiliária estava fincada no gramado. Logo haveria uma fuga, e aqueles que ficassem para trás teriam de se esforçar como nunca para que a coleta de lixo continuasse funcionando e para que a quadra não desmoronasse. Mas como aquelas pessoas podiam achar que era possível deixar as escolas fecharem e ainda assim manter bairros habitáveis?

Tinha gente estacionando bem longe, até na Gordon, e fazendo o longo caminho até a igreja. Em meio aos membros do PARE que lhe eram familiares, havia dois casais desconhecidos, um deles vestido com tanta elegância que parecia estar indo a um jantar dançante, o outro malvestido como se estivesse indo a um piquenique. Na hipótese de serem vistos por paroquianos de sua própria igreja, queriam deixar claro que normalmente não iam ao culto da Seven Hills Congregational, e que não tinham desertado, como todas as pessoas de todas as denominações que nos últimos tempos passaram a frequentar os cultos na igreja da reverenda Barbara King.

Zala atravessou para o Jiffy. Dois policiais à paisana num carro sem identificação estavam observando os Pais pela Justiça atravessarem a Gordon Road. Eles saíram do carro. O homem preto tinha um pedaço de papel higiênico no rosto recém-barbeado. Os botões da camisa do branco estavam quase arrebentando na altura da barriga. Ele jogou a jaqueta por cima do ombro com dois dedos. Atravessando a rua, o policial preto, em um terno cinza brilhante que combinava com os óculos, puxou a manga curta do sujeito gordo, dizendo para ele colocar a jaqueta. Zala tentou duas vezes entrar em contato com Leah ou Gaston por telefone. Ela viu os dois sujeitos à paisana fazerem o longo trajeto até a Seven Hills Congregational.

"O Sonny vem?" Quando Kofi torceu o nariz, Kenti lhe passou a parte do narrador e foi ela mesma ao andar de cima buscar o irmão.

Estavam entrando no vestíbulo pessoas que ela nunca tinha visto. O programa ia começar logo, porque todos eram homens e homem sempre gosta de ficar enrolando e entrar por último. Tinha um sujeito com uma pele marrom-avermelhada com um turbante branco na cabeça; a barba dele estava presa com uma redinha de cabelo. Tinha alguns homens de pele muito escura com camisa social de manga curta sem colarinho. Alguns homens africanos entraram também. As camisas deles eram de tons muito claros, muito limpas e os vincos nas calças eram bem marcados. Usavam sandálias. Um ruivo alto também estava de sandálias. Ele vestia uma camisa de manga longa que parecia feminina. Florida e diáfana, chegava à altura dos joelhos; as calças brancas estavam amarfanhadas e não muito limpas.

Um homem bonito que vinha sempre à casa estava de pé ao lado de Baldy Bean e de Mason clicando uma coisinha de metal toda vez que alguém passava pela porta e se sentava na igreja. Kenti estava prestes a ir lá fora e dizer ao Sonny umas verdades quando uma mulher pôs a cabeça para fora do escritório e chamou Baldy Bean para falar ao telefone. Ele piscou para Kenti antes de entrar, ou talvez estivesse piscando para o Mason, porque Mason logo puxou o cara que estava clicando a coisinha e apontou o ruivo, como se o homem tivesse se esquecido de clicar para computar a entrada dele.

"Você vai na minha peça ou não, Sonny Spencer? Estamos fazendo o último ensaio e eu queria que você fosse. Eu vou assistir quando você joga", ela apelou para a justiça. "O que está fazendo? Está quente aqui fora."

Ele estava olhando para as pessoas na calçada, na escadaria e na porta.

"Você se saiu bem na história de Jacó no Jaboque — eu estava escutando. Quero que você venha me ouvir. É sua última chance."

Ele tentou tirar a irmã da frente de seu campo de visão como se Kenti fosse uma boneca. Ela se recusou a sair da frente dele, e por isso Sonny precisou contornar um dos grandes pilares brancos para continuar espionando as pessoas pelas costas.

Sonny estivera escutando coisas interessantes a respeito de pelos no último degrau. Coisas sobre pelos púbicos de pretos e sobre cabelos de caucasianos. Testemunhas tinham mentido sobre pelos. Policiais tinham sido enviados para o abrigo de animais para coletar pelos. Esfregando as solas dos sapatos no capacho, sem pressa para entrar e acabar com a conversa, as pessoas também falavam a respeito de dinheiro. Dinheiro que a Conferência de Lideranças Cristãs do Sul e outros grupos tinham dado para as famílias. Uma mulher mais velha tinha se abaixado perto das sebes altas de tanta raiva, ela estava contando para uma amiga o que a Venus Taylor tinha feito com a parte dela do dinheiro: uma plástica na barriga. A mulher estava furiosa e cuspindo tanto enquanto falava que a amiga precisou pegar um lenço. Ali mesmo nos degraus da escadaria num domingo, a mulher disse que Venus Taylor, mãe da garota assassinada, merecia levar uma surra pelo que fez com o dinheiro. Sonny quis rir na cara dela. "É isso aí, vamos apedrejar a mulher, vamos apedrejar essa mulher no altar." As pessoas eram hilárias.

Era como a mãe dele tinha escrito no diário: fofoca era a ideia que algumas pessoas tinham de cidadãos em ação. Ligar para a emergência era o que eles imaginavam ser democracia participativa. Faziam pesquisas de opinião e presumiam que isso fosse tão bom quanto um debate inteligente. As pessoas que estavam subindo a escadaria soavam como se tivessem entregado seus cérebros para os institutos de pesquisa. Foi o Williams? O julgamento dele foi justo? Você continua achando que foi a KKK? Circule sim ou não, marque um xis no quadro, ligue para esse telefone grátis.

"As pessoas são burras", ele disse, com os lábios retorcidos. "Burras pra cacete."

"Então. Todo mundo é burro e fedido, menos você, é isso?"

Kenti imaginou que ele fosse erguer o queixo no ar e dizer "Isso aí", mas não. A boca dele se abriu e depois puxou a cabeça dele inteira para baixo para ver uma formiga que tinha saído pelas frestas. A formiga era gorda como uma framboesa e faria uma grande mancha se fosse esmagada num golpe só, mas ele não fez isso. Simplesmente continuou pisando e pisando para ferir e continuar ferindo o bicho, com a ponta de seu grande e pesado sapato.

Uma van do Clube de Meninos subiu a rua e passou por Zala, os garotos voltando de um acampamento, os sacos de dormir apoiados na janela traseira. Ela sentiu algo na perna, atrás do joelho. Não olhou para trás em busca de uma causa. Aquilo vinha acontecendo com regularidade suficiente para que soubesse que alguns dos velhos demônios continuavam escondidos. Concentrou-se em ir de um poste de luz até o outro. Um cartaz onde esperaria ter visto CACHORRO PERDIDO RECOMPENSA na verdade era alguém oferecendo filhotes de gato de graça. No poste seguinte, havia um cartaz com uma propaganda de uma produção local de Deathtrap. Por pouco ela não riu. Paulette, em sua lua de mel em Nova York, instigou Zala e Spence a pegar um avião e ir ficar com eles, quem sabe assistir a uma peça na Broadway. Uma peça de suspense, que estava em cartaz havia muito tempo e tratava de um dramaturgo que planejava o assassinato da esposa para ficar com o dinheiro dela, foi a escolha de Paulette, especialmente depois que ela ficou sabendo que um dos financiadores do sórdido drama era Claus von Bülow, que estava sendo julgado de novo pela tentativa de assassinar a esposa abastada. Zala riu — como se eles tivessem dinheiro para viajar de avião.

Era comum que, andando de manhã, os pulmões limpos, as juntas azeitadas, sem remelas nos olhos, ela fosse tomada por uma vitalidade e se sentisse como uma personagem em um musical prestes a irromper numa cantoria, com uma centena de violinos tocando, uma trompa e um solo dolorosamente lírico. Porém a sensação atrás do joelho podia aparecer de forma igualmente súbita.

Ela estava convicta de que era capaz de continuar andando e de se mexer até aquela estranha cãibra deixar suas pernas. Pisou em um papel de bala que enrugou como o papel da carta aérea que Gerry tinha mandado. Gerry se inscrevera para um cargo na UNESCO. Um grande evento; a questão, quem iria informar ao mundo sobre a África, africanistas colonialistas ou africanos? Da metade para baixo, a carta era como uma tela pintada *alla prima*, uma mancha de tinta.

Ela conseguia ver Sonny no pórtico e as pessoas subindo os degraus rapidamente. Quando viu Zala se aproximar, ele fez como Sansão entre os pilares. Zala riu o mais alto que pôde, para lhe mostrar que era capaz disso e para convidar a saúde a entrar nos pulmões dela.

"O que você está achando?"

Em vez de responder, Sonny vasculhou o rosto da mãe. Zala notou que seu filho estava com um bigode de suor e que estava abatido, mas ele parecia estar consciente de algo mais. Ela o observou com atenção em busca de uma pista.

Para escapar dos olhos dela, que pareciam revistá-lo, Sonny recuou três passos e esbarrou no amigo do pai que veio da Califórnia.

Dolph recuou até a soleira. "As pessoas estão assobiando bastante para uma cidade que supostamente está com tudo sob controle."

Do lugar onde Spence se encontrava, distribuindo programas, parecia que Zala estava encurralando Dolph e Sonny para entrar no vestíbulo. Se os dois pusessem as mãos para o alto, a figura estaria completa, uma imagem evocada, ele supôs, pela presença de tanta gente usando disfarce.

"Se concentre na petição", um dos Pais pela Justiça estava dizendo para Mason, que sempre parecia estranho para Zala sem seu braço direito, Lafayette.

"Vamos tentar fazer com que formem uma força-tarefa civil antes de a gente parar", o reverendo Thomas disse de um canto. Ele estava puxando a ponta de uma fita adesiva, se preparando para pendurar de novo o cartaz DEFENDA O DIREITO DE SE ORGANIZAR.

Sonny agora estava atrás dela. Com as mãos nos ombros de Zala, como se fossem grampos de roupas, a virou na direção do cartaz. "Alguém, acrescentou 'Sem Espionagem ou Assédio'", ele disse. Pelo modo como ele falou, Zala teve uma boa ideia de quem pudesse ter sido. Ela prendeu a carteira com força entre o cotovelo e o corpo. Os olhos dele pareciam atravessar a palha, mesmo depois que ele se afastou e foi na direção da escada.

As pessoas se aglomeraram em torno daqueles que estavam na lista de oradores e ofereceram apertos de mão de solidariedade. Eles não perdiam a oportunidade de entregar panfletos, mas não perceberam as mensagens telegrafadas com os olhos pelos membros do PARE, dos Pais pela Justiça, e pelos integrantes do Comitê de Investigação, que deixavam os congratuladores para fora do círculo. O passado compartilhado por famílias, veteranos e pelos trabalhadores da comunidade tinha levado a uma consciência que superava alianças convenientes com aqueles que também trabalhavam duro para incentivar as pessoas a lutar contra o esquecimento, mas só pela oportunidade de vender produtos que brilhavam no escuro.

Havia mais gente entrando na igreja à medida que os coros se uniam nas escadas. Spence tinha visto o olhar nos rostos deles em outros memoriais e encontros: indolentes depois de tantas revisões, novas teorias, mudanças de apostas, fatos selecionados. Ao entrar na igreja, exibiam passos cansados.

O reverendo Thomas apertou os ombros de Zala enquanto passava para entrar na frente dos coros que se alinhavam em duas fileiras antes de marchar para dentro. As pessoas diziam em alto e bom som que apoiavam o programa. Havia previsões confiantes. Havia gente dando tapinhas nas costas uns dos outros, e todos davam a mão para Zala. Spence deu um sorriso largo ao entrar. Porém, Zala sentiu que Sonny era o único que conhecia o desejo do coração dela.

Quando os coros de jovens e de adultos se separaram no corredor central, Zala seguiu atrás dos adultos, andando rápido pelo corredor esquerdo. Ela investigou os rostos na igreja à procura de um par específico enquanto avançava rumo a um banco na parte da frente da nave.

    Você pode correr por muito tempo
    Pode correr por muito, muito tempo.
    Pode correr por muito tempo
    Mas o Senhor Deus Todo-Poderoso vai te alcançar.
    Vá dizer ao viajante da meia-noite
    Vá dizer àquele mentiroso inveterado
    Diga para aquele grande caluniador
    Que o Senhor Deus Todo-Poderoso vai alcançar.

O piso de tábuas ribombou. Os gladíolos nos vasos ao lado do púlpito tremeram. Santos cintilaram nas janelas. Painéis onde estava escrito o Salmo 23 tornaram-se âmbar sob a luz do sol. A fita colocada num dos painéis havia coberto partes do PREPARAS UMA MESA PERANTE MIM NA PRESENÇA DE MEUS INIMIGOS por tanto tempo que mesmo a velha guarda se referia à cena como Santa Ceia, ignorando as faces pouco amistosas que se aproximavam da refeição.

Zala pegou uma camiseta de sua bolsa e sacou uma ficha do bolso. Ela olhou para cima. O púlpito nunca tinha parecido tão elevado, as cadeiras cobertas por veludo cor de vinho nunca tinham parecido tanto com tronos. O "Deus Todo-Poderoso" tinha passado sem pausa para "Não há onde se esconder"; depois eles se sentaram. Estava feliz por ver que eles iriam ficar no lugar reservado para o coro. Ela não queria ficar sozinha naquele lugar tão alto. Se pelo menos Mama Lovey pudesse estar presente, ou a Paulette. Zala vestiu a camiseta e encostou os ombros na madeira do banco. Não dá pra viver o tempo todo com o coração na boca, ela aconselhou a si mesma.

O reverendo Thomas foi direto ao ponto. "Para que as pessoas vençam seus piores terrores, é preciso apelar para seus traços mais nobres." Ele falou isso para as pessoas que estavam listadas como oradores, olhando sem pressa todas as pessoas ali reunidas a fim de encontrar cada um antes de seguir adiante, falando a respeito das crianças e da comunidade, dizendo que o amor e a preocupação com o bem-estar deles era o mais nobre e mais antigo sentimento na comunidade preta.

"Todos nós fomos agraciados antes com textos e falas que apontaram as imprecisões e as inverdades relativas ao Caso dos Desaparecidos e Assassinados de Atlanta. Seria o caso de pensar que não era mais necessário fazer um trabalho de educação. No entanto, muitos de nós continuam sem disposição para desmontar o mito construído pelas autoridades. Embora possamos desprezar a perfídia das mentiras, parecemos temer ainda mais a sordidez da verdade. Vamos baixar a cabeça e orar para termos força para superar nossos temores. Vamos orar para termos a força necessária para responder melhor às cobranças das próximas gerações. E para termos forças para tornar esta cidade responsável perante a necessidade que as pessoas têm de conhecer a verdade, para que nossos filhos não cresçam cínicos e deformados pela falha de nossa coragem."

Ele olhou para a assembleia e agarrou as laterais do atril. Suas grandes mangas pretas e brilhantes caíram pelas laterais da madeira. Ele baixou a cabeça e enfim começou. "Pai, Mãe, Deus, Espírito", parando por um longo tempo para que esse afastamento de sua invocação usual fosse assimilada antes de pedir que os fiéis fossem abençoados e que as línguas dos oradores fossem tocadas pela luz. E, enquanto as pessoas diziam Amém, ele fez um gesto com a cabeça para Zala. Ela subiu os degraus enquanto o reverendo Thomas chamava a atenção da multidão para o nome dela na lista de crianças apresentadas à igreja. Depois ele elogiou essa frequentadora de longa data da Seven Hills pela coragem de se apresentar diante das 204 pessoas que estavam na igreja.

Zala pressionou os joelhos contra a prateleira onde havia um copo com água e uma jarra. Desviou o olhar de suas anotações para as pessoas. Agora sabia como os ministros conseguiam distinguir de forma tão apurada os membros individuais de uma congregação. Do lugar onde ela estava, todos eram distintamente visíveis. Uma fileira inteira de homens, camisas abertas no pescoço. Uma mulher empoando o nariz. Um pedaço de papel cobrindo um corte de barbear, um par de mãos segurando um lenço com bordas de crochê, um casal sentado bem perto um do outro, com os ombros encostados. Ela viu um par de sapatos sociais de couro no corredor: o cana à paisana, pernas cruzadas na altura do tornozelo, estava tentando mascarar um furo na parte de baixo de um dos pés com graxa. Ela tirou forças dos acenos de cabeça e dos sorrisos encorajadores. Alguém no coro atrás dela resmungou "Hmm-hunh". A mulher no banco central fechou seu estojo de maquiagem com um clique e ergueu o rosto empoado, cheio de expectativa. Zala começou.

"'Somos todos a colheita um do outro, somos todos da conta um do outro.' De um poema de Gwendolyn Brooks. 'Sempre estivemos no centro do roubo.' De um poema de Andrew Salkey. 'De todas as virtudes', diz Maya Angelou, 'a mais importante é a coragem, pois sem coragem nenhuma das demais virtudes pode ser praticada com consistência e paixão'." Zala segurou no atril e deu um passo cuidadoso para a direita e depois para a esquerda, ainda se segurando, se virou para a cadeira para que sua camiseta fosse visível para todos. Ela recuou e repetiu a inscrição de três palavras. "De um poema de mesmo título de Alexis DeVeaux — 'Questione a Autoridade'.

"Desde o início, houve silêncio. Não só na Prefeitura e nas delegacias e nas redações de jornal; houve silêncio também nos bairros. Mesmo hoje há um tabu contra falar. Aqueles que falam são alvo de olhares ou de comentários sarcásticos que dizem: 'Você está exagerando e tentando fazer nossa liderança ficar com uma imagem ruim ao lavar a roupa suja em público'." Ela se sentiu incentivada pelos murmúrios das mulheres idosas que tinha ajudado a sair de um táxi, uma mulher que provavelmente ainda lavava suas próprias roupas ao ar livre em grandes tinas e não conhecia nenhum jeito melhor de deixar o linho branco do que deixá-lo ao sol com uma brisa soprando sobre o tecido.

"Somos silenciosos demais. Falhamos com nossos vizinhos e falhamos conosco, com nossos filhos ao seguir em frente sem um balbucio sequer. Pelo nosso silêncio ganhamos tapinhas nas costas, por não usar um taco de beisebol ou uma arma para transformar alguém no Messias. Não sei como foi para vocês no começo, mas eu ficava dizendo para mim mesma que isso não podia estar acontecendo, não aqui. No Alabama ou no Mississippi talvez, mas não aqui em Atlanta. Nosso próprio filho foi levado e nos diziam para ficar em silêncio. Todos ouvimos isso. Não queria acreditar no pior, e por isso foi fácil me silenciar. Eu não era de criar problemas mesmo", acrescentou, com um sorriso tímido. "Muitos de nós, imagino, fomos criados para ficar quietos, sermos obedientes e para sermos inferiores."

"É isso aí!", alguém comentou, e uma onda de suspiros pesados serpenteou até o púlpito. Quem suspirou mais forte foi uma grávida que estava sentada na ponta de um banco, os pés no corredor, os tornozelos inchados.

"Criamos nossos filhos para ter respeito pela verdade. Ressaltamos a importância de ser honesto, e a honestidade é louvável. Nos tribunais, é assim que eles distinguem as pessoas mentalmente sãs das insanas — a capacidade de discernir entre o certo e o errado. No entanto ouvimos mentiras todos os dias, das propagandas até o governo. E nós sabemos disso. O governo inventou a expressão 'hiato de credibilidade' para se referir à distância entre aquilo que as autoridades sabem e aquilo que elas nos contam. Em outras palavras, uma mentira. Nós dizemos que enganar é errado. E todos nós achamos que acreditamos nisso."

Uma mulher sentada atrás de alguns dos pais ajeitou a echarpe em volta do vestido branco de ilhós. Estava com uma expressão implacável que foi se suavizando à medida que Zala relatava a agonia daqueles dias, desde o "Sumiço" até o desastre de Bower Homes e a viagem para Miami.

"Quando recuperamos nosso filho, não houve desfiles para recebê-lo. Amigos desejaram boa sorte e mandaram presentes, entretanto não houve uma recepção de herói para o nosso menino que foi refém durante quase um ano. Por um lado, fiquei grata porque a polícia e o FBI não apareceram. Porém, por outro, pensem — 'Fizemos uma busca completa'? Eles deviam fazer fila para interrogar nosso filho."

Spence estava fazendo sinal com o polegar por cima do ombro. Sonny tinha entrado. Ele estava entre Kofi e Kenti, as mãos repousando de leve nos ombros dos irmãos. Quando as pessoas começaram a se virar para ver o que tinha chamado a atenção de Zala, ela continuou rapidamente.

"Tem mais uma coisa que preciso dizer acerca do momento em que nosso filho voltou: eu parei de me importar. Com o caso, quero dizer — com as crianças, com os outros. Não me importava com mais nada, só com minha família. A única coisa que queria fazer era fechar a porta, porque eu não me importava mais. Não foi assim que expliquei as coisas para mim mesma por muito tempo, mas essa é a verdade. Eu tinha tido acesso a uma grande quantidade de informações relacionadas ao caso que nunca foram publicadas nos jornais. No entanto eu não estava mais interessada em chegar à raiz dos assassinatos. Talvez..." Ela procurou Leah em meio aos rostos, mas Leah, ela lembrou, estava em missão. Zala correu os olhos até Spence e afundou seu olhar no ar vazio do corredor central.

"Nosso filho foi roubado de nós e de vocês e das ruas de nossos bairros. E o fizeram sentir como se merecesse isso. Diziam que ele mereceu o que aconteceu. E também as coisas que aconteceram com ele."

"Respira, irmã."

Ela viu Sonny sair pela porta, viu Kenti ir atrás e trazê-lo de volta. A ficha cor de rosa que segurava nas mãos era inútil agora. Assim como o reverendo Thomas naquela manhã, ela havia se afastado muito do texto. Vários dos pais estavam com a cabeça abaixada. Gente atrás deles se debruçava para lhes dar tapinhas nos ombros.

"Alguns tiveram destino ainda pior. Alguns morreram. Porque nós permitimos. Permitimos que nos manipulassem usando rótulos — 'paranoicos', 'agitadores'. Nossa compreensão de onde estamos e de como são as coisas levou muitos de nós a dizer 'Klan' e 'acobertamento' em voz baixa. Porém nós nos silenciamos por medo de usarem contra nós palavras como 'traidores da raça'. Engolimos a isca de que segurança significa segredo e silêncio. Como equilibramos isso?", ela perguntou, mantendo os braços ao lado do corpo, com as palmas das mãos viradas para cima. "De um lado, nossos filhos correndo perigo, e, de outro, o medo de nos chamarem do que nós somos? Numa ordem social justa, crimes contra crianças seriam tratados com mais seriedade do que crimes contra o Estado. Porque de fato são mais sérios. O que poderia ser mais sério?"

"Fala pra eles."

"Não seria certo e não seria justo se eu passasse a impressão de que todo mundo ficou só sentado esperando os políticos, a polícia e a imprensa definirem as coisas por todo mundo. As pessoas da comunidade, inclusive os pais das crianças, uniram suas forças e suas vozes para exigir respostas que não insultassem sua inteligência nem a memória das crianças perdidas. Todos nós sabemos que a resposta que as autoridades bolaram não é resposta para nada. As crianças que fugiram poderiam ter nos contado a mesma coisa e muito mais. Porém, talvez..." Ela olhou para os fundos da igreja. "Talvez eles pensem que não têm motivo para contar tudo quando ninguém está fazendo isso. E que direito nós temos de importuná-los quando nós não exigimos respostas das pessoas que nós pagamos para governar esta cidade? O que eles estão escondendo tem uma importância tremenda para o bem-estar de centenas de milhares de pessoas. Não tem?"

Sonny fez que sim com a cabeça, no fundo. Mason ergueu o braço e apontou para o relógio em seu pulso.

"Então. Vocês não vão ter aquilo que esperavam ao vir aqui, se o que vocês esperavam era uma caixinha mágica. Estamos aqui hoje para reunir alguns fatos. Para fazer com que as pessoas se comprometam a trabalhar. E, sim, para passar a sacolinha. O objetivo imediato é conseguir assinaturas para uma petição para que os pais possam levar a Washington, D.C., exigindo que o procurador-geral dos Estados Unidos, William French Smith, reabra o caso. Sei que muitos de nós aqui estamos divididos quanto a essa questão e que alguns dizem que isso é colocar a raposa para cuidar do galinheiro. Mas o que nós queremos é uma CPI, talvez liderada pela bancada preta, com os pais convocando as testemunhas e podendo interrogar essas pessoas."

Mason e Vernon já estavam erguendo a caixa com o mapa e uma pilha de papéis. Membros do grupo da patrulha da região de Preener estavam fazendo sinais para o pessoal de Techwood para ir até a frente e ajudar. Dois dos irmãos da mesquita se inclinaram, suas mãos no encosto do banco à frente, para ver quando Spence iria se deslocar e fazer sinal para que eles se juntassem aos outros.

"Antes de entregar o programa para várias pessoas que nos ensinaram que devemos ver como encrenqueiros, eu queria encerrar com esse lembrete: silêncio sob coação é terrorismo."

"Pode repetir, irmã. Tem uns dorminhocos aqui, que Deus abençoe."

• • •

Kenti se inclinou para a frente, o rosto colado nas costas da mão de Zala. "Você ficou com medo?"

"Quando ouvi minha voz falando, fiquei sim. Mas o pessoal mais velho do coro ficou murmurando para me incentivar." Zala encostou as pernas na corcova da caixa de câmbio e se virou para ver os filhos. "Mas a srta. Kenti não foi o sucesso do dia?" Ela deu um beijo na bochecha de Kenti enquanto Spence virava na Griffin e freava antes da placa de Pare.

"A gente vai ao Paschal's?" Kofi correu para a frente para ver quantos homens tinham se reunido no galpão aberto ao lado da Associação de Campeonatos de Jogo de Damas.

"Vocês vão", Spence disse, vendo Sonny pelo retrovisor. "A tia Dee e a Gloria e o tio Bry estão esperando vocês na sala de jantar. A gente precisa fazer uma coisa. Tenho que levar esse carro pra devolver pro Gaston."

"Você vai no Gaston?"

"Vou, Sonny. Quer ir junto?" A mão de Spence deslizou do volante, porém ele se conteve para não estender o braço por cima da caixa de câmbio para pegar na mão de Zala.

"Aonde a gente vai, pai?"

"Sabe, Sonny", Spence começou, "se você fosse só o filho de um vizinho, mesmo assim eu iria considerá-lo especial o suficiente para querer conhecê-lo." Ele achou que não conseguiria continuar e dizer tudo o que sentia. Um Toyota branco estava estacionado no meio-fio. Os olhos de Sonny estavam voltados para a frente, Spence percebeu, dando uma olhada pelo retrovisor. Spence vinha dando olhares furtivos para o filho desde o dia em que ele voltou para casa, e principalmente desde o dia em que, enquanto eles desempacotavam panelas, frigideiras e a louça do dia a dia, livros, bolas e uma peça que fazia parte da máquina de costura, Sonny xingou Kofi por empacotar algo que ele havia jogado fora. À noite, Spence tinha em suas mãos uma porção de cera com perfume muito mais doce do que era a intenção das abelhas. Abertos no meio como frutas, os moldes, fabricados com essa cera, só precisavam ser virados do avesso e entregues a Dowell para que ele fizesse cinco conjuntos de cópias das chaves.

"Reconhece?" Spence passou as chaves por cima do ombro para Sonny.

Com os joelhos pressionados contra a caixa de câmbio, Zala se virou para ler a expressão dele. O rosto do garoto estava impassível. Porém o cérebro se revolvia como uma roda de orações budista, com todas as engrenagens se movendo. Pela janela, ela viu o micro-ônibus meio estacionado na calçada. Um feixe de girassóis estava sobre o para-brisa. Entre os dois canteiros de girassóis, havia uma trilha que levava a Cower Road. Pássaros bicavam as sementes, fazendo as flores oscilar e balançar. As sementes eram grandes o suficiente para espremer e extrair azeite para salada. Ela voltou novamente o olhar para Sonny.

"De que casa é isso?"

"Do que você está falando?" Ele olhou a rua dos dois lados, por ambas as janelas, mas não direto para a frente nem para trás, ela percebeu. "Eu nem sei onde a gente está."

Spence estacionou o carro. Pôs as costas contra a porta e passou o braço por cima do banco.

"Quando eu estava crescendo, a sua vó Cora e o vô Wesley davam longos sermões sobre mentiras. Mentiras eram pecado e crime. Não tinha nada pior do que ser um porcalhão de um mentiroso deslavado. Embora isso não tenha impedido que a sua vó Cora fizesse um retrato bastante otimista da nossa situação. Eu acho que o problema da mentira ficava na cabeça deles porque eles mentiam pra mim. Não me falavam que eu era adotado. Mas os dois davam várias pistas. Queriam que eu soubesse daquilo que eles não conseguiam simplesmente me contar. Mentiras são assim. Ou melhor, a verdade é assim. Ela escapa, porque, acho eu, por natureza a gente quer ser honesto."

Spence desligou o motor e virou mais o corpo na direção de Sonny. "A sua mãe disse que você não deve a verdade a ninguém, nem mesmo pra nós. Eu meio que concordo com isso. Gosto de poder contar com a sua essência pra ajudá-lo a colocar pra fora aquilo que realmente queria que a gente soubesse. Por isso não preciso perguntar aonde você ia quando dizia pra gente que se encontraria com a Valerie Brooks. Você fez a gente chegar aqui."

"Aqui? Onde? Eu nem sei onde a gente está."

"A gente está aqui, Sonny, porque você quis a gente aqui. De vários modos, você fez a gente chegar aqui."

Sonny jogou seu peso contra o banco traseiro e uma das caixas de som que Gaston tinha instalado na parte de trás chacoalhou. Zala saiu e fechou a porta. Enquanto se curvava para abrir a porta dele, ela viu um movimento no telhado de uma casa por onde eles tinham passado. Uma casa de dois andares com persianas no ático. Havia plantas na janela mais ampla do andar de baixo e cortinas de um azul brilhante. A varanda ficava ao lado da janela, com uma calha descendo pelos tijolos.

Três cães grandes estavam amontoados uns sobre os outros no último degrau da porta da frente. Um deles parecia um urso pardo. O jardim estava malcuidado. Havia um portão.

"Venha", ela disse para Sonny, preparada para se abaixar e tirá-lo dali, caso ele se negasse. Ele olhou para os dois lados da rua, depois viu o olhar dela e começou a andar.

"É essa a casa, Sonny?" Ela andava pouco atrás dele, guiando Sonny na direção do portão.

"Qual casa?" Ele parou para olhar as casas do outro lado da rua e por isso ela precisou empurrar de leve. "Eu nunca estive aqui antes. Onde a gente está, afinal?"

Zala o levou até o portão. O cachorro-urso ergueu a cabeça e mostrou os dentes. Os dentes eram amarelos; e os olhos, leitosos. Os outros dois cães se juntaram a ele. Quando o cão-urso começou a latir, cabeça lançada para a frente, garras arranhando o piso de tijolos, os outros latiram também.

"Abra", ela disse, "e vá tocar a campainha."

"Use a chave", Spence acrescentou, destravando silenciosamente o portão.

Quando o portão se abriu, o cachorro mais magro, curvado como um galgo faminto, saltou dos degraus direto para a terra. O cão-urso desceu os degraus latindo, as mandíbulas fortes cobertas por uma densa baba branca. O cão com cabeça de barril ficou nos degraus, latindo e mostrando os dentes, encostado na porta.

"Entrar? Vocês endoidaram?! Vocês estão vendo esses cachorros brabos!"

Ao ouvir a voz de Sonny, o cachorro ossudo se espalhou no chão e foi devagar na direção dele, mexendo a cabeça como se tivesse conseguido a melhor coisa do dia, um chinelo mastigável. O cachorro da cabeça de barril empurrou o cão-urso com o focinho para que ele saísse da frente e atravessou o jardim. Plaquinhas com nomes de cachorro penduradas nas coleiras tilintavam de empolgação, rabos se agitavam. Spence empurrou Sonny na direção do quintal, e os três cães se moveram para cheirar as mãos de Sonny, que ele afastou rapidamente e pôs atrás da cabeça. O cão com cabeça de barril ficou de pé sobre as patas traseiras, tentando enfiar o focinho nas mãos de Sonny, o cão-urso mirou nos cotovelos, o galgo-vira-latas se abaixou para pegar as pernas da calça de Sonny.

Os cães empurravam uns aos outros para abrir espaço e escolhar Sonny pelo caminho. Eles voltaram para cheirar Spence, que avançava devagar na direção dos degraus. Olharam para Zala, rugindo baixinho com a garganta, olhando tímidos para Sonny para o caso de ele dar um tapa, achando a companhia ameaçadora. Eles só voltaram a latir quando Lafayette desceu pela calha na frente deles e o portão rangeu, se abrindo atrás de Zala. Os cães estavam se virando para todo lado quando a porta da frente se abriu.

    Zala ouviu Gittens mandando os cachorros ficarem quietos quando ele estendeu a mão para cumprimentar Sonny, que não deu a mão para ele — o galgo-vira-latas passou correndo por Gittens e entrou na casa sobre os ladrilhos enquanto Spence puxava Sonny para o lado e corria para a porta com Lafayette. Uma outra voz vinda de dentro da casa fez Zala subir os degraus de dois em dois. Foram necessários dois cães para obrigá-la a reduzir a velocidade.

EPÍLOGO

TONI CADE BAMBARA
CRIANÇAS DE ATLANTA

Quarta-feira, 8 de julho de 1987

Você está no teclado tentando responder uma carta. A TV está ligada, uma reprise de verão de *Fame*, com sua "baby-remember-my-name". Sua filha, que está de saída, troca de canal para o tipo de drama que você gosta, o jornal; então a luz da varanda se acende. E você, agora com o alerta vermelho ligado, levanta a cabeça. Os anos se precipitam, pelo menos aqui nesta sala, três anos além da data que você está datilografando na página. Com ou sem lua, você se torna Larry Talbot a cada vez que a sua menina, que nem é mais menina, passa por aquela porta. Por toda a sua pele, pelos se erguem em estado de alerta, a boca se esticando como um focinho para fazer frente à ameaça que há além da casa. Joelhos e coluna reorganizando a sua postura, você vai às pressas para a varanda com um não. "Não! Por quê?" Por causa da arruela gasta na pia do banheiro que destrói o seu sono e por mais isso e aquilo, sua voz tem garras. A filha tem um tom de queixa, mas é paciente. A amiga dela na varanda pergunta como está indo o projeto. Com tantas presas na sua boca, uma resposta com um tom normal não é fácil. Eles só vão fazer uma sessão de videocassete no vizinho, *Sob o Luar da Primavera*. A sua filha, tentando puxá-la pelo casaco, de volta para o momento, para a hora e para o ano, principalmente para o ano, diz: "Ei". Você ainda não foi pega, ou, na verdade, foi pega até demais, não vai ceder. Você vai junto para ver quem são os adultos, o seu comboio navegando sob a bandeira do que mesmo queria dizer a letra de "Pass the Dutchie on the left-hand side"? Ainda é 1983 na sua parada de sucessos, ou talvez ainda seja 1979. Sua filha, a encarnação da paciência posta à prova, lhe diz para acabar de uma vez com o projeto, oito anos, em algum momento é preciso dizer chega.

Você volta à mesa para terminar a carta. Ela tem que ser longa para fazer as vezes de uma visita. Sua amiga está em um leito de hospital em St. Thomas coberta até o queixo por gesso parisiense. Ela quer notícias de Atlanta.

Sua atenção está na carta. Você tem uma ideia. Se empacotar coisas e enviar para a Flavia, você pode ao mesmo tempo responder a carta e limpar a mesa de jantar, e ainda pôr um fim às piadas da sua filha sobre "bufê de fogão".

Primeiro, saiu *A Lista*, o livro escrito por Chet Dettlinger com Jeff Prugh. Publicado originalmente em capítulos, não num jornal de Atlanta, mas sim no *Chicago Sun* em abril de 1984, o livro chegou às livrarias de Atlanta em maio. Um livro importante que desmonta o mito da versão oficial. O livro (1) apresenta qual deveria ter sido o padrão observado pelas autoridades — os elos geográficos e pessoais entre as vítimas; (2) faz mais do que simplesmente insinuar que o grupo de pessoas envolvidas com pornografia infantil que estava por trás de vários assassinatos era conhecido pelas autoridades; (3) aponta os erros cometidos pela polícia, pela imprensa, pela prefeitura e tanto pelo juiz quanto pelos advogados no julgamento; (4) dá nome a muita gente — suspeitos sob vigilância que jamais foram interrogados, suspeitos que foram interrogados mas depois soltos, testemunhas que por conta e risco denunciaram vizinhos que tinham sido vistos com vítimas, que tinham sido vistos molestando vítimas, que tinham sido vistos saindo com vítimas, que tinham sido vistos carregando pacotes do tamanho de crianças, que tinham sido vistos no telefone dando pistas para as autoridades sobre onde elas iriam encontrar um corpo. Nas emissoras locais de TV e de rádio, aqueles que entrevistaram os autores, juntos ou separados, mantiveram o foco nas imperfeições formais do livro — o livro não tem índice, não tem estrutura coerente, o livro o livro o livro, seu tom amargo, a crítica dura aos métodos da polícia e da imprensa tanto no geral quanto em particular — e não entraram nas descobertas feitas pelo detetive e pelo jornalista investigativo.

Você coloca a matéria do *Sentinel* dentro da capa de *A Lista*, e pronto. Quem dera você pudesse ter junto também o livro de Glover, o aguardadíssimo livro de Camille Bell e o livro que Sondra O'Neale já devia ter entregado, mas eles nunca surgiram. Por outro lado, *Evidências das Coisas Vistas*, do Baldwin, foi publicado. Se fosse parte de um coro e não uma voz solitária, *Evidências* teria ajudado a moldar a história. Sozinho como ficou, a obra não satisfez as expectativas de quem esperava um olhar devastador sobre as maquinações de Casa Branca-FBI-CIA em Atlanta que se dizia que tanto o livro de Baldwin quanto o de Glover ofereceriam. Você escreve uma anotação lembrando que o filme que Nancy Holmes ia fazer com a CBS News e a Anistia Internacional deu em nada. Você junta essa anotação com tiras de papel de periódicos de fora da cidade que cobriram o trajeto de um abaixo-assinado por Atlanta, Tallahassee, Santa Cruz e outras partes do país, pedindo leis de proteção à infância mais rigorosas com base no caso de Atlanta. Vários dos textos tendo como estopim a transmissão e as retransmissões de *Alex*, um drama televisivo alusivo a um caso de criança desaparecida. O programa usava o formato semelhante ao dos programas de debate esportivo adotado por outros dramas realacionados a problemas sociais — *Leito em Chamas*, sobre esposas espancadas; *Adultos com Consentimento*, sobre filhos de gays; *Algo Sobre Amelia*, sobre filhas estupradas pelos próprios pais; e *Sobrevivendo ao Suicídio de Adolescentes* — a saber, debates ou entrevistas com especialistas e um número de telefone para quem quisesse ajudar organizações.

O volume de textos locais e de outras cidades datados de 1985 é alto. No final de janeiro de 1985, quando o teledrama de cinco horas de Abby Mann sobre o caso dos Desaparecidos e Assassinados de Atlanta teve uma pré-estreia, autoridades municipais e estaduais ficaram furiosas. Como Mann ousa dizer que nós estávamos mais preocupados com a imagem do que com a investigação? Isso realmente deixa a gente numa situação ruim, faz a cidade inteira parecer mal! Quem prestou atenção à propaganda do filme, tanto a publicidade paga quanto a gratuita, percebeu quantos verbos ligados a "ver" e quantos sinônimos de "imagem" havia nas declarações de Bush, Young e de outras pessoas, sem que houvesse uma única menção ao bem-estar das crianças. Antes disso, quando o representante de Mann esteve na cidade e fez o então prefeito Maynard Jackson cuspir fogo, o sujeito, hipócrita, afirmou que a única preocupação do autor era com a proteção dos meninos pretos. Onde estava essa preocupação, Maynard rebateu, durante o reinado do terror em Inman?

Em uma palavra, o programa exibido em duas partes pela CBS em 10 e 12 de fevereiro era perverso. Um ataque indiscriminado ao próprio conceito de liderança preta. Falas estúpidas saíam da boca dos atores, coisas como "Nós perdemos aquele ótimo policial branco, e agora o que fazemos", repetidas ad nauseam. Por outro lado, o filme de fato reabriu a discussão e fez com que muitas pessoas tivessem a oportunidade de tentar ver o que realmente tinha acontecido. Como o roteiro supostamente era baseado em *A Lista*, tanto Dettlinger quanto Prugh tiveram a oportunidade de levar algumas informações para o público.

• • •

Em algum momento do verão ou do outono de 1985, o advogado da família Williams, Lynn Whatley, deve ter reunido o grupo formado por William Kunstler, de Nova York, Alan Dershowitz, de Cambridge, e talvez Bobby Lee Cook, da Geórgia, para traçar uma estratégia baseada nos arquivos do GBI que ligavam a Ku Klux Klan aos assassinatos. No outono, a equipe entraria com um pedido de habeas corpus para o cliente de Whatley, Wayne Williams, e pediria que a condenação do réu fosse anulada. Um novo julgamento foi exigido, sob a alegação de que as autoridades haviam omitido indícios cruciais sobre uma investigação secreta conduzida pelo Departamento de Investigações da Geórgia. A equipe também exigiu oito volumes adicionais de material que cobriam acontecimentos de 1980 a 1981 e que parecem implicar autoridades locais, estaduais e federais em um acobertamento que nasceu de um relacionamento entre um informante da polícia e de uma família da Klan. Na primavera, o advogado Bobby Lee Cook tomaria depoimentos do GBI e do Departamento de Serviços Especiais da Polícia de Atlanta. No outono de 1986, a revista *Spin* publicaria uma série de três reportagens que revisitavam o caso como um todo à luz das novas provas. Especiais jornalísticos surgiram também na TV nesse período, concentrando-se principalmente em testemunhas que tinham mentido e em testemunhas que haviam morrido desde o julgamento.

Em 1980, um informante da polícia tinha se infiltrado em uma família da Klan de Atlanta que tinha laços com J. B. Stoner, o Partido Nacional dos Direitos dos Estados e outras organizações extremistas. Originalmente, o informante estava rastreando armas roubadas dos arsenais da Guarda Nacional.

Em fevereiro de 1981, enquanto o diretor Webster, do FBI, dizia que os crimes "não tinham motivação racial" e os habitantes de Atlanta faziam pressão para ter acesso a um telefonema de um "caipira branco" levado ao ar por uma rádio, o informante deu a seu contato uma dica de que uma família da Klan, em que ele tinha se infiltrado, havia se gabado de seu envolvimento no assassinato de crianças — um esquadrão da morte.

Um mês mais tarde, em março, enquanto o prefeito Maynard Jackson pedia ajuda de fora, em particular solicitando verba federal para financiar a política de investigação incansável, o informante, agora com escutas e ampliando as atividades, tinha informações transmitidas para um oficial do GBI em posição superior à do seu contato. O oficial decidiu interrogar membros da família da Klan por conta própria.

Em abril, enquanto os assassinatos continuavam, o oficial do GBI deu um atestado de lisura à família Sanders, que fora mencionada. Dias depois, o informante reclamou para seu contato que sua identidade falsa fora revelada.

Em maio, com Webster ainda seguindo a mesma linha, e com um agente do FBI anunciando em uma reunião pública que "foram os pais", ônibus partiram para a manifestação organizada pelo PARE em Washington, e Maynard Jackson estava finalmente recebendo recursos federais liberados para Atlanta. Williams foi parado na ponte no dia seguinte, interrogado, liberado, mas mantido sob discreta vigilância.

Em dezembro de 1985, gente ligada a redes de notícias e articulistas estavam solicitando formalmente acesso ao novo material e fazendo investigações por conta própria, pesquisando reportagens antigas, entrevistando pessoas e tentando entrar em contato em particular com testemunhas e jurados, com neonazistas e com informantes. Em 1986, Robert Keating e outros articulistas publicaram textos e produziram documentários em vídeo e programas especiais para a TV que expuseram o caso para o país todo. Pelo menos um documentário em produção se concentra nas armas — as automáticas, as bazucas, os machetes, os explosivos que, de acordo com indícios da investigação secreta do GBI, a família Sanders recebeu ordens para obter e estocar, ordens que partiram de Edward Fields, chefe do notório Partido Nacional pelos Direitos dos Estados. Outros textos focam nas drogas, novamente com base em indícios dos registros do GBI, na tentativa de destacar o elo entre a natureza paramilitar, a natureza de culto ritual e a natureza de turba clandestina e criminosa da Ku Klux Klan e de outros extremistas da direita. Num nível mais local, houve quem começasse a especular a respeito dos custos que poderiam ter se acumulado caso o julgamento de Williams, que ocorreu entre dezembro de 1981 e fevereiro de 1982, na hipótese de os advogados de defesa terem tido acesso aos arquivos suprimidos. Outros levantaram a questão: será que nesse caso Williams teria sido preso, para começo de conversa?

A caixa lotada, a carta acabada, você olha em volta e vê a TV a tempo de ter um relance final do sujeito sendo transformado em um ídolo de matinê. Além de armar o bandido do Savimbi para derrubar o governo de Angola, Oliver North também organizou a invasão de Granada.

Você lambe o envelope para fechar e larga a bolsa no chão para pegar as chaves. Você está de volta a 1981 até que chegue à calçada no caminho para os correios. As pessoas continuam disparando armas e soltando rojões na rua toda. Elas devem ter previsto que vocês dois iam precisar de um prolongamento das celebrações do Dia da Independência.

AGRADECIMENTOS

Livros começam e terminam em dívidas imensas. Para começar, a mãe da srta. Adelaide tinha o costume de me fazer parar na Cascade para me informar que alguém tinha um sobrinho no exterior e também estava com artrite. Ela se debruçava na janela do carro e dizia: "Bom, você é a moça que escreve, não é?" Depois de me ver escrevendo cartas e esboçando contratos para as pessoas, me dizia que era uma tristeza que eu tivesse uma letra tão feia porque tinha muita coisa a ser escrita sobre a vizinhança. Em 1979, nós tivemos uma ligeira discussão sobre isso dobrando roupas na lavanderia ali na Cascade perto da Oglethorpe. O assunto do dia nas ruas era a onda de raptos e assassinatos, e ela achava que, tímida ou não, eu devia ir escrever as histórias das mães. Eu achava que aquilo no fundo podia ser uma armação ou uma apropriação da fala delas, já que meu forte era a ficção e meu impulso ficcional tenderia a superar meu lado documental. "Cagona." A mãe da srta. Adelaide disse.

Em 1979 e 1980, enquanto me batia para escrever *The Salt Eaters*, vários amigos me fizeram perceber que os rascunhos de ensaios narrativos e as histórias que andava esboçando sobre acontecimentos daquilo que mais tarde seria chamado de Caso dos Desaparecidos e Assassinados de Atlanta na verdade eram partes de um livro. Agradecimento especial ao Grupo de Escritores de Pomoja por seus ouvidos perfeitos e seus ombros generosos, que acolheram meu queixo, por assim dizer, durante várias versões do livro entre 1979 e 1985; especialmente a Joyce Winters e Malaika Adero, que bateram muita perna, e para Nikky Finney, cuja disciplina era um modelo; para Alice Lovelace do Coletivo Sulista de Escritores Afro-Americanos, por aquelas conversas no ponto de ônibus perto de Ebon's; para Charles Riley e para vários dos irmãos que me protegeram durante leituras públicas ao longo dos anos, e que me deram a dica para aumentar minha segurança, mas só quando realmente chegou a hora; para Ida Lewis, Tony Batten e amigos da imprensa cujos telefonemas e cujas perguntas me mantiveram seguindo em frente e também me prepararam para recrutar aquelas pessoas que me procurariam mais tarde pedindo "um ângulo" como assistentes de pesquisa.

Fui particularmente abençoada do começo ao fim com uma sensação de cuidado familiar, graças à minha mãe sempre disposta a me apoiar, Helen Brehon; minha filha, Karma Bene, que consistentemente me compreendeu, e a minhas melhores amigas, Jane e Sarah Poindexter, que mantiveram as coisas seguindo em frente embora eu muitas vezes falhasse em cumprir minhas tarefas em casa ou não cumprisse a minha parte nas conversas. Obrigada a Jane por continuar mantendo o ouvido atento e por recortar os jornais e por aguentar as pessoas dizendo "Ela ainda não terminou?" muito depois de eu já ter me enclausurado. Um agradecimento especial para Karma, que cuidou da casa e não me deixou sair de roupão. E para Sarah, que me faz pensar que eu não fui um exemplo tão ruim, já que ela escreve uma história terrível em meio a outras coisas maravilhosas. E para minha mãezinha, que jamais duvidou que eu soubesse o que estava fazendo, o que deve ter exigido grande imaginação e determinação

Nas minhas visitas a New Orleans, minha velha amiga de ensino médio Pat Carter sempre me perguntava como eu estava lidando com a tarefa ingrata de escrever um romance sobre acontecimentos reais — questão levantada por muitas pessoas, mas, quando a Pat pergunta, você responde. Já no começo do projeto inventei uma lista simples de coisas a fazer, coisas a evitar e coisas que talvez fosse o caso de fazer.

FAZER:
- Reunir um elenco de personagens alinhado com os eventos reais. Independentemente de o livro ser ficcional ou não, a lista de personagens teria de ser composta pelo Filho Desaparecido, a Família, a Polícia, a Imprensa, o Psicólogo, o Suspeito, o Juiz, os Advogados, os Porta-vozes da Comunidade, os Investigadores Independentes, os Amigos de Verdade.
- Portanto, Sonny, o filho desaparecido; a família dele, os Spencer; Dowel e B. J. Greaves, assim como policiais reais; o cara da rede de TV assim como o verdadeiro Jeff Prugh; Mac; não deveria haver suspeitos ficcionais, portanto todos os suspeitos aludidos no livro eram suspeitos reais na versão da polícia e/ou dos investigadores da comunidade;

o verdadeiro juiz Cooper; os verdadeiros advogados do julgamento; o Comitê de Investigação, assim como pessoas reais como Hosea Williams e o verdadeiro Dettlinger.

NÃO FAZER:
- Tratar pessoas reais como se fossem ficcionais; é rude, confunde e deveria ser ilegal. De todas as pessoas reais — Brown, Williams, Napper, Jan Douglass, Julian Bond, Dettlinger, Prugh, Camille Bell etc. — apenas Maynard Jackson chega a ser uma presença com direito a voz em cena. As palavras dele, porém, são as palavras que milhões de pessoas ouviram e são parte de registros públicos.

TALVEZ:
- O melhor jeito de colocar no palco essas pessoas que desempenharam um papel importante nos verdadeiros acontecimentos é inventar um colega ou conhecido que seja sua "sombra". B. J. Greaves, puramente ficcional, foi originalmente concebida apenas para me permitir contar ao leitor sobre os verdadeiros policiais. Assim como Mason, Vernon e Lafayette, puramente ficcionais, me permitiram sinalizar para os inúmeros veteranos e voluntários da comunidade que estiveram no caso desde o desastre de Bowen Homes, e em alguns casos desde antes; muitos deles não faltaram a uma única ronda até hoje, apesar do que os parentes, patrões e amigos falavam deles.

Em 1981 e 1982 deixei o projeto de lado em diversos momentos, uma vez quando Lawrence Schiller e Penny Bloch, da Lawrence Schiller Associates e da CBS, respectivamente, me ofereceram uma oportunidade em um roteiro que não deu em nada. Pomoja todas as vezes me colocava de volta nos trilhos, assim como Billy Jean Young e Monica Walker enquanto estiveram em Atlanta; e enquanto estive em Londres, Siva, Gail, os Huntley e principalmente Menelik Shabazz (tanto em Londres quanto em Atlanta); enquanto estive em St. Croix, Gloria I. Joseph, que me ofereceu um trabalho e refúgio e que, de maneira misteriosa, sabe quando mandar cartões de apoio e fazer telefonemas, Roseann Bell, Audre Lorde e Winnie Oyoka; em Nova York, o falecido Gerri Wilson, a melhor pessoa que já conheci para conversar sobre crianças; em Ibaden, na Nigéria, Esi

Kinni-Olasunyin, que perdeu muito sono quando eu desatava a falar; e na minha vizinhança, Ernie "Tech" Pilot, que me deu pistas sobre o fato de que, se ele conseguia gravar as transmissões do "caipira", pode ser que a polícia de Atlanta, o GBI e o FBI também estivessem fazendo o mesmo.

Um agradecimento especial para todas as pessoas mais velhas que me disseram em algum momento para aprender a ficar parada. Pesquisa não precisa ser sair correndo num esforço para apreender informações. Às vezes pode-se pesquisar ficando parada e compreendendo. Sentando na cadeira e trabalhando, muitas coisas chegavam até mim pelo telefone, pelo correio, por gente que ia me procurar, e por meio daquilo que algumas pessoas chamam de intuição e outras chamam de história.

Em 1983-84, eu estava na terceira versão graças a Camille Bell, que nunca encontrei pessoalmente, e a Sondra O'Neale e James Baldwin, que eu conhecia havia anos; todos os três estavam trabalhando em livros, um fato que me fazia sentir muito menos solitária em minha obsessão. O trabalho estava indo bem, graças a Susan Ross e a Andrea Young, que me ajudaram a preencher a história do passado de Marzala ao me contar, nos dois anos anteriores, como tinha sido crescer em Atlanta; Kwame Penn, um velho amigo dos tempos em que minha filha frequentou a pré-escola pan-africana, que me guiou às mais recentes novidades em histórias em quadrinhos para que eu soubesse o que Kofi podia estar lendo; Sue Houchins e Lynda Sexton, do Djerassi Ranch, e Cheryl Gilkes, de Boston, que me mostrou um modo de ler a Bíblia que estava mais de acordo com meu gosto; e especialmente Madame Chin, por muitas boas conversas e pelo apoio; a grande e já falecida Anna Grant e Edie Ross, que discutiram o julgamento de um ângulo específico em uma conversa na casa de Joanne Rhone no inverno de 1981, se não me engano; minha boa amiga e irmã Cheryll Chisholm, a melhor pessoa para conversar sobre o gênero de detetive e sobre estruturas cinematográficas; e, enquanto estava viajando, Gwendolyn Brooks e Nikky Giovanni e a escritora Maryse Conde, de Guadalupe.

Em 1985-86 tive apoio contínuo de Gloria Joseph, Hailie Gerima, Tom Dent, Sonia Sanchez, minha família, os Poindexter e Sandra Swans, Terri Doke, Ishmael Reed e minhas amadas Eleanor Traylor e Toni Morrison. E Kristin Hunter, que me salvou uma vez, e minha mãe muitas vezes, quando meus fundos chegaram a zero.

Curvo meu corpo até tocar com a cabeça no chão diante das datilógrafas pelo seu olho atento e pela velocidade: Tracy D. Bonds, Medina Holloway e Eileen Ahearn.

Agradeço às inúmeras pessoas que me perdoaram por faltar a compromissos, por perder prazos e por não responder a cartas. Especialmente Gloria Hull e Maryse Conde.

Um agradecimento caloroso para minha agente Joan Daves e para a editora da Vintage, Anne Freedgood, por suas discretas anotações. Não tenho como agradecer o bastante à minha ex-editora na Random House e amiga para todo o sempre, Toni Morrison, pelos telefonemas para me animar e pelos cartões que me faziam sentar e trabalhar e pelos golpes de genialidade nas anotações de margem.

Muitas pessoas de todo lugar me mandaram ou deram fitas, documentos, fotos, pôsteres, desenhos, dicas, mapas, folhetos, cartazes, jornais, discos, livros, poemas, histórias, perguntas e os números de telefones de seus contatos. Muitos pacotes vinham sem nomes; outros nomes vinham entre aspas ou estavam riscados. Muitos nomes eu perdi; me perdoem. Alguns dos remetentes anônimos se identificavam como camareiras de hotel, pessoas que trabalhavam em escritórios, garis, prisioneiros, garçons, garçonetes, bibliotecários, policiais reformados e da ativa, jornalistas e desertores da Ku Klux Klan. E já que estou fazendo isso, gostaria de agradecer a muitos telefonemas de gente irritada, aos que me ameaçaram, aos desordeiros e aos que escreviam cartas maldosas, pois sem a oposição deles talvez eu não tivesse sido tão determinada. Um agradecimento especial a Grace Paley por lidar com um sujeito que ficava me interrompendo em nossa leitura no museu em Houston em 12 de março de 1982, e ao irmão com óculos sem armação que levou o outro desordeiro para fora e apresentou a cabeça dele ao extintor de incêndio.

Dos fornecedores que posso nomear:

NO SUL:
- Em Atlanta: Malaika Adero, Helen Brehon; Alelia Bundles; Cheryll Chisholm; Imani Claiborne, o Comitê de Pesquisa sobre Violência Racial; Jan Douglass; Faraha; Miller Francis; WRFG; June Jordan, pelo poema sobre Atlanta enquanto eu estava em Spelman, e pelo modelo que ela oferece; Joy, Carl, Randy, Zeke, Terry, *Revolutionary*

Worker; Ernie Pilot; Jeff Prugh, então do *L.A. Times*; Jane Poindexter; Tony Riddle; Susan Ross; Elizabeth "Purple" Siceloff, SRC; Lowell Ware, *Atlanta Voice*; Monica Walker; Saundra Williams; Andrea Young; a Rede Nacional Anti-Klan; *The Monitor*; o Comitê para Renovação Democrática.

- No Alabama: Billy Jean Young; Stella Shade; e Janet do então chamado Mães Contra a Loucura.
- No Mississippi: "Fran", uma fonte inestimável sobre publicações brancas de ultradireita e para dar dicas.
- Em New Orleans: Pat Carter; Kalamu Ya Salaam; Tom Dent.
- Na Carolina do Norte: Bob Hall e o pessoal do *Southern Exposure*.

NO NORTE:
- Em Washington, D.C.: "Fran", pelos materiais sobre a Western Goals, um grupo de inteligência de direita com sede em Washington.
- No estado de Nova York: David Gandino, pelo inestimável material sobre hipnose em geral e em particular; Howard Nelson, Lois Drapin, da Faculdade Comunitária de Cayuga; Gerri Wilson, pelos catálogos de brinquedos infantis; Carmen Ashurst, por seu filme sobre Granada exibido no Festival de Filmes do Terceiro Mundo em 1984.
- Na Filadélfia: Clark White; Terry, *Revolutionary Worker*.

NO OESTE E NO MEIO-OESTE:
- Na Califórnia: Carole Brown Lewis; Sue Houchins; o Comitê Nacional do Dia da Criança de Santa Cruz; Ishmael Reed; Saundra Sharpe; Lawrence Schiller; Penny Bloch.
- No Minnesota: Therese Stanton, o Centro de Recursos sobre Pornografia.
- Em Montana: Lynda Sexton.
- No Reino Unido: Jessica e Eric Huntley, a livraria Walter Rodney; Gail, Pat e Pava, do Centro de Mulheres Negras em Brixton; John La Rose, do Comitê de Ação sobre o Massacre de New Cross; A. Sivanandan, da *Race & Class*; Manny, da *Spare Rib*.

E para meu ex-aluno da Rutgers. Espero que aquela aula em frente à Wicker Store tenha sido tão valiosa para você como foi para mim. Muito, muito obrigada.

E para meu orixá, que tem muitos nomes e muitas formas, sendo a imaginação seu disfarce dominante, mãe de Mnemosine nascida em Meno, que é a memória, parteira de todas as musas, e que oferece anedotas, antídotos e anódinos contra a agnosia, a perda da memória pictórica; a afasia, a incapacidade de recuperar o uso da palavra; e a amnésia, a incapacidade ou indisposição de lembrar devido ao trauma ou a um tabu imposto; e por vezes ela fala pela voz da avó com cabelos ruivos presos no topo da cabeça que faz suas visitas com aroma de sassafrás, hamamélis e óleo de linhaça para dizer: "Não esqueça".

Pelo apoio financeiro:
Uma Bolsa oferecida pelo Fundo Nacional para as Artes Literárias Individuais em 1983 financiou a maior parte da terceira versão.

Uma bolsa da Fundação Djerassi como artista-em-residência em agosto de 1984 me permitiu completar a terceira versão.

Um cheque oferecido pela Hey-Girl-I-Know-How-It-Is de Kristin Hunter no terrível inverno de 1986-87 colocou comida na mesa.

E Helen Brehon compartilhou seu salário ganho a tão duras penas em seu 75º ano.

Toni Cade Bambara (1939-1995) foi escritora, cineasta, ativista e educadora, cuja obra teve um impacto significativo na literatura afro-americana e no movimento pelos direitos civis. Bambara é conhecida por seus contos e romances que exploram questões de raça, gênero e classe. Ela se dedicou a *Crianças de Atlanta* por doze anos antes de sua morte, em 1995. Toni Morrison editou o manuscrito para publicação, mantendo vivos os personagens bem desenhados e o drama humano inerente a esta sombria história, uma crônica duradoura e reveladora de um pesadelo americano. Publicado postumamente em 1999, esta obra-prima aborda de forma comovente o desaparecimento de crianças afro-americanas em Atlanta na década de 1980, oferecendo uma análise perspicaz sobre questões de justiça social e racismo sistêmico, e reforça seu compromisso duradouro com a conscientização e a luta contra as injustiças enfrentadas pela comunidade negra nos Estados Unidos. Além de sua carreira literária, Bambara também era uma defensora apaixonada dos direitos das mulheres negras e fundadora do coletivo Sisterhood in Support of Sisters in South Africa. Seu trabalho inspirou gerações de escritores e ativistas, deixando um legado duradouro na luta pela igualdade.

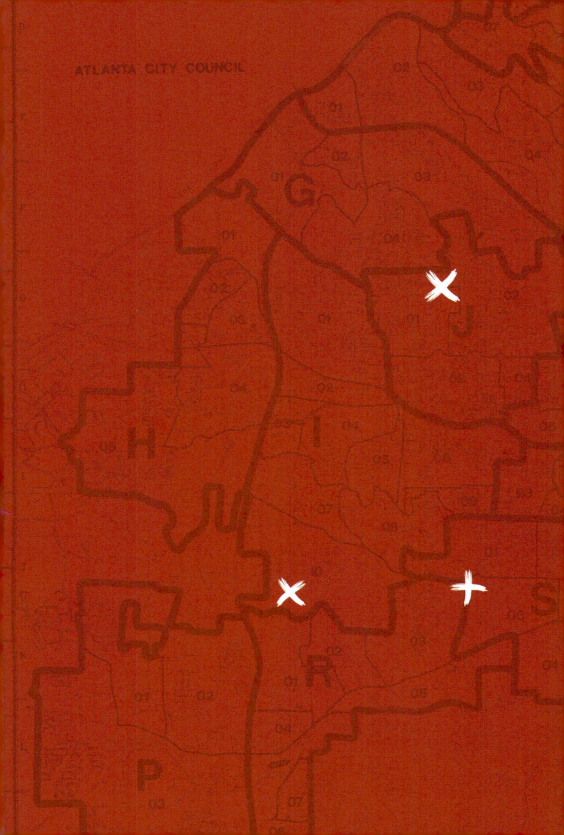